# 文学皖军
## 年选2022

安徽省作家协会 ◎ 主编

上

时代出版传媒股份有限公司
安徽文艺出版社

图书在版编目（ＣＩＰ）数据

文学皖军年选.2022：上、下/安徽省作家协会主编.—合肥：安徽文艺出版社，2023.8
ISBN 978-7-5396-7785-9

Ⅰ．①文… Ⅱ．①安… Ⅲ．①中国文学－当代文学－作品综合集 Ⅳ．①I217.1

中国国家版本馆CIP数据核字(2023)第107424号

WENXUE WANJUN NIANXUAN 2022（SHANG、XIA）

出 版 人：姚 巍
统　　筹：姚 巍　韩 露
责任编辑：柯 谐　姚爱云　张妍妍
装帧设计：张诚鑫

出版发行：安徽文艺出版社　www.awpub.com
地　　址：合肥市翡翠路1118号　邮政编码：230071
营 销 部：(0551)63533889
印　　制：安徽联众印刷有限公司　(0551)65661327

开本：710×1010　1/16　印张：58.5　字数：980千字
版次：2023年8月第1版
印次：2023年8月第1次印刷
定价：180.00元(上、下册)

(如发现印装质量问题，影响阅读，请与出版社联系调换)

版权所有，侵权必究

# 目 录

## 小说

季　宇：逝者如斯夫／1

许春樵：紫色口罩／26

潘　军：白沙门／38

赵宏兴：来自古代的爱情／52

李凤群：天鹅／65

李　云：去老塘／125

孙志保：金石榴／142

李国彬：向我开枪／165

洪　放：往洞里灌水／194

曹多勇：白莲花般的云朵／208

杨小凡：在希望的田野上／219

陈斌先：过往／254

王建平：领带物语／280

黄复彩：纸鱼／309

余同友：仰天堂／323

刘鹏艳：小事件／356

秋　野：浍河路上／367

赵丰超：有客／394

羊　父：老阮的爱情／402

夏　群：文字药房／425

程迎兵：后会无期／440

程多宝：代表／468

姚大正：狭义相对论／478

张　凯:梁园遗老 / 489

张建春:赵桥记事 / 499

杜艾洲:穿越时空的绣花鞋 / 510

丁迎新:高人 / 537

韦如辉:洗澡 / 539

# 逝者如斯夫

## 季 宇

我与老海打得火热,还是20世纪80年代。当时正赶上"文学热",一篇小说可以轰动全国,家喻户晓。那是文学的黄金时代,也是文学害人不浅的时代。所谓千军万马走在独木桥上,不知多少人挤在这条文学小道上,迷失了青春,直至碰得头破血流。

我和老海便都是这众多文学青年中的一员。那时候,我们对文学的痴迷程度简直难以想象。文友中有一位老桑,是我们中年纪最长的一个,已经结过婚。他是矿机厂的工人,喜欢写诗,一下班就埋头笔耕,家里的事横竖不管,油瓶倒了都不扶。有一次孩子病了他也不问,老婆一怒之下,竟把一瓶墨水倒进了他的饭碗中:"肿,我叫你肿!"她气狠狠地说着,把一肚子的积怨全都发泄了出来。肿,是当地土话,意为吃的意思。这一来,老桑也恼了,两人大打出手,后来连婚也离了。我们劝过老桑,可老桑的回答义正词严:"婚可离,诗不可不写!"大有头可断,血可流,革命理想不可丢的味道。

这事一度成为笑谈,老海还调侃他:"家庭诚可贵,爱情价更高。若为文学故,两者皆可抛。"老桑听了也不生气。当时的情况就是如此,文学在我们的心目中比山高,比海深,比天大,比娘亲。就像时下一首歌里唱的那样:"我爱你,爱着你,就像老鼠爱大米。"这种热情无法阻挡。用老桑的话说,啥事都好说,就是不让写诗,断断不可。

那段时间,我们经常聚在一起,以文学的名义,高谈阔论,纵横四海,常常一坐就是半天,甚至通宵达旦,彻夜长谈。内容围绕文学,似乎有永远谈不完的话题。我们谈作品,谈作家,指点江山,臧否人物,有时意见不合,还会争执不休,时常闹得面红耳赤,不欢而散。

在这些场合,老海永远是主角。一是他口才好,能说会道;二是他的创作成绩最大,已在国家级刊物上发表过中篇小说,这是了不起的成就。那时,我们这群文友中虽然多多少少也都发表过一些文字,但大多是在省市一级报刊上,而且多为散文和诗歌,偶有短篇小说发表,已属难得。相比之下,老海便显得鹤立鸡群,说话自然有了底气,一开口便旁若无人,有点俯视群雄的味道。他谈托尔斯泰、屠格涅夫、契诃夫,还有雨果、巴尔扎克、海明威、茨威格等。我们这些文友中大多是土鳖,上过大学或看过外国文学作品的不多,听他谈起这些作家唯有大眼瞪小眼的份儿。

为了显示自己的学问,在谈及这些外国作家时,老海喜欢说全名。如托尔斯泰,他会说列夫·尼古拉耶维奇·托尔斯泰;如契诃夫,他会说是安东·巴甫洛夫·契诃夫……这当然有卖弄之嫌。老桑很不以为然,说:"你费劲不费劲啊?"老海说:"这你就不懂了,姓托尔斯泰的多了去了,有列夫·托尔斯泰,有阿·托尔斯泰,不说清楚能行吗?"对于这些作家的评价,老海更是口气狂放,常常语出惊人。"托尔斯泰充满说教。"他说,"契诃夫也不行,格局太小。"谈到杰克·伦敦,老桑说,这是列宁喜欢的作家,临终前还让夫人在床边读《热爱生命》。老海却嗤之以鼻,说杰克·伦敦根本不入流。还有老桑喜欢的《钢铁是怎样炼成的》(这是老桑看过的唯一一部外国作品),老海更是不屑一顾。"那也叫文学吗?"他说,"充其量就是宣传,毫无文学价值可言。"噎得老桑半天说不出话来。总之,能入老海法眼的作家并不多。在他看来,雨果和海明威勉强凑合。至于国内作家,除了鲁迅还可以,其他的都不值一提。

对于老海的看法,我并不完全赞同,有时也会提出异议,但更多的时候并不表露出来。这样做只是为了避免争论,同时我也不想得罪老海。老海这人极要面子,对于任何不同的看法都视为异端,或对他的挑战,决不容忍,往往非要争出个高低不可,而这种无谓的争论毫无意义,只能是徒伤感情。

我们文友圈共十来个人,经常来参加聚会的有五六个,其中有老海、老桑、小蒋和我。我们四人是在九龙山笔会相识的。那是1983年夏天,五湖市文联举办了一次青年作者改稿会,地点就在九龙山。九龙山是著名的风景区,山上有一座寺庙,叫九龙寺。寺后有一处院落,紧挨着山脚,笔会就安排在这个院落内。院内有一栋小楼,另有三五间平房。我们下榻的地方是那栋小楼,两层,木板楼梯,已很陈旧,踩上去吱嘎吱嘎响。参会的有二三十人,我和老海、老桑,还有小蒋住在一个房间,很快熟悉起来。

老海姓戚,名江海,老海是他的笔名。有人问他为啥要取这个笔名,他说也就是随便起起的,没啥意思。但我们推测,除了他的名字中有一个"海"字外,可能与海明威有关,因为有段时间,老海总爱把海明威的冰山理论挂在嘴边。

那时,我们都很年轻。我刚从大学毕业(那时大学生很吃香,但我顶着工农兵大学生的帽子,便矮了几分),分到市图书馆工作。老桑是矿机厂工人。小蒋是复员军人,退伍后在机要局开小车。老海则在一所中学任教。他是师范学校毕业的,当时师范生的毕业去向只能是学校,这是硬性规定,死杠杠。老海对教书没啥兴趣,但也不能不去。

那次笔会开了一个星期,每个人都带了作品前去,并在会上传阅、讨论。会上还请了一些作家、评论家来讲评。老海的作品得到了不少肯定,特别是市作协主席高河对其赞赏有加,认为他可能是本市,乃至本省最有前途的新星。高河主席是搞评论的,兼任市文联主办的文学期刊《文学之光》的主编。该刊虽属市级刊物,但在全国小有名气,时有"五小花旦之一"美称。他的赏识非同小可,让老海的身价陡然飙升,在改稿会期间,老海俨然成了焦点。高主席还专门安排老海在会上谈了创作体会。就在这次会上,《文学之光》决定留用他的一篇小说和两篇散文,这让我们羡慕不已。因为整个改稿会上除了老海的作品外,几乎没有其他人的作品被留用。老桑本来有一首诗要用的,可让他改了几次,最后还是给毙了,这让老桑沮丧不已。老海则很得意,他对我们说,这几篇(指被留用的作品)原打算是给《当代》《中国作家》的,既然他们想用,就给他们吧。"没办法,"他耸耸肩,一脸淡然的样子,"老高开口了,总不能不给面子吧。"

听他那口气,好像他的作品被采用不是荣耀而是他恩赐似的,而且他一口一个老高(当面可是高主席长高主席短),一副牛烘烘的样子,让我们恨得牙痒痒。老桑说:"听他扯!鬼才信哩!"老桑这样说,一方面是心里有气,另一方面也是看不惯老海的德行。的确,老海太爱摆谱了,动不动就嘚瑟,这让我们很不舒服。

我们住的小楼传说闹鬼。这里曾是寺内的寮房,抗战时有人逃难到这里上吊自杀了,传说是殉情,此后阴魂不散,时常在院内游荡,尤其是阴雨天。开始时没人相信,可隔壁房间一个作者说,有天夜里睡觉时(那天恰逢阴雨天),他突然喘不上气来,睁眼一看,一团白色的气体,像鬼魂似的压在他身上。他拼命挣扎,试图喊叫,但浑身无力,一句话也喊不出来,眼看就要背过气去,这时,有人叫了一声(叫了什么没听清),那鬼魂似乎受到惊扰,倏忽而去。据那个作者说,叫声是边上一个作者在说梦话——谢天谢地,这才救了他。第二天吃早饭时,这事便传开来,起先人们只是当作笑谈,可当天晚上,有人在半夜里听到楼梯上传来脚步声——咯噔、咯噔,那声音阴森恐怖极了,拉开灯后却不见一人。老桑也证实了这一点,有天夜里,他醒来时除了听见脚步声,还听到哭声。那哭声一声长,一声短,像是上气不接下气。老桑当时就惊叫起来。

他的喊声惊动了大家。老海和小蒋都起身查看,边上几个房间的人也被吵醒了,好几个人都爬了起来,但除了淅淅沥沥的雨声,没有发现任何异常。这件事,我是第二天早上才听说的。我睡觉一向很沉(用老桑的话说,睡得像头死猪),他们闹出那么大动静,我居然一点不知。第二天,众人议论纷纷,将信将疑。我们住的小院,周围都是山林,十分僻静,夜晚一片漆黑,风一刮起来,树林里便哗哗乱响,有时还会传来不知什么动物的叫声,这样的环境很难让人不产生联想。闹鬼的事,大家嘴上说不信,可心里都有些忌惮。很多人夜间不敢起夜小便(老式房子没有卫生间,厕所在楼下),只好使劲憋着。

有一天早上,老桑发现自己的脸盆里不知让谁撒了尿,不禁气得大骂:"哪个王八孙子,太缺德,干出这种事,我操他祖宗八代!"听到老桑的骂声,我们都围了过来,只见老桑的脸盆里汪着一泡黄水,经过一夜发酵,泛着酸臭刺鼻的气味。

20世纪80年代,开会条件简陋,住宿条件也差,由于没有卫生间,报到时每人可领一个脸盆,用于洗脸、洗脚,放在各自的床下。昨晚肯定是谁憋不住尿,又不敢出去,便把尿撒在了盆里。问题是,你尿自己的盆不要紧,可你尿了老桑的盆,这就有些太缺德了(老桑骂得没错)。但屋里的几个人都赌咒发誓,拼命撇清,拒不承认是自己干的。由于没有证据,这事最后只能不了了之。

不过,事后分析,老海的嫌疑最大,因为他的床紧挨着老桑的床。我们那间房东边摆两张床,西边摆两张床,中间摆着桌子和椅子。我和小蒋的床在西边,如果要去老桑那里,得穿过中间的桌子椅子,从逻辑上讲,这很不方便。后来,这事闹到了会务组,会务组的人员分别找我们谈了话,仍然无法得出结论。老海说,也许是老桑自己尿的,但他忘了。老海这话是对会务组说的,但不知怎么传到老桑耳朵里,他气得直跺脚:"我还不至于老糊涂吧!"

这事成了一桩悬案,好多年后,有一次老海对我道出了实情,他承认这事是他干的。我问他为啥要这样干,他解释说,当时睡迷糊了,拿错了盆。这种说法显然经不起推敲,因为他的盆就在床下,伸手就可以拿到,而老桑的盆却隔着一段距离,他不拿自己的盆反拿老桑的盆,这明摆着有些说不通。

以我对老海的了解,这话八成是托词。他这人虽然聪明,但毛病不少,除了喜欢显摆,还喜欢占人巧,从不肯吃亏。有一次,小蒋对我说,老海这人简直不上道道。我说咋了?小蒋说,他早上刷牙老是挤别人的牙膏。我有些不信,心想牙膏能值几个钱?后来,老桑也对我说起此事,还把自己的牙膏藏起来,我才多少有些相信了。

随着交往的深入,我对老海的了解越来越多。我听说他家里兄弟姐妹多,从小就养成了精于算计的习性,凡是能占的便宜他都不会放过。比如,我们每次下馆子,只要一结账,他不是上卫生间,就是说忘了带钱;外出乘车时,不论是打的,还是乘公交,他都磨磨蹭蹭的,等到别人付了钱,他才把钱包掏出来说:"别呀,别呀,让我来。"对他这一点,我们都很看不上,但作为志同道合的文友,这并没有影响我们的往来。

改稿会认识后,我们经常聚在一起。那段时间,老海又发表了好几篇小说,有的在省内刊物,有的在省外刊物,这引起了省、市作协的关注。高主席打算把他调入《文学之光》当编辑,此事正在运作之中。因此,老海越发春风得意,他还放出话来,只要他进了编辑部,我们几位的作品他会重点关照。听了这话,我们都很高兴。老桑更是巴结有加。他一边吹捧老海,一边说:"我的诗你一定要发,他们不懂,你肯定是懂的。"老海表面应承着,背后却说:"拉倒吧,他那也叫诗?什么破烂玩意!"老海对老桑打心里瞧不上,认为他的诗还停留在50年代,老得掉了牙,早被淘汰了,还说:"他什么诗不好写,偏要写爱情,他哪懂爱情啊?连老婆都留不住。那些'啊''呵'的,简直让人酸掉了牙。"对于小蒋,老海同样看不起,不过,有所保留。小蒋是写通俗文学的,写过一些公安和武侠小说,在老海眼里这类作品根本不入流,但小蒋在机要局开小车,手里握着方向盘(那时开车很吃香),老海常常有事求到他,因此当着小蒋的面,他多少留有余地,说他讲故事还行,语言也凑合。

至于我,老海算是高看一眼,起码在我看来是如此。他常说,我们这帮人中他最看好的是我。理由是什么,我并不清楚,因为当时我的创作成绩十分有限,只在一些名不见经传的小刊物上发表过作品,也许他从这些作品中看出了我的潜质?或许是他常找我借书,碍着情面?

后一种可能性非常大。我那时在市图书馆采编部工作,这给老海借书提供了很大的便利。不论什么书,包括一些新到期刊,只要馆里有的,我都能帮他借到,而且不限时间、册数。老海自然对我十分感谢。

那段时间,老海常来图书馆,开始每次来借书都找我,后来时间久了,他和各部门都混熟了,便不再找我。他最常去的是期刊阅览室,往往一坐就是半天。有一次,阅览室的吴娜对我说:"戚老师好爱看书的,听说他是作家,写过不少东西吧?"我说是啊。吴娜说:"我看他挺有水平的。"我说:"你怎么看出来的?"她说:"听他说话呗,他懂得可真多。"我心想,准是老海在她面前天花乱坠地瞎吹什么了。

吴娜是阅览室的工作人员,今年刚顶替母亲进了馆里。她长得娇小,身材很好,细长脸,皮肤白净,爱笑,面颊上有几粒细碎的雀斑,特别可爱,也特别单纯。老海要蒙她简直易如反掌。有一次,我去老海宿舍,一进门竟发现吴娜坐在那里,不禁大感诧异。吴娜见了我满脸飞红,有些不自在,半天说不出话来。还是老海反应快,他说:"真是巧了,小吴是给我送期刊的。"说着,用手指了指桌上放的几本杂志。

吴娜听了这话,马上顺杆爬道:"是的,戚老师急着要,我顺路给他送一下。"

显然这话并非实情。第二天,老海来馆里,我便问他:"你打什么主意?是不是看上吴娜了?老实交代。"老海先是装糊涂,后来看糊弄不过去了,便说:"我正要找你打听呢。"

"打听啥?"

"这丫头咋样?"

"你说吴娜?"

"是啊。"

"挺不错啊,"我说,"人也漂亮。"

"漂亮倒算不上,"老海说,"不过,长得还有点味道。"

嘿,我心想,你眼光还挺高!也不看看自己长啥样!

老海长得黑粗,国字脸,浓眉大眼,虽说眉眼周正,但皮肤黑黢黢的,脸上也不平整(青春痘痕迹),乍一看像个搬运工,要不是满头长发,怎么看也不像一个舞文弄墨的。如单论长相,他根本配不上吴娜。

吴娜自那次被我撞见后便有些不好意思,看见我老是脸红。有一天,吴娜母亲给我打来电话。她母亲原是馆里的副馆长,现已退休,我到馆里工作后,她一直对我很关照。她来电向我打听老海的情况。我尽自己所知如实回答。吴娜母亲很满意,特别听说老海是作家,发表过小说,马上还要调进市文联,就更高兴了。

"看来这孩子挺有前途。"

"那是。"

她又向我打听老海家里的情况,这个我知道得不多,但我答应帮她了解一下。吴娜母亲说:"那就谢谢你了,这事你要多关照。"

"那是一定。"我回复。

就在吴娜母亲给我打电话不久,有一天,在走廊上碰到吴娜,她便问我:"我妈给你打电话了?"我说是啊。她的脸便红了。我问她怎么打算,她说不知道。

"啥叫不知道啊?"我说。

吴娜的脸更红了,低下头去小声咕哝了一句:"戚老师说,他喜欢我。"

"那你呢?"

"我？我也不知道。"说着低下头，脸红得像烧熟的虾子。

我明白了，这就是喜欢了。其实我早该想到，凭老海的三寸不烂之舌，像吴娜这样涉世未深的单纯的小女孩根本抵挡不住。不过，他俩真要是好上了，倒也不错。虽然老海家在农村，兄弟姐妹多，家境是差点，但他本人条件还不错，中专毕业，有稳定的工作，况且还会写小说，所谓男才女貌也说得过去。

我在心里这样掂量着，满以为老海应该心满意足了，哪知有一天我和他谈起这事，问他的态度时，他却一副轻描淡写的样子。

"先处处吧。"他说。

这个回答让我有些意外。"你啥意思啊？"我说。

"没啥意思。"

"人家可是认真的。"

"我知道。"

"那你咋想？"

"我不是说了吗？先处处。"

老海的口气让我有些反感。你也不掂量掂量自己几斤几两，凭吴娜的条件，只有人家挑你的份儿，哪有你挑别人的份儿？我当时就是这么想的，可老海说这事急不得，他得先看看。他还大谈什么货比三家、普遍撒网、重点捕鱼等等，一副不知天高地厚的样子。

我有些火了。"老海，"我说，"你少来这些，人家可是正经女孩，你要谈就认真点，不谈就拉倒，人家可没求着你。"

老海一看我认真了，便笑着说："瞧你，瞧你，我又没说不认真。"

"那你哪来那么多屁话？"

老海又笑了："婚姻大事，我总得慎重点。"

"行啊，"我说，"我这就告诉吴娜，别让人家蒙在鼓里。"

"别啊，别啊！"老海一把拉住我。

"老海，"我正色道，"咱们是朋友，有些话可得当面说清楚，吴娜是我的同事，她妈是我的老上级，你要耍弄人家，就是给我难看。"

"知道，知道，"老海拍拍我的肩膀说，"你这人啥都好，就是太古板。"我说做人还是古板点好，他便哈哈大笑。

就在那次谈话中，我把吴娜妈打电话给我的事告诉他，说她们对他还比较满意，他可别错过机会。我还告诉他，吴娜的家境不错，父亲在商业局工作，是个科长,母亲原是市图书馆副馆长,现已退休,家里只有吴娜一个独生女。我特别强调说:"她家有两套房子,一套是商业局分的,一套是图书馆分的,如果你们成了,婚后连房子都有了。"老海听了自然心动(我从他的眼神里看出来了),嘴上却说:"房子不房子不重要,重要的是人好。"这货也太会装了吧!

这次谈话后,老海和吴娜的事似乎进展顺利。老海常来阅览室,而且每次都是吴娜当班的时候(以前也是,只是我未注意到),吴娜也是一副幸福满满的样儿。

可是,有一天,我上街买东西,回来的路上,街对面有个熟悉的人影一闪,是老海。他骑着一辆自行车,后座上载着一个年轻女孩,两人有说有笑的。我原以为是吴娜,扭头一看却不是。尽管老海的车骑得很快,一下就过去了,但我还是看清了。那女孩的确不是吴娜,因为她戴着眼镜,而吴娜并不戴眼镜。我的脑袋一下子大了,心想老海骗了我。

其实,这事本来和我关系不大,但吴娜妈找到我,我就自觉有了责任。当天晚上,我便去找老海。老海住在学校的集体宿舍,那是一个筒子楼。同宿舍的一个老师说他还没回来。我便在楼下等,一直等到十二点多钟,老海终于回来了。我一把拉住他,责问他是怎么回事。我本来就很生气,又等了几个小时,憋了一肚子火。老海却不当回事,嬉皮笑脸道:"你咋知道的?"

"她是谁?"我问道。

老海起先支支吾吾地不肯说。

"吴娜知道吗?"我又问。

老海仍是一副嬉皮笑脸的样子。"你听我说,"他拍着我的肩膀说,"兄弟,别多想,不是那回事,我和她没啥,就是看了场电影。"

"什么电影看到十二点?"我说,"你哄老鬼啊?"

"这个,你听我说……"

"得了吧,"我打断他的话说,"你脚踩两只船,你想干吗?老海,我早对你说过,这事不能开玩笑。我把你当兄弟看,你却骗了我。你要瞎搞我不管,但对吴娜不行。这事你要对吴娜讲清楚,你要不讲,我来讲。我决不允许你耍弄她!"说着,我推起自行车转身就走。

"别啊,别啊!"老海追上来,伸手想拉住我。我用力甩开他,一骗腿骑上了自行车。我心里气愤极了,老海这么做太卑鄙了!他明明知道我和吴娜以及她妈的关系,而且他也答应过我,背地里却另搞一套。吴娜和她妈要是知道了会怎么想?这不是陷我于不义吗?我气得一晚上没睡好。

第二天一早，老海便来找我了。他说："兄弟兄弟，你听我说，这事绝不是你想的那样。"他还向我解释说，他和那人就是普通关系，这事千万不能告诉吴娜。"我向你保证，"他赌咒发誓说，"我要有一句话是假，就是小妈养的。"我看他态度诚恳，便说："我就信你一次。"我还说，"你老兄知足吧，吴娜的条件这么好，追她的人可不少。"

那段时间，老海调动的事有了进展。20世纪80年代，师范生是免学费的，这对一些困难家庭有一定的吸引力。老海家在农村，当年报考师范就是冲这个去的。但是国家有规定，师范生毕业后必须在教育系统工作满五年后方可调出，这就难住了老海，因为他毕业后到中学教书还不足两年，按规定无法调出，尽管高主席做了不少工作也无济于事。后来，还是靠吴娜的妈妈，她和宣传部一个副部长是同学。通过这位副部长的协调，市文联决定以借调的方式先让老海来《文学之光》上班，等到五年期满后再正式调动。

老海去了编辑部，架子一下大了起来，连走路都变了样子——常常背着手，迈着八字步，膝盖也不会打弯了，一副重要人物的样子。作者们众星拱月地捧着他，他的感觉越发良好，口气也越来越大。过去我们在一起，他总是说"我们""我们"，而现在则成了"你们""你们"，好像一下子和我们拉开了距离。平时说话的口气也变了，常常带着导师的口吻："你们，我跟你们说过多少次了，要多看书，多思考，功夫在诗外，这是经验之谈。""你们不要老想着发作品，对你们严格点没坏处。记住我的话，关键是打好基础。""你们，我对你们讲，照顾你们发一两篇作品，这不是什么难事，但从长远看这可没好处。"听他那口气，活脱儿一副教训人的派头，甚至比主编还主编（高主席和我们说话也没他这么自以为是），这让我们很不爽，尤其是老桑。当初老海刚去当编辑时，大家给他摆酒庆贺，老海拍着胸脯保证："苟富贵，勿相忘。有我吃肉的，就有你们喝汤的。"可现在口气完全变了。"这才当几天编辑，就屁眼里插鸡毛掸子，装起大尾巴狼来了！"老桑提起这事便气不打一处来，何况他比老海年长好几岁，老海那副训孙子的口气也让他接受不了。

我劝过老海，认为大家都是朋友，没必要官腔官调。特别是对老桑，他是老大哥，更应客气点。哪知老海听了，眼睛往上一吊，说："啥叫官腔官调？我是为你们好，要不是朋友我还不说哩。就老桑那货，"他说，"趁早歇，根本不是搞文学的料，他的稿子就是想照顾也照顾不了，他还有啥好抱怨的？"

有一次聚会，大概是多喝了几杯，老海竟当着好多人的面挖苦老桑，说有些人缺乏悟性,朽木不可雕也,写一辈子也写不出名堂。他还说老桑写诗写这么多年了,越写越差劲,连起码的句子都不通。老桑勃然大怒,扔下酒杯,便冲过去要打老海。众人连忙劝解。老桑钳工出身,人虽长得瘦巴巴,手上可有劲,真动起手来,老海肯定不是个儿。老海吓得向后直躲。

这件事后,老桑和老海彻底掰了。我们想做些调解,毕竟文友多年,可老海毫无歉意,还愤愤不平道:"这种人不识抬举,我是为他好,他还和我犯相。要不是看他年长几岁,我肯定饶不了他!"老桑的脾气一向很倔,当年不向老婆低头,如今更不会向老海示弱。他大骂老海,说他"子系中山狼,得志便猖狂"。当个破编辑,还是借调的,眼睛就长到头顶上去了。"他算什么啊?"老桑呸地冲地上吐了口唾沫,然后扯起脸说,"老子这辈子就是不发诗也不会去求他!"

在这件事上,老海明显有些不厚道——也许他说得不错,老桑可能缺少文学才华,这是事实,但也犯不着当众打人脸。老海过去虽有些轻狂,但还不至于毫无顾忌。很显然,自打去了编辑部,他开始变了。我们这些文友也越来越不在他眼里,他有了更大的圈子。老桑和他闹翻后,我们的聚会越来越少。有时聚在一起,通知老海,他也不来参加。即便来了,喝上几杯,点个卯,然后屁股一拍:"对不住了,我得先走一步,还要赶下一场。"说完,匆匆而去。

那段时间,老海混得风生水起,名字常常见报,不是参加这个座谈会,就是出席那个研讨会。我们和他的关系渐渐疏远。

有一次,小蒋对我说,有人正在告老海。我问告他啥,小蒋说老海到处借钱,影响很坏。那天,我正在逛书店,小蒋也来逛书店,我们有好一阵没见了。书店边上有一个街心公园,我们便找了一个安静的地方聊起来。据小蒋说,告老海的是一个作者,姓楚,在银行下边的一个服务公司工作,人们都叫他小楚。我曾在市作协举办的联欢会上见过他几次,见面点点头,也算是认识。老海先后几次找他借了五千元,一直拖着不还。那年头,五千元不是个小数字。关键是老海原答应给他发的稿子也落空了,这下子小楚不干了,到处告老海。上边一调查,发现被老海借钱的人还不少,而且大多是作者,有利用职权之嫌。其实,这早已不是秘密。我们这些文友都被他借过钱,而且至今未还。不过,他向我们借的钱并不多,因为我们也不富裕。他找我借过一千。小蒋的稿费多点(他的稿子畅销,还帮书商写过书),老海找他借过两千。

"他借那么多钱干啥?"我说。

"谁知道呢?"小蒋也不清楚。

按理说,老海一向抠门得很,哪来那么大花销?难道是结婚后老婆卡得太紧?但在我的印象中,吴娜可不是那样的人啊。

老海与吴娜的婚姻说起来并不顺利。老海和吴娜相处期间,其实一直没有消停过。就在我警告他后,他表面上答应绝不会再与别的女人来往,可事实并非如此。据小蒋说,他还打过他们局里一个机要员的主意,但并未得逞。在与老海交往的女人中有一个是百货大楼的史小红(就是那天他骑车带的被我撞见的那个女孩),老海不知怎么和她认识的,两人一直保持交往。尽管老海十分谨慎,但纸终究包不住火,况且那时的五湖城并不大。有一天,老海陪吴娜逛公园被史小红撞上了。她上去就揪住老海,吴娜上来拦阻,两个女人当场开撕。吴娜的衣服被扯破了,史小红的眼镜也被打掉了,老海当然也未幸免,脸上被抓了几道血痕,不知是吴娜抓的还是史小红抓的。

这事发生后,吴娜哭得像个泪人似的来找我。我也非常恼火,大骂老海不是东西,并说这种人不值得信任,趁早断了也好。吴娜听了这话更伤心了。她说:"那我咋办啊?"我说:"死了张屠夫不吃连毛猪,凭你的条件还怕找不到啊?只会找到更好的。"可吴娜说:"我有了,是他的。"我半天无语,这才感到事态严重。

吴娜的父母很愤怒,他们要找老海算账。吴娜的父亲说:"我给老白打电话,把这小子抓起来。"老白是市公安局局长,与吴娜父亲是熟人。吴娜母亲说:"公安局凭啥抓人啊?"吴娜父亲说:"就凭他玩弄女性,耍流氓。"吴娜母亲说:"男女谈恋爱,这事公安可管不了。"吴娜父亲说:"那你说咋办?"吴娜母亲说:"我找他们领导去。"

这一招实际上比找公安还管用,就在吴娜父母亲即将采取行动时,老海找上门来,二话没说,便扑通跪了下来。"千错万错都是我的错。"他先是检讨自己,请求二老原谅,接着又辩解说,这是一场误会,他和史小红之间啥也没有,是她得了妄想症,缠住他不放。他还口口声声表白,他心中只有吴娜,此生要对她负责到底。说到动情处,他声泪俱下,泣不成声。

吴娜父母起先态度坚决,说啥也不肯原谅他。老海情急之下,便抡起巴掌,左右开弓,啪啪地打着自己的脸。吴娜有些心疼了,从屋里冲出来,一把抱住了老海。

"别打了,别打了,"她泪眼婆娑地喊道,并冲自己的父母说,"爸、妈,你们就开开口,说句话吧!"

吴娜父母又气又恨,但也无可奈何,况且吴娜已经怀了老海的孩子,如果闹开了,不仅女儿的声誉毁了,他们也脸上无光。最后,只能坐下来,与老海约法三章:一是尽快与吴娜成婚,断了与史小红的关系;二是婚后好好过日子,不准再三心二意;三是婚后财权归吴娜掌管。具体做法是,老海每月的工资、奖金必须上交,除了留下少量的零花钱——这是吴娜妈的主意,她认为男人有钱就变坏,如果手中没钱,就难以兴风作浪。应该说,这是经验之谈。据说,吴娜爸年轻时也曾有过不安分的经历,但这危险的苗头刚萌芽,就被吴娜妈掐死在摇篮里。具体做法就是控制住他的经济来源,这才使他没有在危险的道路上越走越远。

老海这时一心灭火,对于吴娜爸妈提出的任何要求均不敢有半个不字,一概答应。事后他却有另一套说法。有一次他见到我说:"我才不怕他们告哩。主要是吴娜有了,我不能不管。我最看不得女人哭,"他强调说,"吴娜一哭,我这心就软了。"听他那口气,仿佛是他在大发慈悲。至于下跪、打脸的事,他则提都不提,好像从没发生过。

不过,这事他瞒得了别人,却瞒不了我。据我所知,公园撕架的事发生后,史小红发现他脚踩两只船,便果断与其断了联系。老海这时已无退路,加上他也不得不考虑后果,真要闹起来对他可不利,说不定调动的事也会泡了汤,到头来竹篮打水,一样也捞不着。在这种情况下,他才不得不去求吴娜的父母。可即便如此,这货仍不忘给自己脸上贴金。用老桑的话说,骆驼死了,架子不倒,他要不这样,就不是老海了。

老海借钱的事造成了不良影响。起先,老海还矢口抵赖,可事实俱在,他想抵赖也抵赖不了。高主席代表文联找他谈话,要他严肃地对待这件事。高主席还转告他,文联领导很生气,有人提出要中止他的借调。这一来,老海害怕了。他好不容易熬了两年多,马上就要出头了(高主席对他说过,年限一到,马上正式调他),如果这时出了岔子,岂不前功尽弃?一天晚上,老海拎着大包小包去找高主席,请他帮忙。高主席说:"东西你拿走,该帮的我会帮,但前提是,这些钱必须马上还,并消除影响,以后严格要求自己。"

老海满口答应,可这两年,他陆陆续续借的钱可不少,加起来有小两万。这么多钱,一下子从哪弄呢?他想挪借一下也难,因为他所认识的人几乎被他借了个遍,实在开不了口。无奈之下,他只好去求吴娜。

"你要这么多钱干什么?"吴娜一听便叫了起来。

老海早就想好了主意。他说:"农村老家要盖房子,爹娘开口了,我不能不给吧?过去他们省吃俭用,供我上学,现在求到我了,你说我咋办?设身处地,要是换作你的爹娘,你会咋办?"吴娜听了不说话。

老海说:"你不给也行,那就等着外边戳着脊梁骨骂吧。不过,人家骂的可不是我,而是你。"

"为啥呢?"

"因为钱在你手里,是你不想给。"

"你想要多少?"

"两万。"

"你不想过啦?"吴娜叫了起来,"我们结婚后总共也没攒下多少钱,孩子要找保姆,以后还要上幼儿园、上小学,总得留下点钱吧。"

"你放心,这钱很快就会还。"老海说,他家里养了好几头猪,年底养肥了一卖,钱就有了。他还说,他正在写一本畅销书,书商答应了,交稿后就给一万。吴娜信以为真,第二天便把钱取了出来。

老海渡过了难关,又神气起来。一次饭局,他大骂小楚,说:"真不是东西,差点毁了我。五千元钱算个屁啊!我能不还他?"他发狠道,"这小子死定了!有我在,他休想在《文学之光》上发一个字。"

我们听了他的这番话都有些不以为然。小楚告他是有些绝情,但他借钱不还难道还有理了吗?况且——据我所知——他至今仍欠一些人的钱未还,包括我和小蒋在内。当然,他是为了家里盖房子,属孝顺之举,也情有可原。

春节过后,老海所说的卖猪钱,还有所谓的写畅销书的钱迟迟不见影儿。吴娜追问了几次,老海先是搪塞,后来就吵了起来。有一次大吵之后,老海竟离家出走,一去不归。

吴娜开始以为他是赌气,也没当回事,心想他气消了,自然会回来。以前这种情况也有过。哪知这次不同,老海走了半个月也没露面。

吴娜来找我,让我劝劝他。我拉起小蒋一起去找老海,可老海态度强硬。"回去?我才不会哩!"他说,"这个女人真让人受够了。"

"那你住在哪?"

"我有地方住。"

这时,桌上的电话响了起来。老海操起话机,里边传来一个女人的声音:"这都几点了?你还不回来啊?"

"哦,回来,我马上回。"老海笑眯眯地说。

我听出他口气有些不大对,我问:"谁的电话?"

"是婷婷。"

"那个文工团的?"

老海点点头。

"你想干吗?"我说。

"别问那么多,"老海挥挥手,一脸得意的样儿,"这事你们以后会知道。"

老海说的婷婷名叫康婷婷,是市文工团舞蹈队跳群舞的。她的脸型一般,像个圆盘,眼睛挺大,但下巴有些短。不过,毕竟是学舞蹈的,体形很好,胸脯饱满,臀部后翘,腰板挺直,走起路来脚下一弹一弹的,加上会打扮,气质看上去非同一般。

我第一次见到康婷婷是在国色天香俱乐部,那是全市最高档的舞厅。有一阵子,交谊舞在社会上很时兴,一些单位和企业逢到开会,或过年过节什么的都要举办舞会。为了适应这种趋势,一些单位还办起了交谊舞培训班。这天,小蒋来找我,他搞了几张国色天香的门票,拉我们几个朋友一起去。我那时刚学会三步、四步,还是在市文化局工会举办的培训班学的。小蒋比我强不到哪里。在这之前,我们曾在单位礼堂里跳过几次,像国色天香这样的高级舞厅还从没去过。

一进去,我们几个全傻了。舞厅的装修豪华时尚,各种设施精美高档,激光灯不停地旋转,伴随着丰富多变的音效,让我们眼花缭乱,有些不知所措。随着一波波舞曲响起,穿着入时的红男俊女,成双成对地在舞池中摇来摆去。他们舞技高超,动作娴熟。我们几个顿时露了怯,谁也不敢下舞池了,更不敢去邀请女伴,只好一个个瞪大眼睛,傻不楞登地看着,心痒难耐。

"看!"忽然,坐在边上的小蒋用手捣了我一下。

"什么?"

"老海!"

循着他的手指方向,我果然看见了老海,他正搂着一个舞伴在池里扭来扭去。"嘿,他跳得还不错嘛!"我说。

"那是,他经常跳。"

"是吗? 他啥时爱上这口了?"

"有段时间了。"小蒋说,"我听说,他经常打电话到处找票。"

正说着,老海转到我们面前了。我和小蒋都朝他招了招手,他也看到我们了,得意地扬起一只手。

一曲终了,他领着那个舞伴来到我们座位前。"这是婷婷,"老海介绍说,"文工团的。"我们都起身打招呼。那女人化着淡妆,烫着头,上身是一件黑T恤,绷着丰满的身躯,下身是一条黑长裙,动作雅致飘逸。她朝我们略微点点头,表情有些矜持。

"你们咋不跳啊?"老海说。

我摇摇头。小蒋说:"我们看看。"

"跳呗,"老海说,"来了就跳呗,要不让婷婷陪你们跳下一曲?"

我们都说:"不了,你们跳吧。"

婷婷没说话,轻轻一笑,显出一副老于世故的样子。这就是我第一次见到康婷婷。她给我的印象说不上好,也说不上坏。

但我万万没想到,老海居然和她搞上了。

后来,我才了解到一些情况。老海早和她有一腿了,他们还在外边租了房子,难怪老海到处借钱,花销那么大,至于说给老家盖房子,全是胡扯。据文工团的一位驾驶员(与小蒋在部队时是战友)说,他们好了有一年多了。这么长时间,竟把我们全都蒙在鼓里,包括吴娜也毫不知情。

事情败露后,这一回吴娜和她的家人坚决不干了。是可忍,孰不可忍?他们大闹起来。事情一直闹到了宣传部。市文联决定中止对老海的聘任,退回原单位。原单位也接到投诉,认为老海品德败坏,已不合适担任人民教师。如果他要回来,只能另行安排去后勤做打杂工作,而且还要根据教师管理规定,对他作出相应的纪律处分。老海一怒之下,愤而辞职。

"狗改不了吃屎,"吴娜妈对我说,"这种人我们不抱任何希望。趁着年轻,还是让吴娜早点离开他。"

吴娜很伤心,她和我谈起这事,几度流泪。我试探地问她有无挽回的余地,她的回答异常坚决。"不可能了,"她说,"我们给过他机会。"我注意到她使用了"我们"而不是"我",说明在这件事上她已与家人商量过,并且建立了统一战线。

老海被扫地出门,虽然十分狼狈,但他似乎已有准备。老海与康婷婷好上后,曾经有过离婚的打算,但还没拿定主意,起码当时他认为条件还不成熟,他想等工作稳定后再谈此事。康婷婷也被他说服了,答应再等等。可没想到不慎走漏了风声。

老海本想稳住吴娜和她的家人。他故技重演,但这一次没能奏效,而且他也低估了吴娜家人的决心和能力。他们斩尽杀绝,没有给老海留一点退路。

老海辞职后,一度陷入低谷。那些过去围着他转的人一个个离他而去。老桑说:"他以为他是谁啊?人家过去搭理他是看在《文学之光》的分上,如今他离开那里,屁也不算!他还真以为他是海明威啊?"老桑说这话时有些幸灾乐祸,但事实正是如此。

有一次,我碰到老海,他大骂世态炎凉,人心不古。自打离婚后,他的工作丢了,开始陷入低谷。过去吆五喝六、呼风唤雨的他,如今落得个西风古道瘦马,人也萎了,胡子拉碴,不修边幅。尽管如此,他嘴上仍不认厌。

"你也是自找的,"我替他惋惜说,"好好的日子不过,偏要瞎折腾!"

"你不懂,"老海说,"这种女人我受够了,早晚要和她离。"他指的是吴娜。我说:"吴娜对你多好,还有她的爸妈,简直把你捧上了天,你还不知足?"

"好有屁用!"老海说,"没有爱,婚姻就是坟墓。"我一听他又不说人话了,便说:"你和康婷婷就有爱情吗?"

"那是当然,"老海说,"你不知道婷婷对我有多好!"

"是吗?"

我哼了一声,心想,别臭美了!据我所知,康婷婷离过一次婚,有传闻说,她还和她们团的副团长有过一腿。这种人根本靠不住。

"你别不信啊!"老海看出我的质疑,连忙表白道,"我和婷婷是真爱,她肯为我奉献。"

"咋个奉献了?"

"这么说吧,"老海敞开心扉,"咱们兄弟,有话我也不瞒你。你知道,我干那事不喜欢戴套子。"

笑话,我咋知道?我说:"你想说什么?"

"吴娜生过孩子后,不戴套子根本不让我碰,"老海说,"可婷婷不同,哪怕冒着流产的危险。"

"这就是爱?"我听了哭笑不得,"你太损了,光顾着自己,也不为别人想想?"

"你不懂,这是两码事。"老海强词夺理道。

后来有一次,我把老海的套子理论讲给小蒋和老桑听。小蒋说这家伙干得出来,只图自己痛快,太自私。老桑则上纲上线,说他不尊重妇女,畜生不如。

老海离婚后,我们之间的来往越来越少。没几年,市场大潮兴起,文学开始不景气。文友们分崩离析,各自找起出路。我窝在小小的图书馆也看不到前程,于是,在妻子的鼓励下开始报考研究生。一天晚上,我从英语补习班出来,碰到了小蒋,站在路边聊了一会儿。小蒋这时已调进报社工作。那几年纪实文学风头正劲,大受欢迎。小蒋及时转型,写了不少这方面的作品,开始小有名气,据说稿费赚了不少。他提议找机会聚聚,我说好啊。交谈中问及老海,方知他去了深圳,据说开了一家文化公司,混得还不错。

"那个康婷婷呢?他们还在一起吗?"

"在哩,"小蒋说,"老海是总经理,她是财务总监。"

"嘿,夫唱妇随嘛。"

老海去深圳不久,我就听说老海和康婷婷结婚了。原以为老海落难后,康婷婷与他长不了,没想到还终成正果。小蒋笑道:"不是一家人不进一家门,他俩在一起还挺搭的。"

我问小蒋近来见过老海吗,小蒋说:"见过一次,不过经常通电话,他约我写书哩。"

"写啥书?"

"纪实方面的。"

"这你拿手啊!"

小蒋也不否认:"有钱干吗不赚?"

我们又聊了几句就分手了。我考研并不顺利,连续考了三年才考上,是省城的一所大学。有一年放暑假,我接到小蒋的电话,约我吃饭。我很高兴,当即答应,还调侃说最近是不是又赚了不少稿费。

"哪里。"小蒋说,"不是我请客,是老海。"

"嘿,这倒稀罕!"我有些意外。

"人家如今是老板了,不缺钱。"

傍晚时分,老海来接我。几年未见,他明显发福了,人胖了一圈,脸膛红扑扑的,泛着油光,肚皮也鼓了起来,把一件花格子衬衫挺得老高。他一只手握着大哥大,一只手伸出来与我握了一下。我本来说自己去饭店就可以,不用接,但老海执意要接。见了他之后才知道,他是要显摆他的车。那是一辆新款的黑色桑塔纳。那时能买起车的还很少,这是身份的象征。

"这车咋样?"老海拍了拍车身。

"不错。"

"刚买的,三十多万。"他的口气轻描淡写。要知道,当时一般工薪阶层月工资达不足百元,三十多万绝对是巨款。

"上车吧,我带你兜兜风。"

小蒋和他一起来的。我们上了车,老海让我坐副驾驶的位置,小蒋坐后座。车子启动后,老海打开冷气,车里一下子凉快下来。"这车不错。"小蒋说,他是老司机,原先在机要局开北京吉普,对车略懂一二。

"深圳还有一辆,是大奔。"老海说。

"那得上百万吧?"小蒋说。

"手续办齐了,一百五十万。"老海说。

"你小子发啦?"我说。

老海轻轻一笑:"我只花了六十万。"

"这么便宜?"

"走私货,"老海抹了一下嘴巴,得意地说,"公安局查抄的,我从内部拿的。"

"真有你的,"小蒋说,"海哥路子野啊。"

老海哈哈大笑:"这么跟你说吧,上到北京,下到地方,就没有咱玩不转的,你信不?"说着说着,他又牛烘烘起来,一副大言不惭的样子。瞧他那德行,与以前没啥两样,不同的是口气更大了。

晚宴在市内一家高档酒店。我们到达时,包厢里已经有十几个人了。屋里烟雾缭绕,声音嘈杂。有人看见老海,便迎了上去。

"啊呀呀,海老板来了!"那人一边伸手,一边大声说道。众人也都起身招呼,一一握手寒暄。

我一看,一屋子人没一个认识的。经过介绍才知道,大多是一些老板和生意人。做东的是一个印刷厂的老板,姓郝,剃寸头,中等身材,皮肤黑黑的。搞了半天,我才明白,今天的饭局不是老海请客,而是别人请他,他借花献佛,把我和小蒋叫来了。

这顿饭吃得索然无味。面对这些老板,我几乎无话可说。老海却如鱼得水,推杯换盏,高谈阔论。他酒量本来就大,如今更是见长,兵来将挡,水来土掩,高兴起来还与人频频炸起罍子,引来阵阵喝彩。

几圈下来,老海便成了饭局的中心。他一边喝一边胡吹海侃。说到市委杨书记,他说:"老杨啊,我们的关系还用说?我现在打一电话,让他来他马上就会来,你们信不信?"当然没人说不信的。他还说他和黄涛关系非同一般。黄涛是副省长,主管经济的。"你们以后谁要有事,只管找我,我打个电话,或写张两指宽的小纸条就给你搞定。"众人听了都纷纷向他敬酒,请他今后多关照。

席间,他还不停地用大哥大打电话,也不知是打给谁,但口气同样大得没谱。

"一千万,算个屁啊?我来和朱总说,让他马上办。"

"那块地我要定了,多少钱都行,你只管说。"

"什么?再宽限半个月?这话你说过多少次了?你给我住嘴,就三天,到时钱不到,别怪老兄不客气。"

他声音很大,唯恐周围人听不见。有人关心地问他是啥事,他一摆手说:"一堆破事,都来找我,整天没个清净,不谈了,喝酒,喝酒。"一副气派不凡的样子。我就坐在老海的边上,郝老板(就是那个做东的印刷厂厂长)来敬酒时,我听到他和老海说到贷款买德国设备的事,市行一个副行长卡住不批。老海说:"包在我身上,我让省行行长给他打电话,看他敢不批。"郝老板高兴坏了,当场炸了个曡子。

这场酒喝了好几个小时,我都快坐不住了,后来总算结束了。这时,老海已经喝大了,浑身酒气,舌头也捋不直了。小蒋要替他开车,他却不肯,执意要自己开。路上连闯几个红灯,还把一个骑车人给撞倒了。老海下车就骂,说:"你找死啊?"还动手要打。那个被撞的人吓坏了,半天不敢吱声(那时还没出台严格的酒驾规定)。我们劝住了老海,之后由小蒋开车把他送到了宾馆。

回去的路上,我对小蒋说:"老海架子也太大了,他啥时认识了杨书记,还有黄省长?"小蒋说:"你听他吹,驴子都会下蛋哩!家门口的塘,谁还不知道深浅?"

这次见面后,一转眼好几年过去,我再没见过老海。20世纪90年代,文学彻底陷入低谷,作家这个过去风光无限的头衔,那时早已暗淡无光。不过,我对文学依然十分喜爱。研究生毕业后,我分到省煤炭厅工会工作。这份工作比较轻松,我又把文学创作拾了起来,陆续写了一些作品在省内外发表。在此期间,我爱人调来省城,家也搬了过来,于是我与五湖的联系越来越少,除了小蒋之外,其他文友几乎全断了联系。

小蒋那几年在报告文学创作上成绩突出,尤其是纪实文学,触及社会热点,广受读者欢迎。我还为他写过评论。小蒋来省城,时常来看我,平时空闲时也会通通电话。每次见面,我总会问起老海。

小蒋与老海的联系一直没有断,主要是老海找他写书。每本书稿费三万到五万,视不同内容而定。有一次,小蒋和我通电话,说老海约他写一本书,开价十万。我说什么书,小蒋说《汪精卫和他的三个女人》。我一听就十分反感。"这种书还是别写,太掉价,不要坏了名声。""我知道,"小蒋说,"我用笔名,先把钱弄到手。"这几年,小蒋买股票亏了不少,急于捞钱,我也不好多说什么。但小蒋听出了我的不悦,以后便很少和我说起这事。

有一次,小蒋来省里参加省报告文学学会的活动,晚上来看我,聊天时自然又聊到了老海。小蒋说,老海这段日子不好过,省扫黄办盯上他了,他只好四处躲藏。我说这是早晚的事,他这么干迟早要出事。小蒋说那是。我问他还在帮老海写吗?小蒋说有时写点。"还是别写了,"我说,"这种书都是垃圾,毫无价值。""那是。"小蒋说,表情有些复杂。我看他不想继续这个话题,便问起康婷婷。

小蒋说,他去深圳见过康婷婷两次。她越发时髦了,穿戴都是名牌,珠光宝气,像个贵妇人。我问他们有孩子了吧。

"没有。"

"怎么会?"

"康婷婷不能生。"

我一听便笑了,敢情当年她的"奉献"全是蒙老海的,难怪她不怕呢。"可不是。"小蒋听我这样一说,便也笑了。

日子过得飞快,转眼又是好几年过去了。那段时间,我人到中年,压力山大。一是父亲重病,在省城手术后,住在我家里,由我照料;二来,孩子上学了,沉迷于游戏,经常逃学,成绩直线下降。家里家外一大摊子事,搞得我疲于应付,大感头痛。我和爱人的情绪也很不好,经常吵架,日子过得乌烟瘴气。在生活的重压下,我感到喘不过气来,文学创作不得不停下来。很长时间,我几乎一篇小说也没写,与小蒋的联系也断了。

就这样,又过了几年,父亲的病情逐渐稳定,回老家休养,由妹妹照顾,我肩上的担子一下子轻了不少。孩子也慢慢转变,开始认识到学习的重要,用起功来。我和爱人都十分欣喜。不久,我在单位里得到了提拔,被任命为工会宣传科科长。这当然得力于主席的力荐。于主席不仅是工会主席,还是厅党委委员。他是我的顶头上司,当年也是文学青年。他看过我的作品,对我比较欣赏。

我的苦日子逐渐熬出了头。进入2000年,文学开始复苏,文学创作又热了起来。煤炭厅的文学创作在全省一直十分活跃,各个煤矿都有文学创作小组,每年都有数量可观的作品在省市报刊上发表。有几位作者还先后获得过省市的文学奖项,为煤炭行业赢得了荣誉。我上任宣传科科长后,对文学创作更加热衷,提议成立省煤炭文学学会,创办文学期刊,这些都得到厅党组和于主席的大力支持。他们认为这样有利于提高企业的文化品位,凝聚、激励人心。

那段时间,正赶上煤炭行业的黄金年代,煤炭价格上涨,供不应求。因此,厅里对文化事业也格外重视,要钱给钱,要物给物。在我的运作下,厅里经常在各地煤矿举办笔会、研讨会,邀请省文联、省作协的老师来讲课指导。他们对煤炭行业的创作成绩给予较高的评价。有评论家认为,这种现象值得认真总结研讨。省市电视台和报刊也进行了报道。

  厅领导也很高兴。有一次,厅里一把手见到我说:"你们干得不错啊,看看能不能再烧一把火,再上一层楼。"我把这事向于主席进行了汇报。于主席很高兴,不久他便对我说:"可以搞一套丛书,来展示我们的创作实力。"我问钱从哪来,于主席说他来想办法,先让我搞个预算。这套丛书计划出三辑,每辑十本。估计费用得四十万。

  报告打上去后,厅里批了三十万,还有将近十万元的缺口。于主席出主意说:"你先征求意见,摸摸底。"哪知我一问,大家都愿意,而且十分踊跃。

  于是,我加紧和出版社联系,争取年底先出一辑。就在紧锣密鼓之时,忽然有一天,一个陌生的电话打到了我的手机上。

  "谁啊?"

  电话里传来一阵笑声。

  "你老弟当官了,连老朋友的声音都听不出来啦?"

  是老海!我有些意外。"你从哪冒出来了?"对方又是一阵哈哈大笑。

  "没想到吧?"

  "是没想到。"

  "时间过得真快啊,"老海说,"一眨眼,都十几年过去了。"

  "可不是。"

  "你老弟恐怕早把我忘了吧?"

  "哪里话。"

  "中午有空吗?我请你吃饭。"

  "你在哪儿?"

  "我刚下飞机。"

  "那你来我这里吧。"

  中午,我在厅里的宾馆接待了老海。他到了我的地盘,我当然要尽地主之谊。老海很高兴,说到底是多年的兄弟,就是不一样。席间,我问老海这些年的情况。老海说好啊,好得很。我婉转地提及前些年扫黄办找他的事,他问听谁说的。我说是小蒋。"这小子,"他说,"太不地道,我把他当兄弟待,他却放我坏水。"我一听他误会了,便说:"没的事,小蒋是为你担心。"

"有啥好担心的?"老海大杯喝酒大口吃菜,"这事早过去了。这帮人,想找老子麻烦,他们还嫩了点。也不睁开眼睛看看,我老海是干什么吃的。老子一句话,就让他们下班。"

这次见面,老海似乎瘦了点,人也显得有些憔悴,但一张口依然豪气十足,牛烘烘。我问他这次来有啥事,他才说到正题。

"听说你们要出书?"

"是啊,你咋知道的?"我有些惊奇。

"这你别问,是不是有这事?"

我说不错,正与出版社联系。老海说:"这事你咋不找我啊?我就是做书的,什么出版社我找不到?"这倒也是。不过,这么年没联系了,我哪会想到?

"我给你找繁星。"

"北京的?"

"那是啊。"

嘀,这可是国家级出版社,影响比省里出版社大得多。"我听说在他们那出书挺难的。"

"可不是,"老海说,"看谁去找啊。我们是多年合作单位,上到社长下到编辑,没有我不熟的。"

下午,我把这事向于主席作了汇报,于主席说国家级出版社好啊,影响更大嘛。作者们听说这事也很高兴。

与繁星合作的事很快定了下来,其中沟通的环节都是老海负责。三辑书分批陆续印了出来,前后花了大半年时间。三十本书统一样式,印制精美,摆在一起厚厚的一摞,看上去别提多神气了。为了这套书,我付出了不少心血,从编排、装帧、封面设计、校对到印刷,无不亲力亲为,光印刷厂就不知跑了多少次,现在大功告成,就像看着自己一手拉扯大的孩子,别提多高兴了。

于主席和厅领导也很满意。工会出面举行了隆重的首发仪式,除了厅长亲自出席,还从省里请来众多领导、专家和名流。省内外媒体蜂拥而至,会上长枪短炮,热闹非凡。这件事干得漂亮,各方面都感到满意。有一天,于主席悄悄对我说:"你在宣传科干了好几年,上边想给你压压担子,让你去办公厅。"

"搞什么?"

"先搞副主任吧。"

我心中一喜,办公厅副主任属处级。回来后,我把这事对爱人一说,她也很高兴,当晚做了一桌好菜,还特地开了一瓶茅台犒劳我。

好事接连不断,就在我去办公厅不久,省里决定对煤矿进行股份制改造,成立煤炭股份有限公司。中层干部以上开始拿年薪,副主任年薪十万,这让我的经济状况大为改善。公司董事长(即原来的厅长)对我很赏识,尤其是对我的文字能力,外出开会经常带着我。他的讲话、报告,或公司的重要文件,都必须经我过目他才放心。有时,他直接把我叫到办公室,当面下达任务,甚至越过了办公室主任。外界都传我是董事长的心腹,将来前程无量。

我自己也这样认为的,只要不出意外,我会再次晋升,而且我的年龄具有优势,别人想比也比不了。

就在我踌躇满志时,一件意想不到的事发生了。

那天,我正随董事长在矿里调研,于主席打来电话,说是咱们报奖的书全部被打了回来。

"咋回事啊?"

"书号全是假的。"

"什么?"

我头脑炸了一下。这次申报省政府文学奖,于主席信心满满,他从丛书中选定了十本报了上去,其中包括我的小说集。在于主席看来,我的这本,还有另外两本散文集,获奖的希望很大。他给省里的几位专家通过电话,他们也看好这几本。但是,万万没想到,在资格审定时发现我们申报的作品书号全是假的,按规定不符合申报条件,全部撤了下来。

"这是咋搞的?"于主席很生气,"你赶紧问问,这是怎么回事?这件事你要负责任。"

我急忙走出会议室,给老海打电话。当时已经十点多了,老海还在睡觉。他迷迷糊糊地说:"啥事啊,老弟?"

"书号是咋回事?怎么全是假的?"

"你说啥?这不可能啊!"

我把申报资格审查没通过的事告诉了他。"是不是弄错了?"老海说。"不可能!"我说,"评奖办公室与繁星出版社联系过,这事错不了!"

"这是咋回事啊?"老海做大惑不解状,"我来找他们。"

"那好,我等你电话。"

可是,老海一直没来电话。中午吃饭前,我又给老海打电话。他支支吾吾说,出版社那边正在查。"你放心,这事很快会搞清楚。"说着,他又大骂起来,"这帮人要敢耍老子,我可饶不了他们!"

晚上,我又给老海打电话,他说已经给社长打过电话了,社长表态了,这事一旦查清会严肃处理。

"咋处理?"

"你放心,会让你满意的。"

"满意个屁!"我说,"你真把我害惨了!"

老海说:"我也没想到会出这事。"

此后几天,我每天给老海打电话,很快我就发现老海是在敷衍搪塞。于是,我便直接给繁星出版社打去电话,进行交涉。对方一听便说:"你们受骗了,这个戚江海,我们正在找他哩。他冒充我们出版社到处招摇撞骗,我们已经报警了。"

我脑子嗡了一下,再给老海打电话,对方已经关机了。

很快这件事便传了开来,领导和作者都很有意见,影响也很坏。不久,纪委找我谈话。我如实交代了事情的经过,认真检讨。经过调查,组织认为这套书的接洽过程手续正常,没有发现任何经济问题,而且我也是受害者之一。因为其中也有我的一本书,这也证明了我事先确实不知道书号有假。不过,这事毕竟造成了不良后果,公司党委决定给我记大过处分。

这件事让我十分郁闷。后来,我听说老海骗的人可不少,涉及全国各地大大小小几十家出版社,就连市作协的高主席也被他骗了。他的一本评论集这次报奖也被刷了下来。小蒋安慰我说,吃一堑,长一智,就当买个教训了。"人不作不会死,"他感叹道,"我看这小子是活得不耐烦了,敢造假书号。"

这事之后,老海没了音信,好像人间蒸发。过了七八年,我差不多把他忘记了。有一天,小蒋来电说,老海被抓了,判了十年。我问是啥情况,小蒋说,老海在深圳出事后,先是躲了几年,后又跑到海南重操旧业,再次遭到举报,这次可没逃掉。据小蒋说,这些他都是听老海的一个手下说的。这个手下原在老海公司里,后来出来单干。这次小蒋去北京出差,在机场见到他,交谈起来方知道以上情况。

"那康婷婷呢?"我问。

"早跑了。"小蒋说,"她在深圳就与一个老板勾搭上了,走时把老海的钱也卷了。"

又过了许多年,我回五湖办理房产过户手续。当年在市图书馆工作时,单位分给我一套福利房,位于桂花巷。这一片是老城区,房屋低矮、老旧。我把车子停在街上,步行进去。几十年没来,这里越发显得破旧。路边的一些房子上写着大大的"拆"字。一些违章搭建的房屋、阁楼和棚子横七竖八,随处可见。在巷口一处空地上,摆着几张桌子,一些退休老头老太围在桌边打麻将。

忽然,有个人影在眼前一晃,似有几分眼熟。我仔细看去,发现那人坐在一张麻将桌边,跷着一条腿,脚上趿拉着一双塑料拖鞋,身上穿着一件已经看不出是白色的老头汗衫,下身是一条黑色的大裤衩——是老海吗?

他的长发已经剪成了寸头,头发稀疏,一片灰白,人也瘦了不少。我呆立片刻,正想着要不要上前打个招呼,忽然,手机响了。原来是有人让我移车——我的车挡了他的道。等我移车回来时,那人已经不在了。我默默地站了一会儿,然后转身离去。

暮色降临,夕阳的光影开始暗淡下来,巷子里电动车来回穿梭。几只猫在垃圾桶旁觅食,一个脏兮兮的流浪狗四处溜达。一阵风吹来,地上的落叶、废旧塑料袋四处飞扬。

原载于《长江文艺》2022年第2期

# 紫色口罩

许春樵

戴上口罩,脸只剩下了三分之一。

门卫戴着口罩,白色防护服将身体打包成一团气囊,看上去像个假人,不过,声音是真的:"不戴口罩,不许进!"

可馨见门卫三分之一的脸似是而非,转身离开了。黄昏里晦暗的天空憋了一整天,下雨了,雨中夹着细碎的雪,可馨站在医院外的马路边,小心地向过路行人求助:"您还有口罩吗?"

路过的行人像动画片一样在眼前滑过,没人停下,口罩罩住了他们大部分表情和全部心思。风裹着雨雪密集飞舞,可馨的口气变得哀求:"您有口罩吗?卖一个给我吧!"

天彻底暗了下来,路灯一下子全亮了,细碎的雨雪打在脸上,又麻又辣,可馨感觉自己像一个废弃的塑料袋被扔在路边,沮丧的情绪里应外合,就在她抬腿准备回撤时,一辆摩托车在她脚边疾速刹车,骑手从裤兜里掏出一只密封口罩,直接塞给可馨:"不戴口罩上不了公交的!"可馨一时语无伦次:"口罩丢了。我来医院给同事送电脑。谢谢您!多少钱?"骑手说了声:"我不卖口罩!"

电动摩托像一条鱼,滑进了源源不断的人流中。

设计师如月急性阑尾炎发作,被120从办公桌边直接拉到手术台上。还没到下班时间,病床上的如月来电话,说电脑里儿童乐园的设计方案要修改,不按期交稿就得按合同交罚金,于是,可馨抱着电脑过来了。从密不透风的公交车下来,可馨摘下口罩,还没来得及感受到喘气的自由,就被拥挤的乘客挤到站牌下的垃圾桶边,她不由自主地抱紧了怀里的电脑包,直到抵达医院门卫面前,才发现单挂耳边的口罩不见了。

可馨没看清骑手头盔和口罩里面的真实面目,但看清了骑手脚上的耐克运动鞋,黑色鞋帮镶了蓝白腰线,像是一个跟自己差不多大的男孩,也许是结过婚的男人,但肯定不是大叔。望着被雨雪、灯光和风声打碎的天空,可馨执拗地认定"应该是个男孩"!

拆开塑封,抽出的是一只紫色口罩,紫色偏清淡,露出粉红底色。粉紫色是可馨喜欢的颜色,她想起了房间窗台上那盆四季盛开的蝴蝶兰。骑手身上揣了一只粉紫色口罩,难道是个女孩?口罩已将整个城市篡改,男女在这个季节似是而非。可馨刚戴上紫色口罩,如月电话来了:"进门往左转,二病区三楼306!"

雨雪一停,天就暖和了,口罩捂住了呼吸,没捂住春天。

这个春天,可馨最费心的是到哪儿能买到紫色口罩,满大街都是蓝色和白色的。那个雨雪霏霏的黄昏过后,可馨认定只有紫色口罩才是口罩,尤其是那种粉紫色的。公司办公室里,一位嫁不出去的老姑娘用干燥的手指敲着可馨的办公桌:"你怎么能不戴口罩呢?"可馨没说话,默默地将挂在耳边的蓝色口罩戴好,像犯了错误似的。戴上蓝色口罩,呼吸至少打了六折,可馨看不到自己憋得通红的脸,却感受到了变本加厉的窒息。

"药店没有紫色口罩,网上也没有!"可馨对如月说。如月搂着可馨虚软的肩:"紫色口罩,地下工厂生产的,都没消过毒。走,我请你去吃火锅!"

可馨买到一整箱紫色口罩的时候,护城河边的柳树绽开了绿色苞蕊,城墙根的迎春花贴着古旧的墙砖怒放金黄,有那么一个瞬间,可馨看到窗台上的蝴蝶兰花就是盛开的紫色口罩。"遥望春天"灌水论坛里彻夜讨论口罩是不是今年过年最抢手的年货,后半夜一个帖子说春节期间口罩原料紧缺,义乌好几家工厂用女性服装内衬的粉红面料顶上,剑走偏锋,每只加价两毛五。可馨沿着帖子指引的方向,直接从厂家订购300只。办公室六个大龄女生,五个未婚,可馨每天戴着紫色口罩上班,那位常年拒绝化妆的女生说,靠口罩妖艳的颜色诱惑男人的目光,难度较大。如月说:"可馨要想嫁人,不靠口罩!"

工艺美术系毕业的可馨,一米六五,皮肤白净细腻,一双丹凤眼迷离中透着妩媚。"江浙人北京话,新思维旧传统",网上流行的极品女人规则,像是专为可馨定制的。可馨的记忆中一半以上时间用来逃避围追堵截的男人,剩下的才是学习、工作、逛街和吃火锅。她对闺密如月说:"我对男人一百个不放心,尤其像我爸那样的男人。"厨师父亲十九岁追母亲写血书,三十岁开餐馆,四十岁餐馆开到了墨尔本,在澳大利亚当老板没两年,跟一位端盘子的姑娘滚到了一张床上,一起漂洋过海的母亲伤心地哭了整整一个冬天,还是被抛弃了。父亲在墨尔本海边给母亲买了套带露台的公寓,还给了一大笔钱,那个春暖花开的日子,父亲背朝大海,跪在母亲脚下说"我是畜生"。可馨不觉得父亲是畜生,因为父亲身后,忘恩负义的男人成群结队。墨尔本海边孤独而寂寞的母亲每天跟可馨视频,让可馨要么移民澳大利亚,要么三十岁前把自己嫁出去。可馨说受不了墨尔本湿漉漉的海风和比狼狗还要大的袋鼠,也闻不了澳大利亚人全身上下牛肉和奶粉的味道。这天跟如月吃火锅刚开了个头,可馨手中的筷子停在半空,话音里是挥之不去的麻辣味:"我妈说女孩到了三十岁,再漂亮都要打折降价,明年我就三十了,怎么面对?除非我在二十九岁死去!"比可馨小两岁的如月给可馨夹了一块毛肚:"你等的那个人,肯定也正在四处找你,但不会是送口罩的那位,男人用粉紫口罩,除非是gay(男同性恋者)!"如月说这个春天,医院门前的那只紫色口罩如病毒入侵了可馨,可馨说没有:"我窗台上蝴蝶兰就是紫色的。"

所有的脸剩下三分之一,认对一个人比认错一个人要难得多,眼睛、声音、服饰以及走路的姿势不足为据,口罩混淆了迎面走来的亲人和仇人的真相。如月说认人靠感觉,可馨说有时候用鼻子能闻出人的身份和气息。

春天暖风一吹,雨无休无止,可馨在雨天喜欢听纯音乐《下雨的时候》,一支能抵达灵魂的曲子。这个雨天的早晨,高峰期地铁里太挤,抢到座位的可馨没有听音乐,她听到了铁轨正在生锈的声音。停靠换乘站,人更多了,一个理了寸头、穿着米灰色风衣的年轻人被乘客卷进了车厢,他两手死死攥住了车厢里的扶杆,额头上冒出了细微的汗,列车开动后,坐在椅子上的可馨站起身对寸头说:"你坐下吧!"寸头年轻人戴着蓝色口罩,看不出脸上表情,眼睛里满是惊愕和疑惑,寸头正犹豫着,一个身材肥胖的女人乘虚而入,一屁股坐了下去。可馨抓住手机的手指向寸头,她跟肥胖女人急了:"我让座给他的!"肥胖女人理直气壮:"我比他大多了,你当然要给我让座了!"

车厢里密集的脑袋好奇地看着眼前的场景,一个年轻女孩给一个年轻男孩让座,类似看到太阳从西边升起来了。可馨继续跟肥胖女人争辩:"他受伤了!"周围一圈脑袋都在口罩后面笑了,他们看到寸头男孩站得跟车厢里的扶杆一样笔直,年轻男孩没笑,他对戴着紫色口罩的可馨说了句:"谢谢你!"可馨看到年轻人眼神温和而诚恳,丝毫没有父亲眼中的油腻和世俗。此时成功霸座的肥胖女人闭上了眼睛,谁也看不到她的眼神,她纹丝不动地坐在别人的目光里。

可馨在"溪月"站下车,乘电梯升到地面,寸头男孩站在扶梯口,正面迎着可馨,四目相视,眼神短兵相接,一问一答像是早就排练过的。

"你怎么知道我受伤的?"

"我闻到的!你骑摩托摔伤的。"

寸头男孩的眼神紧张到痉挛:"你怎么知道的?我每天要骑车跑一二十处,顾客总是……"

可馨向下打了一个手势："不用说了,我不想知道你的职业。"

这些日子,天漏了,总是下雨,可馨脑海里没出现男孩摔倒在雨中的画面,有一个镜头却很清晰,男孩摔倒在地的目光中,路边的楼房全都是歪的,像是危房。地铁口人来人往,可馨应付了几句,正要离开,寸头男孩挪了半步,半个身子侧横在可馨前面,他对着可馨的紫色口罩说："谢谢你给我让座!能加你一个微信吗?"

可馨态度很坚决："不用了!"

可馨从坤包里抽出折叠伞,迅速撑开,然后一头扎进茫茫春雨中。

被病毒污染了的春天,空气形迹可疑。五四青年节,活动放在露天,市里叫"青年联谊会",来的人都知道是"大龄青年相亲会",地点在桃花已经凋谢的桃花公园。公司一个名额给了如月,如月说跟网约的剧本杀冲突了。可馨是代如月来打卡的,打完卡就回房间打游戏,相亲也是游戏,一天假,两场游戏,值!是个半阴半阳的天气,桃花公园门口,可馨看到一缕阳光从云缝里射出来,锋芒毕露,徽派门楼上方,巨大气球下飘着写着"有情人终成眷属"的条幅,颜色鲜艳,意思陈旧,感觉是飘扬着一条旧裤子。可馨来得迟,公园入口处人烟稀少,偶尔有进去的,三分之一的脸上漫不经心,还有被母亲拽着的,像是被抓来的壮丁。可馨手里攥着门票,在检票口停住了,检票员态度友好得有些轻浮："怎么,白马王子不想要了?"话音未落,一个戴蓝口罩的男孩逃难似的从公园里面冲了出来,检票员三分之一的脸变形了,被损耗了三分之一的声音冒着烟："长没长眼,出口在那边!"

冲出来的男孩差点儿跟可馨撞了个满怀。

可馨躲闪中一个趔趄,男孩对立足未稳的可馨连连道歉："对不起,真对不起!"

桃花公园外公交电子站牌显示,28路车还有三站,可馨见站台边槐树上开满了槐花,准备拍一张照片,刚掏出手机,那个把进口当出口的男孩追了过来,他抹着头上的虚汗,气喘吁吁地对着可馨的紫色口罩说："你的钥匙丢了,溪月站台那天!"

可馨摇了摇头。

男孩从口袋里掏出一张有磨损、划痕的门禁卡,卡上"宏达大厦"四个字已模糊。男孩神情焦急,语速加快："你从包里抽伞,带出了钥匙,不,是门禁卡。我捡起来喊你,你头也不回地钻进了雨里。"

可馨开口了："你怎么知道是我的?"

"我闻出来的!不会错的,戴的也是紫色口罩!"

可馨沉默了,她将目光转向天空,天空凌乱,滚动的云和尖锐的阳光纠缠不休。

公交车来了。男孩对可馨说："还上车吗?请你喝杯咖啡行吗?"

可馨说:"除非你口袋里揣过一只紫色口罩。"

护城河岸,古老城墙下新潮的咖啡馆叫"雨中即景"。临水卡座,两杯冒着热气的咖啡被端上来后,两个年轻人摘下口罩,他们相视一笑,目光同时落在玻璃窗外一棵歪脖子柳树上,柳树垂下的枝条倾向水面,水面上掠过一只白色水鸟。

咖啡馆总是安静,背景音乐是一支克莱德曼的曲子,沉默了一会儿,可馨从水面上收回目光,男孩将一杯咖啡推到可馨面前:"你跟戴口罩时一模一样。"

这是可馨想说的第一句话。于是,她对留着谢霆锋发型的男孩说了第二句:"两个月前,你应该是平头。"

男孩没正面回答,目光依旧温和诚恳:"我总觉得,我们在哪儿见过。"

可馨说:"贾宝玉第一次见林黛玉也是这么说的!"

男孩叫路东,自报家门后问:"你怎么不进去相亲?"

可馨放下手中的咖啡,目光直击叫路东的男孩:"因为你出来了!"

临近中午,咖啡馆收银台前。路东对可馨说:"我可以加你微信吗?"

可馨说:"如果你同意我买单,加微信没问题。"

路东用身体挡住了可馨伸向收银台的手机:"说好了是我请你的。"

可馨笑了:"你请客,我买单!"

可馨迷离而妩媚的笑像一把刀子,如月也这么说过的。

微信加上了。相互通过确认的那一刻,他们愣了不到一秒钟,都笑了,"可亲可馨","路西路东",两个微信名,遥相呼应,不约而同。

微信是没有咖啡的咖啡馆,隔空对面,更为自由,当面不好说的话,微信里说得轻松自如。那天离开咖啡馆回到房间,可馨发了第一条信息:"一个大男孩口袋里揣了一只粉紫色口罩?"路东秒回:"早上出门,公司的蓝白口罩被抢光了,只剩下紫色的,我一天要跑一二十个地方,随手拿了一只备用。"可馨回了一条:"口罩元年。今年过节不收礼,收礼只收小口罩。"路东按照原先思路回过来:"外地捐赠,分给公司的,都不喜欢紫色口罩,同事说戴上去像妇产科的女护士。"可馨发过来三个字:"我喜欢。"

微信来去,轻松随意,当这种随意持续到后半夜两点的时候,一些严肃的话题就会冒出来,路东试探着问可馨:"你就不想知道我是做什么的? 我知道你在宏达大厦上班。"可馨一句话封死:"这是桃花公园相亲需要问答的问题,我是宏达大厦保洁员、炊事员、打字员,或者是业务主管、值班经理、公司 CEO,与我们交往没有关系。你说是吧?"路东立即打住,继续他们关于躺平、内卷、妈宝男、外围女、小鲜肉、大杠杆的话题,还有音乐、电影、抖音、王者荣耀、流浪地球、玄幻与穿越的网络文学,一直聊到路东说:"楼下卖早点的出摊吆喝了,我该起床上班了!"可馨回复说:"今天是礼拜天!"

朋友圈是一个叛徒,圈里的蛛丝马迹会不动声色地出卖你的身份、职业、喜好和趣味,可馨有一次忍不住问路东:"为什么不让我看你朋友圈?"路东回复说:"你先对我关闭的!"

后来知道了,他俩都不发朋友圈,路东说没时间发朋友圈,可馨说自己没什么朋友。路东说:"反正我不是贩毒的,一天跑一二十个地方,也不是收保护费的黑老大。"可馨回过去:"贩毒的和做黑老大的是不会去桃花公园的,你说你跑到北京去追星雅尼,那一年雅尼在紫禁城开音乐会,我才上小学二年级。"路东接过话题:"你是说我年龄比你大很多。"可馨立即接茬:"我不想知道你的年龄,还有你父母的职业和掏钱的姿势。"路东回答:"你像是一个算命的,可能早就知道了。是不是用鼻子闻出来的?"

可馨和路东聊着聊着就聊到桃花公园里去了,路东说我是从桃花公园逃出来的,可馨说她闻到了那天桃花公园相亲很失败,是路东失败,还是对方失败,没闻出来。路东说女方先是不愿摘下口罩,接着摘下口罩后说的第一句话是没有房子、车子就不要浪费时间了,第二句是你父母有多少家产,将来愿不愿给我们带孩子,路东只回答一句:"你还没问我愿不愿意跟你生孩子呢?"最后一个字还没说完就拂袖而去。可馨秒回"你胜利了",后面敲了六朵小红花。

可馨和路东的微信往来,从一两分钟,到一两个小时;从大半夜,到一整夜;从一两天,到一两个月。两个月后的一天凌晨4点,路东发过来一句:"我想看到你戴着紫色口罩的样子,能不能视频?"可馨说:"为什么要视频?现在就去'雨中即景'!"路东说天还没亮,可馨果真听到洒水车正在凌晨寂静的马路上作业,喧哗的泼水声惊心动魄。

他们恋爱了,但没说一个"爱"字。可馨说,爱不是用来说的。

很长一段时间里,可馨把十九岁父亲写给母亲的血书视为情感绑架,或勒索。母亲在十八岁的某个黄昏面对血书,没有感动,只有持续不断的手脚痉挛和恐惧,她看到窗外的黄昏里残阳如血,血腥之气四处弥漫。可馨和路东惊人一致的共识是"我爱你"和"小姐"两个词,在紫色口罩之前就已沦为贬义词,赌咒发誓的表白注定会加速爱情的破产。可馨说,两个人能不能走到一起,靠感觉和默契,一秒钟就够了;路东说,两个人之间,不是看你说了什么,而是看你做了什么,这需要一辈子。

刷微信就像刷牙,每天必不可少。恋爱中每礼拜至少一次相约"雨中即景"固定卡座,落地玻璃窗外的歪脖子柳树是他们第一次约会的证人。要是卡座先上了客,就去餐馆,路东说还是吃火锅好,可馨说鸳鸯火锅里的麻辣和清汤,看起来势不两立,其实给食客提供了口味的自由,"有自由才有轻松、快乐,有时候我觉得我是为吃火锅才来到这个世界的"。第一次进"水底捞"的那天,路东点了个鸳鸯火锅,火锅开了,窗外的夏天也来了。

7月炎热的中午,烈日当空,路边梧桐树叶被阳光暴烤至卷曲变形,可馨和如月走出宏达大厦的玻璃门,见门前熄火了的摩托车上,一个男孩戴着口罩对着手机屏幕点头哈腰:"实在对不起,我不是故意的……"后面的声音像是哀求,听不清。男孩是路东,可馨收起撑开的遮阳伞,在摩托车右侧停住不走了,如月很迷茫地看着可馨。

路东结束通话,看到了可馨,他对戴着紫色口罩的可馨解释:"宏达大厦客户都是有钱人,真难缠……"可馨说:"一起去吃火锅吧,中午工作餐真难吃,像是解放前的伙食。"路东说要等客人下楼,改天他请大家吃火锅。

火锅吃得很马虎,如月手中的筷子大部分时间在半空中比画着,她对可馨认真分析推敲着路东,戴着口罩看不出长相,好在眼睛是心灵的窗户,从那两扇窗户里能看出他是个暖男,想宠爱你,但不知道怎么宠,白T恤牛仔裤没有品牌,脚上的鞋子倒是蛮好,耐克的,"运河"摩托太low(低档)了,打工仔的标配,听口气,是送外卖的,可摩托车后面没有外卖箱。"他究竟是做什么的?"可馨说:"不知道。这很重要吗?"聪明的设计师如月说了一句毫无新意的名言:"恋爱中的女人智商为零。"可馨在火锅沸腾的雾气中回答得极度平静:"不打听,不介意,不算计,恋爱前就定下的。记得我跟你说过的。"

用"剩女"贬损大龄未婚女,嘲讽中掺杂着羞辱,剩下来的可馨负隅抵抗,她只设计图纸,不设计婚姻,她对母亲说,菜市场才需要公平交易对等交换,桃花公园就是菜市场。争执不下时,视频里的母亲痛不欲生:"如今有剩儿剩女,没有剩饭剩菜,跟从前不一样了!明年就三十了,到现在都不晓得男方是做什么的,坐过牢没有,他爸是卖鱼的还是杀猪的!"

设计公司里的可馨是另类的存在,不发朋友圈,不跟办公室里的剩女们讨论未来男友的长相、学历、家产,也不讨论服装、口红、唇膏和这一年流行的沉浸式剧本杀,只有如月理解可馨不是行为孤傲,而是内心孤独。闺密也有出现分歧的时候,读过托马斯·莫尔《乌托邦》一书的如月说,合上书本,面前就是房租、水电和糟糕的工作餐。可馨说："我不喜欢读高深的书,我喜欢一支曲子就能抵达灵魂,比如勒夫兰《下雨的时候》。"如月说："所以一只口罩就能让你魂不守舍。"可馨说不是。

秋天雨水少,北方来的风一次比一次凉,"雨中即景"落地玻璃窗外歪脖子树上的柳叶青黄不接,河面上最先落下的几片黄叶在秋风中随波逐流。路东仰起脖子,喝光最后一口咖啡,放下杯子对可馨说："我妈说你要是还不愿见她,就要我去见璐璐。"可馨手中的银色长柄勺轻轻搅动着已经空了的咖啡杯,语气出奇地平静："听你妈的没错。"

可馨说完站起来,转身就走。卡座上的路东像一只被扔下的空杯子。

这个秋天的夜晚,"可亲可馨"和"路西路东"第一次失联。

可馨从"王者荣耀"下线,是后半夜两点十分。躺到床上,熄了灯,困意汹涌澎湃,正要合眼,手不听指挥地抓起枕边的手机,打开微信,路东无声无息,窗外路灯漏进来零碎的光,窗台上的蝴蝶兰若隐若现,像是被雨水淋湿的紫色口罩。屋外的风声将迷迷糊糊的可馨带进梦里,梦里她走了许多路,喝了许多水,路上没有标牌,两个来历不明的女人站在十字路口指手画脚,这边是路东,那边是路西,她们戴着口罩激烈争吵……

中午时分,天空下起了秋天的第一场雨。如月约可馨去楼下必胜客吃比萨,可馨不想去,她坐在办公桌边,打开手机,依旧没有路东的微信。路东自打第一次主动约可馨去"雨中即景"后,一直被动地跟着可馨的节奏走,可馨在夜深人静时说"再聊一会儿",聊到天亮,路东也当作是"一会儿",步调一致到迎合甚至是讨好。这个中午可馨嗅觉失灵了,她闻不到路东的下落,于是主动给路东发信息:秋风秋雨愁煞人。她想在后面再加一句,路东的微信消息跳了出来。

"真对不起,我不是故意的!"昨天离开"雨中即景",摩托车一路疯癫,人没摔倒,手机却丢了,晚上6点还能打通,后来就关机了。今天上午重新买手机,去移动公司办卡,一开机立即报告,漫长信息的最后一行是："耽误了四单客户,罚了600块钱。"

可馨回复："没耽误见璐璐?"

路东秒回："我妈说,璐璐不戴紫色口罩。"

晚上"水底捞"火锅店,路东点了大份鸳鸯火锅,锅里的红白两汤步调一致地翻滚,麻辣与鲜香在袅袅如烟的气息中难舍难分,可馨说："我要喝酒!"路东点了两瓶"嘉士伯",但最后买单提示喝了六瓶。

雨还在下,路东打车送可馨到"蓝梦公寓"楼下,他搂着可馨纤细柔软的腰,贴着她耳朵,轻轻地说:"你喝多了,我送你上楼,好不好?"

可馨一半身子依偎在路东的怀里,声音比腰更加柔软:"不好!"

路东进一步搂紧可馨,他的手指在她的腰上似有若无地掐了一下:"你已经拒绝六次了,我送你进房间不好吗?"

半醉半醒的可馨一把推开路东:"进了房间,你还能出得来吗?"她摘下紫色口罩,表情坚定,声音清晰,"进了我的房间就是我的人。我要跟你结婚!"

路东站在冷雨中,像一根僵硬的水泥柱子,可馨的脸上挂满了雨水和泪水。

风停雨歇的清晨,秋高气爽,窗外的天空一览无余,可馨不想起床,回忆昨晚在"雨中即景",路东既没拒绝,也没答应。她正在犹豫要不要跟闺密如月说一下昨晚酒后的故事,路东的微信就来了:"亲爱的,昨晚说的话算数吗?"

路东第一次改了亲昵的称呼。可馨没拒绝。此前微信里他称可馨"可亲",可馨称路东叫"路西"。可馨回过去信息:"算数怎么说,不算数又怎么说?"

路东快速抢答:"算数你跟我结婚,不算数我跟你结婚。"

"跟你妈说了吗?"

"我在路东,还是在路西,这跟我妈有关系吗?"

可馨的后悔是用拳头砸了一下自己脑袋,她赶紧回复:"不是妈宝男真好!"

"谢谢亲爱的!既然要结婚,我必须老实交代,我是一个打工仔,房产中介公司卖房子的,不是送外卖的,每天带客户四处看房,而我自己没房、没车,摩托车是跳蚤市场淘来的,560块。"

可馨愣了一会儿,果断回复:"那又怎样?可以租房子,结婚与你妈无关,与房子无关,你说是吧?"

恋爱是坐船看风景,结婚是划船拉大车;恋爱是琴棋书画,结婚是柴米油盐。可馨整理出这些感受时,胃里像是塞进了剩饭剩菜,咕咕地泛酸水。路东约可馨来"雨中即景"面谈,说结婚的事在微信里说不清。可馨说不想把结婚弄得跟离婚一样麻烦,有事微信聊。路东在微信里说事了:"租房子结婚,我妈说在宏达大厦上班的女孩,除了你,我找不到第二个,千万不能辜负你一片真心,婚房我们家买。礼拜天一起去看房,我知道哪儿有现房。"路东还问买多大的,挑新区南雁湖边的,还是老区东城门内的。可馨匆匆回复:"怎么挑,你说了算!我不用看了,嫁给你,不嫁给房子。"她打开电脑,准备打闯关游戏。

西伯利亚来的第一场寒流来势凶猛,天亮出门,马路上落叶在寒风中漫天飞舞,一夜之间,气温降了22摄氏度,"即时头条"说百年不遇。90后的可馨没心没肺地活了二十九年,读书、考学、上班、听音乐、打游戏、吃火锅,一路顺风顺水,父母离婚算是一次重创,难受也就一个礼拜,一个礼拜悟出的道理是,结婚还不如打游戏,真想结婚,不是到处去找,而是靠鼻子去闻。如月说她浪漫得幼稚,幼稚得荒诞。说这话的时候,可馨正要跟路东去领结婚证。

路东说先等他把婚房的房产证办下来,再去领结婚证,可馨说谁先谁后,这不一样吗?如月说:"不一样。结婚前办房产证,是路东婚前个人财产,你一平方厘米的产权都没有,拿了结婚证后办房产证,是两人共同财产,一人一半。"准备做一辈子"单身狗"的如月愤愤不平:"这不是欺负人吗?"可馨说:"我又不打算离婚,要那一半干吗?"

视频里母亲的声音里灌满了澳大利亚潮湿的海风和盐:"没有人结婚是为了离婚的,可你爸跟我离婚都八年零六个月了。房产证写上你和路东两个人的名字!"

如月和母亲把简单的事情复杂化了,房产证上加一个名字,键盘多敲两下不就成了?可馨怕烦,她要腾点儿时间打"缘起仙侠游",晚上打开电脑前先给路东发了一条微信:"你去办房产证,别忘了加上我的名字!"

可馨觉得这就像咖啡里多加点儿糖一样简单。

几次闯关受挫,可馨陷落深渊不能自拔,两个多小时没看手机。累了,她按下暂停键,起身喝了一口炭烧冰沙奶茶,打开微信,路东40分钟前回过来一条:"亲爱的,为什么要加上你的名字?"

可馨已经习惯了"亲爱的"称呼,听起来入心润肺,但此刻感觉却像是奶茶桶上印着的"炭烧冰沙"标签,她手指僵硬地敲回去:"路西,为什么不能加上我的名字?"

路东秒回:"你不信任我?"

"我信任你。"

"信任我,就不用加你的名字。"

"你不信任我?"

"信任。"

"信任我,我不说,你也该加上我的名字!"

……

一晚上微信,面红耳赤。可馨将喝了两口的奶茶扔到垃圾桶里,口罩捂了呼吸,喘不过气来,她抬手去摘,空的,在房间里没戴口罩。

又是黄昏,阳光稀薄,老旧的巷子里风声呼啸,如月请可馨去吃冰糖葫芦,她挽着可馨有气无力的胳膊:"你要想得到一个人,就走近他;你要想失去一个人,就完全彻底地走近他。"可馨的声音被风卷走了一大半:"所以,人就不该结婚。"晚上母亲主动打视频电话过来,母亲穿着单薄的睡衣在屏幕里说:"不加就不加,结婚先生个孩子,将来有个依靠,真要是分了,不要那一半房产。"

可馨约路东去"雨中即景",路东说最近房价涨得凶,晚上都要带客户去看房子,还是在微信里商量,两天后路东约可馨去"水底捞"吃火锅。可馨在房间里告诉他,正在外地出差。后来路东发过来的微信里变了风向:"我妈年龄大了,死脑筋。"可馨敲了一行字:"听你妈的,没错!"

连续刮了几天风,阳光被风卷走,天暗了下来,窗外飘起了雪。可馨坐在灯下,打开电脑,游戏页面死机。快两个礼拜了,可馨和路东没去"雨中即景",也没去火锅店,微信里弥漫着火锅的麻辣。

路东说:"还没结婚,非要锁定离婚后的收益?"

"还没结婚,你就预设好了离婚方案。"

"你要是信任我,就不会要在房产证上写两个人的名字。"

"你要是信任我,就不该坚持房产证上只写一个人的名字。"

"我可以把房产全部给你,但不接受你对我的怀疑。"

"是你已经怀疑,离婚我要分你一半房产。"

……

"水底捞"鸳鸯火锅在可馨眼前沸腾,红白两汤各自翻滚,互不买账,可馨发了最后一条微信:"本来要商量结婚,可我们却在讨论离婚。无聊透顶!"发完迅速拉黑路东。

"可亲可馨"与"路西路东",在这个暗无天日的夜里,双双沉入水底。

元旦前,可馨辞了职,去澳大利亚。如月送可馨去机场,出发前,如月对拖着箱子的可馨说:"这么急着走?"可馨说:"二十九岁剩下没几天了。"如月的目光在可馨脸上打住,问:"你戴了蓝色口罩?"可馨说:"紫色的用完了。"

过了年,澳大利亚的秋天来了,万里之外,"雨中即景"咖啡馆外歪脖子树上的柳叶正悄悄发芽,可馨想起咖啡馆固定卡座和紫色口罩,望着墨尔本窗外的大海,一整天沉默不语。母亲很兴奋地告诉可馨,移民手续办好了,下礼拜三跟父亲一起去大使馆办签证。可馨说不想移民,母亲很伤心,问为什么,可馨说她受不了墨尔本湿漉漉的海风和澳大利亚人全身上下牛肉和奶粉的味道。

可馨回到国内,已是春暖花开的3月。蓝梦公寓的房间里,可馨将拉黑了的路东的微信拉回来,微信里空空如也,"百度"告诉她拉黑的微信发出的信息无法收到。可馨又将拉黑的手机号码恢复,耐心地去翻看之前被拦截的信息,发现屏幕里跳出一大串路东的短信,其中一条是:"亲爱的,找不到你,我才知道我错了,房产证一事纯属无中生有,我爸是宏达地产的老板,家里房子比口罩多,宏达大厦也是我家的,我不该试探你。做房产中介是我爸锻炼我打工吃苦受累的耐力。亲爱的,你回来吧,我什么都不缺,就缺你!"

路东的最后一条信息是除夕夜发出的:"这是第99条信息,如果你把我的号码删除了,我就彻底死心了。你闻错了,我做错了!"

可馨哆嗦着手,给路东拨过去电话,电话通了,话筒里一片嘈杂喧哗,婚礼进行曲中,一个男中音异常响亮:"有请新郎、新娘上台!掌声在哪里?"

可馨听到了山呼海啸般的掌声,却没听到电话里的回音,也许没听清,她不知道电话那头,是路东的婚礼,还是路东参加的婚礼。

窗外下雨了,窗台上的蝴蝶兰谢了,残存的几片叶子顽强地绿着,花盆边上,不知什么时候躺了一只未拆封的紫色口罩,可馨记得出国前好像用完了的。

原载于《芙蓉》2022年第6期,《小说选刊》2022年第12期、《小说月报·大字版》2022年第12期转载

# 白 沙 门

## 潘 军

### 一

　　位于海口市东北角的那片海滨叫白沙门。1994年,这里还是一片十分荒芜的沙滩,垃圾乱扔,没有一条像样的路。但是,只要是天气好的时候,在白沙门总会看见不少大陆人的身影。大陆人,是当地土著对外来人的统一称呼。这些大陆人不是来这片糟糕的海滩游玩的,也不是为了看海,而是要站在这里,眺望琼州海峡那边的大陆边缘——那是雷州半岛。好像只要能看见半岛的影子,就觉得自己还没有被抛弃。他们都是一些闯海的失意者。

　　一个月光很好的晚上,一个叫李桥的重庆人独自停在这里,打算抽掉一盒阿诗玛。忽闪的微弱烟火,能映照出他沮丧而忧郁的表情。事实上,李桥是一个眉目清秀但看上去有几分腼腆的青年,虽然戴着一副近视眼镜。当时他刚满27岁,但上岛一年的经历却让他内心有着72岁的沧桑。当抽到第18支烟时,一阵海风吹过,送来了一个女人凄婉的啼哭声。在最初的几分钟里,李桥被这阵时隐时现的啼哭弄得有些慌张,以至于想拔腿离开。可是异常的时间和空间唤起了他天然的责任感,他觉得哪怕一个最腼腆的男人,在这样的时刻逃离现场也无疑等于犯罪。所以,他还是把剩下的两支烟装进了口袋,立即循声而去。李桥的步子很大,很快就接近了哭声的源头。远远看过去,那是一个同样年轻的女人背影,一袭白裙,搭着一条类似丝巾的披肩,头发被海风撩乱。李桥小心地走上前,这时女人已经停止了哭泣。不过从她微微抽动的双肩看,女人此刻应该是在竭力想让自己平静下来。她知道有人向她跑过来了,却并不想转身。于是时间在这一刻显得非常安静,很好的月亮映在很好的海面上。

　　短暂的迟疑后,李桥对着女人的背影说了句:"你没事吧?"

　　女人没有回头:"我没事。"

　　李桥闻到了女人的酒气,觉得事情突然变得有些滑稽,女人不过是今晚多喝了几杯,自己匆忙跑来显得有点自作多情。他不知道下一步该怎么做,是继续留在背影的后面,还是趁早离开?

这时,女人又开口了:"有烟吗?"

李桥说有,就赶紧把剩下的两支烟掏出来,递上一根,自己也叼上一根,接着用打火机帮她点上烟,自己也顺势点上,再把空烟盒揉碎,却没有扔,而是放回到裤袋里。似乎是为了打破尴尬,李桥又说了句:"真巧,就剩最后两支。"

女人吸了一口烟,把半口吐出来:"你是担心我会跳海吗?"

不等李桥回答,女人又说:"我要是真的跳下去,你会救我吗?"

李桥脱口而出:"不会。"

女人这才回过头,显然是对李桥这种决绝的回答感到吃惊,或许还带有一点愤怒。李桥发现,月光下的这个女人应该比自己小几岁,像刚从大学毕业的年纪,模样还是很好看,眼睛很亮。

"你不会游泳?"

"我的水性很好,十三岁就能游过嘉陵江。"

"心肠这么硬?"

"也不是。"

"见死不救?何况是一个男人来救一个女人……"

"就算你是美人,我也当不了英雄。"

说完李桥笑了笑,想让自己放松下来,尽快摆脱窘境,然后他平静地说:"死也是人的一项权利。我想,一个人对死的选择一定是有道理的。再说了,真想死的人是拦不住的,也没法救。"

女人打量着李桥,把手里的半支烟扔到沙滩上:"你的话比你的人精神。"

然后就把披肩抄了抄紧,打算离开了。女人从李桥身边经过时,男人闻到了一股淡淡的薰衣草香水味,只可惜被酒精破坏了。男人很想对女人再说点什么,可又觉得,在这样的环境里跟一个陌生女性搭讪有些不厚道。

女人远远地又说了句:"劳驾,别忘了把我扔下的烟头带走,这片沙滩已经够脏了。"

这件事发生在1994年的4月。那时我刚上岛不久,住在海口市海甸岛沿江三东路的一座还算体面的公寓。原打算在这里写一部长篇,等一周跑下来,我的想法变了。我觉得以一部纪实风格的大型电视专题片,来追踪形形色色的闯海人的轨迹,是个不错的选择。这个想法让我有些激动,于是就开始动笔写提纲了。有一天,我在电梯里遇见了一个身材单薄、戴着一副黑框眼镜的青年,手里抱着一只纸箱。此人就是李桥。当时他在一家女性化妆品公司当推销员,看上去混得并不怎么如意。那家公司就在这座公寓里,所以我们常常碰面。后来知道,李桥本科读的是中文,喜欢写诗,这样我们就算认识了。李桥告诉我,当初他揣着文凭和一本自费出版的诗集来到南方之南,想在这个热气腾腾的岛上闯出一条新路。但是半个月过去,身上的钱差不多花光了,却没有找到一份满意的工作,只能暂时在这家公司推销化妆品。每个月底薪不多,挣钱全靠提成。一年折腾下来,收效甚微,甚至都萌生了回大陆的念头。他的这种焦虑,我很理解。为此还专门找了一家重庆火锅店,跟李桥对饮了几杯。我打算劝他离开,记得当时这样对他说过:文凭或许还有点用,但这个岛上确实用不上一本诗集。这话丝毫没有挪揄的意思,与大陆相比,这里的天是蓝的,海是蓝的,但蓝色并不都代表梦想。李桥埋头喝酒,显然是不甘心就这么铩羽而归。所幸的是,我的话错了,发生在诗人李桥身上的故事不久就出现了转机。

## 二

或许是那天我的话刺激了李桥,当然也可能无意间给了他一种启发。后来我知道,没过几天,李桥便去了一家做房地产的大公司——蓝岛公司求职,因为他从报纸上看见,这家公司的老板邢铭山从前也写过诗。他想诗人之间肯定会有一些共同的东西,比如说诗歌和金钱是可以打通的,甚至二者能够完全融合。怀着这样的理念,李桥再次踏上了应聘之路。很快,他接到了蓝岛公司打来的电话,让他抽空过来聊聊。李桥很兴奋,顺手记下了这个重要的日子——1994年4月7日。这一次,他信心满满。

45岁的邢铭山是一个风度翩翩却又不失稳重的男人。他是从北京的政府机关直接辞职下海的,这种人当时岛上并不多见。邢铭山属于"老三届",恢复高考后直接读了政治经济学的研究生,有学问底子,且谈吐不凡,在一些公开场合总是出口成章,一直有儒商之称。我在北京时就听说过这个人,好像娶了一个很有背景的老婆。那天,李桥先见到的是邢铭山的秘书。他有些意外,这个老板的秘书竟然是男的。李桥把自己的诗集和简历摆放好,向秘书直截了当地提出,自己今天来,是想和邢铭山进行一次面对面的交谈。他说:"我觉得我和你们老板一定能谈得来,毕竟我们都是诗人。"秘书就笑笑,说写诗只是个人爱好,跟喜欢拍照、卡拉OK没啥区别。如此轻慢的评价,李桥内心自然抵触,却也不想反驳,毕竟他今天是来应聘的。李桥就说还是有些区别的,言下之意不是每个人都能成为诗人。秘书说:"你还是把具体诉求说清楚吧,你来蓝岛求职想做什么?又能做什么?怎么才能证明你能做成什么?"说得李桥头有些晕了,他把椅子挪近一点,说:"你们先让我落下来,我想很快就能得到证明。我现在是一只倦鸟,先得找棵树栖息。"秘书就站起来,一边收拾桌面上的东西一边说:"公司又不是慈善机构。"明摆着就是拒绝。李桥说:"我会向你们老板说清楚的。"秘书说老板最近很忙,一个新楼盘刚刚开售,恐怕没有时间跟他谈诗歌。谈话无法继续,李桥也不想再纠缠,正想着离开,这时,身后一个办公室的门突然打开了,一个魁梧的身影走出来,室内顿时暗了许多。第一眼,李桥就被邢铭山的风度吸引了,他没有穿西装,而是在名贵的白衬衫外面套了一件棕色的羊皮马甲。李桥不禁站了起来,恭敬地说:"邢总好。"

邢铭山点点头,似乎是无意之中发现了李桥的那本诗集,就随手拿起来翻了翻:"你写的?"

李桥预感到自己的好运来了,就红着脸点了点头:"我叫李桥。"

边上的秘书就说:"他是来求职的。"

邢铭山哦了声,问:"你会干什么呢?"

李桥说:"虽然我是学中文的,但我的适应能力很强,我会把任何一件事情尽力做好。"

邢铭山微笑了一下,便让李桥进了他的办公室。

这是一间风格别致的办公室。与其说是办公室,还不如说是一间豪华的书房。李桥感到自己这回是真的找对了地方,有一种想写诗的欲望。

邢铭山继续翻着李桥的诗集,却没有说点什么。李桥呆坐在那里,茫然看着四壁的名人书画。这时秘书进来了,把一个鼓鼓囊囊的大信封放在了老板的面前,低声问:"老板,您要不要点一下?"

邢铭山头也不抬,答非所问:"晚上安排几家媒体的记者聚会,挑个好点的地方。我和小李说会话,电话10分钟以后再接进来。"

秘书便离开,顺手给撅着屁股坐在沙发上的李桥拿了瓶矿泉水。李桥拧开盖子,想着怎样利用好邢铭山留给他的10分钟,刚喝一口,邢铭山说话了,他连忙把水从嘴边拿开,直起身体看着对他说话的男人。

邢铭山说:"你刚才说,你的适应能力很强是吗?"

李桥说:"是。"

邢铭山对李桥做了个手势说:"你过来。"

李桥就走到了邢铭山的对面。

邢铭山漫不经心地把那只大信封中的东西哗啦一下倒在写字台上——10扎整

整齐齐的百元面值的钞票。

邢铭山说:"这是10万,我想让你今天把它送到某位银行行长的手上,不准拖泥带水,能做到吗?"

李桥一时间没有反应过来。邢铭山盯着他,在等待着回答。于是年轻人就感到紧张了。他难以启齿地问道:"这,这算是行贿吗?"

邢铭山说:"当然算。按照《刑法》,这个数目的行贿者可以处1年以上3年以下的有期徒刑。"

李桥一下就没话了。

邢铭山点上香烟,转过身去从书橱里随便拿出一本书翻着:"你刚才不是说什么都能干吗?"

李桥没有吱声,怯怯地看着邢铭山的背影。

邢铭山说:"你看,这一下就难倒了吧?送嘛,会冒对人行贿的风险;不送嘛,又无法对你的老板交代,怎么办呢?"

李桥听出了邢铭山语气里的那种轻视,甚至有一种被侮辱的感觉,但是,他并没有因此而退缩,相反变得镇定起来。他连喝了几口水,对着邢铭山的背影直率地发问:"我想知道,如果是您来做这件事,您会感到为难吗?"

邢铭山回头看了一眼:"不难。"

李桥便较真了:"我想知道您会怎么做!"

他说得有些冲动,连自己也吓了一跳。

邢铭山却笑着坐下来,把身体往大班椅上一靠:"很简单,我会拿着这10万块立即赶往海口机场,一走了之。"

邢铭山的回答完全超出了李桥的想象,这简直浪漫得岂有此理。他继续质问:"这算行骗吗?"

邢铭山说:"没错,怎么了?"

说着,把手里的香烟给掐了。

李桥说:"你……你就不怕?"

邢铭山说:"怕?有什么可怕的呢?第一,你没打条子,不能证明这笔钱就是属于这家公司;第二,这笔钱的用途使它瞬间成为黑钱,见不得阳光,你的老板不至于因此报案吧?"

李桥说:"你就不怕日后被追杀?"

邢铭山说:"为了这区区10万块,你觉得让你送钱的人,比如说我,会派人追杀你吗？你也过于自抬身价了——这是第三。"

李桥忽然觉得，邢铭山似乎是在等待着自己刚才那个极其弱智的提问，又好像是刻意要给他来一番精彩的表演，让他检视自己的幼稚和无能。李桥的脸又一次红了："还有第四吗？"

邢铭山站起来："第四就是我们的谈话到此可以结束了。"

于是，年轻的李桥就这样被老到的邢铭山扫地出门了。临出门的时候，邢铭山还特意走上前，把李桥的领带系系好，语重心长地对年轻人说："你才27岁，这样的年纪应该去恋爱或者继续写诗。"

这天晚上，李桥去了白沙门。

## 三

那个月光皎洁的晚上，年轻的诗人李桥像雕塑一样立在那片肮脏的沙滩上。他望着苍茫的大海，渴望发现大陆的身影，想起在中学时代就已烂熟于心的高尔基那篇著名的散文诗《海燕》，他想高声朗诵，更想放声大哭……可是，有人提前发出了哭声。

于是李桥在海边遇见了一个停止哭泣的姑娘。从那几句简单的对话中，李桥就知道这不是一个简单的女人，自觉不是她的对手。他拾起女人扔下的半截香烟，看着海中摇晃的月亮，似乎是自找台阶地说了句："这样的月亮下面，真该有点故事才对。"

女人没有理睬。李桥突然对着那个渐行渐远的背影说："嗨，你就不担心今夜我会跳海吗？"

女人说："最好跳楼，那样痛快。"

李桥追上去问："能告诉我你的名字吗？"

女人说："我叫张明子，在《南方时报》。"

李桥喊道："我叫李桥，我会再找你的！"

那个晚上，因为这个张明子的意外出现，腼腆的李桥改变了心情。虽然还没有摆脱白天邢铭山那种叫人很不是滋味的阴影，但是，与张明子的不期而遇却是一件值得记住的事。李桥在当天的日记里这样写道：

"朦胧的月光卜我甚至都还没有看清她的面容，但是我敢相信，这是一个让我不能忘记的姑娘。她的形态就是一首诗。"

很长时间过去之后，李桥回想起这个晚上的经历，心里还是充满了一种复杂的感慨。在他看来,白沙门邂逅可能预示着一场爱情的开始。1994年4月里的李桥,面临着饭碗和爱情的双重压力。李桥曾经有过两次短暂的恋爱,留下的只有肌肤之亲,没有什么可回味的。而这一次,没有肌肤之亲,留下的全是回味。李桥后来在自己的一首诗中这样写道——

　　那时候,我算一个体面的乞丐,
　　端着精致的碗,向蓝天乞讨一份廉价的爱情。

　　一周后,没有找到饭碗的李桥去报社找张明子了。去的路上他想好了,如果今天需要请张明子吃饭,那么他就顺路先当掉手里这块也就值两顿饭钱的手表。这个奇怪的念头,却让他有了一种置之死地而后生的豪迈。很快就到了报社,张明子还没来上班,报社的人并没有留意门外走廊上的那个陌生的身影。李桥便向一个看上去像是领导的人打听。那人说张明子今天上午不来上班,她临时有一个采访任务,去蓝岛公司了。

　　李桥问:"是采访邢铭山吗?"
　　那人含糊地点点头。
　　于是李桥又搭乘公交车去了海甸岛。快到蓝岛公司大厦时,李桥突然又犹豫了。邢铭山今天会当着张明子的面继续奚落自己吗?张明子会拿那晚的事当笑料吗?正迟疑着,忽然传来了张明子脆亮的声音:"李桥——"
　　李桥一抬头,看见公司停车场上一辆宝马车后排的玻璃正落下来,露出了张明子灿烂的脸。接着就看见了坐在驾驶座上的邢铭山,今天他穿着一身藏青色的西装。李桥便跑过去,道了一声"邢总好",又对张明子笑了笑。邢铭山也落下玻璃,却回头看看张明子:"你们熟悉?"
　　张明子说:"刚认识。"
　　李桥一时没有反应过来:"邢总,不打扰你们吧?"
　　邢铭山说:"上车吧,一起去工地上看看。"
　　李桥就上了车,也坐到了后排。邢铭山没有给自己配备专职驾驶员,历来都是自己开车,其实他并不喜欢玩车,开得也并不好。关于邢铭山开车,不久以后李桥就听到了一个段子。说有一回在酒局上,有人说坐邢铭山的车跟坐过山车似的,想不晕车都难。大家哈哈大笑,邢铭山却说了一句意味深长的话,方向盘嘛,还是握在自己手里踏实。李桥把这个段子说给张明子,后者却说这根本就不是段子,而是事实——那天,她就在那个酒局上。

不过这天邢铭山的车开得十分稳当。车过大桥,驶上了海边的一条新开通的大路,远处的海却一点也不蓝。椰树的影子在汽车玻璃上流淌着,李桥觉得,今天这个开局不错,无论是针对饭碗还是爱情。

邢铭山问李桥:"想好没有啊,是打拼挣钱还是继续写诗?"

李桥说:"先挣钱,然后安心写诗。"

邢铭山不屑地笑了笑:"只怕那时候你就写不出来了。"

张明子说:"邢总这是有感而发吧?"

邢铭山点点头:"没错,以后你们别在报道里老说什么儒商了,我现在就是一个俗人,满脑子都是钱。"

张明子说:"都说骨子里的东西是不会改变的呀。"

邢铭山说:"但愿吧……"

然后他就打开了音响,很快就传出了一支伤感的萨克斯独奏曲《回家》——那时,岛上的大陆人都爱听这个旋律。

很快就到了工地,这是蓝岛公司新开的一个商住两用楼盘。下了车,邢铭山给他们各发了一顶头盔,然后就带着他们四下转着,介绍说,这个楼盘其实在"楼花"阶段就已经销售一空。张明子就问:"那你们为什么还要花钱不断宣传呢?"邢铭山说:"宣传不是单一的促销,而是为企业树立起一个整体形象。同样是盖楼,你得让人知道,你的经营理念和管理模式与众不同。企业跟人一样,都得有个好的样子,不是吗?"跟在后面的李桥心下感叹,这个邢铭山还真是了不起,凡事想得都那么深远。临近结束的时候,邢铭山让张明子明天去一趟公司的财务部,把这回的系列广告费结算一下,支票他已经签过了。这显然是方便后者拿到一笔可观的提成。张明子说谢谢,然后又说起了蓝岛公司早想创办一张内部周报的事,问是否还有这个打算?她说:"你刚才不是说企业需要形象吗?"

邢铭山迟疑片刻,似乎听出了张明子的用意,便回头看了看李桥:"李桥可以来帮我做这件事吗?"

李桥连忙说:"决不辜负邢总的信任!"

机遇往往出现在瞬间。

这天晚上,李桥和张明子在街边吃大排档,每人要了一瓶啤酒。一直处于兴奋状态的李桥突然变得有些心神不定,又说起了邢铭山让他过去办报的事,认为张明子的这份好心会让邢铭山觉得突兀。李桥说:"他会觉得我们今天是在演一出双簧吗?"

张明子说:"别想这么多,你这人心思太重。"

李桥点点头,低声说:"不好意思,就这么把你扯进来了。"

接着他又问:"为什么帮我?"

张明子一笑:"念你那天晚上给了我一支烟,陪我说了几句话,还屈尊为我捡了烟头。"

李桥也笑了:"我很荣幸。"

张明子喝了口啤酒,脸色变得有些暗淡:"那天是1994年的4月7日,对我而言,是个很特殊的日子……"

李桥说:"对我也是……"

张明子看了李桥一眼:"你记住了,这回是我帮了你,你欠我一个人情。"

## 四

我在岛上的时候,没有见过这位张明子。她的一些事,都是后来李桥断断续续告诉我的。但是这两个年轻人却没有恋爱,这让我多少有些意外。我想问题应该不在李桥这头。事实也是如此,李桥曾坦率地告诉我,张明子压根就看不上他,帮他,无非"同是天涯沦落人"。李桥说这话时也显得十分轻松,仿佛是在谈论别人。我不禁再次想起白沙门的那个夜晚,就问李桥,一个24岁的姑娘独自跑到海边,究竟是为了什么呢?李桥说,为了一个男人。

过了会他又说:"这个人就是邢铭山。"

我这才知道,原来张明子一上岛,入职后的第一个采访对象,就是大名鼎鼎的邢铭山。和李桥一样,年轻姑娘也被成熟男人气宇轩昂的形象气质所吸引。几番接触之后,张明子就动了心思,她觉得自己爱上了这个大她二十岁的邢铭山,几乎欲罢不能……

我问李桥:"她为什么说,4月7日对她是一个特殊的日子呢?"

李桥显得有些迟疑,但终于还是说了。那个晚上,张明子在酒局上多喝了几杯,便趁着酒性上了邢铭山的车,说有点困了,今晚就想睡在车上。可是邢铭山却没有碰她,而是递给她一瓶苏打水。这件事如果坐实,很快会传出去,对他这个已婚男人而言,无非是一件风流韵事,但对一个未婚的姑娘而言,就没有这么简单了。孰轻孰重,先掂量好。话说通透了,就没有继续说下去的必要了,张明子便让男人停车,下车就是白沙门。

她在海边站了很久,脑子很乱,总觉得邢铭山很快会掉头过来看看,怜香惜玉是成功男人的秉性,他应该对她放心不下。但是一个小时过去,她的寻呼机没有响,邢铭山的宝马车也没有来。最终姑娘还是悲痛欲绝地放声大哭了一场。令她始料不及的是,哭声招来了另一个男人……

"这事你是怎么知道的?"

"她亲口告诉我的。"

"这么私密的事张口就说了?"

"也许,她信得过我……"

我没再问什么,觉得事情远没有这么简单。姑娘的表白,男人的谢绝,特殊吗?后来他们不是照样来往吗?我想,这大概不是事情的真相,如果不是张明子对李桥有所隐瞒,就是李桥对我有所保留。但张明子感叹4月7日这个特殊的日子,应该是发自内心的。

说来也巧,这天晚上我去望海楼应一个饭局,北京来了几个朋友,要去洋浦那边买地。作为岛上知名的房地产商的邢铭山也赶来了。那天他因事迟到了几分钟,于是见面就自罚三杯,接下来就挨个发名片,发到我,就客气地说:"上岛之前,我就拜读过您的大作。"然后就报出了我几部小说的名字。这也不奇怪,邢铭山以前写过诗,也认识不少写作的人。北京这个圈子其实并不大。虽然他看上去有几分矜持,但一点也不让人觉得傲慢。此人行事低调,不显山不露水。比如说,今晚他在进入这个豪华的包厢之前,就已经安排秘书提前把单买了。

酒过几巡,气氛就放松了。借这个机会,我自然要提一下李桥的事,希望他能对这个年轻人多多关照。邢铭山点点头,却叹息道:"小伙子有才华,也厚道,先暂时窝在我那儿吧。"

忽然,他凑近我,低声问了句:"李桥和张明子是恋爱关系吗?"

我说我不认识张明子,只是听李桥偶尔提起过。"他们不像是恋人,"我说,"李桥有点单相思。"

邢铭山点点头:"那姑娘李桥驾驭不了。"

这句话的潜台词应该是他能驾驭。

第二天我去了三亚,计划在亚龙湾边上住两周,把专题片的提纲重新整理一遍。这个项目,大致可以进入实际操作层面了。接下来,我得回北京去寻找合作机构。我把安排告诉李桥,他说等我回海口为我饯行,地点还在那家重庆火锅店。

那天,李桥穿着周正,皮鞋锃亮,头上打着摩丝,公司还给他配了一辆蓝鸟。这家火锅店还是老样子,我和李桥也还是坐在以前的位子上,感觉是为了告别的一次纪念。我问怎么不叫上张明子,他说张明子去北京参加一个外语补习班了,然后出国读研。想法很突然,李桥说,她这个人心气很高。我说人各有志,出去看看,见见世面,也挺好。

然后我放下杯子:"你还在追她?"

李桥笑了一下:"不追了,追不上不如不追。"

我便想起了邢铭山说的那句话——"那姑娘李桥驾驭不了",不禁叹了口气。虽然我至今没有见过那位张明子,可是她却在白沙门的故事里一直担任主角。特殊情境下的一次美妙邂逅,不该这么草草收场。

干了一杯之后,我问李桥:"你今后有什么打算?不会在这岛上一辈子伺候一张内部小报吧?"

李桥说他已经不办报了,前天邢铭山宣布,他现在的职务是总裁助理。

说着,递给了我一张新名片。

那时我就想,李桥这辈子大概不会再写诗了。

不久,经历了一场突如其来的台风之后,我离开海口回到北京,这之后就没有见过李桥了。最初的一段时间里他还给我打过电话,后来连电话也没有了。不过我时常想起这个年轻人,他送我的那本自费出版的诗集和我出的书摆放在一起。这年的年底,国家实行了宏观调控的经济政策,海南房地产的泡沫立即就被戳破了,然后就不断听到关于邢铭山的一些传闻,有的说他债台高筑,扔下一个烂摊子逃出国了;有的说他造成国有资产流失,目前正被边控,监视居住。这些负面的传闻却丝毫没有影响我对这个男人的基本判断。我依然认为,邢铭山是一个怀有英雄梦的男人,同时也具备一份诗人气质。都说时势造英雄,但每一个英雄都幻想着去造时势。这话听起来顺耳,仔细琢磨,却觉得逻辑上难以自洽。

五

2009年秋天,华盛顿的一个华人话剧团上演我的话剧《邂逅》,邀请我出席首演仪式。那时我恰好就在美国西海岸的洛杉矶,看望定居的妹妹和留学的女儿。于是,我便如期飞抵了东海岸的杜勒斯机场。这个戏,国内曾由北京一家著名的剧院首演,华盛顿DC的这个话剧团实际上是根据国内录像复排的,演职员都是兼职,却也有模有样。演出地点是在一个华人商会的礼堂,观众也大都是华裔。首演结束,我上台接受鲜花,并与大家合影。等我回到酒店,忽然发现其中一束漂亮的鲜花里

面有一张精致的贺卡,拿起来一看,上面写着一行字:

  戏很好,明天下午我来接你,共进晚餐。李桥。

  我很是惊讶,没有想到会在这里得到李桥的消息。细一想,我们已经15年没有见面了!

  翌日下午,大约三点的光景,李桥来了。第一眼看上去,我感觉这个人变化十分明显,他以前很瘦,现在却有些富态;而且,他以前是不留胡子的。他因此显得比较粗犷,衣着很随便,眼镜很考究,俨然一个大学的教授。李桥见到我倒是一点也不吃惊,显然昨晚他是去看了演出的,却不想在那个场合与我见面。

  几句寒暄后,李桥驾车带我去了郊外,其实这里已经属于马里兰州的地界了。一路上看到的都是那种英式殖民地时期建筑风格的小楼,和西部的洛杉矶相比,洋气很多。大约经过一小时的车程,李桥的车驶进了一个小区。说是小区,其实跟我们印象里的那些小区大不相同,没有院落,也没有围墙,无非就是有一丛丛房子,零散地分布在一块地上。李桥所在的小区,是半坡的态势,绕了几道弯,才看见一大块草坪上有几幢三层带尖顶的红房子。这时李桥的车停下了,带我走向其中的一幢,说:"这是我的房子!"

  我不禁心生羡慕:"这么好的房子,说是属于你的,我还真不敢相信啊!"

  李桥就笑了:"连我自己也不信呢。"

  我们在客厅里喝着中国祁门红茶。我迫切地想知道他这些年的经历。我说:"怎么一步就到了海这边呢?我很好奇。"

  李桥这才显出了当年的那种羞涩,一边擦拭着眼镜一边说:"说起来,迈开这一步,还得感谢两个人——邢铭山、张明了。"

  以下是李桥的叙述——

  那一年,就是你离开之后不久,有一天我接到了张明子的电话,说她已经收到了美国某个大学的录取通知书。我对她表示祝贺,她却开口向我借钱。我问,多少?她问我能借多少。我说10万,这是我全部的家当。她问是美金吗?我一下就没话了。然后她就在电话里咯咯笑了,说,李桥我没把你吓住吧?你真是个实诚人!顺势把话题岔开,问邢铭山现在还是自己开车吗?我说是,偶尔喝了酒,我也会替他开。她说,你难道还没明白吗?邢铭山是一个不会把后背留给任何人的男人。我被说蒙了,但很快就明白过来,突然感觉自己的后背很凉。她说,你不能一直待在那里,你得离开。那个岛不会闹腾多久,大戏总有落幕的时候。我叹了口气,说,能上哪去呢?回大陆?她停顿了片刻,说,如果你还在喜欢我,就来找我,我等你三年。说完,就挂上了电话。

那个晚上我失眠了,半夜里爬起床,开车去了白沙门。想起几个月前在这里遇见张明子,一切都像发生在昨天,历历在目,仿佛还能闻到她身上散发出的薰衣草气味。我不认为张明子在电话里跟我说的是玩笑话,我是当真的。实际上我也一直没有忘记她,只是没有勇气去追。一个比我小几岁的姑娘都能只身飞过太平洋,我为什么就不能呢?我的英语底子不差,护照现成的,身体健康,如果有一天真去了国外,活下来应该不是问题。眼下,不就是手头缺了一点钱吗?我好像在暗暗下着决心了。

第二天,我想跟邢铭山谈谈,想听听他的意见,并想跟公司借一点钱。正准备去敲他办公室的门,忽然门开了,邢铭山正送几位穿制服的人出来。那时公司正全力应付着一起经济诉讼,一个新接手的楼盘,因为拿不出第二笔钱来,面临着被法院罚没,然后是拍卖还贷。照这个势头下去,公司撑不了多久,形势相当严峻。看着邢铭山不断地在打电话,我实在找不到开口的时机——这种事本来就难以启齿。到了中午去公司食堂吃饭的时候,我就端着盘子坐到邢铭山边上,说昨天张明子给我来电话了,她马上要出国。邢铭山一点也不吃惊,看了我一眼说,你们还有联系呢?我就把借钱的事说了。邢铭山说,那她应该给我来电话才是。你能拿出多少?然后他又说,有钱也别借,千万别被套了。说完,邢铭山把餐具推到一边,先离开了餐厅。

那时候还没有网络,张明子每月都会给我来一个国际长途,有时两个,她那边电话费很便宜。时间长了,我对她的电话就产生了严重依赖,如果这个月接不到她的电话,我就显得特别焦躁。转眼到了第二年的秋天,公司越发不景气了,好多人都相继离开了,以往每天午饭时间,食堂里人声鼎沸,如今一把勺子掉到地上会吓人一跳。有一天邢铭山把我叫到他的办公室,关上门,说,你马上订机票,带上全部证件,去北京办一件重要的事。说着,他就把一只黑色的密码箱摆到了我面前,让我住进指定的某家酒店,晚上会有人上门来取。经过三个半小时的飞行,我于当晚8点多到了北京。那时候首都机场航班没有现在这么密集,出港之后,感到十分冷清,而且风也带着明显的寒意。机场开往市区的交通大巴上也没有几个人。很快,我就住进了那家酒店。洗好澡,躺在床上看电视,这样一直等到12点多,却没有人按我的门铃。我连忙给邢铭山打电话,但他的手机已经关机了。

于是我就开始打量着那只黑色密码箱,像闲着无聊似的把密码拨到"000"——这是出厂时的设定,没想到,箱子一下就打开了——里面整齐摆放着20万美金,上面放着一张A4纸,只有一个日期:1994年4月7日

我大为惊讶。这时,房间里的电话就响了……

李桥说到这里,给我续了点茶。我在想,相关的几个人都不会忘记那个日期,但是,这个电话的那一头又该是谁呢?正想着,门外传来了汽车声,隔着落地玻璃窗,看见一个年轻的姑娘走下车,我以为是张明子回来了。但分明不是,这姑娘十五六岁的模样,身材高挑,长发披肩,一身牛仔打扮,手里捧着一束鲜花。李桥已经迎了过去,他们用英语交谈,我大致能听明白。李桥问:"你妈呢?怎么没跟你一块回来?"

姑娘说:"她直接去餐厅了。"

说着,姑娘走进了门,对我礼貌地笑了一下。

然后我就从她的脸上看见了邢铭山的影子。

原载于《清明》2022年第2期

# 来自古代的爱情
## 赵宏兴

### 1

想了好久,林成木还是想利用这次疫情隔离的机会和情人李格格分手。

他们已有一个月没有见面了,这在过去是不可能的,但现在是疫情期,李格格也没话说。

林成木倚在床头,拿着手机,划来划去,脑子里很混乱。点开微信里李格格的名字,多少次,他们在这里互诉衷肠,但现在,消息栏里空空荡荡的,他们已好久没有联系了。他又点开她的朋友圈浏览了一下,李格格的朋友圈设置了只能看最近三天,里面也是一片空白,说明这三天她也没发过东西,过去她可是每天都发朋友圈的,有时一天可以发两次,上班路上的一朵小花、早晨最初的一缕阳光等,都是她发微信朋友圈的内容。林成木退回,果断地把李格格的名字删除。

林成木在微信里、QQ 里、通讯录里,把和她所有联系都删除了,大有壮士断腕的壮志,又有风萧萧兮易水寒的悲伤。每删一次,他的眼前就浮现出李格格哀怨的眼睛。这双眼睛他太熟悉了,她的眸子是黑色的,像清澈的水潭,可以投身进去,眉毛是淡淡的,右眼的眉毛中隐藏着一颗小小的黑痣。她的鼻尖翘起着,性感,他曾不止一次在轻吻时,轻轻地咬一下她的鼻尖。她一笑,就露出嘴里玉一般的牙齿。他停下来,他觉得自己是一个小人,躲在阴暗里做着不可告人的事。

做完了这一切,林成木再次告诫自己,把心收回来,不要放在她的身上。他曾在电视上看到,亚马孙大森林里有一种毒蝴蝶,它的翅膀绚丽,能让捕食者昏睡,直到被吞噬。

——林成木想,李格格的美丽不是我的,让她在这个清晨飞去吧,并祝福她。

### 2

人虽然被隔离了,但生活还要正常进行。

儿子雨雨在看布鲁克动画片,雨雨才四岁,已能理解动画片里的情节了,看到兴奋时,便在地上腾跃,嘴里哇哇地大叫着台词。身上仿佛有了魔力,有时蹿到林成木的身上,他的一双小手激动地紧握住林成木的双手,做着动画里的动作。

一天的时光很短,到了晚上七点,林成木拿着遥控器要看新闻,雨雨仍在看动画片,没有停的意思,两个人便发生了矛盾。林成木对雨雨说:"电视机也不是你一个人的,大家都要看。"雨雨扑上来夺他手里的遥控器,小大人似的说:"电视机是大家的,你们大人看好久了,要让小孩子看看了。"林成木笑了,也不抢了,把遥控器还给了他。

晚饭,妻子一个人默默地和面、擀面、剁菜,蒸了几屉包子,没要林成木插一次手。隔离使林成木发现妻子的长处,妻子真的能干,真的贤惠,这是他以前没有发现的,想到自己过去和李格格所做的龌龊之事,他感到很后悔,很对不起妻子。

吃过晚饭,林成木要下楼去。林成木算了一下,已三天没有下楼了,家门口放着两个大垃圾袋,实在看不下去,要扔了,还想去小超市里买点东西。

每次下楼,在家里都会引起一次波动。

妻子生气地说:"不能下楼,外面防控形势那么严峻,你没听说一个人在菜市场与另一个人说几句话,就被感染了?"

林成木站在门口,边换鞋边说:"这是晚上,不要紧的。"

妻子说:"病毒也不分晚上白天的。"

林成木说:"我是说晚上外面没人。"

雨雨也赶过来,要跟林成木下楼去,被妻子一把拉住了。林成木哄他说:"外面有病毒,不能出去。"

雨雨问:"那你怎么能下去?"

林成木弯下腰说:"爸爸是大人,病毒打不过爸爸。"

雨雨似懂非懂地哦了一声,作为交换条件,他叮嘱林成木说:"爸爸,你要给我买一个玩具,布鲁克的。"

林成木笑着拍了拍他的头,说:"好的。"

妻子阻拦不住他,便扒下他的外套,拿了一件上次出门穿的衣服,给他套上,回来时再脱下,这是妻子的出门防护要求。

林成木在电梯间遇到一位男子,两个人都戴着白色的口罩,小心地挪了挪保持着距离。

林成木扔了垃圾,在楼下的暗影里走,因为几天没有下楼了,便有了一种淡淡的陌生的感觉。忽然听到歌声,林成木停了下来。歌声是从二楼飘下来的,抬头望去,只见一位女孩子坐在窗口弹着吉他唱歌,窗内的灯光映照出她美丽的倩影。她的歌声还带着青涩,但不失甜美,吉他弹得也算熟练。林成木静静地倾听着,歌声带给了他一种舒畅的感觉,这几天来笼罩在心头的郁闷像冰遇到了火,开始慢慢地融化。

一会儿,楼上的女孩大概发现了林成木,便停止唱歌,用力地咳了一声,然后朝外呸地吐了几下。林成木听歌的心情一下子消失得无影无踪,在这样封闭的环境下,沉重的空间里,本来歌声带来的是美好,现在显现的却是恶,这样的心灵把歌练得再好,又有啥用?就像眼下的病毒,它的形状再像皇冠一样漂亮,仍是一个病毒。

林成木很生气地离开了,到了小区内的小超市,几个人都戴着口罩,一对夫妻在网上买了一大筐蔬菜在取。林成木买了两袋汤圆、一袋水饺、两袋瓜子、两袋花生米、一个布鲁克小玩具就回来了。

一进门,妻子首先让他站在门口,给他全身喷起酒精消毒液,空气里顿时弥漫起一股浓烈的酒精味,然后再把林成木的外套脱下,挂在门口,让他换上在家穿的衣服,一套规定程序做完,才让林成木来到客厅,正式进入家庭生活。

雨雨拿到布鲁克玩具很兴奋,跑一边玩去了,妻子坐下来看电视,林成木去卧室休息。过了好久,隔壁传来一个男人的大声说话声,听不清说啥,但可以感到怒气,夹杂着摔东西的声音,接着,听到女人的尖叫声,短促激烈。沉静片刻,男人的声音又起。男人的声音嗡嗡的,这种声音里透出愤怒与暴力。女人除了偶尔尖叫,就是嘤嘤地哭泣。

嘈杂的声音使得林成木休息不下去了,他趿着拖鞋从卧室走了出来,对妻子说:"隔壁在吵架。"

妻子关了电视,和林成木来到卧室,果然,隔壁吵架的声音又爆发出来。妻子听了一下,说:"现在打架了,还没人敢去拉呢!"在隔离的时候,一切都无能为力,使得争吵也被隔离和忽视。

林成木说:"可能是这个女人在外有了情况,老公在审她哩。"

妻子嗔怪地说:"就你想象丰富。"

林成木忽然联想到李格格,她以前在家里是否也遇到过这样的情况?林成木惊悚起来,觉得对不起李格格,如果他们的感情再进行下去,还不知道会发生什么事情哩,现在自己主动了断,是多么正确。

3

林成木没有想到,和李格格的分手这么难。

几天了,每天早晨醒来,林成木第一个想起的还是李格格。

林成木呆坐在床头,自责地想,我怎么如此没出息呢?这怎么能断了?林成木恨死了自己,他要管住自己,把往日所有的秩序、感情和思想都隔离起来,然后重新审视,重新取舍。但不能不说,与李格格的分离是疼痛的,这种疼痛先是来自肌肉。过去他们有着亲密的接触,这已形成了规律,每到这个周期来临时,肌肉就会疼痛,看不见,摸不着,体肤完整,没有伤痕。不久,疼痛到达心灵,心灵的疼痛比肌肉的疼痛更令人绝望。疼痛久居在心灵里,平时他是熟视无睹的,现在,它开始慢慢地攥紧,像一只手在攥紧他的心,越来越紧,让他无法呼吸。他想大声喊出李格格的名字,这样心里才能轻松点,但他不能,他不能功亏一篑。冷静下来他又鼓励自己,必须要战胜自己,如果这个关过去了,以后就会风平浪静,生活就会豁然开朗。

他觉得自己是一个病人了,但他还要装作正常人,他有深深的愧疚感,觉得对不起忙碌的妻子、天真的儿子,虽然世界到处都在隔离,但他们是一家人,呼吸畅快,生命相依。能被隔离开的,从物理上定义就不是亲人。

想了很久,林成木的脑子混沌了,又和衣倒下,继续睡去。再醒来已是上午十点多,家里仍是静悄悄的,都在睡觉,但他脑子里蹦出来的还是李格格。

林成木倚在床头,想把和李格格的感情梳理一下。

他们的感情已有五年了。五年前,他们在一次外地培训班上相识,然后走火入魔。

李格格的老公是从乡下考进县城工作的,一个农村孩子,能在城里娶一个美貌的女子做妻子,那是他们整个家族的荣耀。婚后,爱情的颜色渐渐褪去,不到两年,李格格就发现这个男人的性格有缺陷,两句话不对,就会嗷的一声大叫,像疯了一样。而她是一个温柔恬静、说话低声细语的女子,她不能适应他的这种性格,她生活在巨人的抑郁中,常常从睡梦中惊醒。有一次,李格格随他回老家,中午和亲戚们在一起吃饭,李格格不知道说了哪句话使他不高兴了,他嗷的一声,一巴掌就扇向她,她的眼睛顿时黑了,他还在叫嚷,几个人上来拉也拉不住。

这些年来,巨大的压抑使她整天心绪不宁,她多次想跳楼,想撞车,想离婚,但是她想到女儿的可怜,还是坚持活了下来。林成木的出现,使李格格重新开始了生活。李格格对林成木说:"我应当要感谢你,是你拯救了我,要不是你,我也许已经死去了。"说完,李格格修长的身体紧紧地偎在他的怀里。林成木说:"我心里只有你一个,我会牵着你的手走下去。"

每次说完,林成木的心里就觉得不是滋味,这是山盟海誓吗?自己又能给她什么呢?他觉得惭愧,只有更紧地拥抱着她,仿佛有了神力,可以更好地保护着她。

去年的春天,林成木的母亲去世了,那天他从乡下回来,悲伤中,他第一个想见的就是李格格。

那晚,李格格穿着一身素衣,他们两个人走在湖边的草地上。林成木还沉浸在母亲去世的巨大悲痛中。不久,一轮明月从湖上升起,银色映在湖水上,像撒了一层碎银子。远处,城市的灯火沿着湖岸亮起,像一条金色的项链。

林成木忽然转过身来,捧起李格格的脸,说:"格格,从此你就是我的母亲了。"

李格格说:"不要胡说,这会折寿的。"李格格的脸迎着明月,眸子里闪着亮光,宁静而纯净。

林成木说:"女人的身上都天生地潜伏着母爱,你把这份爱给了我,就是我的母亲了。"

五年了,他们已是一对亲人,分不清彼此了。他们两人与其说是情人,不如说是相互支撑。生活是一架庞大的机器,不光需要外部的光泽,更重要的是内部的转动。压力使齿轮发出咔咔的声音,但这份情感是润滑剂,使这架陈旧的机器又顺畅地转动了下去。很长时间,林成木觉得他们的这份感情适应黑格尔"存在即合理"的哲学。

爱情的诞生需要哲学,但杀死爱情,不需要哲学,只需要一根刺,那种刺痛自己灵魂的刺。

自从隔离后,林成木对这份感情有了冷静的思考,对家庭有了重新发现,这些思考和发现虽然是勉强的,甚至是荒诞的,但这是压死爱情骆驼的最后一根稻草。林成木时常上微信去看看李格格是否留言了,始终没有。这说明,这些天来,李格格根本就没有打开他的微信看过,如果看了,发现被林成木删除,她肯定会有激烈的反应,会留言质问他,抱怨他。但现在,一切都风平浪静。在这段隔离的日子里,是不是李格格也像自己一样重新发现了家庭,回归了家庭?如果真是这样,他祝福她,也祝福自己。当初选择分手时,林成木内心里还有着深深的内疚和遗憾,但现在一丝也没有了,他的内心反而有了许多安慰。

4

林成木觉得不能再窝在家里,要出去走走,让内心变得开阔,这样便会减轻他对李格格的想念。

早晨,林成木对妻子说:"出去走走。"

妻子一听就睁大了眼睛,说:"怎么又要出去了?这可是疫情最严重的时候!神经病。"

林成木不屑地说:"我们去山上,又不是去步行街。"

妻子说:"去山上也不行。"

林成木说:"山上也没人,空气也没病毒。"

妻子说:"现在哪条路都封了,你没看新闻吗?"

林成木说:"封了,我们再回来。"

林成木的固执,妻子是阻挡不了的,只好收拾东西。出门已是上午十点了,林成木开着车子,雨雨和妻子坐在后排。关了几天的雨雨兴奋起来,妻子逗他说:"我们上山去,要把你丢了可愿意?"他调皮地说:"愿意。"妻子说:"山上有老虎可怕?"他说:"有老虎也不怕。"

车子到达山脚下,原先上山的路果然封了,几棵大树横七竖八地拦在路口。妻子抱怨地说:"我说路封了吧?还不信。"林成木停下车子,说:"这里还有一条小路,一般人不知道,我们去看看。"林成木开着车子,拐了一个弯,车子碾着深深的蒿草,缓慢地向前行驶着,又一拐弯便看到一条窄窄的石子路,车子沿着石子路上到坡上,一条柏油路豁然出现在眼前。车子沿盘山公路轰鸣着往上走,现在已是仲春了,万木葱茏,开到山顶,三人下了车,雨雨兴奋地跑啊跳啊,他的笑声在山顶飘荡。山道边有紫色的野花、黄色的野花、白色的野花,妻子采了一把,让林成木用手机给她拍照。

山顶空气清新舒爽,偶尔山脚下有一列高铁驶过,发出轰隆隆的声音,雨雨就跑过去看,看到一个白色的身影从绿树中迅速驶过。站在山顶,林成木的心里也轻松下来,他感到自己的伟岸和崇高,只要迈过这个坎,他就会成为一个妻子的好老公、儿子的好爸爸。他想起古人的一句话:"天将降大任于是人也,必先苦其心志,劳其筋骨,饿其体肤。"自己不正在经历这一切吗?

林成木举起双臂朝着山脚下广袤的原野,高声地喊道:"我会成功的!"

妻子不明就里地嘲笑他说:"你有啥要成功的?"

雨雨跑到他的身旁,学着林成木的样子,举着双手喊:"我会成功的!"

林成木和他一起喊道:"我会成功的!"

林成木看到山路边有一块大石头,问雨雨:"雨雨,你能搬动这块石头吗?"

雨雨不自量力地蹲下身子,试了一下,石头纹丝不动。林成木蹲下身子,一下子就搬起来了。雨雨拍着手跳着说:"爸爸成功了!"

林成木拍着手上的泥灰,说:"我们成功了!"

山顶回荡着开心的笑声。

不久,山坡上也上来一对夫妻带一个孩子,一看就是一家,另一边上来两个小伙子,他们都是爬上来的,看样子是在锻炼身体。看他们越来越近,林成木决定下山去。

5

半个月过去了,林成木对李格格的感情像翻过了一个又一个山头,现在,他终于到达一片广阔的草地,他的心胸开始舒畅,视野开阔无限。

这些天来,他已习惯没有李格格的日子了。没有李格格的日子,他也没觉得缺少什么,反而觉得生活的平面是平整的、光滑的、完美的。李格格已风吹云散,他已回归正常的家庭生活,闲时喜欢翻看手机里的家庭照片,那些快乐的温馨场面一一浮现,这是过去没有的。

随着疫情的进展,单位通知错峰上班了。

早晨,林成木骑着电动车去上班。马路上车子很少,显得很宽敞,偶尔驶过一辆公交车,车里也没几个人,都戴着口罩隔得很远,不像过去公交车上的人挤成一团。

到办公室楼下,迎面放着两个牌子,上面是硕大的二维码,本来熟悉的保安,也变得陌生起来,冷冷地挡住每个人,要求扫码才能进入。

林成木走进办公室,里面冷冷清清,每个办公桌上都收拾得干干净净,还是隔离前的样子。林成木把自己的桌子擦一下,泡了一杯茶,打开电脑坐下来,开始处理手头上的事。

不久,同事行静过来了。

行静是一个年轻的女孩子,博士生,在办公室里学历最高,就坐在林成木的前面。隔离了这么久,大家见了面,都显得十分亲切,两个人开始谈起这场疫情和隔离。

行静用双手捋了一下头发,清秀的面孔迎着光亮显出饱满的青春光泽。她幽默地说:"哎,林老师,我们是要离远点,保持距离。"在单位里,大家都知道行静的老公是一个单位的副总,这让行静平时有了一种优越感,她的美丽也因此有了一种高贵的附加值。

林成木心里本来有这个想法,可被行静说出来反而不好意思了,他笑着说:"我的两个码都是绿色的,我这些天都在家哪儿也没去,身体杠杠的。"

这时,办公室的电话响了,行静起身去接,林成木提醒说不要用话筒,用免提安全些。电话是集团办公室打来的,提醒上班要保持距离,也带有查岗的意思。

林成木在电脑里找女作家春子的日记看。现在,关于疫情的日记很流行,但大都是雷同的流水账,林成木喜欢看春子的日记,春子的日记有一种哲理。

春子说,隔离应该是哲学上的互相吸引,而不是物理上的互相拒绝。隔离是无边的,疾病、人群、感情都需要隔离。现代科技的智能化,使感情的隔离更加艰难,感情缺少隔离便检验不出真诚,在智能的渠道里流淌的感情真假混杂,病毒滋生,最终会使生命萎缩。隔离,现在社会上到处都在流行这个词,连最亲的人都要面对。隔离,不要说见面,就连鸟的翅膀也是多余的了。

林成木正看着,手机响了一声,打开一看,是李格格要求加微信好友的请求。最怕的事情还是发生了,林成木猛地一惊,手机差点掉到地上。这个时候李格格的出现太具有冲击力、破坏力、粉碎力、科幻力了,他一时不知道该怎么办。

林成木伏在桌子上,好久,还是点了同意。

李格格留言:"还删除了!"简短的语言里有着责怪和爱意。

李格格主动来找他,这说明李格格还爱着他,否则她就会顺水推舟就此断了,对比李格格反而觉出自己的"小"来。他双手扣着后脑,仰在椅背上,凝视着天花板。李格格的出现是一扇世界的窗口,如果点开,一个世界就会扑面而来,自己就会被淹没,就会溺亡。如果继续关闭,这将是一个黑洞,他会诞生无比的沉重、惭愧与罪恶。

是接受还是不接受?林成木把手机放下又拿起,他的内心里仿佛有两个人在撕扯,在搏斗,他感到从没有如此的艰难、虚弱。直到下班了,行静给他招呼,他才从恍惚中醒过来,说,你先走,我还有点事。

行静背着坤包走了,办公室里就剩下林成木一个人了。他站起身来走到窗前,对面是一座庞大的大剧院,过去这一带热热闹闹,现在却冷冷清清,只有马路口的红绿灯照常忙碌。林成木重新坐回椅子上,把手机打开,看到李格格的头像又在闪,他下定决心地点了一下接受,再点了一下完成,留言:"删不了。"

接着李格格回复了,说:"五年了,还变啥?"

林成木说:"想想,这世上只能有这份感情了。"

李格格说:"有时间吗?晚上见一下。"

林成木犹豫了一下,说:"好。"

筑了多少天的堤坝,瞬间轰然倒塌,洪水裹挟着泥沙汹涌而下,啸声震天,气势磅礴,无可阻挡。

## 6

傍晚,两个人来到湖边的草地。

前几天城市的空气污浊沉闷,经过中午一场小雨的清洗,空气清新,透着湿润润的爽意,仿佛是花高价买来的。天空上飘着一朵朵絮状的白云,高远而透彻,在云朵之间,是大片蔚蓝色的天空。偶尔,一两只鸟扇着翅膀在半空中飞翔,自由而快乐。

两个人都戴着硕大的口罩,先是保持着距离,好多天不见了,显得有点矜持和对疫情的畏怯。口罩虽然遮住了李格格大半个脸,但她那两道弯弯的蛾眉和那个熟悉的嘴唇形状,即使遮挡也是熟悉的。

林成木拿出手机,打开绿色二维码,朝李格格晃了晃,说:"我是安全的,你没事吧?"

"没事。"李格格答,接着李格格也打开自己的手机,朝林成木晃了晃绿色的二维码,笑着说,"暗号对上。"

两个人都戴着口罩,说话声音有点闷闷的,可以看到口罩在嘴上的一吸一动。

林成木说:"这次疫情真是太可怕了。"

李格格答:"就是,但疫情还没过去,我们都要小心。"

林成木说:"隔离这么长时间,说明我们都是健康的,要不早就传染家人了。"

两个人有一搭没一搭地说着话。他们一抬头,就看见远处山上的宝塔了,林成木指着宝塔说:"你看,我们的爱情宝塔。"去年春天,他们去爬那座山,登上了那座塔,在那座塔的每一层里,他都给她一个吻。

林成木上前轻轻地抱了抱她,两个人的头交叉地贴着,贴得很紧,他听到她急促的呼吸声。

他把她脸上的口罩轻轻地拉下来,露出口罩后面翘翘的鼻子,红润的嘴唇,他想上去吻她,她迅速把口罩拉上,说:"现在是疫情期。""不怕,我们都是绿码。"他身体里原来熄灭的火腾地燃烧起来,他又一把拉下她的口罩,不由分说地把嘴唇贴了上去,李格格也不拒绝了,两个人的嘴唇就这样紧紧地印在了一起。一个世界重新回来了。

"好幸福!"她一遍遍地自语着。她细长的手指握在他的手中,那层淡淡的温暖被他握着,有时她的胳膊轻摇着,露出一个女孩年轻而浪漫的神情,他被生活挤压的心,此刻舒展开来。他所祈盼的幸福眼下不正握在自己的手中?他觉得两个人的心如此贴近,相偎相依。

"好幸福!"他也喃喃地说。隔离,已无影无踪,仿佛是古代的一场游戏,虚假而荒诞。

偌大的草地上,只有他们两个人牵着手在漫步。没有风,周围宁静而安详。渐渐地,天色暗下来了,远远近近的行道灯亮了起来。

## 7

一天是从妻子的忙碌开始的。

早晨,妻子做早饭,厨房里发出叮叮咚咚的声音。雨雨在沙发上玩着玩具,他对那几辆玩具小汽车永远充满了兴趣,反复地推来推去,模仿上坡下坡。

林成木在看新闻,他最关心的是疫情情况。自从和李格格见过面后,他就在计划和她下一次见面。他的手机叮咚地响了一声,拿过来一看,是同事行静发来的留言。行静留言说她老公被感染了,在家发烧咳嗽,她自己也在咳嗽。行静没有多说,应了大家通常说的,字越少,事情越大。

林成木从沙发上一下子跳了起来,头轰地一下,似乎听到身体内发生断裂的声音,双眼发黑。他们昨天在办公室里见的面,如果这是真的,自己也就被感染了,还有和李格格的见面等,这一连串事情的发生,将是一场灾难。

林成木感到恐怖,他来到阳台上,马上拨打行静的电话,半天行静才接了。

林成木问:"你老公怎么感染上的?"

行静哽咽地说:"实在对不起你。那个贱人几天前去会情人了,被感染上的。"

林成木握着手机的手在颤抖,气急败坏地骂道:"疫情这么紧,他怎么还去会情人,这不是找死吗?自己死不要紧,还把我们这些无辜的人都搭上了……"

林成木说着说着便卡住了,自己昨天不也是去会李格格了吗?他有什么资格去说别人?他不管行静在那头的哭泣,便挂了电话。

林成木回到客厅,有气无力地坐在沙发上,低垂着头,不由得咳了几声,先是轻轻地咳了几下,他奋力地忍着,接着咳嗽反而剧烈起来。他倒了一杯水润了一下嗓子,用手捶了捶胸口。

妻子从厨房过来问怎么咳嗽了,他紧张地朝她挥挥手,意思是让她离远点说:"不知道,可能是刚才喝水呛的。"

停了一会儿,不咳了,林成木回到房间,躺在床上,他感到如此恐惧和绝望。自己真的被感染上了吗?他又想到与李格格的见面,他轻轻地拉下她的口罩,他们的舌头绞在一起。她肯定也被感染上了,她回去又传染家里人。如果是这样,马上他们的行动轨迹就会被大数据详细地披露出来,几点几分在哪里,和谁在一起,等等。林成木越想越后怕,他感到自己就是一个不可饶恕的罪人。他想要不要把这个信息告诉家人,告诉李格格,要不要去上报,要不要去做核酸检测……但他又没这个勇气。

妻子做好早饭来喊他去吃饭,他没有出去。过了一会儿,妻子又来喊他,说再不吃饭就放凉了。林成木说不想吃,用被子盖住了头,这样捂着,一片黑暗,仿佛已与世界隔离。

中午,他下楼去走走。戴着口罩走在马路上,有一个居民区的路口,扎着一个红色棚子,几个身穿红马夹、戴着红帽子的志愿者在看守着。看到他们,林成木的心里有点恐惧,害怕自己这个感染者,马上被他们识破,被抓住。马路上空空荡荡的,过去拥挤的马路此刻是如此广阔,任林成木怎么走都行,但他的腿还是踉踉跄跄的。他下意识地朝身后望了一下,红棚子里的志愿者并没有追过来。

他不敢在街上走了,回到小区,乘电梯来到自家的楼顶。这是一幢二十三楼的楼顶,楼顶的边沿,几户人家用泡沫箱盛着泥土,栽种着各种蔬菜,青青的叶子透着蓬勃的生命力。林成木在一个石凳子上坐下来,他感到一片茫然和孤独,他感到自己就是一个罪恶的源头,马上就要暴露在光天化日之下。死都不怕,最怕的是流调,首先暴露的是李格格,接着是妻子、孩子。妻子和李格格对他的爱都是真挚的,这两边的爱是不能碰面的,只能一个在阳光下,一个在暗地里,但他都珍惜,现在是他亲手毁了她们,他感到深深的负疚和绝望。他又咳了起来,他奋力地咳着,在这空旷的楼顶,没有拘束没有阻拦,他要把那个黑色的罪恶咳出来,吐出去。但是不能,他想到了自杀,在闭上眼睛的那一刻,世界将远去,罪恶将消融,多少人选择了这条路,解放了自己。

他打开李格格的微信,向她发了一朵小红花,李格格很快就回复了。

林成木说:"守着我,不许变心。"

李格格说:"你放心,我心里只有你一个人。"

林成木说:"我们相互珍惜。"这是在告别,还是在忏悔?林成木感到十分悲伤。

李格格说:"你是上帝送给我的人,上帝知道我以前过得辛苦。"

李格格的留言,让他的脸像着了火一样烫人。她还是这么真诚,而自己连把真实情况告诉她的勇气都没有,但相信不久她就会知道了,那时,她会怎么痛苦呢?他会怎么面对呢?还有单位里的那些人,会怎么议论呢?他越想越胆怯,他觉得前面就是一个深渊。他又一次想到了死。

林成木打开手机相册,把雨雨的照片放大了看,从雨雨的眼睛看到他的双手,直至双脚一点一点地放大看,忽然眼睛便湿润了。世间是如此美好,但自己却是一个罪人。现在,他开始怀念隔离,隔离是金属的,在地面上闪着诱人的光泽,他多么迫切地需要。他从楼顶上,朝着那道光泽纵身跳了下去,在坠下的瞬间,他听见风声呼唤,看到世界在眼前一晃而过,看到灵魂从身体里唰地一下飞出,接着他重重地摔在草坪上,他最后看到的是粉碎的天空,然后一切归于干净。

这时手机响了,林成木惊了一下,刚才的幻觉是多么可怕。

妻子问他在哪里,他说在楼上。

妻子说:"在楼上干啥?快回来。"

林成木说:"透透气,马上就回来。"

妻子说:"你有毛病,家里这么大不够你透气的!"

## 8

一天的时间虽然短暂,但他感到是如此的漫长,他经受着无尽的折磨和恐慌。现在他恨死了行静,但又想行静也是无辜的,根子还是在行静的老公。如果他不去上班,碰不上行静,生活就会沿着另一条小径行走,他的家庭是幸福的,他与李格格的相伴是甜蜜的,现在,一切都在不经意中改变了。

傍晚,他再次站在楼顶上,他望着远远近近的楼群,每个窗户后面都有一个家庭,他油然想起托尔斯泰那句著名的话:幸福的家庭都是相似的,不幸的家庭各有各的不幸。

他决定在真相还没有暴露之前,结束自己的生命,免得面对强大的舆论旋涡时生不如死。他站在楼顶,选择跳下去的地方,他想象着,他躺在地上的姿势应当是"大"字形,不应是蜷缩的,身下应当是一片草地,不应当是一片白色的水泥地。然后,他在一片灯火中,被车子拉向火葬场。

叮咚,他的手机响了一下,他打开一看,是行静的留言。行静说,下午,她老公去做核酸检测了,是阴性,医生诊断是轻度肺炎,不是新冠肺炎。

林成木捧着手机,他害怕是幻觉,又仔细地看了一遍,还是这几个字。他颤抖着,给行静打了电话,行静在电话那头已猜到他的意思,没等他开口就说:"林老师,是真的,我老公不是新冠肺炎,你放心吧。"过了一会儿,行静又把那张检测结果单拍成照片,发了过来。

　　林成木长长地舒了一口气,澎湃的生活气息重新扑面而来。他张大口,还想和昨天一样大声地咳嗽,却怎么也咳不出来,这真是奇怪了。

原载于《收获》2022年第5期

# 天　　鹅

李凤群

A

朱利安二〇一四年带着六岁的女儿安珀从中国广州迁居美国麻省艾利克顿市,以一个南方人对世界的温热体验扎进了北方清凉的夏天。酷暑不燥,令她惊喜。

选择美国东北地区,是朱利安的丈夫经过多种渠道咨询了解后做出的决定。在那之前,朱利安至少有十年没在零摄氏度以下的空间待过一天。

金先生收集到的艾利克顿的信息令人遐想连连:总面积二十一平方英里,两万多人口,拥有顶级私立中学,全美最宜居城市前十,百分之九十四的人是白人,其余的才是少数族裔。一个三十人的教室最多只有一两张外国面孔!金先生特别倾心的理由——让他们的孩子能以最快的速度结交更地道的美国人。

金先生看中了一幢百年豪宅,据说曾经是一位英国贵族的产业。一百年前,它还像一颗明珠镶嵌在森林和湿地之间,然后沦落为中产之所,几经转手又流到了市场上。这位贵族的名字很拗口,房屋中介说的时候,朱利安和丈夫记了两次都没有记住,不好意思再问。这块占地五英亩、建筑面积五百多平方米的欧式古典别墅,建造于第一次世界大战结束后。墙体由砖块砌成,正面有一排有气势的廊柱;墙面、窗户、窗顶和屋檐等处有精细的雕花装饰;从进入正门的那一刻起,整个房屋都充满了自然光;十英尺高的客厅是大理石地面,其余房间则是胡桃木地板;五个卧室,两个几乎与卧室一样大小的步入式衣柜,四个浴室;厨房是刚刚更新过的定制橱柜,花岗岩台面,双层烤箱;客厅和主卧都有货真价实的壁炉。金先生切切实实地感受到了异域风情。

此外,地下室还有停车场、放映室、健身房、酒窖和吧台。房屋前是一块宽大的草坪,一条两百米的车道,车道两边是高大的树木。住宅后院是环绕式露台、石头基座和闲置的游泳池。不用也要有,金先生说。左侧邻居的房屋只露出一个屋顶,步行过去,目测需要五分钟。中介对金先生说,如果你喜欢办 party(聚会),从主道旁的邮筒一直到后院游泳池外一百米,你的车道能同时停放十辆车。迷住金先生的还有屋后广袤无边的森林和湿地,据说森林里时常有麋鹿、狐狸和狼出没。说话的当口,鸟儿在树梢欢喜地鸣叫。

Look at that!（看那里!）金先生仰起头,贪婪地深吸一口气,一声感叹。透过树叶与树叶的间隙,他能看到远处的微光,忽然一闪,又忽然一闪,像极了辉煌。

第一次来看房是五月份,金先生带朱利安去了房子附近的一个Swanlake(天鹅湖)。巴掌大的湖泊因几只天鹅得名。果然两只颈脖修长的天鹅并游在芦苇荡间:其中一只引颈向右,另一只立刻随其转头;一只做好游行的准备,另一只蹼前的水波亦开始荡漾。它们相互梳理羽毛,依偎相伴,一只仰天,另一只立刻长啸,甚是默契。

这叫夫唱妇随,真是神仙眷侣!金先生意味深长地指给妻子看。那是第一次见到美国的天鹅,朱利安也看呆了,情不自禁地点头附和。签协议、房检都格外顺利,但真正办妥手续,拿到房屋钥匙已经是初秋。第二次来比第一次的感受更好,因为定制的家具全部到了,新买的汽车也上好牌了。秋天的空气如此清新,气候更加宜人,与广州完全不同。金先生说,在这天然氧吧里感觉到脑子都转得比较快。待了两周之后,他启程回中国,把妻儿留了下来。回国之前,有人对他说,再过一个月,将是美东地区最美的季节,到时候满山遍野的红叶是何等壮观!他能想象,十几年前,他就在麻州留过学。他对那延绵不绝的满是红枫的森林念念不忘。他准备春节的时候来美国过年,把这个家还没来得及置办妥当的家具全部挑选好,并且他计划一年内让妻子怀上他的第二个孩子,到了明年秋天,他们拿到绿卡的同时也可能生下未来的美国总统。从理论上讲,凡生在这个国土的就有当总统的可能性。最多一年,他们一家四口定能团聚。虽然金先生年过五十,但是注重保养、勤于运动、精力丰沛,对未来仍有清晰规划。金先生留给太太的最后一句调皮话是:

要是不把老婆孩子送到天堂,一个男人就不算真的成功。

广州是幸福的人间,但艾市,才是自由的天堂。

金先生打电话给留学时认识的一位有钱的广州同乡,请他帮忙找一位"可靠的"家政工人。这位同乡刚搬离麻州,他把为他打理过家务的一个中国女士的电话给了金先生。据说这位女士来美国虽然有十年了,英文还不错,但还没有沾染上美国人的那些毛病——要价不算离谱。金先生联系上了温蒂。这位刚刚上了年纪的中国女性,白天在超市做收银员,但剩余时间较多。金先生在新买的房子里请温蒂吃了一顿大餐。像所有刚到美国的中国人一样,金先生发现超市的牛排、龙虾和红酒价格折成人民币低得惊人。他尽兴采购,回来亲自下厨,一家人和温蒂边吃边聊。一顿晚饭结束,他也差不多把温蒂的底摸透了。温蒂在中国有过一次婚史,四十岁时带着一个十三岁儿子嫁给了一个美国老头。这个美国人,除了一张绿卡,什么也不肯给她,儿子就连在餐桌上想说话,他也会阻止。他制定的家庭规矩是:小孩子想在饭桌上插嘴,必须请求家长允许,但是发出请求的时候一定不能在家长咀嚼食物或者谈话的时候。有时候整顿饭下来,儿子连一句"妈"都不敢喊。儿子愤懑的目光像锤子一样,本意想砸美国老头,结果砸在温蒂心上。她把儿子送到寄宿学校,等到儿子拿到全额奖学金上了大学,温蒂终于承认儿子是对的,这个美国糟老头其实令她作呕。

我自由了,温蒂说。金先生是一个有经验的煽动家,他坐在那里,甚至一言不发,续水、拿纸巾、递零食,看着对方,时不时点头,挑动眉毛,就能得到他要的信息。温蒂吃这一套。晚餐结束时温蒂的故事也接近尾声。

你看,金先生向妻子投来鼓励的一瞥,在这里,人人都追求自由。从金先生的措辞和表情,朱利安相信他对温蒂的木讷和沉默感到满意,认定她是可以掌控的对象。

她是对的。

金先生以每个钟头五十美金的价格雇用了温蒂。他对朱利安说,不要为任何事发愁,有搞不定的事情,就打电话给温蒂,她会教你熟悉环境,和你共同照顾孩子。这个费用我承担得起。

送金先生去机场,入关的那一刻,金先生转过身来朝她挥手。一阵突然笼罩的陌生感,好像在她周围的空气里,有一股难以捉摸的、有威胁性的东西慢慢靠近。朱利安突然忍不住双手掩面,哭了起来,她觉得自己好像金先生手里的一个坚果,金先生一抛,她骨碌碌在地上直打滚。安珀刚刚还一脸笑意地跟爸爸说再见,转过脸来,被妈妈的样子吓呆了。

B

总的来说,艾利克顿的华人没有那么突出和醒目,这取决于我们的身高、五官、肤色和性格。我们总是内敛、害羞,甚至有些沉闷。朱利安不知道新闻里所说的那些大声喧哗的中国阿姨们在哪里,至少她从来没有见过在公共场合无礼的中国人。

金先生走后,一个周五的晚上,朱利安找到了二十五英里外的莱恩市的华人教会。教堂不大,是一幢年代久远的哥特式建筑,灰砖砌成,古朴庄严的门廊,高耸的尖拱,正上方钉着一个大大的发黑的木头十字架。

她到达的时候,礼堂里已经黑压压地坐满了中国人。放眼望去,朱利安立刻发现,经过海关好像受到了自动挤压,这里竟然没有一个像样的胖子。

她没来由地一阵激动,坐到最后一排。讲台上一个二十几岁的小伙子拿着麦克风分享他的见证。他长得很矮小,讲着浙江口音很重的普通话。他刚来美国不久,才接触教会不久,还不是基督徒,但是已经感觉到自己"在洁净灵魂"。昨天,他在车站看到一个衣衫褴褛的人在乞讨,是一个年老的白人,他看到对方赤裸的脚踝,他问自己:如果不是山穷水尽,谁愿意这样不体面地缩在肮脏的街头?因为学习了《圣经》,他觉得自己懂得慈悲了,他走过去,把自己口袋里的五十美金给了他,这笔钱原本是他接下来几天的伙食费。

底下响起热烈的掌声,朱利安也跟着鼓掌,掌声久久不停。五十美金而已,她心里想,听起来像是捐了五万美金那样有气势。

事情没有完,紧接着,这位因为感动捐掉了五十美金的访问学者说,放下钱他开始感到不安,因为接下来几天,他可能要饿肚子了,但他不后悔自己意气用事。等到他坐上地铁到达办公室,一封信躺在他的办公桌上,打开一看,是一张两百美金的支票,说是他的一篇小文章发表了。

他说,感谢上帝,主的恩典果然够用。

朱利安看到前排的一个女子(后来知道她是位化学博士),年纪四十来岁,在她频频鼓掌的时候,散在肩头的头发左右晃动,朱利安看到黑发里掺杂着两根醒目的白发。若是多些白发也可忽视,恰恰只有两根,看上去格外触目惊心。她继而打量起对方的衣着:一件松松垮垮的黑色T恤随随便便套在身上,脚上是一双廉价的坡跟凉鞋。

她开始怀念她的广州。她在广州生活了九年,已经完全适应。广州的市中心整夜亮着耀眼的灯光,人声喧哗,无忧无虑。但是艾利克顿一到下午五点,天就黑了,整个世界静悄悄的,昏黄的路灯隔多远才有一盏,挂路灯的电线杆还是发黑的木头,让人疑心会断。她站在窗口,偶尔能听到远处经过的汽车的声音,这声音又细弱又短促,简直让人以为还生活在小时候的县城。

但这里的一切的确是不同寻常的。早上一睁眼,阳光已经透过厚重的窗帘挤进来,大朵大朵形态各异的云彩映入眼帘,轻柔的风在树梢摆动,露珠在草尖上闪亮,槐树、橡树和苹果树等形态各异的树木围绕着房子,即使是后院的森林深处,也有众多不知名的奇异花草。朱利安情不自禁想起房屋中介的话:"房子、树、小草和头上的天空,以及哪天在房子底下发现的石油——不是没可能——都是属于你们的,绝无争议。"

最初的几天,温蒂带着朱利安去Whole Foods(美国超市品牌)买有机食物,去名品街购买防晒霜,去壳牌加油站加油。看到天气好就出去拍照片——十天有九天都是好天气。她从各个角度抓拍:湛蓝的天、掩映在山林之中的城堡一样的房子、枝头的红色小鸟。能够捕捉到的东西她都一个劲往朋友圈输送,好像她的身份是艾利克顿的宣传大使。因为英文不好,她看不了英文报纸;电视开着,偶尔可以看到画面上的走秀、总统演讲、加州大火、股市下跌引起市民恐慌;至于政府停摆、大麻合法、同性恋游行,只要看不见,对她来说就没发生。她的生活环保极了:大白天就只听到自己的脚步声,"啪、啪啪、啪"……她还不认识谁,邮箱就充满了垃圾回收时间表、本市新增募捐箱地址……朋友圈整夜都在给她点赞。早上醒来的时候,各种各样的赞美和羡慕,铺满她的手机屏幕。

C

比起美国人,朱利安更愿意亲近中国人,渴望他们由衷地欢迎她、接纳她。但是中国人都集中在教会。教会里那么多男的,好像没人看到她如此漂亮,就算看到了,也宁愿忽视这一点。他们表现得太礼貌、太有分寸了,跟她在广州的处境完全不同,这令朱利安有点失落。像是跟自己赌气,她又连续参加了两次聚会。这些来到美国的中国人,大多数都拥有博士学位。有人说,市中心的教会里全是偷渡来的不识字的中国人,但是莱恩市的教会,男人百分之九十五是博士学历,女人也达到百分之八十。但是不知道什么缘故,许多人的脸又黄又憔悴,穿着又土又老,每分钟都过得急不可耐。有时一家大小七八口簇拥着前来,像一股风一样哗啦啦的,简直连个安静说话的空间都没有。好不容易安静下来了,要唱诗歌了,要听布道了。她去了二次,只有一分钟专门给她,请她介绍自己从哪里来,从事什么职业,孩子多大了。

然后就听牧师布道。那天牧师请大家把座位边上的《圣经》翻到《出埃及记》二十章,然后带着众人一字一句地读。

朱利安直打瞌睡,要不是大堂里太安静,每个人又那样不可打扰,她差点就溜之大吉。

最后时刻大家到餐厅吃茶点,相互介绍、问候,扯着嗓子如此地寒暄,又从头开始:"你从哪里来? 来多长时间了? 孩子多大了?"她认认真真地说,听的人却明显心不在焉,眼睛一直瞟着墙上的钟表,她觉得自己还没看清对方的脸,对方竟然说抱歉要走了。她以为对方代表教会,对教会很失望,后来才知道错怪了教会,其实人家跟她一样,也是新移民,想来蹭点友谊,寻求帮助。

真是怪了,金先生在的那两周,凡事顺利、凡事简单,他一走,许多棘手的事接踵而来。

安珀开学那天,朱利安穿上了一件黑色的意大利真丝长裙,一双同色高跟鞋,她给安珀穿了一条白色的连衣裙,背着一只粉色的书包。母女俩从车上下来,牵着手,一黑一白,走在碧绿的草地上,相映成景。她希望美能给老师和同学留下好的印象,让孩子有个好的开端。

"欢迎,欢迎,我猜想这个小公主就是安珀。"一位长着蓝色眼睛的女士对着朱利安发出爽朗的笑,并且弯腰对着安珀说话。她是爱德华小学的校长。她的语速并不快,安珀听懂了,但是过于紧张,不知道如何应对,牵着朱利安的手在轻轻发抖。

"跟老师去吧。"朱利安大致明白校长的意思,她推了一下女儿。可是女儿顺势一把揪住朱利安的裙子不肯进门。朱利安保持着微笑,算是回应校长,她的英文水平还只能把短语拆成一半往外扯,不能更多了。安珀不肯松手,朱利安只好伸出手掰安珀的手腕,可是安珀扯得更大力,她的鞋跟太尖,一下没站稳,趔趄了一下。

这个时候,更多的车停在车位上,更多的孩子拥过来。两个一模一样的白人小男孩子从车上下来,摇摇晃晃往校门口来,好奇的目光像线一样跟着她和安珀,到了门口,几只脚在红色塑料地毯上马马虎虎地擦了一擦就进去了。家长们则自动停在门口问候校长,挥手道别。朱利安一面微笑,一面打量这些走到近前的家长。一位年轻的妈妈,身着一件宽松的家居套头衫,领子已经松了,她的马尾扎得很随意,一束头发还在领子里没捋出来,脚上穿着一双人字拖。紧接着一位男家长领着女儿到门口。没错,太阳才刚刚出来,这位父亲戴着一顶棒球帽和一副墨镜,遮着大半个脸,上身一件短T恤,一条齐膝的宽松短裤。孩子们同样穿着T恤衫,因而,她和安珀像一块白布上的两滴颜料,醒目,刺眼。意识到自己过于正式,她别别扭扭地转身想回到车上。安珀揪住妈妈的手,像揪住一个贼。校长递过来更亲切的目光和一只准备接纳她的手臂。朱利安用中文劝她放手。这孩子一声不吭,也没说不愿意。趁其不备,朱利安挣开孩子,装着条件谈拢了,转身往车上去,慌乱地踩上了草坪。这是不文明的表现,她加大步子拐回水泥道上。安珀毫不犹豫,紧紧跟上。朱利安头也不敢抬地钻进车里,锁住车门,隔着窗户看安珀被勇敢的女校长连哄带骗地劝进教室。她好像听到安珀在哭……和美国的第一次亲密接触,就这么不潇洒地结束,一团阴影留在朱利安心头。

跟温蒂相处起来也不是很愉快。她们只做了短暂的一段时间的朋友。据温蒂说,新移民花钱都很大方,有些人花钱还很离谱,为了像真正的美国人,动不动就组织各种party,有固定的babysitter(临时保姆)和party经理,可是温蒂从朱利安手上拿到的薪水少得可怜,朱利安花钱的时候总是会在心里算一下汇率,迫不得已的时候才请温蒂帮忙。还有一个原因是,广州的保姆知道自己在拿你的钱,几乎不和你唱对台戏,你说什么就是什么,不跟你争辩,你要吃什么,他们买什么。可是温蒂不同,温蒂是穷的,却不是言听计从、随叫随到的。有一天,朱利安走进洗衣房问温蒂哪里可以买到绿豆、莲子、白鸽。

"买鸽子做什么?"

"炖绿豆莲子鸽子汤。"

温蒂正在把衣服从烘干机往外拿,头扭过来翻了一个白眼,不吭声。朱利安又说:"要是你方便的话,明天来的时候捎过来。对了,买点鸡杂,回来做鸡杂汤。"温蒂还是不吭声,她把衣服挂到挂熨机上熨平。

朱利安交代完转过身准备出洗衣房,冷不丁听到背后温蒂冷冰冰的声音:

"我不知道真有能吃的鸽子卖。"声音颤抖,有一种强忍的克制。朱利安惊诧地一回头,看到这个面色发黄的女人,脸色慢慢涨成酱红,一双暗淡无光的眼睛张大了,里面噙着眼泪。

"太过分了。"她眼睛不看任何人,一字一句地说。

"哦,美国不许吃鸽子啊,"朱利安说,"那就买别的吧。"说完从洗衣房里逃出来。一会儿,她站在客厅,看到温蒂从后门出去,往自己的汽车上去。车门重重地摔了一下,一溜烟开走了。朱利安目瞪口呆地看着空荡荡的车道。我怎么拿这种人当朋友?她想,这么粗鲁这么没教养。但是她离不了温蒂的帮忙。正生着温蒂的气,安珀发烧了。她不得不又像没事人一样打电话请教温蒂看医生的流程。

"喝水,让她多喝水。"

朱利安身材修长、皮肤白皙,像灯光下的奶酪,白皙洁净;温蒂矮胖、皮肤粗糙得像戴着塑胶手套揉出来的苦荞面,黄不黄黑不黑。但是,她俩站在一起,朱利安看上去没有方向、有点胆怯;温蒂淡定、自然,一副心里有数、自命不凡的样子。

朱利安请温蒂到家里过夜,万一晚上安珀的病情加重需要看急诊,她说自己英文不好,怕需要沟通时表达不清,并且愿意付双倍的钱。没想到温蒂在电话里不卑不亢地说:"我下午就要去新泽西参加一个party,今天晚上我不回来。"

朱利安觉得温蒂真是不可理喻。她想,换了我,至少会说,我有重要的事要做,不能拖延的。她以为不撒谎就靠近美德了,哼,其实就是自以为是。朱利安又想,连保姆都有人邀请去party,可见这party的档次多么低。朱利安以主人自居,难免有尖刻的言语在舌头上,可也想获取一点同情心,所以就把尖刻生生吞回肚子。

可是温蒂发出来的照片上,有政府议员、体育明星,还有一个中国企业家,他们凑在温蒂的镜头前笑得前仰后合。不得不说,温蒂穿上露膀子的连身裙,头发扎起来,挤在一群各种皮肤的人中间,还真算有点魅力。隔日温蒂打电话来,问她需要不需要过来瞧一眼。瞧一眼是个暗语,有不算钱的意思,暗含友情的意味。

"不了,你忙。"她说。她心情沮丧,站在自己家的后院里,就像站在人生的十字路口。

好在金先生体恤,每天早晚各连一次视频。朱利安说出来的难事——地下室好像有点潮湿,后院的监控探头好像不工作了,一汇报给他,经他一分析,也不太严重了。他总是会笑她过于严肃,聊完天说再见前也一定会给她加油打气,告诉她一切都会好起来。

快到十月,安珀在学校里,每节课都似懂非懂,进进出出都独来独往。有次朱利安在车上看着她拽一个小女孩的手,朱利安一看就明白她想邀对方来家里玩。可是她的英文尚不流利,表达不清,把对方吓着了。小女孩挣脱之后把两只手插进小小的衣兜里,两只脚一直往墙边退,以防安珀再侵犯。

这样交朋友不是办法!朱利安看得心疼。如果我们搞一个盛大的party,把安珀的所有同学都请来,这样会不会让安珀有机会交到几个好朋友?她被自己的大胆振奋了。

"美国人都喜欢party,小朋友们更喜欢。"温蒂说。

"那就这么定了。我们多买点点心、冰激凌、玩具和礼物,把全班二十二个小朋友全部请来。只要小朋友愿意来,玩得开心,没道理不喜欢安珀,安珀可乖了。"

"就算来一半……"温蒂显出冷静的一面。

"三分之一也可以。"

"但是可以按二十二个学生和二十二个家长的量来准备。"

为了这个计划,金先生鼓励她花钱:

"尽管刷,你的信用卡没有限额。"

结合温蒂的建议,时间定在十月十一号周六下午二点到五点。邀请卡片是朱利安亲手写的,安珀提供了小朋友的名单,朱利安在卡面上罗列了许多暖心话,留下一点点空间写自己家里的地址和party时间。为了显得上档次和条件宽松,特意标明既可以早来用午餐也可以用完晚餐再走。总而言之,来去自由,不必拘谨。朱利安写这些词的时候想象自己即将为安珀创造新世界……卡片装进安珀的书包,由她亲手交给各位小朋友。朱利安用了一个星期的时间准备小礼物、各种食物以及把餐厅的墙上贴满卡通画。怕小孩子过敏,每样食物和甜点的成分都标注得清清楚楚。朱利安不好意思说的是,她还在网上搜索了许多美国社交礼仪用语,不仅背熟了几十句寒暄和赞美短语,还刻意去买了两套休闲装,为的是避免像头一天进学校时那样过于醒目而出丑。

策划安排这些事让她充满了新奇和成就感,仿佛就等着这一刻将先前的不快、不安和难堪悉数驱赶。

星期六下午两点整,第一位穿着足球队服的男孩敲开了朱利安的门,身边是他满头白发、精神矍铄的祖父,手里托着一盘苹果派。朱利安勇敢地微笑,把刚刚学到的礼貌用语吐出来,也听到他用相当的单词回敬她,但是接下来,她完全不明白了。温蒂抽空从厨房里出来翻译:两点半,利亚姆有一场足球训练,他们是来表达谢意和歉意的。

送走利亚姆,迎来了爱娃和她的妈妈。万幸,爱娃下午没有其他安排,小女孩被满桌的美食吸引,甩掉鞋和外套就和安珀牵手进了餐厅,把她腼腆的母亲留给了朱利安。这位母亲脱掉身上的大衣,朱利安一把接过来之后,把她让进起居室,那里也备了茶点。朱利安英文不好的事情还算是秘密。不知情的同学母亲轻声地说着什么,时而摊开手,时而耸耸肩。朱利安不停地点头,她不想隐瞒听不懂的事实,她的确听得懂一部分:beautiful(美丽)、busy(忙碌)、music(音乐)……

半个小时之后,森迪和她爸爸一同前来,这孩子和安珀合不来。好在她安静,闷着头看动画片,吃甜点,愿意坐到天荒地老。只有三个小朋友的 party 持续到三点,准备好的游戏因为人数不够无法进行。朱利安假装没看见安珀不停地往窗外看,她告诫自己好好招待已经到来的,不要惦记还没有到来的,可是眼睛也不听使唤,不停地往门的方向瞟,耳朵也是,连温蒂在用碎冰机,她也非要听成汽车发动机……

聊天也一阵阵中断,因为听不懂的单词……两个美国人终于知道她英文这么差,选择假装不知道,但是说话的时候全都看着温蒂,要是温蒂一会儿不在身边,他们就看着安珀。安珀不比母亲懂得更多,眨巴眨巴眼睛,努力地听着,很费力地想把注意力集中到人家的嘴上,最后还是一脸懵懂。朱利安不忍心看。她想自己可能也是这么一副可怜的样子。

中午就端出来的冰激凌蛋糕在融化,沿着光可鉴人的大理石台面往刚刚才买的新地毯上滴。三个小朋友各玩各的,安珀离妈妈远远的,不知是惧怕重任还是心情不好,她不愿意充当翻译。

四点不到,天色慢慢黯淡,就像一块庞大的黑布,慢慢地铺展,暗沉沉的下午正转为凄凉的黄昏。

她总算知道了原因:之所以party没人来,因为恰好赶在了长周末,美国人的长周末通常都会拖家带口外出度假;更加不走运的是,这个周六有一个新建的超大型航空博物馆免费开放,仅此一天。这才是人少的重要原因,朱利安对此一无所知。

五点,小朋友和家长们准时告辞,带走了精心准备的礼品,留下了双倍赞美这个party的话,可是房子里还是空。

"你为什么没有告诉我,美国人有长周末出游的习惯呢?"

"我的小孩大了,这些事都忘记了。"温蒂说。

"这么重要的信息,怎么能忘记呢?"

"美国的party都是写邮件邀请的,而且要求回复,你却没有要求。"

"你怎么不早点提醒我呢?"

温蒂不再辩解,她背过身子,双肩开始颤抖。过了一会儿,她用克制且暴露克制的语气回敬朱利安:

"我是不肯受气的,要是肯,我就不会离婚了。"原来这是温蒂的盾牌,关键时刻,她就突然拿出来往面前一摆放。为了表明自己被气到了,她拎起包又摔开后门出去了。

白昼将尽。时间已是六点过后,朱利安听见雨点敲打着厨房外的窗户,这个城市的白天,像个童话世界,但是今天晚上,冷风不知道从哪个地方吹进来,渐渐地,她冷得像块石头,勇气也逐渐消失。一种无端的屈辱感、孤独沮丧的情绪,浇灭了朱利安将消未消的怒火。她觉得美国人对她的兴趣不会比对一片树叶的兴趣更大。

朱利安的美国是如此沉默,沉默而沮丧——白天过度疲劳和紧张,她蜷缩在沙发上睡着了。她梦见所有人都离她很远,一言不发地走。她身上挂着伤,试图靠近他们,他们的脸上挂着笑,可是没有停止奔跑和欢笑,没有人停下来看一眼她受伤的流着血的手和脚。

晚上八点,丈夫的微信视频就来了,睡眼惺忪地问她,party办得怎么样?成功吧?安珀交到好朋友了吗?

要是他在,没有不成功的理由。她清楚这一点,她没有勇气跟他讲经过,只是说:"我想广州了!"

"我刚好相反,我想艾利克顿了。"金先生满脸都是欢乐,期待朱利安分享点什么,一阵失落再次袭上心头。朱利安感到丢脸,觉得自己一点用都没有。她想尽快转移话题,别让他察觉自己的难堪和尴尬。

"我是说真的,你就不能理解吗?"

"我理解啊,又怎么了你?"

"你并不理解。"她感受到他语气里的敷衍,突然变得狂暴,"毕竟喜欢美国的人是你,不是我,你哪里明白这些天来每一分每一秒有多难熬?"

丈夫收起戏谑的笑,可是他还是收不住,压低音调补了一句:

"思乡病是新的富贵病。"这话就像在一幅完工的画作上,署上名之后还趁机添了一笔。

朱利安又恼又好笑。他总是这么——懂得把事情往她想不到的层面带。

"你可以去旅行,开着车——如果你还有点怕生,带上温蒂。免费旅游,她总是乐意的,也算是交一个知心朋友嘛。"

她一直喜欢他睿智、高瞻远瞩、一针见血地看问题,甚至那股子时不时外露的强势劲。这是她妈妈无法理解她的地方,她喜欢的不是他的钱,至少不光是他的钱,他的气魄使他的钱更值钱。但是,现在他的话听起来,有点滑稽。傍晚,等孩子放学的间隙,她在学校隔壁的一幢建筑物边上兜兜转转打发时光。她经过石头台阶,站在教堂高大的正门前。接着,她往右转,经过一个小广场,一条鹅卵石铺砌的弯曲小路,一直向教堂后部延伸。她就顺着小路一直往后走,直到一堵墙将她拦住,只好转身往回走。她并没有一定要去的地方,也没有一定要做的事。别人都在忙忙碌碌,只有她可以这样游荡。在国内时情况差不多,可是她从来没觉得这么糟。她觉得她的生命,即将这样重复着在这条单调无人的小道上走到底了。她告诉过金先生。他提醒她应该觉得非常幸福,可是她没有。这会儿,金先生早就睡着了,而她还独自沉浸在这种感觉里。手机里的金先生变得有点陌生,有点让人恼火,有点可恨。

D

那天朱利安送完孩子,顺道去附近的商场闲逛。没有特别入眼的衣服,何况又是一个人。在广州,总是有闺密相伴,吃吃喝喝聊聊逛逛,打发下午的无聊时光。

一个人的时候更容易累,她坐到一张靠背长椅上发呆。突然,她眼角的余光发现一个人站在靠背长椅的另一侧,既不坐,也不打招呼。她有点不安,站起来急匆匆朝门口走去。经过他身边时,他没有让,身体有点僵。她擦着他过去,差一点就要触碰到了。她感觉到那个人悄悄离开靠背长椅,走出来,跟着她。到了汽车跟前,她的手心微微颤抖,脑子里闪出一个电影画面:一个年轻的女子走向自己的汽车,拉开车门的一瞬间,一个戴着鸭舌帽的蒙面人将她撂倒,枪就拿在手上。随后,女子遭到绑架、强奸、灭口。完了,她想,也许我即将落入一个歹徒之手,而且很显然完全无处可躲、无还手之力。她慌了,心脏剧烈地跳动起来。

突如其来的恐惧——刚来的第一晚,房子坐落在没有围栏和保安的马路边上,这让她睡不踏实,趁孩子睡着了,不停地检查房屋的门窗。金先生再三表扬她有警惕心,也略带嘲讽地让她不要过度紧张,毕竟这是民风淳朴的东北地区。现在,光天化日之下,她又产生了那种恐惧——她立定了,转过身来。一个白人男子,年轻、瘦削的脸,穿着件灰色T恤,有一双蓝色的眼睛。她奇怪自己如此镇静地打量得这么清楚,他的脸在她眼皮底下慢慢变红。他结结巴巴地道歉,他说她太美了。外国口音。她突然一阵轻松,天空又高又远,空气很好闻。她友好地笑了一下,表示感谢。

他一阵哆嗦,好像被人打了一下,但他坚持站住了,他说她笑起来,像……他想要她的电话。

一种沉睡的自信,像从身体底部被唤醒。朱利安坚决地说No,那口气简直深怀敌意,但她没有立刻上车。

"你从哪里来的?你是中国人?"

没有得到回答,他自顾自接着说:"我是法国人,我在这里工作。"

"法国?"

"我来这个国家很久了,我都不知道当初为什么要来。"他说,"我现在知道我为什么来了。"

"为什么?"她问。他们面对面站着,除了偶尔有车从他们身边开过去,四周很安静。

"来遇见你。"

他的话似乎很轻浮,翻译成中文的话,烂大街的套数。可是眼前的这个人,那么僵硬,那么紧张,好像面临宣判。

在这个阴暗有风的停车场,她的不安在陌生人的不安面前消失了,她感到模模糊糊的快乐。

她终于微笑起来了。"对不起,"她说,"我结婚了,我有孩子了。"

"完全看不出来,"对方讪讪地说,"啊,对不起。"

这样的事随后又发生过一次。在加油站,她准备给车加油,机器不接受她的信用卡。这时走过来一个男子,她以为是工作人员,结结巴巴地请求他解决这个问题。问题很简单,她把输入邮政编码的指令错误地理解成了输入银行密码。年轻男子意识到她英文不好,微笑着帮她加好油。在她发动汽车的时候,他对她说,你比许多明星还要美丽。他的眼睛很亮,她明白他没有恶意。从车的后视镜里,她看到他上了一辆没有熄火的车,才知道他是个路人。

朱利安深信自己的美是从九年前开始的。那时,她在一家证券交易所工作,她还叫朱利红。她从初中就一直剪短发,戴一副黑框眼镜,是爸爸临死前帮她选的。她走路的时候含着胸,因为她觉得自己的脖子过长,而且脖子上有一块巴掌大的朱褐色的胎记,从耳根延伸到锁骨。她从小就知道要遮着它。高领毛衣、厚围巾,后来眼睛又近视了,眼镜把眼遮住,头发把脸遮住,围巾把脖子遮住。她遮得如此密不透风,渐渐成了习惯。即使应聘到了广州一家证券交易所,围巾换成丝质的,却几乎没有摘下过。她理所当然地租住民宅,穿地摊货,骑二手自行车上下班。如此生活了近一年,没有让人觉得她可以靠脸吃饭,直到遇到金先生。

那是个夏天的中午,她坐在证券公司对面的小饭馆吃面条。因为热,她解下了围巾搭在椅背上,吃到一半,面条的热气模糊了眼镜,她摘下来擦拭。在把眼镜戴上之前,她捋了一下自己的头发。头一抬,橱窗外的中年男人正呆呆地看着她。等她戴上眼镜、系好围巾走到门口的时候,那男人还站在那里。他什么也没说,看着她过了马路,走进了证券公司大楼。等电梯的时候,他穿过玻璃门进来。他身材高大,肚子微腆,步态从容,手上戴着一块劳力士手表。在证券公司上班,同事教会朱利红认识许多名牌。她的眼睛落到他的手腕上,他的眼睛则落在她脸上——显得很专注又保持着分寸。电梯来了,他没有跟上去。

第二天上午,营业部经理把金先生带到朱利红面前。金先生要开户,他想炒股。他一次转进来五十万,第二次又转进来五十万。业绩全算在朱利红名下。即使很快亏掉了五分之一,可是金先生继续投钱,炒下去的热情没有减少。他几乎每天都会来待两个小时。无论收盘时是涨是跌,他走的时候都会礼貌地说客气话,不疾不徐。

两周后,经理安排朱利红作陪请金先生吃饭。吃到一半,经理被一个电话匆匆叫走。金先生从包里拿出一块手表。"这块手表也许可以配得上你,你看看喜不喜欢。"他说着,打开外包装,让墨绿色的表盒露出来。朱利红一眼就看到了表盒上的皇冠标志。她的心脏一阵剧烈跳动。她完全掩饰不住,露出孩子气的喜悦和羞赧,目不转睛地盯着。金先生打开表盒,露出一块精致小巧的银色表盘,简约优雅的香槟金表面,带着一种金属特有的冷冽感。朱利红嘴里发出含混不清的感叹声,她还不好意思马上收下,但又没有能力拒绝,所以就显得语无伦次,不知所云。金先生笑盈盈地看着她,说:"别人买礼物给你,就是想讨你欢心,你欢喜就要表现出来。"她下意识地点了点头。

收下这块手表之后,她晚上躲在房间里,就那么反反复复地端详到深夜。第二天,她就把它戴在手上去上班,她不是急于炫耀,她怕在出租房里会被偷。

第二次吃饭,金先生给她买了件低领真丝连衣裙,法国产。他批评朱利红所有的衣服都是领高袖宽。朱利红辩解了几句。金先生轻描淡写地告诉她,香港医院有进口的祛胎记设备。朱利红小时候缠着妈妈去过医院,但医生说就算激光之后还是有疤痕,甚至会引起皮肤癌变,妈妈就坚决地放弃了。

这个胎记最终利用年假在香港祛除了,没有留下一丝痕迹;同一时间她在香港配到了隐形眼镜;花两千六百元剪了个短发。休完假回到单位的时候,同事对她的变化惊讶不已,这时他们才发现,朱利红不仅颈脖修长,眼睛妩媚,她的眉毛细密而端正,额头也饱满光洁。而这,根本就不是那些玻尿酸、硅胶和肉毒素所能塑造出来的美,这是天然的、略经雕饰的美。

"我第一次见到你,就觉得你像一只白天鹅。"金先生在一次晚餐时轻抚她的颈脖奉承她。

这句话让朱利红立刻想起高中毕业前见到的那对白天鹅。

那天全班组织出去秋游。在郊区一个度假村的小湖里,一对天鹅游弋在湖面上。两只天鹅同色,略小的定是雌的。天鹅全身有着白瓷器一样光滑洁净的羽毛,无一丝杂色,尤其颈脖修长,那样优雅而高贵,任人打量欣赏,目不斜视,庄重自信。她目不转睛地看了许久。后来,她听说,这对天鹅可能是从黑龙江飞来越冬的。她对来自遥远地方的天鹅产生了深深的敬畏,她觉得,这样高不可攀的美丽生物见一次就心满意足。她不敢想象有一天,有人这样高看她。

金先生知道许多深不可测的事,新闻背后的背后,数字背后的数字。他吃的苦比朱利红多太多。他是在恶邻的欺侮中长大的;借高利贷上的大学;光脚打篮球;

如今有一个上百人的大公司,还能够背诵莎士比亚作品的原文。他背英文的时候,打着磕巴;他的青色棉麻上衣有点皱,皱褶里似乎都浸透着真知和灼见。他觉得朱利红像什么,朱利红都会深信不疑。

过年的时候,她带金先生回老家见家长。敲开家门的一刻,妈妈很客气地问她找谁——她竟然没有第一时间认出自己的女儿。

妈,朱利红有点娇嗔地喊出了声。穿着名牌服装,化着精致的妆容,她的乡音在见到母亲的片刻恢复。母亲直愣愣地看着女儿,带着不可思议的表情。认出女儿的那一刻,她拘谨起来,两只手竟然不知道往哪里放。

明知是金先生的功劳,在短暂的不适之后,母亲还是对金先生表现出了极大的抗拒。他的年龄、他的婚史以及他的钱,都令母亲对他大起戒心。

朱利红的父亲温柔和蔼,家里大事小事都由朱利红的妈妈来决定,就算是错,他也从未计较。虽然父亲过世了,朱利红的妈妈觉得自己一直是幸福的,就连只剩下回忆也是幸福的。女儿选择这样一个人,她完全不能理解:"我送你念大学,不是让你找个跟我差不多大的男人。""你把一套房子拎在手上。"她补充说。妈妈曾经是一位黄梅戏演员,内心有浪漫的情怀,有时候容易动情,和朱利红的父亲也是郎才女貌,情投意合。虽然朱利红作为独生女,家里的条件很好,可是母亲一直过着严谨而俭朴的生活,这也是朱利红少年时代物质上得不到满足,想要离妈妈远一些的原因。不过,妈妈的这个特点,令她在父亲过世后,生活质量没有受到太多的影响。

她没有办法反驳妈妈,但心里是真心欢喜的。

春节这几天过得格外漫长。朱利红原以为自己会赖上小时候长大的地方,不舍得离开。可是,她站在窗口,看到屋外邻居在楼下大喊大叫,几乎当着她的面议论她的男朋友,实在粗鲁。她还看到邻居随手把垃圾扔在花坛边,引来野狗野猫把塑料袋扯得稀烂,叼着啃得光滑滑的骨头到处走。还有人一口痰就往草地上吐,尤其是当着金先生面,朱利红越发觉得丢人,不能忍,大年初四就逃回了广州。

她没有违背母亲的习惯,但是在领结婚证这件事上,金先生劝她先斩后奏。他说:"如果说实话就是争吵,还不如什么也不说。"

"她知道了之后还是会争吵。"

"那不一定。"

事情果然像金先生预料的一样,妈妈最终接受了。安珀一出生,妈妈就过来侍候月子。她怕保姆照顾不周,女儿落下隐疾。但她也从来没有隐瞒自己的不快。

安珀一岁时,她回了老家,个中原因,她没说,只是说住不惯大城市。但是朱利红心里知道,她是看不惯金先生。她比金先生大不了几岁,他从来不喊她妈,一开始总是喊"利红妈妈",后来有了孩子,孩子还只会哼哼,他就喊起了"外婆外婆"。这当然不是主要原因,朱利红不太愿意了解太多。生完孩子,金先生就怂恿她辞职。一则是生了孩子,原先的职位不在了;二则是他觉得保持美的另一种方式是气质提升。他帮她报各种培训班,茶艺、西点、瑜伽,甚至还有珠宝鉴赏。临来美国前,他还帮她报了绘画班和英语培训。妈妈不能理解女儿怎么可以毫无斗志,整天无所事事任人伺候。说她看不惯金先生是婉转的,她也看不惯女儿。

E

有一位移民国外二十年的北京人曾经跟她的同学感慨地说过,十年前,她在火车上遇到一个中国人,甚至能猜出是哪所大学毕业的,什么学历,又在哪个制药公司上班。

现在好了,每天早上通勤的中国人越来越多,形象各异,简直捉摸不透他们的来头和身份。特别是靠近私立学校的地区,更容易见到比较体面的中国青少年。他们仪表堂堂,衣着精致,举止得体。虽说十几、二十年前来的华人,多半是高智商、名校毕业、简历上辉煌,但无论性格、长相还是内在审美,仍然有一种显而易见的压抑气质。这些东西在新移民的脸上却很难见到。这些气质和形象俱佳、阳光活泼的年轻人让面无表情的老移民内心波澜起伏——多种迹象显示这些年轻人不都是凭真本事来的,他们嫉妒却又觉得骄傲。

十一月初的一个早上,金先生打电话来让朱利安第二天去律师楼见律师。

"怎么,绿卡下来了?"

"哪能这么容易?!"金先生但凡有这样的口气和表情,一定表示事情不那么简单。

她开了一个多小时的车,到律师楼的招待室等贾律师。这是她第二次见到这位律师。上一次还是在中国的一个投资见面会。贾律师和金发碧眼的老板杰奎琳正在向投资客们宣讲移民新规。会议主持人说杰奎琳在美国是知名大律师,称帮杰奎琳翻译的这位女士为贾律师。那时的贾律师穿着一件藏青色的西装,戴着副眼镜。杰奎琳基本不说话,临时学了句中国话——"谢谢"。无论谁跟她说什么,她都把这两个字搬出来。晚上一起吃的中国菜,杰奎琳只吃了两调羹花生米就退席倒时差去了。让朱利安印象深刻的是,贾律师的头发少得可怜,头顶心的头发稀疏,尽管涂着厚厚的粉,仍然可以看出她的真实年龄。但她目光犀利,举止庄重,不怒自威。金先生问她付完钱多久能拿到绿卡,她说:"快则三个月,慢则半年。"说话干脆,一点儿也不拖泥带水。

金先生表示孩子马上该上学了,他希望她在美国受教育。

"那你太太可以先以旅游身份来,到美国境内等绿卡。"

"这样合法吗?"

"当然。"她说。

那次的会面金先生显得很激动,还坚持做东请贾律师去坐落在七十二层的云居吃日本料理,把贾律师奉为上宾,请她以后对朱利安和孩子多加关照。贾律师没有温蒂那样亲切,甚至都没有来看一看朱利安,但这无损她的形象,反而加重了她的分量。

但是,在律师楼见到的贾律师,穿一件灰不溜秋的开领针织衫,像比过去矮了不少。朱利安站起来说贾律师好的时候,对方笑着说:

"叫我杰西卡,杰西卡。"

一直到此刻,朱利安都不知道这位上半年叫贾律师,下半年叫杰西卡的只是一个律师助理。直到被引到另一位律师办公室,安德鲁律师起身介绍自己是负责朱女士案件的律师时,朱利安有点困惑。她还囿在"为什么有这么多律师,我的律师到底是哪位"的困境里,杰西卡已经把安德鲁律师下面的话翻译完成:以朱利安名义投资的项目因为项目方主管管理不善,有资金被挪用的嫌疑,正遭受移民局的调查。所以,朱利安需要签署一份委托声明,委托他们向移民局提出上诉和交涉。

"那么,我什么时候能拿到绿卡?"

"获得批准的时间将比预期的长。"

"长多少?"

"很难估计。"安德鲁律师认为案件要比当初复杂许多。

"所以呢?"朱利安觉得自己像一只呆头鹅。

"所以你得注意保持自己在美国的合法身份。"

"怎么注意呢?"

"旅游身份不能持续无限地待在美国,如果想合法地居留,还需要其他的身份。"

律师建议朱利安去转一个学生签证,她可以一边学英语,一边等绿卡。

"如果我不喜欢上学呢?"

"那你可能得回到中国去等绿卡。"

"有什么事你跟杰西卡联系,她是非常好的助理。"告别的时候安德鲁友好地向朱利安伸出手握了一下。

不知何故,朱利安感到一阵轻松。她向律师表示,她十分愿意回中国等绿卡。

直到开车往家走的时候,朱利安才突然明白,他们被骗了。当初向他们信誓旦旦说半年拿到绿卡的根本不是律师,只是一位助理。而现在,如果她的身份面临任何问题,将不会有人对她负责。

她迫不及待地打通金先生的电话,想把这惊人的发现告诉丈夫。

中国时间已经凌晨一点,可是金先生还没有睡。他比朱利安更早意识到这家美国公司的不当操作对申请绿卡的影响。他正在网上搜索此类信息,他承认情况有点糟,但不至于无法弥补,未必到了"必须回国"那么糟。

"只有回国才是最糟的?"她问,"投资的那些钱如果要不回来怎么办?"

"不用管。"他完全不管她语气里的质问,坚持说。

他吐出来的每一个字都很重,这些话如果打在纸上,每个字都应该进行了加粗处理。

"这么大的牺牲就为了一张绿卡?"

他说:"有一些人,不,是大多数人,把到美国当成人生最大的梦想。你倒好,把在美国生活看成了一种……牺牲,一种……受罚。"凭良心说,金先生的话字面上像责备,实质声调的高低起伏和停顿,反而不容易让人生气。他究竟又花了多少钱,朱利安赌气没问。很快杰西卡帮她找到了一个学校,每周去上两个半天的课,以便能合法待在美国。但是,她被警告不能离开。由于心知肚明的原因,一旦她离境再入境,她将可能受到海关"重点关照"。

那阵子,她老是做噩梦,不是关于自己的,而是关于在老家的母亲的。有一次,她梦见母亲躺在床上,伸手去够床头柜上的水杯。母亲的手背青筋暴突,手指微微颤抖,就那么伸啊伸,却一直都够不到。醒来的时候,朱利安一身冷汗,脑子里翻腾而混乱。过去三年,她也不过见了母亲三五面,但是,现在,她却觉出"不想见"和"不能见"之间的巨大差异。这之后,她觉得自己处在危险之中,越新鲜的东西对她越是一种折磨,仿佛随着空间变大,许多东西都放大了。一切意外都会出现:车祸、信用卡丢失、车子坏掉……一份文件寄过来,一辆闪着灯的警车停在门前的路上,她都能心里想着替自己辩解的单词。到后来,烤箱的定时铃声一响,她仿佛听到牢门上的锁咔嚓声,自己变成了囚徒。

她想,我为什么来美国?许多年她都不需要像现在这样细细地思考了,就像恐惧感这个东西已经消失了一样。但是,现在针尖大的事情都容易使她紧张:家长会、煤气报警器鸣叫、车库的自动门开不了。

她发现自己什么也不是。

妈妈在微信里问她:怎么样,在美国还好吗?

好着呢,好着呢。她在心里说,至少表面上金光灿灿的。家家户户的庭院里,开着玫瑰、大丽花和百合花。离家三英里的地方有个农场,花十美金就能进去随便吃。果园的一角有一块草地,圈养着几十匹漂亮的马,白的、棕的、黑的,有时候正好站在路边的栅栏边——她看到马儿也有着苍老而坚忍的眼睛。她看见一群火鸡在一所农家房舍上嘎嘎地叫着,燕子在低空翻飞。它们不怕人,天上飞的、树上爬的和地上走的都不怕人。去学校参加家长会,一会儿教室挤满了人,一会儿走空了,后来又给挤满了。到底说了什么,她一点概念都没有。就看着人进来,微笑,叽里呱啦一串单词又一串单词,然后挥手,和善地告别。每天接孩子的时候,都能碰到值勤的警察。这些人身上挂着各式各样的武器,朱利安想起纽约黑人小贩遭警方锁喉致死的新闻。可是这里的警察对人却极为随和,还会笑嘻嘻地跟家长打招呼。寒暄的内容都一样,夸天气好啊,堵车啊,球赛啊,要换总统啦。她过马路的时候,所有的车子都停下来,光这一点,金先生说,把孩子放到这个国家就是值得的。她对美国的印象:恐怖主义、歧视、卖淫、大麻、居高不下的枪击案,比在国内时听到的还少。可是在梦里,森林和房梁混在一起,液体不流动,空气像雾一样发青,一切都灰蒙蒙的。

她没有金先生希望的那样喜欢美国。

买了不合意的东西,可以不用解释就去退货。但是,没有成群结队的闺密,她所有的衣服,那些从意大利、日本买的名牌服装都派不上用场。九月开始,出门就需要裹着厚厚的外套;十一月底,女儿的学校开始供应暖气。尽管这样,小孩还是得了重感冒,整整一个星期被关在家里喝开水。朱利安跑到药店,眼睁睁看着一货架的药,可是不卖给她。每天看着孩子不停地咳嗽,她一点没有收拾自己的心思——除了树木和天空,没有人看得见她。

果然像医生说的那样,不吃药不挂水,孩子还是好起来了。但是这次惊吓,让她意识到,她在独自面对这一切。

一个华人组成的社团终于找到她,留下一封信在她的信箱。她们要搞一个旗袍秀,希望她参加。她没有旗袍,但她愿意去见识一下。组织者叫贝拉,既是导演策划也是出资者。她四十多岁,两只眼睛生得很近,鼻子很塌,涂了太多的粉。她走到台上发言,说了一大堆搞旗袍秀的原因,"文化输出""中国女人的国际气质",最后总结:男女为什么要平等?不用平等。男人应该为女人服务,而女人为美服务。音乐响起,女人们鱼贯而入。

镁光灯打在台上,乍一看,各种颜色的旗袍确实美艳,再一定神,破绽出来了。女人们或高瘦,或圆润,上台的时候吸着肚子,梗着脖子,步伐也凌乱,一看就是排练时间不够,紧张得手也乱摆放。朱利安没看出美,只看出受罪。朱利安有点嫌厌地想,旗袍再美,也经不起批发。贝拉发完言一眼看到朱利安,走秀一结束就来找她,冲动地说,朱利安才是真正配穿旗袍的人。她的壁橱里挂着上百件旗袍,任凭朱利安从中挑选。

"你看看你的身段和线条,你是我见过最适合穿旗袍的人——除了张曼玉。"

她说完停在那里,等着朱利安问她:"真的,你见过张曼玉?"朱利安就是不问,佯装赶时间,不置可否地点头、微笑,然后开溜。

进入十二月,各处的花草开始凋零,落叶纷纷扬扬地飘下,很快,地面覆盖着红彤彤的树叶。一场雨过后,草地的最后一次养护开始了。开过来一辆巨大的车,五个彪形大汉从车上下来,卸下吹风设备。朱利安在窗口,看到他们比画了一下之后,派出一个代表敲门打招呼。早就知道主人的英文不行似的,他尽量简短地问好后,开始工作。他们剪掉那些枯萎的树枝,塞进车里的粉碎机,吹风机清理车道。噪声巨大,房子在颤动,但效率极高,三下五除二,草地、屋角和停车道就清清爽爽了。汽车开走后,一切又安静了,房屋逐渐往暮霭中沉没,直到再也看不清周围的事物。但是,大地好像还在静静地颤动。

F

艾利克顿位于大西洋的西岸。每年差不多十一月底,受海上掀起的汹涌浪涛的影响,这片广袤无垠的森林地带以及人口稀少的沿海小城,温度迅速下降,寒流宛如一张大网,生生地从天而降,转眼万叶凋零。二〇一四年十二月初,有一天气温竟然一晚上从一摄氏度降到零下十五摄氏度,暖气设备在屋子里呼呼地转了一整夜,朱利安还以为设备坏了。很快,更大的一股寒流形成,并迅速增强变成"炸弹气旋",带来二十至三十三厘米的降雪量。强烈的风暴挟带大量冰雪袭击美东,暴风雪从东南部的佛州一路蔓延至东北部地区。强风吹倒树木和电线,造成交通堵塞。到处是大型工程车在清理倒下的树木和积雪。天晴的时候,朱利安还以为冬天已如期结束,其实才刚刚开始。

"美开始大规模遣返非法移民!"每次去中国超市,她会情不自禁被免费报箱里的中文报纸所吸引,拿几份带回家看。前一阵子,她还觉得这些哗众取宠的标题都是噱头。什么希拉里对媒体表态,非法移民应该遣返回国与父母团聚;什么奥巴马政府将大规模遣返非法移民,十万家庭将受到影响……但是,那天,她在超市看到一位妇女坐在台阶上哭诉。她说的是潮汕话,朱利安听不懂,旁边有讲普通话的在帮着翻译说,她先生才刚刚被遣返,家里有三个小孩,她因为迟到被炒鱿鱼了。她来超市等剩菜,等着等着就想死。她可能还没想好怎么死,就那么不停地喊着,像是提醒自己快想出好方法,也好像是希望把自己从噩梦里吵醒。

有天早上,朱利安醒来,发现无数条冰锥挂在屋檐下,光滑晶莹,包围着房屋,她把手从门缝里伸出去想摸一把,感觉空气里有一把无形的剑切到她的手指。朱利安第一次体会到坚冰的锋利。

大橱、梳妆台和茶几都是乌黑发亮的红木做的。夏天时觉得高贵有质感的红木给房子带来了一种神秘感、一种贵族气息,这会儿使人心里发硬。墙上的油漆呈柔和的栗色,配上深灰色窗帘的皱褶足可挡住刺眼的阳光,但未遮住的玻璃窗又使室内保持着足够的亮度。大雪形成了一个封闭和简单的世界。这该死的郊区,过于洁净、过于沉默,恍若与外界隔绝。

二月十号,是金先生答应来陪母女过年的日子。下午四点,朱利安带着安珀到机场接爸爸。

他搭乘的航班早就落地了。所有人都走光了,他还没有出来。她一遍遍打他的电话。关机。

她没有同人说过话,也似乎没有人注意到她。她去了两次快餐店,让孩子吃点蛋糕,喝点饮料,之后一直等在海关出口,孤零零地站着。她已经习惯于那种孤独感,并不觉得十分压抑,只是有点胸闷。一开始,她以为自己饿,后来才明白是累。她倚在大厅的柱子上,竭力忘却肚子里折磨着她的疲劳,全身心去观察和思考。她的思索含含糊糊、零零碎碎。栅栏里陆陆续续出来的人:黑人、白人、印度人、中东人、中国人,但这一切都仿佛只是证明时间在流逝。有一个金色头发的小姑娘,差不多和她等了一样久,但是,此刻一位高大的、皮肤略有点黑的光头男人从门里出来,小姑娘发出长长的、难以抑制的、带着深深的痛苦的声音——然后,扑了上去,又是亲又是啃。

原来小姑娘和自己的心情一样,朱利安想,但是自己可能没有那么幸运,周围冷冰冰的,她知道这是错觉。到处都有暖气,工作人员都穿着短袖。

金先生一直没有出现。长时间的等候之后,现实既模糊又离奇。这个机场大厅,一半很旧,一半却是刚刚翻新的,地面贴着差不多一米长宽的大理石。大理石照见她模糊的影子。

大厅里几乎空了,甚至连穿制服的工作人员也不见了。她知道事情已经极其复杂。午夜一点,她拖起倚在柱子边熟睡的安珀,到停车场缴了费,慢慢地往家开。

一直到第二天中午,她接到了微信,是他的,她已经没有力气表现出任何情绪了。她说:"喂?"

他说:"是我,我回广州了。"她顿时明白了,金先生上飞机是真的,现在回到广州也是真的,他是被原机遣返了。

"你犯了什么事?"

"我什么事也没犯,是项目上的牵连。"

"你来不了了吗?"

"我暂时来不了,我会想办法。"

"我们可以回去。"她顿了一两秒钟,想从对方的脸上看到点什么。

"你说什么?"

"我要带孩子一起回国。"

"回来是可以的,就一张机票的事,但是以后想再去,那就是比登天还难。"

"你怎么忍心让孩子不和爸爸一起生活?"

"她会明白我是在改变她的命运。"或许是长时间的劳顿,又或者是沮丧,他身后的房间里的一切都是亮的,只是他的脸,黑得发肿。

雪一直下,旧的没化,新的又来,与日俱增,变成了近七十年不遇的降雪量。二月底,当地的降雪达到一百英寸,打破了当地有气象纪录以来的最大降雪纪录。短短一个月,艾利克顿已经清除了十亿立方英尺的积雪,随后干脆直接宣布进入紧急状态。全市交通停摆,政府关门,学校放假。她也不必送孩子去上学了,整整一个星期,除了主街上红色的消防栓被清理出来,岔道和巷道上全是雪。一英尺高的雪和冰相互缠绕,在太阳底下闪耀着冰冷的光芒,一丁点声音都没有,就好像一切声音都逃走了。至于屋外的树木,更像酷寒的帮凶,只不过先把自己弄死了。

朱利安和孩子都没有被冷僵,但是被吓呆了。这极寒地域,除了增添恐惧,还使人感到超乎想象、难以捉摸。

金先生夏天来的时候,他们一起去过海边,开了二十分钟的车。在广州的话,不过是从小区东门到小区西门的时间。朱利安此刻产生了一种错觉,她觉得自己的房子是兀立于大海波涛中的孤岩、搁浅在荒凉海岸上的破船。那阵子,她每天黄昏安顿好孩子就穿上长筒毛靴出门散步。哪里有路?她一边踏雪一边发抖。一英里要走一个钟头。为什么人们喜欢去珠穆朗玛峰?这里就是珠穆朗玛峰。她喜欢往房子多的地方走。有次经过一个教堂,教堂后面似乎灰暗古旧,前面却很新,颇有气派。门是关着的,看不见有人,却听到有人在诵唱诗歌。门前立有一块石碑,上面刻着这样的文字:

亲爱的上帝,请赐给我雅量平静地接受不可改变的事,赐给我勇气去改变应该改变的事,并赐给我智慧去分辨什么是可以改变的,什么是不可以改变的。

还有一次她绕到公墓。一扇铁门、古老的围墙、刻有铭文的墓碑、两棵树、低低的地平线都陷在雪里。太阳还没落山,一弯初升的新月提前挂在天上。她一阵哆嗦,突然明白了一件事:母亲之所以看不惯她嫁给金先生,是因为她没有在女儿身上看到爱的满足,她只看到了舒适和富裕。她的看不惯里隐藏着对女儿的怜悯和担忧。现在,离开了广州,一直环绕着她的安逸和自在也随之消失。她不得不承认,她其实并不喜欢金先生。她当然不愿意离开他,相反会因为离开他而备受煎熬,但是,她至少承认了一点:她当初中意的,其实是伴随着这个男人而来的自信、享受和舒适,而不是这个男人。

明白自己不再是一个游客,她有一个新位置;同时,她的心里金先生的形象有了变化——过去的金先生在慢慢往暗处退,剩下的,是她自己重新勾勒的金先生。

那天晚上回来,金先生在微信里要求她让安珀转到私校。理论上,安珀并不符合念公校的资格,享受不属于外国人的福利不利于拿到绿卡。

"要是让安珀住校,我就带她回中国。"她口气非常生硬、坚决和蛮横,金先生应该是第一次领教,愣了好几秒才说:

"这是律师的建议,万一你的签证失效……"

"为什么律师的建议和学校的规定就可以夺走我的权利?我是她妈妈,我选择天天见到她。"

她挂掉微信视频聊天。

二月和三月,由于厚厚的积雪,以及结冰后道路几乎不通,与户外有关的活动几乎全部停止。被困在花园的围墙之内,她陪安珀画画、练钢琴、背单词,她觉得,这是自己的。

朱利安完全接受了一个现实:艾利克顿市乃至整个麻州,人们最热衷的事就是party——周末、生日、夏天的夜晚、各种法定节假日。没有party可以参加的人,要么是穷酸至极从不舍得浪费一分钱的吝啬鬼,要么是腿脚不便的老年人,还有一种遁世的高人,不胜人群的烦扰,故意躲到像瓦尔登湖这样的地方,让人难找。

她到底接受邀请去了贝拉的庄园。她的车停在车道外,旁边已经整齐停放着十来辆车。一眼过去,银色宾利、黑色路虎、白色劳斯莱斯……

一个穿西装的年轻人过来引她进门。客厅空空荡荡。人呢?朱利安暗自思忖,她担心又是一场中老年妇女的旗袍秀。万幸,贝拉从一扇门里走出来迎接她,画着浓重眼影的眼睛很疲劳,她穿着一件红色的晚礼服,虽说丑,倒是不刺眼。

房子这么大,人却全挤在二十多平方米的小餐厅,男男女女,扎成几堆正在说笑。各个角落都吊着音响,放着那种短促的重低音曲子,像急促的号角,召集千军万马拥进来,把房子填满。

餐厅中间摆着一张长长的桌子,上面摆满了各种菜肴、点心和酒水,鲜花和蛋糕摆在正中间。墙上挂着几幅照片,一幅是贝拉和希拉里的合影,背景是一个类似于这里的餐厅;另一张有奥巴马,贝拉挽着奥巴马的胳膊,虽然他的头发白了一半,皮肤又黑,但挂在墙上还是魅力四射。醒酒器正在客人的手上传递。

有人牵走她的孩子,贝拉有一个十岁的男孩,他们另有专属区域,请了专人看顾,不一会儿,隔壁响起了孩子们的尖叫声,声音完全美国化了。朱利安从来没受到过这种音乐的熏陶,金先生是六○后,多听古典音乐,偶有蓝调,却几乎没有重金属。她找了个以为能躲避声音的角落坐了下来。她听着耳膜很难适应的音乐,喝着口感怪异的酒,看着房子里很不常见的灯光,金色的重重垂落的窗帘,造成一种虚幻的气氛,让人不知身在何处。

主人过来替她介绍其他尊贵的客人:

总裁Joshua、经理John、王太太Sophia、张小姐Emma、老板Grace、教授Owen……中国人身上挂着洋名,像盛着麻婆豆腐的骨瓷碟边摆放着银质的刀叉,一本正经地讲究。朱利安一眼看出他们应该是新移民:体态圆润和衣着过于讲究暴露了他们。

谈话一开始停留在哪里有奇景、哪里有奇人,随着屋内气温升高,内容开始变得广泛。有一阵子大家都谈名牌,哪里便宜,哪里仿品太多;有一个人先提到自己的公司已经被世界五百强收购,另一位则承认自己还在上大学就得管理爸爸的基金,还有一位青年人,不过二十五六,他说美国的"加得宝"和"好市多"里的厨房板材百分之九十九是他的企业在供应;他们也略略提到老移民对他们的敌意,"他们都觉得中国的钱都摊在大街上,他们没拿到只是因为手臂够不着",努力形容老移民的敌意的这人长得一团和气,不吃东西,嚷着要减肥;后来他们谈亲人的死亡,有一位的叔叔是掉进马路上的窨井里死亡的,有的是喝水呛死的,还有的只因为在饭店吃了一盘炒螺蛳……没人提到自然死亡的祖宗,因为一说出肯定会被比下去。稀奇缓释悲伤,气氛还好。后来他们谈房子,原来许多人家里都有公寓在出租,他们不谈收益,光谈那些倒霉事:经验不足,被低收入的租客赖租金、醉酒的租客打架招来警察、来路不明的拉丁裔女子在房子里生了肤色像炭一样的孩子;最可怕的不是这些,是故意弄坏房子里的设施、报假案,白住之后要巨额赔偿……越说越气、深呼吸,喝着高脚水晶杯里的陈年葡萄酒,还在生着气。短暂的沉默。沉默是保持体面的技巧,朱利安比他们都擅长似的。他们还提到压力——各种使他们出国的压力。就是没人提到绿卡,这么一根鱼刺似的堵在朱利安喉咙口的东西,他们不屑于一提。夹在一群年富力强和精神饱满的中国人中间,失落感像弹开的安全气囊,把朱利安挤得快没气了。

有一位中年男人,过来找朱利安攀谈。他问她住在哪个镇,来了多久,买房没有,有没有医疗保险,有没有人寿保险,边问边递过来名片。这人说话的时候,眼神很疲倦,而且很瘦,朱利安明白了,他是个经纪人,而且是老移民,但是在刚才关于"老移民的敌意"这个话题上,他一句也没有争辩。任何层次的party上总有一两个这样的人,朋友圈像各式各样的珠子,他们就像是串着珠子的线,各个场子流转,把各个不同的珠子隔开又串联在一起。跟朱利安说话的时候他仍然侧耳听着旁边那一拨人,像是那边会随时传来什么令他弹跳回去的暗号。他看她的眼神,最上面裹着一层热情,往里去是无动于衷,似乎对朱利安尴尬的身份早有耳闻。他的笑声很沉闷,仿佛露牙才是目的。朱利安也不盼望一个卖保险的抛开生意谈友情,可你出来混总得带点感情吧,说不定我身份一解决,买个三两套也是分分钟的事。我就算在陌生人那里买车险、房险,也不在你这里买。对方嘴里在客套,她就心里发着狠。差不多了,她打了一个小小的哈欠,起身去找洗手间。

等她回来,他们在聊私人财产不可侵犯。谈枪的这些人脸上挂着天真的笑。说到可以开枪,他们快乐得不行,好像真开过似的。

一瞬间,她以为自己还在中国。在广州,金先生也有一些相当有钱的朋友。他们一晚上能喝掉几万块的红酒,有时候就是约好去吃顿饭,结果兴头来了组团去澳门赌钱。别人在赌钱,她会去逛街。生活好像就该那样安排。现在,她想,我最好再也见不到这些人。

结束的时候,她去找安珀,小姑娘在游戏室里睡着了。她把女儿抱起来,闻到她头发和身上有草莓和巧克力的气味,显然这里甜点供应太丰盛了。安珀感知到母亲的气息,闭着眼紧紧抓住她。这孩子也不适应,但是她还不会表达,也没有选择。

回家的路上,她的车开得很急躁。这是另一个世界和一个被"抛入"这个世界的人。在美国人跟前,这些人什么也不是;在这些人跟前,朱利安什么也不是。"什么也不是!"在广州,她从来没有这种感觉。她觉得日子过得很好,从没为钱操心,死亡也很远,她才三十六岁,她没接触过基督教,不觉得自己有罪,也不觉得这样活着有什么可遗憾的。

现在,所有的东西都被颠覆了。

她回想着贝拉金碧辉煌的房屋,以及并排放在后院堆满垃圾的硕大的垃圾桶。明天,或者后天,笨重的垃圾车开过来。这些垃圾——里头有她用过的刀叉、擦过的餐巾、吃剩下的牛排的骨头、孩子们打碎的花瓶的碎片……统统挤成一团被带到远处。

春假的时候,朱利安带着孩子去新罕布什尔州滑雪。她本人并不喜欢过于陌生的运动,可是安珀很热衷,因为同学们都要去滑雪。这孩子身上有莽撞的热情,对端到桌上的每道菜,都有试一下的兴致,性格也变得越来越开朗——并没有借助母亲的任何力量,这使朱利安暗自惊喜。

头一天,她坐在餐厅里隔着玻璃盯着教练在一对一教安珀动作,安珀很兴奋,有点不专心,但是教练特别有耐心。她心里感叹,孩子的适应能力真强啊!她看到一对白人夫妻带着四个孩子来滑雪,最大的有十四五岁了,最小的还叼着奶嘴坐在童车里看热闹,三个大孩子不管不顾上了滑道,夫妻俩轮流进餐厅带最小的。看样子他们滑了无数次了,可是每一次拿起头盔往头上戴的时候,还是会相互会心地一笑,将要上滑道的人会俯下身子朝座位上的人送过来一个亲吻。

第二天孩子就嚷着想上绿道。她不放心,可是教练觉得可以。朱利安眼巴巴看着孩子站在半山腰,刚做了一个滑的动作,就冷不丁歪倒在地。她的镜头记录下了女儿第一次摔跤。安珀几次试着爬起来,最终因疼得太厉害放弃了。她一瘸一拐地回到餐厅时,还能自嘲地笑,但是当天夜里,她发起高烧。朱利安拿出药箱,放在孩子的房间。在中国的时候女儿就习惯一个人睡,就算到了美国,也从来没有提出要和妈妈一起睡。倒是她自己,经常半夜悄悄推开孩子的房门,就那么傻傻地看一会儿。这会儿,她靠在孩子的床头,枕着药箱。她是什么药都想让女儿吃的。知道不好,可是她害怕。不知哪里的大钟,一到整点就敲。白天还好,夜这么深,心这么凉,每敲一次,她心里就振荡一下。在孩子的房间里听得更清晰,响到第二声,她就战战兢兢,畏畏缩缩,心just揪成麻团。

孩子烧了三四天,她没告诉金先生。金先生问女儿怎么不来视频。"她忙,"朱利安说,"她今天手工作业多。"

金先生问了句什么话,她分了神,竟然听不懂似的。比起视频里他的容光焕发,她觉得自己古怪、冷漠又憔悴。"我为什么来美国?"又老调子重弹了。

"大人的健康、小孩的教育,这些还不重要吗?"

"广州也挺好的。"

"岂能相比?"

"我只知道我过得不开心。"

"你只是还不适应,你只是认识不清。"

"随便你怎么说,我觉得我快憋出病来了。"

"好,"金先生做出后退一步的姿势说,"你看看你周围的人,谁出去了愿意再回来呢?"

这话好像是没有错的。朱利安的态度开始松动,对着镜头摇了一下头,她的目光遇到盯着她的金先生,一种微微的窘迫之感产生了。她转过脸,故意去看他身后的书房里那些熟悉的东西。墙上挂的是广州市一位知名书法家的草书,架子上放着一盆君子兰,这花还是她在的时候养的,现在还活得好好的,但是好像已经不再属于她了。金先生满脸含笑地看着她的眼睛,这时候她才注意到,金先生的脸色——她想象应该因为思念和孤独而憔悴。他没有,他的皮肤反而白了一点,头发才修理过,看上去很精干。

"我爱你。"他说。这句话他过去也再三地说。早上他上班前会说,中午会用电话说,晚上临睡前说。纵然没有身体上的接触,他还是会在睡前说一句,我爱你。他喜欢模仿西方的这一套,百试不爽。

她过去太沉醉于这个了。但现在,这句话作为诱饵也好,作为武器也好,没什

91

么用处。她不愿意听到他的声音。"也许我永远回不去了。"她说了一句莫名其妙的话,挂断视频。

G

四月,你以为冬天结束了,大错特错。

星期一一大早,她起身做早餐,才七点,掀开窗帘,仍是一株株灌木和大片枯黄的草地;远处,湛蓝的天空一直向天边延伸。一阵持久的狂风呼啸而来,在树梢盘旋、回转,发出低吼,然后离去。室内虽有春天的错觉,然而只要踏出一步,空气凛冽,寒气使人不自主地缩回来,像是带着警报器的紧急出口,很近,但不能触碰。她做好早餐服侍孩子去学校。出门的时候就发现自己忘带手机了。想着车上有导航,也就没特别在意。回来的路上,经过一片森林,一只小鹿突然冲到马路上,她一阵惊慌,猛打方向,急踩油门,小鹿安然无恙地蹿进了森林,她的车在一声呜咽后熄火了。

她束手无策,从车上下来,站在车旁。一辆辆汽车从后面或对面开来,一张张陌生的面孔,她盯着驾驶室看,有时什么也看不清,车子就过去了;有时看清里面坐着一个女人,她的目光一追到别人的脸,人家就垂下眼皮,加了油门,超过她的车。

她的手脚很快麻木,又跑回车里。再试一次,车子仍然毫无反应。

一辆从后面来的车经过她的时候开始打转向灯,在她前面二十米处停下来。她盯着车窗,里面什么都看不清。从车里跨出来一个男人,只穿着一件单薄的T恤,大约一米七六的身高,皮肤略黑,剃着板寸,亚洲面孔。

她的心差点要跳出来了。

"你需要帮助吗?"他用英语问,纯正的美国口音。

她想都没想:"是的,是的。帮帮我。"她用英语说。

"你打了救援电话吗?"

"我从来没打过911,而且我忘记带手机了。"

"不,"他说,"不是911,是专门的公路救援电话。我来打。"他回到车里拿出手机。她这时才发觉他们的交流已经改成中文了,但是他的中文明显不十分地道,吐字虽然清晰,却不够流畅连贯。

朱利安宽慰地舒了一口气。直到现在,她心神太不安宁了。她盯着他打电话,报车牌和事发路段,简洁、明了。

打完电话,他陪她一起等救援车。他告诉她,救援车十分钟会到,而且不需要付费,她的车辆保险里已经包含了这一项。现在,她的境况已经一目了然。

"没有关系,"那个人说,"人人都会遇到这种事。"他朝树丛里一小排房子指了一指,"熟悉这边的人都知道那边有一个加油站,走过去十来分钟,他们也会帮你。"

她不熟悉,说:"我不敢在路上拦车。"

"不拦车是对的。"他犹豫了一下说,"去那里最保险。"

救援车很快开过来,拖走了她的车,听不懂他跟工人说了些什么,工人向她挥了手告别。她站在那里,像个白痴。

"我送你回去,我先进去跟他们打个招呼。"他指了指不远处一幢白色的房屋。

他载着她绕过一条林间小道。这个地方属于一个私人宅地,方圆四十平方英里,包括一片湖泊,产业的主人已经一百岁高龄,他的子孙们更喜欢繁华的纽约。房子由一位管家在打理,部分房屋已经提供给某些机构使用,以后十有八九会变成博物馆,不定期对外开放。经过白色房子的侧面,进入边门,有个姑娘在轻唱一支忧郁的英文老歌,一把吉他在伴奏。玻璃窗里隐约看到有几个老外倚在窗口聊天。还有一个白人女子穿着长长的衬衫从窗口往外凝视。

车子绕到正门的时候,没有熄火,他下了车,从台阶上走进去。他的个头不算很高,但是体格健壮,脚步迈得很开。一眨眼的工夫,门已经开了。他站在门口和一位和他差不多高的白人拥抱了一下。他的手向车上比画了一下,然后又跟对方握握手告别。他下了台阶,向着自己而来。

他说:"从那个房顶的露台,可以俯瞰整个湖面,看到湖对面的那个天主教堂、街道甚至更远的码头和远处一点点海面。"

"你经常来这里吗?"朱利安问杰夫。现在她已经知道他叫杰夫。

"只是一个会议。"他说,"我送你回去之后再来。你的车明天会被送到你的住所。"

他留下他的电话,让她有什么需要尽管打电话。他没有问她要号码。

一周之后,她主动打了他的电话,接通电话后,他说的第一句就是:"我能为你做什么吗?"这句话每天都能听到数次,超市、饭店、邮局、图书馆、学校,人们见面就这么一问。她有点泄气,用中文说了自己的名字,说她什么事也没有,只是觉得应该打电话。她有点慌乱,声音沮丧。等她停下来,他说:"今天天气很好。"

她一听,顿时乐了,像捏在手心里的纸团掉到地上,瞬间松散了。

她说:"是的是的。"

然后他也附和着说"是的是的"。电话里出现了短暂的沉默。

"我们去吃饭吧,我请你。"在不得不挂电话的最后一秒,朱利安脱口而出。

嗯?他给出了一个大大的问号。"现在才下午三点,根本不是吃饭的点,"他说,"我一点也不觉得饿。"

好像看见了他的憨态和局促,她笑出了声。

他们在海边一家餐馆吃了饭。对着海的那一面是整面的玻璃,可是暖气充足,一点都没有寒意。客人很多,却很肃静,她这才认真地打量他,她心里明白,他比自己年轻不少。餐馆里人很多,但没有喧闹声,能听到人们在小声交谈,一切是这样祥和。她点了生蚝和芝士焗龙虾,他点了牛排和一瓶红酒。朱利安吃得很快。她太馋了,觉得美国把整个心都掏空了。她怀念广州的早茶:生滚粥、萝卜牛杂、牛百叶、香芋糕、叉烧包、榴梿酥;她还想吃椰子炖鸡、万福酒楼的鹅掌翼煲,焖得入口即化;她还想吃陈添记的捞鱼皮、猪肠粉和艇仔粥……她边吃边想广州。龙虾很新鲜,味道烧得又极好,她丝毫没有觉得难为情,在手指和嘴唇上沾满芝士和酱汁的时候,她无所谓地咧开嘴笑。她觉得认识他已经许多年,甚至他们是一起到这里来的。这个错觉令她的胃口大开。后来她还点了三文鱼,虽然没有全部吃完,但食物带来的满足感使她的身体充满着欢乐的能量。她的阔绰把他惊呆了,账单送来的时候,她坚决地示意他不要管。她有强烈的想要说话的冲动,好像想把这几个月来没说的话全部说完。

"我在广州的时候,过得没心没肺。"她说。

"我在中国的时候,也曾经非常快乐。"

"你现在快乐吗?"

"是另外的一种快乐。"

"那你后悔来美国吗?"

"并不会,这是我的生活。"

她似乎没法体会到这种复杂。

他说:"你会体会到这种不同,你只是还需要一点时间。"

"你想念中国的美食吗?你们家乡特有的,小时候吃过的?"

杰夫摇摇头:"没有。"他真心习惯美国的饮食,并无任何不适。看着几近莽撞的朱利安,他平心静气地坐在那儿,不时抬头看她,也不时看窗外的海面,没流露出半点儿急躁。对她的处境,她知道他即使一无所知,也不是麻木的,相反,就算一无所知,也是如此充满耐心和同情。而这种同情,根本无关礼节和金钱,乃似一锅肉汤面前那一小勺细盐,那么珍贵,那么——不可或缺。

"我不会再快乐了,"她说,"我最快乐的时光都在广州,我觉得我再也不会有那样快乐的生活了。"她把自己弄得伤感起来了。

一阵饱腹后的疲惫袭来。海面上蒙上了斑驳的阴影,一切都似乎在凝滞。她振作了一下,意识到不能听凭这种情绪的摆布。突然她有点想笑:她对面前的这个人一无所知,虽然他已经介绍过他是一个画家,住在离艾利克顿三十英里外的画家村。

自那之后,杰夫时不时在黄昏的时候给她打电话。他也会在别的时候打来,因为她有一次提到黄昏给她带来的压迫感,他听进去了。还有一个原因就是这个点也是孩子弹钢琴的时间。每天傍晚,孩子从学校回来,先是做作业,在吃晚饭之前,她争取一段属于自己的时间,看动画片,吃点心,之后,会坐到钢琴边上,心甘情愿地弹上半个钟头。这个时候,朱利安会躲到另一个房间,接听他的电话。

在电话里,他们很放松很随意地说话。好像说什么并不重要,又好像说什么都非常重要。新英格兰地区的几大球种的规则和几代球星就是他在电话里帮她理清的。也是在电话里,他谈绘画,谈现代派的起源,谈康德、黑格尔、叔本华、尼采等人的哲学思想和弗洛伊德心理学对画家的影响,谈现代派产生的导火索。光是塞尚一个人,他就讲了一个多钟头。"你当我是你的学生哪?"如果她不抗议,她觉得他可以一直说下去。

"西方现代美术已为人类艺术世界构筑了一座庞杂得令人眼花缭乱、变幻莫测的艺术迷宫。"不得不挂电话的时候,她说了一句自以为不会出丑的话。这是在国内艺术培训中心学素描时,老师在课堂上说的。

有一次,孩子的钢琴声一响起,她本能地拿起自己的手机,他在电话里对她说:"你出来走走?"

走过长长的车道,他的车泊在路边。他并没有什么要紧事,只是经过这儿,陪她散散步。几句寒暄后,他又绕到了"野兽派""表现主义""立体主义"和"抽象主义"。孩子的钢琴声早就停了,她不得不挥手说再见。他的演说戛然而止,他大失所望的样子像手上的冰激凌突然掉到地上。

艾利克顿的苦寒,或者说艰辛,有所好转。春天即将来临,积雪开始加速融化,四月和风的吹拂,户外的橄榄球场、棒球场和足球场上,开始出现越来越多的孩子。新英格兰地区的体育非常强盛,凯尔特人、红袜和爱国者的辉煌和光荣挂在旗杆上飘扬,户外体育场充满着孩子们的厮杀声。下午三四点,朱利安接了孩子往家开。

路边的土地湿润,草尖新绿压倒枯黄,黄色的迎春花、紫色的鸢尾、红色的郁金香,以及朱利安叫不出名字的花朵,盛开在路边的篱笆下。

天气更好一些的时候,她开车去公园散步。公园附近的街道整洁清爽,行人很少,每天都像在迎接第二天的卫生大检查。年轻的女孩子牵着健壮的狗,一前一后默契地走。道路两边是高大笔挺的桦木。她喜欢这条街道,它通向这个城市最古老的哥特式的穹顶教堂。顺着教堂,经过空旷的广场,从一排同样古老的商店前穿过,有一个商店的橱柜里,挂着两件长款礼服,透过玻璃的反光,衣服上摇曳的亮片在夜色中闪烁。无法想象,几百年前,它就是今天这个样子。就那么一刻,它变得熟悉起来,夜晚的青草的气息也变得亲切起来。她走回房子里,发现自己满身是汗。几个月来,从来没像今天这样轻松,她慢悠悠地朝楼上去,瞧见一弯清晰的半月和满目温柔的星星。

绿卡的事毫无进展,意味着她没办法见到母亲。她对母亲的承诺多次失效。视频的时候,母亲也不再问了。一旦母亲认定她也是受金先生骗的,她的底气就上来了,无法回国的事实好像不怎么伤她了。

她在心里对自己说,等待算什么,你看,那些战火纷飞的国家(不知道从什么时候起,她开始关注国际新闻了),许多人为了能到欧美,倾家荡产,甚至失去生命,想一想沙滩上那个叙利亚男孩。

她甚至体会到,住在没有围墙和电子门禁的地方,是一种莫大的愉快和享受。站在任何一扇窗口前,无须看到别人晾晒着衣服的阳台,窗外的百年大树郁郁葱葱,绿荫盖地,溪流明净,好像从来没有被冻僵过。这景色与冰霜封冻、积雪覆盖时多么不同呀!我应该更加勇敢一点,金先生的要求是对的,才不过一年多的时间。忍耐,把最难的一段时间忍耐过去。她好像自动进入战斗模式。虽然表面上她还是那么沉默、郁郁寡欢,但是,现在,她的心底发出的声音不再是像二胡一样低沉的、哭诉着的,而是像大提琴那样高昂的、灵活的,甚至有点调皮。

这是一个崭新的形象,一个过去跟她不挨着,现在贴着她的皮肉的形象。好像她的精神被拉成两段:一段停留在几个月前,充满着无病呻吟式的惊恐、抱怨;一段就像现在这样,冷静、忍耐、满怀着希望,相信一定会有好的结果。

H

她没有把认识杰夫的事情告诉金先生。她吸取了停车场里法国小哥的教训。那位法国小哥,着实吓得她不轻。她告诉金先生的时候,金先生显得很紧张:

"他不知道你住在哪里吧?"

"不知道。"

"不知道你的车牌号吧?"

"不知道。"她说,但这不是实情,因为她发动汽车的时候,他站在车边。现在,轮到她觉得他过于谨慎了:如果你觉得这里有这么多变态,你为什么让我独自带着孩子来呢?

金先生充满着父亲式的谨慎,他心甘情愿安排朱利安的生活,她当初是赞许这种谨慎的,并且由此而推断出,他为人稳重,想法深沉,不会随随便便离婚,这使她有安全感。

但这次不一样,她决定闭口不言。她只是轻描淡写地说,她的车抛锚了,只是一个操作失误。

"什么?这么贵的车,这才几个月?"

"为了避开一头鹿……"

"就为了一头鹿,差点出事故?"

对,有时为了一群野鸭过马路,几十辆车就停在那里等着,她想,你不是还向我吹嘘过吗?你能不清楚这些?

"谁帮你解决的?"他就是这么了解她,知道她肯定不在行。

"我打了救援电话,保险里有这一项服务。"

"你怎么这么聪明!"他松了一口气,嘴角松弛下来。

像夸小孩似的夸她曾经让她快乐,如今不了。如果她提到杰夫,他会一直盘问下去,就像他过去一直干的那样,就像隔着太平洋,他也必须要掌控一切。而他本人呢,什么忙也帮不上。这会儿,朱利安一点儿也不在乎。"已经搞定了。"她用不在意的口气说,"我又不是傻瓜。"

他又问她艾利克顿的治安。

"就像你看到的,一切都好。"

可是他听到一个新闻:一个华裔女子,在洛杉矶的罗兰岗被抢劫犯捅伤,另一位华人女性在橙县被夺包,之后被嫌犯的车轮碾压致死。他在微信里喊:"小心,出门一定要小心。"

"离这儿远得很。"她打断他。

她已经不渴望他了。她接受了独自在大房子里走来走去的事实。任何事只要习惯就能忍受,她想。广州反而变成了燃烧的火,她现在无法忍受汗液黏在皮肤上的黏稠感。

杰夫与金先生，像两个物种。

杰夫说话，从来没有攻击性，肌肉发达，但骨子里是个绅士。他是表面上的美国人（即使认识杰夫当天他就开始使用蹩脚的普通话，但是朱利安始终认定他是美国人），他们身上没有过多的防备。杰夫也不同于教会里的那些高级知识分子。他沉默但不沉闷，时常会笑，笑起来咧着嘴，眼尾有皱纹，模样却一派天真。他也有艺术上的痛苦和纠结，但完全不同于生存的痛苦和纠结。最关键的是，他没钱，但也不自卑。有时卖掉一幅画，他的手头就明显宽裕；有时则显而易见地窘迫，但他不着急，他的姿态表明他对生活抱着顺其自然的态度。

"你吃过饭了吗？"她有时打电话第一句就这么问。

"你要请我吃饭吗？"他很认真。

"这就是'How are you'，你好，不要假装你不懂中国文化。"

哦，他想了一下，恍然大悟地说："原来是这样啊！"

又有一次，他们在星巴克喝咖啡，她冷不丁开口："你怎么还没结婚呀？"

他想了一想，反问她："在中国文化里，你必须要得到所有问题的答案吗？"他抿紧嘴唇，做出一副"拒绝回答"又怕"文化冲撞"的表情。

她板着脸，拿腔拿调地说："对，如果问了，不回答是一种伤害。"

原来是这样啊，他想了一想说："结婚是一件大的事，很大的事，严重的事，不能不想清楚的事。"

"所以你还没有想清楚？"

"如果需要特别用力地想，说明就不是对的人。"他比画着做了一个努力想问题的表情。

"嗯，"她说，"继续。"

他专注地看着她的眼睛："我已经说完了。"

"说说你的画吧，"她转移话题，"你画画的目的是什么？"

"艺术的目的，"杰夫说，"找到自己。"

"我们在这里。"朱利安装傻地看着他。

"找到肉眼和仪器都看不见的最里面的自己，"杰夫说，"了解之后再去纠正我们的恶习以及谬误……"

"好了，好了！"她发现他可以一直说下去，"比起这些高深莫测的话，我更想看你的画。"

"我会带你去我的画室。"

"我不想等了。今天，现在，马上就要去。"

认识杰夫一年多，朱利安才第一次来他的画室。他的画室说白了就是一个堆满杂物的仓库。仓库一分为二，一半是画室，一半是卧室，中间被一排书架隔着。乍一看，很是凌乱，但只要稍微熟悉一下就能发现其实都有章法。杂志和书在电视边上，电视一直开着，茶壶总是和咖啡壶在一起，一大摞画册凌乱地沿着床四周摊开，衣服到处都有，但是收拾起来快，张开手指扒拉进塑料篓子。好了，沙发可以坐了。

她看到的第一幅画是一座孤零零的白色小房子坐落在森林的边缘，在它的前方有一个小小的湖泊。不，没有那么简单，风景似乎是主要题材，但包裹在巨型枝叶下的小房子，色彩突兀而饱满，像个调皮的孩子。而这房子前面的那湾清澈的湖泊，倒映出天空的云朵。云朵的颜色和房子惊人地一致，湖底的云朵通过同色的房子，与天上的云朵遥相呼应，浑然一体。湖水虽不流动，树叶也不飘拂，然而却能看得到它们的灵魂。

像一根线，这幅画把朱利安的心紧紧地牵扯住了。

朱利安看到的第二幅画上是一排新英格兰地区常见的联排别墅。处于画面的右前方的第一幢房屋的灰色外墙非常气派、恢宏，侧面一排六扇弧形窗户，但是，房前的路非常狭窄，道路的两旁堆满了白色的雪，地面有一块凹进去，里面积了水。就在小水坑上方的那扇窗户，却显得格外小，简直不成比例。但是再仔细看，会发现尺寸是恰到好处的，使窗户看上去显得过小的原因是配色。透过玻璃，隐隐约约有位白衣女人的身影。

朱利安情不自禁地脱口而出：

"天哪，我。"

这幅画作于2013年，那时朱利安还没有来到美国，可是，她越看越觉得，那个站在窗口、无比落寞地看着这个世界和画家的正是她自己。这幅画像一双眼睛，窥探到了关于刚刚经历过的生活，以及——她过去生活的全部真相。

所有的画都那么随随便便放在那里，朱利安一幅幅地观赏下去。这些画都带着强烈的新英格兰地区的风情。他的画的对象有时是拉大提琴的白发苍苍的老先生，有时是个身躯壮硕却有着完美轮廓的黑人小姑娘，有时是花，有时是一头回眸的小鹿。杰夫的画通过粗糙的纹理和微妙的着色、景物之间的比例，像照片一样老老实实呈现绘画者的目之所及,又远比照片要丰富得多,每一处都仿佛隐含着万千话语。他演绎静止的沸腾,他展示平等与冲突,他描摹对立与和谐。

艺术,是对所存在之物不可描述之处的补偿。原来就算没有语言,也可以消除人与人之间的一切屏障。朱利安感觉到一种难抑的冲动。这种冲动却让她看上去安静极了,她被带入到轻柔安宁的气氛里,内心的漆黑淡开了。

"你为什么到现在才带我来你的画室?"

"什么时候都不晚。"他说。

"你不知道你画得多好。"

"你不知道你有多美。"

"可是美是个无用的东西,"她不想假装说自己不美,她说,"除了美,我一点用都没有,我像只困在笼中的不会飞的鸟。"

"你不是一般的鸟,你像福尔特湖上的天鹅。"

他画过天鹅,并且以一个不错的价钱卖掉了。天鹅的高贵和美丽是人们无法抗拒的。

杰夫的祖籍是中国江西,后来父母搬至上海,他最早的艺术熏陶来自祖父。他的祖父是位书法家和国画大师,可惜在杰夫九岁的时候死于一场意外。一场人为的意外。朱利安想起贝拉的 party 上那些意外死亡,像死亡竞赛,但是,杰夫提到的意外唤起了朱利安内心的痛苦。杰夫次年就被独自送来美国,二十三岁毕业于罗得岛艺术学院。

毕业之后,他跟随理查德·米契学习和研究古典绘画近三年,算是理查德最得意的弟子之一。他的导师非常器重杰夫,认为杰夫的画与现实之间深刻的相似之处达到了令人不安的程度,他的画将唤醒人们认识一个比眼前更生动更深刻的世界。理查德在美国美术界影响巨大,但是,至少目前,关于杰夫,似乎还没有太多人响应他的观点。

为了杰夫的画,朱利安特意去了趟福尔特湖。很幸运,不远处的湖面上,一对白天鹅赫然在目。白天鹅用红脚蹼划动着清澈见底的湖水,湖面上荡起一圈圈粼粼的波纹。天鹅时而挺直颈脖,昂首向远方,高贵深沉;时而相互凝视,娇媚柔雅。她沿着湖边小心地走近,想细看看它们的容颜。还没有靠近,天鹅立刻发出嘶嘶的警告声,仿佛在向她宣布禁行区域。她吓了一跳,原来它们的脾气如此火暴和凶狠。天鹅被人这样地抬举,并不仅仅因为它的美,而且是因为天鹅保持着一种稀有的"终身伴侣制",在南方越冬时不论是取食或休息都成双成对。雌天鹅在产卵时,雄天鹅在旁边守卫着。遇到敌害时,它拍打翅膀上前迎敌,勇敢地与对方搏斗。它们不仅在繁殖期彼此互相帮助,平时也是成双成对,如果一只死亡,另一只也确能为之"守节",终生单独生活。

天鹅还是飞高冠军,高度可达九千米,能飞越世界最高的山峰——珠穆朗玛峰。

美散发着力量,力量里蕴藏着高不可攀的美。

"我才不是。"

她突然蹲下身来,喉咙被堵住了,接着泪水开始往下滑。她听到自己内心有什么东西稀巴碎的声音。她不配。

那些成群地夸赞她的美的人,她明白,他们并没有真正的鉴别能力,他们只是看到她姣好的脸蛋、修长的颈脖,及其带给他们的浅表性的愉悦,他们轻易向愉悦低头。取悦他们简直太容易了。他们抬举了她。

但是杰夫的画销得并不好。他有时不得不靠帮人刷户外广告牌为生,他曾经在西雅图的街头给人画肖像。

"为什么偏偏是西雅图?"朱利安想,那得多浪漫。

"我在西雅图花光了钱,没有钱买机票回来。"他老老实实回答。

画室里堆着一桶桶油漆,仓库里甚至有霉菌。有时,他不得不拖延房租,去年一年,他才卖出了十二幅画,并且最高的一幅才八百美金。

"也许,你只是缺少一点运气,也许还需要炒作,把画价炒上去。"

"哈,"杰夫不这么认为,他说,"我的曾祖父曾经在家训里告诫子孙,画画的时候不要考虑钱,钱的事等江郎才尽的时候再考虑。"

"曾祖父?"

"对,我的曾祖父也是位有名的国画大师。"

"江郎才尽的时候考虑还有用吗?"朱利安提醒他。

"是啊,对哦,"杰夫恍然大悟,随后耸耸肩,"我无所谓。"

在认识朱利安之前,杰夫在一个全是白人的小镇读完小学和中学,后来进了几乎没有中国人的艺术学院。

"等一等,你没交过中国女朋友吗?"

"我有过女朋友。我追求女朋友是因为我喜欢她。"

这句抗议没头没脑似的,朱利安明白他的意思是,他喜欢一个女孩子才去追求她,不是去看她的肤色和国籍。

　　他完全没料到中国女人可以这么——不同。这是他的原话,他并不常用中文来对话,更别说表达自己的思想。高中的时候,他和班里唯一的韩国女生约会过。他那时不懂得讨女孩欢心,亚洲女孩又太受欢迎了,他失去了她。从大学出来后,他倒是认识了一些有地位的美国女人,她们也照顾过他的生意。有一年他差点红起来:他认识了一位画廊老板的太太,经过她的推荐,她的丈夫已经留意他并且要大力推荐他,甚至萌生给他开画展的念头,如果他当时拿捏得好的话。但他搞砸了,他迷恋起这位太太。有一次三个人聚在一起讨论策划画展的事,他却当着这位太太的面,向她的先生坦白对他太太的邪念。

　　这下好了,人家差点把酒倒到他头上。他倒是没让人撵出美术界……此后很长时间,他没有得到过类似的赏识。

　　就这么把画展搞砸了?这得多傻,至少等画展办完了再忏悔嘛。朱利安心里说,看到杰夫严肃的脸,她没敢说出口。她心里明白,就算他和画廊老板的太太关系暧昧,那也不是问题。真正的问题可能仅仅因为他是个黄种人。朱利安想象那些自视甚高的女人是何等复杂地看待杰夫以及他的艺术,她的心都碎了。

　　现在,她仿佛明白他奇特的灵魂、艺术上的追求和生活的窘迫,以及身处异域世界形成的巨大压力。他用作品诠释他对生活的理解。

　　她觉得就连他当初从车里下来,对站在街边束手无策的她伸出援手,那也是因为命运之手。他是如此富有魅力,就像她一直寻找的人。现在,那些从中国运过来的漂亮衣裳终于重见天日了,她有装扮自己的兴趣了。在来美国一年半之后,绿卡仍遥遥无期,那个投资项目总算被审查合格,可以开工建设,但是,移民局网站显示,申请人数激增,最乐观也要到明年年底才能拿到绿卡。这意味着彼时她才能离开美国或者金先生被允许入境。在她本应该崩溃的时候(虽然金先生并不同意她崩溃,他觉得一切在向好),她体会到新的别样的快乐。更加古怪的是,她竟然一点愧疚感都没有,她似乎忘记了来美国的使命,以及她在国内还有一个丈夫。她有时是真的忘记了,不仅忘记了过去,她甚至不敢想象再回到前年刚来的那个秋天。回想之前那样苍白的生活,不敢相信自己竟然奇迹般地忍受过来了。

I

　　婚姻生活中,朱利安一贯是被照顾的一方,她只管闭着眼睛享受着丈夫的照顾和安排——不止在床上,她乐意如此,并且相信这种局面会持续下去。她有这个信心——直到她的闺密们的婚姻出现各种危机,比她更年轻、更漂亮、学历和家庭背景更好的朋友莫名其妙地遭遇背叛后,她接受建议,上了一个叫"婚姻保卫"的课程,这是唯一一个背着金先生上的课。课程内容并不值得一提,令人吃惊的是,背叛像早晨的露珠一样,没有一块草地是干燥的。参加课程的女人无一不是对男人的忠诚抱有严重怀疑,她们用各种办法来侦察、检验、防范、抗争以及自保自救。这个课程是开放式的,她们把自己的伤口亮出来,分析病情、寻求最佳方案并且共同渡过难关。人人都说这课程是教人积极乐观,可是朱利安从课堂上得到了悲观结论:这种事最终将会发生在自己头上。虽然数据分析朱利安在婚姻中拥有优势,但却无人承诺她将来不会受到伤害。就算此刻是幸福的,来上这个课程也绝对没错。问题不在于你,问题在于男人。

现在,朱利安想到当初自己兴冲冲去上这些课程,其实并没有那么真的怕失去,她只是觉得自己应该怕失去,像其他人一样。如今,经过近两年的时间,她心里明白,她并不是十分在意金先生是否忠诚。有些事离开之后反而看得清楚。在广州的点点滴滴重新被想起。准备来美国之时,一天,在饭桌上,金先生的电话响了,她下意识地看了一眼上面的号码,他也漫不经心地拿起手机瞟了一眼,直接掐断,嘴里嘟囔着一句,卖保险的。然后把手机设成了静音模式倒扣到桌面上继续吃饭。骚扰电话无时不在,当时她也没有往心里去。过了两年孤家寡人的生活,有一天孩子在弹钢琴,她坐在边上陪着,猛地回想起金先生掐掉电话的那个夜晚,她的脑子里居然清晰地回忆起那串数字。像一只突然飞到耳边的蚊子,就等着她伸手一捏,她拿起手机毫不犹豫地拨了过去。

一个年轻的女声慵懒地"喂"了一声。

她问:"金先生在吗?"

"谁?谁找他呀?我不认识他。"对方说,"讨厌!"电话断了。

她久久地盯着自己的手机,比起坐实自己的直觉,她更惊诧于自己能够准确地记住两年前瞟了一眼的电话,并且她的心平静得像是冰封的湖面。她一点都没有参加课程的那些女人的反应:痛不欲生,心如刀绞,万念俱灰,几欲寻死。

她没有。

毋庸置疑,中国人也都意识到,投资移民就是朝中国富人头上砍下的血淋淋的一刀。越来越多的项目出事,排期越来越长,有的甚至达到了十五年之久。但是金先生每次都鼓励朱利安乐观,毕竟花出去的是真金白银,没有弄虚作假,何况项目也通过审查了。

整整两年的时间,维系着这个家庭关系的就是每周的三两次视频。孩子跟爸爸聊天的耐心也越来越少。安珀的句子里开始夹杂着大量的英语单词,遇到着急表达的时候,她叽里呱啦冒出来的全是英文。朱利安在一旁提醒她,中文,中文。这是其他中国妈妈的建议,在外边,由着她说英文,在家里,则不能由着她,不然,没两年中文就丢光了。

可是视频那头的金先生并不在意。一则他的英文不错;再则,比起维护中文,他更乐意见到一个满口英文的女儿。他对妻子在旁边三番五次的提醒置若罔闻,却情不自禁地夸起孩子的英文:

"Good！Great！"他本人的发音一点儿不标准,还一个劲地重复。朱利安冷眼看着他,觉得他特别好笑,特别幼稚,特别——崇洋媚外。基于头一年她抱怨得太多,现在,像倒空的酒瓶,没什么往外滴——她变懒了。

那是美国大选结束不久,金先生跟她视频——总是如此,就算朱利安相信自己备受宠爱,但节奏完全不在她手上。金先生想要通电话的时候通电话,想要视频的时候视频,想要来美国的时候来美国,想要生二胎的时候生二胎,都是金先生在计划、评估、拍板。好像他什么都笃定,可是新总统当选,他明显有点尴尬——他还在朋友圈里胸有成竹地公开预测过相反的结果,这下闹笑话了。新总统在新英格兰地区明显不受欢迎,朱利安认识的大多数人都对他没有好感,甚至像看笑话一样议论他。同时又有一批老移民,拼命在群里替他说话,大谈他当选后华人和全世界人民的好处,就差拿他当新的救世主。那阵子两派人在微信群里剑拔弩张、一触即发,朱利安这些根本没有投票权的人也被利用起来了。她莫名其妙地被拉进十几个微信群。鼓吹新总统当选利于华人的列举了一大堆论据,反对的则预言他"将给世界和美国带来灾难"。还有人看热闹不嫌事大,趁机搞了一个调研:"骗子战胜疯子,还是疯子打败骗子？"

金先生在视频里告诉她,他今天和杰西卡沟通过了。"EB-5的排期有很大的进展,最多半年,你会接到移民局的面试通知。"

"你去年冬天就这么说过。"

"后来不靠谱总统当选,情况发生了变化。"

"情况还会继续发生变化。"她的声音里挂着掩饰不住的嘲讽,一说出口,她自己也意识到了,可是讥诮还挂在嘴角,一时收不回去。

"我会继续想办法,这世上没有解决不了的事。"他面色铁青地说,"我跟孩子聊会儿。"她说好,把手机给了孩子。

这样不欢而散的情景一再出现,最近更为频繁,像许多天没遛的狗,一放手就拽不回来。

有一天中午,朱利安吃过饭,金先生发来视频请求。看样子,他刚刚从某个饭局回来。他仰着头,眯着眼睛,脸色通红,衬衫的领子松散着,露出松弛的颈脖。眼睛似乎老花得厉害,他看不清手机上的妻子。瞪大眼睛时,额头的皱纹夸张地挤到一起。他本来是坐着,这会儿站了起来,像是要腾出手,他把手机放到桌子上的一个支架上,这样,他的脸变得更加古怪。一瞬间,朱利安好像突然了解了这个人:这是一个意志强悍、盛气凌人、自以为是的人,这是一个自私的、从不顾及他人感受的人。他们共同生活的许多瞬间,从记忆里涌现。天哪,她心里想,他其实是她从小到大就不喜欢的那类人,可是她竟然违背了母亲的意志欢天喜地地嫁给了他,如今,那些心醉神迷的时刻消失了,爱的火光熄灭了,好像一个更加真实的他,跨越千山万水,重新站到她面前。

金先生开始说话。他先是铺垫了一些细节,然后交代了重点:今晚,他的公司中了一个标,是一个利润丰厚的大项目。他太高兴了,喝了差不多半瓶拉菲。他志得意满地长出一口气,完全没有发现妻子用那种惊诧、迷茫的眼神盯了他好几分钟了。隔着屏幕,朱利安都能闻到那股臭味儿,她把脸侧开。把战果分享完毕之后,他终于支撑不住,和衣睡着了。

朱利安一半是失望、一半是好奇的眼光凝神注视着这位熟悉的陌生人,他翻了一下身,现在,只有他的一只手臂还在屏幕里。对着这只手臂的主人发出的并不响亮的鼾声,朱利安惊异地觉得内心有一种豁然开朗之感,她对这张面孔无法产生更多的依赖了。心里滋长着一种特别想和他说真话的渴望,这种意念非常强烈,非常新奇——这是一种早已磨灭、久已淡忘的意愿——她在课程上学会的最重要的事就是不要用语言去伤害别人,不要说真话——这个班的学员早就知道凡是涉及真话的,就一定会伤人。她对着熟睡的他心平气和地说:

"我看穿你了,你这哪里是爱,你就是想占有我,控制我。来美国不是我的意愿,而是你的意愿。我也是你的规划的一部分,而不是爱的一部分。"说完,她仍然没有关闭视频,就那么静静地甚至是目不转睛地观望着那只手臂,同时审察着自己的心绪和意向。

就在那个周末,她把孩子全天托付给温蒂——最近温蒂打工的饭店关门了,失业的她手头明显紧了起来。她的骄傲好像断了一根支架的花盆,要立不住了。朱利安打电话给她她总是秒接,让她周末出来也没什么问题了。

朱利安来到杰夫的画室。杰夫突然来了兴致,决定放下手上的工作,带她一起去博物馆。

那次,博物馆展出了中国盛唐、晚唐、五代到北宋年间的诗画、书法,以及国宝级的唐代卷轴画,虽然为数不多,但也都是难得的了解中国文化的途径。

杰夫以为朱利安比自己见到的多,因而他闭口不言,事实上这是朱利安第一次看到真迹。在国内,她甚至都没有去过真正意义上的博物馆。回来时他们乘坐了地铁。

"我是你的知音,要是我可以重新选择,我也想做一个画家。"出了地铁,朱利安没头没脑地说。

杰夫吃惊地转过头:"为什么要重新选择?你随时可以选择,现在就可以,如果你愿意。"

"可是,你不明白,我已经结婚了,我都快四十了,而且需要照顾孩子。"

"这算什么理由?"他用不解的眼神盯着她,"四十岁还很年轻,学什么都还来得及。还有,"他说,"照顾孩子时学画画是不合法的吗?"

他瓮声瓮气地说。他的话唤醒了朱利安内心崭新的欲望。就像拿一根棍子把茂盛密林里的灌木挑开,开辟一条蹊径。跟她认识之后,他的中文水平突飞猛进,甚至会大量使用成语。但说中文的能力和理解中国文化是两码事。她想解释几句,却又一时语塞。冷静一想,她又觉得杰夫对她真正的处境并不能准确理解,毕竟他不了解中国人。她想起在教会见到的人,他们自己累死累活,却一下子就能理解朱利安可以把带女儿当成唯一的工作,并且住在他们想都不敢想的豪宅里。

"我请你吃饭。"朱利安拉着他就走。每每遇到什么高兴的事:杰夫完成了一幅画或是卖掉了一幅画,她总是提议出去吃顿好的。她也早就发现,一直生活在美国的杰夫也没有去过多少高档的饭店。有一次,在一家老牌的意大利餐厅,杰夫掏出钱包,招呼服务生买单。

朱利安不想他花钱,他还有许多账单要付。她打趣说:"在中国,小白脸不用付饭钱。"她欺负杰夫不懂这话里面的暧昧内涵。

杰夫对着玻璃照了一下,又照了一下,然后不确定地说:

"我怎么也算不上白脸,我太黑了,应该付饭钱。"

下一个周末,她又和他一起开车去皮博迪·埃塞克斯博物馆看馆内收藏的从十八世纪至今的来自全世界的艺术品。为了不让杰夫看穿她,每次约会,她都尽可能地做功课。但是,一个重大事件她竟然完全不知道:1997年荫余堂从安徽黄村搬迁到此。拆除费时四个月,部件包括2735个木构件、972块石片和当时屋内摆放的生活、装饰用品,甚至连同鱼池、天井、院墙、地基、门口铺设的石路板和小院子也拆了下来,现在,它原封不动地耸立在皮博迪博物馆。

"我好像回到了小时候。"杰夫站在荫余堂四水归堂的天井里,说,"我每次来,只要这么一站,就觉得经过了漂洋过海,回到了上海的老式石库门的天井里。"

朱利安对这样的建筑再熟悉不过,甚至从来没好好留意过。如今在离家万里的大洋彼岸见着,她想到了家,想到了童年。她还没找到合适的词来解释自己的心情——amazing(震惊),eye-opening(大开眼界),wonder(奇妙)?! 近来,她总是会在心里寻找合适的词,无论是英文还是中文。打捞熟悉的词,既像一种痛苦,也像一种挑战。她的眼泪哗哗地淌了下来。杰夫在身边,什么也不说,她相信他深知她此刻的感受。她觉得他们心灵相通。

与其说是家乡的记忆涌起,不如说是她和杰夫之间惊人的默契令她感到震惊。他们把车停在海边,在博物馆附近的一个开放的海滩上漫步。湛蓝的天空下,大海空旷寂寥,无风无浪。这并不是一处特别适合散步的去处——一条浅浅的石子路,两边是野花,沙滩没有养护的痕迹,到处都是奇形怪状的岩石。行至无人处,他们看到一块光滑无棱角的天然岩石,像是被温柔的手掌摩挲了至少一千年,让人忍不住想坐上去。等他们坐定后,惊奇地发现,这是一块私密的幽会之地,坐在岩石上,如同坐在一个隐藏的鸟巢里。但是,他们的视野反而变得更开阔。

不知是因为这个逍遥之所的超乎想象,还是因为在博物馆引发的强烈的情绪震动,他们纹丝不动地坐着,看着海,听着海浪和自己的心跳。渐渐地,一种完全陌生的体验贯穿他们的身体,他们身心完全松弛了。风声、海水的泼溅声,渐渐地,他们的呼吸声加入进来。她之前和之后都没有这样的时刻:听自己和一个男人的呼吸,听得忘记了时间,忘记了世上的一切,朱利安觉得自己是海的一部分,是天空的一部分,也是杰夫的一部分。

真安静啊,她侧耳倾听。

真安静啊,她听到杰夫的脉搏在说。

杰夫终于动了一动,把她拥在怀里。一切如此自然,一切都像和天地浑然一体。她一点也不觉得惊奇,甚至没有任何的思索。她仿佛从沉睡中醒来,随后又陷入睡梦之中。一切真实的东西都消失了,声音和光线都消失了,家庭、绿卡、账单、时间和身份,一切都急速后退,只有爱情的愉悦急速地到来,就好像海水一样漫过她的全身。

后来,一切都回到了现实当中,海上的光线又回来了,世界像刷了一遍新漆,粼粼的波光,远方的汽笛在响,雄壮、有力,像又发现了新大陆般。开车回来的路上,太阳正在落山,一辆皮卡拖着一只快艇在一块新铺的沙砾路上蹦跳。

天已经全黑了,海面像黑绸子飘扬,海边的森林像一万只猫聚在一处,时而集中,时而分散。远远的地平线的那端一缕微光亮起来。空气里有盐的气息,同时也有浓烈的花香。车子开动,往回去。一路上,全是白晶晶、红彤彤的车灯。杰夫一只手握方向盘,另一只手一直握住她的手,简直像捡到一颗珠宝,生怕再遗失。

## J

出生在美国,两岁时又被母亲带回中国,直到十岁时重新到美国上小学,杰夫也不知道父母为何如此安排。刚来的时候跟美国同学的想法一致,他觉得自己是中国人,可是他妈妈写信让他扭转这个认识,并且严肃地说,为这个身份,许多人付出了巨大的代价。

"我一直到上大学才明白他们究竟付出了多大代价。"他告诉朱利安,"我在中国的时候也讲英文。"

朱利安大吃一惊:"跟谁讲?"

"祖父和父母都讲,除了在幼儿园和学校,其他时候都必须说英文。"

"你全家都会英文?"

"对,我爸妈都懂英语和日语,他们后来也是在日本去世的。"

如今父母都过世,杰夫更没有机会回中国看一看,但是,那个国家、那些伙伴、那些街道、那些香味和声音及画面都在他梦里,清晰而神秘。杰夫说得磕磕巴巴:

"有一天,我会回去,甚至不用回去也会自动地把这些带到创作中。"

"我懂。"朱利安说。

她能心领神会,让杰夫很感动。他说:"向我的朋友们解释这些特别难。"

这么说有点言过其实。他带朱利安见过两个朋友,一个是本土女画家,另一个是评论家,都是美国人。他们来画室总共停留了三个钟头,有两个半钟头都是站在杰夫的新作前热烈地讨论。

在介绍朱利安的时候,杰夫说是"朋友"。似乎谁也没在意,这可是杰夫交往的第一个中国女性朋友。

"但是,认识你,我似乎明白了我的父母,越来越明白。"杰夫说。明白到何种程度,他没有再说。朱利安相信他的作品能呈现出来。

第四个冬天来临,第一场雪下完之后,朱利安戴着手套,拿起铲子自己在车道上铲,连安珀都知道,铲雪车十分钟能干完的事,妈妈要铲两个小时。在这座曾经寒气逼人的城市,现在母女俩都丝毫不惧怕过冬了。

因为体力劳动,朱利安的额头上闪着晶莹的汗珠,以前从未体会过的生活的意义,在她心头产生了。好像走着走着,往密林深处,眼看着藤缠枝绕,就要被困在这没有天日的野蛮之地了。结果呢,走进了没有杂尘的仙境。这里让人满足,什么也不缺。事实上,她的处境并没有改变。随着新总统上任,政策发生剧变,对中国不利的言论滚滚而来。关于贸易战的传言使那些身份未定的中国人惴惴不安。移民局官网上的排期像被点了穴似的纹丝不动,就连金先生也坐不住了。他竟然开始向朱利安抱怨他在银行汇美金时遇到的麻烦。

"你的房子不是换汇买成了吗?"

"现在紧了,不那么容易操作了。"他似乎不愿意在这个问题上深谈,只是保证说,过几天就能解决。但是,焦虑明显写在他脸上。朱利安并不觉得自己的开销比在国内大,而且她尽可能使用中国信用卡消费,但每月都有花园养护、地税和医疗保险,这些固定的开销仍然需要美金支付。

淡定和从容似乎从金先生脸上全面撤退。这个过去口口声声大谈"政治形势"的人,显得迷茫不安。朱利安仿佛看到自己、自己的家庭和前途都在"政治形势"的旋涡里翻腾摇晃。她深深觉得政治跟自己息息相关的时候,金先生却避而不谈。不知什么用意,金先生再次提到小孩,如今国内的二胎政策放开,他的许多朋友也都有了第二个孩子,他本人呢,早有此意,来到美国,会再孕育一个儿子。

"我不会再要小孩了,不是因为我快四十了,而是我觉得把小孩带到这个世界,并不是明智的选择。"

"你什么时候开始……"

"我不知道,我只知道这个世界变得越来越坏,我在这里感受到的更多、更触目惊心。"

"那不是因为美国更坏,而是因为你能接触到全世界的信息。"

"无论如何,我知道得越多,就越悲观。"

奇怪的是,她的话和她的行为却在背道而驰。

抛开过去那慵懒的状态,一有空,她就去花园里干活,拔草、剪枝、翻土。花园里的活似乎干不完。有时她累了,就停下来静静地想——在过去十年的婚姻生活里,她扮演的是一个防守者的角色,但是,现在她竟然成了过去的对立面——一个情感上的背叛者。可是同时,她初来美国的不安渐渐消散,有了一种随遇而安的从容。她甚至觉得今天的时光,好像是补偿她在此之前所遭受的盲目的煎熬一样。

她每天早上把孩子送去上学后就会驱车去杰夫的工作室。有时他还没有起床,她期盼地往床上去,期望他用亲吻来滋养她。他会亲吻她,然后请她给他做早餐。他的口味完全是美国式的:一个汉堡、一块牛排、几根芦笋。有时她去晚了,他已经在工作中,她就远远地坐着,静静地等他结束。她也会帮他简单做点午餐。她喜欢变点花样,韩国烤肉取代三明治。他没意见,全部吃光。有时候轮到他表现。他煮意大利面蘸牛肉酱和朱利安一起吃。等到下午两点多,她会直接赶到孩子的学校去接孩子放学。有时他工作起来完全把她忘记了。她久久地等在一边,看着他作画。要说再见了,他也只是过来弯着腰亲她一下。渐渐地,她发现,他的作品有了很大的变化。认识她没有使他的性格发生太大的变化,但某些东西从画里泄露出来,他的作品的色彩变得更明快清新,即便是画面上某个角落里的可有可无的小鸟的翅膀,也有一种无牵无挂的俏皮劲。也正是这种变化,使她看出了他之前的画的特点:过于严谨,过于华丽,但不够随性,甚至可以说——滞重。

他的画作跟他的性格有相似之处,也是最令她着迷的地方。他不过于自我,也没有异常敏感、歇斯底里的性格,这可是有些艺术家的第二张面孔。他似乎也没有什么占有欲,知道她有家庭、有孩子,他尽量不去触摸黄昏到深夜那个时间段。这个时间朱利安属于放学归来的孩子和清晨醒来的中国丈夫。

时间过得实在太快,有时觉得才刚刚见面,接孩子的时间就到了。朱利安就打电话给温蒂。大家都说,新移民往往第一年会花很多的冤枉钱——租车,雇翻译、律师,置办家当,但是现在,和杰夫在一起的渴望使她失去了算计金钱的兴趣,每周都有三四次用得上温蒂,而且给小费也比过去慷慨。

他们交往了差不多一年的时间,她一直想有进一步的发展——她想替他洗衣服,想走得更深入,而不只是亲吻,这差不多就是朋友和家人嘛……她一直想听杰夫说:我从见到你的那一刻就爱上你了,我将永远爱你。在中国,这话是爱情的标配,是新篇章的开端。她等着决定性的时刻的到来,她等得太久了。

有一天,杰夫完成一部作品,他们开了一瓶红酒庆祝。她拿着酒杯频频看他。她说:"在中国,我也喝红酒,但只是做做样子,我从来没有体会到红酒真正的口感。

到了这里我才知道,好的葡萄酒,首先它是柔和顺滑的而不是单薄粗糙的,这只是第一层。紧接着是余味时间,上好的葡萄酒,酒的余味时间可以超过一分钟甚至更多,创造一种遐想空间。"她举着杯,歪着头,无忧无虑地笑着,像一个孩子。杰夫冲动地伸出手,轻抚她的脸。她的脸有一种动人的单纯。

"你真美好。"他的声音微微颤抖,气息不稳,他深情地看着她。爱情从里面往外蹿。好像他们从过去到现在和将来都一直在一起,好像他们根本不在考虑什么禁忌,好像他们不搂在一起只是因为身上的油彩会弄脏她的衣服……今天,酒帮了大忙,朱利安变得大胆,肆无忌惮地搂着杰夫的肩膀。她撒起娇来了:

"你是什么时候爱上我的呀?是你第一次见到我的那天吗?"一语既出,就像一个弹珠撞到了端在手上的玻璃杯上,他吓了一跳似的笑容僵在脸上,时间一下子凝结了。

她又认认真真地等了一会儿,他还是没有回答。她心里觉得不妙,赶紧起身走开,假装去上个洗手间。一整个下午,他都神情严肃。朱利安体会到一种特别的不安,孩子放学的时候,她匆匆告别。晚上安顿好孩子,大约十点钟,他打来电话:他已经在她的楼下了。

打开门,他站在门前,手里捧着一束玫瑰,很意外地穿着一件西装,西装上一点皱褶都没有,像是刚刚从干洗店拿回来。

他双手递上鲜花,并没有走进来。他看着她的眼睛说:

"我爱你。"

她一阵狂喜,上前一步,扑到他怀里:

"我也爱你,我从来没有像爱你一样爱过任何人。"

"那么,我希望你离婚,和我在一起。不是像客人一样来我的画室,而是在我的画室招待我的客人。"

朱利安愣住了,她的身体渐渐僵硬。杰夫感觉到她的变化,开始有点不知所措。但他鼓足的勇气还在,支撑他把话说完:"我本来没有结婚的打算,就在半年前……我也早就决定不要小孩,那是巨大的责任……我外祖父留下来的家训说,搞不清状况就把他们放在肚子里比较放心——他的意思是不生出来。"

"你家里还有什么禁忌?"朱利安问。

"从我祖父到我父母,都是虔诚的基督徒……"

朱利安顿时明白了,他有那么多时间和机会,却没有冒犯她。在他眼前,她不是他过去的那些约会对象,而是邻人之妻。

"只要你离婚,我们就可以。只能如此,才可如此。只要你自由,一切都可以。是的,结婚有点早,但一旦你是自由的,我愿意和你一起生活,我愿意向这个可能性去,去任何地方都可以。"

事情一下变得复杂了。她进入到一种从来没有领略过的情景之中,充满着爱,却又如此令人——尴尬。

"给我一点时间,好吗?"

"多久?"

"三天。"她就那么随口一说。

杰夫离开后,她开车来到Swanlake。黄昏宁静,松鼠就在离人最近的树上嬉闹,野鸭一群群游弋。一路上,许多身材健硕的老外在潮湿、肥沃和野花竞相绽放的繁茂丛林中跑步。一棵棵枫树、橡树和北美榆树竞相生长。有些树太靠近水源,树根露在水面上清晰可见。河面好似一面镜子,把所有岸上的风景全部倒映出来。

过去——她至少有十年没有为钱担忧过,她的美貌曾经让她觉得安然无虞。万一金先生背叛她,她一定能找到更加富有的爱慕者。这是极有可能的,男人总愿意为美付高昂的代价,这是她在众星捧月般的时光中慢慢养成的自信。她过着比一般人优越的生活,因而生活中的动荡,她早就不曾去想了。尤其是年近四十,至少在她的朋友圈中达成的共识——不算值钱了,她几乎让这个观念深深地扎根在她的脑子里,她甚至都没有想一想这句话是对还是错。总之,她心里有一种自动的警惕心在向四周扩散。就算知道金先生有外遇,她唯一想的还是如何把小三打败。她想的是计谋,而不是决裂。现在,她看到杰夫的表情,她明白,这是一件需要认真考虑的事。杰夫身上的认真劲是不可轻视的。他对待她——虽然她只听到一次"我爱你",但她相信他是严肃对待的。可是,他再严肃,也遮盖不了严峻的事实——他穷。而金先生不会给她钱的,她到现在才意识到,她的名下其实是没有多少资产的,甚至就连她每月刷的信用卡的账单也会寄到金先生的公司。她太安逸,也太——幼稚了。

昨天,她在群里看到一个中餐馆的招聘信息:

"诚聘前台一名,中英文流利,工作态度亲切周到,薪资待遇高,包饭食,工作环境佳,小费可观。"

她也只能去做个前台,可是新的问题是,她只能找兼职。她的时间就好比玻璃碎片,一小块一小块的,周末完全不属于自己,送孩子学画画、打网球、学钢琴和中文。孩子每天两点半接送,偶尔还要被学校邀请去做志愿者。剩余的时间就像小孩子的储蓄罐,看上去又重又多,其实拢到一起没多少。

那时,靠什么生活呢?如果金先生一怒之下停了她的信用卡,杰夫养不活她的。工作室和住房,是租来的,他名下只有一辆开了七八年的丰田车。除了一些还算昂贵的健身器材,他可以说穷得叮当响,而且这些健身器材,他也从来不许其他人碰。他的颜料也一样。他没钱,就算有,也不见得愿意让她花。她没有试探过,但他们出去吃饭,都是她掏钱,当然,她是心甘情愿的。他们一起出去看展,他掏钱的速度也并不比她快。她觉得,最主要的原因是他囊中羞涩,这当然比吝啬好——只好一点点。最关键的一点,杰夫没有求婚,他只是说"在一起"。美国人都知道"在一起"跟结婚,是 Hopkinton(麻州霍普金顿)到 Copley Square(科普利广场)的距离,那是马拉松的起点和终点。

离?不!她很快就用理智和在学生时代早就养成的自制力把这个念头压制下去——这种想法太冒险了。杰夫的工作室散发着一股奇怪的味道,她常常被约会的喜悦所笼罩,忘记了这种颜料的气味。可是,有时她回家的时候,孩子会闻到,温蒂也顺口提到过。为了多一点时间和杰夫在一起,她甚至会在周末也把孩子交给温蒂,让她开车送孩子去老师家弹钢琴,去打网球。可是,约会是一回事,要是离婚,失去房子,甚至有可能是孩子,想到要搬到这个当成家的画室,没有好车,没有信用卡,没有皮肤护理,甚至没有医疗保险——杰夫就没有医疗保险——生活将会是何等模样?这么一想,皮肤都好像被灼烫了一下。

但是她是如此真切地喜欢杰夫和他的生活,这是毋庸置疑的。他简单、诚实,从没让她愤慨,从来没有强迫过她。和他在一起,她能感受到平等与尊重,相比之下,金先生多么无趣和虚伪啊!他那挺起的胸膛,在司机跟前一副高高在上的亲切,他刻板的床上动作……一切都那么无趣。可是她一直无惊无险地过惯了。杰夫是一位勤奋的画家,没有任何理由怀疑他会头脑失灵或灵感枯竭,她相信他会得到机会,成为一个有名的画家。这个念头闪出来,立刻被另一个念头盖过去了:那天,他的朋友在谈到他的时候说了"Excessive moderation"。

当时朱利安不懂,后来有一天在 YouTube(油管,视频平台)上再次听到时,她好奇地翻了一下字典,一下子明白了这个词背后的意思。

即使非常含蓄——杰夫的朋友们冒着得罪杰夫的风险,讲了真话。他们对待艺术是严谨和庄重的。也许,"过度节制"正是杰夫的特点,不仅是他画作的特点,也是他这个人的特点。杰夫身上一点没有艺术家的乖张。他的曾祖父是那么赫赫有名的大师,到了祖父那一代几乎不为人所知,杰夫的父母干脆放弃了艺术,到了杰夫,至今也可以说是一文不名。他的身上隐含着一种生命的重压,隐藏着一种深刻的忧伤,也可以说是不安。这不安,朱利安一直以为是属于自己的,但现在,她明白,她为何和杰夫如此相互吸引。甚至可以说,杰夫吸引她的地方,以及她被杰夫欣赏的根基,其实就是他不被美国美术界接纳的真正原因。

杰夫身上的中国性,把杰夫和 Walthem 画家村里的画家区别开来,谁都不敢小觑,将来终有作为。但谁都知道,目前,只能算是缺陷。那天来的两个朋友早就看出来了。虽然杰夫会一直画下去,直到灵感消失殆尽,但是,这并不表明,他能得到艺术界或市场的认可。

就算真的成名了,她恐怕也没法理直气壮地享受他的成果。他似乎并没有要养她或者养其他什么人一辈子的打算。她甚至都没有勇气问他,你会养我吗?就算开玩笑都不敢,不错,他带着他的血统,但他是正宗的美国人,没有存钱的习惯和买大房子的欲望,只有美国人对可乐和汉堡的百吃不厌。

当他成为有名画家的时候,她已经从里到外都老了,不像现在,看上去还像一个年轻的女人。她的心抽搐了一下。

她想到正在面临的选择,想到过去和此刻,有恍若隔世之感。有那么一瞬间,她竟然也愿意往"离婚"的路子上继续想。她对自己说,她真正的内心里是喜欢新鲜的、有活力和时刻相伴的男人,但最后还是怀着一种战栗的心情退缩了。她看到了理想生活和真实生活之间的那道巨大的裂缝,意识到自己畏首畏尾,既没有能力"忘却",也没有能力"抛弃",更没有接受"不确定"爱情的勇气。表面上看她是如此自由,天高任鸟飞,但是,除了她的婚姻和女儿,可以说她一无所有。在贫穷中老去的情景使她不寒而栗。她想起教会牧师祷告时的结束语:

"以上祷告不配,是奉我主耶稣的圣名,阿门!"

她才是那个真正不配的人,花了四年的时间,她才首次清清楚楚地看到了自己:一个实实在在无能的人,一个软弱的灵魂,除了好看的皮囊别无他物,就连她的艺术感觉,其实都是滥竽充数,她实在是配不上杰夫。如果给她的四年,乃至四十年一个总结,"不配"是不会错的。

## K

再次来到他的画室的那天,他没有工作。看得出,他在等她。她进门的时候,他走过来,张开双臂,像是这一刻等了远远不止三天。她停在门口的鞋柜旁,几包刚刚到货的颜料令她止步。看着他上前,一股苦涩的,像胆破了之后的苦味涌到舌尖,她情不自禁地做了一个吞咽的动作。他停在离她一米的地方,手里拿着一块抹布,好像这块抹布可以掩饰他的焦虑。一接触到他的眼睛,她就看到了一种真正有价值的东西:爱情。她准备好了措辞:"对不起,让你失望了,我觉得我配不上你。"她的羞耻心让她没勇气睁着眼睛说瞎话。虚荣到了骨髓,她的心其实已经烂了,发臭了,只有昂贵的奢侈品才能掩盖这臭味,让她在人前招摇。

这么一想,她那压抑和窘迫的感觉消失了,她觉得那么轻松,可以用不着解释了。他说:"你决定了吗?"他的眼睛里还含着期待,完全没有观察到她脸上的那些复杂痛苦,或者说,他宁愿自己没有看到。

他眼巴巴地等着。

杰夫站在那里,见证着她的软弱。她爱他。

她放空自己的眼睛,一字一句地说:"我的丈夫很有钱,他也很霸道,如果我离婚了,他可能会拿走所有的钱和我的孩子。我了解他的为人,我斗不过他,我也过不了苦日子。"

说完之后,她不看他,但是羞耻感就那么随着声音消失了。

他惊诧地停住,一动不动。她低着头,不看他的眼睛,就那么等着。

"那么,"他开始结巴了,说,"给我点时间,我去挣钱,更多的。"

这是跟他相识一年多来,他第一次脸红,这完全是他的真实声音,但又完全像是被某种无形的力量逼着说出口的。

她摇摇头:"我已经决定了。"

他并没有表现出失望透顶的样子,相反,他显得有点迷茫,迷茫清晰地呈现在他的脸上。而一年多前,她就在他的画作上发现了这个东西。她给了他致命一击,他将明白,尊严、自由、美貌和爱情,这些东西加起来都没有金钱的力量大,这就是他称为知己的朱利安向他展示的东西。现在,他或许可以痛恨他的弱点,并且将之从生活里甩掉。

临走的时候,他过来抱了抱她。如此突兀的结束,他的手臂的力度和喘息声都不对劲,但他没有挽留。她在心里喊,抱紧一点,再抱紧一点吧。

像本能般地把要滑出手心的沙子捏牢,他把她的手握了又握。

"对不起。"她说。先是用英文,后来又用中文。她慌忙转身出门,站在拐角,她蹲了下来。她没有勇气离开,也没有勇气留下。她的表情越来越扭曲,越来越滑稽,她甚至都不敢哭出来。

她能想象不久的将来,一旦金先生顺利拿到签证,她的生活是什么样子。他会买一个更大的别墅,雇几个人打理院子,他也喜欢花,也会在门面上花钱。在艾利克顿,春天来得晚,但是花的品种很多,金色郁金香、鸢尾、百合……鲜花的香气会持续不断地扩散,香气滞留在闪闪发亮的午后。他一定会养一条狗,那是美国人的标配啊!她也会比现在更懂得养生,她会保持着她的美。他俩会相敬如宾,好好相处,但是,在漫长的时光里,她和他的脑子里没有很特别的东西,所谈论的内容是绿卡、孩子的好家长、如何把钱合理而又快速地挪过来、假期的时候去罗马还是希腊,就像一切都是她应得的。

温蒂打电话过来,问周几过来搞卫生。

"不,我自己来。"

"什么?"

"我能搞定。"她说。

"我失业了?"温蒂不情愿地追问。

她就是这样,她看不清形势。她真实的身价是每小时二十到三十美金,她每天在失业和新雇主之间徘徊,等她那完全不可能回到她身边的儿子。她一生都为他而活。

"是的,"朱利安粗暴地说,"你失业了。"

来到美国的第五年初夏,她接到贝拉的电话。此时的贝拉已经很有名气,朱利安认识的人几乎都耳闻过贝拉的财富和她的野心。贝拉打电话问朱利安是否愿意一起合作,做一个产业:把中国文化介绍到美国。再简单点,搞一个精英女性俱乐部,把在美国的精英女人团结在一起,教她们修身、养性、品酒和西方礼仪。人家说培养一个贵族需要七代,中国精英们可不缺钱,缺的是修养、贵族气质以及审美能力。甚至那些早年读到博士的中年精英,他们的子女完全不了解中国文化,以为学了几句中国话,逢年过节表演个传统节目就能回到中国。总之,她觉得,朱利安身上才有那种代表中国美的魅力和元素,绝对能够大获成功。

一开始,朱利安还耐心地配合地微笑,推辞说自己并没有钱,没有时间。

"钱不是问题,可以回国融资。"贝拉对朱利安说,"其实也不需要你做什么,你长得这么漂亮,如果你愿意,你只要打扮得漂漂亮亮地跟我去见见客户,就是帮我的大忙,酒我是不让你喝的,怎么样?"

到美国来对许多人来说,还有一个巨大的吸引力,就是抹掉不喜欢的那一部分,照着喜欢的那部分过下去。可是有一部分人来美国,貌似为了摆脱过去的生活,但是他们仍带着它,一根汗毛都没有落下。这一套朱利安在广州的时候早就见识过了。这些人又要把它带到国外来强加给离开中国的人了。想到自己作为一个任凭命运摆弄的软弱愚钝的蠢人,由于意志薄弱,竟然在臭水沟里跳舞。那拍手欢呼,将其视为视觉盛宴的旁观者能好到哪里去呢?

朱利安说:"不,我不适合。"

"但我们要活出自己的价值……"

朱利安挂掉电话。

## L

有一天傍晚,朱利安刚刚接了孩子回来和金先生连线视频。朱利安看了一下时间,广州现在才凌晨四点多钟。他的头发很整齐,既像是还没开始睡,又像是洗漱完毕,她有点摸不着头脑。

他说:"让我看一看房子,看看你在干什么。"她正在煎三文鱼。她把手机对准撒了胡椒粉的三文鱼,告诉他孩子已经习惯了黄油煎的三文鱼。

"很鲜美。"他心不在焉地说。

你怎么知道?她刚想说出口,意识到这个程序又要重复了,她闭住嘴。

可是来不及了,金先生已经捕捉到了。

"怎么样才能让你的心情变好一些呢?"

她端着盘子伸过头看视频里的他。他的嘴角结痂,前几天上火了,他说。不知什么缘故,今天的金先生眼袋特别重,皮肤松弛,气色很差。他连保持自己的好心情也做不到了呢。她轻声说:"给我时间,我自己可以做到。"

过去那个喜欢和他生闷气、冷战,跟他对峙的朱利安已经消失不见。在和杰夫分手之后,她发现,对金先生不需要讨好和用心思,这种相处有一种邪恶的自在,不动感情,不动脑子。经历了那样刻骨铭心的恋情,回到这种状态里,朱利安时不时有一种全身被掏空的感觉。像是一根线随着杰夫的离去而从她背部被抽走了,就像她常常从海虾的背处抽出来的虾线一样,无论海虾是死是活,那根线总之是被抽走了。

她找到那家要招聘的寿司店。老板是中国台湾人,聊了几句就断定朱利安英文不好,他们那里人流量大,什么人都有,尤其是拉丁裔。老板是好意,觉得她英文不好,很可惜,但又夸她形象特别好,建议她快点把英文练好。一冲动,朱利安决定去端盘子,以练听力和口语为名义。

错开接送孩子的时间,其实都不是问题,问题是她愿意。她现在愿意找活干——挣钱。

钱比她想象的难挣。第一天,她就把客人的一瓶啤酒洒了。她负责三张桌子,闲的时候无所事事,忙的时候突然手脚不够用,一天下来,两条腿像肿了一倍。这不是她应该吃的苦,所有人都这么说。她不这么想。像是要证明所有人的错,她把车停得远远的,摘下一切贵重的首饰,用帽子和制服把全身裹住。她想吃这苦,因为吃这苦,能减轻她心头的恍惚。

她没有告诉金先生。金先生会说,你挣的钱根本不够车开出去的油钱哪。

她决定什么也不说。

"你今天去哪里了?"她把手机支在支架上,坐在椅子上听他说话。

"我去博物馆看了一个画展。"

"中国人的?"

"全世界的。"

"你最近对看画展有不一般的兴致?"金先生看上去发福了,不应该啊,这是个特别懂得养生和管理身材的人,视频里,他的眼袋更重——长久的离别、独自生活的习惯,让这个人变得更加陌生了。

"是的,有时候。"

"你是不是认识了一些搞艺术的?"他终于忍不住摊牌,"这些搞艺术的都很复杂,你了解他们的底细吗?"出于保全自己的体面,他加了一个"们"。朱利安明白,他知道了应该知道的。

"我有脑子。"她平静地说。

"小红,"金先生绷紧脸说道,"你真是一点儿也没有成熟,你甚至比以前更加幼稚了。"

"我不幼稚,会愿意接受今天的局面吗?"

"这是多少人梦寐以求的生活。"

"不是我的。"

"你当时可以提出来。"

"就算提出来你也会说服我。"

"你就没有自己的主见吗?"

"我现在有了。"

"你们发展到哪一步了?"金先生一下子提高音量,他在手机屏幕上晃了一晃后不动了。

"你胡说什么？什么哪一步？哪一步都没有，就是一般的朋友。"在感情问题上，人有本能的撒谎能力，她不仅一口否认，甚至，她的态度出现了悲愤，她的声音显得因为受辱才出现的急促和震惊，并且凑近手机镜头，让自己的表情显得更夸张。

金先生的面色开始缓和，看不出他信还是不信，但是，至少场面开始有所缓和："我一直在替我们一家人的前途做长远规划，我一直在尽可能地做最好的储备，保证我们将来的生活可以不为金钱忧虑。"

她不吭声。但是皱着的眉头有意地放松，表示对他的回应。

但是事后，她再一次感到有一种深深的羞耻——装着杰夫从来没有存在过，这不仅是否定一种所谓的婚外情，她否定的是这一年多来焕发出新活力的每一个清晨和每一个因为甜蜜而入睡的夜晚。

她明白，是温蒂干的。

有些人，以为自己变成新人，其实还是旧人。她本来想指的是温蒂，后来觉得用在自己身上更合适。

看不清自己的局限，是一种悲哀；看得清自己的局限，却无从突破，就不光是一种悲哀，而是一种不幸了。

有一天寿司店休息，她一时兴起，去了波士顿的"自由之路"。刚来的那年，她和金先生带着孩子去过一次，当时请了一个会中文的司机帮他们讲解。路面是由红色砖块铺成，一路曲折蜿蜒，一直延伸在三公里的街道中。她当时一点都听不进去导游讲的什么"倾倒茶叶"事件和那片简陋的墓地有什么特别。但是，现在，经过了三年多，她明白这条观光线的历史韵味，感受到这条路对于美国历史的意味。她沿着波士顿公园的游客中心，走过金顶的马萨诸塞议会大厦、古旧的国王礼拜堂和以美食闻名的昆西市场等处。在富兰克林的雕像前，她遇到一群吵吵闹闹的游客正在排队合影。他们用她不懂的语言快活地叫嚷。有那么一会儿，刺耳、粗鲁，但是很快，他们安静下来，反而使周边获得了一种异乎寻常的寂静和庄严。

差不多走了整整半天时间，经过高高耸立的邦克尔山纪念碑，接近了闪闪发亮的查尔斯河时，她已大汗淋漓，一阵瞬间的战栗和神秘的伤感突然袭上心头。她甚至想到了遥远的过去、贫穷的童年，那时她的内心充满了许多属于自己的真正的渴望。如今，她觉得自己如此贫穷，只有一颗苍白的心；她甚至能预知到自己将如何默默无言地消耗掉其余的生命。

就在那天,她见到了一只天鹅。这是她第一次看到落单的天鹅。她怀疑自己看错了。没错,整个河面一览无余,没有第二只,甚至连只鸭子都没有。不是说天鹅永远成双成对吗?不是说它们是神仙眷侣,相互照顾,永不分离吗?

现实就是,河面上只有一只天鹅,它缩在那里,没有一点声音,看不出是在享受孤独还是在伺机出动,谁也不可能知道在它身上究竟发生了什么。

查尔斯河是许多重要的划船赛事举办地。听说,有一年,比赛进行时,一只凶悍的天鹅一次次俯冲攻击划船队员,奇怪的是,它的生命没有因此受到威胁,反而得到了大批粉丝。粉丝们给它取名为 Best。人们说它勇敢有性格,呼吁给它生存空间。真相是,它更加为所欲为,使受害船只数量大幅上升。政府不得不把 Best 转移到了别处。不过,第二年,人们又在查尔斯河上发现一只刚刚长大的天鹅,与 Best 的形体和性格都极为相似。它开始追打小孩,抢夺他们的玩具,甚至冲到河边的马路,撞击过往汽车,这时,就连 Best 的拥趸都意识到自己有些想当然了。在查尔斯河,喜欢天鹅的人没想象的多。

整整有十天,她没有接到金先生的视频。她视之为冷战。一无所知的安珀嚷嚷着要跟爸爸视频,她想告诉爸爸她要代表自己的班级上台表演钢琴独奏。她的钢琴学得不错,这得益于在国内时金先生请了一位非常有经验的钢琴教师培养了她的兴趣。去年的圣诞节,她在晚会上一鸣惊人,让老师和同学都刮目相看。

和安珀没聊几句,金先生让安珀把手机递给妈妈。

目送孩子去了自己的房间后,他眼睛死死地盯着她,一字一句地问:

"你和他上过床吗?"

这么粗鲁,这么——不留余地。她的脑海浮现出杰夫的脸,她的心抽搐了一下。这种情况下以这种丑陋的方式频繁提到杰夫,就是对他的、也是对自己的一种亵渎。她把脸转到一边,抿住嘴,不再说话。

"你这个蠢女人,我给了你这么多的好东西,你还嫌不够吗?"

她没有吭声,但是侧过脸用余光看着他。他的脸狰狞可怕,嘴巴咧开,往日的风度荡然无存。如果不是隔着屏幕,他都可能把她撕了。"蠢货,"他喊着,"你怎么变得这么轻浮?难道我辛辛苦苦把你送到美国,就为了让你变得这么轻浮吗?"

"我轻浮?"朱利安惊呆了。难道他曾经不就喜欢她那不染世故、冷若冰霜的性格吗?

"也许这家伙觊觎你的房子,会绑架你的孩子。你不检点,到头来可能会害了我的小孩。"他的眼神直勾勾地,眼珠快要从眼睛里蹦出来似的看着她,暴怒地喊道,"你这个荡妇!"

第一次听到这么直接而羞耻的诅咒,她的脸慢慢地红了:

"你闭嘴!你这个——"她说不下去了。从她到达美国的那一天起,她就已经发现他们正在分道扬镳,因为正是从那天起,她已经脱离了他来思考问题。

她顿了一顿,一字一句地说:

"你有什么资格教训我?如果我脏,你比我脏一百倍。如果我是个荡妇,你也只配这个荡妇,你甚至都配不上——荡妇。

"你把别的国家当成你的避难所,你把自己的意志强加给别人,而你,假装自己是救世主。就凭认识到这些,我也不会再惧怕你!"

这个人总是喜欢用大话把他真正的意思包起来,无论他的生活里有多少压力、纠结和不适。他受伤成这样,还在放大话,他连跟她平等对话的能力都没有。他只会按着自己的规划来。不知道过去跟他在一块儿生活时自己是怎么忍受下来的。

就算是奴隶,也有反抗的一天。她脱离了他的语境,找到了自己的立场。

过了一个星期,一天中午,她独自在家时,他又发来视频请求,她立即就接了。冷战和沉默已经让她快呼吸不过来了,她觉得应该有个了断。一开始,他们相对无言,谁也不说话。她好像大病了一场,他也好不到哪里去——两个受侮辱受伤害的人。前几天的记忆还未散去,就像开过聚会的厨房,尽管帮手们把表面打扫整洁,但垃圾桶里装的是食物的残渣,洗碗机里大量的刀叉和碗碟还没归位,只有主人们知道原来的厨房不是如此,他们一直非常小心,不触碰那敏感的部位。他们沉默着,以便镇定心神。越是这样,气氛越是古怪,就像他们之间有一个马上就会被触发的爆炸点,却都选择小心翼翼地绕开,战战兢兢地忍受。沉默越久,真相就越近:他们都会妥协——他们彼此都再清楚不过了。

挂掉视频,她孤零零地立在客厅中央,现在,她是战场上的胜利者。这是她所经历的最艰难的一场战斗,也是第一次获得胜利。站在这幢空荡荡的、仍然残留着贵族气息的房子里,站在四千多美金的地毯上,她先是一阵畅快,感到压抑在胸口的淤积的气全部消散,甚至想找个人分享一下,但是这种狂喜和舒畅很快就消退了。她第一次认真地回想自己的人生。无论是自主的选择或者是被动的选择,这选择里并没有真正的成就感可言。她被生活带到了这里,或是幸运之地,或是伤心之地。苦涩和甜蜜,如今她都体会过了。她心里明白,自己内心的某种东西长成了,这被禁锢也被放逐的生活激起她天性中不安分的东西,她变成了另外一个人。

她再次来到Swanlake。灌木丛中一片沉寂,没有天鹅。它们还没有到来,它们还在天上飞呢。凝望着空无一物的湖面,没有觅食的飞鸟、野鸭,只有安然的、粗犷的、等待严冬的参天大树。一只真正的天鹅可是会越过高山和大海,经历风暴、离别和死亡的威胁,世人只是站在远远的地方驻足欣赏,他们并不会见证那无法言喻的一切。而且,就算她等来天鹅的身影,这也不可能是她去年见到的那一对。她站立着,一遍又一遍悄悄对自己说:

我怎么办呢?我怎么办呢?

接安珀的时候,她遇到了杰夫。

最初,她没认出是他,他从她身边走过了几步。蓦然间,她的心一阵剧烈地跳动,她回过头。他看上去瘦了许多,衣服都空了。看到她发现了他,他立定了,转过身来。她一阵哆嗦,好像被人打了一下,可是她继续往前走着,好像冒着极大的危险似的,其实周围一张华人面孔都没有。她那天刚好穿着一件黑色夹克,戴着一顶小小的帽子,尽量身姿不动地向前走。她听到身后的脚步放缓了。听到他的脚步声,她就能感知到他身上那庄重的、仍旧过于节制的性格,那仿佛闪着珠光的表达……她知道,那是她一生的挚爱。新鲜的力量长出来似的,她挺了挺脖子,低头的时候,她看到了自己的影子,下午三点半的影子又高又直,像是被光注进了更多的力量。

## M

站在传送带的边上,看着各种类型的行李从黑色口子里出来。这个机场太熟悉了,朱利安不由自主地回想他们全家一起度过的那些时光,一起的旅行。他带她从这里出发,去过欧洲,去过日本,最后一次去的北美,他曾经对她体贴入微,他至少说过上千次爱她,那时,这一切都好像属于她,而她多么无忧无虑……一切都太久远了。

过完春假,她把安珀送进了私立学校才买了回广州的机票。她向女儿承诺,她会回来,就算她回不来,她也能保证爸爸妈妈的爱一点不会减少。"你十一岁了,必须要独立,一定要坚强。"她撂下这句话,反复说了几遍,确定安珀真正记到了脑子里。

一个男孩拿到了他的行李,向朱利安挥手告别。这是一位被父母安排到美国留学的大学生,准备回国享受一个星期的春假,犒劳一下自己的胃。他们十多个小时前坐在同一排,刚刚认识。一路上,他们聊过的话不超过十句。

"你喜欢美国吗?"看着神情落寞的朱利安,他好心地没话找话。

"很高兴你这么问。"朱利安转过头看着他,"我喜欢美国,我喜欢蓝天,我也喜欢大房子和钱,但是,我更喜欢自由地选择。"

这个回答似乎超过这孩子的预期,他礼貌地笑笑,把头转向窗口,不再说话。

现在,他的身影消失在出关处,有可能永远也见不到了。朱利安想。

一大群老年旅客拥进来,他们头上还戴着旅行社发的小黄帽。他们嬉笑着,闹哄哄的,显得精神饱满,每个群体中总有活泼的、能带动气氛的人,老年人也是,他们每说一个字,都使好大的劲,甚至辅以手脚动作。

她把行李箱从传送带上取下来,没有拿推车,她发现自己的臂力足可以支撑。

出了机场大厅,外面的天雾蒙蒙的,好像还是四年前走的那一天的样子,并没有改变。在机场坐上出租车,一路向市中心去。她知道自己脸色不好,不仅是因为坐了十几个小时的飞机,而是她自己内心那无法安放的茫然,她能想象他见到自己这副模样的反应。也许,也许一切都是错的,这几年全部都是错误的。他把她送到美国,极有可能是摆脱她的一个方法,他会说成是对孩子的教育有利,也有可能他从来没在机场被遣返过,也许他早就和另一个女人生了一个小孩。她想起,他以前在合作谈好之后更改合同细节时,她还暗暗崇拜过他呢,这样做少费许多口舌。甚至也许——她今天的路,还是在沿着他的规划进行:走下飞机,走回谈判桌前。

她甩甩头。她想摧毁这个节奏,让它稀巴烂,重新搓揉,让它重新归整,变成自己如今想要的样子。

回城的路似乎比她想象的更堵塞,更漫长。到白云湖附近的时候,前方高速路上发生了交通事故,滞堵严重。司机回头问朱利安可不可以就从这里下高速从白云湖边绕行。

"白云湖有天鹅吗?"朱利安心不在焉地问。

"哪里还有天鹅?"司机哈哈大笑,"就是有,也被怪鱼吃掉了。前阵子湖里有条墨西哥湾的'鳄雀鳝',快把白云湖的鱼吃完了。政府花了一个多月才把它捉住,花掉的钱数不清呢。"

"那去长隆飞鸟乐园。"

"看天鹅?"司机好心地说,"这得绕多少路啊,再说天鹅应该在飞往北方的路上,你来得太迟了呢。"

朱利安沉默下去。想到那些正在长途跋涉的天鹅,想到焦急等待她回去的女儿,想到接下来的场景,克制地争吵,怨恨地冷战,抑或冷峻地,像陌生人那样公事公办,无论哪一种,都意味着要耗尽全力。想起金先生那张冷峻的、聪明的、深沉的脸,她心里十分烦躁,可别忘了,他的掌握一切的决心还在那里,而她的软弱也蛰伏在那儿,稍一动弹,就会使它们复活过来。她想起远在老家的母亲,一别四年,她眼巴巴地盼到的,也许是更多的失望。

她感觉到汽车的发动机的声音都那么刺耳,好似一场惊天动地的大战就要上演,她仿佛看到了战战兢兢、畏畏缩缩的自己。她摁下车窗,深吸一口气——空气、风、广告,熟悉的感觉回来了,一切有关广州的记忆正在复苏。

她突然觉得一股冷意袭来,汗毛都竖起来了,这座过去从来没有让她觉得有一丝寒意的城市,此刻令她微微颤抖。她疲劳至极,勇气快要耗尽了。

原载于《当代》2022年第3期

# 去 老 塘

## 李 云

### 一

　　在千米深井里,见不到星辰和动植物,没法以日出日落、花开花谢为参照物,把握时间靠的是人体生物钟。比如大夜班工作到尿急了,要冲着煤帮或支柱撒尿,这时辰是早晨五六点了;小夜班人的上眼皮和下眼皮老是黏在一起不松开时,时间八成到了十二点之后;白班的时间好估算,巷子里传来馒头或者肉包子的香味,那就一准是到中午十二点了。

　　你问,怎么不带钟表下井掌握时间呢?

　　这里有讲究,一是谁会把金贵的钟表带到潮湿且粉尘飞扬的井下,他准是败家子烧包;二是矿井有矿井人的忌讳,这钟与终谐音,表与丧字形相似,谁敢带着它们下井犯忌呢?

　　这个忌讳是老塘的行规,老塘系煤矿采空区的俗称,老庙煤矿的老塘大多是清末民国时期留下的,这个规矩就一直萧规曹随到了今天。

　　也有人不靠生物钟把握时间,杜海泉看看矿灯光线的强弱,或者嗅嗅风筒里传过来的风,就能一口报出精确的时间来。他还有个绝活,把刚采下来的新煤放在手里攥攥,然后走到巷口抓一把陈煤捏捏,也能报出个子时午时来。所以,井下汉子们称他为窑神。

　　有人说他这一绝技来自他在部队当侦察兵时的特别训练。是的,退伍前,他是参加过自卫反击战的侦察兵,传说他原来是侦察连里的班长,有一次去抓"舌头",背回一个敌兵却因窒息死了,这死了的还是一个女兵,他因此受了处分,退伍来到老庙煤矿。是真是假谁也不知道,他本人不说,谁也不问,老庙的矿工就这点好,不在人背后乱嚼舌根。

　　窑神杜海泉不只有推算时间的本事,井下十八般武艺样样精通:打眼放炮、立柱架棚、敲帮问顶、探眼诱水、嗅风识瓦斯……这些关系到生命的技能他都会——当个窑神你得有一双鹰的眼,能看透厚厚煤层和岩石后面藏着的东西;你得有一双猎豹的耳朵,能从一滴水的滴答声里听出洪水来临的信号;你还得有一个猎犬的鼻子,能从一缕酸甜的风里嗅到瓦斯的浓淡;当然,你还得有一个果敢的大脑,在生死之间,能立刻决定撤与进、生与死。在井下汉子们的心目中,杜海泉就是他们的神,唯独竹笋不尿他。石碾不知道为何竹笋会对窑神不敬,也是奇怪,杜海泉在竹笋面前却总表现出怯意来。

杜海泉在他三十七岁这年,被煤矿领导推荐为全省劳动模范,戴着大红花,坐上矿长的坐骑——苏联产的"乌龟壳"小轿车,在锣鼓喧天中到省里参加劳模会,受奖去了。这是一九九二年五月,正是杜海泉最风光的时候,用现在的话说就是他的高光时刻。可四个月后,老庙煤矿发生了震惊江城的"九一三"安全事故,他从采煤队队长被降为掘进班班长,开始走麦城了。

这大概就是命吧。

## 二

石碾快来了。

掘进迎头上的十条半个汉子,都知道。因为,巷子里传来了馒头的香味。在地面上,馒头的麦香味是弥散在空气里的,人们不太注意,到了井下,尤其是巷道里,这香味是被巷壁聚拢的,是在封装的空间里流淌的。人们就觉馒头的香是诱人的。

老疙瘩一副谗相:"乖乖,今天我们这是要吃韭菜肉包子了。"

小独眼抻着脖子:"不,是红烧牛肉的。"

臭屁虫摇摇手:"这分明是鱼香肉丝味。"

"我怎么没嗅出来,这不就是馒头香吗?"在躲炮巷里看书的竹笋走过来大声说了句。平常他说话总是细声细语,这次破天荒地大了嗓子,众人有些诧异。

"你那个沙鳖的鼻子,能嗅出什么屎香屁臭来?"老疙瘩乜斜了他一眼。

"你才是沙鳖!"竹笋撑了老疙瘩一句,摸过锹来低头向链板机里扽矸子。

"海泉,你说说,可有韭菜味?"老疙瘩端着铁锹问杜海泉。

杜海泉手没闲下,用力扽着矸子。他侧脸向巷口耸耸鼻子,空气里是飘着韭菜盒子香味,好像还夹有牛肉味。杜海泉暗道:不可能啊,今天不节不年的,矿上不可能给加餐啊!这也没搞大会战,也不可能上会餐的"功劳宴"啊!是自己鼻子坏了,还是怎么了?

就在杜海泉陷入疑惑时,小独眼又说了一句:"好像还有高粱酒味,嗯,是烈性的,52度的,海泉你可嗅着了?你可是喝大酒的。"

一听到酒字,杜海泉眉心一跳,手里的铁锹咣啷落地。他无端地骂了句:"你们是馋酒了,都长着狗鼻子,上井后,你们做猎犬去吧!"骂完又低头捊起矸石来。

大伙不再吱声,都在朝链板机里出矸石。一会儿,巷子里小山似的矸石堆就被他们运完了。接着立支柱架棚子就快了,两架棚子他们十条汉子一二三就架好了,都不用竹笋打下手的。这时,杜海泉才说:"洗手,歇工,吃馍。"

众人听到这声令,就砰砰地扔下手里的家伙,关掉噪声四响的运矸石的链板机。链板机一停,整个巷子就安静了许多,除了人声,就是局扇在巷口老牛受刑般地吼叫着。局扇不能停,一停,新鲜空气进不来,瓦斯就会升上来,人就得撤出巷子。

十条半个汉子东倒西歪地歇下来,在昏黄的矿灯光的照射下,个个显出饥饿感和疲惫相。照例,趁着这空闲,大伙要讲一些荤话。那些围绕男女脐下三寸的地方发生的事,在井下是汉子们解乏的春药,它能让汉子们再次热血偾张,生龙活虎,生机勃勃。

竹笋和石碾初听他们说荤话时,裆里家伙就不老实地昂起了头,把工装裤顶出小帐篷来。老疙瘩和小独眼就会把他俩逮住放倒,戏弄一番。为此,竹笋曾举着矿斧满巷子赶着要劈人,还是杜海泉拦腰抱住了竹笋,并"保证不让他们乱来"才算了事。也是从那时起,他俩有了梦遗与晨勃,当然也伴生着惊心动魄的艳梦。若干年后,他们在结婚第二天下床时,都暗道:自己的性经验是在八百米深处的掘进迎头,由那群汉子启蒙的。

老疙瘩不要人提醒,就开腔了:"我昨天遇到了一个骚婆娘,她到底有多骚,你们听我说来……"这是他的开场白。一说这话,竹笋就会拉着石碾走到巷口去,要不石碾会痴迷地听的。被拉走的石碾总会问竹笋:"老疙瘩怎么能天天遇到骚婆娘?"一副羡慕的表情。竹笋就会骂道:"你也想遇上?你看你的龌龊样儿!"石碾就自我嘲讽:"狗烧火,猫做饭,老鼠推磨崴了脚,哇啦哇啦疼死了。我是我,我龌龊。"石碾说话总是夹着家乡的民谣,竹笋就曾问过他:"你在家里是说书的,还是卖老鼠药的?"石碾一下收紧胖脸上的笑肌,忙问:"你怎知道我卖过老鼠药?"竹笋没搭理他,走远了。

此时,竹笋朝巷口走去,刚才老疙瘩说韭菜包子时,竹笋心里一揪,这事要是让窑神知道,那一切就毁了,所以,他要在巷口把石碾截住。

杜海泉看到挎着瓦斯测气机的竹笋朝巷口去,就问:"小方,你去哪里?"

"我去给石碾拎水去。"竹笋没有停下步,往常也是他去接石碾的。

"小方,你把瓦斯机放下来,别摔坏了,几千块呢。"杜海泉仿佛不经意地说了一句。矿灯光刺破浓酽的黑色打在竹笋的后背上。

竹笋觉得后背热辣辣的,他停下步,摘下如盒子枪皮套装着的瓦斯测气机。瓦斯测气机有个装药粒的长圆柱形的有机玻璃瓶,容易摔碎。竹笋迟疑了一下,迅速摘下瓦斯机,挂在躲炮岔洞的支柱上,径直走向巷口。

竹笋心里暗骂了句:"这老鬼太鬼了。"接着又暗责石碾办事不力,"不能指望他办半点事儿。"想到这他加快了脚步,他要在巷口之外的漏斗处堵住石碾,不然一准会露馅,不仅是窑神,那十条汉子个个是井底的高人,在他们眼皮下真藏不了什么秘密。

## 三

杜海泉看着瘦削的竹笋背影消失在巷子出口的黑色中,就想:方大刚怎么给他儿子起了个方竹笋的名字,是他的老家山上出毛竹的缘故吗?还是他儿子生下来就瘦?就那细瘦的毛竹竿身板,就决定方竹笋不会属于井下的。杜海泉这样想着,收回了目光,看了一眼或坐或躺的那些汉子。今天他们没有往常的喧闹,老疙瘩说的荤故事也很稀松,大伙没有大笑,或是沉默着,或是眯着眼睛打起盹儿,臭屁虫和小独眼还在一块矸石上画好线,下起了三子棋。两人下着下着就互责悔棋吵了起来,吵着吵着就不下了。小独眼拿起皮尺,约上老疙瘩一起去迎头量进度。杜海泉没去,按说这该是班长的活,他俩今天却抢活干了,有点反常,也就任由他们去了。

量不量进度杜海泉也知道今天这个班又赶超了两米多,干好两架棚子就算完成当班的掘进任务了。他想吃过中餐馒头,领着大伙再干一会儿,完活了就让他们先下班上井。今天眼打得顺,炮放得顺,出矸子顺,架棚子顺,杜海泉感到了一种久违的精气神在回归,仿佛一年前的那种干劲又回到这个班的每个汉子的身上了。他想,这样干下去,自己的班还可以回去采煤的。

在煤矿井下有两大生产主力,一是采煤,二是掘进。煤矿里有个不成文的规则,采煤的比掘进的让人高看一眼,因为采煤更艰苦,更危险,更能出效益。杜海泉这班是从采煤转到掘进的,杜海泉自认为这是他的一个错误决定带来的耻辱。班上的其他汉子是不是也有这个感觉,杜海泉不想问,也不愿问,更不敢问,这是一块结了快一年的痂,不能揭,揭了会流泪,更会流血。关于那个决定,直到今天,他还常常暗问自己,是对了还是错了?他私下里问过矿上的技术人员,技术人员都说那个决定是及时、果断、科学的,而他总是不能原谅自己,毕竟两条鲜活的生命因为自己的判断而折在V号老塘了,那可是自己亲如兄弟的工友啊。

小独眼在迎头尖着嗓子喊:"窑神,今天我们超了三米五!"

"这样干,我们这月可以突破一百棚子了。"老疙瘩也在一旁兴奋地说。

提到一百棚的任务,他们都会想到一个人说的那句话:"你们一个月干超了一百架棚子,我可以考虑你们回去采煤。"这是熊矿长说过的话,全班人都知道这句话。他们就是冲着这句话埋头干的。但这一百架棚子的任务不好完成,有诸多条件制约着,比如迎头的岩石状况、会不会遇到断层等。现在有望突破百棚,但谁也不敢说后几天的掘进会不会遇到什么拦路虎。

"那我们今天可以下早班了。"臭屁虫瓮声瓮气地说。

九束矿灯光唰地一齐照向杜海泉。

在井下用矿灯照人的脸,尤其照人的眼睛,是不礼貌的。杜海泉有些生气,他知道矿灯下是九条汉子火辣辣的目光,便向矿灯光挥挥手:"照啥照?吃过馒头,把剩下一架棚子架好就下班。"

九束矿灯光一下就如九个带光的动物乱摇起来,九条汉子嗷嗷地叫好。

说到馒头,杜海泉又抽动下鼻子,韭菜盒子、牛肉包子等诸多味道,再一次扑鼻而来。他不由得望向巷道口,那边有一盏灯光如渔火一般游过来。

杜海泉知道石碾来了,那竹笋又去了哪里?

## 四

"你怎么干一点事都干不好?"竹笋在巷口的溜斗处截到了石碾,恨不得给他一巴掌。

石碾背着馒头筐,拎着一铁皮桶热水正在向上爬木梯,看到瘦长脸竹笋居高临下地用矿灯照着自己眼睛,就低着头避过矿灯光说:"哥,你生啥气?我这一切都按你说的办的吗?"

"还按我说的办,能得你不轻,我们在巷子迎头都嗅到你带来的菜味和酒味了,你怎么装,怎么藏的?这事让班上人知道了,尤其是窑神知道了,还有我俩的好?"竹笋斥责道,长缝眼里射出两束很亮的光。

石碾一听也是,没想到井下有点儿香味啥的就会被风吹散到四处,便擦了擦汗,赔着笑脸说:"三包菜三个馒头一瓶酒,我用荷叶包好,外面又用塑料袋包裹,不放心,还用包炸药的防水硬皮纸在外面再扎了一下,按说不该漏味。这真是又哭又笑,老猫上吊,老鼠解绳,屁股摔得生疼。"

"都什么时候了,还在说笑哩,快把东西卸下来给我,我下到大巷里先藏一下。你快送馒头到迎头去,他们问我就说我方便去了。"说完,竹笋从石碾手里接过挂在胸前的布兜子,和石碾错了个身子,麻溜地滑下梯子,准备去大巷。

石碾把自己的小棉袄脱下来向竹笋扔过去:"用袄子包起来,别凉了。"

黑棉袄如一只大黑鸟飞落下来,竹笋接着,他抬头向上看去,看见那个胖墩的圆柱体笨拙地向上爬去。"把水桶放在那,我回头来拿。"竹笋朝上方喊,说完就用棉袄把那布兜裹严实,又找来一截炮线,把它绑紧,四方体,像炸药包似的拎着。他把布兜放在鼻子下用力嗅了嗅,没有了菜香味和酒味。"这下保险了。"竹笋暗道。

竹笋今年十九,石碾说自己也是十九,但十条汉子都清楚石碾只有十六或者十七,他瞒了岁数才顶职上班的。其实矿里的领导也知道,只是均不说破,按政策规定,不到十八岁不能下井。

竹笋和石碾按政策也可以不下井的,在地面井口当推车工,或者去看煤场、做地磅工,也是可以的。但他俩铁了心下井,还非得去当采煤工,不同意,就在采空区里不出来。矿里领导劝也不成,最后还是杜海泉出面做工作,让他俩跟自己的班先干一个月试试。

"你说了可算数?"石碾问。

"我杜海泉说到做到!"杜海泉拍了一下胸脯说。

竹笋看了看杜海泉的国字脸,在他左脸颊上看到了一块青色的"煤矿痣"——煤块砸伤或划伤留下的煤疤,那让他看上去有点凶恶,但是他的目光里流露的是兔子眼睛里的光亮。

"不错,你说的比你做的好。"竹笋讥讽了杜海泉一句。

"他是窑神。"石碾在一旁扯了一下竹笋的衣角。

竹笋把石碾的手打下,说:"什么窑神!连自己工友都不敢救的人,我看就是软蛋。"

杜海泉往前走一步说:"竹笋,你这孩子怎么说话呢!"

"我说错了吗?你敢说我说错了?"竹笋也走前一步,目光锥子一样扎进杜海泉的眸子里。

杜海泉仿佛被一块矸石砸到腰一样,一下跌坐在地上。

竹笋走到杜海泉身边又补了一句:"我叫方竹笋,竹笋是我爹叫的,你不配。"从此,杜海泉就叫竹笋为小方了。

方竹笋的父亲叫方大刚,石碾的父亲叫石斗,均是老庙煤矿"九一三"事故的遇难者。

## 五

"小方迎你去了,你没见到他吗?"杜海泉见只有石碾一人走来,即问石碾。

石碾边卸背上的馍筐,边回答:"他在后面大解,马上就到。"

老疙瘩掀开馍筐上的白盖布,只见筐里拥挤着一群白胖胖如白仔鹅的馒头,有点儿失望,看了一眼石碾:"咋没有韭菜肉包子呢?"

"今天食堂就蒸的大白馒头,配的咸菜,没有包肉包子。"石碾低头忙着给大伙发馒头。

大伙的手都借着打眼机的水洗了,但手上煤迹还是有的,拿馒头就不能五指全用,只能用大拇指和无名指捏着馒头吃,吃到最后,就把捏脏的两点面皮扔了,也不可惜。

小独眼有点怀疑石碾把包子藏在馒头下面了,就死死盯着馍筐看,馒头发完了,也没见到自己嗅到的牛肉包子。

"小石碾,你把包子藏哪了?我们都嗅到韭菜肉包子味了,怎么没有了?你八成和我们打埋伏了。"小独眼盯着石碾那山芋红的圆脸上的两只小黑豆眼问。

石碾用挂在肩脖上的毛巾擦擦汗,他确实热,背馒头筐背累了。要不是竹笋先打了预防针,大家猛地这么一问,他还真不知道该如何回答。不过石碾有自己的办法对付这个局面:"俺俩好,俺俩好!俺俩凑钱买手表,你戴戴,我戴戴,你把我手表戴坏了,我把你老婆逮卖了。俺俩好!俺咋会骗你?真的没有肉包子,你嗅的肉包子是采煤队他们自己带下来加餐的。"

石碾这席话,听来有趣,大伙哈哈笑起来。

杜海泉却没有笑,他相信自己的鼻子不会骗自己,心知石碾显然在说谎,那他为何要说谎呢?如果有韭菜包子,他是给谁吃呢?疑问如炮烟在他心里腾了起来,炮烟的刺辣味让他心里有了疼痛感。

在杜海泉的眼里,竹笋和石碾只是半大的孩子,所以他称自己的班是"十条半汉子班",竹笋算半个汉子,石碾就是个孩子,比自己的儿子大五岁的大孩子。

他给他俩派的活一个是随队瓦斯测气员,一个是送饭的馒头工,都是最轻巧的工作。测气员原来属矿里安全科直管,"九一三"事故后,测气员下放到各队班,一个测气员要负责三到五个掘进迎头的测气。杜海泉向矿里领导软磨硬缠,把竹笋留在了自己的掘进班里,他说:"小方还是个半大的孩子,让他在我班上干上一年,身子骨长硬实,技术全面了,再让他跑别的迎头吧。"矿领导也就同意了。竹笋虽然仍旧冷着那张苍白含霜的脸,但心里还是有些感谢杜海泉,因为,他测完气后,可以在躲炮洞里看自己的书,他想考电大,不想一辈子就这样在没有阳光的地方度过。送饭工大多是让受过工伤或岁数大的人来干,这活下井迟,上井早——送饭工洗完澡,井下的汉子们才从大巷向副井去,接他们上去的吊罐还没下来呢。石碾有了时间不去看书,而是主动去帮杜海泉家干农活。杜海泉找的媳妇是当地农村的,家里有五亩水田,石碾不干农活时,就去掏泥鳅逮黄鳝,再不就是逗他喂的"白猫"玩——他的宠物"白猫"其实是从井下老巷里逮的一只白毛老鼠。杜海泉私下让他向竹笋学习看书,但野惯了的石碾捧起书比捧起一块石头还难。这叫:人各有命。

杜海泉斜靠着支柱啃着馒头,望着小胖子石碾,不由得想到石碾的爹石斗。石斗也有一张山芋红的脸颊,魁梧,是结实的那种壮,不是肥胖。他可以两个胳膊夹两根支柱走一二百米上坡不喘粗气,在掌子面大铁锹出煤,一班可以轻轻松松地捋出五六十吨,不会第二天叫胳膊疼腰疼,工友送他一外号:链板机。石斗不喜欢讲话,这是他和石碾之间的最大区别,老疙瘩就说过饶舌的石碾:"你是串种了,你不是石斗的儿。"石斗属于一棍子打不出一个闷屁的主儿,而石碾却聒噪得很。听说,是石碾娘嫌丈夫不会说话,才让儿子拜集上那个卖老鼠药的人为师的,不图学到制药本事,就是学成会说话的人。石碾娘让石碾叫那个卖老鼠药的人舅,但石斗不愿意,探亲假回家先把自己的婆娘打哭了,后把那个舅揍跑了。在竹笋和石碾两者之间,杜海泉更喜欢石碾,他认为竹笋清高且有戾气,石碾却老实纯朴。这回,石碾说谎为哪番呢?杜海泉觉得自己今天有些心猿意马,仿佛有什么事要发生似的,他暗暗告诫自己悠着点儿。

这时,竹笋斜着身子拎着铁皮水桶晃荡晃荡地走过来。

竹笋把水桶放稳,石碾赶忙把桶上的小铁杯子从桶口拧下来,斜倒了一点热水把铁杯子烫一下,涮了涮,泼掉,重新倒了一杯水,给杜海泉端过去,说了声:"干爹,你喝热汤。"在石碾的老家,把喝水喝茶喝粥皆叫喝汤,石碾也不知为何。叫杜海泉干爹是自己娘让认的,已叫了快一年。

在杜海泉接杯子时,竹笋向煤壁呸地吐了口痰,一拧身去了躲炮洞里看书了。他最瞧不起石碾这样,这是认贼为父啊!

## 六

石碾见竹笋一拧身去了,就意识到他又生自己的气了。

石碾暗里叫竹笋河豚姑子——河豚姑子是长江里的一种鱼,就是河豚。你越碰它,它越胀气,使自己的身体变成一个球,球体上还支着肉刺儿——这还是竹笋告诉他的。石碾老家在淮河以北,淮河产鲤鱼,却从不产河豚,他不认识这种会生气的鱼。上班第一月领"关饷"53元,竹笋带他到江边大通古镇吃小刀虾子面。在那个码头边,看到这奇怪的鱼,竹笋说这是河豚姑子,有剧毒。不过石碾喜欢这鱼,他觉得比"白猫"还好玩。"白猫"是他在老巷里逮到的,井下老鼠都是灰鼠,白色的老鼠少见,竹笋说这是老鼠得了白化病,石碾不信,得了病就死了,它咋还活着?但他终没有买下河豚姑子来养,是竹笋不让。那天还喝了白鱀豚啤酒,石碾第一次喝这"马尿",就醉在了码头边的小饭店里。等他醒来,竹笋已经在鹊江上游了几个来回了。石碾从木格窗望去,竹笋瘦长白皙的身体在破浪前行,有点儿像大鼓书里说的浪里白条张顺了。

鱼就是鱼呗,干吗叫河豚姑子,竹笋也解释不清楚。姑子不就是姑娘的意思吗,是姑娘就会生气,石碾是这样认为的。这符合竹笋的性格,石碾刚认识竹笋时,总是不到十天左右,竹笋就会爬到高高的矸石山上,哭上一场。他这好哭的习惯印在石碾心里就是个姑娘形象,也就暗里给了他一个外号——河豚姑子,但明里石碾叫竹笋为哥。

石碾和竹笋是去年九月下旬认识的。石碾和母亲、三个弟妹,以及爷奶、大伯小叔二十多口,从淮北老家一车拉到江城的东风饭店住下。路上,矿上来人告知他的父亲石斗在矿上受了一点伤,让家里人来矿上看看。车窗外热浪滚滚,阳光如火。石碾娘是个大大咧咧的人,开初没在意,一路该奶孩子就奶孩子,该说庄稼的事就说庄稼的事,只是爷奶的脸上布满了阴影,仿佛要下雨的天空,心里估计儿子这是凶多吉少了。石碾也没当回事,他好奇地看着窗外渐渐变化的风景。平原一到长江就收住了脚,丘陵和群山多了起来,大片大片的绿劈头盖脸地砸下来,让人感觉十分清凉,也让人眩晕。长江比淮河更加宽敞、绵长,江水也比河水清冽,石碾渐渐有点儿喜欢上这江南了。

刚住进东风饭店时,他们就听到楼上有许多人在哭,哭声如瀑布般倾泻而下。石碾有点儿发蒙,接着听见母亲在隔壁号啕大哭起来,她的哭声如鞭炮迎接自己从家里来的众亲人。这会儿,他们被矿上的人告知,石斗在矿难中"光荣"了。矿上的人给他们发了白毛巾和黑纱孝章。石碾戴上黑孝章,想到自己那个不太说话、喜欢低头抽烟的父亲,心里有了刀戳的感觉。他逃也似的走出房间,一个人向东风饭店的后院走去。后院有一片竹林和一个假山,假山前有一个鱼池,里面游着几尾金鱼。他如一块浮木,被哭声四起的声浪冲到竹林前,望着正午天空的散发着炽热且苍白的光芒的太阳,小腹有了绞痛感。他蹲下身子,看到地上成群的蚂蚁,一条黑线般向假石山后面的竹林爬去。"蚂蚁搬家雨必淋",石碾的耳边响起了父亲的话,他看着蚂蚁在搬着家,想着自己将是没有父亲的孩子了,小腹又绞痛起来。他只得沿着蚂蚁搬家的路线向竹林深处走去,仿佛这样小腹就会轻松点儿。

当走过一棵芭蕉树时,他看到一位瘦削的青年靠在竹子上,在无声地流泪。那个青年袖子上也套了一个和自己一样的黑纱袖章,看到石碾就把身子转过去。石碾看到那个青年双肩耸动着,全身在颤抖。他有点后怕地向后退去,突然后背被人重重地击打一下,转身只见三个穿花格子衬衫、留长发的青年站在面前。其中一个戴蛤蟆镜、扎双枪皮带、下着鸭蛋青喇叭裤的青年怒斥道:"小土鳖踩脏老子皮鞋了,你赔我钱!"另外两个青年一个手里提着一支气枪,一个手里拎着一串被打死的麻雀。石碾看到这些奇装异服的城里人,有点儿惧怕,连忙弯下腰用袖子为那个青年擦起鞋来。不料那个青年一抬脚猛地踢在蹲着的石碾脸上,踢得石碾仰面朝天地倒下。三个青年哈哈大笑起来,蛤蟆镜青年一把抓住石碾的衣领,一记耳光打在他的脸上,恶狠狠地说:"没听见?让你赔钱,不赔钱老子一枪要了你的命!"

面对冰冷的枪口,石碾咧开大嘴哭喊道:"爹,爹来救我!"

"你们也太欺负人了。"瘦青年走过来,用手拨开那支枪管。

三个青年见到半路杀出来又一个戴黑纱孝章的人,怔了一下,定睛一瞧,是一个瘦弱的人,一看衣着就是乡下人,就吼道:"你他妈的多什么事!"说完相互递了个眼神,忽地对瘦青年拳打脚踢起来。面对突来的群殴,瘦青年只有挨揍的份儿。石碾爬起来向不远处的宾馆楼号叫:"快来人啊!快来人!出人命了!"他的呼喊声引来了老庙煤矿处理丧事的矿工,他们大步跑来时,石碾正扑在瘦青年身上,把厚实的后背让给三个青年拳打脚踢还有气枪托的击打,他听到自己如一面鼓被他们擂响了,感到身下的瘦青年在倔强地喘着粗气。

三个青年看到一群戴黑纱袖章的汉子野牛般奔来时,赶忙跳后院的矮墙跑了。

那群汉子中冲在最前面的就是杜海泉。

那一仗后,石碾认识了那个叫竹笋的瘦青年,知道竹笋和自己一样,爹不在了。他认了救自己的竹笋为哥。

任竹笋再不高兴,石碾都会把他哄乐了。石碾自信有这个本事,何况今天他俩还要干一件大事——他俩要下井,也是为了这一天,为了这一天要干的大事。

石碾来到躲炮巷里,竹笋啃着馒头,没理他。石碾只得把口袋里的"白猫"拿出,给它喂食。其实也就是几颗生花生米,他把花生米掐碎,一点点喂这小东西。

"白猫"长得肥硕,和石碾一样有着圆滚滚的身体。它有一个长鼻子,一双红色的眼睛,很灵敏,也很通人性,好像能听懂石碾的话,让它跑就跑,让它停就停,神着呢!

七

吃过馒头喝过汤,杜海泉就带着大伙立柱架棚了。

石碾和竹笋这时可以下班上井了。杜海泉让竹笋把瓦斯测气机留下来:"这迎头还要用。"竹笋没说话,留下机子,向石碾使了个眼神,自己先走了。石碾装模作样地戏弄一下"白猫",待竹笋走了一会儿,也背起馍筐拎起铁皮桶走向巷口。

一架棚的活,十条汉子半小时就干完了。杜海泉让他们先走,自己留下交班,众人说说笑笑地离开了迎头。

杜海泉在安静的巷子里找到一块矸石坐下,手下意识地向口袋摸,这是摸香烟,如果这会儿是在地面上,他会美美地抽上几口。口袋没烟,有烟也不敢带下来,他的手又朝工具包里探去,摸摸那只保温杯,手指在杯盖沿口摸了一圈,又把手指放在自己鼻子底下嗅了嗅,没有一点儿味道,那狗日的臭屁虫咋嗅到酒味的?见鬼了。

是的,这杯里藏着酒,高粱酒52度的。这要是让安全员查到了,杜海泉可得被开除回家了。这只保温杯是一颗要爆炸的手榴弹,让他提心吊胆了一个班的时辰,现在好了,大伙都上井了,自己过会儿交了班就可以去老塘办事了,办完了那件事自己心会安稳点,不会再做那个让人心悸的噩梦。

今天是9月13日,石斗和方大刚走了一整年,自己怎么都该去老塘拜祭。这是井下的规矩,在井下殁的,要在井下祭,当然祭祀不能用香火和鞭炮,拜祭后还要从老塘拾一块煤带到地面上的亡者坟头烧了,亡者的魂才会回到地面。想到这杜海泉的心就往下沉,就想扇自己的耳光。

记得那天,采煤很顺,他们采的是Ⅴ号老塘边上的那块煤层,采到快结束时,一切均正常,都在杜海泉的掌握之中。一般遇到老塘,大多会绕过去,不去碰这个可能会吃人的老虎——老塘也叫老虎。可是Ⅴ号老塘旁有七八千吨的肥肉,煤矿的领导不愿放过,像杜海泉这样的老矿工也不愿放过。杜海泉是公认的窑神,矿上就把这个任务交给了他们这个队。其实,这里的安全措施已做到了极致,在这足球场大面积的掌子面,他们布下了十二个梯次推进的保安支柱塔、二百多个支柱顶板,而且没有事故的先兆,顶板没有开裂,煤帮没掉煤块,支柱没炸开,支柱塔没有坍崩,老塘也没刮阴风,一切都好端端的。杜海泉认为万无一失。眼看最后百吨煤,再用半小时就要全部被捋到链板机里,就可以和V号老塘说再见了。石斗捋煤处突然噗嗒一声,掉下来一块酒桌大小的石块,把石斗压了下去。石斗在石块下拱了拱,想把石块顶开。离他不远的方大刚就向杜海泉喊:"海泉,快救人!"说着就跑过去用手搬石块,朝石块下的石斗喊:"石斗石斗,我来了……"他话没说完,头顶上方又轰的一声坠下一块双人床大小的石块,把方大刚压在下面。杜海泉跑过去时,昏暗的矿灯光下,他看到两条汉子的抽搐的腿在蹬着煤灰。杜海泉这时听到头顶上传来冰河开冰的咔嚓咔嚓声,他连忙止步,并对跑过来的小独眼、老疙瘩他们说:"撤!快撤!"说完拉着他们向支柱塔跑去。当他们在支柱塔边上蹲下时,似乎还能听到不远处传来石斗的呻吟和方大刚救命的呼喊。他们听不得这凄惨声,纷纷站起身来要过去救人。"都别动,谁过去我劈了谁!"杜海泉拿着一柄斧子堵在前方,头顶上的顶板还在撕裂着,仿佛有几百头大象在向两边拉着岩石,顶板在开裂,那裂缝由一条条蛇身变成蟒身,从只能放进手指到后来可以放下拳头。

  臭屁虫问:"我们是撤还是进?你说话!"杜海泉说要等,等顶板上安稳下来,才能判断。前方慢慢没有了呻吟和呼叫,十多条汉子有人低声抽泣起来。也就十分钟左右,顶板不再咔嚓咔嚓作响,杜海泉大声喊道:"搬支柱立垛,打安全通道,救人!"刹那间,众人仿佛出笼的猛兽赶紧四处去搬支柱,开始打立垛,打一个通道,接近出事点,救起两人来。但杜海泉心里清楚一切都迟了,现在只能从老塘这只老虎嘴里抢回两个汉子的全尸了……

  想到一年前的那场事故,杜海泉的泪水就要溢出来,这时他看到接班的王班长到了,他抹了一把脸,把泪水攥在手心里,迎了上去,他提醒老王说:"老王,前几天连着下雨,这迎头岩壁上都挂汗了,别是前面有老塘。你们多打探钎,别抢了进度,却透了水。"老王笑着回答:"你狗日的每个班都超产,当先进,让我们给你们垫底吧。"

  杜海泉认真道:"我说的是真话,你别不听,壁上水珠,我试了,有点儿臭味,八成是老塘的。"

## 八

  去V号老塘有两条路。一条直走大巷,到V号老塘下口巷,爬上山,走老回风巷,斜插就到了。这个走法省力气、安全,但老采空区或老塘处一般不让人去,除非你是安全员去例行检查。另一条路走老回风巷,过火焰山采空区,再爬一段老矮巷,只是这条路不太安全,尤其是老巷道和采空区没有通风,靠的是风门控风,内存的新鲜空气少,瓦斯超标,可以放倒人。竹笋与石碾走的是后一条路线。

走这条路近,半个小时就可到达,拜祭完,回大巷升井,迟不了多少时间,不妨碍去爹的坟上烧煤焚纸招魂。瓦斯机被杜海泉留了下来,他俩对于这条路上可能遇到的危险还是清楚的,本打算放弃。石碾说:"别怕,我有'白猫'带路,准行,它鬼机灵的,一有危险它跑得比兔子还快。""这行吗?"竹笋问。"你把'吗'字吞回去,安稳地跟我走吧,这路我踩过点,这真是……"竹笋立刻打断他后面的啰唆,严肃地说:"别嚼舌头了,快走。"

竹笋拎着绑成四方形的"炸药包"走在前面,石碾跟在身后,走向老回风巷。他口袋里那个白色的活物,不时地探出头来,用一双红色的眼睛打量这废弃的老巷,不知主人今天为啥反常地走这条少有人间津的路。

竹笋和石碾要去老塘祭拜父亲,这是他们自己的心愿,更是他们的娘和整个家族的主张,也与矿井的规矩有关——在井下亡的,亲人一定要在一周年时去井下拜祭,去为亡者招魂。为此,他俩商量了大半年,包括坚决要留在井下工作,踩点,设计祭拜物秘密地携带,只是没有想到杜海泉会把瓦斯机给截留下来。

望着长长无尽头的黑煤巷,竹笋暗暗祈祷:爹保佑我们能到老塘。

爬完一段上山巷,就来到老回风巷。此时,巷子里陡然燥热起来,竹笋脱掉了棉袄,塞在支柱的帮梁上。他们头顶的矿灯光也变得有些昏暗,从鸡蛋黄色变为尿黄色。巷底道上的浮煤也一踩一噗地扬起尘来,巷子的支柱都静静立着,顶板的压力已经被支柱消解,到处一片死寂,风不动,立柱上滋生的黄白色的菌丝如胡须一样悬着,不时有灰色的蛾子和不知名的幼虫扑在他俩的矿灯和脸上。

不一会儿他俩来到火焰山的采空区。采空区大半已经垮落,只有一座小山似的岩石在顶着顶板,为采空区留下一个通道空间,那块岩石在矿灯照耀下不是青灰色的,而是赤色,所以称为火焰山采空区了。

竹笋觉得太阳穴在怦怦跳动,石碾也心跳加快起来。

竹笋说:"快把你的'白猫'放出来,试试看瓦斯。"石碾掏出白老鼠放在脚前,念叨着:"小老鼠,上灯台,下不来,老鼠急得喊奶奶,你给俺俩带个路,回头给你吃猫肉……"小白鼠耸动一下细长的鼻子,很听话地向前跑去。竹笋舒了一口气,老鼠可去的地方,自然安全,瓦斯也不会超标。他俩在采空区走了一炷香的时间,空气变得阴冷,湿气也重了起来。他俩来到火焰山下,再向前走出矮巷,就可到老塘了。就在他俩有点儿放松绷紧的神经时,"白猫"却停下来,不愿再朝前走,一骨碌爬到石碾的口袋里,探出头,叽叽叽地叫着。

竹笋把矿灯向前打探,但见前方巷子依旧平静,他抓一把煤尘漏斗似的从手里滑下,煤尘下坠时有一道弧线。他再看看支柱上的黄白菌絮,那一条条的菌絮也在摆动,他知道这里有风,有风的地方,瓦斯不会超标的。

石碾以为"白猫"是跑累了,就对竹笋说:"哥,我们歇一下吧。"

竹笋也有点儿累,就点点头,把"炸药包"放在一块岩石上。他坐在立柱下,从工具包里掏出那本高中数学教材,翻看了两页,也提不起精神。他是在想父亲,越是快到父亲的失事处,越是有一种悲哀袭来,仿佛父亲就在不远处看着自己,好像还如平常一样告诫自己:"不能偏科,学好数学能拿高分的。"竹笋一直不爱学数学,高考落榜后,就一直在复习准备考个电大。他在井下一测完瓦斯,就躲在躲炮巷里看书。杜海泉对九条汉子说:"我们这个班一定会出个状元,让全矿人看看,我们没孬种,小方你好好学,为我们班争光。"

石碾一见竹笋看书就乏味,他不爱读书,在老家的小镇上野惯了,三天一集,人声鼎沸,有吃有喝,还能听大戏。他准备把爹招魂的事办了,就不在矿上干了,回家去卖老鼠药,落个自由快活。他又一想,我走了竹笋就没伴了,不过,他推测竹笋也不会在井下干一辈子的,不然他也不会熬灯油看书了。

"哥!你咋对窑神不待见呢?他对你多好啊,你生病是他背你去医院的,你得阑尾炎,是他照顾你的。"石碾终于问了。

"他?!"竹笋没有马上回答,只是把矿灯拧暗许多,沉默了一会儿说,"你该听说了,我们的爹爹遇事时,还活着,是他不让人进去救的,他是胆小鬼,如及时抢救,我们的爹爹就不会……所以我恨他!你还叫他干爹,一点儿出息都没有。"竹笋对着空荡荡的采空区,吐出了积压在心底的怒气。

"可……我听说……他是……"石碾刚想说什么,手指却被"白猫"咬了,他"哎哟"惊叫了一下。

竹笋将矿灯射过来,看到"白猫"咬着石碾的手指不放,赶忙一巴掌把"白猫"打落在地。"白猫"掉地上,就四爪撒开,一耸一耸地向回路跑去,一溜烟跑没影了。石碾赶了几步,骂道:"这畜生,坏了良心。"

忽然,巷壁传来轰的一声倒塌声,接着两股水如山洪般轰隆轰隆地冲过来。"快跑!"不知他俩谁先喊的,他俩向前跑,向老塘方向跑,跑了十来步,竹笋拉着石碾扭头向火焰山的顶端爬去。

"哥,这是咋了?"

"透水了。"

听到透水,石碾害怕起来,在下井前安全培训时,技术员说过透水是井下"五大灾害"之一。爹爹牺牲在"五大灾害"的冒顶,余下的还有瓦斯爆炸、偏帮、火灾。

火焰山顶端只能供一人待,竹笋把"炸药包"递给石碾。

水漫过矿靴,接着就爬到腰间。

石碾红脸颊泛白,嘴唇打战,说话有点儿结巴了:"哥,哥,你上来挤挤,我们不会死在这里吧?"

竹笋仰着头对石碾说:"我会游泳,不怕,你把矿灯关了,我灯开着,省点儿电。"

水继续上涨,到竹笋的肩膀了。水是刺骨地寒,这是百年的老水,他俩都在打寒战了。

竹笋把包里的教材一页页撕掉扔到水里,并把一个笔记本递给石碾说:"记得多撕书,这纸会流出去的,工友看见了,我们就有救了。"

石碾接过笔记本,大哭起来:"爹!快来救我!"

他俩号啕大哭起来,哭声撞击在采空区岩壁上没有回音,只有水流的声音漫上来。

## 九

杜海泉在去老塘的路上,他走的也是竹笋和石碾的那条道,那条路近。

一路他用瓦斯机测着气,还好,没有超标!

走着走着,他看到老巷道的地面有两行新鲜的脚印朝前延伸,这是谁在走老巷?是安全员吗?接着他又嗅到老巷里有韭菜肉包子的味道,就莫名紧张起来,不由得加快速度,不会是他俩吧?如果是他俩——他拍打了一下自己的额头,是他俩,一定是他俩,他俩去老塘了。

他被自己的判断吓傻了。

他开始向前跑起来。

就在快到火焰山采区时,他的矿灯照到前方奔来一群老鼠,其中有一只白鼠。他冲着白鼠叫了句"白猫",那只白鼠停了一下步子,望了杜海泉一眼,又继续逃命去了。"坏事了。"他转头向前面巷道喊道,"石碾!小方!"巷壁是厚厚的海绵,他的声音被吸收干净。

忽然前方涌来怪蟒一样游动的水流,水流把他冲得差点儿摔倒。他抱紧身旁的支柱,目光死死地盯着前面。水流把他冲得漂浮起来,他看到水面漂来众多纸张,猜是竹笋的教材,他意识到这是竹笋有意为之,发出的求救信号。他为两个孩子还活着而暂时放下心,同时,为他们机智的自救感到欣慰。

摆在杜海泉面前的是两条路:回撤求援或自己冒险救人。

没有多想,他迎着水流向前游去。他知道自己这样会凶多吉少,只有自己游过去才能把他俩救出来,可这是冒险,可能自己也会淹死在里面。如果回撤求援,两个孩子可能等不到援救的人就被淹死在里面。

终于,他游到一豆灯光的火焰山顶端时,看见水已经到了两个孩子的肩上,他们只是抱着一块顶板下悬的岩石。

水还在涨,他清楚他们没有力气游出这个采空区了。

石碾见到他的到来,仿佛见到了救星,大喊:"窑神!我们在这。"

他抬起头:"孩子,坚持一下,水会退的!"

竹笋沉默地点点头,石碾哭着说:"干爹,我不该!"

"别说了。"杜海泉想:这采空区的水只有排放出去,他们才有希望脱险。那只有潜游到巷道的回风巷打开向内关的风门,这样水才会流出去。想到这,他对竹笋说:"我去水下打开风门,你守着石碾。"

竹笋"嗯"了一声。

杜海泉说完就潜到水下。

竹笋看到水面留下一个水涡的痕迹。他突然有点儿感动,仿佛不再生他的气了。

杜海泉潜到风门处用力拉了风门两下,风门没有动,仿佛焊死了一般。他只得浮上水面换口气,他听到不远处石碾在喊"干爹",便回了句"快了",然后再次潜到水下。在黑色的水里,他再次用力拉着风门,当他快要力竭时,感到身旁有一束昏黄灯光靠近,一个人游了过来。他知道这是谁来了,他俩并肩一起拉开了风门,汹涌的水流找到新的出口,奔涌向前。

水流把杜海泉冲向另一个巷道。

竹笋抱着一根立柱,向远去的灯光大声喊着:"窑神!窑神!……"

……

水终于退去,两个孩子相互搀扶着,蹚着水,向V号老塘走去。他俩没有发出哭声,只是满脸热泪。

他俩蹒跚地走近V号老塘,远远地看到一串灯光在老塘边上。他俩走近灯光一看,跪在地上的汉子竟是老疙瘩、小独眼、臭屁虫等九条汉子。

140

"爹呀！……俺爹我来了——"石碾仰头大喊道。

竹笋直挺挺地跪了下来，对着前方老塘的黑暗大声喊道："爹！我们回家。"他拾起一块煤，捧到眼前，仔细看着，仿佛不认识。接着，他扶着立柱慢慢站起来，向长巷走去，他的身后，众汉子也拾起一块煤，慢慢站起来，低下头跟竹笋走着。

"爹！我们回家……"——石碾的声音在长巷里反反复复地回响着。

走在最前头的竹笋依稀看到一个微弱的灯光在前方游动，并传来浓浓的酒香。他张张嘴却没叫出声来，加快了步子向那灯光走去……

原载于《芒种》2022年第8期，《小说选刊》2022年第9期和《新华文摘》2023年第1期转载

# 金 石 榴

孙志保

## 一

小巷在二百年前是一条街,二十年前是一条小街。它被时光裹挟着,现在已经像一个出了一辈子苦力的油尽灯枯的老人:瘦小、黝黑,一点一点与外界隔绝,呼出的气息都是历尽沧桑的。二十五岁那年春末,金小犁和师姐从小巷南口进入,立刻便感觉到震撼:如果把它比作头颅,只能用低垂而高傲形容。她惶恐地站住,左顾右盼,终于明白了:支撑它的,是曾经的历史!

当典巷!她非常喜欢这名字。这里肯定发生过无数悲欢离合,但是,挡不住她的喜欢。

你有感觉吗?她问师姐。

师姐说,屁感觉!一条破胡同。

一个星期后,金小犁在当典巷开起二百年来第一家理发店,取名"金石榴"。开理发店,开餐馆,甚至开浴池,她都会喊它"金石榴"。她喜欢这个名字。

那时她正和石小满谈婚论嫁。没有爱情,是履行程序。她把家庭生活的希望寄托在将来的孩子身上。她想,孩子的名字里一定要有一个"榴"字,无论是男孩还是女孩。

门头是她自己设计的,一个大大的红色的石榴占据了四分之一,石榴咧了一点嘴,露出一些红宝石般的颗粒,嘴的周边扫了金粉。在石榴的蒂上,翘着一片金色的叶子。

金小犁希望理发店成为实实在在的金石榴。

两年后,女儿出生。她起的名字:石榴。有时,她喊女儿金石榴。

她盼望梦想在未来的路上等着,她走过去的时候,它们便欢天喜地地簇拥在身前身后。

石小满问,如果再生个儿子,叫什么呢?

石榴已经八岁了,金小犁和石小满还没有生儿子。石小满想生,金小犁不想,她甚至不想和他做爱了。

## 二

　　高中毕业那年,金小犁差一点考上大学。差一点都不算,愿赌服输。在家里待着,无论是一生中的哪一段,都是幸福的。家在柳孜镇,离县城不到二十公里。隋唐大运河穿镇而过,她家就在大运河边。隋和唐都成云烟了,河水却比当年还清冽。四间平房,青砖大院,里外都栽满了鲜花,美得很。她没事时就去河边,寻一片草地坐着,想这条河里行过的船,想船上的那些人,想历史途经这里,由西而东漂流,一直流到淮安,流到扬州,流到苏杭。

　　她想在家里如梦如幻地待一年。

　　但是,一个叫林腾的男孩子,给她写了一封信。他是班主任林老师的儿子。金小犁从来不承认自己喜欢他,高中同班三年,她和他说的话不超过100句。班级外出活动,他们没有单独相处过一分一秒。但是,全班女生都说她喜欢林腾。高中三年,金小犁四季都是盛开的鲜花,从来不缺追随者。但是,她不给自己机会,更不给别人机会。没有一只鸟可以驮着你飞,能和你比翼齐飞就不错了,既然这样,还不如自己飞。但是,她偶尔会闪过和他比翼齐飞的念头。高考放榜,她收了翅膀,林腾过了一本线。她捏着自己的分数条,像捏着一双折断的翅膀。林腾去了南京,他落脚的那所学校,其实她也很喜欢。到南京的第三天,他给她写了一封信,鼓励她再复习一年。信不长,就一页纸,里面还夹了一张照片,是林腾站在那所大学南门外拍的。金小犁一直认为自己是没有理想的人。但是,现在她突然觉得理想钻进了她的心里,像发动机一样带着她冲上了蓝天。收到信的第二天,她把自己当初的想法扔进了花丛,扔进了大运河,跑到县一中复读中心报了名,然后给林腾回了一封信。第二次高考来临前的九个月,最艰苦,最难熬,却又充满了希望。林腾再没来过信,她一直认为他是在默默地等待。成绩单再一次像巨石一样击碎了她的梦想,而林腾的信仍然没有到来。她毅然背起背包,去了宁波。

　　她的姐姐金大犁已在宁波做了两年工。

　　爱情最初都是朦胧的吗?朦胧的算爱情吗?是不是,算不算,都没有必要认真了。时光在流逝。大运河里的水,冲走了太多树叶,还有浮萍。

　　在宁波的那家电子厂,经人介绍,她认识了石小满。

## 三

　　理发,对于金小犁来说,就像一个梦。起因在金大犁,她不想在宁波待了,就一心要回家。回家就要带一门手艺,不然以后吃什么?于是金大犁跑到合肥学美发。金小犁那时正和石小满闹别扭,索性随着姐姐去了合肥。一个月以后,她发现原来理发是自己的天赋。既然这样,为什么不在县城开一家理发店呢?

人生没有必然,她想,偶然多了,就成了必然。

"金石榴"开业不到一个月,金小犁便在当典巷出了名,然后在当典巷周边出了名。三个月以后,她在县城出了名。当典巷有了喧闹,有了时尚,沧桑的老脸圆润了许多。然后,金大犁从别的店辞了工,过来给她帮忙,一个月4000元。

顾客越来越多,最多的一天达到108人,姐妹俩忙到夜里十二点。理发的周期是25天左右,每个周期,金小犁要与1000多个不同的顾客打交道。来的都是客,认识不认识,都是笑脸一张,蜜语甜言,柔软的头发与粗硬的胡楂儿,在她手里都是同样的感觉。但是,当那个一尘不染的男人第三次到"金石榴"理发染发的时候,金小犁有些惊恐地感觉到,自己的内心发生了微妙的变化。

她产生了给他起名的冲动。她不敢问他姓什么,只想以自己的方式给他命名。当"藤"这个字突地跳到脑子里时,她吓了一跳。

藤?腾?

她还想赐他一个姓,想了半天,觉得加了姓反而把诗意破坏了。林老师整天把"诗意"挂在嘴上,说这个词可以让最贫困的人挺直脊梁,让最苦难的人看到光明,让最没有感情的人相敬如宾。金小犁觉得,"金石榴"这个店名多少受了这个词的影响。

藤第一次到"金石榴"来,是春末夏初,距离十周年店庆不到一周时间。前一天,师姐和师妹商量租一个巨大的氢气球在县城上空飘飞两个小时,垂两条10米长的红色条幅。金小犁不同意。她不想和师姐、师妹亲密来往。师姐的店本来在繁华的荣归街,三间向阳的大门面,门头装潢得香艳而铺张。在荣归街,这样的店至少有十家,虽然竞争激烈,价格却一直坚挺。像女孩子做直板,在荣归街最低260元,而在"金石榴",至多60元。男士理发,金小犁只收10元,如果光脸,外加3元。这些活儿到了师姐那里,一口价,45元。在硝烟里坚持了数年,师姐遍体鳞伤,不得不撤。这一撤就撤到了当典巷,距"金石榴"不过100米。师姐嘴上说有活儿没活儿无所谓,只图离小犁近一些。其实金小犁看得很明白,师姐是看中了已经被带起来的人气。如果说师姐这么做还情有可原,那么,师妹的行为就有点说不过去了,甚至,有些耍流氓的意思了。师妹本来和师姐合伙,分三分之一的利润。师姐从荣归街撤退时,两人因为算账没算清,差点反目成仇。师妹毅然撤了股,在师姐的理发店开业的第二天,在当典巷北口也开了个理发店,取名"金苹果"。金小犁有些生气,却无话可说:兴你做,就不兴别人做?没办法,还得拿500块钱去贺。当初三人在师父那里发过誓:无论什么样的江湖,都要相濡以沫。现在好了,三把勺子都搅到一个锅里了,不相濡也不行了。

本来不准备做店庆的,又不是娶儿媳妇嫁闺女,能消停就消停。但是,石小满不愿意,说他这些年给朋友、同学上的礼都可以买一台奥迪车了,一定要找个理由赚回来。石小满没和金小犁通气,就给那些朋友同学发了请帖,顺便把师姐、师妹也请了。金小犁和他大吵了一场,当天晚上就睡在了理发店。

睡了一天,藤来了。

上午十点多,正是顾客多的时候,店里坐满了人。墙上的电视里正放着一部武打片,刀光剑影。藤走进来时,金小犁正给一个老顾客缠发卷。她感觉屁股被蹭了一下,挪了挪身子,抽空扭头看了看,发现屁股后面站着一个面容白皙、身材略瘦、长得非常干净的四十岁左右的男人。他戴着一副灰色金属框窄边眼镜,上身穿一件淡咖啡色薄夹克,下身着一条笔挺、淡青色的西裤,脚上是一双贼亮的黑色皮鞋。金小犁精神一振,说,你前面还有八个人。

藤抬腕看了看手表,说,我等。然后看了看周边,脸色有些难看。没有座位。金小犁犹豫了一下,向金大犁喊,姐,把休息室的门打开。

休息室是当初隔开的一个小间,只能容下一张小床和一只小小的矮柜。中午没有顾客的时候,金小犁可以在里面休息。石小满偶尔会来店里帮忙,累了,想进去休息,却屡屡被她拒绝。在她心里,那是她真正拥有的唯一的地方。

每次打开休息室的门,她都能嗅到自己的气息,甜甜的,带点乳香。她喜欢自己的气息。

金大犁有些吃惊,问,是打开吗?

金小犁肯定地点了点头。

金大犁从柜顶取了钥匙,打开休息室的门,向藤笑了笑。

藤走进去,金大犁开了灯,把房门重新关上。

金小犁就喜欢姐姐这一点:善解人意!

轮到藤的时候,已经接近十二点了。藤要染发。金小犁轻抚了一下他的柔软的头发,说,白的不多哇!白的是不多,十分之一都不到。藤看了她一眼,说,染吧!要最好的。金小犁便从摆放着十多种染发剂的陈列柜的最上层取下一盒"金蔷薇",说,这个有一点咖啡味,50元。藤点点头,说,是苦荞味!"金蔷薇"在荣归街的理发店里很受欢迎。一盒可以染三次,一次成本30元。荣归街报价120,金小犁收50,而且,免除理发费用。"金蔷薇"性能稳定,天天洗头都不会褪色,而且,淡淡的苦荞味能持续很久。除了荣归街,全城其他理发店很少进"金蔷薇":价格放高了没人用,放低了赚不到钱。金小犁进了三盒,三个月才用掉一盒。她明白了:藤肯定在荣归街染过。那么,他为什么要转到这个偏僻的巷子里呢?肯定不是图便宜!看他的仪表,不是缺钱的人。金小犁便有些自豪,脸上不知不觉地升起一朵红云。

直到下午一点整,顾客才散尽。金大犁也回家给孩子做饭去了。金小犁打开休息室的门,一点一点地打量着自己的小空间,看它有没有变化。然后,她慢慢地躺到床上,闭上了眼睛。房间里只有她自己的气息。那么,那个干净的男人,他是无色无味的?她想起了蒸馏水。蒸馏水是透明的,那个男人,他的心里似乎装着一个大海呢!

藤20天来一次,染发和理发。20天,周期有些短,头发还不算长,但已有了长的迹象。金小犁每次给藤理发时,都有意把鬓角留得略短一些,精神、协调,适合他。藤第四次来的时候,店里没有别的顾客,金小犁便找话和他说,你这样染,是不是有些勤了?藤回答,是有些勤,勤了不好。他的眼睛闪了一下光,又说,不过,也染不长,顶多染一年!金小犁心里便有些不舒服,染一年?白发会越来越多,怎么就染一年?如果他不染了,还会来理发吗?这样想着,嘴里就琐碎起来:提点意见呗!我的手艺还有哪些缺点?你说了我改。这样说着,脸上便飞上了红云。她在心里暗骂自己,却又迫不及待地想听到藤的回答。藤想了想,说,没意见,名不虚传。金小犁忍不住扭头笑了一下,却恰巧看到了镜子里的自己:红云满面,眼波流转,嘴角有些上翘。她吃了一惊!三十五岁了,她从来没见过这样的自己。

浪!她狠狠地想。

就在这时,一个年轻女人走了进来。

顶多三十岁,身材极好,长得极白净,五官漂亮得令人目眩。而且,衣着很有个性,得体而特色鲜明。金小犁吃了一惊。女人见女人,眼光总有些挑剔,可眼前的女人没有可挑的。正是盛夏,外面的阳光很强烈,女人脸上有微汗,皮肤显得更加水嫩。金小犁知道,这种水嫩,是皮肤达到A级才会有的。什么是A级?白里透微红,吹弹可破。

她的目光落到女人头发上:细柔而不太密集,自然黑里隐隐闪出一点微棕,发质弹性十足,能感觉到青春的汁液在其中奔涌。披肩的发梢上,起伏着众多灵动可爱的小波卷。

做头发？金小犁问。

女人的头发是经过精心修整的。金小犁想了一下，县城的理发店里，没人能做出这样的效果，包括荣归街那位据说获得过华东地区"金剪刀"称号的严姓中年男人。她看不出女人有做头发的必要，除非她想染成别的颜色。染成别的颜色？她疯了？

我想把发梢拉直。女人说。

没疯，但接近了。金小犁想。她不知道女人是否能认识到这一点，想点拨一下，话到嘴边，硬生生地咽了回去。

女人坐到一张小沙发椅上，时而低头玩一下手机，时而抬头看看金小犁和藤。金小犁能感觉到，女人看她，是为了更好地看藤。

藤没有看女人，虽然从镜子里看女人很方便。

活儿齐！藤用手机扫了码，低头走了出去。

女人站起身来，目光跟着藤。

金小犁静静地站在椅子边，微笑着看女人。女人终于收回了目光，看到金小犁的笑，也笑了笑，说，今天天气可真热，外面像着了火。

金小犁想，你心里才着了火。

## 四

金小犁渐渐瞧出一些路子。

藤来理发时，女人必来，晚到十五分钟左右。如果藤正在理发，她就坐在一边，慢条斯理地瞧；如果藤也在等，女人便玩手机，偶尔抬起头往周边看，目光有意无意地往藤脸上瞅，停留两秒或者三秒，再回到手机上。藤似乎没有察觉到这些，无论是等待还是理发，他始终正襟危坐，似乎在等待某位重要人物的接见。女人每次到店里来，金小犁都认为理由很牵强。女人要么把发梢的小波浪改成直的，要么把直的做成小波浪，或者，把发梢剪齐些，都是围绕发梢做的小文章。金小犁能看出来，女人每个月都会对头发进行整体修剪和护理，只不过不是在她这里。女人只把发梢的打理交给她。

这样的规律，金大犁也发现了。金大犁和金小犁说起这事，一口咬定这两个人有私情。而且，她竟然告诉了石小满。石小满对金小犁说，他们下次来，你通知我，我要把他们赶走。好好的店，不能成为别人偷情的联络点。

金小犁说，你放屁！

因为店庆的事闹了一出后,石小满有些怕金小犁。她竟然一个月不允许他碰她,连摸摸手都不行。石小满不爱金小犁,但他爱金小犁的身体,不让碰,爱便成了憋人的东西。

石小满说,我这次没有放屁!

金小犁说,你买四两棉花纺一纺,都这个年代了,还有这么约会的?如果有私情,早去宾馆开房了,用得着跑你这里傻坐?

石小满不服,眼睛向上瞅着她。他要理由。理由是什么呢?为什么要理由呢?无论是什么情况,都不能赶人。撇开生意不说,道义上也说不过去。

金小犁心里也不舒服,像被虫咬了,鸟啄了。

她不得不承认,把那两人摆在一起,真是很般配。

金小犁站到镜子前,前后左右地看自己。比不过那女人,真比不过。上高中时,同学们之所以把她和林腾摆在一起说事,是因为大家一致认为他俩有夫妻相。林腾很帅,能和他摆在一起的女孩,自然差不了。但是,有句古话说得毒啊:人比人得死,货比货得扔!

金小犁想,人家没有糊里糊涂过日子!清爽得要死!

那么,自己呢?是不是一直糊里糊涂?

在宁波认识了石小满,还和他谈起了恋爱,结婚生了孩子。清爽吗?不糊涂吗?和石小满结婚后,她就和高中同学断了联系,怕他们拿石小满和林腾比较。比较有意思吗?没意思!但是,没意思的事却像刀子一样割人,疼!为什么要答应石小满呢?说不清。石小满和她走在一起,就像一个跟班,一个小厮。人生由许多程序组成,石小满就是她的一个程序,谁会爱上一个程序呢?她回到县城,在当典巷开理发店,石小满嘴里咕哝着情义无价,满心不情愿地从宁波电子厂辞了工。站在十字路口,有的人觉得选择无限,有的人觉得走投无路。石小满是前者,他想把县城的各行各业试个遍,于是如鱼得水,自由奔放。可惜,水在水坑里,一撅屁股,头就扎到了烂泥里。三个月以后,石小满游不动了,认命做了保安。金小犁站在"金石榴"里,看着他游,看着他浪,心里如水一样平静。清爽吗?不糊涂吗?在十平方米的小店里,她一站就是十年,每天就围着那几张椅子转。转了多少圈?不知道!只知道腿部静脉曲张已经转出来了,颈椎病也转出来了,腰椎间盘突出也有了征兆。这样的日子,清爽吗?

不清爽!

她想清爽一次。

一转眼就到了中秋节的前一天。金小犁算得很准,藤来了,然后女人也来了。节前顾客少,给藤染发时,店里只剩下女人了。金小犁让姐姐给女人做,这次是把小波浪拉直。金大犁有些犹豫,以往女人的活儿都是金小犁做。金小犁瞪了她一眼,金大犁便把女人往理发椅上请。女人看看金小犁,金小犁把目光移开。女人瞪着金大犁有些粗糙的手,犹豫了一下,把手机放到手包里,不情愿地坐到了她身前。

藤和女人几乎同时做好了头发。藤起身走的时候,看似无意地扫了女人一眼。女人脸上掠过惊喜,又矜持地坐了十秒,才付了钱,慢慢地走了出去。

金小犁打开休息室的门,匆忙换了一件外套,又拽了一顶黑色宽边遮阳帽戴到头上,和金大犁说了一声,便一步跨出了"金石榴",像是瞬间跨进了另一个世界,全身都有些发抖。

天色阴得很厉害,偶尔有几缕细雨落下,为她拉低遮阳帽提供了合适的理由。

女人跟在藤身后,随着他的节奏走。藤走得慢,偶尔掏出手机看一下。走到S局大门前,藤停顿了一下,似乎回首看了一眼,又似乎没回首。金小犁下意识地往旁边躲了一下。离藤不到50米的女人没躲,似乎提前预料到了藤的动作,腰挺得更直了一些。藤向S局的门卫点了点头,径直走了进去。女人站了片刻,慢慢地回转,向来路走。金小犁躲进一家小超市里,看着女人从玻璃窗外走过,走进不远处的一幢三层黄楼里。黄楼的大门外挂着一块牌子,标明此处是县城玉石研究会。

二十分钟后,金小犁了解到,藤在S局做副职,女人是玉石研究会的副会长兼秘书长。藤和女人的名字都很好听,但是,金小犁只想叫他藤,叫她女人。

第二天,她又弄清了玉石研究会:县城里的玉石收藏者自发成立的一个民间机构,供交流和交易。

五

石榴在学校打了人。在金小犁看来,这事比天书还难理解。

石榴的身材仿石小满。金小犁怀孕的时候就和石小满说,如果是男孩子,就让他像你吧,反正饿不着。如果是女孩,我希望像我多一些。石小满说,如果是女孩,我就叫她石头。是女孩!而且,第一眼就能看出,这孩子是石小满的复印版。金小犁有些沮丧。石榴慢慢成长,身材一直没兑现"女大十八变"这句古语,性格却与石小满的相差甚远:不爱说话,不爱找事,就喜欢一人静坐,坐着坐着就睡着了。石榴上幼儿园时,石小满就和金小犁商量,想再生一个。金小犁也明白他的意思:看女儿的情形,需要一个弟弟或妹妹在将来辅佐她一下。但金小犁不想生,她讨厌石小满身上的味道。石小满的生活很简单:做保安,喝酒,睡觉,偶尔还去洗脚城逛逛。金小犁早就知道他指望不上,现在指望不上,将来更指望不上。于是,她把业余时间都耗在女儿身上,希望借助自己残留的一点灵性和知识,尽可能地把女儿托举得高一些。家里就这一棵树,那就把肥料上足。倾情投入,竟然有了效果。小学一年级,石榴的成绩是全班倒数。小学二年级上学期,石榴在班里考进了前二十名,性情也活泼了一些。正当金小犁感到庆幸,并决定加大时间投入时,石榴竟把与她同桌的一个男生打了,而且打落了一颗门牙!

当老师打电话告知金小犁,并让她立即去学校时,左手持手机右手持剃刀的金小犁差点把顾客的脸刮破。她大声问,你说我女儿把男生的门牙打落了?在得到确认后,金小犁哈哈大笑,眼前突然闪现出一片阳光。

石榴打了男生,还有比这更令人振奋的消息吗?

金小犁想好了怎么赔礼道歉,想好了给人家治牙,想好了中午回到家以后带女儿去吃肯德基,作为对她的错误的鼓励。她唯一没想好的,是男生的母亲根本不接受她的道歉。

石榴占理。那个男生经常欺负她,喊她肥猪,喊她臭石头,还有一些更难听的外号,更难听的话。石榴一直忍着,但是那天她忽然不想忍了,于是她抢起凳子对着男生的面门扫了过去。男生仓促躲避,仍然被扫掉了一颗门牙。老师把金小犁母女以及男生母子请到办公室,让他们商量解决办法。金小犁首先道歉,并愿意出500块给男生镶牙。石榴不愿意,并且拿出一个小本子,上面记着男生骂她的时间、地点以及具体内容。金小犁知道,仅凭这些,她就应该支持女儿,而不是让女儿和她一起委曲求全。但是,她知道,息事宁人然后给石榴转班是当前最明智的办法。男生的母亲是东城一家水产品批发店的老板娘,金小犁曾经到她的批发店去过一次,一看到她,便想起她操起一条十几斤重的草鱼扔到10米外的水池子里的情景。老板娘瞪着圆眼竖起一根手指,说,1万,1分不能少!

还有一个办法:当着全班同学的面,让男生把石榴的门牙敲掉。

金小犁求助老师。老师摊摊手,说你们协商,我可以给你们的孩子放假,协商好了再上课。

金小犁动用了所有关系,都无法解决问题。最后,她去找了高中同班同学严志愿。在她的同学中,严志愿是在县城混得最好的,已经在县文体局做了副局长。严志愿第二天给她回话,说尽力而为了,但结果不理想。严志愿说县官不如现管,那女人横得很,已经把价格涨到了2万。

金小犁不怕拿2万,但是,花了这2万,石榴怎么办?刚长的那点灵气和志气就又完了,甚至会影响她的一生。

不拿呢?就这么耗着?没时间了。老板娘说了,再给三天时间,解决不了,就起诉。起诉也不怕,顶多就是一个防卫过当,各打八百大板。可是,金小犁怕石榴受不了煎熬。

石小满也在想办法,每天回到家就唠叨,说找了某个保安班长的亲戚,给人家买了烟送了酒。

金小犁和石榴认真地谈了一次,然后打定了主意:鱼死网破!把破网给女儿看,比把屁股露给别人看好得多!

决心下定的当天晚上,主管当典巷的居委会主任白远方找上门,让金小犁妥协。金小犁对人事关系的微妙感到吃惊,心里却有了数:那女人也不想拖下去。白远方临走前甩了一句话:你的理发店干得不错,别因为这点小事受到影响。

金小犁说,我去年才续签了五年合同。

白远方说,合同算个屁!刘大亮算个屁!

刘大亮是"金石榴"的房东。

金小犁心里有些含糊。第二天上午开门不久,店里就挤满了顾客。放在以往,再多的人,金小犁也能应付。但是今天她有些手忙脚乱,连着出现了几次失误:一个中年女人要把黑发染成棕色,她给人家染成了灰麻色;一个中年男人要留偏梳,她下手过重,只好给人改成了平头。

藤和女人是一前一后来的,一直坐在那里默默地等。轮到藤时,他看了金小犁一眼,说,今天状态不好!金小犁眼圈一红。金大犁在旁边说,状态能好吗?一件破事纠缠多少天了?然后把事情说了,末了加上一句:怪不得人家都要当官,一辈子得少弄多少麻烦事!

金小犁说,咱不是把人家的门牙打掉了吗?

藤笑笑,说,你怎么不说,那男生的每一句话,都是在你家石榴心上划一刀?

金小犁突然觉得心里有些疼,然后便联想到石榴的疼,泪水一下涌满了眼睛。

第二天上午,金小犁正给顾客洗头,老板娘的电话打了过来。金小犁接了,知道会有一番暴风骤雨。

我们和解吧!老板娘的声音像被抽干了力气。

怎么和解?金小犁冷冷地问。

让孩子回去上学,各人自扫门前雪。老板娘说。

金小犁知道,自家门前没有雪。

傍晚,金小犁把消息告诉石榴时,石榴笑得很开心,抱住她亲了又亲。

金小犁哭了。这孩子长这么大,还没亲过她,还没这么开心过。

一夜几乎无眠。轻松后很兴奋,一直在想是谁帮了自己。应该是藤!他能做到,老板娘的水产店属于他管理。她不是没想过请他帮忙,但是,嘴没法张开。感觉就像拽着气球到处飘,张了嘴,气球就炸了。

但是,他为什么要帮她?

早上六点多,金小犁骑着电动车把石榴送到学校,然后去了藤的单位,在单位门前的政务公开栏里,找到了藤办公室的电话。上午,她拨通了那个号码。

电话里传来藤的声音,懒懒的,不像是他发出的。

她突然有些胆怯。说什么呢?感谢?如果他不认呢?不说呢,两人便共同拥有了一个秘密。

她把电话挂了,想,藤能猜出是她吗?

第二天,她把"金石榴"交给金大犁,只身跑到合肥,买了一箱"琪良"染发剂。县城没有这种染发剂,荣归街也没有。如果有,肯定是假的。在合肥,也只有几家高档美发厅使用。

她只给藤用。藤仍然以为是"金蔷薇",说,苦荞的味道没有了,有没有搞错?

她说,这是PLUS,刚升级。

没有苦荞味,却有淡淡的薰衣草的气息,还有三角梅淡淡的香。她能看出来,藤非常喜欢。

这样就共同拥有了两个秘密。

金小犁有些飘,直到有一天,严志愿突然给她打电话,告诉她林腾回来了,晚上有一个全班的大聚会。

## 六

高中同学会搞了几次?不知道。金小犁从不参加,同届的,同班的,都不参加。后来人家就不喊她了。在微信朋友圈里,她也没有几个同学微友,倒是老顾客占了很大比重。严志愿给她打电话,她想拒绝,话到嘴边又改了。下午六点,她让金大犁照看"金石榴",自己跑到家里换衣服。对着镜子照来照去,她仍然在想为什么要去。有些人,见面已不认识了;有些人,认识就像不认识一样。为了林腾?更不应该去!现眼去呀?人一辈子,身边有好多水潭,有的水潭天天沸腾,有的水潭很平静,而有的水潭,已经散发出陈腐的气息,晃动一下,就令人捏鼻子。同学聚会这潭水,就是后者。但是,今天她无法克制自己,她咬咬牙,决心捏着鼻子走一遭!

出门的时候,她把手机关了,扔在床上。

林腾在南方一所大学做教授,研究国际政治,据说他的一些观点已经被普遍采用,在圈内有很大影响。在这样的年纪,可谓精英了。金小犂知道这些,百度上一搜,他的信息就来了。但金小犂半年没搜了。在路上,她的脑子有些乱。聚会安排在一家新开的五星级酒店,酒店的主楼门前摆了一道彩虹门,热烈欢迎林腾。金小犂的眼眶有些热。他和她的关系,不是被岁月冲淡的,而是被一只手掐死的。林腾写过那封信以后,是遗忘了,还是陷入了选择?现在看来,如果他真陷入了选择,最终的选择是对的。而她呢?不过是在学校里多耗了九个月。她忽然想,幸好是九个月!

场景与她想象的一样。全班六十五个同学,来了四十。来的同学理由都是相似的,不来的,各有各的理由。金小犂进场五分钟,林腾才来。林腾向大家走来,向璀璨的灯光走来,也向金小犂走来。那一瞬,金小犂恍惚进入了另一个世界,时光好像倒流了,腋下似乎生了翅膀。他成熟了,散发出面包一样香甜的气息。但是,没有她想象中的儒雅。春风得意!金小犂想起了这个成语。林腾身边有一位女士,漂亮,温婉可人,而且,儒雅!是他的妻子。这样的女人,会以怎样的方式与他相处呢?

金小犂想起了那个阴沉的上午,藤在前面走,女人跟在他身后。

所有的玉米,在开花的季节都是美丽的。金小犂想,林腾的玉米正在绽放紫红的花蕊,已经遮住了他的眼睛。她和林腾握了手,目光有一秒半的对视。然后,她松了一口气。来得值!一切都结束了。

她坚持了三个小时。很难得,她觉得自己足够勇敢。她就像当年在班里,从容、骄傲。没有身份差别的高中三年,大家都是刚刚种下的树。怀念,但是没人愿意停留。散场了。林腾和他的女人坐进接他们的车子里,金小犂悄悄地隐入了灯火旁边的黑暗。

她就像刚刚从"金石榴"下班,正走在当典巷的石板路上。咯噔,咯噔!那些石板有二百年的历史。

她下意识地把手伸进手包里。手机呢?对,扔在家里的床上了。她噘起嘴唇,吹了一声口哨。大家相互加微信的时候,只有她微笑着坐在那里慢慢地喝啤酒。

回到家里,石小满正用她的手机玩游戏。她把手机抢到手里,看到严志愿发来的一条信息:每人200元。

金小犁轻吁一口气,带动了某根神经,她听到了断裂的声音。

爱情像高处的风,时刻袭击着躲在洼地里的你!严志愿在聚会时朗诵的诗,又在耳边响起。

金小犁想,爱情像高处的风,想袭击谁就袭击谁!但是,谁又能袭击高处的风呢?

## 七

石小满被开除了,他把一个收购废品的女人放进了厂子。石小满告诉金小犁,那女人是去厂办室找主任谈收购废品的事。金小犁听到的版本不一样:石小满累计五次把那女人放进厂里,导致近两千米铜芯线被盗。他没被当作同伙,已经万幸了。

不生气!金小犁认为这是迟早会发生的事。石小满得到了什么呢?肉体的满足?还是精神的娱悦?都够恶心。

石小满在家里喝了三天酒,然后到外面跑了一星期,告诉金小犁,他很快就要重新工作了。

金小犁冷笑了一声,重新?回到那个厂子才是重新。你顶多是又找到工作了。

石小满不和她咬文,说,你知道我找了一份什么工作?

金小犁不想搭理他,随口说,保安班长!

石小满问,为什么这么猜?

金小犁说,因为你比当保安时还高兴。

石小满哈哈大笑,说,告诉你,是木原科技。够不够吓你一跳?

金小犁确实被吓了一跳。木原科技是县里从南方引进的招商项目,据说科技含量很高,员工福利很好,是县里前三名的企业。

找了谁?金小犁有些不相信。

白远方!石小满脸上笑开了花。

金小犁眼前便闪出白远方长满疙瘩的脸,还有他睥睨一切的眼神。

凭什么帮你?她觉得事情有些复杂。

杨小翠。石小满把师妹的名字说了出来。

店庆之后,金小犁再没有和师姐以及师妹杨小翠联系。相忘于江湖,比相濡以沫强。她想。

师姐的理发店没给金小犁带来压力,谁吃谁碗里的,相安便可以无事。所有的压力都来自师妹。杨小翠把所有理染项目的价格压低了百分之十,而且,夏季送绿豆汤,冬季送滚热的蜂蜜水。她的利润从哪里来?冒牌的染发剂,冒牌的洗发水,全是本城黑工厂生产的。就连金小犁从省城进的"琪良"染发剂,杨小翠那里都有,成本不到5元。金小犁自以为已经切断了和她的联系,没想到,石小满给续上了。

你不做骨科大夫可惜了,金小犁说,什么样的断筋折骨你都能接上。

石小满知道她讨厌师妹,但是,好不容易寻到一块肥肉,能不吃吗?

白远方是杨小翠的表舅,亲表舅。这关系,金小犁以前不知道。知道了,心里便有些不安。

她不喜欢,却懒得反对。人在社会漂,早晚得挨刀,要想少挨刀,夹紧尾巴继续漂。水中的浮萍,大多随水而走;不走的,会被水伤害。金小犁不知道,某年某月的某一天,自己会不会被水严重伤害。

正在不高兴,严志愿的电话打了过来,问她是否知道林腾已经走了。

金小犁说,我为什么要知道?

严志愿愣了一下。很好的抛砖引玉,没想到,砸了自己的脚。

金小犁知道话有些硬。严志愿已经是副局长了,不是当年跟在她身后一口一个小犁的男孩子了。

走了吗?她问。

嗯。严志愿的心里得到了安慰,但语气中的不快仍然能听出来。

然后是片刻的沉默,想说的人有些犹豫,不想听的人不好意思挂掉。

你知道,当年,林腾为什么只给你写一封信吗?严志愿问。

金小犁心里抖了一下。这件事,她以为只有自己和林腾知道。既然严志愿也知道,就没有必要珍藏了。

人丑,又傻。她努力让自己笑着说。

他说,你有一颗万马奔腾的心!严志愿笑了一下。

金小犁明白了。当你无法登上与人家等高的平台时,你的任何行为在人家眼里都是不合适的,甚至是危险的。好像他看得多清楚似的!她在心里恶狠狠地骂了一句。

我是丫鬟的身子丫鬟的命。她说。

严志愿说,我喜欢丫鬟!

金小犁愣了一下,问,你说什么?

严志愿说,你是丫鬟,我就喜欢丫鬟。

金小犁惊愕地睁大了眼睛。这个严小厮,终于露出原形了。

金小犁挂了电话。

## 八

对于岁月静好,三十五岁的金小犁有自己的理解。静就是好。什么是静?不是悄无声息,而是一如既往。就像山间小溪,它奔腾不息,却每天如一,这便是静,便是好。金小犁觉得自己与藤的相处,也是静。她明白,打破了这种静,只能从平台上跌落,甚至跌到谷底。

静,有时比动还难!

快到元旦时,金小犁在上午十点多接到一个电话,是中年男人的声音,问她是不是在县城。她说在。那人说你来一下。然后把地点给了她。从声音能猜出那男人一脸严肃。你是谁?她问。我们有些问题要找你核实!回答简洁,却让她感觉到了压力。

那个地点是县城东南角的一幢灰色大楼。她多次路过,从没认真看过一眼,更没注意楼门口还悬了一块大牌子。这次看清了,她吸了一口气。房间里坐了三个人:一个中年人,两个年轻人,都是男人。金小犁凭第一句问询就知道中年男人作文写得好,开门见山。他们要调查藤!要调查藤和那个女人的关系!

你的理发店,是他们约会的地点,你自然是最知情的。中年男人说,希望你知无不言,言无不尽!

金小犁坐在指给她的一张硬木椅子上,脑子里突然热浪翻滚,失望、沮丧、遗憾,甚至愤怒。与她没有关系的事情,现在有了实质性的关系。她已经习惯了女人跟在藤的身后走。她想过,如果某一天女人扯了藤的手,她可能不会太绝望。女人的风采征服了她。但是,中年男人寥寥数语便击溃了她的堤防,让她看到伪装里的自己。她瞬间便决定了。

这两个人是谁?"金石榴"是理发店,不是宾馆。她大声咳嗽了一下。

如果他们信她,会向她描述藤和女人的模样。没有!

一味地追问,只为了揭开他们认为肯定存在的被她加了盖子的真相。

知道我店里一天有多少顾客吗?我一天站着工作十几个小时,眼里看到的只有脑袋和头发,只有脸型,没有面孔。

中年男人看了左侧的年轻男人一眼。年轻男人点点头,取出三张照片给她看。前两张,分别是藤、女人;第三张,是在"金石榴"门前的石板路上拍的,是藤和女人的背影,女人跟在藤的身后。

金小犁做出愕然的样子,然后承认这两个人近期在"金石榴"理过发。

仅仅是理发吗?有没有眼神交流、语言交流?情人之间那种会心的交流?有没有谁替谁付账?有没有其他的为人不察的互动?中年男人脸上有了一点笑容。

我,不懂爱情。金小犁说。

三个男人本来想绷着,忍不住,突然一起笑了。

金小犁气愤地想,他们竟然一致认为她真的不懂爱情。

不懂爱情的金小犁告诉三个男人,她什么都不知道。

不急。中年男人摆摆手,说,想起来了,再找我们。

金小犁打算回店里,走到店外不远处,觉得全身乏力,连最小的剪刀都拿不住。她回了家。石小满正在客厅里看电视。金小犁走到他面前,说,我警告你,最近你的嘴要严实点!

石小满愣了。

金小犁说,不要问为什么,记得就行了。


第二天,金小犁提心吊胆,心里虚乎乎的。把虚的当作实的,要有精神支撑,还需要时间。

傍晚,手机响了,是陌生号码。金小犁犹豫了一下,还是接了。一天时间,勉强够她整理内心,想法已经沉淀了,投个石子,激不起多少水花了。但是,她担心自己的能力,担心被人套进去。有那么一刻,她甚至认为,除了理发,自己什么都不会。

静多了,就安于平静了,没有动的能力了。

那人的声音让她窒息。是藤。

我想请你吃饭。他说。

他知道自己被查了?饭不好吃,但是,要吃!这也许是今生唯一的机会。平静不是她打破的,打破了,就有靠上去的理由了。结局自然是跌落,在跌落之前,为什么不蹦一下?

正是羞涩褪尽且后悔羞涩的年龄,为什么要矜持?

她担心骑电动车会把头发和衣服弄乱,便叫了出租车。赴约,意味着什么呢?如果是平时,会去吗?不去想。水往哪里流,是河岸决定的吗?不,是水决定的。长江都是水冲出来的。既然这样,就不需要多想。

地点有些偏僻,在西城的一个巷子里,真正的私房菜。房间小,装修得很精致。她没到过这样的地方,甚至想不到有这样的地方。

藤准备了红葡萄酒。她不喝,只喝白开水。先从染发的颜色谈起,黑茶灰,质感棕,罗兰紫,然后聊到发型。藤说,完美表现从"金石榴"开始。这是"金石榴"的广告语,她是原创。菜上来,慢慢吃,慢慢聊。藤喝酒,嘴唇染得有些红。房间里响起了音乐,轻轻的,刚开始没留意,渐渐地就抓住了她的心。竟然是她喜欢的《藤》。

　　当我们转过脸看太阳缓缓升
　　鸽子依然落在屋脊
　　却不是从前的那只

　　当我们抬起头已过而立年纪
　　看枝丫漫天的那棵
　　曾经是嫩嫩的绿

　　那么多的枝枝蔓蔓
　　遮挡住的是那些往昔
　　接着另一个往昔

　　那么长的缠绕
　　缠绕住的是那些回忆
　　接着另一个回忆

　　继续卖力地生长吧
　　离参天还很远呢
　　继续飞快地发芽吧
　　要遮天蔽日还要许久呢
　　继续卖力地生长吧
　　这刚刚才开始呢
　　继续飞快地发芽吧
　　用枝丫缠绕往昔的回忆
　　……

她喜欢这首歌。她希望它说的是她的故事。

歌是从他的手机里飘出来的,不是房间里的音箱。歌曲循环播放,就像一只滑腻的手一遍遍地抚着皮肤。

脸红了。为什么是《藤》?他知道她给他起的名字?

她只和金大犁说过。金大犁说起藤和女人的关系,曾经问过她是否知道他的名字。她告诉姐姐,随便起个名字就行,比如藤。

金大犁怎么可能告诉藤?也许,他只是喜欢这首歌。

她不去想来龙去脉,品味当下,最好。

气氛好。话题由理发转到日常生活,转到高中时代,甚至涉及她不熟悉但能够说出一些见解的问题。她发现在理发之外自己还是有观点的,也有人愿意听。

藤听她说,自己也说,但是,一直没提及昨天她被找去谈话的事。没有昨天的谈话,就没有今天这场温馨。

他不问,她可以主动说吗?可以说,但是,不想说。

到结束的时候了,他往手机上瞥时间了。

走进巷子里,她说,你放心。

他似乎愣了一下,轻轻地叹了一口气,说,当然。

走到巷口,他补充了一句:其实,真的什么都没有。

如果此时靠在他身上,或者,他揽住她的肩,无论结局如何,都是很好的回忆。

但是,真的什么都没有。

## 九

三天以后,下午,金小犁又被中年男人喊去。她什么都没说。

回到家里,天已经黑了。石小满正和白远方喝酒。饭桌上摆着几个卤菜、两瓶白酒。金小犁觉得这对组合很奇怪,冷冷地打了个招呼,便去卧室睡觉。白远方喊住她,说,我知道你去哪里了。

金小犁犹豫了一下,坐到饭桌边,倒了一杯酒,然后一口喝掉,说,你来,不是和石小满喝酒的。

石小满脸上有些挂不住,说,我一直想请白主任吃饭,他都没时间。今天的菜和酒都是主任带来的,你再去炒几个菜吧!

白远方说,醉翁之意不在酒,更不在菜。小犁,你为什么不说呢?说出事实,能死吗?

金小犁不吃惊,说,七十二阵,哪一阵都少不了穆桂英。这事你也管吗?

白远方说,不管,是劝你,为你好,也为别人好。

金小犁便盯着石小满看,石小满低了一下头,又把目光迎上去。她知道,白远方肯定问过他了,他没透底。对于石小满来说,这非常不容易。

金小犁笑笑,说,为别人好?谁?

白远方喝了一口酒,看看石小满,说,如果你把石小满当别人,就是为石小满好。

金小犁说,不知道的东西,能乱说吗?害了人怎么办?

石小满吭吭哧哧地说,白主任对咱家不错,如果你知道啥,就反映呗!

金小犁拍了拍巴掌,她喂的那条叫顺子的田园犬跑过来。她丢给它一块鸡肉,然后站起来,摇摇晃晃地向卧室走。

白远方看着她扭动的屁股,说,听人劝,有饭吃。

又过了一个星期,到了藤理发的时间。他来了,头发有些乱,面色也有些憔悴。依然不说话,静静地等。金小犁很紧张,不停地向门外瞅。半个小时过去,女人没来。没来,就是不来了。她暗暗地松了一口气,忽然意识到什么,心里狠狠地酸了一下。

女人没来!她怎么没来呢?

金小犁看镜子里的藤,什么都看不出来。

藤刚刚坐到理发椅上,金小犁还没来得及为他披上罩衣,突然从外面闯进来三个男人,其中两个年轻男人穿着工商制服。另一个男人已经接近老年,大嘴,头发理得较短,坑坑洼洼的,能看出头皮上抹了许多紫药水,像一个快要坏掉的葫芦。

金小犁知道,该来的还是来了。

大嘴声音很响亮,吸引了不少路人。他前天在金小犁店里理发、染发,回到家以后就感到头皮痒得受不了,到医院看,结论是染发剂化学成分严重超标。

金小犁没见过大嘴,更没有给他理过发染过发。

金小犁说,理成这个熊样!你不要糟蹋我的手艺。

在大嘴的指挥下,两个男人从放置染发护发用品的陈列柜的顶端取下一盒"琪良"染发剂。

金小犁一眼便看出,这盒"琪良"是假的。给藤用的"琪良",她放在底层的小柜里,柜门每二十天为藤打开一次。这盒"琪良"是谁放上去的?为什么没有发现?金小犁后悔了。金大犁曾经劝她在店里装监控,她拒绝了,担心顾客有想法。

使用假冒伪劣染发剂,关门整顿是轻的,被罚得倾家荡产都有可能。

金小犁第一次觉得舌头在嘴里是多余的。她看看藤。藤看她的目光是平静的。他相信她。但是,有什么意义呢?没人帮得了她。

取证的全程,都有视频记录。

众人散去。藤没走。金小犁为他理发、染发。她的手指有些冰凉,藤感觉到了。藤出门时,目光在她脸上停留片刻,说,你就遂了他们吧!

金小犁说,不!

藤低头走了。金大犁说,这男人哭了。金小犁当然看到了,藤的眼里有泪光。

晚上,石小满和金小犁淋漓地吵了一架。

木原科技公司通知石小满,因为他隐瞒了被开除的前科,公司决定和他解除劳动合同。

石小满喝了一斤酒,终于有了吵架的勇气。如果你现在后悔,一切都来得及!他吼的时候脖子上暴起青筋。金小犁明白"都"的意思,她和石小满都在"都"里面。可以回复过去的静?是的。暗流涌动,总比浪花四溅好。

石小满又说,即使你守口如瓶,他也会倒下。你以为人家只是调查他的生活作风?经济问题才是攮死他的刀。所以,你实话实说,对他来说,顶多是被蚊子咬了一口,鼓一个小小的包,算个屁!

你去说吧!金小犁说。

我说了有用吗?我连旁观者都算不上。

事情发展到这一步,即使没有藤,金小犁也不会向石小满低头。平静打破了,可以再建新的;向石小满低了头,平静就永远消失了。

我不追求,但我一定会捍卫!她想。

吵了一夜,天亮时,石小满走了。如果他发的誓是真的,半年之内他不会回来了。半年,足够长,长到可以挖一条大河了,汤汤的河水可以隔断或者埋没很多人和事。虽然他只是一个程序,走了,她依然难过,心里空空的。

她打开店门。没有顾客,连金大犁都没来。她望着"金石榴"的招牌,泪水在眼窝里转。

师姐走了进来,说,我准备把店盘了,借着这个事,你也盘了吧!省心,还可以免灾!

金小犁不解地看着她。

师姐又说,一盘了之!一走了之!我可以缓几天盘,你现在就得盘。小师妹的野心大着呢!早盘早好。

金小犁的泪水流了下来。

她想不明白:藤,女人,白远方,师妹,中年男人,还有那个大嘴,这一切是怎么联系起来的?

盘了,盘了,把一切都盘了! 她想。

## 十

金小犁把"金石榴"盘给了从荣归街败下阵来的一个师兄,不要钱,唯一的条件是不要改店名。然后,她把石榴托付给金大犁,独自一人跑到海边玩了一个月。回来后,她到"金石榴"看了看。师兄已经把店名改成"穿过你的黑发我的手"。可以理解。金小犁站在离店不远的地方,愣了半天神。她的手曾经穿过藤的黑发。柔软的黑发,丝滑的黑发,散发着淡淡的香甜气息;手指穿过时,就像穿过布满阳光的天空,穿过温暖的生活。

那个甜蜜的共餐的夜晚,从心底慢慢浮起,恍如昨天。

她想知道藤怎么样了。但是,她不愿意打听。会有人告诉她吗? 她觉得应该等待。

她在离理发店一公里远的一个路口接手一家早餐店,就在女人的玉石研究会对面。她给它取名"金石榴"。为什么还要这个名字? 是像当初一样,对生活充满了希望,还是怀念过去的时光?

早餐店出售油条、油饼、油茶,还有 1 块钱一个的焦圈。她把原来的早餐师傅留下来,老项目就保留下来了。生意不好不坏,够她和石榴的日常花销。她还在店里养了一只小小的彩色的乌龟,没事时就看小彩龟睡觉。

偶尔,会看到女人上班,一般都是在上午九点以后。那时金小犁已经在"金石榴"工作了五个小时。她捶着酸痛的腰,看着女人慢慢走进那座外表华丽的黄楼,忍不住就想起那些有些发霉的故事。有时,女人会在黄楼里过夜,打开楼门时,一脸慵倦。金小犁无法猜出,她是睡了一个好觉,还是彻夜不眠。

经营了两个月,就到了春末。望着浮躁而辽远的天空,金小犁心里有些空。天边经常飘来一朵白云,平地经常刮起一阵风,她望着它们,感受着心里的波澜,觉得自己很好笑。再多的云,再多的风,都没有多销掉几根油条实在。

店门前那丛蔷薇花开放第一朵白花的那个早晨,她接了一个电话,是 B 单位打来的,让她一个小时后送一百份套餐到办公室。套餐,包括了店里制作的所有品种。B 单位很大,金小犁知道。B 单位的大楼里有一面很大的电子屏,经常播放县城新闻,偶尔还播放电视剧。老年人喜欢聚在楼前的小广场,一边锻炼,一边看电子屏。金小犁骑着电动三轮车,把热腾腾的早餐送到 B 单位的时候,身上出了微汗,脸上也有。一个年轻、干练的男人在楼下迎接她,然后帮她把早餐放到大厅里的几张条案上,说单位有一个外出活动,参加活动的人员一会儿在这里就餐。男人掏钱的时候,金小犁的目光漫无目的地扫视着大厅,突然,她在东墙上的公示栏里看到了藤。

是藤!

B 单位领导班子工作职责公示栏。藤的照片排在第一,照片下写着:局长,主持全面工作。

金小犁用脏兮兮的右手捂住了嘴。

藤比以往更英俊,更精神,金小犁甚至从他眼神里看到了青春。但是,他的头发好像没有染,黑发里掺了一些银丝。金小犁仔细看了看,确信是银丝。

男人把钱递给她。她指了指藤的照片,问,局长?

男人点点头,说,是,上个月刚上任。

他不再染发了。

她忽然想起,藤说过,只染一年。现在她明白了,想,这么自信的男人怎么会倒呢?

那首《藤》,原来说的是藤的故事。

从大厅出来,金小犁忍不住往楼上看了一眼。藤会不会站在楼上某个房间的玻璃窗后面正看着她呢?她希望。看看身上凌乱的样子,又不希望。她骑上电动车,风驰电掣地回了"金石榴"。

手机里,有那首《藤》。她打开,坐到小彩龟的旁边,静静地听。

结局是伴着午夜时分的一场秋雨到来的。

当雨声把睡梦中的金小犁惊醒时,她想起"金石榴"的房顶有些漏水。三天前发现这个问题后,她约了工人修理,约定的日期是第二天下午。店里摆放着数盆揉好的面,油条面、油饼面,正在慢慢发酵,静静地等待晨光。金小犁匆忙赶到店里,把从家里带来的雨伞遮在面盆上。然后她看了看手机,离早上开门还有二个多小时。她熄了灯,正要关店门的时候,看到一辆黑色小汽车从西面驶来,慢慢停在对面的玉石研究会楼下。

左后方的车门缓缓打开,那个美丽的女人下了车。一个男人从驾驶室里出来,迅速撑开一把雨伞,疾步走到女人身侧,把她拥在怀里,一起向楼门走去。

女人开了楼门,转身说了一句什么,便消失在楼里。男人回到车边,当他把伞合拢坐进驾驶室时,借着车灯的光亮,金小犁认出来,这个男人,是藤!

金小犁感到一阵眩晕。

汽车迅速开走了,马路上飞起一片水花。

金小犁一屁股坐到门槛上,泪水像秋雨一样哗哗地流了出来。

原载于《安徽文学》2022年第12期

# 向 我 开 枪

李国彬

## 1

不到一个小时,张小椅就骑马来到了汉子岭。

今天,张小椅感到很奇怪,他骑马向前跑时,天上有一只大鸟,黑头、白身子,一直在他的上空飞翔。那鸟飞得很低,和他保持着同一个方向。阳光照在鸟的身上,明暗交错着,很好看。这会儿他进了大院,那鸟也掠过屋顶,呼的一声,向西飞去了。他看了看天上那只越飞越远、越来越小的鸟,笑了笑,然后把马拴在树上,大步向屋里走去。

屋里,庄子栋正在和兰翔谈话,庄子栋看到了满头大汗的张小椅,忙招了招手。张小椅走了进来,不好意思地说:"区长,路上太难走了……"庄子栋面无表情地看了看闹钟,做了个"坐下"的手势,然后,三人围在一起聊事。

事情是这样的,时令已近深秋,前方部队需要增加兵力,各地都在忙征兵的事。庄子栋已经把征兵的事办妥,一共是 35 名新兵,包括区里的几个人,共有 42 名,接下来就是派人把名单送到县里,然后交给八路军办事处,再由办事处的卞营长进行审查、确定。本来,这件事让兰翔一个人去就可以了,他是老交通,政治觉悟高,斗争经验也极为丰富。但是,考虑到张小椅是古铜岭人,决定让他回家看看,顺便配合兰翔把文件送到县里。

张小椅是 1940 年开始跟在庄子栋身边的,算来到今年有近四个年头没回去看自己的父母了,这次回去,正好是个机会。最主要的是,张小椅心细,这一点也是庄子栋区长比较满意的。

张小椅听说让自己回家,感到很意外,心里一阵激动,又怕跟在兰翔后面自己事办得不好,嘴里嗯嗯叽叽的,脸都红了,脖子上那块长长的伤疤"绽放"成了红莲。庄区长说:"路上多听兰翔同志的,也多跟人家学学,人家可是老革命了。"

"是!"张小椅立正说。

兰翔忙微笑着向张小椅摆了摆手,表示过奖了。

庄区长又说:"你们走后,我先到西山坳参加一个会议,处理点事,然后再去县里,如果你们还在,正好和你们会合。"

听区长这么说,张小椅很高兴,他使劲压低兴奋的声音说:"太好了!"接着,庄区长拿出一只蓝色的包裹,从里面抽出一个本子来。翻开本子,上面全是名单。庄区长把名单看了看,交给了兰翔,并交代说:"今天20号,你们俩都回家看看,月底交到县里就可以。"

兰翔弹了弹烟灰,说:"算了,先把任务完成再说吧。"

庄区长拍了拍兰翔的肩膀说:"顺便回家看看吧,大家都知道你是个出了名的孝子。"兰翔笑了笑。庄区长接着说:"另外,喊集的兰金泽同志已经好久没有联系了,你这次去,从喊集走一下。"

兰翔点了点头。

## 2

下午,兰翔带着张小椅出发了。

张小椅平时对兰翔崇拜得五体投地,又很难见面,这次同行真是绝好的机会,为此,在路上,张小椅请兰翔讲讲他的故事,尤其是去年兰翔在玉龙镇被捕后,与日伪斗智斗勇的事。那次,敌人将所有的刑罚都用了,灌辣椒水、上老虎凳,硬生生地将兰翔的一只胳膊拧折了,可是,兰翔就是不承认自己的身份,无奈,敌人只好放了他。这件事传遍了整个解放区,人人都知道在庄子栋手下有一个地下交通员,是颗标准的铜豌豆。

今天,在张小椅的"追击"下,兰翔摆摆手,回避了那次被殴打逼供的事情,讲了几个经过敌占区的故事。尽管如此,也把张小椅激动得不行,直向兰翔竖大拇指。

很快,他俩走到了城东的一段铁路道口。此时,经过道口的人很多,来来往往的,他们挑着、担着、推着,大都是去喊集的。兰翔看见,在靠墙的一棵老槐树下,有三个年轻人正在跟一个卖秋葵的汉子谈着价钱。从着装上看,兰翔能判断出这三个年轻人不是一般的人,其中一个戴礼帽的年轻人说话、办事都很老到。于是,兰翔对张小椅说:"我先过去。"张小椅看了看那三个年轻人,点了点头。

很快,兰翔提着箱子,从这三个年轻人面前走过去了。过去后,兰翔回头看了一眼。此时,张小椅也向这边走来。他走路时,不时地看那三个年轻人,不时地掂着肩上的包袱,神情有些紧张。就在这时,那个戴礼帽的年轻人喊道:"喂,你看什么?"

张小椅一愣,笑了笑,继续往前走。

"回来。"这时,"礼帽"说。

张小椅迟疑了一下,向那三个年轻人慢慢地走过去。走到那三个年轻人跟前,张小椅问:"有事?"

"礼帽"上上下下打量了张小椅几眼,说:"良民证。"

此时,兰翔彻底断定了这三个年轻人的身份,他感到麻烦了,因为,文件都在张小椅身上。他下意识地把手伸向了腰间。

那"礼帽"看完了张小椅的良民证,忽然又盯住了张小椅的脖子,脖子上有一块长条伤疤,很显眼。"打开包袱。""礼帽"说。张小椅傻了,因为文件就在包袱里。就在这时,兰翔走了过去,他笑着说:"兄弟,他是跟我去喊集谈生意的,你看……"那"礼帽"厌恶地看了兰翔一眼,说:"你也检查。"兰翔说:"好好。"说着把手伸进了腰里。"礼帽"一看,脸色大变,他大叫:"八路!"然后猛地跳进人群,疯狂地跑起来。此时,兰翔掏出了盒子枪,叭叭将另外两个汉奸打倒在地,然后,拉着张小椅就跑。

他们很快就跑进了一片树林里。在一丛矮树下,两人坐了下来呼呼喘着气。张小椅检查了一下包袱里的文件,文件还在。兰翔拍了拍他的肩膀,站了起来,说:"这里不能歇。"然后继续向前走。

在林子里又走了二十几分钟,他们来到了一座古桥上。桥墩上有字,年代久了,字很模糊,但还可以认出来,叫"奶奶桥"。整个桥身被一团乱草覆盖着,也很短,一头已经断裂,塌陷在草里,看来好久没有人走了,桥面上铺了一层厚厚的枯草。

兰翔看了看四周,对张小椅说:"我们坐一会儿。"说着,坐在桥上,向四周看了一下。张小椅很奇怪,因为这点路对于兰翔来说不算什么,不知为什么要在这里休息,但是,他也不好问。兰翔掏出香烟,点燃,然后和张小椅拉起了家常。通过拉家常,兰翔才知道张小椅的父母、弟弟和妹妹都在。张小椅谈到这点,有点兴奋,喜上眉梢的,激动得脸都红了。

东拉西扯了半天,兰翔把烟掐了。他把剩下的烟头塞进包袱里,然后向四周看了看,带着张小椅向桥下走去。

到了桥下,兰翔找了块大石头,又坐了下来,并让张小椅坐在自己的对面。此时张小椅更纳闷了,想问原因,但是,张了张嘴,并没有说出来。

两人坐下后,兰翔谈了自己的家庭。他家原有父母亲和两个兄弟,在1939年的仙涂冈大屠杀中,母亲和两个兄弟被鬼子杀死了。父亲是个哑巴,平时很活泼,个子也很高,因为去几十里外的喊集借口粮,回来迟了,才逃过一命。现在,父亲一个人在祝家堡子生活,日子过得很艰难。自从母亲和两个兄弟去世,父亲整个人发生了很大变化,人也老了很多,此时,兰翔很想念他……

说到这儿,张小椅看到兰翔眼里有些湿润,说不下去了。张小椅很感动,他向兰翔投去了敬仰的目光。

过了一会儿,兰翔站了起来,他向四周看了看。

四周静悄悄的。

"安全了。"兰翔说。

这个时候,张小椅才知道,兰翔为什么带他在桥上桥下坐这么长时间。

兰翔向桥的西头走去。踏过一片齐人高的草地,两人来到桥下。兰翔向桥墩子上看了一下,对张小椅说:"现在看来,我俩带着文件回家不方便,把文件和我的枪都放在这儿吧。"

张小椅暗暗佩服,连连点头,并把包袱取了下来。

四周寂静无声,只有树林在微微喘息着。

张小椅打开包袱,看了看文件,又把文件包好,这才塞进了石桥墩子的一个空隙里。塞进去后,他向后退了两步,看了看,觉得这个空隙太大,草偏少,又跑过去,把文件拿了出来,放在了石条的里侧。放好后,他又歪着头看看,觉得石条深处太潮湿……

兰翔看出了张小椅内心的焦灼,他笑着说:"就放这儿吧。"他抽出身上的盒子枪,塞了进去。张小椅咂了咂嘴,他对这个地方并不是太满意,但是,既然兰翔说了,他就执行了。

他们把文件和枪藏好后,兰翔对张小椅说:"24号我们在这里见面。"

张小椅显出了一副不好意思的样子,他笑着说:"庄区长说了,事情不急,我想看过父母后,再……再去二姑家看看……"

兰翔想了想,说:"好吧,那就25号吧。"

"是。"张小椅高兴了,他挺直身子说。

天上起了乌云,一堆一堆的,向南边走。风也沙沙地吹,四周的草都被风吹倒了,向一边歪着、斜着。

## 3

接近中午,兰翔来到了喊集和祝家堡子的岔路口。

此时,风很大,呼呼地刮,把四周的树林刮得不断变形,一会儿收缩着,一会儿又膨胀着,变魔术一般。兰翔向祝家堡子所在的西南方向看了看,心里有点犹豫了。

他有一年多没有见到自己的父亲了,非常想他。父亲虽然是个哑巴,但是平时爱动。自从母亲和两个兄弟被鬼子杀害后,父亲就如同换了一个人,犹如在沉默中又放进了沉默。此时,他非常想去看看父亲,但是,想了想,还是组织上的事重要,应该先去找兰金泽,等把事情办完了,心里无压力了,再去看父亲也不迟。于是,他犹豫了一下,便向喊集走去。

一个小时后,人到了喊集。一到这里他就发现喊集的戒备加强了,到处都是日伪军和便衣。兰翔倒吸了一口冷气,通身感到一种阴森和恐怖。墙下,几个日伪军正在盘问来往过客。见此情景,他犹豫了一下,本想转头走开,但是,考虑了一下,觉得这样不好,一来怕被敌人发现,二来自己也没有什么破绽。于是,他还是走了过去。当接近门楼时,他忽然发现日伪保安大队的许永福站在不远处,身边带着几个人,正在和一个日本军官说着什么。兰翔扶了扶头上的礼帽,又掸了掸长衫上的灰,大步向岗哨走过去。

到了岗哨前,一个日军看过兰翔的良民证,又在他身上搜查一番后,便放兰翔走了。

兰翔刚走了不到五分钟,身后忽然传来喊声:"喂,那个——回来。"

兰翔回头一看,冲他喊叫的正是许永福,身后跟着"礼帽",这个"礼帽"正是那天在道口没有被自己打死的年轻人。

兰翔一惊,便加快了脚步。后面的喊声更大了:"那个人,戴礼帽、穿长衫的,给我回来。"

"回来。"

"……"

几个便衣边大声地喊着,边追了上来。此时,兰翔心里暗暗后悔,他知道这个"礼帽"一定是认出了自己,便撒腿飞跑起来。敌人打枪了,砰砰直响。兰翔的身边尘土飞扬,街上的人听到枪声纷纷躲藏,大街上顿时乱成一锅粥。

兰翔一个劲儿地向前跑,跑进一条巷子时,他愣住了——这是条死巷子。他正在寻找新的出口,一个人突然冲过来,拉着他就向另一条巷子钻去。此人个子很高,穿灰色大褂,头戴瓜皮帽,他定睛一看,差点喊出来——正是自己的远房叔父兰金泽。

来不及寒暄,很快兰翔随着兰金泽钻进了一个院子,然后跳过一截矮墙,钻进了屋里。随后,兰金泽又把兰翔带到了二楼。二楼有个大衣柜,兰金泽挪动了一下,大衣柜的后面出现一个洞口。兰金泽把兰翔往洞里一塞,再挪好衣柜,然后走下楼去。

不一会儿,兰翔听到院子里传出一串杂乱的脚步声,接着是问话声。由于离得较远,加上又藏在洞里,听不清外面在说什么。五六分钟后,随着一阵杂乱的脚步声,一大群人呼啦呼啦地出了院子。

这时,兰金泽回来了,上楼后,他一边掸着身上的灰土,一边对兰翔说:"没事了,这帮畜生。"兰翔从洞里走出来,和叔叔亲切地握手。

两人坐下,兰金泽笑着问:"还没吃饭吧?"兰翔说:"有吃的吗?"兰金泽便端来了一盆馍。兰翔抓过那馍,大一口小一口地吃起来。兰金泽为他倒来开水。

兰翔边吃边问:"叔,城里怎么这么紧张?"

"呵呵,你碰上了。"兰金泽说,"平时可不是这样。早上,许永福的三个部下去城西帮他父亲买秋葵,他父亲胸口生个大热疮,要用秋葵敷,结果碰上了八路,被八路打死了两个。那个叫马多的逃出来了,把这事向许永福一讲,许永福就加强了城区内的防守,还在路口增加了岗哨,专等那个要进城的人。"

"哦!"兰翔笑着说,"这么巧。叔,那开枪的人就是我。"

兰金泽很惊奇,愣愣地看着兰翔,然后向兰翔竖起了大拇指。

接下来,兰翔询问了兰金泽为什么不跟组织联系的事。兰金泽叹了口气说:"怎么联系?身边一个同志也没有,我以为组织把我忘了。"

兰翔笑着说:"组织怎么会忘记你呢?这不,安排我和你接头。组织一直担心你的安全问题,你安全就好。"兰翔接着说,"进入秋天了,鬼子又要到各乡抢劫了,希望你能够配合组织,多搜集一下这方面的情报。"

兰金泽点了点头。

"跟我来的还有一个同志,"兰翔说,"我们约定25号上午奶奶桥上见。"

"怎么在那里见面?"

"我们有东西在桥下。是名单。"

"名单?……你们能待多长时间?"

兰翔伸出了四根指头。

"四个时辰?四天?"

兰翔点了点头。

兰金泽说:"唉,目前组织都被破坏了,日本人尤其是二窝鬼子太可恶了。我一时半会儿找不到组织,急死了。"

兰翔没有想到这里的形势这么紧张,他叹了口气。这时,兰金泽向外看了看,说:"你太累了,先睡一会儿吧,我出去看看。"兰翔答应了,他看着兰金泽下楼,接着又听到锁门的声音。

这一睡就是一下午,等兰翔睁开眼,天都黑了。他听到楼下有开门的声音,便悄悄下了床,并闪到门后。是兰金泽上楼了。

见是兰金泽,兰翔从门后走了出来。"一直睡到现在?"兰金泽笑着问,他满头是汗。"是的。"兰翔说,"叔,你去哪了?"兰金泽一边擦汗,一边说:"去店里看了看。"

兰翔伸着懒腰说:"真是太累了,睡倒以后跟死人一样。"

兰金泽谈了谈自己在这边的生意,最后,他突然问:"你说你把名单藏在奶奶桥下了是吗?"

"是的……"兰翔答。他忽然感到兰金泽问这句话有些不对,至于哪里不对,他也说不清楚。

"就是十里外的那个破桥,奶奶桥?"

"嗯……"

"那地方也不安全啊,你没有做记号吗?"

"没有……"

兰金泽想了一下,点了点头。

兰金泽这个样子让兰翔警觉起来,心里也十分后悔刚才没有遵守作为一个情报员的纪律。过了一会儿,他说:"事情很急啊,我想马上走。"

兰金泽忙站了起来,他用手夸张地拦着兰翔说:"胡扯,现在去哪?!你坐下,坐下!"

兰翔迟疑了一下,坐了下来。他感觉自己的脑门上出了汗。

见兰翔坐下了,兰金泽去倒水。他把水端给兰翔,也坐了下来,然后叹了口气说:"我们之间的关系虽然远些,但是,我们也是叔侄关系,我有句话想跟你说。"

兰翔警觉地盯着兰金泽。兰金泽想了想,说:"兰翔,这个事情不知从哪说起,就直说了吧,我……我已在保……保安大队做事。"

兰翔的脸上立刻变了色。

兰金泽说:"你说把名单放在了桥下,他们去过了,没有搜到,你看……"

兰翔满脸通红,他站了起来。兰金泽不慌不忙地挥了挥手,示意兰翔不要激动,他说:"你早就被他们认出来了。上午,他们要抓你,最后看在我的面子上,人才走了。他们希望我能说服你,投到这边。"

兰翔向楼下看了看。他发现，楼下有几个人在来回转着，他心里明白了。就在这时，有人上楼了。

兰翔听上楼的声音沉重而杂乱，忙习惯性地去掏枪，但是，什么也没有摸到，这才意识到，自己把枪放在了桥下。

马多带着几个特务已经冲了进来，他们纷纷把枪对准了兰翔。

4

兰翔被押到日伪保安大队时，大队长贺贤斋正在批阅文件。见有人走进来，他放下文件，扶了扶眼镜，看了看兰翔。他看人时，整个眼窝都下陷着。他叹了口气说："这么年轻，不到四十吧？"

兰翔没有吭声。他的嘴角流着血，那血殷红，正在凝固。

贺贤斋站了起来，他摘下眼镜，露出了两撇发白的眉毛，然后向兰翔走了过来。兰翔被五花大绑着，显得很难受。贺贤斋向许永福挥了挥手。站在一旁的许永福迟疑了一下，忙向马多做了个手势，马多赶紧上前为兰翔松绑。

贺贤斋走到桌子旁，往桌角上一坐，说："大家手里都有事，愿不愿意合作就看你了。"

兰翔轻轻地活动着手腕，看都没看贺贤斋。

贺贤斋慢慢地用自己的右手压着左手的手指，每压一次，就响一声，他就挨个儿压下去，声音一次比一次响。手指压完，他说："请问，文件到底藏在哪里？"

兰翔心里万分后悔，他暗暗咒骂自己，兰金泽已很久没和组织联系了，自己作为一个老交通员，怎么就这样相信了兰金泽，又亲口把藏名单的地点告诉了他？这不是鬼魂附身吗？！他叹了口气。"你们不是都去搜了吗？"他说。

贺贤斋点了点头，说："是啊，并没有搜到。"

昨天，在兰翔睡觉时，兰金泽和许永福带人到了奶奶桥下，对奶奶桥进行了地毯式搜索，但是并没搜到什么。此时，兰翔感到万幸——可能敌人并没有找到那个桥墩。

贺贤斋说："提供个详细地点吧。"

兰翔没有吭声。

贺贤斋两手一摊，说："你看，我还有事。如果你不说，那只能去审讯室了。"虽然这么说，他还在等兰翔的反应。见兰翔一声不吭，他一挥手，马多和一个特务冲上来，扭住了兰翔的胳膊，推着兰翔向门外走。

这次,敌人给兰翔上了重刑。当兰翔被人从审讯室里拖进牢房时,已经昏厥了两次,等他再次醒过来时,发现兰金泽坐在他的旁边。

兰金泽见他醒来,忙端来一碗水。"喝点水吧。"兰金泽说。

兰翔把头转到一边,同时吞咽了一下。他感到嘴里有一股咸咸的味道。

兰金泽叹了口气,把水放在台子上,说:"我不知道他们把你打成这样。我跟许永福吵了一架,你……"

兰翔冷笑一声,盯着兰金泽的眼睛说:"我也不知道你叛变了。"

兰金泽很尴尬,他叹了口气说:"我是为你好啊……目前的形势……"

兰翔把手抬起来,做了一个不要再说的动作。兰金泽接着说:"目前,日本人把整个华北都占领了,势力在一点点扩大,你如果略加思索就会发现,将来中国是哪个的……"

兰翔轻蔑地摇了摇头,嘴里哼了一声。

兰金泽见状,叹了口气,说:"我是你的上眼皮,我不能眼见着你继续往前走,那是一条迷路啊。"

"我俩到底谁迷路了?你可以走了……"兰翔说着,握住自己的左膀,那里的衣服和肉已经粘在了一起。

兰金泽叹了口气说:"这些年,你在那边受的教育我也明白,说出这样的话,也符合你。你这样说,我连下面的话都说不出口了。"

兰翔说:"那就别说了。"

兰金泽说:"其实,你如果招了,我再帮你说说,干个保安队的中队长是没有问题的……"

兰翔忙举起手,让对方住口。兰金泽继续说:"那待遇是可观的。你还可以在本地找个对象。你还没成家吧……"

兰翔心中充满了厌烦,他深深地叹了口气。兰金泽误会了他的这口气,说:"其实,在这边真的很好,叔叔今年有可能晋升为新三区的总探长,全力为皇军服务……"

兰翔将头朝左边一侧,把眼睛闭上了。兰金泽看无法再说下去,他站起来,慢慢地走了出去。

5

在狱中,兰翔一直昏睡着,第二天醒来后,他感到左边的脑袋很疼。这时,他忽然听到旁边的审讯室里有个男人在哭,并掺杂着"啊吧啊吧"的求饶声。这是一个老男人的声音,他觉得很耳熟,便硬撑着坐了起来。这回他听清楚了:这声音怎么这么像父亲的声音!他不相信——父亲怎么在这里?就在这时,牢门吱扭一声打开了,许永福走了进来。看来牢房里的气味很难闻,他捂着鼻子,问:"声音很熟悉吧?"

兰翔看着他,心中有数了。他想到了兰金泽,肯定是兰金泽出卖了父亲,他的心里充满了愤怒,整个身体都颤抖起来。

许永福问:"不想问问是谁吗?"

"啊——啊——"这时,那边又传来几声号叫。

兰翔越听越清楚了,他愤怒地看着许永福,说:"你们这样做,有点无耻吧!"

许永福放开捂着鼻子的手,哈哈大笑道:"无耻?连自己父亲的痛苦都不问了,那才叫无耻哪。"

那边的皮鞭声又响了起来,呜呜,哭喊声也更大了。

"请吧,一起欣赏。"许永福说,并连忙退了出去。他的话音刚落,便进来两个汉奸,一边一个,架着兰翔向外走。

兰翔来到审讯室,一眼就看到了哑巴父亲,他正跪在地上,双手抱着头,浑身战抖着,穿的粗布衣服窟窿连着窟窿。兰翔的心里难受极了,他把脸转到了一边。他感到自己整个人在不受控制地颤抖。

这时,许永福让人把哑巴的脸转过来。哑巴看到了兰翔,但是,他好像没有认出来,又低下头去。

"这是谁呀?"许永福指着兰翔问哑巴。

哑巴啊吧啊吧地直摇头,用胳膊擦着脸上的血。兰翔鼻子一酸,但是他忍住了。

许永福一挥手,旁边一个赤着上身的胖子冲上去一脚,狠狠地踹在哑巴的腰上,然后对着哑巴抡起了鞭子。随着啪啪的鞭子声,哑巴号叫着、躲避着,慢慢昏死过去。打手向哑巴身上浇了一桶水,哑巴醒了过来,他像一条垂死的鱼,舔着嘴唇,嘴巴一张一合的。许永福走过去,说:"不看看你儿子吗?"哑巴"啊啊"两声,连连摇着头,又昏死过去。

"你呢?"许永福问兰翔,"他可是你的父亲。"

此时,由于愤怒,兰翔的脸已经变形,血从他的嘴角向外流。他怒视着许永福。许永福轻声笑了笑,一挥手,两个汉奸将兰翔押回了牢房。

这一夜,兰翔再也无法睡着,那边传来的皮鞭声犹如打在他的身上,父亲的每一次喊叫,都如尖刀刺在他的心里,令他极度难受。他不知道自己怎么才能救父亲。他没想到,三个月没见,居然和父亲在牢房见面。同时,他也怪自己,那天,要是自己去祝家堡子,父亲就躲过了这一劫……

天刚亮,有人进来把兰翔押走了。

兰翔被带到了审讯室,他看见父亲半跪在那里,头低垂着,眼闭着。这时,有人说话了:"我们仁义些,让老的先走。"

兰翔仔细看去,才发现在黑暗中说话的正是许永福。许永福打了一个哈欠,一挥手,两个打手走向哑巴。

"慢——"兰翔突然说。

许永福一愣,他忙向两个打手摆了摆手。

兰翔低着头想着什么。

许永福说:"请说话。"

兰翔叹了口气,说:"把我父亲先……先带出去……"

从兰翔说话的口气里,许永福感受到了希望,他想了想说:"可以。"

接着,两个人去拽哑巴。哑巴抬起头来,他眼里有话地看着自己的儿子,"啊吧啊吧"地喊着。他的话语只有兰翔能听懂。兰翔向父亲打着手势,要父亲放心。

许永福见哑巴被带走了,问:"兰先生,怎么说?"

兰翔低着头,一声也不吭。

许永福递了一根烟给兰翔,又给兰翔点了火。兰翔颤抖着吸了几口,然后叹了口气,过了一会儿,他说:"我父亲腰不好,不能长期站立……"

许永福"嗯"了一声。

"他……他经常要……要上厕所……"

许永福用笔记着。

"不能受凉,他会喘的……"

许永福一边记,一边点着头。

"你们要照顾好他……"

不相信这种话是兰翔说的,最后,许永福按捺不住内心的激动,竖起大拇指说:"俊——杰——"

兰翔说:"你们要保证我父亲……"

"还要保证你,保证你的性命。"许永福点了点头,打断兰翔的话说,然后走过来,解开了绑在兰翔身上的绳子。

此时,兰翔心里很难受,眼泪流了出来。过了会儿,他擦去眼泪,叹了口气说:"我饿了。"

许永福点了点头,向外挥了一下手。不一会儿,一个狱警把饭端了过来。

几个大窝头,一碗凉水。

兰翔看了看那个窝头。窝头是用豆饼、树皮和橡子面做的,很硬,在昏暗的灯光下,霉点很多。兰翔说:"这种饼我吃够了,我要馍,还有肉。"

许永福笑了,他拍着巴掌说:"好,好好好。换掉。"

6

24号,中午时分,许永福带着兰翔和几个手下去了奶奶桥,他们决定提前一天取出文件,再于第二天逮捕张小椅。

离奶奶桥还有六里多路,车子不好走了,颠来颠去,歪歪扭扭的,开了一段,只好停下来。司机下车看了看,向许永福摇了摇手,许永福便明白了。不远处正好有个饭店,上面写着"来福餐厅"四个字,饭店前人来人往的,很有人气。许永福看了看怀表,说:"吃过饭再走吧。"于是,一拨人便往饭店里走去。

饭店有个大厅,大厅里都是客人,乱哄哄的。许永福走进饭店后,左右看了看,然后问迎上来的老板:"有单独房间吗?"

"有,有有有。"老板说,于是把许永福等人向里面带去。

不久,饭菜上来了,一群人也不说话,只顾吃饭。饭后,许永福漱了漱口,然后点上一支烟,吸了两口,又问了问奶奶桥的方向。老板说:"哎哟,那是一条古道啊,现在都没人走了。"

许永福面无表情地说:"你说方向吧。"

老板忙向南方指了指,说:"三公里左右,进林子,可以看见一条古道,沿着古道走十几分钟,再往下走,就到了。"

许永福点了点头。

下午,两点多钟,许永福等按照饭店老板指的路,来到奶奶桥。

到了桥下后,兰翔发现下面很乱,草都被践踏了,东倒西歪的,显然来过不少人。他向放文件的那个桥墩看了看,然后走了过去。走到桥墩跟前,他叹了口气,伸手在里面掏着,掏了半天也没有发现枪和文件,他脸上出了汗。这时,许永福点上香烟,吸了一口说:"别急,慢慢来。"

兰翔感到纳闷,怎么文件和枪都不在了?他算了一下,明天才是他和张小椅见面的日子,难道张小椅先到了,然后把文件和枪取走了?这怎么可能!于是,他又向里面伸进手去,可是掏了一会儿,仍然没有掏到什么。

许永福斜着眼看着他,吸了口香烟。"怎么办?"他问。

兰翔问:"你……你们来过这里?"

许永福想了想,点了点头。

"这里搜过?"

许永福看了看那个地方,说:"没有搜过,否则不会再让你来。"

兰翔咽了口唾沫,再次向桥墩深处摸了摸,摸了几遍,仍然没有,最后,他失望地把手缩了回来。

许永福说:"哪儿去了?"

兰翔擦了擦头上的汗,说:"我……我真没骗你们……"

许永福的脸色很难看,他又点上一支烟。

"这……这能到哪儿去呢?"兰翔结结巴巴地嘀咕,头上满是汗。

许永福看了一眼兰翔,觉得他十分丑陋,便点上一支烟,吸了一口,说:"回吧。"说着,一挥手,带头向桥上走去。

## 7

20号,张小椅和兰翔分手后就各奔东西了,但是,当张小椅走到离奶奶桥两百多米远时,他又停了下来。

当时,风很大,还夹杂着雨点,四处哗啦啦的。张小椅想,这种风要是把文件从桥墩子上刮下来就麻烦了,那时,这么重要的文件即使不被人捡去,也会被大雨淋湿淋透,或者桥下起了水,把文件冲走了……想到这儿,他向天上看了看。

天上,黑色的云团越来越大、越来越厚,向一起拥挤着、堆积着,雨点砸在四处的树上,啪啪地响。张小椅决定回去。

张小椅转身向奶奶桥跑去。到了桥下,他伸头看了看,还好,那文件牢牢地固定在那里,兰翔的盒子枪也在,但是,桥下的风很大,当一阵风吹来时,桥墩上的那些草便矮了下去,文件和枪就露了出来,又是一阵风,那文件和枪又被盖了起来……

张小椅想,这样绝对不行,假如风将草都刮歪了,文件和枪不就全暴露了?想到这,他伸手将文件和枪取了出来,然后向四面看了看。他发现,对面的桥墩子旁有一块巨大的石头,那石头被深草掩盖着,岿然不动,于是,他向对面跑去。

177

他来到巨石旁边。这块巨石很大,缝隙很多,尤其在底部,有一道深深的沟壑。他伸手摸了摸,好在沟壑不深,又干燥无水,藏一只布包和枪正好。于是,他向四处看了看,便将布包和枪放在了沟壑之中。

"兰翔大哥会不会怪我呀?"他想。但是,自己也是为了文件的安全,此时又无法联系兰翔,"见面后再跟他说吧。"想到这,他笑了。

西元是张小椅的家乡,很漂亮。张小椅那个村有十几户人家,每到春天,从高处看去,村子如同栽在梨花里,那梨花又如同沾了水,水嫩嫩的,看上去非常动人。每到秋天,村子则被一片又一片白色的茅草所覆盖。那茅草也叫不出名字,反正又高又壮,长着柔软的穗子,风一吹,来回鼓荡,令人心旌摇曳。在这样的村子里生活的人们,犹如生活在桃花源里,非常惬意,想想都美。

张小椅想到多年没见的父母、弟弟和妹妹,心里十分激动,又想到他们见到他后意外而又欢快的样子,脚步也加快了,那张方脸红扑扑的。

翻过一道山梁,终于到了古铜岭。站在古铜岭上,就可以看到村庄的全貌。他分明记得过去山下的村庄飘着炊烟,一缕一缕的,犹如一幅美丽而绵长的画,美得让人尖叫。此时,他忽然有点发怔,因为村庄不见了,只有大片大片的荒草在风中晃动着。他忙揉了揉眼睛,以为自己走错了地方。接下来,他又去找那块菱形石头,那石头上面有字,古人刻的,至今还保留着。很快,他找到了那块石头,石头上分明有"古铜岭"三个字。

村庄呢?他挠头了。他闷闷地站了一会儿,便带着疑惑的表情向山下走去。

渐渐地,他看见了一口水塘,这口水塘就在他家门口,叫"转滩",是村里人为了储水集体开挖的。当中有个滩头,四面有水,转滩由此得名。就在这时,他看见了一段残缺的墙,在杂草中若隐若现的,他急忙跑了过去。他在跑过去的路上,陆续地看见,在深草的掩埋下,这种断墙还有许多段……

他感到自己像是在做梦。之前那个美丽的村子不在了,那父母、弟弟和妹妹呢?

他头上的汗一下子就出来了,一屁股坐了下来,长长地叹了口气。

就在这时,不远处忽然传来一阵阵割草的声音,沙——沙——,非常清晰。他心里一惊,忙站了起来。他看到一个老人正弯着腰在那吃力地割草,忙向老人走过去。

走到老人身边时,他喊道:"大爷。"

那老人没有吭声。他歪头看了看才发现,这老人是村子上的胡聋子,因为耳朵有问题,平时很少跟人说话。他心中一喜。

胡聋子看见旁边有一个人,缓慢地转过身来,忽然,他眼睛亮了。"是椅子!"他笑了,声音嗡嗡的。

张小椅也认出了胡聋子,他大声喊道:"胡大爷!"

一阵嘘寒问暖后,张小椅指着面前破败的家园,冷着脸问:"大爷,这是怎么回事?"胡聋子听出来了,他叹了口气,告诉张小椅,三年前,鬼子经过这里,将这里全烧了,还杀了人。如今,村子上的人都去了山的西边,自己是来看看老家的,并想在这里捡点柴火。

"我爹他们呢?"张小椅迫不及待地问,嘴唇颤抖着。

胡聋子叹了口气,取下胸前的烟袋,点上火,坐了下来。他吸了一口烟说:"你娘、老子和弟弟、妹妹都不在了……"

张小椅不敢相信地看着胡聋子,眼睛睁得大大的,人慢慢地瘫坐了下来。

那年秋天,上午十点多钟,鬼子进了西元,要求西元人全部搬走。当时,庄子上胆子大的说,能不能等几天,其他人也都提出了自己的要求,于是,屠杀便开始了。"你爹和你娘排在前面,都挨了枪,还有你二姑家,都被害了………"胡聋子说着低下了头,脸上的皱纹纠结在一块,很难看。

张小椅心里很难受,嘴里发出急促的喘息声,但是,他没有哭出来。

胡聋子叹了口气说:"唉,你到现在才回来。"

张小椅的眼泪终于流了出来,他咬着牙。

胡聋子又劝了几句,然后说:"你也没有家回了,到我那儿住几天吧。"

8

在胡聋子家只待了三天,张小椅实在住不下去了。那屋子是用石块搭建的,到处漏风,屋脊铺着野草,屋里乱糟糟的。灰尘、凌乱和堵塞让他的心更乱。24号早晨,他早早就起来了,他决定提前一天去奶奶桥附近,先找一家旅馆住下来,待第二天再和兰翔见面。想到这,他便收拾好自己的包袱,跟胡聋子告了别,然后向奶奶桥方向走去。

从早晨一直走到中午,张小椅来到了来福餐厅附近。他左右环顾了一下,发现这里有一个小镇,小镇呈南北走向,很热闹,人来人往的。在小镇的左边有一个饭店,饭店的屋檐下飘动着一面脏兮兮的狗牙旗,上面有"来福餐厅"四字,由于时间太久,那"来"字有点难辨认了。有饭店就有旅社。想到这一点,他非常开心,这时,自己的肚子也发出了咕噜噜的叫声,他摸了摸衣角,来时带的钱还在,于是他便走了进去。

　　这是去喊集和祝家堡子的岔路口,赶集的和做生意的人非常多,张小椅走进去时,大部分桌子都已经坐满人。他环顾了下店里,忽然看见靠墙边的一张桌子旁没人,于是,他来到了这张桌子跟前。店小二过来点菜,张小椅看了看招牌说:"半斤馍,一碗杂烩。"店小二高喊着,离开了。不一会儿,菜和馍被端上来了。张小椅抓过馍就吃。就在这时,张小椅听到门外有人说话,便转头看去。忽然他看见了兰翔,他心里一喜,正要喊,又看见兰翔的前后都有人,有的还背着盒子枪,个个神色严肃,一看便知是日伪的警察和暗探。他的心扑通扑通地跳,连忙把身子转了过去。

　　"怎么,兰翔被捕了?"他问自己,手抖得厉害。这么想着,他的胃口一下子就没有了。待兰翔等人进了里屋,他赶紧把钱放在桌子上,跌跌撞撞地向外走。

　　出了饭店,他走进一片林子,忽然感到一阵恶心。他弯下腰,干咳了几次,什么也没有咳出来,于是,他靠在树上想着这件事。最后,他决定跟着他们,看他们去哪里,他不相信兰翔会叛变,绝不相信。

　　半个多小时后,兰翔他们出来了。看那情形,兰翔是自由的,跟在他旁边的几个人打着饱嗝,左右环顾着,不一会儿便向林中走去。

　　在兰翔等人向林中走去时,张小椅悄悄地尾随在他们身后。半个小时后,兰翔等人到了奶奶桥上,向四处看了看,便向桥下走去。走到桥的西侧,兰翔踮起脚,伸手在桥墩里摸着,而那里正是藏名单的地方。

　　张小椅脸红了,随即头上出了汗。他得出结论,兰翔真的叛变了。他的手颤抖着,兰翔的形象一下子在他的心里发生了变化,他感觉到了什么叫丑恶,什么叫虚伪,只是,他不知道这个兰翔什么时候叛变的。苦苦思索了一会儿,他决定现在就回去,然后把这个事情向庄区长汇报。于是,他转身向树林深处跑去。但是,跑了几步,他又停了下来。

　　自己来时任务是明确的:帮助兰翔把情报送到根据地。现在,兰翔叛变了,送情报的任务就落在自己身上了。目前,自己虽然把情报转移到了一个安全地方,但是还在敌人的包围之中,自己有义务把这个名单拿到手,或者送到根据地,或者带回庄区长那里。

　　想到这,他开始往回走。四十多分钟后,他来到来福餐厅,已经没有什么客人。他向两边看了看,忽然发现在来福餐厅的西边一百多米处有十几间房子,正中的一间,房檐上插着一面旗子,上有"客栈"字样,于是,他便快步走了过去。

　　很快,张小椅在这家客栈住了下来。

在客栈住下来后,张小椅哪里也不去,只在床上等明天。明天一过,他又开始等后天。等着等着,他就困顿起来。他强行睁了睁眼睛,但是,还是睁不开,于是,他便大睡起来。

## 9

已经是26号的下午,贺贤斋在给全体保安人员训话,主要谈25号那天为什么在大桥周围潜伏那么多人,结果也没抓到取货者。就在这时,许永福走了进来,他趴在贺贤斋耳朵上嘀咕了一阵,贺贤斋一愣,然后点了点头。

会议很快就结束了,贺贤斋来到了审讯室。

审讯室分为里外两间,外间是审讯室,里面是休息室,两间贯通。此时,休息室内,马多、兰翔等人都在,见到贺贤斋进来,都恭恭敬敬地站了起来。贺贤斋向他们摆了摆手,然后走到里面坐下。

这天中午,许永福带着马多等人走到毒龙村时发现了一家客栈,许永福口渴了,他要求大家到客栈休息一下再走。

进了客栈,客栈老板连忙摆上茶水招待。临走时,许永福丢下茶水钱,说:"最近有陌生客来,要及时报告。"

客栈老板一惊,但又不敢多事,迟疑了一下,连说:"好好好。"

许永福看了一眼老板便带人走了。刚出门,客栈老板忽然又喊住了许永福,他快走几步来到许永福跟前,把张小椅住在客栈的事情说了出来。

听过客栈老板的报告,许永福抽出盒子枪便向后面跑去。就这样,张小椅被捕了。

审讯室内,许永福走到张小椅面前,猛地扒开张小椅的衣服领子。张小椅的领口处顿时露出了一道陈旧的伤疤。他看了看,坐回自己的座位上,然后问:"哪里人?"

"西元的。"

"来这里做什么?"

"看看此地的辣条多少钱一捆。"

"西元没有辣条吗?"

"西元的辣条不行,短了。"

"哦!没到古桥上看看?"

"什么意思?我听不懂。"

许永福看了张小椅一眼,点上烟说:"别装了,把文件藏哪了,张小椅同志?"

张小椅一愣,便知道自己被兰翔卖了。他笑了笑说:"你说的这些,我听不懂。"

许永福点了点头,然后阴笑了一声说:"那就换一种方式。"说着,他一挥手,旁边的两个打手立刻冲了过来。他们拉过张小椅,将他捆绑在立柱上。一个打手嚓地一下撕烂了张小椅的衣服。

许永福走过来说:"再问一次,你把文件藏哪了?"

张小椅不吭声。许永福立刻做了个手势,一个打手把鞭子理了理,往水里浸了浸,然后拿了出来,凭空甩了一下,那鞭子立刻发出了啪的一声响,张小椅浑身一震。

许永福抵近张小椅,低声说:"现在说也不迟。"

张小椅咽下唾沫,似乎想说,但是到底没有吭声。

许永福往后退了一步,说:"开始吧。"

打手立刻挥舞起鞭子,那鞭子打在张小椅的身上,啪啪直响……

几十鞭后,张小椅感到浑身扎心般疼,昏死过去。许永福让人用凉水泼在张小椅的身上。慢慢地,张小椅挣扎着睁开了眼睛,一阵猛烈的鞭子又落在张小椅身上。

许永福一挥手,那鞭子立刻停下来了。张小椅乘着这个间隙,脑子飞快地转,看来兰翔已经全说了,自己坚持下去也没什么意义了。

许永福说:"说吧。你叫什么名字?"

"张小椅。"

"哪天到的?"

"昨天上午。"张小椅颤抖着说,"我和他约好的,准备上午去桥下拿文件。"

"你和他?他是谁?"

"兰翔……"

"好!"许永福说,"你们见面了吗?"

"没有。我迷路了,昨天我没有找到那座桥,今天打算继续找,就被你们抓了。"

"你可是背着古桥向西走啊,你准备去哪里?"

"继续去找古桥。"

"哼!现在你找到了,说吧,文件藏在什么地方?"

见张小椅没有声音了,旁边的打手挥手就是一鞭子。此时,张小椅身上的衣服已经被打烂。

许永福一挥手,打手退了下去。

张小椅说:"在……在桥下。从南向北看,是……是右面……"

"右面？你确定？"

"是的……确……确定……不过，可能被兰翔拿走了。"

"如果我不相信呢？"

张小椅看着许永福，一句话也没说。

许永福说："我们去桥下吧。"

一个小时后，张小椅来到了桥下。

许永福说："你自己拿出来吧。"

张小椅看了看许永福，向桥的西头走去。到了桥墩子旁，他用手指了指，说："就是这里。"

一个特务忙走上前去，却被许永福拦住了，他对张小椅说："你来。"

张小椅只好走到那个石墩子下，用手摸着里面，摸了一会儿，他看着许永福说："没有。"

许永福说："哪去了？"

张小椅说："原来就放在这里的，兰翔可能先到，拿走了。"

许永福看着张小椅，点着他的脑袋说："又是他。你没有一句实话！"

张小椅说："我没有骗你。"

许永福哼了一声，做了一个往回走的手势。

## 10

回到牢房，许永福对张小椅说："我们聊一聊。"

张小椅揉着胳膊，站在那里。

"家里还有什么人？"许永福问。

张小椅心里一颤，他想到了西元，想到被焚烧的村庄，想到被杀害的父母和弟弟、妹妹。他的心里怒火燃烧，但过了一会儿，他说："还有父母和弟弟、妹妹。"

许永福点了点头，问："他们都还好吗？"

"是的……"

"那就好。这次回去，很高兴吧？"

"很高兴。"张小椅说。眼泪在他的眼睛里打转。

"是啊。"许永福说，"谁的父母都希望自己的儿女平安、出人头地。"

张小椅低下了头，他在想着许永福说的这番话。

又沉默了一阵，许永福说："其实，你只要跟我说实话，你的路还是很长的，而且很光明。你娘、老子看到你,脸上也很光荣。"

张小椅的内心非常难受,父母亲开始在他的心头萦绕。

许永福问:"好不好?"

张小椅抬起头来,他看着许永福说:"该说的我都说了……"

话到这里,两人僵了起来。过了一会儿,许永福说:"其实,我根本就不相信你的话,那文件早就被你转移走了。只要你交代出来,什么话都好说。"

张小椅说:"我连桥都没上到,我怎么转移?我迷路了。"

许永福叹了口气,说:"迷路了?好呀。"

张小椅说:"从当时的情景看,你们可能去桥上搜索过了,到底是谁拿走的,还说不清呀。"

许永福愣愣地坐在那儿,过了一会儿,他站了起来,说:"好吧。"然后一招手,人走了出去。

跟他出去的是个光头。过了一会儿,光头回来了,他凶神恶煞地看着张小椅说:"我们继续。"说到这,光头三下五除二地将张小椅绑了起来。另一个打手也不说话,抢起鞭子就打了起来。

雨点般的皮鞭中,张小椅有一种遇到下天针的感觉,他快撑不下去了,但是一直强忍着,没有说出真正的情报放置的地点。他觉得,摆在自己面前的有两条路,一是投敌,当叛徒;二是死亡。自己是绝对不会投敌的,那么只有接受死亡。好呀,死吧,要死就快点死吧……

醒来后,张小椅发现敌人往他身上泼了一桶水。那个审讯者累了,手里提着鞭子在喝水,见他醒了,问:"想喝水吗?"他艰难地点了下头,觉得嗓子像是在火里烧一般。那个审讯的家伙冷笑一声,狠狠地给他一鞭子,说:"文件藏到哪里了?说!"

张小椅感到自己被欺骗了,他暗暗骂了一声这个审讯者,审讯者又挥舞起鞭子,啪、啪……

不一会儿,许永福进来了,他问:"交代了吗?"

打手指了指垂死的张小椅说:"报告队长,没有。"

许永福叹了口气,看了看张小椅说:"处死吧。"

敌人把张小椅从柱子上放了下来,对他说:"听到了吧?最后一次机会了,你说不说?"

张小椅的内心在挣扎,但是一句话都没有说,他慢慢地闭上了眼睛。

穷凶极恶的敌人把他拖到了水池边,然后把他的脑袋按在了水池中……

11

遍体鳞伤的张小椅被拖回牢房。

他觉得像在做梦,在梦里自己的脑袋像是被谁钉下了几颗钉子,钻心地痛,还有点晕。他抚摸着自己的大拇指,那里已经没有了感觉,并且肿胀着,他浑身像是被大火烤灼一般。

他暗暗地高兴,自己坚持过了酷刑。坚持下来就有机会,坚持下来就是胜利,这几年就没有白跟着庄区长。他有点激动,浑身颤抖了一下,泪水便在脸上滚动起来。

这时,牢房的门打开了,一个犯人被押了进来,然后被一脚踹倒在地上。

借着牢房昏暗的光,张小椅看清楚了,此人正是兰翔。他的心里顿时产生极大的厌恶感。他暗暗地咬紧了牙关。

兰翔进牢房后,踉跄了两下,然后慢慢躺下,歪着身子向里睡去了。

过了十几分钟,兰翔翻过身来。他一眼认出了张小椅,先是怔怔地看着,然后惊喜地喊道:"小椅!"张小椅也装着才看见兰翔,艰难地点了点头。他的伤势很重,点头时气喘吁吁,显得很难受。

兰翔高兴地爬了过来,他紧紧握着张小椅的手,说:"怎么是你?你怎么在这里?"

此时,张小椅十分憎恨这个人。他简直不敢想象,这样一个英雄也能叛变。

兰翔向外面看了看,小声地说:"唉,我还没到桥下就被捕了。看来,有人出卖了我们。"

张小椅说:"是啊,真该死。"

兰翔问:"对了,你是什么时候到桥下的?你把文件取走了吗?"

张小椅艰难地喘息着,说:"没……没有……"

兰翔问:"你提前到过桥下吗?"

张小椅闭着眼,艰难地说:"没有啊,我迷路了……找不到那个地方了,被他们抓住……昨天,他们带我去了桥下……什么都没有了……"

"哦,"兰翔说,"不要再说了,歇歇吧。"兰翔觉得再问下去,一定会引起怀疑,于是便扶着张小椅慢慢地坐了起来。

夜很寂静,窗外有野虫的鸣叫。

张小椅从兰翔手里抽出自己的胳膊,靠在墙上喘着粗气。过了一会儿,他说:

"我们……我们得想……想办法逃走……"

兰翔心里一喜,他叹了口气说:"那难啊。"

张小椅看了看牢门,牢门前没有人,他说:"我观察了一段时间,发现……发现每天来送饭的,都是一名老囚犯和……和一名警察,如果能把警察骗进来,把他干掉……"

张小椅说到这,显得很累,就说不下去了。兰翔想了想,摇了摇头,然后撇着嘴,故意说:"这个很危险啊,如果越狱不成,以后就很难逃出去了。"

张小椅向外看了看说:"反正……反正都是最后一次。"

"唉,别想了。"兰翔说着又扶着张小椅慢慢躺了下来。

第四天早晨,在敌人来送饭时,兰翔收到一张纸条。

那天,兰翔通过送饭的汉奸把张小椅想越狱的纸条送给了贺贤斋,贺贤斋当即做出了决定,由兰翔配合越狱。

## 12

11月的一天,天有些冷,四处升起一团团雾气,它们从树林中钻出来,又沿着沟凹地游走,看上去很诡异。一辆卡车从西边开了过来,晃晃荡荡的,一直开进了喊集牢房的大院。

在喊集四号牢房,住着七八个人,这时,兰翔正在熟睡,张小椅处于半梦半醒之间。牢门一下子被打开了,几个日伪警察走了进来,他们给犯人点名,点完名后,一个戴着礼帽、留着八字胡的人问:"谁是张小椅,还有兰翔?"

张小椅欠起了身子。那人上前一步,看了看张小椅,问:"兰翔呢?"兰翔忙站了起来。那人看了看兰翔,说:"走吧。""去哪?"兰翔问。那人也不理兰翔,只是推了他一把,于是,三四个人都被带出了牢房。

出了牢房,张小椅发现,院子里停着四辆卡车,其中两辆卡车上都是犯人,另两辆卡车上是日军和伪军。张小椅等被押上了其中一辆车子。

傍晚时分,卡车进入一个小镇,从墙上斑驳陆离的字来看,这里是玉龙镇。不一会儿,车子拐了个弯,通过一片脏兮兮的污水地,来到了一个院子里。院子的西侧是个马圈,有七八匹马在慢慢地吃草。院子正中,几个汉奸见车子来了,忙迎了上去,接着押下犯人,分别关在不同的牢房。

兰翔和张小椅被关在一起。牢房里的条件很差,窗户是用木条钉上的。那木条陈旧而破败,看上去不太牢固。地上有一些草,外面有人看守。这些人有点驼背,不断地打着哈欠,来回走了几圈,就搂紧衣服和枪,坐在门口打起了盹儿。

夜深了,虫鸣更为响亮,四处的风刮得呼呼响。

张小椅推了推兰翔。兰翔正装着熟睡,他睁开眼看着张小椅。

张小椅向外指了指,外面那个看守已经不在了。

张小椅慢慢地爬了起来,他向兰翔做着手势,然后跑到那扇窗户下。兰翔一把拽住他,小声地说:"你又要干什么?"接着,他向张小椅不停地摇着手,意思是不能冒险。张小椅小声地说:"再不动,就永远别动了。"说着,他去扒窗户上的木条。他只是轻轻地一用力,一根木条就弯了,他吹了吹手上的灰,再去扒另外一根。

接连下掉几根木条,窗户立刻打开了。张小椅伸头向外看了看。外面一片宁静,只有马圈里的马在轻轻地吃料。

张小椅一弯腰,从牢房里翻越出来,然后,他向兰翔一挥手。兰翔左右看了看,也从里面钻了出来。

两人出了牢房后,张小椅带着兰翔快步向马圈跑去。到了那里,他拉过一匹白马给兰翔。兰翔很意外,他小声地说:"我……我们还是步行吧,这……"

张小椅知道兰翔的心思,不理他,拉着马就往墙外走。兰翔很为难,他左右看了看,也拉着马跟在张小椅后面。到了门外,张小椅跨上马,飞奔而去,后面,兰翔迟疑了一下,也骑上了马。

两人骑马跑了一个多小时,然后进入了一片密林。张小椅跳下马说:"你在这守着,我去奶奶桥。"

兰翔连忙把马拴在树上,说:"我们一起去吧。"张小椅想了想,又向天上看了看。此时,天还没有亮,月亮又大又圆。张小椅说:"好吧。"

两人便在深林中深一脚浅一脚地向前走,不到半个小时,来到了桥上。

张小椅向四处看了看,然后向桥下走去。走到桥下,他用手在石墩处摸了摸,说:"咦?怎么没有了?""是吗?"兰翔走过去,也用手摸了摸,然后伸出手来说,"嗯?哪去了?"张小椅再次走过,伸手在里面摸了几下,说:"麻烦,真没有。"兰翔咂了下嘴问:"里面有没有其他缝隙?"说着又将手伸进去,摸了几下。张小椅摇了摇头,突然他捂着肚子说:"我肚子又疼了。"说完,向桥那头走去。

走到桥墩旁边,张小椅解开裤子,蹲在那儿。

兰翔看着他。夜色很浓,张小椅的身子陷在一片阴郁之中。

"怎么样了?"过了一会儿,兰翔问。张小椅一边系着裤子一边说:"好了,好了。"说着,从深草中站了起来。

见张小椅走过来，兰翔问："文件哪去了呢？"张小椅叹了口气，又走到那个桥墩下，然后伸进手，在里面摸了几遍，然后也咂了下嘴，摇了摇头。兰翔看了张小椅一眼，也再次伸进手去，在里面来回摸了几回。见兰翔空手，张小椅问："没有吧？"

兰翔叹了口气。

"不能在这硬等，我们走吧。"张小椅向四处看了看说。

此时，兰翔特别希望许永福能发现他们，然后带人来追，于是他说："我们都回忆一下，是不是掉在了桥下？"说着，他用手拨拉着桥下的草。

张小椅看出了兰翔的别有用心，他说："不会的，我们快走吧，一旦被发现就来不及了。"说着，自己向桥上爬去。

## 13

把张小椅从喊集转到玉龙镇，是贺贤斋的安排。后来，他们确定这个张小椅有问题。他们不相信张小椅是24号到的，也不相信他迷了路。他们还确定名单就掌握在张小椅手中，只是不知藏在哪儿，而张小椅为什么要在25号前到桥上，又确实是个解不开的谜。为此，唯一的办法就是盯住张小椅，让他现形，而让张小椅越狱成功，就是计谋之一。

当初，考虑到喊集监狱的条件太好，无法让张小椅和兰翔越狱，贺贤斋就让玉龙镇这边做了准备。他们把张小椅和兰翔带来，同时，为了不让张小椅起疑心，还押解了其他几个犯人。没想到的是，张小椅竟然抢了两匹马。这下难题来了：如果开车追击，声响太大，张小椅一旦听到了车声，就不会再去桥下；如果骑马追击，声响也不小。对此，负责监视的许永福和兰金泽傻了眼，许永福连忙给贺贤斋打去了电话。

得知张小椅逃跑，并听说张小椅夺了两匹马，贺贤斋骂了一句脏话，然后命令许永福赶紧追，同时，考虑到深夜骑马，动静太大，会惊动张小椅，他命令许永福带两帮人，一帮人拉着马，一帮人轻装前进，迅速接近目标。

当许永福和兰金泽带着人马赶到古桥附近时，忽然听到远处有隐约的马蹄声。马蹄声是向桥的另一个方向去的。许永福觉得张小椅得手了，他喊道："快，上马，上马！"

这马蹄声正是张小椅和兰翔的马发出的。正跑着，后面的兰翔一下子扯住了马。张小椅问："怎么回事？"

兰翔说："趁他们还没发现，我们歇会儿吧。"

张小椅知道兰翔的心思,他说:"天亮前,如果我们还没走出祝家堡子,就走不出去了。"这时,他们隐约地听到了马蹄声。张小椅说:"他们追上来了,快!"兰翔向后看了看,只好抽了马一下。马受惊,猛地向前跑去。

两人骑着马跑过了祝家堡子,天渐渐地亮了,一轮红日从东而出,此时,敌人也近了,啪,啪,啪啪,枪声大作。张小椅说:"到葫芦岭了。"

葫芦岭在九烟山前面,纵横十八里,当年杨家将就是从这里越过,然后进行征西的。翻过葫芦岭,就是九烟山——土堰县抗日民主政府所在地。

张小椅心中一喜,狠狠地抽了一下马鞭,向山中飞驰而去。

当他们刚钻进山里时,山石后面突然有人向他们招手,并喊着:"是兰队长吗?"兰翔赶紧挥手。那人说:"快点,兰队长,你们后面有人。这边。"张小椅一搜马缰绳,马向密林中飞驰而去,随后,他们听到了一阵密集的枪声。

## 14

天大亮了,四周沉浸在一片灰黄色之中,整个大地如同在锅里煮过一般,湿漉漉、亮晶晶、热气腾腾的。

在土堰县的八路军团部,卞团长接见了兰翔和张小椅。卞团长和兰翔是多年的朋友,见到兰翔,非常高兴。他亲切地拥抱了兰翔,然后不断地拍打着他的肩头,嘴里直骂:"这个家伙,这个家伙。"卞团长告诉兰翔,现在追击他们的敌人被打得抱头鼠窜,许永福当场毙命,兰金泽被打晕在马上,被马拖回去了。来的十几个汉奸,大多被击毙了。

众人一起鼓掌,十分兴奋。这时,兰翔说:"我把庄区长交代给我的任务先说一下吧。"卞团长一挥手说:"太累了,先休息吧。""不!"兰翔坚持说,"我还是先汇报一下。"卞团长笑着用手点了点兰翔,说:"唉,好,你说吧。"

于是,兰翔就把这次来的任务说了一下。提到了自己被捕的经过,谈到情报失踪的前后,他显得很难受。

卞团长也慢慢地严肃起来,他想了想,问:"你们藏文件时,有没有人盯梢?"

兰翔摇了摇头。

卞团长和兰翔在谈话时,张小椅忽然说:"卞团长,我要汇报一件事。"

卞团长跟张小椅不是太熟悉,他问:"你是……?"

兰翔介绍说:"我们区长手下的,叫张小椅。"

卞团长连忙和张小椅握手,说:"你好。你要汇报什么?"

张小椅红着脸说:"很重要。"

卞团长想了想,喊来警卫说:"兰翔,你先跟他们到后面休息。"

见兰翔要走,张小椅严肃地说:"你别走。"

兰翔笑着用手指了指自己,站在那里。

张小椅对卞团长说:"我叫张小椅,跟庄区长好多年了。"

卞团长这才发现,张小椅的衣服都是破烂的,上面有血迹,脸上也有多处划伤。他说:"坐下聊。"

张小椅并没有坐,他说:"那份藏在桥下的名单没有丢,在我手里。还有枪。"说完,张小椅从怀里掏出一包材料来,同时从身后掏出一把盒子枪来。他把这两样东西往桌子上一放,说:"我们当中出现了叛徒。"

卞团长一怔。

"就是他。"张小椅指着兰翔说。

兰翔看着文件和自己的枪,露出一副惊讶状,然后笑着问:"我?我是叛徒?"

"是的。你是叛徒。"

"好吧,你把我叛变的事情说说吧。"

张小椅见兰翔如此镇定,便急了,他愤怒地说:"你还想狡辩!"

兰翔说:"我不狡辩,你说。"

张小椅说:"你在玉龙镇和汉奸在一起,你以为没有人看见?"

兰翔笑了笑,说:"继续。"他掏出一支烟来,点上火。

张小椅说:"你以为名单还在桥上,你带他们去取了。不过,我早已将它们转移了。"

兰翔叹了口气说:"哦!是这样。好,那我问你,我们既然把文件藏得好好的,你为什么要把文件换个地方?"

张小椅脸红了,他说:"文件在……在那里不牢靠,我把它们换了地方,本来是准备碰头时跟你讲的。"

兰翔说:"不牢靠?好。后来,我们碰头了,你没讲啊!"

张小椅愣了一下说:"那时你……你已经叛变了。"

"呵呵,你看见我叛变了?"

"是的,你和他们在一起……"

"谁证明呢?"

"这个……这……"

"还有,我因为什么要叛变呢?"

"敌人打了你,你受不了了。"

"哦!是这样。我被敌人殴打可不是一次了,比这次狠的、野蛮的,甚至人死过去又活过来的,多了,为什么这次我就要叛变呢?"

"……"

兰翔叹了口气,说:"好,我再问你,你为什么不经过我就把文件换地方?其间,我们见面了,你为什么不跟我说?"

张小椅脸涨得通红,他结结巴巴地说:"你……你就是叛徒,你……"

卞团长放下手中的名单,看了看兰翔,说:"好吧。这件事先谈到这里,我考虑一下。"

"不。"兰翔说,"卞团长,我也有问题汇报。"

卞团长连忙摆了摆手,说:"明天再谈。明天庄区长过来。"

"卞团长。"兰翔一脸认真地说,"这件事有许多疑点,我本来是准备等庄区长来了后再说的,他既然说了,那我就说一说。"

卞团长连忙挥了挥手,示意不说了。兰翔把香烟灭了,他把自己的双手递到卞团长面前。

## 15

卞团长并没有对兰翔采取强制措施。

兰翔住在一个单独的房间里。此时,他显得很瘦,垂头丧气的;头发很长了,有一绺披散在他的眼前,乌黑的,两只眼睛很大,但是带着疲惫和困惑。虽然自己的口才好,加上卞团长和自己的友谊,使张小椅没有战胜自己,但是,回想一下,自己昨天说的话根本就经不起推敲,一旦卞团长醒悟过来,问题就会很严重。庄子栋区长很快会赶过来。庄子栋曾经是个老交通员,是老地下党员,还带过自己,今天的事情,都经不起他的推敲。还有,如果自己在这边暴露了,父亲将无人相救,一切的努力和牺牲都归于零,这才是最关键的……

兰翔再也睡不着了。他从床上起来,在屋里来回转着。他转到了窗户前。他发现,这个窗户是有问题的,只是凭借着泥巴将里外封死了。他用手拉了拉木条,果然有一种松动的感觉。一阵欣喜在他的心头掠过,他的心扑通扑通地跳了起来。

他伸头往外看了看。不远处,有个战士在站岗。他想到在玉龙镇,敌人为了给他们逃跑创造条件,把他们安排在一个门窗能拉动的房间……这难道也是一种诡计？但是,他想了想,又觉得不可能。于是他走过去,用手拨动泥土。很快,泥土被扒开,露出一个洞来,最为奇怪的是,此时,这个洞口正处于放哨战士的视线死角。他的心再次扑通扑通跳了起来,然后,他轻轻抬起脚,弯下身体,一下子拱了出去。

出了房间,兰翔惊喜万分,他飞快地跑着。地面是那么坚硬,可他一点感觉也没有,脚上的鞋子掉了,他也来不及去捡。

他一口气跑到了葫芦岭,此时,天已经亮了,四处的树木带着朝霞的余光,湿漉漉的。他躺了下来,呼哧呼哧地喘息着,就在这时,他听到一阵窸窸窣窣的声音,他连忙躲到一棵树后。

不一会儿,一个人出现了。这个人满头是血,踉踉跄跄地走到前面的一棵树下,然后躺了下来。

是兰金泽。

见到兰金泽,兰翔的心里顿时充满了反感。没有兰金泽对父亲的出卖,绝对不会有自己的今天……

"你……你是怎么跑出来的?"兰金泽问。兰翔看着兰金泽坐在自己的面前,说:"阎王爷还没收到我。"

过了一会儿,兰金泽看着毫无表情的兰翔,说:"也不要气我了,确实是我提供了你爹的下落,唉,不都是为你好吗?"

此时,兰翔不想再谈此事了,他摇了摇头,深深地叹了口气。

兰金泽也叹了口气,说:"现在,你要么跟我回去,继续在人家手下混,要么就远走高飞吧,越远越好。"

兰翔想了想,叹了口气说:"我爹怎么办呢?"

兰金泽看了兰翔一眼,又叹了口气,半天才说:"你爹……你爹早就不在了。"

兰翔睁大了眼睛,愣愣地看着兰金泽,半天才喃喃地说:"不在了,死……死了……"

兰金泽低下头,说:"是啊。"

兰翔久久地看着兰金泽,然后痛苦地把头埋了起来。

兰金泽说:"死前我们老弟兄俩谈到过你。他问我你到底能不能守得住,没想到……他为了让你不说出来,当晚就撞墙了。后来,贺贤斋瞒着你,是想哄骗你为他们干事……"

兰翔一下子坐了起来,他的眼泪扑簌簌地落了下来。"他们把我爹埋哪了?"他问。

兰金泽说:"听说当晚就拉走了,也不知道拉哪去了。"

这时,不远处传来了枪声,兰金泽一下子站了起来,他仔细听了听,说:"走,快走。"

兰翔不动,泪水一个劲儿地流。

兰金泽问他:"走不走?"

兰翔仍然不动,在那流着眼泪。兰金泽便扶着树,踉踉跄跄地钻进了树林。

兰金泽走后,兰翔擦去眼泪,点上一根烟,在那大一口小一口地抽着。不一会儿,十几个民兵和八路军冲了过来,庄子栋区长、卞团长和张小椅也在其中。张小椅气喘吁吁地指着兰翔喊道:"兰翔,你不是叛徒你跑什么?"

兰翔脸色苍白,他看着张小椅,没有吭声。

"兰翔……"庄区长喊,沙哑的声音里既有不解,也有无限的痛心和愤怒。

兰翔愣愣地看着庄子栋,他把烟蒂扔了,然后站了起来突然笑了笑,然后猛地向身后摸去。

"啪啪啪……啪啪啪……"十几个战士都开枪了。在众多子弹的冲击下,兰翔轰然向后倒了下去。

兰翔倒下后,一个大个子民兵向他跑了过去。跑到兰翔的尸体旁,大个子小心地拨开兰翔身上带血的衣服,然后在兰翔身上摸索着,结果什么都没搜到。

张小椅叹了口气,他仰头向天上看去。

天上,一只老鹰颓然地扇着翅膀,向一片乌云飞了过去……

原载于《绿洲》2022年第6期,《小说选刊》2022年第12期转载

## 往洞里灌水

### 洪 放

"我凭什么要对你说？我的事。"他停了下，又说，"我的事，为什么要对你说？"老头歪着脖子，身子往前倾着。他的眼睛在并不太明亮的屋子里，被苍茫的天光给笼罩着。他见我没回答，又将身子往前倾了倾，差一点就挨在了床沿上。我赶紧伸手扶住他。他躲了下，这个躲的动作，迅速而准确，不太像一个久病独处多年的人。他又重复了一句："凭什么要跟你说？"

"老先生，不是我要您说，是黄总让我来陪您的。"

"黄总？哪个黄总？"

"黄念鲁，荣成集团的老总。"

"我不认识！"老头梗着脖子。事实上，三天前是黄念鲁带着我进这深巷子里的小屋的。那时候，老头正坐在屋门前的竹椅上，面容清净，看不出异样。见我们来，他也不招呼。黄念鲁先上前喊他，他也不应。黄念鲁说："他话少。有时，好几天也不说一句话。"

"谁说我不说话？我不想和——人——说话。"老头突然冒了句。

黄念鲁没被吓着，我倒是被吓了一愣。老头的青桐本地口音中夹杂着普通话的味儿，且共鸣很好。老头从竹椅上站起来，走了两步，正好擦过我和黄念鲁，蹲下来，看着墙根。

墙根与地面间有一条很长的裂缝，长着青草。老头蹲在那里，黄念鲁也蹲了下去，我站着，就听见老头问："还不出来？"

问谁呢？我张望了下，除了我们三人，这深巷小院里没别的人。院子很旧，院墙很低矮。从外面的大街走进来，估计有三四百米。巷子是越走越窄。这院子是巷子尽头的最后一座宅子。青砖墙剥落，墙上开着些黄花。黄念鲁说他几次要安排人来翻修这屋子，老头就是不同意。有一次，差点用菜刀砍了来翻修的工人。四周很静。老头又问了句，声音大了，有些苍哑："还不出来？"

"它们不会出来的。"黄念鲁应了句。

"胡说！"老头起身，他身子有轻微的佝偻，脊椎的弧度如同初月。他也不看我们，只是走向院子的另一边。狭小的院子，宽不过三米。他走到一口大缸前，这是口有些年头的大缸,缸身上长着青苔。他拿起缸内的水瓢,舀了半瓢水,然后又走过来,蹲在墙缝前。他将水灌向墙缝间的一个大洞。一边灌,一边问:"还不出来?"

"从我来这屋第一天,他就这样了。一直灌,一直灌!"黄念鲁笑着说。

"灌出什么了?"

"不知道。"

那天,黄念鲁看着老头灌完洞,然后将我拉到老头面前,说:"他是专门来陪您说话的。您不是有许多话要说吗?"

老头翻了下白眼,那白眼,混浊却有力道。他丢了句:"我不和——人——说话。"便进屋了。

黄念鲁走后,我在门前的竹椅上坐了一个小时。想想我这样一个也算有点名气的作家,如今要来给这个不愿意跟人说话的老头写传记,我心生悲凉。不过,看着墙缝间的洞,想着老头怪异的腔调,我又来了兴致。说不定老头就是我下一部小说的主角。我需要故事,我的写作一直没有突破,就是缺乏好的故事。我直觉认为这老头有戏。想到这,我的心甚至比这深巷里的屋子更明亮。

当然,那一天,我没有再听到老头说一句话。他一直蜷缩在床上,也不睡。到中午时,他起来喝了点水,又灌了一次洞。他没理会我,视我如空气。我只好离开。第二天几乎是第一天的重复。到了今天是第三天,我一进屋,老头竟然招呼了声,说:"那一年九月,一直下雨。一九九三年,还是一九九四年?"

"这……"我有些兴奋,虽然我不知道确切的答案,但这是一条河流的开始,我不能让它停了。我说:"一九九四年吧!"

"不,一九九三年!"老头斩钉截铁,"那年九月,我们公司开大会。"

"对,那年九月,您的公司开大会。什么状况?"

"一万多人哪。那时,我手卜有一万多人。一万多,一万多!"

"一万多?大公司。您是……?"

"鲁总。鲁总!鲁总坐在主席台上,台下黑压压一片人头……"他此刻清了清嗓子,说,"公司业绩破十亿了。来,大家庆祝下!"他挥起手,那是一双枯瘦的手。他嘴角冒出白沫,突然就停了。

"鲁老,鲁老!"我喊着上前看他,他摇摇头。他的手从空中慢慢耷拉回来,又在床边的桌子上摸索起一只茶杯。他端起杯子,喝了口水。冷水刺激着他,他咳嗽了一阵。他胸腔里呼啦呼啦地像红旗翻卷。他嘴张着,却再没声音。我要接他手里的杯子,老头却盯着我,说:"我的事,凭什么要对你说?"

老头从床上下来,套了鞋,到院子里,先蹲在墙缝前看了会儿,然后走到水缸前。我对老头说:"老先生,您要真不说的话,将来谁知道您的那一万人的大公司?"

老头回过身。深巷里正飘来一阵桂花的香气。老头长叹了声,说:"我的大公司?在哪?你?还是那个黑胖子?怎么都不出来?怎么都不出来?"

我发现了一个怪现象:墙缝间的青草都向大洞倾着,它们盖着大洞,而若隐若现之中,正透着一星半点的精亮。

黄念鲁打电话问我进展如何,我抱怨了句:"没进展。一直不说话,灌洞。"

"那没办法。王老师,耐心点。"黄念鲁跟我说话,一直客客气气。他说自己也是个文化人,至少算一个倾慕文化的人。他的荣成集团,是青桐第二家上市企业,市值八十多亿。以前,我一般不太和这类功成名就的企业家打交道。但黄念鲁是个例外。他通过文联的领导找到我的电话,然后请我出来小坐。地点居然就在我经常一个人喝酒的云天居。他点的几个小菜,也都是我经常点的小菜。甚至茶水,也是我喜欢喝的黄茶。他陪我喝本地的青桐老酒,喝尽三杯,他转到了正题上:"我想请您写本传记!"

"不行。"

"王老师,别急着拒绝。不是为我写传记,而是为另外一个人。"他用杯子碰了下我的杯子,然后一口喝尽了,说,"他值得写。我必须请您为他写。"

"是谁?"

"我一时半会儿说不清。您答应了,就知道了。"他从包里拿出一张纸,纸上打印着三五百字。他递给我,我扫了眼,应该是他口中的传主的小传。他说:"这是目前最简单也最全的资料。他这人就像没来到这个世间一样,留下的痕迹太少。不过,他心里的东西一定很多。"

"您怎么知道他心里的东西?他是您的……"

"我去见过他多次。不过,他基本没跟我说话。至于我跟他的关系,很复杂。我请您不要再追问。同时,如果王老师您答应了,酬劳请您自己定,但必须保密。"黄念鲁说,"这事要加紧。我有感觉,他活不了多久。"

"是因为他活不了多久,您才如此着急来找我?"

"也算是吧,但不全是。"黄念鲁平时在电视上经常见,有那种当下企业家应该有的气场。但这一会儿,他眯眼望着我,眼神恳切,甚至有些庄严。这打动了我。当然,打动我的还有些其他的原因。我说:"我得先看看。"

"行!"黄念鲁跟我约好时间,就起身告辞了。我一个人坐在云天居里,听着丝竹,看那张纸。确实简单,只有姓——鲁,没有名字,出生年月是二十世纪六十年代初,后面写着:曾任某报记者,某大公司副总。三十五岁时因病隐居青桐。

我将纸的反面也看了下。就这么简单,三五十字。倒是后面的"隐居"二字让我兴趣陡增。事实上,当我进到深巷后,"隐居"这两个字就时时浮现上来。大隐隐于市。这难道是大隐?我也曾不止一次地有过隐居的念头,但隐的地方不是这城市,而是青山与绿水之间。同古人的话一比较,我是低了格的。我就在这深巷屋子里待了三天,老头,应该是鲁老头,说了不到十句话。按这个进度,也许十年八年出不了一本传记。

我问黄念鲁:"还能采访到其他人吗?"

"应该能,但没法采访。"

"这……"

黄念鲁声音小了,说:"王老师,既然接了,就慢慢来吧。我不会亏待您,至少比您写小说好。"

"那不一样!"我挂了电话。其时,我正在深巷口,大街上落着黄叶,有些车辆跑得一点声音都没有,而有些车辆则闹腾得欢。我看了会儿车辆,回头进巷。阳光随着我进巷的步子,一寸寸矮下去。到了巷子尽头,阳光已矮到了墙根儿。我穿着薄羽绒服,刚才在大街上,我解了扣子。现在,扣子已全部扣上,身子却一哆嗦。门是开着的,我进门喊了声:"鲁老!"

一个漆黑的影子哗地站起来,就在门边上,影子立马堵住了我。我推门时,眼睛应该是望着门的上方,因此忽视了这影子的存在。我往后退着,说:"这……"我明白过来这是老头,他应该是刚从墙缝那边灌完洞过来的。他拍着上衣。这个男人,干瘦,但干净。他的屋子里,也没有久居病人的那种气味。而且,我甚至怀疑黄念鲁所说的这是个久病独处的人是否准确。我笑道:"秋天了,阳光向西,晒到东墙了。"

阳光近似梯形,映着东墙。老头坐到竹椅上,我正要跟过去,他却突然起来,走到门边上向外张望。

"望什么呢?巷子里没人的。"

"该来了。"他声调轻柔,又说了句,"该来了。"

"谁该来了?"我一下有了兴致。

老头没回答,接着他转身,关门,重新回到竹椅上。他望着天空,一行大雁正在空中列着"人"字形飞过。"一、二、三、四……二十一、二十二、二十三……三十四、三十五!"他戛然而止。

"三十五,还有呢!"我说。

老头将目光从空中拉回到我脸上。说他是老头,其实也不确切。黄念鲁说他生于二十世纪六十年代初,那应该才六十岁左右。早些年,物资匮乏,饭都吃不饱,所以人长得显老。我们儿时,六十岁的人戴上一顶帽子,脸上满是皱纹,像个核桃,就是个老人样。现如今,六十岁的人在商场上、情场上、官场上,都还在蹦跶个不停,脸上也光光净净,顶多是中年的尾巴。也许是久病独处,他身上有一缕暮气。但整个看来,还没龙钟之态。他盯着我,头摇了摇,转身回屋。我想跟进去,可他掩了门。一分钟不到,他手里捧着一大堆折纸出来,也不问,就直接塞到我手上。全是大雁,但个头小,每个头上都点着红色的眼睛。我数数,三十五只。正好三十五只。刚才,他数到三十五时戛然而止。我问:"这是……? 年龄? 还是一个人?"

"都不是。是我。"他眼睛睁大了,问我:"我是谁? 你为什么在这?"

"你姓鲁! 想起来了吧? 我是来和你说话的。"

"我不和——人——说话。"他生气了,小跑着蹲到墙缝前。接着,又转身从水缸里舀水,再转身往洞里灌。水咕咕响,接着便寂静。院子和屋子都沉入寂静。在我离开时,他忽然站到门口,说:"雁,走好!"

他每天总要断断续续说上三五句话,没头没脑。但连贯起来,我总算有了些印象。他姓鲁,这我知道。而且,我知道了他叫鲁成。鲁成从前是个上万人的大公司的副总,公司上市,他坐在台上,手一挥,成万上亿的票子就满天飞。

那应该是他得意的时候。

中间下了一场秋雨。秋雨下一场,天冷一分。他坐在竹椅上,用手掌接雨。每三天便有人来给他送菜。我拦住送菜的人,这是个比鲁成更老的男人。我问他:"送多少年了? 谁让你送的?"

"送三年了。在这之前,应该也有其他人在送。有人出钱,我们就送。"男人狡黠地笑,点了根烟。烟气在深巷里盘旋着,一部分似乎进入了小院,老头咳嗽了声。

"你知道这人的事?"我进了一步。

男人用手捏着烟屁股,摇着头,说:"不知道。一句话也听不见他说。"

那天下午,雨在送菜男人走后忽然停了。不仅停了,且出了大太阳。那太阳少有地大面积地照着小院子,老头在院子里走来走去。他攥着手,居然唱了句:"雁南飞,雁南飞,雁叫声声心欲碎……"

"你声音还真好听。"我赞美道。

他却停了,望着我。

"为什么上市不到一年就面临破产?"他拉住我的手,问,"你一定知道。我们破产了,你来并购。为什么?黄大荣,我认得你!"

"黄大荣?"我刚问出,便立即改了口。我必须成为老头口中的黄大荣。我便回道:"我来并购你,那是因为你们公司搞不下去了,市值一跌再跌,几番停盘。我来并购,是解救你。"

"哈哈哈,哈哈……"老头松了手,他的手颤抖着。接着,我看见他整个人都在起伏,随之,便是哇的一声号啕。号啕声充满了整个院子,一直延伸到巷子里。有些声音,也一定沉向了墙缝,他接着便蹲在洞前,喊着:"出来,出来!一直争,争!我不争了,不争了!出来!"

"跟谁争?黄大荣?"

他的号啕像被刀劈断的竹子,陡然而起,陡然而停。

那天晚上,青桐的几个写文章的聚在一块。大家喝酒、聊天。我趁着酒意,问道:"黄大荣,谁知道?"

东门的李愁予将酒杯放到桌上,跷着兰花指,正要开口,我骂了句:"文章写得像钢一样,手指却像水、妖!"

"我就得妖。这年头,就得妖,妖娆。"李愁予当年倾慕诗人郑愁予,因此起了个笔名李愁予。自从有了这笔名,他便同时有了兰花指。他不理会我骂,幽幽地问:"是黄大荣吧?以前就住在我家边上。二十世纪在上海搞企业,做得很大。现在回来了,听说住在青桐山中的一座别墅里。"

"住山里?"我轻声道,"也是隐居啊!都怎么了?"

"没怎么。有钱人隐居,深山也是都市。他儿子的荣成集团,知道吧?上市公司。我曾经想写写他们。那可是一对有故事的父子啊。老王,你写小说,应该写写他们。"李愁予咪了口酒。

我也咪了口,说:"写不了,没故事。"

"我有啊。当年,黄大荣在上海开公司,一番搏杀,成了龙头。后来也衰落了。当然,都是十几二十年前的事了。他儿子将公司迁回青桐。上周,我还在东门口见到黄大荣,穿着一身汉服,后面跟着个三十来岁的女人。那女人原来是个空姐……"

我敬了李愁予一杯,拉着他就要走。他急了,问:"干啥?"

"去山里,找黄大荣。"我说完,他抓住桌子角,不干了。我问为啥,他不说。倒是三子有些暧昧地说了:"他哪敢去?上次差点被打断了腿。"

三子还要往下说,李愁予唰地跳起来,扑在三子身上。三子不说了,只望着我坏笑。我正要再问,黄念鲁打来了电话,说:"正喝酒吧,王老师?可别忘了我的正事啊!"

"没忘。"我不太高兴,说话也冲。李愁予憋着嗓子喊了声:"老板,上来吧!"

黄念鲁在电话那边笑了下,说:"不耽误王老师了。我给您找了些资料,明天带给您。"

半夜酒醒,我看手机上有李愁予的好几个未接电话。我回拨过去,他一接电话,就老实道:"哥哥,我不能去山里啊。我老实说了吧,我跟黄大荣的那女人……"

"你真能!"我说,"小心他们劈了你的兰花指!"

第二天,黄念鲁在深巷口等我。他交给我一摞材料,说是请上海那边的朋友搜集的。同时,他递给我一张卡片,说:"去找下这个人。"

我看看卡片,上面写着"白草巷27号胡恒秋"。我点点头。黄念鲁又递给我一张银行卡,说:"这是五万。算是第一期酬劳。王老师,辛苦您了。"

"等写好再说吧。"我推辞着。黄念鲁将卡塞进我口袋里,又拍拍口袋,说:"您不能去找黄大荣,他不会说实话的。"

"为什么?你们可是……"

"这个您别问,别去找他就对了。"说罢,黄念鲁上车走了。

老头手里拿着一把口琴,我问:"哪来的?能吹吗?"

口琴是白色的,但因为时间,明显能看出琴缘呈微微的黄色。老头斜睨着我,然后将口琴放到嘴边。

没有声音,我等了会儿,还是没有声音。我想问,突然,声音起来了,舒缓、明亮。像无边的大草原,风吹草浪,而牛羊正在草浪间静静地吃草。接着,便是那望向天空的目光,那些询问,那些回答,那些流淌的爱情,将草原充满。口琴声遥远,如同穿越时空而来,又向着广袤的时空而去。

曲子突然换了。

我听见,对,是听见,一群大雁正飞过,它们翅膀与空气摩擦的声音,它们唇间所散发出的热气,还有它们始终往南的执着……口琴声断了,老头的手和嘴都在颤抖。他热泪盈眶,直直地走向墙缝。他盯着洞,喊着:"出来吧,出来!出来!"

那天下午,我与老头相对无言。他没说一句话,只是漠然地盯着那洞。他灌了三次水,就在那过程中,他手上的口琴消失不见。我也没问,直到黄昏,我将离开,老头却拉起我的手,说:"台下那么多人看着我,走,我们到屋里说话。"

我们进了屋。屋里更苍茫了。他摸索着,从床后拿出个帆布袋扔给我。他说:"工人文化宫那边有一大片葵花,你看见过吗?"

"没有。"我想了想,又说,"也许看过。"

"你不可能看过。"他说,"那只有我和她看过。那只是我和她的。"

"她是谁?"

老头狠狠地瞪着我,骂道:"我不和——人——说话!"

那天晚上,我翻看着黄念鲁给我的材料,内容丰富。一个公司和一个人的历史渐渐浮现。上万人在台下坐着,上万双眼盯着台上的人。而台上,空空荡荡。台上那个上万人公司的副总,如今蜷坐在深巷里的小屋中。黄念鲁为什么要给我这些?仅仅是为了写这老头的传记?而,他为什么要请我给这老头写传记?材料已提供了脉络。荣成集团的前身即当年黄大荣在上海的集团,而黄大荣的集团与这老头的上万人的公司又是……?

我为此头疼。一个作家,显然缺乏厘清这背后事实的能力。我放下材料,眼前又闪过墙缝间的洞。老头在喊什么?那些长年累月灌进去的水又去了哪里?那把口琴又消失在哪里?

唉!

凌晨五点,手机里蹦出信息:"我想见你!"

"你是谁?"

"云天居,上午九点。"

云天居九点开门,这人时间掐得很准。而且,这人清楚我喜欢到云天居。我稍稍猜了猜这人是谁,但旋即否定了。我吃了早饭,九点准时到了云天居。正在将盆栽移出门外的老板指着里面说:"已在等了!"

是个女人。看起来不到三十岁,标致。也没招呼,她直接问:"我知道您在写鲁成的传记。"

"是的。"

"确实应该写。"她掠了下头发,说,"我想告诉您一件事,也许您写传记时用得着。"

"好啊。"

"当年黄大荣在上海创办企业的时候,他的第一桶金就与您现在要写传记的那老头有关。"她将咖啡杯子放下,又端起来,说,"他杀死了那老头的一万人的大公司。后来,那老头就疯了。"

"你听谁说的?"

"这个,我不必告诉您!"

"那你为什么要对我说?"

"我父亲是当年跟在那老头后面的一位高管。企业破产后,我父亲就酗酒,后来就中风了,到现在还瘫在床上。"她叹了声,"一切看起来就是个轮回。我却到荣成集团来了。"

"荣成?你是黄念鲁公司的?"

"我在那拿钱,但在他父亲那儿做事。"

我立即想到李愁予说的那女人,但我没点破。我问:"当年,黄大荣怎么挖的他的第一桶金?"

"我也不清楚,我知道的就这些。"女人站起身。我其实还想从她口里听到更多关于老头的信息,但显然,她不准备再告诉我了,或者说她确实已经没什么可告诉我了。她往门口走,我送她。在门外握手告别,她问了句:"写这个传记,对您这个作家,有意义吗?"

没等我回答,她已经转过街角。一阵落叶,覆盖了她的背影。

她是谁?我没来得及问。而她问我这个传记写作有没有意义,这让我在云天居独自坐了一上午。

下午,按照黄念鲁给的地址,我找到了白草巷。这是同样隐秘的一条巷子,不过,它两头通透。27号,门开着,院子里晒着被子。我叩着门,问:"有人吗?"

"有。你找谁?"一个个子不高、满头白发的老人出来,他戴副眼镜,眼光柔和。

"胡恒秋。"

"我就是。"

我们往院子里走,院角有一方小亭子,里面有椅子、桌子。胡恒秋,不,应该叫胡老让我坐下。他一边倒茶一边说:"我们面生,第一次见吧?"

"第一次。我想向您打听一个人。"

"谁?"

"鲁成。"

"啊!"胡恒秋恍惚了下,他沉默着。风从亭子上吹过,我坐在亭子里面能听见风的波浪。他再一次给我倒茶。坐下后,他说:"鲁成是我的学生,我教了他三年。还有黄大荣,他们是一个班的。两个人好得不得了,后来又一起考了大学,分配回青桐。之后一道辞职下海,去海南,再到上海。两个人都经商,都做得大,只是后来……"

我们一直坐在亭子里,风渐渐向晚。胡恒秋说到最后,摘下眼镜,拭了拭眼睛。我说:"两条平行的河流,一旦交叉,要么就更阔大,要么就是有一条消亡。"

胡恒秋将地上的一片落叶捡起来,放在手心里摩挲着。那是片银杏叶,金黄。早些年我们经常在那上面写诗。我问:"鲁成最后疯了,您知道吗?"

"疯了?我不知道。怎么了?我只听说他的公司破产了。他现在还在吗?"

"还在。就在青桐。不过,我不能对您说。"我告辞时,胡恒秋说将来传记要是出版了,一定得送他一本。

"那一定!"我说。

今年的雪来得早。第一场雪落下的时候,我正在老头的小屋里。看了黄念鲁给的材料,又认真地整理了老头扔给我的帆布袋。对于这老头的一生,我总算有了一个大概的轮廓。也正因此,我能将他断断续续的话语连贯起来进行考虑。他每天总要一次次地灌墙缝前的洞。在第一场雪中,我竟然看见那洞中长出一株小葵花。不到一尺高,却顶着一个比巴掌大的花盘。那花金黄,雪花落在花盘上,迅速被花盘给吸净。

"那葵花怎么长出来的?"我问老头。

"从天上长出来的。"老头很严肃。

我说:"那么大的花盘。"

"脸。脸。多好看。"老头咕噜说,"一万人坐在台下,多像这葵花!一万朵葵花。飘浮着,没了。"

"怎么没了?"

"我总记得有一个人。是谁?为什么不出来?"老头从床上下来,趿拉着鞋子,要冲出屋去。我拉住他,说:"雪太大了。"

"对,就是雪。我们的老师姓胡,老师说,全班就你们三个最有出息。"老头回到床上,眯了会儿眼睛。老头忽然又睁开眼,问:"你为什么来陪我?"

"你为什么一直在这?"我也问。

203

老头用手拍着脑袋,绿豆似的眼睛里放着光芒。老头说:"雁,你为什么在我床上?你不是雁,你到底是谁?"

我愣了下,无法回答老头的问题。我看着他又从床上下来,趿拉着鞋子,冲进了雪中。他蹲在墙缝前,然后舀水往洞里灌。葵花在他倒下去的水中一点点矮去,然后消失。我想起那把口琴。

我也蹲下来,想抢住那朵葵花。但就在我的手指接触到葵花的花盘时,它不见了。老头已重新站在门边上,说:"我不跟——人——说话。"接着,他说,"已经几十年没人来了。"

我其实一直有个企图,想告诉老头我是被黄念鲁请来给他写传记的。或许,这样会出现奇迹,会唤醒他,会让他配合我。不过,我否定了自己的企图。在老头的眼里,他没跟——人——说话。他所有的话语,都是自言自语。而我,只是空气,只是浮尘,只是——那洞中的一个。他在他的世界里,那个世界离我们的距离,绝对远过这城市和深巷。

雪中,我们沉默着。

我打电话给黄念鲁,我要去一趟上海。黄念鲁让人给我订了机票,当天晚上,我降落在虹桥机场。上海没下雪。高楼与人流跟三十多年前相比,也许并没有改变。我寻找那个万人的公司。

没有一点痕迹。三天后,我回到了青桐。

李愁予边给我倒酒边说他们那个筒子楼要拆迁了,他昨天晚上又在那早已是危房的筒子楼里转了圈,心里还真有些伤感。他碰了下我的酒杯子,说:"不过,我还是感觉,时光似乎压根儿就没动过。我七岁时在筒子楼的墙壁上画下的那只螃蟹,现在还活着。"

"一个人,一幢建筑的生命,在时间上是没有刻度的。"我想到那个洞。

李愁予望着我,说:"太哲学了。老王,难怪最近没读到你的小说,原来面壁去了啊!"

"面壁?"我又想起那洞。老头也许才是真正的面壁者,我没跟李愁予说。我们继续喝酒。最后,我不经意地问:"上次你说的那个黄大荣的空姐,现在?"

"好像走了。反正再没看见。"李愁予开始伤感,说,"我为她写了一大组诗,还没来得及献给她。"

"啊。"我问,"黄大荣也走了?"

"没有,还在山里。"

"一个人?"

"当然不是。他不止空姐那一个女人,他还有。"

"他没夫人?"

"听说死了三十多年了。"

我们没再继续关于黄大荣的话题。黄念鲁有言在先,我得慎重地对待他的话。李愁予坚持让我听他写给空姐的诗。说实话,确实不错,甚至有些感人。他写到黄昏、河流、石头、树与独行的飞鸟,还写到星辰、山、屋顶上的水渍……听到最后,我想如果李愁予在诗里写到葵花,应该就更好了。

雪停后,我步行去深巷。刚到巷子口,就迎面撞上一个人。他穿得厚实,四块瓦的帽子,大围巾围着整个脸,还戴着副墨镜。他低着头,直到与我撞着,才匆匆抬起头,向我拱手作了个揖。我说:"雪天,也不看路?"

他又作了个揖,但他步子并没停。等这个揖作完,他已经出了巷子。

这是我在这深巷里碰见的第三个人。黄念鲁、送菜的老头,再就是这人。我回头追出深巷,整个大街都空着,如同一个被清空了的洞穴。

我进小院时,老头正跪在雪地里。

我看到一行脚印,沿着墙缝前的洞,若隐若现。我问:"谁来过?"

老头没回答。

我又问:"黄大荣?"

老头动了下,接着,他的喉咙开始翻滚,他将双手伸向空中,嘴里发出号叫。仿佛一只狼,对着无边空寂的大漠之月。

最后,他倒在了雪地之中。

春天很快来临。在冬春之交的这段日子里,我一直待在青桐的书房里,或者去云天居。老头一直住在医院里。据黄念鲁说,老头从进医院开始就没再醒过。我本来打算去看望老头,但想着这传记,怎么着也得往前加紧赶。我从前不觉得这传记有分量,现在感到它越发沉重。我只有把它写出来,我也必须把它写出来。

完稿那天,我看了下电脑字符,六万八千字。我如释重负。这些年写小说,没有一部小说能让我有如此感觉。我到云天居喝了酒,又到深巷子那边,一直走到院子里。墙缝间正伸出一丛茸茸的小草,但那个洞,老头一直灌着的洞却不见了。

不见的东西太多,我无法深究。我给黄念鲁打电话,告诉他传记写好了。

"那发给我吧。"黄念鲁很快就否定道,"其实也不必看。您明天将传记打印稿和U盘一道给我。记住,自己的电脑里再也不要存了。不要存!"

"我不会存的。传记是属于老头的,我何必存?"我答道。

"那好,我下午让人跟您结账。"黄念鲁似乎叹了口气,说,"老头怕是得走了,也就这一两天的事儿。王老师,您赶上了趟儿。"

"啊?真不行了?"我问。

"他也撑了太久,都三十多年了。"黄念鲁说,"这样,您明天等我通知。"

晚上,我又仔细地看了遍传记,校订了几个小错误,然后将老头的材料都装进帆布袋里。这些,我明天都得交给黄念鲁。这样做完,已是凌晨。人一下子空落起来,我甚至给李愁予打电话,想约他出来喝酒。但他手机关机。我想起那个约我到云天居喝茶的女人。仿佛这一切都是幻觉,只有这六万八千字的传记是唯一的真实。

早晨八点,黄念鲁发来短信:老头走了,三天后火化。

我问:传记呢?

到时带过来,打印稿和U盘。

好。

殡仪馆偌大的告别厅里只有我和黄念鲁两个人。"从来不知道他有哪些亲属,也没法通知。所以……"黄念鲁解释着。

我将传记打印稿和U盘递给黄念鲁。他接过,看都没看,就蹲下身子,将打印稿放进了正在燃烧的盆里。我下意识地伸了伸手,但很快就缩回来了。打印稿随着那些黄纸,被烧得翻卷起来,然后向上飞舞,接着再落下,最后化为灰烬。这过程,仅短短两三分钟。

黄念鲁又拿出U盘,看了下我,将它扔进了灰烬里。

我的手这回没伸了,它们服帖地靠着我的身体。U盘在灰烬中突然闪爆,声音苍茫且热烈。黄念鲁笑着说:"老头应该是看到了,瞧他这脾气!"

"是该看到了。"我说。

黄念鲁道:"因为时间,一切都没有意义了。知道吗?待会儿,我们公司就要宣布破产了。"

我没有惊讶。因为时间,一切都没有意义。连同我写的传记。而闪爆已归于平静。黄念鲁从口袋里掏出一封信,那信封有些发黄了。他小心地打开信封,只有一张纸。他看了会儿,然后,又将信封连同信纸一道扔进了盆里。

很快,它们都消失了,大厅里却开始弥漫起汩汩的水声。水声中,老头正在喊着:"出来吧,都出来吧!出来!"

那天离开殡仪馆时,我似乎看见一个戴着四块瓦帽子的有些熟悉的人影一闪不见。我想起我刚才用眼角瞥到的黄念鲁那封信,那应该是一个女人的笔迹,清秀,在信纸的最下方,写着一个很小却异常清晰的"雁"字。

原载于《时代文学》2022年第2期

## 白莲花般的云朵
### 曹多勇

那一年,大河湾盖了学校,县里分派一男一女两个老师过来。男的叫龙维允,女的叫孙艳梅,是两口子。他俩带四个孩子,大的一个是男孩,小的一个是丫头,三子四子是双生子。大河湾双生子少,我们五小队一对双生子都没生。双生子长得一模一样,穿得一模一样。我跟前跟后瞧他俩,心里好稀奇。稀奇什么呢?世上怎么会有一模一样的两个孩子?他们家过去住在县城里,但孩子起名跟大河湾人家没二样。大的一个叫大毛,小的一个叫小毛。大毛跟小毛在一块玩,我分不清哪个孩子对哪个孩子。大毛跟小毛要是不在一块玩,一会见到这个孩子,一会见到那个孩子,头脑一时转不过弯子,有一种诡异的感觉。

我回家问娘:"什么叫双生子?"

娘说:"一胎生两个孩子就叫双生子。"

我问娘:"是不是双生子都长得一样?"

娘说:"有的双生子长得一样,有的双生子长得不一样。"

我问娘:"怎么会有的双生子长得一样,有的双生子长得不一样?"

娘想一想,说:"要是双生子一个是男孩一个是丫头,就会不一样。"

我继续问娘:"要是双生子都生男孩、都生丫头是不是长得就一样?"

娘说:"那可不一定,有的长得像,有的长得不像,有的小时候像,长一长就不像了。"

大(爸)在一旁赶紧说:"叫你娘赶明儿生双生子弟弟怎么样?"

娘说:"你家老坟头上没长这样的一棵蒿子。"

依照娘的说法,谁家生双生子那是上辈子人积德修来的,不是下菜园地拔一棵小白菜,想拔回家就拔回家。

龙维允家来大河湾在秋天里。秋天里,大河湾人家的菜园地里长满绿油油的菜,龙维允家吃菜却难心。一来大河湾没人家卖菜,龙维允去煤矿上买菜不便利。二来龙维允家没菜园地不种菜,吃菜不便利。怎么办呢?大队干部说:"龙维允一家跑大河湾来干什么?还不是教大河湾的孩子念书认字,你们家地里有吃不掉的菜,叫孩子上课带一把过去。"

隔一天，上学的孩子，人人往学校带菜。辣椒、茄子、豆角、马铃薯、洋葱、辣萝卜，各样菜，五颜六色地堆满一讲台。龙维允说："你们一下带这么多菜，我家一个礼拜都吃不掉！"马铃薯和洋葱，搁那里一个礼拜不会坏。辣椒和茄子，搁那里三天就坏掉。龙维允想办法，像班级扫地排值日表一样安排，谁家有辣椒，谁家有茄子，谁家有芫荽，谁家有蒜苗，轮番往学校带。龙维允家的一天三顿锅，龙维允不烧，孙艳梅烧。每天下午放学前，龙维允都问一声孙艳梅，我们家明天吃什么菜，我安排学生带。孙艳梅想一想，说出两三样菜，龙维允去跟孩子说。

龙维允一家是南方人，先到县城里的学校，再到大河湾的学校。我们当地人能吃辣椒，他们家不能吃辣椒。孩子带的辣椒辣，龙维允一家子人吃不下。饭桌子上，他们家大人孩子辣得吸溜嘴。四个孩子埋怨孙艳梅菜里辣椒放多了。孙艳梅埋怨学生带的辣椒辣。孙艳梅跟龙维允说："你跟学生说，要带就带不辣的辣椒。"龙维允说："他们怎么知道哪一种辣椒辣，哪一种辣椒不辣？总不能叫他们上嘴尝一尝吧？"孙艳梅说："那你就跟学生说，我们家不吃辣椒了。"

龙维允去教室问孩子："你们知道哪一种辣椒辣，哪一种辣椒不辣吗？"孩子说："知道！"龙维允问："你们上嘴尝？"孩子说："不上嘴尝。"龙维允问："不上嘴尝怎么知道？"孩子说："老辣椒辣，辣椒妞不辣。"辣椒妞，就是嫩辣椒。龙维允说："那你们就带辣椒妞。"

大河湾人家吃辣椒喜欢吃老辣椒。辣椒长老，紫里泛红，一个赛一个辣。辣椒妞不辣，青嫩嫩的一股子青气，大河湾人家不吃辣椒妞。辣椒妞孩子往学校带，龙维允家吃。

大河湾人家吃豆角喜欢吃老豆角。豆角长老，有肉有粒。拌上面，上锅煎一煎，稀稀稠稠烧半锅，一人一碗当饭吃。龙维允家不喜欢吃拌面煎出来的老豆角。龙维允跟孩子说："你们带豆角妞，我们家吃豆角妞。"龙维允家吃豆角妞，炝菜吃。瘦肉切丝，热锅冷油，跟嫩豆角一炝，就是一盘菜。

大河湾人家吃洋葱跟吃老豆角一个吃法，拌上面，上锅煎一煎，稀稀稠稠烧半锅，一人一碗当饭吃。龙维允家不吃洋葱，大河湾人家胡乱猜。有人说，他们家不能吃辣椒，就不能吃洋葱。有人说，洋葱跟辣椒不一样，洋葱烧出来没辣味。有人说，他们家不吃洋葱，是怕吃洋葱放屁。大河湾有着童谣："吃洋葱放洋屁，洋鬼子听见不愿意。"村人这么一猜，八九不离十。有人说，龙维允家是老师，吃洋葱在教室里放屁怎么办？有人说，天底下没人不放屁，就算不吃洋葱，照样放屁。有人说，放屁跟放屁不一样，吃洋葱格外地好放屁，格外地熏臭人。

龙维允家除了不吃洋葱,还不吃冬瓜。有人说,龙维允家不吃冬瓜,那是冬瓜酸溜溜的不好吃。有人说,龙维允家不吃冬瓜,那是龙维允家拿工资有钱,那是龙维允家吃商品粮有肉票,想吃肉就上煤矿砍二斤,你说顿顿有肉吃的人家,谁家想吃冬瓜?

这一天,孙艳梅跟龙维允说:"你明天去煤矿砍二斤肉回来家,你没见四个孩子都不想吃饭啦?"连续几天不沾荤,不说四个孩子,两个大人都熬得慌了。龙维允说:"我明天去邮电局取报纸,顺便砍二斤肉带回来家。"

邮电局在煤矿上。十天半个月,邮电员都不来一趟大河湾。原因是大河湾人家的信少,好多天没有一封。大队有两份报纸,学校有两份报纸,邮电员嫌报纸少不愿送。大队干部谁去煤矿就带回头。龙维允有看报的习惯,三天去一趟邮电局。龙维允跟村人说:"学校的这两份报纸,我天天都要看。国内大事,登在《人民日报》上。国外大事,登在《参考消息》上。这两份报纸,我天天看,国内大事、国外大事都知道。"

村人问:"你教大河湾的孩子念书认字,知道国内大事就照(行)了,知道外国大事干什么呀?"

龙维允说:"你们家的孩子将来都是无产阶级革命事业接班人,长大一个个都要胸怀祖国放眼世界,去解放亚非拉人民!去解放全世界人民!"

什么叫胸怀祖国放眼世界?亚非拉人民在哪里?全世界人民在哪里?村人不知道,又不敢随便问。

龙维允家有一辆上海永久牌加重脚踏车。或早或晚,龙维允得空闲,骑上脚踏车就往石坝孜渡口那里去。从那里过河去煤矿邮电局。龙维允要是单一地去邮电局取报纸,顿把两顿饭工夫就回头。

丁零零、丁零零。河沿上的一条小路狭窄、弯曲,龙维允一路骑脚踏车一路不停摇铃铛。村人听见脚踏车铃铛响,就站一边让出路。村人跟龙维允打招呼说:"你去煤矿邮电局取报纸?"龙维允说:"我去煤矿邮电局取报纸。"村人问:"今儿个你家不砍二斤肉?"龙维允说:"我回头砍二斤肉带回来。"

煤矿卖肉的地方叫食品公司。食品公司卖冻肉,没有肉票不卖。吃商品粮的人家有肉票,大河湾的人家没肉票。大河湾的人家砍肉去集上。集上卖鲜肉,不卖冻肉。村人跟村人说:"冻肉没有鲜肉香。"村人问村人:"这么说你吃过冻肉?"村人跟村人说:"没吃过冻肉,也知道冻肉不香!"

有肉票买冻肉便宜。没肉票买鲜肉贵。龙维允家三天两头吃冻肉。村里人家三个月两个月不吃一顿鲜肉。

这一天,龙维允砍回二斤肉,买回二斤干子,还有两颗大白菜。孙艳梅说:"你砍二斤肉就砍二斤肉,你买二斤干子就买二斤干子,你说你买两颗大白菜干什么?"龙维允说:"大白菜票快到期,我怕作废掉。"

大白菜票有期限,过期作废。大白菜是城里人家吃的菜。大河湾人家不种大白菜,不吃大白菜。

那个年代,城里吃商品粮的人家,吃粮有粮票,吃菜有副食品票。吃粮去粮店里买,有米有面。米有糯米和饭(粳)米。面有七零面和八五面。七零面,一百斤小麦磨七十斤面。八五面,一百斤小麦磨八十五斤面。八五面蒸出来的馍馍,跟我们家的馍馍差不多白。七零面蒸出来的馍馍,不是一般的白,像吃奶孩子的屁股一样白。副食品票里有肉票,有豆制品票,有大白菜票。肉票专门买肉。大白菜票专门买大白菜。豆制品票,买干子,买千张,买豆腐,买挑皮(腐竹)。凡用黄豆磨制出来的,都叫豆制品。

这一天,龙维允家的饭桌子上,有一碗红烧肉,有一碗炒干子,有一碗烧大白菜,还有一碗酱豆子。酱豆子是我家晒出来的,娘油汪汪地端一碗送过去。娘说,酱豆子里切两颗蒜,上锅汗一汗就能吃。汗一汗,就是蒸一蒸。孙艳梅说,我家晌午煮干饭(米饭),搁干饭头上蒸。娘说,搁干饭头上汗,都省下馏笆子。锅上不坐馏笆子,酱豆子碗直接撂在饭锅里。

孙艳梅说,我家没有蒜。娘说,过一会儿我下地薅一把蒜,叫我家大毛送过来。孙艳梅说,你家大毛今年多大?怎么不上学?娘说,村里的孩子不比你们城里的孩子,晚两年上学不算晚。龙维允家的双生子比我小一岁,都在我前面上学了。孙艳梅说,我家的大毛小毛在家没人带,早两年上学就早两年上学了。娘说,养孩子跟养羊差不多,怎么养都是一个长。孙艳梅说,孩子上学认一认字,将来对孩子有好处。娘说,下年秋天开学叫我家大毛报名上一年级。

娘送一碗酱豆子,就有了跟孙艳梅一块说话的机会。娘跟孙艳梅嘟嘟啦啦地说了一大堆话。我送一把蒜苗,就有了跟大毛小毛一块玩的机会。大毛小毛在家看画书,我跟他们一起看。这是一个星期天,学校不上课。龙维允在家看报纸,孙艳梅在家忙家务,两个大孩子在家做作业,两个小孩子在家看画书。

看的一本画书叫《半夜鸡叫》。画书上的字,我不认得。画书上的意思,大毛小毛跟我讲一遍,我明白一个大差不差的:一个名叫周扒皮的大地主,半夜三更、不到五更鸡叫的时辰,手捏鼻子学鸡叫。他先叫两声,不明真相的鸡跟他一齐叫。他家干活的长工,心想天快亮了,赶紧地起床下地干活。我说,早早地起床下地干活不好吗?两个孩子说,好什么好?长工干地主家的活,不是干自家的活。我说,那长工听见鸡叫就不要起床。两个孩子说,长工听见鸡叫不起床就挨家丁打。我问,家丁是什么?两个孩子说,地主家的狗腿子。我说,那这个周扒皮是一个坏心眼地主。两个孩子说,周扒皮要是心眼好就不叫恶霸地主了。我问,什么叫恶霸地主?两个孩子说,恶霸地主就是最坏的地主。我问,地主里有好地主?两个孩子说,没有好地主。

我分不清大毛小毛。两个孩子不管哪一个说话,我都当成一个孩子说话。

两个孩子问,你会不会学鸡叫?我说我会。喔喔喔,我叫两声。我学鸡叫不用捏鼻子。喔喔喔,两个孩子学鸡叫一点都不像,像一只闷在水里的公鸡叫。我说,你俩学周扒皮,捏鼻子学鸡叫。两个孩子捏鼻子,喔喔喔地叫两声。我闭上眼听一听,觉得像多了。

两个孩子问,你还会学什么叫?我说,我会学羊叫,我会学猪叫,我会学蛤蟆叫,我会学蛐蛐叫。我一样一样地学。咩咩咩,是羊叫。哼哼哼,是猪叫。呱呱呱,是蛤蟆叫。蛐蛐蛐,是蛐蛐叫。两个孩子说,蛤蟆叫青蛙。我说,我们叫蛤蟆。两个孩子说,没见过猪,没见过羊。我说,我家喂猪,哪天我带你俩去看猪;我家前面三爹三奶家喂羊,哪天我带你俩去看羊。

不一会儿,吃饭时间到了。孙艳梅叫两个孩子洗手吃饭。两个孩子跟我说,你回家吧,我们家要吃饭了。我愣一愣神,站起身往门外走。孙艳梅说,要不你在我家吃吧?我不回答话,一个劲地往前走,两眼流出委屈的眼泪。委屈什么呢?我说不清楚。

大河湾的人家喜欢敞门敞户过日子。谁家吃什么饭,谁家吃什么菜,都不回避人。大河湾的人家吃饭喜欢捞门子,手上端一碗饭,跑东跑西能吃半个生产队。龙维允家不喜欢敞门敞户过日子。大白天,他们家的堂屋门关上。吃饭时,他们家的锅屋门关上。龙维允一家子人在屋里干什么?村人只有胡乱猜。龙维允一家子人吃什么饭菜?村人只有胡乱猜。

我一溜烟跑回家,娘问我,龙维允家吃没吃我家的酱豆子?娘担心送去的一碗酱豆子,龙维允一家子人不吃。我没好气地说,没看见!

在心里,我自个儿跟自个儿说,再也不去龙维允家跟双生子一块玩。

秋天过去是冬天。冬天过去是春天。这一年春天里,五小队社员想办法为龙维允家做两件事。第一件,给龙维允家一块菜园地。第二件,替龙维允家盖一间茅厕。

先说第一件事的缘由。孩子轮流带菜给龙维允家吃,不算一个长事。比如说,冬天里,村里人家的菜园地里没菜,龙维允家没腌腊菜,没窖萝卜,吃菜又难心了。腌腊菜的腊菜,孩子想不起来带,龙维允家想不起来腌。窖萝卜的萝卜,孩子想不起来带,龙维允家想不起来窖。结果冬天里,这家送一碗腊菜,那家送两根萝卜,今天有菜吃,难保明天有菜吃。下雪天,煤矿的蔬菜公司卖大白菜,豆制品公司卖豆制品,龙维允过河去买不方便。一是下雪天,天寒地冻,龙维允不能骑脚踏车去煤矿。二是下雪天,河里水浅,渡船靠不上码头,上船下船都要赤脚,一般人受不了。有一天,龙维允偏要骑脚踏车去煤矿,上船下船有村人伸手帮,上得去下得来,路上骑车打滑村人没办法帮。龙维允骑脚踏车上一趟煤矿,人摔好几跤。人摔一个青头紫脸的,车摔掉好几块漆。是在寒假,龙维允好多天没出门。

五小队社员说:"龙维允家有一块菜园地就不会这样子,秋天里种一畦腊菜,早早地腌上,秋天里撒一畦萝卜,早早地窖上,冬天里还愁没菜吃吗?"

又说,"龙维允家住在学校里,学校在五小队的地盘上,五小队不给龙维允家一块菜园地,哪个生产队给呀?"

五小队队长顺从民心说,那我们五小队就给龙维允家一块菜园地。

第二件事,是由孙艳梅的马桶引起的。大河湾的女人很少使马桶,大多使尿罐子。半夜里,不想上茅厕,就在屋里解手,或者说冬天里,不想上茅厕撅屁股受寒风,就在屋里解手。孙艳梅跟大河湾的女人不一样,白天里,暖和天,都要使马桶。孙艳梅跟大河湾的女人还有一样不一样,大河湾的女人自个儿解手自个儿倒,孙艳梅自个儿解手都是龙维允倒。大清早,龙维允手提孙艳梅的马桶走出屋,先去学校茅厕里倒马桶,再去坝塘子里刷马桶。马桶提回头,斜靠在墙根迎太阳晒。马桶内,白花花的一层尿碱长在上面。

这一天,队长代表五小队社员去跟龙维允说这么两件事。队长先说第一件事。队长说,五小队想给你家一块菜园地。龙维允说,我家要菜园地干什么?队长说,自家种菜自家吃,多取便呀?取便,就是便利的意思。龙维允说,我们家没人会种菜。队长说,五小队社员替你家种。龙维允问,五小队社员怎么替我家种?队长说,你家想种什么菜,张一张嘴,五小队派社员过来种。龙维允说,那就给一块菜园地试一试。

队长说第二件事。队长说,生产队再替你家盖一间茅厕。龙维允问,我家要茅厕干什么?队长想一想说,女社员说你家孙艳梅不愿上学校茅厕。龙维允迟疑一番说,孙艳梅上学校茅厕是不习惯。队长说,要是你家有茅厕,孙艳梅上自家茅厕就习惯了。龙维允说,就算我家有茅厕,孙艳梅一样上茅厕不习惯。

龙维允这样一说话,队长就不知道怎样办好了。队长说,你说盖茅厕,生产队就替你家盖茅厕,你说不盖茅厕,生产队就不替你家盖茅厕。龙维允说,我家孙艳梅喜欢坐在马桶上解手!队长想一想说,要是你家有了茅厕,孙艳梅上自家茅厕,你就不用天天早上倒马桶、刷马桶、晒马桶了。龙维允说,我喜欢这样做。

其结果是,龙维允家不要盖茅厕,只要一块菜园地。

菜园地紧挨学校南边的庄台下面,紧挨一口坝塘子边上。菜园地在这里,种菜拔菜家近,浇菜洗菜水近。队长派社员把这块菜园地一锹一锹挖出来,一畦一畦整出来,就能点种子或栽秧苗了。三分地,分六畦。一畦地种一样菜,能种六样菜。队长问龙维允,你家菜园地想种什么菜?龙维允问队长,眼下能种什么菜?队长说,你家想吃豆角就点豆角的种子,你家想吃辣椒、茄子就栽辣椒、茄子的秧子。龙维允说,我家点一畦豆角,栽两畦辣椒、茄子。

龙维允种菜园地主动上心,不用队长派社员过来手把手地教种菜,亲自带四个孩子去村里人家当面学。比如说,点豆角一埯点几粒种子,埯与埯留多大的空当。比如说,栽辣椒、茄子的秧子,要刨多深的坑,棵与棵的空当留多大。再比如说,刨出来的坑先浇一遍水,栽上秧子再浇一遍水。龙维允一样一样记在本子上,一样一样记在脑子里。

龙维允带四个孩子种菜园地拉线绳,一埯一埯的空当不差分毫,一棵一棵的空当不差分毫。龙维允家这样子种菜,像绣花,像描朵,招引村里的大人孩子围观。有人说,龙维允家兴菜园地,种的是金子,栽的是银子。有人说,龙维允家兴菜园地,长出来的菜,就算不是金子、银子,没有皇上皇后的命都不敢吃。

三天五天过去,豆角的种子从地里长出来嫩苗,辣椒和茄子的秧子活过来,一排排一溜溜,整整齐齐的,两眼瞧着就不一般。龙维允带四个孩子给秧苗挨个儿浇水,一埯一埯地浇水,一棵一棵地浇水。一天浇两遍,早上浇一遍,挨晚浇一遍。十天半个月过去,豆角的秧苗长得快,水嫩嫩的,比辣椒、茄子个头高。

村人说:"豆角秧子该搭架子了。"

龙维允问:"辣椒、茄子要不要搭架子?"

村人说,不要。

龙维允带四个孩子去村里人家的柳树上砍树枝。柳树枝弯弯曲曲的,没一根直溜的。柳树枝弯,搭出来的架子弯,龙维允看不上眼。龙维允丢下一堆柳树枝,骑脚踏车去一趟县城。县城郊区有蔬菜队,那里种菜搭架子用竹竿。龙维允找过去的学生。学生拉架子车送几捆竹竿过来。竹竿一根根笔溜直,搭出来的架子像绣花,像描朵。

六畦菜园地,三畦种上菜,三畦空那里。孙艳梅跟娘说,我家剩下来的三畦地点花生。娘问孙艳梅,你家有花生种子?那个年代,花生算稀罕物,只有生产队专门留花生种子,一般人家不种花生。孙艳梅说,队长说我家点花生就从生产队里拿种子。娘说,点花生不难,你去生产队地里看两眼就学会了。那两天,五小队的女社员在麦地里套种花生。所谓套种,就是花生种子点在麦棵里。麦子收割,花生就从麦茬地里长出来。孙艳梅说,我下课后去生产队地里找你。

麦地里点花生,是女社员干的活。龙维允就把学点花生交给孙艳梅。

下课后,孙艳梅就去生产队地里学点花生。女社员两人分一组,一人前面刨埯,一人后面点埯。刨埯,就是扬锄头刨出一个土坑。点埯,就是往一个土坑里丢三粒花生种子,再上脚培土埋上花生种子。花生种子拌上六六粉,干活的女社员不会偷吃,埋土里老鼠不会偷吃。孙艳梅问,上手捏花生种子,手上粘六六粉不是有毒吗?娘说,回家打胰子(肥皂)洗两遍手,哪里还有毒?

娘刨埯,孙艳梅跟在娘后面学刨埯。娘点埯,孙艳梅跟在娘后面学点埯。孙艳梅刨一刨埯,就学会。孙艳梅点一点埯,就学会。孙艳梅跟娘说,那我回家啦?娘说,那你回家吧。

桃子跟王桂珍在一旁干活,不想叫孙艳梅这么轻松地回去。桃子是大吉的老婆。王桂珍是等富的老婆。两个女人站在一旁咬一咬耳朵,生出一个馊主意。桃子说,孙老师教我们唱一支歌吧。王桂珍说,我听孩子在学校唱歌,天天心里痒痒的。孙艳梅在学校带唱歌课。孩子唱的歌都是孙艳梅在课堂上教的。

半截拉腰里,两个女人叫孙艳梅教唱歌,孙艳梅不知道怎么办。孙艳梅拿眼看娘。娘说,唱歌不干活,队长有意见。娘说话偏向孙艳梅。娘早早地看出来,孙艳梅不想在地里教唱歌,她心里很为难,嘴上不好说。

桃子说,我们一边干活一边学唱歌,不耽搁干活,队长说什么?

王桂珍说,孙老师教我们唱那个"坐在高高的土堆旁边"。

桃子说,是高高的谷堆旁边,怎么是高高的土堆旁边?

王桂珍说,我说土堆就是土堆,不信你问孙老师?

孙艳梅说,是谷堆,不是土堆。

王桂珍说,什么谷堆、土堆?我听唱出来都差不多。

桃子上过学，认得字。王桂珍没上过学，不认得字。

孙艳梅说，你们谁要知道这首歌的名字，我就教你们唱。

王桂珍说，叫《谷堆》。

孙艳梅摇一摇头。

桃子说，《听妈妈讲故事》。

孙艳梅摇一摇头。

娘说，我知道！我在娘家唱过。

孙艳梅两眼发亮地问，你说这首歌叫什么名字？

娘说，《听妈妈讲那过去的事情》。

孙艳梅说，我教我教，我现在就教你们唱。

大河湾的土地分上节地、中节地、下节地。一节地南北有三百米那么长。上节地挨近灌溉渠，中节地不远不近夹中间。下节地挨近洼地沟。五小队的十亩花生点在中节地里。这里是一大片绿茫茫的麦苗。小麦想拔节没拔节，齐人的小腿肚子那么深。一阵风吹过来，凉爽爽的带上一股子青麦的味道，舒服得人鼻子痒痒的，直想打喷嚏。

"月亮在白莲花般的云朵里穿行。晚风吹来一阵阵快乐的歌声。我们坐在高高的谷堆旁边。听妈妈讲那过去的事情。我们坐在高高的谷堆旁边。听妈妈讲那过去的事情。"

孙艳梅站在麦地里一句一句地教，女社员跟在后面一句一句地唱。孙艳梅说，这首歌分三段，上面是第一段。唱来唱去，第一句歌词别扭。有女社员说，"白莲花般的云朵"要是改成"白棉花般的云朵"，就好唱多了。孙艳梅说，那就改成"白棉花般的云朵"。桃子和王桂珍的心思不在学唱歌上。孙艳梅暂时看不出来，就顾不上那么多了。

孙艳梅说，下面唱第二段。第二段像忆苦思甜，一是控诉万恶的旧社会，二是歌颂现如今的美好生活。

"那时候妈妈没有土地，全部生活都在两只手上。汗水流在地主火热的田野里，妈妈却吃着野菜和谷糠。冬天的风雪狼一样嚎叫，妈妈却穿着破烂的单衣裳。她去给地主缝一件狐皮长袍，又冷又饿跌倒在雪地上。经过了多少苦难的岁月，妈妈才盼到今天的好光景。"

哪有唱歌不耽误干活的呢？女社员撂下手里的锄头，丢下手里的种子，慢慢地围拢在孙艳梅身边。这一天，五小队的男社员在牛屋那里倒腾牛粪。牛粪倒腾出来,担进麦地里,撒在花生的秧苗上做肥料。女社员在麦地里大声地唱歌,男社员远远地听远远地猜。孙艳梅从牛屋旁边走过去,男社员看见了。孙艳梅去麦地里领一群女社员唱歌,男社员却不知道怎么一回事。男社员问男社员,孙艳梅去麦地里教歌是大队分派的?男社员答男社员,候孙艳梅回来问一问不就知道了?

孙艳梅跟女社员说,下面我们学唱第三段。第三段跟第一段一样,会唱第一段就会唱第三段。下面你们跟我一起唱:"月亮在白莲花般的云朵里穿行……"

王桂珍喊,停、停、停。孙艳梅停下来,冷脸看一眼王桂珍。桃子说,王桂珍你不要乱打岔!王桂珍,"白莲花"不是改"白棉花"了吗?孙艳梅说,歌词哪能随便改?唱熟了还要改回来。王桂珍说,那就唱"白莲花"。孙艳梅没有往下教唱歌,转脸小声地问娘,我想解手怎么办?娘伸手往西指一指说,去那边的地沟里解。孙艳梅迟疑一下问,你们都是去地沟里解手的?娘说,这里没茅厕,不去地沟里去哪里?地沟,是相邻两个生产队的土地分界沟。有一年,农场开来一辆东方红拖拉机,后面带一台开沟机。突突突,东方红拖拉机一南一北跑一趟,就把地沟开出来。

孙艳梅难为情地跟娘说,那你陪我去地沟解一泡手。

娘说,我陪你一块去。

桃子说,我跟你们一块去解手。

王桂珍说,你们不说解手,我尿泡不胀;你们一说解手,我尿泡胀得受不了。

王桂珍带头往地沟那边跑,好像要占一个好位置。

桃子"哎哎哎"说王桂珍,人家孙老师都不急,你急什么呀?

王桂珍说,我去地沟那边候孙老师。

解手像传染,这个女社员跟过去,那个女社员跟过去,嘟嘟啦啦,地里干活的女社员跟过去一大半。解手是去四小队那边的地沟,离点花生的麦地有一大截子路。阳光朗照,春风拂面,麦浪起伏,使人沉醉。孙艳梅好像忘记去解手,一边走一边教唱第三段。

"月亮在白莲花般的云朵里穿行,晚风吹来一阵阵快乐的歌声。我们坐在高高的谷堆旁边,听妈妈讲那过去的事情。我们坐在高高的谷堆旁边,听妈妈讲那过去的事情。"

牛屋旁边干活的男社员,不知道麦地里发生什么事。男社员问男社员,这帮女人一路唱一路走,要去哪里呀?男社员回答男社员,八成要去四小队的麦地里唱歌。——四小队没有女社员在麦地里干活,去那里唱谁家的歌呀?——看一看她们一块去四小队的麦地里做什么不就清明了?

一群女社员浩浩荡荡,哼着歌曲,向麦田走去。

原载于《星火》2022 年第 5 期

# 在希望的田野上
## 杨小凡

### 1

齐家寺在洮水和涡河的环抱中。

由北拐向东的洮水,与由西弯向北的涡河交汇在一起,拱起一块如圆饼的沃土,使这个两千多人的村庄顺风顺水,成为药城难得的宝地。

齐家寺的秋天是彩色的、馨香的。

围绕村子的两千多亩土地,种植的全是药用菊花。菊花一块块、一沟沟、一垄垄,有白的,有黄的,有白中带黄的,也有黄中带白的,花朵挤着花朵,花影追逐着花影,潮水般浩瀚无垠,将金色的夕阳淹没成绚丽斑斓的花海。成群的蜜蜂忙碌地采着清香的花粉,翻飞的五彩蝴蝶忽高忽低,偶尔几只云雀飞鸣而过,引得花田边的孩子们向花海深处追去。

这时,村部门口的水泥杆上,屁股相对的四只大喇叭正播放着张也欢快的歌声:

> 我们的家乡,
> 在希望的田野上,
> 炊烟在新建的住房上飘荡,
> 小河在美丽的村庄旁流淌
> ……

夏雨最喜欢听这首歌,也最爱唱这首歌。他来到齐家寺后,每天一早一晚都给村民放两次这首歌。

现在,夏雨站在村子最南边的这片白色花海前,轻松惬意。这是低保户孔定邦的承包地,当初为了让他把这五亩地加入合作社,可真没有少费口舌。夏雨嗅着微微的花香,看着眼前飞舞的蝴蝶和金黄的蜜蜂,兀自笑出了声。

这时,飘荡在花田上空的歌声突然停了下来。怎么突然停了?他沿着菊花的田埂,快步向村部走去。他倒映在浥水里的长长的身影,一点点缩短。

村部院子里怎么拥进来这么多人?有一百多个。

夏雨正要向里挤,村主任孔敦化站在二楼的走廊上,带着哭腔说:"夏书记已经走了!都回吧,都回吧!上面一会儿来人处理!"

这时,村部院子里的人突然齐声大哭。这哭声像洪水一般,瞬间淹没了齐家寺。

"出什么事啦?我死了!"夏雨觉得,像梦一样。

夏雨拨开人群,快步走到楼梯前,噔噔噔走上二楼。他没有给孔敦化打招呼,径直到了自己住的房间,他看到自己正安详地躺在床上,一动也不动。

啊,我真的死了?怎么可能呢?中午我还与驴友旅游策划公司的周董喝酒的啊。

楼下,村民们的哭声一波高一波低,起起伏伏。

夏雨劝他们都别哭了,但没有人听他的话,依然高高低低、悲悲切切。

这是怎么了?我这是真死了还是做梦?

突然,夏雨想起以前曾经看过的一本书,是德国医生雷蒙·穆迪写的《死后的世界》。雷蒙通过对4000个有过临床死亡经历的人进行调查,证实死亡是一个奇怪的历程,生命的最后时刻被拉得很长;一个人能够在一秒钟的时间里回忆起整个一生中发生的所有事情。不仅如此,脱离人体的"灵魂"可以存在七天。

"我现在真的死了吗?"夏雨不敢肯定。眼前的情景,他却看得真真切切的。

现在,他觉得自己刚刚从一个狭窄的通道里飞出来,能看到自己一生经历的片断,以及正在发生和未发生的事情。

这一刻,真的很奇妙。

## 2

秋夜,是寂静的。

菊花散发着清香,夜雾裹携着花香,在星空下流动。合围村子的浥水和涡河,在微风中汩汩流淌,像是齐家寺村民的抽泣与叹息。

村部的会议室里,四个白炽电棒管发着吱吱声,发着亮光。

室内,人们仍在你一言我一语地讨论着。

现在的话题已经转移到夏雨这四年的具体工作上了。他们在回忆,在争论,在探讨着夏雨的日常工作。

县委组织部部长陈稳反问县扶贫开发局局长马得胜:"夏雨在实际工作中是有

些出格,有时与你们扶贫局的要求不太一样,但是,也可以说是创新;我们要以结果为导向,毕竟齐家寺是最早出列的贫困村之一。再说了,死者为大,无论怎么讲,他是为扶贫而死,是死在了齐家寺的扶贫脱贫工作岗位上。"

孔敦化接着陈稳的话发言。

他说:"一个干部好不好,关键看他为群众做了什么事,看群众满意不满意。而不是只看上面认同不认同。夏雨同志在齐家寺这四年,群众从怀疑、观望到支持,再到拥护,以致他三年任满后主动把他留下来,这就是最好的证明。难道这还不能说明,夏书记在齐家寺村民眼里是个好干部吗?"

其实,他们的争论,夏雨听得清清楚楚。

越听,他越觉得惭愧。自己的心路历程自己清楚,他没有别人心目中那么纯粹,也不是别人眼里那么高尚。他是一个真实的人,以前他就觉得所有英雄人物的内心都有一个暗角,当他被人们树成英雄了,才在外人眼里,成为没有一点杂质的钢铁好汉。

现在,这些人要把他树成典型,要把他打扮成英雄,他觉得自己是不够格的。不仅如此,他也一直反对这种现象,人为什么死后才能成为英雄呢?

夏雨开始回忆自己从报名扶贫到今天,这四年来的枝枝叶叶和所思所想。

省委组建扶贫工作队的通知下发后,夏雨第一直觉就是要报名。他在厅里待得实在没有了兴趣,工作的四平八稳、人与人之间的真真假假虚虚实实、为针尖点小事明里暗里的斗争较量,让他越来越压抑。

回想自己二十二岁进机关,那时多单纯,整天有挥洒不完的激情,工作上也进步很快。他是从农村考出来的,父亲当了一辈子大队书记,总是叮咛他:"领导叫干啥就干啥,别跟人争,别跟人计较,干活、干活,只有多干才能活下去!"

夏雨正是按父亲的要求去做的,他很快由科员到副科、正科,工作第六年就提了副处。当时,他是厅里最年轻的副处。可后来,由于自己喜欢发表不同意见,喜欢较真,每年考核都是合格或称职,十二年副处都没动,机会总是从他身边说不清道不明地走掉。

他这次报名,是想通过环境变化调整一下自己的心态,也想过下去三年再回来,赏也该赏个正处了吧。更重要的是,他想参与到脱贫攻坚这场伟大事业中,成为一个真正了解中国国情的人。他坚信,这个经历是值得的,也是难得的。

当然,他没把这种想法跟任何人说,包括妻子晓晴。

他是一个有自尊的男人,他不想让妻子把自己看扁。他只是对妻子和父母说,脱贫攻坚是世纪大事,这件大事中应该有自己的参与。再者,也是想到农村换换环境,也好调整一下自己的身体!

妻子开始是阻止的,因为女儿毛毛再过一年就中考了。后来,她认为夏雨是想镀镀金,尽快解决正处,最终也同意了。父亲开始总是怀疑他在厅里犯了错误,不然,人家都不下去,为什么他要下去呢?但最终也认可了,父亲认为在农村三年,接接地气、换换空气,心情和身体可能都会调整得好些。

刚下来的时候,夏雨是有些后悔自己的选择的。那是五月初,药城的农村,杨絮纷飞,夹杂着尘土漫天飘扬。他戴着口罩都喘不过气来。他来前想过,农村生活苦,但没有想到真的是"一夜回到了解放前"。

到村里走访,村民对他不热不冷。每到一个村要么没人理,要么就一群人围着他要求办低保、要求自己成为贫困户。村里剩下的人基本都是老人、妇女和孩子,村子里里外外都被垃圾和杂草围困着,而且,有野鸡和野兔偶尔飞来窜去的。农村怎么变成这个样子了呢?

村两委的干部像木偶一样不动脑筋地开会、填表,有四十多种表格要填。会议也特别多,县里、局里、镇里,各式各样的会议,几乎每天都有。走访、排查也有规定,而且,每天必须用 APP 系统定位、录音、照相留存,省里、县里、镇里三级随机抽查……

夏雨没想到,自己面临的工作会是这个样子。

他下来前,设想的根本没有这么复杂。他当时只是想,只要把上面的扶贫政策落实好,想尽一切办法带领村民把集体经济搞上去,村民的生活水平提高就行了。谁知道,扶贫脱贫工作这么多条条框框,要靠这么多表格、走访、定位来"精准"。上面的真经,被下面的一级一级的和尚给念歪了。但他又不能改变,而且必须这样去做。他确实感到不适应。

然而,开弓没有回头箭,要想退回去,根本不可能。这不仅关系到自己的名誉,也关系到厅里的面子,甚至要受处分。带着这种复杂的心情,他走访了一个多月,最终下定了决心,干下去,而且,要干出点名堂!

其实,真心换真心,只要付出了真心,群众是能感觉到温暖的。不仅如此,随着时间的推移,他感觉到群众是最需要帮助和温暖的,你给他一片真心,他就能给你一团火。群众最怕干部走过场,不给他们办实事。这些年,他们也为农村的变化焦急,随着进城打工的人越来越多,村子被掏空了,土地荒废了,人气散了,人与之间的感情淡了。他们特别渴望能有人真正带领他们把心聚起来,把力合起来,把日子过红火。

夏雨就是这样越干越有信心,越干越能找到感觉和用力处的。

他的努力,得到了村民一天比一天的认可与拥护。他根本没有想到,三年到期了,村民会自动写联名信按红手印,到省里要求他继续留下。为这事,妻子晓晴跟他吵了一架;厅里关系好的同事也劝他见好就收,说厅里正好有个正处的坑,他这个萝卜如果这次进不了这坑,不知道又要等多少年呢。

但是,夏雨没办法拒绝齐家寺那么多村民热切的眼神,没法拒绝那么多鲜红的手印。

夏雨在回忆的时候,会议室也一直在讨论有关他喝酒的事。

十几路媒体记者也向齐家寺这边赶来。这个时候,关于他的死,必须有一个官方通报了。在大家基本认可夏雨平时并不喝酒,每次喝酒都是事出有因,都是为了齐家寺的发展和招商这个正面的调子定下后,邵文成立即以宣传部的名义,起草了一篇通稿:

齐家寺第一书记夏雨意外离世

9月12日,省审计厅选派优秀干部、齐家寺村党支部第一书记夏雨同志,意外猝死在扶贫工作岗位上,年仅46岁。

夏雨是省审计厅副处级干部,作为优秀的年轻党员干部,从省审计厅被选派到中国历史文化名村——齐家寺,担任党支部第一书记。他吃住在村,一心扑在脱贫扶贫第一线,为群众办实事、解难题、谋发展,带领村民种植芍药、菊花,建设花茶加工厂,培育花海大世界乡村游,引导村民经营电商,创建乡村文明实践所等,实现农民物质、精神双丰收。齐家寺是全县首个脱贫摘帽村。他受到了村民的拥护和爱戴,被评为省优秀选派干部。在他完成第一个三年下派任务前夕,齐家寺200多位村民按下鲜红的手印,到省扶贫办要求他继续留任。根据群众的强烈要求和夏雨本人的意愿,省扶贫办决定让他继续留村工作三年。

得知夏雨去世的消息,齐家寺的群众无不悲痛不已。村主任孔敦化悲痛地说:"我们失去了一位好干部、好战友,他的心里一直装着齐家寺,他是为齐家寺的脱贫和发展累死的,他是时代的楷模!"

据了解,夏雨去世前的中午,还去村养老院看望那里的老人,并接待了前来洽谈投资的客商。

药城县委宣传部新闻科

## 3

夜深了,偶尔传来几声狗叫。狗叫声停了,夜显得更静了。

孔定平还是不能入睡。他一支接着一支地抽烟,心情很复杂。

他在为夏雨的死而伤心。虽然,夏雨来村里后,第一个就让他难看,但他还是从心里佩服夏雨。夏雨是一个讲道理的人,也不把人一眼看死,一是一,二是二。虽然,夏雨把自己告上了法庭,自己在乡亲们面前丢了丑,但毕竟让自己的媳妇吴晴花收敛了许多。

这还得从夏雨刚来到齐家寺说起。

夏雨来到齐家寺,走访几天后,就发现了一个突出的问题,那就是村里有不少老人得不到子女的赡养。有的贫困户家有儿有女,儿女住着大房大屋,却把父母的户口分开,让父母住在黑乎乎的老屋里。父母独立为户,年老体衰,无收入来源,美其名曰:贫困户。把孝老的责任推给政府,进而推给扶贫干部、村干部。

在走访中,听得最多的是群众对扶贫的怨气。

几乎人人都说扶贫不公平,都在哭穷,有的住着宽阔的房屋,却说自己从来没得到政府送来的米、油等,吃了不少亏。帮扶干部对贫困户不是亲娘胜似亲娘,不是买油就是买米,甚至,不少帮扶干部给贫困户买鸡买羊买猪崽。于是,催生了人人哭穷,人人争当贫困户,"要懒懒到底,政府来兜底"。

贫困户的收入核算中,子女赡养费是一笔重要的合法收入。

但实际操作过程中,却有很多子女没有支付这笔费用。其中有三种情况:一是子女不愿意给;二是老人心疼子女,不愿意要,找政府要;三是老人和子女串通好了,就说子女穷,出不起。

孔道三就属于第一种情况。

他儿子孔定平是个小包工头,儿媳吴晴花在镇上超市做售货员,住着三层小楼,家庭收入在齐家寺应该算是较好的。但是,吴晴花坚决不同意给孔道三生活费。夏雨找孔定平和吴晴花谈话时,孔定平说他是想给,但不当家。吴晴花说孔道三前些年没帮他们带孩子,就是不同意给。

夏雨觉得这是一个很不好的现象,必须想办法扭转。

夏雨就去做孔道三的工作,要他起诉儿子孔定平和儿媳妇吴晴花。开始,孔道三不愿意。夏雨就让村主任孔敦化去做工作,说这只是吓一吓吴晴花。如果不起诉,就把孔道三的低保给取消。再说了,这也是吓一吓村里其他不孝顺父母的人。齐家寺是以儒家文化为传承的,现在这样子,真是世风日下。孔道三读过几年书,算是开通的人。最终,他同意起诉儿子。

夏雨跟县法院商量,最终以流动法庭的形式,把这个案子的开庭地点,选在了齐家寺村部。开庭那天,村里要求每户必须来一人旁听。

这次开庭效果出乎意料。通过现场听宣判,不少村民回去后,对父母的态度就变了。他们终于知道,这不是想不想赡养的问题,而是法律真能治罪的大事。

开庭后的当天夜里,夏雨很晚都不能入睡。

他在思考如何放大这个事件的效应,发挥以德治贫的作用。绝不能让有些人钻政策的空子,利用老人来获利,把扶贫资金当作"唐僧肉",将赡养老人义务推向社会、推给国家。再者,现在精准扶贫要解决钱和政策用在谁身上、怎么用、用得怎么样等问题。养老是子女的义务,分户并不能免除成年子女对父母的赡养责任,也绝不能借老年人没有收入,人为操作将他们评为贫困户,更不能以养老的名义套取扶贫资金。

为了从根本上解决这个问题,夏雨决定第二天召开村两委会,讨论签订《齐家寺赡养老人协议书》。

村两委会成员有的认为扶贫还是应该继续,多想办法向上面要政策要钱。每户都签订协议,好像齐家寺村民都不孝顺一样,怕有负面影响。但是,很快大家就统一了思想。

夏雨是急性子,他想好了的事说干就干。

第三天,村里就召开了"依法赡养老人宣传动员大会",相关老人及子女参加会议。动员会得到老人们的普遍支持,子女们也无话可说。动员会后,就立即签订了协议。协议详细约定了赡养的义务、方式等。

签过协议后,不少老人感慨地说:在齐家寺,没想到赡养老人还要靠这一纸协议。生儿养女防老,这话看来要过时了!

这件事在全县属于首创。夏雨在全县扶贫座谈会上介绍时,也引起一些议论。有的说,扶贫不能走歪了,不能踢皮球。但是,文中山县长却肯定了夏雨的做法。他说,扶贫就是要先扶志,小康社会,首先要求村民的心理要健康。

文县长定了调,很快,各镇村也推广这个做法。

全县通过这样一次精准识别,去掉了1100多个低保户。在这件事上,马得生对夏雨给予了充分的肯定,总算修复了他俩之间的紧张关系。

农村工作难做,难就难在每家每户的家长里短、鸡毛蒜皮的纠纷上。

这些小事,积累起来就会成为化解不了的矛盾。这一点,夏雨在省厅工作时,是万万没有想到的。

夏雨到齐家寺刚半年的时候,就遇到了一件哭笑不得的事。

那天,他正在村部组织召开"危房改造专题会",两个女人吵吵闹闹地进了村部。年纪大的妇女叫侯金芝,花白的头发,有50多岁了,一脸的血;年纪轻的是邹珍,30多岁。她们动手打架的原因听起来很好笑,是因为邹珍家的母狗与侯金芝家的公狗跳狗子的事。按说,狗和狗之间交配,主人犯不着吵架。但是,两只狗是在侯金芝家的菜园里行的好事。狗和狗的交配时间又特别长,最终把她家的白菜给踩坏了十几棵。

侯金芝说,是邹珍家母狗勾引了她家公狗,要邹珍赔白菜。邹珍说是侯金芝家公狗强奸了她家母狗,别说赔白菜了,她要替自家的母狗讨说法。两个人在村部吵闹了一个多小时,最后,还是孔敦化以长辈的身份,把她们两个人都骂了一通,让邹珍赔50元药费,才算了事。

她们走后,夏雨觉得事情不会这么简单,她们不可能因为几棵白菜就大打出手。在跟孔敦化谈心后,才知道背后的隐情:原来,邹珍的男人长年在广州打工,外面有了女人,邹珍在村里也开放了自己。侯金芝的男人在县城打零工,每天都回来的,虽然辈分上比邹珍长了一辈,但他们好上了,隔三岔五地就往邹珍家跑。

这件事后,夏雨就一直在想,乡村道德问题,也应该是他这个第一书记要关注的。虽然,看似与扶贫无关,但从根子上讲十分重要。道德沦丧的乡村,即使脱贫了,也不能算是实现了小康。

道德重塑最有效的办法,就是正面引导。

夏雨想到了村里一个叫丁桂荣的妇女。他对丁桂荣印象很深,认为她可以作为一个正面典型。

丁桂荣49岁,丈夫早逝,有两儿一女。她家生活不太好,但竟然照顾着两个"五保"户:一个是孔定军,71岁,是她丈夫的堂曾祖父,住在她家里。孔定军长期患心脏病,行动不便,严重的时候吃喝拉撒都在床上;还有一个是孔道彬,也和她住一个院子,患有胃病,自理能力尚可。夏雨走访时,丁桂荣告诉说,她嫁过来时才18岁,丈夫17岁,那时婆婆已经瘫痪在床,照顾了五年去世了。之所以嫁来这么早,就是因为婆家没人干活,要照顾家庭……

听了她的介绍,夏雨当时就感动了。就是对自己的父母,又有几人能做到?他想,她肯定还有更多的故事,这是一个孝亲的榜样,也一定能起到对其他妇女引导的作用。

第二天,夏雨就安排大学生村干部周亮,整理丁桂荣的事迹,并请来县文明办的人现场调查。

通过县文明办的申报,丁桂荣在年底被评为"省级好人"。这时,夏雨认为时机成熟了,他召集两委成员研究,决定召开"齐家寺村第一届妇女代表大会"。

经过入户动员,妇女们积极性很高。开会那天,村部来了42位妇女代表。年纪大的拄着拐杖,年轻的抱着孩子。现场虽然有些乱,但发选票、投票、计票很有序。结果,丁桂荣当选主席,其他三位妇女当选副主席。

最后,夏雨代表村两委会作了讲话。

他说:"姐妹们,历届村党组织都是有责任的!我们做得很不够,新中国成立多少年了,我们齐家寺村才召开第一届妇女代表大会!我希望这是一个良好的开端,新成立的妇联要担起责任,为姐妹们做主。

"有句话叫妇女能顶半边天。现在,村里的青壮男人都进城打工去了,你们就顶了整个天!既然顶了整个天,那我们在座的各位就要有主人翁意识。大家知道,我们村现在还是全镇为数不多的贫困村之一,人要往高处走,不能以贫困为荣。在脱贫攻坚这场战役中,希望大家在村党支部和村妇联的带领下,共同努力,建功立业,实现价值,造福子孙!"

夏雨那天很激动,他的讲话赢得了阵阵掌声。

散会后,他送代表们走出村部时,看到公告栏里已贴出了选举结果。一瞬间,夏雨眼里竟充满了热泪。他是为这个"第一届"高兴,也是为基层妇女组织的涣散而心痛……

## 4

夏雨没想到,自己的死在短短十多个小时后,就成为世界性新闻。

欧洲一个地区的《法兰汇报》,首先以"中国一位扶贫干部因公款吃喝不幸遇难"为标题,在网上报道。这篇文章虽短,却以嘲讽的口气说,中国有不少公款吃喝的"酒肉"干部,诋毁中国扶贫政策。国内也有十几家论坛和公众号,发布夏雨因喝酒而死的消息,标题可谓五花八门,吸引眼球。

这都是什么呀?"脱贫任务艰难,干部以酒消愁而去""夏雨之死打了谁的耳光""省派干部为脱贫招商,英雄醉死!"……夏雨看着这些标题和文章,无奈地笑了。

这些人还在开会,县宣传部部长邵文成一再强调要保密。但在这互联网时代,怎么保密呢?人人都是自媒体。就是村里两个人发了抖音,接着,这一消息就迅速传播开来。

其实,这些消息是不真实的,或者是不客观的。

夏雨认真回想起今天上午的宴请,他自己是清楚的,从自己的酒量上说,并没有喝得太多。

这一周内,他先后两次去北京找驴友旅游策划公司周董事长,到省审计厅请求厅里支持,加上第三方来抽查、验收,一直都没有休息好。加上自己有心脏期前收缩的毛病,对于他的死而言,酒只是诱因,并不起主导作用。但自己现在给谁解释呢?自己不出来解释,媒体如何平静呢?这样会给政府抹黑的!

夏雨回想着这些,心里十分懊悔。

"你们别讨论是不是把我树成典型了,赶紧把我的后事处理了,千万不能因我影响扶贫这个世纪之战的形象。"

事实上,在来齐家寺这四年里,他是大醉过几次。但这并不能说是自己贪酒。哪次喝大酒都是事出有因,都是为了工作,当然,有时也是因为自己太实在,不肯"偷奸耍滑"。

邵文成在给文县长汇报有关媒体报道夏雨死因的事。

夏雨一边后悔,一边回忆自己喝过的几场大酒。

醉酒之一:村两委的"鸿门宴"。

别看这是两千多人的小村,名堂可大着呢。齐家寺是中国历史文化名村。近的说,刘邓大军千里挺进大别山,曾在这里打过一次大仗,歼敌一个团;再向前,唐朝诗人王昌龄死于此;再向前推,就与孔子有关联了。

那年入秋,天气特别热,孔子的车马走到这三面环水的小村。此时,一个妇女正在井边提水。渴得难忍的孔子一行,停下车,向妇人讨水喝。那妇人看了他们一眼,把扁担往井口上一放,站在井边说:"请孔圣人回答,我这样把扁担往井口上一放,是什么字?答对了,请你师徒喝水,错了,请自便!"孔子微微一笑:"井上放根扁担,就是个'中'字。"妇人失望地说:"我还在井边呢,应是个'仲'字,请自便吧!"说罢,挑起水筲,一摇一摆地向南走去。

太阳照下来,孔子和子贡诸弟子的脸显得更红了。孔子一行,是到药城向老子问礼的,没想到还没进城,随便碰到的一个村妇就这么有学问,他们就不好意思地悄悄离去了。

不知过了多少年,这个村来了一户姓孔的人家,在此落户繁衍。后来,村南头涡河边上建寺,村子也改名为齐家寺。自此,修身、齐家、治国、平天下便钉在了齐家寺人的心里。

现在,情况却大不相同了。尤其是这二十几年,村里的儒风一点也没有了:村里的孔姓和王姓两家大姓不断争斗,不赡养老人,打牌聚赌,甚至还有人在村里做暗娼。县、镇派了几批干部驻村,效果都不明显。这次,夏雨就是在省组织部"硬选人""选硬人"的背景下被选派下来的。

夏雨刚来到村子,就感觉到村书记王玉品和村主任孔敦化两人面和心不和,这使村两委的七个人也分成两派,表面打哈哈,暗地里较着劲。但他们对夏雨,表面上还都是热情和抱着希望的。夏雨是审计厅派来的,用他们的话说,是个有权有威的衙门,可以给齐家寺弄到钱。但夏雨到村后,就只做两方面的工作:一是跟每一位村两委的成员谈心谈话;二是进村入户,一家一户地了解情况。

这样过去一个多月了,一没向上面要钱,二没出什么计划。

王玉品和孔敦化有些急了,他们决定要请夏雨喝酒,以探虚实。夏雨推托了几次,王玉品就说:"这酒是村两委成员自己凑的钱,绝不违反纪律,如果看得起我们,今晚就干!"锣鼓都敲到这个点上了,如果不从,拂了他们的面子,以后就很难与他们打交道。村里的锣鼓村里敲,与村干部打交道,如果不喝酒,那是永远热乎不起来的。

那天晚上,夏雨虽然喝多了,但硬是把鸿门宴喝成了入伙酒,取得了他们的初步信任,也解开了王玉品和孔敦化两人之间的一些疙瘩。

醉酒之二:单刀赴会酒阎王。

孔定邦不住在村里,而是独门独户地住在村南头,紧靠涡河。孔家三辈都是劁猪匠。劁猪匠一般是胆大心狠之人,吃的刀子饭,连鸡狗都怕他十分,何况女人呢?十个劁猪匠有八个是寡汉,干上这营生,就意味着一个人吃饱了全家都不饿。他这一生除了劁猪骟狗,就是喝酒。

按理说,他一个人挣钱肯定够一个人花。但是,现在村里没有人养猪了,他也就靠父亲和他的五亩地生活了。这人抠得很,尿泡尿都得用细箩筛筛,但特别喜欢喝酒,每天至少一斤。他喝酒却从不吃菜,就一个大盐疙瘩。喝一口酒,舔一下盐疙瘩,再喝一口酒,再舔一下。一个蚕豆大的盐疙瘩,够他就酒喝一个月的!人送外号"酒阎王"。

两年前,夏雨通过省厅介绍,从药都亳州引来一家花茶加工厂,投资1000万。投资商董事长方明正把厂址选在村南,酒阎王家的土地正好在中间。出让他不肯,流转他不同意,就在那里别着。村里的干部,轮番去他家做工作,死活不给面子。

为了工厂能建起来,夏雨想,无论用什么办法,都得把这阎王拿下。一天晚上,夏雨拎着两瓶酒来到了他家。

孔定邦见夏雨拎着酒来了,就一句话:"夏书记,你要真有诚意,咱俩把这酒喝了!"说着,从桌子上拿棵大葱递了过来。

夏雨没有说话,而是从上衣兜里掏出《土地流转合同》,拍在了桌子上。

两瓶酒打开,每人一瓶。孔定邦手里拿着个盐疙瘩,夏雨手里拿了棵青葱,两个人对饮起来。

夜色深蓝,繁星点点。月亮偏西的时候,夏雨才拿着合同,一摇一晃地走回村部。

醉酒之三:除夕的流水席。

去年除夕的早上,夏雨收拾好东西,打开了村里的大喇叭。

他给村民再次广播了县里《做文明村民过文明春节的倡议书》:遵德守礼、文明过节,倡导新风、节俭过节,遵规守法、平安过节,关爱友善、互助过节,移风易俗、文明祭扫……现在,各级政府真是为群众操碎了心。读着这些内容,夏雨还在心里想,群众是需要教化和引导的,要建设一个文明和谐的社会,各级干部真是要夙夜在公、久久为民啊。

快到十一点时,夏雨在广播里给村民们拜过年后,又分别给县里、镇里几个领导打了电话告别。他发动自己的那辆中华牌轿车时,村民刘永德挎着竹篮子拦住了车头。

刘永德今年65岁了,可中秋节前他的身份证上才55岁,与实际年龄差了10岁。他多年前就找过派出所,派出所也来取过证,但每次都不了了之。中秋节前的一天,刘永德用架子车拉着他90多岁的母亲来到村部,他让夏雨看看自己可是60年代的人。

夏雨一看就知道,肯定当时登记户口时写错了。原来农村没实行高龄补贴时,刘永德也没有问过,现在60岁可以领补贴,而且,70岁以后补贴标准还会提高,这样算他的损失是不断增加的。

夏雨立即请派出所和镇民政所开会,最终,经与县公安局户政股协调,以调查材料为依据,给刘永德更正了身份证年龄。

刘永德从篮子里拿出一瓶酒说:"夏书记,你今天得喝了我这酒才能走!我和老娘得感谢你!"

夏雨笑着解释道,自己不能喝酒,要开车回去。刘就说:"那你到屋里吃俺一块元油肉总行吧?"这是他90多岁的老娘亲自做的。夏雨实在不好拒绝,就又打开办公室的门,把刘永德让进屋里。

夏雨真的在屋里吃了一块肉,又吃了一块煨鱼,点上了刘永德递来的烟。他想把这支烟抽了就出发。可这时,村部又进来了两个人,都端着菜拿着酒。这是怎么了?夏雨起身向屋外走,才看见有十几个端着、提着菜的村民正向村部大门走来。

那天中午,全村有六十多户人家,把菜和酒都拿到了村部。

这事并没有谁提议,而是村民自发的。开始,夏雨是坚持不喝酒的,他必须回省城和妻子、女儿一起过个年啊。后来,孔敦化说,已经派人去省城接他妻子和女儿了,村民们想请他们全家在齐家寺过个年。

夏雨真的感动了。他开始与村民碰杯、猜拳。当妻子晓晴和女儿毛毛来到村部时,夏雨已喝醉了。当着那么多村民的面,他抱着毛毛和晓晴哭了起来。

这时,村部前炸起了火红的鞭炮。

## 5

八项规定实施以来,喝酒成了公职人员的大忌。

工作时间饮酒,往小处说是违反工作纪律,往大处说是顶风作案。夏雨平时是十分注意的。工作时间,尤其是中午,他都严格要求自己不饮酒。

今天中午怎么会喝酒呢?而且,喝那么多,喝成了意外猝死?

夏雨看着县委宣传部起草的通稿,后悔至极。

中午,他是喝多了一些,但与平常相比并不算多,他的记忆特别清晰。

接待周乐天董事长一行,是在"小红农家乐"吃的。

"小红农家乐"是村里办起来的第一个农家乐,也是最大的。为了这个农家乐,夏雨可真是没少操心。

小红原名孔定红,因无兄弟,父亲给她找了个倒插门女婿。孔定红原来在县里一家酒店做面案,她看上了一个年轻的厨师。父亲硬把他们拆开,"娶"来一个叫阿福的男人。阿福说傻也算不上傻,但人是憨憨的,像只愣鹅一样。为这事,定红还喝过一次农药,差点死了。但她爹也是犟脾气,孔定红最后只有听从她爹的。

阿福进门后,倒还不错,像头牛一样,一天到晚在地里或家里忙个不停。孔定红和他三年生了一儿一女两个孩子。孔定红要在家带孩子和照顾父亲,阿福就跟着村里人去连云港捞海带。

没想到,他刚去不到半年,就掉到海里淹死了。

孔定红要照顾两个孩子一个老爹,家里没有人能挣钱了,是村里最困难的。她也想再找个男人结婚,可面对她的家庭情况,愿意来的要么是比她大得多的老光棍儿,要么是残疾或半憨半傻少根筋的男人。她就一咬牙,认了命,不再想嫁人的事了。

夏雨来后,了解到这种情况,考虑到孔定红在酒店干过,会烧菜,就动员她办农家乐。

开始的时候,孔定红因没有本钱,也怕赔钱,不敢干。后来,夏雨给她担保贷了4万块钱,置办了锅灶、桌椅、餐具,又动员村里两个干活麻利的妇女给她帮忙。"小红农家乐"很快开张了。

孔定红毕竟在县城酒店干过,人肯吃苦,加上到村里来看花的城里人越来越多,生意很快就红火起来。

为了发挥典型示范带动作用,村里来人要接待,也都在她家。

这些天,夏雨心里十分高兴,但他一直压着。

虽说自己只是齐家寺村第一书记,但毕竟是省审计局下派的副处级干部,怎么也不能在周乐天和他的团队面前露出自己的得意来。

周乐天是驴友(国际)策划公司的董事长,夏雨去了三趟北京才把他请来。今天,终于谈判成功,并顺利签订协议:驴友(国际)策划公司在齐家寺成立"齐家寺花海大世界旅游开发公司",保证每年引流中外游客十万人以上;十万人以内每人按25%提成,十万人以上的游客五五分成,游客不足十万按20%门票价补齐。

这真是大大的好事。

夏雨在心里盘算过多次,即使每年能来十万人,剔除对方的提成和管理成本,按每人门票收入20元,一年村里就可以收入200万元。再加上这些人吃住购的消费,齐家寺一年的综合收益肯定会突破千万。这个不足一千两百人的村子,不仅仅能脱贫,而且能持续发展!

虽说现在上面规定中午不能饮酒,但这是招商引资,而且,这个周乐天还特别能喝酒,不摆酒席肯定是不行的。中餐就安排在村子里的"小红农家乐"。

三天前,夏雨就安排孔敦化亲自督办这场酒席,一定要突出土、特、纯、农家、自产五大特点,所用的鸡、鸭、鱼、蛋、葱、姜、菜、蒜,必须是齐家寺自产的。孔敦化接到任务后,小范围召开了接待专题会议,大家讨论出三大原则,即要以振兴村级经济的高度站位,以展示齐家寺风土人情的标准要求,以弘扬齐家寺千年儒家文化的传承为目的。

站位决定态度,态度决定高度,付出定有收获。

周乐天一行来到酒桌前,就掩饰不住喜悦地对夏雨说:"夏书记,你和班子的作风就是齐家寺的希望!今天,我们这场酒绝不是单纯为了吃,而是一场调研和考察。吃住行游乐购,在旅游这行当,吃是第一位的!"

六道凉菜上来,孔敦化代表村两委致辞。致辞结束,夏雨主持开席。

齐家寺是当年孔子从山东来药城向老子问礼而留下的,在大儒文化的背景下,待客饮酒更是要注重礼仪:每人先饮三杯敬天地神,接着再饮三杯敬日月风;敬过天地神日月风之后,每人再共饮三杯祝福新时代。这九杯酒饮毕,才开始主人敬客人。

夏雨起身,连续敬周乐天六杯酒,意思是六六大顺,庆祝合作成功。

周乐天是游走世界的驴友,当然在酒上不会怯场。何况这酒是他最爱喝的蓝之梦。老话说,艺高人胆大,量大人不怕,夏雨带领的村两委一班人与周乐天带领的驴友团队,进入混战阶段后,那真是强敌遇到对手,没有一个怂的。周乐天说,驴友团队喝酒的口号是:两贵——酒品如人品贵在一个真,酒场如战场贵在一个拼!

孔敦化也不示弱,他舞动着右手说,齐家寺两委喝酒的口号是:三开——开箱不留瓶,开瓶不留酒,开喝不留人!

这场酒一直喝到下午三点。

夏雨觉得有点多,但他一直绷着神经,把周乐天一行送出村口时他还是清醒的。被人扶着进了村部住处后,他就模模糊糊地记不清了。

躺下没多久,他好像做了一个梦,梦到自己从床上飞了起来,飞出村部,飞到村前的花海。

院子里的村民,一个也没有了。

会议室里却挤满了人。

县长文中山、组织部部长陈稳、宣传部部长邵文成、纪委书记查计划、扶贫局局长马得胜、公安局局长孙豫东、镇党委书记司永久、镇长芮金波,加上一些秘书和其他人员,把会议室坐得满满当当的。

他们还在争论着关于夏雨的死如何定性的问题。

孔敦化和芮金波代表村和镇里,说夏雨是为招商喝酒而死的,为齐家寺付出了生命,不树为英雄典型,村民不答应。

马得胜说,在全县扶贫中,夏书记虽有想法也有实绩,但齐家寺因扶贫死过人,现在他自己又喝酒死了,这是硬伤。

查计划的观点是喝酒明显违背八项规定。

陈稳主张要充分研究,不能匆忙下结论,要对夏雨所在单位审计厅和他家人负责。

邵文成主张立即封锁消息,在没有定性之前一定要控制舆情,一旦控制不力,将会给药城和省里带来意想不到的后果……

夏雨听着这些人热闹的争吵,竟然在心里笑了。

死了,死了,人都死了,不就一了百了了吗?怎么会闹出这么大的动静?

会场上的人一直在争论着。

县长文中山出门接过电话后,回到会议室说:"按照郑书记的口头指示,今天夜里必须要定个大调子!调子怎么定呢?我的意见是,大家的发言都要有具体佐证!现在开始逐一发言。"

会场立即寂静下来。会场中,只有每个人的呼吸声相互交织。

夏雨站在会议室的窗台前,听得清清楚楚的。

6

第一个发言的是公安局局长孙豫东。

从公安的角度,孙豫东建议立即解剖尸检。他说:"夏雨同志酒后死亡,原因不外乎两种:要么是身体突发疾病,要么是食物中毒。尸检后,原因自明。"镇长芮金波首先提出反对。他说:"如果是食物中毒,中午一起吃饭的人为什么都好好的,没有任何不良反应?这一条完全可以排除。如果说,他是酒精中毒而死,根本不需要解剖尸体。我以前听夏雨说过,他有期前收缩的病。我认为,他肯定是心脏出了问题。"

这时,陈稳部长插话,他说:"我是赞成进行尸检的。如果检查出夏雨是因心脏病突发去世,那后面的事情就很好办了,就可以认定他是在工作岗位上,因劳累过度突发心脏病而死。"

孙豫东立即附和陈稳:"如果大家同意尸检,我立马通知法医过来。最好再从县人民医院把心脏内科主任也调来。"

夏雨对孙豫东是熟悉的。半年前,才和他打过交道。那是村里出了投毒案之后的事。

刚入夏没几天,贫困户孔定玉家喂的二十多只鸡,一天内全部死了。他和老伴认为可能是鸡瘟,老伴心疼得直掉泪。她原来打算等鸡长大了,可以下蛋,中秋节和过年的时候杀几只呢。对于老两口来说,这些鸡是他们改善生活的指望。没想到,竟突然死完了。

让他老两口没有想到的是,没过几天,长得肥胖的六只鸭子也突然间全死了。他们活了70多岁,家里从来没出现过这样的事。孔定玉的老伴平时就心疼东西,现在,她更不舍得把鸭子埋掉。她烧了一锅水,想把鸭子毛煺了,腌起来慢慢吃。可是,在剪开膆子时,她却闻到一股农药味。

不好了,肯定是有人投毒!老伴大声地把孔定玉从院门口叫回来。

这些鸭子没出院子,怎么会吃到有药的麦粒呢?这不明摆着是有人投毒吗?孔定玉和老伴都紧张起来。"这是谁干的呢?咱老两口也没招谁惹谁,得有多大的仇才下这黑手啊!"孔定玉的老伴擦着眼泪说。

孔定玉坐在小板凳上,一声不吭地抽着烟。两支烟抽完后,他突然说:"肯定是王献中这个鳖孙!"他老伴听后,想了想,拍着自己的大腿说:"肯定是他!我的乖乖来,王献中你真阴毒啊,腊月里吵的架,小半年了你还投毒。"

那是腊月二十中午。阴了半月的天突然放晴,太阳暖烘烘的。孔定玉老两口用热水烫了两盒伊利牛奶,坐在大门口,边晒太阳边用吸管慢慢地吸。这牛奶是帮扶人梁科长送来的。梁科长每月都来一次,问一问扶贫政策落实得咋样,可有什么困难要解决之类的。他每次来没有空过手,都拎一箱牛奶过来。说是老年人多喝点牛奶能补钙,脚底下扎根。

他们正喝着,王献中从东边走了过来。

王献中是低保户,没有孔定玉这样的贫困户享受的政策补贴多,加上他的帮扶人来走访时也不带东西,他心里很不平衡。他曾经到村部找干部闹过,说有的人比自己家的日子过得还好,为什么就是贫困户?为什么给自己分的帮扶人是一般人,给别人分的帮扶人是干部?

现在,他见孔定玉两口正喝着牛奶,就骂了起来:"奶奶的,俺也不知道咋恁倒霉,摊上个穷帮扶,都是空着俩爪子来!"

孔定玉听到王献中骂他的帮扶人,就小声说:"真是没良心,人家帮扶你,你还骂人家!"

王献中听到了,站着不走了,大声骂起来:"你个孬孙说谁?"

"你可是吃大粪了?嘴恁臭!"孔定玉的老伴接上了腔。

接着,三个人就你指我、我指你地骂了起来。

这时,孔敦礼听到他们在骂架,从西边走了过来。

他走到三个人跟前,并没劝阻,而是幸灾乐祸地站在那里听。当他听明白孔定玉和王献中是因为帮扶人送不送牛奶的事骂架时,心里酸溜溜的,很不是滋味。孔敦礼没有被列为贫困户,他心里一直很不得劲,这些贫困户享受政策后,日子比自己过得还好,时不时有人到家里送东西,比闺女都强。像孔定玉、王献中这些人,以前日子哪有他孔敦礼过得好,可现在不一样了,戴上贫困户的帽子,一年每人补两三千块钱,都过上了神仙一样的日子。

想到这些,孔敦礼把烟头一甩,大声地骂起来:"妈的,没事靠骂架消化食!都是扶贫的政策饭撑的!"

孔定玉回忆过跟王献中吵架的事,认为这毒肯定是王献中投的。于是,他们拎着鸭子到村部去了。

见到夏雨后,孔定玉就把王献中投毒的事说了。

夏雨听完后,觉得这事不能小看,投毒可是犯法的事。亏了是药死鸡鸭,如果毒死人那可就出大事了。

孔定玉两人走后,夏雨立即找村主任孔敦化商量。

夏雨认为,他们只是骂过架不至于投毒。这事不能简单地就断定是王献中干的。孔敦化一口接一口地吸着烟,并不言语。他在想,孔定玉与王献中之间曾经发生的事。

那是1987年秋天的事。

孔定玉家的麦秸垛被人放火烧了。孔定玉怀疑是王献中干的,就暗地盯着他。果然,几天后的夜里,王献中用镰刀刮孔定玉家泡桐树皮时,被抓到了。为此,王献中被县里拘留所关了半年。从此,两家坐上了仇。

听孔敦化这样说,夏雨觉得事情复杂了起来。他说:"王献中为什么会烧孔定玉家的麦秸垛、刮他家树呢?"

孔敦化就说,他们两家有一本糊涂账,到现在也弄不清。那年收麦的时候,王献中睡在麦场里看割下的麦子,他媳妇睡在自家院子里。后半夜的时候,有人到他家院子里给他媳妇行了好事。割麦的季节女人累得很,以为是丈夫,眼也没睁就那样被干了。

天快亮的时候,王献中回来了,他到媳妇床上,也想行事。他媳妇就说,你吃枪药了可是?半夜刚回来弄过,咋还要弄!王献中一听,坏事了,有人把他媳妇给偷了。王献中说自己没有回来过,他媳妇想了想,就大哭起来,边哭边说,肯定是别人!

王献中扇了他媳妇两巴掌。他想到平时孔定玉喜欢跟他媳妇开玩笑,就怀疑是孔定玉干的。他立即拿着棍去找孔定玉。拿贼拿赃、捉奸捉双,孔定玉当然不承认。后来,还是孔敦化把这事给压了下来。

夏雨跟孔敦化商量,这毒无论是不是王献中投的,都要报案。

公安局来人后,首先讯问了王献中。

王献中打死不承认。他说,是孔定玉故意要害他,没有证据是不能抓人的。公安局局长孙豫东也来了,他来后要求立即对孔定玉的关系人进行摸排和搜查,看谁家有这种农药。

让大家都没有想到的是,却在孔敦礼家发现了半瓶农药。

把孔敦礼带到派出所后,很快他就招供了。投毒的动机很简单,就是看孔定玉比自己过得还好,还四处显摆,就想药死他们的鸡和鸭,吓吓他们。

孔敦礼因年纪大,又有病,且动机并不是要毒死人,而是发泄一下心中的不平,最后被判了缓刑。

夏雨回忆着这件事,觉得有些害怕。

孙豫东作为公安局局长说话是有权威的,如果他要坚持尸检,自己的尸体肯定是要解剖的。

文县长听了大家的发言,最后决定,要征求一下夏雨妻子晓晴的意见。

电话打过去,晓晴坚持不能尸检。她哭着说,不能再让夏雨受罪了。

这时,夏雨才放下心来。

7

马得胜作为扶贫局局长，反对把夏雨树为先进典型，理由是充分的。

齐家寺的扶贫表格多次出错，而且，夏雨还两次跟他吵架，尤其是关于贫困户收入计算时，不按县里的规定，确实让马得胜伤透脑筋。

现在，马得胜阐述着自己反对的理由。

夏雨听得真切，不过，他对马得胜是理解的，他毕竟给马得胜带来了麻烦。但是，夏雨也不后悔自己的做法。他始终认为，扶贫这样的攻坚大战，形式主义真的是影响了效果和民心。他多次想，中央的本意肯定不是这样的，到了下面，为了确保自己少担责、不担责，搞留痕主义，一级一级地层层加码。

不管怎么说，2020年全面脱贫，实现建设小康社会目标，是一个天大的事，必须完成。但在这个过程中，基层干部确实承受了太大的压力。

夏雨去年听说邻县一位干部，倒在一堆扶贫表格中，他当时不信，后来打电话问了一位熟人，对方告诉他确有此事。

那天，这位四十多岁的干部填表到子夜一点多，突然趴在了桌子上。

同事扑上去，拼命地摇："你醒醒啊！"他虚弱地微睁双目，吃力地说："这、这是贫困户花名册、家庭成员信息表、精准扶贫计划表、帮扶责任人信息表、入户调查表、建档立卡贫困户登记表、2014脱贫工作台账表、2015工作台账表、2016工作台账表、2017脱贫计划表、2014调查表、2015调查表、2016预算表、脱贫计划表、脱贫时间表、社会救助表、劳动力培训表、惠农政策表、帮扶成效表、帮扶协议书、致贫原因表、贫困户发展意愿表、发展计划实施安排表、中长期帮扶计划表、精准帮扶手册、精准扶贫政策明白卡、结对帮扶责任书……还有，电、电子版，八点前要提交！"说完又陷入了昏迷。

这件事让夏雨反思了几天。最后，他决定去找马得胜，商量一下能不能合并或减少一些无用的表格。

见到马得胜后，他说："我感觉目前存在不良倾向：扶贫手段文件化，扶贫方式过场化，扶贫管理档案化，扶贫成效示范化；在精准识别、脱贫认定与档案管理中，存在着'自上而下'的贫困户指标分解，与地方识别不协调；贫困户识别和脱贫认定的尺度不统一，主观性强；'建档立卡'规范性欠缺，重视程度有待提升……"

夏雨还要继续说下去时，马得胜打断了他的话。

马得胜说："夏雨同志，我郑重地提醒你，你是省里派来的干部，是第一书记，你的思想认识有问题！这都是上面安排下来的,你可以有不同想法,但你必须这样做！不这样做,出了问题你要负责的！"

马得胜说完这段话,起身出门,把夏雨晾在了办公室里。

那天,夏雨真是气得不行,但他没有办法,气呼呼地回到村部。

刚到村部没有多久,孔定良老人和老伴就来到了村部。夏雨问他们二老有什么事,孔定良老人就说要退了贫困户,不让上面扶了。

都在争当贫困户,这两个老人却要退出贫困户,肯定是有原因的。夏雨给他们倒好水,慢慢地问起来。

"老人家,咋不当贫困户了？人家都争着要进入贫困户呢！"

孔定良老人说:"俺是被这贫困户的表整得天天睡不好觉。就说这明白卡吧,原来是一张纸,现在都一摞厚了,俺咋能整明白！"

"不明白就不明白吧,上面的补助,一分都不会少地给你打卡上！"夏雨说。

"我不要这钱,也不能害你啊！夏书记,你这孩子是多好的人啊,我咋能忍心害你呢？"

"你咋害我了？"夏雨不明白地问。

老人说:"这些明白卡太多了,上面来检查、询问,我答不出来。我答得驴唇不对马嘴,你就要受处分,这不害了你吗？再说了,这隔几天就让按手印、签字、背明白卡,我确实作难啊！"

夏雨叹了口气,强装着笑劝他:"老人家,不要怕,你记不住,他们也不会处理我的！"

孔定良老人走后,夏雨坐在办公室里一连抽了三支烟。

这形式主义不改,肯定是不行的。但怎么办呢？他想向省里写信反映一下。但是,最终他还是决定不写。如果这信写了,一旦上面处理不好,不仅自己这几年的努力白费了,还会影响到县里的其他人。到啥山上唱啥山歌,他觉得自己就变了,变得瞻前顾后了,甚至是堕落了。

夏雨到来后,齐家寺的人均收入提升是很快的。

一是他不停地跑项目,争取政策支持;更重要的是,他所在的审计厅有部门优势。他为村里争来了光伏项目,花茶加工厂落地后不仅村里有了收入,村民进厂务工也增加了收入。

马得胜与镇里商量,准备把齐家寺列入第一批出列村。

在这件事上,夏雨再次与马得胜产生了分歧。

分歧的关节点,就是村民收入的计算标准问题。稍有不慎,就可能酿成"脱贫错退",如果追查出来,不仅对单位和个人要追责,更重要的是对扶贫事业产生不良影响。

按照省里"1234+2"(1是人均年收入达到规定标准,2是吃、穿两不愁,3是教育、医疗、住房三保障,4是贫困村出列的标准要求实现饮水、道路、用电、网络全覆盖,+2是突出产业扶贫和防范返贫两个工作重点)的标准,齐家寺是基本达到的。

但是,群众最有争议的,就是人均年收入的计算。

按照上面的计算方法,农民人均纯收入是指农村住户当年从各个来源得到的总收入,相应地扣除所发生的费用后的收入总和。打工的工资性收入,土地流转的租金收入,赡养费、抚养费、失业保险金、社会救济金、接受捐赠收入,这几项都好计算,最难计算的就是农户的经营性收入。

夏雨带领村里干部,逐户进行评估计算时,就出了问题。

贫困户马大民家养了4只羊、6只鸭、13只鸡。在计算收入时,马大民说,过年要宰1只羊、4只鸭、6只鸡,而且,养殖这些东西还有购买饲料等成本,应该扣除。这些如果不计入家庭收入,那就达不到标准。

跟贫困户算账的,是夏雨他们这些村干部。来检查的,是省扶贫办委派的第三方脱贫验收评估团队。由于时间和空间的关系,上级验收评估团队和基层干部之间基本无法提前有效沟通,很可能导致基层干部的实际工作标准和评估团队的验收标准出现偏差。

如果基层干部计算标准与验收评估团队标准不一样,就会被认定为错退。贫困县能否脱贫的一项重要指标,是"错退率"。"错退率"超过相关标准,则不能脱贫,并要由所在省级扶贫领导小组组织整改。

夏雨不敢拿这事开玩笑,必须减少此类"错退"。

他提出计算收入时,要留出"提前量",省定脱贫标准为年人均纯收入3500元,夏雨主张给贫困户计算收入账时,必须确定贫困户年人均纯收入达到4200元,否则不予办理脱贫。

在这件事上,夏雨与马得胜意见不一。马得胜坚持按3500元的标准,达到了就得出列。但夏雨坚决反对,他是担心这样极有可能会出现"错退"问题。

他对马得胜说,数字是重要的参考,但也不能拘泥于数字。如果一个家庭多算一只羊就脱贫,不算就脱不了贫,这至少说明脱贫质量不高。

现在,夏雨理解了马得胜。他是扶贫局局长,脱贫出列的任务压在他肩上,他希望尽快出列是情有可原的。他也确实不容易,比其他扶贫干部都难。向下要把任务压落实,向上要面对各方面的检查、评估、暗访、互评。这三年,几乎没有一个休息日。不仅如此,他还多次受到县委批评,因一个贫困户与女儿吵架喝药自杀,他还受了党内警告处分。

想到这些,夏雨真想告诉主持会议的文县长,不要再为自己请功了。如果自己被作为典型报道出去,要是有哪个媒体再盯着是喝酒而死的,那么马得胜以及县里的干部都会受到处分的。夏雨是希望他们赶紧结束会议,就以意外死亡作结论。

可是,此刻,他们这些人听不到他的话了。

夏雨心里十分焦急。

## 8

凌晨四点,参会的人都累了,该说的也说了,都想尽快结束讨论。

文中山县长再让人发言的时候,都表示没有可说的了。那意思很明显,就是让文县长定调子,调子一旦定了,下面的工作才好开展。

当然,文中山也明白大家的意思。但是,他还是不能现在就表态,要让与会人员思想完全统一后,他才能给书记汇报。书记定了,才能基本算定调,最终还要过县常委会。如果思想不能达到完全统一,县委会上就有可能出岔子。

见大家都不愿意再说什么,文中山就望着查计划说:"查书记,你是纪委的,你要明确表态的!"

查计划看了看众人,吸了两口烟,才一字一句地说:"夏雨同志确实表现不错,但是,他毕竟是酒后死的。当然,喝酒也是为了工作,也不是倒在酒桌上。至于如何定性,我听县长你的!"他把这个球又踢给了文中山。

文中山心里明白,但又不好意思直说。查计划对夏雨是有意见的,原因是夏雨刚来不到三个月,就把查计划妻子的侄女给开除了。

查计划这样说话,夏雨心里是生气的。

夏雨觉得,查计划作为纪委书记,不应该这么小气和记仇。村里处理柳莹,是有充分证据的。当时,如果不是他插手,柳莹就不仅是开除的事,肯定是要判刑的,至少要判缓刑。

柳莹利用自己上传材料的便利,用贫困户的身份证,编造三户危房改造计划,套取补助资金6万元;加上两张自建的贫困户卡,等到问题暴露时,累计套取资金9万多元。她作为大学生村干部,又是从县城过来的,而且是查计划的亲戚,村里没有人怀疑她会做这种事,直到县财政局突击核查危房改造时才发现。

事情出来后,查计划从中"活动",希望村里能承担起来。

但是,夏雨坚持不同意这样做。他这样坚持也是不得已的事,村里几个人正在四处上访、举报,反映村里的扶贫问题。县委书记都批示了要查清楚,在这个时候必须坚持原则。当然,夏雨想到了会得罪一些人,不仅是查计划,而且其他来说情的人也会记恨他。

作为审计厅下派来的干部,审计监察也是自己的职责。在这件事上如果真打了马虎眼,夏雨觉得不仅无法向村民交代,失信于村民,而且违背了最基本的职业操守。

柳莹被处理后,夏雨决定利用村民刘振清来弄清楚村里贫困户认定不准的问题。

刘振清是20世纪80年代初的高中毕业生,曾经当过民办老师,后来因超生被取消民师岗位。他关心时事,懂政策,村里包保干部有时还没有他知道得多。这样一来,他在群众中就有了威信,成为上级领导头痛的"带头大哥"。村里工作有他作梗,很难开展。了解这个情况后,夏雨主动到老刘家,与他谈心。老刘说:"只要干部公正,村民就不会有任何意见。但是,现在村里确实不公正,群众当然不拥护你们。"

通过几次交心的谈话,刘振清最后拿出一个小本子,上面记录着村里低保户和贫困户造假的一些情况。

最突出的有这样几种情况:不少低保户是村干部亲属,人情低保、选票低保、分户低保。刘振清说:"在形式上,听说上报的贫困户村委会集体研究了,还经村民代表大会'顺利通过',并进行了所谓的'公示',乍看并无漏洞,但是,村民代表多是村干部的亲属或者贫困户,这是问题的根子。"

刘振清感慨地说:"现在,这里的干部哪有公心、公道?我们怎么能信服?贫困户有三分之一是假的,镇里也睁只眼闭只眼。我们也去县民政局、县纪委反映过情况,可谁也不理,现在,镇、村领导比过去越发胆大了,吃低保、争当贫困户的现象越来越乱了。"

老刘最后说:"其实,这件事很好解决,按照标准一户一户核对,然后公示,不就行了吗?"

夏雨从刘振清那里得到这些信息后,并没有在两委会上说这件事,而是利用走访的机会,到这些有问题的低保户家中实地查看。

通过查看,他觉得刘振清反映的问题基本属实,这些人家被作为低保户上报,肯定是有问题的。但是,直观感觉这背后肯定还有隐情。按常规推理,村干部不敢这样明目张胆地报这么多假低保户。难道他们不怕上面核查吗?而且,这是非常容易核查出来的。

带着这个疑问,夏雨开始正面接触村书记王玉品。

王玉品很坦诚地说:"这些低保户确实有问题,但这是历史问题。有些是村干部做人情给他自己的亲戚或关系好的人,但是,不少是当时登记时随意写的。"夏雨听他这样说,就有些不明白了,他希望王玉品能跟他说清楚。

王玉品有些为难,但最终还是和盘托出了:"第一次上面要贫困户名单时,还没有多少具体的资金和政策,村民都不愿意当贫困户,越穷越不愿意当贫困户,那时得不到啥好处,落个贫困的名声都感觉丢人,有孩子的说媒都困难。当时,上面要得急,就把家庭条件特别差的和干部亲属好友填上了,这是因为这些人的工作好做。提供的数据基本上都是领会上面意图编造的,纸质资料和系统数据,大多数和户内的实际情况不符!"

夏雨又找村主任孔敦化了解。他说的情况,与王玉品说的基本一致。

他补充说:"谁知道后来扶贫资金越来越多,政策越来越好,见到有好处了,一些真正贫困的人就有意见了。现在,我们也想改过来,但县里、镇里又不让改,更改多了,就暴露以前工作造假了。听说,这些人的资料都进省、国务院的系统里了。

"当时啊,村干部是填了很多自己的亲属、好友,但那时是怕填其他人会到村里来闹。更主要的原因是不知道扶贫会来真的,会有这么多实惠。没有实惠的事弄虚点好办,有实惠了,再虚假,老百姓就不愿意了!"

夏雨觉得,王玉品和孔敦化说的确实是实情,但总不能就这样不解决吧?他认为应该立即召开两委会,直面这个问题。

两委会上,大家开始都不表态,也都不愿意承担责任。

夏雨就说:"这不是哪个人的责任,关键我们得想办法解决。"讨论来讨论去,最终,大家说只有加快一些不真实的低保户出列速度,把真正的低保户补充进去。

这也不失为一个解决的办法。

夏雨首先想到的是跟镇里沟通。镇书记司永久有些为难,他也知道全镇乃至全县甚至全省,可能都存在这种情况,但他不想揭盖子。如果盖子揭开了,可能村镇干部都要受处分。

一方面不能更正,一方面群众有意见,更紧迫的是一些真正的贫困户不能入列、得不到政策的帮扶。夏雨也陷入了两难境地。他没有想到这么好的政策,到下面竟被执行成这个样子。不深入基层真是不了解啊!

现在,一些村民看到的就是谁能吃扶贫谁有本事、谁光荣,成为扶贫户是光荣的事,会到处炫耀。不仅争当贫困户,还争当残疾人,争当癌症患者。有人随随便便去住院,回来就以癌症前兆的名义哭穷哭可怜;平时家里老母亲瘫痪在床几十年都不管不问,现在都变成了大孝子,非要让老母亲住院全面检查,争取查出个癌症。农村出现这种不以"贫"为耻,反以"贫"为荣的奇怪现象,真成了不好破解的难题。

夏雨为这事发愁了两个多月。正不知从何处入手的时候,市里突然来了一个政策:重新精准识别!

王玉品听到这政策后,心里的重负一下子落地了。他离60岁还有半年时间,也早就不想干村书记了。他主动找夏雨,说要借这次政策重新精准核算,把真正的贫困户给找出来,把原来错报的给出列。为了减少阻力,他愿意提前辞职,这样工作就好进行了。

夏雨没想到王玉品有这个觉悟。这几个月来,平时没有看出王玉品有这么高的境界,关键时候他能做出这样的决定,确实体现了党性的自觉。

经过支委会研究,报请镇党委批准,王玉品辞去了村书记一职。同时,把刘振清等三位村民吸收到精准核算小组里来。

半个月的时间,村里清退了38个不符合标准的低保户,补充进来4个真正的贫困户、34个低保户。

接着,夏雨决定根据核算情况,把村里的公益岗重新调整为由贫困户人员担任。村里设置了保安助理3名、党建专员1名、护林员2名、保洁员10名、禁烧监督员4名、炊事员1名、塘管员1名,每人每月工资600元。

这样做,不仅解决了贫困户务工的问题,也增加了他们的收入,使他们直接达到保障标准。

你真心对群众,群众就真心对你。

夏雨看到,现在村里最难过的就是这些贫困户。

9

人们还在围绕夏雨因评估验收受戒免处分的事来谈论。

马得胜为那次"评估验收事件"担心,也是有道理的。

他说:"夏雨同志确实为齐家寺脱贫出列做出了重大贡献,但毕竟那次死人事件给药城形象抹了黑,他也受了戒免处分。我真是担心,如果我们把夏雨定为先进典型,媒体肯定要来采访;谁能肯定那些记者不把这段旧事翻出来呢?如果出现了这个结果,那是不好收拾的。"

"如果按你这样说,把夏雨定个'喝酒致死'的反面典型,那件事就正好是他的罪证了,是吧?"芮金波突然大声地反驳。

他作为镇长,知道那次事故的原委,他更理解基层工作的难度与复杂。

听着他们的争论,夏雨的记忆又回到了前年那个冬天。

综合评估验收出列,不仅是对村镇级扶贫干部的一次"大考",也是对省、市、县各级官员的大考。2020年全面打赢脱贫攻坚战,既然是战役就会有一场场战斗。每一个村、镇脱贫出列,才能保证县的脱贫摘帽;每一个县的脱贫摘帽,才能完成省的脱贫任务;全国各省都脱贫了,国家的脱贫攻坚战才算全面胜利!

这是一个太具体、太艰巨的任务,事涉几千万人,牵动各级干部。

第三方评估组来的前一个月,省里就召开了专题电视电话会议。

省扶贫开发领导小组组长应得先在会上强调脱贫评估的重要性:这是确保真脱贫、脱真贫的重要手段,是推动脱贫进程、提高脱贫实效的重要方法,是用监督、监测和评估、评价的全覆盖,取代过去抽样调查的片面与随机,真正做到"不漏一户、不少一人",确保真扶贫、真脱贫;评估主要是保障结果真实,防止"假脱贫""数字脱贫"和"被脱贫"。

省里会议结束后,市长宣布此次评估的主要内容:

(1)扶贫对象精准识别和动态管理情况;(2)到村到户帮扶项目实施情况及成效;(3)贫困户帮扶措施落实情况;(4)到村到户扶贫资金使用情况及效益;(5)贫困村产业发展及集体经济收入情况;(6)贫困户收支及"两不愁、三保障"情况;(7)贫困户对脱贫攻坚工作的满意度;(8)脱贫攻坚档案管理情况;(9)贫困村群众的满意度;(10)贫困县"摘帽"情况;(11)驻村扶贫工作队开展工作情况;(12)扶贫资金使用管理情况。

夏雨当时只记下这十二项,其实,有二十多项。后来,验收组查验他的工作记录时指出来,他知道漏记录了。

这一项,虽然没有扣他的分,但也让他没有面子。

县里开专题布置会时,县委书记焦军首先讲话,约法三章,听得参会的人都捏把汗。焦书记说:"第三方评估期间,当天他们将问题上网,留下痕迹,一旦发现问题,随时倒查,谁出问题,就问谁的责;扶贫手册中存在的问题,各负其责,大家务必抓紧入户,按规范要求做好准备工作;在整个迎检过程中,全员高度警惕,时刻处于备战状态,铁路警察各管一段,各扫门前雪,出了问题,就地问责,决不姑息!"

他最后强调:"要坚决守住'不弄虚作假、不发生极端事件、不出现负面新闻'这三条底线,确保脱贫工作务实、脱贫过程扎实、脱贫结果真实。"

接着,县长文中山又强调了九条具体工作:

一是查补台账问题:省里开展的重精准、补短板、促攻坚活动,脱贫攻坚大排查活动,督查巡查活动,贫困人口建档立卡动态管理,国家开展的建档立卡动态调整、交叉检查等都要有传达贯彻落实的记录台账,没有或者不全的要补缺补差,立即完善。

二是要熟悉基本情况:县区、乡镇、村主要负责和分管负责同志都要做到一口清、问不倒、难不住;要记住人口数、贫困户数和贫困人口数、贫困发生率,享受教育、健康人数和产业扶贫政策、全年实施的帮扶项目、总投资、公共设施改善;向评估组汇报工作开展时,按照扶持对象精准、项目安排精准、资金使用精准、措施到户精准、因村派人精准、脱贫效果精准的"六个精准"思路。

三是扶贫手册问题:扶贫手册是评估组入户检查的第一关,要再次逐一检查、核对,确保扶贫手册填写精准、规范、符合逻辑;扶贫手册填写出了问题,就是工作不认真、不扎实的表现,市委、市政府将严加追责。

……

县里会议结束以后,夏雨立即在村部召开战前动员会,提出两点要求:

"第一,大战在即,现已进入了总决战,这场决战有四场战役要打:省第三方监测评估、各市互查、各省互查、国家验收评估。即将进入的第一场战役,我打个不恰当的比喻,这是一场不公平的战役,我们只有招架之功,没有还手之力,对方直指我们的任何地方,我们连说话的权利都没有。怎么打?要赢得胜利,只有使我们的阵地坚如磐石,把我们的队伍炼成铜墙铁壁。

"第二,有问题要及时上报,留出处理问题的时间。各人要立即抵达自己的阵地,全面排查,不留死角,能解决的问题及时创新解决,遇突发事件或不能解决的,要立即上报。如卫生、食宿环境的整理、小家具的配备等,都可以先做。我们为贫困户打扫卫生很正常,是一种荣誉,是工作,不丢人。为贫困户打扫卫生,很受欢迎,他们感动,我们自己也感动,这也是一个共同成长的过程。希望大家把握住这种为人民服务的机会。"

第三方评估是第一关,也是最难的一关。

评估人员是从各高校抽出的,每个评估小组由七人组成,一名教授任组长,再加六名表现好的在校研究生、本科生;他们采取不招呼、不陪同、不听解释的"三不"方法,直接入户。看表格、查走访的声相记录、调阅档案、计算收入。这些还都不算太难,最让扶贫包保人员头疼的,就是入户访问。一行七人,突然进入被查贫困户,边询问边录像照相,这阵势往往让被查者如临大敌。更何况,这些贫困户大多是老年人和残疾人,往往答非所问。

县里动员会之前,曾组织过模拟入户访谈。齐家寺就有四户,支支吾吾说不上来。当时,夏雨分析出现这种情况有两种可能:一是贫困户有意见,对扶贫工作不满意,不配合;二是有的贫困户怕脱贫后享受不到政策了,评估组入户评估时,他们故意不配合,说假话。

开过动员会之后,夏雨立即要求村两委两人一组入户一一走访,彻底查明原因。

夏雨和周亮来到王山立家。

王山立是夏雨的包保户,他今年84岁,两个女儿出嫁,老伴去世。他是2016年的脱贫户,但依然享受政策,这次也是被查的对象。他耳朵有点聋,平时跟他说话要喊着说,他才能听见。

喊了半天,王山立才把门打开。

一进小院,夏雨发现王山立家里和前几次来的时候没有太大区别。老人见到夏雨,就拉着他的手说:"夏书记,你与上次相比又瘦了,可要当心身体啊。"

夏雨说:"老人家,你还知道我是夏书记啊?"

他说:"那咋不知道啊?你老来看我!"

夏雨笑着问他:"那上级来到你家问你时,你咋说不知道包保人是谁啊?"

可能是村里干部批评过他,他突然就哭了,很委屈地说:"知道啊,他问我时没听清,说什么工作队的事,我不懂,他们要问你,我就知道了!"

夏雨就笑着安慰他:"没事,就是来看看你,他们说话你听不懂,不怪你,以后他们再来,你和他们慢慢说……"

这时,夏雨给他点着了一支烟。这老人一直不肯断烟,而且,一天要抽一包呢。

临走时,夏雨突然想起王山立的女儿领钱后不给老人的事。他大声地问道:"老人家,恁闺女上个月把钱给你送来了吗?"

王山立赶紧说:"送了!送了!自从你批评她后,她再也不敢了。"

夏雨这才放心地离开了。

让夏雨没有想到的是,在农村还会出现这种事情:一些老年贫困户主,不会使用手机和银行卡,或者因为身体不能亲自去银行领取补助款,银行卡大部分都在子女手里。不少不孝顺的子女不告诉老人补助款的事,取款后不给或少给老人。这样一来,国家虽然给了那么多补助款,但贫困老人依然生活艰苦。有的老人找到村部里,村干部出面找子女要回来。但是,这些老人回家后就会遭到子女的训斥,甚至责骂。

从王山立家出来,周亮对夏雨说:"夏书记,看来第三方入户时王爷爷不会有问题,他跟你感情这么深,肯定能记住的!"

但是,让夏雨和所有人都没想到的是,三天后,王山立却在第三方入户访谈时,猝死了。

那天上午九点,王山立刚起床,还没有吃早饭,评估小组就进了他家院子。

进院后,为了防止干扰,组长葛教授就把院门关上了。

他们一行七人,其中一人举着摄像机,一人拿着照相机,径直走进堂屋里。

看见一群穿得花花绿绿的年轻人一拥而入,王山立紧张得浑身发抖。接着,评估小组就跟他要扶贫手册、明白卡等一系列资料,询问工作队走访情况、收入情况……

他本来耳朵就有点聋,根本听不清面前这些人说的是啥。他越紧张,面前的人越怀疑这里面有假,于是问得越多。摄像机向他靠近时,他心里猛地一紧,突然歪倒在地上……

这下,乱子出大了。

他的两个女儿听说王山立被评估组吓死了,立即赶来,大哭大闹起来。

镇里、县里听到消息后,迅速启动应急机制。文中山县长和扶贫局、公安局、民政局、信访办、宣传部、网信办等一队人马向齐家寺奔来。按照"不扩散、速化解"的原则,立即把现场封住,把王山立的两个女儿及家人请到村部,一对一做工作。

晚上八点多,赔偿终于谈妥。但王山立大女儿还是坚持要求,按照这里的规矩,她父亲没有儿子,要评估组的人给王山立戴孝扶棺。

夏雨知道,王山立的大女儿之所以这样要求,就是因为她领取补助款不给老人,被夏雨狠狠地批评过。她这是故意刁难。

　　这让在场的人都为难了,这根本是不可能的事。

　　这时,夏雨说:"老人家是我的包保户,我给他当儿子,戴孝扶棺!"

　　事情终于谈妥。当天夜里,夏雨戴孝扶棺,送王山立入了土。

　　夏雨回到住处的时候,天已经快亮了。

　　他从屋里找到一瓶酒,拧开,对着瓶,一口一口地喝了起来。

　　半年后,夏雨偶尔在朋友圈看到参与评估的某教授感言,他无声地流着泪,把那段话抄在了自己的日记本上。

评估组某教授感言

　　去年以来,接触了许多贫困户和乡镇干部,心里无尽酸楚。贫困户一次又一次接受来自各方的检查,一遍又一遍地表达自己的感恩,我不知道贫困户真实的感受是什么。

　　去年以来,看到乡、村干部日夜难眠地看着我所谓专家的脸色,猜着我的心思,诉说着自己的不易,把我奉为上宾,扪心自问,我够格吗?或许,我只是敷衍、只是应付,当看到他们随着贫困户一起哭的时候,我感到评估中的严苛要求是那么冰冷。

　　去年以来,看到同学们匆忙地访问,扶贫干部是那么紧张,生怕自己的付出被无视;见我们入户,他们是那么无助;见到他们听我莫名其妙的所谓建议时,他们的眼神又是那么无奈。

　　去年以来,相比他们,我带着挑剔、清高甚至狰狞的态度和表情去评估他们,我对农村所知苍白,我哪里有资格对他们指手画脚?

　　……

我深以为然。

10

凌晨五点。文中山县长给焦军书记通了电话。

他们的意见是一致的:夏雨同志扶贫三年多来,坚持原则、敢于创新、一心为民、成绩突出、受民爱戴,是全县乃至全省党员的楷模!在脱贫攻坚的关键时期,必须充分发挥典型引领的作用,激励全县上下党员干部投身到脱贫攻坚这场伟大战役中去!

夏雨知道这个决定后,心里很不是滋味。

他想,自己来了,只干了别人都在干的事;现在走了,依然是一根鸿毛而不是泰山。在千千万万个扶贫干部中,自己只是做了应该做的事,既不算英雄更算不上伟大。他感谢大家能记住他的这么多好,其实,每个人都在做,就是平凡人在做平凡事。如果真给了他英雄典型的名分,他会感到很累的,并不是一个人死了,就能扛动名不符实的荣誉。

夏雨心里这么想,可他的话没有人能听到。

文中山向众人通报了焦书记的指示后,立即去另一间会议室。他要接待夏雨的妻子晓晴,以及从省审计厅赶来的副厅长和人事处处长。

晓晴哽咽着。文中山的话她一句也听不进去,她现在就是想立即见到夏雨。文中山向从审计厅来的崔厅长和杨处长汇报说:"县里已经决定,给夏雨同志请功!"

晓晴在众人的陪同下来到二楼。

夏雨虽然躺在床上,但他清醒得很,他对晓晴说:"你来干什么?我不是好好的吗?别听他们瞎说,我怎么会死呢?"

晓晴一步一步地走到夏雨床头,伸手扭住了他的耳朵,大声地说:"夏雨,你哪里也不能去!你给我回来!"

这时,村部里一片哭声。

晓晴被人搀扶着,走下二楼的时候,楼下院子里跪满了村民,他们齐声说:"晓晴,让夏书记永远留下吧!齐家寺离不开他啊!"

现在,夏雨知道自己可能永远离不开齐家寺了。

可他并不后悔,哪里黄土不埋人呢?在齐家寺,能与这么多热心的村民在一起,也是快乐的。他唯一担心的是,妻子和女儿毛毛会不理解他,甚至埋怨他。

下葬那天,齐家寺菊花如雪,挽幛如云。一千多名男女老少伫立在黑色的大理石墓碑前,抽泣着、呜咽着。

晓晴哭着读写给夏雨的信——

亲爱的雨：

你走了，就这么匆匆地走了，再也不能回来！

除了十六本工作日志和五本日记，一句话也没给俺娘俩留下。现在，当我翻看你熟悉的笔迹，回忆着以前的点点滴滴时，热泪一串串地流下来。

我知道，由于你性格耿直，说话不注意方式，在厅里并不是人人都喜欢你，你当了十二年副处都没有扶正。当你报名下去的时候，有人说你是被挤下去的，有人说你想镀金，提拔得更快。但你离家的那天晚上，却郑重地告诉我说，你是农民的儿子，改革开放这么多年了，农村还有这么多贫困人口，在机关待了几十年，想去农村干一番事业。我后悔了，那天真不应该跟你吵架、阻拦你、埋怨你，应该理解你、支持你。

后来，虽然我同意你去了，但没想到你干了三年又被村民们留下，这一留就永远没有回来！三年半，1277天，你总共在家只有88天，女儿记着你在家只吃了101次饭；三个除夕，有两个是晚上八点才到家，去年除夕我和毛毛被接到齐家寺时，你已经喝得泪流满面。

这几年，每次打电话或见面，你说得最多的是齐家寺扶贫、脱贫、困难户、留守儿童、招商、求人；你说"我出身农村，知道农村的苦和农民的盼，得为父老乡亲们多做点事"；你常说"我是党员，面对党旗起过誓，就应该按誓词上的做"；你说得最多的就是"我是第一书记，书记就得有书记的样子"……

这几年，你几乎把所有热情、时间和精力都投入了扶贫工作中，你知道吗？面对你的冷落，我和毛毛有多难受？家里的老人有多担心？我以前一直埋怨你，作为丈夫你不能给我分担和温暖，作为父亲你不能陪伴女儿，作为儿子你总让父母为你担心！其实，我们真的不懂你，看到你日记里记下的对女儿、父母和我的愧疚，看到你在日记里多么希望一家人团团圆圆，看到你也想在家里热汤热水地过家常日子的渴望。夏雨，我对不起你，我错怪你了！请你原谅我！

其实，作为妻子，我怎会不心疼你、珍爱你呢？我俩同学四年，结婚二十年，相知相爱相亲，我一天也不想与你分离。这些天，每想到你深夜给我打来的一次次电话，我的心都像刀割的一样。那天夜里你陪人喝多了给我电话，说："晴啊，我多想喝口热茶啊！"那次，你把挪用困难补贴的县领导的侄女开除时，你的担心和无奈；那次，因有人为报贫困户没有报上，夜里往你门上抹屎；那次，因反对层层填表被县里批评；那次，你为死去的贫困户扶棺下葬；那次，母亲动手术你不能来医院的叹息；那次，你夜里胃疼，一个人开车去县城医院；

那次,你为了争取扶贫支持,一连省里县里跑了半个月……你真的太苦了,太累了!

一页页、一本本翻看你的工作日志,我才知道你在农村工作这么多,这么累,这么麻烦!上面工作千条线,都要穿到你这一根针上,一次次填表、一次次检查、一次次评估、一次次走访、一次次开会,把你的时间挤得满满的,把你的黑发变成了灰白色。可你也是幸福的,你在日志中记录着齐家寺每户的增收情况,记录着每一个村民思想进步的情况,记录着各级领导进村入户的情况,记录着社会各界对村里支持的情况。

你说,这几年,你一天比一天进步,境界一天比一天提高,你不再为老副处不能转正而烦恼。与村里的农民相比,你感觉到自己的幸福,你说扶贫这三年半你的灵魂升华了,找到了自己的存在感和价值。早知道,我有你这么好的丈夫,我多自豪啊,我就不会为生活中的困难抱怨你了!

可我万万没有想到,你就这样走了!

再有十几天就是我们二十年的结婚纪念日了,说好的你要回来的,我们一家要好好地吃顿饭,照张合影。我和毛毛都盼了半年,可你说走就走了,而且,把自己永远留在了齐家寺。虽然,村民们会天天去你坟前看你,陪你说话,可我心里怎么能够舍得你啊!去年,你再次被留下来的时候跟我说过,再多的荣誉也没有意思,再苦再累也不怕,只要村民们心里有你!

夏雨,我的好丈夫!你就放心地走吧,我会照顾我们两家老人的,毛毛也懂事了,结婚纪念日那天,我一定会再次来到齐家寺、来到你的身边!

亲爱的,你放心地走吧,希望你到那边快快乐乐的,不要再牵挂家,家里有我呢!也不要再牵挂齐家寺了,村民的日子会一天比一天好!

安息吧!我的夏雨!

夏雨觉得,这也许就是在做梦吧。
这是真的吗?
这时,村部的大喇叭突然响了起来。
张也奔放激越的歌声,响彻整个齐家寺的上空:

我们世世代代,
在这田野上生活,

为她富裕，
　　为她兴旺
　　……

　　原载于《长城》2022年第4期，《小说选刊》2022年第12期转载，入选2020年度安徽省中长篇小说精品工程

# 过　往
## 陈斌先

### 1

父亲刚从山里回来,豁鼻子便把父亲拦在了稻场,饶有兴致地问,开心不？腰扎草绳的二傻子嗷嗷喊,开心。看起来一本正经的几个轮番问,打家劫舍时,到底祸害过多少良家妇女？偷腥是不是很快活？

听到众人不停追问,父亲一脸窘困,求救般地看着队长,队长表情严肃,偏偏不看父亲。

天晴了,人们用石磙轧稻场,男人们像牛一样拖着石磙,妇女们跟在石磙后面丢碎草,碎草压进土里,一群人反复碾压看起来早已平平整整的一片稻场。

娘就在那群妇女中间,听到人们起哄,娘似笑非笑地提着柳条筐,筐里的碎草随着风纷纷扬扬而去,娘摁住碎草时,才露出受尽屈辱一般的尴尬。

收工时,娘走得飞快,娘的气息就像拉风箱。父亲卑微地跟在后面,走到半道,娘慢了脚步问,是不是很快活？

父亲也慢了脚步,讨好般地走到近前。

娘瞪眼骂,要脸不？

父亲摸摸脸,之后便不停地哑摸着嘴。父亲嘴角有片亮瓦瓦的东西,好像存下的油汪痕迹。娘上前捏住父亲的嘴角,是不是吃肉啦？红烧的还是清炖的？

父亲疼得龇牙咧嘴,挣脱开娘的手说,咋跟着生气呢？你是知道的。

我知道什么？你说我知道什么？

父亲便圪蹴在地上,捂住脸说,本来就是干净的。

娘丢下父亲,挎着柳条筐小跑起来。

父亲站起来追赶而去。

路上扬起两道灰尘,遮住娘的背影,也遮住了父亲的背影。

实际上那天我一直跟在父亲和娘的身后,而他们居然忽视了我的存在,等我走到家时,便听到娘歇斯底里的哭喊声。

那天阳光很好,鸟的鸣叫声也很动听,我一直站在一棵枣树下,看看微风不停地搓揉着白云,当我看到那只鸟儿飞走时,我想,山里到底在哪里?

## 2

最近老是梦见脚步声,那种若隐若现的脚步声,始终带上噗哒、噗哒的节奏。外面漆黑,卧室内只剩下老婆轻微的酣睡声。我反复回想梦中的脚步,噗哒哒、噗哒哒,不紧不慢,张弛有度。我再也无法入睡,翻身起夜,顺便走到另外房间查看。其余房间都很安静,夜气似水,缓缓泻成一片清辉。我又走回房间,躺在老婆的一侧,把头蒙进被子里。

老婆梦呓一般说,半夜三更的,折腾什么?

我不知道老婆到底醒来没有,我好像被困在被窝里。狭小的空间,让我找不到突围而出的可能。那一刻,我想到了,苍蝇被困在蜘蛛网上,蚂蚁落进水里。当然我也想到,脚步声困在路上,小鸟断了翅膀。很快我又听到老婆的鼾声,老婆的鼾声很细微,就像嘶嘶啦啦的夜岚之气。那种声音跟梦中的脚步声明显不同,一个纯净,一个浑浊;也可以说,一个利索,一个拖沓。我闭上眼睛,钻出被窝,窒息的感受少去许多,我再也没有睡意,摸到手机,求助度娘。周公解梦云:生意人梦见脚步声,预示得财顺利,但也得时时留心小人。可我不是生意人,身边也没有小人。看来周公也有糊涂的时候,想必他也不知脚步困在什么地方。

如果仅仅一次,也没有什么好奇的,后来几个晚上,那种脚步声不停出现在梦里,噗哒哒、噗哒哒,一声强过一声。

我自然会从梦中惊醒,每次见到的都是那种浅黑的、犹如染霜的余烬之色。除了夜岚之气,什么声响都没有。努力听去,远处似乎有砰砰之声,我知道,那是从不远处工地上传来的声响,抑或其他什么机器的撞击声,那种声响,跟我一样困在夜里。车辆声也是有的,只是不太闹腾,呼啦而过,好像给沉静撕开一道裂缝,让夜更加沉寂。我不知道想些什么,好像脚步声把我带进一种困惑,而这种困惑似乎一直长在骨头缝里。闭上眼睛,回想噗哒哒的脚步声,直到那种节奏,把我带进更深的困惑中。

老婆做好了早饭喊我起床。抬头见到阳光落窗,我翻身起床,晕乎乎地洗漱,最后晕乎乎地走进餐厅。

老婆见我睡眼惺忪,低声问,最近咋啦?夜里老醒。

我以为老婆不知道我的辗转反侧,刚想解释点什么,突然听到了手机响声。那是我的手机,它放在我的上衣口袋里。响声就像从我的身体穿越而出,肆无忌惮似的。我掏出手机，摁开了通话键，那时，我并没有看来电是谁。等我听到说话声，才惊讶地喊道，老二？二哥在我这里被称为老二，兄弟多，顺序喊来，容易区分。

老二说，放假了吧？须得尽快回来上清明坟。

哦哦，放假啦。我忘记了三天清明假期，原本以为假期与我无关似的。可这个假期真的与我有关，清明节，我得回去祭奠父亲和娘。

老婆没有忘记假期，洗好碗筷才笑笑问我，你今天回去？

回去。我的声音拖泥带水，好像从遥远的地方拽回一些清醒似的。

老婆吞吐半天才说，可我约好了几个姊妹，想进山踏青。

我说，去么，我一个人回家就是。

老婆不再说话，躲在一边打电话。清醒让我更加迷惑，噗哒哒、噗哒哒，看似无意的那种，却多了一种坚韧和惯性。为啥老是梦见脚步声呢？

一会儿老小又打来电话，老小说，上完坟，我们去看看宋居正。老小停顿半刻，又说，宋家辉来了电话，说宋居正病了呢。

宋居正？一个陌生而又熟悉的名字，好像从记忆中打捞出一片鲜活，那种鲜活与山有关，与郁郁葱葱相关联。之后，我清醒过来，接连"哦"了几声。

老小口气平淡，平淡到有些冷漠，老小说，他老啦，估计想起了我们。

老小说着什么，我根本没往心里去，通话结束，我才说，知道了，上午回去便是。

3

故乡在寿州岗郢，一个十分偏僻的地方，不过现在交通状况大大改观，早没了"偏僻"之说。下了高速，十几分钟就到老家了。二嫂早早杀了一只公鸡，还蒸了春节没有吃完的腊肉、腊鹅和腊肠，当然二嫂还会烧下数量可观的乡间菜蔬。实际二嫂不用烧那么多菜，可二嫂就是二嫂，我每次回家，她一定会倾其所有。二嫂端完最后一道菜，站在桌边说，不知道病成啥样啦！我知道二嫂说的是宋居正，我看看二嫂，看看老二，最后才看老小，老小低头，没有吭声。

二嫂有些尴尬，沉默半天，又没头没脑来了一句，不知娘咋想咧。

娘走了很多年，无法征询她的意见，就是烧香问，估计也没个准头。二嫂不该这个时候提起娘，说到了娘啦，去还是不去？

老二见我和老小都不吭声，趁机夸了二嫂几句，我知道老二替二嫂打圆场，我得说上几句。我说，爹和娘都走了，长嫂为母，二嫂就像长嫂一样。问题是二嫂虽说儿孙满堂，可大嫂还在。二嫂听到我说长嫂为母，连连摆手说，大嫂听到又该生气了。我能明显感到二嫂的羞涩,二嫂年轻时喜欢害羞,没想到这把年纪了,还会害羞。二嫂通红着脸,替我夹个鸡大腿,而后说,多吃点,家里养的。我的碗头上堆满了鸡鸭鱼肉,均系二嫂所为。吃不了,我只好转手夹给了老二。

老二有点不高兴,冷不丁来了一句,你二嫂夹的菜,不吃掉?我看看二嫂,二嫂也是这么个意思。之后,我像个听话的学生,又把夹给老二的菜夹回,而后,一点一点往下咽。

酒是老二和老小喝的,我准备下午开车进山,一直拒绝喝酒。二嫂见我滴酒未沾,有些不过意,随口道,看病人,得上午。看病人确实得赶在上午,这是习俗。二嫂这么说。老二说,对呀,喝吧,喝吧。

实际上我比老二酒量大,不说年龄,单就酒量,老二根本不是我的个。谁知拼到最后,老二啥事没有,我却醉了。我醉酒之后喜欢吹牛,老二和老小都知道我的坏毛病。过去老二听到我酒后吹牛,小声对老小说,穷教师,让他吹吧。老小不想原谅我,老小是当地有名的唢呐手,从村里吹到乡里,最后吹到县上,现在成了非遗项目传承人,要说吹牛,他最有资格。可老小平时不太爱说话,即便说话,也是字字掂量,因此他特别讨厌吹牛的人。

实际上我也不想吹牛,姊妹六个,唯独我有正式工作,不吹几句,不落忍。我醉眼蒙眬地说,呃,那个县长,朋友。那个县长当然指老家的县长。老小见过县长,非遗项目展示会上,县长给老小颁过奖,老小专门提起我,县长问,他说认识我?老小当即不再解释了,心想,幸亏没有细说。这回我又说到县长,老小忍不住打岔。见老小打岔,我猜想到了其他,立即岔开话题说上学成绩,这下老二和老小无法相比了吧。我说,想当年,每次考试,我都是年级第一。我忘记了老二没有捞到上学,为此一直对父亲心存埋怨,我正兴致勃勃说到自己某次数理化三门课考试全部满分时,老二打岔说,要如果让我读书,指不定门门满分呢。老二不知道语文、英语、政治不可能考满分,老二那么说,明显对父亲心存不满。可我顾及不了老二的感受,继续吹牛说,问问现在的孩子几回考过满分的。

说起读书,老小心里更不舒服,老小读小学的时候一直当班长。那时候老师喜欢出加试题,一般情况下,老小都能做好。可老小上五年级那年,娘走了。娘是服毒走的,对我们来说都是意外打击。说起来就是"半分工"的事,"半分工"在当时不值一分钱,就算值一分钱,绝对不值一条命的钱,起码一个鸡蛋还值七分钱呢。这就牵涉到了包产到户。实际上包产到户并不是一下子完成的,中间有个过程。现在很多人容易忽略那个过程,以为从大生产队直接进入"包产到户"层面的。我们生产队分成三个村民小组,我们家分在第三小组,这个小组都是没出五服的一门人。分组后,大家一致推举老二当组长。既然选老二当组长,就得彰显他的大公无私。老二为此专门做出规定,凡是到了一定岁数的人,都要扣去"半分工"。娘特别能干,虽说岁数在扣去半分工之列,可能力绝对在年轻媳妇们之上,不说一个人能干两个人的活,起码年轻媳妇就不是娘的个。就说二嫂吧,田里家里,根本没娘利索。这么说来,"半分工"不是根本问题了,它涉及能力的评价体系。娘本来就憋了一肚子气,当然这股气不是老二给的,也不是家门老少给的,是那个如影相随的女人给的,娘感到委屈,由半分工开始,娘便把心里埋藏很久的怨气统统甩给老二。

如果换成别人当组长,估计娘不会那么骂,最多讨价还价。娘由老二往上骂,很快骂到了大家共同的祖上。祖上是大家的祖上,娘那么骂,大叔恼了,指着娘说,老三家的,骂儿子可以,骂我们祖上干吗?就算你不认祖上,我们得认吧。

娘不知道哪里来的邪乎气,跳起来骂,骂祖上咋啦?很快,娘跟大叔吵了起来。大叔脾气犟,蹭蹭舀来一舀子屎尿,嚷嚷要灌娘。当然大叔的阴谋不会得逞,大叔往娘身上泼屎尿过程中,被人拽住了胳膊。

娘在那里吵架时,父亲正穿着短衫跟二傻子说话。二傻子那天心情好,说话也利索多了。二傻子问,山里女人啥滋味?很多年来,正因为父亲的烂脾气,好像谁都能奚落他几句。豁鼻子那天也经过稻场,他杵着锹说,常常进山,想过三婶的感受吗?三婶就是我娘,当然豁鼻子也是我们同宗兄弟,因为远了几层,没有分到一个组里。

父亲哑口之后,擤了一下鼻子。想必那会儿父亲想到了娘的委屈,父亲用擤鼻子来遮掩自己的尴尬。父亲擤完鼻子之后,便用手往上抽。父亲手掌很大,可以捂住半张脸,抽到半道时分,父亲停下手掌。那时,鼻涕都被父亲推到脸上和额头上,看起来特别恶心。当然父亲不会让鼻涕停留在脸上或者额头上,他提起衣袖,胡乱揩了去,最后才用大手摁住裤子或者上衣,不停蹭上几回。娘特别讨厌父亲的邋遢,当然娘还是担心山里那人会不会讨厌,娘说了讨厌之后,小声问,她说过讨厌吗?

"她"当然是指如影相随的山里女人。

父亲听到娘那么问,虎着脸说,这么问,有意思吗?

娘知道没意思,可还得问。

今天,父亲抽鼻涕过程中,豁鼻子走了,可二傻子还在。二傻子总想问点什么,他对男女之事始终好奇。可父亲不会把事情说清。

春风打着皱褶,缓缓掠过稻场,吹向麦地之后,变成了起起伏伏的绿浪。父亲见二傻子愚钝未开的样子,笑嘻嘻地说,记得吃奶的滋味吗?

二傻子努力回忆吃奶的滋味,最后站起来说,"呸",而后晃晃悠悠地走啦。

娘就是那时跑到稻场上的,她拽住父亲的胳膊说,不管你当过兵还是当过土匪,这回得把老大打了。父亲了解事情原委后,抽鼻子说,家务事。

娘彻底失望起来,那一刻,她的委屈就像麦浪,一浪高过一浪。娘骂父亲是窝囊废,是骗子,是狗屁。娘骂到最后催促说,放屁都砸不到脚后跟的家伙,你说去不去?

父亲仍然笑嘻嘻地说,有啥大不了的?忍忍也就过去啦。

娘跳起来骂,我忍一辈子啦,还要忍多久?

父亲说,才骂完老二和他大伯,又来骂我?

娘说,我还想骂山里的婊子。娘说完这句话,丢下父亲,一个人跑回了家。

娘到处寻找可以喝下的东西,一抬眼,发现墙角放了一瓶褐色的敌敌畏,娘知道那瓶敌敌畏的毒性,娘亲眼见到菜虫闻下敌敌畏后,很快就蜷缩起身子。娘买那瓶敌敌畏就为种菜用的,娘想当回菜虫。娘拧开了瓶盖,皱着眉头,咕咚咕咚喝了下去。

父亲从稻场回家,发现娘早断了气,父亲想,咋弄成这样?父亲抱起娘说,为啥这样傻呀?早知这样,我去便是。

放下娘,父亲变成了另外一个人。那时,父亲不再是大家熟悉的父亲了,他两眼通红,提把大铁锹到处找大伯。大伯吓得不知道藏到了哪里。父亲劈倒了几棵树,踩到了一个碾盘,父亲踢了碾盘一脚,随之往后退了几步。就那么几步,让父亲血性四起,他举起铁锹,朝着碾盘劈砍下去。仅仅一锹,真的就是一锹,父亲就把碾盘劈成了两半。老二那时候站出来说话,老二跪在父亲面前说,爹,要劈就劈我吧。父亲真想一锹劈了老二,劈到半道,发现老二流泪,才丢下铁锹,抱着老二说,从此往后,你娘没了。

娘走了,父亲的魂魄好像跟着娘走了,不但整天默不作声,还喜欢深夜到田野间游荡。几次游荡到娘的坟头,父亲就坐在娘的坟上抽烟。一次我和老小跟踪父亲,听到父亲一个人喃喃自语,以为父亲真的魔怔啦。我大点,主动上前喊爹。父亲发现了我和老小,一手拉着我,一手拉着老小,说,走,我们回家。

不知道从哪天开始,父亲开始了赌钱。那年正赶上老小读书的紧要期,可父亲好像忘记了我和老小的存在,见天晚上啥也不顾地坐上牌桌。我已经上了初中,有老二、老三和大姐他们照顾,并不知道老小的艰辛。吃亏的还是老小,他晚上只能跟着父亲去赌场。困了,顺势躺在墙角;渴了,到水缸那里舀凉水。老小的衣服早没了应有的颜色,用"衣衫褴褛"来形容也不为过。更为悲催的是,老小到处睡屋角,睡出一头虱子和疥疮,而父亲却浑然不知。父亲赌完钱之后,才想起跟在身后的老小,从墙角处找到老小时,老小早已冻得浑身冰凉。那个夏、秋、冬,老小就是这么过来的。到了第二年春天,万物复苏的季节,老小的耳朵突然聋了。

开始父亲并不知道老小耳朵出了问题,大着嗓门喊老小吃饭,老小还在吹柳哨。每年春天,老小都喜欢做柳哨。后来老小喜欢吹唢呐,估计与吹柳哨有点关系。父亲喊了半天,老小一直没有回应,父亲生气了,上前给了老小一巴掌。老小懵懂半天,不知道哪儿做错了。

父亲这才发现老小耳朵出了问题。

父亲把老小带到大队医疗室,赤脚医生说,中耳炎,不及时治疗,很快就会聋的。父亲慌了,带老小到乡里医院,最后去了县上医院。等治好弟弟的耳朵,却耽误了弟弟的读书。

父亲这才后悔,慌乱地对老小说,我把赌戒了,你去读书可行?

老小说,我洗衣烧饭,我来照顾家。

父亲感到了愧疚,找出菜刀,啪地剁了半截指头说,这样可行?

老小捡起父亲的半截指头,紧紧攥在手里,浑身战栗说,不。

我拿读书之事来吹牛,老小怎么能舒服呢?意识到不妥,我急忙改口说其他。其实那时候什么都不说,才算妥当。可我喝醉了,还想继续吹牛。我说,那个书记,哥们。那个书记当然指家乡的县委书记。老小白了我一眼,见我无边无际地吹牛皮,有些讨嫌,扭头对老二说,这个毛病真得替他改了。

就在那会儿,我哇的一声吐了。我有好多年没有回酒了,这回吐得翻江倒海。屋里瞬间充斥着酸臭味,老二和老小离开了桌子,二嫂不慌不忙铲来一锹土,盖上污秽说,吐了就好了。

我醉眼蒙眬地说,书记咋的?县长咋的?屁。

二嫂一把拽住我的胳膊,老二这才上前架起我说,谁知道你酒量败成这个样子啦。

最后我是被老二架进卧室的,见我躺好后,二嫂端来一碗糖水让我喝下。我刚喝下一口,马上又吐了。这回酸臭味更加浓重了,老二跟着干呕起来。二嫂捏着鼻子,拿来一条凉毛巾敷在我的额头上。那会儿我有点手舞足蹈,哇哇地喊,了不起呀。老二捂住了我的嘴。我扯开老二的手说,让我说下去。如果老二继续让我喊下去,估计我不会再次回酒。老二捂住了我的嘴,造成我呼吸困难,瞬间,胃开始了痉挛,接着哇哇吐个不停。

迷迷糊糊中,我又梦见了脚步声,轻微的声响很快变成了清晰的脚步声,噗哒哒、噗哒哒,软绵而拖沓。这回我清晰地感觉到,原来困住我的脚步声是父亲给的。我睁眼想看个究竟,可眼皮好像被人摁住一般。我想喊老二和老小,嗓子也好像被人堵住了。就在那时,我听到二嫂在堂屋说话,二嫂说,老大要是在就好了,老三能回来更好啦。噗哒哒的脚步声更加急切啦,可眼皮重得像磨盘,心思却格外活跃。

4

醒来时,下午四点多了。四月天,黑得不早不晚,院子里还有阳光。我挣扎下床才发现,床单早就被我汗湿了。我瞬间想到了洗澡。等我走进老二家的浴房,才发现老二家的卫浴比我家的气派多了,浴缸、淋浴都有,就连面盆也是大理石镶嵌的。放满一浴缸水,我把自己埋进水里。

洗好澡,轻松多了,刚出门便遇到豁鼻子啦。见我走到近前,豁鼻子一个愣怔后才问,回来上坟?

我点点头。

豁鼻子说,该走的都走啦。我不知道豁鼻子想说什么,指老人去世还是指村里的年轻人外出打工?豁鼻子见我半天没有吭声,小声说,三叔在那边想必安静啦。

三叔指的就是我父亲,父亲走啦,晚辈不能用这种口吻说话。我有点不高兴,见豁鼻子还有话,便虎着脸走开。

豁鼻子跟上几步说,忘不了三婶的委屈。

我想申辩说,是老二的过错。豁鼻子没有给我机会,他指指心口说,一年几趟,谁受得了呢?这或许是老二的观点,不过老二从来没有在我们面前透露半点。

说来也是,过去父亲确实每年都会进山几次,父亲惦记谁?是干儿子,还是那个女人?都说父亲在山里留下了私生子,娘信,奶奶也信。

父亲跟奶奶解释过,父亲说,有没有,你不清楚?

我清楚啥?奶奶比父亲还冤枉。奶奶见娘流泪,拉住娘的手说,孩哟,不会的。"孩"是奶奶对娘的爱称,实际上我娘有名有姓,可奶奶不喊娘的大名,一直喜欢叫娘为"孩",好像娘也是她亲生的一般。为此,娘从来不喊我们"孩",也不喊大嫂、二嫂"孩",娘觉得喊"孩"未必真当亲的待。

娘瞪眼让父亲说出进山之后发生的事。爹圪蹴在门槛上,耷拉着头,不再解释。

娘做出妥协,喃喃说,要是真的,我这里认下,往后不进山可行?

父亲委屈就在这里,磕头认下的,咋就成了私生子?

记事的有年春上,父亲跟娘大吵一架,吵到最后,娘奔着门口的水塘而去。父亲拽着娘说,我把他叫来,叫来可行?

父亲消失了几天后,带回了一个瘦条条的男人。我分不清瘦条条的家伙到底像不像我,但感觉他个子比我高多了。高到什么程度,估摸需要站在大桌上才能看清。

瘦条条的男人一直低头站在娘的面前。娘看了几眼,表情多了慌乱。

父亲突然间得意起来,笑嘻嘻地说,鼻子、嘴巴、耳朵,哪点像?

娘从头往下看,接着又从脚向上看。春天的阳光四处晃荡,娘再次凝视半天。大白天,还有阳光,按说应该一目了然,可娘还是撩起衣襟擦擦眼,又前后看了看,才收回目光问,你就是宋居正?

宋居正点头,娘松口气说,坐吧,坐呀。

宋居正显得特别紧张。

父亲一直观察娘的表情,听到娘让宋居正坐,这才落落大方地说,她让你坐,坐呀。

宋居正一直毕恭毕敬地站着,直到父亲出去忙活,才跟着父亲走到了外面。

我和老小一直跟在宋居正后面,想听他跟父亲说些什么。等我和老小拦住宋居正的去路时,父亲说,两个弟弟,想跟你亲热呢。宋居正低头抱起老小,而后拉起我的手。娘那时候走到门外,见宋居正抱着老小、拉着我,哇哇喊,下来。老小吓得挣扎下地,我吓得藏在父亲后面。只有老二不怕,拦住宋居正问,多大啦?住在山的哪块?

也许因为陌生,也许因为身份的尴尬,宋居正再次多了慌张。

那天宋居正并没有留下吃饭,等他神情淡定后,一直说,我得走了,真得走了。

父亲说啥都要留宋居正在家吃口饭,可宋居正看看娘、看看老二,口气坚决地说,我得走了。说完,噌噌跑向村头。

父亲跟在后面撵,撵了一程,大概没有撵上,很快又折返回家。父亲从菜篮子里摸出一块馍,装进口袋后,又没命一般疯跑起来。不知道父亲到底撵没撵上宋居正,反正父亲回到家时天已经黑透了。春夏之际黑得晚,可天还是黑了。父亲那晚没有吃饭,一直圪蹴在门前柳树下。月亮明晃晃的时候,娘上前说,我也没说啥呀!让他坐,他又不听话。

父亲这才长叹一口气说,这回信了吧?

娘说,有人像爹,有人随娘,光看长相,拿不准。

父亲不知道说啥好了。

豁鼻子见我离他远了,站在一棵树下大声喊,三婶委屈死啦。

这个豁鼻子,过去多少年啦,咋还八卦?

5

我想找老二回来上坟,估计他和二嫂去了菜园。才转过塘口,我就遇到二傻子啦。二傻子看起来像个正常人,不过也老啦。他拦住我说,你爹当过土匪,当过兵。

这个二傻子,胡扯啥?我有点生气,看看二傻子的样子,重重挥挥拳头。

二傻子退后几步说,一马吃两山。

父亲走了,二傻子不该这么说话,可他始终有些拎不清,何况村里人都不跟他计较。我想尽快离开二傻子,谁知二傻子却跟在后边说,是个寡妇。

我知道的历史,父亲被国民党抓了壮丁,当了十年兵,回来跟娘结的婚。可村里人不那么说,他们说,父亲当过土匪,流浪几年,最后回到家里。

很多说法让父亲面目全非,娘对父亲也极为不满。一次父亲实在没辙了,严肃地对娘说,我是堂堂正正的军人,没有当过土匪。娘说,那你走几步我看看。

父亲走正步,样子像极了军人,娘那时才叹息说,可惜当的是国民党呀。

父亲那时就耷拉着头,坐在床边一声不吭。

就算父亲当过土匪,也轮不到二傻子瞎说,何况我父亲死了这么多年呢!也许他见我回来上坟,又想起父亲的过往,才专门说下。

我一直想弄清父亲到底经历了什么,这个对我来说极为重要,对我们兄弟几个都重要。老婆说,弄清楚干啥?很多过往无法厘清。不是老婆的父亲,她可以漠视,可在我的心里,父亲的过往就是一块石头,一直沉沉地压在我的心底。尤其到了我这般岁数,更想弄清父亲到底经历了啥。

二傻子还想说什么,见我真的抡起了拳头,吓得躬起身子,一缩一缩地走了,走了很远才张开黑洞洞的嘴巴,我们都没有忘记他卖猪的事情。

娘喂了一窝猪崽,父亲说,山里猪贵,卖了猪崽好买毛竹,倒腾几下,赚得更多。娘想起了山里女人,不想让父亲进山。父亲不会听娘的,一根筋似的赶着猪崽走了。一个星期后,父亲双手空空回了家。

娘问,钱呢?

父亲说,公家没收了。

没收?总得有个凭据呀。

父亲说,公家人说我投机倒把。

谁信?肯定把钱给了山里女人。那些猪崽是娘一手操持大的,眨眼没了。娘气得躺在地上打滚,就差投水上吊啦。

奶奶跟着责怪父亲,奶奶说,恁多孩子的爹啦。

父亲还是那句话,公家要没收,我有甚办法?

到底贴了山里女人,还是被公家没收了,娘不清楚。父亲这里不承认,娘哭上天,结果猪崽还是没了。诸如此类的事情比比皆是,父亲进山卖过山芋和花生,还卖过大米和鸡蛋,总之,满挑子去,两手空空回。偶尔,这里说的偶尔,父亲也会带回一些山核桃和山里的大白桃。可那些东西让娘更怀疑父亲的诚实了。绝望就像庄稼,一年几个轮回,娘听说父亲进山,就会到处诉苦。父亲那点事,早成了公开的秘密。

20世纪70年代后半程,老大跑去了江南,老二娶了媳妇分家单过了。那年我十二岁,有了初始的羞耻感。有一天父亲进山卖大米,还是两手空空归来。娘躺在床上流泪说,承认了,这里还好受点。娘戳戳心口。

听到娘嘀咕,我生气说,娘,你歇歇,我来骂。我学着娘,骂父亲是骗子、土匪和浑蛋。我清楚地记得父亲当时脸色铁青,好像随时都要将我撕碎一般。我是父亲的四儿子,按说父亲不会放过我的造次,可父亲并没有骂我,也没有给我一巴掌,却一直责怪娘把我教坏了。

娘见我模仿得一板一眼,虎着脸对父亲说,四儿也大啦。

父亲满脸通红,脱下脚上的鞋。可父亲还没有动手,我却顺手操起扫帚。那是用高粱秸秆扎就的,扫帚把子跟树棍一般粗。父亲没舍得打我,我的扫帚把子倒落在他的头上。打完父亲,我撒腿就跑。当时父亲就蒙了,完全不知道发生了什么。娘也蒙了,她不敢相信我敢打父亲。娘气得跟在我身后撵,撵了一程没撵上,又回到家里。

我回家到底挨了娘的打,娘稔熟"三从四德",娘说,老子有错,儿子不能说,更不能打。本想替娘出口气,没想到还落下一顿打,我心里委屈,连饭都没有吃就上床睡觉。后半夜,我饿醒了,见父亲坐在床边抚摸着我的头。

箱子上面放碗饭,油灯还亮着。我吓得再次蒙起头。

父亲却扯开我的被子说,把饭吃了。

娘用开水泡了饭,接着又开始啰唆,不进山,什么都好说。

我把开水泡饭吃完了,抹抹嘴,学着娘的口吻说,山里有啥好看的?

父亲不搭理我,大声问娘,信我为啥这么难?

娘说,你一直含含糊糊的,有什么不能对我说的?

父亲说,很多事情不能说,说了更对不起你。

娘糊涂了,不说才对不起呢!娘理解不了父亲的解释,一直认为父亲找借口。娘看过宋居正,既然不是私生子,更应该理直气壮地解释清楚。可父亲说,你让我解释什么?我在山里十来年,认个干儿子再正常不过。

奶奶知道娘委屈,娘给奶奶生下了五个孙子一个孙女,早把娘当成了亲闺女。奶奶说,甭管欠下啥,差不多啦,起码眼面前的孩子都大啦。

父亲说,不是债,是责任。

奶奶说,如果山里真有人,当初跟孩结婚干啥?

父亲说,没影的事,别乱说。

娘插话说,摸摸良心问问自己吧。

提到良心,父亲坦然了,挠挠头说,那我心定了。

心定?没良心的家伙。

娘又开始吵闹。

我们头都大了。

## 6

上坟是下午五点多钟的事。父亲和娘的坟头上长满了杂草,不知为啥,杂草中间生出一棵苦楝树,而那棵苦楝树已经碗口粗啦。过去我没有太在意这棵苦楝树,直到今天,我才发现它的挺拔。老二指着苦楝树说,看看,看看,是不是六个枝丫?

确实六个枝丫,而我们恰好六个姊妹。实际上我不信这种象征,更多地在想苦楝树为啥就长在父亲和娘的坟头上?它寓意娘的委屈,还是父亲的挣扎?想起苦楝树,我流泪啦,父亲和娘的一生就像一棵苦楝树,带着苦味出场,直至谢幕。

纸钱袅袅生烟,冥币燃烧得缓慢,老二燃放了鞭炮,老小点着了烟花。劈里啪啦,鞭炮和烟花交相作响,空气中瞬间充斥着浓重的硝烟味。

我跪在父亲和娘的坟前,磕头中,默默问父亲,您到底经历了什么?

鸟儿早被吓得魂飞魄散,拉拉藤爬满了坟头,而坟头几乎被夷为平地。老小一声不吭地挖了几锹黑土,撒到坟头上。老二对我说,清明得给坟头添锹土,从小到大,依次进行。我磕头起来,也挖了几锹上,并亲自捧到父亲和娘的坟头上。

父亲和娘的安息之处在田野的中间位置,这几年周边又多了一些坟头。我不知道下面躺了谁,可我能想象出,他们都是我的熟悉之人,来了,走了,跟父亲和娘一样,无声无息。那时,我注意到了黑土啦,按说,大别山脚下不该有这种黑土,或者黄,或者灰白,至少应该带上一些僵白,可我老家的土壤为啥这么黑呢?好像埋下许多往事似的。

我分明看见父亲屹蹴在门前,又分明看见父亲的讨好与讪笑,其间,几次想起父亲擤鼻子,直到我不由自主摸起自己的衣裤。

老小不知道想什么,始终一脸沉重,也许他想到了中耳炎,也许他想到了躲在墙角的每个夜晚。

老二毕恭毕敬的,一直在念叨什么。嘀咕完,他开始撒硬币,那是一元的硬币,老二撒满整个坟头,老二说,半分工不值一分钱,我把缺下的都给您。估计娘的走,困住了老二的情感世界,随着生活好了,老二更走不出"半分工"的桎梏。

上坟回来的路上,不知为啥,又遇到了豁鼻子和二傻子,他俩好像一直在偷偷窥视我们的一举一动。他俩一起拦住我们的去路,豁鼻子嘻嘻地问,老三怎么没回?老三在外地落户,离家远,回家上坟多有不便。我们不想解释这些。豁鼻子又说,老大也走啦。

豁鼻子到底想说什么?

二傻子流着鼻涕说,一马吃两山,不服。二傻子真傻还是假傻?如果不傻,估计早已娶到了媳妇。可听他说话,却又感觉他真傻。有人说,傻子其实不傻,只是神经末梢的某个地方被困在幽暗处。二傻子见我们不搭理他,指指我说,老四长得最像他。"他"肯定指我父亲,大家都说我是父亲的再生,我相信一脉相传,更相信血缘这种东西。

二傻子还想说什么,见我攥起了拳头,向后退了几步说,当土匪,生孩子,不该呢。

这个二傻子,确实欠揍。

从梦见脚步声开始,我研读起弗洛伊德的《梦的解析》,此书不像《周公解梦》,重在研究精神和潜意识。找不到梦见脚步声的具体解释,我放下了《梦的解析》。可从那会儿开始,我想到了娘,娘肯定被困在某个地方,否则不会轻生。娘的一生,简单明了。那么父亲呢?他被困在哪儿了呢?

二傻子为啥说父亲当过土匪?父亲当过吗?难说。

7

　　要去的山是大别山。据说汉武帝南巡时,见到绿植葳蕤、葱绿至顶的景象后,啧啧称赞说,此山,大别于他山也。

　　宋居正一家住在大别山深处——磨子潭水库附近。

　　车子下了高速,便驶上了一条不宽不窄的省道。

　　省道年久失修,柏油多有剥离。我放慢了车速。那时我想,当年没有车,父亲一路走来,需要多长时间?就在那个瞬间,我又想起了梦中的脚步声,父亲到底让不让我们进山?娘会怎么想呢?

　　老二见我不说话,随着一个颠簸说,假如宋居正像我们,咋办?

　　我知道老二进山的目的,如果宋居正真是父亲的私生子,娘是委屈死的。那么,娘的死,与他无关。实际上老二见过几次宋居正,像不像,他应该清楚。

　　我不再胡思乱想啦,索性关了空调,打开了车窗。山风顺着车窗灌进车里,挤在一处,又翻滚出去,弄得车厢内到处呼啦啦地响。老二说,关上,关上。我并没有急于关上车窗。老二误以为我想节省汽油,大声说,油钱我出,可行?我知道老二有底气这么撑我,现在我的落魄和他的富裕成了鲜明对比。想当年,我作为全村第一个考上大学的大学生,谁不为之骄傲呢?记得上学那天,村里好多人为我送行,父亲被人簇拥着。二傻子仿佛最开心,跟在人群后面一直"哦哦"喊着,喊什么,没人关注。最后豁鼻子说,三婶在就好了。

　　豁鼻子不该提娘,父亲听到别人念叨娘的好,当即低下头,伸出少了半截指头的小手指说,我亏了老小呢。老小注意到了父亲的半截指头,那半截指头,老小攥过,老小见父亲举着半截小指头那么说,脸上瞬间布满忧伤。

　　实际上我考上的才是省城师范大学,现在看来太过平常。可那时候师范大学的本科生几乎都能分配到大学教书。问题我毕业分配时,赶上省城一所中学要人,糊里糊涂被人扒拉去了中学。如果按照当时分配情况来说,最差也能分到一所中专学校教书。为此,我一直打不开心结。而问题恰恰就出在我的心结上。后来我有个师弟也分配到了这所中学,十几年后他当了校长,现在还当了区教育局局长,而我还是原地不动。让人沮丧的是,后来村里陆续考上几个中专生,二十多年过去,有的当了县里局长,有的当了乡镇党委书记,还有一个,一不留神当上了副市长,比比他们,我的心结更大了。我的落魄,最终落在父亲的脸上。二傻子率先奚落父亲的。父亲无法解释,擤了一把鼻子往上抽。老二和老小开始同情起父亲,老

267

小说,后人多呢,不在乎他一个。那时候,老三才外出打工,弟弟才结婚不久,全家还看不出任何未来和希望。现在老三落户到了苏州,老二几个孩子外出打工都成了老板,老小的儿子大学毕业后,通过招考公务员,已经成了正科级干部。可当年的父亲并不知道这种结果。

慢悠悠地开上一条山村小道,老小开始跟宋居正的儿子宋家辉联系了,说到哪儿哪儿了。几经打岔,车被一辆货车堵在半道上。两车抵头,僵持下去,谁都无法通过。好在旁边有一条土路,我倒上土路,彼此就能通行了。我看着后视镜,慢慢往后倒,倒上土路,须得打九十度的方向盘,这些我处理得都很妥当。没有料到,土路比我想象的要窄。窄不怕,怕的是一车宽的土路两边居然傍着两条很深的灌溉渠。更为糟糕的是,连接山道的土路跟山道形成一段陡坡,得倒上陡坡才行。我拿驾照不几年,倒车技术实在不敢恭维。我试探性踩踏油门,车子爬到半道又滑回了原位。大货车司机按响喇叭,喇叭真响。我心里着急,加大了油门。随着嗡的一声,车子蹿上了陡坡,我手一哆嗦,车身歪了,斜斜地滑向一边的水渠。

好在人和车均无事。

太阳升到半空,天有些热了,我们兄弟三个一直站在太阳底下,眼巴巴等着宋家辉带人前来施救。老小等得不耐烦了,一会儿一个电话。一个多小时后,宋家辉带着一辆吊车赶到这边。宋家辉估计四十多岁,看上去还比较年轻。他跳下吊车,上前抓住老小的手说,老叔,你总算来了。他一眼就能认出老小,奇了怪啦。我是第一次见到宋家辉,见他矮墩墩的,一点都不像我们的身材。

老小回身介绍我们。宋家辉喊了二叔和四叔后,掏出一包软中华,一个劲地劝我们抽烟。

吊车司机业务很熟练,捆绑,起吊,一气呵成。车子吊上土路,我慌忙检查,发现除了"车"灯瞎火外,其他都正常。

车子很快开到了磨子潭,找到一家汽车修理厂后,宋家辉回头对我说,估计半天就能修好了,不急。

已经这样了,急也没用。

8

宋居正看上去矮瘦矮瘦的,小时候清楚地记得需站在大桌上才能看清他的脸,现如今他为啥变得这般矮?父亲走的那天,他跟我们一起披麻戴孝,为啥没有瞅出他的矮来?

宋居正紧紧握住老二的手。看起来,他气色尚好。我想,许是受了风寒,人老药陪着。从打量宋居正第一眼开始,我就一直凝视他的眼睛、眉毛,包括鼻子。老二松开手,也是目不转睛地看。我们都希望能找出一些父亲的影子。可宋居正脸色黝黑,耳鬓处生了不少色斑,不说其他,单说眉毛耷拉到眼皮上,更别说酒糟鼻子了。

宋居正并不在意我们的审视,随手指着宋家辉说,爹可喜欢他了。爹当然指父亲。我们喊爹,他也喊爹,听上去有些别扭。宋居正说,小时候他天天缠着爷爷讲故事。爷爷指的也是父亲。我们孩子也称父亲为爷爷。问题是,谁都能奚落的父亲,何时讲过故事……

老二打断了宋居正的话,问道,宋哥贵庚?"宋哥"喊得贴切,彼此都不尴尬。宋居正哐哐止住咳,才捎着手指说,1938年生人,八十有二啦。说完岁数,宋居正又说,比老大长十岁,比你长十二,对吧?没想到他记得这么清楚。老二点头说,哦哦。

父亲活到七十八岁上走的,临终前,父亲指着南方说,通知他,一定要通知到哦。我清楚地记得那是1993年的春夏之际,天气湿热,万物葳蕤。当时我正在上课,我教的是高中语文,那节课正给同学们解析韩愈的《祭十二郎文》。传达室送来一份电报,我看到"父走,速归"四个字,当即泣不成声。等我赶回老家时,父亲已经咽气多时啦。没能为父亲送终,成了我一生的遗憾。问题是,父亲在临终前,居然忘记了让他引以为豪的儿子,单单提起宋居正。为此,过去上坟时,我一直默默问父亲,爹,请您告诉我,当年您到底有多失望呢?

说完年龄,老二估计在盘算父亲流浪的年头。如果宋居正是父亲的私生子,肯定是1938年之前的事了,年份能对上茬口,谜团还在。

猜想老二想什么时,我对老二笑笑。

宋居正看到我和老二对笑,想起什么似的说,我带你们看看老房子吧。

这种老房子现在极少见了,瓦是不太常见的阴阳小青瓦,小青瓦起起落落铺展到屋顶后便隆起一道屋脊。屋脊中间盘踞着两条石龙,看上去雕刻得还不错。山墙由山石垒砌,或大或小,少了规则。不过山石之间的勾缝材料好像用的是黄土,眼下,黄土早已风化成了粉末,经过雨水,化作了泥浆,显出山墙的老迈和沧桑。

打开旧房子的门,宋居正指指堂屋中间的火塘说,忘不了这个火塘。所谓火塘就是山里人烤火的地方,从风水学上说,在堂屋中间砌个石坑,说啥也不太吉利。可那时候山里人家都喜欢在堂屋建火塘,冬天烤火,春夏之际烘焙茶,就算到了秋天,火塘也能派上用场,烘烤板栗、红薯、玉米和毛豆。宋居正说,大雪天坐在火塘边聊天,特别暖和。宋居正指指上首说,爹就喜欢坐在那儿喝茶,蓝布棉袄、黑布棉鞋、一顶火车头帽子,别提多精神……

啥啥啥?父亲穿蓝布棉袄、黑布棉鞋,还戴火车头帽子?这是父亲吗?我疑问丛生,忍不住打断宋居正的话。

宋居正并不解释,继续回忆说,爹喜欢唱《义勇军进行曲》。说话间,宋居正带上手势唱:起来,不愿做奴隶的人们……

父亲会唱《义勇军进行曲》?我问老二听过没,老二摇头。我问老小,老小也摇头。我想,宋居正说的那个爹,不可能是父亲,父亲只会向上抽鼻涕,咋会唱歌?

宋居正说,一次打靶,真枪实弹哦。备战备荒,全民皆兵嘛。那天爹听到山坳里响起了枪声,就走向我们打靶的地方。爹见我怎么也打不准靶心,摇头说,三点一线,啪啪,就成了。可我依然打不准。爹恼了,接过我的枪,啪啪几下,全部打在靶心上。

父亲会打枪?我问老二,老二一脸懵懂,老小更糊涂。宋居正口中的爹和我们印象中的父亲相去甚远,宋居正到底在说谁?

宋居正见我们怀疑,摇头说,爹有一套黄军装,刚解放时的那种。那些衣服和鞋帽,娘平时存放着,谁都不许碰。

说到这里,宋居正看看外面的太阳,说,先吃饭,吃饭不耽误。

宋居正居然跟我们卖起了关子,这个宋居正还会说什么?

## 9

宋家辉媳妇早早烧了一桌菜,从说话中得知,宋居正的老婆大前年走的。无论如何,面儿上说,我们是冲着宋居正病来的,吃饭桌上,老二顺手掏出三个红包。

宋居正说啥也不接老二掏出的红包。僵持到最后,宋居正恼了,大声说,从这点来说,你们跟爹无法相比。宋居正陷入沉思一般,感伤地说,恩情这种东西不是用红包丈量的。

老二面目讪讪地收回红包,退还给我和老小后,端酒敬宋居正。

宋居正少许抿了一口,松口气说,爹走不出过去的阴影。

父亲有什么阴影?为啥还走不出呢?

宋居正不说爹了,说娘。说到我们的娘,宋居正口气凝重起来。当年听说阿姨走了,娘拍着大腿说,世上哪有恁傻的人?宋居正把我们的娘称为阿姨,把他的娘称为娘?如果不口口声声喊父亲为爹,也就算了。喊来喊去,我们娘算什么?老二

270

搁下酒杯对宋居正说,不要喊阿姨啦,就叫你们娘。

宋居正不在乎老二的提醒,执拗地说,我去见阿姨那年,真想把什么都说了,可爹不让呀。宋居正夹了点菜,四处漏风一般笑笑。

我们不想打断他了,反正娘走了,他想怎么喊就怎么喊吧。

宋家辉一直不插话,想必他已经知道事情的经过了。可我们还蒙在鼓里,我们不知道爹隐藏了多少故事。

宋居正接连喘了几口气才说,前番病了,我想这下完了,好在缓过了劲。那时,我想起爹了。宋居正唠唠叨叨的,急死人啦。

宋居正停顿很长时间,才长叹一口气说,想到爹之后,我在火塘那儿烧的纸,每年清明节我都会在那里烧纸。

宋居正确实老了,啰唆半天,依然没有说到重点。

宋居正见我们有些不耐烦,加快语速说,幸亏烧纸问爹了,看看,不几天,家辉就联系上老小啦。

宋家辉联系上老小的事,我们知道。那天,老小的唢呐班进山办丧事,响奏手喝高了,比较山里和寿州,响奏手说,寿州岂是这边能比的?响奏手很快就说到老小啦,咧咧道,我们的头儿是寿州非遗项目传承人,嚯。三说两说的,宋家辉才明白响奏手说的头儿是他寿州的老叔,世上还有这等巧合的事?

说到烧纸,宋居正眼睛好像蒙上了一层水雾。擦擦眼,宋居正才提高声音说,魂魄会散,恩情不会。

我们关心的是宋居正到底是不是父亲的私生子。

宋居正不知道又想到哪儿啦,惆怅地说,那时候难呀,我们这边不知道难成啥样。当然爹不止帮过我们一家。

我突然想起了那些猪崽、花生和山芋,明白了大半后,带头笑笑。

宋居正苦笑说,老四,爹最疼你啦,好啦,不说这些啦。

这个宋居正真是老了,简单几句话,绕了大半个圈子,他到底想说啥?

10

那是1937年12月13日之后的事。

宋老歪居然能记住南京大屠杀的日子。

南京沦陷后,山里就有日军了。

南京沦陷后,国民政府迁到了武汉。我清楚这段历史。

二月的天,真冷。为了确保武汉的安全,国民革命军在大别山沿线布防了重兵。当时廖磊主政安徽,将军到了安徽后,主动与活动在大别山一带的新四军四支队取得联系,接着便动员大别山地区的人民,全面阻击从南京方向驰援武汉的侵华日军。

宋居正居然能把这段历史说得这么清晰？想到这里,我对宋居正说,知道廖磊埋在哪儿吗？

宋居正思维出现了短暂混乱,冷眼看我说,听我说完可行？

行行行。这个宋居正,脾气不小呢。

大别山的三月,还是冷。宋居正从二月说到了三月。

我顺着宋居正的思路,不停地百度,然后得知,从1938年3月开始,侵华日军就派遣了第十、十三、十四、十六兵团的十万兵力,从大别山沿线向武汉聚集。为了确保武汉保卫战的胜利,国民革命军第五、第九战区所属部队在安徽、河南、江西、湖北四省有关辖区,展开了顽强的抵御战。

宋居正见我玩手机,很不高兴,加重语气说,爹和我爹那个连已经在冰天雪地的山头上埋伏了一天一夜。宋居正说"爹"和"我爹",听起来混乱至极。"我爹"是他亲爹吗？他亲爹叫什么名字？

我的打岔,让宋居正反感,他提高声音说,我爹人称宋老歪。

我吓得不再说话,老二、老小也不敢吭声了。宋家辉媳妇正在收拾碗筷,宋居正慢慢恢复平静后,才缓慢说下去。大别山的冷你们没有领教过,冻破天的样子。

我想象着那种冷,风带着哨音,刀子一般翻滚,山涧小溪也冻得严丝合缝。整座大山,除了风的呼啸声,没有任何声响。我为这些形容而得意时,宋老歪见我笑,敲敲桌子说,爹问我爹,鬼子发现了？我爹是土生土长的山里人,熟悉山的脾性,想了一会儿才说,狗日的路不熟。正如我爹所料,进军武汉的日军没料到大别山里会这么冷,更没有料到山路会如此险峻,何况还遇到了顽强的抵抗呢。走走停停,慢了脚步。拂晓时分,日军终于走进了国共两军组成的联合伏击圈。说到这里,宋居正揉起了耳朵说,爹当年就是这么揉的耳朵。接着宋居正又搓搓手,我爹当年就是这么搓手的。他俩揉耳朵、搓手时,四面响起了枪炮声。

爹和我爹都在十一连,这个连联合磨子潭游击分队,负责阻击侵华日军的一个小队。按说近两百人伏击四十多名日军,不说轻松,那也是手到擒来之事。可真打了起来,才发现日军轻重武器火力猛,一度打得这边措手不及。连长发现这么打下去,丝毫占不到便宜,于是让官兵想办法收缩包围圈。爹和我爹他们借助山势和树林,一点一点收缩包围圈。近距离围歼时,爹和我爹这边的兵力优势显现了出来。打得兴起,磨子潭游击分队突然吹响了冲锋号子,十一连全体官兵跟着冲锋号,压向山谷下面的日军。

宋居正一口气说完这些,然后才喘息说,你看那些资料不管用,我说的才是真实的,这些话都是爹亲口告诉我的。

父亲为啥把这些都告诉了宋居正,从未向我们提起?就算真实的,许是父亲流浪,道听途说的,借来骗宋老歪娘,好让她开心?

宋居正见我心不在焉的样子,噘嘴说,爹和我爹早已感觉不到寒冷,爹喊,冒着敌人的炮火,冲呀。我爹喊,前进,前进。负隅顽抗的日军向冲锋的人群丢手雷,手雷厉害呀,炸得山岩都着了火。爹和我爹他们被日本鬼子压回山梁。就在那时,游击队那边又吹响了冲锋号,游击队员不怕死,站成一排向前扔手榴弹。前面的一排倒下,后面的一排又站了起来。爹和我爹他们受到了感染,跳出战壕喊,拼啦。

那股日军吓坏了,不再抵抗,转而开始撤退。

爹和我爹始终背靠背地往前冲,他们相约这么冲锋,不怕背后鬼子打冷枪。

小股日军还是突围了出去,爹和我爹随着十一连官兵打扫战场时,走到一道山崖下。爹见一个日本鬼子死的形状有点奇怪,还拖着他走了几步。我爹气不过,上前踢了那个狗日的一脚。没想到,那个狗日的装死,等我爹转身时,他站了起来,朝着我爹砍了一刀。爹发现了情况后,朝着狗日的开了一枪。狗日的倒下了,我爹血肉模糊的样子吓到了爹。爹抱起我爹喊,老歪,咋啦?我爹说,狗日的,诈尸。爹说,挺住,我这就背你下山。我爹攥住爹的手说,老弟,我不行了。爹看到了我爹肠子露到了棉衣外面,惊恐地喊,不怕,我背你下山。我爹摇手,等举不动手才说,妻儿和老娘,拜托你啦。

这是爹亲口说的,过去村里老辈人提起那场战斗,都说真的。爹安葬了我爹后,号啕大哭,后悔没有保护好我爹。

之前我爹常带爹到家看奶奶和娘。这天,我爹没有回来,娘只看到了爹。娘问爹,老歪呢?爹问,伯母呢?娘吞吞吐吐地说,冬天走了。爹不敢说我爹也走了,一直低头流泪。

娘又问,老歪咋没回来?

爹突然蹲在地上,号叫了起来,走了好,走了就不知道痛苦啦!

娘满脸疑问。

爹哽咽说,老歪走了。

娘不相信这是真的,看着爹问,有你在,他怎么走的?

爹说了大概,娘不信。爹急了,大声喊,人命关天的事,我敢胡扯吗?

娘怀里正抱着我,听到我爹走了,突然撒了手。我扑通跌到地上。你们看看,我左脑边上是不是还有一道疤痕?

我们没有拨开宋居正的头发,从他的眼神,还有痛苦的表情中,能感受到他的忧伤。

宋居正说完这些真的累了,不停地喘气,见我们终于不再打岔,接着说了下去。

说话间到了六月,大别山的热,不像平原那种热。这么说吧,到了夏天的中午,整个山林就像一个大蒸笼。爹和官兵们汗湿了裤子、褂子。山蚂蟥厉害哦,很多战士都被叮咬过。可官兵们管不了那么多啦,有的干脆脱了上衣,仅仅穿着裤头。爹打着赤脚,大家一直在拼命地挖战壕。到处疯传,这次途经大别山的日军要扫平大别山。爹和磨子潭游击分队依然联手,负责围歼狗日的一个中队。中队多少人?小百十吧,爹就是这么说的。

这次连长运用起游击队的战法,诱敌深入。东一枪西一枪,终于把日军引诱进了伏击圈。枪炮齐鸣,瞬间小百十个狗日的只剩下三十几个,零打碎敲,爹和游击队那边都打得仔细而耐心。打到第二天清早,天亮了,剩下十几个日本兵被爹他们围进一座山林。

爹和官兵们一起喊,缴枪不杀。喊声大得吓人。那时太阳刚出来,树叶上都是露水,爹说,战友们的喊声也像沾上了露水,湿漉漉的。

爹会这么形容吗?我问老二,老二摇头,老小也不信。我半天才摇头说,不可能。

宋居正不管我们信不信,继续说下去,说到兴头上,他还站了起来,带上了手势说,游击队那边齐声唱起《义勇军进行曲》。开始歌声不大,很快声音洪亮起来,像要点燃整个山林似的。十一连官兵跟着游击队那边一起高唱,歌声响彻山谷。

这个宋居正,居然还会用"响彻山谷"来形容,他到底识不识字?这次我不敢打岔了,得听他说完。

宋居正放低了声音说,树林里特别安静。

这股日军逃走了?会土遁?连长安排,一个班分成三个小组,三到四人一组,背靠背,向小树林深处搜寻。树林里的雾气,悬浮在焦煳气味中。狗日的能去哪儿呢?等爹他们搜到树林中间,突然发现,一排排树上吊着一溜狗日的,就像年终杀鹅。杀鹅见过吧?吊着脖子,就是那么吊着的。吊在狗日脖子上的都是白绸布,爹说,当时他们还好奇,问连长,哪儿弄到的白绸布?连长骂,南京少吗?连长随后高声大骂,畜生。骂着骂着,连长不知为啥就动了恻隐之心,命令爹他们把那些狗日的就地埋了,具体埋在哪儿,爹记得特别清晰。

我还是忍不住百度了下宋居正说的这场抵御战,很快得知,那是一场少有的抵御战大捷,国共两军联手歼灭了2000多名侵华日军。这场大捷,一定程度上严重打乱了日军的兵力部署计划,有力地支援了武汉保卫战。

宋居正见我又在玩手机,站起来说,我说了半天,你们到底听清没?

我们一起张大了嘴巴。

宋居正这才松缓说,爹所在的十一连联合磨子潭游击分队全歼了日军一个中队,那是了不得的大事,为此连长提拔当了营长,十一连全体官兵受到二十一集团军的嘉奖。没有想到,爹所在连的官兵同时受到了磨子潭区工委的表彰,区工委还给每个参战国军战士发了一枚勋章。勋章是用铁皮铸造的,上面有铁锤和镰刀。

有天下午,爹到山涧那儿洗完澡,清爽后,爹对新任连长说,我想看看宋老歪妻儿。

新任连长也知道爹和我爹的关系,点头说,快去快回。

从驻地到我家也就二十多里的山路,爹一路小跑,到我家才傍晚时分。

爹见到了娘,改口称了嫂子。爹说,嫂子,宋老歪的仇报了。那时候娘已经走出了悲伤,正准备带我前往地主家洗衣服。几片茶园是租的,兵荒马乱的,茶不值钱。娘为了养活我,选择到地主家帮工。爹听到娘那么说,拦住娘说,嫂子,我们不去洗衣服,这个家,我养。说话间,爹摸出两块大洋。两块大洋是爹一个月的军饷。

娘想起了我爹,流泪说,天杀的,怎么就遇上你啦?

爹见娘收下两块银圆,松了一口气,便疾步走到老房子外面,那时天已经黑了。

爹看看天,又看看我,最后靠在一棵树上说,我得归队了。

娘不想让爹走,可娘不好意思挽留,毕竟天黑了。就在那时,我哭了,哭得有点莫名其妙。也许娘掐了我的屁股,也许我舍不得爹。娘听到我哭,找到了借口,娘说,帮我抱会儿,我给你烧点吃的。爹接我的过程中,却把我弄到地上啦。

爹抱起我,慌张地说,说啥都得归队啦。说完爹一口气跑向山道。就在那时,爹摸到了口袋里的勋章,爹想,这枚勋章,宋老歪最该享有。想到这里,爹又跑回头,把勋章递给了娘,大声说,这是宋老歪得到的勋章,上次忘记给你啦。

娘接下那枚勋章后,失声痛哭起来。

父亲这么有情有义吗?银圆、勋章?这些话为啥不对我们说?宋居正这么说,谁信?

宋居正见我们一脸懵懂,得意地笑了,呵呵说,不知道吧?正因为不知道,你们才那么对待爹。

我们咋对待爹啦?

宋居正喝口茶说,后来狗日的占领了武汉,战事少了,爹常到家里看娘,一来二去,闲话多了,我亲叔出来保的媒。

爹没有想过这一层,看看是我亲叔保媒,才羞涩地说,朋友之妻不可欺,宋老歪是我亲兄弟,他的儿子我认了。

我亲叔以为爹看不上娘,摇头说,也难怪,差距太大啦。

爹连连摇手说,不是那个意思,这里过不去呀。爹指指心口。

爹认我做儿子场面感人,娘让我跪下喊爹,那时候我刚会说话。

1947年8月时分见到爹,我已经能背柴垛啦。那年秋天,刘邓大军挺进了大别山。爹那个团主动起义了。爹是1937年被抓的壮丁,想起了我爹的托付,爹主动回家了。爹对娘说,解放军讲理呀,一个戴眼镜的军官说,家里有老有小,割舍不下的,大军发路费、发军装。爹要了路费、领了军装,就到我家来了。

说到这儿,宋居正突然哽咽起来。

## 11

夕阳笼罩着山峦,磨子潭披上了橘红色的霞光。宋居正带我们看当年爹打靶的山坳。山坳是两座山挤出的一块平地,一边的溪水还叮咚作响。宋居正的脚步声拖沓而凌乱,就像他的思绪一般。我一直想弄清他说的那个爹到底是不是父亲?如果是的话,他跟宋居正的娘到底什么关系?这关乎父亲的人品,也事关娘的委屈。

宋老居正我和老二、老小一直不说话,急切地说,现在你们理解爹了吧?往远里想,爹能说吗?如果翻出爹的历史,全家能好?

真如宋居正所说,翻出那段历史又咋的?父亲打的是鬼子,刘邓大军挺进大别山时,父亲所在团就投诚起义了,没有什么好愧疚的。

宋居正指着我说,爹就被困在这儿啦,后悔没有参加刘邓大军,惭愧呀,索性什么都不想说啦。

人都有困在某个地方的时候,水困在山上,路困在脚上,鸟儿偶尔也会被困在地上,如果宋居正的话属实,父亲估计被困在照顾宋居正和他娘身上。

宋居正拖长声调说,在我们这儿,有了那枚勋章和军装,证明清楚了我爹的清白。

是呀,父亲完全可以用那枚勋章和军装来证明他的清白,起码不会撒谎说当土匪和流浪者。

宋居正说,娘就那么劝爹的。爹说,勋章只有一枚,寿州认了,这里咋说?

父亲完全可以在他临终前把这些事情说清呀,我怎么都感觉宋居正始终在撒谎。

宋居正摇头说,我也这么问过娘,娘说,他就那么个人。爹有次进山对娘说,千万不要告诉孩子们,就当什么都没有发生过。

娘说,是不是太委屈他阿姨啦?

爹很久都没有吭声,娘那时都走一年多啦。

娘确实不知道父亲这些事情,父亲不想说清过往,娘肯定被困在宋居正娘这边啦,听到这里,我一直想,爹为啥不跟娘说实情?比较起来,娘跟宋居正娘哪个重要?

这些想法,我不想对宋居正讲,宋居正走到平地的尽头停留下来,盯着远方说,一枪一个准,错不了。

是呀,假如父亲跟他口中的爹是一个人的话,枪法欺骗不了。可土匪也会打枪呀!我满心疑问,突然插话。宋居正有点讨厌我了。他远离我,一直跟老小说话。宋居正说,娘后来向大队、生产队说了真实情况。那时候老辈人还在,大家特别钦佩爹,大队书记非但不举报,还对知情人说,这个秘密都给我守住了。

我急忙插话问,这里比我们那儿好?

宋老歪说,人心有杆秤,知道轻重哦。

我点头沉思。宋居正又说道,一次爹进山生病了,好像肚子疼。生产队队长安排几个壮劳力把爹抬到镇上。还有一次,爹进山祭奠牺牲的官兵,生产队队长带领全队人都参加了。

为了那次祭奠,娘替爹做了几套新衣服。之后,每次爹进山,娘都让爹换上新衣服,娘说,这样才清爽。

说来说去,我感觉宋居正说的爹,依然不是父亲。父亲那么邋遢,给他什么新衣服估计也穿不出模样。父亲活着的时候,门槛上、柳树下,连擤鼻子都那样,怎么就赢得了山里人的尊重啦?或许父亲在我们那儿赢不得尊重,通过说瞎话,好赢得别人理解。如果让我选择,我宁愿相信父亲撒谎,好为苟合找借口。

老二见我不说话,也疑问说,爹1993年才走的,90年代,什么都能说了呀!

宋居正叹气说,我问过爹,爹说,一切都过去了,大家习惯了我现在这样。

我插话说,那也不能装疯卖傻、任人奚落吧?尤其娘那里,总该有个交代吧?

宋居正低头说,爹这点不好,他不该瞒阿姨,瞒你们,可他非要瞒下去,你让我们咋讲?这么说吧,这么说你们就懂了,爹有次进山看《江姐》,爹对娘说,华子良装疯卖傻挺好。那时候我不懂爹的意思,现在想想,明白爹的意思啦。

宋居正见我们依然不太相信他的话,咚咚咚,带我们回家,接着,急马三枪地翻箱倒柜,很快找出了勋章和军装,捧在手里说,你们到底是不是爹的儿子?这些东西能假吗?

东西不假,事假。但凡父亲有宋居正口中的一点影子,我们早信啦。

宋居正捧着勋章和军装再次哽咽起来,他把头埋在军装里,哭着说,爹,他们咋啦?

见宋居正哭得伤心,老二安慰说,或许我们都被爹骗啦。

宋居正指着老二骂,你浑蛋,咋能这么想?你知道我娘多么喜欢爹吗?为了爹,娘一辈子都没有改嫁。阿姨走了,娘求爹把她娶了,猜猜爹怎么说?

我们不敢吭声了。

爹说,答应了兄弟,一声嫂子就是短长。

见宋居正有些激动,我急忙打岔说,好了,好了,接受另一种结果可能需要一些时间,你说的爹,跟我们心目中的爹反差太大,得仔细想想。

宋居正不停摇头,悲凉无处发泄似的,嗷嗷喊了两声。

宋家辉和他媳妇做好了晚饭,见我们回来,宋家辉拉住宋居正的手说,刚开始,我也不信,现在不是信了?

第二天宋家辉送我们去修理厂那儿提车。我对宋家辉说,告诉你爹,假如他说的是实话,我们还是不能原谅爹。不是有句古话嘛,和尚、帽子哪头亲?爹不会不知道。

这不像一个教师说的话,宋家辉突然间愣住了。

## 12

到岗郢都快中午了,我刚停下车,豁鼻子和二傻子一起围了上来,豁鼻子横担着衣衫说,太不像话啦。

二傻子跟在豁鼻子后面,这两个家伙一直形影不离,他拦住我们干啥?

不知道二傻子是不是豁鼻子教的,破口大骂说,不肖子孙,我打。二傻子骂完,脱下鞋,单单砸向了我。

我们进山,咋就惹到他俩啦,这两个家伙。

等我们进屋,豁鼻子还在外面喊,笑话,就是一个笑话。二傻子不知在砸什么东西,接连骂,狗日的,我打,我打。

这叫什么事嘛!

气鼓鼓地坐定,二嫂急忙问老二,究竟像不像?

老二不说话,我也不想说话。

二嫂问,到底咋啦?

一句话、两句话解释不清,老小说,不问行不行?

那天中午,老二主动要求喝酒的,我也喝了不少。不过这次醉了的是老二,老二吐得一塌糊涂。老小没吐,口齿不清地拽住我的胳膊说,假如宋居正说的都是真的,怎么跟娘说?

老二醉酒后,上床就说起了梦话,老二说,娘,我看清了。梦话断断续续,直到鼾声震天时,又嘟嘟囔囔说起"半分工"啦。

二嫂喊我们去听,听到半道,我想,看来老二真的被困在"半分工"上啦。

那天中午,我也做梦了,我居然会梦见父亲,我问父亲是真是假。父亲笑笑说,你们几个想干啥?害得我在这边又解释不清啦。

一个激灵,我醒了过来。

太阳明晃晃的,我又想起了弗洛伊德,我想,我的潜意识里是不是信了呢?如果信了的话,今后说起父亲,我该咋讲?

那时,我眼前不停跃动着,火塘边的形象,宋居正和他娘,依偎在父亲的身边,温馨而和谐,火塘里的灰烬,忽明忽暗,忽暗忽明,轻松极啦。我心里猛地生出沉重,我想,那会儿父亲到底有没有想起娘?想起的话,他心里咋想?

蜜蜂嗡嗡作响,钻进房间里,怕是也迷路了吧。

原载于《飞天》2022年第1期

# 领带物语

王建平

### 蓝色领带

父亲又和人打赌了,这是这几年我最怕听到的消息。

大姐打电话告诉我的时候,我正在家里赶一篇稿子,便有些不耐烦地打断她:"让他赌去吧,反正那个破家也没啥好输的了。"大姐说:"宝瓶啊,你还是回来一趟吧,这次爹赌的可是自己那张老脸哟。"

父亲在村里摆着一副肉案,日子本来过得还算滋润,但自从五年前母亲去世后,他就迷上了和人打赌。刚开始,还只是一般性的抬杠,停留在打嘴仗的层面上,最多就是说"错了跟你姓""输了我把'赵'字颠倒过来"之类的顺嘴话。但后来这种打赌就有了实质性的得失。但父亲并不在乎,特别是喝了酒以后,什么赌都敢打,而且勇于认账。因为赌得盲目,输多赢少,就连我给他买的那台大彩电也被人抱走了。这几年,我没少劝他,但他转身就忘了。我本来打算随他去折腾,没想到他后来的"赌局"常常在无意中把我给套了进去——我总是不停地给他擦屁股。在父亲看来,我这个市报记者神通广大,让他打起赌来平添几分底气。

将写好的稿子发给新闻部后,我打算还是回趟老家香塘村。出门前,我决定换一条领带。打开卧室里的衣柜门,满眼的领带就像是五颜六色的尾巴在招摇着。这些年来,我唯一的业余爱好就是收藏领带,已经收藏了数百条之多。不仅喜欢收藏领带,我更喜欢系领带,可以说除了洗澡和睡觉,我几乎都系着领带,就像是随时准备赶去一个体面的场所。也不知道是什么情况,系上领带后,我便有了一种安全感。如果偶尔忘记系领带,我就会莫名地忐忑,就像玩空中飞人的杂技演员忘了扣安全带。我知道同事们背地里都叫我"领带男",就让他们叫去吧。

我找了一条蓝色的领带,换掉了我脖子上的那条黄色的。蓝色会让我的心情稍稍平和一点。

回到村里的时候,日头已经偏西。村子里出奇地安静,我走在那条狭窄的麻石路上,感觉就像是走进了一场埋伏。前面不远处就是父亲的肉案子,案板上已经空了,一群苍蝇在那快乐地飞舞着。案板下面,一条黑狗正在贼头贼脑地舔食着什么。就在这时,身后传来了杂沓的脚步声,我回头一看,村里人就像约好了一样朝我走来,这让我想起某个"快闪"的桥段。很快,我就被一群衣着随便的村民簇拥了。我低头看了一下那条质地良好的领带,感觉自己就像是一桌土菜当中的一道新奇的海鲜,忽然就有了某种优越感。但这种感觉并没维持多久,因为有人问了一句:"宝瓶,你老婆咋没回来呢?"

提起老婆筱美,真是一言难尽。凭良心讲,结婚十多年了,我还是蛮在乎她的,她却跟我渐行渐远。就在前阵子,她带着儿子住到了娘家,和我闹起离婚来。细细想来,她对我的态度发生质的转变,应该起于她工作岗位的变动。她原本是市人民医院住院部的一名护士,三年前,她被调到干部病区,并很快当上了护士长。干部病区住的大都是够上一定级别的领导干部,或是有些门路的老板。大约是整天和那些成功人士打交道的缘故,她的心态就发生了变化。我最烦的是,她经常回到家里,还提她的那些病人,什么"某某领导过去只能在电视上看到,今天就住在我们病区的套间病房了""某某老板用上了最贵的进口药,一粒药丸就够买上五斤排骨了"。有一次,我实在是忍无可忍,说:"你一个伺候人的护士,管他什么大官大款哪。"她立马撑我:"我也想伺候你呀,可惜你怕是永远都没资格住进去哟。"我一下就被戳中要害,僵在那里羞愧难当。真想不到,她竟然以她的服务对象为参照物,将我"参照"得无地自容。我当时就想,她要是在监狱工作就好了,那样我就会成为她眼中十足的好人了,或者她在火葬场工作也行,至少她会切身感受到我是个大活人。从那以后,我们夫妻间的罅隙越来越大,最终面临吹灯拔蜡……

跨进家门,父亲正在堂屋里整理着那面"报纸墙",他把糨糊刷在那些已经卷曲的报纸边上,然后用手轻轻抚平。这么多年来,父亲总喜欢把我登在报纸上的文字剪下来贴在墙上。尽管这些文字的篇幅大小不一——大到整版的通讯,小到"豆腐干"的消息——但他就像瓦匠砌墙一样,把它们拼贴得天衣无缝。家里但凡来人,他就喜欢站在这面墙下,很得意地向人家介绍我。但说老实话,每次站在这面墙前,我都感到很不自在,我不知道这些文字对我来说,或者是对这个世界来说,究竟有多少意义。我总是会悲哀地想起我的前辈老耿。老耿在报社干了近四十年,退休后就想着把自己这辈子写过的新闻稿结集出版,以了却一个心愿。忙活了大半年,总算是自费出版了一本集子,起名叫《出发》。书一出来,老耿拎到报社逢人便发。我翻看了那本集子,里面的新闻大多已变成了旧闻。我真的想对他说句真话,可看到大家都在说恭维话,只好闭了嘴。大约是受了鼓励,老耿想要开个新书发布会,于是又忙了起来。就在发布会即将召开之际,老耿突然得了脑溢血,最终没能继续"出发"……

父亲见到我，停下手中的活，大声招呼正在厨房里忙着的大姐端菜。大姐很快端来几样刚刚做好的菜，其中一盆红烧猪蹄是我最喜欢吃的。父亲指着猪蹄对我说："知道你要回来，今儿个我就留了一副。"大姐说："宝瓶，咱家只有你有这样的待遇哦。"父亲嘿嘿笑着，不知从哪拎出一瓶散装烧酒放在了桌上。

父亲一端酒杯，话就多了起来，他先问我工作怎样、家庭怎样、身体怎样……我则一概以"好着哪"应对。三两酒下肚，他主动说起我最关心的事来。

一个月前，镇上最大的一家服装厂倒闭了，老板吴万宝跑路了。村里几十号在厂里打工的人急了，为讨薪的事闹腾起来。镇里就给村里施加压力，让村主任钱有理先把人给稳住再说。钱有理磨破嘴皮子也没起多大作用，一群人嚷着要去县里上访。这天晌午，父亲独自守着肉案子发呆，他要把案板上剩下的那个猪头卖掉了才会收摊。这时候，钱有理愁眉苦脸地从一旁经过。父亲一下子来了精神，夸张地咳嗽了一声，发出了挑衅的信号。

父亲和钱有理素有过节儿。钱有理早年是个杀猪匠，而父亲作为卖肉的，则有些瞧不起他。父亲瞧不起钱有理，倒不是他做人有什么问题，主要是和猪肉产生过程中相关链条的差异有关，那就是养猪的不如杀猪的，杀猪的不如卖肉的。居于链条顶端的父亲便有了优越感。后来，钱有理当上了村主任，但父亲一时没有缓过神来，还是有些拿他不吃劲。记得钱有理刚上任时，组织一帮村民代表去附近的青弋江参观人家的造船厂。他指着那些船坞，很有感触地对大家说："做事情就得要就便嘛，这船就得在水边造哦。"父亲当时就反驳："照你这么说，这飞机就得到天上去造喽？"钱有理被父亲弄得下不了台，从此见了他就没有什么好脸色。

父亲的咳嗽声引起了钱有理的注意，但他只是用眼睛的余光瞄了一下父亲，自顾继续往前走。父亲有些幸灾乐祸地说："村主任啊，你咋闷闷不乐哪？想不到你也有烦心的事哟。"钱有理没好气地说："赵老帽儿，我再烦心也轮不到你操心。"父亲说："不就是那些人吵着要工钱吗？这种小事都弄不定，你还当啥村主任嘞。"

父亲和钱有理争了起来，很快引起了人们的围观。后来，两人不知怎么就打起赌来：父亲许诺，在春节前帮大家把工钱要回来，否则，他就在村里倒着爬上一圈；而如果父亲兑现了许诺，村主任就要召开村民代表大会，为父亲正名，并当众向他赔礼道歉。说起正名，又要扯上一笔陈年旧账。有一年中秋节，村里很多人突然都拉起肚子来，弄得村里的茅房都不够用。有人就怀疑是吃了父亲卖的猪肉造成的，说他卖的是死猪肉。消息传出后，村主任钱有理不问青红皂白就跑来找父亲兴师问罪,弄得他更加难堪。后来,有关部门下来调查,却始终没有结论,事情就这样不了了之。父亲却一直背着污名,有口难辩,生意也一度受到影响……

父亲和钱有理一较劲,村里人也来了劲,场面一下子就热烈起来,就连案板上那个猪头似乎也笑眯眯地凑起了热闹。父亲好像是受到了某种鼓励,拿起那把剔骨刀,很有仪式感地砍在了案板上。那一刻,肉案似乎就变成了公案,他一下子就成了古代某个杀伐果决的权臣。

听父亲说完打赌经过,我有些恼火,说:"爹,你凭啥就能要回那些钱呢?"

"就凭老祖宗那句欠债还钱!"父亲仰头喝完杯中的酒,"狗日的吴万宝他跑了和尚跑不了庙。"

"爹啊,我看你就是把自己这把老骨头搭进去,恐怕也要不回来一分钱哦。"

"不是还有你吗?"父亲的目光中充满了期待,"宝瓶,我知道你有门道,帮爹一把呗。"

大姐也在一旁插话:"宝瓶,我们姊妹四个,就数你有出息喽,你总不能眼睁睁看着爹在村里爬哟。老赵家的面子要是丢光了,你在外头也抬不起头哦。"

大姐的话无意中勾起了我的心事。我在姊妹四个当中排行老小,也是唯一的男孩,父母生下我似乎就是为了日后能撑起家里的门框。这些年来,大家有啥事都来找我,弄得我常常是愁肠百结。母亲在世的时候,曾经很生动地描述过我们姊妹几个的境况:"宝瓶啊,这子女长大了,就是父母放出去的船哟,你看你前面那几条船,撞的撞、沉的沉呀,现在也就算你这条船稳当喽。"母亲这番话一直很沉地压在我心上。

大姐说有事要先回去,我送她出门后,又陪她走了一会儿,等回到家里,父亲还在那喝着,嘴里咕咕哝哝说着什么,就像是和一桌子人在喝酒。母亲去世后,这样的独饮自语可能算是父亲生活中的一个重要场景了。仔细一想,他的身边还真是缺少说话的人。二姐和三姐都远嫁他乡,很少回来。大姐虽然嫁在本地,但因为丈夫和婆婆身体都不大好,整天疲于奔命,也很少能照顾到父亲。我偶然回来一次,也总是和他闹得不欢而散……

父亲喝多了,我把他扶上床后,他还在喋喋不休地唠叨着:"宝瓶啊,我保证以后不再跟人打赌了,你信不信呀? 不信我们就来打个赌吧……"

我听了想笑,又笑不出来。

## 黑色领带

在接下来的一段日子里,我开始四处寻找吴万宝。我不认识他,就从网上失信人员的信息中截取了他的照片,并将其设为手机屏保。每次打开手机,我就能看到吴万宝那獐头鼠目的样子。看多了,他便永远活在了我心中。我找他找得有些走火入魔,甚至在采访一些新闻人物时,也不忘向他们打听他的下落。但吴万宝始终下落不明。

报社实习生小汲知道我的苦衷后,也替我着急,有空也陪着我去找人。小汲一直跟在我后面实习,也算是单位里和我走得最近的人了。这小子脑瓜好用,但就是有些贪玩。一个周六的下午,我俩在跑了一趟白路后,他就有些沉不住气了,对我说:"赵哥,我们去刷本吧,说不定还能找到灵感哪。"他说的"刷本"就是玩剧本杀。这种游戏我过去在线上玩过,小汲来了以后,拽着我去实景店玩过两次。玩了两次,自我感觉还不错,小汲也很认可我的表现,但我总觉得那是小年轻的玩意,不太好意思掺和。

在小汲的坚持下,我们去了他常去的那家叫"迷人谷"的实景店。这一次,我们选了一个叫《众里寻她》的情感本,我在其中扮演的是富二代 A 君。故事是讲 A 君如何摆脱众多心机女的纠缠、寻找真爱的经历。读本后我才发现,A 君这一角色和现实中的我相差甚远。他依仗父亲这棵大树,过着花团锦簇、挥金如土的生活。而我却是个父亲等着我去帮忙、老婆等着我去离婚的苦命人。但经过一番情感酝酿,我还是进入一种沉浸式体验中……

不可思议的是,我这个"饿汉"最终竟将"饱汉"A 君演得非常到位,以至于游戏结束后,心理层面还没有复位。出了"迷人谷",小汲对我说:"赵哥,都说人生在世全靠演技,你演技这么好,啥事办不成哪?"这一问让我无言以对,也让我回到纷扰的现实中。

正在如梦方醒,父亲的电话来了,我没有马上接。我知道他要么是问我找没找到人,要么就是向我通报自己找人的情况。接通电话后,我冷冷地问了一句。父亲赶紧说打错了,把电话挂了。像这样的"打错了",最近已经有好几次了。我知道他其实并没有打错,他是想找我又怕我不耐烦,只能用这种方式来提醒我一下。

剧本杀带给我的欢愉就这样烟消云散了,我不得不面对现实,接下来,我还得像一只瞎猫一样东奔西窜,去寻找那个吴万宝。

就在我快要灰心丧气的时候,有消息传来,吴万宝的老父亲去世了。据知情人分析,吴万宝是个大孝子,他肯定会回去奔丧的。我一听,立马驱车赶往他的老家吴家墩。当然了,临走前我没有忘记换上一条黑色的领带。

吴家墩离我们香塘村不算远,但中间隔着一条青弋江,我按照导航,很容易就找到了。一进村,我循着吹吹打打的声音很快就找到了吴老爷子的灵棚。灵棚里进进出出的人很多,却看不到几副悲伤的面孔,老爷子活到了九十多,后事自然就成了喜丧。我仔细打量了一圈,却没有发现吴万宝的踪影。眼看天色将晚,我走进了灵棚,向一个正在记账的中年男人打听起吴万宝。那人抬起头来,很警觉地看着我,问我是来做什么的。我赶紧说是吴万宝的朋友,并从身上掏出仅有的八百块钱随了份子。那人的表情开始放松,告诉我吴万宝要到断黑后才能来。因为他说的时间概念比较模糊,我只能坐在那儿等。来送花圈的人很多,帮着写挽带的那个老头,字写得又慢又难看,我实在是看不下去,便自告奋勇地过去帮忙。一番字写下来,大家都啧啧称赞。

正乱哄哄的,一个戴着口罩竖着衣领的男人进了灵棚,他四处张望了一下,方才摘下了口罩。我认出是吴万宝。也许是看上去较为疲惫的缘故,他的模样竟比照片上和善多了。和大伙打过照面后,他便在父亲的遗像前敬香、磕头、烧纸钱。一套程序做完,他便开始仔细打量起花圈挽带上的那些落款。那个记账的男人站起身对他说:"表哥,你这朋友字写得真好看,是个书法家吧?"吴万宝转过身来,目光落在了我的脸上。看着他一脸狐疑的样子,我一时也不知道说什么好。

就在这个时候,灵棚外面突然传来一阵吵嚷声,有人慌慌张张跑来向吴万宝耳语。他听罢,赶紧跑出去探望,刚走到灵棚外面,就被一群人给堵住了。我跟着出去一看,大吃一惊,原来堵他的人竟然都是我们村上的人,为首的是寡妇李来香。就见吴万宝在人群中不停地拱手作揖,但大家丝毫不为所动。李来香说:"吴老板,今天我们就在你老爹的灵前评评理,欠债不还是哪家的王法?"吴万宝赔着笑脸,说:"钱肯定是要还的,我这不正想着法子嘛。"李来香冷笑一声:"是想法子逃跑吧?"大家就跟着七嘴八舌放出了狠话。正纠缠着,村子里突然锣声大作,伴随着杂乱的脚步声,不少吴家墩的人气势汹汹地赶了过来。双方剑拔弩张地对峙起来,一场大规模的冲突一触即发。关键时刻,我只好站了出来。为了在极短的时间内平息李来香这帮人,我只能大包大揽,说自己就是来帮大家要钱的,如果要不回钱,我就跟着我爹一道在村里倒着爬……

香塘村的人终于散去了,危机算是暂时解除了。我却愣在那儿没有移步,心里很是懊糟,莫名其妙出了份子不算,我竟然也学着父亲和人打起赌来了。

吴万宝为了感谢我替他解了围,邀请我到他家老屋里喝酒。喝酒过程中,我们互相加了微信。他看着我发给他的电子名片,说:"哎呀,只听说香塘村出了个大笔杆子,原来就是你呀!"我也恭维道:"我不过是雕虫小技,吴老板才是做大事的哪。"

吴万宝摆摆手:"兄弟哎,不是做大事,是出大事喽。"接着,他便向我倒起苦水来。

吴万宝早年去广东沿海打拼,后来赚了一点钱,就回家乡开了一家服装厂,做得风生水起。三年前,他不再满足做贴牌代工,开始开发自主品牌,推出了"羽中仙"系列羽绒服。头一年销售势头很不错,但接下来老天就和他开了个大玩笑,连续两年都出现了暖冬,造成成衣大量积压,资金链随即就出了问题……原本是衣锦还乡的他,只落得东躲西藏。

听了吴万宝的叙述,我唏嘘不已,差点就忘了自己的来意,但我很快就意识到使命在肩。只是面对这样一个倒霉鬼,我一时不知道如何开口。我自顾端起跟前的大玻璃杯,一仰脖子把大半杯酒喝了下去,心里的话便随着酒气喷了出来。我没有直接提讨债的事,而是从我父亲说到他父亲,然后又从我的苦处说到他的痛处……他不时地点点头,喝上几口闷酒。等我刚刚绕到正题上,他竟然端着酒杯哭了起来:"小兄弟,要不是我的生意出了麻烦,我爹还能多活几年啊,他老人家是被我急得呀……"我也忍不住流下了眼泪。他一把握住我的手,就像见到了久别的亲人。

这顿酒还是喝出了效果。吴万宝告诉我,他在市开发区租的仓库里存放了一些积压的羽绒服,说是可以用来抵债。这一意外收获让我激动不已,我当即就和他炸了个罍子。放下酒杯,他突然想起了什么,向我提出了一个请求——让我给他爹写份悼词,说是天亮以后就要用。我没好意思推辞,便又和他聊起他父亲的情况。

一通聊下来,夜色已深,吴万宝安排我住在了他表弟家,我几乎一夜没合眼。我打开随身带来的笔记本电脑,绞尽脑汁地写起了悼词。我觉得写好这份悼词,算是还了吴万宝一份人情。鸡叫头遍,悼词终于写好了,我声情并茂地读了一遍,觉得还比较满意,便合上电脑准备休息。但我突然又想起了另外一件事,就在前两天,报社一把手邵总让我给他写份贺词,说是要在市电视台建台六十周年庆祝会上用。眼看交稿的期限就要到了,我头皮一麻,只得又打开了电脑。天快亮的时候,贺词也写好了。为了让邵总知道我是在披星戴月赶稿子,我打开电脑微信,将稿子发了过去。

上床刚眯了一小会儿,手机响了,是邵总打来的,他气急败坏地冲我吼道:"赵宝瓶,你搞什么鬼!"说完,便挂了电话。我愣了一下,慌忙查看了一下微信,发现我竟然鬼使神差地将那份悼词当作贺词发给了邵总。

## 红色领带

从吴家墩回来没几天,父亲竟然事先没打招呼就跑到报社来找我。那天晌午,当门卫打电话说父亲就在报社门口时,我突然莫名其妙地慌乱起来,赶紧冲出办公室。我不想让父亲看到我和十几个人挤在一起办公的样子,因为在他眼里,我应该是坐在插着国旗和党旗的老板桌旁办公的。我也不想给那些好事的同事提供什么谈资,当他们看到西装革履的我旁边站着一个满身油污的老汉时,一定会窃窃私语。

我把父亲带到报社对面的一家咖啡馆,点了两杯拿铁和几样点心。父亲说:"别破费了,我说几句话就走。"我说:"爹,你大老远跑来就为了说几句话?打个电话不就行了?"父亲说:"我怕打电话不管用哦。"我以为他会直接提讨债的事,没想到他说的是吃宗酒的事。村里的宗族本家每年都要聚到祠堂里吃一次宗酒,我好几年都没参加了,父亲非常失望。这一次,他让我务必回去一趟。

我知道父亲这次叫我回去吃宗酒有着更深的用意,但我还是一口答应了他。我之所以这么干脆,是因为心里多少有些底。就在昨天,我去吴万宝的仓库看了那些库存的羽绒服,初步估算了一下,村里被欠薪的人每人弄上十来件是没问题的。就目前情况来看,这也是最大限度地挽回损失的唯一办法了。

父亲听了我讨债成果的汇报,很受鼓舞,他端起跟前的拿铁喝了一大口,也顾不上擦去嘴角的奶泡,说:"宝瓶,我就说嘛,还是你有法子,这总比鸡飞蛋打好哟。"接下来,他和我商量,说是想等到吃宗酒的时候,向大家宣布这一成果。

父亲临走时对我说,这次吃宗酒,他还想把我的几个姐姐都叫回去热闹热闹。

吃宗酒的前一天,我回到了村里,一进家门,就见三个姐姐都回来了,洗的洗、烧的烧,忙得团团转。老屋里散发出一种久违的烟火味,让我的心头涌起一股暖流。姐姐们见了我,放下手头的活,围着我问长问短。而她们共同关心的问题是,我的老婆孩子怎么没有回来。看我含糊其词的样子,一旁的父亲开口给我解了围:"城里人都忙着哪,宝瓶能回来就不错喽。"

吃饭的时候,父亲来了神,把我为村里人讨债的"事迹"渲染了一番。几个姐姐就开始轮番夸奖我,夸得我有些腾云驾雾。大姐感慨道:"咱家多亏有了宝瓶,不然就惨喽。"二姐、三姐跟着附和。接下来的话题自然就集中到我的出生上来。母亲是四十出头才生下我的,怀我的时候,她体弱多病,可以说是赌了命才生下我的。很显然,在家人眼里,我就是一根来之不易的救命稻草。

在一番深情回忆过后,大姐率先转移了话题,她试探着说:"宝瓶,你能给大伙办成那样一件大事,不知道能不能帮我办件小事哦?"大姐说的小事是让我给大姐夫在城里找份轻松一点的差事。看我没吱声,大姐又说:"兄弟啊,那年你掉到沟里,还是大姐把你捞上来的哟。"我一听,头脑一热,就把她交办的事应承下来了。

接下来,二姐、三姐也都提出了请求,二姐让我帮她已经上大学的儿子改个专业,三姐让我帮她的哑巴小叔子弄个低保。我想想不能厚此薄彼,一咬牙,全都答应下来了。

父亲似乎对我的表现很满意,美滋滋地抿了一口酒,满心欢喜地看着我。

第二天早上一起床,我便开始捯饬起来,还特意系上了一条鲜红的领带。鲜红代表着成功和喜庆,很符合今天的场合。在走向祠堂的路上,不断有人和我打着招呼。父亲跟在我身后,也收获着人们热情的余光。空地上风很大,吹得那条领带在我胸前飘舞起来,感觉就像是一面招展的红旗。

吃宗酒之前,少不了一些规定动作。先是"晒宗",在本家长老的指挥下,几个人小心翼翼地抱出录有家族繁衍详情的宗图,徐徐铺展在一个由四张八仙桌拼成的大桌面上。接下来,长老就开始讲述先辈们的丰功伟绩。讲完了便是祭祖。祭完祖,就开始续谱——在家谱上续上当年出生孩子的基本情况。

我站在那儿腰酸腿麻,正想出去歇一会儿,父亲在一旁开始絮絮叨叨地说起我当年出生后续谱的情形。看着他满脸荣耀的样子,我不得不挺胸收腹,继续保持着一副昂扬的姿势。

宗酒终于开席了,祠堂里的气氛更加热烈了,男人们嚷着杯来盏往,女人们忙着传菜端汤。父亲坐在主桌上,很是兴奋。他压根就不知道,他的席位还是我帮他争取的。按说他是坐不到主桌上去的,是我事先找了本家长老。长老正好为他孙子小满的农用车被交警扣押的事找我,就给了我个面子,做了个顺水人情。

几杯酒下肚,父亲突然从座位上站起身子,大声招呼着让大家安静一下。等大家缄了口,他便很得意地宣布了讨债的成果。但他的"捷报"并没有引起意想中的欢呼雀跃,倒是让场面变得一片哄乱。正在指挥女人们端菜的李来香走到父亲跟前,不屑地说:"老帽儿,我们要的是工钱,不是衣裳哦。"父亲说:"衣裳也是钱买来的嘛。"李来香一听,很麻溜地脱下身上的红外套,说:"我这衣裳是两百块钱买来的,你出一百,拿走。"说完,便将衣服往父亲怀里塞。父亲躲闪了一下,差点摔倒。大家哄笑起来。

父亲站稳身子后,把目光投向了我。我只好站起身,向大家解释这批衣服如何如何来之不易,希望大家能退让一步,接受事实。但我说了半天,没什么效果。李来香对我说:"宝瓶,你不是本事挺大吗?再帮我们想想法子,把钱要回来呗。"说完,便端起一杯酒要敬我。不少人也都围上来,要敬我酒。我在喝下一杯酒以后,稀里糊涂地就答应了李来香他们的请求。

从祠堂里出来,正好碰上了村主任,村主任打量了我一下:"宝瓶啊,你这身行头看着蛮精神哟,可惜这领带哦……"他指了指我的领带。我低头一看,鲜红的领带头上不知怎么竟然沾上了一块黑乎乎的油渍。

**粉色领带**

从村里回来后,我整天满脑子想的就是如何把吴万宝的那些羽绒服变现。我跑了很多家商场超市,甚至是一些服装摊位,不厌其烦地向人家推销着"羽中仙",但几乎没有什么收效。

为此,我决定改变思路,我想,最好能找到一个财大气粗的老板,把那些衣服一下子卖了去。我绞尽脑汁地列出了一个我认识的老板名单,然后逐个登门拜访。虽然我跑得腿肚子抽筋,但毫无悬念地都碰了壁。一个我曾经采访过的矿老板,经常炫耀他在上海西郊五号一顿饭吃了二十多万,可当他知道我的来意后,头摇得就像雨刮器。我劝他:"这六十万不就是您两三餐饭的事吗?就当买了给职工发工作服呗。"他说:"赵记者,话不能这么说,我那一餐饭是花了二十多万,但能换来两百万,甚至是两千万哪。"我无语,悻悻离去。

就在我感觉到自己是在做一件与虎谋皮的差事时,终于还是看到了一点光亮。那天晚上,我正漫无目的地在街头闲逛,突然发现身旁的灯箱牌上有个光头男人正冲我笑着,仔细一看,上面介绍的是本市"十大好人"之一的谷一双。谷一双经营着一家混凝土搅拌站,这些年他一直热衷于扶贫救困做善事,据统计,已经捐出了一千多万。市报曾多次宣传他的善举,遗憾的是我没有采访过他。但不管怎么说,我的眼前还是一亮,心想,谷大善人,你还是再多行一回善吧。

我开始设法接近谷一双,我要说服他买下那些羽绒服,捐给困难群体。想来想去也没什么好法子,就决定还是以记者的身份去采访他,见机再提出请求。可到他公司一问才知道,他生病住院了,竟然就住在市人民医院的干部病区。

第二天一早,我就往干部病区赶。出门前,我特意换上了一条粉色领带。领带还是谈恋爱的时候筱美给我买的,也是我的第一条领带。那时候,我还不太习惯系领带,她却总是提醒我要系上它。可以说,我后来之所以爱上系领带,和这条领带有很大关系。而自从我和她的关系出现嫌隙后,我就很少系它了,但我还是珍藏着,它代表着我人生中最美好的一段回忆。

到了干部病区,我想找筱美先了解一下情况,但一个小护士说她开晨会去了。

我又问谷一双住在哪个病房,小护士朝对面的308努了一下嘴,告诉我,他每天上午十点钟才来挂水,挂完水就走。为了能和小护士继续聊下去,我亮明了和筱美的关系。她立马变得热情起来,话也多了起来。我从她的嘴里得知,谷一双得的是糖尿病,这几年每年都要来住一次院,而有关手续都是筱美亲自办的。

干等着很无聊,我便开始到处转悠。干部病区是一栋小三楼,外部环境和内部设施自然是没的说,但给我印象最深的还是这里的安静,安静得根本就不像是在医院。我转了一圈后,来到308门前,推门进去,空无一人。洁净的病房里摆着很多鲜花,一张病床上铺着洁白的床单,我还很少见到那样的白,白得那样纯粹。我走过去下意识地摸了摸床单,忽然就有了一种想要躺下去的冲动,我要睡倒在那片白色中。当我真的躺下来的时候,又发现了同样洁白的天花板,恍惚中我竟然有了睡意。我看见筱美穿着一袭白色的婚纱在旷野里奔跑,我在后面追逐着。跑着跑着,她跑进了一片棉田……棉花的蕾铃都尽情地绽放着,满眼的棉絮将整个世界熏染得一片亮白。我看到母亲和三个姐姐在棉田里摘着棉花。她们把摘下来的棉花堆放在路边的一个草席上,我走过去忍不住就躺倒在上面。棉花堆一下就变成了一朵白云,带着我飘向天空。家乡的那片土地离我越来越远,母亲和姐姐们也离我越来越远……突然间,我的身体颤动了一下,从云朵中跌落下去……

睁开眼,我发现筱美正在推我:"赵宝瓶,你怎么能睡在这儿?赶紧起来!"她的口气非常冷。我打了个激灵,一骨碌爬了起来。筱美赶紧整理起病床来。看着重新归置好的病床,我突然感觉它离我很是遥远,就像是一座遥不可及的舞台。

跟着筱美一出病房,她就问我是来干什么的。我就把来意说了一下,并表示想让她帮忙。她正色道:"赵宝瓶,你还是喜欢到处揽事啊,也不掂掂自己几斤几两。我是不会管你那些破事的。"

正说着话,走廊那头并肩走来一男一女。男的是个光头,我一眼就认出是谷一双,只是他看上去比灯箱牌上的照片上略微有些憔悴。女的保养得很好,虽已中年,但细皮嫩肉的。那女的一见筱美就亲热地打起招呼来:"筱美啊,我家老谷多亏你照顾,现在好多啦。"谷一双也笑着向筱美拱拱手。看样子,这夫妻俩和筱美关系不错。

等到护士给谷一双挂上水,我拎着事先准备好的果篮走进了病房。在亮明记者身份后,我便表示出想要采访他的意思。谁知道,谷一双刚要开口说话,就被他老婆抢了先:"我说记者同志,你们就别再捧他了,那是把他架在火上烤哪。这些年,他把家底都捐空了,他是做了好人,我眼看着就成了穷人喽……"我还想说些什么,筱美进来把我叫了出去。

筱美把我送到了楼下。出了病区大门,我俩站着对视了一会儿。筱美戴口罩的样子,让我产生出一种距离感。分居以后,我就再也没看见过她的脸蛋了。因为除了在家里,她几乎都戴着口罩。其实她的脸长得还是挺耐看的,过去我们在一个屋檐下生活的时候,我总是看不够,但现在我只能看到她的眼睛了。那双曾经含情脉脉的丹凤眼,此刻正透着一丝凉意。

门口的蜡梅已经开花了,透出阵阵暗香。儿子小真就是在蜡梅花开的时候出生的,我记得他出生那天,我对着产房外的蜡梅花暗暗发了一个很庸俗的誓:要让筱美母子过上人上人的日子。但我食言了,拼得筋疲力尽,日子里也没有一点荣华富贵的迹象,至今还住在老旧小区的两居室里。

正在愣神,筱美开了口:"宝瓶,我俩的事你想好了吗?你什么时候能在协议上签字呀?"

"就没有挽回的余地了?"我还是不死心。

她摇摇头:"好聚好散,你就放过我吧。"

我捏住领带的一角朝她示意了一下:"筱美,你还记得这条领带吗?"

"唉,这年头还有几个人像你这样整天系领带哦?"她瞟了一下领带,眼神很快就滑向了别处。

我的心头泛起一阵凉意,再谈下去已经毫无意义了,于是心一横,说:"字我可以签,但你得帮我办件事。"我又提到找谷一双的事。

筱美帮我约到了谷一双。那天晚上,在天外天大酒店的旋转餐厅里,我和谷一双见面了。想必是筱美事先做了不少工作,谷一双在我提出请求后,并没感到惊讶,他表示愿意出六十万买下那些羽绒服,然后送给家乡敬老院的老人们。但就在我暗自窃喜的时候,他却叹了一口气,说出了自己的苦衷。原来,这几年他的混凝土虽然看上去销量很大,资金回笼却很成问题,公司账面上已经没什么钱了。看我有些失望,他告诉我,有一家叫"天应地产"的公司欠了他好几百万,他正准备起诉该公司,如果能先要回来六十万,他马上就用来买衣服。

虽然事情没有马上办成,但我还是很感动,觉得谷大善人果然是名不虚传。

过了一段时间,谷一双那边却没什么消息,我跑去一打听,便有些心灰意冷。尽管谷一双已经起诉了"天应地产",但法院还没判决,而即便是判决了,执行起来也不是一件容易的事。

眼看着日子一天天过去,难道就这样前功尽弃了?

## 灰色领带

烦心的事就像结束了冬眠的蛇一样纷纷出动,它们在我的心头纠缠蠕动,让我心烦意乱。

三个姐姐轮流打电话,问我替她们办的事有没有结果了。我只好挤出时间来帮她们跑,但事情并不是想象的那么好办。有好几次,我都想在电话里对几个姐姐如实相告,让她们别再指望我这个弟弟了,但话到嘴边又咽了回去。

父亲又打来电话,这一次,他没有直接催问我办事进展,而是告诉我,他也在想办法推销那些羽绒服,而且已经成功地把我放在家里的那件样品给卖掉了——他把它卖给了镇供销社一位七十多岁的退休职工老董。我知道,父亲是想以此激励我加紧行动。我听了,既佩服,又惭愧。

可是没过几天,老董在外地工作的儿子打电话给我,对我父亲一通抱怨。原来,老董去年得了脑梗,脑子有些糊涂,就买下了父亲的羽绒衫。这之后,尽管天气并不冷,他却始终穿着厚厚的羽绒衫,身上都快焐出痱子了,也不肯脱下来。我一听,赶忙道歉,并加了老董儿子的微信,把衣服钱退还给他。

跟着我就打电话给父亲,说他不该把衣服卖给老董那样的人。父亲辩解:"我这不是着急嘛,这衣服卖出一件是一件,要不然,咋变钱哪?"我有些气恼,说:"不变钱又能咋样?人家又不是拿刀架在你脖子上。"父亲说:"真要把脑壳砍了也就省心了……"我还想说点什么,但电话那头,父亲咳嗽起来,沉闷的咳声中夹杂着急促的喘息声。我只好收住话头。

筱美也打来电话,催我去签字。我却坚持要等谷一双拿钱买了衣服后才去签字。筱美说:"离婚是咱俩的事,和老谷有什么相干?"我说:"咋不相干?老谷要是知道我和你离婚了,说不定就不买衣服了。"筱美说:"赵宝瓶,你甭想要缓兵计,这婚我是离定了。"

这些日子,我感觉自己就像是一头笨驴一样被人催着往前跑。大家手里都扬着鞭子,而那些鞭子底下却好像只有我一头笨驴。

小汲看我心情不好,就跑来喊我去玩剧本杀。我没好气地冲他说:"玩啥玩?我现在每天玩的就是最刺激的剧本杀。"

就在我焦头烂额的时候,却有人春风得意,和我一道进报社的吕风当上了总编助理,这让我心里有些不平衡。无论是长相气质,还是文采口才,我都不比他差,但他现在竟然成了我的上司。但话又说回来,吕风也确实配混,他不但能让领导放心、同事顺心,还能让女人开心。让人奇怪的是,这小子一边搞新闻,一边传绯闻,却没影响他的进步,更没影响家庭的安定团结,他老婆是死心塌地地黏着他。一想到这里,我就气不打一处来,我这样中规中矩地活着,直落个事情办不成,老婆也守不住。

在对照吕风做了自我反思后,我决定还是要改变一下自己。再这样下去,就活得太窝囊了。

按照报社的分工,记者都是分口包片的,吕风原来跑的是市委口,也是最重要的口子。因为经常能随市委主要领导下去视察调研,他在上上下下都混了个脸熟,办起事来也顺当多了。吕风升任总编助理后,他跑的市委口就有了空缺,我想找一下邵总,看看能不能将我从现在的群团口转到市委口去。我在想,一旦转到市委口,办起事来或许就不会像现在这么难了。最起码,我也能有筱美转到干部病区后的那种优越感了。

经过反复考虑,我决定去邵总家登门拜访。一个周末的晚上,我沐浴更衣后,系上了一条灰色领带。我之所以选择这样一条领带,可能是受了某种心理暗示——也许是想到了邵总平时比较喜欢素净,也许是想到他那张阴沉的脸也是接近灰色的。穿戴整齐后,我拎起一只从父亲那讨来的猪腿出了门。关于送礼的问题,一度让我很是纠结。首先是是否要送。我过去从来就没给领导送过礼,总认为一个真正清高的人是不会那么去做的。而当我认识到这次拜访的重要性时,内心深处便产生了激烈的斗争,最终我还是决定庸俗一回。在决定送礼后,新的问题又来了——送什么礼呢?茅台我买不到,冬虫夏草我买不起,思前想后,还是决定送点我最熟悉的猪肉,便让父亲特意留了只黑猪腿。

外面的气温很低,据气象专家说,这是暖冬里一次短暂的寒潮。我穿着单西服,一出门就打了个冷战。这么多年来,在大家的眼里,我一直以不怕冷著称,这也可以说是我唯一让人刮目相看的地方了。其实,我也怕冷,但当大家都认为我不怕冷,并因此向我投来羡慕的目光时,我便只能保持不怕冷的样子了。有时候实在冷得架不住,我就在前胸后背上贴上几块暖宝宝。尽管如此,我还是渴望冬天。而遗憾的是,最近两年的暖冬却让我无法大显身手。

街上的行人都穿得很厚,看上去就像是一只只蠢笨的企鹅。我打开车窗,猛踩了一下油门,寒风便在车里鼓荡起来,吹得我头发都竖了起来,我感觉自己就像一只勇敢的海燕在高傲地飞翔……在对季节和人群的反叛中,我获得了一种很古怪的快感。

邵总家的小区不让外面的汽车进去,我只好拎着装着猪腿的蛇皮袋往里走。二十多斤重的猪腿拎在手上很是吃力,我看到路灯下自己歪斜的身影在摇晃着,就像一个正在摇橹的艄公。小区里不时地有人盯着我看,大约是觉得一个西装革履的人拎着一个大蛇皮袋的样子有些滑稽。好不容易挪到邵总家的门口,我已经浑身发软了。摁了一下门铃,出来开门的是邵总夫人,她告诉我,邵总临时去省城办事,要到明天才能回来。我有些失望,自报家门后,便把蛇皮袋塞进门去。邵总夫人连忙摆手,但我已经一溜烟跑了,感觉就像是罪犯逃离了作案现场。

第二天下午,邵总一到办公室就把我叫去。他一如既往地阴沉着脸,问我找他有什么事。我把自己的想法向他做了汇报。他说:"宝瓶啊,你的笔头子是不错,但是跑市委口光靠这一点还不行哪。你看你,整天着急忙慌的,也不知道你忙个啥。让你写个贺词,你发个悼词给我,这叫什么事?"我赶忙道歉,承认自己确实是被一些家事牵扯了精力,并表示今后一定会多加注意。邵总又说:"你还得像吕风同志好好学习呀,心思要多放在工作上。人家也是农村来的嘛,咋就没那么多婆婆妈妈的事?"

邵总最终拒绝了我的请求。如果仅仅是拒绝,我还能接受,问题是他在拒绝我的过程中,老是拿我和吕风做比较,并把我当成反面典型不停地敲打。我站在那里,感觉领带结勒得我有些喘不过气来。一出邵总的办公室,我就气急败坏地扯下了那条灰色领带。但走了一小截路,心里就有些发虚,没系领带的感觉似乎像是在裸奔。我赶紧拐进卫生间,准备重新系好领带。对着墙上的镜子,我看到喉结边上的那道疤痕从敞开的衣领处露了出来,突然就有了一种刺痛感。小的时候,因为家里条件差,我总是穿姐姐们穿旧的衣服,见了别人穿新衣服就会眼馋。有一次,一个同学穿了一件新的白色运动服,我便哄他给我穿一会儿。我穿上他的衣服后,在操场上兴奋地跑了起来,没想到脚一崴,摔了个跟头,衣服也摔破了。那天晚上放学后,同学母亲带着同学到我家来闹着要赔衣服,引得邻居们都来看热闹。父亲觉得很没面子,操起门口的竹丝条就抽我,一不小心抽到我的颈子上,可能是碰巧把血管抽破了,瞬间血流如注……

重新系好领带,走出卫生间,迎面碰到了吕风。吕风把我叫住,没头没脑地说了句:"兄弟啊,你咋连邵总夫人一直念佛吃斋也不知道呀?"看着他脸上捉摸不定的笑,我一时没反应过来。

下班的时候,门卫叫住了我,说我有东西落在了传达室。我走过去一看,那只鼓鼓囊囊的蛇皮袋就放在墙角,心不由得往下一沉。

当天晚上,我拎着猪腿去了那家"食缘土菜馆"。土菜馆的老板娘是我同乡,我经常能在她这儿看见一些熟头熟脸的老乡,就感到有几分亲切。我和老板娘商量了一下,用那只猪腿换来了一桌丰盛的晚餐。餐馆里人不多,楼下大厅里的六张圆桌子空了五张。我坐在一桌菜跟前,一点食欲都没有。正在味同嚼蜡地吃着,门口咋咋呼呼进来两个人,我一看,竟然是同村的小满和大福。两人见到我,都很惊讶。小满说:"是你呀宝瓶哥。"大福说:"乖乖隆咚,你一人吃一大桌菜,这日子过得也太跩了吧。"我赶紧招呼两人坐了下来,并叫服务员上了一瓶古井贡。

边吃边聊中,我才知道大福是来城里送货的,而小满自从农用车被交警扣了以后,就跟着他的车跑。小满在敬了我一杯酒后,说:"哥啊,知道你是个大忙人,我那车的事你可不能忘喽。"其实,我为他的车找过市公安局宣传科的江干事。江干事答应帮忙,但他有篇人物通讯想上市报,让我给疏通一下。我觉得有些为难,因为那篇稿子明显分量不足,要想上报,还得下功夫补充材料。我正要向小满解释,大福大包大揽地说:"没问题,宝瓶出马,立马摆平。"说完,他还举例说明。他这一举例,我就有些坐不住了。

那一年春节前,大福也是到市里来送货,村里几个在开发区打工的妇女约好了搭他的双排座回去。上车前,几个妇女要去逛小商品市场,大福只好陪她们一起去。在一家店铺里,她们看中了一副变色太阳镜,准备多买几副回去送给家人。经过讨价还价,标价一百元一副的太阳镜,还成了四十元一副。而就在她们准备付钱的时候,大福走过来多了一句嘴,说前面一家店铺里的太阳镜只要二十块钱一副。女人们一下子炸了锅,放下手中的眼镜转身就要走。那个肥头大耳的老板突然就从弥勒佛变成了韦陀,说:"价格是你们还的,不付钱一个都别想走。"说完朝门口吆喝了一声,几个恶眉恶眼的壮汉就走了进来。几个女人还在那吵着,大福趁机溜了出去,给我打电话求救。那天我正好就在附近办事,接完电话没有多想就赶了过去。几个女人见了我就像是见了救星,赶紧找我评理。我故作镇静地对老板说:"不就是一二十副眼镜吗,值得这么兴师动众吗?这样吧,你让她们先走,我来和你说道说道。"女人们走了以后,几个壮汉围住了我。我心里一虚,掏出手机打开支付宝,把钱给付了……那年回去过年,大福和那几个妇女见了我就夸,简直把我夸成了智勇双全的大能人。他们压根就不知道,那些劣质眼镜至今还堆放在我家的储藏室里。

小满听完大福的讲述,对我挑起大拇指,说:"宝瓶哥,原来你是黑白两道通吃呀!"看着小满惊奇而兴奋的表情,我像吃了迷魂药一样拿起手机,打给了江干事。

我在电话里向他表示,稿子再充实一下,下周就可以见报了。江干事还没等我说完,就激动地向我透露,他已经找了交警队的负责人,那辆被扣的农用车明天就可以领回去了。小满的问题解决了,但我又领回了新的任务。

酒足饭饱后,小满和大福心满意足地走了。临走前,小满对我是千恩万谢。大福则看着狼藉的杯盘,遗憾事先没拍视频发朋友圈。看着他俩勾肩搭背的背影,我真的很羡慕他们,他们活得简单而真实,不像我——活得那样杂草丛生。在家人和村里人的眼里,我是一个高人;在同事的眼里,我是一个怪人;而在我自己的心里,我就是一个犟人。我不知道到底哪一种人是真实的自己,更不知道我为什么会活成这样。

胡思乱想着走出店门后,一时竟不知道往哪去。一个胖女人骑着电瓶车径直蹿了过来,我闪了一下身子没躲过去,被撞了个趔趄。好在并无大碍,就想息事宁人地走开。胖女人却气势汹汹地吼道:"咋走道的?想去投胎也不能害人呀!"我迟疑了一会儿,突然想起了剧本杀中的某个情节,便捂着胸口倒在了地上。胖女人这才慌吟,赶紧上来查看。我呻吟着告诉她:"我的肋骨可能被撞断了,刚装的心脏起搏器也可能是被撞坏了。"这时候,餐馆老板娘和一些路人都围上来指责胖女人。胖女人起先还想撒泼,但后来还是认怂了,从包里掏出一千块钱塞给我,灰溜溜地走了。

我爬起身,在众人同情的目光中走开了。我手里攥着那些钞票,第一次感受到一种做无赖的快感。路边的小广场上,有个残疾人在唱歌:"这一生到底是为了谁?一步一步带着疲惫,伤了痛了自己体会,其实我真的好累……"我走过去,把一千块钱放在了他身边的大瓷缸里。

### 花色领带

大姐又打来电话,说父亲最近身体出了毛病,走路成不了直线,剁肉也没了准头,但就是不肯去瞧医生。我回了趟村子,一看他萎靡不振的样子,赶紧把他送到了市人民医院。

医院里的人太多,看个病需要不停地排队。父亲有些不耐烦,提醒我:"小美不是在医院上班吗?让她找找人不就省事了?"我搪塞了一句,没敢接他的话茬。

检查结果出来后,我一下子就蒙了,父亲的脑子里竟然长了瘤子。医生说,要赶紧住院治疗。我找个地方让父亲坐下,便开始去办住院手续,却被告知,肿瘤病区已经没了床位,建议转院治疗。我从住院部出来,正巧碰到了筱美。她问我是来干什么的,我便把父亲来看病的事说了一下。她愣了一下,就领着我又去了住院部。

通过筱美的关系,父亲不仅住上了院,还得到了专家会诊。会诊结果,父亲得的是恶性脑瘤,而且是位于脑干部位。专家建议不能动手术,只能保守治疗。我只好向父亲隐瞒了实情,劝他好好养病。

父亲住院期间,三个姐姐轮流过来服侍,我也是天天往医院跑。为了消解医院沉闷而压抑的气氛,我系了一条颜色很鲜的花领带。每当我感受到周围那些蜡黄、苍白和暗黑的压迫时,我就会下意识地低头看看那条鲜艳的花领带。

或许是药物的作用,父亲的状态似乎是好了一些,话也多了起来,和同病房的几个病友都唠得很熟。可一不小心,他的老毛病又犯了,竟然和人家打起赌来。这天中午,我刚走到他的病床前,他就告诉我,他打赌赢了43床。43床是个瘦老头,正昏睡着,看上去气色很差。昨天晚上,他在看了电视上的天气预报后,对他女儿说天要晴了,想到外面去晒晒太阳。父亲接过话茬,唱起反调来,说天气预报不准,明天要下小雨。瘦老头就和父亲犟了起来。父亲就和他打赌,谁输了就请对方吃一碗馄饨。今天早晨,果然下起了小雨,这可把父亲乐坏了。我问父亲怎么就知道会下雨。他得意地告诉我,是他那条老寒腿告诉他的。

我抱怨他,不该躺在病床上还跟人打赌。父亲指了指电视屏幕上正在讲话的那个人,说:"喜欢打赌的人又不是我一个,这么大领导不也在打赌?"电视上,一个副市长正站在一条臭水沟旁掷地有声地表态,不把本市的污水彻底治理好,就引咎辞职。我一看,不由得笑了。父亲也跟着笑了起来。

看父亲高兴,我便和他聊了起来。记忆中,像这样和他心平气和地聊天还真是很少。我们的话题是围绕父亲打赌那些事展开的。我问他为什么那样热衷于打赌。他沉吟片刻,说:"宝瓶,爹闷得慌哟,你妈走了以后,那个家进出就我一个人,再不弄出点声响来,搭话的人都没了。"我又问他为什么不和老人们打打麻将,或者是摆摆龙门阵。他就和我说起了那起村民集体腹泻事件。自从那件事发生后,父亲在村里就有些被孤立了。打赌成了他与人交往并引起重视的一种重要的手段。

我突然有了一种深深的愧疚感,原来我对父亲并不真正了解。父亲并没看出我的心事,用手小心地摸了摸我的领带,说:"宝瓶啊,多亏你给爹长了脸,要不然连和我打赌的人都没啦。"我鼻子一酸,握紧了父亲那只粗糙的大手。

父亲最终没能吃到那碗馄饨,因为两天后瘦老头去世了。肿瘤病区就是这样,几乎每天都有人死去。父亲看着空出来的43床,突然对我说,他想孙子了。我感到有些为难,因为带小真过来要经过筱美同意,而更大的问题是我怕小真说漏了嘴,把我们小家庭的现状告诉父亲。我硬着头皮找到筱美,和她商量起来。好在筱美还算明理,答应让小真过来看爷爷,同时表示会事先给他打预防针,不让他乱说。

星期天上午,我和筱美带着小真去看望父亲。父亲见到孙子后,一时间老泪纵横。小真今天很乖,很有耐心地回答着爷爷的问题,不好回答的就笑。看来筱美费了不少心思。

小真临走的时候,父亲从枕头底下摸出一个纸包递给他。小真不肯接,我替他接了过来。打开一看,是一沓油乎乎的钞票,整票零票都有,上面沾满了肉腥味。

筱美和小真走后,父亲躺在床上自言自语,这病生得可好了,要不然还见不着孙子哪。我听了心里不是滋味。

纵观父亲生病以来筱美的表现,我的心里还是溅起了一点希望的火星。我打算请她吃个饭,去吃她最喜欢吃的日本料理。我发了微信给她,她很快就回了:饭就不用吃了,你要是真想感谢我,就尽快把字签了吧。我捧着手机,从头凉到了脚。

没过几天,父亲便不愿再住院,吵着要回家。我在征求医生的意见后,开车把他送回村里。一路上,他很少说话,直到看见村子的时候,他才对我说:"宝瓶啊,要债的事还得抓紧哟,爹这身子骨也顶不了多少日子喽。"

"爹,你现在养病要紧。"我回头看了他一眼,"你这样子,谁还会和你计较哦。"

"话不能这么说,说出去的话收不回来啦,这债要是讨不回,我死了也闭不上眼睛哟。"

我看父亲说得这么严重,只好顺着他的话说了下去。

父亲一回家,家里就热闹起来了,村里人都知道他病得不轻,纷纷来探望他。父亲显然是已经习惯家里的冷清了,对这种突如其来的热闹缺少心理准备,说起话来有些前言不搭后语,但能得得出来,他还是很高兴的。村主任钱有理也来了,还拎来一篮子鸡蛋。父亲一副受之有愧的样子,说:"村主任,不敢当啊,大伙的工钱还没要回来哪。"钱有理安慰他:"不提啦,就当是开个玩笑吧。"父亲的脸突然就沉了下来,说:"钱有理,谁跟你开玩笑,钱讨不回来,我就是只剩下一口气,也会爬给你看。"钱有理看了我一眼,说:"老帽儿,你就少烦点神喽,有宝瓶在哪,听说他在城里一个人就吃十大碗呢,都快赶上老佛爷了,这点钱还怕要不回来?"

我机械地点点头,心里堵得慌。

## 金色领带

再次见到谷一双时,他在一声长叹后,便开始数落起胡天应来。原来,"天应地产"的老板胡天应在谷一双起诉后就找到他,答应先付一百万欠款,让他撤诉。可当谷一双撤诉后,胡天应又说只能付六十万。但到目前为止,一分钱也没到账。谷一双就准备再次起诉"天应地产"。这样一折腾,又是猴年马月的事了。

我一听急了,决定亲自去会会胡天应。事先,我做了一番功课,从外围大致调查了一下"天应地产"。该公司曾经也红火过一段,但最近两年出现了一些问题,而最大的问题是有一个项目好几年都没能完工,造成了很大的负面影响。

去见胡天应那天,我特意系上了一条土豪金颜色的领带,为的就是呼应一下他的土豪形象。我在"天应地产"公司没见到胡天应,他的秘书只是说他最近很少到公司,却不肯告诉我他的具体行踪。辗转打听了一下,才知道他在市郊自己名下的一处温泉会所里猫着。等我费尽周折见到他时,他正披着浴袍在一个亭子里喝工夫茶,旁边的黄芪池里,一个丰满的美女正在戏水,让人很容易就想起华清池里的杨贵妃。我一身正装站在那里,反倒显得有些蹩脚了。胡天应睃了一眼我递过去的名片,又打量了一下我,说:"你是记者?我还以为是推销保险的哪。找我有事?"我点点头,灵光一现,想出一个由头来,就说谷一双的搅拌站因为欠薪,农民工反映到报社了……他挥手打断我:"是老谷欠薪,你找我做啥?"我说:"我找你是因为你欠老谷钱,你要是不欠他钱,他怎么会欠工人的钱呢?"胡天应鼻子里哼了一声,不耐烦地说:"那还有好多人欠我钱哪,赵记者是否也能帮我个忙?"我一时语塞,想了一下,决定还是打感情牌。我说我父亲也在谷一双那儿打工,前阵子得了绝症,本来谷总已经答应借钱给他动手术,但现在他连工钱都拿不到了。我恳请胡天应能先付谷一双六十万,这样我父亲就能拿到救命钱了。胡天应用兰花指捏着小茶盅品了一口茶,说:"我现在没有钱,也不想做老谷那样的好人。"说完便做了个手势,要打发我走。我一下子被激怒了,话就硬了起来,扬言要对他公司存在的问题曝光。没想到胡天应不屑一顾,说:"那你就赶紧回去整材料吧。哦对了,代我向你们邵总问好。"说完,他起身掀掉浴袍,摇晃着肥硕的身子进了温泉池,随手在"杨贵妃"的脸上捏了一把。

当天晚上,邵总打来电话,劈头盖脸地剋了我一顿:"赵宝瓶,你越来越不像话了,想把报社变成你私人的讨债公司吗?再这样下去,我看你连饭碗都保不住了。"我刚想解释一下,他就把电话给挂了。我不明白邵总为什么会发那么大火,而且还不给我任何解释的机会。直到几天后的一个晚上,我才在无意中看出端倪。

这天晚上,我去参加同学家的乔迁宴,散席后,我刚走出饭店大门,就听见门厅里传来一阵谈笑声,回头一看,愣住了,就见邵总和胡天应满面红光地并肩走了出来,后面跟着吕风和一个穿风衣的男子。我赶紧闪到一旁,去取我的电瓶车。这时候,就见吕风朝我这边快步走来,原来他的汽车就停在附近。吕风发动汽车后,邵总也跟过来上了他的车。但车子并没有马上开动,就见后备厢咔嚓一声开了,就像一头巨兽突然张开了大嘴。与此同时,那个风衣男子不知从哪冒了出来,将两箱东西放进了后备厢。

吕风的车子开走后,我愣在那儿好半天没缓过神来,看着街头闪烁不定的霓虹,我突然觉得这座城市变得那样陌生,一种深深的挫败感随之裹挟而来……

手机响了起来,掏出来一看,是大姐打来的,心里便是咯噔一声。这些年,我一接到家里人包括那些七姑八大姨的电话,就有些头痛,因为这些电话不是求办事的,就是让出份子的,间或还有报丧的,几乎每个电话都能让我忙上一阵子。尽管如此,我还不得不认真对待这些电话。大姐在电话里告诉我,父亲已经不肯吃药了,气色也越来越差了。

第二天一早,我就驱车往村里赶。到了村口,我把车往那一停,就匆匆往家里走。在路过父亲的肉案时,我放慢了脚步。只见肉案上已经落满了枯黄的树叶,一只麻雀在案板的缝隙中啄着什么。我想起父亲在肉案前大马金刀的样子,便觉有些恍如隔世了……

父亲躺在堂前的那把藤椅上,已经瘦脱了形,嘴角也有些歪斜。大姐站在一旁抹眼泪。他看到我,便让大姐去给我做饭,然后挣扎着想要起身。我赶忙走过去轻轻摁住了他。他缓了缓气,精神头似乎足了一些,和我聊了起来。当然了,聊的内容主要还是讨债的事。我知道他已经来日无多,便将整个讨债的过程原原本本告诉了他。他知道问题卡在胡天应那里,沉默良久,说:"就没有别的法子了?"我摇摇头。父亲叹了口气,说:"宝瓶啊,难为你啦。"接下来,我们父子俩都缄默不语。父亲闭上眼睛,在思考着什么。

中午吃饭的时候,父亲劝我喝点酒,我说不想喝,他说:"宝瓶啊,爹现在不能喝了,你就喝点吧,我看着你喝,就相当于自己在喝,心里也痛快着哪。"

父亲就这样躺在那儿,不吃不喝看着我喝酒。我装着有滋有味地喝着,其实每一口酒下去就像利刃钻心。喝着喝着,我忽然觉得一肚子话要和父亲说。我想说,爹啊,像胡天应这样的大老板都能耍赖,您咋就这么较真哪?在这个世上,您有啥较真的本钱呢?我想说,爹啊,其实我就是一个无足轻重的小人物,就像是田埂上一粒羊屎豆,您别看我整天系着领带人模狗样的,其实是泥菩萨过河哦。我还想说,爹啊,我现在正处在同事离心、老婆离弃、儿子离开的"三离"状态哪,我不该打

300

肿脸充胖子,欺骗您老人家哦……

但面对父亲充满温情的眼神,我最终一句话都没说出来。

转天,父亲在我的劝说下,同意随我去市人民医院放疗。出门的时候,父亲死活不让我背,坚持要自己走到汽车旁边。他对我和大姐说:"村里这块地呀,我以后就不一定能踩着喽。"

车子开到人民医院附近一个路口等信号灯时,我指着路边那个气派的"天竺豪庭"售楼部告诉父亲,那就是胡天应的楼盘。父亲趴在车窗上看着,喃喃地说了句:"这么大个老板,咋会差钱呢?"

我在医院边上的旅馆订了房间,将父亲和大姐安顿下来,准备下午带父亲去检查。随后我赶到报社,准备利用中午休息的时间,将几篇稿子修改一下。改完稿子已经是下午两点多了,我正准备动身,大姐打来电话,说父亲不见了。我赶紧赶到旅馆,和大姐一道在附近寻找起来。找了一个多小时,也不见父亲的踪影。焦急中,我突然想起了"天竺豪庭"售楼部。

等我赶到售楼部时,就见一辆救护车也赶了过来。大厅里围着不少人,我挤进人群一看,父亲闭着眼半躺在沙发上,一个保安正对他说着什么。我喊了一声父亲,他睁开眼看看我,有气无力地说:"别管我,就让我死在这儿吧。"

保安告诉我,父亲一进门,就说是替一个姓谷的老板来讨债的,非见胡天应不可。在被回绝后,他竟然从身上掏出一瓶"百草枯"来要喝,幸亏被夺了下来。我一听,后背有些发凉,赶紧一把抱起父亲,上了门口的救护车。

父亲在急诊室的病房里暂时住了下来,等他情绪稍稍稳定下来,我感觉饿得有些发慌,这才意识到中饭到现在还没吃,就和大姐打声招呼,就近找了家面馆。一碗干丝面刚端上来,手机响了,接通后竟然是胡天应打来的,他让我马上去"天竺豪庭"售楼部。我胡乱吸了几口面条,就匆匆赶了过去。

天色已晚,售楼部里已经没什么人了。胡天应披着件大衣站在沙盘模型旁边,就像个大战前夕运筹帷幄的将领。见到我,他直接就说:"赵记者,你这是玩的哪一出?再怎么说,也没必要让自己病重的老父亲来演苦肉计吧。"我想向他解释一下,但又觉得有口难辩,只好向他表示道歉。他的语气缓和下来:"赵大记者,我也不是不讲道理的人,欠老谷的钱我一直放在心上哪,不过眼下我实在是难哦。"我说:"你能分期还款呀,比如说,你可以先付给他六十万嘛。"胡天应来回踱了几步,说:"我知道你的意思,咱们今儿个说话就敞亮一点,我可以给他先打六十万,但我也有条件,你得帮我办件事。"

胡天应拿起一支射笔,射向沙盘,绿色的光点在沙盘一角绕了一圈后,停了下来。他告诉我,"天竺豪庭"二期开工已经三年了,就因为一个钉子户作梗,到现在没能完工。他的意思是,我要是能让钉子户在拆迁协议上签字,他立马就给老谷打款。

　　我看着他那张油汪汪的脸,真想一拳砸过去。

## 白色领带

　　我开始失眠了,白天昏昏沉沉,一到晚上,头脑清醒得就像个哨兵,夜晚漫长得就像是一条蹚不过去的河。

　　睡不着觉的时候,我就觉得屋子就像个密不透风的匣子,让人感到非常压抑,便喜欢去街头晃悠。晚上出门,我会系上一条白色的领带,我觉得那样别有一番意味。在暗夜中,那条白领带就像是一柄闪着寒光的剑悬挂着,我所到之处,它便会刺破暗昧,搅动夜色,给死寂的暗夜带来一丝灵动。

　　有一天晚上,我在街头晃悠的时候,突然下起了雨。我躲在一个屋檐下玩了一会儿手机,感觉实在是无聊,就给小汲打了个电话,说是想去玩一场剧本杀。

　　赶到"迷人谷"的时候,小汲和另外四名年轻人已经候在那里了。我们选了一个叫《谁是绑匪甲》的本子,故事背景是:一个有钱人被绑架了,在座的六个人都有嫌疑,其中真凶只有一个——绑匪甲。在分配角色时,我拿到了凶手牌,这对我来说是一次挑战。通过读本,我对绑匪甲和人质的情况有了大致的了解:绑匪甲曾经是人质的司机,某天晚上,人质醉驾撞死了人,打电话让司机去顶包,许诺事后给他一百万酬金。司机想到自己的女儿正躺在病床上等着器官移植,便答应了。因为是逆向行驶,涉嫌危险驾驶,司机最终坐了一年半牢。出狱后,他发现人质根本就没有兑现承诺,而他的女儿已经去世。一气之下,他便将人质给绑了……不知怎么,我忽然觉得绑匪甲就是我自己,而人质却让我想到了胡天应。入戏后,我意识到我决不能做一个束手就擒的绑匪,我还有很多事要做。

　　接下来,我通过公聊和私聊展开了攻势。在公聊中,我做到少说多听,等待对手们露出破绽。而在私聊中,我在每个对手面前都表现得掏心掏肺,并巧妙地拿捏对方的软肋,尽可能形成统一战线。在搜证阶段,我则表现得很积极,却有意将不利于自己的证据隐藏起来,将目标引向别人。在最后的盘凶阶段,我合纵连横,最终将绑匪甲的帽子扣在了一名"打手"的头上。"打手"给人质当过保镖,后来因故被开除,对人质也是耿耿于怀。他被锁定成绑匪,并不让人感到意外。

游戏结束后,主持人在复盘时对我大加赞赏,说我已达到戏精的水平。小汲他们都对我双手挑起大拇指。我感到很奇怪,每次玩剧本杀我就像是变了个人,我变得沉着冷静、自信霸气、伶牙俐齿、左右逢源……但在现实中,我是那样的不堪——瞻前顾后、漏洞百出……在剧本杀中,我体验到了一种完全不一样的人生。

回到家里,夜已经很深了,但躺在床上依然睡不着,剧本杀中的情节和现实中的场景不断在脑海里切换。我总结出,我之所以能在剧本杀中胜出,主要是因为我善于掌握对手的软肋。由此我便想到,在现实中对付胡天应这样的人,为什么就不能用上这一招呢?胡天应难道就没有什么见不得人的软肋?

天刚放亮我就起了床,因为我记起了前几天贴在楼道口的一张纸条。下楼一看,那张纸条还在,上面写着"大白侦探"的字样,并留了联系电话。揭下字条后,我回到屋里仔细盘算起来,心里突然生出一个念头:通过私人侦探找到胡天应的软肋,然后逼其就范。这个念头让我感觉自己有些阴暗,甚至是有些卑鄙,按说胡天应并没有直接差我的钱,我没必要使这种阴招。但它一旦产生,我便有一种抑制不住的兴奋和冲动。

中午时分,我拨通了那个电话。电话那头,一个男人用一口纯正的普通话介绍起公司的业务,听起来似乎很正规。按照他提供的地址,我在美食街后面的一条小巷里找到了"大白侦探"的总部——一间平房。屋子里,一个年轻人正在电脑前敲着键盘,另一个蓄着八字胡的中年人躺在沙发上看手机,茶几上放着几盒吃剩的方便面。中年人见有人进来,赶紧起身招呼。可能是看出了我眼里的狐疑,他说:"干我们这一行的,就得低调艰苦啊。"年轻人赶紧过来拾掇,并很快给我递上一杯速溶咖啡。我本来想转身就走的,但一看人家这么热情,就决定坐下来咨询一下。八字胡很能讲,而且似乎是看透了我的心思,话讲得很有针对性。我不知不觉就把大致的来意说了出来。他一听,咂了一下嘴,说:"一般来说,老板的把柄不难找,想要捏住他们的酸筋却很难,你就是查到他们吃喝嫖赌养情人,又能怎样?"我问他,怎样才能捏住酸筋。他说,他们的酸筋就在一个"偷"字上,老板们最怕被查出的是偷税漏税、偷工减料、偷排偷放……这要是查到了,就吃不了兜着走喽。我开始对他有些佩服了,便向他打听起收费标准。他告诉我,要视调查对象的情况才能定。我就把胡天应的情况简单地介绍了一下。他盘算了一下,说:"兄弟啊,看在咱俩投缘的份儿上,你就给两万吧,签完协议预交五十就可以了,这可是全国同行业的最低价了。"我虽然觉得收费不算高,但还是留了个心眼,借故走开了。

过了一天,我还是鬼使神差地又去了"大白侦探"。八字胡似乎知道我要来,话在等着我："兄弟啊,你要查的那个胡天应口碑很不好呀。"接着他很谨慎地透露出一点皮毛。我心想,这家伙的效率还真够高的。正想就和他再聊一聊,他却开始不停地接电话,好像都是在谈业务上的事。好不容易等他消停下来,我想接上话茬,他却有些不耐烦,说:"该说的都说了,你要是愿意就签协议吧,三天内给你结果。"我想了一下,最终还是签了协议,并预付了五千块钱。

三天后,我拨打"大白侦探"的电话,已停机,又拨打八字胡的手机,打不通。我急了,赶紧上门去找。"大白侦探"门口,一个五十多岁的妇女正在骂街。我上前一打听,原来是房东,她骂的就是八字胡他们,他们欠了她三个月的房租没给就溜了。我心里懊糟极了,就想着是不是要去报案,但转念一想,还是作罢。

但事情还没有完,当天晚上,我正心事重重地走在飘雪的街头,手机响了,一看是胡天应打来的。接通后,就听他阴阳怪气地说:"姓赵的,我俩无冤无仇的,想不到你会使出这种下三烂的手段。"我有些蒙,一问才知道,原来八字胡竟然玩起了上下通吃,用我要调查胡天应这件事去讹他。我只好故作镇静地说:"胡老板,我只是对你好奇而已。"胡天应换了一种口气,变得似乎推心置腹:"小老弟,你的心事我明白,不过大有大难嘛,我还是那句老话,想让我付钱,你还是帮我把那钉子户解决了吧。"

接完电话,我突然没来由地狂奔起来,跑着跑着,我的眼前出现一片混沌。我真的就想这样心无旁骛地跑下去,没有规则,没有目标,没有对手……起风了,雪花越发迷乱,街景也变得凄迷起来。朦胧的夜色中,那条白领带就像白幡一样在我眼前飘动着,飘得我心里发瘆。

## 动物领带

父亲最后一次去市人民医院放疗,医生在查看了他的状况后,悄悄告诉我,他至多只能再撑十天半个月了。我和大姐商量了一下,决定还是把父亲送回村里。因为父亲在生病后多次向我们交代,他一定要死在自家的老屋里。

车子停在村口后,父亲已经不能下车了,只能让我背着往家走了。父亲趴在我的背上,气若游丝地说:"宝瓶,你背我在村里走上一圈吧,我这样子怕是连爬也爬不动喽。"

暮色四起,灯火零星,我背着父亲在村里走着,往事的碎片如精灵般在迂曲模糊的村道上跳跃起来。我想起那年我的颈子被抽破后,父亲背着我急匆匆地赶往村外的郎中家……第二天早上醒来,我发现枕边放着一套崭新的运动服。母亲告诉我,是父亲连晚赶到县城,敲开人家店铺门给我买来的……我想起父亲看到我的大学录取通知书时,眼里的那份欣慰。我想起父亲在我结婚那天,脸上的那种笑容。我还想起那次吃宗酒,父亲向我投来的目光……

父亲在我背上轻咳几声,梦魇般地说:"这路上咋不见人呢?大伙都躲着我哪……"我知道父亲接下去要说些什么,不觉加快了步子。

两天后一个晚上,我正准备睡觉,李来香打来电话,对我说:"宝瓶兄弟,按说你爹病成那样,不该叨扰你,可眼瞅着就要过年了,你就给个准信吧,真要是帮不上忙,我们也不怪你父子,大不了自个儿去想法子……"接完电话,我一夜都没睡好。

第二天是周六,我本来想再睡一会儿,但想想还是起了床,我决定死马当成活马医,去会会胡天应说的那个钉子户。

在见钉子户之前,我先从外围了解了一下情况。钉子户的户主叫夏荷花,是一个三十六岁的女人,带着个七八岁的男孩。据知情人说,夏荷花之所以成为钉子户,和她男人的死有关。三年前,她男人死于一起震惊全市的事件。那次,一个歹徒为了发泄对社会不满,手持利刃在一所幼儿园门前行凶。当时,幼儿园正在放学,她男人接上儿子后正准备走,歹徒一下就扑了上来。他为了保护儿子,被歹徒连刺数刀,倒在了血泊中……从那以后,母子俩都像变了个人,母亲变得郁郁寡欢,儿子也变得沉默寡言,甚至连学也不肯上了。

"天竺豪庭"二期开工前后,有关部门包括开发商多次上门协商拆迁事宜,都被那女人挡了回去。考虑到她家的特殊情况,大家都不敢采取强拆,怕女人走极端,导致舆情出问题。

初次见夏荷花,我很是谨慎,先站在不远处对她家进行了一番观察。她家是一栋很旧的小二楼,墙体已经斑驳,屋顶上长出了杂草,和周围的高楼大厦很不协调,就像是现代节奏中嵌进了一个怀旧的符号。门前的院子里,长着一棵饱经沧桑的红杨树,造型就像是一个正在打太极拳的老人。夏荷花正在院子里择菜,一个很瘦小的男孩站在一旁发呆。我精神抖擞地走了过去。男孩见了我,赶紧钻进了屋里。夏荷花很不友好地剜了我一眼,站起身也往屋里走。我脱口喊道:"我是报社的,你别误会呀。"她没搭理我,进屋后哐当把门关上了。我隔着门说:"夏荷花,我真的是记者,我们好好谈谈吧,你有啥心里话,我可以帮你反映哟。"看夏荷花不吱声,我又说,"你就没考虑给孩子换个环境?你和孩子都需要开始新的生活啊……"我说得口干舌哑,夏荷花却始终没说一句话。我有些沮丧,临走的时候,将一张名片从门缝里塞了进去。

这之后,我又连续去了几趟夏荷花家,每次去,我都会给他们母子带上一些吃的喝的。但她依然对我不理不睬,更不让我进她家的门。而就在我快要打退堂鼓的时候,她终于还是张开了金口。那天天气很好,夏荷花和儿子都在院子里。儿子趴在石桌上画着什么,夏荷花在一旁看着。我站在敞开的院门前,不敢贸然走过去,我怕她一生气又会跑进屋里。正在犹豫,她突然开了口:"赵记者,姓胡的给了你多少好处,你这么卖力替他说事?"我一见她主动和我说话,赶紧跑过去,把手上拎的酸奶放在那张石桌上,然后便开始向她解释起来。我把事情从头至尾和她说了一遍。我说得很快,生怕她突然不耐烦转身离去。夏荷花听我说完,疑惑地看着我,说:"你是在编故事吧?"我说:"你可以找人去核实,我们当记者的最讨厌的就是编故事了。"夏荷花叹口气说,家家都有本难念的经啊!

我趁势提出了搬迁的事,夏荷花脸色突然阴沉下来。我以为她要发火,做好了抱头鼠窜的准备。只见她沉默半晌,转身爱怜地摸摸儿子的小脑袋,对我说:"你要是能让末末笑一笑,我就马上答应你。他已经三年没开过笑脸啦……"

末末趴在石桌上正在画画,他画的是一只怪鸟,竟然长着一张人脸。我说:"我给你抓一只真鸟好吗?"他不理我,开始在人脸上加上一副眼镜。我又说:"末末笑一笑,你要是能笑一下,叔叔带你去方特。"他还是不理我,转身跑进了屋里。我试着跟了进去,就见他拿着画笔正对着墙上涂鸦。我止住了脚步,目光落在墙上的一幅照片上,那是一家三口的照片。末末坐在父亲的腿上,笑得那样开心。他的父亲戴着一副宽边眼镜,透出满脸的幸福。他一只手搂着末末,一只手搭在夏荷花的肩上……夏荷花也进了屋,我问她末末平时最喜欢什么。她告诉我,末末过去最喜欢听他爸爸讲故事。

于是,我便开始搜肠刮肚,给末末讲起故事来。好在我过去也经常给小真讲故事,还算有点老底子。我给他讲了《小红帽》《青蛙断案》《快乐王子》……但末末始终没转身看我一下。夏荷花在一旁冷冷地说:"好多人都来试过,别费劲了,你走吧。"

夏荷花在将我送出院门后,幽幽地说了句:"这孩子受了刺激,他爸就那么血糊糊地倒在他眼前哪……"走出一截路后,我心有不甘,回头冲夏荷花喊了一句:"大妹子,我还会再来的,你就给我最后一次机会吧。"

往回走的时候已经快到中午了,但街上仍然是熙熙攘攘,很多人都在忙着置办年货。看着热闹的街景,我突然感觉有些自卑——街头亲密的情侣让我自卑,豪华小区气派的门楼让我自卑,就连从我身边走过的那些神情淡定的老人也让我自卑……那一刻,我发现我比父亲还孤独。父亲最起码有自己那套对抗孤独的方式,而我却束手无策,甚至连倾诉的机会都没有……

我决定再去一趟夏荷花的家,做最后一次努力。为此,我做了不少准备工作,我恶补了一些和儿童沟通的技巧,买了小孩喜欢吃的、玩的和看的,还特意选购了一条带有动物图案的领带。一切准备妥当后,我心里七上八下地来到了夏荷花家。夏荷花正带着末末在院子里晒太阳,见我已经不像以往那么排斥了。我走过去叫了一声末末,便开始向他展示我给他买的东西。但他似乎一点都不感兴趣。我想了一下,便给他唱了几段儿歌。看还是没效果,我又给他扮起了各种鬼脸。我把领带衔在嘴里,扮成格林童话中的长舌怪,上蹿下跳。但他还是无动于衷,甚至都不拿正眼看我一下。一番折腾下来,我已经气喘吁吁了。

屋顶上有两只喜鹊在觅食,末末的目光投向它们。一阵风吹来,两只喜鹊飞了起来,在天空中盘旋着。末末的目光始终追随着它们。喜鹊落在了红杨树上,树上有个很大的鸟窝。我突然来了灵感,拿起放在石桌上的一包肉松,对末末说:"鸟窝里的小鸟饿了,叔叔帮你送点吃的给它们?"他收回目光,看着我。这是这些天来,他第一次正儿八经地看我。我也盯着他看,试图解读他的脸部表情的内涵。他的五官长得很清秀,只是那双漂亮的大眼睛中糅进了一份和他年龄不相符的沉郁。以前我压根就没想到,这张小脸会和我的生活发生那么大的关联——它将决定着香塘村的人能否拿到工钱,决定着父亲能否含笑九泉,也决定着我在家人和乡党们跟前能否一如既往地保持形象……当然了,它还决定着我和筱美一纸婚约的期限——吊诡的是,它一旦绽放笑容,将意味着我和筱美真的就一刀两断了……

我脱下西服和皮鞋,开始爬树。红杨树的树干不算难爬,但越往上越难爬。我回头观察了一下末末,看他还在盯着我,便鼓起勇气穿爬在虬曲的枝丫中。离鸟窝越来越近了,已经能听到小鸟啾啾的叫声了,我从裤了口袋里掏出那包肉松,用嘴撕开封口,朝末末扬了一下,准备试着把它投进鸟窝中。一只大喜鹊突然怪叫着朝我俯冲下来,我吓了一跳,身子一歪就往下坠去。眼看着就要肝脑涂地,一个大枝丫挡了我一下,并最终托住了我。我小心地试着想把身子挪到树干旁边,但身子一滑,来了个倒栽葱,幸亏小腿被卡在了粗壮的枝丫中,才不至于坠地。我就像玩把戏一样保持着倒挂金钟的姿势,飘落下来的领带就像钟摆一样在我眼前晃来晃去。

险情总算是缓解了,我努力镇定了一下情绪,再次把目光投向末末。只见末末看着我,嘴角跳动了一下,他终于笑了,笑得就像是一朵绽放的昙花。

我的眼里突然噙满泪水,泪水奔涌而出后,生平第一次沿着我的额头往下流着。我模模糊糊地看去,那个颠倒的世界里,似乎只剩下一张稚嫩而清奇的笑脸……

原载于《飞天》2022 年第 3 期

# 纸　鱼
黄复彩

## 一

　　江心洲如一片巨大的荷叶漂浮在这片宽阔的江面上,不知多少年了。江南那边的镇子就像一只肥硕的鹊头,直扑在那片江岸上,似要喝水的架势。于是,两岸之间这条温暖的水流便有了好听的名字:鹊江。

　　鹊江两岸居民几万,商贾工艺、农耕稼穑、贩夫走卒,各色人等。无战无乱的年份里,鹊江之上帆樯林立,岸上人流如歌,构成一片繁茂的街市。鹊江连着两岸,两岸统属一镇。平常的日子里,往来于两岸之间的渡船多达四五十条,再加上长年活动在江面上两头翘尖的各色渔船,让一条鹊江热闹非凡。一般说来,鹊江上凡摆渡划子板的多是湖北人的后代,而那些渔划子则是江西人的后代。

　　我们的主人公大鱼,就是一个湖北佬。为区分他与其他同名者,人们就叫他湖北佬大鱼,或摆渡佬大鱼。

　　大鱼姓屈,据说是屈原的后代,当然无考。靠江吃江,几千年的规矩,在这条江上,幼时乳名叫大鱼、小鱼甚至大虾、老鳖的人多的是,但一旦到了开蒙上学的年龄,乳名都被统统改掉,有了文雅且好听的名字——学名。唯有大鱼,还是大鱼。

　　据说大鱼的祖上也是做过几品官的,只是不知道哪个朝代,某位祖上因一桩案子而被朝廷贬谪,流落至此。俗话说瘦死的骆驼比马大,尔时屈家抖抖裤腰带,抖落下的零碎银子也够吃两代的。然而老古话说,穷不过五服,富不过三代,也不知道是从哪一代始,大鱼的祖上开始败落,竟至于落泊到不得不以江上渔业为生。又后来,据说是某一天突然得到某种神秘昭示,渔船改为渡船,一条渡船,两条大桨,大鱼也就是这样子从父业,做了鹊江上一名年轻的摆渡人。

　　熟悉大鱼的人说,当年他老子也曾送他入蒙。老师问其姓名,他老子说,小名大鱼,请老师赐个学名吧。老师是读过古文的,他看了那孩子一眼,料定不是读书的材料,便说,大智若愚,愚至而极,便成大智,不改了,还是叫大愚好。他老子不知道究竟是哪个鱼,人家也不知道他究竟是哪个鱼,索性还依着旧称,叫他大鱼。及至念到三年级,一次老师用教鞭一下下地敲着大鱼的头脑壳说:"愚啊,愚啊,哪个浑蛋先生给你取了这样一个名字？你可真是愚钝至极啊。"却不知道这年轻师范生的父亲就是当年给大鱼取下学名的人。

偏偏那一年大鱼的老子在行船中遇到风浪，船毁人亡，他娘就歇了他的学，让他去跟着对面镇上的舅舅学篾匠。学了三年，大鱼剑走偏锋，舅舅让他编箩筐、编席子、编畚箕、编篮子，他却无师自通地学会了扎各种河灯：龙灯、鱼灯、虾子灯以及水上祭祀用的莲花灯等在那个年代被称作封建迷信的玩意儿，连累得舅舅一同被人批斗。舅舅气不过，一脚将大鱼踹出门外。从此以后，大鱼就只得还是一条渡船、两条大桨，在鹊江上来来往往，运送着一趟趟渡客。就像某本经书上说的，渡人也渡己。

世道忽一天发生惊天裂变，改革开放，让人们突然之间意识到原来日子还有另一种过法，于是，都不再满足小打小闹的日子，鹊江两岸，水流码头，不管哪个朝代，都不曾落后世人半步。某一天，镇上渡口停泊了一艘豪华渡轮，有雅座，有包房，还有茶席。首先，那操弄了上百年的湖北佬的划子板在江上消失了。又一天，国家下发一纸文件，为保护长江生态，长江禁渔，为期十年。于是，那些在江上游弋了上百年的江西佬的渔划子一夜之间不见了踪影。无论湖北佬、江西佬或是他们的后代，开始打破了早就习惯了的生活，他们或弄一条水泥机动船，在江上跑起了运输，或弃船上岸，用政府补贴的钱开一爿小店，做起了买卖。又后来，镇子成了旅游区后来一河两岸旅游的人越来越多，很多人就是这样发起来了。有人也劝大鱼去岸上租一爿店面，做一点小本买卖的生意，或者就在街边摆一个地摊，卖些从义乌小商品市场贩来的日用百货、袜子裤头、夹子毛刷、塑料衣架等，岂不强过江上摆渡？但大鱼却把头摇得拨浪鼓样，他继续操弄着他的那只板划子。只是，他也与时俱进，在板划子上安一架12匹的柴油机，接上螺旋桨，把他的板划子下移鹊江5公里。须知那一片的菜农离渡口路远，而有了大鱼的渡船，他们就只管车拉人担，穿过菜地，下到滩上，直接就上了大鱼的渡船，大鱼管保把人送到镇上蔬菜集散地最近的岸上，船费自然也是少不了他的。正如人家说的，遇到了好年景，只要不是生成的好吃懒做，日子总是有的过的。

日子过得如这江水，一片混沌。到了五月端午，鹊江人家要裹粽子，搭戏台，唱大戏，又请傩神下架，一拨汉子抬着五猖鬼从街道上狂呼而过，锣鼓家伙敲成急急风的鼓点。然后是赛龙舟，耍彩船。若是遇到天清气朗，至夜，自会依各人缘分看到峨冠博带，修髯银须的屈夫子骑着一条大白鱼在江面上踏歌而行，引得一江两岸一片惊哗。

每年临至端午,我们的湖北佬大鱼必扎一条大鱼,其长三丈六尺,要费去一吨半竹子,五六刀汉皮纸,真是好大的一条鱼啊!至掌灯时分,大鱼在他的大鱼肚里点上半斤重的蜡烛,一时间烛光摇曳,那条大鱼通体透亮。大鱼与他的大鱼,真正是神魂合一,引得电视台记者一批批赶来,拍这一年一度的江畔盛景。在人们的欢呼声中,大鱼唱起一首古怪的曲子,点起一把火,那条他用一个月工夫扎成的大鱼便在噼啪作响的大火中凤凰涅槃。那一刻,大鱼在大火前顶礼膜拜,明丽的火光中,大鱼泪流满面。这一刻,人们才知道,大鱼那看似愚钝的外表下,真的掩盖着一种深不可测的大智以及一般的衣食民众所无法理解的神圣。

一年又一年,好事的记者们终于搜集到一些零碎的材料,编出一本书来,于是,两千八百多年前的屈原从遥远的战国穿越而来,圆成鹊江一段神秘的传说,说屈原当年投身江底,化身一条灵异的大鱼,那大鱼又化身千万亿的灵异,而在这总长6300公里沿江两岸,屈夫子无处不在。那些由屈夫子化身的大鱼千百年来一直护佑着两岸生灵,让天底下的这片世界风调雨顺,国泰民安。

这故事越传越广,后来又有人说,鹊江上的摆渡佬屈大鱼是屈夫子的后人,他的身上流淌着屈夫子的血,于是,人们便也就理解了大鱼不肯离开这一片江面,去过人人追求的快活日子的原因所在。一时间,鹊江上的大鱼便成了传奇人物,而大鱼每年端午必扎制一条大鱼并在大火中凤凰涅槃一事,便被当地人引入一项非物质文化遗产名录。大鱼的名气更大了,俨然成了一方名人。

当然,对于人们的传说,乃至被引入非遗名录一事,大鱼只是一笑而过。大鱼仍是大鱼,仍只是这鹊江上的一条摆渡的汉子。与这世界上大多数人一样,他的日子过得不见得有多好,也不见得有多坏,就像人们所说的,得过且过。好在单身的大鱼出门一把锁,进门一盏灯,吃饱了,一家人不挨饿,穿暖了,便一身的服帖通泰。就是这样。

## 二

时光日复一日,大鱼也于江上日复一日地打发着他的日子。

这一年冬季,大矶头上忽然停泊了一条大船,一条载重十五吨位的大船,一条很有年头的老木船。大鱼若是有些诗意,他该意识到,比起江上那些往来运输的水泥船,这条很有年头的老木船简直就是鹤立鸡群、船中翘楚了。只是,在这样天清气朗、水流平遂的日子里,一整条江上,那些水泥运输船你来我往,哪个不是争先恐后?这条大船却放着财运不启,怎么就一直泊在大矶头的滩上,不肯挪窝了?

那日午后,那大船上黄黑汉子将大锚深扎到大矶滩上。接着,白白胖胖的船娘一撒手,几只雪白的肥鸭呼啦一下飞入江中,在清绿的江水中浮游扑闹成一汪汪的白,一汪汪亮瞎人眼的白啊,就像小儿们吟诵的诗:白毛浮绿水,红掌拨清波。一只黄毛大狗蹿到岸上,围着那些栖息的牸牛摇尾吼叫,像是在吵架,又像是与牛们打着招呼:拜托,多多关照啊!哈哈,好一条狗子!一时间大矶滩上人欢狗叫,热闹异常。下午,那黄黑汉子把一截栗树段子用斧子劈开,在岸上码成一个个"井"字形。谁都看得出,这条大船要在这大矶滩上安营扎寨,长久地泊下去了。

看着那条大船,大鱼心中不解,却又无端地兴奋。他看着那绾着发髻、包着土布花头巾的船娘,总认为在哪处见过,细想想,当是没有道理的。不过他的兴奋是有道理的,这一段清冷的江上总算是有了邻多个伴了。那无锡大阿福似的船娘白白胖胖,只瞄她一眼,人立马就像梦里吃到蜜一样精神起来。

大鱼是个人来疯。这一刻空闲,大鱼便把渡船突突突地开到大矶滩上,离那条大船一两丈远,歇了马达,只是让自家的船定在那里。他只想凑近些,就像观察一个新来的邻居,既怀着几分警觉,又心生几分好奇。

黄黑汉子终于忙消停了,他扔下斧子,抹把油汗,冲大鱼笑笑,招呼他:"倒春寒,婆娘刚熬了热粥,过来喝一口暖暖身子吧。"侉话,一听就知道不是这附近人。那大阿福于乌黑的船篷上一把一把地晾晒着刚出锅的霉干菜,这时却扭过头来,冲他一笑,露出一排小细牙和一对招惹人的小酒窝。她朝大鱼打着手势,呀呀哇哇,哇哇呀呀。哎呀,那样粉白细嫩的船家娘子竟然是个哑子,怪不得就跟了这黄黑粗蛮的山东汉子,可惜了呀。

他不再犹疑,便拨转船头,将自家的渡船向侉子的大船靠拢过去。

三月的阳光白白亮亮,大鱼的船靠过去,靠到那条被桐油油得发出古铜色光亮的大船上。他这才觉得,自家的这条渡船真正是小得可怜。他把锚抛到岸上,惊吓得岸上一阵鸡飞狗跳。起了一阵风,鹊江上细浪泛起,大鱼的船摇摇晃晃,与那条大船轻轻碰击,发出一声闷响,渡船无端地摇晃起来,大船却是纹丝不动。

"眼下正是运输旺季,大哥好一条大船怎么就舍得歇在这里?"

"累了,歇歇。"

好在没几日相互就熟了,侉子对大鱼也失去了警觉。原来侉子祖籍山东,年轻时随父辈一起下江南,跑水上运输,因不久前的一次走私禁运,栽在水上稽查队手里,执照吊销,为期三年,不得已才把船泊在这里,打算另寻生路。汉子说到此,便有些愤愤然。大鱼便安慰他:"俗话说,留得青山在,不怕没柴烧。大哥有这样一条好船,只要从此收手,规规矩矩,好日子总会有的。"

大鱼站在自家的渡船上,禁不住伸手在那被桐油油得发出古铜色光亮的船舷上摸了又摸,说:"真是好船啊,有些年头了吧?现在江上难得看到这样中看的好船了。"

"祖父手上置下的,经历过无数风浪,现如今落在我手里,哪敢怠慢它一丝半毫呢?"

"我说呢,好船,好船!"

侉子朝大鱼拱拱手,说:"我这是小船靠在大船边上啊,凡事还要请兄弟多多照应。"

"一回生,二回熟嘛,要知道我们这一条鹊江两岸,户户都是厚道人家,你只要不做违法的事,只管放心吧。"

话题又回到国家刚刚出台的江上禁渔的条文,大鱼说:"人说鱼儿离不开水,孰知水更离不开鱼,一条鹊江,哪经得住年年打杀、岁岁捕捞?现在河中鱼虾渐少,水也就愈加混沌,水一混沌,鱼虾也就快绝迹了。"大鱼说,人世是条链,一环套一环,想想看啊,要是哪一天鱼虾绝迹了,还有人的活路吗?

"兄弟说得是呢,可上至尧舜,下至当朝,谁又能越出人为财死、鸟为食亡这条天律?"

大鱼见侉子的话说得不在自己一根桨上,有心掉转船头,别他而去,可又禁不住好奇心作祟,不知怎么竟一步跨上侉子的大船,进了侉子的宽阔的船舱。侉子吩咐船家娘子置了酒菜,两个男人就着霉干菜烧肉,一杯一杯地干着。酒酣耳热,又各自喝下两碗热粥,身子一下子就暖和起来,大鱼两张嘴皮子便合不拢了。他给侉子吹这条江,他指着远处那大矶头:"大哥你看到那大矶头了吧?专家们说,正是那座大矶头改变了长江的流向,使得本该由西向东而去的长江改成由南向北,就像歌儿里唱的,'长江在这里拐弯,大海在这里回头',才使得我们这条鹊江水流平坦,水质清澈,各类鱼牲才愿意寻到这里安家落户。"他又指着那大矶头说,"那里有神秘幽深的白龙洞及洞里常年不涸、四季温热可人的白龙河。若有男人阳痿不举,女人月经不调、长年不孕,在那河里游一遭,立马见效。"大鱼说完这些,自然少不了更要吹这江上屈夫子及他的坐骑大鱼了。他说:"雪白的身,身像纺锤,尾如弯月,浑身灵光闪现,那大鱼,我可是经常见到呢。"他也知他这最后一句是吹牛,但他小时候确曾时常在夜里见到那条大白鱼的身影,他想将他小时见到的一切描绘得再细些,更详些,然而也是一片混沌,一片茫然。那灵异的一幕,到底是自己几十年来日日在头脑中的幻化,还是真有其实?

船家娘子盘膝坐在舱里,瞪着一对乌漆漆的眼珠子盯着大鱼,一边手中折着一张张白纸,却是一只只飞翔的鸟雀、一条条浮游的鱼儿。她在那鸟儿的尾上插两支鸭毛,那鸟便成了凤凰,每一只都是活灵活现。大鱼想,竟没想到这哑子有着与自己一样的爱好,什么时候再把自己看家的本领教给她。

两个船夫,一侉一蛮,不知根基,不究底细,居然一来二往,互道起兄弟来。

为尽地主之谊,四时菜蔬,六月新米,大鱼也时不时地送到侉子的大船上。船家娘子尤喜吃大鱼做的卤水臭豆腐,大鱼就越发做得精细,用自家地里的黄豆做料,取最好的苋菜秆制卤,麻油拌得足足的。每回大鱼来,那妇人必把一桌菜烧得汤是汤、水是水。两个男人盘着膝坐在船头,借着月色,酌着老酒,说着盘古开天地以来的各种奇谈怪闻。船娘就坐在一旁,或搂着大黄狗,看两个男人喝酒,或仍有一搭无一搭地折着纸鱼玩。大鱼想,这船娘幸好是个聋哑人,该是两耳不闻江外事,才像个长不大的孩子,才有了这一脸的纯真。

大鱼越发来得勤了,仿佛他自己是块铁,那船上有磁铁石似的。侉子是北方人,为人豪爽,小肚鸡肠似乎也没有。两个男人的交往越往深处去,真正成了无话不谈的朋友。侉子便说起泰山的雄伟、趵突泉的奇观、大明湖的水色,而说起一百零八位好汉起事的梁山泊来更是惊心动魄。大鱼说他早年也曾闯荡江湖,便也将所见所闻一桩桩说来,心想着千万不可输了这侉子。对着江风,当着明月,两个男人少不得要说些耳闻目睹的男女私事,都是些不能登大雅之堂的话题。侉子说他年轻时有过多少相好,多少风流韵事。大鱼自然也不甘示弱,顺手指着岸上一过路的年轻女子,说他们曾于油菜地里或柳树林下如何如何,自然也是每一个细节都不会漏掉。每每说到要紧处,侉子便催大鱼该早去歇息了。大鱼知趣,船刚离岸,那边那条船上的灯火便急不可待地熄了。风生水起中,大鱼看着那条大船在江水里没来由地晃荡,竟不由得全身火烧火燎,说不出的难受。

有一回侉子笑他,说:"兄弟你半夜里睡不着,枕边没个热乎乎的人伴着,这日子又怎么过?"大鱼便笑,说:"大哥,哪天把嫂子借我一宿可好?"话刚说出,陡然一惊:要死了呀,这种玩笑你都开得?侉子却不介意,反说:"你看着方便尽管行事,我要是说个不字,我都不是你大哥。"船家娘子在一旁虽听不分明,却知两个狗男人在拿她开心,便咬着牙,用拖鞋狠狠砸她男人,砸完了,又低头去折她的那些纸鱼,折完了,就用线绳将那些纸精灵穿成一串,悬挂在船舷边,十分开心的样子。大鱼知道,这船娘整天窝在这船舱里,憋屈着呢,她是想像这些纸鱼能浮游在那条浩瀚的江水里,自由自在。

有一回大鱼问侉子:"大哥,我侄子是丢在山东老家了吗?"

侉子脸上难免会有一些羞涩,说:"送子娘娘正忙着,还没眷顾到我头上呢。"

"哈,哪有你这只耕田,不出秧的?"说完这句,大鱼立马就意识到自己的放肆,都是几杯臊尿弄的。没想那北方侉子却也大气,便接过大鱼的话题,开了一句不荤不素的玩笑。

"那就我耕田,你下种吧,鼓捣出个啥玩意来算我俩的崽。"

那哑子似乎又明白了自家男人说了什么拿她不当事的鬼话,便又抡起拖鞋朝她男人背上猛砸了一下子。侉子躲过婆娘的拖鞋,却只管笑,端起杯中的酒,与大鱼一干而尽。

## 三

几年前,一艘汽艇载着一批专家在江上巡游了一遍,又巡游了一遍,不久,报上便登载了专家们考察的结果:发现并认定被认为已经绝迹的"长江大熊猫"白鳖豚在这一带活动的踪迹。不多久,岸上开始大兴土木,说是要建一座白鳖豚养殖站,同时配套的项目还有大矶头上的那座溶洞开发项目。有关方面说,这两项旅游项目的开发,将大大拉动鹊江两岸的旅游经济。

看到这样的新闻,鹊江两岸自然人人欢呼,个个雀跃,说以后就只吃旅游饭了,或开旅行社,或当导游,最不济,在白鳖豚养殖站门前摆一个摊子专卖旅游纪念品也能日进斗金。总之,这一连串的好消息让一座冷清了几十年的镇子再一次热闹起来。

由于大鱼是"大鱼"非遗传承人,有人便开始注册大鱼旅游公司,拉大鱼去入干股,又有人拉大鱼成立一家演艺公司,让大鱼去做经济人。大鱼只当是个笑话,脑袋仍只是摇得拨浪鼓似的。

这边白鳖豚养殖站刚刚建成,白龙洞旅游项目也刚刚立项,又一艘汽艇在鹊江游了一遍,又游了一遍,可几年过去,那白鳖豚养殖站里却只有几头被当地人称为"江猪"的黑物。便有专家说,被认为"长江大熊猫"的白鳖豚或已功能性灭绝。

这实在是一个坏消息,那些因听到风就是雨而做了大笔投资的人自然是骂声不绝,他们不骂别人,只骂那些专家,说绿豆能治百病的是你们,说绿豆能治百病是骗术的也是你们,说气功是科学的是你们,说气功是迷信、是伪科学的也是你们。要不然人家怎么会说,这年头,最不缺的就是专家学者,大街上随便拦截一群人,十个人里,七个是专家,三个是学者。

　　立春后的一场汛雨,让鹊江的水一夜间涨了三尺。清明那天,鹊江两岸响起此起彼伏的鞭炮声。一大早,哑子将她折的那些鸟啊鱼啊或尾上插着鸭毛的小凤凰一只只放到江里,顺着江水,那些纸折的精灵便依着自己的灵性,在碧绿的江水中划出一行行白色的印迹,仿佛是向世人证明,万物皆有灵性。

　　侉子收拾了岸上的劈柴,加足了柴油,大鱼知道,侉子要走了。

　　"大哥要去哪里?还会在这条江上吧?"

　　"我得开工了,不能总歇在这里等老天爷下票子下馒头吧?"

　　"我倒忘了告诉大哥,前日我同镇上旅游公司顾老板说到大哥,顾总还说想同大哥商量,把大哥这条老木船纳入他的旅游项目呢。"

　　侉子不置可否,只管将船板擦了又擦,拖了又拖,把一条老木船拖擦得油光锃亮,就像要过节一般。大鱼知道,侉子的禁运期满了,他是真要离开这大矶头,开始他新的生活了。

　　这日,大鱼买了两瓶口子窖,又在镇上割了两斤猪肉,一路哼着小曲登上侉子的大船。让大鱼惊讶不已的是,侉子正在摆弄一只渔网,一只大网眼的渔网。

　　看到大鱼的惊讶,侉子连忙将大网塞进舱里,说:"今日检舱,竟发现我父亲当年的这件物件,看见这东西,想起老人家当年的一些事情,这人世啊,斗转星移,真正是物是人非呀。"说着便唤女人温酒炒菜,说要同大鱼兄弟好好醉他一回。

　　酒过三巡,侉子唤过女人,说:"哑子,你也给大鱼兄弟敬上一杯。在这条江上,我侉子难得遇大鱼这样豪爽的兄弟。将来哪怕我侉子走到天边,也不会忘记鹊江上的这段情谊。"

　　女人便双手捧着杯,同大鱼碰了一个响,接着便盘膝而坐,又开始了她似乎永远也折不完的纸鱼。

　　大鱼莫名地涌出一丝伤感,说:"大哥你真要走?莫非在这鹊江上有我大鱼的一口饭吃,就饿死你和嫂子不成?"

　　侉子随手拿过婆娘的一只纸鸟在手里把玩,说:"鸟有鸟性,鱼有鱼习,就像兄弟,你习惯了你的那条渡船,而我,天生是沧海搏击的命。"说时,一用力,将那只纸鸟还原成一张废纸,竟露出一脸的凶相。目睹侉子的这副形象,大鱼对坐在那里自顾折纸的哑子无端地心疼起来。

　　沉默良久,侉子像是无话找话,说:"现在国家政策好,兄弟难道就愿意一辈子守着你那条渡船,过一辈子清汤寡水的日子?"

"我倒要听听大哥有什么好主意。"

"兄弟是这一带的红人,现在各方都在拉你的名头去做大买卖,大丈夫立世,兄弟何不趁着这好年头大干一番?"

"大哥,你以为那些所谓的名头真能当饭吃?你不听那戏文里唱的,眼看他起高楼,宴宾客,眼看他楼塌了,流落街头无人瞅,这世上的事啊,说不清,说不清啊。"

"大鱼兄弟,我现在只问一事,这鹊江的白鱀豚到底有还是没有?"

大鱼平生最烦人问的就是这个,正待恼火,忽然起了一阵狂风,一条鹊江顿时白浪翻腾,掀得座下的这条大船剧烈地摇荡起来。随着一阵天崩地裂般的潮涌,天空忽然一声巨响,隔着船窗,不远处的江面上一道电光划过,一只白色大物从江底跃出江面一丈多高,又重重地落在江面上,击起山一般高的浪花,掀起的巨浪差一点将这条有年头的大船兜底掀翻。

"大鱼,大鱼!"大鱼疯了般地叫起来。像是呼应他的喊叫,那道闪电再次划破夜空,那白色大物再次腾空而起,涌出江面,在夜空中划出一道美丽的弧线,重重地落入江底,一阵巨浪过后,江面逐渐平静,鹊江像睡死了一般。

我说过,鹊江的大鱼头脑是简单的,他不曾去细想这江上今夜何以出现如此异象?那条几十年不曾跃出江面的白色大物这一刻何以有了这愤怒的一跃?要不然当年的老师怎么会用教鞭敲着他的脑壳说,愚啊,愚啊。此时的大鱼只管泪流满面,只管像个疯子似的奔出船舱,跳到滩上,对着刚才电光闪烁处深深地匍匐在地。

## 四

侉子要离去一些日子,临离去时说:"大鱼兄弟,老家那边出了点事情,我要回去一趟,哑子就交给你照应了。"

"大哥放心,我会把嫂子照顾好的。"

侉子一去半个月仍不见回。大鱼知道,侉子去谋划别的生路去了,却也一时舍不得离开这条鹊江,否则便连船带人都走得干净了。大鱼记得从前一个说书的瞎子说过,这天下之事,不论大小,总有定数,唯顺之者昌,逆之者亡。但愿侉子不要再动用花花肠子,连累得婆娘陪他一同受苦才好。

每隔两二天,大鱼会给哑子送一刀肉,送一些菜蔬。他给自己画道红线,不论送什么给哑子,自己的一双脚绝不踏上那大船的跳板。他把东西搁到船头,人掉头就走。他知道女人每个月都有点事,要出点血,那一次便也给哑子送一包红糖去。有时也给哑子带些白皮纸去,让她去折那些纸精灵。哑子掀开帘子,朝他招着手,又指着冒着热气的砂吊子,"说":"你来呀,你来呀。"哑子露出的半个脖子白白的,亮亮的,那一刻,大鱼恨不得一步就跨上船去,把那哑子死命地搂在怀里,像鱼一样咬住她,死死地咬住。但大鱼信守着祖上的遗训,他可以当着侉子的面把一双邪浪的眼睛盯着哑子看个够,但他决不去做有违人伦的事情。

那一日天清气朗,阳光明丽,大鱼正在渡人,听到对面大矶滩上哑子朝他"叫"着:"吁——吁——"

"这鬼女人,"大鱼说,"她居然会喊我的名字:鱼啊,鱼啊——"

他不明白哑子为何叫他,病了,还是饿了?他把渡船突突突地开过去,却在离那条大船半里路的滩边熄了火,然后沿着江滩朝哑子走去。

哑子胖嘟嘟的身子被一件大花布衬衫绷得紧紧的,突显出她身上的每一个突出的部位,哑子下身是一条绛紫色的裤子,哑子的脸粉团团的,整个人看上去就像一个无锡的泥塑大阿福。大鱼的心里无端地生出一股邪火,他恨不得一下就扑过去,把哑子搂在怀里亲个够,却又故意拉下脸来,淡淡地说:"什么事啊,吁啊吁啊地叫,不怕人听到?"

哑子指着大矶头那边呀呀呀,大鱼明白了,哑子今日穿戴一新,她想让他带着一起去游白龙洞,她想像她折的那些鱼啊鸟啊一样去江外的世界享受一番自由自在的生活。大鱼犹豫了,他想说,那不好吧?但他记得曾答应侉子:放心吧,我会把嫂子照顾好的。他似乎没有理由不带哑子到白龙洞去玩玩,这么多日子了,哑子在那船舱里也该憋坏了吧。他看看四周,正是下午四五点光景,想游白龙洞的人不会在这时候来,游过白龙洞的人也差不多都走了。大鱼故意不理哑子,独自朝白龙洞走去,哑子果然就一步不离地跟着他向那个方向走去。

守洞的人下班走了,洞内漆黑一片。大鱼知道洞门是怎么开的,也知道电闸是在哪里,他一伸手,那洞内就闪耀出五颜六色的光亮,照出一个千奇百怪的所在。洞中奇石罗列,如飞鸟,如走兽,如人物,如神仙,那些天工造化之物,让人如同来到一个神仙洞府,又如同误入天庭佛界。女人快活地叫着,她拉着大鱼的手,像一个依偎着大人、生怕走失了的孩子。

大鱼牵着女人的手,朝一个神幽幻化的绝境走去。流水淙淙,如有仙人拨动古琴,一股氤氲的热气缭绕而来。女人将手探进水里,她洗了脸,洗了足,又回过头来痴痴地看着大鱼,像是期待大鱼的某种鼓励,某种期许。

大鱼朝女人笑笑,只这一笑,女人便明白了,于是,她纵身一跃,扑进水里,就像一条白白胖胖的小鱼儿,一头扎进了那白龙河里。大鱼站在那里,眼见得那条小鱼儿在蒸腾着热气的白龙河里屈身、腾跃、潜游、仰卧,做出各种撩拨人的姿态。大鱼先是发呆,接着就口干舌燥,一团火腾地就从脚底烧到全身。

"你这个鬼女人啊,"大鱼说,"好好的人不做,偏要做一条鱼,一条小鱼儿,你不知道我是一条大鱼吗?"不知何时,大鱼恍若自己真的变成了一条大鱼,眼前那条河才是他的归宿。现在,他所要做的便是纵身一跃,扑进白龙河,带着那条小鱼儿一同游到一个洞天福地。

## 五

眼看着一年一度的端午节又要到了,大鱼要准备他的大鱼灯了。

往年这时候,他早就把扎鱼的竹子砍回来了,一根根地劈开,再破成一条条细篾,半斤重的蜡烛也都备齐了,他要扎一条三丈六尺长的大鱼,糊上白皮纸,在鱼的肚子里点上蜡烛,一番祭祀,再举天火焚烧,让那条三丈六尺的大鱼凤凰涅槃。可今年他全部的心思却只在哑子身上。侉子一去不返,这些日子里,大鱼乐得每日带着哑子走东走西,白龙洞、五里亭、牌坊头、董家店……他珍惜着这美得似蜜样的日子,他知道,侉子一回来,这样的美好就不复存在了。有时他想,就这样带着哑子浪迹天涯,永不再回来,可他又放不下那条船,更放不下祖祖辈辈生活过的鹊江,他在跟自己打仗,大鱼大鱼啊,你该怎么办?

端午节的前一天,侉子还是回来了,回到鹊江,回到那条祖传的大木船上。意外的是,他没有招呼大鱼过去喝酒。大鱼也看到那侉子黑黢的身影在大矶头忙活着,心里到底还是有些怯怯的,未敢主动靠近那条大船。现在,他必须把心定下来,认认真真地定下来,他要扎一条三丈六尺长的大鱼,这是他每年必做的大事。也只有这件大事,才能让大鱼的心妥妥地定下来,容不得半点孟浪,容不得一丝亵渎。

人们都注意到,大鱼今年扎的是一条肥大的鱼,鱼身浑圆,像是一只待产的鱼妈妈。今年,他要把这条大鱼送给哑子,愿哑子能生下一个像她一样白白胖胖的宝宝,且不管是男是女。

傍晚时分,天空突然阴云密布,接着又狂风大作,这是这个季节里少有的天气。他担心着哑子,不知道侉子是否察觉出哑子的变化,不知道那条大船上今夜会有怎样的风浪。时光一寸一寸地过去,夜很深了,那边船上似乎并没有传来什么特别的动静。大鱼一颗心稍定,觉得今夜该没什么事了。就在他躺在床上正入蒙眬之境,门忽被狂风掀开,黄毛狗扑进屋子,呼地一下蹿到他的跟前,疯了般吠着,它咬着大鱼的裤脚,死命地撕扯他,要将他拖出门外。他的心腾地一跳,料定该来的还是来了。侉子,有事朝老子来吧,决不能让你伤了哑子。他朝门外的那条江看去,一道闪电扯过,他看见那条离岸的大船在江心里飘摇着,大鱼跳上他的渡船,发动马力,突突突地把船开到那失去控制的大船边。

"侉子,侉子,好汉做事好汉当,有什么事就朝老子来吧。"

他叫着,自己听不到自己的声音。狂风呼号着,江上浊浪排空,老天爷像要在今夜将这鹊江整个掀翻过来。他扑进舱里,却只见哑子倒在舱板上,下身流着血,流了一摊的血。他吓坏了,一把抱起哑子,说:"哑子哑子,你怎么了,那狗日的把你怎么了?"

哑子死命地推开他,她指着舱外叫着:"吁、吁……"

一道闪电划过,远远地,他看到江面上有一颗人头在浮动,那是侉子。他不知道侉子这半夜里下到江里做什么,也不知道这一夜这条十五吨位的大船上究竟发生过什么。他掀开被子暂且将哑子盖上,奔出舱外,朝江上喊着:"大哥……"

"兄弟,大鱼兄弟……"一个浪头掀来,侉子被沉入江里。

他扑入江里,却看到了一张恐怖的脸,目睹到的是一个人在临死前才有的绝望和恐惧。

"侉子,你这该死的侉子,你怎么回事啊?"

大鱼向侉子游去。忽然,他的脚被什么重重地绊了一下,他被一张巨大的尼龙网缠住了。他骂了一句,好不容易腾出脚来,一只胳膊又被什么狠扎了一下。他晓得,那是一只大号的滚钩。很多年了,鹊江人再也不曾用过这大号的鱼钩。

大鱼从肉里摘下滚钩,是什么人在江心布下这张大网?这人到底要捕捉什么样的大物?他不能细想,他必须尽快游到垂死的侉子身边。他说过了,他要与侉子共同做一个小人儿的爹。

就在他离侉子只几步远时,从江底下涌出一股巨浪,他被强大的冲击波重重地砸到江底。

"兄弟……"他听到不远处侉子垂死的挣扎声。

他努力向侉子靠近,并小心别再撞上那水下陷阱。他在水里挣扎多时,但他仍有足够的力气,他能帮侉子解脱这水下陷阱,共同逃离这片死亡的水域。

天空一道闪电,一道耀眼的白光在他眼前划过,在他左前方水面上跃出一条白色大物。那大物在水面上划出一道漂亮的弧线,又沉沉地落入江底,溅起一座山一般高的巨浪,把他和侉子再次冲开。他一阵惊喜,叫着:"大鱼,大鱼,谁说这一片水域没有你的存在?谁说'长江大熊猫'早已绝迹?应该让那些专家来看看,看看这扑闹的大鱼,看到这一切,就该能闭上他们那一张张口无遮拦的臭嘴了。"

仿佛是要回应他的话,这一次那大家伙又更高地跃出水面:纺锤样身,状如弯月的尾……啊,大鱼,大鱼!

"唯昊天兮昭灵,阳气发兮清明风习习兮和暖,百草萌兮华荣……"

一口水呛进喉里,他没法唱完那千古流传的歌,他再次被浪头压到江里。

像是遇上了地震,江在摇晃,四野的江岸也在摇晃。那大鱼在发怒,原来它身陷那张巨大的尼龙网。好家伙,大鱼也有落难的时候。他叫着:"别急,我的祖宗,我的宝贝,我得先救了那该死的侉子,他说过,他要与我一同做那小人儿的爹。"

他看到不远处的侉子又一次浮出水面,现在,侉子同那条大鱼一样陷在那张网里。他听到侉子绝望地喊着:"兄弟……"

凭空里劈下一声炸雷,大鱼忽然醒悟过来。侉子侉子,你从去冬织到今春,你织了一张巨大的渔网,原来这就是你的所谓搏击沧海?你想窃去我们鹊江的精灵,亵渎我们屈氏的祖宗。报应啊侉子!

那条大鱼又拼命一跃,这一次它只跃了尺把高。那条大鱼也有筋疲力尽的时候,它一定被那张巨网困住很久了,它怒了,也在做最后的挣扎。

一道闪电在头顶上划过,大鱼,哦,鹊江的摆渡佬,不,屈夫子的后代大鱼忽然看到一个巍峨的身影:峨冠博带、修髯银须……

## 六

天亮了,鹊江上风平浪静。又是一年端午节,人们一批批拥到江边。在大矶头下,一条巨大的竹鱼卧在江滩上,在那条大鱼的身边,人们却看到摆渡佬大鱼被什么利器划得血肉模糊的尸体。人们拥到大鱼的遗体旁,见那山东大阿福女人跪在那里,用雪白的汉皮纸正 张张地折着一条又一条纸鱼儿,折完一只,便将那雪白的精灵放置在大鱼的身体上,直到大鱼被那些白色的精灵通体覆盖。阳光明丽,那些纸鱼似乎一条条都长着翅膀,似要带着大鱼腾空而起,飞到一个遥远的地方。

鹊江的女人们悲伤地哭泣着,追数着大鱼生前的好。鹊江的男人们叹息着,叹息这条鹊江上再也没有了大鱼这样豪爽的汉子。只是,没有人知道大鱼是怎么死的,就像没有人知道昨夜这鹊江之上究竟发生了怎样的故事一样。

入夜时,人们将湖北佬大鱼的遗体用白布包裹得严严实实,六位壮汉抬着大鱼,唱着大鱼生前的歌儿,踏着节拍,缓缓向那座大矶头走去,一步步走去。

"唯昊天兮昭灵,阳气发兮清明。风习习兮和暖,百草萌兮华荣……"

按照大鱼生前的习惯,人们用天火点燃了那条竹制的纸鱼。就在这时,有人看见一只白色的大鸟从火焰中腾空而起,它扑扇着两只巨大的翅膀,一声长啸,向那座大矶头箭一般飞去,转眼就不见了踪影。

原载于《安徽文学》2022年6期

# 仰 天 堂

余同友

## 1

伍国华差不多是仓皇出逃。

往门外走的时候,他突然想起曾经听过黄慧从书上搬来的一个说法,说每个人每天的形象其实都暗暗对应着一种动物。伍国华觉得自己此刻就是一条夹着尾巴贴着墙角的丧家之犬。

时候还早,外面的天空刚刚亮,胡小兰听到房门"吱扭"一声响,便从洗漱间里探出头问:"什么时候回?"

胡小兰不问他去哪里,也不打听他和什么人一道,只是问什么时候回家。伍国华知道她的意思,他说:"到时候就回。"说着,就把大门关上了,门又"吱扭"一声响。这个大门开关的时候老是响,伍国华开始想过找点儿润滑油将门轴油一下,这又不是多大多难的事,但他最终没有修理,他后来觉得,大门开开关关发出的"吱扭"一声响,其实挺好的,像是进进出出时告诉屋里的另一个人"我回来了",或者"我出去了",代替了他们说话,倒省事了。

夹着尾巴,一口气走下楼梯,穿过芙蓉湖公园,跑到吴越街,买了一个糯米包油条的饭团,伍国华在街口一边吃着一边看着对面的小区大门。吃完了,喝了随身带的茶水,再看看手机,离他们约定的时间还有半个小时。伍国华不好催范东海,他知道老范是个守时的人,不会迟到的,便蹲在街边看行人。

吴越街是三义市老城的一条老街道,虽然现在城市重心都转移去新城区了,但毕竟老城存在了那么多年,破旧是破旧了点儿,人气还是挺旺的,临街的店铺一间间相继打开了卷闸门,"哗哗哗""哗哗哗",今天这个日子人格外多,临时摆摊的也抓住机会做生意——今天是清明节。店铺、小摊上摆满了纸叠的金元宝、一沓沓面额动辄上亿的冥币,还有扎得极逼真的纸别墅,别墅里有纸扎的电视、冰箱、小车,甚至还有麻将桌,麻将牌整齐地码放在桌上,两只色子被掷在牌中间,一只3点,一只5点,正准备开打似的。

等候人的时间总显得格外漫长,看了一会儿,才过了五分钟。伍国华从街道上移开眼睛,想着是否发一个微信给黄慧,但随后就否定了这个想法,决定还是打老范的电话。手机刚一振铃,那边就接了,像是一直就等着他的电话似的。老范说:"已经下来了。"果然,伍国华一抬头,看见老范正背着一个双肩包冲着他招手。

伍国华赶紧叫了路边的一辆出租车,范东海走过来时,他正好拉开了车门。两人坐定后,司机问:"去哪儿?"

伍国华看看范东海,昨天约他时,他俩并没有定好今天去什么地方。以往他们在一起,总是要加上老金金卫民、老侯侯志军,四个人总是打一辆车直奔仰天堂,可今天是清明节,老金、老侯都回老家扫墓去了,惯常的四人组合被打破了。

范东海沉吟了一下,还是说:"仰天堂。"

伍国华想提醒一下老范,今天清明,仰天堂的刘老怕也要上坟祭祖吧,哪有时间接待我们?但他到底没有说,他太知道范东海了,这家伙心思缜密,不会连这一点都考虑不到的,那就听他安排吧。反正,对伍国华来说,今天只要能在外面混完一天就比什么都好。

车子很快驶出城区,到了城乡接合部,看得见田野、山丘了。"清明时节雨纷纷",还好,今天并没有下雨,但是个阴天,车窗外满眼一片浅灰色调,路边不时闪过挂在细细竹枝上的白色纸幡,香纸堆里没有炸完的鞭炮不时零星地响几声,按三义市这边的风俗,路边这些都是清明祭祀的人在祭祖时,顺便安慰一下那些无主坟里的孤魂野鬼的。

伍国华不想说话,范东海也就沉默着,这似乎是种默契。往常,他们四个人一起到仰天堂时,那可不是这样,四个人上车没坐稳就互相揶揄打趣,伍国华发现自己被他们激活了,像是面粉碰上了膨化剂,平时不太说话的自己也变得伶牙俐齿了,那叫一个妙语连珠、舌灿莲花,笑声能把车子掀翻。

他们还经常互相搞恶作剧。有一次,他们又约好了去仰天堂,老金的侄子刚好在他家,便叫侄子开车送他们去仰天堂,先接了伍国华和范东海,最后接老侯。

伍国华因为个子大,坐前排副驾驶位置,接上老侯的时候,他扭头对老侯说:"今天放假,人多车少,嘀嘀司机走俏起来了,也漫天要价,到仰天堂竟然要一百块钱。老侯,我们都忘了带钱包,等会儿下车你付一下。"

老侯果然上当,喊着说:"一百?这不是抢钱吗?平时我们五十块钱就够了。"

老金的侄子也是个机灵鬼,立时反应过来,他装着愤怒地说:"那随便,您爱坐不坐,反正今天人多,要不,你们现在都下去吧,别耽误我做生意。"他说着,真靠边停车了。

老侯气愤地说:"你这什么态度?你还要挟我们?我们下车,另外打车!"

老范憋着笑说:"都开到这里了,这临时临急的哪里还找得到车呢?老侯,你权当打麻将少自摸了一把牌嘛。"

其他几个都附和老范,老侯骂骂咧咧不情不愿地说:"好了,好了,社会道德是怎么败坏的?就是被你们这些人纵容坏的!"

车子开到仰天堂,停在刘老家门口,老侯气鼓鼓地从钱包里掏出一百块钱,"啪!"拍在老金侄子面前。"拿去!"他吼道。这时候,大家再也忍不住,集体哄笑起来,老侯这才发现上当了。

仰天堂是离市郊较远的一座山,伍国华不明白为什么叫"仰天堂",关于这座山的历史、名称来历等,除了问老范,他还专门问过老金和老侯。老金是市报副刊部的老编辑,老侯是市方志办的副调研员,按道理这应该都在他们掌握的知识范围之内,但他们也都说不太清楚,说是方志上从来没有记载过。毕竟,在江南众多的山中,它只能算是一座小山,历史上也毫无名气,没有任何名人为它停留过脚步。再者它离城三十多公里,是一座野山,不属于市里管辖,而下面县里这样的山多了去了,基本上也就无人问津,所以按老侯的说法,这山算是一座早早退居二线的山。伍国华只是觉得这个名字很好,比叫"天堂"好。仰天堂,仰,大概就是仰望的意思,天堂那么好的地方肯定是要仰望的,虽不能至,心向往之嘛。另外呢,在三义市住久了,伍国华也知道,仰,在当地还有一种指靠、仰仗的意思,这么一想,这个山名就更有味道了。他们四个人也是一个偶然的机会才发现了这座山,结果,爬了一次后,这山就成了他们经常来的地方了。

山也就是平常的山,起伏绵延着,算不上高,有一些山石、一些杂树、一些山涧,也属平常风景。他们之所以经常来,一个重要的原因是,这山里有个刘老。

他们第一次爬仰天堂时,是从一个镇上喝完酒回城,途中尿急,就下车解决,一抬头,看到了路边这座山。那天大家都有点儿酒后的兴奋,加上时间还早,老范方便完后,转过身来对他们三个说:"这座山叫仰天堂,要不,我们上一上天堂?"大家立即响应号召,于是就临时起意去爬山。山看着不高,但几个人一路说笑,一路歇息,所以爬起来老也不能登顶,加上又没有什么准备,很快就又饥又渴,在山路上走了一个多小时后就匆匆下山,却在山脚下,山的褶皱里发现有一户人家,靠山几间瓦房,屋前一棵大桂花树,是金桂,大概有上百年了,开得一树黄灿灿的花,香气弥漫,屋左边是一条溪水,流水叮咚作响,几只很神气的鸡在杂草丛里啄虫吃。这个地方好。屋子旁边的山坡上,有个老头儿正在挖地,走近看,他挖的是一个大大的圆坑,有半人多深。老头儿看着他们,也不惊讶,也不多问,只笑着邀请他们:"来了啊? 来家喝茶吧。"就像是他们的多年老朋友似的。

这老头儿就是刘老,是个退休多年的乡村小学教师,据他说,仰天堂过去分为上天堂、中天堂、下天堂三个村民组,这二十多年里,村民们纷纷搬到城里去了,整个山里没几户人家了,他和老伴儿在这里住惯了,又是住在山脚下,离公路不远,交通也方便,就准备在这里养老了。老侯问刘老在挖什么,刘老说,挖墓地。老金问他给谁挖的,刘老说,给自己和老伴儿挖的。刘老和他们说话间,老伴儿已经将茶泡好送上来了,他们就在屋前的桂花树下的大石头上坐下,喝茶,聊天。

后来,他们几乎一个月都要来上一两次,带上一些卤肉熟食,到刘老家的房前屋后和菜地里随便揪几把就是几个菜,早春就是香椿苗,接下来是竹笋,然后是水芹菜、苦苦菜。下雨了,山上还有地皮菜、野木耳,更有一种叫八担柴的白色蘑菇,长在雨后腐烂的树干上,摘下来烧汤喝,香鲜极了。他们自己动手,在柴火灶上炒菜煮饭。刘老两口子很好客,虽然七十多岁了,但家里弄得很干净,他们经常在老桂花树下喝酒、打牌,偶尔也爬爬山,但一次也没有爬到山顶。

车子到了仰天堂山脚下,司机问:"上山吗?"

伍国华正准备说往前再开一点儿,直接到刘老家门口,老范却说:"下吧,就在这儿下吧。"

下了车,老范笑着说:"老伍,今天就不去刘老家了,我带你去一个新地方。"

伍国华心里想,果然,老范就是老范,心里总是那么有数。在他们这个固定的四人圈子里,伍国华和老范认识最晚,彼此却最投缘,具体是什么原因,却也说不出个一二三四,伍国华只是觉得老范这个人最靠谱。老范是市里最大的国企电机厂的一个中层干部,正处级吧,前两年,厂里精简干部,凡是到了五十二岁的全一刀切,老范还没到龄,还差个一年左右时间,一般这样的情况还是会留任的。是不是中层待遇可大不一样,一年损失小十万块呢,何况老范那个处室又是个肥窝儿,老范却主动要求切下来,他说得有点儿不严肃,他说他也过足了当处长的瘾了,要让别的人也过过瘾,另外,剩下来的时间他可以更专心地练练字。老范心底里大概最认可自己是个书法家。

当然,这些都是老金、老侯他们俩断断续续和他闲聊时说的,伍国华听了后心里一动,表面上却不动声色,嘴里开着玩笑说:"老范一年损失小十万块,早知这样,我们就勒令你继续干,把那小十万拿点儿来请我们喝点儿好酒多好,也不用天天喝小老窖了。"他们每次聚会,也多是各自轮流从家里带酒,有时好,有时孬,但老范带的酒质量均衡,都是本市酒厂产的一种小老窖,四十多块钱一瓶,简单的白瓶包装,但味道还不错。老范每次都到酒厂去批发,一买就是几大箱几十瓶,每次他从家里出发时,就一边腋下夹着一瓶。老侯笑话老范说,老范两个蛋蛋可以不带出来,那两颗手榴弹要是不带出来他绝不出门。

伍国华和老范是在三年多前一个酒局上认识的,其实,人到中年以后,交朋友的渠道大概也就只剩下酒局饭桌这一条了。伍国华自认对朋友不挑剔,但也从不主动交朋友,他认为,所谓朋友,就是能在一起喝喝酒、打打牌、吹吹牛的酒肉朋友,能把这样的朋友一直做下来就不错了,比如老金、老侯。那天的酒局就是老侯组织的,先开始说好了的,三个人找个大排档喝点儿酒后再去老侯家看世界杯足球赛直播,因为老侯老婆出去旅游了,他儿子又在外地上学,这样三个人可以四仰八叉地坐在老侯家地板上看球、喝茶、抽烟。他们仨在芙蓉湖公园边集合时,天已经黑了,他们穿过芙蓉湖边的一条小路,忽然听到湖里一声响,一个人从水里钻出来,往岸上爬。老金喊了一声:"老范!"然后介绍说,这位是书法家,前不久省书法家协会还给他搞了个书法展览,他们一个记者写了个报道,结果这老兄谦虚,就是不愿意见报。寒暄了几句,那人问:"你们这是去搞酒吗?带我一个!"还有这样说话的,竟然主动要求参加酒局。大家便等他换好了衣服,推着自行车一道走。看他那熟练又麻利的样子,应该是经常来这公园湖里游泳的。伍国华好奇地问他,结果果然没猜错。老范微笑着说,他前世是鱼变的,三天不下水皮肤就发干,所以想方设法找地方玩儿水,偏偏三义市市内没什么大河,只有这个芙蓉湖水面大一些,便有空就跑到湖里扑腾扑腾。老范说话不紧不慢,一脸平静,喝酒也是慢悠悠的,面带笑意,来者不拒。但伍国华发现,老范有一个习惯动作,那就是喜欢用手掌抹脸,像是脸上有什么东西似的,他每隔几分钟就狠命地抹一下脸,而且,每次抹脸的时候,都是在脸上的笑意渐渐退去之时,他一抹,像是大海涨潮,脸上又涌上一波微微的笑意。过一会儿,笑意快要退去,脸上又有一点儿凝重,他又及时一抹,笑意又上来了。不知怎的,伍国华看着他的表情和动作,虽是第一次见面,还不太熟,却突然就想和他碰杯喝酒,结果,那一晚他们喝多了,球赛也没看成。但自此以后,他们四个倒是经常在一起玩儿了,成了固定搭配。

老范在前头带路,他俩一前一后慢慢悠悠地走,天上阴云散了,太阳竟然出来了。前一天下了雨,雨滴残留在树木草叶上,太阳一照,散发出春天特有的青草气味。林子深处,间或传来几声鸟叫,不是画眉,不是喜鹊,而是一种叫"苦哇"的鸟,它们总是在早春的这个季节叫,"苦——哇——苦——哇——"叫得深远,拖着长长的哭腔。

老范看了一眼伍国华说:"要不,今天我们走远点儿?"

伍国华说:"好!就要远点儿!"这是真心话,伍国华想,昨天约老范时,老范也没有问他清明节为什么不去祭扫,他什么都没问,一口就答应下来,说:"好,去走走!"这让伍国华心里甚至有些感激。

拐过山脚,看得见刘老家了,伍国华想上前去看看,若是刘老在家的话就顺便打个招呼,老范一把扯住他说:"快走!别让刘老看见!"

伍国华不解:"怎么了?"

老范说:"上次答应再来时要给他家写副中堂的,我还没写好。"

老范在前面加快了脚步,伍国华也跟了上去,两人一路无话,也不停下来歇息,一个劲儿地往山上爬,喉咙里的呼吸声渐渐粗重。山路先还是完整的,随着不断往山上走,路就被草木拦住了,有的地方几乎看不出有路了,老范似乎对这地方比较熟悉,穿林蹚草,脚下并不怎么迟疑。爬了约两个小时,到了一个山冈上,再往下,是一面较平坦的山坡,坡上长满了松树和杉树,伍国华知道,有这两种树的地方,一般都是人工林,说明这地方以前是被人工造林的。这些树大概栽下去有不少年头了,小的都有碗口粗,一些大的甚至都有洗脸盆粗了。林子密了,阳光就照不进来,眼前一片幽暗。在这幽暗里穿行了一会儿,眼前突然又亮了,仿佛乌云里的一道闪电划开了一道豁口。两山一洼间,原以为荒无人烟的地方,竟然出现一排低矮的平房。

老范不惊不惧地指着平房说:"到了。"

## 2

伍国华心里一惊,眼前这景象太像二十年前的那片南方丛林了。他使劲眨了眨眼睛,又猛地摇了摇头,像是要把头脑里的记忆甩掉,但那记忆无比顽强地扎根在他的脑回沟里。这一排平房,既像当年他们中队的营房,又像那个边陲小镇密林深处的贩毒窝点。莫非,天下所有的平房经历过时间的涂抹,最后都成了同一副面容?

只不过那是夏天,南方闷热的天气里,他们中队官兵一行四十余人,午后从一排低矮的营房前集合出发,赶到中缅交界处的那片密林时,全副武装的战友们个个全身都跟水泡过一样。站在那里,脚下立马汪着一摊汗水。线人带着他们,在密林里走到天快黑时,也是在前方突然出现了一处亮光,也是一排平房,低伏着,非常隐蔽。

就是在那个夜晚,袭击制毒贩毒窝点时,两边刚一交火,胡应忠就手捂着胸口,说:"我中弹了!"他说着,头一歪,一只手对着身旁的战友做了个手势,就再也不动了。战友抱着他,摇了摇,不相信一个人就这么死去了,一点儿也没有挣扎。

当时中队四十多个人一起出动,胡应忠和另一个战友负责一个卡点,隔着五十米是其他的战友负责。那个战友喊着胡应忠名字的时候,枪声正密。等到战斗结束,其他战友赶过来,他还是抱着胡应忠,却说不出话来。谁也想不到,再过半年,他们这一批战士就要退伍了,可胡应忠却永远回不去了。

当然,这些细节是战友们后来告诉伍国华的,那天的战斗行动,伍国华并没有参加。

胡应忠的遗体被运到中队营房时,已经是午夜,不像以往执行任务归来,战友们总是一路高唱着歌曲,中队长早早就打电话让食堂加几个菜,晚上再弄点儿夜宵。而这个夜晚,除了车子的引擎声,就再无其他声响,连警犬也噤了声,低着头把喊叫压制在喉咙里。伍国华从宿舍里奔出来,一看这阵势,他猜,肯定是有人挂彩了,他悄悄地拉住班长汪继学问:"谁?怎么了?"

汪继学哑着嗓子说:"胡应忠,光荣了。"

伍国华愣住了,他一把抓住汪继学,说:"光荣了?"

汪继学点点头。

伍国华觉得自己站立不住了,他抬头去望,看见几个战友正从军用卡车后车厢里往外抬出担架,担架上盖着白布,政委在轻声喊:"轻点儿,轻点儿,通知殡仪馆赶快运冰柜来。"

伍国华全身立即冒出一层冷汗,南方炎热的夜晚,他却打起了冷战。他哆嗦着,猛地"哇"的一声哭了出来。他一边哭,一边却奇怪地发现自己有了另外一双眼睛,眼睛大睁着,升到了高空,正在空中俯视着营房,这一排青砖瓦房,低伏在南方丛林之中,他的一双眼睛在空中看着痛哭的自己。

这次行动一个多月前就制订好了方案,中队官兵一共八十多人,决定抽调四十人组成突击队执行任务,按照一个班上六人的比例,伍国华入选了。因为制毒贩毒团伙具体情况还在进一步侦察当中,等待适时机实施伏击抓捕,所以出发时间一直没定。这天午饭后,上面突然下达命令,要求下午两点整准时集合出发去那个边陲小镇,一举端掉隐秘的制毒贩毒窝点。

伍国华一脸愁容,他这几个月一直在复习功课,准备参加军校招生考试,而且恰好第二天一早就要出发去军区,他怕这一执行任务会耽误考试。为了这次考试,他可是下足了功夫,放弃了两年的探亲假,一有空就看书做题,光笔记本就记了三大本。在宿舍里,听到班长传达的命令,伍国华突然满头大汗,捂着肚子说:"我、我拉肚子,已经拉了两天了。"看着这情形,一旁的胡应忠说:"你这熊样子,哪能爬山执行任务啊?班长,还是我去吧。"

原本留守值班的胡应忠于是替代伍国华爬上了那辆军用卡车。但伍国华没有想到,胡应忠会以这样一种方式,从车厢里出来。第二天,伍国华没有去军区报到,也没去参加考试,他护送着胡应忠的遗体,一直看着它被送进了火化炉,看着它化成了一缕烟,消失在南方蓝得透明的天空中。后来,他特意请了一天假,让班长汪继学带着他,悄悄跑到了那个边陲小镇南方丛林的深处,面对着拉起了隔离带的那排平房,他站到了胡应忠躺下的位置。南方炽热的阳光直射下来,他一身汗水滴落下来,和胡应忠之前的汗水一同融入土地里。他感觉到一颗子弹也正从对面直射过来,心脏突然疼痛。他捂着胸口哭着对班长汪继学说:"我是个逃兵。"汪继学拍了拍他的肩膀说:"放下,放下,一切都会过去的。"伍国华摇头说:"我怕我过不去。"

半年后退伍时,伍国华向部队提出了一个要求,他不回老家了,他要转业到胡应忠家所在的三义市,以后,就由他来照顾胡应忠的父母。他对首长说,他和胡应忠以前就商量好了,在执行任务中,他们俩若是哪个牺牲了,另一个活着的就负责照顾对方的父母,他们是拉过钩儿起过誓的。

伍国华被安排到三义市石油公司上班,上班报到的第一天,他就去看望胡应忠的父母。

胡应忠的父亲是电机厂的工人,已经退休了,他们住在一个叫作"十六间房"的工厂老小区里。小区是二十世纪七八十年代的建筑,红砖到顶的四层筒子楼,一楼前的空地上搭建了许多鸡棚、杂物间,见缝插针地还种着蔬菜。伍国华还记得敲开胡应忠家门的时候,是胡小兰开的门。胡小兰那时高中刚毕业,没考上大学,又没找到别的岗位上班,只好天天在家待着。胡小兰看着拎着一大袋营养品和水果的伍国华问:"你找哪一个?"

胡小兰说的是三义方言,抑扬顿挫,像当地传统戏曲中的道白一样,伍国华就多看了她几眼,胡小兰脸唰地红了。伍国华一时也不知道怎么回答,正尴尬时,一个老人走了出来。伍国华愣了一下,他立即意识到这就是胡应忠的父亲,他们父子俩太像了,除了脸上的皱纹和头上的白发,其他的简直是一个模子刻出来的,连走路的姿势、脸上的表情都一个样。伍国华回过神,连忙说:"是胡伯伯吧,我是应忠的战友啊。"

那天晚上,胡家可以说是非常隆重地接待了伍国华,胡应忠的母亲和胡小兰两个人在厨房里忙活了半天,又到附近的一家餐馆里端了一个牛肉火锅来,胡父陪着伍国华喝完了整整一瓶白酒。伍国华后来很后悔当天晚上没有直接对胡父说出他的想法,没有说出那个他和胡应忠的生死约定。当时,胡应忠去世还不到一年,看得出来,浓重的悲伤情绪还充溢在这个家里,毕竟胡应忠是他们家唯一的宝贝儿子,伍国华几次想提这件事,但总是话到嘴边就又吞了回去,他一直就不善于表达自己,那还是喝酒吧,就这样一次次推迟,推迟到最后,他就想,还是慢慢对胡父说吧,反正他以后是要经常来的。

那以后,伍国华确实是经常到胡应忠家里去,去的时候从来不空手,不是买肉就是买酒。十六间房是老小区,不通管道煤气,用的是瓶装液化气,每次到液化气站灌气都是伍国华骑辆加重自行车带了液化气罐来,回去再扛上楼。为了节省,胡家烧水还是用的煤球,买煤球的事也让伍国华承包了。另外呢,胡家的鸡棚要加固,房门换纱窗,这些活儿无一例外都归了伍国华,就这样过了大半年。那段时间里,伍国华觉得他实际上就成了胡家的儿子,胡家也不把他当外人,有事就喊他,干完活儿了,就留他吃饭,有什么吃什么。胡父从厂里退休后就经常去河边钓野鱼,钓到好鱼了,也打电话让他来加餐。两人酒量都不错,爷儿俩喝酒喝得畅快。

转眼到了第二年的清明节。清明节那天,伍国华特地请了假,去看望胡应忠父母。到了胡家,他吃了一惊,胡家的客厅里摆上了胡应忠的遗像,香烟缭绕,录音机里一遍遍播放着哀乐。胡应忠的父亲坐在那里默默流泪。

伍国华再也没有犹豫,他扑通一下跪倒在胡应忠父亲面前说:"伯父,让我以后做你的儿子吧!应忠和我就是这么约定的!"

"什么约定?"胡父惊讶地问。

伍国华说:"我和应忠是最好的战友啊,我和他约定了的,我们俩要是有哪一个执行任务牺牲了,另一个就代他做儿子,为他父母养老送终!"

胡应忠的父亲定睛看了会儿伍国华,他摇摇头,接着又用一种很奇怪的眼神看着伍国华,他说:"你不是我儿子,你不是我儿子!"

胡应忠的母亲上来拉起伍国华,把他拉到一边说:"国华,老头子这是糊涂了。你先回去吧,应忠走了后,老头子其实天天都在想他,谁也代替不了儿子在他心中的位置。"

伍国华说:"我懂,我懂,那我回头再来。"

那以后,伍国华照旧经常来胡家,但他感觉到胡父对他的态度和以前似乎不太一样了,虽然还是在一起喝酒,但他会突然主动问起胡应忠在部队上的事,特别是执行任务那一晚,什么时间,什么地点,有没有蚊虫,有没有蛇,毒贩从哪个卡口先冲出来的,为什么毒贩放的第一枪就精准打中了胡应忠,那个时候你伍国华在做什么,你和应忠不是好朋友吗,怎么没有肩并肩一起去执行任务?

伍国华这才知道,胡父在清明节后,竟然一个人悄悄去了一趟南方那个边境城市,去了事发地点,去了他们中队,找到了好几位以前战友的联系方式,特别是他们一个班的战友,向他们详细询问了胡应忠去世当晚发生的一切。除了同班的战友,应该没有人知道是胡应忠临时代伍国华去执行任务的,班长汪继学打电话给伍国华:"国华啊,应忠父亲问话的样子好可怕啊!但你放心,我该说的说,不该说的坚决不会说的。说到底,都是战友兄弟,你们都是好样的!"

开始时,伍国华以为老人是因为太思念儿子了,整天都在纠缠着这些细节,后来,他明白了,胡父这么问是有意的,到最后,他几乎是逼问伍国华了。

"你真的拉肚子了?为什么早不拉迟不拉,偏偏临到出发了才拉?这里面有很多漏洞!"胡应忠父亲喝完最后一杯酒后,冷笑着看着伍国华,"我估计你不会再来了,是吧?你也不用再来了!我儿子死了,死了就死了,我不要一个人来假装做我儿子!"

饭桌上悬吊着一只昏黄的灯泡,像一颗倒悬的光头,几只飞虫振动着翅膀呼啸着冲向它,发出当当的响声。灯泡下的胡父,光脑袋上白发稀疏,眼袋肿起,鼻头冒油,直勾勾地看着伍国华。

伍国华猛地站起,带倒了身下的小马扎,他跌跌撞撞地推开纱门,走到门外。

"哥!"身后,胡小兰喊着,冲了过来。

## 3

"老伍!发什么呆,快走啊!"老范在前面喊。

伍国华这才发现老范走在他前面几十米开外了,他连忙跟了上去。

走到那处平房前,老范从背包里掏出两只黑色的一次性口罩,一人一只戴上了,这让他们看起来像是准备作案的抢劫分子。

走到近前才发现,这并不是一排平房,而是近乎一圈房子,围成一个大半圆,足足有几十间,青砖、黑瓦、木格窗,向前伸出一条廊道。房子当然是破败了,中间部分横梁脱落,屋瓦覆盖的屋脊塌陷下去,屋瓦上长出了青草。周围的树长起来,遮盖了房子的上空,整排房子像阴暗中一条长长的僵死的百脚虫,并散发出虫类大面积死亡时的气味。

伍国华想起前不久老班长汪继学告诉他,他们原来居住的营房也废弃了,部队搬到离集镇更近的一个新营房,现如今条件改善了不少。那么,那老营房是否也像这房子一样,在森林里、在风雨里,慢慢地、孤独地老死呢?

老范冲伍国华点点头,带头走进去。

屋子里更黑暗,老范果然有备而来,还带了充电的强力手电筒,手电筒的灯光扫射过房间,像是掘进机,将幽暗的时空掘出一个空洞来。水泥地面,散落着一些碎瓦砾,墙面上是斑驳的黑色美术字,多是过去的标语,什么"备战备荒为人民""面向工农兵,预防为主,中西医结合"……房间里有几个靠墙摆放的床架子,几张桌子,几把椅子。每一个房间都是相通的,有的房门是开的,有的合上了,但一推就开,门锁已经不见了。走了几间屋子,伍国华猜出来了,这里原来是医院。先前走过的可能是病房,接着是医生值班室,有办公桌、柜子,一张桌子上有一块碎玻璃,玻璃下压着一张纸,隐约看出"405医院处方笺"字样,还有一张铁架手术床,铁管表面的白漆已经锈蚀,白色的垫子蒙上了厚厚的一层灰尘,但仍然可以看出上面的大块血迹。而另一个大房间里,摆放着医疗器具,无数的注射针筒、医用棉,架子上一排排药品,注射液在小玻璃瓶里。有的变成了一团浑浊,有的只有半瓶了,它们集体立在柜架上就像一颗颗子弹,而一个硕大的玻璃瓶中,浸泡着一团发黄的肉质的东西,也不知道是人体的哪一个部位。靠门边立着一个塑胶人体模型,发黄的身上标注着各种穴位名称,它的一只手不知去了哪里,头部的眼睛深凹,狠狠盯着他们,似乎不满他们俩的贸然闯入。

伍国华站住了,他看到脚边有一条腿,踢了一脚,石膏碎了,露出了粉尘的内里。伍国华由先前的惊讶、好奇,渐渐变得镇静,他觉得老范带他进入了一个静止的时空,在这里,时间是凝固的,意义也是封闭的,他们就像亿万年前的两只昆虫,一滴松脂滴落下来,他们被封存了,亿万年后,他们就成了琥珀。这样很好,伍国华竟然有几分享受这样的荒芜、破败、隐秘、死寂,这里就像是在深深的海底,房屋就是很久很久以前沉没的一艘巨轮,无边的海水吞没了它,无边的海水又保护了它。残骸般的生存如此安稳,伍国华想,很多微信公众号上经常说什么岁月静好、现世安稳,其实沉没在深深的海底才最安稳。幽暗中,他们俩都没有说话,只是在一间空旷的房子里(以前应该是间会议室)抽了根烟。伍国华侧身去看老范的脸,在这个奇怪的场域中,老范整个人突然变得陌生起来,他好像在穿过这些房间时,偷偷地换成了另一个人,这个时候的他已经不是一个小时之前的他了。伍国华心想,自己这样子想着老范,老范看自己是不是也有同样的感觉呢?

走了约一个小时,他们并没有将所有房间走遍,就出来了。

"这里原来是一家精神病医院。"老范说。

伍国华本来想问老范,是什么时候发现这个地方的? 为什么今天带我过来? 你以前经常一个人过来吗? 为什么刘老一次都没有告诉我们,这山里还曾经有家精神病医院呢? 但他忽然觉得这些问题太愚蠢,他就不再说话,只是点点头。

老范又习惯性地抹了一下脸,他忽然感叹了一句:"这里就像一个被挖开的坟地,让人想起死亡。我经常想,要是以后我死了,会不会有人想起我? 我这一生是快乐的时候多还是痛苦的时候多?"

伍国华不知道老范怎么突然会说这话,他愣住了,不知道怎么接话。老范又抹了一下脸,仿佛将刚才的话抹去了,脸上有些凝重的神情也随之抹去了,他笑笑说:"回吧。"

回去的路,他们走得特别快,很快就上到了那片长满了人工林的山冈,这时回望来处,已经不知道刚才走的是哪一条路了,树木和草叶如一件巨大的迷彩服掩住了那一圈平房。

快到山脚,他们在一条山溪边歇息。老范带了面包、花生米、卤汁鸭膀爪、一瓶小老窖,摊在塑料布上,开喝。你一口,我一口,便喝得有点儿猛,平时他们都习惯慢慢一杯一杯小酌的,于是两人很快就喝多了。溪边恰好有平坦的大石头,他们就一人占据一块,仰躺着,看着天空、云朵、山峰,在"苦哇鸟"的叫声里睡着了。

醒来的时候,已是傍晚,夕阳穿透山林,他们赶紧约车。到了城里,天已经黑透了,老范先下的车,伍国华突然说:"老范,谢谢。"老范抹把脸摆摆手,走了。

伍国华回到家时,在门外停顿了片刻,最后还是硬着头皮打开了门,"吱扭"。

屋里的情形和伍国华预料的一样。

十八年了,每年的清明节,家里就会出现同样的情形:客厅里,电视柜上摆放着胡应忠的遗像,周围香烟缭绕,胡父端坐在儿子的遗像下方,光脑袋上白发稀疏,眼袋肿起,鼻头冒油,直盯着虚空。

当年,那个清明节之夜,伍国华从十六间房小区的胡家冲出门时,胡小兰喊了他一声"哥",然后在小区门口拉住了他。

"对不起,我爸是脑子糊涂了,你原谅他吧!"胡小兰说着,拿出一件毛衣递给伍国华,"我给你织的,我刚学,织得不好。"

伍国华把毛衣拿回家,发现毛衣的胸口位置别着一封信,信是胡小兰写给他的。伍国华这才回想起一些细节来:不知什么时候起,胡小兰一见到他就脸颊泛红,他和胡父喝酒,她总是殷勤地端茶倒水,没事了,也在一边装着看电视,其实眼睛总是朝他这边看着。伍国华把信收了,试了试毛衣,大小刚刚好。

第二天下班后,伍国华骑了辆新买的摩托车去了胡小兰家,他故意大了声在楼下喊:"小兰,快下来,看电影去!"

胡小兰慌慌张张地跑下楼来,伍国华发动摩托车,胡小兰斜斜地坐在后座上,伍国华猛地转动油门把手,摩托车往前一冲,胡小兰"啊"地叫了一声,紧紧抱着伍国华的腰,两人一阵风一般冲出了小区的大门。

年底,伍国华和胡小兰就结婚了,胡父拦也拦不住,胡小兰都已经怀孕一个多月了。刚结婚,因为是军属又是烈士亲属,胡小兰就被特殊照顾,安排在石油公司加油站工作。伍国华和胡小兰还是隔三岔五就一道回十六间房,他还是扛煤气罐、送煤球、补窗纱、修鸡栅,就像什么也没发生。只是胡父和他再也喝不到一起了,胡父看着他就像看着一个陌生人,伍国华曾试着喊过他一次"爸",胡父没有应答,伍国华此后也就不再喊了。

婚后的第一个清明节,一大早,平时从不上门的胡父却背着个大包来到伍国华两口子的小家,他也不看伍国华和胡小兰,打量了一下客厅后,就径直走到电视柜前,然后,从背包里捧出胡应忠的遗像摆放在柜子上,又摸出香炉,点了香,端坐在遗像前,再也不说话。

那时候,胡小兰怀孕半年多了,她哭着说:"爸,你这是干什么?"

胡父说:"干什么?我找我儿子来了!"

胡小兰说:"儿子,儿子,儿子,他死都死了,我可是你活着的女儿呀!"

胡父冷笑着说:"你是活着了,可谁来问问我儿子是怎么死的呢?他本来应该是活着的!"

胡小兰要上前去砸掉那些遗像、香炉,被伍国华一把拉住了,拉到了卧室里,他说:"他要折腾就让他折腾吧。"

那一天,胡父一天不吃不喝,就是坐着,到天黑了,夜深了,才收拾起遗像和香炉,一个人拉开门走了。

后来的每个清明节,胡父都会来到伍国华家,以相同的方式过完这一天。再后来的每个清明节,孩子还小的时候,伍国华就带着孩子在外面躲上一天,孩子上高中后,伍国华就让孩子住校,他一个人独自出走一天。但是不管多晚,伍国华都必须得回来,他不回来,胡父就不走,他一回来,胡父盯着他看,看得他低下头,然后就心满意足地走了。

这样年复一年,有一年,胡父走后,胡小兰问伍国华:"我哥和你真的是割头换颈发下誓的朋友?你照顾我们家是真心的?"第一次这样问,胡小兰语气还有点儿怯怯的。

伍国华知道他走后,胡父一定对着胡小兰一遍遍地演绎对他的疑问,复述从战友那里得来的消息,毕竟是父女,胡小兰慢慢也就被洗脑了。他叹了一声说:"现在还问这个有意义吗?"

胡小兰后来不再问了,但看他的眼光慢慢变得和她父亲有点儿一样,透出一种质询的意味。

"我爸爸说啊,这世界上没有无缘无故的好人。"刚结婚的那几年,每当胡小兰和他在床上温存完后,总是一边抱着他,又一边问他,"你为什么就一直是好人呢?"

伍国华对着屋子里的黑暗说:"你还要我找什么理由呢?我说的理由为什么你们就不信呢?"他说完,把身子侧向另一边。这样一来,胡小兰就又满怀歉意地扳正他的身子,两只手在他身上轻抚着。伍国华叹一口气,捉住了胡小兰的手,两个人的手交错在一起,不再动弹,也就慢慢睡着了。一天天也就这样交错着过下去了。

四年前,伍国华的岳母去世了,胡父一个人住在十六间房小区,他不会洗衣也不会做饭,胡小兰只好天天去照顾父亲。但这样长期下去也不是个办法,胡小兰和伍国华商量,不如在他们现在住的小区再买一套面积小一点儿的房子,给她父亲暂时住着,也方便平时照顾。伍国华当然同意。

新房子不到六十平方米,装修好后,伍国华和胡小兰两人一道去接胡父。胡父开始并没有意见,看得出来,他暗暗还有些高兴。他在新房里转来转去,东看西摸,忽然脸色一暗,他说:"我不住这里了,我要回去!"

胡小兰问:"为什么?这里住着不舒服多了吗?又有电梯,比你那十六间房不方便多了?"

胡父指着西边的窗子说:"那边,正对着烈士塔,我儿子也是烈士啊,我天天对着它,我、我、我就不想活了啊!"

伍国华走到窗边,他佩服胡父的视力真好,远处是有一座小山,二十世纪七十年代民政部门在山上建了一座解放战争烈士纪念塔。塔建得并不高,远远地,只在森林里露出了一点儿塔尖。

胡父一屁股坐在地上哭泣,他哭喊着:"应忠啊,你命苦啊,你怎么就死在那么远的地方呢！我要看你一次有多难啊。"

伍国华对胡小兰说："这样吧,我们搬到这里来住。"

胡小兰立刻明白过来,说："你的意思是,让爸爸搬到我们那房子里去住？"

伍国华点头说："只能这样。"

于是,伍国华和胡小兰带着儿子挤在这间小房子里,让胡父住在他们原先那间一百多平方米的大房子里。

搬到只有两室一厅的小房子之初,胡小兰自己先不习惯,觉得十分局促,老是想念之前的大房子。一天晚上,伍国华上床睡觉,关了灯后,胡小兰趁着黑暗问伍国华："一家人住这小房子好难受,你真的是心甘情愿换房子住吗？"

伍国华说："嗯,房子再大,人不都是一晚上只能睡一张床吗？"

胡小兰说："你和我说实话,我求你了,我哥牺牲是不是因为你？你放心,不管是不是,我都认为你是个好人。"

伍国华愣了会儿,他突然想,就把真相告诉这个女人算了,还能怎么样？他也罪不至死,但转而一想,虽然胡父可能已经知道了真相,但一旦从胡小兰口里说出来,由伍国华证实了,他会是什么反应？伍国华不敢想那后果,他沉默了一会儿,冷静地说："既然你认为我是个好人,你就不要再质问我和审判我。"

就在那一夜,伍国华决定调到五池市去,远离这种长期被审判的生活,等儿子高考一结束,他就离开。

儿子成绩不错,今年高考,不出意外应该能考上一个理想的学校。伍国华去年底已经找了省公司领导,要求调到七十公里外的五池市去,他在三义市是副经理,到五池市是想谋个正职,这想法也属正常,也不会让人猜测他有什么别的心思。省公司领导考虑他这么多年工作不错,五池那边这几年业绩不理想,也恰好需要一个业务过硬的人去抓一抓,便口头上基本答应了。现在,伍国华还没有想好,去五池市之前,是否与胡小兰离婚。如果离开了三义市,不再整天面对胡小兰,是否就能避开她有意无意的审视？但有一点伍国华想好了,那就是假如要离婚,他就净身出户,一分财物也不要。

其实,对于出生、生长在外省的伍国华而言,五池市同样是异乡,自己调到五池市除了要离开胡小兰父女的审视,难道就没有别的想法？伍国华不敢回答这个问题,或者说不愿意回答,就像他有时候不愿意去想他和黄慧的关系。

伍国华和黄慧认识差不多快十年了。当年,她大学毕业不久,被分到公司工作,暂时派在工会帮忙,恰好伍华那时任公司工会主席,他用工会经费置办了一套乒乓器材,但不管他怎么吆喝,公司里天天坚持打球的职工却很少,倒是黄慧在学校练过,于是他们俩经常在一起打球。论球技,伍国华要比黄慧高一点儿,于是,活泼的黄慧便喊伍国华"师父"。也就是这么一点交集吧,过了两年,因为父母都在五池市,黄慧考到了五池市的公路局,此后,他们之间连个电话号码都没有留。

岳母去世后不久,伍国华有一天出差到五池市,晚上当地石油公司在酒店宴请他,酒席散了,他走出大厅,听到一个人喊他"师父"。

他回头一看,虽然有几年没见,但一眼就认出来,是黄慧。黄慧说她也是参加单位的一个饭局,她现在是五池市公路局的办公室主任。

"呵,成了领导干部了!"伍国华调侃说。

黄慧的脸霎时红了。她在夜晚的灯光下,斜仰着脸,看着伍国华。伍国华怔忡了片刻,他忽然想起,第一次到胡应忠家时,为他开门的胡小兰同样睁着一双黑眼睛,满脸通红地看着他。"今夕何夕?"他脑中冒出这样一句从书中看来的话。

那晚他们都喝了点儿酒,便一起到酒店前的公园里散散步,消消酒劲。在伍国华的印象中,和打球风格一样,黄慧是那种直打快攻型的,快人快语,但这天晚上,黄慧却没有多少话,只是说说一些过去同事之间的零碎事儿。走了两圈儿,黄慧接了个电话,就和他告辞了,不过,这次他们互加了微信。

伍国华回到酒店后,洗了个澡便上床,一边看电视,一边浏览微信朋友圈。他首先就看了黄慧的朋友圈,结果却失望地发现,黄慧的朋友圈一片空白,微信头像也是一处风景,即便是那风景也是一片苦寒:北风呼啸中,一个人缩成一个黑点,留下在雪地里行走的背影。这出乎伍国华的意料,朋友圈现在不就是一个大晒场吗,晒娃、晒老公、晒美食、晒美颜、晒天南海北的旅游风景,满满的诗与远方充溢着九宫格,何况黄慧的颜值和同龄人相比并不低啊。他忍不住给她发了条微信:看不到晒照片嘛,对我屏蔽了?

黄慧回复:没有啊,师父,没有光怎么晒?

伍国华看着这句话,不太明白黄慧说的是什么意思,她是调侃吗?还是她的生活没有光亮?他只好含糊地发了个表情符号,结束了聊天。

没想到,此后的日子里,黄慧倒主动隔三岔五地给他发微信,他们的聊天像一锅粥,随着时间流逝也越来越黏稠,到后来,几天不聊倒像是缺了什么。他们的聊天也没什么主题,是一种天马行空的聊。伍国华觉得这种聊天有点儿像他和老金、老侯、老范几个男人喝酒,一种没有目的性的喝酒。有一次,黄慧就对他说了一个人每天都会对应一种动物的故事,然后问他:"你今天是什么动物?"伍国华想了想说："我今天吃多了,我算是只贪吃的老鼠吧。"黄慧在微信对话框里送了他一连串愉快的微笑。她接着说,她小时候从书上看到这个说法后,就每天都要问接送她的爸爸或妈妈。他们俩性格反差很大,但回答这个问题答案出奇地一致,他们总是回答:"你不是动物,宝贝!我是你爸爸(我是你妈妈)。"每次听到他们这么回答,她就会大哭起来。他们一度以为她有精神病呢。

一年后的一天傍晚,伍国华快要下班时,黄慧突然给他发了条信息:你晚上能来五池吗?伍国华没有犹豫,回复:好。他立即开车上高速公路,一个多小时后,就到了五池市城区边的大桥。

黄慧站在桥头等着他。初冬,黄慧穿着一件长长的灰色风衣,她的背影就如同她微信头像上的那个冒雪而行的人。黄慧带着他爬桥边的山,山上有座庙,山门已经关闭,他们在山门前的放生池边坐了下来。伍国华觉得有点儿冷,他搓手。黄慧看着他,突然把他的手握住,塞进了自己的风衣口袋。伍国华没有想到,女人的风衣口袋可以那么大。他更没有想到,黄慧的秘密也那么大。

那天晚上黄慧告诉他,她从三义考回五池市后,第二年就结了婚,但不到半年丈夫就去世了。黄慧认为,是她害死了丈夫。那天很晚了,她忽然想吃城南老李家的小汤圆,就对丈夫说了。新婚不久,丈夫正疼她,便立马起床骑电动车去城南,不料,一辆深夜出没的渣土车撞上了他,他当场就没命了。黄慧说她从不敢对人说,那晚是她让丈夫出去的,她只是说,丈夫在外面办完事骑车回家才出事的。

黄慧在伍国华的怀里呜呜地哭着,伍国华抱紧了她。

从那以后,如果不是和老范他们喝酒,伍国华就开了车到五池市,在桥头带上黄慧,然后随便找一条乡村道路,一直往前开,开到空旷无人处,打开天窗,躺倒在座椅上,一起看着高天上的流云,听远处林子里的鸟鸣与风声。他们拉手、贴面、亲吻,有几次,伍国华冲动着,想将黄慧压倒在身下。黄慧并不反抗,只瞪大着眼睛看着他。这种审视的目光总是让伍国华突然间泄气。他就抱着她,不再动弹。

而此刻,在这又一个清明之夜,灯光下,胡父和胡小兰都在逼视着他,不,伍国华看见遗像上的胡应忠,也在逼视他。他发现,这一家三个人像经过了集体训练,目光的角度、锐度都是一致的,像二十年前那片南方丛林里的子弹,嗖嗖嗖地向他扫射。

伍国华站立着,像是一个等待宣判的人,一个被绑赴刑场等待行刑的人。他闭上了眼睛。

没有谁说话,响起了收拾的窸窸窣窣的声音,然后是房门"吱扭"一声,楼道里响起了"噔噔"下楼的声音。伍国华吁了一口气,这个清明节终于过完了。对他来说,一年里真正的春天是从清明后的一天开始的。

4

过了一周后,周五晚上,伍国华刚下班,就听到手机微信群里的消息响个不停,他心想,笃定是老金、老侯他们在"仰天堂"微信群里约局了。

老金说,刘老打了好几个电话,邀请几位这周去仰天堂呢。

老侯艾特了伍国华和老范,问他们俩没回老家上坟,清明都干啥去了。

伍国华回了一个睡觉的表情。

老范说:"啥也没干,在家看电视。"

他们四个人的微信群名一开始并不叫"仰天堂",而是叫"表哥群"。这也是有来历的。

前年冬天,伍国华和老金到下面的一个县里玩儿,吃过晚饭后往回赶,到了市里,两个人又四处找夜宵摊,逛了一会儿,发现一个摊子,撑着红棚子,门口有个自来水龙头,不像别的街头排档,一桶水洗半天,而且因为地方偏,门口场地开阔,就在那里搞了一顿。做排档的是小夫妻俩,从五池市过来的,人很憨厚,菜的味道也不错,后来,伍国华就经常带人去。吃的次数多了,伍国华就和做排档的夫妇开玩笑,让他们俩喊他"表哥"。伍国华有时提前给他们打电话,预约夜宵,夫妻俩也不知道他的姓,但他一说是"表哥",他们就明白了,笑呵呵地说知道知道。老侯、老范他们见到老板娘,就会一本正经地对老板娘说:"你表哥来了,晚上的菜搞好一点儿。"伍国华有时也和小老板开玩笑说:"别欺负你老婆,否则老子对你不客气。"老板小哥也很配合,总是连连点头说:"有表哥在,不敢,不敢。"

表哥排档给了他们不少乐趣,他们四个人的酒搭子也因此固定下来。为了便于约局,他们就弄了个微信群,取名"表哥群"。

伍国华第一次带老范到"表妹"那里,老范就连说"好地方,好地方"。老范后来请别的朋友吃夜宵也常去那儿。有一次,伍国华出差到湖南,刚坐上高铁不久,就接到老范的电话。老范问他有没有上高铁。伍国华说上了,都开动了。老范说,叫司机停一下,下来喝酒。伍国华问他在哪儿。老范笑着说在他表妹这里。伍国华能想象得出来老范给他打电话时的神情,他甚至有过冲动,到下一站后再坐车赶回去,和老范喝酒。

老范电话没挂断,他问伍国华:"有没有带酒上车啊?"

伍国华说:"把这大事给忘记了,没有。"

老范说:"餐车有,去买。"

伍国华听话地去了餐车,没有白酒,只有听装啤酒,他便买了三听。开酒的时候,他想到老范在"表妹"那里喝酒的样子,就拨通了他的手机:"买到啤酒啦!"

老范在那头高声说:"干!"

伍国华高举着啤酒罐,对着车窗外说了声:"干!"

自从有了仰天堂,老范就修改了群名,并很认真地在宣纸上写了三个楷体字"仰天堂",拍了照放在群名上。

看着老范在群里的回答,伍国华心里一动,他就猜出老范不会对老金和老侯说他们俩清明节相伴进山的事的,而且,以后即便他们两人单独在一起,老范和他也不会再说起的,那仿佛是一个他们共同的秘密。他忽然想,他们在一起时,老范看着那么活泼开朗,其实,在家里、在单位,未必就是这个样子。自己呢,自己不也是吗?要是胡小兰看见自己和老范他们喝酒的场景,听见他说的那些俏皮话,她肯定不会相信,她一直就认为伍国华是个不会表达的人,三磨子也压不出一个屁的人,这么些年,他从不向她父亲解释、申辩,这也就难怪她父亲的疑问越来越大了,怨恨也越来越深了。

周六一早,伍国华就约了辆车,先载上老金、老侯,然后是老范。老范出小区门时,果然又是一手一瓶小老窖。

老金喊:"今天不喝小老窖,昨天有人送了我一坛石城硒米酒,我带来了,你就拿回去吧。"

老范走到车前说:"带出来了,不好带回去了。"

老侯说:"那是,老范这酒是偷偷从家里摸出来的,好不容易骗过夫人的眼睛,再送回去,岂不是自找苦吃吗?"

老范的夫人他们只见过一次,有一次喝酒,老范喝多了,夫人过来接他。那一次,他们才知道老范的夫人比他小不少,至少小十来岁,两人应该是二婚。但老范从来不说自己婚姻上的事,大家伙儿也就不打听,但玩笑也是可以开开的,老夫少妻,怕老婆是必然的嘛,大家就不时逗逗老范,老范也不反驳,就是笑笑而已。

车往仰天堂去,几个人照例一上车就互相开玩笑。伍国华发现,才过了一个星期,田野、山林里的景象就大不一样了,郊外的水田里已经蓄满了水,那是要栽早稻秧了,山林里绿色更浓了,蒸腾的岚气缠绕在山腰,跟清明那天比,才是真正的春和景明,他不由得深深吸了一口气,又吐出一口气。昨天,省公司的一位副总打电话告诉他,他请求到五池市任职的事已经过了公司总经理办公会了,最近就会正式找他谈话,并适时到三义市公司征求一把手意见,意思是让他最近方方面面注意一点儿。伍国华除了表示感谢,还说了儿子参加高考的事,希望高考后再动。看着窗外的风景,伍国华心想,再过不到两个月时间,水田里的稻秧怕是灌浆了,山里的果树也结果了,而自己恐怕也就要告别仰天堂了。

"今天爬爬山吧。"伍国华提议。

另三个人说好,爬爬山喝酒爽快些。

车到了刘老家门口,老金从后备厢里抱出了一坛酒。老范将自己那两瓶酒拎在手上,忽然发愁,他们每次带酒来,有时带多了,刘老坚决不同意将酒放在他那儿,哪怕只剩小半瓶,他也让他们带回去。老范转了转,见路边有一丛芭茅草,便将两瓶酒藏在了草丛里,说:"下次看看,这两瓶老酒会不会再生出两瓶小酒来。"

刘老听到声音已经迎出来了,四个人将带来的酒菜放到厨房后,就兴冲冲地要先去爬山。走到路口,老范又到草丛里把那酒拿出来一瓶,说:"说不定爬了一会儿,有人要喝了呢。"

老金说:"不是有人要喝,是你上山不带手榴弹已经不习惯了。"

爬山的路线是刘老帮助规划的。从他家门前的一条小路开始,沿着一条山溪溯流而上,溪水和山石之间有一棵大李子树开花了,一堆白云似的,老远就看得见,而那树下就是中天堂的一个小水库,爬到那里就可以下山了。

前几天下了雨,山溪涨满了水,但水质依旧很好,清澈见底,小小的石斑鱼往来倏忽,空若无依,不时漂过几瓣白花,想必就是那李子树的花被风吹落后顺流漂下来的吧。四个人你追我赶走得快,四十多分钟就一口气上到了水库处。大家不想再往上爬,就坐到水库边的石坝上。水库是几十年前修建的,为的是给山里的田灌溉,如今都退耕还林了,水库的灌溉功能早已丧失了,水库也基本没人管理,一下雨,水就蓄得深,两边的山色倒映在水中,一水库像一大块碧玉。老金找了块石片打水漂,他自小在河边长大,玩这个有一手,打出的水漂能在水面上跳出七八个舞步来,并且能一直漂到水库中心。老侯和老范试了几下,都没达到老金的水平。老侯便抽烟,老范不服气,他四处瞅瞅,搬了一块大石头丢进水里,大石头激起了浪花,他又搬起了一块大石头,说要比就比这个。老金说:"你这叫什么?你这叫搬起石头砸自己的脚!"说归说,几个人还是站起来,纷纷搬石头,水库里激起一阵阵浪花。

阳光稍烈,几个人身上微微出了些汗,老范晃着那酒瓶说:"喝不喝?"

几个人说:"喝!反正山下还有酒!"

于是,也没有下酒菜,四个人折了树叶做成酒杯,你一杯我一杯,很快把一瓶酒当水喝下去了。

老范喝得脸有点儿红,他突然脱了衣服,只剩一条大裤衩,扑通一声,跳到水库里去了。他的动作太快,大家反应过来时,他已经在水里像条大白鱼一样游了起来。老范水性虽好,经常在芙蓉湖公园的湖里游泳,但水库里的水毕竟深不可测,而且山里水又寒凉,伍国华不禁担心起来,他大声喊:"老范,快点儿上来,别抽筋了!"

老范却脚踩着水,身体浮动在水面上,像个少年一样,伸手说:"老伍,现在要是你扔一瓶酒下来,让我喝一口,那才畅快!"

老金和老侯也都担心老范的安全,连声喊:"老范,危险!快上来!"

老范笑嘻嘻地说:"怕什么!这里埋人正好!"

他这一说,伍国华猛地打了个冷战,他更紧张了,失声高喊:"老范,上来!快上来!刘老喊我们了!"

老范这才游上岸来。"好水,好水!"他一边跳着,控着耳朵里的水,一边叫着。穿好衣服后,他还特意将那个空酒瓶晃了晃,灌满了一瓶水,说是带回城里烧开泡茶。

酒虽只一瓶,量不多,但喝得太快,四个人这时就有点儿上头的感觉,趁着微醉,大家深一脚浅一脚往山脚下刘老家走。下山没有上山好走,走到一半,都有些疲劳,阳光更烈,晒得人昏昏欲睡,于是,就又在溪边各自找树根、石头、草地,四仰八叉地睡了一会儿。

伍国华靠着一棵树眯了一会儿,天一暖,蚊虫就开始滋生,细小的电子像细雨落在脸上。他闭上眼,想起那一年黄昏时分,在南方丛林里,一团团的蚊蝇在眼前缠绕,它们飞成一个旋涡,越来越大的旋涡,竟然一下子将自己吸了进去,吸进一个巨大的空洞里。就在洞壁上,胡应忠的眼睛、胡小兰的眼睛、胡父的眼睛大睁着,他们紧紧盯着自己……伍国华出了一身汗,醒来,老金、老侯也站起来了,却发现独独不见了老范。

老范莫非先下山了?他们三人便加快了步子,到了刘老家,刘老说并没有见到老范。

伍国华心里一沉,他说:"那我上山找找看,莫非这家伙被狐狸精拐去了?"

正叫嚷着,老范从山路上往下走来了,摇晃着身子,手里拎着一个酒瓶。大家问他去哪儿了,他笑着说:"装满水的酒瓶丢在大坝上了,刚才想起来,又回去取了。"

老范走路有点儿晃,老金说:"你酒还没醒？走路歪得像铁拐李。"

老范抬抬脚说:"不是酒多了,是下水库时大脚趾指甲盖儿碰掉了。"

老范说得轻飘飘的,其他几个人都吸了口凉气,那该多痛啊！几个人上前察看,老范脱了鞋,左脚已经血糊糊的,再脱下袜子,脚指甲掀起了大半,看着都觉得痛。

伍国华问:"上岸时都没发现？"

老范一瘸一拐地说:"发现了。"

老侯说:"发现了,你也不吱声？"

老范笑着说:"你们这帮家伙,我要告诉你们了,还不更要笑我搬起石头砸自己的脚？"

刘老啧啧地说:"这好痛哦,你真是扛痛啊,搁一般人早娘啊娘啊地叫上天了！我家有紫药水,我去找找,你别动。"

老范站起来,说:"没多大事,刘老,我上次答应你的,我把中堂给你带来了,现在就挂上。"

众人把老范带来的卷轴打开来一看,是用绢裱好了的,中堂写的是《快雪时晴帖》,用的是二王的体,潇洒而有古意,两旁的对联呢,却是工整的楷书,写的是"仰天大笑出门去,旧年雨燕进堂来",暗镶了"仰天堂"三个字。老范自拟的对联,大家都说好,贴切,因为刘老家的堂屋里确有一窝燕子年年去而复来。

老范拖着不利索的一只脚,指挥大家爬上刘老家的香几,将中堂和对联挂上了,挂正了,老范瞅着说:"字不行,但纸是好纸,八五年的红星宣哪。"

刘老高兴地说:"今天哪,要喝我的酒,我高兴！"

老范说:"好！今天就喝刘老的！"

这天喝酒的时候,老范喝得有点儿多,喝到快散场时,他说:"再喝下一场酒怕是要两个月以后了。"

大家问原因,老范说他下周要到美国他女儿那里去,女儿在美国读的硕士和博士,又在那里结了婚,女儿在美国待了五年了,天天打电话要他去玩儿,他准备在有生之年去一次,待两个月,考察一下国外人民的生活。

老金说:"你和夫人一道？"

老范摇头说:"不一道,她要上班。"

伍国华说："两个月后,那刚好,我儿子也高考过了,你回来时,我把家里压箱底的好酒拿出来喝。"

老侯鼓掌说："老五原来还藏着不少私货啊,我们等着。"

老金举着酒杯说："好事,老范你这是仰天大笑出国去啊!我混得惨啊,快退休了,到现在除了新马泰,还没去过别的国家呢,喝酒喝酒。"

5

老范本来是安排好一周后到美国去的,但直到差不多一个月后才成行。老范所在的电机厂总经理被市纪委叫去谈话了,纪委还规定厂里处以上在职干部一律不得外出,在家等候组织随时召唤谈话。按道理,老范已经不在处长的位置上了,也就不在这个框框之内,但据说老范所在的处室是关键岗位,所以,他这个前处长也不得外出。

这个消息是老金打电话告诉伍国华的,作为市报编辑,老金的消息还是比一般人灵通,他说："老范不会有事吧?"

伍国华说："应该不会有事吧。"嘴上这么说,心里却在想,这事谁能吃得准呢?他不禁暗暗替老范担心,但又不能打电话去问老范,于是他对老金改成了肯定语气,说："老范不会有事的!别的不敢说,我相信他经济上不贪!"

老金也说："嗯,是的,是的,一个天天请我们喝小老窖的人到哪儿贪去呢?"

那一段时间,伍国华因为儿子高考在即,也就不大出门,虽然儿子吃住都在学校,但他主动承担起送菜、送换洗衣服等事务,不管怎么样,也是表达他做父亲的心意吧。另外,伍国华还在考虑一个问题,到时他到五池市上班了,他怎么跟胡小兰开口说这件事呢?还有,这件事他也一直没有告诉黄慧,黄慧会怎么想?要不要告诉她呢?所以那一个多月里,他也没怎么和老范联系,偶尔打个电话,老范那里似乎说话不方便,也就浮皮潦草说几句话就挂了。

因为老范这事,"仰天堂"微信群也就沉寂下来,老金和老侯也没有主动牵头组织酒局。刘老倒是打过几次电话来,说是逮到了一只小野猪,已经腌了,等着他们来喝酒呢。但四个人不是这个有事就是那个有事,一直都没有聚成。

一个月后的一天,忽然"仰天堂"微信群里热闹起来,一看,原来老范已经在上海虹桥机场登机了——他发来了在机场的照片。老范一副美国西部牛仔的打扮,牛仔服、长靴,还戴着一顶宽檐卷边的牛仔帽,也不知是从哪里整的一身行头。这么看来,老范应该是没什么问题了,群里立即气氛活跃起来。

老金说:"老范,你应该再弄把手枪,别在裤腰带上,那样更像。"

老侯嘲讽说:"没有枪你就带上你的那两颗手榴弹。"

伍国华也开了句玩笑:"老范,你到美国要是搞不到两个洋妞,你就不要回来见我们了。"

老范心情似乎不错,他说:"保证超额完成任务,喝酒泡妞两不误。"

老范到了美国后,就断了音信,既不发朋友圈,也不在群里"冒泡",几个人都骂老范,看来万恶的资本主义社会彻底腐化了老范。骂过之后,老金透露了一个消息,说是电机厂的总经理奇迹般的安然无恙,从纪委那里回来上班了。伍国华心里想,原来这样,总经理没事,那老范更没事了,怪不得他顺利地出国了。

转眼高考过了,伍国华的儿子考得很好,初步估分,上"211"类大学或"985"类大学应该问题不大。专业呢,儿子也有选择,他喜欢地质勘探,说可以到处看地质奇观。这虽是个吃苦的行业,但伍国华认为只要儿子喜欢也就尊重他的选择。半个月后,分数下来了,儿子的分数估得差不离,因为心里有数,志愿因此也很快填好了。

伍国华心里盘算着,等儿子的大学录取通知书来了后,他就对儿子和胡小兰说说他去五池市工作的事。但通知书来了那天,儿子却主动对他说了这事。

那天晚上,伍国华回家后,儿子将录取通知书给他看了,然后对他说:"老爸,妈妈晚上上夜班,今晚你请我吃大餐吧。"

伍国华就带了他去一家新开的西餐牛排馆,点了不少大菜,儿子吃得很满足。吃完后,他们沿着芙蓉湖公园一条僻静无人的小道散步回家。公园里合欢树开花了,香气弥漫,湖里蛙声一片,不远处的广场上,广场舞乐声依稀传来。

儿子突然问伍国华:"爸,我问你一件事。"

伍国华愣了一下说:"你问。"

儿子说:"是不是因为你,我舅才牺牲了?或者说是我舅舅替你牺牲了?"

伍国华停住脚步,他扭头看着儿子。黑暗中,儿子站成了一段黑影子,看不清他脸上的神情,只听到急促的呼吸声。伍国华咳了一声说:"你……什么时候开始想要问这个问题的?"

儿子说:"我就问你,是不是?"儿子的语气明显带着少年的叛逆与愤懑。

伍国华突然掉头就走,他低声说:"这个问题轮不到你来问,你、你妈妈、你外公,你们都没有权利来审判我!"

儿子在身后没再说话,伍国华再回头时,看见儿子抡着拳头,对着身边的一棵大合欢树不停地捶打。脆弱的合欢花扯断与树枝最后的牵连,一朵朵纷纷落到地上,飘到湖里。

这天晚上,伍国华夜深了还睡不着,他摸出手机,在"仰天堂"群里说了句话:"妈的,想念小老窖的味道了!"

没想到,老金、老侯竟然也没有睡,他们像听到食物召唤的鱼,一个个浮上水面。

老金说:"带小老窖的人呢?"

老侯说:"小老窖就是那臭豆腐,三天不吃还真想!"

更让伍国华没想到的是,沉寂的老范终于冒泡了,他又发了张机场的照片,然后说:"这么巧,正在登机,回去后搞小老窖!"

伍国华说:"没待满两个月嘛,怎么在美帝国主义国家待不住啦?"

老范说:"老美不好玩儿,上街买菜,连个支付宝都用不了,太落后啦!我还是早点回家吧。"

老金说:"祖国欢迎你!"

两天后的傍晚,老范果然从上海坐高铁回到三义市了。老范的妻子到高铁站接的老范,将老范直接带回家了。因此,那天晚上四个人没有聚成。后来的几天,他们每天都在群里约,但老范一直有事,大约是刚回来,接风的亲友也少不了。这样到了一周后的周末晚上,"仰天堂"群的四个人才最终坐到酒桌旁。

因为是晚上,没法儿到仰天堂刘老家去,地点就定在"表妹"家的大排档。

伍国华果然带了好酒——两瓶存了十几年的茅台。

老金说:"老五,我敢肯定你是把这酒夹在裤裆里带出来的,就这酒,现在一瓶要好几千哪,你老婆要是知道了,看你怎么办。"

伍国华笑笑说:"反正这个年纪了,蛋留着也没什么用了,掉就掉了吧。"

大家都笑着,争着要把杯子倒满,说是这好酒,少喝一滴都吃亏了。

伍国华一边倒酒,一边想着胡小兰和儿子这会子到了哪里。前天晚上,儿子出去找同学玩儿去了,胡小兰忽然对他说:"儿子去上学我就不送了,我明天带他出去旅游一趟。这些年,为了学习,我和儿子都没有出去玩儿过。"

伍国华说:"也好。"

胡小兰说:"你什么时候去五池市?"

伍国华这才知道他要去五池的消息终究是没有瞒住,他说:"下个月吧,文件还没下来。"

胡小兰冷笑着说:"果然哪,果然,你都安排好了。"

伍国华突然大吼一声:"什么安排好了?你呢?你是带儿子去旅游吗?"伍国华从几个战友那里得知,胡小兰和他们联系了,最近要带儿子去他从前服役的部队,说是去祭奠葬在那里的胡应忠,顺便在附近看看热带丛林。伍国华知道胡小兰带着儿子去那片南方丛林的目的。

胡小兰走后,伍国华打开电脑,拟了一份离婚协议书。

## 6

"表妹"家大排档的好处是,闹到夜再深,也不会来收你的台子。四个"表哥"喝光了两瓶酒,又不想早早散了,便叫"表妹"拉了一盏亮些的灯来,顶在头顶,他们凑在一起打扑克牌,玩的是流行的掼蛋。掼蛋是两两一对,捉对厮杀,需要相互配合。他们打着牌,嘴上不闲着,不是臭对手就是臭对门,嚷嚷着,伍国华觉得自己说了太多的话,嗓子都有点儿哑了。快到深夜十二点了,四个人的酒气都消得差不多了,聚会也就散了。

回去时,老金和老侯是一条路线回去的,他俩打了辆车走了。伍国华是打的来的,老范却是骑了辆自行车来的,伍国华就说:"反正回去也睡不着,老范,我们俩走一段吧。"

老范推着自行车和伍国华往回走,两人说着闲话。说起美国之行,老范说:"总算是见了女儿一面,我现在就是挂了也可以放心了。"

伍国华说:"你这话说的,现在交通便捷,你女儿要回来也是很方便的。"

老范笑着摇摇头。

路过芙蓉湖公园,老范推着车往公园的湖边走,他说:"老伍,我陪你穿过公园走会儿吧,我骑车子比你快。"

两人走到那条满是合欢花树的僻静道上,朦胧的星光透过树叶洒落在他们的脸上和身上,合欢花的香气也盖了一头一脸。走到分岔口,老范停下来,在树影下对伍国华说:"就此别过啦,老伍。"

伍国华觉得老范这话说得怪怪的,怪在哪里他又说不上来,他想说什么,却发现不知从何说起,就点点头说:"那你回去骑车慢点儿。"他说着,沿着往常经常走的那条道往家走。走了一段后,他觉得背后似有什么东西,就回头一看,看见老范还是站在原地,眼睛一直看着他,一只手撑着自行车,一只手冲他不停地挥着,还喊了声"拜拜"。伍国华也挥了挥手,他心想,这个老范,在美国待了这么短时间就学会"拜拜"不离口了。

那晚回家后,伍国华觉得有点儿疲惫,心里却是放松的。他匆匆洗漱了一下,就上床了,也没给黄慧发微信,竟少有地睡得很沉,一觉睡到了大天亮。因为即将调离,伍国华也就不想再在单位多管事,他出去买了点儿早点,吃完后,还觉得全身乏力,索性向一把手经理请了个假,又上床睡了,回笼觉好睡,这一睡就睡到了中午。

醒来后,拿来手机一看,却发现十几分钟前有十来条未接电话,都是老范打来的。老范还从来没打过这么多电话给他呢,一定是有什么急事,伍国华立即回拨了过去。

接电话的却是个女的,说了句话后,伍国华才明白,接电话的是老范的妻子。

老范妻子问:"伍总,我家老范昨天晚上是不是和你在一起的?"

伍国华不知道老范妻子为什么要这么问,莫非老范昨晚上到别的地方去了?他一时拿不准该怎么回答,他含含糊糊地支吾着。

老范妻子语气凝重地说:"伍总,老范手机没带在身边,昨天下午出去后就一直没有回家,我担心他。"

听她这样一说,伍国华就实话实说了:"昨晚是在一起的,深夜十二点不到吧,我们就散了,各自回家,老范是骑着自行车回去的。"

老范妻子说:"哦,我知道了,可是,他去哪里了呢?单位那里、朋友那里,都找遍了,就是不见他的人。"

伍国华心里也奇怪,老范这是去了哪里?不禁也着急起来,嘴上却安慰老范妻子,虽然明知这个理由很勉强:"老范从美国才回来,估计还在倒时差,是不是怕夜深回去打扰你,他就另找地方睡觉去了?"

老范妻子挂了电话,伍国华却再也睡不着了,自己明明是和老范一起往回走的嘛,那么晚了,老范会走到哪里去呢?有一瞬间,他怀疑老范是不是一个人又偷偷溜到那个深山里的曾经的精神病医院去了。可这也太荒唐了,他摇摇头,一贯靠谱的老范应该不会那么疯狂的。

伍国华心神不宁,整个下午都在房间里走来走去,走去走来。他把电视机打开,不停地调台,却一个频道都看不下去,于是关了电视,可关了没一会儿,又去打开。他几次想打电话给老金和老侯,但又觉得这时候打似乎不太妥当。于是,他老想着,也许老范这家伙睡足了觉,此时,正骑着他那辆破自行车,吭哧吭哧地往家赶呢。老范回到家后,肯定会第一个给自己打电话的,伍国华想。这样想着,他就不停地看手机,一直给手机充电,生怕漏接了来电。

但手机偏偏一声不吭,到了下午四点多钟的时候,却突然铃声大作,显示的是老金的号码。

老金劈头就说:"老伍,老范恐怕不好了!"

伍国华的心往下一沉,问:"怎么了?"

老金说:"老范走了。"

伍国华急问:"走了?怎么走了?"

老金说:"就在芙蓉湖公园,刚捞上来,老范这家伙怎么会淹死了呢?"

伍国华挂了电话就往外跑。刚到芙蓉湖公园,伍国华远远地看见湖边围着一圈人,老金、老侯和老范的妻子都赶到了,但他们都离着躺在地上的老范一丈多远。

伍国华扒开人群,冲了上去,扑到了老范身上。

老范的身体微微膨胀,他只穿了条大裤衩,露出了白花花的身体,面容却是安详的,看不到一点儿挣扎的样子,但身体上密密麻麻地爬满了蚂蚁。蚂蚁有两种,一种个头儿小的红蚂蚁,一种个头儿大的黑蚂蚁,它们源源不断地从四面八方汇聚过来,在老范的身体上爬来爬去,有的甚至爬进了老范的嘴巴里、耳朵里。

老金、老侯都不知所措,老范的妻子只是在那里哭。

伍国华大吼一声:"老金、老侯,你们快联系殡仪馆来车啊!"又掉头吩咐老范老婆,"快回去拿衣服啊,老范不能就这样子上路啊!"

老金说:"殡仪馆车子已经在路上了!"

伍国华站起来,看见老范身边还停着那辆加重老式自行车,老范的上衣和裤子都整齐地叠放在自行车上。他上前从车上扯下老范的汗衫,折成一把,揩拭起老范身上的蚂蚁来。伍国华一边擦一边说:"老范,你这是做什么?老范,你这是做什么?"

不一会儿,殡仪馆的车子来了,后车厢太小,一团布裹起了老范的身体后,就没有多少位置了。伍国华对老金、老侯说:"你们帮助老范单位管事的看看,商量商量怎么处理后事吧,我送老范先去吧。"

伍国华就坐在老范的旁边,老范身上的蚂蚁还没有清理干净,继续在他身上不紧不慢地爬行。伍国华将蚂蚁赶走,有一些便从老范的身上转移到他的身上,并用它们刚刚噬咬过老范的嘴来啃噬他的皮肤,他有一种细微的触电般的痛感。伍国华奇怪自己怎么一点儿不害怕,他体会着蚂蚁的啃咬,他身上的痛感是否和老范身上的痛感是一样的?车厢逼仄,每遇拐弯和道路不平,老范的身体便碰撞在伍国华的身上。伍国华看着老范,有一些时候,他好像看到老范嘴角偷偷泛起了微笑,就像平时他们在一起时,他说了一句俏皮话,老范总是咧开嘴微笑。他揉了揉眼睛,老范似乎又瞬间收敛了脸上的表情。老范你用手抹一下脸啊,你抹一下,脸上就有笑意了,你抹啊!可老范没有反应。伍国华觉得老范是在开一个玩笑,他对老范说:"你这个玩笑开大了,老范,你这么玩儿,你有没有想过怎么收拾后面的局面呢?"这回老范好像听见了,好像又偷偷地笑了一下。

伍国华扔掉手上老范的汗衫,他骂了一句:"老范,你这家伙到底是为什么呀?"

7

帮忙处理完老范的后事,天气终于凉了下来,夏天就要过去了。但伍国华一直没有从不好的情绪里走出来。

一个小城市里,一个处级干部突然淹死在公园的湖里,自然引起了一些议论。特别是电机厂的总经理之前被组织审查,后来又继续出来工作,前一阵突然传他又被省纪委请去了,在还没有结论的紧要当口儿,前处长老范的死更是敏感话题。所以在老范的追悼会上,电机厂一个厂级领导都没有露面,只让一个老干部处的负责人露了个面。

自杀还是他杀?本市一家网站论坛就以这个为题,把老范的死炒作了一番。

民间好事人士看热闹的心态自然倾向于老范是自杀,这样比较有兴奋点,他们的理由是:深夜了,死者为什么不在家睡觉而是跑到湖里游泳?听说死者是个游泳高手,怎么会在并不十分宽阔的湖里溺死?电机厂领导层贪腐案正在调查之际,死者是不是知情人及参与者?是不是因为压力过大自杀?这不由得让人心生联想。

当然,针对上面的疑问,官方给出的解释是:死者深夜游泳已是一个长期习惯,不过虽然水性很好,但一时大意,水凉导致抽筋,又没有人救助,不慎溺水死亡,完全是一个意外事故。

伍国华 开始很不能接受老范死亡的事实,那几天从外面回家,他不肯再走那条穿过芙蓉湖公园的小道,而是从大马路绕一下。有天晚上,他在外面打车回家,司机要从湖边走,他让司机绕过去,司机不解,问他为什么要多跑路,伍国华一时不耐烦起来,他粗声大气地说:"就按我说的走,管那么多干吗?"

然而一静下来,老范到底是自杀还是他杀这个问题也困扰着伍国华。他反复回忆着,心底一直认为老范应该是自杀的。

老范的尸体是一个公园清洁工发现的,据清洁工说,他经常看见老范去公园游泳。那天下午,他看见了老范的自行车和摆在自行车上的衣服,就是没有在湖里发现有人,他就朝湖上望,结果发现在湖心处,一片莲花荷叶边,似乎躺着一个人,他连忙划了船去看,发现那人已经膨肚子了,明显死去多时。他一时不知道怎么找到死者家人,除了打电话给公园管理处的领导,他搜索死者自行车上的衣服,结果在裤子口袋里发现了一张水费缴费单。缴费单折叠得整整齐齐的,上面印着缴费户主的电话。他就试着打了那个电话,果然通了,就是死者本人的手机,巧的是,死者手机那天就丢在家里。

正是清洁工的这番话让伍国华相信,老范下水就是要自我了断。老范连怎么让发现他尸体的人通知家里人都想好了,水费缴费单一定是他故意留下的。

这时,伍国华又想起之前的许多细节,他忽然认为,老范为这次自杀其实已经准备了好久,具体在什么时候开始他不知道,或许在清明节老范带他去那个医院废墟探险时就已经动了念头吧。伍国华后来也在网上搜索了一下"废墟探险",他不知道老范带他去那个废弃的医院算不算,网上说那是现代人治疗焦虑的一种手段,这么说,老范有不为人知的焦虑?看老范那样子,好像对那废墟很熟悉了,他是不是经常去?他还有没有去过别的废墟?

伍国华还想起老范去美国之前,他们在仰天堂爬山的情景。老范那天在水库游泳时,他在水面上浮着,大家喊他上来,他莫名其妙地说了一句话,他说:"怕什么!这里埋人正好!"现在看来,老范这句话不是随便说的。

老范对自己的死期也是精心选择过的,从美国回来后好几天,老范和他们"仰天堂"群的另外三个人其实一直有机会聚餐的,但老范都推辞了。

老范的后事料理完后,为了表示感谢,老范的妻子特意请伍国华他们吃了顿饭。等到晚餐结束,其他人都离席了,伍国华送老范妻子回家,在路上,他问老范的妻子老范在出事之前几天都在忙什么。他妻子说,老范那几天在忙公证,他名下有两套房,他将其中一套房子赠予在美国的女儿,他去美国也是和女儿商量这件事。老范的妻子不无醋意地说,老范对他和前妻的女儿还是很上心的,女儿在美国读几年书,每年都要几十万。伍国华说,老范那几天并没有在外吃饭应酬?老范妻子说,没有,那几天他一直在家里练书法。话都说到这里了,伍国华就又问了一句,老范去世了,女儿没回来是因为路途太远也就罢了,可他前妻为什么也没来呢?老范妻子沉默一会儿说,她是个精神病!伍国华不好再打听了,也觉得再问这些问题已经毫无意义了。

现在,伍国华想到一些事,特别是他们"仰天堂"四人群的最后一次聚会,喝酒、打牌,玩到那么晚,最后散场时,老范特意推着自行车与自己一道散步回去,包括分别时,他一直在树影中目送着自己,喊了两遍"拜拜",那都是老范最后的暗示与告别啊。

相信老范是自杀后,伍国华就不排斥再去芙蓉湖公园了,甚至有几次还特意走到那条僻静的湖边小道上。合欢花谢了,树影疏朗了些,湖里映衬着几点星光。

坐在湖边的一块大石头上,伍国华仿佛看见老范在人世间最后一晚的情形:老范在看着他走后,就停好了自行车,他脸上的神情肯定是从容的,像他写书法时一样,一撇一捺、一横一竖怎么走心里都谋划好了。他先是脱去上衣,一粒一粒解开扣子,再脱去套头圆领汗衫,然后是裤子,衣服一件件折叠好、摆放好,他还特意摸了摸裤子口袋,确定那张水费缴费单还在;然后是皮凉鞋、袜子,凉鞋整齐地摆在一起,袜子塞进鞋子里,凉鞋与袜子就放在湖边,可以提示经过者——湖里有人。一切安排妥当后,他看了看夜空,又看了看四周,天上飞过几只夜鸟,四周没有一个行人,他慢慢地走下湖去,湖边的木牌上写着两行字:水深两米,禁止游泳。老范心想,对不起了,我只能选择这里啊。水深其实并没有两米,老范对伍国华说过,这好几年都没有清淤,湖里的水越来越浅了。老范只好向湖中心走去,湖中心的水勉强淹没了他的头顶,老范最后再看了一眼水面上的世界,最后呼吸了一口这世界上的空气,就憋着气往水底下沉去。可老范的两只脚不由自主地踩动着,他老沉不下去。老范于是摊开手,将双手狠狠地扎进湖中心的泥里,抓住泥里水生植物的根茎。这样很难受,但老范不怕难受,老范连脚指甲碰翻了都一声不吭,还有什么不能忍受的呢?于是,老范觉得自己成了一尾鱼,他睁大了眼睛,眼前的一切包裹在一个巨大的圆形的水泡中。他似乎游到了那个废墟医院里,一切静止了,老范安详而满足地闭上了眼睛。

这样想象着,湖中心传过来一种水鸟的鸣叫,那嗓音有点儿嘶哑,那叫声有点儿欲语还休,就像老范。再凝神去听时,却再也听不到了。伍国华觉得浑身凉凉的,脚下麻麻的,他站起来往家走。

8

又过了一个月,儿子上大学走了,正式的调动文件也下来了。伍国华一边收拾行李和个人物品,一边在想着和胡小兰最后摊牌。他已经把离婚协议打印好了,只需要找个时间到民政窗口把离婚手续办了,这样自己独自一人去五池市也利索些,三义市以后恐怕是不能常来了。

这天,伍国华正在家打包书籍、笔记本什么的,老金打电话来告诉他,电机厂那个总经理贪腐案纪委调查结果公布了,贪了不少,拔出萝卜带出泥,据说连带牵扯了不少人,估计有些人睡不着觉了。伍国华问,那老范呢?老金说,对老范倒是有好几种说法,一种说老范是以一死保住了贪污来的家产,一种却说电机厂的总经理一案查了好久没查出名堂来,可能是总经理上面有人,老范不断举报,最后是以自己的死来引起上面注意,这才有了总经理的倒台。

  老金是个话痨,絮絮叨叨说了一大堆,伍国华后来一点儿也没听进去,他"嗯嗯"地机械地应着,挂了电话,觉得全身一点儿力气也没有。胡小兰上小夜班,要到晚上十二点才能回家,伍国华一个人连晚饭也不想吃,索性闭了眼睛睡觉。他以为自己睡不着,可是不一会儿就睡着了,他都能听见自己打出很响的呼噜声。

  到了半夜,伍国华忽然觉得很冷,那是从来没有觉到过的一种冷意,冷到了骨髓里,将他从睡梦中冷醒。他浑身瑟瑟发抖,可这只是九月份啊,远没到寒冷的时候啊。那种寒凉是从脚板心升起,源源不断地向上输送,整个大脑皮层冰冻了一样,客厅里好像凭空起了一阵看不见的冷风,寒彻身心。与此同时,伍国华突然心里涌起一种从未有过的害怕的感觉,他也不知道自己为什么害怕,又害怕什么,就是一种巨大的恐惧,比死亡将临还要可怕的恐惧。他忽然不敢再待在客厅里了,小小的客厅突然变得太大了,让他一点儿安全感也没有。他哆嗦着,撞开卧室的门,又迅速关上,打开了卧室所有的灯,顶灯、壁灯、台灯,还觉得不够,还是冷,他用被子紧紧裹着自己。

  四壁的灯光,像深深的水泊,淹没了自己,伍国华觉得自己溺水了。他忽然想,原来自己一直生活在深水之中,只是没有察觉罢了,现在,他在抽筋,他在大口大口地被灌水,即将溺毙而亡。

  伍国华不敢闭眼睛,莫名的恐惧一直笼罩着他。他想,这是不是老范这家伙阴魂来袭啊?可老范来了,自己不应该害怕啊,老范爬满蚂蚁的尸体挨着自己时,自己都没有害怕啊。这时,伍国华的尿意上来了,从睡下到醒过来,他一直没有上卫生间,膀胱胀得极其难受,可他不敢上卫生间。他觉得再胀下去,他的膀胱就要被胀破了,就要尿到裤子里去了。实在忍不住了,他鼓起勇气,硬着头皮,猛地拉开房间的门,一头扎进卫生间,拿了个脸盆出来,又百米冲刺般跑回卧室,紧紧关上门,抵着门,解开裤带,对着脸盆解决了问题。

  这时,大门"吱扭"一声开了,是胡小兰回家了。胡小兰迟疑了一下,推开了卧室的门,她看着伍国华和房间里那个脸盆中颜色可疑的液体。她一回来,伍国华觉得那种巨大的恐惧,那种莫名的寒凉,突然消失了,长了脚一样从大门溜走了。

  伍国华定了定神,蹲下身把脸盆端起来,送到卫生间,倒到马桶里,又用水龙头冲洗了一下,再回到房间时,他以为胡小兰会对他恶眼相向,不料,胡小兰趴在床上,肩头耸动着,低声哭泣起来。

伍国华告诉自己,不管那么多了,快刀斩乱麻,他伸手向裤子口袋里摸去,那里,离婚协议书折叠得整整齐齐的。

胡小兰却猛地翻身,从挎包里掏出一张纸来,她指着那张纸说:"我的体检结果出来了。"

午夜的灯光下,胡小兰脸色惨白,面目僵硬,她似乎努力要挣扎出一丝笑意来,努力使脸上的肌肉柔和一点儿、轻松一点儿,但越努力越显得狰狞。她干脆不再努力,用一双手捂住了脸。

伍国华僵在了那里,他的手停留在口袋里那张纸上。

原载于《小说月报·原创版》2022年第3期,《北京文学·中篇小说月报》2022年第4期转载。

# 小　事　件

刘鹏艳

## 30 分钟前

　　30 分钟前老姚还不知道接下来会发生什么。他只是接了一单外卖,地址是东流北路原东市区粮食局宿舍 2 单元 501 室。当时他还挺高兴,因为刚刚跟儿子通了电话,这小子说新谈了个女朋友,五一就带回来给老子瞧瞧。当老子的难免有些手舞足蹈——儿子快三十了,前面谈了几个对象都没戏,正经往家里带的,这还是第一回。接单的老姚按捺不住雀跃的心情,就那么喜气洋洋地跨上电驴子,往粮食局小区方向奔去。

　　老姚的笑容绽在成堆的褶子上,显得有些滑稽,一张国字脸皮松肉弛,五十出头的年纪,看起来倒有六十。他这一辈子都活得皮粗脸糙,没空计较时光带给他的那些沧桑和沉淀。早些年还是小伙子的时候,他就比同龄人略显老相,这几年风里来雨里去,老得更是加速度了,但只要能赶得上挣钱的速度,他倒也欣然接受。

　　迎面骑过来一个年轻人,和老姚一样,红色勾金边的电驴子,夸张的红马甲、红头盔。两人错身而过时点头示意,老姚快乐地喊:"逆行了啊!"年轻人"嗖"一下过去,不忘回头丢一句:"你也不比我守规矩!"老姚看着风驰电掣绝尘而去的同行,心想到底是年轻,逆行还敢这么快。可是,谁不赶时间呢?

　　在路上跑的骑手都比他年轻,他有时候想起自己的年纪就有些气喘吁吁,但真跑起来也没那么矫情,毕竟跑一单是一单,钞票落袋为安。这是最实际的动力学因素。出来跑不为钱,难道还为了什么"情怀"不成?他从来不关心时事政治、经济趋势什么的宏观问题,有时间不如刷刷抖音、快手,哈哈笑几声。他不过是个随处可见的小人物,是这座地级小城市里顶不起眼的草根,混口饭吃,就这么简单,谁发明的"草根"这词儿?是草,还是根?听着就自带一股子泥土腥气,鞋底下踩来踩去的那种。老姚觉得这词儿贴切,用在自己身上最合适不过。他从不敢高看自己一眼,没有这个资本,草根就挺好,服服帖帖地生在地上,土头土脑,不拉风,不惹眼,本本分分的。

　　他是个本分人,靠自己的一双手,先把老婆娶上,然后又生下儿子,一手一脚养活一家老小,连个偷奸耍滑的机会都没有。到了儿子这代,好像娶媳妇没那么容易了。首先是儿子心大,不愿在家里待,北上广又待不下,只好跑到省城去落户。省城的房价也不低,老姚为了凑首付,跑得一双腿都快断了。就那也还差一截,不多,十万块。十万也是个数,俗话说一个子儿逼倒英雄汉,况且老姚又不是个逼得起英雄的主儿。那就借嘛,周围亲戚,一家借个两三万,能凑十万块钱也是不容易,这年头,能借钱的都算是至亲了。

但借下的账得还,老姚皮再厚,不能拿自己的脸当草纸,再加上房贷,月供也是不小的一笔开支,这都得老姚出面,亲力亲为。儿子是不可能担这笔账的,也担不起,照老姚老婆的说法,儿子的肩还嫩,不能刚入社会,就让万恶的房贷给压趴下了。儿子不能趴,那么只有老子往地上趴了。老姚苦笑,好在他本就是地里土生土长的,犁田耙埂、风吹日晒,练就了一副好腰腿,后来进了城,也是各种粗活累活都扛过,骑上电驴子就能跑,跑得还不比年轻人慢。

现在他正骑着电驴子跑在路上,四月的风擦着他粗糙的脸皮刮过去,脸颊上干燥的皮屑都好像簌簌动起来,和额头、眼周、嘴角的沟沟坎坎一起,在这个温柔多情的春天里可着劲儿地放风。他心里测算了一下距离,十五分钟的车程,规定半小时送达,绰绰有余,不过现在是晚高峰,多少受点影响。

老姚要去的老粮食局宿舍,早些年是个条件不错的小区,后来粮食企业关停并撤,小区就有点年久失修的意思,好多房子都租出去了,修车的、洗头的、贩菜的、开锁的、美容的、健身的、通下水道的、推销保险的,各色人等都有。租客有一半是单身小青年,到了饭点儿,小区里横竖来去都是跑外卖的,老姚早就熟门熟路了。有时候老姚也摇头,儿子在省城,怕也是这样对付三餐。年轻人嘛,工作压力大、生活节奏快,这是一方面,另一方面还是懒,不愿做饭,省得洗碗,一个电话,外卖就送来了,倒退回去二十年,可想得到?这一大批点外卖的,催生了一大批送外卖的。说句大白话,老姚还得感谢人家够懒呢。

先前看大门的是个瘸老头,薄唇、短髭、三角眼,面相虽看着凌厉,倒还好说话。老姚跑得勤,光是同一个小区,有时一天得跑好几趟,进去出来,老姚点个头,瘸老头也点下头,像是对暗号。久而久之,老姚竟有了错觉,以为老粮食局宿舍的大门形同虚设,至少,对他老姚是不设防的。

老姚心情不错,骑得就有些生猛,到路口拐弯,也没顾上减速。这几年路上跑得熟了,车技说不上好,总归差不到哪里去,这一点老姚还是有自信的。没想到路口那儿有个新手上路的女司机等着他呢,你风驰电掣,可把她给吓坏了。老姚这个弯,拐得就不大顺当,原本可以挨着边儿擦过去,现在变得险象环生,前轱辘巧没巧地擦过去,后轱辘却擦不过,摇摇晃晃地,咣当摔地上,火红色的头盔也从脑袋上弹出去,骨碌碌滚出几尺,像是一颗明晃晃的人头。

路口当即就堵上了,这个点儿,南来北往的,车流量本来就大,哪里经得住一点栓塞?老姚的好心情给摔得稀碎,车祸现场瞬间就变成了围观展示区,他被乱七八糟的车和七嘴八舌的人困在当中,像只溺水的鱼。那出师不利的女司机怕被讹住,连车都没下,直接打电话报了警。好嘛,光是等警察就用了十分钟。待交警骑着摩托闪着警灯呜哇呜哇地赶到,老姚已经心焦得不行,急忙忙地摇摇手自认倒霉。警察说他认倒霉不管用,既然报了警,就得走程序,身上有什么零部件摔坏没有?要上医院检查不要?还有赔偿的问题,双方可以协商。女司机立刻皱着眉说她有保险,老姚想怎样就去跟保险公司谈,反正她是一个字也不打算跟老姚"协商",否则也不会第一时间选择报警。虽然女司机是全责,但从身架到口气都是相当理直气壮,全程不看老姚一眼,生怕老姚化作一块黏度极高的狗皮膏药"啪"一下粘上她似的。

老姚胸口憋着气,不过这可不是赌气的时候,况且倒下去那一刻,他心里清楚并不是女司机的车撞了他,多半还是因为失去平衡,自己没把住。倒地的时候他脚下还稍稍带了点劲儿,半边身子撑了一下,因此并没有造成太大的损伤,不过是右手掌撑在地上擦掉一块皮而已。最幸运的是,外卖包装盒的密封性不错,吃的喝的一点儿没洒。他皮糙肉厚的,根本没把这当回事。要不是女司机报了警,非得等警察看现场,他都打算拍拍屁股走人了。警察这么一说,老姚觉得自己孬好得表个态,就耷拉眼皮伸出一根手指头,也不看女司机,对着警察说,叫她给一百块钱,他去药店拿瓶跌打酒就算了。警察看看女司机,女司机没想到问题解决得这么容易,脸上顿时呈现出如释重负的表情。看来出了事找警察是对的,如果不是警察在场,这个送外卖的没有迫于警察的威慑力,肯定不会这么轻易罢休。女司机揣着这句潜台词剜了老姚一眼,把一张粉红色的钞票递过去。

老姚接过钱,把滚到地上的安全帽捡起来,套在脑袋上扶正,跨上电驴子就开拔了。时间不等人,他还赶着送外卖呢,咋也不能落个差评。权当让狗咬了一口。老姚心里骂句娘,车把上攥了把劲儿,轰一下蹿出去,耳听身后毒舌的女司机还在跟警察碎碎地念叨:"您瞧吧,就这种危险驾驶,早晚挂在路上。刚才他就是这样赶着投胎似的,我躲着躲着没躲开……"

风一吹,话就乱了,老姚头有点晕,心里硌硬得慌,又犯不着再折回头去吵一架,就这么盛着一肚子气,气鼓鼓、晕乎乎地往粮食局小区去。原先的高兴劲儿早没了,真是人有旦夕祸福,眨个眼的工夫,好的变成坏的,香的变成臭的,饽饽直接变垃圾。老姚心想我低人一等是怎么着?我他妈还就低人一等了!想想那女司机的腌臜嘴脸,老姚就来气,仿佛是他身上有病毒,他看她一眼都有故意散布致命病菌的作案嫌疑似的。

一路骑过去,四月的风擦着老姚粗糙的脸皮,颊上一层干燥的皮屑簌簌地颤动,和额头、眼周、嘴角的沟沟坎坎一起,把这个郁躁的春天填满了。不冷不热的天儿,老姚竟骑出一身的汗。到粮食局大院门口,老姚的心思还在路上剑拔弩张地飘着呢。

电动车不准进小区,老姚下来,把车支在一边。一个穿保安服的中年男人虎着脸过来:"嘿嘿嘿,你车停这儿,人还怎么走路?"老姚抬头看看,面生,心想瘸老头呢?那保安一脸认真地指手画脚,让老姚把车移开,老姚只好捺下性子,配合他的工作。

车移了二尺,老姚高低不愿动了,人没有那么胖的,身形再怎么宽也过去了,这能挡谁的道儿?老姚不再配合保安工作,提了外卖就打算移步进小区。

"哎哎哎,我说你,送外卖的不让进啊!"保安拦住老姚,严肃的样子有些吓人。

"怎么不让进?我昨天还进去呢。"老姚也有些恼了,"昨天可不是你看大门。"

保安脸上挂了霜:"少跟我来这一套!墙上贴着小区管理制度呢,外卖、快递一律不准进小区。怎么着,还想硬闯哇?"

## 30分钟后

30分钟后,东流路派出所的小周给老吕做笔录,耳里只听老吕哭得哇哇的。小周抬起头,拿签字笔不耐烦地敲敲坑洼不平的桌面:"现在知道哭了,当时干吗呢?"眼前这张老式条桌很有年代感,隔着小周和老吕,像是隔着一整片的沧海桑田。小周心想所里早该把这张桌子换掉,领导办公室的家具都换多少茬儿了。

老吕的两只手埋住自己的脸,胡萝卜似的又短又粗的十根手指头,把他那原本就不大好看的塌鼻子、肿眼泡揉搓成皱巴巴的一团。泪水从指缝里渗出来,看着又可气又可怜,小周索性把笔录往前一推,身子卸了劲儿,靠在椅背上,从鼻孔里重重出了口气,听起来像是一声叹息。

5分钟前所里接到电话,说是刚刚从粮食局宿舍小区送到医院的那个人没抢救过来,已经证实死亡。小周解开脖颈上的风纪扣,又从头上摘下大盖帽,对着头脸直扇乎。这鬼天气,到了晚上更燥得慌。头顶上盘着一架蒸笼似的,小周的耐心和身体里的水分一起流失得差不多了。半年前他通过国考正式进入公务员序列,当时考的是公安部门的信通处岗位,却被分到基层派出所当民警。为此他郁郁不平,别人却劝他,想开些吧,你凭啥呀?是啊,他凭啥呀?他不过是个农民的儿子,研究生毕业想找份体面的工作。有时他想,要是他不认识那个分到信通处的同学,也就不会生出妄念。

从上午开始,小周一直在外面出警,连口水也没顾上喝。先是帮人逮猫,后来跟一个丢包的年轻女孩到失窃现场走了一遭,再后来接到报警电话,说东流北路原东市区粮食局宿舍出了严重状况。小周他们马不停蹄地赶过去,把横着身子卧在地上的那位老兄送进医院,又把抱头蹲在一旁瑟瑟发抖的这个家伙带回派出所。

被带回派出所的是老吕,小周放下电话,一句"出人命了啊",老吕就开始哭。小周说:"你现在知道哭了,当时干吗呢?"老吕回答不上来,他脑子还没转过弯儿,一会儿的工夫,人就没了。刚才那人还跟他横呢,他和警察同志都交代了,那个送外卖的无视小区规定,硬往里闯,他无奈之下才出的手。

"怎么个出手法儿?"小周皱着眉头问老吕。一把年纪的人了,儿女成行,两鬓见霜,下手还没轻没重的。小周乜斜着愁眉苦脸的老吕,心里满是不屑。

那根被定性为"凶器"的黑胶皮棍儿早就主动上交给警察了,老吕战战兢兢地等候着处罚决定。远亲近邻都说他是个老实人,打小儿听妈的话,后来听老婆的话,在单位也是夹着尾巴做人,领导骂他,再怎么难听的话,他都缩着脑袋夹紧了,连屁都不带放一个。就这么个老实人,刚才把一根小孩儿手臂粗的胶皮棍敲到了另一个人的脑袋上,竟然还把人家敲死了!听听,这得是多大的怨仇哇!

可是,往日无冤,近日无仇,警察一问,老吕头摇得跟拨浪鼓似的:"不认识,不认识。"这就奇了怪了,警察一拍桌子:"不老实!"老吕吓得一哆嗦:"确实是不认识,我第一天上班……以前在南七里塘的金鹰大厦当保安,这才调过来。"他们保安公司的经理后来也证明,确实是这么回事儿。黑胶皮棍是根据工作需要由公司统一配发的安全装备,理论上不算有预谋的作案工具。经理还出于人道主义精神替老吕说了几句好话,大概意思是老吕是他们的老员工,工作上还是很负责任的,出了这么大的事,任谁也想不到,绝对是个意外。

谁也不知道当时发生了什么,让素不相识的两个人拳脚相向,还闹出了人命。问老吕,老吕说是送外卖的老姚蛮不讲理,无视管理规定,硬闯小区,他为了维护小区的秩序和业主的安全,挨了老姚几下子,一时怒火攻心,从小区门岗的凳子下面摸出黑胶皮棍,鬼使神差地给了老姚一下子。老吕特别强调老姚打了他"几下子",而他只打了老姚"一下子"。因为急于表白,他全然顾不得体面,唰一下把衣襟掀起来,给警察看他瘦骨嶙峋的肋下那片青紫的瘀痕。"就一下子,我……哪知道会这样……"老吕委屈地竖起一根手指头,又很快地弯下来,迅速地藏到了大腿之间,拼命绞着,大概恨不得将这根指头立刻处理掉。

这起案情极其简单的杀人案,差点让小周背过气去。

人间四月天儿,怎么就这么燥得慌,小周扇着大盖帽,舔了舔发干起皮的嘴唇。他起身去饮水机边上接了一杯水,又给老吕带了一杯。老吕慌忙站起来,受宠若惊地躬身接了,嘴里像螃蟹吐泡似的往外嘟哝:"谢谢警察同志,谢谢,谢谢!"他还沉浸在突如其来的恐慌中难以自拔,以为讨好警察可以在某种程度上弥补不可饶恕的错误。

可惜今天的这场"意外"也太让人意外了,小周摇摇手,让老吕坐下,告诉他处理决定没那么快出来,他可以考虑请个律师了。

老吕像是没太听懂似的,茫然地坐下来,空洞的眼神里满是惶惑和无助。他是个老实人,远亲近邻都这么说,他一辈子也没机会摊上这么大的事,把人打死了,叫谁谁信?天色早暗下来,要不是在灯下,早就有一团一团的墨涌上来了吧?他忽然觉得冷,抱住双臂缩在椅子里,原本就瘦小的身体一下子塌陷下去。

小周支着下巴,有几分同情地看着他。刚才小周要给老吕老婆打电话,老吕慌慌张张地拦住了:"别,别……她……有病哩……"老吕坚持让小周给他们领导打电话,理由是,他是在工作时间因为工作理由出的事,公司得管他。小周哭笑不得,说:"你们领导的电话要打,你老婆的电话难道就不打了?出了这么大的事,无论如何也瞒不住。远的不说,近期你肯定是回不了家了。一个大活人突然不见了,你老婆不找?"老吕埋着头,躯体僵硬地深陷在自责和懊悔当中,像颗萎缩的枣核似的嵌在沼泽里,安静而又绝望地等待着灭顶之灾,半天憋出一句:"再说吧。"

等保安公司那位姓毛的经理过来,小周才知道老吕的老婆患有精神分裂症。"还是暂时不说的好,他老婆那人……唉,不要这边'葫芦'没按下去呢,那边'瓢'又起来了。"身材矮胖的毛经理从裤兜里掏出纸巾,擦着额头冒出的汗,有点气急败坏。他接到电话就着急忙慌地赶过来,路上差点追尾。这鬼天气,让人没点准备就热起来,毛经理的白衬衫像水洗过似的紧贴在后背上,胳膊弯里却搭着条西装褂子。派出所门口没有停车的地方,他从几百米外的停车场小跑过来,穿了一整条巷子。原以为晚上凉,特意披了件上衣,谁知晚上比白天还燥。

毛经理痛心疾首,说他认识的老吕脾气不错:"平时同事之间有点摩擦,他都礼让三分,工作上也肯吃亏,不是那种为一点小事就动手的人,更何况杀人这么冲动。"小周点着头,不置可否,旁边,早一年分来派出所的大刘却不以为然:"就这种人,平时蔫巴巴的,你以为他干不出来,结果一出事就是大事,有没有?"立刻就有人附和,说大刘说得对。所里几年没出这么大的事了,平时处理的案子,也就盗个电动车什么的,老吕的事一出来,一时间成为热议的焦点。大家伙儿你一言我一语的,倒把老吕晾在一边。那倒霉的事主,现在愁眉苦脸地蜷在一个角落里,胆战心惊地等着悬在头顶的那把达摩克利斯之剑掉下来,给他一个痛快。他想毛经理会为他说几句好话。他平时见了毛经理都毕恭毕敬,点头哈腰,偶尔还会殷勤地把口袋里的好烟让出来。他本人不抽烟,别人给他根把好烟,他就存在兜儿里,遇上毛经理便递上去。虽然毛经理从不抽他的烟,但对他的态度还是相当认可的。不过眼下,毛经理的话好像并不能使他脱罪,他心神悄怆地隔着遥远的距离听到了自己的命运,颓然瘫坐在地上,从几乎是匍匐的身体里生出一阵悲凉。

毛经理一脸同情地把老吕家的情况一说,警察都直咂嘴:患有精神分裂症的妻子、八十岁的老娘,还有一对上高三的双胞胎女儿,都靠老吕的一副肩膀硬扛着呢,这下塌了天。可杀了人就是杀了人,谁也没这个权力把老吕放回家去,那一家子,唉,就那样吧。毛经理摇头,小眼睛在金丝眼镜后面,配合着夸张的表情眨巴眨巴。前胸后背的汗收了些,说了半天话的毛经理觉得凉,反手把西装褂子套上。这时候听见羁押室里老吕的哭喊声隔着门传过来:"毛经理,我是因为认真执行岗位责任制度才被抓进来的,你要帮我呀……"

毛经理尴尬地搓搓手,油光光的胖脸对着小周他们说:"我刚才见他的时候已经和他说了,这个,设立岗位责任制,是为了把工作做好,不是鼓励员工杀人嘛,哈,怎么能拿这个做借口呢?荒唐呀,荒唐!"毛经理又觉得热了,两手拉住西装外套的两片前襟,最大限度地敞开怀。"这鬼天气,穿上热,脱掉冷。"毛经理咕哝一句。大刘凑趣儿似的跟着来了一句:"也是,这工作吧,认真也不好,不认真也不好,您说上哪儿说理去?"毛经理双手不自觉地摸着凸起的大肚腩嘿嘿笑,小眼睛眯起来,一副憨厚模样。

## 当时

当时到底发生了什么呢?

根据几位目击者的证词,当时送外卖的老姚和新上任的小区保安老吕,先是因为外卖能不能进小区的问题发生了激烈的口角,然后发展到肢体碰撞,在几个回合的推搡之后,双方的拳脚功夫开始升级,最终老吕使出了公司派发的夺命追魂胶皮棍,让老姚一命呜呼。整个过程不超过三分钟,看热闹的人甚至没看过瘾。有人拿手机拍下了老吕施暴的那一击重棍,不断"哇塞"的画外音让视频更加生动鲜活,几乎是在事件发生的同一时刻同步上传到云端,呈几何级传播的网络发酵就此带火了没落多年的粮食局小区。

那个四月的黄昏云淡风轻,本是一年中最好的季节。老姚骑上电动车的一刹那,心情还是有几分雀跃的,因为儿子正经八百地谈了个女朋友,让这个做父亲的感到未来可期。趁着浩荡的东风,他一路愉快地骑行在送外卖的路上。这份工作虽然辛苦,却能够给他带来相对丰厚的报酬,并让他扛在身上的债务显得不那么沉重。但在出了一起事故后,他的好心情随即被破坏殆尽。他几乎是有些气急败坏地重新跨上电动车,往粮食局小区方向骑去。一路上他感到头晕、气闷,燥热难当,扣着安全帽的脑门上渗出豆粒大的汗来。

好不容易到达目的地,他一把摘下了安全帽,支起电动车,拎上外卖就往小区里钻。他和看门的瘸老头打了几年照面,熟门熟路,况且他是遵守小区规定的,电动车留在了小区外面。他没想到有人埋伏在这儿刁难他——突然冒出来的小区保安拦住他,横眉竖眼地挑他的理儿。他一下子就火了,保安老吕在老姚眼里,忽然就生出狂吠乱叫的恶犬形象来,再加上客户一个电话一个电话地催,"超时""差评"的胁迫感让老姚登时横下心来。

新来的保安老吕对小区环境还不是很熟悉,但"外卖、快递一律不准进入小区"的规定他是知道的。"规定"就白纸黑字地张贴在保安岗亭的外墙上,既是一种对外广而告之的宣示,也对老吕自己起到一定的警示作用——他一向是个安分守己的人,从国家的法律法规到单位的规章制度,他绝不敢有秋毫触犯,况且初来乍到,工作上不说做出什么骄人的成绩,认真负责还是能做到的。这么一说,大家伙儿大概就了解啦,老吕其实是个胆子特别小的人。因为胆小,所以做事特认真,特仔细,生怕出一丝纰漏。他可不敢胡乱出纰漏,一家老小都指着他呢,他有什么胆子出纰漏哇?

这个春风浩荡的日子,老吕第一天上班,认认真真地,仔仔细细地,认真、仔细到近乎偏执的地步,让老姚误以为是一种刁难。

"哎哎哎,我说你,送外卖的不让进啊!"老吕伸手拦住老姚,严肃的样子有些吓人。

"怎么不让进？我昨天还进去呢。"老姚一脸不服气，"昨天可不是你看大门。"

老吕脸上挂了霜："少跟我来这一套！墙上贴着小区管理制度呢，外卖、快递一律不准进小区。怎么着，还想硬闯哇？"

老吕是有身份的人，一身保安制服就是最好的凭证。认真履行岗位职责的老吕认为，这保安呢，搁在小区门口，就得有门神的架势。他拦老姚拦得有理有据。

老姚可不这么想。一个看大门的，还跟老子跩得二五八万，老子不吃那一套！

两人当场就戗起来，你看不上我，我瞧不起你，相互指认对方是"乡里头的"。其实进城都没几天，面对张牙舞爪的对手，却跟坐稳了江山的帝王似的，霸气侧漏地渗出一种滑稽的自我高级感。先是嘴上不干净，"替人跑腿的"骂"给人看大门的"，"给人看大门的"气不过，回骂"替人跑腿的"。骂得不过瘾，嘴炮不断升级，各种难听话砸过来扔过去，像是锅炉里沸腾起来的开水，唰唰地冒白汽，那阀呢，咕嘟得实在关不住，渐渐就动上了手。也不知谁先使了一膀子力气，叫对方摇摇晃晃，接下来就跟启动了引擎开关似的，停不了手脚咯。不一会儿，呼呼啦啦围上来一圈儿看热闹的。

光看，热闹嘛。大家伙儿热热闹闹地看老吕和老姚撕起来，你一拳我一脚的，虽没有电视里的功夫好看，但落个实在，拳拳到肉。大家伙儿没有不爱看的，有的还拿起了手机，对准了拍，估摸着网上也有人爱看。

老吕个头矮些，又生得精瘦精瘦，论块头不是老姚的对手。有人就在一边说："那保安要吃亏。"另有人说："也不一定，拳怕少壮，我看那送外卖的怪老相……"都只歪歪嘴，并没有上前拉架的。

这边老姚和老吕撕得更凶些，老吕肋下吃了老姚一拳，痛得还了一脚，无奈腿不够长，倒显得老姚腾挪功夫了得，差点没惹看热闹的人喝一声彩。老吕也是昏了头，盛怒之下猫腰进岗亭摸出黑胶皮棍来。

老姚原以为老吕吃了亏，定是落荒而逃了，谁晓得老吕一磨身子，呼地上来给他一棍。老姚哼都没来得及哼一声，就软软地瘫在地上了。众人一阵惊呼，把看热闹这事儿推向高潮。老吕这下稳准狠，也不知是有心还是无意，堪堪敲在老姚的脑袋上。老姚到死也没明白，这一下的速度和力度，怎么拿捏得那么恰到好处。要是生命也和电影一样能够回放，他大抵会后悔刚才因为嫌热摘了安全帽。在倒地的最后一秒，老姚瞳孔里映出挂在电动车把手上的那只红色安全帽，摇摇欲坠，如一团冰冷的火……这帧画面那么惊悚，好像平白又出了一场车祸。这回，比上回惨烈得多。

外卖盒子骨碌碌滚了一地,仍是滴水不漏。老吕呆了一呆,无端地想,待会儿老姚爬起来,会不会把外卖捡起来接着往里送。他很快意识到自己想得多余,因为老姚一动不动,不像是打算继续跟他作对的样子。老吕慌了神,这才想起来,刚刚那一棍子敲的不是地方。我的天,敲人脑袋上了!

哎,出大事儿了!众人这才恍然大悟似的,收起瞧热闹的那股子热闹劲儿,报警的报警,帮忙的帮忙。等到警察来,一问,都说,谁想得到呢?前后没有三分钟。

是想不到,一个送外卖的和小区保安打架,把命给送了,凭谁也想不到。

就没有哪个上去劝劝的?

谁想得到呢?前后没有三分钟。

照那些目睹了大事件的人的说法,都以为是寻常打架呢。这小区里人多且杂,相互之间既不知来处,又不知去处,多是擦肩而过。有时若擦上了,便生出口角事端,动手动脚的也不在少数。打架实属寻常,在旁人看来不过是个乐子。谁想得到呢?若是撕打得厉害,时间一久,该有人上去拉架,偏偏两个半老头子,又不像能打出什么名堂的,还以为扇两巴掌就完了。后来有人看那保安摸出黑胶皮棍,心想,喔喔,使家伙了!可还没够得上看清楚身形步法呢,只一下子,那送外卖的就倒在地上。

小周问了一圈,大概就这么回事。进,还是不进,是个问题。围绕这个问题,保安老吕和送外卖的老姚从各自的角度出发,据理力争,拒不妥协,最终聚沙成塔地酿成了一起重大案件。那一颗颗粗粝的沙子,是四月燥热的风,是黄昏掉落的日头,是马路上刺耳的喇叭,是人来人往的喧嚣,是催单的电话,是银行的贷款,是墙上的规章制度,是四周异样的眼光,是日复一日的庸常和辛苦,是一家老小的生计,是心底冒出来的一簇小火苗,是神经丛上跳动的那朵来自命运的狞笑……老吕挥出黑胶皮棍的时候听到了一声闷响,他没在意,那种钝物与钝物之间亲密而猛烈的接触,听起来像是"噗"的一声屁。

这么多年,老吕也变钝了,什么都挑不起他的兴趣似的,缺乏对周遭事物的感知力。要是他足够敏锐,哪能忍受得了经年累月钝刀子割肉的痛呢?老婆发病时的歇斯底里,要吃要喝要上补习班的一对双胞胎女儿,还有老娘的慢性病,哪一样都让他烦恼不已,又不得不按捺下厌烦之情。他又不是什么大人物,假装咳嗽一声,缺什么、少什么,就有人主动送到面前来。他什么都要自己觍着脸去挣,缺这少那的,够他累上半辈子。他这半辈子都在为鸡零狗碎的生活打工,因而也就活得鸡零狗碎,上不了台面。最惊天动地的一次,怕就是今天这样的"高光"时刻了,一棍子把人给敲死,嚯,多大的事体！老吕贴着羁押室冰凉的墙面簌簌发抖,热乎乎的四月天儿,竟然抖得上下牙齿咯咯打架。

小周把羁押室的铁门"当"地带上,先自打个激灵,这是他分来东流路派出所之后,接手的第一个大案。大刘说,这案子很简单。他却不这么认为。此案实在是太复杂了,复杂到一目了然的惊悚。涉世未深的他像是卷入了一个避无可避的旋涡。看似偶然的结果,竟使他和关在羁押室里的老吕一样,惊觉背后一凉。他无端地感到心情低落,那种被有背景的同学顶替身份的郁闷之情,又阴云似的涌上了心头。

他不知道接下来老吕会受到什么样的法律惩罚,也不想知道。虽然那段"保安挥棍打死外卖大叔"的视频引起的网络热议还在不断发酵,但可以肯定的是,人们对这种大事件的热情不会持续一周。要不了一周的时间,网上的旧闻就会被新的大事件覆盖,轻飘飘地泯然于众,任谁再也想不起那个猥琐的小保安和死去的外卖大叔。这才是最可悲的地方。

一天结束了,好像生活才刚刚开始。小周摇摇头,晚上还约了女朋友去酒吧。春夜无边,明晃晃的灯光下,脸上晕染着几分落寞的小周走到派出所入口处那面硕大的衣冠镜前,正了正头上那顶镶有国徽的帽子,然后,默默地朝更衣室走去。

原载于《花城》2022 年第 5 期

# 浍河路上

秋 野

## 一

在浍河路对面,突然出现一个修自行车的家伙,逍遥自在地把摊子摆在一棵柳树下,早来晚走。半个多月了,竟没和他打过一声招呼,这让老周觉得不可思议。

小城的马路大多以河命名,这条路叫浍河路,浍河是大平原上的一条著名大河。这地方属于城郊,土地和村庄已被征迁。因尚未全面开发,只规划修建了几条马路连着主城区,所以,还是一派空旷景象。尤其这条路上,两边几百米范围内无房无店,只留下这座院子,暂时还通着水和电。望着马路对面,老周在心里嘀咕:且不说你这家伙如何拉屎拉尿,行,你可以憋着,也不论你渴了怎么解渴,行,你带着水杯呢,那么,人家车胎烂了,你总要先试水找漏点吧,你去哪里弄水?周边最近的一条水沟,离这地方少说也有二里地。

直到有一天,看见那家伙从三轮车上拎下一只塑料桶往盆里倒水,老周才无趣地摇摇头,心里不免失落。随手拿起墨镜罩在眼上,遮住一份浅浅的黯然神色,老周不禁又在心里嘀咕:这么偏僻的地方,一天看不到几个行人,你这家伙跑这里摆摊修车,修哪个的车?你别看我在这里收货,那是城管不让在市区设点,也是我们这个行业的特点。再说了,我有院子,有房屋,风刮不着,雨淋不到。你这家伙有啥?摆个露天的摊子,如果没有树荫罩着,到了夏天,太阳还不烤煳你?人家修车都是择一处人多车多的地方,你跑到这个地方来摆摊,不是老糊涂了,就是大脑神经错乱了。

更让老周觉得不可思议的是,对面这家伙,每天早上七点多钟,准时蹬着三轮车来到,然后不慌不忙地停稳车,拿块塑料布铺在地上,把几件简单的工具摆放在上面,倒上半盆水放在旁边。接下来,他拿出一只小马扎挨着树根坐下,把上半身靠在树上,掏出一只红色的播放器,播放戏曲。粗声大嗓的唱腔,却能让这家伙无比陶醉,好像他活得多么安逸似的。老周又在心里嘀咕:装啥幸福?真活得幸福,还能跑到这地方摆摊修车?

嘀咕归嘀咕,要说老周心里多么在意还谈不上。老周也只是有些疑惑罢了,索性想,你修你的车,你逍遥也好,安逸也罢,幸福也行,那是你的事。当然,你也可以永远不招呼我,那是你的权利。

浍河路上,两旁是清一色的柳树。没人来送货时,老周戴副墨镜,躺在柳树下的躺椅上,一手把住茶壶,一手夹着香烟,过足了瘾,就看路上偶尔路过的行人和车辆。路上的行人和车辆实在太少,很多时候,只能看天上的云彩或无云的天空。时常,看着看着,眼就睁不开了。鼾声犹如伴奏曲,伴他在梦中回忆着过往岁月。没这鼾声,他就不能入梦。平时,客户来送货打断他的鼾声,他就会不由自主地在收货时刁难一下对方。这种刁难也只是表现在嘴上,斤两和价钱,老周一点也不会少给对方的。有时候,他在心里问自己,都这把年纪了,怎么喜欢活在梦里呢?

这天午后,老周无论如何也想不到,打断他鼾声的人,竟是马路对面那个摆摊修车的家伙。

老周不情愿地睁开眼,看见那个修车的家伙站在他面前,突然觉得有几分惊讶。他本想摘掉墨镜,手已经放到脸上却又收了回来,故作平静地问了一句:"你有事吗?"

"有个男孩从你院子里扛根铁管子走了。"

"哦,我知道。"

隔着墨镜,老周注视着修车的家伙,修车的家伙脸上顿时露出一丝尴尬,忙说:"我以为你睡着了,没看见他偷你的铁管子呢。"

"没事,要不了一会儿,他还会送回来的。"老周这才慢慢摘掉墨镜,一脸的淡定。

修车的家伙尴尬的脸上多了一丝诧异。他犹豫了一下,说:"大哥,我姓姜,姜子牙的姜。你贵姓呀?"

老周听了,心里竟有点不舒服,一个修车的,准确地说,一个修自行车的,姓个姜,还在我面前炫耀,什么姜子牙的姜,姜子牙就厉害了? 于是,便轻描淡写地说:"免贵姓周,周天子的周。"

"周大哥,你这生意做得清闲哟。"

"人老了,就图一个闲字。"

"周大哥今年多大岁数?"

"过了花甲之年了。"

"我今年刚六十,属猪的。"

"还是没我大,我喊你老姜不介意吧?"

"你喊我小姜吧。"

"扯,我们都这个岁数的人了,哪能带小字?就喊你老姜吧。"

"周大哥你随便喊。"

老姜回到马路对面,不一会儿,果然看见刚才那个偷老周铁管子的男孩,扛着铁管子又回到老周院子里。只听老周对男孩说:"天福,晚上再过来喝酒!"

老姜听得一头雾水。

## 二

几天后的一个下午,老姜坐在小马扎上,背靠柳树,正陶醉在戏曲声中,突然,马路对面传来一阵嘈杂声。老周的院子门口停了一辆行政执法车辆,车旁站着几个穿制服的城管人员,却不见老周。他们隔着马路问老周去哪里了。老姜说不知道。他们让老姜转告老周,叫老周尽快把他院子里的堆放物整理码放整齐,并把门前卫生打扫干净,不能影响文明城市创建,否则,就封他的大门。说完,几个人上车准备离开,一个人又对老姜说:"你也把你的摊子摆整齐。过几天,检查验收团来了,你也得歇摊几天。"老姜问:"检查验收团走了,还能摆摊吗?"那人说:"你想摆就摆。"老姜忙说:"好的,谢谢!"

临近太阳落山时,老周才从外边回来。

见老周回来,老姜马上过去把城管人员的话转告给他。老周听了,不屑地说:"我整理个屁!"老姜说:"周大哥,不能不理呀,他们说影响了文明城市创建,会封你的门呢。"老周说:"封了再说。检查验收团不能常年住在这里吧?"老姜一时无话可说。老周接着说:"不是什么大问题,我和这帮人打交道几年了,都了解得很。"

老周对待这件事的态度,让老姜不禁对他心生敬佩。从老周的话中,可以听出他和城管人员很熟悉,有把握能够应付了事。敬佩归敬佩,可老姜还是替他担心,便主动说:"要不,我帮你一起把院子整理一下吧。"

"不搞!"老周话说得很硬气,可转过脸对待老姜的态度突然温和起来,从口袋里掏出香烟递给老姜一支。老姜说自己不抽烟。老周接着在另一只杯子里倒上茶,说:"那就喝杯茶吧。"

老姜想说自己带了茶,突然又觉得,烟没抽,再不喝茶,就显得生分了,于是忙端过茶杯喝上一口,然后咂咂嘴说:"周大哥,你这是好茶呀!"

"好茶谈不上,等级还是有的。"老周说完,怕老姜听不懂,又说,"这是黄山毛峰,毛峰分为几个等级,最好的毛峰为特级,下面有一、二、三级。"

老姜又喝了几口,咂着嘴,一副享受的样子说:"这茶真好。"其实老姜一辈子不喝茶,只喝白开水。不喝茶是自己这辈子没养成喝茶的习惯。喝着老周有等级的茶,老姜心里不免生出一丝感动,于是又问了句:"院子真不搞了?"

"不搞!"老周仍说得很硬气,接着又给老姜把茶续上,自己点支烟抽,"跟你说个内情吧,这个院子不是我的,是我租的。"

这个院子确实是老周租来的,而且是从城管手里租来的。其实,这个院子也不是城管的,是一户农民的。这个院子之所以没拆,是城管暂时留下存放一些收缴的违章招牌、桌椅、炊具等物件。后来城管建了新的储藏场所,这院子也没拆除,就转租给老周为废品收购点,并且交代老周,如果有人问起,就说这个院子是他家的,暂时用来挣点生活费。

听老周道出这个内情,老姜觉得老周对待城管的态度就显得合情合理起来。

老周过去在一家酒厂工作。从二十岁进厂,老周干过酒厂所有出体力的工作,终于在三十多岁干上了销售员。靠着出色的能力,老周连续多年都是全厂销售第一名。这也给老周的人生带来一段辉煌灿烂的时光。全厂上下,包括厂长都不得不另眼看待他。最厉害时,老周一个人的销售量占全厂的50%。这段时光里,老周也飘过,也狂过,活得风生水起。那几年,酒厂成了全市的纳税大户,是市民心中的好单位。企业发展到这份儿上,厂长是关键。防患于未然,有个市里领导站位较高,及时把厂长换掉了,换成自己家的一个亲戚。用老周的话说,酒厂像头猪,肥了,人人都盯着。新厂长进厂前几个月,这头猪看上去还很肥。半年以后,这头猪掉膘了。又过几个月,这头猪生病了,不吃也不喝。很快,曾经的一头肥猪卧在圈里,瘦成皮包骨,站都难以站起来了。眼看这头猪将要死去,怎么办?趁猪还有一口气,干脆把它杀了,卖钱,重新买头猪崽养着。于是,酒厂被改制了。哪知,改了制的酒厂不到半年就倒闭了,后来改成了饮料厂。

酒厂倒闭以后,曾经活得风生水起的老周,从此再也没有了风和水。

## 三

老周的院子最终也没整理,老姜也没歇摊。检查验收团压根就没到这条路上来,工作很快结束了。

一天,老姜犹豫很久,又走到马路对面找老周说话。这次既不是提醒老周什么,也不是传什么话给老周,而是找老周解疑释惑。

沣河路上,虽说车少人稀,但为了创建,市政还是设置了不少固定的垃圾箱,老周院门口就有一个。这天中午,两辆外地的私家车路过,可能为了轻装进城,看见老周门口的垃圾箱,就停了下来。有人从车里拿出一些矿泉水瓶子、食品包装盒,还有水果箱子等一堆物品,丢弃在垃圾箱旁边。当时,老周戴着墨镜躺在躺椅上,一手把住茶壶,一手抽着烟,悠闲自得地看着他们停车,下车,丢物品,又开车离去。

老姜在马路对面看见这场景,以为等车辆开走后,老周会起来顺手把这些废旧物品拿进院子里,可老周一直躺着没动。

不一会儿,两个骑三轮车来卖废品的妇女见状,争抢着把一堆废旧物品捡拾到各自车上,然后进了老周的院子。老周这才从躺椅里起来,走进院子里收了她们的废品,然后又回到躺椅上躺着。

老姜看在眼里,疑惑不解。完全可以顺手捡回的废品,老周不捡,反而让别人捡去,他再花钱收购。这种有悖常理的事,老姜若不是亲眼看见,无论如何是不会相信的。老姜到底忍耐不住,走过马路求老周解疑释惑。

见老姜过来,老周欠身为他倒杯茶,说:"喝茶。"

老姜端起茶杯,揣摩的眼神看着老周,诺诺地问:"周大哥,刚才那两辆车丢在你面前的废品,你怎么没捡回到院子里呢?"

老周反问:"我捡它干什么?"

老姜愣了愣问:"你让别人捡了再卖给你,不是花冤枉钱吗?"

老周摘掉墨镜,把着茶壶吭了一口茶说:"老姜,这你就不懂了,我是收破烂的,不是捡破烂的!"

老姜眨眨眼,一脸懵懂。

"我们这行,虽说算不上什么高端产业,但也有一定的规矩。"老周在躺椅里摇晃几下身子说,"我们有我们的产业链,他们捡破烂的是我的上游,我是他们的下游。他们向我提供产品,我向他们提供资金和产品信息反馈。如果我也去捡破烂,就等于抢了他们的活路……做任何一个产业,都要遵守规矩。"

刚才还一脸懵懂的老姜,听老周这么一说,突然释惑了。一个有思想、有个性、有水平的老周,迅速矗立在他心中,令他敬佩不已。老姜觉得,老周年轻时必定是一个经历多、见识广、不同凡响的人物。于是,他怯怯地问了句:"周大哥以前是做什么工作的?"

"酒厂。"老周淡淡地说。

老姜又怯怯地问:"周大哥一定是个厂领导吧?"

"看来你很迷信领导嘛。"老周说。

听老周这么一说,老姜越发感觉他不像一般的人,就佩服地说:"周大哥谦虚,我一看,你就是个当过领导的人。"

老周不置可否地一笑,问了句:"你过去干什么的?"

"在上官煤矿挖煤。"老姜说。

因为推销酒,20世纪90年代老周经常去上官煤矿,并和几任矿长都很熟络。老周除了批量卖酒给矿上,还经常弄些高档次的酒送给他们。老周没对老姜说这些,只说:"现在那个煤矿关停了吧?"

"是的,我刚退休的第二年就关停了。唉,开了六十多年的煤矿,下边仅仅采了三分之一的煤,说关就关了。"老姜感叹。

老周说:"节能减排,是国家的发展战略嘛。"说着,又给老姜续了回茶,"听你的口音,是颍州人吧?三十年前我去过那地方。那地方民风淳朴,人特别热情厚道。"

"我说嘛,周大哥你不像一般的人,年轻时一定走过南闯过北。你能听出我的口音,还对我们老家那么了解,厉害呀!"

老周微微摇了摇头。

老姜说:"过去我们老家那地方经常遭灾,穷得很,要不然,我也不会来煤矿挖煤。"

四十年前,因为没读过几天书,老姜一直在颍州老家生产队干农活。那年,一场洪水,淹了豫皖两省几十个县,老姜的老家也在其中。洪水退去,煤矿以救灾扶贫的名义来招工。老姜的父亲杀了只羊,半夜扛到大队书记家。不久,老姜就和一批乡村青年来到煤矿当上了采煤工。进矿第二年,老家就有人给老姜介绍了邻村的一位姑娘。婚后,生了一个女儿,老姜给她起名叫小水。再后来,国家为煤矿职工家属落实迁户政策,老婆和女儿就来到矿上。老姜自己没读几天书,却把女儿小水培养成大学生。小水大学毕业后没有回到老姜两口子身边,而是留在省城工作。干了几十年的矿工,退休那天,老伴特意做了几个好菜,对老姜说:"几十年了,你终于不再让我提心吊胆了。今天我也陪你喝一杯。"按说,退休了,可以休息了,心情也彻底放松了,但是,老两口端起酒,四目相对,总觉得缺少点什么。缺什么,老两口心里都明白,女儿不在。如果女儿在,老姜恐怕非喝醉不可。

退休以后,老姜心里空落落的,感觉既失落又乏味,整天除了吃饭、溜达和睡觉,就是和老伴回忆过去的岁月,再说说当下的日常。熬了两个月,老姜决定带老伴回老家颍州看看,走走亲戚,换换心情,也看看老家现在的变化。坐上火车的那一刻,老姜心里多少有些激动,毕竟多年没回老家了。退休了,再没有假期约束了,只要他愿意,在老家想待多久就可以待多久。哪想到,回去不到一个星期,老姜便待不下去了。他没想到老家变化如此之大,变得让他无法接受,物也不是,人也不是,意也薄,情也淡。村庄再也看不到过去的模样,很少看到青壮年的身影,见到的只有老人和孩子。乡村空寂着,沉闷着,老姜心里一派惆怅。父母已不在世,老姜还有一个姐姐、一个弟弟。老姜先在弟弟家住了三天。几个侄孙侄女对老姜两口子的到来不理不睬,陌生得很。无奈,老姜又去姐姐家住了两天。这次回老家,老姜只待了五天,实在待不下去了。老姜离开老家,刚上火车,心里一下子轻松许多。然而,片刻轻松之后,几天来心里那种隐隐说不清的疼,又一次袭来。老姜从车窗里望着老家这片土地,眼睛湿润了,终究还有几分不舍。

老周问:"你在煤矿干了一辈子,退休拿多少钱?"

"三千五。"老姜问了句,"周大哥,你退休工资应该比我多吧?"

老周说:"和你差不多。"其实,老周想问的不是老姜退休拿多少钱,是想知道,老姜为什么跑到这条车少人稀的路上摆摊。

## 四

老姜几次主动走过马路,找老周聊天,让老周对他的看法有了改变。渐渐地,两人开始熟络起来。

天福隔三岔五就来扛老周收来的废品,有时候老周睁眼看着,也装作没看见。老周看不见的时候,老姜在马路对面看见了,再也没去提醒过老周。

一天午饭时,老周刚把饭菜弄好,倒好的酒还没端到嘴边,天福又来了。看见老周,视若无睹,走到废品堆边,挑起一捆旧报纸,扛着就走。老周先是咳嗽一声,天福却不理会。

天福转身走回废品堆边,把肩上的旧报纸轻轻放下,回头看着老周,手指了指刚放下的旧报纸。老周说:"看见你放下了,过来喝酒!"天福挪着步子走到老周的小饭桌跟前,伸出右手向老周要酒。

老周指着旁边一只收来的破椅子对天福说:"把它搬过来坐下喝。"天福呆呆地看着老周。老周说:"去呀!"天福站着没动,老周就给他倒杯酒。刚倒好,天福马上从老周手里夺过酒杯,酒洒了老周一手。天福一仰脖子,把酒倒进嘴里,然后冲老周一笑,又厚又红的牙花子上沾着一排小白牙。老周扯掉一只鸡腿递给他,他不接,两眼盯着酒杯。老周又倒了杯酒,一手拿着鸡腿,一手端着酒杯,一起递向他。天福伸出右手去接酒杯,老周把手缩了回去。天福这才伸出左手去接鸡腿。老周把鸡腿和酒杯一齐递给他,自言自语道:"唉,要是几十年前,我非把你这孩子弄到酒厂去不可!"

天福接过鸡腿和酒杯,迫不及待地把右手里的一杯酒倒进嘴里,左手里的鸡腿拿着不动。老周说:"把酒杯放下吧,今天就喝两杯。"天福撇了撇嘴,露出一副哭相。老周摇摇头,只好又倒上一杯。酒刚倒上,天福就伸手端了过去。而后,一手拿着鸡腿,一手小心翼翼地端着酒杯,轻轻踮着脚步走了。老周喊:"再来时把酒杯拿回来!"老周的话音刚落,从树上掉下一只虫子,正巧落在他的酒杯里,老周盯着酒杯里的虫子说,"乖乖,你也来喝我的酒啊!"

这一切,被马路对面捧着饭盒吃饭的老姜看在眼里。吃完饭,老姜靠在树上,打开播放器,播放一段老生的唱腔:

  奴才全将良心昧,
  气得我浑身打颤,心意灰。
  心意灰。唉……
  十三年含辛茹苦人长大,
  羽毛长成就要飞……

一段戏没听完,就听老周在马路对面喊他,老姜马上关掉播放器。对面的老周喊:"老姜,过来喝会儿茶吧。"

老姜走到对面,老周已把茶倒好,躺在躺椅里抽着烟问:"你天天听的戏是不是豫剧?"

"是啊,周大哥你也喜欢豫剧?"老姜说。

老周不屑地说:"这种地方小戏,全凭着嗓门使劲号,无板无眼无韵味,我怎么会喜欢这种东西?!"

"豫剧可不是小戏,电视上说,它是咱们中国第一大地方戏呢。"老姜端过茶杯喝了两口,"这些年,豫东调有刘忠河,豫西调有李树建,都唱得可好啦。河南电视台有个《梨园春》,每个星期天都举办一场唱戏打擂比赛……"说起豫剧,老姜兴奋起来。老姜从小就喜欢听豫剧,原因是他老家颍州和河南相邻,他们村与河南只隔一条小河。

出生并成长在江南的老周,年轻时也曾喜欢过家乡的一个小戏种,后来又随波逐流喜欢过一段时间的京剧。再后来,老周觉得自己其实什么戏曲都不喜欢。老周认为,戏曲只不过是人们娱乐的一种形式罢了,有人喜欢,也就有人不喜欢。反正他不喜欢。再好听、再感人的戏,都是一个字:假。戏文假,唱戏的人更假。

听老周说不喜欢豫剧,老姜就打住话头,想起吃饭时他看到的一幕,便说:"天福这孩子又来找你要酒喝了,看来这孩子有酒瘾呢。"

"不同的东西,带给人不同的快乐。能给这孩子带来快乐的恐怕就是酒了。"老周话里夹带着一丝伤感。

天福有智力障碍。老周院子周边这片地方,就是天福从小住的村庄。村庄拆迁了,和父母一块搬到安置房的天福,还经常回到这里,在一片废墟上徘徊,寻寻觅觅。天福第一次到老周院子时,老周正在喝酒。老周和他说话,他也不搭理,盯着老周的酒瓶,咧着嘴发笑,涎水顺着嘴角往下流。老周拿杯子倒点酒递给他,他犹豫了一会儿,快速接过酒杯,转脸跑了。从此,他便三天两头过来,过来就拿院子里的东西,走了一圈再送回来。送回来,老周就给他倒点酒。两年多了,他只喝老周的酒,却没和老周说过一句话。

得知天福是这样的孩子,老姜说:"有个这样的孩子,做父母的也没办法,享不了他的福,还要牵挂他一辈子,死了也放心不下啊!"

老周没吱声。

老姜接着说:"唉,话又说回来,这年头有个什么样的孩子,还不是都一样。像咱们这个年纪的人,大都是一个孩子。孩子小的时候,还觉得有孩子,孩子大了以后,就跟没孩子一样。拿我来说吧,一个女儿,大学毕业后,在省城工作安家了,一年都见不上一两回。说句不好听的话,跟绝户差不多。周大哥,你说我说的是不是实话?"

老周马上从躺椅上站起来说:"我再去烧壶水。"说着走进院子里。

老周的反应让老姜感到有些诧异,是自己说错了什么吗?老周不仅不搭他的话,似乎还回避着。老姜想想,自己刚才说的话题没什么忌讳或者不妥呀。

老姜认为自己说的是实话。

五

转眼间,老姜在老周对面摆摊已经两个月了。

这天上午,老周刚把几个卖废品的老客户打发走,躺在躺椅上,正在心里复盘着刚才收下的废品的重量,以及支付的钱款。

老姜骑着三轮车到了摆摊地点,先把工具摆好,而后走过马路,对老周说:"周大哥,今天中午你别弄饭了,我叫老伴做了几个菜,还有酒,都带过来了,中午咱俩喝点。"

老周摘掉墨镜拿在手上,盯着老姜,责怪地说:"我这里有锅有灶的,弄什么都方便,你从家里带什么菜呀!"

老姜说:"几个家常菜,中午我拎过来就行了。"

老周迟疑了一下,说:"既然你都带来了,那就尝尝你老伴的厨艺吧。不过,中午不能多喝,下午我还要出去办点事。"

临近中午,一个骑电瓶车的中年妇女骑到距老姜修车摊不到百米的地方,电瓶车突然爆胎了。中年妇女下来查看一番,发现有两根铁钉扎进车胎里了,只好吃力地推着电瓶车走。所幸,没走多远,就看到老姜的修车摊。

中年妇女把电瓶车推到老姜跟前,见地上只摆放着几件简单的工具,再看看老姜,正闭着眼听戏,就大声喊了句:"师傅,我的车胎烂了,你能补不能补呀?"

老姜睁开眼,忙把播放器关了,问:"怎么回事?"

"师傅,我的车胎烂了,你能补不能补呀?"中年妇女重复道。

老姜看了中年妇女半天,心里有点不舒服,哪有这样问话的?不就是补个胎吗,连胎都不能补,我还摆这个摊干吗?于是就说:"只要不是钢胎,都能补。"

中年妇女把电瓶车支了起来,说:"行,那你赶快给我补吧,我还有急事呢。"

老姜说:"你先坐那等会儿。"说着,就去查找电瓶车胎的漏点,用钳子把扎进去的两根铁钉拔了出来。接着,拿出胶罐上下左右使劲摇晃。这时,中年妇女看着老姜拿着胶罐一个劲地摇晃,心里不免着急起来,催促说:"师傅,你动作快点吧,我急着去办事呢。"

老姜不急不躁地说:"你这车胎是真空胎,用的胎胶和补自行车的胶不一样,一定要把里边的胶摇晃均匀,把颗粒摇散摇开,才能堵住扎破的地方。你别急,快好了。"

"我不懂什么胎,你快点补吧!"中年妇女说。

车胎补好后,老姜拿出抹布又把电瓶车擦拭一番。早已等得不耐烦的中年妇女问:"多少钱?"

老姜擦着手上的灰说:"扎了两个洞,但都不大,你就给五块钱吧。"

"啊?就扎了两个洞,也不大,还收这么多钱呀?"中年妇女拿出手机问,"你的收款码呢?"

老姜说:"没有。"

"你没码我怎么扫码付你钱啊?"中年妇女问。

老姜说:"你给现金吧。"

"这年头谁还装现金呀?你没码,我没法付给你钱嘛。"中年妇女振振有词起来,一边似乎不太情愿地拿出钱包翻了翻。正巧被老姜看见,老姜说:"你钱包里不是有现金吗?"

中年妇女不高兴起来:"我这里全是一百的,你能找开吗?"

"我能找开。"老姜说着便从口袋里掏出一把零钱。中年妇女赌气地把钱递给老姜,嘟囔道:"给给给,给你钱!"随后,接过老姜找的零钱,抬腿骑上电瓶车,回头瞥了一眼老姜,"这么偏僻的路上,一天也看不见几辆车,哪来的钉子呢?说不定有人故意撒的呢!"说完,骑着车子跑了。

老姜反应过来后,气得连吐几口痰。

老姜拎着菜和酒来到马路对面时,老周早已在小饭桌上摆好了筷子和酒杯,还有几个空盘子。

"不好意思,来了一个修电瓶车的,刚给她补好胎。"老姜把花生米和凉拌黄瓜分别倒进两个盘子里,又将保温桶打开,辣子鸡的热气和香味顿时溢了出来。

看着三个菜呈三角形摆在桌子中间,老周问:"没有了?"

老姜尴尬地说:"家里就一个保温桶,只做了一个热菜。"

"我来看看再凑一个。"老周说着去了屋里。几分钟后,老周从屋里端出一盘热猪蹄。

看见老姜拿出的是五粮液,老周眼睛霎时一亮,但很快露出怀疑的目光,盯着酒瓶说:"老姜,咱们喝个闲酒,你没必要拿这么名贵的酒嘛!"

"周大哥,我这辈子也没喝过什么好酒,也不知道怎么打开的,还是你来开吧。"老姜把酒瓶递给老周。

老周接过酒瓶,拿在手里看了看,心里仍半信半疑,再次说:"老姜,咱们喝个闲酒,你没必要拿这么名贵的酒嘛!"老周似乎急于验证什么,快速地把酒瓶打开,把两只酒杯倒满,一股独特的香味扑鼻而来。

老姜忙说:"周大哥,咱们先尝尝好喝不好喝。"

两人端起酒杯碰了一下,老姜一口干了。老周没干,先是呷了一小口,轻轻地咂咂嘴,品味一番,点了点头,才踏实地把一杯酒干了,而后对老姜说:"老姜,咱们这把年纪,喝这么好的酒,虽说是一种享受,可也是一种浪费呀!"

老姜说:"周大哥,跟你说实话吧,我这辈子第一次喝这种酒,还是我女婿头一回来看我的时候。今天是我第二次喝这种酒。不瞒你说,今天咱们喝的这酒,是我亲家送的。"

老周说:"看来你亲家家境不错嘛,是非富即贵的人家吧?"

老姜说:"什么人家我也说不太清楚,当初女儿谈朋友时,只说男孩在什么委上班,发什么委?"

老周说:"发改委。"

老姜说:"对对,发改委。"

老周说:"你女儿能留在省城工作,又嫁了个不错的人家,肯定很优秀,来,为你有个优秀的女儿干一杯。"

"说不上什么优秀。"老姜并没因为老周一句客气的恭维话而感到自豪,"只是比生个儿子少些累赘,要是儿子,我干到八十岁退休,也没法在省城为他买套房啊!"

老周端起一杯酒干了,突然说了句:"儿女自有儿女福。"说罢,他自己也觉得有点莫名其妙,马上又说,"看来,这个社会还是生个女儿好啊!"

借着酒劲,老姜问:"周大哥,你家孩子是儿子还是女儿?"

老周说:"儿子。"

老姜问:"在哪里工作?"

老周说:"在一个沿海城市。"

"沿海城市都很发达,好地方。"老姜说,"也早成家立业了吧?"

老周说:"成过了。"

老姜问:"你早就当爷爷了吧?是孙子,还是孙女?"

老周说:"孙子,一岁多了。"

听老周没回避孩子的话题,老姜借着酒劲又问了句:"周大哥,一直没看见你老伴,她是在儿子那里带孙子吧?"

老周点点头。

老姜发现,老周的眼皮一直低垂着,偶尔抬起,目光里藏着一丝淡漠和沉郁。老姜觉得不便再说这些话题,就把心思放在喝酒上。其间,老姜把中午那个中年妇女来补胎的事说了一遍给老周听。

老周听了,不屑地说:"林子大了,什么鸟都有,不管公的母的、小的老的,你不必在意。"

老姜觉得,老周就是老周,话说得透彻,就说:"我只是当时心里有点憋屈,现在

378

才不在意呢。"

听老姜这么说,老周心里那份疑惑突然又冒了出来,端起酒杯又和老姜碰了一下杯,而后浅浅抿了口酒问:"老姜,冒昧问句,你怎么想起来跑到这个地方摆摊呢?"

老姜早已想到,总有一天老周会问起这个问题的,现在终于开口了,便说:"周大哥,这得感谢你,还不是因为你在这里开了个收购点嘛。我想着,天天来卖废品的一定不少,而他们骑的三轮车大都是脚蹬车,再装上一车货,最容易坏个链子、爆个胎啥的。这种三轮车好修,配件也便宜。再说了,真要我去修那些高档的摩托车呀、电瓶车呀,我也修不了。你说是吧?"

老周点点头,觉得老姜说的应该是实话,也有一定的道理,心里那份疑惑也就渐渐散去了。

辣子鸡和猪蹄,两个人吃得很少,倒是花生米和凉拌黄瓜被吃得所剩无几,一瓶酒也被两人喝下大半瓶。这时,老姜拿过酒瓶摇了摇,微醉的两眼望着老周说:"周大哥,我想和你商量一件事,行不?"

老周说:"请讲!"

老姜抖抖酒瓶说:"我想把这酒留点,等哪天天福过来,给这孩子尝尝。"

老周惊讶地看了看老姜,嘴角微微抽动几下,没说话,点点头。

## 六

今年的夏天,与去年的夏天大有不同。去年的夏天,酷热,多暴雨。今年的夏天,已经进入中伏了,半个月没下过一滴雨,温度也没超过35℃。老姜与老周说:"今年的夏天不正常。"老周说:"从历史上看,这种不正常才是正常。"老周经常说这样的话,让老姜揣摩半天,有时能揣摩出意思来,有时似懂非懂,有时一头雾水。不论下雨不下雨,老姜还是每天带把雨伞。露天摆摊,谁能猜到老天爷哪天下雨、哪天不下雨呢?尤其是夏天,天气预报也经常报得不准。

中伏的第四天,临近傍晚了,老姜正琢磨着再过一会儿就提前收摊。早上出来时,老伴让他今天早点回家,帮她搭把手,晚上炸馓子。哪知道,突然刮起一阵狂风,狂风裹着乌云,不一会儿,半个天空都暗了下来,接着便是一场暴雨。狂风和暴雨来得快,去得也快。风雨过后,夕阳一片灿烂。

老姜刚收了雨伞,看见从南边来三个年轻人,个个淋成了落汤鸡。一个人骑在三轮车上,另外两个人在后边帮忙推着,急急忙忙地拐进了老周院子里。

老姜的三轮车和修车的工具也都淋了雨。老姜找出一块旧毛巾,把需要擦干的都擦了一遍,正准备收拾一下回家。这时,突然从对面院子里传来争吵声,而且声音越来越大。

老姜马上走过马路,刚到院子门口,就看见刚才那三个年轻人在和老周争吵。其中一个留着板寸头的年轻人,手指着老周说:"你牛什么?给你脸还不要脸!"

老周坐在磅秤旁边的一把椅子上,抽着烟说:"我不牛,但我就是不收你们的东西。"

板寸头说:"你不收,你开这个收购点干什么?"

老周说:"我收的东西都是能收的,你们的东西我不能收。"

板寸头说:"为什么不能收?"

老周说:"年轻人,别再费口舌了,你们还是去别的地方碰碰运气吧。"

板寸头抬脚踢飞了旁边两片纸壳子,愤怒地说:"你一个收破烂的,还戴着墨镜,捧个茶壶,冒充黑社会老大,你像吗?"

老周马上站了起来,手指着板寸头,斥责道:"年轻人,我提醒你,不要爆粗口!"

见老周站起来且语气严厉,板寸头两眼圆睁,正想朝老周身边走去,老姜马上拉住板寸头,劝说道:"小伙子,有什么话好好说。"

这时,不知道天福什么时候进来了,拿起一块木板朝着板寸头拍了过去。板寸头嗷的一声,双手连忙抱住头。另外两个年轻人上来抓住天福,正要动手,老周大吼一声:"放开他,不许动他!"

三个年轻人并没理会老周的吼叫,像抓小鸡一样,紧紧地抓住天福。见状,老姜急中生智地掏出手机说:"我要报警了!"

听说报警,三个年轻人马上放了天福,跨上三轮车,匆忙朝院外骑去。刚到院门口,其中一个留着长发的年轻人回头恶狠狠地骂了句:"要是前些年,老子眨眨眼,整个院子都给你烧掉!"

让老周和老姜都没想到的是,一脸愤怒的天福突然弯腰捡起一根铁棍,朝院门口撵去。老周和老姜同时追上去抱住天福。天福拼命地挣脱,终究还是被老周和老姜按住,一屁股坐在地上。

天福仰着脸,愤怒而又不解地看着老周和老姜。顿时,老周和老姜心里一酸。怎么看,天福都不是半个月之前的天福了。前天夜里天福娘死了,这个再也没娘的孩子,脸窄了,面黄憔悴,身子消瘦了,虚弱而又单薄。唯独没变的,仍是不说话。

老周一把把他拉起来,而他手里还紧紧攥着那根铁棍。老周说:"扔掉吧。"

天福又向院门口看了一眼,这才把手里的铁棍扔在地上。

老姜问:"周大哥,刚才怎么回事呀?"

老周说:"他们不知从哪里弄了三卷电缆,包装都没拆掉,硬叫我收下。一看就是来路不明的东西,我能收吗?"

老姜担心地说:"看他们几个就不像什么好孩子,回头他们会不会再来找你的麻烦呀?"

老周说:"不会的。前些年,这种人我见多了。现在这年头,他们不敢了。"

老姜说:"周大哥,晚上你还是留心一下好,如果他们来找麻烦,你就赶快打110报警。"

老周说:"我知道,没事。"

老周和老姜两个人说话时,天福一直低着头,两只手握成拳头,微微地抖动着。老周怜惜地看看他,转脸朝屋里走去。

再从屋里出来,老周手里拿着那瓶没喝完的五粮液,递给天福说:"这是你姜大爷的好酒,专门给你留的,不要一下子喝完,慢慢喝。"

天福伸手接过酒瓶抱在怀里,并没像往常那样咧开嘴,露出红通通的牙花子发笑,而是一脸木呆地转脸朝老姜低头鞠了一躬,而后向外走去。刚走了几步,他突然又回头捡起刚才扔下的那根铁棍,和酒瓶一起抱在怀里。

夏天,天黑得晚,亮得早。第二天早上五点,老周醒来后,先烧了壶水,把茶泡上,然后才去把大门打开。老周一只脚刚迈出大门,就看见天福抱着酒瓶和铁棍,靠在门柱旁边睡得正香。

霎时,老周的眼泪夺眶而出,心痛难耐。

## 七

老周过马路来到老姜的修车摊前,是个下午。

当时,老姜刚给一辆自行车换好新闸皮,正擦着两手的油灰。

而在半小时之前,老姜还看到,老周戴着墨镜,躺在躺椅上喝茶抽烟。看他安逸的样子,也许在想事情,也许在从树枝的缝隙间看蓝天和白云。立过秋已经半个多月了,天空深邃得很,云也洁净,气也爽朗。这时,一个左胳膊上挎只小包的短发女人,碎步走到老周面前。老周忙从躺椅上站起来,领着女人进了院子。过了十几分钟,女人从院子里又走了出来,沿着人行道向北走去。女人刚走,老周便过来了。

老姜刚要招呼他,老周却先开了口:"老姜,和你商量个事。"

"周大哥,什么事你说。"老姜说。

老周回头指了指马路对面的院子,说:"你也看见了,这段时间,我那些货一点也没出手,院子里都没下脚的空,几个钱都压在上面了。我想找你借点钱应个急,等这几天把货出了就还你。"

"周大哥,你需要多少钱?"老姜问。

老周说:"三千两千都行。"

"行,明天我给你拿过来。"老姜说。

见老姜这般爽快答应,老周心里松口气,脸上少了那份洒脱和倨傲,反倒多了一份羞赧,说:"那我先谢谢你了!"

"周大哥,你不用客气。"老姜本想说一分钱难倒英雄汉,谁还没个困难的时候,终究没说出来。他知道,老周是个场面人,讲究脸面,自尊心很强。

第二天,老姜刚把三轮车停稳,连摊子都没摆,就去马路对面给老周送钱。老周正站在院子里打电话联系出货的事。等老周放下电话,老姜把钱递给老周,说:"周大哥,这是五千,你点点。"老周接过钱直接装进兜里。

老姜回到马路对面刚把摊子摆好,就看见老周换了身新衣服,拎只黑包走出院子,隔着马路对老姜招呼一句:"老姜,我出去办件事,中午前回来。"

看起来老周准是碰到什么事了。刚把钱给他,他就出去了,而且换了衣服,拎着包,说明这事还不是一般的事。老姜猜测,这事应该与昨天下午来找他的那个短发女人有关系。不然,为什么那个女人刚走,老周就来向他借钱?究竟又是什么样的事呢?再往深处想,老姜就想象不到了。

果然,中午之前,老周回来了。

老周回来后,一直在院里打电话。打完几个电话,老周就在废品堆里看看这、看看那。半小时后,从外边进来五六个中老年妇女。老周对她们安排一番,几个中老年妇女就开始分拣废品。

一院子的废品,直到太阳落山,几个中老年妇女也没能分拣完。老周分别付给每人五十块钱,让她们明天上午再来。一个年纪大的妇女笑着问:"如果明天上午还弄不完,你中午管我们饭不?"老周说:"我一个人烧饭都费劲,能管你们饭,我就去饭店了。"那位妇女说:"明天中午我们是回家吃饭呢,还是带饭过来呢?"老周说:"还是你们带饭来吧,省得来回跑路了。放心吧,明天我给你们另加十块钱的饭钱。"几个中老年妇女欣然同意,高高兴兴收了工。

两天后,老周院子里的废品被分拣完毕,且码放得整整齐齐。老周打了一个电话,一下子开过来两辆货车,把废品全部装车拉走了。两辆货车开出院子,院子一下子敞亮起来,变得干净而空旷。

从宽敞明亮的院子里出来,老周隔着马路喊老姜:"老姜,中午过来喝两杯。"而后,他戴着墨镜往躺椅上一躺,一手把住茶壶,一手抽着烟,依旧看天读云,享受着阳光从树隙间洒下的抚慰。

老周提前买了几个卤菜,再配上老姜带来的烧毛鱼,不一会儿,几个菜摆上桌。老周把两个人的酒倒好,并没去端杯,而是从口袋里掏出一沓钱放在老姜面前,说:"你数数。"

老姜本来想客气客气,又觉得,上午两辆大货车轰轰隆隆开进开出,老周的货全出手了,他再客气就显得假了,便说:"那我就拿着了。"说完拿起钱就往口袋里塞。

"不行,还钱必须数!"老周马上制止道。

老姜说:"这几个钱,我还能不相信你周大哥吗?"

"数,一定要数!"老周一脸认真道。

无奈,老姜只好拿着钱数了数,完了说:"正好。"

老周这才端起酒杯说:"来,先干一杯,谢谢你!"

老姜端起酒杯反倒不好意思地说:"周大哥,你太客气了。"

紧接着,老周又把两个人的酒倒满,端起酒杯说:"这第二杯,我替静茹谢谢你。"

老姜愣了愣,没吱声,只好把酒干了。老周这句话让他听不明白。不过,对于老周说的话,他经常揣摩不了,也就没敢轻易接话。

"静茹是我从前酒厂的一个同事,就是前几天来找我的那个女士。我向你借的那五千块钱,就是借给她用的。唉,我们都这个年纪了,有些事我也不瞒你……"老周一脸若有所思,继而,用忧伤悲凉的语气说。

当年,静茹是酒厂的一名出纳,人生得俊美。老周和静茹恋爱了几年,却没能走到一起。老周曾感叹,人生最不可破解的就是命运,命运又是人间最摸不透、看不清的东西。同一年秋天,静茹和别人结婚了,老周也和一个叫肖月洁的护士结了婚。一个黄叶飘落的晚上,老周和静茹,两个曾经深深相爱过的人,喝了两瓶酒,隔着餐桌,默默流了一场泪,却不闻一丝泣声,理智得令人恐惧。从此,两个人将这份情感深埋在心里。

前年,静茹的丈夫突然查出了肺癌,先保守治疗无效,后动手术,再化疗,癌细胞似乎得到了控制。哪知,现在癌细胞又活跃了,扩散到肝上。这两年,家里所有的积蓄都花在给丈夫治病上,现在丈夫又要住院手术,实在没有办法,静茹这才想到来找老周。

老周端起酒杯,盯着老姜问:"老姜,你说这种情况,我能不帮她吗?"

"应该帮,应该帮。"老姜说。

在老姜的眼里,老周是一个有思想、有个性、有水平的人。这种人,年轻时必定是一个经历多、见识广的非凡之人。然而,不承想,老周还是一个有故事的人。而且,他的故事还是一个痴情难圆的伤感故事。这让老姜不免有几分惊讶,同时,又觉得老周还是个义薄云天之人。

老姜替老周遗憾,感叹道:"只可惜,你没能和静茹成为夫妻啊!"

老周说:"这就是命!"

老姜主动拿过酒瓶,分别把两个人的杯子倒满,端着杯望着老周说:"周大哥,虽然你们没能成为夫妻,但我觉得,这几十年,你和静茹都还在心里牵挂着对方。"

听老姜这么说,老周先把一杯酒干了,两眼直视着老姜,动容地说:"我承认,我们一直牵挂着彼此,但这是一种同胞兄妹般的牵挂。我可以告诉你,我和静茹这几十年,除了当年在厂里跳舞时拉过手,之后再没拉过手。"

看着老周笃定的眼神,老姜完全相信老周的话。这一刻,老姜突然又觉得,老周其实也是个苦命人。

## 八

老姜突然两天没来摆摊。

恰巧,这两天老周也忙得很。城北几个村庄拆迁,从早上到晚上,不断有一车车的废品送来。看着院子里一堆堆的废品,老周不停地呵斥那些"供货商":"过完磅了,你们就乱卸一通呀,能不能给我堆放好?"那些老客户,尤其是几个年长的妇女根本不理会他,还说:"周老板你就笑着发财吧,嫌我们没给你堆放好,明天我们送到别的地方你没意见吧?"

老姜没来摆摊,是因为闺女小水领着儿子回来了。这是小外孙出生后第一次来小城,老姜老两口又惊又喜。老伴去市场买鸡又买鱼,老姜上街买了一堆玩具,还要带小外孙去公园游乐场。

小水一直不知道老姜在外摆摊修车的事。

第三天上午,如果老姜再不来,老周就准备打个电话问问。刚过八点,见老姜骑着三轮车来了,老周这才放心。隔着马路,老姜主动对老周说:"这两天女儿带着小外孙回来了。"老周说:"那你还来摆什么摊呀,带小外孙玩玩嘛。"老姜说:"小外孙水土不服,今天早上又回省城了。"这时,有人来送货,两人没再多说,老周就进了院子。

送货的人走了以后,一个上午,也没见老周从院子里出来。

立秋半个多月了,夏天还是一副没走多远的样子。马路两边的灌木绿植开始又一轮修剪了,修剪机的声音嗡嗡作响,由远而近,吵得老姜中午想眯瞪一会儿都眯瞪不着。

不一会儿,一个修剪工戴着工装帽、口罩和围脖,穿件人造革皮衣,背着机器修剪到老姜摊子旁边。老姜随意问了句:"你们干这个,中午也不休息吗?"机器声音太吵,那人没听清,关掉机器看了看老姜,马上摘掉口罩说:"哎呀,是老姜啊!"老姜定眼一看,这人是他过去矿上的工友赵良成。老姜一惊说:"原来是老赵啊!"赵良成说:"几年没见你了,你怎么还是这个样子,不显老呀!"老姜说:"你也不显老呀。"然后从小马扎上站起来,"来,坐会儿歇歇,喝口水吧。"

老姜要给赵良成倒水,赵良成从腰间解下一个大塑料壶说:"我带的有水。"老姜问:"我没记错的话,你比我大一岁,现在怎么还干这个工作呢?"赵良成说:"嘿,你知道我这个人酒瘾大、烟瘾大,又有高血压、关节炎,不干点啥,就那几个退休金,够什么用呀?!"接着,反问道,"你这不也摆个地摊吗?"老姜说:"也是,咱们这个年纪拿的退休金太少了。"

两个老工友聊着聊着,就聊到过去煤矿上的人和事,聊煤矿不应该被关停。最后,赵良成问:"你跑到这个偏僻地方摆摊,一天能弄几个钱?"老姜说:"嘿,在哪里都一样,一天弄不了几个钱。这不,对面有个废品收购点,天天有人来送货,也能瞎猫碰个死老鼠。"

听老姜提及对面的废品收购点,赵良成往马路对面瞟了一眼,回过头说:"对面那个老板傲得很呀,整天端个茶壶,罩个墨镜,谁也不理,看样子不是个凡角。估计他年轻时,就算不是个当官的,也是个有本事的人。他平时搭理你不?"

"有时也说几句话。"老姜说,"你又怎么知道他的?"

赵良成说:"我前年就在这条路上干,去年换到别的路上了。这不,这个月又把我调回到这条路上。你还不知道吧,对面那个人性子也暴。有一回我亲眼看见,他一巴掌把一个人的脸都打淌血了。当然了,也不怪他,是那个人和他说话带口头语,一句一个日他娘,他恼了。不过,那也不能动手打人呀,都这把年纪了。老伙计,你在这里免不了要和他打打招呼,可不能和这种人太热乎了呀。"

老姜点点头,只是点点头,什么也没说。老姜想,老周是赵良成说的那种人吗?像,似乎又不像。

## 九

中秋节快到了,老周又出了一车货。这回由于货量少,老周只叫了两个中年妇女来分拣,而且一个上午就分拣完了。下午,来辆货车就把货拉走了。货刚拉走,老周也出去了一趟,再回来时,拎了一大包东西。把东西放进屋里,老周把住茶壶站在院子门口,看见老姜还没收摊子,便走过马路去。

老姜想想,从春天到夏天,再到秋天,这是老周第三次走过马路来到他的修车摊前。

老姜马上把马扎让给他坐,老周摆摆手。

"不用,我站会儿。"老周抿了口茶,拿手扶了扶墨镜,看着马路远方,"老姜,明天我去儿子那里,看看小孙子,车票都买好了。过几天就是中秋节了,和孩子们一块过个节,过完节就回来。"

老姜感到突然,也有几分感动,难得老周主动和他说起家事,就说:"你该去你该去,连看孙子带过节,正好一家人团圆团圆。周大哥,你放心走吧,你那院子,我给你瞅着。"

老周说:"一个破院子,没什么可瞅的。走之前我在大门上贴张告示就行了。"

老姜发现,老周脸上溢着一份憧憬欢乐的幸福神情。

第二天,老姜隔着马路,果然看见老周院子大门上贴了张告示:中秋节歇业一周。

老周终于能见到小孙子了,心里抑制不住地高兴。

## 十

几天后,看见老周拖着箱子回来,老姜不免一愣,隔着马路问:"周大哥,你怎么这么快就回来了?"

老周站在院子大门口应了句:"回来了。"接着就撕去大门上的告示,把大门打开走了进去。

一个小时后,老周戴着墨镜,把着茶壶,主动来看老姜。老姜看着老周低落的神情,知道他这一趟去儿子那儿不开心。

这是老周第四次走过马路来到老姜的摊位前。

老姜说:"周大哥,再有两天就到八月十五了,你怎么没过了中秋再回呢?"

老周抿了一口茶,用埋怨的口吻说:"嘿,现在的年轻人都不靠谱。儿子一个月前就订好了机票,趁着十一和中秋,要带家眷去泰国旅游休假。今天一大早,他们去了,我也就回来了。"说着,语气弱了下去,略带几分自责,"不过,也怪我,去之前也没告诉他。"

老姜说:"孩子们出国旅游了,你该留下陪嫂子过个中秋嘛。"

老周又抿了口茶说:"她也和他们一块去了。"

老姜说:"你怎么没去呀?你要是和他们一块去,全家就在国外过节了,那多好啊!"

老周一副不屑的样子说:"咱们自己国家的地盘还没玩完呢,我才不去什么外国。我不信,外国的月亮就能比我们国家的圆?"而后,点支烟抽了一口,"儿子知道我这辈子不喜欢什么国外,正好,也替他小子省钱了。"

老姜不禁感慨道:"唉,还是你儿子优秀,有本事,有孝心啊。"

老周说:"优秀谈不上,孝顺还行。和你女儿一样,他们都是念过大学的人,做好事业,过好家庭,就是大孝。"

这是老姜第一次听老周说到自己的儿子时,言语之中带着亲情,藏着幸福,露着自豪,听起来,寻常而又实在。老姜想想,原来,天下所有的父母大都如此呀。

中秋节到了,老姜准备休息一天。头一天傍晚,收拾完摊子,老姜看着马路对面,想了想,还是走了过去。老周正在院子里换液化气罐,老姜走到跟前说:"周大哥,明天就八月十五了,干脆你到我家去过吧。"

老周放下手中的液化气罐说:"我正准备告诉你呢,明天你要是还来摆摊,中午就别带饭菜了,我买了几个菜,中午过来咱俩喝两杯。"

老姜说:"还是去我家吧,让你弟妹在家烧几个可口的菜,省得你动手了。"

老周说:"我不去,哪能打扰你老两口过节啊!"

老姜再三邀请,见老周态度坚决,也就不再说什么。转念一想,平时也就无所谓了,明天总归是个节日,老周一个人过节也挺孤单的,就说:"周大哥,要不这样吧,我明天上午就不来摆摊了,中午和老伴在家简单吃点,晚上我再过来,陪你老哥喝几杯。"

老周一听,欣然答应道:"这也行。不过,你一不要带酒,二不要带菜,我都准备好了。"

按老周的吩咐,中秋节晚上,老姜没带酒带菜,只带了两斤月饼,还有老伴炸的油饼。

老姜说:"周大哥,你趁热先尝个油饼吧。"

老周看着黄澄澄的油饼,迟疑了一下,还是忍不住拿起一个吃了,边吃边说:"弟妹的手艺不错,好吃!"

两个人刚坐下喝了一杯酒,一个上了年纪的妇女来送货。老周放下酒杯去收货,付过钱,又把老姜带来的月饼送给她一斤。重新坐下后,老周说:"一个老客户,外地农村的,她老伴残疾卧床好几年了。"老姜说:"应当再拿两个油饼给她。"老周说:"你不了解她,她是个不愿被别人可怜的人,刚才的月饼,还是我假装生气,硬塞给她的。"老姜相信老周说的,也相信世上这种人很多,就说:"各人有各人的活法,都不容易。"老周马上接着说:"老姜你记住,大凡不愿意让别人施舍和可怜的人,都是值得尊重的人。"老姜说:"那是那是。"老周端起酒杯,看了老姜一眼问:"老姜,你不是可怜我,才陪我过中秋节的吧?"老姜马上说:"周大哥,你怎么能这样想呢?我们俩相处,只有你可怜我,哪有我可怜你的道理?"

老周似乎放心了,干了一杯酒,接着随意地问了句,他走这几天,送货的人多不多,天福来过没有。老姜心想,看来老周还是牵挂他的生意和天福这孩子的。幸好只离开三天,如果离开十天半月的,他更放心不下。老周离开的这三天,也有几个来送货的,看见大门上贴了告示,很快就又走了。至于天福,老姜没看见过。也许在他收摊子走了之后,天福来过。讲到天福,老姜看着桌子上的酒和菜,说:"今天有酒有肉,又有月饼,这孩子也不来了!"

老姜这句话,让老周不禁为之动容起来:"我心里也正这么想呢。是啊,该他有口福的时候,这孩子怎么不来了呢?"

这时,老姜手机响了,是女儿小水打来的。小水从她妈口中得知老姜出去喝酒了,不放心,嘱咐老姜别喝多了,晚上早点回家。老姜知道女儿小水是个通情达理的好孩子,她一定觉得他这时在和别人喝酒,不适合多说什么。挂了电话,老姜说:"女儿打来的。"然后叹息一声,"唉,嫁那么远,也只有逢年过节打个电话了。"

"你还能接个电话……"刚一开口,老周马上咳嗽两声,"今年这个中秋节,我是接不到儿子电话了,他小子光顾着看外国的月亮了。"说完,端起一杯酒干了。

老姜说:"从国外打来电话多贵,再说,你不是刚从他那里回来吗?"

"这倒也是。"老周伸手又往两人的酒杯里倒上酒。

月光悄悄从门口照了进来。当两人发现地上的月光时,一瓶酒已经快喝完了。

这时,老姜感到已经有些醉了,想听戏。老姜自从退休后,便多了个习惯,就是喝酒喝到微醉时就想听几段豫剧。他知道老周不喜欢豫剧,于是忍了。

老周又打开一瓶酒,老姜也没拒绝,两人就继续喝着,只是端杯频率渐渐减少了。又喝一会儿,老姜实在忍不住了,看着老周说:"周大哥,我放段戏听听好吧?知道你不喜欢,我把音量开小点,权当给我们伴酒了。"

毕竟是过节,而且老姜又是陪自己过节,老周点点头表示同意,站起来给老姜倒了杯茶。

老姜随手从包里拿出播放器按了按键,开到最低音量。很快,锣鼓声、板胡声一并响起。

老姜眯着眼,一边陪着老周喝酒,一边沉醉在戏曲中。一段戏没唱完,突然听到老周说:"你把音量开大点。"

老姜一愣,弄不清老周的话是什么意思,是他听烦了?这时老周又说:"你把声音开大点。"于是,老姜就把音量按键拧了拧。

十三年受了多少罪,
十三年希望化伤悲,
十三年原是一场梦,梦醒心头血刀锥。
苦命人心血掏尽全白费,
如今后悔呀啊……我怨谁,我能怨谁呀!

一段戏唱完,老周问:"这是哪段戏?"

老姜说:"这是豫剧《清风亭》里的一段唱腔。"说着睁开眯着的眼,见老周已从椅子上站起来,径自朝门外走去,脚下踩碎了一片月光。

## 十一

天渐渐凉了,风也多由北边吹来,且变得硬冷起来。

树叶三五片,或数百片,不分时辰地从树上落下来。早上刚扫净的路面,中午又是一地落叶,阳光照着,一片灿烂金黄。

一地的落叶,老周看着心凉,就把躺椅挪进了屋里,不再躺在院门口了。一天出来一两回,也只是在院门口站站,依然是戴着墨镜,一手把着茶壶,一手夹着香烟,隔着马路和老姜说几句闲话。两天前,老周对老姜说:"老姜,天越来越凉了,你干脆搬过来,在我院门旁边,借着一面墙搭个棚子吧。"老姜说:"谢谢周大哥,不用了。再过过,到了冬天下雪上冻时,我就不出来摆摊了。"老周马上说:"摊子可以不摆,但你要常来转转,咱老哥儿俩还要喝两杯嘛。"老姜说:"那是那是。"

从春天到夏天,又从夏天到秋天。来这地方摆摊大半年了,老姜算算,一天挣不了几个钱,每天还要多跑几里路,春夏秋还行,权当天天出来锻炼身体了,到了冬天,这么空旷的地方,北风吹着,谁也受不了。半个月前,老伴就不让他再出来了,老姜还一直坚持着。老伴不知道他为什么坚持着。只有他自己知道。

一天上午,几辆小车停在老周院子旁边,下来十几个人,扯着图纸,指指点点,其中的两个人还走进老周的院子里看看。一群人刚离开,老周就站在马路对面对老姜说:"市里要在这地方动工建科创园区了。"老姜问:"是不是要拆你的院子?"老周说:"要拆我也没办法,发展需要嘛,咱得支持。不过,没那么快,有时候他们办事也拖沓。"

让老周说准了,直到入冬快一个月了,也没见人来过。

天气着实冷了。预报近几天会有小雪,老姜打算明天再来一天,从后天开始就不再出来摆摊了。天冷,老姜收摊收得也就早。这天,老姜刚收完摊子,看见天福进了老周院子里。

老姜骑上三轮车刚走两百米,突然听到有人喊叫。老姜刹住车回头一看,只见天福扬起两只手,一边朝他追来,一边哇哇喊叫。老姜听不清他喊什么,就问:"天福,什么事呀?"天福跑到老姜面前,脸色煞白,喘着粗气说:"大、大爷死了!"

这是老姜第一次听见天福开口说话,一时又不明白他说的意思,就问:"天福,你慢慢说,谁死了?"

天福回头朝老周院子指了指,满脸恐慌地说:"院里,大、大爷死了!"随后,哇哇哭起来。

老姜急忙掉头往回跑。一进老周的院子,就看见老周躺在院子里。老姜上去喊了声,老周没吱声。老姜掐了掐老周的人中,老周不见反应。老姜马上又使劲按了按老周的胸口,很快,老周的眼睛睁开了,用微弱的声音对老姜说:"快去把我床头边的速效救心丸拿来。"

老姜把速效救心丸塞进老周嘴里,拿出手机正准备打120急救电话,老周说:"不用了,我的病我知道,没事。"

老姜说:"周大哥,还是上医院吧。"

老周自己慢慢坐了起来说:"不用,我进屋躺会儿。"

等老周在屋里躺下后,老姜还要打120急救电话,老周说:"真不用,刚才只是一阵心绞痛,没必要。"老姜只好放弃,就问老周有什么药要吃。老周指指桌子上的两个药瓶,老姜就把两个药瓶都拿给他。老周从两个药瓶里各拿出一粒药吃了,对老姜说:"老姜,放心吧,我死不掉,这辈子还没过完呢。"而后,看着天福又说,"我死了,谁给你这孩子酒喝呀?!"

天福哇的一声哭了。

老周马上装着生气的样子说:"哭什么,再哭就不给你酒喝了!"

天福顿时止住了哭声,拿手在两眼上抹了一把,咧咧嘴,露出一嘴的牙花子,笑了。

一个小时后,确认了老周没大碍,老姜才走。临走前,他仍不放心地问了句:"周大哥,你真的没事吧?"

老周肯定地说:"真没事,放心吧!"

回家的路上,老姜一直想着老周发病的事。所谓的心绞痛,是心脏出了问题,也就是心脏病。突发心脏病,很容易危及生命。今天幸亏天福来了,如果当时没人发现呢?老姜再往下想,就感到很可怕。感到很可怕,便不由得想到一个人。

第二天,老姜还没到出摊的地方,就看见老周站在院子门口,戴着墨镜,一手把住茶壶,一手夹着香烟。老姜停下三轮车问:"周大哥,你一夜没事吧?"

老周说:"有事我还能站在这里吗?"

老姜说:"没事就好,没事就好。"说着就去从三轮车上卸东西。这时,老周在对面喊住他:"不慌摆。"

老姜不解地看看他。

老周晃着身子,从马路对面走了过来。如果老姜没有记错的话,这应该是老周第五次走过马路,来到他摊子前。老周抽口烟说:"这天气也太冷了,你干脆摆到我院门口去,来活你就干,不来活,咱俩就在屋里喝茶。"

老姜本来就打算今天摆一天摊,明天就不再来了,听老周这么一说,想想说:"那也行。"

老周跟在后面,看着老姜把三轮车骑到马路对面,稳稳地停在院门口,不无几分遗憾地说:"唉,当初你就应该把摊子摆在我院门口!"

老姜心想,当初看你那派头,谁敢呀!嘴上却说:"那时候不好意思打扰你呢。"

老周便说:"那你就高看我了,还以为我开的是大公司?唏,就是一个收破烂的!"老周还想说什么,口袋里手机响了,老周摘下墨镜看看手机,马上进院子里接听电话去了。

再从院里出来,老周已换了身衣服,拎只黑皮包,对老姜说:"老姜,我出去一趟。如果回来晚了,你给我把门关上。"

一直到下午老姜离开时,老周都没回来。

## 十二

因为不去摆摊了,老姜比平时多睡了一会儿,醒来时,睁眼向窗外一看,漫天的雪花飞舞。

连续多天雨夹雪,下下停停,气温降到了零下。

猫在家里,老姜无所事事。不怪他不做事,而是没什么事可做,老两口的生活简单,买菜烧饭,洗衣服搞卫生,老伴不声不响地把什么事都干了。老姜除了看电视新闻,就是听戏。一个星期以后,雨和雪虽然停了,天空还不见明显放晴。又猫在家里几天,老伴见他憋闷得在屋里转来转去,说:"你要闷得慌,就去街上转转。"老姜想想,就去街上转了转。老姜一辈子不喜欢逛街,只转了一条街就转不下去了,索性,直接朝城外走去。

以往都是骑三轮车,老姜的心思都放在骑车上,没太留意道路两边的景物和设施。不知不觉,老姜走到老周的院子门口。老姜刚走进院子,老周便看见了,马上一脸惊喜地说:"快进来暖和暖和。"

老姜说:"不冷,我今天没骑三轮车,溜达过来的,走得浑身还热乎乎的呢。"

"你过来得正好,中午咱俩喝两杯。"老周看起来异常高兴,墨镜也没戴,手里也没把茶壶,正忙着捣弄一堆食材,什么大白菜、粉条、葱、姜、蒜,有的洗得干干净净,有的还没来得及摘洗,锅里正炖着羊肉,刺刺冒着热气。

老姜不免有点诧异,就说:"周大哥,你今天气色这么好啊!"

老周这才拿抹布擦擦手,点上烟说:"待会儿我告诉你一件重要的事情。"

今天老周这么高兴,气色又这么好,想必一定是有什么愉快的事情。究竟是什么愉快的事情呢? 老姜无从猜起,又不便主动去问,只好等着听老周自己说。

半个小时后,一大盆热气腾腾的炖羊肉摆到桌子上,老周拿出他收藏的几十年前他们酒厂生产的一种高端酒。刚刚两杯酒下肚,老周一副郑重其事的表情说:"老姜,有件事,之前一直没有告诉过你,也是我觉得没有必要告诉你。今天,我不得不告诉你了,我离婚几十年了。刚离婚那几年,也曾经想再找一个,可没遇见一个合适的。后来,渐渐就打消了这个念想。今天 ,我要告诉你一件重要的事情,我准备再婚了。"

老姜不免感到有些意外,说:"周大哥,今天你不说,我还真不知道你离婚这么多年了呢。"

"你知道不知道我离婚无所谓。不过,你是知道我准备再婚的第一个人。"老周说。

老姜看看老周,见老周一脸的认真和喜悦,马上说:"来,周大哥,我敬你一杯,先恭喜你!"

"你不慌恭喜我,你听我说完。首先,我要感谢你和天福,上次你们救了我一命。来,我先敬你!"老周端起酒杯先干了。老周说:"还记得我跟你说过的静茹吗?她老伴走了,走了两个多月了。你还记得下雪前的那天下午吧,静茹喊我出去一趟,我才知道的。老姜啊,别的我就不多说了,几十年前我没能娶她,我没有什么错,如果现在我再不娶她,我就不是个男人了。自古红颜多薄命,其实,她是个苦命的女人……"

往事不堪回首,现在,以及今后,他要做的就是和静茹相依为命,共度余生。

这天的老周,是老姜从未见过的另一个老周。

午后,天渐渐放晴,太阳出来了。回家的路上,老姜一直在想,老周准备再婚娶静茹,这算是一件大事了,当然也算是一件重要的事。

老姜边走边想,这时,老伴打来电话。

老伴说女儿和外孙回来了。老姜顿时哈哈笑起来,快速朝家赶去。

原载于《清明》2022年第4期

# 有　客
## 赵丰超

　　确实有毛病。他快速地把标识灯扳倒,扶起,再扳倒,又扶起来,反复摆弄了好几遍,依然没顶用。他仰躺到座椅上,下意识地朝后视镜看了一眼。后座上空空荡荡,出来半个钟头,他还没拉到一个客人。他的另一只臂膀横担在车窗上,手里夹着烟。只一会儿工夫没抽,丝丝的青烟就氤到了车顶的广告灯上。一样的毛病,广告灯跟标识灯早就串通好了——它们只显示有客,不显示空车了。

　　到底是什么时候坏的,他已经记不起来了。可能是昨晚,也可能是今晨。昨晚刚杀黑,天上就下起了小雨,密集到让人发毛的小雨。那会儿,他正驱车从老家往市里赶,在经过一处刚刚动工的墓园时,车轮窝在了泥坑里——现在的老家,正在改头换面,到处都是这样那样的泥坑,像他这种油改气的车子,不窝坑才是怪事呢。他试了很多法子,低挡前行,后倒,又往泥坑里垫了些干草、泥块,他还试图凭借蛮力将车子推出来,可惜努力了好几次,终究不济事。最后还是一辆过路车将他的车子拖了上来。那是一辆挂着南方牌照的豪车,底盘高,马力大,略略给他的车子带上一把,就拱上来了。事后,他给人家递烟、道谢,人家没接,也没多留一分钟。出于安全考虑,他想跟着那辆车一块进城,可惜一上县道他就跟丢了。或许标识灯就是那会儿坏掉的,只是他没注意。

　　也或许是今晨。凌晨三点多回到小区,知道妻儿正在熟睡,他就没上楼,凑合着在车后座歪了三个小时。天快亮时,他做了一个以往从未做过的梦,之后不久,他就接到了妻子的电话。她要确认一下他是否已经赶到市区。在他们家,每天早晨有个必走的程序,就是带儿子吃早餐,送儿子去上学。他是司机,这事儿自然包在他身上。早晨,就那么一丁点时间,他还要洗漱、换衣服,还有很多很多事等着他去做,当然没空去注意车灯的问题。不过,上楼之前,他把车窗摇了下来。夜路太长,走得太久,连他自己都不记得抽了多少烟。在这狭小的密闭空间里,充斥着一股隔夜的烟草味,以及雨水和汗水混到一起正在发酵的味道。他不想让儿子闻到这种味儿。

　　"拆得咋样了?"刚上楼,妻子就问开了。

　　他往牙刷上挤了一坨牙膏,趁口水,开始重复某种略显暧昧的动作。

"还能咋样……全拆了。"满嘴的泡沫混进本就沙哑的声音里,使这句话听起来像呓语。刷完牙,他又洗了一遍脸。闭上眼,他又想起那些大大小小的坑,遍地都是坑,那是一个由坑拼成的地方,早就不完整了。

"赔了多少?够交首付吗?"妻子又问。她化了淡妆,已经收拾完毕。她在一家酒店做服务员,熬了四年,终于熬成了领班。每天早晨,她都会穿上那套带有金色工号牌的制服,第一个赶到酒店。他送过她,知道她们有一段鸡血味十足的晨训——她们列成队伍,经理站在中间,那个能把裤腰提到胸口的女人双手打着拍子,鼓励她们在众人面前喊出自己的梦想。同一个梦想,同一个地方,妻子已经喊了四年,她说,她想拥有一套自己的房子。

"够买一块墓地的。"

他一边擦脸,一边看镜子里的自己。再过半年,他就四十岁了。他的头发越来越少,牙齿也被烟熏成了焦黄色,还有一颗大牙微微松动,每当他要说话,都会感到一丝来自嗓子眼深处的酸,或者隐疼。也不知是从哪儿听来的,说梦见掉牙是一种不祥之兆。昨晚在车里睡着的那会儿,他就梦到自己的牙掉了。他不是故意这么说的,但是当他看到自己焦黄的牙齿,还是想到了死亡。然后,这句话就像自来水一样淌了出来。

"大清早的,你说这话,饿谁呢?"

妻子的嗓门明显提高了一截,要不是儿子刚好从卧室里出来,这个早晨恐怕会过得很慢很慢。尽管如此,妻子还是说:"你不睁眼看看,这房子能比棺材大多少?"这还不算,说这话时,她把两手拢成一个方格,认真比画了一下,好像真能把一个人框进去似的。

他不再吱声,趁儿子洗漱的空隙,他给自己灌了一大瓶开水。开出租车在城市转悠的时候,他会时不时地感到口渴,为此他给自己备了一个容量五升的大瓶子。他常常会有一种奇怪的感觉——如果瓶子空着,他心里就不踏实。所以他把瓶子灌到了顶满。

这时候,儿子的闹钟响了。妻子拍停布谷鸟的叫声,又朝他瞪了一眼。早晨已经不早了,妻子开始往外走,他不自觉地长出了一口气。但是,她还是撂下了一个让他无法回答的问题:"什么时候能有个可以下蛋的窝啊?"

而后是摔门的声音,电梯报楼层的声音,以及从远处传来的难以名状的窸窣声。再之后,是清晨的莫名的清寂。

下蛋——自打国家放开二胎政策,她总会隔三岔五地提到这个词。他不是不懂她的意思,他知道,她这么说是有所指涉的——在这个家里,卧室只有一间,床也只有一张。晚上,他睡一头,妻子跟儿子睡另一头。很多时候,如果回去晚了,他宁愿在车里凑合,为此,他在后备厢里塞了一床被子,还有一个也用作靠垫的枕头。他们都记得,有一年暑假学校组织了夏令营,儿子要去外地游学半个月。送走儿子的那天晚上,他没有跑车,也没有做别的事情,而是早早地回了家。他像疯了一样,没等她收拾好碗筷,就把她抱到了床上。他们在床上来回滚了好几遍,就像庆祝什么似的,一直做到他们都觉得有一点尴尬时,才算停下来。她问他,他们多久没做了,他回答不上来。事实上,他已经不记得多久没跟她做了。他想,似乎在房子这件事上,女人总比男人要执着。他记不清是谁说过,这是由生理决定的。就拿妻子来说,自从妻弟结婚之后,她便很少再回娘家。她说那是她弟媳的家,而不是她的家。她认为只有女人才能成为一个家的主人。尽管她说得挺复杂的,但他对这句话的理解是,她们在那儿能够拥有更为自由的交配权。他虽没有读过多少书,却知道古人管那个叫房事,也就是说,那是跟房子有关的事。

儿子是先刷牙再洗脸,但他刷得很慢,像没睡醒似的。他把儿子的书包挎在胳膊上,也不催他,转身在屋里踅摸了两遍。

的确,在房子这件事上,他自知是亏欠她的。结婚之前,她就跟他提过,一定要有自己的房子,即便婚前没有,婚后一定要有。他当时觉得她还是很爱他的,毕竟在时间上没做具体限制,就给她献上戒指,顺便画了一个大大的饼子,说,很快会有,一定会有。可是,时至今日十多年过去了,他从装修工人做到了出租车司机,她从普通的服务员做到了领班,饼子依然是饼子,至于房子嘛——他们现在住的是一套四十多平方米的公租房,一室一厅,外加一个小厨房和一间集淋浴、洗衣、大小便于一体的卫生间。当然,阳台也是有的,只是小一些,而且常年挂着尚未晾干的衣服。

"真是太小了,"连读小学的儿子都这么说,"想藏个什么东西都藏不住。"

大概是三年级下学期吧,儿子瞒着他们买了一打全套的奥特曼卡片。为了防止他们发现,他把卡片分成大小不等的五份,分别藏到床底下、书桌下、厨房、卫生间,以及阳台上那盆枯死的栀子花下面。一个星期之后,妻子在收拾房间时先发现了床底下那份,撕了。又一个星期之后,发现了书桌下的那份,扔了。再之后就是卫生间和阳台,因洗澡水和雨水的浸泡,两沓卡片都霉变了,黑黢黢的,带着一股经年的酸腐味。最后是厨房。厨房那份之所以能撑到最后,是因为灯下黑——他把卡片塞进了两个退居二线的泡菜坛子,可妻子没有闲心再侍弄泡菜了,为了腾出一点切菜的地儿,她把两个泡菜坛子推给他,叫他扔到楼下去。那些卡片,连同两个泡菜坛子都落到了他手里……

事后,妻子还不放心,教他从儿子的心理出发,检查房间的每一个角落,床肚、柜脚、门后,以及抽水马桶的水箱——不能怪儿子抱怨,在这个家里,实在找不出一个可以藏东西的地方来。他把自己想象成儿子,可他发现,在藏东西这件事上,他并不比儿子高明多少。毕竟,他不做儿子,已有二十多个年头了。

闹钟响了第二遍。儿子洗漱完,又进了卫生间。他拍停闹钟,问他是大的还是小的,儿子没回答,但他能感觉到他在用力。于是,他走到阳台上,给自己点了一根烟。儿子在家的时候,他想抽烟,只能去阳台。阳台上,那株栀子花还在,只是早就枯死了。就在昨晚,他还想重新栽一株——据说有一种天然的有机肥料,只要处理得当,可使栀子花开出血色,非常漂亮,而他刚好拥有两坛那样的肥料……可现在,他觉得要是把那个小小的紫砂盆拿来当烟灰缸,或许更合适一些。

要说毛病吧,其实是小毛病。弹落一截烟灰,他又长长地吸了一口,直到确认那股柔软的东西抵达了身体的最深处,他才缓缓地嘘出来:按他跑车多年的经验来判断,无非是电路老化,或插接口受热粘连,不然还能是什么呢?他只想了一点点,就懒得去想了。好多事他都懒得去想,就跟老化的电路差不多,想多了会粘连。他把将熄的烟头掉过来,又接了一根。

空车标识打不开,对于以载客为生的出租车来说,就是自断客源,没法跑了。要么修车,要么休息,他看看时间,现在是上午八点多,就是说,这一天才刚刚开始。不知道为什么,他已经感到口渴了。他将车速放慢,很慢很慢的那种,类似于滑行,就像一条不受支配的小船,随波逐流地朝前漂着。这期间,他用单手拧开杯子,灌了几口水。再后来,车子就漂到了滨河路上。

他很清楚自己的位置。事实上,以往拉不到客人的时候,他也会转到这条路上来。这是一条空落落的柏油路,因为少有人走,显得格外干净——在这座城市,有一条贯穿东西的河流,把城市切成了两半。就着天然的地势,人们把河堤改成了沿河风景带。滨河路是顺着风景带修的,几乎全被树荫和花影遮住了,很适合偷工或者补觉。特别是夏天的午后,出行的人少,很多拉不到客人的出租车都会停到这儿来,成排地睡觉。在这个到处装有"电子眼"的城市里,能找到这么一个停车歇脚的地方,哪怕只是临时性的,他们也是欣慰的。

车子最后停在了一家紧贴河堤的汽车修理厂前。似乎是车子将他带来的,而不是他自己开来的——到了门跟前,他才发现老板根本不在。整个厂子里,除了那条拴着铁链的大黑狗吠叫了几声,别无活物。下了车,他又点了一根烟,既没掉头的意思,也不急着给老板打电话。也不知为什么,他为自己吃了闭门羹而感到一点点窃喜。他安慰自己,既然这里不巧,别处也未必就巧。再说,这是他定点的修理厂,老板与他早就认识,他这辆二手老捷达就是从这儿接手的。

修理厂很小,说是修理厂,其实是由几间平房改造的车间,既无院子,也无招牌。但平房门口的场地很大,场上停放的车辆也不少,都是越野车,车屁股上挂着备胎,备胎上各横着一根看起来极顺手的短铲。这大概跟老板的爱好有关。虽然他在这儿铺了个摊子,其实不指望修车挣钱,他更喜欢改车,确切地说,他是个越野发烧友。紧靠车间大门的那辆黑色牧马人就是他的。每年秋天,他们会组织一个车队,往西藏或新疆跑一趟。当然,他们也叫过他,还叫他加入他们的车友会,被他拒绝了。他掂量过自己:一来车跟不上,人家聊到动力、扭矩之类的东西,他插不上嘴;二来他就是个跑出租的,这辈子压根没想过会去西藏、新疆那么远的地方。他能认识修车厂老板这样的人,已算意外——老板是本地人,那时候家里刚刚拆迁,正想着转行,就碰到了他。车虽是二手车,却有七成新,老板跟他解释,说是卖车,其实投资主要在营运证上,车子是半卖半送的。那会儿,他刚拿驾照,见车亲,听人说得挺真诚,就带妻子去看了。妻子从没做过生意,听老板说行情似乎不错,就同意了。其实呢,他门儿清,她哪懂什么行情呢?不过是下雨天接孩子时看人家都有车,虚荣心作祟罢了。要不,第二年也不会赶上如火如荼的滴滴打车。

厂子里还是静悄悄的。他扔掉烟头,想找个地方小便。但他刚一动步,大黑狗立即警觉起来,又吠了几声。他盯着它的眼睛,对峙了几秒,那狗似乎厌了,不再冲着他,转而冲着他的车吠叫起来。他回头看一眼,的确,他的车糊满了已经风干的泥巴,实在不像一辆车,或者说,更像是从地下开出来的一辆车。从乡下回来之后他还没来得及去洗车。

在大黑狗的提示下,他转身朝后备厢上拍了几下,泥屑开始簌啦啦地往下落。见此情景,他又拍了两下,这两下比前次要轻,像是拍一匹与他相依为命的老马,安慰它,叫它相信他。而后,他发动车子,朝河边开去。河堤的另一边有个石子砌成的小型码头,他之前去过许多次,为了省下洗车的钱,他用装防冻液的塑料桶做了一个简易的水桶。此刻,水桶就塞在后备厢里。

河堤比地面高出很多,站在上面往四下里看,映入眼帘的是清澈的水面、草地,以及成排的水杉树,若不看远处的高楼,仿佛不在城市里。河叫泉河,水面不宽,水流也不急。河面上泛着细光,放眼过去,能看到等距排列着的橘红色的泡沫浮标,那是有人承包了固定水域用作网箱养鱼。他把车停在码头上,先找地方小便了一下。这是他从昨晚以来第一次小便,虽然尿量不多,却让他放松不少。

如果老板不回来,他就给自己放半天假,反正他是不会主动打电话的,他这么跟自己说。他喜欢在河边洗车,夏天的午后,当别的司机成排地睡觉时,他也会到河边来洗一洗,有时候洗车,有时候也洗一洗自己——在他老家的村子外,也有一条河,比这条要宽,要清澈,给他的记忆也更多,他的先人以及他本人都是吃那条河里的水长大的。他还能记起父亲带他去河里洗澡的情景,那个身形壮硕的男人一捧一捧地朝他身上淋水,然后帮他搓洗。他很痒,但他一直忍着……

现在,他也一样,一桶一桶地朝车身上淋水,然后用刷子刷,用抹布擦。它更像一匹老马了,温顺地停在那儿,一动不动。洗完后,他在河边上蹲下来,等车晾干,或等别的什么,总之,他希望天能黑得快一点。也不知蹲了多久,直到一艘小船划了过来,他才意识到他又抽掉了两根烟。

船上有两个人,一人站在船尾,负责划船,一人蹲在船头,负责喂鱼。小船穿过那些橘红色的浮标,船头上的那个人手揽两个大瓷坛,正成把地往河里撒着——那是一种由麸皮与饲料掺拌而成的粉末,灰白色,在老家时他也见过,那东西会散发出一种淡淡的蛋白质的腥味。小船轻轻划过,他能看到船尾处翻动的鱼苗,有半斤重的鲢鱼,也有一拃多长的鲤鱼,它们争抢着,吞咽着,不时发出噗噗的搅尾声。它们太饥饿了。一坛鱼食撒下去,它们仍尾随着小船,直到下一排浮标到来,它们才被网箱的边沿挡住。这让他想起有关食人鱼的电影,以及早餐时吃下的豆腐脑。

他又口渴起来,他觉得,有一种来自身体深处的干燥感正在袭来,如果不及时喝点水,他可能会吐。

爬上车,他举起那个容量足足五升的瓶子,狠狠灌了几口,又往脸上浇了一些。然后,他又回到了修车厂。他在那儿等了一个小时,老板依然没有出现。其间,他两次找出了老板的号码,可他还是忍住了,没有拨出去。

快近中午时,他躲在一处正在萎缩的阴影里,渐渐蹲不住了。他觉得连太阳都在驱赶他,白烘烘的光斑一处连着一处,一点一点地朝他逼近——他突然想起那些大大小小的泥坑来——如果有一把铲子的话,昨晚应该不至在泥坑里撅半天吧。于是,他跑到老板的那辆牧马人后面,把那柄看起来极顺手的短铲拆了下来。那是一把木柄铁铲,他拿在手里掂了掂,确实挺称手的。

他得动一动了,他想。这次他开得很快。身后,那条大黑狗像是受了某种打击,拼命地吠叫起来。

再次接到妻子的电话时,已是下午四点多。妻子提醒他,快到接儿子的时间了。他慌乱地收拾好被子,又往脸上淋了一些水,以为错过了什么。等他把车子启动,再点上一根烟,才发现这个世界一点变化也没有。

车是洗了,车灯却没修。他在滨河路上的某株合欢树下睡了四个小时,午饭也没吃。倒是那瓶水,已被他喝去了三分之二。

接儿子也是每天的程序。儿子就读的是一家私立小学,这家学校的好处是它自主招生,不分学区,负面问题是学费高,而且离家远——他们住在城南郊区,学校在城北郊区,穿过整座城市的过程中,他们要转三次弯,还要穿过一座泉河桥。

泉河桥不长,却是全城最拥堵的路段之一。他计算过,每次穿过泉河桥,他都会消耗五六根烟,而且他还会想起老家的那座桥。他带儿子回过老家,他们一起走过那座大桥。那座桥真是太长了,一头搭在村子的出口处,一头搭在去往县城的公路上。记得有一年清明,他带儿子回去上坟时,儿子一见到那座桥就兴奋得不得了,喊着"彩虹,彩虹"。儿子觉得它像彩虹,还问他像什么。他想了一会儿,说像脐带。他不是乱比的,事实上,他的确梦见过那座桥,肉做的,上面有血管,也有脉络、神经,他战战兢兢地走在上面,每走一步都会疼好一会儿。儿子被吓着了,伸手去摸自己的肚脐眼。他还不知道脐带为何物。他告诉儿子,人刚长成一个人的时候,就是靠脐带提供营养的,但是,一个人的真正成长是从剪断脐带的那一刻开始的。儿子不懂,也没想到爸爸能说出这么难懂的话,但他不太愿意回老家去了。

"怎么是'有客'?"儿子坐上车,似乎很讶异。往常,哪怕是接送儿子的路上,他也会打出空车标识,顺道拉客。妻子跟他说过很多遍,放空一趟都是损失。

"坏了,"他指指标识灯跟儿子解释说,"等会儿把你送回家,我再出来修。"儿子哦了一声,拿眼睛的余光去看他,觉得他像另一个人。回家的路上,他想用手抚一抚儿子的后脑勺,可儿子怕痒似的,一偏头,躲开了。

再次从家里出来时,已是晚上七点多了。他没给修车厂老板打电话,而是直接朝滨河路开去。滨河路上要安静一些,路灯也只亮了一排。路边的风景带里,有塞着耳机跑步的年轻人,也有逮住一棵树死磕的老年人,还有人踢着散碎的步子在遛狗。他继续往前开,人渐渐少了,最后他在离修车厂还有几百米的地方停了下来。那是一片树林,背靠河堤,离马路很有一段距离。从外面看过去,黑压压一片,什么都看不到。他从树林的最外沿分辨着那些树,但他认识得不多。不过这并不重要。

而后,他从后备厢里拿出短铲,朝林中走去。他只想找一棵最大的、特征明显的、容易被记住的树,至于是什么树,真的不重要。可是,正当他四处打量,想要寻找一棵中意的树时,却突然听到一阵窸窸窣窣的声音。他惊了一下,赶紧稳住脚步,掏出手机,打开电筒朝前照。这一照,果然照到一个人,一个与他年龄相仿的人。那人也拿着一把短铲,此刻,正躬身在一棵大树下忙活着。那棵树很大,正是他在寻找的那种。可他还看到,那人的脚边摆着一团毛茸茸的东西,黑色,体积颇大,像一堆揉皱了的毯子。他又凑近了一些,终于看清楚了,那是一条死狗,一条体积硕大的死狗。大概那狗是被药死的,他还看到,它的嘴角糊满了白色的沫液。它死前一定很痛苦。

他停住了,没再往前走,不是怕惊扰了那人,而是他自己感到恐惧,他能感觉到自己的头发竖了起来。他跑了,像一个被人当街唾面的贼,跑得慌不择路。

回到车跟前,他迅速打开后备厢,把铲子放了进去。后备厢里,除了被子、桶、铲子,还有两个圆鼓鼓的泡菜坛子。坛子密封封,一个上面画有加号,代表父亲;一个上面画着圆圈,代表母亲。那是他昨晚从老家带回来的。

坐回车里,他想给自己点根烟,可他太急了,连按了几次打火机,也没打出一个火星来。他没再按下去,而是趴在方向盘上哭了起来——双肩颤抖着,就像小时候受了委屈时一样,小声地啜泣。他知道,那两个坛子会一直留在他的后备厢里,明早,他会带着它们穿过整座城市,赶往学校;明晚,他会带着它们去接儿子,再从城市的另一头穿行到这一头。这中间,也许他们会在某座商场的地下车库里稍作停留,也可能从某段繁华的闹市里穿过,也或许一直都在路上。

他没再往修理厂去,也没急着回家。半个小时之后,他掉转车头,朝市区开去。城市的夜才刚刚开始,商业区灯火通明,他用眼角的余光看向四周,嘈杂的人群、高大的楼宇,还有亮着各色灯光的广告牌。他能听到他们的声音,却不知道他们在忙些什么。他穿过它们,却从未真正了解它们——他能记住每个小区的名字,也能摸清每座商场的位置,他的脑海里有一张关于这座城市的地图。跑出租的,每个司机都是活地图。但是,也只是一张地图,很多时候,他穿过这座城市,跟穿过一张标有各式地名的图纸并无两样。

他的车顶上,仍亮着"有客"二字……

原载于《青年文学》2022年第1期,《小说月报·大字版》2022年第3期转载

# 老阮的爱情

羊 父

## 1

喜鹊叫、喜事到。

老阮家门前的喜鹊,打立春那天便叫开了。老阮把喜鹊窝都要看烂了,可是连一件喜事都没有盼到。这天,天还没有亮,树上那对喜鹊又破着嗓子叫了起来。老阮心里着了火,他抄起床边的一根竹竿,去找喜鹊算账,一开门,竟撞在了一堵软墙上。

老阮家的这扇门,除了他和羊之外,很长时间没有走过其他动物,更不要说人了。老阮的心"咯噔"跳了一下,心想莫非撞到鬼了。他从地上爬起来时,听到有人躺在门外,正"亲爹、亲娘"地喊疼。老阮打灯一照,见是邻居三花躺在地上。她双手揉着胸口,看来被撞得不轻。

老阮问:"你有什么事?一大早就来堵门。"

三花从牙缝里挤出来三个字:"有喜事。"

三花是村里的媒婆,她说有喜事,八成是给老阮介绍对象。老阮说:"你别诓我了,有什么活让我干,就直说吧。"

不久前,三花想在自家的院子里搭建一间小屋,专门供人相亲用。她想把屋子建得好,又不想多花钱,盘算来去,就想到了老阮。建屋子前,两人说好了,材料由三花买,搭建屋子的活由老阮干,工钱是两百五一天。可是,老阮建好了房子,三花却不提钱的事了。老阮上门催了几回,三花才松口。

三花说:"两百五,不好听,给你涨五十,三百一天怎么样?"

老阮以为太阳从西边出了,正要答谢呢,不料三花又说:"钱不给你了,我给你介绍两回对象吧。我平时介绍一个收费三百,介绍两个就是六百。你看,是我吃了一百块钱的亏不是?"

这天,三花找老阮,果真是有事相求。三花的儿子争先,从外地打工回来,现在已经到了镇里。三花让老阮骑摩托车给接回来。所谓的好事,是三花有个闺密今天过河来拿药,她在家把两人相亲的事给安排好。老阮想说不去:"我还要赶羊上山呢。"可见三花还蹲在地上揉着胸,心一软便答应了下来。待老阮接争先回来,果然见三花家的院子多了一个人。这人靠墙站着,侧影干瘦,身上也没有什么大的起伏,就像一块瓦片靠在墙上。

那争先先喊了三花一声"妈",又喊那人一声"姨"后,便钻进了屋子里。三花把老阮拉到那个女人跟前。三花说:"这人就是我刚才给你介绍的老阮,人姓阮,心肠更是软,要是拿老阮的心去撞豆腐,吃败仗的肯定是老阮。有一回,我看到老阮像一根木头桩子竖在路中央,一问才知道,原来有一群蚂蚁搬家,老阮在给蚂蚁让道呢。"

三花的前半句是真话,后半句是瞎编的。老阮听了假话,浑身不自在,仿佛三花说的那群蚂蚁,爬进了他的解放鞋里。老阮在解放鞋里拧着脚指头时,那群蚂蚁便一路向上,爬到他的前胸和后背,爬到他的脖子根和头发丛,后来就钻进了他的嗓子眼里。

三花接着说:"你别看老阮个子不高,却有一个最大的长处——有手艺。你要是跟他过日子,保准没有苦日子过。唉,这么说吧,老阮没讨到老婆,我都替他抱亏。"

老阮有自知之明,如果自己真像三花说的那么好,也不至于光棍儿到现在,更不至于相一回亲就黄一回。老阮这辈子还没被人这么不计成本地夸过,他如同被架在火上一般,坐立难安。老阮跑到院外,把头凑在自来水龙头下,喝几口凉水下去灭火。回来后,他拽着三花的衣角偷偷问:"你说我有手艺,我有啥手艺?"

三花说:"你不是会养羊吗?"

老阮悬在半空的心,这才落到了地上,摇了半天的头,终于点了一下。

老阮羊养得好,名扬十里八村。每年春天,他赶着一对羊进山,到了冬天,便能领一群羊出山。老阮养羊,不受天气影响,旱涝保收,比种地、打鱼还要靠谱。所以,大家觉得老阮养羊特别容易,那些羊就像他用泥巴捏出来的、用石头变出来的。阮湾村有人学习老阮,也公母搭配地买来几对羊,有人买的还是从外国进口的波尔山羊,也是每天早上赶羊进山,晚上赶羊出山,可是到了年底,赶出来的羊还是那一对。且那羊已经瘦得皮包骨头,羊都没有羊的样子了。山是同一座山,河也是同一条河,羊也是差不多的羊,所以问题只能是出在养羊人的身上了。

有人登门,拜老阮为师,人和羊都搬到了老阮的家里,要和老阮同吃、同住、同劳动,可学了一个礼拜,便卷着铺盖走人,差一点连羊都不要了。

村里人问:"你怎么这么快就学成了?"

那人面有愧色地说:"学成个屁,老阮养羊的绝活,根本学不来。"

至于老阮养羊到底有什么绝活,为什么学不来,那些人便不愿再说了。

话说回来,这天三花介绍过老阮后,本该隆重地介绍女方才对,可是三花只是不上不下地说了一句"这是我的闺密玉香。"至于这个玉香叫什么玉香,是哪个村的,她的前任老公是死是活,都只字未提。三花显然没有看好这一对。她拉过一条长凳子,把两人按在凳子上,就钻进屋里看儿子去了。

老阮和玉香坐在板凳中间,可能因为老阮身上的味道大,玉香便朝板凳的另一头挪了几下,最后,只有半个屁股挂在板凳上了。老阮见玉香朝板凳的一头挪,自己也知趣地朝板凳的另一头挪,最后,也只有半个屁股挂在板凳上。结果,一条板凳变成了一只扁担,扁担的两头,各挑着半个屁股。

老阮本来话就不多,玉香也是紧闭着嘴,两人待在一起的这十几分钟,就像拉开的一卷卫生纸,里面连一个逗号也没有。两人正尴尬呢,院子里的鸡张狂了起来。一只公鸡跳到母鸡的背上,压起了蛋来。那只公鸡相貌一般,没有什么特别之处,倒是那只母鸡体态丰盈,尤其是一双金爪格外引人注目。玉香从喉咙里咳嗽了两声,那两只鸡便一前一后飞到了院墙上,继续表演。鸡是真情流露,本性使然,可是看鸡的人却坐不住了。玉香又接连咳嗽了几声,那对鸡却没有回应。老阮便起身去撵鸡,一抬屁股,坐在板凳另一头的玉香,连人带板凳都摔在了地上。

三花闻声后,从屋里跑出来搀扶玉香。她一边扶一边打趣道:"你俩这么快就要拜堂成亲呀?"

玉香一直紧绷的脸,突然解了冻一般,眼角和嘴角的细纹都起了变化,尤其是嘴角的皱纹微微上翘起来。老阮趁机瞄了玉香一眼:这女人虽然瘦了一点,但低眉顺眼的,性情像羊羔一样温和,看着很舒服、很顺眼。这样子跟那个穿着睡衣、双手叉腰的三花相比,真是一天一地。

玉香起来后,重新坐在板凳的中央,但她的嘴微微咧开了一条缝,闭得不那么严实了。老阮通过这条缝,发现玉香竟然少了两颗牙。

按照相亲程序,接下来,老阮和玉香要进屋说说私话。以前,相亲人进的屋子是三花家的堂屋。有一回,三花把门关上后,落在屋里的手机响了起来,她推门进去拿手机,见那对男女已经头碰头地唃了起来。三花呵斥道:"住口,你俩是相亲来了,还是开房来了?"于是,三花就托老阮在院子里搭建了这间彩钢瓦小屋。

老阮轻车熟路,抬腿就朝这间彩钢瓦小屋的方向走。玉香本来是朝堂屋走的,看到老阮朝小屋的方向走,她便掉转了方向,跟在了老阮身后。两人一前一后进了那间小屋,门被轻轻地合上了,锁芯和锁体相碰发出"啪"的一声,像是击掌相庆。三花正杀鸡拔毛呢,突然听到门被"哐当"一声打开,玉香披头散发地跑了出来,头也不回地朝河边的小码头跑。老阮在后头边追边喊:"玉香,你别跑,听我把话说完。"

2

老阮追玉香回来,三花把烫鸡拔毛的那盆脏水,扣在了他的身上。

三花用眼神把儿子争先支开,问老阮:"你是狗改不了吃屎,又捏人家了对不对?"

老阮说:"没有,真的没有。"

三花顺手操起那只被拔过毛的鸡,朝老阮的脸上摔了过去。三花说:"我让你偷吃还嘴硬。"

上回相亲,老阮跟女方刚见面,就伸手去捏人家的胳膊,把人家胳膊都给捏青了。老阮给的解释,也让人大跌眼镜。老阮说:"我见她瘦得厉害,跟我家那只领头的老羊差不多,就忍不住捏了她的胳膊,试试轻重。"

这天,老阮见三花不信,便指天发誓:"我要是动了玉香一根指头,我死,我家的羊也死。"

老阮家能用来发誓的,就他和羊这两样,今天两样都押上了,可见是动了真格的。三花说:"这事倒奇怪了,你没招她、没惹她,那玉香为什么要跑?你俩在屋里到底干了啥?"

老阮说:"我只对她说了一句话。"

三花说:"什么屁话?"

老阮说:"我问她,你怎么少了两颗牙?"

三花哭笑不得,她使劲地拍着胸口,看来早上被撞的疼痛,又被她笑了出来。三花这一拍,竟然把胸口拍出了惊涛骇浪来。两人是面对面站着的,老阮的眼睛躲闪不及,被三花掀起的大浪给拍了一下。

三花说:"你可知道,女人间骂仗用的最狠的话是什么?"

老阮说:"我哪知道?"

三花说:"就是这句'你这个老掉牙的'。你问玉香怎么掉了两颗牙,不就是等于说人家老,不就是在变着样子骂人吗?你这是哪壶不开提哪壶呀。老阮,你要是这么说我,大嘴巴子早就吃上了。"

三花的胸口平静后,这才向老阮介绍起玉香来。

三花说:"有些话,不好当着玉香的面讲,怕勾起她的伤心事。玉香是河南顾家庄的,早年男人在淮河上跑船,没跑几年,人和船都沉到河里了。一个娘儿们带着孩子,守了十几年的活寡,日子过得又酸又苦,跟捏着鼻子灌黄连汤似的。"

老阮说:"能看出来,这年头,不愁吃、不愁喝的,哪有人把自己瘦得像一根草的?"

三花接着说:"我劝玉香再找一家,人不能在一棵树上吊死,何况吊你的那树都不在了,要不再找一棵试试吧。你的苦要是有两个人吃,那就少苦了一半。可这女人还嘴硬,还说自己不苦呢。"

老阮插话说:"要是不苦,哪有女人四十出头就掉牙的?"

三花不理老阮了,她想,你这个光棍儿打得一点都不亏呀。

三花把摔给老阮的那只鸡夺了过来,拎进厨房用斧头剁开了。老阮跟到厨房门口,想说话,又不敢进门。三花说:"人都走了,你还站在这里干什么?对了,上回被你捏跑了一个,今天又被你说跑了一个,欠你的债,两清了。"

债是两清了,可老阮觉得这事还没有完,他还有半句话没说呢。这半句话,跟一个瘤子似的坠在身上,堵着肺、压着心的,不摘掉就要生大病呀。这天,老阮赶羊上山时,路过三花家门前,便带着那群羊去敲门,想请三花把剩下的半句话捎给玉香。老阮想,相亲成与不成都无所谓,不能因为相亲的事,把人给得罪了。老阮这辈子到目前为止,连村里的猫狗都没得罪过呀。

老阮拍门道:"三花在家吗?"

院子里有个影子晃了一下,随即便没有了动静。

老阮说:"三花,我知道你在家,快给我开门。"

装睡的人叫不醒。老阮喊了半个小时,院子里也没有动静,打三花的电话,也没有人接听。老阮有耐心,可是那些羊却没有了耐心,有的去啃三花家的菜园子,有的顶起了架来。没过多久,三花家的门前,便被撒了一层羊屎蛋儿。

本来,老阮敲门这事是私事,别人是管不了的,可是,这地上有了羊屎蛋后,敲门的事就变成了公事,就有人管了。阮湾村依山面水,山好水好,是每年美丽乡村检查的必看之地。可是,这一地的"黑巧克力"看着不舒服不说,脚一踩,就嵌进鞋底的纹路里,跟人登堂入室了。

村干部问老阮:"你为什么要带一群羊围攻人家的门?"

老阮说:"我想跟三花说句话。"

村干部说:"就是一句话?"

老阮说:"不,是半句。"

村干部说:"不就是半句话的事吗?包在我身上了。你先把羊赶回去,再把人家门前给打扫干净了。"

老阮赶羊时,村干部打通了三花的电话:"三花呀,你家孩子爸不在十多年了,现在一个光棍儿堵在你家门前,这事不管你有理没有理,传出去都不好听呀。"

三花说:"别理他,我刚给他介绍过对象,今天他又来敲门,我看他是想老婆想疯了。"

村干部说:"不是找对象的事,老阮想跟你说句话。"

三花之所以不开门,是因为她还担心一件事:怕老阮来要钱。按照现在农村的相亲行情,介绍一对年轻人见面,要提前预交五百块,如果介绍成了,这五百块就成了介绍费,如果不成,就退还两百。介绍中老年人相亲,介绍费是三百块,如果不成,就退一百。在别的村,介绍成功的标准是两人领证结婚,而三花的标准是两人见面。以前,有见面但没有谈成的人来向三花要钱,可三花一分钱都没退,理由是:我是介绍你们相亲的,又不是包办婚姻。老阮也因为这事堵过三花的门。

三花确定老阮不是来要钱的,那提着的心才重新回到了肚子里,把肚子上的那圈白肉,从裤腰里挤了出来。三花一边朝裤腰里塞肉,一边拉开了门。门外,老阮已将场地打扫干净,正搓着双手等着三花呢。

三花说:"你不是有话说吗?快说吧。"

老阮把院子里的几只鸡赶了出去,关门时,把村干部也关在了院外。老阮说:"上回,我不是问玉香怎么少了两颗牙吗?我还有半句话没有说,你能不能替我把话给带过去?"

三花问:"什么话?"

老阮说:"我想送她两颗牙。"

三花说:"按理说,这个忙也好帮,就是打个电话动一动嘴皮子的事。可是,这个忙我不能帮。上一回,我把嘴皮子都磨破了,才把玉香说动了心,可你一盆凉水把人家的心给泼凉了。你自己屙的屎,凭什么要我给你擦屁股。除非……"

老阮的手已经伸进了口袋里,有一张钞票已经探出头来。

三花说:"除非,你愿意再出一回钱。"

3

有了给玉香镶牙的心思后,老阮对羊的动机就不纯了。

拿一件事来说吧。老阮喜欢抱羊，没事就抱一只羊在怀里，冬天取暖，夏天嘛，就图那身肉软活，摸着舒服，像在捏人。老阮抱羊用的是抱人的姿势，人和羊头搂着头、脸对着脸、肚子贴着肚子，就差嘴对嘴了。

阮湾村有人看过老阮抱羊，笑道："老阮，你是抱羊呢，还是抱媳妇呢？"

也有人说："老阮，你是不是想媳妇想疯了？"

老阮只是笑而不答。

以前，老阮抱过羊后，还要用手拍拍羊的屁股，挠挠它的后背，再夸上两句，就像长辈鼓励孙子要好好学习、天天向上一样。现在老阮抱羊，不再用抱人那样的拥抱了，而是从羊的一侧，把羊横着抱起来。这种抱法跟羊贩子抱羊没有多大的差别。有一回，老阮在镇里买猪肉，看杀猪匠从小货车上下猪肉，用的也是这个抱法。

老阮抱羊，变化的不仅仅是抱法，私下里还多加了两个动作。一个动作是"颠"，为的是试一试羊的轻重。还有一个动作是"捏"，为的是试一试羊的肉有没有长结实，压不压秤。在这一"颠"和一"捏"中，老阮锁定了对象。那是一母所生的两只公羊，一只白底黑花，一只白底灰花。花的位置和形状都相同，一只就像另一只褪色而成。

老阮对这两只羊特别照顾，除了抱的次数频繁不说，每天还要请这兄弟俩吃偏食。这些偏食，一样是水里的——河滩里新鲜的苇芽，一样是天上的——刺槐树梢上的嫩叶。除此之外，还有一样点心。老阮的两只裤兜里装满了豆粕，趁其他羊不备，他便抓出一把，偷偷塞进两只羊的嘴里。这两只羊也没有辜负老阮，长出一身的肥膘儿，毛尖上冒着油星，在太阳下亮得刺眼。

这天，老阮赶羊上山，遇到了一个羊贩子。老阮拦下羊贩子，要借打火机点支烟。两人抽烟时，老阮偷偷问："那两只带花的，能卖多少钱？"

羊贩子在羊群里扫了一眼说："老胳膊老腿的，骨头多、肉少，值不了多少钱。"

老阮知道羊贩子看错了羊，但这不能怪他。一般人家卖羊，卖的都是成年羊，这些羊的体重长到七八十斤，便不再继续生长。此外，还有一种养了多年的水羊，这些羊不仅不长，每年都在掉膘，养它们的目的，仅在于繁殖小羊。羊贩子看错羊，还与老阮的这群羊本身有关。老阮家的羊，都是来自一个家族。这些羊的背上都背着花纹，要想把一只与另一只区分开来，还真的有些困难。

老阮朝一边噘了噘嘴说："是边上正顶架的那两只。"

羊贩子的眉毛拧了起来，他问道："这两只怎么能卖呢？"

老阮反问："怎么不能卖？"

羊贩子说："怎么能卖？你养羊的该比我买羊的清楚呀。这两只羊正在长膘呢，每天少说也要长四两。再说，现在不年不节的，也卖不上价呀。"

羊贩子说的是实在话，这老阮知道。一年中，有两个阶段羊价最高，一个是立冬之后，还有一个是入伏之后。立冬后的羊价高，那是全国都高。入伏后羊价高，却与当地人有吃伏羊的习惯有关。尤其是这几年，当地还热气腾腾地搞起了"伏羊节"，鼓动人心的标语是"夏天吃伏羊，健康又壮阳"。可是，现在离"伏羊节"还有两个多月呢，老阮等不到那个时候。

老阮说："实不相瞒，我是急等钱用，要不然哪舍得卖半大的羊呢？"

羊贩子反递了一支烟给老阮，点着后说："我俩商量一下，你看行不行。我先付你一千块订金，这羊算是我买了。但你要替我养着，养到立冬，我再牵走。到时候，羊的斤数，据实来称，但羊的价钱必须按现在的价。"

老阮想都没有想，就收下了订金。有了这一千块钱后，他的腰杆子就硬实了很多。

这天，天气晴好，天空蓝得深不见底，干净得就像用水擦洗过。老阮啃完午餐馒头，站起来抱着水瓶喝水。他站在山的肩膀上向下看：山下的村庄、树木都比平时小了一码，连河流也细成了一条腰带，仿佛伸手就能拎起来。河对面玉香所在的那个顾家庄，升起了一柱柱细弱的炊烟。

老阮想，这些细烟中，肯定有一柱是玉香家的。

老阮又想，此时的玉香，肯定蹲在灶前烧火做饭呢。

老阮还想，玉香的嘴里，还少两颗牙呢。

老阮对着顾家庄、对着那些细弱的炊烟说："我要送你两颗牙。"

老阮很长时间没有大声说话了，他的声音有些吓人，有些不像他说的，甚至有些不像人说的，而像是狼嚎。老阮的羊被吓得不轻，抬头望着他，目光里充满了惊恐。

老阮要去找三花，问她有没有把那半句话捎给玉香。下山后，见渔民挑着鲤鱼在路边叫卖。这些鲤鱼，全是金鳞长须，有的肚子里还鼓着子。渔民卖鱼，不按斤两，小鱼按堆，大鱼按条。这些鲤鱼，大的四十块一条，小的十五块一条，价钱相当公道。老阮突然想起来，以前曾欠三花一条鲤鱼，便拣了条大的拎了过去。

三花见老阮拎着鱼来，便问道："你这是急着要下礼吗？"

老阮说："是送你的。"

三花受宠若惊。这几年，大河两岸的人都知道三花爱财如命，鸡蛋过了她的手就要小一圈,被她摸过的手,就要掉一层皮。甚至还有人说,三花老公的死,不是因为病,而是被三花抠门给抠死的。平时三花家,炒咸菜是主菜,午秋农忙时也不例外。阮湾村的人劝过三花,要适当提高伙食标准,使唤驴还要给两把好料呢,何况是人,而且还是自己的老公?可想而知,如果钱进了三花的手,要想要回来,比老鼠洞里倒拔蛇还要难。所以,这些年登门的,都是因为介绍费纠纷来讨债的,没有一个是送礼的。

三花接过鱼,心里反倒不自在起来,说了句酸话:"这回,你怎么知道大方了?"

三花跟老阮打了二十来年的交道了。当年,三花跟当时的小阮,还头搂头地好过一场。两人好到谈婚论嫁,媒人带着三花的家人去看小阮的家,可看到的屋子是漏雨的、粮缸是见底的。中午吃饭,菜里不见油星和肉片儿,饭里还尽是红薯与绿豆,压根没有几粒米。

媒人说:"这家人不行。"

媒人没说这家人是过得不行,还是人品不行。

三花却说:"这家人实在。"

三花的意思是,小阮家不像别的人家,相亲时一屋子东西都是借的,甚至连床上的被子、锅里的米都是借的,除了扒光衣服后的那个人是自家的,其他的东西都是左邻右舍临时帮衬的。

等到要下彩礼了,三花亲自出马,找小阮谈判,主要谈的是"肉、鱼、烟、酒"这四样礼。烟和酒是讲好牌子和数量的,鱼和肉没有牌子,只讲好了斤数。可是,到了送礼这天,小阮送来的鱼不是鲤鱼,而是价钱便宜的草鱼。肉也不是猪肉,而是一挂猪的心肺。

三花把猪的心肺扔出去说:"你这个没心没肺的,你是讨老婆呢,还是打发叫花子呢?"

小阮没说话,把东西捡到篮子里,抹着眼泪去商店退货去了。

可是,三花要嫁人的消息早已传出去,不嫁也得嫁了。于是,三花一咬牙,就拣阮湾村最有钱的人家给嫁了。

这回,三花不明白:以前,老阮一分钱要掰成几半花,现在竟然知道替别人花钱了。这块生面,怎么突然开始生发了?此外,还有一件事三花也不明白:别人相亲大多是买吃的、穿的和用的,可这个老阮为什么老是惦记着人家的牙?

三花问:"老阮,你怎么老跟人家的牙过不去?"

老阮说:"你没养过牲口,不知道牙有多重要。就拿羊来说吧,牙口不好是怎么养都养不肥的。你看玉香,她比你高一头,可人却比你瘦几圈,要是上秤称,肯定比你瘦二三十斤。原因就是牙不好呀。"

三花要拨打玉香的电话,按了一串数字后,还是把电话给挂了。

三花说:"你容我再想想。"

老阮说:"你有什么要想的?该想的人是玉香呀。"

三花说:"当时,我把好话说尽,才把玉香的心给说动。这回能不能说动玉香,我也没有把握。我得好好想想该怎么说。"三花想了老阮抽一支烟的工夫,才想得差不多。她把那条鱼从水盆里拎出来说:"要不,你把鱼拎回去吧。"

4

这天,三花不仅没要老阮的鱼,还解开了裤腰带,要送老阮一样东西。

老阮的血往头顶上冲,快要冲到天灵盖了,又兵分多路,撤回原处。三花把裤腰带解开一半,从里面抠出一个小包,拿出了三百块钱来。老阮知道三花爱钱如命,没想到她会把钱藏在这个地方。也正是因为三花把钱藏在了这个地方,可见钱对她来说有多么重要。

三花把钱递给老阮说:"这是三百块。"

老阮不敢接,问道:"你是什么意思?是想反悔,退钱吗?"

三花说:"这三百块跟你让我捎话的那三百块是两码事,这三百块是我给你的,想请你帮个忙。"

以前,三花不给钱的忙,老阮帮了不少,不是贴人就是贴钱。现在给钱的忙,要贴什么,老阮就不知道。老阮不敢接这个钱,见有一只羊在顶撞三花家的菜园子,便三步并成两步去撵羊了。

此时,老阮心里纠结着两件事。一件是让三花捎话给玉香的事。不就是一个电话吗,怎么打起来这么难?还有一件事,是他跟羊的事。

自从跟羊贩子谈过价,收了订金,老阮觉得自己和羊亲近不起来了,人和羊之间像隔了一层东西。尽管老阮还跟以前一样,对自家的羊说:"过来,我抱一下。"可是抱着抱着,心里就烦了。有一回,那羊还在老阮的怀里撒娇呢,老阮就把它扔在了地上。还有,老阮看羊的眼神,也跟以前明显不一样了。以前,老阮看羊,眼里的光像棉布一样柔软,看羊就像看家人、看情人。现在呢,老阮看羊时,眼里像横着一杆秤、藏着一把刀。而被他看过的羊,也是浑身不自在,就像真的被刀子拉过。

这天,老阮在山上捡了两颗白色的石头,比照自己的牙齿,磨起了牙来。老阮将石头磨出牙的形状后,含在嘴里试了又试,改了又改。待两颗石头大小和质地跟真牙差不多了,他便打起那只老羊的主意来。那只老羊的牙齿掉了几颗,吃草都成了问题。它啃过的草地,总是原封不动地留着一撮青草。那些含在嘴里的草,肯定没有磨烂就吞咽下去。这几年,这只老羊一年比一年瘦弱,现在几乎瘦成一副骨头架子了。

老阮使劲地揉了揉眼睛,把眼神给揉浑浊了,又喝了几口水,把嗓子润了润。他佯作轻声细语地喊:"过来,我抱一下。"

老羊兀自低头啃着草。

老阮又说了一遍:"快过来。"

老羊还是没有抬头。

羊不过来,只好老阮过去了。他省去了抱羊的动作,直接掰开老羊的嘴,伸手进去摸起了牙来。这一摸才知道,这只羊掉的不仅仅是门齿,后面的老牙也是豁牙掉齿的。老阮将那两颗石头按在了门齿上,可是一松手,便有一颗石头从羊嘴里掉了下来。老阮从包里找出铁丝,把两颗石头拧在一起。待他再次掰开羊嘴时,这只见多识广的老羊,竟然像人一样哀号起来。众羊从草间抬起头来,向这边观望。那两只吃多了豆粕的公羊,这些日子心里烧得慌,顶角顶红了眼,它俩一前一后,将老阮顶下了身边的陡坡。

老阮跌在坡下,手脚动弹不得,嘴里却说:"真好、真好。"

老阮当然不是说羊顶得好、他摔得好,而是在摔下山坡之前,他看到了那两颗拧在一起的石头,在老羊嘴里严丝合缝的,竟像真牙一样,真好。老阮想,如果把玉香的两颗牙给镶上,不仅吃饭没了问题,嘴唇瘪下去的那一块也会被撑起来。那么,玉香比三花也差不到哪去。

老阮接着说:"哎哟,真好。"

这个"真好"的前头,多了一个"哎哟",是因为他的脚卡在石头缝里,动弹不得。老阮伸手去摸腰间的手机,却不知手机摔到了何处。摸过腰之后,老阮又把身上的其他部位摸了一遍,发现原配的东西一样都没少。他又说了一声"真好"。

这时,有人从崖上探下头来,问道:"什么真好?"

来人不是别人,竟然是三花的儿子争先。

争先想跟老阮学养羊。那天,三花拿出三百块钱给老阮,是想给争先交学费的。可是三花的话还没有说完,老阮就吓得跑到了一边。三花以为老阮不愿意教,便让争先偷偷学。争先只知道老阮每天都赶羊上山,可是上山后,羊干什么,老阮干什么,就不知道了。于是,争先便偷偷跟上山来,一探究竟。

这天,争先背老阮下山时,老阮问争先:"你怎么在山上?"

争先说:"叔,实不瞒你,我也想养羊,想看你是怎么养的。"

老阮说:"怎么养?你把羊赶到山上,山就替你养了。"

争先说:"叔,哪有那么简单?我看你是不想教吧。"

说话间,争先将老阮背到了镇医院。好在老阮只是扭伤了脚踝,其他处的疼痛只是擦伤,并无大碍。医生给老阮掰脚踝时,说:"肯定会有点疼,你就咬牙忍着吧。"可是,咬过牙后,老阮觉得嘴里多了一样东西。待没人时,老阮将嘴里的东西朝掌心一吐,原来是摔掉了一颗牙。

掉了一颗牙后,老阮突然觉得自己真的是老阮了。以前,三花喊他老阮,他还以为这只是一个称呼,老离自己还很远。现在呢,已经"老"得实至名归了。出了医院,争先背着老阮朝家走,老阮问争先:"你有没有觉得我轻了很多?"

争先说:"没有呀,跟背你来的时候差不多。不,是重了一些,多了那几层的纱布和石膏呢。"

可老阮觉得不一样,虽然只是少了一颗牙,他却觉得身体一下子轻了很多,在争先的背上,自己轻得像一件纸器似的,风大一点就能飞起来。

变"轻"了的老阮,突然有了心事。他问争先:"听说你上大学时,是学养牲口的,对不对?"

争先说:"是畜牧。"

老阮问:"什么是畜牧?"

争先说:"就是养牲口的。"

老阮说:"你花那么多钱,去学养牲口,还不如自己赶羊上山呢。争先,你跟我学养羊怎么样?"

老阮怕争先反悔,争先也怕老阮反悔,于是,两人便用争先的手机录下视频作为证据。老阮担心争先跟以前那些学养羊的人一样,吃不了养羊的苦,几天后便卷铺盖走人。而争先呢,担心老阮没有把真才实学教给他,如果学得半生不熟的,还不如不学呢。两人立下证据后,争先便卷着铺盖,住进了老阮的小屋里。

白天,争先按着老阮的要求上山放羊。他多留了一个心眼,把喂羊的时间、羊吃的草料,都记在了手机的记事本里。到了晚上,争先把羊赶进圈里,堵好了门,便倒头大睡起来。可是,争先的眼皮刚合上,就被老阮给喊醒了。

老阮说:"羊有动静,你快去看看。"

争先看羊回来,头刚挨到枕头,老阮又说:"羊又有动静了,你再去看看。"

羊是活物,哪能不动呢?再说,十几只羊都挤在一个羊圈里,一只羊有动静,其他的羊便也跟着动了起来。这样,上半夜争先便起了七八回。到了下半夜,不论老阮怎么喊争先,也喊不醒了。第二天,争先一觉醒来,发现羊圈里的每一只羊都穿上了老阮的旧衣服,低头啃着干草,模样就像一个个低头佝背的老阮。

争先问:"这羊是怎么了?"

老阮说:"下半夜突然降了温,我给每只羊都穿了件衣服。"

争先说:"叔,你这哪是养羊,是伺候羊呀。不知道的人看你赶羊在外面挺威风的,说你是这些羊的主人,其实呢,羊是主人,你是家奴呀。"

争先跟老阮养了一个星期的羊,人就瘦下了一圈。

老阮问争先:"你觉得怎么样?"

争先说:"我觉得活得还不如羊呢。叔,你对羊也太上心了,别人对老婆、孩子也不能如此呀。"

三花心疼儿子,便杀鸡煮汤送了过来。争先啃了一只鸡腿,喝了两勺汤,便说太腻了,跟喝油似的,便让老妈给端回去。三花说:"别傻了,还有你的师父呢。"三花送了几天的汤后,争先没见长肉,反倒老阮白胖了不少。不过,后遗症也很厉害,老阮出门见到鸡,就恶心得想吐。

争先跟着老阮养了一段时间的羊,发现老阮养羊真的没有什么秘诀。但有两样是别人学不来的。一是心肠。你想,连羊叫一声都不放过,这样的人养羊,哪能养不好呢?二是单身。你想,如果在数九寒冬,一晚上要起床十几回,即使你的身体能吃得消,你的老婆、孩子也不同意呀。

5

老阮的伤虽然不重,但进出了几回医院,身边的零用钱便见了底,连准备给玉香镶牙的钱也用掉了。

这天晚上,老阮拄着棍走进了羊圈,又抱羊掂起了轻重来。争先发现老阮不在,便打开手机电筒去找,找到了羊圈时,见老阮正在颠羊呢。

争先问:"叔,这是什么秘诀?"

老阮说:"屁的秘诀,这是……"

老阮说了一半,咽回去一半,待出了羊圈,回到屋里,关好了门,才把那半句说出来:"这是干败家的事,要卖羊呀。"

争先说:"不过年不过节的,为什么要卖羊?"

老阮说:"还能为什么,为了钱呗。"

争先舍不得卖羊,便偷偷给老妈三花打电话,让她帮忙想想办法。三花说:"会不会是老阮变了卦,想收钱了?儿子你学得怎么样了?要是差不多了,就辞师回家吧。"到了下半夜,三花打电话给争先:"儿子,老阮不该没有钱呀,他养羊每年能赚两万多块,低保够他每个月的生活费。他又没儿没女的,就是想花钱,也没有花的地方呀。"

争先觉得老妈讲得有道理,他拍醒了老阮,要给他算一笔账。于是,老阮口述他一年中的大额收入和大额支出,争先用手机的计算器进行加减。没想到,这一算,竟算出了六位数。

争先说:"叔,这些钱,你是不是存银行了?"

老阮说:"算是存银行了吧。"

争先说:"存银行,你可以去提呀,为什么要卖羊呢?"

争先见老阮面露难色,便知道他的钱肯定不是存在银行里了。这几年,镇里搞村村通建设,阮湾村与外界连接的道路都畅通了,人的出行方便了,但来村行骗的人也越来越多。前不久,村里有一个五保户,他多年的积蓄被一个染黄头发的女人给骗光了,现在连吃饭、吃药的钱都没有。

争先看了一眼老阮说:"叔,你的钱不会被人给骗了吧?"

老阮说:"我这么心疼钱的人,每一分都花得小心,哪会被人骗呢?除非……"

争先问:"除非什么?"

老阮说:"除非是我愿意的。"

老阮跟争先聊起自己的家事来。老阮有兄妹五人,三个哥哥、一个妹妹。大哥结婚时,把家里的积蓄花光了;二哥结婚时,把房前屋后的树给卖光了;三哥结婚,是用妹妹换的亲。这样,等老阮成年时,家里能用的资源都用完了,连吃饭、穿衣都成了问题。甚至……老阮打了个顿,不愿朝下说了。

争先说:"叔,甚至的后面呢?"

老阮说:"甚至相亲时,连一条鱼、几斤猪肉都买不起。你信不信?"

争先说:"我信。这样的事,我好像听我妈说过。"

老阮咽了口唾沫继续朝下说:"我不是有三个哥哥吗?别说,这些哥也真替我争气,给我生了五个侄子。我的这些侄子要结婚,他们的老子没有钱,就来找我。我想,我自己打光棍儿就算了,哪能让下一辈子还打光棍儿呢?我的钱大多支持他

415

们找媳妇了。"

说着,老阮从墙龛里取出了一个木盒子,从盒子里抽出一个用塑料纸包了几层的纸卷。

老阮说:"我的钱也不是白给的,我让他们写了保证书呢。"

老阮打开纸卷,将那些签了字、按了手印的保证书一一展开。这些保证书竟然铺满了老阮的那张小床。争先拿起两张看了看,内容大致相同,意思都是:我帮你结婚,你替我养老。

争先说:"叔,你的钱是不是都给你的侄子了?"

老阮说:"也不全是,还有几万块,是我支援了别人。"

争先说:"支援是什么意思,是借,还是捐?"

老阮说:"那人要是还,钱就是借的。那人要是不还,钱就是捐的。毕竟,人家是用钱培养孩子上大学,是用在了正道上。"

这回,老阮又联系那个羊贩子,用的是和上次一样的方法。不同的是,他这回出让了四只羊。羊贩子要老阮在羊背上标好数字"1、2、3、4",并拍照为证。老阮的毛笔都准备好了,却没有朝羊身上写。如在羊的身上写数字,那每只羊便都有了一个编号,就跟牢里的囚犯差不多了。老阮拿出手机问争先,用手机怎么拍照、怎么转账。争先见老阮的手机老掉牙了,没有摄像头、上不了网不说,连按键都不全了。于是,争先便用自己的手机拍了照、收了钱。

有了钱后,老阮便有了新的打算。他想先把牙给买来,别像这回这样,一下把钱给花光了。老阮让争先骑摩托车带他去镇里买东西,跑了几家药店,也没有买到。

争先问:"叔,你要买什么,店里没有,我到网上给你买。"

老阮说:"我想买两颗牙。"

争先一听,差一点笑掉了牙。争先解释道:"每个人的牙都不一样,不像机器上的螺丝,可以随便更换。人的牙就跟钥匙差不多,丢了要到专门的牙科诊所去配。"接着,争先又问道,"叔,你买牙干什么?是给羊买的?"

老阮说:"不是给羊,是给人。"

两人找到牙科诊所,老阮看墙上的价目后,人就蒙了——一颗牙竟然要两千多块。也就是说那四只羊的订金,还不够买一颗牙的。没想到,平时看不上眼的牙,竟然这么值钱。等排到了老阮,要张嘴咬牙模子时,老阮说:"不是我镶牙,我是镶牙送人的。"

两人骑摩托车回家时,争先问:"叔,两颗牙要五千多块,这么贵重的礼物,你要送给谁呀?"

老阮说:"这人你也认识,就是那天在你家院子里,你喊'姨'的那一个。"

争先想起那天的事来。他说:"叔,这姨跟我妈是同学,我跟她儿子大志也是同学。你想送她牙,这是好事呀。这个电话我来替你打。"

说着,争先便给大志打去电话。争先说:"大志吗? 最近忙不忙? 我姨身体还好吧?"没想到大志在电话那头像头牛一样,"哞"的一声哭开了。老阮的心里一紧,以为玉香出了变故。少顷,大志缓过劲来说:"我妈在医院住院呢。"原来,玉香人瘦、血糖低,一个人晕倒在家里了,幸亏有人看到,要不然可就危险了。

争先说:"大志呀,我姨身子弱,你又不在家,她的身边要有一个人才行呀。挂了电话,争先对老阮说,"叔,你别急,这事包在我身上了。"

可是,老阮不急不行呀,不过,他现在急的是钱的事。以前他好胳膊好腿的,自然有挣钱的办法,大不了多养几只羊。可是,现在他的腿受了伤,只能打那五个写保证书的人的主意了。老阮将治腿的钱、给玉香镶牙的钱合计在一起,总数除以五后,把数目用手机给五个侄子发了过去。

## 6

玉香那边终于有了消息,不过,这个消息不是一句话,也不是一条短信,而是一双鞋。

这是一双手工布鞋,用的是千层底,纳的是万针线。这种布鞋,最费功夫的就是纳鞋底。如果人的下巴和牙齿有劲,拽线有力气,纳出的鞋底子能穿好几年。这双鞋鞋底的线脚横成行、竖成列,中间还用红线纳了个双环。看来,玉香的千言万语,都在这一针一线中了。

老阮想:玉香还真是一个有心人。

那天,在和玉香见面前,老阮先去镇里接的争先,因为走得匆忙,专为相亲准备的那套行头也没来得及换,尤其是脚上的那双解放鞋,年久且失修,鞋帮子都开了胶。相亲时,老阮把腿朝身后缩,故意把那双鞋给藏到身后,可是,还是被玉香发现了破绽。老阮将那布鞋在脚掌上比试了一下,大小、肥瘦都合适。看来,那天玉香把他脚的尺码和肥瘦都记在心里了。

老阮和玉香你有情、我有意,但又不好直接见面,便反过来邀请三花来做媒。

三花问玉香:"我以前给老阮介绍了不少对象,但没有一个看上他的,你是看上他哪了?"

玉香说:"我哪知道。"

说不知道,其实心里是有数的。玉香想了想,她还是看上了老阮的实诚吧,如果再具体一点,就是相中了老阮的那句"我要送你两颗牙"。

玉香的这两颗牙,她老公健在的时候就下了岗。玉香的老公在河上跑船,人有脚气病,穿解放鞋、旅游鞋都要烂脚,只能穿布鞋。玉香便整天在家纳鞋底,也就是那几年,每天咬牙拽线,将那两颗牙拽下了岗。以前,玉香的老公也说带她把牙给补上,可是,去了几回镇里都没舍得钱。那两颗牙的位置,便一直虚位以待。老阮要送玉香两颗牙,这话虽然不好听,但一下子说中了玉香的心。

三花又回过头问老阮:"你不是说过,你喜欢吃肉,不喜欢啃骨头,怎么变卦了?"

三花这话的意思,也只有她跟老阮两个人明白。三花知道老阮喜欢胖的,就像她这样的,用手一捏能捏出一把肉的,最好腰间还带着一层"游泳圈",抱着舒服,而不是玉香那样,抱着像抱一捆干柴。而三花这几年给老阮介绍的对象,都是像玉香这种刀片子身材。这样,三花便收割了老阮多年的介绍费,却没有介绍成功一回。

对三花的提问,老阮也给不出答案。老阮想,他相了不止十回八回亲了,见到的人比玉香年轻的、肉多的、高挑的、白净的,大有人在。这里面有他没看上别人的,也有别人没看上他的,具体的比例大概二八开。老阮问自己:我是看上玉香什么了?是玉香的瘦弱可怜,一阵风就能刮跑?是玉香少了两颗牙,让他起了怜爱之心?

是的,又不全是。老阮想了半天,也没有想明白,也许他看上玉香的,是她像羊一样的谦和、温驯吧。

三花牵线,两人定在"伏羊节"这天赶大集。所谓的"伏羊节",其实就是吃羊节,不过时间特殊,是从初伏的头一天吃到末伏的最后一天,持续一个月时间。而赶大集,说白了就是进城买订婚衣。年轻人可以说是进城买订婚衣,但中老年人有所忌讳,只能说成赶大集了。不过,老阮和玉香赶大集不是去拿订婚衣,而是去给玉香镶牙。

到了"伏羊节",老阮带着一沓钱去赶集。出门前,老阮先后把钱藏在帽子底下、鞋垫下面,但还是觉得这些地方不够安全。最后,他想起那天三花藏钱的地方来。老阮把自己关在屋子里,拿着针线,在短裤上缝了一个口袋,再把钱塞进那个口袋里。老阮穿好了裤子,用手拍了拍藏钱的地方,觉得还是藏在这里靠谱。这个地方敏感,如果有动静,能及时发现,此外,就是有人想偷,也不好下手。

藏好钱后,老阮看上去就跟平常不一样了,走路怪怪的,就像一只羊刚刚被骗过。

三花看老阮第一眼,便问道:"你怎么了,脚还没有好?"

老阮说:"好了。"

三花说:"好了,你走路腿怎么又得这么开?"

老阮的脸一下红了起来。没想到自己的藏钱地点,被三花一眼识破了。

三人一行来到镇里的牙科诊所。三花陪玉香看牙,老阮去了趟卫生间,把钱挪到胸前的口袋里。玉香看过了牙,老阮刚好回来付钱。他将手伸到胸前的口袋里,因为动作生疏,看上去像在掏心窝子。老阮掏空了心窝子,见玉香的嘴没有变化,便起了疑惑。

老阮偷偷地问医生:"我的钱付了,你的牙呢?"

医生拿起一个牙模子晃了晃说:"咬过了,今天下午就发快递。"

老阮一问才知道,原来,今天玉香只咬了个牙模子。这个牙模子要发到县城里制牙,待制好后,玉香还要再来镇里一趟,把假牙给装上。整个镶牙的过程,需要半个多月时间。老阮向医生要那个牙模子,想看看玉香咬的牙印子跟自己用石头磨的一样不一样。医生将牙模子扔给老阮时,老阮的手一滑,那牙模子掉在了地上。

老阮捡起牙模子,放在嘴边,吹起灰来。他吹出来的风,走漏了风声。

三花说:"你的嘴怎么了?"

老阮把嘴抿住说:"没什么。"

三花不信,伸手把老阮的上嘴唇给翻了过来。原来,老阮也掉了一颗牙。

三人走出牙科诊所,已到了吃午饭的时间。诊所旁边有一家羊肉馆,门上的电子屏上闪着"伏羊一碗汤,不用神医开药方"。老阮本来是不吃羊肉的,可见玉香这么瘦弱,风吹她就像吹一片树叶,于是,便领着三花和玉香进了羊肉馆。三花先进了门,玉香却被一阵旋风给拦在了门外,防晒披肩被风吹到了一边,露出了胳膊来。

三花伸手去拉玉香,仅捏到了胳膊上的一点皮,把玉香的皮肤拉了有两指长。

三花说:"你看你瘦的,只剩一层皮了。我捏的这一块,连皮加肉在一起也没有二两。"

老阮看着心疼,说道:"你身上肉多,又不能借给她二斤。"

三花心里不是滋味,她想:我跟玉香说话,你插什么嘴。再说,我身上的肉是我一口一口吃出来的,凭什么要借人?谁要想长肉,有本事自己吃去。

羊汤上来后,老阮给玉香加辣椒,起身去拿辣椒瓶时,他的脚和玉香的脚碰在

419

了一起。老阮没有动,玉香也没有动,于是,两只脚就挨在了一起,像被胶水给粘上了。

赶完大集,老阮送玉香到了河边。河流涨了水,玉香的船离岸有两米多远。老阮说:"我抱你上船吧。"玉香没说行,也没说不行,但人已朝老阮的身边靠了过来。老阮把玉香横抱在了怀中,他抱得很小心,就像抱一只瘦弱的羊,以至于将玉香放到船上时,那船都没有荡一下。

送走玉香后,老阮站在岸边,暗自对自己说了一句:"我一定会让你胖起来。"

## 7

吃过伏羊后,羊味儿就进了老阮的身体。

老阮用臭肥皂,后来又用河边的黄泥将自己给擦洗了一遍,可是身上的膻味儿还是没有洗净。羊对同类的味道敏感,老阮再去抱羊,就不受羊的待见了。

这时,羊贩子打电话给老阮,要提前过来拉羊。

老阮说:"不是说好了,要过了立冬吗?"

羊贩子说:"'伏羊节'生意好,买的羊都卖光了,只能来提库存了。"

老阮说:"你先别来,让我商量商量。"

老阮家只有他和羊。可是,卖羊的事又不能跟羊商量,老阮只能跟自己商量了。老阮跟自己商量到半夜,也没有商量好这羊是给还是不给。这时,羊贩子又打电话来说:"羊的斤数仍然据实来称,价钱按现在的价,你看行不行?"

老阮背着一口袋豆粕进了羊圈,他将豆粕倒进食盆里,请羊吃一顿散伙饭。吃过豆粕后,这些羊便闹腾起来,就像知道它们中的几只明天要被卖出去似的。争先不知道老阮喂豆粕的事,见这些羊拼命地喝水,就跟疯了一样。

争先问:"今天羊是怎么了,是犯羊痫风吗?"

老阮说:"是想去赶大集了。"

争先没有听懂,问道:"羊怎么赶大集?"问完之后,他便懂了,又追问一句,"什么时候?"

到了下半夜,羊群终于安静下来。老阮和争先也睡了一个安稳觉。老阮醒来时,天已大亮,他一下子从床上爬了起来。老阮说,不对呀,以前咱村醒得最早的是羊,羊叫过半个钟头鸡才叫。可是,太阳都露脸了,羊怎么还没有叫唤?待走到羊圈前,老阮傻了眼:羊圈里竟然空无一羊。

老阮和争先分头找羊。争先腿脚麻利,在村庄的外围找,老阮则在村里寻找。

420

两人找到了中午,羊贩子的卡车杀到,车厢里还拉着捆羊的、杀羊的刑具。羊贩子见老阮的羊丢了,便急匆匆地赶往下一家,跟老阮的账,放在"伏羊节"以后再算。

老阮找到三花家时,已是下午时分。三花家的大门被反闩上,老阮用木棍将门从里面撬开。

老阮喊了几声:"三花,三花。"

院子里没有人应答,垃圾桶却传出了动静。这种垃圾桶是创建美丽乡村时发放的,原本放在路边用于收集垃圾,可是,很多人将它们拖进家门挪作他用。有的盛起了粮食,有的被横过来做狗窝,但把垃圾桶改成洗澡桶的,三花还是第一人。三花上午放半桶自来水,太阳晒一中午,到了下午就成了热水,正好可以洗桶浴。

三花从桶里伸出胳膊,去够扔在桶边的衣服,一失手,衣服掉在了地上。三花让老阮给她扔一根树枝过来。老阮找树枝时,把院子也搜寻了一遍,唯一没找的,就是三花洗澡的这只垃圾桶了。别说这只垃圾桶了,就是三花家的院子里,也盛不下那么多羊呀。

老阮到村部查看监控,通往村外的几个重要路口,没有发现可疑的人和车辆。待查看那条上山的小路时,竟然发现了这群羊的行踪。天还没有亮,羊群便跟着一个女人上了山。那女人走在前头,不停地回头向羊群喊话,硬是把这群羊给引进了山。

老阮要报警时,三花穿好衣服赶到了。

三花说:"羊有消息了。"

老阮:"在哪?"

三花说:"你跟我走就是喽。"

三花和老阮两人走的是田间小路,那田埂就一尺来宽,所以走起来怎么都像是走猫步。三花走在前头,她的睡衣有点薄,能隐隐约约地看到里面是一个红色的三角形。三花的腰出人意料的灵活,扭得跟水蛇差不多。老阮跟了几步就不跟了,蹲在田埂上抽起烟来。

三花说:"你快点。"

老阮说:"你先走,我歇一会儿。"

老阮一边抽烟,一边搓手心和手背,把搓下来的糙皮和泥灰,揉成了一个泥丸子。三花带着老阮穿过了几十亩水田、翻过半座山后,果然看到有一片白里间黑的云朵停在半山腰。老阮长长地舒了一口气,用三根指头把那个泥丸子给弹了出去。

8

等牙的日子,度日如年。

老阮赶羊上山,羊在安心地吃草,他却坐立不安。老阮的眼睛,来来回回地盯着两个方向。先是河对面的顾家庄。正值三伏天,河面上水汽蒸腾,对岸的事物,就像被一张巨大的幕布遮挡在了后头。老阮盯着的另一个方向,是从县城伸展过来的省道。每有白色的120急救车驶过,老阮都以为那是给玉香送牙来了。

老阮对争先说:"你看着羊,我去镇里办件事。"

争先问:"什么事?"

老阮说:"我去催牙。"

老阮去镇里五六回,可玉香的牙仍然迟迟未到。老阮问医生:"你说玉香的牙,不会出什么意外吧?"牙医说:"假牙能有什么意外?你还担心它长长了不成?"

这天,三花杀鸡设宴,请两个养羊人吃饭,为的是庆祝一只水羊顺产四子。可是老阮高兴不起来。如今这群羊跟以前不同了,里面最有活力、未来可能成为羊群栋梁的那六只羊,已被三花从羊贩子手里买下,成为三花家的羊了。虽然羊还是那一群羊,可是羊的主人却不是同一人了。

三花端上来一盆破碎的鸡,鸡爪是金黄色的,鸡肉里还有蛋和蛋茬子。老阮一看就知道,这是那天给他和玉香表演过节目的那只母鸡。俗话说"再饿不吃下蛋鸡,再富不忘结发妻",看来,这回三花是下了血本了。饭局刚开始,三花说:"年长者吃鸡头,年年有彩头。"说着把鸡头夹进老阮的碗里。可是,老阮却用手把鸡头掰开,说了一声:"牙呢?"

老阮撂下饭碗,骑着摩托车到镇里找牙去了。到了牙科诊所,老阮在众多的假牙里,一眼就看到了玉香的牙。玉香的牙,安静地躺在一个透明的塑料袋里。那个塑料袋子,放在玻璃柜里。柜子没有上锁,进出诊所的人,谁想打开就能打开。

老阮建议牙医给柜子上把锁,理由是:这么贵重的东西,要是被人偷去怎么办?

牙医笑道:"谁偷假牙干什么?你要不放心,丢一赔十行不行?"

老阮真的不放心,他给医生打了张领条,把玉香的那两颗牙给要了过来。路上,他把牙放在胸前的口袋里,像孵小鸡那样,小心翼翼地捂着。待进了家门,这两颗牙就成为家中最为贵重的物品。老阮不知道该将牙放在什么地方好。放在抽屉里吧,怕被人给偷了。放在床底下吧,怕被老鼠给拖走了。放在自己的嘴里,怕不小心给咽了。白天想了一天,也没想到一个放心的地方。晚上睡觉时,老阮一仰头,发现了一个好地方。

老阮站在凳子上朝房梁上系绳子。绳子不够长,他便踮起脚朝上够。快要够到绳子时,老阮的双腿突然被人给抱住了。

争先说:"叔,你怎么想不开呀?"

老阮说:"我没有想不开呀,我在藏东西呢。"

争先说:"我不信。"

老阮亮了亮手中的两颗牙说:"我在藏牙呢。"

于是,这两颗牙便被悬在了房梁上。

万事俱备,只欠东风了,可是东风迟迟不吹。

三花约了几回玉香,玉香都说有事,来不了了。老阮问三花:"玉香为什么来不了?"三花说:"镶牙的人都不急,你急什么?"老阮把牙从口袋里掏出来,举到三花的前面说:"这牙都到手半个多月了。"三花说:"这牙又不是吃的、喝的,放几天就坏了。你等我通知就是了。"

事情越拖,老阮的心里越没有底。这天,老阮对争先说:"你替我买个手机,也要能上微信的,你看你妈跟玉香聊天,都用的是微信。"

争先说:"叔,你用我的手机吧。"

老阮说:"我想给你姨说句大人的话。"

老阮手机买来了,微信也装好了,好友申请也发送了,可是玉香那边一直没有通过。这天,老阮要过河去找玉香,被三花给拦在了船上。

三花说:"上牙的日子约好了,上次不是在伏羊节的头一天吗?这次就放在伏羊节的最后一天。这叫有头有尾。"

老阮觉得三花的话里有话,便问道:"什么叫有头有尾?"

三花说:"就是有始有终的意思。"

老阮好像明白了是什么意思,但又拿不准。

晚上,争先回来后,两人把羊圈打扫完毕,一起到河里洗澡。微风轻拂河面,水面上波光粼粼,满是月光的碎片。两人洗完上岸,老阮无意间看了争先一眼。看了这眼之后,老阮便不把争先当小孩看了。

老阮说:"争先,你是念过书的人,可知道什么是有始有终?"

争先说:"就是有开始也有结束的意思。"

老阮说:"你说我跟你姨的事,算是开始呢,还是结束呢?"

争先说:"好像开始了,又好像还没开始。"

423

老阮点了点头说,我听懂了。他把短裤、背心套在身上,把那双破旧的解放鞋,踢进了河边的草丛里。老阮接着说,争先,你现在是大人了,我哪天要是不在阮湾了,你可要把那些羊给照顾好呀。

转眼就到了给玉香上牙的日子了。这天,老阮穿上那套专门用来相亲的衣裳,去码头接玉香。等到了中午,终于等来了玉香的一条短信:牙不上了,我到城里带孙子去了。老阮把那两颗牙从胸前掏出来,他对着河面,更像对着自己说:玉香走了,这牙怎么办?怎么办?

第二天,老阮就从阮湾村消失了,与他一起消失的,是悬在梁上的那两颗牙。

有人问三花,老阮去哪了?三花不答,只顾哄着怀里一只未断乳的小羊。

你若再问一声,三花的眼泪就掉了下来。

原载于《小说月报·原创版》2022年第12期

# 文字药房
## 夏 群

### 一

如果那个男人知道他在邹莉的心里引起了许多猜想,一定会惊诧不已,因为他长相普通,头发花白,身材臃肿,着装还算干净得体,但无论如何都不会引起一个路人的注意。

他们每次相遇的时间是早晨的 8 点 40 分左右,他往南,邹莉往北,相遇的地点在环城公园和体育馆之间的那段约一千米的距离当中任何一个可能的地方。第一次相遇是一个雨天,他撑着一把印有某个银行标志的长柄黑伞,低着头,目光被手中的书锁住,因而走得很慢。

这样一个平庸的男人之所以吸引邹莉的注意,是因为他总是拿着一本书。书基本每天都不一样,邹莉是从书封的颜色、书本的厚度去辨认的。这让邹莉想到女儿苏芫,苏芫也是爱读书的人,从小就会利用一切空隙时间读书,包括走路和上厕所。那时候邹莉很担心,她会成为戴着厚眼镜片的书呆子。

这么久了,邹莉猜测男人从来没有注意过她,因为他要么在看书,要么神情专注地看着路的前方,目光深沉地思考着什么。行走在那条路上,是他身体记忆的潜意识行为。

他是从事什么职业的呢?作家、教师,还只是单纯爱读书?不管怎样,在这个手机成为人们身体器官一部分的时代,他这样的行为,也可以说他这样的人实属凤毛麟角。

邹莉已经很久没读书了,她现在对外界所有的一切都失去了热情,所以她想,如果她也像男人这样,在路途之中把自己丢进书本里,那么在她的思想得以放松的时候,那些见缝插针的难以名状的心脏处的钝痛,会不会减弱一些?就像她每天早晨下了地铁,踏上那段路程,会不由自主地猜测,今天他会看什么书?书封是什么颜色?穿什么衣服?他们擦肩而过的时间会精确到多少分多少秒?这些问题会占据邹莉的大脑十多分钟,让她顾不上想其他事,尤其是伤心的事。

有一次男人索性在公园前的一块石头上坐了下来看书,于是邹莉清楚地看到那天他看的书是《荒原狼》。她很想上前去和他探讨一下每个人是否都是人性和狼性兼具,世界是不是本身就是现实和梦幻相交织的。她甚至构思好了搭讪的台词:你好,我也很喜欢黑塞的作品,尤其这部。

一个周五的早晨,邹莉没有在特定的时间和特定的地点和男人相遇,一颗小炸弹在她的想象力中爆炸,继而在她的内心撒下很多猜测的种子:他是生病了吗?还是因为夜晚看书太久,睡过头了,或者出差了,或者换工作了,不再走这条路了?想到这里,邹莉突然感到后悔,后悔没有早一些和这个男人建立联系,如果从此就再也不见了,对她来说,是极大的损失,因为痛苦的生活当中,少了一些值得期待、转移注意力的东西。

## 二

时间过去了一周,那个男人都没有在那个时间点,出现在那一段赋予邹莉意义的路上。正因为如此,邹莉的内心才有一个强烈的愿望,必须要知道这个特立独行的不在乎别人眼光的男人是谁。

或许是邹莉的执念太过于强烈,第八天,天空阴沉的8点36分,在公园边一个编号是176的路灯边,他们相遇了。这天行走的时候他没有看书,但腋下夹着一本书,薄薄的,黑色的封面,识别不出来是什么书。

邹莉发了一条信息给领导,请了一天病假。于是,跟在他的身后开始了一段冒险刺激,又期待万分的跟踪之旅。邹莉感觉体内还住着一个陌生的自己,毕竟为了满足好奇心去跟踪别人,这种过于疯狂的事情,与她的年纪以及一贯的处事风格极不相符。即使这样,她还是没有犹豫,因为与这个男人的这种相遇,让她感觉犹如一艘船撞上了一座岛屿,有些宿命的感觉,一定会发生一些难以预料但又值得期待的事,不管是对于船来说,还是对于岛屿来说。如果有一件事让他变成了今天这个样子呢?会是什么呢?邹莉想,这应该是她接下来需要解密的事情。邹莉想:有没有人像我猜测他一样猜测我,是什么事让我变成了今天的样子呢?

邹莉不担心会被他发现,因为他根本不会回头看,即使回头看,也没关系,她也一样平庸,不会引起谁的注意。走完那段路,乘上地铁5号线,转1号线,再转2号线,最后,他在一个叫方塘的地方下了车。在地铁上的50多分钟里,他也一直在看书,别人看他的目光中带着质疑和探寻。但那时候的他,在邹莉的眼中像是老电影里戴着礼帽撑着手杖的英国绅士。

快下车的时候,他将那本黑色的书装进包里,邹莉才发现那本书叫《人是世上的大野鸡》。书名过于突兀,邹莉百度了一下,知道了小说讲述的是一家人为了移民,女儿用肉体换取当局的公章的故事。荒唐而又现实。9点55分,他的脚步终于引领着他们到达目的地——"文字药房"。

那是一个拥有两层小楼的书屋,或者说是小型图书馆也未尝不可。门外挂着小黑板,写着:

营业时间:10:00—18:00(全年无休)
如果中西医都治不了你的"病",不妨进来找文字药剂师,抓一副文字服下。

这个地方邹莉没有来过,已经是市郊,一个刚规划的公园,围绕着一个叫方塘的小湖泊,周边很空旷,但绿化做得很好,不远处有小土坡起伏的草地,土坡上有一棵孤单的大树。靠近路边,开满了紫色的鸢尾花。更远处是生长到一半的高楼骨架,巨型的起吊机伸长了手臂,正指着"文字药房"。

邹莉一度怀疑这是个梦境,不管是她跟踪他的行为,还是这个叫"文字药房"的书屋。

她常常分不清梦境和现实,这几年更是常常被梦魇缠绕。

昨夜,她梦见15岁的苏芫去理发店剪头发,但四天了都没有回来。她去理发店寻找,几番打听才知道苏芫在理发店和一个叫阿飞的黄毛起了争执(原因是阿飞嫌理发20元太贵,苏芫为理发店打抱不平),苏芫的失踪很大可能与这个阿飞有关。她焦急地报警,将存有理发店监控的U盘递给警察。警察责备她,怎么能让一个还差几天才15岁的孩子一个人去理发店。那些警察不知道为什么突然间变成了消防员,而且接到通知,有一个工厂发生火灾,大家忙着出警,没有人再搭理邹莉。邹莉在梦里急得大哭,捶胸顿足骂自己,为什么让苏芫一个人去。但她却听不到自己的哭声,于是她想,这可能是梦,如果这是梦就好了。这样想着,潜意识就努力让自己醒来,睁开眼睛,四周黑漆漆的,好一会她才清醒过来,意识到自己躺在床上,看了下手机,时间为凌晨1点24分,苏芫没有失踪,这真的是个梦。

但是,梦醒来,她却更加痛苦,因为现实比梦境更残酷,她的苏芫已经永远离开她了。

三

花瓶里的一朵玫瑰凋谢了,一片花瓣掉落下来,邹莉捡起它,用双手的拇指和食指将它像撕纸那样撕碎,然后放进嘴里,咀嚼了起来,有清香却很苦涩,但她还是将它咽下去了。

玫瑰是从哪里来的?邹莉在心中问自己。然后任由思绪漂移——

  同事送的生日礼物。
  她不喜欢玫瑰。
  喜欢郁金香和小雏菊。
  苏芜还没去北京工作前,母亲节,生日,三八妇女节,都会买花给送给自己。
  苏芜的生日快到了,是否该去北京看她?
  生苏芜的那天,她肚子疼了一夜。
  出生后的苏芜很瘦小,才五斤不到。
  一个亲戚说,孩子体质很虚弱,不好养活,最好认一双干爸干妈。
  她和老苏都是恢复高考后的第一代大学生,知识分子,认为这是无稽之谈,补充营养就好。
  如果呢?如果当时听了亲戚的建议,苏芜的命运轨迹会不会被改写?

我是因为什么想到这个问题的?邹莉的目光再次回到玫瑰上。她时常会这样,思考任何一个问题,最终都会回到苏芜身上,她会问自己,为什么会想到这个问题,于是进行回溯,是由什么引起的,但往往那个源头,都是毫不相关的,或许是一条虫子,或许是一道菜,或许是一杯水,或许是一句话,或许是那时的天气。

正在吃饭的老苏看着邹莉的行为,突然僵住了,然后放下碗筷,左手覆盖在邹莉的右手上,轻轻地拍了拍。邹莉在最细微的事情和最重大的事情上都很信任老苏,这个安慰的动作让她感觉温暖,像他掌心的温度。

"五一我们要不要来个短途旅行,邀上几个老朋友。"老苏问。

"单位现在很忙。"邹莉说。

"上次你不是说单位准备清理返聘人员吗?不如在这之前辞职好了。"

"你知道我之所以又上班不是为了那一点工资的。"

老苏意识到自己说错了话,边收拾碗边说:"我只是不想让你太累。"

老苏洗好碗筷后,想和邹莉聊聊,如果她不想去旅游的话,他准备带她去看个心理咨询师,他已经事先沟通过了,那个心理咨询师让他带邹莉去先做一个评估。但他解下围裙从厨房出来的时候,邹莉已经将自己关在那个小房间了,老苏站在门口,看着门上日式半帘右下方用楷体写的"芜花半落,松风晚清"愣怔了几秒钟,然后轻轻地叩了几下门。

门毫无反应。

邹莉不想起身,因为开门不仅仅是开门,意味着还有交谈,还有倾听或者诉说,都是她现在惧怕的事情。她正在那张书桌前,强迫自己读一本叫《女孩们》的书,但仅仅是那个封面上橙红色的女孩的脸,以及腰封上的"在这个世界上,只是身为女孩,就会妨碍你相信自己"就让她的心疼痛不已。她翻开一页,那些方方正正的汉字却无法连贯成什么,她盯着那些汉字,发现那些汉字从书页上不停地溜走。她快速地将书插进书架中,闭上了眼睛。

邹莉从梦中醒来,才发现自己不知什么时候趴在书桌上睡着了,且置身于那个"文字药房",那个男人正在将一些水果根据色彩和形状搭配成具有一定美学效果的艺术品,然后端着那个有点像古董的果盘放在邹莉面前的书桌上。然后又像变魔术一样递给了她一本书——《小王子》,轻飘飘地说了一句:"请慢用。"他的声音有点像阳光下睡饱后醒来的猫的咕噜声。

邹莉疑惑地问:"指水果还是书?"问出后她觉得自己的声音有些沙哑,像穿过树林的风,和男人的截然相反。

男人笑笑没有回答。

"我们以前是不是在哪见过?"邹莉问。

男人一边整理书籍,一边说:"我们不是每天早晨都相遇吗?"

"你居然知道?"

"当然,第一次是2020年7月27日早晨的8点39分,天气很好,在公园前编号为176的路灯下,当时有一片梧桐树叶正好掉在你肩膀上,你还拿在手上将它带走了。"男人微笑着,显得胸有成竹。

"似乎有这么一回事,但我们第一次遇见不是下雨天吗?"邹莉有些糊涂。

"不是,在那个下雨天之前,你消失了差不多两个月。那两个月发生了什么事情对吗?因为你差不多瘦了一圈,白头发也更多了。"男人此刻的声音很温柔,像丝绸拂过脸庞。

邹莉觉得胸口像压了一块石头,又觉得自己置身水下,让她觉得呼吸困难,那两个月对她来说,就是人间地狱。此刻她仍然无法相信自己是怎么从那地狱里走出来的,不对,她现在仍然困于地狱,且永远无法逃脱。

邹莉揪住自己的领口,想要从这种窒息感中解脱出来。手触摸到脖子的时候,她才意识到,这仍然是在梦中,她强迫自己睁开眼睛。

真正清醒之后,邹莉仔细回忆着这个梦中梦。

她服下一片安定后,感觉到那些药物通过食道向她全身的血管蔓延,她甚至看到了那个过程,像电视里的药物广告,她轻轻地躺到那张单人床上。

## 四

顾修宇在群里发了一个子晗在床上读故事书的小视频,又说:爸、妈,快看看你们的外孙女可爱吧?真的太爱看书了。

邹莉捕捉到视频中一闪而过的床上方挂着的那幅顾修宇与苏芫的结婚照,心脏像被利器狠戳了一下,脑海中关于苏芫的各种影像在爆炸。

老苏回复了顾修宇:又是一个小学霸,这孩子结合了你和苏芫的优点。

顾修宇说:爸、妈,暑假我带子晗回来看你们。

老苏发了一个动态小人拍手叫好的图片,又说:那我提前准备好吃的,热烈欢迎子晗回家!

这句话让邹莉想起以前苏芫从北京回来前,老苏也会说:我明天就去把菜市场搬回来,热烈欢迎闺女回家!

老苏后来还是对邹莉说了去看心理咨询师的事。朋友说那个心理咨询师和一般人不一样,不按小时收费,他的方式很独特,具体去看就知道了。但是邹莉拒绝了。她拒绝看医生,是因为潜意识里,她在告诉自己,如果痛失女儿后,需要靠心理疏导来减轻痛苦,甚至走出来,那么对已逝的女儿来说,就是一种背叛,她不会允许自己这样做。她要痛着,真切地感受着这种痛彻心扉的感觉,以示她从未忘记。

在没有跟踪那个男人的情况下,邹莉又去了一次"文字药房"。上一次去,她只在书屋里待了十分钟,就被领导叫回去了,她没有和那个男人说话,当时他正在和另外两个员工一起打扫店里的卫生,整理书籍。邹莉进去的时候,他只是抬头看了她一眼,微笑了一下表示欢迎。

这次到的时候,是傍晚时分,男人正坐在吧台里认真看书。两个女员工在一处书架边小声地商讨着什么。书屋靠窗的圆形小书桌上,两个穿着深蓝色校服的初中生面对面认真地看着两本相同的书。门口的童书区,一个年轻的母亲和四五岁的孩子正在挑选图书,孩子声调稍微高了一些,母亲忙不迭地食指压唇,发出轻轻的"嘘"声。

邹莉在童书区找到了一本绘本版的《小王子》,薄薄的一本,装帧精美,封面上是一个戴着围巾的小男孩站在地球上的背影。邹莉沉浸在那色彩鲜明的绘本中，当时的她并不知道，在读这本书的时候，她的脑海里什么都没有想。

后来她看到靠近吧台的一方淡绿色的背景墙上，有手写的本店规则：

1. 本店所有图书免费借阅一个月。（如果你一个月还没能服用完一本书，说明这本书对你来说有副作用，请尽早停药，如有不良反应，也请尽快咨询文字药剂师。）

2. 本店所有书目只出售给对的人。（如果你只是想买回它，装点你的书橱，让看到它的人称赞你的品位，那么很抱歉，本店拒售。）

3. 本店欢迎您捐赠旧书。（看清楚了，是旧书，被阅读过的书，才有意义。书是中药材而不是西药片，仅仅是老了一点，不代表它就不能服用了。）

4. 本店欢迎真正爱书的志愿者。（你只需要在固定的时间，来给一些旧书消毒，分类。不要认为你的工作是在照顾书，你是在照顾人。）

5. 无论你在何时何地，只要看到一本书的年龄达到而立之年，一定要把它解救出来，哪怕赎金超出你的预期。如果你觉得它对你毫无用处，请拿到本店换取你需要的书或者钱。

6. 世上90%的问题，都能靠阅读解决，那些不被定义为病痛，不会被医生诊断出来的困扰也是。

真是一个不一样的书店，哦，不对，真是一个不一样的人。邹莉对这个发现感到很满意。她走到了柜台前，询问怎么办借书证。

男人打量了一下邹莉，拿出一张登记表，让邹莉填写个人信息。只是那登记表也和墙上的规则一样，非常独特，因为它除了姓名、性别、家庭住址、电话号码以外，还有三栏必填的提问，却不是诸如"年阅读量是多少？你最喜欢哪本书？你最欢哪个作家？"这样的问题，而是：现在最困扰你的是什么？你是怎么发现这个书店的？你的兴趣爱好是什么？

在回答这些问题的时候，邹莉犹豫了一小会。

男人说："只有问诊清楚了，我才能对症下药。"

"借书有限制吗？"

"当然，有些书适合全国人读，甚至全世界，有些书适合一百个人读，有的书，可能只适合一个人读。"

"如果我并不想被治愈呢?"

"但您是第二次来,这难道不足以说明,您的这句话不成立吗?"

最终,邹莉还是颤抖着手,在问题一的栏框里写下:永远失去女儿。在问题二的栏框里写下:跟着感觉来的。问题三栏框里写下:写诗(曾经)。

## 五

一日春风一日绿,那条被赋予意义的路上,梧桐树的叶片慢慢浓郁起来,蔷薇花开得热烈,洁白的槐花瓣飞雪一样往下落,路边一些不知名的植物早就不引人注意地长起来了。

邹莉拿着那本叫《疗愈失亲之痛》的书,注视着前方,等待着那个熟悉的人影从视线末端慢慢靠近。这本是那天办了借书证之后,男人推荐给她的。她认真地将它读完了。书中没有宗教安慰,没有心理安慰疗法,更没有道德说教,作者和邹莉一样,失去了女儿,然后用365篇简洁优美的文字,去描绘自己的心理历程——深陷痛苦到接受无常,再到怀揣着与女儿的美好记忆继续前行。

那天填写完借书证信息的时候,男人就对邹莉说,可以试着再写诗,把思念、痛苦,都化成文字,为自己的情绪增加一个宣泄口。但邹莉没有应允,是因为她觉得,文字是无法具象她心中那些感受的,而写的过程无疑又是一次次自我凌迟。

"文字药房"里的每一本书,是不是男人都读过呢?邹莉想,一定是的,不然他怎么能够给"患者"开出合适的"药方"呢?假如开错了"药",即使毒不死人,有些人肯定也会耐不住药性,从而引发并发症,甚至留下后遗症。

昨晚邹莉读到很晚,但是她现在却一点儿也不困,也不知道是什么在支撑着她。书看完后,她靠在床上,心中充满了陌生的宁静感。自从苏芫去世后,关于内心的宁静,若想再次得到它,邹莉觉得自己还有漫长的一段路要走,甚至,可能永远也不会得到它了。

这个早晨男人没有出现,邹莉沿着人行道上的盲道慢慢行走,猜测着他没有出现的原因,也开始构思再见面时,她想要探知的一些事,比如他叫什么?为什么要在路上看书?为什么要开那样一个绝无仅有的书店?

路过少年宫幼儿园的时候,邹莉看到一个年轻的妈妈和一个小女孩儿在挥手作别,小女孩儿背着粉色的凯蒂猫小书包,一颠一颠地跑向园内,年轻妈妈站在门口,温柔地目送,直到那个小身影消失不见,她才转身,走了两步又回了一次头。

恍惚之中,邹莉觉得那个小女孩儿就是苏芫,又觉得这个年轻妈妈是苏芫,心里翻涌起一股悲伤。于是关于苏芫的音容又浮上心头：她出生时候的样子；她喊邹莉妈妈时拖长的尾音和撒娇的样子；她结婚时候的样子；她生子晗时的样子；病魔将她折磨得骨瘦如柴时的样子；她撒手人寰时那空洞的大眼睛渐渐失去光泽，身体慢慢变冷的样子……

她永远失去了女儿，而子晗，也永远失去了妈妈。邹莉心疼外孙女，那么可爱、不谙世事的小人儿，还没有理解死亡的真正含义，却被迫接受死亡带走她的妈妈。苏芫去世后躺在水晶棺中的时候，她还围绕着水晶棺，一脸天真地问邹莉："外婆，妈妈怎么睡这么久？"

她强迫自己不要再想了。她又将这突然涌现的悲痛归罪于那个男人，如果他今天出现了，邹莉可能就忽略掉这对母女，也就不会有这一连串的联想了。

她又翻开了手中的《疗愈失亲之痛》，很快，她的思绪就被文字牵引到书中去了。当时的她还没有意识到，书本是她目前找到的第一个足以吸收她悲伤的东西。

再次去"文字药房"，邹莉带去了十几本书，都是苏芫读过的书——《叶芝诗集》《沙与沫》《在我坟上起舞》《纳尔齐斯与歌尔德蒙》等。她想，这些书放在男人那，终有一日会成为谁的解药，那么对于这些书来说，对于苏芫来说，都是最好的存在方式。

刚踏进"文字药房"，邹莉就看到了坐在玻璃窗边的老苏正和男人在交谈，很熟络的样子。"你怎么在这？"邹莉问。

老苏回头，惊讶地看着邹莉："你怎么来了，你不是说不来看吗？"

邹莉这时候才反应过来，老苏口中所说的心理咨询师就是这个男人。男人面色平静地看着邹莉，一副洞悉一切的样子，然后慢悠悠地开口，语调像极了那天在她梦中的样子："看完了？来复诊？"

邹莉坐到老苏身旁："嗯，看完了。"并将书从包中拿出。

老苏拿过书，注视着书名好一会没挪开目光。男人这时候将书抽了出去，站起身来，一边翻动着书，一边说："你的症状和她的不一样，药方也不一样。"

这句话敲醒了邹莉。

并不是只有她才需要被治愈，看上去坚强的老苏也是。邹莉从前是个文学青年，喜欢写诗，大学的时候还在文学社团担任过副社长，后来也参加过诗社。即使后来因为工作、生活和家庭搁笔，她也保持着一个诗人的敏感，以及敏锐的洞察力和观察力，她对外界所有的一切的感受力都格外深刻，尤其是伤痛。这也是她不养宠物的原因，她非常爱狗，但她害怕它们丢失或死亡，她觉得自己无法承受那种痛苦。苏芫病重的时候,让顾修宇去给邹莉买一条狗,邹莉拒绝了,尤其是懂得了苏芫的用意,她怎么可能会接受,那不就是变相承认,即将失去唯一的女儿。

苏芫生病后,邹莉的眼泪不知道流了多少,但老苏一直都很平静,那两年,他一直在为苏芫高昂的医药费奔波,似乎无暇停下来伤心。同样是失去女儿,她一直以为她比老苏更伤心,因为她诗人的感受力。现在细究一下,邹莉知道老苏的伤心难过并不比她少,因为他比邹莉更疼爱苏芫,用当下年轻人的话来说,他就是一个女儿奴。苏芫读书的时候成绩下降,或者犯什么小错误,邹莉就喜欢唠叨,责备她,而老苏那时候,就会制止邹莉,甚至责怪邹莉话太多,小题大做。他曾经说过,一个男人,疼爱老婆和孩子,是一种美好的品质。现在想想,他只是不轻易将内心的情感表露出来,结婚三十八年了,邹莉只见过他哭过一次,就是在苏芫的遗体即将火化的那一刻。

邹莉看着老苏,心里涌上一股酸涩。这股酸涩的来源是她忽略了老苏的感受,她牵起老苏的一只手,轻轻地抚摸着,什么话也没有说,但老苏显然是感受到了,另一只手拍了拍邹莉的背。

男人走到一处书架前停下来,看着那些书若有所思,最后,缓缓地抽出一本书,又抽出另一本书,折返到他们跟前,递给老苏的一本叫《生命中的诸多告别》,递给邹莉的那本叫《悲伤的力量》,并对邹莉说:"这一本看完了可以给他看。"

"谢谢。"邹莉抚了抚书封,这本书很旧了,也说明它被很多个和邹莉经历相似的人阅读过。邹莉想象着那些人是失去了谁?父母、爱人、孩子、朋友?应该都有吧?在那一刻她感到欣慰,因为她不孤独,但又有些难受,因为那么多人和她一样,遭受过丧失之痛。

"您怎么想起来开这样一个书店的,很难支撑下去吧?毕竟收益很少。"邹莉看着男人,又环顾了一下书店说。这时候她才发现,书店里除了书柜是统一的。桌椅板凳,以及角落里的小沙发,都是形色各异,完全不配套,好像是从二手市场淘来的东西。但莫名的,书店里的氛围给人很温馨的感觉,有点家的意味,与大型书店或图书馆刻意的文艺范,或者古板的商业气息截然不同。在这里,完全没有拘谨的感觉,这大概也便于"患者"向男人打开心扉,从而得到最好的"治疗"。

邹莉的问题,男人并没有回答,正好有一个女孩满面憔悴地进来,有些无措,男人也就借故离开了。

他走后,老苏说:"介绍他给我的朋友说,他至今是单身,有可能年轻的时候受过情伤,以前是某个大医院的心理医生,不知道因为什么辞职了。"

邹莉心里想,是呀,一定是经历过什么的。在我们看不到的每个人的内心,都有各种各样的伤痕。扭头看看,男人和那个女孩在轻声交谈。

过了一会儿,男人又走过来,给老苏和邹莉的纸杯里续了水。

"给她开了什么'药方'"?邹莉问。

"《失眠症漫记》"。

"她失眠吗?"

"不是,失恋。"

## 六

男人带着邹莉去了吧台后的一个小隔间,看着小隔间的布局和色调,邹莉才有意识地将他和心理咨询师的身份联系到一起——有淡淡的檀香味溜进鼻腔,暖黄的灯光,米黄色的窗帘,墙纸也是,一个小小的几何形茶几,两把小碎花的布艺椅子,茶几上水墨绿的细颈花瓶里有三朵半开的淡绿色的洋桔梗。

男人为邹莉拖开了椅子。

邹莉刚接触到椅子,就有了倾诉的欲望。

男人将邹莉带来的那些书简略翻过之后,目光停留在书上,幽幽地说:"非常感谢。可以看出,她是个很有想法的孩子,能和我说说她的故事吗?"

邹莉没想到男人会提出这个要求,她不确定男人是以一个图书管理员的身份单纯地想知道这些书的原主人的故事,还是以心理咨询师的身份想去解开她心中那个最死的结。虽然这两个身份之间,并没有明显界限,甚至无法分界。

邹莉并没有犹豫太久,就点了点头。苏芫去世大半年了,邹莉太需要找一个人倾诉,但身边的亲戚朋友,不适合当作倾诉对象,他们对于邹莉的痛苦都无法感同身受,甚至那些同情掺杂了多少水分,也不得而知。老苏也不适合,苏芫去世后他们默契地很少提起她,生怕轻轻一触碰心中的伤口就鲜血淋漓。

苏芫是一个优秀的女孩,名牌大学研究生毕业,在北京有一份很令人羡慕的工作。和研究生同学结婚,在北京买了房,生了一个可爱的女儿,夫妻恩爱,家庭幸福美满。但三年前,因为腰痛难耐而入院检查,检查后只知道是因为癌细胞扩散引起的,但辗转了多个医院,都查不出病灶。查出来是肺腺癌晚期,已是三个多月后,根本无法手术,于是开始了痛苦而绝望的抗癌生涯。各种检查和治疗、几万元一瓶的进口靶向药,最终都没能留住那个35岁的年轻生命。她在治疗期间,无论多痛苦,一直积极面对,家人从未见她哭过,她反而常常安慰邹莉。

"你知道吗?她有一次对我女婿说,她走后,一定要他为我孙女再找个好的后妈。我女婿发誓说他这一生只有她一个妻子,他不会再娶,会一个人好好把孩子养大。那时候我多么希望有神,把我的生命延续给她,我的孩子,她真的是太可怜了……她离去前的一天,我们说了一会话,她说,下辈子,她还来做我的女儿,但一定会陪我一辈子……"

男人只是听着,任由邹莉在这温馨的空间里,将苏芫的形象立体化,呈现在他的面前。

邹莉哽咽着,小茶几上一小堆被泪水浸湿的面巾纸,见证了她的悲伤。渐渐平静下来的邹莉看着男人的眼睛,问:"你说世上怎么会有这么让人痛苦的事情?我真的觉得我的心碎成了无数片,这辈子都无法复原了。"

"如果我有能力,将你的这些痛苦的记忆删除掉,你愿意吗?"男人平静地问,又补了一句,"现在不要回答,下次来告诉我。"

这个男人会不会真的不是寻常人呢?他能删除记忆?像神那样?走出那个小小的房间前,邹莉才发现墙上挂着一幅字,用隶书写的——渡人亦自渡。

其实,邹莉在踏出房间后,就已经知道了内心深处的答案。是啊,为什么要删除呢?不管是幸福的还是痛苦的,那些都是将她和苏芫紧密联系在一起的证明,即使那些已经成为过去,但只要她好好地保存着那些记忆,时间的一维性就无法限制她。

男人又邀请老苏再去聊聊,老苏进去之前竟有些不好意思,看邹莉的眼神有些躲闪。邹莉笑着对他说:"去吧,他真的是个很好的心理咨询师。"

她想,等顾修宇回来,一定也要带他来这里。虽然她很感激顾修宇那么爱苏芫,但爱本身,不该那么痛苦,他还年轻,子晗还小,他们家需要一个女主人。

等老苏的空当,邹莉将书店内的书大致地浏览了一遍。这里的书的分类和其他书店、图书馆不同,并非按古代、现代、国家、或者新旧进行区分,而是按内在的"药性"区分,比如"悲剧结局,以毒攻毒"区,比如"结局圆满,不需要思考"区,比如"童话故事,更适合成人"区,又比如邹莉看完的那本《疗愈失亲之痛》,就放在"生命无常,但爱常在"的区域,标识牌是一块木板,上面的字迹是开朗的明黄色。同在这个区域的书还有《另一种选择》《次第花开》《十分钟冥想》《安慰之光》《骨灰祭》等,都是疗愈丧失之痛的书,即使不翻开,邹莉也知道。

## 七

读了男人推荐给她的十二本书,和男人深度交谈五次后,邹莉就没有在那条路上遇见男人了。邹莉想,这一切会不会仍然是她的幻觉,像她经常做的梦一样。但枕边的书以及老苏都让她清醒,这不是梦。

晚上,邹莉和老苏一起躺在床上,翻看着相册,相册里的照片见证了苏芫的成长过程。老苏慢慢地翻着,回忆着和那些照片有关的背景故事。邹莉附和着,补充着她对于那些照片的记忆,将往事复原。看着苏芫10岁生日时那张满脸蛋糕奶油大哭的照片,两人在回温当时的情景的时候,久违的笑声荡漾在屋子里。意识到自己和老苏在笑的时候,邹莉的心里有一种轻盈的感觉,感觉压在她心头上的那块石头,不经意间被谁搬走了。

邹莉突然想到一句话,不记得在哪一本书中看到的了(或许是男人开的药方里的):我们每个人都保存了时间,保存了那些离我们而去的人旧时的模样。说得多好,她几乎要为这句话贡献眼泪。

邹莉又做梦了,起先是一座暗黑的森林,布满荆棘,树木都是黑色的,树干树枝形状扭曲,不见一片绿叶,更别说花朵。苏芫穿着一件白色的连衣裙,那件白裙子是邹莉给她买的,款式简洁但剪裁特别合体,苏芫光着脚穿行在森林中。邹莉在她的身后大声地呼喊,但声音却在冲出口中那一刻风化了:不要往前了,太危险!但苏芫完全没有听见,一直走,没有回头。突然又下起雪,邹莉心里很焦急,但她无论怎么用尽全力呼喊,都是无声的,苏芫也就没有回头。邹莉在后面追,却感觉双腿被地下的魔爪拽住了,怎么也跑不快。过了好久,邹莉看见苏芫前方的森林之中,有耀眼的金色光芒穿透过来,照在她身上,她像极了一个刚下凡的仙女。邹莉没再呼喊,跟在苏芫身后,到达一片绿茵茵的草地,草地上有清澈的溪流,有悠闲吃草的牛羊,还有一个很逼真、很好看的稻草人。这时,苏芫转过身来,笑容很甜美,露出好看的酒窝,她的怀中还抱着一条小狗,她将小狗递给邹莉,温柔地说:"妈,好好照顾它哦,我会回来检查的。"邹莉接过小狗,注视着小狗的眼睛,摸了摸它柔软的身体,答道:"好的,闺女。"

睡梦中,之前气息不稳、面容纠结的邹莉此刻慢慢平静下来,在她的枕边,放着那本睡前刚读完的《知死方生》。

邹莉不知道,此时老苏的梦中也出现了苏芫,他正和小时候的苏芫在草地上放风筝,那是条大鱼风筝,飞得很高,苏芫在草地上奔跑,拍着手大叫:"老爸真棒!"后来,他又梦到在苏芫的病床前和她告别。苏芫坐起来抱着他说:"老爸,我走了,你要好好照顾自己和我妈哦,那些工程就不要再接了,还有,你不要再贪烟酒了,浓茶也是。"老苏忙不迭地点头,笑着拍了拍苏芫的后背。现实中,老苏并没有来得及见

437

苏芫最后一面,苏芫走的那天,他还在新疆,作为退休教师的他,为了筹措苏芫高昂的医药费,和朋友合伙在新疆承包小工程。得知苏芫病危,他慌忙往北京赶,但还是没来得及见女儿最后一面。

第一次在那个小房间里,老苏就流着泪,向男人说出了他的一生之痛。他说,他无法原谅自己,他常常想象着苏芫闭上眼睛的那一刻,而他不在身边,就恨不得抽自己耳光。男人说:"生命本身就是一场场告别,告别的形式有很多种,而有些告别,是不需要面对面说出来的,就像并非人与人才能做朋友,也并非需要见过面才能当朋友,有些良师益友甚至不存在,比如我们和那些书。你在心里完成过那场仪式,就够了。"

邹莉和老苏将上百本苏芫曾经看过的书,送去了"文字药房",并把"不愿删除"这个答案告诉了男人。他显得很平静,又像那次一样,一副先知的模样。邹莉想,所有人都不会愿意删除记忆吧?不管是怎样的记忆,都是我们人生的一部分,少了,人生就不完整了。

邹莉再次看着那个"渡人亦自渡"的字,问男人:"您自渡了吗?"

"您是第一个问这个问题的人。"男人也将视线爬到墙上,看着那幅字。

邹莉知道这个问题有些唐突,随即转移话题:"第一次见面就想问您的,为什么会开这样一个书店呢?说真的,这太神奇了,我常常怀疑您和这个书店,是存在于我的梦境中。我想,像您这个书店,应该史无前例吧?"

男人说了句"稍等"就出去了,少顷回来,手里拿着一本书,将它推到邹莉的面前。还没等邹莉发出疑问,男人就说:"但理念来源于它。"

邹莉拿起这本叫《小小巴黎书店》的书,问:"它讲了什么故事?"

"一个男人,受过一段情伤,独自守着一个水上书船,自称'文学药剂师',他以书为药,相信只有文学能治愈人心。可是二十一年后,他才发现,当初的恋人离去,并不是不爱他,而是得了绝症,所以他带着一船书,从巴黎前往普罗旺斯。"男人说完,面色深沉,眼中没有泪,但邹莉感受到了悲伤。

"感谢您将书中的理想现实化。"邹莉很真诚地说。她心中还有一些疑问,是不是像老苏所说的那样,男人也和书中的那个巴黎男人一样,受过情伤,所以他才要自渡。但是她不想问了,因为这不重要,就像她到现在都不知道男人姓甚名谁,但都不影响她对这个男人的敬仰和感谢。

当询问治疗费用的时候,男人却说:"你们的伤痛虽深,但由于对于'药'的吸收比一般人都要好,我的心理咨询师的身份在你们的治疗当中,并没有起到太大作用,所以,就不收费了。"男人最后又说,"当然,欢迎你们日后继续捐赠旧书。"

邹莉说:"会的。而且我希望能加入志愿者队伍。"

"非常欢迎。"男人伸出手,邹莉也伸手。这是他们第一次握手,但邹莉从他的掌心感受到了一些熟悉的东西。

"另外,我听您的,试着再次拾起写诗的笔,我想为女儿写一本诗集。"邹莉腼腆地笑了笑,像一个青涩的文学青年。

"很好呀,等诗集出来,在这里开一个发布会,如果您愿意的话,也可以分享一下您的经历。"

"好。"邹莉回答得很干脆。

邹莉在书店又逗留了很久,她刻意地去寻找上次带来的苏芫的那些书,发现它们都被编了号、贴了条码,融入那些和它们气息相同的书中了。她拿出那本《沙与沫》,摸了摸扉页上苏芫用蝇头小楷写的"苏芫2001年冬购",字迹和书页上时间的痕迹,模糊而又清晰。

她坐在书店一角的软凳上,开始阅读这本书。她和女儿虽然阴阳两隔,却纸上相逢,她们的目光,都温柔地抚摸过这本书中的文字。她闻了闻那本书的味道,酸涩但又幸福的泪水涌了上来。她突然觉得,什么事都有可能发生,就好像苏芫打破了时间和空间的限制,透过这些她曾经阅读过的文字回到人间。

离开的时候,下起了小雨,她回头看了看,在雨雾中,"文字药房"遗世独立,若隐若现,仿佛虚幻。

原载于《小说月报·原创版》2022年第4期,《传奇·传记文学选刊》2022年第10期、《读者》2022年第12期转载

# 后会无期

程迎兵

## 一

那年初春。晚上八点多钟,丁小兵从酒局中抽离出来,站在十字路口等信号灯。

不远处一辆公交车到站,下来几个穿短裙的女孩,她们嬉笑着下车,和他一样很规矩地站在对面路口等待绿灯信号。她们身后是金鹰商场的一块巨大的广告屏,变幻的背景灯光铺在她们身上,她们像一只插满鲜花的瓶子不小心被打翻,鲜嫩明艳的花朵如同瀑布般绽放。唯一与往年不同的,这是一个戴口罩的季节。她们都戴着口罩,只不过口罩让她们眼中的笑意,更是平添了几分妩媚。

四条斑马线两端都站满了人,他们互相打量着,如亲人隔岸相望。路边卖水果的中年夫妻,正靠在三轮车边,一边把香蕉、苹果整齐地排列在车尾,一边吆喝着降价处理。丁小兵知道他们天天都会这样吆喝,这没什么奇怪的。奇怪的是车座上还摆着一束红玫瑰,花瓣层层叠叠,微微下卷,十几朵大红的玫瑰束在一起,在路灯光芒的映照下,像一个害羞的女孩半遮着自己的脸。一个苹果掉在地上,卖水果的男人对女人说,你手上没长"螺"啊?女人摊开手掌说,你第一天才认识我呀?我手指上一个螺都没有你不晓得呀?男人凶了一句,真是三天不打上房揭瓦,回家把你吊起来打。女人低着头回了一句,那……打完之后呢?丁小兵看了一眼这个女人,她的脸在路灯下忽然红得像一朵玫瑰。

红灯很长绿灯很短。黄灯亮起的那一刻,丁小兵正从口袋里掏出烟点上,等他抬起头,对面的女孩们已经快走到斑马线中间了。他索性站着没动,看着人群汇聚、交错,再分开。

那群女孩中有一个个子挺高,捧着一束红玫瑰,迎面走到丁小兵跟前时,丁小兵看清楚了她的面容。他从未见过一个女人的眉毛眼睛鼻子和嘴巴,竟能如她这般华丽。天下没有比她还漂亮的女人了吧,尤其是她的眼睛很大,睫毛很长。一个女孩问:"小艾同学,我们现在去哪里?"捧着玫瑰的女孩答道:"喝水你们不让,喝酒你们又跟不上,我们能去哪里?上班去呗。"

丁小兵转身,认真看了看这个女孩的背影,一头短发随着欢快的步伐轻盈摆动着。她们互相挽着胳膊,很快消失在湖边的林荫道上,只留下飘忽难逮的笑声。

"砰"的一声,就在离丁小兵几米处,同时右转弯的两辆小车发生了挤碰。前车司机拉开车门下车正准备与后车理论一番,却见后车驾驶位的中年男人打开车窗,手里拿着电话哭着说,对不起,是我全责。我妈刚才去世了……说完把头埋在方向盘上大哭起来。

## 二

孙薙比丁小兵大十岁,刚才他打来电话,喊丁小兵晚上出来喝两杯。挂电话前孙薙说自己这日子过得太崩溃,已经要到崩溃的临界点了。

这么多年来,孙薙和他老婆一直过着双城生活。老婆在市区家里照顾老人和孩子,孙薙在郊县每周末回来,碰到加班要两周才能回来一趟,回到家也无非是洗洗烧烧,累得连话也说不到几句。常年的这种分离,早已让他们之间察觉不到彼此的需要,时空距离让原本维持与将就的婚姻关系,不断生出新的嫌隙。有时孙薙明明周末晚上已经回到市区,但他没像往常那样告知老婆,他就是不想回家,就像刚才他提前跟丁小兵约好喝酒一样。

丁小兵和孙薙对喝酒的地点不讲究,小饭店大饭店看心情选,只要周围嘈杂声不太大,他们东拉西扯,喝酒时间往往能持续到半夜。

孙薙说:"不瞒你说,我也不怕家丑外扬,我现在每一天都像生活在地狱里,我跟我老婆的争吵,几乎每天都在发生。"

丁小兵说:"孩子都这么大了,有什么好吵的,还没吵够呢?"

孙薙说:"你是一人吃饱全家不饿。我真的是受够了,为了孩子受够了我也能忍,关键是丝毫感受不到老婆的爱。"

丁小兵说:"这么多年都过来了,还什么爱不爱的。今晚你怎么那么矫情?你爱得起还有能力去爱吗?书上不都说现在你们就剩下亲情了嘛。"

孙薙说:"上周我上火牙疼发作,在电话里跟她说了几句问她家里可有药,她倒好,嫌麻烦,话没说完就撂了电话。"

丁小兵说:"然后呢?"

孙薙说:"我自己跑到药店,开了一百多块钱的药。"

丁小兵说:"现在病好了?"

孙薙说:"哪能这么快就能好,上周末我回家,把药往桌上一丢,她看见后随口说她上回自己牙疼也没去看,忍一忍就过去了。"

丁小兵说:"没事你就忍着吧。"

孙蕹说:"我现在回不回家对她来说一点都不重要,有我没我没区别。一个人看病,一个人吃饭,一个人看电视,一个人睡觉,跟单身一个样。"

丁小兵问:"周末你回家后你老婆都在忙什么?"

"她?儿子小的时候在客厅陪儿子玩玩具,儿子大了陪着辅导作业。我跟她的世界早就成了默片。默片你看过没有?"

"老夫老妻的我想也没那么多话要说吧?给个眼神不就全懂了。"丁小兵说。

"给个眼神?我老婆根本就不会多看我一眼,还眼神?"孙蕹说,"不说话已经是理想状况,为数不多的说话最后都会引发争吵。"

"也许再等几年,等孩子再大点,考上大学就好了。"

"我一天都等不下去了。有时候等她忙完躺下不久,我会翻过身来抱住她,其实她明白我的意思,但她觉得太疲倦,告诉我今天不行。我只能松开她,可是不做爱就不能拥抱吗?难道不做爱就不可以抱一会儿,身体就不能有接触?其实我也知道,到了我这样的年龄,身体带来的快乐没那么强烈了。现在,我更喜欢那种更单纯的亲密。"

丁小兵意识到,无论双城生活还是周末团聚,孙蕹与他老婆的隔阂已经很严重,仿佛一根潮湿的木头,点不着,遇到火只能"哧哧"地冒出一阵呛人的青烟,随后表皮龟裂。在他看来,孙蕹就是一块用了多年的砧板,多处开裂中间凹陷,看着就让人分外迷茫,而迷茫正是孙蕹这个年龄应有的属性,既没有年轻人的冲动,也还没到老年的通透。孙蕹正双脚杵在泥潭里无法自拔,任他怎么扑腾也只能是把烂泥拍得满天飞,浑身斑斑点点,匍匐着看不清泥潭的尽头。

丁小兵清楚记得自己二十来岁时,有天晚上和一个朋友在大排档喝多了,先是在街角的公用电话亭,不停给孙蕹打电话,喊他出来继续喝酒。孙蕹说他正在上夜班,丁小兵破口大骂说上什么班啊,上班比喝酒重要吗?打了几次之后,电话就再也打不通了,怎么拨打都是忙音。后来他和朋友骑上自行车去单位找孙蕹,到了厂区之后,他俩也不认得路,四周灰蒙蒙的到处都是亮晶晶的灰,空气中有股很重的铁锈味,厂房里的照明很暗,一摞摞黝黑的钢锭整齐码放着,像是正在召开一个大型会议,偶尔传来的巨人撞击声传出去很远,让丁小兵晕头转向。找了近一个小时,他们终于见到了孙蕹,孙蕹的工作服斑斑点点,戴着安全帽油腻腻地杵在他们眼前,疲惫地说他要到深夜十二点才能下夜班,说完端起茶缸一口气喝完。

那一刻,丁小兵忽然很伤心。他说:"反正我也没啥事,我在你班组坐一会,等你下班我们再去搞点酒。"

和他一起来的朋友跟孙蕤也很熟,以前他们三个都住在单身宿舍里,没事凑在一块支个火锅或搞袋花生米撕包茶干就能喝到半夜。喝多了就在马路上闲逛,大声歌唱。此刻,那个朋友一听还要喝,只坐了一会,说女朋友找他有事就先跑了。丁小兵又破口大骂他重色轻友,女朋友比喝酒重要吗?

班组休息室的铁皮柜占据了一面墙,柜子上方挂满了洗干净的工作服和裤衩,长椅上则搭着看不清本色的工作服,那一定是上一班工人的。洗衣粉和汗渍的味道,连同烟蒂的味道扑面而来,令他阵阵作呕。他走出休息室,在路牙上坐了一会,当他意识到自己再也没有力气时,酒醒了。他给孙蕤留了个纸条,写明等会见面的地点,就先行离开了。

当时正值隆冬,雪正不紧不慢地下着,大街上一盏接触不良的路灯忽明忽灭闪烁不停,像眼睛一样审视着从它跟前经过的雪花。马路中间站着一个人,声音激昂地朗诵着一首诗,一番张牙舞爪之后此人变得垂头丧气,而不远处的警察正在向他慢慢逼近。丁小兵看见天空盛大雪花点点,不远处小树林里传来的风声正在游动,他还看见一些东西在从他的身体里撤退与抽空。他空荡荡的身体如同一个鸡蛋壳,轻轻一敲就破碎了。

那一晚,丁小兵和孙蕤坐在四面透风的大排档里喝到了次日凌晨四点。排档老板扔给他们两箱啤酒和一盆烫菜之后,就不见了踪影。他俩一瓶接一瓶地喝,火锅都已冻成了冰块,不时有雪花飘到火锅里,暗红色的油脂慢慢变成了白色。不远处的雪地里,横七竖八插满了他们的空酒瓶,以及环卫工扫地的"唰唰"声和他们嘴里不住地咒骂声。

## 二

春天是短暂的,春风像个任性的孩子,弄得柳絮漫天飞舞。再次见到这个叫小艾的女孩,也是在饭局之后。只不过这次是一周之后的周末饭局,因为第二天休息,饭局尾声同事提出去嗨歌散散酒气,以免回家被老婆骂。这个提议得到了大多数人的赞同,除了丁小兵。丁小兵想回家,他对那种鬼哭狼嚎式的唱法无法忍受,但人群就是这样,你一个人无法抗拒集体的力量,你不融入集体就会让自己陷入险境。丁小兵几乎是被他们塞进了出租车,然后被拖进了量贩式KTV。

进入大厅,澎湃的音乐爆米花般炸响,这是城市的情绪渡口,往来着形形色色的人,以及深不见底的寂寞。包厢里光线迷离,晦暗不清,同事们很熟练地点了一串歌,拿起麦克风就算是拉开了架势。服务员大概五分钟后送进来一箱啤酒和一些小吃。也就在服务员直起身子的那一瞬间,丁小兵认出了她正是金鹰十字路口的那个叫小艾的女孩。她的工装和腰间别着的对讲机以及右耳上黑色的耳机,让她在光线下看起来更加端庄。

小艾并没有离开包厢,而是对他们说需要点什么歌直接告诉她就行了,她负责点他们负责唱。

整个包厢令人感到浑身发冷,散发着劣质檀香的气味、熟食店的气味、水果的气味和垃圾站的气味。包厢顶上有几束锋利的灯光,来回盘旋,割裂着更多的温柔光线,气氛很符合他们嗨歌的欲望,够逼仄也够凌厉。天花板上各色小射灯弯弯绕绕,离他们的头顶好像只有一米,灯光在包厢里时而掠出明亮时而陷入黑暗,像刀尖悬在头顶。三面灰色墙壁紧紧攥住矮桌前一块长方形的舞台,长沙发上是荡开的光纹,没有留下任何空白,造成沙发上坐着的每个人,相互之间形成一种不易察觉的逼视。

小艾在点歌屏前站着,不时过来给他们倒啤酒,短裙下的两条腿交错开,一条腿抵近啤酒箱。倒酒时她始终保持着半蹲的姿势,一旦发现有眼神盯着她的腿,她就会站起身把打开的啤酒瓶递到空酒杯前。

生活的高潮在于无聊,现在他们存在的唯一价值,就是让自己摆脱无聊。歌嗨得快,时间过得也快,疲倦来得更快,没有什么比说话更多余的。丁小兵默默喝了两瓶不知名的啤酒,一首歌都没唱,他多次想穿上外套离开,但最终还是跟着大伙一起站起来穿上了外套。人总是无法脱离人群,也无法脱离安全感,似乎只有在人群里才是最安全的所在。但这次,丁小兵随大伙一起走出包厢后故意落在最后,旋即恶作剧般折了回来。

包厢里没有了闪烁的灯光,小艾正弯腰打扫包厢里满地的瓜子壳和烟头,又把桌上剩余的糖果塞进了口袋。她转过身时猛然看到丁小兵,被他吓了一跳。她问:"是有什么东西落在包厢了吗?"

丁小兵一时也不知如何回答,就直接说:"没有。我只是想再坐一会儿。"

小艾也不感到奇怪,便停下打扫,说:"那你随便坐,我先把卫生简单收拾一下,不急着关包厢。"

"那不耽误你下班了吗?"丁小兵问。

"没事的,我习惯了,你什么时候走我就什么时候下班。"小艾说。

"哦,坐一会儿我就走,不会耽误你下班的。你也找个地方坐一下吧。"

小艾倒也没扭捏,在丁小兵身边坐下,给他倒了杯啤酒。她问:"刚才你们这帮人都是同事吧?"

丁小兵说:"你怎么知道的呢?"

她说:"我遇见到的人很多,基本都能判断出来。"

丁小兵说:"那你看我们是好人还是坏人?"

她说:"应该都不算坏人。"

"我呢?"丁小兵问,"是好人还是坏人?"

她说:"好人。"

丁小兵说:"我是坏人中的好人,好人中的坏人。小艾。"

她说:"你还挺幽默的。咦,你怎么知道我名字的呀?"

"我为什么就不能知道你的名字呢?"丁小兵说,"你唱歌好听吗?"

她说:"你是我遇到的第一个问我唱歌好不好听的人,要不我来唱首歌给你听?"

"可以啊。你最拿手的是什么歌?"

"我想想,嗯,《你能不能不要离开我》听过吗?"

"什么歌?"

"《你能不能不要离开我》。"

"不离开不离开。"丁小兵边笑边呷了口啤酒。

小艾看看他,拍了拍麦克风。

丁小兵说:"你唱吧,我没听过。"

等小艾唱完,丁小兵鼓了鼓掌。的确,她唱得很投入也很好听。他问:"你说话口音和唱歌的音调不一样,不是我们这里的人吧?"

"对,我不是本地的。人在外地凄凉哦。"

"既然你知道你是凄凉的,又何必要歌唱?"丁小兵感觉自己的话说得不太合适,就说,"一个人在外地要照顾好自己,更要注意安全,这个世界上坏人还是有的。"

这话说完他自己都觉得很假,于是又补充了一句:"你得随时准备和坏人做好战斗准备,要对坏人保持高度警惕。"

"为什么呀?"

"因为他们都憋着劲要我们学好,然后由着他们使坏。"

"哈哈,那是得警惕。"小艾说,"但现在好像是不是流行岁月静好了?"

"岁月静好？那是个谎言。哪来的岁月静好？所有的人都得先努力活下去。"

"知道。"

"不是'知道'。"

"那是什么？"

"是'知道了'。"

"有什么区别吗？"

"没有。"

聊了一会后，丁小兵也点了一首歌，他抓起麦清了清嗓子，又放下了麦。随后他穿上外套，说："时间不早了，我要回去了。"小艾说："我送你到电梯口吧，这里面跟迷宫似的。"

丁小兵没说好，也没说不好，只顾低着头往前走。快走到电梯口时，丁小兵停下来看着小艾，说："我们能加个微信吗？"

小艾停顿了一下，拿出手机打开二维码伸到他的手机下面。丁小兵把自己的手机往上抬了抬，又抓着她拿手机的胳膊往上抬了抬。

走到马路上，丁小兵长长地舒了口气。外面的空气干净多了，连昏暗的路灯光也明亮了很多。他感觉自己就像一只小动物，被拉进实验室成为试验品，最后稀里糊涂离开或再也无法醒来。他选择步行到家后，站在阳台点了根烟。小区为了节电，路灯也熄了几盏，一到晚上昏昏暗暗，楼下的长椅上亮着一排手机屏幕，映衬出一张张惨白的脸。

长椅上站起一个男人，边往前走边与人电话视频，空气中断断续续传来压抑的话语——我想你了，明晚有空吗？我没听清，哦，明晚没时间啊，那再约吧。什么？晚上跟谁吃饭去了？哦，那些人都不是什么好人，你少出去喝酒。行吧，你早点休息，晚安，想你。

那个男人抬头看了看天，然后折转身再次经过丁小兵的阳台下，丁小兵看见他头顶中央那一大块空白，在夜色中闪闪发光。

有爱真的就有未来？丁小兵这样想着，又想起临出门时对面楼停电了。现在他看见对面来电了，于是像小时候那样拍着巴掌喊到，来电了来电了！对面传来缈远的回声，神经病，晚上七点就来电了！

夜如同野兽出没，环伺尾随。远处，救护车的警笛在深夜响起，听起来像地狱里的鬼魂在歌唱，丁小兵一直没搞明白为什么急救车要取"要爱你"这么好听的名字。仔细听还能听见这个世界在深夜发出的挣扎声——草木生长的喘息声、车辆碰撞的尖利声、酒瓶碎落声、夫妻吵架的尖利声以及做爱的宏大声响。当然,伴随着声响的还有各种气味,香味、霉味、汗味和腥味。

丁小兵梦中总在某个街口孤身徘徊,还多次与一个手捧玫瑰的女孩擦身而过。只是梦中他们一直没有机会停留,他也就没有机会向她表达爱慕。那是一张他无法看清楚的年轻女孩的脸,他懵懂地认为那就是他自己欲望的边界。他想让自己的肩挨着她的肩,想在茫茫黑夜里听到她心跳的声音,而他们眼前的床单永远是一件穿不上的白色婚纱。这几天丁小兵一直没睡好,似乎每天他都没睡好过。他既不忧国忧民也不为自己忧伤,他的失眠来自无端的遥想,他会猜测那个梦中的女孩此刻在哪里,他会想她此刻在做什么,会想她淡妆后的脸庞……他甚至相信她就是平行宇宙里的另一个自己。

又到了梅雨季,小雨连续下了一个星期也没停,丰沛的雨水让香樟树越发翠绿。他一直没有与小艾联系过,"小艾"只是作为一个符号静静地躺在他的微信里。偶尔他在查找微信通讯录时,她的名字才会随着其他人快速向上滚动。她的名字显示在最上端,起初丁小兵并未在意,只觉得以拼音"X"开头的应该显示在通讯录最下方的位置,后来才发现她名字显示的并不是"小艾"而是"A小艾"。

作为一个新发现,丁小兵在微信里问她,你的名字前为什么会有个A?

几乎是秒回。小艾说,这样我的名字才能出现在你的最前面呀。

哦,是这样啊,我还以为是"爱小艾"呢。

咦,这样解释好像也行呀。

对啊。丁小兵说,你现在在干吗呢?

上班呀,到现在我都还没吃晚饭呢。

那还不饿晕了。

没事,我一天只吃一顿。还是外卖。

就一顿还点外卖?减肥吗?你也不胖啊。

也不是减肥,反正吃不下去。我来这里两年了,她们都说我傻。

为什么说你傻?

说我老实,老实是不是就是傻?

这倒是我头一回听说。老实怎么能说是傻呢?

我是傻,挣不到钱。我喜欢的都是我买不起的。只能想想。

比如?

比如车子、房子、金子……我说了我只能想想。我还有两万多的花呗没还呢。

我也这样想,但和你一样也只能想想。不过,我没有花呗要还。

那就先去做个好梦,梦中再中个五百万。

那真是做梦。

还是白日梦。哈哈。

对了,你有男朋友吗?

那你有老婆吗?

丁小兵不知道怎么回话了。他说,这样吧,等你下班我请你宵夜吧。

收到。小艾回复这两个字,还加了个调皮的表情。

直到夜里十一点,丁小兵才被微信电话吵醒。他迷迷糊糊睡着了,看见小艾发来一条信息——"我下班了。你在哪?"

丁小兵边锁门边回复,你想去哪里消夜?小艾告诉了他一个地方。丁小兵本想说这地方不就在我家门口嘛,但他在发送信息的那一刻还是犹豫了。他说,这地方我知道,我先过去等你。对了,你还能认出我吗?小艾说,当然认得。我已经在路边打车了。

出小区穿过一条马路,"叶掌柜夜档"招牌在春夜和风吹拂下闪闪发亮。丁小兵找了个最里面的靠窗位置坐下,坐了片刻他又起身站在了店门口。这时他就看到小艾一路小跑从前面过来,身上的挎包随风舞动,路灯光芒下,她那张华丽的脸庞尤显好看。当她突然看见他后,居然迅速放慢脚步,然后装作很淡定地慢慢走了过来。丁小兵看到她朝他笑了一下,这不易察觉的笑让他非常安心。

"你喜欢吃什么自己点,我随便。"丁小兵说,"不吃饱晚上睡觉都得饿醒。"

小艾说:"你选的位子真好。"

"怎么了?"

"你可以看见这个小酒馆的全貌,而我只能看见你,除了你我什么都看不到。你故意的吧?"

"我还真没注意到呢,不过我真不是故意的。"

"那你就是有意的,哼哼。"

她坐在他对面,身无分文的样子。他们相视一笑。消夜的人没几个,没多大工夫四个菜就上齐了。

"你点了盐焗鸡?"丁小兵说,"我想起来了,有次我也点了这道菜,然后我拍了个照片发给朋友,那个朋友通过'盐焗鸡'这道菜,很快发来一张卫星图,图中居然显示出我实时的位置。"

"真的吗？这也能定位？"

"真的,我顿觉恐怖。那道菜我一筷子都没动。可惜了。"

"好玩。你喝酒吗?"小艾问。

"喝点啤酒吧。你呢?"

"我不喝酒。你们喝酒是快乐,我喝酒是痛苦。我最不喜欢喝酒了。"

"谁愿意喝酒呢,尤其是人多的那种,看着就乱。现在超过四个人的饭局我都不参加,就算参加也是应付一下。"丁小兵说完,看见窗外一个小女孩独自抓着一把烤肉串,站着撸完后把竹签丢进垃圾桶就走了。

"对了,你有男朋友吗?"

"那你有老婆吗?"

"我先问你的。"

"你怎么这么赖皮呀,"小艾说,"我可找不到爱我的人。"

"为什么?"

"因为《聊斋》的狐狸里没有我呀。"

"你这个回答倒是挺新奇的。"丁小兵说,"你平时一般几点回家?"

"看你问的就不怀好意哦,"小艾说,"只要不是太晚就行,我回家还要刷抖音,一般都要到三点才能睡着,然后下午三点才能醒来。"

"太晚不安全。"丁小兵说完,低头看了看桌下小艾的腿。

小艾说:"有什么不安全的? 我经常夜里到家,也没发生过什么事呀。"

丁小兵说:"那我怎么觉得一到夜里就危机四伏啊?"

"那我们之间有代沟。"小艾说,"不过我读书不多,有代沟也正常。而且我发现我周围的人从来没有像现在这么恐惧,我也不知道是怎么了。我怎么就没那么恐惧呀,是不是我没心没肺呢?"

"你说的是疫情吧?"

"也不单是疫情。反正我也有不安全的感觉,有时搞得我整个人都不好了。"

"是没人关心你吗?"

"也不是吧。"小艾偷偷指了指侧面的一对男女,说,"你看,那对情侣我既不祝福也不羡慕,有时反而觉得他们还挺累的呢。"

"哦,我明白了。"

"你明白啥了?"

"我猜你是想努力赚钱,这样也许会有安全感。可对?"

"你说人为什么要努力赚钱呢？为什么就不能不挣呢？努力也许会背叛你，但放弃不会。"

丁小兵说："我觉得，所有人都很相似，我们都需要吃饭，我们都需要睡觉，我们都需要厨房和床，我们所有人都有相同的需要和问题。这些东西很重要，但又不重要，应该是看你需要的是什么吧。"

"你说话怎么还绕口令呢，是的哟，大道理我都明白，"小艾说，"所以我们要不停反省自己需要什么，不能稀里糊涂的。"

"你还挺会反省自己的呢。"丁小兵说完，想起自己的微信工作群，那些人也在抓紧时间反省自己，也不晓得为什么要反省，唯恐自己说错了什么做错了什么，成天如履薄冰，像是在领导家做客似的。

"嗨，你在想啥呢？"小艾一只手伸到丁小兵眼前晃了几晃。

"没想啥，就是有时会觉得活着没啥劲。"

"哎呀，干吗不开心点呢？开心是一天不开心也是一天，干吗不开心地度过一天呢？"

"那你天天都开心？"

"也不吧，偶尔会瞬间不开心。"

"哈哈，还瞬间不开心，那就是说也会瞬间开心咯？"

"是的呀，这有什么奇怪的？对了，你看起来好狠哦。"

"为啥啊？"

"因为你没有啥表情，开心不开心都看不出来，而且看你很少笑。"

"因为遇见你之前开心的事情少啊。丁小兵突然冒出来这句。"

"真的吗？那你现在跟我在一起你也不笑。"

"我笑啊，放在心里的那种。一旦遇到喜欢的人，我就会心无旁骛，想一走到底，因为我不喜欢改变，对我来说，去适应新的人新的关系，太过于费时间费精力。"

小艾愣了一下，说："少来吧，我怎么没看见你笑过呢，我就看你冷笑比较多。"

"这倒是，我的笑声很短。很多时候，我的笑是没有声音的，即使有，对方如果不是细心的人，也不太会容易察觉到。"

"我吃饱了。你呢？"小艾问。

"我本来就不饿。"丁小兵说，"外面下雨了。"

"哦？下雨了？"小艾转过头看着窗外。

"你喜欢下雨吗？"

450

"我不喜欢下雨,下雨就像老天在哭,有时候我还会很烦躁。"

"我喜欢下雨。雨会切断我与这个世界的联系,让我感到安全。要不这样吧,等雨小一点我们再走吧。"

"行。"

他喜欢下雨,她不喜欢下雨。无论喜不喜欢,他们都听着雨在窗外沙沙地下着,落在一些看不见的东西上。雨不急不慢地下着,没有间断,看得久了,那一滴滴雨水仿佛正在用尽自己一生的时间,从高处落下,落下的或许不再是雨点,路边溅起的也不再是水花。路边花坛里种植的各色小花也软塌塌的,连同雨水都化成白茫茫一片,只有看不见的草还在暗处努力生长。

雨渐渐小了。丁小兵和小艾在路边等车,一辆越野车从他们身边经过,能听见车内的音乐开得挺大。丁小兵踮起脚却没看见驾驶员,他说,这车难道是无人驾驶?小艾哈哈直笑,还捣了他一拳头。

## 四

春天匆匆,万物匆匆,转过身就到了初夏。丁小兵接到单位安排他去上海培训十二天的通知。一向抱怨从未出过差的他,在接到通知后却一直抱怨单位未事先征询他意见。

飞机值机时,丁小兵特意挑了靠窗的座位。飞行爬升时,地面上的汽车变得像指甲般大小,飞机继续在云层里穿行爬升颠簸,最后升到比云朵还要高的地方。这里离太阳更近一点,他感觉自己犹如一束阳光,在天空中飞翔。

白天的培训课程满满当当,晚上则颇显空虚无聊,来自国内各大基地的学员们都戴着口罩,三三两两聚在一起打牌。丁小兵的室友是湛江人,说话基本听不懂,他们之间除了客套话几乎没啥可交流的,到了晚上八点,室友就睡着了,那一阵阵出其不意的呼噜声让丁小兵防不胜防。

丁小兵靠在床头,戴着耳机,与小艾断断续续聊着天。他能想象出她上班的样子,偶尔小艾也会发来几张自拍照,暗淡的背景和淡蓝的烟雾在她搞怪的表情下,竟然显得不是那么混乱与浑浊。当小艾回复信息的速度变得连贯,丁小兵就知道她一定是下班了,这个时间往往接近零点。丁小兵睡意全无,小艾更是头脑清醒,他们的聊天总是持续至次日凌晨两点多,两个不愿意睡觉的人,忘却了对健康很重要的睡眠,只为让夜不断延续无限延长。

小艾说:"你第一次对我很冷漠,爱理不理,问一句说一句,我也不敢说话。"

丁小兵说:"当时我有那样吗?"

"是的呀,你自己点歌自己唱,也不主动跟我说话。最后走的时候牵着我的手,主动加了我微信。"

"我记不清了。"

"那些来唱歌的人,对我来说其实都是一个德行。"

"好吧,你都不喜欢,可对?"

"对,现在不一样了,我也不傻哦,我的心能感应到嘛。"

"刚才这句感觉你在撒娇。"

"你是不是不喜欢撒娇?"

"我不喜欢别人撒娇,但喜欢你撒娇。你傻了吧你?整天稀里糊涂也不知在想啥,除了当睡神你一流,你还知道啥?"

"你呀你,我就觉得你好玩,看着你就好玩,想想都开心,哈哈,开心。"

"你慢点说,别笑岔气了。"

"其实我也知道天天熬夜不好,我对人生的追求是安逸,我最讨厌我的日子很疲惫,或者过拼命努力赚钱的日子。"

"谁都想安逸,不那么累赚钱。但这也只能想想而已,经常这样想就是欠揍了。"

"你要揍我我就躺着不动,你娶我养我,我就可以不用上班了。"

丁小兵心里动了一下。他说:"我揍你你躺着不动啥意思?耍赖皮啊?"

"这叫碰瓷。懂不?"

"碰瓷啥意思?"

"就是你还没开始揍我,我就躺着一动不动。气势不能输。"

"佩服。"

"我知道你没啥钱,我又不是看中你有钱,比你有钱的多了去了。你有钱也好没钱也好,我都会跟现在一样对你。"

"的确,我没啥钱,顶多有点小零花钱。那你为什么要对我好呢?"

"对你好是因为你对我好呀。我都晓得,中年男人不是有钱就是没钱,这很好判断。有的人你观察一会,就可以揣摩出他下一步的动作和说话语气。你不用真正跟人接触就可以了解一个人,很有意思的。"

"没想到你还挺聪明的。"

"真的吗?你给我买个兰蔻196好不好?"

"这是什么?"丁小兵有点不高兴了,买这个干吗?

"这都不知道?口红呀。"

"好端端买口红干吗?"丁小兵最讨厌别人伸手找他要,伸手要什么都没有,不伸手他倒是能细心感知到别人的感受。

"算了算了,我自己买吧。"小艾似乎察觉到丁小兵不高兴了,她说,"还有几天我生日,本想给你一个惊喜,没想到变成了全剧终。演砸了。我不要了不要了。"

这样一说,丁小兵着急了。他连忙问:"你生日哪天?"

"为什么要告诉你?"

丁小兵赶紧登陆手机天猫,然后又问:"你喜欢什么颜色?"

"哼,你买什么颜色我就用什么颜色。反正我的形象刚刚毁了,是不是嫌弃我伸手要东西?"

"不是不是,我的意思是你能不能一口气把话说完?非要把原因留在最后揭晓干吗?一点都不淑女。"

"别人都觉得我挺淑女呀,说话不急不慢的,人还温柔呢。刚才你对我的狠样子我拿小本子都记下来了,你等着吧。"

"买了朱砂橘的。"丁小兵说,"你还打算记变天账吗?"

小艾说:"我可不想翻天。你用心地爱着我对我好,有啥好事都会跟我分享,心里一直惦记着我呢,我心里都知道,这些不是用嘴巴说出来的,都是用心做出来的,你在做我在感受着呢,所以慢慢我的心也被你一点一点融化了,慢慢就喜欢你爱上你了。"

丁小兵笑了,他说:"你这算表白吗?"

小艾说:"我可不会表白,想到哪说到哪,都是真心话。刚才那段话有没有错别字?你不要膨胀,低调哦。"

每个人都有脆弱的那一面,只是不想表现出来而已。丁小兵被小艾的这段话击中了,是的,也许只有在自己爱的人面前才可以这样直接表现,也许是情到深处才可以。他对她说:"我曾经想过只给你最好的一面,也曾试图只想做你的过客,而不是归人。但现在我做不到了。"

小艾问:"你想干吗呀?"

"你猜猜。"

丁小兵从上海回来的当天下午,本想喊小艾晚上出来吃饭见面,给她一个惊喜。但就在他还在候机时,孙薤抢先一步给丁小兵打了个电话。孙薤决定从家里出走,而事件的导火线,只是一滴油。他老婆捡菜时,总会把袖口沾上油污,他提醒过很多遍,但这次她在抖筷子时还是把一滴油溅到了孙葳的白色T恤上。孙葳脸色变了,他老婆发现后,只是在一旁笑了笑,说不明显看不出来,等会脱下来洗洗就好了。孙葳忍了忍没有发作,他坚定地认为,她对自己早已不在乎。

丁小兵并没有多说什么,身处故事之中的他还没遇到过这类事故。飞机落地后他只是陪他喝酒,背着行李跟孙葳在湖边转圈。后来,孙葳也不走了,就坐在石凳上看着湖面,他的影子被路灯拖动,直到夜幕完全深沉之后,才被牢牢固定在了砂石路上,成为可以分辨出更黑的一部分。远处,金鹰商场主楼的外立面绽开了色彩斑斓的烟花,眼前的世界奇幻起来,如同一场真正的穿越。

孙葳低头抽着烟,再用力把烟雾吐出去。他说:"你发现一个问题没有?年轻时哪怕你再湿润再有韧劲,哪怕成天青翠欲滴,也阻止不了人到中年时浑身的干燥?"

"也许是吧,但年轻时如果没有几场滋润,老了的时候,那干燥才真的是干燥。"丁小兵说,"走,我俩等会搞点夜宵去,我看看能不能再喊到一个人。"

"谁?"

"来了你不就知道了。"

小艾下班后飞奔而来,当她气喘吁吁站在包厢门口,看见丁小兵的瞬间,脸上多了一份羞涩。丁小兵给她倒了杯冰可乐,招呼她坐下,又从背包里拿出上海特产和一些小礼物递到她面前。小艾说了声"谢谢",接下来就没怎么说话。丁小兵倒是对她表现得很热情,让她别停筷子。

孙葳说:"小艾同学,你怎么和丁小兵一样不说话呢?此情此景你们是不是期待很久了啊?"

丁小兵笑笑,摆摆手。他不喜欢被别人关注,就像他不愿意站在聚光灯下。一旦自己的心思被别人猜中,他就会随时准备找机会逃走。换句话说,他也是个藏不住心思的人,而且他也不想藏有时反而会故意表露出来。

孙葳的电话响了,是他老婆打来的。丁小兵示意小艾别出声。孙葳索性打开了免提,他老婆在电话里责问他为什么回城后到现在不回家,老人孩子都不管。孙葳看看丁小兵,对着电话说他不想回家,回家我望着你,你不望着我,回不回家意义不大。他老婆突然提高嗓门说:"女人想要什么你关心过吗?我问你孙葳,我想要什么?我跟你说,换了别的女人,没人能坚持跟你过上一天。"

孙葳没想到她会这样问他,一时无法应答。"你没发觉吗?"他老婆说:"你现在人到中年,怕死怕穷。日复一日的重复生活我都没怨言,你倒先破罐子破摔。你知道你已经老了吗?你知道我为什么能忍受你这么长时间吗?"

孙蕤没等她说完,直接挂断了电话。丁小兵劝他赶紧回家去,孙蕤摇摇头端起了啤酒杯。

小艾问:"你们之间出现了什么问题吗?"

孙蕤没说话,喝完一杯又给自己倒满了一杯。小艾说:"不怕你笑话,反正我有丁小兵在,刚才我想起很久以前父母一段过去的事情。"

"什么事?"丁小兵问。

小艾看看丁小兵,说:"说出来也没什么,很久了。是我初三暑假的那一年,天气跟现在差不多,也很热,记得是午后,我无意中看到了妈妈的一条手机短信。对现在来说那是一部很古老的手机,很小的屏幕里闪现出一条充满暧昧气息的短信。我深吸一口气,脑中一阵'嗡嗡'响,我慌张又装作若无其事的样子坐下来,给自己倒了杯冰水。"

丁小兵说:"我怎么从来没听你说起过这件事?"

孙蕤说:"你别打岔,他俩现在不是挺好的嘛。"

小艾说:"我爸和我妈分居两地,其实我知道他们之间早已习惯了没有彼此,他们各忙各的,我分别给他们打电话就能发现,他们对彼此的生活几乎一无所知。只有到了中秋和春节,我才能体会到我们是一家人。也许正因此,我妈的变化我爸似乎没有察觉。她手机里的内容如同一块静定不动的阴影,压在我头顶。表面上,我不动声色,但没挨住几天就输给了好奇心。终于,一个白天我找准时机,在她的手机没锁屏前,再次慌乱地翻看了她的短信。"

"发现什么新情况了吗?"丁小兵问,"事情应该早就解决了。"

孙蕤说:"你少说话,让她先把事说完。"

小艾接着说:"那个男人应该是我妈同学,我想他们应该也有许多同学聚会的共同合影吧?男人应该长相儒雅,笑容得体,是个好看的大叔吧。也许,这个男人是单身?我暗暗揣测着。我还翻过我妈的毕业合影,但我判断不出他是谁。"

丁小兵说:"没事揣摩别人干吗,生活中有很多事要去做,爱情又不是生活的全部,爱也许才是哦。小心翼翼才是我们生活中的重头,甚至比爱更广阔。"

小艾说:"你根本不懂女人之间的事,你能够想象出我当时碰到这件事时的慌张吗?我无人可说,很无助。你能理解的你就会理解,你理解不了的就是理解不了。"

孙蕤说:"嗯,那时年轻,谁都判断不清生活的面目。现在也是。"

"后来呢?"丁小兵问。

"后来,我决定要去看看他们到底在干什么,到什么程度了。"小艾说,"那天黄昏时分,我借口同学喊吃饭,提前出了门,然后站在家的对面拐角。等了有半个多小时,我妈朝着马路边走去,路上摸了两次头发,脚步还有点不协调。我悄悄跟在后面,走了十多分钟的样子,我就看见一家超市的门口,站着一个穿淡蓝色短袖衬衫的男人,他衣服的颜色很鲜亮,手里拎着一个红色袋子。没一会儿,我妈站定在男人面前,男人低下头,露出一个笑容。我妈更是满脸洋溢着喜悦,似乎还有些羞涩,像个小女孩。他们并排行走,身体始终没有接触,也没有牵手,两个人中间始终保持着一个人的距离。"

小艾喝了口水,好像整个世界的负担都压在了她的身上。她脸色有些苍白,看样子似乎还没从当时的场景中缓过来。相似的是大家都有烦恼,只是大家的烦恼并不相似。小艾说:"我妈表达爱的方式,平和而情绪稳定,不像我在其他家长身上看到的那种有着情绪起伏的反应。"

"这就是问题的关键。"丁小兵说,"过日子总归会有矛盾的,矛盾终究会在前方等着,有些矛盾根本没办法解决,只能等着它自动消失或演变成更大的矛盾。孙蕤,我说得可对?"

"当时我就一直在他们身后走着,后来我停下来,在大街上哭了起来。"小艾说,"我妈和那个男人绕了远路,男人手里的那个红袋子变成了我妈拎着,里面好像装着水果,他们又按原路走了回去。他们的背影,就像一对相爱多年的夫妻。我从巷子里抄近路回了家,然后决定什么也不说。我妈自称在拥有我之前,并不喜欢孩子,甚至担心孩子会打破二人世界的平衡,有了我以后,她最关心的事情只有一件,就是时常会问我过得开不开心?这个问题曾经是我外婆的口头禅,我妈把这种方式继承了下来。"

"不论是好事还是坏事,一旦停止了,总会留下无尽的空白。"丁小兵说。

"差不多吧,我也是。"小艾说,"以前我就没有想清楚过自己想要什么,就像被塞进了一条船,船去哪里,我就跟去了哪里。后来我问我爸可知道这件事,我爸说他是知道的,只是一直假装不知道,像往常一样对待我妈。我感觉我爸在下一盘大棋,我爸说房子是她的,钱也可以是她的,但都是冷冰冰的东西。我问我爸那你觉得事情过去了吗?我爸轻描淡写地说了句表面上是过去了,但你妈大概要把这事带进棺材里。"

孙蕤说:"很早以前,我也遇到过一个陌生的女人,她是饭店老板娘。我第一次去吃饭,也是第一天认识她,饭局结束后我随口说了句送她回家,结果她就和我睡在了一起。那是在北京,当时天寒地冷,后来才发现她还是我的小学同学,或者说她是我小学同学的闺密。我们先没有说要干什么,我们先只是说喝酒。酒过三巡,接待我的小学同学要走了,说她男朋友今天回来,要她回去。我问回去干啥?她说好久都没见了……如果他不回来,我小学同学说,我今天也要来找你。当时她站在饭店门口,我和她的闺密,就是这个饭店的老板娘,一起端着酒杯看着她出门。"

"消失。"孙蕤对丁小兵说,"你可有那种体会?消失,然后一切又归于平静。"

空调暂停了运转,包厢里有点热。丁小兵坐在一边,想插话又不太容易插进话,他把杯子里剩下的啤酒一饮而尽,看着孙蕤不停地张开嘴巴,拼命地说明着自己。他的这种说明引着小艾也不停地说着,这让丁小兵火冒三丈。

小艾说:"以后我终归还是要回老家的,现在农村的变化太大了,以前回家要一天时间,现在很方便几个小时就能到。去年我回去过一次,现在的家乡一览无余空空荡荡,人也变了,我找不到回家的感觉,甚至都迷了路。现在是速度变快了距离却变远了。小时候,我与外婆、妈妈生活在一起,家境不太富裕,因为比较穷,不能买自己喜欢的发卡,也无法带更多的东西与同学一起分享,所以同学们对我总是不热情。这让我对穷有种偏见。"

"那你是怎么忍过来的?"丁小兵问。

"很好办呀。我就以冷漠的面貌示人,不与同学交往,平时就装作很开心的样子,不是我没朋友,是我根本就不需要有朋友的感觉呀。"

## 五

小艾家对面有个花店,而且就在马路边上,夹在药店和熟食店中间。花店大门朝东开着,门口堆满了各种鲜花和绿植。店内因为采光不太好,所以白天也开着灯,鲜花像商超随处陈列的假花一样没有生气。

"你需要什么花?"见有人进来,老板娘问道,"是送女朋友还是去看望人?"

"我先看看。"丁小兵说。

环顾着紧紧挤在小店里的鲜花,丁小兵竟然惊讶地发现他什么花都不认识。别说是花名,他到现在也从没给谁买过花,准确地说他连花在日常生活中扮演的寓意也不知道。他一个个指过去问,老板娘挨个告诉他,这是玫瑰、百合、勿忘我,那是康乃馨、郁金香和满天星……丁小兵想起第一次遇见小艾时,她手里捧着的就好像是玫瑰,于是就买了束红玫瑰。当他捧着玫瑰走出花店时,忽觉不妥,又找老板娘要了个长纸袋把花装进去,拎着走了出来。

"我就在你家对面的公交站台等你,你别急,时间还早。"丁小兵给小艾发了条微信。

"收到。我把头发洗洗就下楼,你也别急。"

一个人在恋爱的时候容易降低智商,哪怕是再成熟的人,恋爱也可以让他变成孩子,当然,伴随左右的快乐也会被无限拉长。丁小兵和小艾想尽办法去各种饭店吃饭,川菜、海鲜、冒菜、徽菜、麻辣烫……他们像美食家一样试图尝遍天下不一样的滋味,比如这顿清淡,下顿狂辣,再下一顿重油重色。这个小城里有可能存在的特色美食都被他俩挖掘了出来。

丁小兵在对面公交站台的长椅坐着等她。他看着小艾从小区出来,东张西望四下找他,又看着她穿过马路也没找到他,小艾急得抓起手机发信息问:"你人呢?"没等丁小兵回复她紧跟着又打他电话。丁小兵这才站起身喊:"我在这儿。"

小艾跑过来,说:"我还以为你先跑了呢。"

丁小兵说:"哈哈,你刚才的一个个举动我都看在眼里,瞧把你急的。"

"找不到你着急,你却淡定坐着一动不动,不知道你跑哪里去了。"

"我不见了,你真有那么着急吗?"

"是呀,想着你这个人跑哪里去了,应该不会丢下我的呀。"

"我还以为你会不在乎我呢。"

"我为什么会不在乎你?"

吃完饭出来,外面又下雨了,饭店门口的音箱里传来一首歌——"没有什么能够阻挡,我对自由的向往……"丁小兵想起他俩在深夜的酒吧里的一次见面。当时已过零点,窗外,暴雨如注,最后一个顾客也已离开。他们不愿意走,因为无法忍受彼此分开,又不得不如此,两个人在公交站台的雨棚下抱头痛哭。

丁小兵说:"你可还记得有次在酒吧里,就是我俩都喝多了,又碰上大雨一时走不掉那回?"

"我怎么会忘呢?那晚我看着你笑着将身子靠在沙发上,而我也总是对你笑着。我没忘?所以呀想到啥,就要赶紧去做,不能给自己留遗憾。"小艾说,她前几天跑去手机店给自己买了部iPhone13 Pro Max,买之前先在电商平台看了两天,价格优惠,但款式不齐,比如只有黑色和白色的,或者容量只有128G或者512G的,有时候也担心买到假货。丁小兵告诉她,虽然他平时没什么花钱的地方,但他是舍不得买如此贵的手机的。

小艾说:"我大舅和大姑夫,他们分别在前年和去年过世了。上了年纪,他们经常把把死亡放台面上讲,把身后事变成一种稀松平常,或是一种辞旧迎新的方式。大舅大前年老房子拆迁获得一百多万拆迁款,但六十多岁了还在为孩子赚钱打工,平日在工地住,半夜如厕时突然猝死,早晨才被工友发现。大姑夫前年两套老宅拆迁获得数百万拆迁款,偶然一次做身体检查发现肺癌晚期,一向开朗乐观的他变得郁郁寡欢,言谈中透露不愿拖累家人,后来在治疗期间自杀身亡。

"我没什么钱,就算我有钱可我的钱留着给谁呢?吃吃用用也够了。"小艾笑笑,说,"我妈甚至还舍不得盖二十多年前外婆给她陪嫁的羊毛被,估计现在都被蛀了。我妈还打定主意要把那些被子都留给我当嫁妆,可是我哪里还需要这样的被子呢?"

丁小兵说:"我要是没钱了呢?"

"我又不找你借钱。你没钱了我养你呀。"

"真的吗?"

"真的。"

丁小兵很开心,又有点不好意思。他在微信里说:"我睡觉了,困了。"

"不给睡觉。我同意你睡觉了吗?"

"……"

"省略号啥意思?你现在能睡着吗?"

"那你不也是曾经没经过我同意就睡着了吗?"

"我那是不小心睡着了。"小艾说,"你学得挺好也挺快,给你点赞。你睡觉可以……"

"怎么说?"丁小兵问。

"睡觉了我们就不要发信息了,你可以睡觉。一言不合你就睡觉?"

"怎么了?我还没见过这么狠的人。"

"我狠吗?你要睡觉那我们明天就不要再联系。说到做到。"

"我睡觉了吗?我睡觉了吗?你呀你,我睡觉你着急了?那你现在就给我滚出来。"

"你赶紧睡觉。我同意了。"

"你同意现在再出来?"

"你现在再不睡觉你晚上就不要睡觉了。"

"你同意了我就睡觉? 都听你的咯。"

"必须听我的,不听我的你要听谁的? 你想起飞?"小艾打出一行字。

"我不起飞我要翻脸了。"

"你翻脸我就咬你。"

"你咬我?"丁小兵愣了一下,"咬我哪里?"

"你猜。"

"嘴巴?"

"不对。"

"那我不知道了。"

"你……哎呀,你烦不烦呀?"

丁小兵边走边回信息,走到小艾家小区门口时还拍了照片发了过去。他说:"你没睡着吧? 我在你楼下等你呢。"

"你要干吗?"

"我不干吗。"这是丁小兵准备说的,但他还是蹦出一句,"我要你出来。"

"出来干吗? 这么晚了。"

"你出来就知道了。"

在充满茶香的房间里,小艾抱住了丁小兵。丁小兵渐渐发现不仅是他需要小艾,小艾也需要他,甚至需要他用身体来填满她身体以及精神上的空白。此刻,丁小兵发现自己即便满身是刺,他也要把浑身的每一根刺都扎进小艾的身体里。

他俩像是友军之间协同作战,又像是敌我双方展开的恶战。袒露的身体就像被遗弃的战场,战争过后,交战双方都已经离去,留下的是飞扬的尘、炸裂的地和泥土里渗进的血。战场静寂,他们犹如两条搁浅的鱼躺在床上,唯一能听见的只有粗重的喘息以及身体里闪烁的跳动。小艾睡着了,发出细小的呼噜声,她身上是温暖的,软糯的,两只胳膊举过头顶,像婴儿那样既出于本能又出于警惕地保护着自己。丁小兵轻轻把她搂过来,她的身体在睡梦中还在轻微颤抖。丁小兵看着她的脸,不知道过了今晚,明天他们会不会彼此更加紧密,彼此更加需要。

小艾还在床上睡着。一只脚调皮地伸到了被子外面,她的脚掌到脚弓再到脚跟起伏错落,嫩藕芽似的五个趾头细嫩白净,从下往上整齐排列为半弧状,远看更像是一串风铃。此刻,她的一个脚趾动了一下,随后把脚缩进了被子里。就是这下意识的一动,把丁小兵的心又一次动乱了。他摸了摸自己的脸,然后回到沙发上静静坐着,像一颗星星亮在黎明前的夜空。他知道过不了多久,太阳就会无情地照常升起。

茶几上摆着一套茶具,他煮了壶茶,房间里的茶香味更浓了。小艾不知何时醒了,嚷着要喝水。丁小兵端起一盏茶,坐在床边,看着她一口喝完,他俯下身想去亲她,她却把脸转过去把头蒙在了被子里。

过了一会,小艾又把脑袋探出来,朝丁小兵招招手让他坐过来。

小艾说:"从开始到现在,我们也相处了快一年的时间了吧?"

丁小兵想了想,说:"对啊,怎么了?"

小艾说:"没怎么呀,这一段时间里有吵架有开心有快乐有幸福。没认识你之前我也不是这样的,我就是天天上班下班,有时候还出去吃吃饭什么的,也不会有人说我啥的,更不会在乎别人的感受,觉得自己过好比什么都强。"

丁小兵说:"看来认识我之前你还是比较潇洒的。"

小艾说:"后来一次巧合的机会我们相遇,加了微信,刚开始我俩聊天也只是闲谈一些无关紧要的话题,后来慢慢你开始转变了,对我用心了,我也感应到了,朦朦胧胧在一起,之后我心里慢慢在乎你的感受,你的言行举止我都在偷偷观察。再然后你开始变得自私,我每天上班你都很不开心,喝酒呀上班呀之类的你心里每天都是忐忑不安,不想让我这样,可是你也阻止不了,导致你现在跟我在一起有各种担忧,其实有些东西你要看开一点,别人啥也不是,我有你就行了,两个人在一起明明是一件很开心的事,你为什么还要那么累呀?"

丁小兵说:"那是必须担心的啊。爱,本来就是自私的,我要不爱上你,我管你那么多事情又有什么必要呢?我怎么不去关心别人呢?你说是不是?"

小艾说:"有时候我不让你喝许多酒,也就嘴上说说,过去就过去了,如果你不喜欢我、不爱我你也不会管我的,知道你爱我在乎我,我说管你也是在乎你喜欢你,不然我闲着没事干吗?你对我的好我也铭记在心,今后你要克制自己的小情绪,我俩都要好好的,错过也许就是一辈子了。你也不要想太多,我永远不会跑,会陪着你一步一步走下去,希望你慢慢改进自己,以后我们的日子互相珍惜,彼此理解。"

丁小兵笑了,他说:"你这算是对我的表白吗?"

小艾说:"你滚蛋吧你,我可从来没对人表白过。我想到啥就说啥,你说我俩在一起每次怎么都这么舒服呢,我完蛋了,真的爱上你了,离不开你了。"

丁小兵说:"你要想我我就主动来找我呗,只要你有时间我就有时间。"

小艾说:"我找你怕你不理我。我爱你,爱不完的你,看不够的你,难舍难分。我们在一起的感觉特别好,无人可以代替的那种,回家睡觉眼睛一闭满脑子都是你,我都走火入魔了。"说完她又把被子拉上来,蒙上了脸。

窗户没关严,夜风从缝隙悠悠渗进来,掠过窗帘掠过茶几掠过洁白的被面,又掠过他和她。房间里很安静,这种安静就像一根长长的绳子,一端在丁小兵手里,另一端在小艾手里,只要他们都不放手,绳子就会永远把他们连接在一起。丁小兵回到沙发上喝茶,舍不得发出一丝声响。他想抽支烟,也只是把香烟抽出来半截,又轻轻塞回了烟盒。

烟盒滑进口袋,丁小兵拎了下裤腿,看见裤脚锁边的缝合线绽开了,他拉开抽屉在《入住指南》的硬皮夹里找到了针线。小艾仰起头问:"怎么啦?"

丁小兵吓了一跳,说裤脚线断了。小艾坐直身子靠在床头,让他把针线拿过来说她会锁边。丁小兵递过去,坐在床边看着她,轻飘飘的针,在她的手里仿佛很重,密密麻麻的针脚,整齐划一,一致的跨度,一致的疏密,让他怀疑这是缝纫机的技术。小艾的手指头微微翘起,一会看着手中的针,一会歪着头凝神打量膝盖上的裤子,随着小艾手中针线的起落,丁小兵觉得这简直是一段优美的舞蹈。房间里的灯散发出清冷的光,小艾一边缝着裤边一边听着丁小兵的说话,偶尔会因为丁小兵的某句话,她轻轻笑出声来,在灯光映衬下,她的笑容清晰可见,岁月在她年轻脸庞刻下的痕迹,在夜色中隐于无形。丁小兵确信自己在某个瞬间捕捉到了她十七岁时的笑容。

裤脚缝好后,小艾并没有急着把裤子还给他,而是对着针发呆。她说:"刚才我忽然想到个事。"

他问:"啥事?"

她说:"你看,针给无数人缝制好了衣服,自己却一直光着身子。为了你我也是拼了。"

丁小兵一把把她搂过来,没有再说话。

这座城市的夜尤显漫长,比白天过得慢得多。不用开窗朝外望,丁小兵就能想象出街道此刻应该是灰蒙蒙一片,那些笑着闹着的男女,或是道听途说的趣事,都顺着夜晚流逝的痕迹,悄无声息回到小城各处会客厅中,或床上。夜已经很深,整个小城早已进入熟睡状态,只有洒水车唱着歌,喷出透明的雾化水,落到发亮的柏油路面,徐徐交汇在街角,湿漉漉的地面变成了巨大的镜子,倒映出慢速滑行的汽车尾灯。

## 六

秋天是金黄的,也是肃杀的,不经意间就会被联系到告别。丁小兵从另一个朋友那里得知,他二十多岁时的一个朋友,就是大雪之夜一起去找还在上班的孙蕹喝酒的朋友,一周前的半夜在家中突然去世了,因为他是单身,直到第二天上午家里人找他有事,才被发现。朋友说前段时间他俩还见过,聊到他们年轻时干下的种种丑事还哈哈笑个不停。得知这个消息的时候,丁小兵正开车行驶在高速公路上,他想停车,但车速一如既往,服务区还远,没法停车让他平息一会心情。虽然他们已经多年不再联系,但这个事件重新把他推到了二十多岁时的那个时间段。当人开始忘却过去的时候,唯有死亡能带来一锤重击,才能勾起已经模糊的记忆,那些年少时的片段才能像幻灯片般反复播放。从那之后,但凡在高速公路上开车,丁小兵都会产生一种断片的状态,他希望能够一直开到世界尽头,他想看看那边,会不会有人在等他。

也很久没看见孙蕹了。丁小兵记得上次跟他喝酒大概还是两个月前,他俩从饭店出来决定步行回家,走到孙蕹楼下时,孙蕹执意要折返先送丁小兵回家,到了丁小兵楼下,丁小兵又执意要先送孙蕹到家。两个人来来回回、惺惺相惜互相送对方,直到半夜实在走不动了,他们才在一个十字路口告别。丁小兵清楚记得孙蕹说的最后一句话是"快点结束吧,不要再互相折磨。男人至死是少年"。

丁小兵当时没在意,也不知道孙蕹前半句指的是他俩不要来回送了,还是指孙蕹夫妻之间早点结束,"男人至死是少年"倒像是一句空洞无力的口号,振臂一呼烟消云散。两句话连在一起,搞不明白孙蕹是要结束婚姻之后像个少年那样从头开始,还是因为男人是少年经不住过多的折磨。

现在,丁小兵明白了。孙蕹约他今晚出来喝酒,顺便要告诉他一件很重要的事。孙蕹在电话里这样一说,丁小兵就明白了八九不离十。晚上,他没刻意问孙蕹什么重要的事,只是陪他喝酒听他聊天,喝到一半,孙蕹把杯中酒一饮而尽,把杯子往桌上一顿,又给自己满上。孙蕹说:"离婚走出家门时我对我老婆说,我走了。你猜她说了句什么?"

"这我哪知道?是放不下你?"

"她居然说了三个字——你走吧。"

"那你还不走还想留下来过夜啊?"

"当时我脑海里跳出来的镜头是导演的那一声喊,咔!再来一遍。"

"这回轮到你放不下了?"

"我老婆,哦,现在是前妻了。她说,以后就别再联系了,你把我微信删了我也把你删了吧,我没时间发朋友圈,也没啥好偷窥的。我说,就这么狠心?她说,没事,我们彼此很快就会忘记对方的。"

丁小兵说:"是的,也许你们还会暗自想念对方一阵子,但很快等习惯了新生活之后,你们终究会成为路人甲和路人乙的。"

"一日夫妻百日恩?一旦离婚还不是各自飞。"孙蕤说,"问你个问题,你说爱人会失去联系,那爱会不会随之彻底消失?"

丁小兵认真想了一会,无法作答。

孙蕤对丁小兵说:"你夏天刚从上海回来那次吃饭,小艾趁你中途上厕所曾跟我说你是她遇见的最纯粹的人,男人。另外和别的男人相比,你少了很多攻击性,多了一些可爱和仁慈,你比她大很多,但你皮肤依然那么白皙,依然那么年轻,说你总是不由自主地在意她、偏爱她。"

丁小兵问:"她还说别的什么了吗?"

"她还说尽管你的脾气说好听点叫真性情,说不好听就是难相处。她担心你对她只有性没有爱,她没有安全感。"

"她还说别的什么了吗?"

"没有了。然后你就从厕所回来了。"

喝完酒他们没再像上次那样互相送,出了饭店门,他俩隔着马路站着,互相望了望挥挥手,各自拦了辆出租。

丁小兵在孙蕤消失了一个月后,接到了他打来的电话。电话里孙蕤说话含混不清,只是说自己突发脑梗,又检查出了一堆毛病,现在还在医院住着。丁小兵吓了一跳,说马上到医院来看看。孙蕤让他别来看他的笑话,即便来了也进不了病房,疫情管控一个病人只允许一个人陪护,谢绝探视。丁小兵问他谁在陪护,孙蕤叹了口气说还能是谁呢。丁小兵没再往下问是谁在陪护,只觉得他话里暗藏玄机。

秋意越发浓了。晚上六点,丁小兵喊上小艾去赴一个朋友的小饭局。席间气氛热烈,当丁小兵想再喝一瓶啤酒时,小艾当众说他要是再喝就把酒倒掉。好在在座的都没听到她说的话,丁小兵还是顿觉难堪,但他压住火没吱声,恰好朋友举杯要跟他碰一杯,丁小兵左右看看声称自己喝不动了。小艾没喝酒一直坐着吃菜玩手机,到了八点,她对他说她要去上班了来不及了。丁小兵的怒气夹着酒气一下子就冒了出来,他压低嗓门恶狠狠地说只要她离开饭店,就不要再啰唆,再这样下去他们之间就完蛋了。小艾愣住了,撒娇着说她也没办法,让他别生气。丁小兵又重复了一遍只要她离开饭店,就不要再啰唆。小艾不知该怎么办了,又在低头看手机发信息。丁小兵没再用正脸对着他,也不再动筷子。过了一会,小艾还是站起来抓起他的胳膊晃了晃,说她还是要去一下,让丁小兵等她信息。

丁小兵没搭理她,等她走出包厢便招呼朋友给自己倒酒,桌上诡秘的气氛再次热闹起来。饭局一直持续到快十点还没结束,这正符合丁小兵的意思,喝得越晚越好,喝得越多越好,为了推迟大家鸟兽散的时间,他甚至悄悄去前台结了账,顺便又搬了一箱啤酒。

到了晚上十一点,在饭店看门老头的催促下,他们才最终散场。小艾也恰在此时发来一条信息,问丁小兵现在在哪。丁小兵没回复抬手清空了聊天记录。过了五分钟,小艾又发来信息,说她吃饭的时候不应该走,不应该把他丢下去上班,然后下班还这么晚,把他一个人丢在饭店那么久。她知道是她错了。丁小兵毫不犹豫回复了两个字"没事"。小艾又带着央求的语气说如果他没回家,她想去"小艾同学"那里等他。丁小兵明白"小艾同学"指的是什么地方,但他坚决回复说他早已到家。

丁小兵到家后没开灯,他居住的楼前方,是一座不高的山,通过阳台的窗户,能清楚看到山的轮廓。疫情严重困守家中的时候,他时常在阳台上放一把椅子,坐在那里对着山看许久。那把椅子一动也不动,保持一个姿势怔怔地望着窗外。

丁小兵有点累,这种累的背后,是越发严峻的现实,这个诡异多变的世界已让人无从叙述和表达,往日的豪情与愤怒逐渐被抹平。现在的他,每天早晨五点半起床,上班下班,没有爱好,当他走在街上时,有时会突然感觉是众多的路人牵着他在走。朋友曾问他现在为什么不愤怒了,他说这个世界已经有那么多愤怒,还需要多一个他这样的人来愤怒吗?

今晚小艾中途跑掉的这种情况,以前也曾出现过几次。丁小兵也明白,这种情形几乎由不得他,爱上一个人,应该连她的缺点都爱,只是爱意远远大过她的缺点,所以对她身上的不足总是滋生出无限的恻隐与包容,才会让他们之间产生温柔和心疼。不过,丁小兵也发现小艾仿佛是一个没有真相的女人,她愿意活在现实的假象里,假象不能给她真实的爱,却可以给她真实的抚慰。丁小兵曾一遍遍地问小艾一些假设性问题,抛出种种前提,看小艾还会不会爱他。他缺乏爱人的勇气,也缺乏被爱的信心,明明自己身处幸福之中,他却有失去的惶恐。小艾说过,爱对他来说是一剂良药,让他不要去假设如果两个人不在一起会不会更好,而应该去想象,如果两个人继续在一起,会不会更好。

小艾也曾告诉他,他俩面对的现实不同,其实是因为她现在连自己的现实生活都难以承受。她怕再交往下去,自己强烈的自卑感会被他看透。丁小兵听到小艾这样说,就告诉她其实他对她的爱也有种深深的自卑,有时他会觉得自己是不是真的值得她付出这样强烈的爱。

小艾,包括和小艾一样的人,丁小兵想,她们遇到的人可能五颜六色,她们的那颗心会不会早就不会对某个男人动情,只会成为过客?也许她们从来就没打算要爱上谁,但丁小兵相信他和小艾之间确实有爱,可能更因为他们都缺爱,才更让人难以忘怀。那些他们一起走过的痛苦和快乐,都具有抵达的目的,而那些不曾发生在他们身上的,都还是未曾到达的远方。

手机屏亮了。小艾发来信息,说:"我已经到了。你在哪呢?"

丁小兵坐在阳台上,看着远处的山。他说:"我在家。"

小艾问:"在你所拥有的一切当中,我是你最容易放弃的一个吗?"

"不是,我能放弃的,只有我一个。"

小艾说:"我已经到了十分钟了,正在喊'小艾同学'打开音乐呢。"

丁小兵问:"现在放的是什么音乐?"

"《你能不能不要离开我》。"

"真的吗?"

"真的。"

"不会骗我吧?"

"要不我打视频电话放给你听?"

"那算了。"

丁小兵从电梯里出来,茶香飘满了走廊。暗红色的地毯一直延伸到尽头,鹅黄色的灯光照在墙面上,落在地毯上,整个走廊听不见一丝声响。

丁小兵站在小艾面前。他说:"你怎么跟我上次看到的不太一样啊?"

小艾说:"对,这次我穿衣服了呀。"

## 七

天空飘起了雪花,远处的那座山像是连绵的坟。

晚上八点多钟,丁小兵从酒局中抽离出来,站在路口等信号灯。一辆小车缓缓在丁小兵身边停下,开车的是个中年男人。丁小兵朝前方看了看,原来这个中年男也在等红灯,他的车窗开着,嘴上叼着根烟,左手握着方向盘,右手举着电动剃须刀正在刮胡子,他不时用嘴唇调整着香烟的角度,完美避开了剃须刀的刀网,绿灯亮起的瞬间,他一脚油门冲过了十字路口。

不远处一辆公交车到站，下来几个穿牛仔裤的女孩，她们嬉笑着下车，和他一样很规矩地站在对面路口等绿灯，她们像玫瑰一样在夜空绽放，她们就像是一首最短的情诗。绿灯亮起时，丁小兵仍站着没动，看着人群在斑马线中间会聚、交错，再分开。人生也是一条公交线路，相同的站点反向相望。

这依旧是法国梧桐落魄的季节，也依旧是个戴口罩的季节。雪花缓缓下落，车流比高峰期流动得更缓慢了。路边卖水果的中年夫妻，仍靠在三轮车边，车座上还摆着一束红玫瑰，花瓣层层叠叠，微微下卷，十几朵大红的玫瑰束在一起，在路灯光芒的映照下，像一个害羞的女孩半遮着自己的脸。马路两侧装饰着红色的中国结，仿佛正预示着城市的幸福指数，灯光氤氲了湖边的灌木丛，又落到旁边的湖面上，湖面显出磁性的纹理，荡漾却无力挣脱。路灯仿佛挂在夜中央，淡黄的颜色落在湖面上，不断填平着每一处褶皱的寂寞。

有的人来到你的世界，让你对明天有所期许，却最终没有出现在你的明天里。小艾和丁小兵，就是两道蜿蜒又相互拯救的车辙，在短暂的交错之后，又继续按照自己的轨迹延伸，他们可能会再次交错而永远停留在交会点，也可能难有再重逢的一天。丁小兵这样想着，看着绿灯再次亮起。他继续往前走，走着走着，他就跑了起来，而且越跑越快。等跑累了，丁小兵停下来掏出手机，对着空空荡荡的街道拍了一张照片。他把照片发给了两个人，一个是小艾，一个是孙蘸，除了这张下雪的街道照片，他没有留下任何一句话。

小艾和孙蘸都没有立即回复他。但丁小兵知道她和他一定都会看到的，迟早会看到。

原载于《福建文学》2022年第5期

# 代　　表

程多宝

1

至今印象深刻的是,三十多年前的那个初秋,天气是一副想找人嗨皮的嘴脸,我却碰到了一件烦心事。这事,其实说不上烦,就是有点绕,一绕就是好多年,如今想起,心里头还有些酸溜溜的。

那年,我好不容易考上的第一个工作岗位,是一家乡镇民政所的干事。我们那个乡镇,地处素有"将军县"之誉的江西兴国县,我上班后参加的第一次会议,我们的民政所长免不了的一番语重心长,那意思是说:民生无小事,枝叶总关情;苏区民生事,事事通中央。

会后,所长估计我一时半会还没有理解到他的用心良苦,特地留下了我。虽说我是个大学毕业生,考上这个岗位看似光鲜,其实我自己心知肚明,多少也带有毕业分配的那种性质,但毕竟——我对兴国县情哪有多少了解。那时候还是20世纪80年代中后期,还没有什么"上网"一说,如果要是哪个冒出来"上网"这么一句,江西老表们肯定还以为是下河捕鱼之类。好多乡镇级别的单位,办公时用的多是油印机;要是哪家配发了一台386电脑之类的新鲜货,尽管敲起键盘来"咚咚"地响,仿佛身旁站着一个老头老太太戳着拐杖似的闹心,再加上当地民政系统的事情特多,打交道的要么是老弱病残,要么是功勋卓著,方方面面都不能有丝毫的马虎,工作起来难免事无巨细。

好在我热情高涨,若是工作累了,哼唱几首武打片插曲放松放松。那个年月,《少林寺》《霍元甲》热浪刚走,金庸古龙梁羽生如日中天,我对自己的歌喉很是嘚瑟,居然收获粉丝N位。久而久之,一度我在那个乡镇居然小有气候,以至于后来的乡镇联欢晚会,只要我放开歌喉,难免嘚瑟得有点儿飘。甚至我都没有想到,有些在县城上班的姑娘,都想着法子绕着弯设法打听着我。

那年秋天,北京即将隆重召开党的十三大,根据上级指示精神,参会的党代表,要从基层的党组织开始选举,名单再一级级地往上呈报。虽说那些红色的选票海一般浩瀚,每一朵浪花都是那么的神圣与光荣,组织填报与统计工作,哪一项都容不得丝毫差错,所以我一大早就猫进了办公室,即使腰酸背疼也浑然不觉;实在不行,我就一边敲着电脑一边哼着小曲解乏。直到那台386电脑的键盘极不耐烦,真的如同哪位老头老太太一边敲着拐杖似的,我这才停了下来,准备歇上一会,嘴里的小曲还是没有停摆。

尽管我起了身,好像那种键盘的敲击声还在。这就怪了,我一个侧脸,键盘无动于衷,这是哪里闹出的响声。茫然四顾这才发现,敲拐杖的声音是从门口那里过来的。于是,我一回头,真的看到了一根竹制的拐杖,还有一位白发苍苍的老太太渐行渐近,皱纹一层层推开波浪似的脸庞,泛着浅浅的笑意。

哦,是领救济的,还是……我想起来,问了一句:"老人家,您是党员吗?"

对面的那个人,摇了摇头。

"是想打听,选举党代表的事?"

先是点了点头,接着又摇了摇头,停了一会,又是坚定地点了点头。

好在选举党代表这项工作,是一级一级往上呈报的。从我们乡镇这个口子上当选的党代表,哪能都去北京人民大会堂?可这是有比例限制的,他们有的是去省市开会,更多的只是去县里开会,这事也不需要保密,反正就是这么公开公平公正地进行着,让老人家看看那些当选人的照片,也没啥关系。直到安顿老人坐下,我这才知道,老人想看到的那个人,比她自己岁数还要大。

"那——不得都快八十岁了?我们乡镇符合选取条件的党代表,真的没有这个年龄段的。"我安慰了一句,以为老人家哪里出了毛病,正想找个理由打发呢,不想老人自报家门,说自己姓胡:"小同志,你就叫我胡老太,好不好?就当……你是我的大孙子,行不行?"

我这才知道,胡老太这么多年没有结婚,但凡见到像我这个年龄段的年轻后生,心里忍不住母性泛滥,话一出口,就想喊人家一声大孙子,或是大孙女。

我喊了她一声奶奶,说是手上有工作,您老人家要是没有其他什么事,改天到了星期天……您要是想找那个人,我在办公室等您,问清楚到底是个什么情况,看看能不能帮上忙。

胡老太脸上的皱纹,一时抻平了不少,身子与那根拐杖快要走出门口的时候,不想却慢慢地转了身子:"大孙子,我这次来,只是顺嘴一问那个人的音讯,怕是没个指望。还有,我想与你比一下,行不行?"

"比什么?胡奶奶,我与您,都不认识啊。我俩之间有什么好比的?"

"比唱歌。听人家说,你的歌唱得好。可我觉得,你比不过我这个老婆子。"胡老太有了些羞涩,"要不,今天我俩就比一段。这么些年,我还真的没有找到对手,山上的树木还有竹林,天上的云朵与飞鸟,它们听过我的歌,一个个都躲得远远的。"

"你敢不敢?"这次,胡老太来了劲,走过来的几步,似乎手里的拐杖成了多余的累赘。

2

怎么可能?我一个风华正茂的大学生,再怎么说,与她这个岁数的一位老太太比赛唱歌,别管赢了还是输了,传出去让人怎么说呢。这时,我听她说起了一些家长里短。原来,这位胡老太多年独居,既不识字,也没有地方戏班子开唱的底子……我便更不忍心与她较真。

就要我愣神的时候,胡太太开启了歌唱模式。还别说,虽说没有经过专业训练,可是那个嗓音真有些天籁的模样:

苏区干部好作风,
自带干粮去办公,
日着草鞋干革命,
夜打灯笼访贫农。
……

如此一来,眼前的这位胡老太,真的不同凡响,让人刮目相看。

难怪我们所长说,咱们这可是"将军县",别看那些个七老八十的农村老头老太,他们真的要是拐杖地下一戳天上一捅,没准儿就是上下两个大窟窿。

一番打听,听到她所在的村干部们介绍,我这个年轻后生,不得不对人家肃然起敬。原来,她是胡家冲的一位幺姑,往年这个季节,天凉了,还没到秋收的时候,农活有了些清闲,她每年都要出山,到乡镇走上几趟,据说最远的还到过县城,有一次差点去了省会南昌。说来说去,还是那件事,就是想着让我们各级民政组织出面,帮她寻夫啥的。"男看鼻子女看嘴,一生富贵少是非。你没见过他,我不怪。他那个人,长得真的好看,看了一眼就忘不了。他那么能干,打起仗来不怕死,又有文化,还命大福大。说不定,新中国成立那会,他就成了党代表啦。就是现在,他要是还在世上,我74,他76,说不定他真的就在北京人民大会堂,好几次的代表大会,他也有资格参加呀……"

这时,我好歹听出来了一个大概:1931年秋,这位胡老太,当时不过十七八岁的花季的一位村姑,与一位叫小马的红军战士,就在她现在所在的那个胡家冲订了婚;只是后来,这位未婚夫不辞而别天涯海角,倒是这些年时常托梦回乡。每个梦境里,少不了两人对唱,而且小马这么多年一直没有改口,还喊她"小燕子"……

这都多少年了?56年了啊,我的胡奶奶。

我还知道的是,我的前面几任同事,好几个让胡老太折腾烦了,但凡看到胡老太上门,多是点头客气一下,借口手里有急事要办,瞅空闪人。也难怪,谁要是让胡老太缠上了,哪个又能帮她解开心结呢?

倒也理解,20世纪30年代的兴国县交通闭塞,既没信件,更没电话,何况老人家说的,还是"苏区"那个年代的事。

## 3

久而久之,胡老太寻夫,依旧无望。

其实,我也听说了,包括我们所长在内,那些年,我和同事们还真把这个事,当作了一项工作任务,查资料走访啥的,青灯黄卷N遍,硬是把全县烈士家属走访了一遭。

结果不出所料,对于胡老太来说,只能是一次次的一声叹息之后,还是一副痴心不改的劲头。

这以后,每到这个季节,胡老太仍旧出山,找上门来的次数,一年比一年来得稀,拐杖一声声地比以往敲得还要重。每次接待老人家的时候,她总是忘不了主动教我唱歌,几乎成了"保留节目"。她会唱的,只能是一些与"苏区"有关的歌。虽说那些歌子挺劲道的,让人热血沸腾着就想一往无前,可毕竟不是时下流行的东西,也不是小青年的"时髦菜"。

我只有苦心相劝:"苏区"为了中国革命,牺牲太惨重了,失踪、失散的太多;你一口咬定那个小马没有死,说不定在京城当了大官,会不会隐姓埋名啥的当了负心汉,我们真的也不好帮你推测。胡奶奶,说话要有证据,你手头有什么线索吗?

"当然有了!当年,他给过我定情信物。这都多少年了,哪个晚上,不在我的床头?这些年,我夜夜枕着,睡觉前,摸一遍,喊一声他的名字,心里那个恨啊,非要把他的魂魄喊散了。"那应该是记忆里的最后一次,胡老人上门找到了我,"大孙子,你帮我想想,都是黄土埋到脖颈的人了,我不想带进棺材。没想到当年他这么一走,真狠心,我能不恨他吗……"

直到有天,胡家冲通上了电话,我第一个电话打过去询问的时候,听到村支书汇报说,胡老太身子骨脆了,一直卧在家里,几乎出不了远门。好在政府给她老人家落实了"五保户"待遇,吃穿有了保障。只是有些遗憾,老人心里牵挂的"烈属"待遇,申报材料一直弄不齐全,没多少说服力,村里一时犹豫着不好决定,也没有往乡镇上报。

于是,我只身下乡前往。在那间又黑又矮的屋子里,看到了那只枕头里包裹的信物。

一张快要磨破的油纸布,包裹得严严实实。一层层解开,再慢慢地摊开:一本《共产党宣言》,内夹一张照片,照片上一位手捧马克思银像的青年,穿着红军军装,戴着八角帽,身材笔挺,长相蛮酷,像是当时某部战争影片的男一号。

"帅哥啊,看看您的小马哥,那个鼻梁,多挺啊。"我这么一说,胡老太一惊,让我小声说,别让屋外的一个什么人听见。

其实,哪有呢?只是门前的一阵过堂风,还有的是山林与竹海们探出了头,竖着耳朵想听点什么动静,又好像是为她鸣上几声什么不平似的。

停了会,我看她用手拢了拢飘曳的几绺银发,往门外望了一眼:我当年,长相哪里输他?大孙子,你不晓得,胡家冲这一带,方圆多少里,哪个不晓得我,人称"小燕子"呢。

见我把这些信物轻手轻脚地一一塞进公文包,又给她打了张盖了公章的收条。胡老太抹了抹眼角,可能想着还要唱上一曲,算是感谢或是拜托的意思。我看出来了,胡老太的感激方式只剩下歌唱,别的她也没有,就像是当年的苏区老百姓送别亲人红军长征之际,排着队临江而歌,高唱"十送红军"的那种神情。只可惜,老人家像是浑身漏了气似的,实在是没什么气力,哼出的歌子断断续续,有好几处都唱错了歌词,像是拉风箱似的;好在不一会,胡老太硬是凭着记忆,中途又给找了回来。

我说:"胡奶奶,咱以后再唱,今天咱先省点力气。您敞开讲,我认真听。哪怕……世界上所有的人都不相信,我也信您。"

"真的,你信?本来,我就是他的'小燕子'嘛。"断断续续地,我总算听清楚了,两人间的白云苍狗,尘封几十年之后,仍然让我这个晚辈潸然泪下。

4

最初的小马,是被她的山歌吸引过来的。那天,两个人只是一个对眼,她就在心底烙下了人家那张脸。原来,小马也有一副好嗓子,看他一身军装的精气神,听他歌声里的那种豪迈劲,即使雾褥云被、绳床瓦灶,似乎这世上就不存在"苦累"二字。一开始,他们只是喊着小名,或者就是乳名。她,没有名字,在他的嘴里,只是一声声小燕子;他,当然有了大名,只不过她只知道姓马,一口口的都是小马哥,往心里喊的那种亲切,像是被天上的闪电,一句句地电上了似的,让她的心直到现在,还微微战栗不已。

其实,哪怕岁月真的熬成了她手里的一把梳子,一天天的几十年下来,就这么梳过来梳过去:这么多年的回忆,也只是见过三次面。

那个小马比她大两岁,读过私塾,喜欢看书。小马随随便便的一句话,在她听来就是大道理,听起来心里热乎得不行,一会儿随他漂洋过海,一会儿随他九天揽月。是啊,小马哥才是我们老百姓心里的大代表,他代表着我,也代表着他自己,更代表着千千万万天下的受苦受难的人。小马告诉她:我们抛头颅洒热血要捍卫的中央苏区,是新中国的摇篮,是中国共产党人执政的初次尝试……

"你说的,我都懂。以前不懂,现在真的懂了。你代表的,不是你自己一个人,是你,是我,是我们所有的穷人苦人难人可怜人,对不对?"当年的她,那个小燕子一点就透,多聪明啊,多善解人意啊。可是,到了后来,她担心极了,又哭又求的,可是小马摇了摇头。她懂了,这是一匹千里马,心里的疆场只能是山河、家国与天下。

"就不能,不走吗?要么,你到哪,我跟到哪?你要解放天下穷人,你的小燕子,也是穷人啊。"那一次,胡老太说,她哭得伤心极了,简直是不想活的那种。

家里人不放心了,长辈们说:小马即使舍得下性命,真的是一条汉子。他代表的就是我们,我们这个家族不能忘了人家小马。只是,小马可以闯天下,但是先得定一门亲;这么帅的男人,又有一肚子学问,将来打下了天下,得有多少女子追随?说不定啊。凡事不怕一万,就怕万一。不管怎么说,咱先说好,得让我们胡家有个念想,先订一纸婚约,千里马跑得再远,咱胡家人手里得有根缰绳,好歹也能拴住人家的马腿。

得知小马出山闯天下,她悄悄地跟了一截子路,话没多说,只是塞给了她一卷私房钱。那是她的一双手换来的,砍柴,采药,织布……即使再辛苦,心里有了盼头,那也不会再苦,嘴里的曲儿如一只只欢快的小鸟,满山满坡地飘,风儿与白云也绊不住。也不知等了多久的一天,她等来了小马从似乎遥远的天边寄来的一封信。信上的意思是:实在是对不住啊,他认定了这条道,绝不回头,身子骨难免朝不保夕。毕竟,他所代表的,并不只是他们两个人……

胡家的人,哪个猜不出来?小马要成气候了,分明是想退婚嘛。她怎会同意?还有的,她怎么不知道:苏区"扩红"势头,烈火干柴旺着呢,满眼的星星之火,直往

473

天上喷的那种气势。十个大男人,九个想当兵。直到新中国成立后的一天,她收听村上的广播喇叭时,这才有了提心吊胆:那年月,兴国县总人口23.18万,有5.5万人参加红军,牺牲烈士达2.32万人,全县每4人中就有1人参加红军,每10人中就有1人为革命牺牲。红军长征之后,他们县连同周身一带遭到敌人疯狂报复,很多地方成了"无人村",国民党当局对外称之为:"无不焚烧之居,无不伐之树木,无不杀之鸡犬,无遗留之壮丁……"

只是,她当时不便外出寻夫,就是哭着闹着跟上队伍,也走不远啊。小时候,她裹过脚,就算是小马哥拽上了自己,当上红军游击队啥的,一旦行军离不开马,还不成了累赘?

于是,她铁了心,决心要把那间小屋坐实,守成暖暖的窝啊,筑成美美的巢啊,死心塌地等着飘落在外的小马,说不定哪天醒来,眼前站立的这个大活人真的天外飞仙。海水枯了石头烂了绝不悔改,即使族人盈门陆续逼婚——好几次,她急了,没办法了,也没理由了,实在是没招了。哭泣的声音,一阵阵地和着山风呜咽,最后还是摸了摸心窝窝里,那个小马依然还在,热乎着呢,像是一声声喊着她的名字。她心一横,眼一闭,直冲冲地跳了河。她怎么不记得啊,被族人捞起的那几次,最要命的那次,一口气差点没有上来……终于,眼巴巴地盼到了家乡解放那年,村口过大兵。好大岁数的一个乡姑,也顾不得羞涩,心儿怦怦直跳,像是要往外直蹦的样子。那一次,她可是铁了心,看到眼前一路过去的队伍丛林,齐刷刷的精气神儿足足的,军帽上别着与小马当年一样的红五星,阳光在他们的脸上闪烁着,看看哪个都像是小马又似乎真的不是小马。她急了,一次次地想拦住队伍,可又怕犯了纪律,可是自己的呼喊,那些士兵目视前方,都没有人望她一眼。她能不急吗?多少年的煎熬,终于等来了部队上的人,管他们中间有没有小马哥,自己就是赌命也搭上去啊。她一口一声的小马哥,手足比画着连喊带跑,疯了似的模样。有个带队的过来了,岁数蛮年长的,一脸慈祥的模样。那人一声招呼,几个兵围了过来,大致听清了她的一番哭诉之后,几个人的眼角湿漉漉的。

年轻的胡老太,就是小马哥嘴里的那只小燕子。那天,她把小马哥的那张照片别在头巾上,见到队伍里那些岁数大的兵,就没命地哭喊:"马儿啊,你慢些走!你这么狠心啊,你死到哪里去了。你一个大男人,说话不能不算数啊。我不管你是谁的代表,我是你的小燕子,我不会飞走,我在等你啊,你听到了吗?我的马儿……"

5

一回回梦境出现的场景,经过我好多次试探性的启发,胡老太这才一口咬定:

"对,就是延安,有宝塔的那个山头。没错,那个地方,电影上我看到过的。大孙子,奶奶谢谢你,还有你带的那些报纸。"

以前的好多次送别,我给过她一些报纸。我知道,胡老太不识字,好在报纸上有图片,看到穿着军装的那些人,她就感觉亲切,一次次地把他们贴在墙上,端着一盏煤油灯,一次次地照着,想在一张张的字里行间,找寻到自己魂牵梦绕的那匹马儿。

我知道了,胡老太认定的地方,就是我说的那个"抗大"。

幸好,第二年,我们乡镇五谷丰登,再加上民政工作得了好几块牌匾,上面终于拨了笔款子,促成了我的延安之行。直到查遍了"抗大"资料,疑似胡老太述说的那几届学员花名册,别说马儿,牛儿也没影呢。

"会不会改了名?"我只能这样安慰。诚然,在"将军县"这一带,当年为革命"行不更名、坐不改姓"牺牲的多了海了,但的确也有一个不争的事实:一些党的地下工作者,为了革命需要隐姓埋名;还有的,新中国成立之初,那些从革命老区推着小车一路寻夫的女人,也有一些在城市居住下来……

好在,没隔多久,延安那家博物馆寄来一封挂号信,里面塞了几张照片,一看,就是新近翻印加洗的。

"就是这匹马,看你——往哪里跑! 一二三四五六,第六排,最后一排,站在边角的这个……"胡老太只是扫了一眼,右手食指没有拐弯,直接按住了照片中一位身穿八路军军装的,像是一时间拴住了那条奔腾万里的马腿肚子,眼神突地一下,好似接通了电。

那天的她,特地拐进了里屋,等到再一出来,当着我的面,焕然一新呢。胡老太的小脚舞动着,立马有了一阵风,还特意换了件新衣:粗布浅灰色大衣襟褂子,是当年定亲时小马的"彩礼",与小马军装的颜色一个样;还换了一双簇新的千层底布鞋,一左一右的两只鞋帮上,彩线绣出"马踏飞燕"的造型……

让我不解的是,胡老太像是要举行什么仪式似的,她特意梳了头,还用梳子蘸了水,一遍,又是一遍。

"老天有眼,快60年啦。乖乖儿,你这个天杀的,看你往哪里跑? 一个甲子,没了。"那一刻的胡老太,仿佛一株干蔫了的花儿,沐浴了一番阳光雨露之后突然枯木逢春,嗓子脆生生的,似乎还想唱一出似的。

"只是,胡奶奶,您要打听的那个人,已经改了名。"作为一名乡镇民政所的办事人员,我必须要提醒这么一句。

"改啥名,都是我的马儿。我是他的小燕子,就是哪一天,飞不动了,入了土,成了一把灰,照样也是他的人……"我不知道,那天的我,是如何告别胡老太的。

## 6

好些个日子,尽管我心里念着胡老太,可就是不敢再去那间屋子。有好多次,县里的民政局长也急,电话里几次催促着我,最好尽快给老人家一个答复。

是啊,局长怎能不急呢?当年,局长就是那个对我语重心长的乡镇民政所长,如果刨根问底,局长要是知道了胡老太的那种无望的痛,肯定比我要伤心多了。

好在接下来,延安方面又追过来一封信,只是口吻极其冰冷:那匹马儿,连同他所带的一个排,在太行七分区的一次反"扫荡"突围战中,无一幸存……

想了想,征得局长的同意,我又一次地上了门,哭着告诉了胡老太。我原以为,老人风烛残年了,会撑不住。没承想,那天的胡老太,脸上没有让我看出来一丝痛苦,甚至我告别下山的路上,还听到了她一路送行时,为我唱出的歌谣。

也就是后来的这封延安来信不久,不到一个月的一天,村里电话过来了:年近八旬的胡老太悄然辞世时,村里一时没人发现。

我不知道,那个孤寂的夜晚,她的梦境里有没有马蹄声碎?有没有燕去燕回?有没有情歌回荡?

或许有吧?因为山风,这些年一直告诉了我……我还了解到的是,胡老太曾有过遗愿:她拒绝死后立即下葬,她要停棺山林松涛之间,直到组织上找到那匹马儿,两人相守,在这间小屋的后面合葬而穴。

我的报告递上之后,局长打了几通电话,最后的口气十分简洁:胡氏就此安葬,遗物上交省民政厅,存档烈士博物馆。

## 7

2022年秋,我到龄退休。

干了半辈子的民政工作,虽说我后来工作调动离开了兴国县,可冥冥之中还是忘不了胡老太。

适逢举国上下喜迎党的"二十大"召开,闻说有个专为校外辅导员举办的"红色之源"旅行团,行程里有了江西兴国县这一站,我立即报了名。在一家新建的烈士纪念馆内,解说员刚一开始讲解,恍惚间胡老太仿佛就在眼前,一声声唱着歌儿。这时,我知道的是:胡氏辞世之后,老屋因为年久失修,村委会拆除房屋时,在土墙的一个夹层缝隙里,发现了这样一封信。信是油布纸包着的,虽然年头久了,字迹依然清晰可见。

透过橱柜玻璃,我看到开头的那行字,墨迹娟秀如初:

我的小燕子:

……

如果你再也等不到我,那么这首歌,就是我梦里吟唱的恋歌……

忽然想起来了,当年的胡老太,曾经一句句地教会了我唱这首歌。还有呢,好几次我下山的时候,背后飘过来的正是她唱出的这支歌,尽管音量渐渐地有了减弱:

最后一碗米,
送去做军粮,
最后一尺布,
送去做军装,
最后老棉袄,
盖在担架上,
最后亲骨肉,
送他上战场。
……

可是,一时的我有了些迷茫:按理说,小燕子本人,一生中并没有见到这封信。那么,她怎么知道,这首塞进土墙壁里的歌儿,是小马儿离别之时,在千万次梦境里,留给她下半辈子的一曲恋歌?

还有啊,这以后,前往这家烈士陵园的那些后来者,比如说我的学生们,如果我这个校外辅导员,要是在你们面前教唱这首歌时,说不定唱出了一脸的泪水,你们……能不能听进自己的心灵深处?

原载于《鸭绿江》2022 年第 8 期

# 狭义相对论

姚大正

"当时我生完孩子,回到公司职位没了,被安排去不重要的岗位倒也罢了,还被各种人刁难。原本和气的同事,变得面目可憎。我知道如此待我,并非出自他们的本心,是名叫公司的组织要求大家这样做。可我还是忍不住要想,只是要我离开,为什么不能大大方方地讲出来呢?回到家跟丈夫商量后,辞退了月嫂,我专心在家里当主妇,可家庭主妇的活儿比我想象中要难做得多。休产假时,有月嫂帮忙,也有盼头,遇到什么事,只要想着三个月之后我就会回公司,怎么都能熬过去。成了主妇后突然失去了全部希望,每天待在家里面对着一切都要靠自己照顾的孩子。生理上出现的状况不方便跟你讲,我只想说一句,哺乳比分娩还要可怕。或许是天生不适合做主妇吧,我很快开始精神恍惚,情绪不稳,听到孩子毫无理由地大哭,恨不得把她从窗户扔出去。好不容易哄到孩子睡了,我又陷入深深的自责,悔恨自己竟然会有伤害孩子的念头,恨得几乎想要从窗户跳下去。可一旦孩子再次开始哭,不仅是哭泣,她的笑声也让我崩溃,只要听到一点儿她的动静,我就会立刻产生把她扔出去的想法,周而复始,没完没了。"

"产后抑郁症。"我说。

"现在人人都知道这个词,但我想男人永远没办法真正体会女人的感受。"

同我说话的是一位咖啡店老板,我在她店里喝冰啤酒时,她问我最喜欢什么类型的小说,我说科幻小说,只要故事里面有宇宙飞船、外星人、虫洞、跃迁一类的词,不管写得多差,我都能读下去。她听了我的话后不同寻常地沉默了,我问她我的话是不是有哪里说得不得体,她摆摆手说自己想到了往事。

她四十岁左右,大家都管她叫小燕姐,店开在越城斧头湖西岸,提供咖啡和旧书,兼卖啤酒。我有长跑的习惯,跑一天休一天,绕斧头湖一圈正好是十千米多一点。每次去,我都把车子停在咖啡店的旁边。原本一直是自己带运动饮料,记得是个夏天,热得厉害,饮料放在车里被太阳晒得滚烫,喝到嘴里完全起不到降温的作用,于是走进咖啡店,要了瓶冰啤酒。我是个喜欢喝酒的人,但有生以来还没有如此痛快地喝过啤酒,感觉气泡通过食管不是进入胃里,而是进入了血管。细小的泡沫在血管里爆开,冰凉的感觉瞬间铺满全身。

整个夏天,每次跑完步,我都会去小燕姐的店里买一瓶冰啤酒,也看看旧书。最初是点头之交,后来逐渐熟悉起来,她问我做什么工作,我说是自由职业,做游戏模型挣生活费,但大部分时间都在读小说,写小说。她听了很惊讶,介绍自己除了经营咖啡店外,还兼职给几分杂志做组稿编辑。

真是意外的收获。

我给她看了自己的小说,她帮忙推荐,有好几篇小小说发表出来,稿费不多,但聊胜于无,总算够买几十瓶啤酒,再说还有样刊赠送,可以拍照发到社交网站满足虚荣心。由此,我们的交情进一步加深,我逐渐也了解到她的详细情况。

她是2000年前后的大学生,因想当作家,所以读了汉语言文学专业,可是四年过去,却发现较之创作,自己更有编辑才能。她可以在大量乏味的小说中一下子挑选出优秀作品,即使是不那么出色的稿子,也能找到其中的闪光点,并提出适合的修改方案。大学有文学社,办了自己的刊物,她多次展示出这方面的才能。不过,她并没有从事文学编辑的工作。

原本是想当作家才读了文学专业,如今既然意识到自己没有创作才能,那么就不要跟文学沾染一丁点儿关系。

年纪轻,有理想,自尊心强,很容易产生类似的念头。尽管同学都说她适合做编辑,老师也许诺给她介绍文学杂志社的编辑工作,但她还是拒绝了,考研时转去英文专业,毕业后进入一家外贸公司。最初做翻译,因有文学功底,在将英语转换成中文时,比一般英文专业毕业的学生做得出色,不久之后,成为项目经理,生孩子前她已经进入公司的核心部门业务部,专门负责同国外客户打交道。

感情方面也一帆风顺。中学时期的初恋男友在高考后和平分手。大学时期的男友,是个长发诗人,诗写得普普通通,但派头十足。大学还没毕业就自杀了,投湖,被打捞上来时,身体肿胀,完全没了平常风流才子的模样。读研究生时,有个学营销专业的学弟跟她表白,自称对她一见钟情,从进校时看到她和诗人在一起时就爱上了。男人个子不高,刚刚超过一米七,短发,脸略有些方,戴着无框眼镜,嘴唇有些厚,牙齿整齐,身材壮硕,很能干的样子。的确能干,毕业后,他从某家具销售公司的基层销售员开始做起,到小燕姐怀孕时,他已经升为商场副总,是该商场有史以来最年轻的副总。

工作与生活顺利得有如神助,因此回忆往事时也不再带有怨气,她开始能够接受自己热爱文学同时又没有才能这件事。正好有大学时代的好友发来消息,问她还读不读小说,有没有兴趣做兼职的组稿编辑,是有偿工作。不管是相对她还是她丈夫的工资,兼职组稿编辑的收入只能算作零花钱,但她还是接受下来,在互联网上寻找无名作者,态度一丝不苟。

崩塌从怀孕开始,先是身材走样,继而肚子上被横切一刀,随后丢掉工作,又患上产后抑郁症。她把自己的情况告诉了丈夫,当时丈夫负责管理一家商场,工作非常忙,正常情况下是两个礼拜回越城一次,回来后还是应酬不断。

丈夫叫她不要胡思乱想,还问她,为什么在孩子睡着的时候,不跟着一起睡。

睡不着。她回答。

丈夫说,这样可不行,育儿手册上面介绍,母亲要学会利用孩子睡眠的时间睡眠,否则会对身体造成伤害。

我当然知道对身体不好,能睡着还不睡吗?就是睡不着。

可这话同丈夫怎么也说不明白,说多了只能吵架。他是无论何时何地,只要脑袋挨着枕头,两分钟之内必然昏死过去,睡满七个钟头自动醒来的类型。

不得已,只好向自己父母求助。她有个弟弟,弟弟也生了孩子,父母过来的时候,竟然把弟弟的孩子也带了过来,本来听到孩子的叫喊就要发疯,如今家里有两个。她坚持了两个礼拜,把父母送回了弟弟家。婆婆也来过一段时间,可与其说是来帮忙带孩子,还不如说是来负责领导工作。为避免爆发更大规模的冲突,不到一月,她把婆婆也送走了。把辞退的月嫂请回来,自己出去另寻工作是最佳选择,可她想到职场上的遭遇,想到自己辛辛苦苦挣来的钱全部交给月嫂,同时也不放心由他人来带孩子。还有个选项,她不去工作,另外再请个保姆,虽说依靠丈夫一人的收入也负担得起,但毕竟太奢侈了,不是他们这个阶层的人应该考虑的事情。

正是在这种情况下,她看到了《宇宙奇点》。

是老同学寄来的杂志,里面有她推荐的作品。当天的天空很蓝,只有不多几片云,太阳隔着窗户照射进来,非常温暖,孩子也没有闹,很快睡着了,屋子里面异常安静,因此她的心情不像以往那般糟糕,随手拿过杂志,正好翻到了《宇宙奇点》。

故事大概如下:

XXXX年,人类已经拥有了探索宇宙的能力,一位宇航员即主角接受任务探索距离地球约三十三光年的恒星系。从地球上看是三十三年,而对飞船里的宇航员来说只需要五年即可来回。意外发生了,在执行完任务返回的过程中,宇宙飞船发生重大故障,无法停止。飞船掠过地球,驶向茫茫宇宙,速度越来越快,与外部的时差也越来越大,最后达到了船内一日,外界数百万年的程度。意识到这点后,主角先是拒绝相信,随后是情绪崩溃,由愤怒转变成迷茫,继而求助于宗教,最后他默默地接受下来,开始记录每日的见闻,在故事最后部分,他观测到宇宙已经膨胀到了极限,接下来便是坍塌,主角来到宇宙的奇点,亲身经历了从坍塌到大爆炸的全部过程。

从编辑的角度来看,《宇宙奇点》有明显缺陷,将近五万字的故事,采用单线叙事,结构过于简单,且存在头重脚轻的问题。比喻为追求新奇略显古怪,描写反复啰唆,自创的星舰、星球名称过于复杂,像是翻译过来的希腊语。很多部分,比如对时间问题的解释过于专业,没能做到用普通人也能理解的句子说明深奥的物理知识。

尽管挑出了诸多问题,可在阅读小说的过程中,小燕姐还是产生了一种奇特的感觉,像是有人将她的心脏高高举起。小说读完,托住心脏的手消失,心脏如同气球般缓慢下落,她身体的外在部分对此做出反应,皮肤上瞬间铺满细密的疙瘩,眼泪不自主地掉落下来,滴在怀里的婴儿脸上。婴儿扭了扭身子,正要醒来,她赶紧丢下书,抱起孩子一边喂奶,一边四处走动。当孩子再次睡去后,她小心翼翼地将孩子放到大床上,自己趴在旁边,一只手轻轻抚摸着孩子的脚,再次阅读小说。

她小心翼翼地缓慢翻动书页,时刻留意着内心的动静,当感觉到心跳加速时,她立刻停下,拿起早就准备好的黑色水笔,在杂志上做标记。读完第二遍,很清楚了,是小说中飞船出现故障不受控制驶向宇宙深处的情节抓住了她的心。尽管对船内船外时间差距如此之大的原理不甚明了,但她还是强烈地意识到自己同主角之间有某种相通之处。在飞船的制动装置损坏之后,主角不知道自己将会被带往何处,陷入了巨大的恐慌和孤独。在生完孩子后,被困在一百多平方米的房间中,面对着从自己身体里爬出来,吃喝拉撒全部要依赖自己的生命,小燕姐感受到的是同样的恐慌和孤独。

由此,她开始反复阅读《宇宙奇点》,有时候甚至用朗读小说来哄孩子睡觉。在孩子睡着后,她将小说输入电脑,尝试对其中的一些段落进行修改。在如此作业的过程中,突然一天,她悟到一件事,既然小说主角在孤独绝望中驾驶着失去制动装置的宇宙飞船,努力为自己毫无意义的航行赋予意义,那么她为什么不可以呢?

只需把现实当作现实接受下来。她想。

想通这个道理后,尽管依旧全身乏力,食欲不振,情绪低落,而且无法长时间地集中精神,但她还是鼓足了力气开始自我拯救。小燕姐将《宇宙奇点》对描写主角生活方式的段落提炼出来打印成文,作为参考教程。

在小说中,主角有段思考。他乘坐的飞船被制造出来执行任务,不是这次的任务,便是另外一次任务,总之是为了某种目的被人类制造出来,可人的生命会有某种目的吗?答案是否定的,如果说人的生命拥有目的,那么则意味着有一个造物主,即神出于某种原因创造了人。进化论已经证明了神创论的荒谬,世上根本没有没造物主。没有造物主,我们人类存在也就没有目的,没有目的便没有意义。接受了人生本就没有意义的前提后,可顺理成章地推断出,我们要用行动为生命赋予意义。既然如此,那么在地球上同人群生活在一起也罢,独自一人在茫茫宇宙中漫游也罢,都一样没有意义,都一样需要为自己的行为赋予意义。

人畏惧的从来都不是孤独,而是无意义。小燕姐想着,展开了行动。

首先是做力所能及的,诸如普拉提一类的拉伸运动;抽空阅读篇幅短小情节饱满的文学作品(莫泊桑或者欧·亨利)以恢复专注力;一天结束前,不管多么疲劳,都坚持将当日发生之事用简洁明了的语言记录下来。

《宇宙奇点》的主角在日记中写道:若要用行动为人生赋予意义,关键在于坚持。小燕姐完全赞同,她日复一日,见缝插针,如被程序定义的机器人般刻板地简单重复以上三件事。空闲下来时,仰头观看漆黑的星空,幻想出一艘制动装置出现故障的宇宙飞船,里面坐着她从未谋面的同类。小说并未对主角的长相做太多描述,读者只能知道这是个三十五岁的男人,中国人但出生在美国,他有粗粗的眉毛,棱角分明的下颌骨。根据这两个特点,小燕姐拿出纸和笔,画出心目中主角的样貌。她没有接触过画画,对人体结构和透视法毫不知晓,不过无所谓,她只是画给自己看。粗粗的眉毛,高耸的鼻梁,细薄嘴唇紧紧地闭着,脸有些方,下巴尖尖,下颌骨棱角分明如刀削一般。由于丈夫不高,小燕姐把男人画得异常高大,一米九好了,她想。光头,船内只有他一人,头发只能碍事。牙齿一定要整齐。画完之后,小燕姐拿起来看,不禁笑了,这种画自己女儿怕是也画得出来。如此想着,她又给画中人加上了密集而上翘的睫毛。一天,女儿醒了,对着画咯咯地笑,还抓起笔在纸上乱戳,其中一个孔位于画中人左眉靠近鼻子的位置,远远看去竟像是一颗痣。给他加颗痣倒也不错,小燕姐想,美男痣。

半年之后,情况出现好转,被横切了一刀的腹部逐渐恢复,体内的下坠感消失,由于阅读的缘故,精神也能长时间保持专注,还同几个相熟的年轻作者恢复了联络,将他们的新作推荐给相应的杂志编辑,总算获得一笔收入,尽管少得可怜,她把它们存入自己的网络理财账户。孩子慢慢长大,睡眠时间加长,学会了啊啊呜呜地同她进行互动,展现出婴儿可爱的一面。有时还可以自己坐在床上摆弄玩具,不声不响地玩上几分钟,虽说时间不长,但总算让小燕姐有了放开手去上厕所的时间。

在重新开始组稿工作的同时,小燕姐也在考虑未来的路。不消说,回到职场的难度很大,而且就算有公司愿意接纳她,她也不可能找到高薪体面的工作,去跟刚毕业的大学生竞争她又不愿意。找朋友帮忙是条路,每个公司都有些可有可无的岗位,大多数家庭妇女回归职场都做着类似的工作,但她不想受此人情,更不想虚度人生。开一家咖啡店,卖酒也卖旧书的念头出现在她脑袋里。

毕竟是文学专业出身,总有一个书店梦。

不过在一切付诸实施之前,还有件事情要做,这是在她从《宇宙奇点》中获得力量时就决定要做的事情,她想要见一见《宇宙奇点》的作者,当面向他表示感谢。她已经跟杂志社从事编辑工作的朋友要到了作者的联系方式,作者真名叫作陶复生,发表小说时用"复生"两个字,专门写科幻,或许也写其他小说,但发表出来的小说都是科幻题材,前前后后被人看到的小说有十来篇,名气谈不上,但有几个编辑在关注他,也有大学里的年轻教师为他写过评论,很可能是作者本人的朋友。

考虑到直接打电话过去会被当成骗子,于是把手机号码输进社交软件,自我介绍是组稿编辑,看了他的小说《宇宙奇点》,很有兴趣,想看看其他作品,全面了解一下他的创作风格。不久之后,好友验证通过,两人寒暄几句后,陶复生发来十篇小说,其中八篇是科幻。一篇是现实题材,说的是刚毕业的大学生租房时遇到的怪事,有点都市奇谈的味道。另外一篇是涉及近代史的内容,相当敏感的题材,但小说本身没有达到发表水准。几天之后,小燕姐再次发消息过去,先请教了《宇宙奇点》中飞船内外时间差距如此之大的原理,在听了十来分钟关于狭义相对论的解释后,她将话题转入私人生活,问他学的是什么专业,从事何种工作,如今在哪里生活,为什么会想要写作,并写作科幻小说。答曰,从小喜欢读书,立志成为作家,大学读的物理专业,同时选修哲学。因学习物理而创作科幻小说天经地义。如今在民办教育机构教授高中物理,非全职工作,但也不能算兼职,属于没有底薪,也没有固定课时的一类,靠口碑积累学生,上得多得到得多。意外的收获是,陶复生竟然跟越城有些关联,他的父亲是越城人。他中学六年在越城度过。为什么要说父亲是越城人,不直接说自己是越城人?为什么只在越城住了六年,读大学后离开越城,并留在外地工作可以理解,可之前待在哪里呢?不过这些问题属于个人隐私,无法开口询问。

知道了陶复生如今所在的城市,剩下的便是技术性问题了。她在小学、初中、高中和大学群里询问是否有同学在该处,结果还真的有三个同学在此工作。晚上,她和丈夫说想要外出去同学所在的城市旅行。妻子独自带了将近两年的孩子,想出门逛一逛是合理要求。丈夫向来通情达理,请了五天年假,再加上前后的两个周末,问她九天时间够不够。足够了。小燕姐说,用不了。关于陶复生,小燕姐只字未提。妻子作为组稿编辑同小说作者之间的交往,丈夫从不过问。他是个极其注重现实的人,对文学、小说创造的世界不感兴趣。

来到目的地之后,首先和同学见面吃饭,逛当地知名景点,拍照片发给丈夫。第二天,同学去工作,她独自一人在市区闲逛。走不多久,她突然对眼前的街景产生了熟悉感。她觉得奇怪,停下脚步细细思索,终于意识到熟悉感来源于《宇宙奇点》。在小说中,主角登上飞船前生活的城市正是以此地为原型改造的。小燕姐松了一口气,终于可以确定陶复生的存在,不是她的幻想。第三天一早,她发消息给陶复生,说自己因公在当地出差,问他后面几天有没有时间出来见面。她想了想,又加了几个字,以文学的名义。中午,收到回复,周末之前都有空,学生补课的时间都安排在晚自习之后,因此午餐、晚餐都没有问题。

约好在市中心商业城的某家餐厅见面,饭后还可以就近去一楼的咖啡店坐坐,正好可以观察一下如何经营咖啡店。小燕姐这样想。虽说是组稿编辑,但同小说作者见面还是第一次,更不用说这位作者的小说对小燕姐的人生有重大意义。她坐在宾馆的化妆台前看着自己的脸,拿不定主意要不要对他和盘托出,思来想去,最终决定见面之后,跟着感觉走。出门时点开网约车软件,看时间还早,同时也为了能够省点钱,点亮了"同意拼车"的选项。几分钟之后,车来了,她打开后门钻进去,一路上没再有人拼车,顺利到达约定地点。下车后,拨通陶复生的电话。铃声出现在她附近,随后电话接通,附近的铃声也戛然而止,手机里和身边同时传来男人低沉的声音。

叫她觉得震惊的是,眼前的男人身高超过一米九,身材魁梧,粗眉毛,高鼻梁,嘴角细薄,颜色很淡,下颌骨结构分明,脑袋上只有长约一厘米的头发,他左眉靠近鼻子处有颗明显的黑痣。小燕姐知道自己不会画画,把她的画拿出来,任谁也不能说她画的是眼前之人,但是她脑袋里所设想的,《宇宙奇点》的主角正是陶复生的模样,尤其是痣,位置分毫不差。小燕姐猛地回忆起很久之前在网上见过的一张照片,身穿灰色卫衣的男人站在水渍的旁边,水渍发黑,呈圆形,很像影子,给人的视觉效果是男人漂浮在半空。

真有一颗痣呀。小燕姐握住伸过来的手,喃喃地说。

什么?陶复生问。

没什么,没什么,我在想其他的事。你好,是陶复生吧?对,我就是一直和你联系的组稿编辑,先进去再聊,好不好?

在跟着陶复生进入商业城,乘坐外壁透明的观光电梯前往餐厅的时候,小燕姐偷偷抬头,陶复生正表情严肃地注视着一楼大厅里往来穿梭的人群,睫毛浓密而卷曲。

整个用餐时间里,小燕姐一直处于神思恍惚的状态,不知道菜是何种滋味,也不晓得自己说了些什么,只觉得全身燥热,恨不得脱光衣服跳进冰冷的水里。饭后,陶复生建议去喝杯咖啡,她说自己要去卫生间。在卫生间里用凉水洗脸,擦拭干净后简单地补妆,又给丈夫打了个电话,询问孩子的情况。孩子咿咿呀呀,含混不清地叫着妈妈,急迫地想要说话,又没办法组织出完整句子。听到这些声音,小燕姐觉得自己终于落到了地面上。

"就这样,咖啡也没有喝,对他说家里有急事得立刻返回,直接冲到宾馆退房,买当天的站票连夜回到越城。缓过劲来后,把开店的想法跟丈夫说了。丈夫说开书店不挣钱,开咖啡店也不赚钱,总之我想要干的生意统统不赚钱,但我坚持要做,他只能同意。店能经营到现在这个程度,可以说全是他的功劳。有经商才能,他。你看,弄到了酒类经营许可证,最近又申请到了出版物经营许可证,跟大学时期古籍修复专业的朋友取得联系,收旧书回来寄给他修复,再出售,偶尔还会参与组稿编辑的工作,但比原来少多了,遇到你是意外。"

"多谢小燕姐。"我说。

"你自己写的小说,谢我做什么?"

"跟陶复生还有联系?"我问。

"没了,回来的路上就删掉了他所有联系方式,回到家连孩子也没顾得上抱一抱,立刻打开电脑,将他发给我的小说连同《宇宙奇点》全部删除,还有画,也撕碎丢进垃圾桶。对了,你说像不像隐喻?"

"隐喻?"

小燕姐说:"我是《宇宙奇点》的主角,陶复生是宇宙飞船,如果我选择登船,船会失控,带着我去往未知的宇宙,我和丈夫花了巨大努力构建起来的生活将被摧毁殆尽。小说怎么写都行,但生活不能那样过,与其事后听天由命,不如从一开始就远离飞船。"

"如果还想登船,应该不难找到吧?"

"做主妇时写的日记倒是留了下来。"她没有回答我的问话,兀自开启了新的话题,"如今回头翻看,觉得不可思议,当时每天所做的事情同前一天一模一样,遮住日期根本分不清哪天是哪天,即使有日期也分不清。现在也记一记,但不是每天都记,想起来就翻开本子写几句,不按顺序写,翻到哪就从哪儿开始写。"

"意识流。"我笑着说,"回去我也试试。"

"你猜如今我回忆起来,印象最深的是什么?"

"眉心的痣?"我说得相当果断,认为自己绝不会错。

"不,是狭义相对论。"

"爱因斯坦?"

"对,吃饭时我问他为什么船内船外会有那么大的时差,他给我讲了半个多钟头的狭义相对论,我没能听懂。回来后花了几个月时间查资料,还跟念了物理专业的高中同学请教,他给我介绍《费曼物理学讲义》,叫我看其中的第十五章。没头没脑地看第十五章根本看不明白,只好从头开始读,读了有两年时间吧。"

"能讲讲到底为什么会有时差吗?"我问。

"嗯,物理你了解多少?"

"我是艺术生。"

"这么说吧,在我们的日常生活里,时间是绝对的,诗人说天涯共此时,千里共婵娟,高中物理书上的牛顿力学,都默认地球、月亮、太空飞船、宇宙,这些参考系共用同一个时间。而在爱因斯坦的世界里,也就是狭义相对论中,时间是相对的,飞船内部是一个参考系,飞船外的宇宙又是一个参考系。"

"所以飞船内的人看宇宙,就像是我们看电影?"

"如果你的目的是看懂故事,这样理解没有问题。"

说着,她走到书架前拿出《费曼物理学讲义》回到桌边,我随手翻看,又问了几个问题,她从爱因斯坦往前推,讲了洛仑兹变换,讲了麦克斯韦方程组,我很快头晕脑涨,赶紧告辞出了咖啡馆。回到家,我跟妻子说跑完步热得厉害,在小燕姐店里休息一阵,喝了两瓶啤酒,又看了会《费曼物理学讲义》,但没有讲小燕姐和陶复生的故事,我妻子也属于关注现实生活的类型,对这类微妙的感情没有兴趣。不过,陶复生并没有就此离开我的世界,他还出现过一次,通过他人之口。

我有个好朋友,也姓陶,名字叫作克然。他是越城本地人,出生颇有些来头。

越城有一著名景点叫作越园。越园是陶克然的先祖所建,他的先祖乃是晚清一品大员,在史书中有零星记载。陶克然的祖父在园中度过童年,与他祖母结婚后也在里面短暂地居住过一些日子。新中国建立,陶家将园子上交给政府。时过境迁,如今陶克然在 X 公司上班,是一名普普通通的美术设计师。他和我因为在年会上偶然坐在一起,发现对方都爱喝酒,于是成为朋友。随着时间的流逝,我们互相之间的了解逐步加深,跟我一样,或者说我跟他一样都喜欢运动,我爱跑步,他擅长游泳,也都对宇宙飞船、外星人、虫洞、跃迁之类的词语有特殊感觉。一次酒后,他给我讲了他的家族历史。我听后不知如何回应,只得说出自己的秘密作为交换。

"我在写小说。"

"哪种小说?"他问。

"算是现实题材吧,但也不完全是现实。"我答。

"为什么不写科幻?"他又问。

"因为不懂物理。"我说。

和小燕姐交谈后不久,天气转凉,陶克然喊我去吃烧烤。酒酣之际,我给他复述了《宇宙奇点》的故事,问他这种设定有没有什么漏洞。他仔细地听,又问了几个细节问题,我答不上来,只说自己是听别人转述,并没有看过原文。

"告诉你,我看过。"

"看过?"

"是我哥哥写的。"

"陶复生。"我脱口而出。

"你怎么知道?"他问。

"小说的作者呀。"

"嗯。"他点点头,往嘴巴里倒了一口啤酒。

这天,我又多了解了一些他家里的情况。1968年,陶克然的父亲响应国家号召,参加上山下乡活动。1978年恢复高考,1980年,在连续两次政审被刷下来后,陶克然的父亲终于进入大学。在大学里,他跟同班女生谈起恋爱,女生便是陶克然的母亲。陶克然读到小学六年级时,一天他放学回家,发现屋子里面气氛诡异,父母都在,餐桌边还有两个他没有见过的人,看模样像是母子,站着的大男孩十四五岁模样,跟父亲一样在左边眉毛里有颗大大的黑痣,陶克然没有。此人正是陶复生,父亲下乡时,同当地人生的孩子。尽管父亲一再表明自己毫不知情,他承认自己跟当地人谈过恋爱,但在离开农村时绝对没有孩子。事实到底怎样无人知晓,但眼前的孩子用不着做任何医学鉴定,仅凭相貌就可以判断是陶家人。陶克然的父母由此离婚。虽说跟同父异母的哥哥没有说过几句话,但情况约略知道,大学读了物理专业,喜欢写小说。出于好奇陶克然把哥哥的小说都找来看了,《宇宙奇点》当然也看过。

"我认为小说在逻辑上没有问题。"他说。

"我想也是,毕竟学过物理专业。"

陶克然长长地叹了口气,我也跟着叹气。扫码买单后,我们并肩朝店外走去,走到门口,他突然对我说想去越园看看。

"好啊,明天你找我。"我说。

"我说现在。"

"现在?早关门了吧。"

"去附近走走。"

我们叫了一辆车,来到市中心,在路上我给妻子打电话说晚点回去。通往越城的石板路正在翻修,司机问我们是不是可以在这儿下车,往里去路面变窄,且停了很多挖掘机,实在是不好开。我们同意了,下车步行前往越园。地上超过一半的砖都被翻了起来,路的两边堆着小山样的黄沙水泥,时不时有水坑出现在脚下,走路需要异常谨慎。空气弥漫着尘土的味道,凉风吹在裸露的皮肤上,微有些寒意。越园高大的园门紧闭,两棵树沉默地立着,河水流动像破碎的镜子。

坐在岸边的台阶上,陶克然抽了根烟。我仰头看天,夜空漆黑一片,没有月亮也看不到几颗星星,只隐隐察觉出有几朵云在快速地移动,我又想到了《宇宙奇点》。尽管直到那天晚上,我还没读过原文,可总感觉故事已经刻在了我的心里,我幻想着有一艘制动装置出现故障的飞船在星空中航行,里面的宇航员正是我身后越园园主的后人,他左眉眉心有颗黑痣,怀着不为人知的巨大孤独,一刻不停地前往宇宙奇点。

狭义相对论。

脑袋里冒出这个词后,我的心脏抽紧,双腿发颤,两条胳膊及后背上浮起细密的疙瘩,不得不站起来缓慢行走。我觉得自己洞悉了什么,可究竟洞悉的是什么,到写下这篇小说时也没有弄明白。

原载于《青春》2022 年第 4 期

# 梁园遗老

## 张 凯

古玩鉴赏大师畅快做梦也没想到,他的亚圣斋一开业就如日中天,让所有的人更没想到的是淮源的大街上突然多了一位身着西装、口出狂言的疯子。

亚圣斋的开业典礼上了电视访谈节目。电视里,当代著名书法家李大明挥毫,海南花梨木制作的鎏金对联牌匾"鉴赏夏鼎商彝,斋藏秦砖汉瓦"格外醒目。斋主畅快坐在价值百万的红木大班台前,手持潘天寿雄鹰折扇,风流倜傥,一副傲视群雄之气概。办公室悬挂着范曾的《老子出关》和李苦禅的《松鹰图》精品国画,大班台右方摆放着定州白瓷孩儿枕,左边置明代紫砂大师供春的龙蛋壶,面前还摆了几件价值不菲的古董。开业典礼主持人的言辞,已被编导处理成浑厚的画外音:畅快畅老板的亚圣斋,在江淮之间,乃至中原大地,绝无二家。看!这傲气,这霸气,颇具我中华大地舍我其谁之雄气。

畅想的好友蒙岫看了电视访谈节目,打来电话:"我说老哥啊!畅快这孩子锋芒太露,他这步棋走得太险了,大有贬低其他店家,抢别家生意之嫌啊!长江以北搞鉴赏的难道就独他一家?这地盘已是大半个中国了,俺不说上海北京武汉等这些大地方,就拿苏皖两地来说,也是藏龙卧虎啊。覃大炮、农无为、房三拐子等文玩大佬,不敢说个个是名满华夏,最起码也是名扬大江南北的吧,他们谁又敢夸下如此海口?畅快是我看着长大的,乃聪明混世之人,为何要犯众怒呢?"

畅快的老爷子畅想,在文玩界也是个实实在在的大腕。一九五四年畅想就与自号壶叟的顾景舟大师一起被招进无锡蜀山陶业合作社,壶艺与顾景舟不分伯仲,人称"壶艺圣手"。畅快在老爷子的熏陶下,总算不辱父名,不惑之年就成了文物鉴定研究所的研究员,当属凤毛麟角。在文物鉴定行业,研究员很多,但大多都是花甲之年,可畅快不同,不惑之年就是研究员,为此他有点目空一切。

畅想接了好友的电话,气得直摇头,说:"老弟,畅快这败家子,刚开始学艺的时候我就教他,学鉴定先修心,唯人格与鉴已相统一才能达到最高境界。这不,刚刚长点本事就不知天高地厚,把这些全忘到脑后勺去了。我早就告诫他,再不收敛,早晚要吃大亏,可他就是听不进去。"

畅快敢想敢说更敢做,不但会虚张声势,更精于自我包装。为打造亚圣斋的知名度,竟在开张前一个月就在卫视、各种自媒体做起广告。说八月初八亚圣斋开业那天,文物鉴定研究员、一级鉴定师畅快将与藏家面对面交流,并免费为藏友鉴定藏品,愿出售者由亚圣斋高价收购。此举不但足足吊起淮源文玩界的胃口,也激起了湖北、山东、河南、江苏及上海、武汉等省市文玩界的兴趣。

八月初八,天刚蒙蒙亮,亚圣斋门前,手持各种藏品的人就排起了长龙。

排在前面藏友的藏品,畅快一一做了精辟的概评,藏友无不满意地跷起大拇指。临到一位古稀老者,他手持精致的锦盒,要畅研究员、畅大师鉴定他的藏品真假。畅快小心翼翼打开锦盒,取出一把名家紫砂壶,双手持壶,左转一圈,右转一圈,瞧瞧壶盖,翻看底款,再伸两手指摸摸壶内,前后不足两分钟,然后掷地有声地说:"赝品。"

老者说:"畅大师,你可要看清楚了啊,这可是我二十年前花三千美元从香港买来的呀!"

畅快毫无迟疑地说:"你这把时大彬款扁壶,外观有大度之气,看似雄浑古朴,泥料、形状、大小、字款都有时大彬的风格,虽刻有'源远堂藏、大彬制'七字,但该壶世间仅存一把,现藏于上海博物馆,你这把壶是时大彬那把壶的高仿,不过还是有一定的使用价值、观赏价值和收藏价值,好好收藏。"老者一阵脸红,收了壶,匆忙地离开。紧接着,畅快连着识破高仿仇英的山水画《桃源仙境》、汴京官窑的瓷尊、新石器时代红山文化的玉猪龙等数十件古玩。此时,畅快有所发现,就抱拳施礼,朗声对大家说:"承蒙各位方家抬爱,畅快今若有不周之处,容改日登门拜谢,今乃亚圣斋开张之日,就饶恕畅快一回。"此话一出,众人惊愕,但见几位原本排在前面等待鉴定藏品的藏友匆匆离开。

接下来的鉴定亦无打眼之件。持有藏品的藏友,经畅快鉴定,心里踏实了。畅快在评价藏友的藏品时旁征博引,口若悬河,书画古籍,无所不晓;青铜瓷器,亦无不精;翡翠玉件,全知全能。听得藏友连声叫绝,说今生今世总算亲身领教什么叫满腹经纶,通晓古今,博闻强识,才高八斗啊!

亚圣斋开业庆典那天,就连最偏僻的角落也被畅快一炮打中。这一炮给亚圣斋也给自己打出了响亮的名号,在报纸、电视、网络、微博、微信、抖音、快手等媒体和平台上大肆传播,一时间名声大震,被誉为收藏鉴赏界顶级人物,怕是要笑傲江湖,开香堂,纳弟子了。

果不其然,开业不到一个礼拜,畅快的藏友、江苏收藏家协会副主席杨丞琳打来电话,说:"今受好友无锡古董商吴西奀委托,出面请老朋友你前往无锡做客,一来他想和你洽谈合作事宜,从亚圣斋进些货;二来是吴西苁大姨夫家祖上是清朝乾隆帝养心殿御膳房的庖人,20世纪90年代翻盖祖屋时得了不少老货,已经请了好几位鉴定专家掌眼,都有点拿捏不准年代和真假,特通过我请你屈尊前来定夺。"杨丞琳与畅快不但是挚友,而且畅快至今还欠着他一份不薄的人情,又听他说吴老板还要进货,就答应到无锡走一趟。

中等偏胖的吴西苁吴老板,长着一张弥勒佛般的笑脸,温文儒雅,特具亲和力,对畅快是毕恭毕敬,言出必是大师专家之类,显出对畅快顶礼膜拜的样子。

畅快握着吴老板的手说:"吴老板你过奖了,畅快不敢当,不敢当。"

"大师您不必过谦。"吴老板说,"当今鉴定专家中,有您这样鉴真辨伪,独具慧眼的乃凤毛麟角,往后鉴定界泰斗非你莫属。"

当晚,吴老板在五星级的梁鸿湿地丽笙度假酒店,摆了两桌豪华野味宴,为畅快接风洗尘。吴老板很重视畅快的到来,特请来江淮大地的"五山":瓷器收藏鉴定专家李玉山,陶器巨贾黄青山,书画收藏鉴定专家袁石山,陶器仿古高人泵淮山,还有宜兴紫砂制坯大师胡发山等人作陪。席间,各位大佬对畅大师奉若神明,奉承他乃当今鉴定界之楷模,必将名留史册,并连带恭维老爷子畅想说,令尊当年和顾景舟老爷子一起名震华夏,不愧是当今壶艺圣手、收藏鉴赏界泰斗,真是虎父无犬子啊!

第二天早餐后,吴西苁老板请畅大师去他的通谷斋。无锡历史千年悠长,是一座在江南蒙蒙烟雨中孕育出的太湖明珠,街道虽然不算宽阔,但两旁的古建筑随处可见,使得这座亮丽、厚朴的江南名城散发着一股厚重的人文气息。通谷斋在南禅寺内,古色古香的仿古装修,与吴老板的温文儒雅十分相称。斋里摆挂着各种古董、文玩、字画、明清家具、名家紫砂,令人目不暇接。

一尊根雕茶案,平添了通谷斋的幽雅之境。藏友依次落座,赏茶品茗。明前龙井晃晃悠悠地在杯中伸着懒腰。看色:澄清碧绿,茸毫细嫩,仙姿翩翩;瞧形:一旗一枪,交错相映,上下沉浮;闻香:清新醇厚,无浓无烈,沁入心扉;品茗:啜之淡然,齿颊留芳,甘泽润喉。顿觉龙井其色绿、香郁、味醇、形美"四绝"之盛誉绝非空穴来风,大有"一杯春露暂留客,两腋清风几欲仙"之感叹,有一种太和之气,弥漫于齿颊之间,此无味之味乃至味。让人置身于一派浓浓的春色美景里,生机盎然,心旷神怡。

正品茗赏茶间,吴老板徐徐展开仇英的一幅《修葺图》。

吴老板说:"畅快大师,这画可是我祖爷爷早年花五十两银子购得的,请人鉴定有说是真品,又说是赝品,还有的说是高仿,弄得我糊里糊涂,不知该信谁说的,请畅大师您给把把关。"

畅快缓缓地一手握杯,一手掀杯盖,半开半掩,鼻孔靠近杯沿轻轻地嗅,反复闻,嗅后随即盖上,笑笑,便说:"清香高爽,久留鼻尖,幽雅而文气,缓慢而持久,好茶!好茶啊!至于这仇英嘛,还是收了吧,难道吴老板——你连老干部的画也能打眼?不至于吧?"

吴老板一怔,暗暗佩服,连连说:"惭愧!惭愧!"转身从壁橱里取出一瓷器说,"这可是我的镇店之宝,明宣德景德镇御窑烧造的青花海水蕉叶纹尊,请畅大师鉴定鉴定,是真还是假。"

畅快左瞧右看,答非所问地说:"明代青花以其古朴典雅的造型、晶莹艳丽的釉色、多姿多彩的纹饰而闻名于世,堪称开一代未有之奇呀。你这尊呢,哈哈哈,说到你心里也别激动,说不到你心里也别不快哦!"

吴老板说:"大师你尽管说,我洗耳恭听。"

畅快再呷一口茶,清清嗓子:"你这尊有相当的年份,包浆自然,典雅古朴,用料有浓有淡,墨势浑然而庄重,胎质精密细腻,坚硬洁白,但白中泛青不足,釉面过于平滑,在高倍放大镜下看不到大大小小的气泡,与宣德朝无论什么品种的瓷器釉面不符。后来,宣德瓷器在清朝被大量仿制,你这尊是康熙年间景德镇官窑仿制品,但也十分珍贵,价值不菲,值得珍藏。"

吴老板听了,依然垂绅正笏,不动声色,若泰山之安,随之一笑说:"畅大师不愧是顶级专家,我吴某佩服至极!佩服至极呀!"

畅快听吴老板这么一说,不再言语,心想这吴老板如此城府,看来真是修炼到家了。

一上午,品龙井,鉴藏品,游鼋头渚,赏蠡园,后至酒店午饭。稍事休息,吴老板又陪着畅快到他大姨夫家看那些老货。

一路观景赏花,来到家住老城内吴老板大姨夫家。进了客厅,落座红木椅子上,主人招待甚是热情。吴老板隆重介绍后,大家一番寒暄,相互问候后,吴老板大姨夫咸老先生从屋里床底下拉出两只旧木箱,打开一看,里面都是灰头灰脑的老物件。畅大师——做了鉴定,很快一箱子物品鉴定完了,结果无一赝品。鉴定另一箱时,畅快抓住其中一件紫泥圆壶,暗暗称奇:通体气格高古,韵致清绝,包浆自然,开门到代老货无疑。细看:泥色浓紫,恰如猪肝,腹圆而丰,圈底内凹,口内设堰圈,盖之如合符,底镌"陈和之"三字楷书,旁钤"和之"篆文印章,字法具晋唐遗风;此壶温润如君子,豪迈如丈夫,风流如词客,丽娴如佳人,葆光如隐士,潇洒如少年,短小如侏儒,朴讷如仁人,飘逸如仙子,廉洁如高士,脱俗如衲子。正所谓"素磁传静夜,芳气满闲轩"者。难道这把壶就是奥兰田在《茗壶图录》里记载的梁园遗老不成？畅快边看边想,到底是清朝养心殿御膳房的庖人后代啊！畅快极尽克制着内心的激动,极力表露出一副平静的心态。

吴老板还是从畅快平静的心态中瞅出他几乎要失神的状态,心中不禁自喜,便轻描淡写地问："畅大师,你看这件破玩意能值几个钱？"

吴老板的大姨夫咸老先生忙插话道："怎么是破玩意,你懂吗？家父临终前嘱咐我,就是到了万不得已的地步,也不得出手这把从日本回流的梁园遗老紫泥圆壶。它可是陈和之的传世孤品,在上海都可以换一套高档住房呢。"

"大姨夫,你着哪门子急呀？有畅大师在,埋没不了你的宝贝。"

"好好,那就请畅大师多多费心,怎么也得给估估价,日后山穷水尽出手的时候,俺心中也好有个数。"咸老先生显得十分虔诚。

正说话当口,吴老板的手机响了,他看一下来电显示,并没有应答,笑着走到院子里,一会儿回来说："畅大师,失陪,失陪。我先告假一会儿,有点急事要回店铺一趟。"说罢点头哈腰,毕恭毕敬退步出了房间。

奥兰田在《茗壶图录》里有关陈和之梁园遗老紫泥圆壶的记载,如闪电般掠过畅快的大脑,他急忙起身走到院内,对着太阳,里里外外看了五六遍,偷偷摸出电子秤将壶称量,又掏出卡尺,上下左右,测来量去,但却不回屋落座,而是站在院子里,微闭两眼,胸口隐隐痉挛,脑海里再次印出《茗壶图录》里的记载:"右通盖高二寸五厘,口径一寸五分七厘,腹径二寸八分二厘,深一寸六分;重四十二钱弱,容一合强,流直而仰,扳环而纤;腹圆而丰,底着而凹,口内设堰环……流下镌书三字曰:'陈和之',字法晋唐遗风。泥色浓紫或曰猪肝色。试以指摇盖,铿作金石之声,拭之久,自发黯然之光,非所谓和尚之光可比也。通体气格高古,韵致清绝,令予心醉忘餐,可称茶寮之珍玩也。"暗想,凭自己多年的经验判断,确信这把就是陈和之的梁园遗老紫泥圆壶真品无疑。

畅快的心都快蹦到肚皮外面了,但暗暗地告诫自己,不能乱了方寸,切记贪为业障,否则就惊了咸老先生。他若无其事地回到红木椅子上坐下,慢慢品一口茶,猛吸一口烟,硬硬地把惊喜的脸、激动的心、颤抖的手逼回去,这才对咸老先生说:"我说咸老爷子,凭我的经验,我敢断定,你这把壶是清末制壶高手仿明陈和之的紫泥圆壶,尽管是仿品,但也足够珍贵,算得上是一把难得的好壶。老爷子,实话对你说吧,我很喜欢这把壶,我喜欢不是因为这把壶多值钱,多珍贵,就是喜欢而已;不过要论市场价格,顶多就是七八万块钱的样子。老爷子要是想卖呢,我出八万块钱带走,放在我的亚圣斋,唬唬外行人。"

咸老先生连连摇头说:"畅大师,这可不行,这家伙可是家父留下的。家父临走时拉着我和二弟的手说出这把壶的来历。他说抗战期间,他奉命从日军本部被派驻蚌埠郎公馆,任宪兵大队副队长和谍报队的副队长,其实那时他已经是新四军的联络员。一九四二年冬,奉皖北地下党之命刺杀日本的南京大使馆驻蚌督导处头子洪山一四郎,当潜入洪山一四郎家时,发现茶几上摆放着这把壶,一看是明陈和之的紫泥圆壶,喜欢得心都要蹦出。成功刺杀洪山一四郎后,就顺手占有了这把壶。那天日本鬼子全城戒严,缉拿刺杀盗窃凶手,发誓挖地三尺也要找到刺杀凶手和被盗的壶。当时怕败露,就偷偷沉到郎公馆的一口老井里。抗战胜利后,又趁黑夜从井里捞上来。老爷子再三交代,他走后,要我们兄弟俩舍命保管好这把壶,别当败家子!"

畅大师听得入神,插话道:"咸老爷子,这故事还真够传奇的,是你临时编的吧!"其实他心里明镜似的,他早就知道这把梁园遗老紫泥圆壶回流中国的传奇历程,做梦都想得到的这把梁园遗老,它现在就在眼前,没想得来全不费功夫,天意啊!缘分啊!

咸老先生生气地说:"历史事实,还能瞎编?不信你去查一下蚌埠抗战历史资料或翻翻《安徽革命史》,看看是不是家父刺杀了督导处头子洪山一四郎!畅大师你不买壶也没有关系,买不起更没有关系,但你这话说得就有点对抗日英雄不敬,更不能否认家父的抗战功劳啊,大家说是不是?"说罢,甩手转身直奔门外。

畅大师赔笑拦住道:"好好好,咸老先生,都是我的错,都是我的错,我一平头百姓,哪敢否定令尊的抗战功劳啊!不过老爷子,话又说回来,我是真的喜欢这把壶。"

"老爷子临终说的那些话,我家老二当时也在场,早就知道这壶值钱,一天到晚跟我要,硬是说能值两三百万,我要是八万给你,那可就说不清喽。"咸老先生说,"还有我那个弟媳是个鬼不缠,一点点都不懂人情世故,还净是歪理一大堆,到时候还以为卖的钱被我闷了呢。"

畅快双手抚摸这壶说:"我不否认梁园遗老紫泥圆壶重回中国的历史,但这把壶的的确确是一把高仿壶,虽说年代有了,但毕竟不是真品,哪能值那么多的钱?老爷子你看这样,我出十五万!"

咸老先生若有所思地说:"畅大师,你是知道的,这把壶放在我这里,就是待在床底下,我哪敢让它露面啊?好东西就应该到它该去的藏家那里,你要是真的喜欢这把壶呢,正好我孙子结婚要买房,也急等着用钱,你我就各让一步,八十万你拿走。"

这时吴老板回来了,就说:"我大姨夫,你怎么不懂行情呀!畅大师给人家鉴定古玩,不分真品赝品都是按照百分之十收费的,畅大师要是和你计较起来,鉴定费不低于十万了吧?"

畅快脑子在訇然飞驰,想要是把壶淘得,再搞一方古砚,顺带一幅清末秀才的字,就是多出个十万八万的也值。畅快兴奋得血液都要井喷了。

畅快说:"咸老先生,那就二十万。不过我得捎上你的这方砚台和这幅字,这两件东西也就值个万把块钱。成就成,不成和你老的交情还在。"说着畅快放下茶杯,起身欲走。

咸老先生坚定地说:"送你那两件无所谓,但少于六十八万,我再等钱用也不卖。你刚刚不是说了嘛,生意不成人情在。不过多少价格卖是次要的,主要的是我要通知一下二弟和弟媳,这种事情他们俩一定要在场,免得事后麻烦。"说着咸老先生就让吴老板给他二弟和弟媳打电话,让他们过来一下。

"咸老先生,你还真怕你弟媳不讲理啊!"畅快狠狠心说,"老爷子,我什么都不说了,四十八万,谁让我喜欢呢。"畅快盘算着,若四十八万能拿下,就等于没有白来一趟,真真切切捡了一个大漏。

咸老先生似乎没有听到畅快的四十八万,毫无表情地说:"四十八万我是觉得马马虎虎,但二弟弟媳那……"

"我大姨夫,你怎么也婆婆妈妈的,难道你做不了主不成?"吴老板在一旁打圆场道,"我给你作证卖多少银了,还不成?"

说话间,二弟和弟媳就到了。还没有进门,弟媳就大喊大叫:"他大爷,不管你卖多少,我们家都得分八十万,少一个子都不成!"

"我说二姊子唉,男人的事,你一个女人家跟着搅和啥呀?"吴老板冲他姊子说,"有你大侄子在,人家畅老板、畅大师亏不了你们。"

畅快笑脸说:"就是的,我做的是凭良心的事,你放心,我不会亏你们。"

"嘴上说得好,谁知道你们安的什么心,说不定你们和他大爷串通好的呢。"

吴西芙说:"我的姊子啊,再怎么说,我也是你大侄子呀,胳膊肘子也不会往外拐。"

"那……好吧。都别说了,二弟、他婶子,我今天就做个主,这么吧,畅大师,我看在外甥西荚和你交情的份上,五十八万成交,另外再送你那方砚台和那幅字,不是这层关系,我怎么也不卖。"咸老先生很不情愿地说。

畅快抱拳施礼道:"咸老爷子,我咬咬牙,狠狠心,成全。待会把你的银行卡号给我,现场给你转账,让你亲眼看着五十八万跑到你的卡上。"畅快急于付款,是怕他二弟和弟媳再节外生枝,要赶在他们俩再没有说话前,拿货走人。

回酒店的路上,吴老板对畅快说:"畅大师,我真为你淘得梁园遗老绝世珍品而高兴啊!你看,这个佣金?"

"好说,好说。来,我用微信面对面付款给你。"

吴西荚打开微信,找到面对面付款。畅大师也打开微信,拿手机扫一扫吴西荚手机上的二维码,滴的一声响,一万七千多的佣金进了他的账户。

回到酒店,畅快激动地给淮源收藏界的朋友打电话说,明天下午三点,到他家里来看宝贝,不到可要后悔一辈子啊!

回到家,畅快见客厅只有老妈一人在,就问:"老妈,老爸呢?"

"他呀,在书房校对《茗壶鉴赏》呢。"

畅快打开箱子,神神秘秘地对老妈说:"老妈,你猜这是什么物件?"

"你小子能倒腾出什么稀罕物?"

"老妈,你别小看我这趟,这可是奥兰田在《茗壶图录》里记载的梁园遗老紫泥圆壶。五十八万捡来的漏,外加这两件宝贝。"

畅快老妈也是文化人,也被熏陶得爱壶如子,《茗壶图录》也读过两遍,却没有记住这件梁园遗老紫泥圆壶,惊呼:"妈呀!五十八万?你也舍得出手啊!真够大方!"

畅快说:"老妈,区区五十八万算得了什么?这把壶不光是孤品,这壶的来历,还是一件记录抗日历史的文物,收藏价值、经济价值和历史价值都是不可估量的,要是老爸见了说不定一百万都给人家了呢。"

说话间,畅快的几个藏友已经到了。

畅快把藏友让进书房说:"大家知道我今天为何急急地把你们请来吗?"

"是呀,我们正要问你呢。不会是淘到什么稀世珍宝了吧!"

"还别说,正是!"说着从书架上拿下一本《茗壶图录》,"看看吧,稀世珍宝就在这里!"

几个藏友被弄得一头雾水,丈二和尚摸不到头。

"大家看看《茗壶图录》第一个记载的是啥?"畅快激动地说。

"谁都知道是明陈和之的梁园遗老紫泥圆壶,难道你得到了不成?"大家更疑惑了。

"那当然!"畅快打开绸缎布包,"各位请,看一看,饱饱眼福,开开眼界,长长见识。"

畅快喝口茶,清清嗓子,手舞足蹈地把如何得到这把壶演绎一遍,特别强调:"这把梁园遗老紫泥圆壶,今五十八万得之,乃我畅快与之有缘,乃我亚圣斋之吉兆,更是我畅快的机遇和眼力啊!也不辱我研究员、鉴定大师的名头。"

正值畅快得意忘形之时,忽听门口一声响亮,惊得大家回首,循声而望,但见畅想老爷子坐在轮椅上,呼哧呼哧地喘着粗气,眉毛胡子直抖,身后是神色慌乱的畅大妈。

"老爸,你这是怎么了?"畅快纳闷地问。

"听你妈说,你五十八万在无锡淘得陈和之的梁园遗老?"

"是的,老爸,我正要向你报喜呢。"

"好,拿过来,我看看。"

畅快春风得意地双手将壶递到老爷子面前。

畅想老爷子根本没有去接壶的意思,连瞟一眼好像都没有,扬起他的龙头拐杖,从右到左,狠劲一扫,只听啪的一声,梁园遗老便成七零八落的碎片,畅想气愤地说:"畅快呀畅快,让我怎么说你呢。"

畅快扑通跪在碎片跟前,大呼:"我的壶啊!五十八万啊五十八万!"畅快被老爷子这么反常的举动吓蒙了,醍醐灌顶地吼,"老爷子啊老爷子!你疯了啊?五十八万啊——五十八万啊——"

畅快一边吼,一边冲到大街上。

老爷子沉稳一下,脸色如蜡地说:"我——今天之所以坐在轮椅上,全是因这把梁园遗老紫泥圆壶啊!"老爷子稍稍缓口气,接着说,"我父亲的好友,咸守清老先生,将他冒死刺杀日本督导处头子洪山一四郎时偷来的这把梁园遗老交到我父亲手里。一九六八年腊八那天,无锡的古玩商打听到这把壶的下落,纠集几个地痞,恩威并施逼我交出来,我咬定绝无此物,结果差点丧命棍棒之下。后来带着全家,从无锡逃命来到淮源,一天到晚胆战心惊。改革开放后,我们一家才过上安稳日子。如今,他……他……他栽了大跟头呀!"

老爷子稍作平静,说:"畅快他娘,打开盒子,给他们瞧瞧。"

随着盒盖慢慢打开,众人不由得惊呼起来,锦盒里平躺着一只气格高古、韵致清绝、浸润着厚重岁月气息的紫砂壶。

此物,正是奥兰田《茗壶图录》记载的梁园遗老紫泥圆壶。

原载于《红豆》2022年第8期,《长江文艺·好小说》2022年第9期、《海外文摘》2022年第11期、《传奇·传记文学选刊》2022年第12期转载

# 赵桥记事

张建春

## 胡铁头

胡一民走马上任,当了赵桥村支部书记。

胡一民有个雅号叫胡铁头。胡一民当支部书记和铁头有关,铁头犟,犟上了。

赵桥村穷,村穷人也穷,二百多户人家,在册的贫困户就有四十多个。"有女不嫁赵桥郎",这话许多年在赵桥的周边游走,如牛皮虱子,牢牢叮在赵桥人的脸面上。

胡一民脑子灵光,早些年就从赵桥外出了,在城里做得风生水起,成立了不大不小的公司,还在向大处做,口袋撑得鼓鼓的。

古怪得很,胡一民在城里碰到了相邻村李河村的支部书记刘中兴,自然是一番亲热,把酒叙情。胡一民和刘中兴穿开裆裤就在一起玩,还玩得合意。酒桌上,刘中兴老是数落赵桥穷,说赵桥是"花篮提水一场空""花篮装泥鳅跑的跑溜的溜",要人没人,要财没财,尽拣难听刺耳的说。

胡一民坐不住,猛灌了一杯酒,说:"还邪门了,我就不信。"刘中兴又拿话刺胡一民:"别铁头犟,你试试?"胡一民的犟劲上来了,就说:"试就试,我要干支书非把你李河比下去。"胡一民酒上了头,话说得有些冲。刘中兴还是一个劲摇头,说:"还是开你的公司,赚你的钱吧,我看你不是这料。"气得胡一民龇牙咧嘴捏拳头。

巧得很,夜里镇党委书记给胡一民打电话,闪闪躲躲的,胡一民还是听明白了,让他回赵桥当支部书记。

胡一民突然就意识到刘中兴给他下了套,犟劲儿一下子又上来了,几乎没加考虑,一个字:干。书记说了一堆套话,调子提得高高的,胡一民回了一句:"不说了,我是赵桥人,还是个党员。"

公司交给手下人,胡一民拍屁股回村,程序走完,支部书记当上了。

赵桥的穷让胡一民寒心,房子破破烂烂,吃的穿的用的似乎还停留在20世纪六七十年代。穷的原因大家都看得到,雨下三天涝,晴上三天又旱,收成好坏全看老天爷。重要的是村里人安于现状,懒得去改变,有能力的人,卷卷铺盖外出,留下的都是老人孩子和残疾、生病的人。

村集体还欠了一屁股债,也不知这债务是怎么形成的,钱花何处去了。

胡一民上任三天,嗓子喊哑了,严格来说是和人吵哑了,村干部和他吵,村民和他吵,没头绪地吵,鸡毛蒜皮地吵。吵来吵去,还就是为穷吵,穷争饿吵,准确得很。

三天吵过,吵劲儿过去了。胡一民和村委会主任黄菊达成统一意见。胡一民开始发号施令了,整田地、挖水渠,一油二稻(一季油菜二季稻子)不兴种了,栽藕。村人不信,藕能当饭吃、挣大钱?何况栽藕要投入,哪来的钱?胡一民开了广播说大话:"没钱,找我借,收了藕抵钱。"

胡一民之前悄悄做过工作,借钱的人三三两两上了门,之后一阵风,借钱的人挤破头,胡一民一下子借出去五十多万,不过借条是要打的,不要息,钱是胡一民私人的钱。

借的钱是要还的,村里人明白,支书的钱是赖不掉的。藕苗村里统一发放,藕就栽得顺利,能栽藕的田全栽上了。

令人不敢相信的是,不大发旺稻子的田,竟让荷叶布满了,荷花一朵朵开,开成了景,吸引了许多人来观荷。

胡一民又下了命令,扒花下藕上市。村人不愿意,说胡一民瞎搞。胡一民就此变成了胡铁头,从几个党员户开始,自己亲自下田扒藕。花下藕白生生的,嫩而多汁,市场上有人抢,还卖出了高价。有带头,有实惠,村人跟上了,小赚了一把。胡一民高兴,逢人就说:"头刀韭,花下藕,新娶的媳妇,香椿头,美呀,嫩呀。"

到了藕收获的季节,扒上的藕过了过秤,存在了村委会门前的广场上,小山样,胡一民围着藕转,焦虑是肯定的,卖不出去就会成废物。

胡一民有办法,通过城里的公司,上网,上超市。赵桥的藕品质好,没几天,小山样堆积的藕不见了,村民们收到的是大把的钱。

该还钱了,村民们上门还钱,胡一民却笑呵呵地说:"再借给你们一年,明年听我的招。"村民们当然乐意,把钱在口袋里捂得紧紧的。

新招是什么?胡一民不说,村民们不知道。刘中兴来问,胡一民也不说,气得刘中兴一个劲儿地骂胡铁头。

新招抖出来了,藕照种,藕口里养虾,藕和虾一起长。虾的本钱是胡一民的,用虾抵借的钱。

养虾又带来了新气象,赏荷的人顺带着钓虾玩,把村民的心钓乐了,钓上来的不是虾,是一张张钞票呢。

不过三年,赵桥村翻了身,赵桥村远近闻了名,花下藕,花下虾,还有一批批送钱来的游人,了得。

胡一民还是耿耿于怀,他请了一帮作家,命题作文《嫁人就嫁赵桥郎》,一帮作家写得用心,可没有一篇是胡一民满意的。

胡一民的铁头犟又来了,大文章非得自己来写了。

## 黄二姑

赵桥人老老少少一应喊黄菊为黄二姑。

黄菊是赵桥村的村委会主任,也就是原来的村长,和胡铁头搭班子。早在胡铁头任书记前,黄菊就是主任,老村领导了,但这主任做得灰溜溜的,村子一直穷,穷得当主任的黄菊也抬不起头。

胡一民上任后,三板斧砍在了正着上,黄菊突然感到有了奔头,事也越干越顺。

黄菊人品好,在穷村里扎腾,村里人对村班子意见大,对黄菊却是另眼相看,说她是大牯牛掉井里了,有劲儿出不上。

把黄菊叫黄二姑是有讲法的,姑是自家人,和嫂、婶、姨大不相同。黄菊算是从外村引进的干部,年轻,学历高,是知识型的年轻干部了。黄菊对村民们好,和气、亲切,村民们很看重这些,知道黄菊在家排行老二,不知谁按自家的孩子称呼黄菊为二姑,一下子黄二姑的名字就出去了。黄二姑、黄二姑地喊,黄菊也很乐意,反倒把主任、黄菊丢在了一边。

赵桥村一直穷而落后,村民意见大,镇上要调整班子,考核组反复考核,本想一锅端,可在考核中,村民们一口一个二姑、黄二姑的,又让考核组改了主意,黄菊不动,仍做主任,把书记换了。赵桥人把黄菊叫姑,可见是把黄菊当贴心人了。

胡一民上任,黄菊鼎力相助,村"两委"班子一下子拧成了一股绳。

黄二姑有自己的优势,和村民走得近,"两委"形成意见,黄菊走家串户,和和气气宣传,有时少数村民想不通,但也碍着黄二姑的脸面,说上句:"二姑说的,我们照着做就是。"在不情愿中把事做了,让黄菊的心暖暖的,事后村民得了实惠,又让村民的心和黄菊贴得更近了。

黄菊有时也会和胡一民产生碰撞,胡一民铁头犟,认上的事九条牛拉不回头。

碰撞最厉害的一次是为一棵老棠梨树。老棠梨树挡了村里修的一条路,胡一民处理得简单,砍伐了,树给路挪地方。黄菊不同意,一来是老树;再者这树有讲头,树在坟边长着,村民把树当成了神树,树下坟的后代出过俩博士。胡一民也有理由,路如绕过树修路的费用要增加许多,同时树的主人两位博士愿意砍了树,人家不信这神,博士是自己拼出来的。

黄菊好言相劝,胡一民坚决不松口,气得黄菊好几天不正眼看胡一民一眼。

谁知村民听到了风声,天天派人守在老棠梨树的边上,大有谁要砍树拼上老命的劲头。胡一民的犟劲上来了,心中还存了份杂念,以为是黄菊暗中做了手脚。

黄菊没事样,工作不耽误,走家入户的事一天不少。有一天,县林业部门到了村,直奔老棠梨树,测量的测量,鉴定的鉴定,得出了结论,老棠梨树真的很老,一百八十多年的历史了,属保护树木,还挂上了县级保护的牌子。

胡一民犟不下去了,再犟就违法了。胡一民又多了头心思,县林业部门下来,一定是黄菊搞的鬼。黄菊不作解释,反而对胡一民表现出更多的尊重。

路修好了,在老棠梨树边转了个弯儿,老棠梨树的阴凉扑剌剌地洒在路面上。通车这天村民们放了一串又一串鞭炮,鞭炮多在老棠梨树下放的,热热闹闹。

事后,黄菊斟了一大玻璃杯酒敬胡一民,一口灌了,对胡一民说:"是个念想,不是神树,是个念想。"之后大醉。胡一民也把酒一口干了,突然想到黄菊平常是不端酒杯子一滴酒不沾的人。看着大醉的黄菊,胡一民喃喃自语:"我想多了,我想多了。"

这年,平白无故地下起了大雨,天像是被竹竿戳通了,瓢泼般下。

村子的低洼处积起了一两尺深的水,荷叶也被闷在水里,荷是能被水淹死的。胡一民和黄菊忙着带人排水排涝,想办法把损失减少到最低,莲藕是村民的心血和希望,得千方百计保住。

几天几夜没合眼,又传来不好消息,过村的河赵河承受不了大水的冲击,快溃堤了。

黄菊对胡一民说:"我去。"胡一民没拦住,黄菊一头扎进了狂暴的大雨中。

河堤实在是危险,崩塌严重,再不加固,堤非垮不可,一旦垮了,赵桥村至少有一大半的田地会被大水淹没。

水太大,扔下的沙袋泥土停不住脚。黄菊赶到,似乎是想也没想,只身跳进了河里,大声喊:"向我扔沙袋。"边上有人惊呼:"二姑!"也接二连三地跳进水里,手拉手,组成了连锁的"人桩",沙袋泥土在"人桩"的护卫下生下了根,河堤保住了。

黄菊大病了一场。村民们似是约好了般去看望,看上一眼也不多说话,喊一声二姑或黄二姑转身就走。黄菊轻轻应一声,眼却一直是湿的。

黄菊病好上班,胡一民迎到了村委会的大门外,本想说:"黄主任怎么这么急着上班,身体是本钱。"不知怎么就变了样,说:"二姑,来上班啦!"

黄菊一愣:"二姑?"

胡一民自我解嘲:"入乡随俗,入乡随俗。"

## 王小芹

王小芹一头扎进办事大厅,趴在办公桌上抱头大哭,同事们围过来问是怎么回事。王小芹刚想回应,醉醺醺的赵大明就闯了进来,冲着王小芹大骂:"贪我一百元,不还上,我上你家吃上你家住。"王小芹忽地站了起来,哭得更凶,却是一句话说不出。

动静闹得大,胡一民、黄菊都从办公室赶了过来。

事情一问就清楚,要过中秋节了,镇上慰问贫困户,一户三百元,赵大明户是王小芹上门的,钱送到了赵大明手上,过了一夜,赵大明到处散票,说王小芹贪了他一百元,自己只收到两百元。

王小芹哭着说:"三百元是赵大明亲自接过去的,我以人格担保。"赵大明说:"谁担保?我签字啦?"真的就说不清了,两个人没个相互证明的。

胡一民黑着脸对围观的人喊了声:"散了,看猴啊!"从口袋里抽出张一百元甩给赵大明,说:"拿去,猫尿少喝点儿。"赵大明一把抢了,临出门还不忘狠狠地瞪了王小芹一眼。

黄菊想说什么没说出,王小芹哭得更凶:"书记,你给他一百元,不就证明我贪了他一百元吗?以后我在村里怎么工作?"胡一民拍了拍王小芹的肩膀,说:"相信你,怎么办?"说完长叹了口气。

王小芹是村里的扶贫专干,大学毕业应聘到赵桥村的。王小芹委屈得哭成了一团,黄菊搂着王小芹的肩膀,陪着洛泪,说:"小芹不怕,有二姑呢。"

事后,胡一民悄悄做了调查,王小芹把三百元交给了赵大明,赵大明转身去了小超市,抽出一百元买了两瓶酒花了八十元,又花二十元买了两袋鸭脖子,一夜大醉,早晨醒了,就闹出了这一幕。

赵大明是村里的贫困户,远近闻名的懒汉,好吃懒做,五十来岁了,还是光棍一条。

胡一民把调查的情况和黄菊通了气,黄菊气得要上门和赵大明算账,胡一民打拦头板,说:"算了吧,算了吧,别扯得一塘荷叶满塘转。"

乡里鼓乡里擂,当村干部谁不是一肚子的委屈?黄菊想想,也就作罢了。

赵大明户是王小芹联系的,胡一民、黄菊合计闹了这一出,王小芹再联系不合适了,调整给胡一民联系。和王小芹说,王小芹却坚决不同意,说:"真调整了,村里人还不把赵大明说的事当真了。"胡一民自我解嘲:"又一个铁头。"

年轻人头脑灵光,王小芹提了个方案,给每个贫困户办张银行卡,以后再有慰问金类的直接打账户上,不是少了不必要的纠缠?是个好主意,胡一民拍板,就这么干了。

王小芹在村子里沉闷了几天,又活活泼泼地工作了。扶贫专干专门和贫困户打交道,王小芹一户户上门,把四十来个贫困户的家底摸了个清清楚楚,一户一策,喜得胡一民和黄菊竖大拇指,直说这丫头有才。

王小芹给赵大明定的一策是承包的田亩进莲藕合作社,给赵大明一个公益岗位,做赵桥村的保洁员。

田亩进合作社赵大明一百个同意,几乎是坐享其成,等着分红。清洁、扫马路,赵大明也不怎么反对。倒是村民们有反映,赵大明懒得屁眼沟生蛆,保洁还不是假的,送钱给他?

王小芹认上了,有自己的办法。

赵大明上岗了,跟着上岗的还有王小芹。清早王小芹就山呼海啸般地敲赵大明的门,拖着赵大明去上岗。王小芹要治治赵大明的懒劲,想想发生的事赵大明心中有愧,尽管一百二十个不情愿,还是拖着懒身体上了路。

这还不算,王小芹还有一招,把胡一民和黄菊也拉上,一人一把大扫帚,和赵大明一起做保洁。王小芹跑前跑后又是拍照又是拍视频,还第一时间发在赵桥村的微信群里。

赵大明懒是懒,但脸面还是顾的,又有一把力气,保洁的活干得有声有色。

一天又一天地坚持。突然,有一天王小芹不再早晨擂响赵大明的大门了,赵大明还是一早拖着大扫帚上路,一扫帚压着一扫帚,路扫完了扫村庄,之后就在路上、村庄来来回回不停走动,打扫完了,还要保洁。

王小芹又接上一招,请了县电视台给赵大明做了档节目,叫《大地的书写者》,专门宣传表扬赵大明,赵大明配合,节目做得好,也为赵桥村争了面子,赵桥干净了,赵桥村出了次名。

赵大明身上的懒虫被王小芹几招赶走了,保洁的活干得出色,就连荒了许久的菜园地也活跃了起来,菜畦规整,辣椒、茄子、西红柿、豆角结了一嘟噜又一嘟噜。

年底莲藕合作社分红,加上赵桥村环境整治优秀,赵大明有功受奖,赵大明收获不少,尽管钱打在卡上,赵大明还是感到手中沉甸甸的。

赵大明活了大半辈子,终于活出了个人样。

赵大明想感谢王小芹,可又不知怎么做,想了半天,有了主意。

赵大明从王小芹处要来了宣传橱窗的钥匙,拿了张百元的钞票,贴在了公示栏里。

## 苏平凡

苏平凡第一次走进赵桥,胡一民领着他夫约边,就是沿着赵桥的边界走一圈。正是夏天万物生长的季节,一地的绿,苏平凡欣喜加兴奋,突然他指着大片的绿色惊呼:"啊,山芋。"胡一民一脸惊诧,不咸不淡地回了两个字:"花生。"

苏平凡脸红了,忙掩饰:"口误,口误了,花生,是花生。"实际上苏平凡吃过花生、山芋,却真不知它们的枝蔓和长相。

胡一民看一眼长得白白生生、一脸文气的苏平凡,心中说:"扯淡了,指望不上了。"

苏平凡是市里派下来的赵桥村第一书记,本来胡一民对苏平凡抱大希望,乡村振兴,大都市的人有大思路,赵桥之外的人看得更清楚。难了,对农村一点不知的苏平凡,估计就是来镀个金的。胡一民这样想。

胡一民和黄菊说这事,黄菊笑得喘不过气。不过黄菊的想法和胡一民不同,说:"出水才见两腿泥呢。"胡一民摇摇头,没和黄菊抬杠争论。

正是荷花盛开的日子,赵桥的荷声荷语满当当的,荷香四溢。苏平凡在荷田里转悠,和采花下藕的村民说个不停,偶尔还拿节花下藕满口鲜甜地吃,俨然就是个大孩子。

胡一民有些看不惯,村里那么多事,苏平凡怎把自己当成了游客,城里人啦,心中免不了有了个疙瘩。

村里的荷田苏平凡逛够了,突然向胡一民提了个建议:办赵桥荷花节,连荷花节的名字都起好了——赵桥莲海荷声首届荷花节。胡一民呆呆地看着苏平凡,苏平凡滔滔不绝,不外乎是荷花美,以游促销,打品牌。胡一民也是走南闯北的人,还真听进去了。

办吧。找来黄菊,三人一商量,苏平凡牵头王小芹协助,加上扶贫的内容,尝试着向前推进。"经费怎么解决?"胡一民问。苏平凡拍拍胸口,说:"我包了。"

苏平凡进了趟城,回来时带回了个团队,不久有了方案,走市场化,赵桥村里提供荷花基地,村民负责莲藕产品,旅游公司带游客来,团队游,不花村里一分钱。

荷花节办得成功,从荷花开到莲子熟,再到初冬扒藕,赵桥的人流不断,藕卖了,莲子卖了,连鲜嫩的藕梗、荷叶也换了钱。还有虾子,也是一拨拨人钓,比卖虾价高多了。

苏平凡又出新招,推出莲藕宴,让家家户户的大锅大灶热火起来,村民们又赚了一把。

金点子有了金收益,胡一民、黄菊把苏平凡猛地一顿夸,苏平凡不谦虚:"小菜一碟,不过功劳不是我一个人的,许多点子是小芹出的。"王小芹有些坐不住,剜了苏平凡一眼又一眼。

村里早有传言,苏平凡和王小芹常在月下的荷田里散步,笑得像荷花样。

苏平凡算是把生在赵桥的庄稼们认周全了,花生是花生,山芋是山芋,稻子是稻子,麦苗是麦苗。不仅是这些,苏平凡连村里许多人的外号也清楚,往往大言不惭地喊,被喊的人也是亲亲热热地答应。

苏平凡的朋友多,一到周六、周日,结伴到赵桥,苏平凡总是拉上王小芹在村里转悠,之后喝上点小酒,酒多是朋友带来的,菜找户干净人家烧,烟火气足足的。酒要喝,地要游,朋友的点子也要出的。

过了大半年,苏平凡搬出了一套方案,在赵桥搞乡村游。

不说不知道,赵桥还真是块宝地。赵桥自东向西是块狭长的地域,东头有神树老棠梨,中间分布莲荷、水果基地,西头有古墩和曹操囤粮的遗址,加上农村味实足的村庄,不是宝地是什么?

和盘端出的方案,让胡一民、黄菊既傻眼又振奋,苏平凡还真有两把刷子!

胡一民是个急性子人,说干就干,都是摆在那儿的,整理整理,一条旅游线路就形成了。

轮到村庄整治,难事来了,别的不说,厕所就当了拦路虎。厕所一家一个,还是旱坑,臭气熏天。可要改造,村民们不干了,改造要花钱不说,肥料用起来也不方便。城里人到乡村,最怕的是上厕所,内急不上不行,上了又惹一身臭味。

苏平凡出了个点子,自己掏腰包悄悄给村口的住户塞了两千元,让这家把厕所改造了,并在显目处打上家有水冲厕所的广告。

还别说这招真灵,游客进了赵桥村,中午一顿饭是必吃的,不用说,选的是有水冲厕所的家。别人家少有人去吃,这家得排队,翻台子。

算不上秘密,一看村口这家因水冲厕所受益了,很多村民也自愿地进行旱厕改造。难题就这般化解了。

苏平凡悄悄塞出的钱,村口的人家还上了,苏平凡大大方方地收回,王小芹直说苏平凡小气,苏平凡说:"你不懂,你不懂,钱不是万能的。"

赵桥村的乡村游热了起来,热的又何止是乡村游?

邻村的刘中兴有些坐不住了,提了两瓶酒找胡一民,说:"胡铁头,把你的宝贝借给我用一用。"胡一民知道刘中兴说的宝贝是第一书记苏平凡,大大方方地说:"行呀,把你们村并给赵桥。"说完,哼起了小曲《嫁人就嫁赵桥郎》,这是一个大作家写的,尽管不满意,但是个新歌。

转眼三年,苏平凡任职期满要回原单位了,没想到的是村民集体上书,按了手印要留下苏平凡。

苏平凡有些惴惴不安,晚上约了王小芹去走荷花田,问她:"可是你安排的?"王小芹迟疑了下,说:"是又怎样?"

苏平凡留了下来,小荷再露尖尖角,不久赵桥的荷花就会别样红了。

## 琐事记

赵桥是过去的赵桥,又不是了,但土地还是块狭长的地域,赵河水仍或深或浅地流,流走了岁月,又流来新的日子。

日子在胡一民当了赵桥村掌门人后发生了不小的变化,变得让人陌生,又新鲜得让人看不够过不够。

贫困户消失了,新的村庄建成了,莲荷香气四溢,但荷香之后,还有众多的花飘出怡人的香味。村庄不缺花香,可这些花的香味是奇特的,沁人心脾的。

赵桥村人来人往,往来的都是些陌生面孔,陌生的面孔来了走,又带来新的陌生面孔,如年年的荷香,花花不同。

又过三年,一些事得记下来。

第一,李河村并入了赵桥村。赵河和李河本是一条大河的两个分支,水出同源,只不过流过的是两方土地。刘中兴打了报告,主动要将李河村并入赵桥村。不过对外刘中兴不这么说,是说两村合并,不存在谁并了谁。

并村这天,胡一民和刘中兴喝了场酒,俩人都大醉。

醉中胡一民又唱《嫁人就嫁赵桥郎》,起先刘中兴没听出味儿来,听着听着,听出了胡一民的"醉翁"之意,一拍大腿,说:"我嫁你呀,老家伙。"说完俩人抱头大笑,谁嫁谁还不一样。

第二,赵桥村的荷花节成了气候,一年一届办,一年比一年办得好。荷花节早不是过去意义上的荷花节了,荷花搭台经济唱戏,推动了莲藕产业,也带动了其他产业,村里人说现在是愁长不愁卖,连水里的螺蛳头,也能"秀"出名堂。

莲藕会蔓延,赵桥的莲藕走出了赵桥,周边的村子也兴种莲藕,真成了莲海。藕也行销全国,重庆的火锅竟涮上了赵桥的花下藕。

县里看荷花节阵势大了,干脆办了全县的荷花节,还建起了"荷香廊道"。

县里荷花节的主会场放在赵桥,胡一民、黄菊、王小芹露了大脸,苏平凡找不到,村人说苏书记又去吃花下藕了,气得王小芹跺脚骂:"怎就长不大?"苏平凡乐于被王小芹骂,高声说:"花下藕是水果藕。"自此花下藕又多了个名字。

借荷花节的声势,赵桥举办了场集体婚礼,十来对新人在映日荷花下牵手。

有两对新人特别引人注目。

一是苏平凡和王小芹,尽管这二位的恋情村民们都知道,平时也开玩笑讨喜糖吃,但真的牵手走进婚姻殿堂,还是让村民们惊喜。苏平凡可是大都市里的人,"下嫁"赵桥村能不让人惊喜?

苏平凡脸皮厚,在台上大声宣布:"我爱赵桥村,我爱王小芹。"众人欢呼,王小芹却拧了苏平凡一把,说:"谁先谁后?"又是一阵子哄笑。

二是赵大明和何婶,赵大明老光棍,何婶早年丧夫,原李河村人。黄菊和刘中兴牵线,还别说,一说就成了。

赵大明不懒了,不穷了,赵桥拽着走,环境改变人呢。

赵大明一脸的皱纹都爹开了,却又羞得满脸通红,嘴里叨咕:"头一次,头一次。"何婶白赵大明一眼:"还想第二次?"村民们不放过,让两个老家伙一对新人,来个大拥抱。黄菊忙解围,匆匆地把他们引下台。

胡一民躲在一边抹眼泪,心中的滋味说不上来。赵桥荷声朗朗,都是笑声。

第三,胡一民、刘中兴都从书记的位子上退了下来,年龄不饶人,要让年轻人上了。

黄菊接任了合并后的赵桥村书记,王小芹做了村委会主任,几乎是没争议的。

苏平凡又一个三年期满了,村民们还是舍不得苏平凡走,又要联名上书。这次不行了,黄菊领头做工作,不能夫妻俩都在村"两委"当主要领导呀。黄菊讲话大家听,二姑嘛。苏平凡回市里工作了,可家安在了赵桥村,是赵桥人了。

胡一民又铁头犟了一回,执意把公司总部搬回了赵桥,算是再一次创业。公司总部的事胡一民不管,常背着个手,哼哼唧唧的,从村头走向村尾。

公司的总部回乡了,随之而来的是一批走出赵桥村的人归来。胡一民心中一惊,拼死拼活向外闯,怎就回来了?三十年河东,三十年河西哦。

赵桥的琐事有味,记上几则。

*原载于《安徽文学》2022年第10期,《小小说选刊》2022年第21期转载*

# 穿越时空的绣花鞋

## 杜艾洲

### 一

2016年冬至日,数九寒天如期而至。章衣布吃下三个饺子后,突然向女儿提出要穿她的绣花鞋。她说:"小穿,你把我的绣花鞋给我穿上吧。我怀上你那年,你爹推我去城里赶西关老古会穿的绣花鞋。"

尽管章衣布大脑已失去指挥行为的能力,可这话在夏小穿听来,仍似晴天霹雳当头一击。她完全惊呆了,失音一般,麻木一般,说不出话。

章衣布又说:"我的绣花鞋压在夏口屯老房子柜头里,你去给我拿来,你爹来找我了,我要穿上绣花鞋去见他。"

章衣布的话,让夏小穿猛地打个寒战,一种不祥的预感向她袭来,似乎娘随时都有可能离她而去。通常,脑溢血病人后遗症会让记忆力前移,思维停留在十几年甚至几十年前的记忆里。娘所说的柜头,是她当年出嫁时的陪嫁。夏小穿出嫁时,章衣布陪不起新嫁妆,把柜头重新刷一遍大红油漆又成了女儿的陪嫁。柜头,烂底脱帮,早成了灶房里的烧柴。

夏口屯老房子里哪还有柜头呢?

"夏口屯,出奇人;杀鬼子,打敌人;枪法准,跑步快,铁路壕里挖营寨……"儿时的歌谣在夏小穿耳边响起,那个在歌谣中让她虚幻了无数次跑步快的奇人形象也随之在眼前闪现,她为夏家有这样一位流传在皖北平原古黄河流域一带家喻户晓的前辈而自豪。

老屋老了。随着五叔离世,老屋连同院子里一棵遍体斑驳的老榆树都少了许多生气。村子里小洋楼高而华丽,老屋如鸡立鹤群,古朴而萧瑟。夏小穿打开双扇木门,走进屋子里,轻抚正门条桌上并排摆放的两帧镶在镜框里泛黄的烈士证明书。灰尘沾上了手指。她缓缓地擦拭灰尘,算是问候,亲切又陌生的问候。

老房里,除了两帧烈士证明书和一辆断把独轮车外,空空如也。夏小穿面对烈士证明书里的奇人和叫夏大福的男人,忍不住跪地抱头大哭。夏大福是夏小穿未曾谋面的爹,尽管他未曾呵护女儿一天,她却陪伴了在一尺见方里的他67年。房子里没有人,夏小穿哭得酣畅淋漓,哭得那么饱满、那么流畅,对烈士证明书里让她憋屈大半生,既感受不到爱也感受不到恨的男人的复杂情感,在痛哭中得到了充分宣泄。

哭够了,夏小穿抬头望屋梁。翻修前的老房子,梁头上卡进去一辆残缺一根把手的独轮车,它是这个家庭里所有物件中,陪伴她成长最忠实的伙伴。房子翻修时,独轮车被摘了下来,但放在屋梁上的独轮车留在夏小穿脑子里的印象却怎么也挥之不去。独轮车放屋梁上时,爹已经不在了,娘是怎么把这个笨重的家伙塞到梁头屋檐下的?而且填塞得如此结实、如此服帖?夏小穿从小到大不止一次望着屋梁思索这个心中一直没有解开的谜……

夏小穿老伴病逝后,她劝章衣布搬来一起居住。起初,章衣布坚决不同意,垂耷着眼,不阴不阳地说:"这么多年我一个人习惯了,我不去你家过寄人篱下的生活。"夏小穿苦苦相劝,章衣布就是不答应。章衣布问:"住在你家,我还能天天守着你爹留给我的念想吗?你不嫌我看不到念想会天天吵你骂你吗?"

夏小穿长期憋屈在心里的愧疚与自责,希望能在陪伴娘的晚年生活中好好弥补。她抚平了如千百个蚂蚁爬在心头的苦痛,转换出一副嬉皮笑脸的神情,对娘说:"我就想让你吵我、让你骂我。你不吵我,你不骂我,我心里难受,我心里痒痒,我吃不下饭,我睡不着觉!"女儿这番话,让章衣布心里乐滋滋的,忍不住笑了,但糅合在密布鱼尾纹里的快意却很快又凝聚在双眸的惆怅中,她抬头看梁上的独轮车,叹口气,固执而坚定地说:"我舍不得离开这个破屋!"

夏小穿明白娘留恋的不是这个破屋,而是独轮车;当然,还有一件更值得她留恋的东西,几十年她都不明说,可常常绕着弯地说,那就是绣花鞋。她一定认为,绣花鞋就在这个穷家破院里,被夏小穿藏迷失了。

无奈,夏小穿只好去找五叔。五叔支前时腿上的弹片没有及时取出,异物被肌肉组织包裹旋转形成了一个漏斗状伤口,一条腿已经不能走路了。五叔和夏小穿商量好对策,拄着双拐,艰难地走进了章衣布的老房子。

没容章衣布辩解,五叔开口便说:"侄媳妇,我早都想好了,你搬到小穿家住,腾出房子翻修后,把俺哥和俺侄子的烈士证明书摆放在里面,也给他爷俩安个家,你不会不同意吧?"

章衣布无语了,望着屋梁上的独轮车,嘀咕一句:"翻修可以,但不能动我的独轮车。"

五叔吃力地挪动一根拐杖,敲击地面,生气地嚷道:"翻修房子哪有不动独轮车的道理？独轮车摘下来，放在他爷俩的烈士证明书前，让大福时时都能看到它。"章衣布心存不舍，但五叔的话句句在理，句句碰撞在她心口最柔弱的部位上，最后，她只好搬到夏小穿家去了。

章衣布已步入90岁高龄，她的生命快走到尽头。她在生命的最后日子里又提出要穿绣花鞋，这个让夏小穿愧疚大半生的话题，犹如在伤口上重重地摁了一把盐。

夏小穿决定去城里一趟。她听说古玩市场里卖什么老物件的都有，连章衣布那个年代的大裆裤子、偏襟褂子都有人从乡下收购拿去卖。她希望能碰巧买到一双相像的绣花鞋，只要大体相像就行，娘毕竟是脑溢血后遗症病人，记忆常常是支离破碎的，不然，她也不会提出要穿绣花鞋。

走出村口，新修的柏油大道泛着水洗般黢黑的光泽。夏小穿远望公交候车处，几名工人正在施工。她担心公交车的停靠点变了，问工人师傅，师傅告诉她，停靠点没变，正在修建站亭和椅凳，以后咱农村离城里越来越近了。夏小穿心想，现如今真是心里巴望啥就有啥。

正值周末，古玩市场里人头攒动，此情此景不禁让夏小穿想起小时候章衣布拽着她小手在夏口屯逛会。地摊上的东西五花八门，偏偏没有卖绣花鞋的。流动的人静静观察，用心揣摩，偶尔蹲身小心翼翼地将审视良久的物件拿起看看又放下，不作评价，也不讨价。夏小穿猛然觉得古玩市场很深奥，没有夏口屯集市上包子、油条的买卖来得直截了当。她很失望，想去小商品一条街逛逛，看能不能买到绣花鞋。还未走出市场，前面人群里响起了《没有共产党就没有新中国》的合唱声，高亢嘹亮的歌声吸引她情不自禁走入人群。两排中老年男女衣着整洁，排成整齐队伍，正昂首高歌。在他们队列后面，十几块展板及各种物件摆放有序。夏小穿一时弄不明白，这些人在古玩市场举行什么活动。她抬头发现，入口处写着"纪念淮海战役胜利67周年收藏展"的标语。

队列后面摆放的物件在眼前闪过，夏小穿感觉那么熟悉，那么亲切，像一个大磁场直接把她吸了进去。她依次浏览那些独轮车、担架、扁担、挑筐之类的物件，还有拉车的绳子、摊煎饼的鏊子、军用缸子、军用鞋、针线包等，突然，一截木棍吸引了她的眼球。她走过去，从铺着红绒布的桌面上拿起那根木棍，瞬间，眼泪夺眶而出。

她久久伫立桌前，木棍握在手里越攥越紧。管理员在她身旁停留好一会儿，看她如此在意这根木棍，便说："阿姨，这可不是一截普通木棍，这是独轮车的一只把手，这只把手的背后还有一段感人的故事呢。"

夏小穿知道管理员在和她说话,可她却充耳不闻,从肢体到表情瞬间僵硬。管理员感觉这位阿姨和这根木棍一样,背后一定有故事,便走出去,带来一位身着黑色呢子大衣、满头银发、走起路来有点瘸的高大男人。

男人凝视夏小穿,略有迟疑地问:"你,你是?"

夏小穿从呆滞中回过神来,眼眶里饱含着伤感的泪花。她抬头望了望眼前站立的男人,顿觉眼前一黑。她没想到这个已与她永无交集的男人,会如魔幻一般倏然而至。她大脑放幻灯片一样,在毫无心理准备中又生了五味杂陈的心思,起承转合,猝不及防。她想一走了之,没等男人把话说完,便匆匆放下木棍。

"夏小穿,你是夏小穿吗?"男人步履蹒跚地紧紧尾随其后。

一股冷风如刀片在脸上划过,一排翠绿的松树发出尖厉呼啸。呼啸声中,夏小穿一阵眩晕,勉强走到一张条椅前,再没有走动的力气,整个人虚脱了,瘫软的身躯斜靠在条椅上,晕了过去。

## 二

苏鲁豫皖四省接壤之地,坐落在古黄河与陇海铁路之间,有一片村庄密集的区域,叫夏口屯。夏口屯不是一个独立村庄的名字,是"三里五庄"的统称,包括周边相邻的夏庄、章庄、尚庄、秦庄、韩庄,因一条河流在这里汇入古黄河,人们便称入河口这一带的村庄叫夏口屯了。夏庄处在五个自然村中间,自古有三六九早集,二五八逢会的习俗。这里是一处码头,人口密集,流动量大,民主革命时期,曾是中国共产党在皖北地区秘密开展革命活动的地方。歌谣里的那个枪法准、跑步快的奇人就是这一带地下党组织的负责人,在一次阻击陇海铁路上日本鬼子军列的战斗中,光荣牺牲了。

章庄村的章老大,是地下党组织的一名联络员,他开的一家印染店,是地下党秘密召集会议的地点。女儿周岁那天,夫妻俩在床上摆放了笔墨纸砚、剪子、花朵、胭脂和吃食等,可女儿却啥都不抓,先后两次抓起了摆放吃食的布片。众人看后大笑,说这孩子心大,期盼全国的劳苦大众都能过上好日子,有吃有穿。章老大欣然接受了地下党组织负责人老夏的建议,给孩子取名章衣布。

绿油油的麦苗耸起叶片疯狂拔节的时候,正值粉淡香清的章衣布在一片铜锣、唢呐声中,脚穿绣花鞋,头蒙红盖头,被章老大抱进花轿,嫁给了夏庄的夏大福。

家里要添新成员,刚开春,夏尚氏就催促夏大福把河滩的半亩荒地挖起来,种上早茬玉米。一场及时雨,玉米蹿了半人高,顶上长出了花,茎秆上鼓起了穗尖儿。

夏大福带章衣布去玉米地里打理老叶,她看到一棵玉米没有结穗,叶芽里却长出一块蘑菇样鲜嫩的灰包,像玉米的肝脏生长在体外。顿时,她感觉鼻孔里冒出一股香喷喷煮肉肝的味道。她掰下来,一边吃一边兴奋地对夏大福说,这"乌莓"真香!夏大福转过脸来,她已经把半个巴掌大的"乌莓"啃得差不多了。夏大福看着她被汁液浸染得黑不溜秋的嘴唇,忍不住笑了。

"笑啥笑?俺有了。"章衣布脸蛋上泛起一阵红晕。

夏大福从惊喜中回过神来,揽她入怀,又亲又揉。他沾满青灰叶色素的大手抚摸她后背,从后背滑到腹部。章衣布整个滑润的腹部奇痒无比,只好任由夏大福把她轻轻地放倒在刚掰下的一堆玉米叶上……

转眼到了冬季,一个飘零的世界。

收获与播种之后,赶城里西关老古会,是乡下人最向往的事。此时,章衣布肚子隆起老高。夏大福心疼她,知道她一人吃食两人享用,非要推她去赶会。晚饭后,一家人围在煤油灯下剥玉米,夏大福对娘说:"过两天西关老古会,我推衣布去赶会。"

夏尚氏惊讶了,这是哪档子事啊?肚子里都怀上孩子七八个月了,还去赶老古会?章衣布听后也连连摆手:"你见过谁家女人挺着大肚子还出门晃荡?"

夏大福抓起铁锥子刚穿掉两趟玉米粒的棒穗子,大手一拧,咔咔嚓嚓,满穗玉米粒被拧得干干净净。他把玉米轱辘子随手一扔,蒲扇般大手一摊,铁青着一张长方脸说:"这事就这样定了,谁喜欢嚼舌头根子就让他嚼去!"夏尚氏即便有一百个不同意的理由也不说了,只好顺坡下驴,规劝衣布:"去吧,去散散心。不过,老古会上人多,别挤着、碰着了,去时多穿点衣裳,别冻着了。"

夏大福看娘如此通情达理,又说:"娘,我去时带上一口袋玉米,卖了换点活泛钱,操办年货,也给您老人家买一提麻花,贯一串生煎羊肉包来。"夏尚氏听后眉开眼笑,说:"好好好,别光顾看热闹,照顾好衣布。"

那晚,章衣布激动得半宿睡不着觉。生煎羊肉包的淡淡香味扑鼻而来,弥漫于床前。她头枕在夏大福棒槌般粗壮的胳膊上,柔声细语地问:"大福,你说我明天穿啥衣服好看?"夏大福说:"你说吧,你想穿啥?"

章衣布说:"我想脚穿绣花鞋,头顶红头巾。你还记得吗?你推我头趟回娘家时的那身穿戴——两头红。你说你喜欢,我说你喜欢下次再推我出门,我还穿给你看。""记得、记得。"夏大福捋捋章衣布满头秀发,一只铁钳般的大手不由自主地轻轻游走在她高高隆起的肚皮上。

东方破晓,夫妻俩起床。章衣布裹了脚,换上绣花鞋,缠紧裤脚带,绣花鞋与头上的红方巾相得益彰,鲜艳夺目。

出了村口,是通向县城的一条大道,自古称之为官路,是一条古驿道。一年前,刘邓大军南下,夜半时分从这条官路上通过,雄赳赳气昂昂一直走到天亮。夏尚氏听说官路上走的是解放军,从被窝里爬起来,煮了家里积攒的十几个鸡蛋,蒸了一锅面团,提篮子站在路口,把鸡蛋和面团一个个塞到战士衣袋里。送走行军队伍,她刚走回家,有人敲门。夏尚氏打开门,见五叔背着一名战士跨入门槛,她连忙进屋整理房间。生病的是一名军官,被秘密安置在夏大福家内间里,由夏尚氏悉心照料。三天后,病人身体日渐康复。那晚,夏大福陪五叔推着独轮车,按照指令,把人送到了六十里外的商丘火车站。

村口的官路被四辐辘大车碾压出两道深深的硬地车道,手推独轮车只能行走在六尺车辙中间。车辙中间本应是被黄犍牛蹄子扒出一个个不规则印迹的软土,夏大福推着独轮车刚一转入官路,却感觉两条车辙中间被独轮车碾压出一条沟痕。他经常在这条官路上推独轮车,从没有过这种感觉,显然,这不是独轮车日积月累所形成的沟痕。官路笼罩在晨雾中,平添一份神秘色彩。脚下的官路除了多出一条小沟壑,其他地方却变得坚实了。他低头看路,顺便用脚尖踢踢路面泥土,猜想昨夜这条官路上一定经过一支满载辎重的独轮车队。

沿官路前行不足一里路程,夏大福便听到对面同样有独轮车小辐辘声响。凭声音判断,迎面来的应该是一辆载重独轮车,其载重量不亚于他车上的一袋玉米外加一个女人。

对面独轮车距离夏大福越来越近,车头前面拉绳男人与后面推车男人的形象皆呈现在眼前。前面拉绳男人和他年龄不相上下,后面推车男人大约五十岁,看得出,两人行走的速度非常缓慢。夏大福赶紧把自己的独轮车靠向路边,留出足够宽的路面让重车通过。对面独轮车吃力而缓慢行走,清晰可见车上两条麻袋撑得七满八平。前面拉绳年轻人因目光直视夏大福的独轮车而放缓了脚步,绳子松弛那一刻,后面推车男人把握不住平衡,独轮车摇晃一下,人车一起翻倒在地上。

夏大福连忙放下独轮车,一步跨过去,搀扶起地上的推车男人。与此同时,夏大福惊讶了,两人推了这么重两麻袋粮食,推的竟然是一辆断了一条车把的独轮车。断裂的车把用一条细麻绳密密麻麻地捆扎着,却已失去承重能力,像战场上负伤的战士,骨折的肢体打了绷带,凭顽强的意志而不屈不挠地坚守。夏大福被深深感动了,虽然他还不知道这两麻袋粮食的去处。前面拉绳年轻人与夏大福合力扶起独轮车,深表感谢,同时也向尚不知道他俩是父子关系的夏大福作了介绍,说他们来自山东,是到商丘军粮供给站给解放军运送支前物资的,昨晚因为路上摔断车把,掉了队,落在了车队后面。

拉绳年轻人说话时,目光不由自主地看着夏大福的独轮车。当他与挺着大肚子的章衣布四目相对的一刹那,连忙低下头,想说的话涌向喉咙口又咽回肚里。

夏大福自然明白年轻人的意图,更知道独轮车一只把手用不上力,推起来是什么滋味。独轮车两只把手是把握平衡的,一只把手晃晃悠悠,意味着父子二人要多付出一倍力气。不怨他们会掉队,会累得天旋地转。

夏大福担心做父亲的身体坚持不住,问他要不要歇息一下再赶路。那山东汉子拍拍胸脯说:"放心吧,再走一百里路,我这身板也吃得消。"夏大福又问:"你们认识路吗?商丘我去过,我认得去那里的路。"年轻人说:"认不认得路不是问题,我们可以沿着独轮车队的印迹找到地方,只是……"

夏大福打断年轻人的话说:"独轮车的问题也不是问题!"

夏大福把章衣布扶下车,拍一把后腰,紧紧攥住她一只手,恨不得把那只小手融进自己体内。他啥话也不说,松开手,一个弓腰,奋力抱起一只大麻袋,再一转身,把装满粮食的麻袋扔在他的独轮车上。当他转身去抱第二只麻袋时,被年轻人制止了。年轻人说:"大哥,你车子上一袋粮食被压在麻袋下了。"夏大福说:"我有意把它压在麻袋下的,我不要了,拿它支前了!"

当第二只麻袋结结实实地被摔在独轮车上时,章衣布欢喜、期待一夜的好心情也被摔得粉碎。那一刻,她除了心疼自家的独轮车和玉米白白送了人,还心疼夏大福——他接下来要推着一辆断了一只把手的独轮车去赶西关老古会。

章衣布错了。

夏大福再次走向她,轻轻拍拍她肩膀说:"这爷俩累得够呛,我路熟,我送他俩去商丘军粮供给站,你把这辆断把独轮车推回家吧。"

章衣布紧咬嘴唇,眼泪仍不能遏止。夏大福伸手掖紧她被寒风吹开的头巾边角,小声对她说:"别哭,知道你哭的样子有多难看吗?"章衣布强憋着,泪水从脸上流下来,她没哭出声,任凭眼泪往下流。

夏大福一把架起独轮车,父子俩一个拉绳一个在一侧推车。车子推动起来,章衣布身子一阵发冷,一个激灵贯穿全身,瞬间充盈着一股从头顶倾泻到脚跟的凉意。她胸腔里爆发出一声低沉的吼叫,像山谷的回音在头顶嗡嗡作响:夏大福,你个孬种,你脑子让驴踢的! 你不怜惜我,也不怜惜我肚子里的孩子?

## 三

　　章衣布伤心地扶起断了一只把手的独轮车,艰难地向前推。一步,两步……独轮车越推越重。她想把车把抵在肚子上,又怕伤到肚子里的孩子。她用力地推、步履错乱地推、气喘吁吁地推,终于,累得上气不接下气,不得不停下脚步。

　　她放下独轮车,一屁股坐在车前杠上,"哇"的一声大哭起来,像一个夜幕来临时迷路的孩子,哭她的茫然,哭她蓦然转身的挚爱,哭她纷乱思绪里跳出的一切……她把憋屈全哭完了,眼前又闪现出夏大福轻轻把她放倒在那一堆玉米叶上的情景。

　　女人的幸福来得就这么诡秘,如此轻描淡写的一个回忆就知足了。她低头看绣花鞋,缠枝莲在刚才步履错乱中被踢断几根线。她心疼得双手来回摩挲着,把支棱起的线头抚平在绣花线里。之后,她淡然而坚定地抬起头,遥望渐渐远去的、驾驭着独轮车阔步前行的她男人宽大的背影,一直遥望到他消失于视线之外……

　　她再次推起独轮车,双手紧紧抱住一只把手,像庙里的老和尚撞钟一样,一步一步地向前撞动。她步履不再错乱,不忍心她的绣花鞋再度受到伤害。幸好,五叔早起下地干活碰到她。老叔公看侄媳妇这般狼狈,不便多问,接过独轮车,帮她推回家。

　　夏尚氏和五叔听了章衣布的描述,两位长辈都沉吟不语。五叔掏出旱烟袋,吸完一袋烟,"啪嗒啪嗒"在鞋底上磕掉烟灰,霍地一下站起身,可着大嗓门,吵架似的高声嚷嚷:"大福这孩子是条汉子,是条汉子!有种!义气!像他爹!"

　　夏尚氏说:"他叔你别提他爹好不好?我求你了,你别再说像他爹了!"夏尚氏说这话时,泪眼婆娑。

　　章衣布换掉绣花鞋,双手心疼地摩挲断线的绣花缠枝莲。夏尚氏找来绣花针、丝线,婆媳俩一个捧着鞋帮,一个小心谨慎地走针牵线,把断了的线头缝补好。绣花鞋被章衣布擦洗干净,晾干,放进柜头里。她期盼明年或者再明年,夏大福推着她和孩子一起去城里赶西关老古会。

　　直到第三天,夏大福还没回来。夏尚氏每天到村口的官路上观望。她等到日落黄昏,继续等;等到天黑,章衣布悄悄站在她身后轻轻晃动她的肩膀,她才扭过脸。她扭过脸,反过来安慰章衣布说:"走,咱回去,不等了!这孩子心野,出门就像放出去的鹰,让他在外面撒撒欢吧。"

　　半个月后,夏大福捎信来,说他加入了解放军支前小分队,随军运送物资,等打完仗,再回来。

那时,淮海战役已经全面打响,解放区的民众们纷纷自发组织起来,支援前线。五叔就是村子里支前运送物资的领头人物。他知道了夏大福的消息,张嘴便说,我就知道大福这孩子不是故意躲避,他是在那边帮解放军干事了。

夏尚氏立马怨撑五叔:"我身上掉下的肉,啥成色我还能不知道?他爹的种,变不成狗尾巴草!"五叔忙说:"你看你看,你这是说的啥话?"

夏尚氏明显消瘦的脸庞颧骨凸显,她嘴唇嚅动,像当年喝汤喝出一个面疙瘩舍不得下咽等待喂夏大福而含在嘴里。她太阳穴上青筋暴起,显示出一副英雄走向行刑场般坚定而无所畏惧的气概!她说:"衣布儿,让你五叔把断把的独轮车给我修好,我也要去支援前线!"

"我也要去支援前线!"她重复着这句话,抬起裹腿大裆棉裤,小脚却没能稳稳落地,身子一阵倾斜,慢慢歪倒在章衣布胳膊弯里⋯⋯

夏尚氏病倒了。章衣布悉心照料婆婆,但终因身体原因加上思儿心切,她没能熬到腊月就闭了眼。

章衣布的身子一天比一天笨重。虽然没赶上西关老古会,可西关老古会带给她的思念却坚不可摧地留在脑海里。她眼前时常浮现出夏尚氏、夏大福的影子,她脚穿绣花鞋坐花轿坐独轮车的情景,与她手捂高高挺起的肚子盼孩子盼男人的心情水乳交融,既有思念又有期盼。

寒冬里,终于迎来一个温暖和煦的午后,章衣布背靠屋门双眼紧盯院外村头的路口——她经常这样,期盼夏大福高大的身影突然出现在眼前。她没有迎来夏大福,阳光照射眼睛,她却看到漫天星辰。在眼前金星飞舞中,她看到五叔他们兴高采烈地推着独轮车进了村。她听到负伤坐在独轮车上的五叔吼着粗大嗓门给迎接的家人们述说淮海战役已经取得了决定性胜利,人们欢欣鼓舞。

村子里敲起了锣鼓,响起了鞭炮。章衣布挤入欢庆人群中,悄悄走到五叔跟前,轻轻抚摸着他腿上的绷带,问五叔:"你见到大福了吗?"五叔安慰衣布:"你放心吧,过不了两天,大福就能回来。"章衣布知道夏大福和他们不在一个支前分队,他要从很远的地方赶回家,他回家需要时间,但她没把时间想得太长。她最清楚她那傻大个男人的体魄,一定想她了,想她肚子里的孩子了,所以走路很快。他一定是仰头傻笑着走路,大踏步地往家走。他走一辈子路也捡拾不到别人掉在地上的一文钱,他总是昂首阔步。

章衣布在不安期盼中等待。五天、十天过去了,她没有等到夏大福走回村。她不再局限于倚门望村头路口,而是走向村外她婆婆等儿子时站立的那条官路。

五叔放心不下,又不好意思陪在侄媳妇身边,只好躲在不远处观望。他虽然没有打听到夏大福的确切消息,可他心里预感十有八九是凶多吉少了。他听说商丘火车站是总兵站,站台上堆积了各类支前物资,唯一的希望是夏大福在商丘军粮供给站遇到那名生病的军官,参加了解放军的队伍,成为一名人民解放军战士。夏大福应该成为一名人民解放军战士。

夏大福肩扛长枪、威武雄壮的形象一次次在五叔脑海里映现,这时,突然有人在身后拍了拍他的肩膀。身后的陌生男人问:"官路上站的是夏大福的媳妇吧?"五叔点点头。来人拉他袖口,两人席地而坐。旱烟袋里的烟叶吸了一锅又一锅,来人唉声叹气,不说话。

"有话就说,有屁就放!"五叔是个急性子,看着他额头上一条半拃长的伤疤,忍不住向他吼叫。"伤疤脸"表情木讷,似乎天生就是三个石磙压不出一个屁的敦厚朴实人,在五叔一再追问下,才慢条斯理地道出原委。其实,他说出的事五叔早就从他大口吸烟袋的神情中猜测到了。五叔向他索要了家庭地址,说是合适的时候去找他。

这天,章衣布一早就来到官路上,她双手叉腰借力支撑臃肿的身躯,站立在婆婆曾经站立的地方。身后不远处是五叔和村里的男男女女,他们怀着同样焦虑的心情在等待,等待章衣布产下肚子里的孩子。

村里的接生婆在五叔安排下,也挤在人群中。

突然,章衣布叉开双腿,弓下腰,手撑地面,头拱地。接生婆安排两名年轻人飞快跑回章衣布家,踹开她家屋门,拿来一床棉被,大家七手八脚地把她放在被子上抬回家。

章衣布急促地喘息着,沙哑地哭叫着,双手紧紧抓住被汗水浸湿的被角。她在痛哭,声嘶力竭地痛哭,有身体的痛更有内心深处无以言表的痛。一声啼哭,呱呱坠地,章衣布的女儿,就是在如此情景下来到了这个世界。

女儿睁开双眼,看到最多的,除了娘的乳头,就是娘拿起又放下,始终不离床头的那张被五叔在怀里揣了一个月才不得不交给章衣布的夏大福的烈士证明书。夏大福牺牲在了淮海战役战场上。

## 四

像雨后迎来了艳阳天,新生活新气象让章衣布逐步走出了悲伤的心境。一个梦醒的早晨,晨曦踏过窗棂洒落在女儿鲜艳的褓褓上,章衣布猛然想起了梦境里的父亲章老大。章老大说,我们抛头颅是为了创造新生活,以后你们要在新生活中更好地创造生活。章老大的话,章衣布好似懂,又好似不懂,梦境像透窗而来的浮光,虽一晃即逝,却也略得一知半解之悟。章衣布就着另一个世界里老父亲的嘱托,给女儿起名小穿。

春季,章衣布还没给夏小穿断奶,互助组的耕牛得炭疽病死了,撇下一头出生不到十天的小牛犊,饿得奄奄一息。章衣布不忍心小牛犊活活饿死,晚饭后,悄悄走进牛棚。她不知道牛一出生就有四对门牙,于是,解开上衣纽扣,掏出乳房,双膝跪地,把乳头塞到小牛犊嘴里。章衣布使劲挤出奶水,饥饿的牛犊嗅到乳香精神大振,猛地一口含住乳头,把一只乳房咬出两处穿透伤。

秦庄的秦子昂学郎中,原在城里一家药房做事。自成立乡农会开始,他就回到家乡,相继加入了互助组、初级社、高级社和人民公社。当时,他和章衣布同在一个互助组,听到章衣布一只乳房被牛犊咬伤的消息后,带着熬制好的药膏亲自登门,进门便振臂高呼,向英雄学习!向英雄致敬!

章衣布唏嘘不已,忙说:"我不是英雄,让咱分了田地又互助起来的人才是英雄。"

章衣布的乳房在连续敷用秦子昂几帖药膏后虽然干瘪下垂,但伤势却痊愈了。从此,秦子昂时常到章衣布家来,嘘寒问暖,随之滋生的邪恶念头也越发膨胀起来。一天,他走进章衣布家,嬉皮笑脸地对章衣布就要动手动脚。章衣布闪身躲开,没想到色胆包天的秦子昂如饿狼扑食一般疯狂,情急之下,章衣布转身操起床头的那根独轮车把手,狠狠地向他砸去。

秦子昂的头上挂了彩,从此,他忌恨章衣布。

在章衣布献乳救牛犊先进事迹过去十七年后的一天,秦子昂带着两名小将走进她家。他对身后两名小将摆摆手,示意把章衣布拉出去批斗。他说:"夏大福和你都是国民党特务,那年天不亮你俩出去和特务接头,接头暗号就是你脚上穿的那双绣花鞋!"

章衣布很平静,只说:"我们是去赶西关老古会的,看唱大戏的表演猪八戒耍耙子的把戏。"

耍耙子的意思,秦子昂自然心知肚明。他气急败坏,狡辩道:"你这话,说给鬼听,鬼都不会相信。你一个身怀六甲挺着大肚子的女人还能去赶老古会?那么冷的天你不怕冻脚还穿绣花鞋?"

夏小穿听秦子昂说起绣花鞋,立刻警觉起来。她知道娘的绣花鞋就放在柜头底部,秦子昂不会把绣花鞋翻出来挂在娘脖子上拉出去游斗吧?

秦子昂吆喝身后两名小将抄家,找出那双绣花鞋来。这时,夏小穿一把抓起床头上放着的那根独轮车把手,"咣当"一声横在门框上,把人堵在门外。她极力争辩说,我爹不是特务!这根独轮车把手就是证据!那辆支前独轮车就是因为路上摔断了车把才掉队的,他们也不是特务!我爹是支援淮海战役时牺牲的!

被挡在门外那个叫越彬的小将深情地凝视夏小穿,看着光滑圆润的车把手,轻轻地拍拍她的手说:"小妹妹,你松手,让我看看这根木棍是不是独轮车上断下来的。"

越彬从眼神到说话的语气,与秦子昂形成鲜明反差,顷刻间,夏小穿被瓦解了,如落水的人抓住一根救命稻草,在充满信任的瓦解中,乖乖地把车把手交给了他。

柜头——是章衣布家里唯一能够隐藏物件的地方。秦子昂坚持要抄家,越彬一步跨到柜头前。他打开柜头翻腾一番,在柜头棉衣之下绣花鞋之上,拿出了夏小穿爹和爷爷的两张烈士证明书。他重新把柜头里衣物掖紧,盖好柜头盖,把两张烈士证明书摊在秦子昂面前,什么话也不说。

越彬的举动让秦子昂措手不及又无计可施,心里很不痛快,有一种被反将一军的极度无奈。也许,秦子昂不知道夏小穿的爷爷也是烈士,卑下与高尚两种迥然不同的境界蓦然而遇,情何以堪。他不敢过度造次,把章衣布拉出去在村子里象征性游走一圈就放回来了。

章衣布被拉出去时,越彬借机索取了那根独轮车把手。夏小穿不同意他带走车把手,他依然深情地凝视她,依然轻轻地拍打她手背。这个正值情窦初开的女孩,在越彬深情目光和一份感恩之心驱使下,妥协了。

傍晚,五叔来了。他不进屋门,搬块砖头坐在屋门外,干咳几声,掏出旱烟袋滋溜滋溜地大口吐烟雾。夏小穿出来招呼他进屋坐,他摆摆手,只顾大口吸呛人的旱烟袋,屁股坐在砖头上纹丝不动。

章衣布回到家,倒在床上就睡了。五叔知道她没睡着,一个女人家受这么大委屈,怎么可能倒头睡着呢?五叔要等她出来,他有话给她说。

章衣布终于熬不过,懒洋洋地打着哈欠走出屋门。

她问:"俺叔,你找我有事?"

五叔说:"那帮人让你受委屈了。"

她说:"俺叔你这样说就不对了,都是秦子昂这个败类在使坏,不关两个孩子的事。"

五叔长叹一口气。"唉！我说你真是大肚量,你这心里咋啥事都能盛得下呢？好吧,别的话我不说了,大福是在前线牺牲的,是英雄,是烈士,这点你心里踏实就行了。我来是想对你说,你的那双绣花鞋要是还放在家里,你就一把火烧了它吧,这年代不兴再穿那玩意了,你藏着掖着它干啥？"

章衣布理直气壮地对五叔说："不瞒你,那双绣花鞋就是被我藏着掖着呢。人活着总得留个念想,俺叔,你也想想,我嫁给夏大福才半年多点,他除了在我肚子里给您夏家种了一棵苗,他还给我留下啥念想了。就凭那一张花纸？我宁愿他背叛我、嫌弃我,在外面又有了一大家子人。那样的话,只要他还活着,哪天良心发现了,偷偷跑回来,趴在蜀黍地里偷看我两眼,也是个念想！"

"你真拧筋头！"五叔生气得使劲在鞋底上吧嗒吧嗒磕烟袋嘴,憋得半天不说话。

章衣布说这话时,夏小穿就在旁边听着,她咋忍心偷偷地把娘的绣花鞋扔进坑塘呢？这是永远纠结在夏小穿心里的一块伤病。如果说这是一件罪过,那么,越彬就是造就罪过的一名帮凶。夏小穿恨不得憋口气,潜入塘底,把沤烂绣花鞋的那块塘泥挖出来,供奉在娘的床头。

当时,章衣布找不到绣花鞋,问夏小穿："你把我的绣花鞋藏哪了？"夏小穿紧咬嘴唇就是不说,宁死都不说绣花鞋的去向。章衣布拧住她耳朵,把她推倒在地。夏小穿爬起来,流着泪,仍然不说。

那是一个下着牛毛细雨的傍晚,一个让夏小穿终生难忘的时刻。在秦子昂带人抄家的第二天,她发现有个人影在院门口来回走动,鬼使神差的,她脑子里一下想到了那个叫越彬的大男孩。是他,一定是他！夏小穿向门口走去,毫不设防的、怀揣一颗怦怦跳动的芳心走向他。越彬告诉她,你娘的绣花鞋放在你家柜头里,太不安全了,你给它换个安全地方吧。他告诉她,他家住城里,再过两天,他就回去了。

越彬并没有主张把绣花鞋毁掉,只是让换个安全地方。他担心在他走后,秦子昂要是再想整章衣布,那双绣花鞋他们一定能够找到。越彬说他相信她娘的绣花鞋不是和特务接头的暗号。他说,一个烈士的女儿,是不会做国民党特务的。越彬说他父亲是一名参加淮海战役的负伤英雄,从她家拿走那根独轮车把手,想带给父亲做拐杖。他说,父亲有这样一根拐杖支撑走路,会走得更坚强、更有信念,像当年在战场上打仗,身后有无数支援前线的人民群众支持,才给了他战无不胜的勇气。

越彬给夏小穿留了地址,他家住城里更生巷八号。他为什么要留地址呢,她并

522

没有主动要地址。越彬侃侃而谈,夏小穿接不上话茬,也不想接话,就想听他说。那一刻,别说是一根独轮车把手,就是他要把她带走,她都心甘情愿。

越彬要走时,夏小穿哭了起来,从抽泣到哽咽越哭越痛。那个临阵不慌、淡定自若地隐瞒了章衣布绣花鞋的大男孩,那个深情地凝视夏小穿,轻轻拍打她手背的大男孩,此时拘谨起来。他心里很乱,像在学校操场赛跑时,既有等待裁判员哨声响起时的期待,又有向往跑出好成绩的紧张慌乱。一阵拘谨与内心狂乱之后,他终于鼓起勇气,一把将夏小穿揽入怀里。

轻风细雨,秋雨缠绵。夏小穿哭声渐止,夜幕下两人深情相拥。夏小穿不再哭泣,乖乖地感受着宽厚胸膛带给她的温暖与安全。稍后,她从越彬怀里挣脱出来,扭头走回家。她走回屋子,章衣布已经睡觉了。章衣布的睡眠非常好,经历的事情太多,别的女人不能承受的事,她都能承受。她常说身正不怕影子歪,天塌下来,也不影响她睡觉。

屋子里没有灯光,黑夜把夏小穿内心的孤独与失落衬托得更深邃、更冷漠。她像潜入民房的盗贼,轻手轻脚地从柜头里拿出娘的绣花鞋,揣进怀里,鬼鬼祟祟走出家门。

夏小穿摸黑冒雨走向村外那口周边密生蒲草和芦苇的坑塘。坑塘外围有一片坟茔,茔地里遍布荆棘与瓦砾。大地已经沉睡,夜风戚戚,只有蒲草和芦苇偶尔拂起一阵飒飒声。夏小穿绕过五叔家院门前的那条小路来到坑塘后,五叔家突然响起几声狗的吠叫,她一点没有感到诧异,只是想,五叔家的大黄狗反应真是迟钝。

没有月光的夜晚,坑塘四周漆黑一片。夏小穿在茔地边沿摸索砖头石头瓦砾之类的东西。她摸到两个半块砖头,分别塞进两只绣花鞋里,然后顺着坑塘的斜坡,把绣花鞋扔了进去。她如释重负地长出一口气,像是单枪匹马完成了一项秘密而神圣的使命。

## 五

那年,又是城里西关老古会的日子。一大早,章衣布起床,坐在屋梁下,抬头凝望屋梁上的独轮车发呆。

娘,这辆独轮车你是怎么放到屋梁上去的?夏小穿连问两遍,章衣布面色沉静,像绑在谷子地里的稻草人。稻草人没有灵魂,章衣布有,但她灵魂出窍,游走到二十年前的那个早晨了。

章衣布凝望了很久,也沉思了很久,一脸凝重。就在夏小穿为她想出了神的样子担心时,她猛然间从沉思中回过神来,目光停留在夏小穿脸上。与她相依为命二十年清纯美丽的女儿,非但没能温暖她,反而让她散发出冰冷逼人的寒气。她说:"哼,老娘给你实说吧,只要是你老娘我想做的事,没有做不了的!"

章衣布到底还是没说独轮车是怎么放到屋梁上去的。她只说:"你知道你爹死前做了啥事吗?只要心里存着念想,癞蛤蟆也能撑起桌子腿。"夏小穿瞪大眼睛想听她细说,她思索一会,却闭口不言了。

一会是蓦然而至的汹汹气势,一会又是神神秘秘的老气横秋。夏小穿蒙了,不知所以了。对章衣布的忽来忽去,她不理解,心想,你有本事,你把你的绣花鞋找出来呀?

果然,没容夏小穿搭话,章衣布话题一转,张口骂道:"小穿,你良心叫狗吃了,我想你爹时,就只能望着这辆独轮车发呆了,你知道不?你知道不?你知道不?!"

章衣布拐弯抹角骂夏小穿,并不明问绣花鞋的事。

夏小穿怕她刨根问底,大声说:"我不知道!我不知道!我不知道!"她一边唾沫星飞扬地说着,一边大步走出门外。跨出门槛,她无声地哭了,任由泪水划过脸庞滴落在衣襟上。

夏小穿二十岁了,一个不能说没有爱的年龄。十七岁那年,那个重重撞击了她心怀的大男孩,从此再无踪迹。虽然夏小穿心里清楚,对越彬的依恋是没有结果的,但她仍然忘不了他。城里人和农村人中间隔着一条巨大鸿沟,在那个年代,没有多少人能跨越这条鸿沟,更何况他俩是在如此不对等的环境下认识的。但无论如何,在以后的日子里,夏小穿始终认为越彬是个有思想有主见能明辨是非的男孩,和那个特殊年代里其他同龄人不一样。为此,夏小穿深陷在单相思里不能自拔。在凛冽的时光里,那么不堪重负,越彬始终是她生命这本书里一段最精彩的故事。她想起城里,就想起他,想起更生巷;城里就是他,他就是整座县城。她努力在话语里添加"城里"这个词,在有"城里"这个词的话语中,为情感寻求一丝心理安慰。

夏小穿擦干眼泪又走回屋子,给仍在仰头望独轮车的章衣布揉肩、拍后背。她说:"娘,这年头城里西关老古会不让办了,等啥时城里老古会恢复了,我带你去城里赶西关老古会。"一连说了几遍"城里"这个词,一种甜蜜的感受在夏小穿心底悄然荡漾。

女儿温暖体贴的话语,也让章衣布的心情终于阴转晴,不再为二十年前的那个早晨伤心难过。可她转脸却问夏小穿:"你说人死了到底有没有魂?"

"娘,你别吓我。"夏小穿心惊肉跳,眼前仿佛站着一个铁塔般的魔影。她紧紧搂住娘的脖子,不敢抬头。

"有,肯定有!不然,我哪来的那么大邪劲?"章衣布望着屋梁上的独轮车,自言自语。片刻,她又说:"小穿,我敢说,你爹的魂就在咱家这屋子里,在守着咱娘俩,你不能再让他牵挂你了。"

"你也老大不小了,该找个婆家了。你别给我绕花花肠子,你肚子里有几条蛔虫我都知道。咱农村女人找婆家图的是过日子,过日子不比小孩垒瓜园,说踢就踢。过日子比树叶还稠。你能找个会过日子能干活,知道心疼你的人,就是你爷爷你爹给你修来的福气。"

知女莫如母。章衣布早都摸透了女儿的心思。一席话,说得夏小穿扑通一声跪在她面前,一头扑进怀抱里,像受了天大委屈的孩子,哽咽着说:"娘,你嫌弃我作践你了吧?我还不上作践你的债,再好的人家我也不嫁。"

章衣布明白女儿所说作践她的意思,她既怜爱又生气,眼前闪现出绣花鞋的影子,双手却轻轻拍打着女儿的后背,娘俩相拥而泣。

在章衣布连哄带骂规劝下,夏小穿不得不接受媒婆提亲。这门亲事是章衣布通过五叔找媒婆说合的,男方家在陇海铁路壕沟下的一个村庄,离夏口屯不远。不久前,章衣布与男孩的父亲有过一次接触,就是这次接触,让她知道了有关夏大福的一段令她悲伤而自豪的故事,也让她知道了一个人若是心里藏有念想,念想就会像修炼的神术一样转化出超能的力量。于是,她下定决心,趁早斩断女儿对越彬那份荒谬的思恋。

经历过章衣布被游斗的事情后,五叔觉得该让章衣布知道夏大福是怎样死的了。一天中午,章衣布下工刚回到家,五叔带着一位年龄相仿的男人走进了她家低矮的阜房。"俺叔,你啥意思?"章衣布瞟一眼穿戴整洁,额头有一条伤疤的男人,脸色立马拉了下来,像刷了一层浆糊。"嫂子,您误解了,我来找您说说话的。""说话去五叔家说去!找我一个女人家说啥话?"跟进来的男人并不生气,他理解一个年轻寡妇心里的苦衷。

他说:"我是眼睁睁地看着夏大福殉难的。——战斗打响时,我和夏大福被分在一个担架小分队里。一枚炸弹落下来,夏大福一跃而起,用他高大的身体掩护在负伤战士身上。他的棉袄开了花,鲜血染红了棉絮;他近乎血肉模糊,头上也流着鲜血,可他却拖着一条断腿,血肉模糊的身躯爬动着,硬是把负伤战士的担架拉进了战壕……我爬过去时,他拉着我的手说,我不想死,我还没把媳妇推到西关老古会上,她还在路上等着我呢;打完仗,你帮我找到她,她脚穿绣花鞋头顶红头巾……"

夏小穿与黎明在村后麦田里一棵大柳树下第一次见面,那个额头上有一条半拃长伤疤的男人就是黎明的父亲。两人见面后,双方没有意见,按照习俗,去城里照相片。在乡下人看来,领不领结婚证不重要,只要两人一起去城里照了合影照片,婚姻就算定下了,下一步只等选日子、办喜事了。

夏小穿彻底放弃对越彬的思恋就发生在这天。她跟着媒婆去城里照相,县城一家国营工农兵照相馆坐落在人民广场对面,十几天前,媒婆就和黎明约定在广场大门口等。这天,广场门口格外热闹,人们成群结队地拥向广场。突然,人头攒动,拥挤的人群一阵风起浪涌,无意中把夏小穿挤到了最前头。这时,一个脖子上挂着木牌子的人正被两人揪着头发架着胳膊走过来,走到夏小穿跟前,首先映入她眼帘的是那块木牌子上贴的白纸黑字:大流氓越彬!

"大流氓"三个字与越彬联系在一起,让夏小穿不寒而栗。她倏然滋生出对眼前这个男人的鄙视情绪。如果不是后面人挤得让她不得不抬头,她决不会看他的面孔。当她极不情愿却又带着不可能的念头抬头看这个大流氓时,她惊讶了,这不正是那个苦苦折磨她这么多年家住更生巷的越彬吗?!

四目在惊讶与漠视中相遇。不错,越彬神情里流露出的愤慨漠视了所有人的存在!夏小穿呆呆地站在那里,她的双腿像灌了铅一样沉重。大流氓?越彬怎么变成大流氓了?她不愿相信眼前的现实,眼前的现实太残酷了,打破了所有在苦苦相思里构筑的美好。

媒婆带着个头不高、清瘦、黑不溜秋的男孩来到夏小穿跟前,在媒婆拉扯下,夏小穿才回过神来。两人相互点头,笑笑。夏小穿笑起来面部神经有些僵硬,确切地说,是笑得不自然、极为勉强。于是,她连忙扭脸,调整心态,平复心情。她问黎明:"你来有一会了吧?"黎明说:"嗯,我来时,广场门口还没人,没想到现在这里会有这么多人。"媒婆嘴巧,能说会道。她接过话说:"一个大男人不务正业,还耍流氓,真是想不到!男人,还是老实本分的好。"

媒婆在借机夸黎明,夸他本分。黎明听出来了,不好意思地说:"你俩还没吃饭吧,咱先吃饭去,吃了饭再照相片。"夏小穿原本指望吃饭时在县城里转悠转悠,看看那个更生巷是啥模样?现在她没有这份心情了。简单吃了饭,媒婆在照相馆门口等,夏小穿第一次与男人肩并肩紧紧挨在一起,照下了她有生以来的第一张照片。

## 六

　　夏小穿很快从条椅上清醒过来,身上盖着越彬的呢子大衣。越彬靠在一旁支撑着她的身躯。看她醒来,越彬要送她去医院检查身体。夏小穿说:"我身子骨好得很,啥病都没有,不用检查。"

　　越彬又问她:"你还能认出我吗?"

　　她说:"我压根就不认识你。"

　　越彬没明白过来,马上解释说:"我就是那个从你家拿走独轮车把手的人,你既然认出了那只独轮车把手,你就应该能想起我,还有那个傍晚……"

　　"别给我提那个傍晚!那个傍晚早在我脑子里抹得一干二净了。"

　　此时,夏小穿心情极其复杂,十七岁花季年龄的芳心早已流逝。这个叫越彬的男人突然出现在眼前,太突然了,突然到让她爱恨交加,脑海里画面叠涌。越彬还想再说什么,可夏小穿却站起身,坚决果断地离去。越彬要送她回家,被她拒绝了。

　　夏小穿去了一趟城里,没有给章衣布买到绣花鞋,她什么也没买,中午饭也没吃,直接坐公交车回家了。

　　几天前章衣布问过夏小穿一次绣花鞋的事,之后没再问。她最近精神不佳,一副萎靡不振的样子,不但话少,进食也少,偶尔嘴里小声嘟囔几句含糊混沌的话语,夏小穿凑近细听,好像是在喊夏大福的名字。

　　如何才能了却她老家人绣花鞋的心愿?夏小穿苦思冥想,想不出好办法。唯一的办法就是买来绣花针和丝线,重新给娘做一双。不过,谁又会做绣花鞋呢?章衣布那一辈活着的人,也捏不住针和线了,要想模仿娘的绣花鞋重新做一双,夏小穿只有自己动手。

　　章衣布的身体状况明显一天不如一天,已处于昏迷状态。夏小穿主意已定,给她做一双绣花鞋。她挑灯搭火,一连熬三个晚上,终于纳好一双鞋底。鞋底好纳,鞋帮难做。做鞋帮要袼褙,夏小穿撕碎一件旧衣服,熬了一碗面糊,在一块木板上打出一块锅盖大小的袼褙。够了,有这么大一块,足够了。夏小穿几十年没做过绣花的活了,拿起针线,却不知道在鞋帮上绣缠枝莲该如何下手?她一手托住大红鞋面,一手捏着针线坐在娘床前发愁。就在这时,村干部领着越彬来了。

　　越彬仍然身着那件黑色呢子大衣,大衣里裹着一身高档西服,只是半个领口翻卷。一件崭新白衬衣明显带着刚拆封折叠的印痕。他走进屋来,看看卧床昏迷的章衣布,再看看愁眉苦脸的夏小穿,一脸凝重。当他看到夏小穿手里的鞋面及针线,那副凝重的表情瞬间转化为不解和疑虑:这些年只有在戏台或电视屏幕上才能看到的做针线活场面,没想到夏小穿正在现实中演练。

村干部向夏小穿介绍说:"这人是城里来的,找不到你家,让我带个路。"越彬对村干部说:"辛苦您了,我们认识。"

村干部走后,夏小穿拿绣花针轻扎手背,感觉疼,她才不得不相信,眼前情景是真实的。她抬头问越彬:"你咋说我们认识呢?那天在古玩市场我不是告诉你了吗?我压根就不认识你。"

越彬不和她争执认识不认识的话题,他已经读懂了眼前这个女人话里的意思。他看到案桌上放了一双新纳的鞋底,很自然地与夏小穿手里的鞋面及针线联系在一起。他问:"你在给你娘做鞋,做绣花鞋?"

"对!不错,你猜得太对了,我就是要给娘做一双绣花鞋!我娘的绣花鞋被我这个不懂事的闺女在一个漆黑夜晚扔到村外坑塘里了。现在,她该去见我爹了,她要穿那双绣花鞋去,你说我不给她重新做一双,我该怎么办?我又能怎么办?!"

"那个夜晚、那个倒霉的夜晚、那个让我弱智的夜晚!"夏小穿一鼓作气、喋喋不休地发泄着心中的郁闷,像满天的乌云顷刻间化作瓢泼大雨一般。

"小穿,你听我说,我很庆幸今天来,我来得太巧了!我要给你说两件事,对,是两件事;本来是一件事的,现在换成两件事了。"越彬越说越激动,说话有些语无伦次。

"你说吧。"夏小穿发泄心中郁闷后,变得很平静。

越彬说:"我先说第一件事吧。我要告诉你,你那天在古玩市场看到的独轮车把手,陪伴我父亲度过了下半生。我父亲挂着它,它上面既浸进了山东父子的汗水,也浸进了我父亲的泪水,它现在更圆润、更坚硬了。父亲过世多年,我一直收藏着它。我退出公司十年间,致力于从民间收藏有关淮海战役的物件,再过三年,就是淮海战役胜利70周年的日子,我要把收藏的有关淮海战役的物件整理出来,办一个民间博物馆,把我父亲、你父亲,还有你爷爷等那两代人,为了我们今天美好生活所做出的牺牲和贡献展示给下一代、展示给未来。我想,你一定会支持我吧?"

夏小穿诧异了,这哪像是"大流氓"说出的话?

"小穿,那辆断掉一只把手的独轮车,还在吗?"越彬试探着问道。

"你是为了那辆独轮车来找我的?"夏小穿瞪大眼睛,反问他。越彬没说话,只是点点头。他仿佛又看到了夏小穿50年前的眼神,他甚至有点害怕看到她那眼神;其实,那只是既有疑虑又充满信赖的眼神。夏小穿走错一步,导致她终生愧对娘,她还要再错一次吗？越彬的沉默,让夏小穿疑虑中的信赖乍然低沉。她猛然间愤怒起来,愤然起身,说:"你走吧,独轮车还在,但我不能给你!"她的眼前陡然闪现出娘坐在屋梁下望着独轮车发呆的情景。

越彬无法勉强她,也不能勉强她,但他心里踏实,只要独轮车还在。他说:"那我接着给你说第二件事,这第二件事,就是关于你娘那双绣花鞋的事。"

夏小穿抬头直视他:"你说什么?"

他说:"你娘的那双绣花鞋还在,被我收藏了。我决定还给你,了却老人家一桩心愿。"于是,越彬牵着夏小穿的思绪一起走进那个夜晚——对夏小穿来说,让她倒霉的、弱智的夜晚。

夏小穿从院门口走回屋子,越彬踟蹰在院门外黑暗处并没有立刻离去。少男少女的第一次拥抱,像出穴的精魂在眼前萦绕。他既担心,又不舍。他看到夏小穿的身影从屋子里走出来,便尾随其后绕到坑塘边。夏小穿在坑塘外的地面上胡乱摸索寻找砖头块,他想极有可能她是要处置绣花鞋,他判断夏小穿在扒土挖坑,把绣花鞋掩埋在地下。越彬感觉自己做错一件事,不该引导她把绣花鞋换个地方藏严实一点。她家里空荡荡的,屋子里就那些家什,能藏到哪去? 她只有遗弃绣花鞋,让它从此消失不见。

彼时,越彬产生了收藏这双绣花鞋的念头。他并没有真正意义上的收藏意识,只是觉得要为自己的错误埋单,有责任保护这双绣花鞋。他不能让绣花鞋埋在地下变为粪土或者在一场大雨之后冲刷出来,再次被秦子昂作为章衣布夫妻俩与特务接头暗号的证据。

结果出乎越彬意料,夏小穿才没有那么傻呢,空手扒个地穴埋上娘的绣花鞋,那是小孩子过家家才玩的游戏。当夏小穿把装入砖头块的绣花鞋扔向坑塘时,越彬想高声叫停,想跑过去拉住她,但一切都来不及了。在夏小穿走后,越彬抱着侥幸心理,沿坑塘斜坡小心翼翼地往下摸索,果真在水边芦苇丛里,摸到了那双两只鞋带系在一起的绣花鞋。

夏小穿永远不会想到,她根本没有把绣花鞋扔到坑塘最深处,她没有那么大力气。绣花鞋被坑塘的芦苇挡住了,承负着砖头块重量的绣花鞋顺芦苇滑落,滑落在芦苇丛里。

那是黑夜,夏小穿紧张而慌乱,这是她长到十七岁所做的最果断、最勇敢的一件事。之后,她为此释然过、愧疚过、苦恼过,但她唯独没有想到绣花鞋还会幸存下来。她没有想到希望也会隐藏,隐藏在一个出乎意料的地方。半个世纪的风雨之后,这个隐藏点终于冰雪消融,现出庐山真面目。

这是她所期盼的吗?越彬讲出这件事时,夏小穿一开始很惊讶,但惊讶里似乎没有多少感激成分。岁月在她内心深处塞入太多元素,黑的、红的、白的,五光十色;苦的、甜的、酸的,五味杂陈;美丽的、善良的、丑陋的,一应俱全。她分辨不出好与坏的明确界限,像是爱与恨都变成了没有棱角的鹅卵石,在一潭清水下交映出别样风景。

## 七

当初,那辆残缺把手的独轮车就放在章衣布家院子一角,淮海战役支前那阵子,五叔来看过,想接上把手继续用,但把手实在难以续接,断茬斜度不够大。

五叔说,从把手的平茬来看,推车人一定是栽了一个大跟头的,摔得不轻。章衣布不愿回忆太多当时的情景,她甚至想,如果不是那个推车的父亲栽倒了,说不定夏大福就不用随他父子俩一起去送粮了。她问:"俺叔,你到底用还是不用这辆独轮车,你要说它不能用,我就劈了它烧锅!"

五叔说:"眼下光景也不是简单修一下就能修好的,但你别劈它,等我时间宽裕了,再来慢慢修。"

"你走吧!要修也要等夏大福回来让他修!"章衣布赶五叔离开,她嫌他不会说话。等你时间宽裕了,夏大福也回来了,还用得着你修吗?

五叔把夏大福的烈士证明书领回来交给章衣布时,章衣布脑子里立马闪现这一幕。她生气当初五叔说这句话,就在之后不久,她做了一个梦,梦见夏大福傻乎乎地站在床边对她说,我没有死,我还要接着打大仗。那辆独轮车你一定保存好,别让五叔推走了。我回来修好了,还要推着你去赶西关老古会,穿上你的绣花鞋,围上你的红头巾。

章衣布相信了梦里夏大福的话。那时夏小穿才出生不久,她把襁褓里的女儿抱到一个安全地方,用一根绳子把独轮车吊起来,使劲拉到梁头高度,把绳头系在床腿上。之后,她把柜头搬到床上,爬上柜头,借助绳子拉力,咬紧牙关使出浑身力气向上拉,独轮车一下横在了梁头杈手下,车轮卡在斜角里。她晃动一下,感觉车轮被梁头斜角卡得结结实实。一切收拾妥当,她自己也惊讶,谁也不会相信这一切竟然是一个生过孩子不久的女人独自完成的事。

夏小穿虽然不知道娘与爹有梦里相约这段经历,但在章衣布没有咽下最后一口气之前,她是不会轻易答应将独轮车送人的。虽然越彬是糅杂在她生命里的一个特殊人物,但她也不能松口。夏小穿本来是这样想的,坚定地、毫无悬念地这样想,但当越彬把独轮车与绣花鞋轻而易举地糅合在一起的时候,她为难了。

第二天一早,越彬开车来到夏小穿家,送来了章衣布的绣花鞋。看到绣花鞋,夏小穿脑海里立马闪现出越彬被批斗的情景。他的"大流氓"罪名不会与这双绣花鞋有关吧?这是一个多么古怪、多么牵强附会的想法,可这个想法在夏小穿脑海一出现,却怎么也消失不去。

她问越彬:"你可以把你一生中所受最委屈的事说给我听吗?"她相信,无论批斗与绣花鞋有没有关联,都应该是他一生中最委屈的一件事。此时,她已坚信他不是大流氓,她眼前又浮现出越彬在惨淡中高高昂头漠视一切的神情。

越彬沉默了,五十年再回首,不禁又戳到了他曾经的伤痛……

越彬从人民广场被拉出去游斗时,像是一只被五花大绑的困兽。他抗争,却白费力气;他有太多的委屈,又无法解释。捆绑他的不只是绳索和写着大流氓的木牌子,还有脖子上与木牌子挂在一起的女人的绣花鞋。他傲然不屈地昂着头,比游斗他的人高出一截,绣花鞋和木牌子也就更醒目。小县城万人空巷,人们聚集在狭长的街道两旁。他的脸上被涂抹了锅灰,衣服被口水吐湿了,像屋檐下融化的冰溜滴滴答答。围观看热闹的人发出的唏嘘声被掩盖在耍猴般敲击的铜锣声中,越彬就这样在禁锢思想的牢笼中漫无目的地游走,变成了犹如过街老鼠人人喊打的大流氓。后来,绣花鞋被扔进机械厂废弃仓库里,在一个漆黑夜晚,他翻墙爬窗进入仓库,借着蒙了一层黑布的手电筒微弱灯光,找回了绣花鞋。在他翻墙逃跑时,从墙上摔了下来,腿就是那次摔伤的,他不敢去医院治疗,最终落下了残疾。

夏小穿的心像针扎一般。她不明白,凭一双绣花鞋,为什么要批斗他?

越彬说:"那次从你家回城后,我被安置在国营机械厂生产车间工作。厂里正生产手扶拖拉机驱动旋耕耙,我经过反复钻研,对旋耕耙刀片装置大胆提出革新建议。我的建议经试验鉴定取得成功,我也因此被评为劳动模范,戴上大红花,走向领奖台。就是那次领奖,我才知道,秦子昂到我们厂里任副厂长了,是他亲自给我颁发的奖状。领奖后一天,秦子昂去我家,说是看望我的英雄父亲。在我家,他无意中发现了绣花鞋。他问我,是不是章衣布的绣花鞋被你藏起来了?我坚决不承认,我说是在垃圾场捡来的。秦子昂耸耸肩、撇撇嘴,不屑一顾地看着我冷笑两声,吐着烟圈,来回踱着方步,脑子里一定想起了抄家时在两张烈士证明书前我让他难堪的一幕。他突然把绣花鞋抓在了手里,皮笑肉不笑地对我父亲说,大英雄,你儿子这双绣花鞋被我借用了。第二天,我刚进厂就被一帮人扭送到他办公室,他恼羞成怒,说我搞复辟,收藏女人绣花鞋,是流氓行径,派人把我拉出去批斗。"

夏小穿说:"秦子昂他不得好死!"

越彬说:"在那个特殊年代,他作恶多端,后来被法办了。"

夏小穿明白了,一切都明白了。她没想到娘的一双绣花鞋会给他带来如此大的灾难。她对他的亏欠无以言表,心口一阵发痛,揪心的痛。

夏小穿沉思良久,对越彬说:"你等下,我让儿子来照顾他姥姥,我和你一起去夏口屯,你把独轮车拉走吧……"

章衣布连续昏迷几天,清醒过来后,看到夏小穿手里拿着绣花鞋在眼前晃动,便一把夺过去,把绣花鞋摁在胸前,嘴里喃喃自语:"我要穿上它,去城里……"

"对,穿上它,去城里,去赶西关老古会。"

章衣布听夏小穿说赶西关老古会,突然瞳孔里放射出一束呆滞中略带惊恐的目光,像受了惊吓的孩子一样。她低声嘀咕:"就是去赶老古会,就是去赶老古会。"夏小穿说:"赶老古会,买麻花、串包子。"章衣布没再接话,搂着绣花鞋迷迷糊糊入睡了,绣花鞋被结结实实地摁在胸前。

这天,越彬又来了。

来得真巧,章衣布也在这天格外清醒起来。夏小穿刚出屋门,她就清醒地叫喊:"小穿、小穿,你人呢、你人呢?"夏小穿又惊又喜,一溜小跑到床前,说:"我来了,我来了。"章衣布双手紧紧抓着绣花鞋,嗔骂道:"小穿,你良心还没叫狗吃光,你把我的绣花鞋藏哪了?藏得那么严实,藏得那么干净,还是原来的样子。"

绣花鞋保管得非常好,布面和绣花丝线的颜色依然鲜艳夺目。夏小穿故意逗她说:"你好好看看,这是你的绣花鞋吗?"章衣布鼓眼努睛,瞥一眼夏小穿,说:"老娘比你认识它,你再藏一百年我也能认出来,有你奶奶缭的线头在这。"夏小穿这才发现,两只鞋的缠枝莲花瓣上,确实都有缝缭的痕迹。

这时,越彬凑到章衣布床头前,他说:"老太太,我开车拉你去城里赶西关老古会吧。"

"你是谁?"章衣布问。越彬说:"我是帮夏小穿把你的绣花鞋藏到现在的那个人。"

越彬回头注目夏小穿,夏小穿却移步床前,仰望窗外……房间里非常安静。其实,越彬心里也很清楚,西关老古会二十多年前就有其名无其实了,他之所以提出要开车拉章衣布去一趟城里,是让她看看现在的城里,现在的西关,让她临终前能在脑海里比较一下城里现在的改变与她想象中的区别。章衣布有这个资格作比较,她是最应该享受在比较中感受这份愉悦的人。她只有在心里有了比较,她去另一个世界见到夏大福他们,才能理直气壮地告诉他们,你们死得值,你们用生命换来的新中国让我感受了愉悦。

章衣布凝神静气地在听越彬讲话。她看夏小穿不表态,便说:"小穿呀,你和人合起伙来折磨我,折磨我这么多年,你以为不让我看到绣花鞋我就不会想你爹吗?我该想还是想,我还照做穿着绣花鞋去赶西关老古会的梦。"

夏小穿终于下定决心,宁愿娘死在路上,也要在她闭眼之前了却赶西关老古会的心愿。她转身把越彬拉到窗前,悄声问他:"你真要带我娘去城里?其实,你不必付出这么大代价,独轮车已经送给你了。"

越彬说:"我是真心想拉她老人家去城里。不但要让她感受翻天覆地的变化,还要让她看一眼我未来的博物馆——一个与她紧密相连的博物馆。"

下岗潮那阵子,越彬是第一批被厂子里"放长假"的工人。"大流氓"的臭名声,瘸腿的缺陷,加上家里还有年幼的儿子、年迈的老父亲,让他一夜白了头。越彬自小喜欢看书,下岗后的闲淡日子,他开始逛书店、逛文化市场并喜欢上了收藏。那些陈旧的老物件,愈加催发了他对绣花鞋的珍爱。夜深人静时,时常会回忆起那个下着毛毛细雨的夜晚……每当他把那根独轮车把手掂量在手里的时候,心里就会产生去找夏小穿收藏那辆独轮车的想法,可每次总是自我否定,觉得愧对夏小穿。他把那次魔鬼般的冲动定义为乘人之危,常常在乘人之危的自我批判中悔恨、伤感。

后来,越彬开办了一家文化用品公司,公司在他的苦心经营下日益红火,生意鼎盛时,老父亲却因病去世了。父亲临终前抚摸着独轮车把手对他说:"我原想把这根拐杖带走,陪我一起火化,但我现在不想这样做了,你把它收藏好,一代一代传下去,让它永世流传。"

父亲的临终遗言给了越彬很大触动,君子当以厚德载物,再多的钱也买不到人灵魂所需要的东西。越彬脑海里构思了一个怎样才能一代一代传下去的设想,他处理掉那些杂乱的收藏品,专心致志地投入淮海战役民间收藏上,后来文化用品公司搬迁到经济开发区变更为文化传媒公司后,他直接从公司退出来,把公司交给儿子经营。

从此,他走村串巷,辗转在苏鲁豫皖之间,像一个拾荒的老人,寻找散失在民间的有关淮海战役的物件,并搜集整理了淮海战役中一个个感人心怀的故事。

## 八

去城里的路上,越彬的车开得很慢。夏小穿抱着章衣布,章衣布脚穿绣花鞋,头顶大红头巾,身子裹在一条毛毯里。她已经几天没吃东西了,上车前却吃下了一碗鸡蛋羹,精神矍铄,眼神左顾右盼。娘俩的心情都很激动,她们把期盼、美好寄托在了越彬车上。

车子稳稳地停在当年西关老古会那片地方。如今,这里既称不上遗址也算不上遗存,高楼林立,绿树成荫,一片崭新气象。越彬下车,拉开车门,手指高楼对章衣布说:"老太太,这就是当年老古会的地方,您看看,如今变成了这般模样。"夏小穿说:"现在人买东西不用再赶老古会了,高楼里有店铺、有商场,卖啥的都有。"章衣布嘴唇微微翕动,低声说:"我知道,我知道。"

她的眼里噙着泪花。

车子开到城中繁华地段,开进一处宽敞院落。院落里错落有致地分布着一排排平房。越彬说,这是我以前公司的生产厂区,现在是我筹建博物馆的地方。越彬下车后以极快的速度在一处平房里整理出一张床,铺上被褥,他和夏小穿携手把章衣布抱上床铺,让老人家躺在床上歇息。夏小穿一眼就看出来,被单及被褥并不整洁,甚至有些凌乱,凭女人特有的敏感,夏小穿感受到越彬的富有与匮缺——物质和精神上是富有的,但却匮缺女人的关爱。

章衣布歇息的床前,放着一盆巴西木。夏小穿和章衣布都叫不出花木的名字,感觉像栽在盆里的一棵玉米。章衣布的目光停留在巴西木上,她一定在想,怎么把一棵玉米栽在盆里了?此时此刻,她一定想起了玉米地,想起了只有夏大福和她才知道的玉米地里的秘密……

目睹这里的一切,夏小穿感觉越彬就是一本她从没读懂也永远不可能读懂的大书。她的脑子空了,空得像一张白纸。她看到满屋堆放的有关淮海战役的物件,佩服得五体投地。她说:"你收藏的东西真多。"越彬说:"每一个物件背后都有一个故事。"

相比第一次去找夏小穿,越彬已改变了当初的陈列计划。他要把独轮车、绣花鞋、独轮车把手,还有夏大福、章衣布及山东父子串联起来,还原一个时代,讲解一个故事——一个像章衣布床前的巴西木一样有根有干的完整故事。

越彬对夏小穿说:"我有个构想,还没来得及和你商量。"他说:"我本来只想陈列独轮车,让讲解员给参观者讲解那段不平凡的经历,但我现在觉得这段经历太伟大了,伟大到像一部百年电影大片,它要有真实的人物形象来烘托它的伟大。"

越彬停顿一下,继续说:"我这样给你说吧,我要在这里建一个蜡像区,放上那只车把手和残缺了把手的独轮车,然后给夏大福、山东父子、章衣布各塑一个蜡像。"他特别强调,要给章衣布塑一个脚穿绣花鞋头顶红头巾的蜡像。

夏小穿完全被越彬的博大情怀所折服。在越彬提议下,她扶着章衣布坐在那辆独轮车前的椅子上拍下一张照片,作为以后塑蜡像的脚本。夏小穿见过博物馆的蜡像,太逼真了,和真人几乎没什么两样。她听儿子说一个蜡像要好几万块钱,她不知道越彬到底有多少钱。但无论他多么有钱,她都被感动得热泪盈眶。

夏小穿问越彬:"嫂子支持你花这么多钱塑蜡像吗?"

越彬不情愿面对这个话题,可又觉得眼下正是破解这个话题的好时机。他无奈地说:"当年她承受不了我背负大流氓这个臭名声带给她的心理压力,我们离婚了。"

章衣布轻轻挪动一只饱受风雨的如槁瘦手,在小声说话。她的声音很低。她说:"小穿,别难为这个男人,把我的绣花鞋脱下来还给他,他需要,他做的是大事。"

显然,越彬和夏小穿讲话,章衣布听明白了。存放绣花鞋的玻璃柜就在这栋平房里,越彬给章衣布买来一双新鞋换上,把绣花鞋再次存放在玻璃柜里。越彬抱给章衣布看,章衣布颤抖着双手抚摸玻璃柜,她笑了,笑得老泪纵横。

越彬把夏小穿娘俩送回家时,夕阳已坠入天边。天际宛若挂上一条红绸子,红得那么鲜艳,美得那么自然。夏小穿说:"你回去的路上开车小心点。"越彬说:"我还会来,来和你一起照顾老人。"夏小穿连连摆手说:"不要、不要,这里不需要你,你专心办你的大事吧。"越彬说:"博物馆需要人手,以后需要你去打理。"他说:"只有你最合适,没有比你再合适的人了;你我都是亲眼见证新中国成立的人,是活着的有生命的博物馆。"寥寥数语,两位古稀之人,在五彩缤纷的夕阳余晖里,描绘出一幅素色时光里最永恒的风景。

夏小穿平时没有看手机的习惯,手机不响就静静地躺在一边。从越彬的博物馆回来后,手机与她亲密了,随时变换位置,放在目光可及之处,唯恐来了信息或电话看不见听不到。大半天,没有越彬的消息,她已经第四次摁手机了,可每次都是摁一下不等拨通马上就挂掉。她还没有想好拨打手机的理由。其实,也不是没有理由,有件事她还没想清楚。

自越彬说了塑蜡像的事之后,夏小穿夜晚做梦满脑子都是蜡像。她梦见自己变成了电影导演,越彬跑龙套,夏大福、章衣布、山东父子的蜡像与独轮车、两麻袋粮食、一袋玉米都是道具。但这些道具无论越彬怎么摆放,都不能令人满意,总觉得有不妥之处,缺点什么。缺什么呢?

手机响了,越彬打来的。越彬问:"雕塑艺术公司的技术人员明天来商讨塑蜡像的事,你能来吗?"夏小穿不能去,可她却猛然间想起来了,塑蜡像还缺少山东父子的真实相貌特征,他们是高还是矮,是胖还是瘦?她说,总不能随便塑出两个男人来,就说成是山东父子吧?那是不尊重英雄。

淮海战役时,苏鲁豫皖边区出动了500多万民工支援前线,到哪找他俩的相貌特征去?夏小穿说她听说那次送粮的独轮车队是山东湖西区的,只要你去找,功夫不负有心人,说不定就能找到他们或找到他们的后代。砰的一声,手机里响起了拳头砸在桌子上的声音,震得茶碗滋滋作响。越彬说,对!去找,一定能够找到。

一连几天,夏小穿每天拿着绣花鞋底和大红色没有绣花的鞋帮轻轻敲打章衣布的手背,重复着买麻花、串包子的流年记忆。章衣布精神非常好,不再提要穿绣花鞋的事,夏小穿也不再为绣不出缠枝莲而发愁。她拍打着两只鞋底,像村里唱大戏时敲梆子,低吟赶西关老古会的幻想曲,陪伴娘度过严冬。

冬至后一个月,祭灶节,一个天空飘着素洁雪花的早晨,章衣布离开了这个世界。她把太多孤独与嫣然的故事,封在了春寒料峭里。

越彬接到章衣布的死讯,带着绣花鞋急忙赶来。他满怀愧疚地对夏小穿说,真是对不起老人家,那天你们走后,我就想绣花鞋还要归还,博物馆里放复制品就行了。于是,我找人比照做了一双一模一样的绣花鞋,可还是晚一步,没能让老人家把绣花鞋穿在脚上。夏小穿说,娘走得没有遗憾,她是带着好消息去天堂团圆了。

人生不仅有设定目标的旅程,也有选择旅程的起点。过完年,夏小穿和越彬在夏口屯老房子里揪心长跪。之后,迎着绚丽多彩的晨光来到了绣花鞋与山东父子的独轮车发生故事的地方。情谊无痕,他们从此出发,踏上了寻找山东父子的征程。

原载于《安徽文学》2022年第7期,入选2021年度安徽省中长篇小说精品工程

# 高　人

## 丁迎新

　　公交车刚刚驶出站台,坐在最后一排的高大师就摆出了坐禅的架势,开始调匀呼吸,调心定心,迅速进入了禅境。

　　开班数年,收徒不计其数,自称已自成门派的太极高手,高仁毫无疑问已是众人热捧的大师和本地社会名流,很多领导和老板都跟在他后面学。人称高大师也就理所当然。前段时间,马保国丢了太极的脸,高大师差点就出来以正视听力挽狂澜了,又觉得不值,便一笑了之。

　　其实,修炼到高大师的境界,坐禅已不需要特定的姿势,正所谓"坐也禅,行也禅"是也,无时无处不可以进入禅境。但大师有大师的范,贵在似是而非之间,不是一般人能看出名堂的。倒正好体现了大师在普通人眼里的低调形象,加上习惯性戴着的大墨镜,不是相当熟识的人不敢轻易相认和打扰。

　　唉!名人的烦恼。

　　不知什么缘故,最近颈椎不太舒服,有痛感。网上说是手机之祸,现代人的通病,高大师颇不以为然,太极神功在身,还有何物不克?一念至此,除正常的禅功之外,今天又添了一项内容,让头微微转起了圈,似在画圆。转瞬间,已我自为我,自成天地方圆,如在无人之境。

　　正入化境,有不洁之事闯进了视野,情不自禁眉头微皱。车已过几站之故,人上不少,已有六七人呈站立之态,主要集中在中间车门位置。一个初中生模样的女孩子肩背书包,手和身体均紧贴车门扶杆,不知不觉日益前倾。目光锐利如高大师,早早捕捉到了原因,是女孩背后老师模样的老头。白发在早晨斜射进车里的阳光中闪烁,很斯文,很漠然,但身体由疏而密挨近了女孩,无丝毫风插不进的缝隙。最可恨的是,一只手也握着女孩所捉的扶杆,恰在女孩之手的上方,一半握扶杆一半按在女孩的手上;另一手则插在裤兜里,连同裆部一起直接抵在女孩的臀部。

　　过分了!

　　高大师心里说,但没影响到坐禅,一切照旧。头仍然在微微地画圆,眼睛欲闭又不舍,不想看,又想看,到底骚扰到什么程度。到时候,至少可以做证人的。

　　一个两脚间夹着泥迹斑斑工具包的民工忍不住了,就站在跟前,看了个明明白

白。他没任何功夫,只会在工地上砌墙养活一家老小。猛伸手,把老头向后一拽,差点摔倒,同时高声大嗓地叫嚷:

老糊涂了!

很安静的车厢,这下炸锅了,都不知道怎么回事,纷纷伸头偏颈歪身地向这边张望。望是望不到名堂的,不知道铺垫的前因,光一句突兀的高潮,就是猜也有七八分难度。就是近在跟前的人,也只是亲眼看见了民工粗鲁的动作,本就嫌弃他身上散发着不知什么味,这一神经质似的爆发,更添了气愤。

"你这人怎么回事?我招你惹你了吗?"老头很委屈的样子,重新站直,装作底气十足地质问。

"你自己做的事,你不知道?"民工又火了三分,声音更粗更大,手又要动,硬给旁边的人拦住了。正闭目养神的一些人被这突然地惊扰激怒,纷纷叫嚷起来,司机缓缓把车停到路边,按开车门,走到民工身边,严肃地说:你下车吧,我们就不往派出所开了。民工不服,替自己辩驳:怎么是我下车?又不是我……不等他话说完,司机已经伸手把他脚边的工具包扔出了车外。那可是他的吃饭家伙,顾不得辩解了,只好追随而下。

高大师是完整观看这一切的,微微一声叹息,但不影响进行中的坐禅。女孩咋就不反抗呢?

显然,老头收敛了些,不一会,又慢慢挨近女孩,接上了前篇。被高大师埋怨的女孩忍耐也是有限度的,手和身体均紧贴车门扶杆,不知不觉日益倾斜,再倾斜,无法倾斜了,还逃避不开。

公交车停了,又是一站到达,有人下车。女孩忍无可忍,快速弹向门外,不忘扭过头,扔给老头一个仇视的目光。老头很坦然,很放松,与己无关一样,仍保持着斯文和漠然。

高大师好失望,不应该是这样的结果的,实在是不完美,不圆满。此时,头已经转了九十九个圈,一个圆满的数字,颈椎的痛感基本消失。坐禅也宣告结束。快到站了,一个深深的呼吸,收功,收姿势,眼睁开,是大睁,在墨镜的后面大睁。

唉!世风日下啊。

原载于《小说月刊》2022年1期,《微型小说选刊》2022年第8期转载

# 洗　　澡

## 韦如辉

母亲坐在沙发上,黑色的电视屏幕在她眼前发着呆。她老人家突然扭过头,用冰冷的语气问:"最后一次给你爸洗澡是哪一天?"

这一段时间,她老人家总是攻其不备,问一些令我发呆的问题。

我挠了挠头皮,岁月开始在头顶上留下荒凉的印记。大概五月一号吧?不对!五一那天,我值班,一直在岗位上。那天,的确是应该给父亲洗澡的日子,却被工作耽误了。

父亲卧床的日子里,母亲要求我每周必须给他洗一次澡。尽管如此,母亲的客厅里,依然游走着腐烂与衰老的气息。

给父亲洗澡,是做儿子的本分,也是给母亲的晚年,创造一个相对优雅的生活环境。母亲一生为人师表,衣食起居跟她工作一样,一丝不苟。

这样算起来,应该是五一前的那个周末。只记得母亲用手掌扇动鼻息,烦躁地抱怨我,你爸身上臭得不行了,到那个世界怎么做人啊!

而今,父亲居住在小小的镜框里,镜框挂在灰尘依附的墙上,以居高临下的姿态,看着窘迫的我,以及严肃不能再严肃的母亲。

母亲无数次拉住我的手说,小时候,你爸经常给你洗澡。生怕我不相信,还列举了许多关于给我洗澡的趣事儿。

祖父是个优秀的木匠,父亲没有继承祖父的衣钵,却出手不凡。给我洗澡用的那个木盆,就是父亲一手打造的。柳树材质,木榫连接木板,涂上桐油,倒上清水,铿锵有声。

父亲脱光我的衣服,像捉一条鲶鱼一样,拎起来,在空中晃悠。趁我高兴得咯咯叫时,才把我弄到水里。开始,我会大哭,拼命挣扎。后来,父亲省去了前奏,直接将我入水。只要一到水里,我叫得比空中欢实。父亲说,看看吧,这小子洗澡洗上瘾哩。母亲没有停下手中的扫把,低眉顺眼之间,流露出无法隐藏的笑意。

父亲给我洗澡从来不用生水,即便在夏天,也要把水烧开了再冷凉。父亲说,生水细菌多,孩子皮肤嫩。母亲教化学,对父亲的说法深信不疑。

一个仲夏的午后,父亲烧好水,倒进木桶里,在枣树下等着水凉。我们家一条叫黑虎的小狗,一身黑毛,憨头憨脑的。它从院外疯疯癫癫地跑过来,一头扎进木盆里,急切地喝了几口水。烫得它满地打滚,没过夏天,便病死了。

天冷的时候,父亲用一块塑料布围成一个圈,将我和热气牢牢控制在那个特定的空间里。

随着年龄的增长,父亲的木盆极少用了,他带我到澡堂里。

母亲还告诉我,你爸那个人死心眼,给你洗澡,雷打不动,每个星期一次。直到我住校读书,他老人家电话也会千里迢迢撵过来,反复提醒我,该洗澡了。

跟父亲情感至深,无疑得益于洗澡这件事儿。

大前年,一个意外的车祸,父亲坐到了轮椅上,从此没有站起来。

我把那个木盆,从储藏间里翻出来。木盆足够大,竟然把父亲绰绰有余地装进去。恍惚间,觉得父亲早有预见。或者说,他知道自己的人生,终将逃不过那个器具。

父亲坐在木盆里,发出含糊不清的呻吟,光秃的脑袋上,浸出慢慢滚大的汗珠儿。给父亲洗澡时,母亲忙于杂活,时不时把目光投过来,在父亲模糊的肉体上逡巡。我不让母亲帮忙,给父亲洗澡这件事儿,自己独立完成。母亲面庞的皱纹,像微波一样荡漾。

有一天,母亲拽着我坐到她对面。

母亲又要问什么令人发呆的问题?我嘀咕着。

母亲没有问,只让听,不让回答任何问题。母亲说:"有件事情不能再瞒着你!"盯住发呆的我,母亲接着说,"你不是我和你爸亲生的,你是我们从孤儿院抱养的。"

我张大嘴巴大声说:"妈,你胡说什么!"

其实,在给父亲输血的时候,我已经知道了自己的身世。可是,在母亲面前,我不得不否认这个事实。

母亲说:"抱养你的时候,我和你爸就想到今后老了,有个给他洗澡的。"

此时,泪水从我发红的眼眶里,喷涌而出。此生无法原谅自己,最后没有给父亲洗个澡。

原载于《小小说月刊》2022年第1期上半月,《小小说选刊》2022年第5期和《2022年度中国小小说精选》转载

# 文学皖军
## 年选2022

安徽省作家协会 ◎ 主编

下

时代出版传媒股份有限公司
安徽文艺出版社

## 图书在版编目（CIP）数据

文学皖军年选.2022：上、下/安徽省作家协会主编.—合肥：安徽文艺出版社,2023.8
 ISBN 978-7-5396-7785-9

Ⅰ.①文… Ⅱ.①安… Ⅲ.①中国文学－当代文学－作品综合集 Ⅳ.①I217.1

中国国家版本馆CIP数据核字(2023)第107424号

## WENXUE WANJUN NIANXUAN 2022（SHANG、XIA）

出 版 人：姚 巍
统　　筹：姚 巍　韩 露
责任编辑：宋晓津　姚 衎
装帧设计：张诚鑫

出版发行：安徽文艺出版社　www.awpub.com
地　　址：合肥市翡翠路1118号　邮政编码：230071
营 销 部：(0551)63533889
印　　制：安徽联众印刷有限公司　(0551)65661327

开本：710×1010　1/16　印张：58.5　字数：980千字
版次：2023年8月第1版
印次：2023年8月第1次印刷
定价：180.00元(上、下册)

(如发现印装质量问题，影响阅读，请与出版社联系调换)
版权所有，侵权必究

# 目 录

## 散文

许　辉：中国人的四季 / 3

赵　焰：我读王维 / 12

胡竹峰：听音记 / 20

苏　北：慕汪斋随笔 / 30

钱红莉：读画随笔二则 / 50

江少宾：长河 / 57

许俊文：一棵树该活成什么样子 / 68

文　河：城西闲笔 / 72

杨四海：在河之上 / 80

宋烈毅：江北书简 / 88

储劲松：及物的天堂 / 94

黄亚明：幻绿书 / 107

许冬林：蒌蒿与河豚 / 116

项丽敏：住在鸟的旁边 / 124

金国泉：枯荣随想 / 136

张道德：十年 / 142

章宪法：金陵鼙鼓酒旗风 / 151

张　扬：行窝 / 163

胡大平：湄洲岛上的林姑娘 / 175

时国金：碧水盈盈珠梦远 / 181

吴其华：历历万乡 / 192

王光龙:卡尔维诺读札/204

张　恒:后山/209

李丹崖:随笔二则/215

## 诗歌

梁小斌:推敲新说(外二首)/221

陈先发:绷带诗(外二首)/226

陈巨飞:南官河(外一首)/229

陈　俊:化蝶/231

成　颖:这里/232

程大宝:一株幸福的栀子花/233

崔国发:草原的游牧学/234

陈荣来:宁静的夏日/235

方文竹:异乡/236

樊　子:见字如面/237

高　峰:吹彻/238

何冰凌:画春光/239

海饼干:雪即将到来/241

江文波:行走苹果园/242

江耀进:二月小诗/244

孔晓岩:樱花/245

蓝　角:鲁朗牧场(外一首)/246

罗利民:一只麻雀/248

罗　亮:弥补/250

老　井:劳动之美/251

刘雪风:伤别离/252

李　解:我们再不会遇见如此洁净的湖面/253

木　叶:尚有争胜之心,这让我羞愧(外一首)/254

那　勺:星空与酒/256

彭　杰:晚宴/257

沈天鸿:回乡之夜(外一首) / 258

石玉坤:秋云 / 261

沙　马:语言 / 262

思不群:网师园的燕子 / 263

孙启放:废止篇(外一首) / 264

汪　抒:旋涡(外一首) / 266

吴少东:春风优渥(外一首) / 268

王太贵:秩序 / 270

王　妃:阳光来看你了(外一首) / 271

武　稚:七月 / 273

徐春芳:秘密 / 274

许　敏:蜀道:与一株古柏对饮(外一首) / 275

许无咎:再访 / 278

星　芽:记录一种心爱的鸟儿(外一首) / 279

杨　键:黄河(外二首) / 281

余　怒:四周记(外二首) / 283

宇　轩:旧木(外一首) / 286

天　天:凭栏远望 / 288

叶　丹:淮河风物研究(外一首) / 289

应文浩:窗外 / 292

叶可食:随园往事 / 293

闫　今:钻头与气泡膜 / 294

詹成林:春山误 / 295

张抱岩:金色 / 296

张建新:雪没有落下(外一首) / 297

张道发:陪母亲聊天 / 299

## 文学理论评论

唐先田:《追风》中杜光辉形象的成功塑造 / 303

钱念孙:朱光潜:提升文学的趣味和境界 / 307

王达敏：鲁迅——中国现代忏悔文学的开创者 / 315

韩　进：为大自然文学理论建设开疆拓土——谈《呼唤生态道德》的理论意义 / 329

彭正生：时间的意志如此强大——评许春樵长篇小说《下一站不下》/ 332

方维保：论潘军近期小说中的戏剧原型意象及其审美功能——以《断桥》《知白者说》《十一点零八分的火车》为例 / 335

江　飞：季宇《群山呼啸》：红色历史题材的家国叙事 / 346

西　边：构筑一座现代诗学的无梁殿——陈先发《黑池坝笔记》第二卷管窥 / 349

孙仁歌：命若时代底层粒粒"轻尘"却不乏幽幽人性之光——陈斌先中短篇小说欣赏 / 363

陈振华：乡村知识青年进城的生存境遇和心灵图谱——论俞胜长篇小说《蓝鸟》/ 372

江　飞：寅虎年文学皖军的推进掠影——《文学皖军年选2022》综述 / 381

# 散文

# 中国人的四季
许辉

## 四季野菜

　　以前对四季的印象和认知,常常是伴随着季节的变化,跟随大人到郊外或野外挖野菜、摘野果时形成的。公历的二月上旬,是春天的开始。虽然气温不高,人们还缩手缩脚,还穿着棉袄,但在家里姨妈等女性长辈的动议下,就算第二天是阴天,家里人也都会挎着篮子出门去挑野荠菜。那时的城市不大,一会儿就走出街道最靠外的那几间草房,走到郊外的麦田里了。麦田边的闲地里,或土壤疏松的河坡上,野荠菜最多。后来我才发现,像小猫小狗一样,野荠菜也是偎人的,越是人类活动频繁的地方,例如麦田边、河坡上、小路旁、闲置的耕地里,野荠菜越多,那些人类多不涉足的地方,反而找不到它们的身影。

　　阴翳的日子里,太阳一出来,天立刻就暖和了。这时已经进入公历三月,是春天的第二个月了。此时田野里的野菜渐多起来。有一种叫蛤蟆菜的野菜已经拱出了地皮,它的叶子一面光滑,一面像癞蛤蟆的皮肤,突起许多圆鼓鼓的小包,把它的叶子洗净,在开水里汆一下就捞出来,调上麻油凉拌,口感爽滑,很有些郊野的风情。田野里的野荠菜近半已经开了花,这时挖回来的野荠菜,荠香浓郁,叶子可以包饺子,花梗可以晒干了泡茶。但在一个地方挖得太多,会影响它们第二年在大地上的数量,依照古人不竭泽而渔、不射归宿之鸟的传统,一块地上的野荠菜,只选挖那些较嫩的而留下已经开花的才好,这样就不会影响它们下一年的繁衍了。

　　天地间愈来愈暖和,野外可采撷的菜品也愈来愈多。救荒野豌豆是生长最泼辣、最疯狂的一种野菜,一场春雨过后,野外的荒地上,到处都有它们无数枝嫩梢昂扬向上的宏阔场面。起初要慢慢地靠近它们,主要是怕留在它们叶片上的清莹雨珠滚下来弄湿了衣服,但伸手掐它们的嫩梢时,总是避免不了水珠滚落在衣裤上,于是干脆不再顾忌,只管伸出两手去掐那些嫩到一掐即化的梢叶。将掐下来的救荒野豌豆的嫩梢带回到家庭的厨房里,做早点时可以用它们摊成油酥薄饼,铛盖打开时,一股野豌豆和雨带露的春香气扑鼻而来,家人边吃边聊,这时吃下的倒似乎不是野菜,而是一种关乎季节的记忆了。

初夏时节,郊外的野菜已经多得数不过来了。刺儿菜是其中的一种。刺儿菜又叫期期牙、刺蓟,它的叶缘呈锯齿状,摸上去刺刺拉拉的,不小心就会刺到手,不过等到刺儿菜的叶缘能刺破手的时候,就说明它已经老了,不太好吃了。平原上小麦抽穗的季节,也是马齿苋最肥厚的时候。挖马齿苋不叫挖,叫挑,带一个小铲子,挎一个大篮子,到田间、地头、河坡去挑马齿苋。城里马齿苋稀罕,可凉拌或做汤吃,肥厚滑嫩。农村有那些闲散的老年人,到田间地头挑马齿苋,挑得太多了,就在开水里余一余,摊到废弃不用的大石桥桥面上去让太阳暴晒,整个桥面都被马齿苋占满了,真是洋洋大观。几个暴太阳下来,马齿苋就收干了,带到城里去卖,能卖个好价钱。挑回来的鲜马齿苋有时候处理不完,有人家里养了猪,就在大锅里煮一煮,倒给猪吃,猪吃得满嘴冒沫,香甜无比。

仲夏到记忆中的河堤上去摘桑葚。记忆中的那道河堤,那几棵巨桑,仲夏时节,桑果在整个树上挂得满满的。那里成了鸟类的乐园,每天天一亮,鸟们就一群群、一拨拨飞到树上吃桑葚。桑葚成熟的时间不一,有的成熟得早些,颜色黑紫;有的成熟得晚些,颜色暗红;有的正要成熟,颜色泅红;有的尚待成熟,颜色青绿。鸟们嘴刁,它们专拣黑紫的吃,却又不专心吃,吃一个,啄两个,蹬三个,树下的河堤上,一片黑,一片红,黑红一片,到处都是自然熟透或鸟群蹬掉的桑葚,用一地狼藉形容甚是形象。不过桑树私下里恐怕是喜欢的,因为就物种传播的策略来说,桑树应该是极为成功的,鸟群会把桑树的种子带到四面八方去。黑紫的桑葚采下即时可吃,鲜甜可口;暗红的桑葚吃起来略带甜酸,风味更佳;青绿的桑葚生吃酸涩,可以带回家中,做馒头或摊饼时加几粒进去,熟了以后青涩味全无,反倒溢出来一股带桑果味的清纯气。

蒲公英可以从春天一直采到暮夏,其实到秋冬天也还有,只不过没有夏天多罢了。蒲公英和野荠菜、地皮一样,都是特别喜欢偎人的野味。有人活动的地方,蒲公英就特别多,路边、地头、河堤旁、草坪上,夏天只要远远看见一两朵鲜亮的小黄花,就基本能断定那是蒲公英了。乡下的路边是蒲公英扎堆生活的地方,有时候到一个陌生的地方去,拐上一条村村通水泥路,路两边黄灿灿一片全是盛开的蒲公英。蒲公英多两两丛生,看上去是一棵,挖出来后总发现是两棵。把挖来的蒲公英叶子焯一下,可以凉拌,清凉去火;根子焯一下拿去太阳下晒干,然后收藏起来,喝茶的时候,偶尔拣一根放在茶杯里,茶便变得有一丝苦味了,倒也有一种特别的风情。

地皮也是能从春捡到秋的野味。城市里的居民在连续秋雨后的周日,会开车到郊外的草地里去捡拾地皮。地皮又叫地衣、地耳、地木耳,大概是样子与木耳相类,夏季和秋季的雨后尤其多见。从草地里捡了地皮回来,回家捡洗其中的草屑泥沙,要费些功夫。收拾干净的地皮和鸡蛋配炒,是常见的吃法。小小的一盘鸡蛋炒地皮端上桌,雨后植物间的鲜香气也如一股清风般地旋过来,一人一筷子,这盘菜就见了底了。在城市的菜市场里,偶尔能碰到卖地皮的,二十多块钱一斤,还是没清洗过的。但如果只算经济账,那开车到郊外去捡,成本似乎更高,来回要耗费许多汽油钱。但初秋周日里的这种活动,捡回来的,又似乎不止那几片黑软弹滑的地皮,更多的倒是一种减压舒怀的情致。

从仲秋到寒冬,合着四季的节拍,田野里的野菜愈来愈少了,能采能挑能捡的,大多是春天和夏天已经出现过的。有时在草地上或暖阳处能看见晚出的蒲公英,它们依然盛开着标志性的鲜黄的小花,一直到下雪、结冰,它们的叶子都变成巧克力色了,花茎还直挺挺的。深秋的地皮甚是肥厚,而且在草地上一直能拾到隆冬,下过雪之后,到野外的草地里去,扒开积雪,能看见贴在枯草梗上,或贴在潮湿的地面上的地皮,清凌鲜亮且带有柔韧的弹性。仲冬野荠菜开始出芽,寒冬腊月就能下地挑来吃了;大年三十晚上,一家人边看电视边包素饺子,当然是搭配野荠菜的素饺子浓香好吃;大年初一吃荤饺子,野荠菜还能当主角,配上猪肉之类的荤馅,吃得人满嘴冒油,一年的圆满过去了也又启始了。

## 古人的四季

咱们现在把春夏秋冬组成的四季叫作四季,但古人,特别是先秦的古人,是常把四季叫四时的。《论语·阳货篇》里孔子说:"四时行焉,百物生焉,天何言哉?"《庄子·在宥》里说:"天气不和,地气郁结,六气不调,四时不节。"《中庸·三十章》里说:"辟如四时之错行,如日月之代明。"《周易·易传·文言》里说:"与天地合其德,与日月合其明,与四时合其序,与鬼神合其吉凶。"都是把当时的四季称为四时的说法。

四季是地球和太阳相对位置不同而出现的自然现象，是人类生存至今不可改变的硬环境。古代的人类注意并观察这种现象，琢磨地球、太阳、月亮出现在不同位置时带来的四季规律，最终形成有差异的历法，用来指导日常生产和生活，也用来治理社会和调整人与人之间的关系。

中国上古各朝代使用的历法并不相同，但总的趋势是阴阳结合。所谓阴，主要指地球与月亮的关系，所谓阳，则主要指地球与太阳的关系，一直调整延续下来，就成为我们现在使用的农历了。夏商周三代的历法，主要不同点在一年的起点不同，夏代以孟春月为正月，殷代以季冬月为正月，周代以仲冬月为正月。《礼记·月令》里强调要以冬至为一年农历历法起点，则说明两汉之前的历法，以冬至日为一年的开始，是流行的。

在先秦那个朴素观察天地的时代里，人们对天地运行的现象感觉神秘又好奇，于是创造并联想了许多存在的或不存在的事物去说明或描绘它。《周易·易传·说卦》里说：天帝造化万物从《震》卦象征的东方开始，万物整齐地萌生于《巽》卦象征的东南，万物成长互见于《离》卦象征的南方，万物排行成列于《坤》卦象征的西南，万物愉悦于《兑》卦象征的西方，万物争分夺秒地生长于《乾》卦象征的西北，万物劳苦于《坎》卦象征的北方，万物成熟于《艮》卦象征的东北。这段话既可指起于东方终于东北方的方向次序，也可指四季轮回，还可指日升于晨而没于暮等顺时针方位。中国古人对方位、天象、晨昏、四季等环境现象的观察和总结，就统统都归纳进这个看似简单的八卦方位图中来了。

《庄子·天道》里说"春夏先，秋冬后，四时之序也"，这说的是古代正常、分明的四季。当下的地球气候发生了一定的变化，而且不断增加的二氧化碳排放可能会造成人类智力的下降，影响我们的注意力、记忆力和决策能力，也就是说，人类会因此而变笨。有证据表明，人类的认知能力随着二氧化碳浓度的增高而下降。这就是说，如果我们现在出不了像古代老子、孔子、庄子、柏拉图、苏格拉底那样的大师，那也不能怪我们，只能怪气候。

《周易·临》的卦辞说："元亨利贞，至于八月有凶。"这里的八月，指《周易》成文时的历法内容。但为什么说"至于八月有凶"，却难以知道具体指什么。考虑到《周易》卦爻辞的归纳性和抽象性，这或是概括地泛指现在的六七月前后，也就是夏季汛期期间,此时黄河中下游地区雨水较多,气候多变,灾害性天气频发,不确定因素较多,因此说"至于八月有凶"。又或为夏秋之交,阳气转衰,阴气渐长,易发事故。当然,也可能只是指此卦卦象的某种时运周期。

古代最完整地表述中国人四季概念的典籍,是《礼记·月令》以及《吕氏春秋》《淮南子》里的相关篇章。《月令》把黄河中下游地区的四季,按孟、仲、季的顺序分为孟春、仲春、季春、孟夏、仲夏、季夏、孟秋、仲秋、季秋、孟冬、仲冬、季冬十二个月,另有立春等相关节气和物候的描述。所谓节气,是古人根据太阳在黄经(黄道)上的位置,将全年划分为二十四个段落,太阳每运行15°所经历的时日即为一个节气,全年太阳运行360°,共历春分、清明等二十四个节气。古人亦将二十四节气中的清明、立夏、芒种、小暑、立秋、白露、寒露、立冬、大雪、小寒、立春、惊蛰称为"节气",将二十四节气中的春分、谷雨、小满、夏至、大暑、处暑、秋分、霜降、小雪、冬至、大寒、雨水称为"中气"。节气和中气交替出现,各历时约15天,在这15天里,物候会有明显变化,农事活动也必须随时跟进,不然就会耽误农时。"月令"两字,是授时颁政或依时颁政的意思。所谓授时颁政或依时颁政,就是按照天地的四季规律,颁布历法和政令。

颁布历法,这是因为古代人类对天象的认识水平不高,无法通过历法的方式完全匹配日地或月地关系,需要通过设置闰月等方式进行弥补,因此每年都要颁布具体的历法以确定当年的四季始终以及二十四节气的时日。颁布政令,则是根据当年的四季与节气,制定领导层及百姓的工作流程。比如古代四季都要祭祀,在哪一天做哪种祭祀,都有固定的时间和格式,孟春的祭祀在东郊,孟夏要到南郊恭迎夏天的到来,某个月则要下令不能用雌性禽兽祭祀,有些月份禁止砍树,禁止弄翻鸟巢,不准杀死幼小的动物、还在胎里的动物、刚出生的动物以及飞鸟,不能捕捉幼小的动物,不得掏取鸟蛋,某个月则不要聚集百姓,不要修建城郭,也不要发动战争,等等。

各部门也要有各部门的工作安排,不得乱来。例如孟春这个月农官要住到东郊,全面整修田界,检查维护农田道路,认真地察看小土山、大土山、山坡以及高低不平、低湿等地方的田地,根据土地情况,安排粮食种植,要传授这些知识来引导农民,这些事农官都要亲自去做。田地的事情已经安排妥当,这之后要先确定农税标准,农民便不会疑惑。

秋天是各种收获集中到来的季节，仲秋这个月的工作和孟春的就完全不同了。在仲秋这个月里，官员们要察看吃草料的和吃粮食的牲畜，考察牲畜是肥还是瘦，察看牲畜的成色品相，确保选用的牺牲已经进行过比较筛选，测量过大小，检视过长短，都符合祭祀标准；这个月，可以筑城郭，建都邑，挖地窖，修粮仓；还要催促百姓收获农作物，务必要储存蔬菜，要多积蓄粮食等，鼓励种植冬麦，不要错失农时，如果有人错失农时，那就是实施犯罪的行为了；这个月还要让关卡和市场交易起来，吸引远方的商人，接纳货物，便利民生，四方的人汇集来了，远乡的人都来了，那么资源财富也就不会耗尽了；这个月如要谋举大事，在大势上注意不要违背天道，必须顺天应时，亦要慎重地根据已有的规矩办事。

正由于古人理性知识依托不丰，因此四季概念常与感性物候紧密联系在一起，那时候没有十天平均气温在多少度以上为春天这类概念，但是看到动植物状态或行为的变化，就知道季节的变化开始了。孟春时"东风解冻，蛰虫始振，鱼上冰，獭祭鱼，鸿雁来"。仲春时"始雨水，桃始华，仓庚鸣，鹰化为鸠"。孟夏时"蝼蝈鸣，蚯蚓出，王瓜生，苦菜秀"。季夏时"温风始至，蟋蟀居壁，鹰乃学习，腐草为萤"。孟秋时"凉风至，白露降，寒蝉鸣，鹰乃祭鸟"。仲秋时"鸿雁来，玄鸟归，群鸟养羞"。孟冬时"水始冰，地始冻，雉入大水为蜃"。季冬时"雁北乡，鹊始巢"。这些都是物候与四季和节气之间的感性对应。

## 四季之义大矣

"云行雨施，品物流形"，正因为古人细心地观察到了"云行而雨下，于是万物在变化中成形"这种自然现象，人们才能进一步用心地将天地之间的自然现象，迁移至人类社会生活之中，达致一种仰观于天文、俯察于地理、中观乎人文的超级境界。"行云下雨"是天地的因，"万物因此而发生变化并塑成自己的外貌"是天地之因在生物界和人类界结成的果。没有人类对天文、地理和四季的体验、感悟、观察和模仿，人类就无法清楚地认识天地、认识自己。

《周易·彖》说："刚中而柔外。"对天地来说，这句话是说天道内刚外健，而地道则内阴外柔；没有内在的强大刚健，哪有天道外在的自强不息、运行不已；没有内在的阴顺宽厚，又哪有地道外在的柔美和谐、滋养万物。对四季来说，这句话是说四季有刚有柔、刚柔间错；春季和顺宽展、万物复苏，夏季则火烈暑酷、困苦难耐,秋季回归天高云淡、宜人醇厚,冬季再轮为冰雪严寒、人境艰难。对人类来说,这句话是说一个人要内心刚强而言行和蔼,或内心强大而外表温和,或内心坚固而外表不争,或言语柔和而行为果决。

四季范畴中的天德之美和地德之美,总是受到古人的推崇的。所谓天德,就是天的德行,就是天的特质,就是天为万物和人类的生存、生长做出的决定性的贡献。所谓地德,就是地的德行,就是地的特质,就是地为万物和人类的生存、生长做出的决定性的贡献。没有太阳的供暖和行云施雨,就没有大地上的万物生长;没有大地的承载和滋养,万物也无所归依、无可生长。

但在中国古代文化氛围中,至为重要的,则是对天地、四季内美不彰品德的推崇。老子说:"知者不言,言者不知。"这是告诉人们,智者是不会夸夸而谈的,夸夸而谈的人不是智者。孔子说:"君子欲讷于言而敏于行。"这是告诉人们,君子要言语谨慎,行事敏捷。《庄子·知北游》说:"天地有大美而不言,四时有明法而不议,万物有成理而不说。"这是告诉人们,天地有大美好却不张扬,四季有确定的法则但不议论,万物有既定的规律但不说出来。在中国古代的智者看来,一个人,能力再强,智慧再丰,地位再高,助人再多,贡献再大,也不可能超过四季和天地,既然对万物和人类做出那么大贡献的四季和天地都内美不彰,人类的一点小小成就,还值得自恋其中而夸耀不已吗?

四季有刚有柔、刚柔间错,这才叫"一阴一阳之谓道"。春天来了,万物萌芽;夏天到了,万物度暑;秋天来了,万物成熟;冬天到了,储藏整备。既然季节如此,人类做起事情,不也要时至而动,时尽而止吗?春天来了,不去耕种,秋天到了,不去收获,冬天降临,去撒下了种子,那还有不失败的吗?迁延至人生,也要时至而动,时尽而止;机会来了,要敏捷地抓取;时机不成熟,就不能勉强作为,而要厚积厚攒,待时而发。

四时迭起,万物循生。人们从四季,以及太阳、月亮和天地关系中,总结出阴阳、刚柔的哲学理念,并精炼扩大,成为中国古代最重要的观念和法则。在古人的眼光中,阴阳和刚柔,不仅仅是无所不在的,还是无所不包的;不仅仅是绝对的,而且是相对的;不仅仅是固定不变的,而且是物极必反、循环不已的。冬天冷到了极致,就会转暖,夏天热到顶点,就要转凉;人生也是如此,顺到不能再顺时,就会反转,霉到不能再霉时,就要反弹。

《周易·系辞上》说:"原始反终,故知死生之说。"这是告诉人们,事物都是从起点开始又返回作为终点的起点,这才是死与生的道理。因此,事物过顺,就要警惕它向不顺反转;而事物不顺,就要努力,以进取和积累迎接反转的到来。《庄子·则阳》说:"阴阳相照,相盖相治;四时相代,相生相杀。"这是告诉人们,阴阳相互映照,相互包纳相互呵护;四季轮岗,相互促生你衰我盛。顺境不是永远,困境也不是终点,它们都只是过程的一部分,只有努力和追索才是永恒的。

正是有了古代的智者对日月、天地、阴阳的观察、思考、总结、归纳和提炼,我们看到的日月才不仅仅是纯自然的日月,我们体验到的四季才是更有内涵的四季,我们感受到的天地才是有灵性的天地。孔子说"逝者如斯夫,不舍昼夜",这逝去的已经不止是汛期泗水这个泄洪道里的浊水了,而是复加了时间、空间、喟叹、社会、人生、期待、责怨等等的情感之水了。孔子期待的能跟弟子们一道享受的"暮春三月,春天的衣服已经穿上身,五六个成年人,六七个小孩子,在沂水里洗洗澡,在舞雩台上吹吹风,一路唱着歌走回家"的天然境界,也已经不仅仅是春天、游水、儿童、拉风、飙歌和新衣服等等关键词了,而成为对一种理想社会生活的渴求和描述。

老子说:"上善若水,水善利万物而不争,处众人之所恶,故几于道。"在老子眼里,最高等级的善或最高等级的善人就像水那样,水滋利万物而不与之争夺,位处大家都不愿意待的低洼地,因此水的品质已经十分接近于宇宙的最高规则了。在老子的视野里,这水已经不是自然之水,不是地表之水,不是理化成分的水,不是喝了只能解渴的水,而是哲学之水、文学之水、情感之水、观念之水和养心之水。《庄子》在天地四季中追求的是一种仙童般的悠然和凝静,是一种"入无穷之门,以游无极之野"的超然境界。在庄子的视野中,游世于天地四季之间是人生的实境,游心于天地四季之外才是人生的至境。守神凝静,形体自会康顺;安顿好自己的内心,精神自会生长。

也正因为古代的智者为我们挖掘了如此丰富的天地、四季的大内涵,我们在体验四季、感受天地的过程中,才不再显得那么浅薄、粗心而浮躁。我们挎着竹篮走进原野时,我们不仅仅是走进了原野,还是正在走进农耕文化的腹地;我们看见刮风下雨时,我们知道那并非只是在刮风下雨,那也是阴阳交合、刚柔互转;我们捡拾一片地皮时,我们不只是在捡拾一种野味,我们也会感叹大地对万物的滋润和养育;我们挖起一棵荠菜时,我们知道我们并非只是在挖起一棵野菜,我们会想起为了食品安全而以身试毒的先人;我们在开花的蒲公英附近休息时,我们会想起不竭泽而渔的道理;我们走在无人而沉寂的原野里时,我们则将懂得何为心静如水、顺天而应时。

原载于《光明日报》2022年3月11日

# 我读王维

## 赵 焰

世事、世情、世理、世人总有相通,如日月旋转,如四季轮回,如冬日天空漫卷的雪花,以及四荒八极的风——每当我想起大唐时代的诸多诗人,自然而然有音乐荡气回肠:既有贝多芬的雄浑与深厚、肖邦的激越和浪漫、勃拉姆斯的沉郁和忧伤,也有拉赫玛尼诺夫的迷幻和悲怆,还有莫扎特的金贵和清亮。音乐、诗歌和文学,从来就是相通的,虽然以音乐和文学的一一对应是不准确的,也是矫情的,可是以我有限的感发,我觉得就杜甫诗的宽广度和人文性来说,有点像贝多芬的交响曲,只是没有达到后者的神圣和宽广。当然,这当中更多的是时代的局限。至于李白,气挟风雷,一泻千里,落霞与孤鹜齐飞,秋水共长天一色,洋溢着宏大的浪漫主义情怀,如莫扎特,也如肖邦。王维呢,就其精神的纯粹性来说,其诗歌散发的郁郁光辉,表面上有点像海顿,也有点像维瓦尔第,可是其精神实质,又有点像马勒。至于其个人外在和内在的经历和路程,跟罗曼·罗兰笔下的约翰·克利斯朵夫、黑塞笔下的德米安、悉达多有着极大的相似性——一个人如何借助于艺术的呼唤,借助于艺术散发出的光芒,在不断精进和蜕变中,豁然觉醒,从而兀立于世,成为某种意义上的"超人"。至于王维的《辋川集》部分,细致、广远、博大、宁静,更像是巴赫的钢琴曲,有着星空般浩瀚和静寂的意义。关于这一点,我们可以从王维留存的诗画作品,尤其是王维购买了辋川别业,"中年唯好静"之后的诗可以看出,这个人在孤独中享受宁静的时光,文字的吉光片羽,充满着灵智的意趣和禅机,神圣而静谧,让人觉察到须臾的美好,明白生命有着无常与永恒的双重意义,两者都有最高贵最深邃的伤感和悲凉,所以被世人称为诗佛。读王维的诗与画,仿佛悠扬的旋律自灵魂深处响起,启悟的光明境界慢慢打开,忧伤和美好无界,天、地、人在一刹那融合在一起。

即使是在盛唐时代,一个纯粹的诗人也是罕见的。我们现在所津津乐道的李白、杜甫、王维、王昌龄、张九龄、高适等,在大多数时候,并不是以纯粹的诗人身份存在,而是有各自的职业,有各自的生活,也有各自的追求。在他们当中,有的人甚至地位显赫,诗歌也好,艺术也好,只是他有意无意的闲暇爱好。表面上来看,诗人的身份是无差别的,外人很难发现他们的不同,真正的差别来自内部——一个人只有在无功名杂念,孜孜于艺术道路的追求,将一切置之度外的时候,才有可能成为一个纯粹的诗人,或者纯粹的艺术家,才可能掌握到艺术的真谛。关于这一点,关键是追溯一个人的内心,明白他的三观,明白他对于生命意义的真实看法。若是这个人将整个内心都用来拥抱艺术和诗歌的话,那么,他就会自然开启一条潜在的内心通道,与世界的本质相连,继而获取一种神秘的、无穷无尽的力量。

王维是"才子中的才子",这是指他成名较早,在盛唐时期声望领先李白、杜甫半个身位,之后又在中国诗歌史上与李白、杜甫鼎足而立。王维学富五车,才高八斗,工书、善画、能诗、能文,又懂得音乐,会弹奏古琴和琵琶。在绘画上,王维被后来的董其昌誉为中国山水画"南宗"之祖,在宽广的绘画世界里,开辟了世界绘画史上独一无二的"文人画"乐园。在音乐上,王维不仅能亲自操琴(琵琶),演奏出精妙绝伦的乐曲,还能作曲,有琵琶独奏曲《郁轮袍》(今名《霸王卸甲》)传世。诸多由音乐生发的极为幽眇的通感,让他在其他艺术上也带有一层薄雾,高蹈、华美、静谧、空灵,创造和追寻虚空,也吸引诸多幽灵来填补这虚空。无论在诗歌上还是绘画上,王维所具有的空灵意象和禅意风格,独树一帜,会当凌绝顶,非得是境界极高、修为极高,又有着天生般若之人,才能拥有的。

与李杜相比,王维值得推崇的,还有境界。如果文学、绘画和人生还有境界一说的话,那么,"境界"可以定义为建立在理性认知之上的行为、准则以及处事态度。并且,这一个行为和认知本身,还有邈远的"三观"背景、宽广而幽微的文化认知。如此方式,如人饮水,冷暖自知,局外人是很难看透参透的。虽然它是一个模糊的概念,但是我们能从王维一直以来平静而妥帖的生活姿态,具有山林气息的审美追求中,感受到这种智慧,感受到精神给他带来的启悟和尊严,感觉到他的诗句像春天的植物一样生长,并且一直试图与永恒产生某种连接、关联和融入。当然,在任何时候,我们都能看到他的从容和淡定,以平和而智慧的微笑给人以真切的指引。

王维是一个真正的艺术家。跟王维相比,诸多诗人、文学家、学问家就是一个俗人,在表面的温文尔雅背后,其实有难以逃离的平庸之骨。而王维不一样,王维是一个先天带有月光属性的人,带有某种温暖或者清寒,可以直接感受和抵达生命的本质意义。他的经历如此简单和呆板,几乎没有传奇和故事,枯燥得就像缩减版的编年,或者是夹杂零散诗文的绘本。他来到这个世界的使命,仿佛就是验证某种预言,完成某种使命,传导一些心动,启迪某种感受的。与诸多诗人艺术家只是将艺术作为功名之辅的态度不一样,王维更关注内心和终极,故而以全部身心拥抱艺术,沉浸于艺术的魅力之中,并且努力地将艺术和修行结合起来,以自己的全部生命拥抱它,和它融为一体。不要小看了这一种行为,在现实极其乏味和严酷的背景下,修行本身,就是一种思考和探索,也是一场极其震撼的冒险。

纵观王维的一生,显而易见的是,尽管这个人一直声名在外,有很多朋友,去过许多地方,可他一直是内向的、孤独的、忧郁的,他的精神特质是如此自省而自知,几乎没有将生命的意义置放于外部世界,而是以游离其间的习惯和天性,始终与这个世界保持距离,保持某种警觉,不自觉地进行自我防护,以免自己全身心地投入,或者坠入一个深不见底的黑洞之中。从表面上看,这个人一直安静儒雅,彬彬有礼,温柔怜悯,觉知而节制,明白自己的遵循、应该所做的,必须保持深情和刻意的。王维应是中国传统作家中,最具有宗教意识、情感和情怀,又对宗教有着切身感悟、理解至深,且亲身实践的一个人。一种深度思维不自觉地深入他的骨子里,影响他的三观,培植着他的人格,左右着他的行动,以至于他在日常生活和交往中,只喜欢跟同道同好在一起,很少跟那些看起来德高望重、身份显赫的人为伍,更谈不上攫取他们身上的光辉和荣耀。如此做法,使得王维屡遭挫折和冷遇,有时候不由自主地陷入某种孤独和忧伤之中。这很正常,人世是江湖而不是道场,王维天生的卓越才华,相关的敏锐和敏感,以及后来修炼出的由内到外的智慧通透,使得他可以在很多时候一眼看清诸多真相;而他的柔和从容,又与周围的勾心斗角、蝇营狗苟格格不入。因为找不到适当的语言方式敷衍,不能表达,又难以表达,这让他似乎跟周围很难相融,更谈不上袒露心扉,只能在大多数时间里保持沉默,以自甘寂寥和逃避的方式来躲避他人,给人以悻然而落寞的印象。与此同时,王维诗歌中忽隐忽现的那种觉醒和启示,会让人们情不自禁地对己发问,疑问自己是谁,在生命中处于什么境地,促使自己对于心灵有冷酷而无形的撕扯——这样的结局,会让人心生恐惧,心生忌惮,直至让有些人惶惶不可终日。也因此,虽然王维在很多时候刻意表现出善意,小心谨慎地对待周围的关系,或者轻松自然呈现幽默而亲近的微笑,可是他的才华、睿智和敏锐,仍旧给他制造了一种强大的、散发着由内到外的、难以接近的气场,若月明星稀的清虚和明澈,若雪后天霁的清旷和凛冽。

王维给人的感觉,还在于良好的教育和修养。他从不自以为是,激昂慷慨,强硬地说服或劝告别人;不喜欢在公众场合下讲话,更喜欢屏声静气地倾听,或者轻声细语地阐述。他说话应是轻微、低沉而缓慢的,大多言简意赅,以至于人们在短时间内觉察不到他的声音是那么优美和高贵。有时候他实在拗不过,会借着酒劲,轻声而笨拙地朗读一两首自己的诗,或者将自己的绘画近作展示给人们看。人们在倾听和观看中可以发现,虽然他似乎一直缺乏激情和大胆,显得过于冷静和谦逊,不过在他的诗歌和绘画中,一直有着一种浑于天然的高贵,还有一种别于他人的节奏和韵律,一如那些艺术作品隐藏的灵魂。正因为如此,他自然而然地成了注意力的中心,成了人们目光的聚焦点,可是他似乎很害怕这样的注目,有时候甚至会略带羞涩地抽身而退,像一个未嫁的少女,或者像一头害羞的小鹿一样消失于人们的视野之中。

可以想象,凡是有他所在的场合,一定都会有一种高贵而轻松的氛围,没有人大声喧哗、口吐脏字和粗话。人们愿意跟他在一起,像众星拱月般围绕,从他身上感受到季春的舒适,就像栖身于萋萋的芳草地上一样。那是一种真正"望之俨然,即之也温"的感觉,甚至不需要故作姿态地谈论文学、诗歌、绘画和音乐。他总是专注而恬静地看着别人,嘴角边的微笑如静谧水潭之中落入的一朵辛夷花瓣。因为花瓣的落入,沉静的水潭会荡漾一波诗意的纹理,慢慢地扩散开来,更像一首美好的诗了。在任何环境中,他都喜欢安静,需要某种洁净和纯粹,以此汲取某种神秘的力量,慢慢生长出灵感、诗句、声音和画面。这种方式使得环绕他四周的一切都显得和谐,粗鲁受到遏止,丑恶消解在某种安宁之中。不消说,他身上散发出的那种和谐的力量是令人惊奇的,也是源源不断的。他静静地站在那里,有时候让人感觉就像一株植物,在静静地开着花。

虽然他一直渴望爱情、亲情和友谊,可是能给予他的,或者说他能够得到的,并不太多。他对世间的一切温情都感到害怕,害怕伤害,更害怕失去,唯恐因为挂念,让自己受到伤害,从而失去心无旁骛的纯粹。所以,他宁愿自己跟自己在一起,遁逃入诗歌、绘画和音乐中,每天用那简单又怯懦的艺术方式,将日子平静而温柔地打发过去。尽管他的作品,包括他的日子是如此柔软、细腻、宁静和敏感,可是对于他自己来说,时间就像一个房子,或者如坚硬的贝壳一般,他宁愿安全地待在里面,一意孤行,离群索居,自我封闭,保持距离,旁若无人,将一副高傲、冷峻的面具留在外面。

在很多人看来,这个人神秘而游离,难以捉摸清晰:一生信佛,却没有出家为僧;一生为仕,却没有学会专权弄权;一生写诗,却很少描述现实;一生绘画,却从未为自己留过自画像;一生重情,却表现为决绝;一生优雅,却表现出忧伤缠绵;一生都在避世,却屡隐而屡出;一生智慧,却毫无心机;一生恪守规范,却有着睥睨道德的嫌疑;一生温顺,却在道路的选择上表现出叛逆;一生平和冷静,却难免优柔寡断,不温不火,难察性情……他的诗与画是如此独特,仿佛空谷幽兰,雪泥鸿爪,像世界的烙印,却不属于这个世界;像回眸一笑,能捕捉却无法留住。他的诗画中有喜乐,却没有狂喜;有温暖,却没有炽热;有忧伤,却没有愤怒;有空寂,却没有死寂……他不仅在艺术上独树一帜、思想上别具一格,还在行为上、追求上特立独行,远离世俗。如此方式,似乎跟数千年的文化传统间隔着很大距离,以至于我们一直看不清楚这个人,只是感觉到这个人就像一个影子般孤独,像一个影子般神秘,也像一个影子般飘过。

只有极少的人才能深深地理解王维,之所以这样,是因为他们拥有跟王维一样的内向性特质,拥有与生俱来的善意、敏感和柔软,拥有相似的心灵追寻,以及对幸福的不满足,对安宁的恐慌,对未知世界的孜孜困惑、疑问和探求。这很正常,能够感觉到世界具有某种不确定性的人,都是异常敏锐而聪明的。他们就像一朵朵花,或者像稚嫩的含羞草和蒲公英一样敏感。谁又能比一朵花更能理解另外一朵花呢?明白自己,明白自己的初衷,深入自己的内心中,是理解和明白别人的最好路径。在很多时候,渴望和希冀是非常薄细的绒毛,表现为纤如毫发的表层,可是它的丝丝缕缕,又是与心灵最深层次的东西连接的,一阵风吹来,它们就会由表及里,直至连根部也一同颤动。人们可以通过它,去感觉到人类本性的温暖,感觉到世界最本质也最为本真的一面。这是一种自由,是一种良善,更是一种"乡愁"——人从哪里来,必定会想着回哪里去。如此回归"快乐老家"的愿望,恰如艺术的目的和本质。它一直带有某种月光的属性,看起来清冷,其实最为慈祥;看起来捉摸不透,其实最为真挚;看起来十分普通,却是一个充满诗意的世界。

对于我来说,每一次阅读王维的诗文,都会怦然心动,都有一种涟漪荡漾的感觉,觉得似曾相识,觉得他就像迷雾中的导师,对我有冥冥的触摸、关怀和指引,让人不由自主觉察到生命深处那个难以企及的东西。好的艺术,应当让人感觉到心灵的细腻与敏锐,感觉到雅驯的、简洁的、玄妙的神性,就像面对一朵曼陀罗花,你越是深入地观察和了解,越是能发现它的博大和神秘,感觉它的至深处就像银河一般璀璨、博大,也跟天宇一般具有魅力和神秘。在我看来,王维的诗画就是如此,虽然它清冷而轻盈,洁净如空山上薄薄的积雪,纯粹得像清晨池塘荷叶上的露珠,可是在此中,又密布着诡秘、幽玄的暗道,直通灵魂深处。就像佛像前的油灯,以黄豆粒般大小的光明寓意某种虔诚。这该是怎样的一种状况呢?似乎是宇宙的悖论,又似乎是无解的咒语。从哲学上说,世界诸多相悖的属性,在更高的层次上却是和谐。这一点,似乎在王维身上体现得淋漓尽致。

王维的故事,完完全全就是一个心灵的故事。人在自我行进探索的过程中,意识到无形的力量,意识到外部的虚假,意识到心灵的广大,意识到肉身的短暂,也意识到某种潜在的指引,从而引发内省性,主动地深入自己,从心灵之中汲取广远的智慧,触及美玉般的良知,甚至以心灵为铜镜,反射世界的波光潋滟……直至魂魄摇曳生辉,放射出炫目的光芒。如此妙境,现于因缘,现于有清净心。也许对于王维来说,世间只一个倒影,心灵才是正向的。人生的全部意义就是,简单、沉静、清晰、悲悯、理性、洁净、温柔地凝望着自己的心灵,欣赏和感悟其中所显,由此得到真谛,别无其他。

也因此,对于王维的理解和表达,其实宛若倾听一场宁静的室内音乐会。我所该做的,就是保持宁静和平和,持有虔诚之心,尽力地内敛自己,调动全部的心灵力量来感知,直至从中汲取无形的力量来达到拯救和圆满。也像他一样,努力使得周边的一切变得安静、柔软、善意、松弛、和谐;不断地启迪自己,真诚地探究心灵的变化和起伏,感受自己青烟般溢出的情感,以一种艺术的方式表达,或者与山川河流、清风明月、云起云落联系起来。如此方式,牵涉到生活态度、艺术背后的力量,牵涉到艺术的本质,还牵涉到人与艺术、人与自然、人与世界的关系。好的艺术与世界的关系在于:它根本不是按图索骥,不是以蹩脚强制,而是以阳光雨露、清风明月的方式,自然而然地进入我们的生活。

不得不说的是,王维之所以让人感到陌生,是因为人们在习以为常的方式和感知中,将注意力集中在其作品和成就上,没有全然地了解一个人,了解这个人有别于他人的纯粹性。对于古往今来的很多人来说,人们都是谈论王维,认识王维,熟悉他的诗文、绘画和音乐,而不是感受王维,深入王维,甚至与之融为一体。没有其他原因,是因为人们远远没有达到他那样的高度、深度、宽广度;在心灵中,还不具备,或者说还不会调动洁净和静谧的力量,因而缺乏对等的同理心同情心,错失诸多机缘,错误而局限地放过了他,甚至武断、狭隘地意会和领略他。如此结果是,在这一个人消失的同时,与之有关的某种见地、感知和表现方式,也同样逝去了。人们不仅仅是缺失了一个人,同时也是缺失了一条道路,一条开满鲜花布满阳光的道路。这是一件多么可惜的事,就像一直幽禁我们的屋子,突然间失去了一扇窗户,一扇可以观察到美丽风景的窗户。一扇窗户被堵上是悲惨的,它不仅失去了窗外风景,失去了蓝天和白云,失去了微风和阳光,还失去了对于灵魂的启迪方式。只是人们不为所动,没有意识到这一点,仍在按照自己一厢情愿的方式,按部就班地盲人摸象,蹩脚地将一个天鹅阐述成鸭子;将一个本可以心通的人,一厢情愿地塑造成高高在上的雕像,随后顶礼膜拜,有意无意地制造人与人之间的鸿沟……难以觉醒的人们不明白,这一种方式和道路的失去,会让世界遗憾,也让我们更难堪。我们失去的不只是一个美丽的新世界,还在失去自己明亮的眼睛。

也许,作为现代社会的读者,只有在提升了诸多认知和境界,又排除了诸多杂念和干扰后,才能清晰地明白鲜明高蹈的古代精神,才会清晰地看清飘曳在眼前的影子:这个人性格也许不强烈,个性却极为鲜明;才华也许不是横空出世,却是广袤旷远、幽深沉静。虽然他是一个古人,可是他要比当世的任何一个诗人都具有智慧,可以一直透过色相看到空寂。这个人不仅仅是一个才子、一个官员、一个画家、一个音乐家、一个诗人,还是一个哲学家、一个清醒的自知者、一个觉悟者、一个有良知的人、一个无染的纯粹者、一个坚定的叛逆者、一个善意对待外部世界的人、一个清教徒、一个带有人文观念的人……他的智识如此澄明,目光所及,已不是眼前的世界;他的目光穿越远古,努力追寻源泉和归宿,又对人间抱有深情回眸……这个少有烟火气,却才华横溢、不骄不奢、宁静致远之人,在我们数千年的文明史上,是那样稀少。以至于当我们真心诚意看待他时,会发现这一个人,以及他具备的思想,包括他的一切,是如此的珍贵,珍贵如中国历史上难得一见的和氏璧一样,不似黄金那样雍容华丽,不似钻石那样璀璨夺目,也不似白银那样俗不可耐。

黑塞在《悉达多》一书中写道:"大部分人在这世界上,如落叶一般,在空中翻滚、飘摇,最后踉跄着尘归尘,土归土,只有极少数人,如同天际之星,沿着固定的轨迹运行,没有风能撼动他。他的内心自有律法和轨道。"

王维,应是如此吧。

原载于《湖南文学》2022年12期

# 听 音 记

胡竹峰

日出而作,日入而息。凿井而饮,耕田而食。

——《击壤歌》

"采樵枯树尽,犁田荒隧平。"灯下翻读,见到南朝庾信这一句,忽然想起许多过去的事。采樵声多年未闻,也很久没有见过犁田了。时光流逝,清凉如水的秋夜染得人温柔又惆怅。窗外夜色寂如炭灰,需要一点声音,能多些暖意。

采樵如一幅长卷,犁田则是小品。一牛一人一犁一鞭,终日绕着水田一圈圈徐行,犁开泥土的哗然,牛的呼气声,人的呵斥声、挥鞭声,响在春日三四月。深山传来伐木声声,旧园乡村盖房子、烧饭都需要山上的木材。斧头落下苍苍复苍苍,是悠远的少年记忆,从先秦一直到现在,从来也没有断过。远古先民唱《弹歌》,断竹续竹,说的就是砍伐的事。春生夏长秋收冬藏,稻谷进了粮仓,动物冬眠,冰封万物,人也闲了下来。冬日取暖要依靠山林,天晴的时候,总要去山上砍柴,远山枯落的林木最适合做柴火。北方友人说少年旧事,一队人马踩着数尺积雪,在茫茫雪野中,一路咯吱咯吱、咕咚咕咚,迤逦入得雪林,有慷慨悲歌之势。斧斤砍伐树木的声音,地上拖拽木材的声音,偶尔动物行走的声音,是冬日交响曲。

北方悬崖百丈冰的时候,我的故乡也万物肃穆,天寒地冻。哈气成冰的早晨,屋檐下的棕树总挂满冰凌,拿起树枝去一一敲打,掉在地上是清脆的破冰声,一声声都是童年的欢乐。有些冰凌挂在那里,凝固了水滴的形态,也仿佛有一种声音。最喜欢漫天大雪,静静看扯棉铺絮,听雪落枝梢的声音,窸窸窣窣,若有若无。城里总也听不见落雪,风声倒是与乡村并无二致。风大到能卷起一切,呼啸着倒禾拔木,有千钧之力,灌入耳中。似睡入眠之际,陡然被风吵醒,听得门窗咣当作响,无心入睡,却不令人烦闷。到底自然的声音比街市车水马龙的喧嚣少了躁意。少年时候的雪夜,纸窗青灯下,冷风扑窗,屋子里炉火呼呼的声音暖暖的,让人安生,不知愁为何物,想想唐诗宋词里那些应景的句子,有一种幽古之情。在各种声音的交织中,又换了一个冬天。多年后一次次逢到雪,一场场好雪,晨曦初露,扫雪人更早,嚓嚓嚓嚓的声音,真煞风景又无可奈何。

一片片雪花簇簇飘下,让人欢喜。而一片片花瓣坠落,啪嗒啪嗒打在瓦檐,想起花无百日红的黯然,静夜听来更仿佛伤心人语。李煜词里说"砌下落梅如雪乱,拂了一身还满",仔细听,真个落花有声,一人独立其间,恰似仙人仙境,长日好悠闲。后主通音律、善画,词作有画面有乐感,常有女儿态,其人却生有异相,丰额骈齿,一目重瞳。

虫鸣秋,鸟则鸣春,每年最先听到的是喜鹊喳喳乱叫。清凉的晨光打在窗棂上,人尚在蒙眬中。一只喜鹊黑翅白肚,尖嘴,落脚在阳台外,或攀于庭院树上。去岁的枯枝还未返青,枯枝、喜鹊皆有些寂寥惆怅,像久候着什么,候也不至。邻人常开窗轰赶喜鹊,鸟并不计较,得空又来。邻居再出来撵,它还来,如此反复,彼此也不厌倦。一来一往,一往一来,太阳渐渐落山,一日就去了。在窗内听喜鹊鸣声,邻人的呵斥声,得了一段春日欢喜。

世间的风俗习性,闻喜鹊则欢喜,听到乌鸦声则唾骂,实在喜鹊和乌鸦各有声音各有性情,天地造物如此,于物何干,到底是人多事了。多少人朝朝暮暮流连在名利之场,流连在声色之境,智昏气馁,乌鸦声是天籁,喜鹊声也是天籁,蛙鸣是天籁,虫鸣也是天籁。鸟里很多人喜欢鹦鹉,喜欢它人云亦云。据说有主人去世,鹦鹉亦失声不再言语,有灵性如此。

庭院花木枝头常有鸟鸣,是动听的音色,脆生如少女婉转的歌喉。鸟并不畏人,走近了看,头顶一色白。

过了初春,城里就很少听到鸟鸣了。那日跑去郊外山上看鸟,满坡叽叽喳喳、啾啾啾啾的鸣声。数不清有多少,欢快清灵,一只叫声粗犷的,有王霸之气,一只嗓音清秀的,如文气的闺阁小姐,一边欢叫,一边在枝头跳来跳去,不知人间烦忧。天光明朗,一片气息清和的林中多了无限生机。许多年不曾听见这大片持久的鸟鸣了,不期的遇见,仿佛时光逝去之后的蓦然心惊,又像一树落蕊,满地残红,只好两手空空地叹息复叹息。

山野的鸟鸣生机勃勃,画里的鸟鸣也颇具风韵,有山林吐翠的清明,宋人的《瓦雀栖枝图》《红蓼水禽图》《白头丛竹图》《霜篠寒雏图》《寒塘凫侣》,听得见鸟声,看得见枯荣。常常一幅一幅,读到天色向晚。赵佶画过很多鸟:领雀嘴鹎、画眉、灰喜鹊、戴胜、珠颈斑鸠、太平鸟、白头鹎、凤头百灵,真是百鸟齐鸣,啾啾啾,咕咕咕,叽叽咕咕,一派春回人间的声音。

唐人作画有金黄气巍峨气,宋人笔下丹青水墨更重空灵、谦卑、诚恳。一截枯木、一片树叶、一个渔夫、一只鸟儿,都在叩问生命,精微而广大。宋人制画,用手眼也用心眼,更用性灵,有万物静观的谦卑,静中有动,有生机,有自然音色,仿佛能听得见声音,万物复苏的声音,百鸟鸣春的声音。那声音绕梁不绝,勾住了木版年画。

有一年旅居天津,闲暇时,常去杨柳青看年画,只见为数不多的几幅老版木刻。隐约记得,小时候乡下人家每逢春节,必贴挂年画。记得有年年有余,画两条大鲤鱼,托一个大胖头娃娃,笑意吟吟。还有松鹤延年,一株老干虬枝的青松,松针丰茂,两只白羽黑嘴的仙鹤,或树下引颈,或松上低眉。画面低矮处有几朵富丽的牡丹,天中一轮红日。空坐案前看看年画,窗外高树老绿,鸟声啾啾。年画里也有声音,吉祥的声音,人间祝福的声音。

得空总会去逛山,尤其是春天,春山有生气。山月刚起,不下雨,脚下石阶也湿润润的有水意,影子在山路上晃来晃去,足底敲打石阶发出咔嗒声。路旁水流清寂有声,哗啦啦,哗啦啦,欢快又清澈,在寂寂无人的山中,这声音有明月的清疏与悠远。雨后青山,苍苍动人心,山木时有清凉的香气,可涤荡胸中郁气。

月色渐渐满山,清辉照人,草木浮动,风吹松枝叶响,呼呼呼,如好听的乐曲。松疏月凉也好,月照松光也好,俗世尘气不多,有飘逸出世的声音。山中木屋被清辉笼罩,被山风扬起的沙沙沙声包裹着。凉月如眉,有人熟睡了,鼾声已起,炉上茶声又沸。人生偶然做一次风月闲主,亦足以安慰心胸,抚平块垒。想起山月、水声、茶声、人语声,解人万千愁绪,都是人世间的好声音啊。

山中春醒,花尽力开放,水静静流,蚯蚓在地下松土。不时跑过来几只松鼠,蹦来跳去,攀折树枝,荡开了,钻进了高处。顽童捡拾石子想打下一只,刚一伸手,顷刻就不见了松鼠的踪影。山里人家屋顶青烟袅袅,吵架声、锅碗瓢盆声在林间悠悠回响,一座山显得空荡荡的,唯余断续鸟鸣与人声。山下人家,晨炊暮落,鸡犬相闻,花开花落且由之,贫富寿夭且随它。偶尔听人吵架拌嘴,如唱曲儿,声调悠闲,不高不低,不疾不徐。家长里短叮叮当当的切菜洗碗声中,间或夹杂三两句牢骚闲话。先是一两句男声,又听见三五句女声。

山里下午的辰光最曼妙,日色清朗悠长地斜照着。石板路上,洒下长长短短的清影,是水菖蒲的剑叶,芦苇妖娆着云雾一样的穗子,晚风轻轻地吹,沙沙入庭树。夜来风兼雨,帘帷嗒嗒有声,阶前梧桐叶了大颗雨滴。梧桐仿佛专为听雨而种下的一般,雨点大,梧桐叶子更大,雨砰砰咚咚就多了野趣。

有回山林遇大雨,草木笼在雨雾中,人也淋得湿漉漉的,小屋仿佛一叶渔舟,蒙蒙水云里。有林中人家在烧饭煮菜,屋顶起了一层袅白的湿烟。雨声落在屋角的白瓷盆里,叮叮咚咚,噼噼啪啪,要汇成小溪了。雨后山中木桥变胖了,溪水狠涨,水势变大,哗哗哗向下游流去。遇到水中礁石,起了激切的旋涡,喑哑着喉咙叫喊,一路冲下去,流向未知的远方。

在松山林里住下来,看月亮,听雨声,吃水中刚捞出来的鲜鱼,天晴时候,听蝉鸣,数星星,看风吹树叶,风卷白云。更喜欢沿小溪山行,山行的好,不在于要走到山顶,攀上高峰,而是眼前心情。一路溪水相伴,潺潺又叮咚,林深人少鸟相呼。点滴,淅沥,潺湲,滴答,哗哗,涓涓,淙淙,咕噜,咚咚,哗啦,流水柔情宛然。只要不是石破天惊的滂沱洪峰,听觉上总有美感。即便是洪水,过了平滩后,也变得安安静静,流过一个村子又一个村子,进入江海,归向大海。

听到流水的声音,能感受到生命之静美,这声音让人忘我。水边浣衣女手起槌落,一槌又一槌,干脆简约如晚明散文。木槌是剃刀,衣物如李贽。李夫子被当政者以"敢倡乱道,惑世诬民"罪名逮捕,狱中理发,引剃刀割喉,道一声受用。捣衣声中,几个乡农安然路过。流水的气息涌来,细微而庞大的气息包围着人,幽僻,质朴,入得灵境,肉身仿佛消融了,如同古人墨迹。笔尖流水缓缓在宣纸上流动,萧疏的墨色静静延伸,有此岸的守候也有彼岸的眺望。从滚滚红尘到一心如洗,线条越来越平缓,进入清寒枯瘦的秋水期,水流声越来越低,越来越平,幻化成深山清泉的自言自语。

山与水感觉不同,水是公安性灵,山是竟陵文章。袁宏道在《叙小修诗》称其弟之作大都独抒性灵,不拘格套,从胸臆流出,有时情与境会,顷刻千言,如水东注,令人夺魄,文章的瑕疵也是本色也是独造之语。性灵如此,没的说的。肉身沉重,需要性灵舒缓。一路走一路采摘好看的树叶子,绣线菊、槐树叶、半黄半绿的枫叶、枣树叶,山中所有令人心生宁静,山中静到听得见所有细微的声音。满山翠绿、明黄、赤红,杂杂掩映,使人心思澄明。蚂蚁在上树,树叶子尽力吸着枝上雨水,几只鸟在闲话昨夜风雨,天上流云杨柳细腰,扶风欲行,世事如此安好。

以往去北方,住在小胡同弄堂里,偶尔能听到有人高喊"磨剪子喽,抢菜刀……",声音拽得好长好长,长得把人从梦里拽回现实。走到窗前再听,是穿越岁月长河的声音,这吆喝声,那么真实,又那么虚幻,从梦里醒来的人,恍恍惚惚以为从一个梦穿越到另一个梦中。隔窗望去,是位老人。阳光清清凌凌,倾泻在瘦骨与布衣上。一车,一箱,一石,一凳,一壶,一张黑脸,一双枯瘦的老手。千家万户的炊事,各样人家的刀,千锤百炼地打磨,寻常烟火,旧日营生,怕只怕这手艺活儿即将远逝,无以为继了。老人那边厢磨刀霍霍,翻来覆去,打磨、粗磨、细磨,一下又一下,低眉细看,反复摩擦。磨好了,手指刮擦刀刃,试刀锋,再叮嘱人小心手。几个妇人拿着磨好的刀,回到屋子里。

燕京的市井声音,我熟悉。蔡省吾编纂的那册《一岁货声》读过两遍,苦雨老人五十岁前后手抄的影印版,字迹消瘦,却圆润。夜深时捧书细读,清末民初时京中烟火气从纸上飘出来,散发出那种市井独有的气息。恍惚间看到昨天,看到明天,时光就这样走了。所谓货声,即吆喝也。那些叫卖声,如今已近乎绝响,只在这本册子上还能找到一丝旧日的残像。尽管书上的声音与现今完全不同了,寒夜读书,听得见年华流转的悲凉之声,令人怃然。

王思任说晚明北京集上卖炊食者吆喝:"好火烧,好酒,好大饭,好果子。"与今日街头商贩叫卖"大红薯,又香又甜的大红薯"异曲同工,很有破天荒的神气。叫卖声似乎北方更响亮,理直气壮、不管不顾,南方人叫卖声婉约一些。市声种种不一,而以卖花声最为动听。街头巷尾偶尔听见曼妙温软的卖花声,"栀子花……白兰花……"似莺啼,如歌吟,字字圆润清晰,声声委婉动人,回荡在小桥流水间,优美得似乎透出鲜花的清丽和芬芳。兴许也是听了卖花人的声音,陆游才写出"小楼一夜听春雨,深巷明朝卖杏花"的句子。雨后江南,从小巷传来清脆的叫卖声,带着湿润,入诗入画入文。

苏州城里的卖花女,多来自阊门外七里许的虎丘一带乡间,那里是全国四大香花产地之一。有回在苏州街头遇见了,依稀是周瘦鹃先生小令《浣溪沙》中的模样:"生小吴娃脸似霞,莺声嚓呖破喧哗。长街叫卖白兰花。借问儿家何处是?虎丘山脚水之涯,回眸一笑髻鬟斜。"当年的卖花声走远了,想必动人心弦,顾禄说卖花女深巷的叫卖声"紫韵红腔"。诗人黄仲则写有《即席分赋得卖花声》,尽情写卖花声之美、听卖花声人之迷:

其一
何处来行有脚春?一声声唤最圆匀。
也经古巷何妨陋,亦上荆钗不厌贫。
过早惯惊眠雨客,听多偏是惜花人。
绝怜儿女深闺事,轻放犀梳侧耳频。

其二
摘向筠篮露未收,唤来深巷去还留。
一场春雨寒初减,万枕梨云梦忽流。
临镜不妨来更早,惜花无奈听成愁。
怜他齿颊生香处,不在枝头在担头。

明末彭羿仁的《霜天晓角》一词,亦是吟咏卖花声的杰作:

睡起煎茶,听低声卖花。
留住卖花人问:红杏下,是谁家?
儿家。
花肯赊,却怜花瘦些。
花瘦关卿何事?
且插朵,玉搔斜。

对答行状历历在目在耳。

这些年但凡空闲总喜欢去市集看看,辨乡味,知勤苦,纪风土,存节令,照例形形色色自食其力的人,菜担子,水果铺,鱼肉摊,各从附近的乡村大清早就赶了来,他们是比太阳起得早的。他们的鞋底子、胶皮手套上带了黄泥浆到集上来,夜晚又从集市上带了灰色浊泥归去。去去来来,数不清多少日夜。

集上永远是骚动状热闹状,熙熙攘攘吵吵闹闹,买菜卖菜的在讨价还价,也有因秤上不公而起了口角,还有两个商家为争一个顾客指桑骂槐的,终究是因为人太多,你一桩他一桩,汇出了潮声。倘若是由远远的另一处地方听着,这喧嚣的闹声,令人疑心是河滩的水声在流动,是海浪袭来的潮声。

樱桃正好,卖家说要赶紧吃啊,樱桃就要落市了,我将"落市了"听成了"离别时"。樱桃的上市与落市,大抵类似庐山烟雨浙江潮,未到千般恨不消。及至到来无一事,不过还是庐山烟雨浙江潮。世间哪一件事,不是庐山烟雨?

最喜欢夏日市井的声音。清早,晨露还未落,楼宇外响起吆喝声,是寻常烟火日子里最动听的声音。清人竹枝词说得好:"芝麻徽子叫凄凉,巷口鸣锣卖小糖。水饺汤圆猪血担,深夜还有满街梆。"绘声绘色展示了街巷摊贩们或高声吆喝,或借响器招徕生意的生动场景。

前几年在北方,每天下午,住所巷口总有一男人慢悠悠兜售馄饨。"小馄饨、小馄饨,好吃不贵",沉沉的悠悠的,让人心驰,冬日天黑后听来更令人销魂。那一声声叫卖,仿佛是侠义小说的序章,又仿佛古老故事的引子,穿透黑夜,穿越时空,把听到声音的人带到各自苍凉洪荒的故事里。

市集的叫卖声向来喜欢。

"本地红萝卜啦,十块钱三斤。"

"白菜便宜,一元一斤。"

尤可喜是卖馍的人,拖长了声调喊,隔窗听来像是说"埋没",那声音里有不甘、有呐喊、有倔强。多少鲜活的人也一声声埋没在岁月人间。

处暑前后,到农人田里,静夜时,稻丛里蟋蟀叫声促促如急雨,清清洒洒,叫得月亮漫步出云朵,叫出月边一朵祥云随着夜风散去了。后园水塘边蟋蟀叫声不断,音色如水,又像淙淙小溪清流,能洗人心不净。夜晚凉风乍至,蟋蟀跳进莲花缸,随即又跳到壁间草丛花窠。有蟋蟀叫声轻柔,也有叫声响亮的,自在嘶嘶而鸣,如蛇行草上。苔衣上闲阶,蟋蟀催寒砧。待它跳到清水河边,人烟稀少的林木丛中,就是深秋了。如山中高士,最终大音希声,落脚于人迹不到的安静之所。像一个避开尘世的人,寂静安心,不怨不尤。

想起月光下的蟋蟀鸣唱,总有些淡淡的惆怅。虫鸣蛙唱,来去迅疾。红尘千古事,云飞烟灭,一生匆匆,愿将时光耽搁在虫鸣秋唱里,耽搁在层层落叶间。有时也邀约二三人,在遍地西风间游荡,听秋,闲话,直到日暮时分夕阳下,踩着落叶余晖散步回家。不管尘世走马换茶,休论时序击鼓催花,只爱日日眠至三杆斜,经史子集梅花下,灯下耕读,心无牵挂。人生于世,忧多乐少,有毁有誉。但愿秋风起时,蛩音长鸣,光阴不改常依旧。

秋天白昼,落叶飘零满地。夜晚,银月清辉,可以听见蟋蟀鸣窗。大约夏天蟋蟀声便零星地叫起了,立秋后声渐密集,白露、秋分时声如浪潮,寒露又渐渐细弱零落,最后曲终不见,一切入了虚空。人站在落满霜叶的小径上,怅怅然看流云如飞,木叶凋零,晚霞渐渐沉没,沉入黑夜之中,夜里凉风渐起。七月在野,八月在宇,九月在户,十月蟋蟀入我床下。蟋蟀的叫声,催促秋天一日日临近。北方有不少人养蟋蟀、蝈蝈,或逗趣,或角力,或听音。蝈蝈冷了不叫热了叫,越热叫得越欢快。油葫芦太冷不叫,太热也不叫,温度正好才叫。

秋夜,月亮清圆,月色皎洁如银,庭院中花影洒了一地,人走在清澈中,草丛中蟋蟀叫声正清亮,声声欺病客。月光下,蟋蟀的叫声清灵又自在,声音飞在夜空中,有月光的轻柔,露水的滋润。秋天的草木果实滋养了它们的喉咙。如水的清秋夜,所有心事,只有蟋蟀知道。月亮也像被露水洗过,如美人妆前铜镜,如盈盈眼波。

秋天的另一种好,是山林清寂清朗。闲来无事,在山林中找到内心的归依。去年此时,信步独游山寺,寒花已残,寺内清冷,阶除寂寂,唯宇内梵音清唱,断续缭绕。听梵唱,燃清香,赏明清壁画。

故乡记忆里,有一段深山笛音。初夏时节,我去姑妈家,邻人少年,长身寂然,爬在高高的桂花树上横吹竹笛。笛声响彻云霄,又从云霄降落,回荡村落,陪伴了我乡居岁月整整一个夏天。有一次路过树下,听见笛声清越,细听暗藏忧伤,隐隐动人肝肠。抬头看去,只见那少年满脸泪花。后来又去过那山村,山依旧,村落变了,林木仍如昨日,只是已不见当年的吹笛人。时光禁不起尘世的风吹雨打,自顾散去,人事已如海潮淹没下的细沙,任凭蹉跎,忽有古人独上江楼之慨。那些一同行路的人,旧时声音,再也不见了。想起古人的话:"去年花落在徐州,对月酣歌美清夜。今日黄州见花发,小院闭门风露下。"旧时交游,已如入云飞燕,渺不知所踪,唯记去岁与王子立,吹洞箫饮酒杏花下。所有过去的,总要雁过留声,哪怕一丝也好。这或许是文人的伤春悲秋吧。

去过几回西北塞外,来到辽阔之地,洗纠结狭隘。尤其喜欢秋日白杨,旷野无边,笔直的一排排自顾青黄,树叶婆娑,风吹得哗啦作响,动起肃杀秋气,令人悲从中来。仿佛回到了万里黄沙无人问,四面边声连角起、烽火诸侯的古战场,天、地、黄沙、浮云劲彻西风都透着一股醉卧沙场的豪迈之音。千里寒烟,孤城角声,黄沙百战,直迫人心的苍茫荒凉,绵延透人骨髓。站在古旧的关隘前,突无高耸的城垛,呼啸西风,吹彻城头旌旗,也卷起漫天黄沙。四野无一遮挡,仿佛被风吹回古代,吹进边塞诗词中,人孤零零丢在荒野岭上,成了孤城清角,戍边勇士。

渡头余落日,墟里上孤烟。落日余晖下,门楼孤耸清风古崖间,青砖城墙,雕花翘檐城楼,上刻祈福卷云,城墙城门,尚存几分关河冷落的古城气势。抬头仰望,一股旌旗猎猎古道西风之感,在心中鼓荡。耳边又听到铁马金戈,羌管悠悠。

在城门下迂回踱步,城门青砖上仿佛还铭记着当年西出征战的士兵的魂魄。日暮号角响起,一骑当先,一队人马尾随其后,大漠风尘日色昏,红旗半卷出辕门。出征,有一骑绝尘的勇武与坚决。将军气定神闲,稳坐中军帐中,目光锐利,穿透玉门山嶂几千重,瞬间捷报如雪片飞来,已是生擒吐谷浑。千百年后,一介书生,一柔弱女子,心中又荡起西出阳关的千里悲音。一片地域,就是一段历史的回音壁。这声音藏在黄土中,刻在城砖上,写在史册中。

回来看画,想起前朝旧事,那些宽袍大袖,翠眉如黛,不知归去哪里,所有不知去向的物事,真令人牵挂。其间一幅熟悉的情节,晴雯病补雀金裘。一灯如豆,夜静如初,美人灯下穿针引线,很安静很专注很深情,只可惜命运已就此写下不可更改的伏笔。那时冬天寒冷,那时路途遥远,那时人很专情。

案上茶杯里若有若无的茶香,一册旧书,翻开的一页写着:"世事漫随流水,算来一梦浮生。日落山水静,为君起松声。"山中松风起时,乡村响起牧童短笛声,正是烟火日子里热闹时候。

热闹的烟火日子最有暖意。冬日在徽州小住,夜里和友人出门散步,风冷天色黝黑,像是徽州老院子的气息。两个人穿街过巷,古老的巷子幽幽长长,零星的灯光,红尘男女来来往往,几家小吃摊点,烟熏火燎,油煎烹炒叮叮当当,转角处的楼头猛地传来几个男人的猜拳声。陡然觉得那夜色里多了阳气,多了豪气,多了生机。偶有人家存了尚文风气,胡琴、弦子、戏曲儿,一曲一曲从灯火明亮的窗口飘出,赶路的人听到曲声,脚步也缓了。虽然是冬夜,那灯火晦暗处,也有几个老翁拿了凳椅,攒三聚五,一把二胡,一个三弦,抱琵琶,一壶茶,一碟瓜子花生,几家人潜遣,咿咿呀呀声,飘过水池,穿过树叶,连月亮也动容,漫步出云朵,俯视这尘间,如此快意清风,不知愁为何物。

夜里睡不安稳,清梦一场接一场赶上来。梦回故园,旧时小园柴扉,瓦屋前冷月弯弯,听见有人树下吹笛。月下听笛,又清凉又入境。笛声中一片幽怨,这世间的哀怨划过每一个人心头,深浅不一。让人入了虚幻之境,真真假假,虚虚实实一场又一场。

苏辙梦里的事,与苏轼见一青发僧,手持宝塔,中有舍利灿然如花,明莹而白,分而为三,各自吞了。僧言:"本欲起塔,却吃了。"人世间所有声音,最终消弥于无形,无处可寻大音希声,又或者这声音去了别处,如流水信步游走,不拘而往啊。

原载于《人民文学》2022 年 12 期

# 慕汪斋随笔

## 苏　北

我学习、研究汪曾祺许多年,可谓是汪迷。几年前作家王祥夫来访,为题斋号慕汪斋,于是近几年所写之文字,盖冠以慕汪斋之名也。

### 《报纸的故事》的故事

天太热。头一直晕晕的,一天没有下楼,闷在屋子里读孙犁。读到《报纸的故事》,写他中学毕业后失业在家,想订一份《大公报》。可妻子、父亲都不支持,因为在这个村里没有人看报,即使镇上、县里有人订报,也只会订《小实报》这样的小报,谁会去订《大公报》呢? 父亲最终给他订了一个月,他本以为每次要自己走三里路到镇上去取,没想到有专门人给送到家里。三天即有一个邮差来送一次。孙犁又高兴了,觉得值了。

这让我想起自己订报的故事。四十年前,也就是一九八几年,我在县里,爱好文学,订了一份《作家生活报》,这个报纸出版在东北,是一个发行量很少的报纸,主要发表作家印象记、生活趣事等,也有副刊,发表一些文学青年的习作。这份报纸,在我们县,大约只有我一个订。一天我上班,单位突然通知我,说公安局找我去一趟,我当时就有点蒙:公安局找我干什么? 我又没做什么坏事。可心中还是有点打鼓。公安叫去,怎敢不去? 于是不安中我赶紧骑上自行车找去公安局。一个公安还算客气,穿着制服,他严肃地对我说:

"你是不是订了一份《作家生活报》?"

我说"是的",可脑子飞转:这报纸有什么问题吗?

公安接着说:"上面办一个案子,让我们协办,凡是订了这份报纸的,都要协助一下。"说着,就拿过一个专用纸模和印油,让我留下手模,将我的左右手抓住,蘸满油,死死地摁在那张专门的纸上,包括十个手指的指纹。之后就让我走了,再也没有找过我。

我至今也想不明白:究竟是怎么样的一个案件,要这么兴师动众? 我想至少是命案。凶手的指纹落在了这份报纸上？命案的血迹留在了这份报纸上？真可以写一个悬疑小说。

孙犁订《大公报》，还有一个小秘密，他想给《大公报》投稿，可是没有报纸，怎么能看到自己文章发表出来了呢——他那时估计还不懂得文章发表了是有样报的。

可是文章终于是没有发表出来。每回来报，他都每版看完，连广告和中缝都不放过。终于他的妻子要用这些报纸糊墙了。他同意，但他要求将报纸的副刊糊在外面，这样没事时他就可以歪着头，贴在墙边横着看竖着看了。

## 小黑鳗游大海

早晨躺床上刷微信，在汪迷部落看到一篇写童年生活的，说小时候家里穷，没什么吃的，有时就吃咸菜烧鳗鱼。

这简直是天方夜谈，鳗鱼现在已经成了高级补品，竟然用咸菜烧之？

可是是事实。作者家在里下河地区，水网密布，20世纪六七十年代，用罾是能网到鳗鱼的，而且那时不知从哪儿传来的谣言，说鳗鱼是专门吃死人的。人多忌讳，根本不吃这个东西。

我小时候钓鱼。一次在老北门护城河，钓到一条鳗鱼，把我给吓死了，夜里都做了噩梦，醒来裤子都湿了。我们那个时候，一群孩子没事，就聚到老北门护城河的木桥上钓鱼。那是个很古老的桥。桥墩的方木都极粗，露着木茬。桥是进城的必由之路，每到逢集，人来人往，记得有用板车拖了极大的竹子上街卖的，竹子很长，一头拖在地上，走起来哗哗响，人都要远远地让着它。我后来在一本笔记上读过《沈屯子进城》的故事，说沈屯子进城看见一个人扛了一根极长的竹子，他总是担心竹子戳到人，之后得了病，医生来看，怎么也治不好。沈屯子说，除非"负竹者抵家"，他的病才能好。这个寓言，真是印证了我们童年的感觉。

我们钓鱼，多是从桥面上直接爬下去，坐在那宽宽的桥墩上——因为桥体都是用木头交叉搭起来的，沿着斜面爬下去很容易。一个桥墩上能蹲两三个孩子，那里离水面近，又没有干扰，鱼安静，人也安静。鱼也喜欢偎着水下桥墩，这不知是何道理？那次我先是钓了两条白条，极美。钓上来时，在空中的流线像一道银光。我于是很兴奋。又下钩时，不一会儿，几个"浮子"直接被拖入水中，我一发力,手上很重,差点一个趔趄栽到水里,等鱼钩出水,一个白亮的像蛇又像蟮的东西在空中跳动,它的脊背灰白,肚皮银白,边上的小狗子(伙伴小名)一声尖叫:"鳗鱼!鳗鱼!吃死人的!"

我赶紧用力甩竿,终于将这条"死鳗鱼"甩出了八丈远,它并没有甩入水中,而是丢在了很远的岸边。岸上的孩子们"嗡"的一声,拥了过去,一人一脚,把这条鳗鱼给踢入岸边石缝中去了。

我夜里就做了一个梦,梦见鳗鱼吃死人。吓死我了。

多年后,我在报社做记者,一次到江苏如东采访。当地同志带我参观了一个极大的鳗鱼养殖场,我这才知道,鳗鱼营养价值极高。它在江里生长,而要到海里产籽,之后小鳗鱼再回游到长江中生长。这家鳗鱼场的鳗鱼,主要出口日本。日本人特别爱吃鳗鱼。我在这个养殖场的食堂里,吃了许多种做法的鳗鱼,有蒲烧鳗,有烤鳗……味道极好。

噢,我小时候,还看过一本小画书:《小黑鳗游大海》。

那是我童年受到的仅有的一点文学教育,所以记忆深刻。

## 我的读书小史

我的母校其实就是我的书房。我们被时代耽搁,之后的一生,可以说都用于学习。边成家育儿边学习,边工作边学习。学习了一生,可没甚成就。可见一个人要成材,青少年时的学习是多么重要。

要说是母校,我中学、大学和后来的进修学校,都可以算作母校。

我高中毕业于1979年,就读于安徽天长县中学。可是我们赶上二十世纪六七十年代,学校不抓教育,我们倒是学工学农了不少。学校有农场,夏收之时我们还赶往乡镇为农民收割。在学校的农场倒是有一二记忆可记。一次挑土,从大坝下把土往大坝上挑。那时劳动是有场面的,首先是红旗飘飘,到处插的红旗,高音喇叭是必须拉上的,喇叭中歌声嘹亮,不时插播些先进典型的事迹报道。总之气氛是不错的,人也容易被感染。我那时个子小,可也顽强去挑,两只小畚箕,堆上半筐土,我挑起飞跑。这样来来回回,跑上跑下。这样一个小个子少年在人丛里飞跑的景象被一个现场的记者抓住了,他写成报道在大喇叭里播了出来,我一下子被作为后进转化的典型,火线加入了红卫兵。于是我更卖力了,小小的我这样几天下来,终于感到有点不对劲,一次手一摸屁股的裤子,裤子结了痂,才知道屁股已经磨破了。说到屁股,还有一件险事,一年在学校农场崴藕,水不深,但要不时把身子歪下去去摸藕,孩子崴藕没穿裤头,光屁股。我崴着崴着,感觉屁眼那痒痒的,我用手一抓,妈呀!一只大蚂蟥正钻我的屁眼儿,一半已经拱了进去,我抓住外面的半截,费了好大劲才把这家伙拽了出来。好家伙,它若钻进我的肚子,那将是怎么的结果?我的血还不给它吸光?

就是这样的劳动,也磨灭不了孩子的天性。我们那时有无穷的精力,会使出各种新奇的招数。有一次去农场劳动,要自带铁锹,我骑上自行车,将锹用绳子拴住,扣在自行车后杠上,拖着走,铁锹在水泥路上摩擦得哗哗响,我很高兴,一路向北门驶去,上了护城河大桥,遇到同学比赛,看谁骑得快,我低头猛踩,就看铁锹在地上擦出火花,更得意了。可终于还是出事了,铁锹随着车身两边甩,一下子碰到了一个老妇人的脚鼓拐,老妇人坐在了地上,嘴里啊哟啊哟,我一时无了主意。幸亏有大人过来,带到医院一查,没事!可还是肿了起来,害得我妈拎了一篮子鸡蛋上门道歉。

除劳动之外,我们就是逃课。打架、上树、游水,偷桃偷梨,看学校的大字报,看街上大人的游行。到了七十年代末期,社会变化了,高考恢复了。学校开始抓教育。我们被老师激励着,我忽然喜欢上学习。先是喜欢上数学,迷恋因式分解,每天中午不睡觉,跪在大桌凳上(孩子喜欢这种姿势),趴在桌上做题,都会做许多大学课本的题了。徐老师和谢老师好像承包我们班,他们一个教数学一个教化学。两位老师仿佛吃住都在班上似的,早自习在,晚自习在。他们热切地爱着我们。我进步很快,先是在班上名次到了二十名内,之后考尖子班,我以第十七名考入了。

可是,第一年的高考,我还是落榜了。

几年后,我到地区的银行学校,开始学习金融知识。可我那时已经喜欢上文学,每天迷恋于世界名著,也开始学习写小说了。

我入学时因为语文考得较好,一开学就让我当写作课代表。语文考得好主要是靠"蒙"。我那时不是喜欢文学了吗?正好当时报纸上大规模宣传张海迪。《中国青年报》还登了大幅照片。张海迪一头乌发,笑得好看。我就剪了许多张海迪照片,夹在书里。考试时,作文正好是一个励志的题目,我就举了张海迪的细节,比较生动,而且时效正好,于是得了高分。更争气的是,刚入学不久的第一次作文,我又是全班第一。写作老师个头不高,姓王,衣着邋遢,可精神飞扬。他喜欢喝酒(身上总有酒气),喜欢杜甫。他微昂着头大声念我的作文,在课堂上走来走去,把同学们也弄得激情昂扬,女同学甚至都有些激动了。我们上学的地方叫作滁州,那地方有一座琅琊山,产生了一篇伟大的散文《醉翁亭记》:"山行六七里,渐闻水声潺潺而泻出于两峰之间者,酿泉也。峰回路转,有亭翼然临于泉上者,醉翁亭也。"我写的题目就是《雨中游琅琊山》。时节正是春天。春雨时下时住,把个古老的小城弄得水气淋漓。我那时比较矫情,在作文中就打了个比较文艺的比喻:"如果说琅琊山是滁州的乳的话,那么南湖就是滁州的眼。"滁州城内还有一座南湖。沿岸植柳,雨落湖中,岸柳含烟,所以我就这样比喻了。王老师念到这里醉眼更蒙眬了,脸上都有了些绯红。于是作文在班上产生了极大的影响,更激发了我写作的热情。

  因为偏科,其他成绩就差一点。而且越来越偏,上课时我索性就看小说,《复活》、《老古玩店》、《父与子》(屠格涅夫的)、《红与黑》——其实也很难弄懂。真正弄懂每本不看个十来遍?也就是一个囫囵的印象。我后来一直认为世界名著是给青少年建立一种审美关系的,建立一种对世界的好奇心的。有一个时期,我一个朋友对我说:中国没有文学,只有一部《红楼梦》。我是极信任他的。于是买来《红楼梦》看,看不下去。我又上街买了一套,将这套撕开,一页一页折起来看,之后则选择性抄写。这样越抄越多,慢慢明白了些,对林黛玉的小心眼,对薛宝钗的聪明世故,对史湘云的蛮憨劲,都有了认识,慢慢便喜欢了起来。读《红楼梦》时期,我还同一个在镇上银行工作的女孩子通信。我们写了许多信,谈读书,谈理想,谈未来。她后来把信全退给了我。可惜有一回我不在家,那些信被我父亲一把火烧了。

  阅读的同时,我开始了创作。那篇《雨中游琅琊山》投到省里的一个内刊,竟发表了,得了三元钱稿费。王老师让我写一篇小说,说介绍给地区文联刊物《醉翁亭文学》,我在宿舍桌子前拉一道帘子(一个宿舍住八个同学),躲在里面写。写了一个抒情小说《没镂碑文的墓碑》,有八九千字。王老师夫妇都给看了,用铅笔画了线,改了错字,他就转交给地区文联的袁老师去了。过了好几个月,袁老师叫我过去,文联在地委大院内。大院里到处是树木和藏在树木里的一幢幢老楼,小道弯曲,蝉鸣窅幽。找到文联,袁老师叫我在沙发上坐,屋中幽暗。袁老师说,小说故事性差了,抒情性太浓了,建议我重写一个,意思就是这个不能用了。

我受了很大的打击。青春就是有韧性,越打击越顽强。我开始往外面投稿,《青春》《青年文学》《青年作家》《丑小鸭》……那时刊物多,买本杂志按杂志上地址寄过去就是了。可多数是怎么寄过去又怎么寄回来,最多是多了一张铅印退稿信。同学们都没有什么信,就我信多,而且都是这种老厚的信封(信封上印着通红的杂志社名称)。时间长了,被同学耻笑——癞猴子想吃天鹅肉!作家那么好当的——我逆水行舟,孤军奋战,孤独求荣,终于在三年的学业即将结束,临毕业前,发表了短篇小说处女作。那是1986年,刊物是北京的《丑小鸭》。

《丑小鸭》!太巧了!我那时真正是只"丑小鸭"。

可是我能变成白天鹅吗?

### "尖着眼看"

看《儒林外史》,第十一回写到鲁编修家招婿,办喜事摆酒席,并请了戏班子,传菜的厨役是个乡下孩子,没见过这么热闹的场面,他端了一个盘子,上面放了六碗粉汤,管家从盘子中将粉汤一碗碗掇上桌时,他尖着眼看戏,"看到戏场上小旦装出一个妓女,扭扭捏捏地唱,他就看昏了……"以为汤已经端完,就把盘子一放,结果盘子上还有的两碗粉汤倒在了地上,把碗打得稀烂,汤泼了一地。

写得极其美妙传神。但我注意了一个字:尖着眼看戏里的"尖"字。这个字用在这里真是妙。我们一般只会写,"看呆了""看傻了""盯在戏台上看""傻乎乎地望着戏台"……还可以写出很多,但没有一个有"尖"字传神。

我童年在家乡,从没听过大人讲过某某人看东西,尖着眼看,顶多是"看出神了""看呆得了"。我的家乡在天长,一个靠近扬州的县。我们说的话,大方言区是江淮方言,但从小的讲,应该是扬州话的变种,即扬州周边百十里范围的话。但扬州周边的话也是不同的,天长话和高邮话有区别,高邮话与仪征话也不同,泰州、兴化则差别更大了。但如果这几个县的人到东北或者西北去,那边人听起来,肯定是一个地方的话。

昨晚看后兴奋,发了个朋友圈,说这个"尖"字用得好,以后写作用一下,立即引来一帮朋友的议论。一个朋友说,我故乡有此方言,"就你眼尖,看出来了",这个说法我的家乡也有,但这不稀奇。稀奇的是倒着用了:"尖着眼"。江南的一个朋友说,我们这边乡下人常说,他说的是宣城周边,宣州的底韵可老长了,李白的偶像谢朓就是被外放宣州的,写出了"余霞散成绮,澄江静如练"这种美妙的警句。一个朋友说,陕西有,陕西人爱说"尖着嘴吃饭",比喻一个人挑食,这与"尖着眼看"有异曲同工之妙,但也不尽相同。我一个女同学说:"这让我突然想起了戏剧里小丑的妆容……"咦!这个说法有趣,戏台上涂了白粉的小丑,出场后那个走姿配上眼神,不就是个"尖着眼看"嘛!

尖着眼看,比"看出神了""看呆得了"要好。它里面既有"看呆了""出神了",但它还有另一层意思,就是"尖着"的同时,还有点兼顾别的意思,比如上面这个小厨役,他"尖着眼看",还是有点兼顾手中的盘子的,只是被那个扭扭捏捏唱着的妓女所蛊惑,迷瞪了,才将碗打碎。

## "老作家"夏锡生

回老家县里看望父母,一个收垃圾的来收一坏热水器,他见窗台上有书扔着,就随口问:"这几本书还要啊?"我妈不认字,对书没感情(我高中毕业出去工作后,她把我上学的书全卖光了),就说:"没用你带着吧。"我一听跑出门去,捡起一看,都是我父亲的老友赠的书,其中就有一本夏伯伯的《桑榆剩墨》,我拍拍上面的灰尘,又捡了回来。

回到房内,我随手翻,翻到《趣谈<数字为名>》一篇,记两位儿时伙伴,一个叫"六一子",一个叫"六九子"。"六一子"是其父六十一岁得子,便取名曰"六一子"。"六九子"父亲年龄更大,六十九岁得子。"六九子"后来成为扬剧名角,其艺名仍称"六九子"。每逢他出场,台下一片惊呼:"'六九子'出场了!"

文章很短,但饶有趣味。我想写小说的人见到,可直接用于小说中人物之名。这多么生动。

夏伯伯名叫夏锡生,是我邑天长名人,曾当过县里领导,又颇有捷才,是个有人情味的领导干部。他退休后,钟情于写作,写了有十几本书。可惜他待在了小地方,如果他退休后,住在广州、上海,这些短文是完全可以在《羊城晚报》和《新民晚报》上用的。而因在县城,他的作品多在地区报上发表,使文名传之不远。

说夏伯伯有捷才,是我记忆中,若干年前,他还在任上的时候,每年的门对都是他自拟自写。他家住在县城南门,是一个古老的深巷,门边有一口古井。一年他贴出的对联是:

临小街因景醒目
傍古井以泉洗心

真正是对得好。对对子不易,要懂平仄,还要有才情。

他还以此写过另两个对子,也甚佳:"阶前三尺地,院中一井天""前留三尺让人走路,后让一角留我听泉"。

夏伯伯是勤于思考的,他也善于思考。他曾拟过一个带"彩"的对联:"儿子结婚孙大喜,少女初经缪玉红。"他在题注中说,一次在地区学习,同事孙大喜儿子结婚请假回去,他忽然冒出上联,可一直没有下联。一次他到一个朋友家玩,女主人名叫缪玉红("缪"通"妙"),忽然有了下联。这是一种思索的快乐。汉语之美,多在简洁,又在对仗和押韵。一个作家其实是要不断地思索语言的。汪曾祺先生曾说,一个作家要善于练笔,要随时随地、每时每刻向生活学习,在生活中发现生动的、美的语言。这一点夏伯伯做到了。

前不久在朋友圈,见人推送《今日天长》(吾邑之小报),上有夏伯伯的一篇短文《无尽的哀思》,写一个突然过世的老同事,因为前几天还曾遇见。那天夏伯伯去三圣街打印文稿,她在一家小饭店帮人拣菜,于是有了一段简短对话:

"你还认识我吧?"

"你是夏县长,有谁不知,有谁不晓?"

"你儿子现在是我领导呢!"

"他哪能当你领导? 你是他的老前辈、老领导,你永远是他的领导。"

"你现在住哪里?"

"就那二楼上,你不是去过我家吗? 那时,我家老头子去世,你前来悼唁。还写了一篇怀念的文章,那篇文章我一直收藏在家呢!"

就这么一个精精神神的老太太才过几天就离世了。而且去世当天,穿得整整齐齐,将儿女叫到身边:我要走了。对外切莫张扬。现在疫情严重,不可惊动左邻右舍……

在文中,作者还补述了他们年轻时的一点交往。比如与自己的老伴同在百货公司工作,出身名门之家,长相标致(中学时代有本邑四大美人之称)。"文革"期间,造反派认为她出身不好,要戴高帽批斗她,夏伯伯为她开脱,出面劝阻说她既不是当权派,又不是走资派,只是一名普遍员工。

文笔极其传神,短短几百个字,就写出这位叫王静娴的、已九十六岁高龄的老人的通达、明理和干练。

今年一次回乡,从夏伯伯家门前过。因时间已经很晚,不便打搅。我轻手轻脚走到门口,在月光下看了他今年春节的对联:

时雨润三生
春风苏九锡

依然是有生气的。妙在将"名"和"寿"都镶在了里面。

屋里的灯似乎还亮着——院内墙角的那一棵桂花树已经很高了,映出一片天空——可能夏伯伯还在灯下"用功"呢。他1930年生人,用民间算法,今年已九十三岁高龄。夏伯伯的勤于思考,是他长寿的一个重要原因,善思之人不老,他真正是个"老作家"呢。

## 是中有味不可名

食物是有生命的。你粗暴待它,它就给你难看。我们家经常做牛排。去菜场买一斤新鲜牛肉,回来切块放冰箱冷冻起来。要吃了取出一块,解冻,平锅慢火煎出。

可每次煎出,都是我爱人做出的更好吃。我偶尔煎一下,不是生硬如石头,就是有一股腥味。我爱人说:"你性子急,你粗暴待它,它就给你难看。"是的,我有时心急,水中捞一捞,就下锅煎,先是火烧很大,下锅就是"滋啦"一声,一阵烟。而我爱人做牛排,总是先把牛肉取出,之后放在那自然解冻,一直解透了,才将牛肉慢慢片开,之后抹一点盐,用手慢慢拍牛肉,她说是让它"醒"来,之后才下锅,小火,慢煎。她会用一把小剪子,将煎好的牛排一条条剪开,端上桌,撒上孜然粉,吃起来,特别香。不老,也不生,口感正好。是的,煎牛排也要讲究火候,差一点点,味道可能就不对了。不是老了,就是还没有熟。老的程度,也有讲究。嫩老,初老,中老,老老,这是我的表达。想必你也是懂的。嫩老也不错,其实是初老最好吃,中老也可以,老老就没法吃了,就是俗话说的,"'柴'得不能吃了"。每次我爱人煎好牛排上桌,她都特别得意,总是骄傲地说:"食物是有生命的。你粗暴待它,它就给你难看。"

不光煎牛排,烧臭鳜鱼也一样。我们一般是一次买回十条腌制好的臭鳜鱼,每条一斤左右。真空包装,回来冰箱冻起来。烧臭鳜鱼也是有讲究的,也是从冰箱取出自然解冻(自然解冻很重要)。解冻一般需要两三个钟头。完全解冻后,将鱼洗净,用厨房纸将鱼身上的水抹尽备用。置配料:蒜籽十二粒(多多益善),干辣椒二枚,五花肉几片,猪油少许。锅置灶上,大火,菜油50克,猪油50克,油微热,将五花肉下锅煸炒,再投入生姜、蒜籽、尖辣椒、爆香之后,放入臭鳜鱼,两边稍煎一下,再放入老抽5克、生抽15克、白糖2克和少许料酒,注入清水至鱼身淹没,先大火烧开,再调微火,中途翻一下,以防粘底,直至汤色浓稠,有细泡翻冒,方为绝妙。

吾食臭鳜鱼多矣。因工作关系,过去常往徽州,食过徽州最好的臭鳜鱼,对臭鳜鱼多有了解。曾在京城徽菜馆食过臭鳜鱼,品质与徽州本地做法,相去远矣。又曾多次于绩溪宾馆品尝过臭鳜鱼,可谓至味。绩溪是臭鳜鱼的真正故乡,绩溪宾馆的臭鳜鱼,当为徽州第一。

也有冒牌的,用腐乳代浇其上以出其臭。那是下下之品,不足道。也有将鱼肉烧至稀烂,不能成块,再浇上许多蒜蓉,那更是上不了台面之"鱼",有辱臭鳜鱼之名声也。

清汤小羊蹄膀。一次购回数根小羊蹄膀,剁成三寸左右,冷冻。食时取出几根,水里泡开,剪去筋膜,用冷水下锅焯一下。焯后将水倒掉,再注入开水,放入拍好的生姜二片,大火烧几滚,再小火去焖至肉烂。

羊肉极佳。羊肉应该是所有肉类中的上品。完全不置任何调料,开锅食之,香气四溢,白嘴去吃也可,略加精盐,出其味亦可。口味重的,蘸点酱油吃,亦妙。

白汤放入冰箱,数小时后,汤完全冻如奶酪,色白微黄,嫩如婴儿面。

羊蹄汤煨好后,加入一点小青菜或者切成片的冬瓜。味亦佳。

## 《得味集》自序

没有想过把写吃的短文能辑成一集。文章都是陆陆续续写的,前后也有二十多年吧。写《鼻子吃面条》时,孩子才六七岁,那时我还在北京工作,一家三口住一间房子,也快乐得很。一次孩子妈妈不在家,孩子忽然问我:"爸爸,鼻子能不能吃面条?"不知孩子怎么忽然想起了这么一句。于是我就写了这篇短文。那个时期,孩子还有一句话,我也记得深刻,一次送孩子上学,正好迎着太阳骑车,孩子忽然问:"爸爸,太阳有腿吗?"这句话我也回答不上来。

岁月不能清点,我今年马上六十岁啦。上一代老先生们都有六十抒怀、七十抒怀的。汪曾祺先生不是有《七十抒怀出律不改》吗?"悠悠七十犹耽酒,唯觉登山步履迟。"我们这一代古文完全"坏"了,到了一定年龄,应该"抒"时,也"抒"不出来。我的写吃的这些短文,大约是受了汪先生一点影响的。二十多岁喜欢看他的小说,里面时不时会来点"吃"的。比如《八千岁》,比如《安乐居》。《金冬心》就是一篇美味大全。汪先生在此文中说金冬心是"斯文走狗",其实在写此文时,汪先生又何尝不是? 难怪黄裳先生曾说:《金冬心》"不过是以技巧胜"耳。

我这个集子里的几十篇短文,有些我自己还是比较喜欢的。比如《故乡的食物》《我的食羊小史》《拌风菜》《一张徽菜单》《碓米和腌菜》《在白洋淀吃鱼》《我和酒的一些关系》《养老婆》,它们倾注了我很深的感情。《我和酒的一些关系》写出了我曾经的青春的飞扬,《养老婆》在台湾《联合报》发表后,竟然被收到一本叫《讲义》的杂志里,说是可以培养人的"幸福"。

全书共分四辑:

第一辑写在各地所偶遇的美食,白洋淀的鱼,内蒙古的羊肉,微山湖的莲蓬,萧县的蝶拉猴子。

第二辑写高邮的几种美食。高邮是汪曾祺的故乡,因先生之文而使高邮美食名传天下。比如高邮的大闸蟹、高邮的包子等。

第三辑主要写童年的吃食和对故乡的怀念。

烟、酒、茶是人生的三大爱好,第四辑写我与酒、茶的一点关系。我不善饮,可是我与酒周旋久矣。茶是我所好的。喝过天下无数种茶,杭州的龙井、云南的普洱、福建的水仙,但我最爱的,还是安徽的猴魁。猴魁之美,无以言说。大约是"黄山归来不看山",猴魁之后难饮茶了。

第五辑写与吃有关的一点趣事,既写人又写事,所叙皆以趣味为上。比如《午后的黄蜂》,写刘震云那年在我家吃面条的往事,其间不知从何处飞来一只大黄蜂,萦绕头顶,挥之不去,使一碗面与黄蜂纠缠在一起,殊难忘也。《在泗洪与王蒙先生的一顿午餐》,尽显王蒙之睿智与风趣,正像汪先生曾说的"听王蒙谈话如两只仙鹤打架,绕脖子"。

哈哈,还是汪老头会说话,潇散,虚淡。目送飞鸿呵!

是为序。

## 由《孙犁年谱》引发开的

段华先生寄来一册《孙犁年谱》,由人民出版社 2022 年 3 月出版,煌煌五百多页,大书也。

"年谱"非常好看,看"年谱"可以很快,它是资料性的,可写"年谱"就不那么容易了,小到一个年月的准确,大到历史事件的梳耙,殊不易也。段华历数年,孜孜忔忔,写出这本"大"书,让人敬佩。

段华是幸福的。他喜欢孙犁,做自己喜欢的事。段华是幸运的,在青年时见到孙犁并与先生结下了较深的友谊,所以他做这些工作,仿佛是还依然同先生在一起,交谈,商讨,请教……我想这些年来,段华是不止一次梦见过孙犁先生的。日有所思,夜有所梦,这是必然的(我就几次梦见过汪曾祺先生)。

我年轻时极喜欢孙犁。我二十岁左右在一个小镇上,单位每年会订许多报纸:《人民日报》《光明日报》……正是 20 世纪 80 年代,孙犁复出后的许多作品,都是发在这些报纸的副刊上的,包括《芸斋小说》等等,还有与青年作家的通信,比如与贾平凹的,与铁凝的,我都会剪下来夹在书里。我有一年给孙犁先生写过一封信,所写大约是一个文学青年的苦恼,可能是信的内容比较单薄,没有收到回信。我那时觉得这些大作家是不食人间烟火的,因为我觉得他们生活在天上。

尽管我没有收到回信(我觉得不给我回信是天经地义的),但不能阻挡我对孙犁的喜欢。那个时候由天津百花出版社出的孙犁劫后多少种,比如《晚华集》

《秀露集》,我都买过。现在我如果认真找找,是可以找出那个时代孙犁作品的初版本的,因此在我学习文学创作的最初时期,孙犁是哺育过我的。

近一二十年我做汪曾祺的研究工作,孙犁的作品看得少了。其实孙犁和汪曾祺是相通的。汪曾祺当然是极敬佩孙犁先生的,他不是用心改编过孙犁的代表作《荷花淀》吗(汪曾祺改编的剧本叫《炮火中的荷花》,是电影文学剧本,也是汪曾祺唯一的电影文学剧本),汪曾祺改编这个小说时已写出《受戒》《大淖记事》等小说,虽然此剧本是受著名导演王好为的委托,然仍可见出汪先生对《荷花淀》的喜爱。

近一个时期,心情郁闷,人总是快乐不起来。我又是个长期封闭在家的人,每日无所事事。忽然一天,我找出《芸斋小说》,有一篇没一篇地看了起来。看这样熟悉的书,不用正经八百,也不用从前往后,翻到哪篇看哪篇,不过看完我会在篇末做个记号,或者写个日子,或者写几句话(感受)。看的虽平常,不过我多会到楼下院子里的一棵大枫杨树下看,枫杨树正开花结荚,一嘟嘟一嘟嘟的"榆钱"挂在枝叶间,像一串串元宝,所以枫杨树又称元宝树。这倒是一个有意思的名字,这也为我读孙犁,增添了一番趣味。

《芸斋小说》薄薄的,中州古籍出版社版。白皮,小开本,封面无装饰,只有一幅极简的画。是毛笔在宣纸上洇染的一书、一杯、一盆花。稚稚气气,很入目。书也只有一百多页。盈盈一握。《鸡缸》《女相士》《亡人逸事》《小混儿》《无花果》《冯前》《一九七六年》《续弦》……所有这些,我过去都看过好几遍了。可这回重读,然仍如新见。每读一篇,便合书叹息:"广陵散"从此绝矣!我是说像这样的克制笔墨的作家再也难见了——现在的报刊,拿来一翻,无不洋洋数言,看后一片空白——《亡人逸事》的至痛,《续弦》的坦诚无奈,《冯前》的荒诞无稽。这些都不重要。重要的是布满细节。《亡人逸事》中的偶遇、哭诉、背瓜、失子、纺织及一匹布等细节,看后总不能忘。《一九七六年》里的老赵,也一定是孙犁的自况。文中的一句"从远远的省份,赶来这里和他结合的女同志",一定是那位张女士,因为从《孙犁年谱》里查到,张女士1971年与孙犁结婚,1976年6月即离婚了。这一点在《续弦》一文也可见证。《续弦》写他自1971年夫人离世,由于生活的不便,动过续弦的念头,于是便有了几次与女方相见的情景。每次的见面,孙犁只寥寥几笔,一个女性形象便立于纸上。一如早年孙犁描写女性的高超本领。比如文中的一回:"她四十多岁,中等身材,皮肤很白皙,脸上有些雀斑,胸前很丰满,我在食堂劳动时,对我态度和蔼。"不动声色的几句描写,却十分传神,特别是"脸上有些雀斑",如电影镜头般的特写,更是写出一个女性的生动来。文中共记叙了四位女性,皆传神。最后一位也即这位张女士,所写细节也让人莞尔。描写介绍人老王用一块有机玻璃作放大镜在仔细研究女方照片,其笔之冷峻,让人喷饭。老一辈的作家们总是能在这种不动声色中制服读者。

在读《芸斋小说》的同时,我会于每晚睡前读几页《孙犁年谱》。我睡得早,一般九点多钟即上床。上床的目的,也多是为了看书。我虽然喜欢孙犁的作品,但对孙犁先生的一生,还是了解不多。这次读"年谱",也是对孙犁先生的一次"补课",了解一个人的经历,对理解一个人的作品是多有帮助的。这一次,正好好好读读这本书。——我写此小文时,翻开书看看,已经读到一百多页了。我不会着急的,什么事都应该慢慢去做,包括读书。

## 三则梦

汪曾祺先生在一篇文章的结尾写到他一天清晨,迷迷糊糊地做了一个梦,梦见一头骆驼在吃一大堆玫瑰。汪先生自己说是"一个荒唐的梦"。

真是一个荒唐的梦!这是一个沉思的老树的精灵的梦,是一个纯粹的艺术家鲜活的"第二思维"。是梦,是迷糊,却看见了美。

刘震云的小说《一地鸡毛》,写到一个曾经挥斥方遒的小林最后被生活弄得支离破碎,有一天半夜做了一个梦,梦见自己睡觉,身上压着一堆鸡毛。这是一个被纷纭的生活弄得昏头转向的小人物的无可奈何的意识流。

莫言曾经说过一个梦。说一个人走夜路,走到一片坟茔。这片坟茔是一片芦苇滩。夜太黑,这个人很害怕,便故意走得很响,当他走到滩边浅水中,刚想涉水过去时,就听水中"哗啦——"一声,十几个小鬼从水中冒出来,穿着红肚兜,面如孩童,也只七八岁,一律扎着两根冲天小辫,双手捂耳,齐声大叫:"吵死嘞!吵死嘞!"

这真是一个千古绝梦,一个一点不让人害怕,一个很可爱的关于鬼的梦。

前不久我做了一个梦。梦见了汪曾祺先生,梦的情形是这样的:我在一块别人家的宅基地上晒大白菜,大白菜的四周围了几十双各色各样的鞋。我就坐在那里看住我的大白菜和鞋。汪先生由他的孙女卉卉携着在宅基地边上遛弯。宅基地的这边有许多人在学跳舞,地上放着一个双喇叭的收录机,里面正放着音乐。爷孙俩遛了一会儿,往回走,当走过跳舞的人群时,汪先生忽然拉过卉卉跳起了水兵舞,动作舒展自如,忽地他将孙女同别人交叉,又拉过一个女伴,对人说:"这样,这样。"他边说边比画,"换位是这样的……"跳了一会,汪先生下来,用手捂着腰眼,我过去问:"谁碰了您了?"汪先生说:"腰疼。"我说:"赶紧回去吧。"这时我拿起汪先生脱下的帽子和米灰色大衣,给他戴上帽子,卉卉抱住他的一只胳膊,我将风衣从他身后给他套上袖子穿上。

汪先生套好大衣回过头来,黑黑的脸,笑,白亮亮的牙齿,说:"谢啦您!"就走了。

晚上我开始收拾晒的大白菜和鞋,往回走时,到马路边,见到马路对面汪先生一家正在吃晚饭。——一个县城,黄昏的景致。

我怎么把汪先生家搬到了这么一个陌生的小城?

可梦境真切,真是奇怪。

夜里做了一个梦,甚奇怪。亦很有意思。与一群人在一个陌生的古镇上。古镇的名字是不是叫罍?是不是住了一户人家?一条古街,潮湿湿的,仿佛是一场急雨之后。这个人家是那种老房子,门还是一排一排上在槽子里的排门。对街的门面是卖小商品的,还有一台缝纫机横在门首墙角,缝纫机上扔的全是东西,都是衣服之类的。我倚在门口小街闲看,一户一户的人家,在窄窄的街面,有许多老人坐在门口。天阴着,似雨后的黄昏。我忽见门口沿墙根处,有一株老树,枝杈稀疏,纵横交错,上有零星的荔枝挂在枝头。是一株荔枝树。荔枝经过雨后,有一种新鲜的暗红。我跳起来顺手摘了两粒,饱满结实。好像有个声音说:摘不得!我有些脸上过不去,就将两粒荔枝放在了缝纫机上的衣服上。只过一会,不知从哪里有蛇游了出来,沿着墙边,似见非见的。有四五条,身子慢慢蠕动着。我心下一惊,似乎明白这蛇精是住在荔枝树下的,或者谁动了它的荔枝,蛇精就惊着了。又见一条大蛇从另一边的缝纫机上蠕动着过去,不见头尾,该有多长。我蓦然一下害怕了起来。

这些毒蛇肯定是被我惊动了,冲我来的。我又仿佛听人说,这蛇有剧毒。我心下想:赶紧离开,便抓了那两粒荔枝(我为什么要抓它?),手揣兜里,转头走了,刚拐过一个巷口,感到手心里有东西一动。有人说,那是一条小蛇!我甩开手,是一条小蛇,只有米虫大小,伏在荔枝麻癞癞的缝隙之间,可这时它已经完成了使命:咬过了我一口。我的手内马上感觉肿胀了起来,一个肿块凸起,蛇毒已进肉里。我慌张得不知怎么办?是用嘴吸,还是找个东西先扎起来?

正在这时,梦惊醒了。疑惑怎么做这样一个梦?是何暗示?想了一会,没想明白,便想着记下这个梦。梦的名字就叫《荔枝与蛇》吧。

昨夜五更头醒了一次,起来如厕,天气清寒,于是又上床靠了一会儿。没承想又迷迷糊糊睡着了,梦见汪曾祺先生,那么清晰。

去了个地方,已经好几天了,也不知是个什么活动(最近参加了几次汪先生"别集"的宣传)。活动完了往回走,是三个人,另一个好像是龙冬。走到一个悬崖边,半边是山,半边是溪。这个山口已走了好几回。刚要转过一个山口,汪先生忽然一跳(他穿着米色风衣),一把就将悬崖壁上挂着的一个金黄的癞葡萄给拽了下来,抓在手上。那个癞葡萄极大,形状像一个农家忘了摘的(或留着做种的)大丝瓜一样,只是颜色是金黄的。纯正的金黄,泛着光。

汪先生挺得意,就将那个大癞葡萄在手中提着,走时随膀子一甩一甩。

我说,你是前几次从这过就注意到了吧。

汪先生得意:"当然,我一直就留意它了。"

悬崖上非常光滑,癞葡萄的藤蔓贴着悬崖的缝隙攀爬,蔓和叶都枯黄了,只有这一个大癞葡萄挂在空空的崖壁上,金黄的一个大瓜。

我心里有点酸酸的,来回走了好几遍,自己的观察生活能力哪去了?

一个美,又给汪先生发现了。

边上站着的龙冬,他一直在笑。

汪先生得意地甩着手中的那个金黄的瓜(癞葡萄),忽然脚下一滑,一个趔趄,一屁股摔了下来,跌倒了。

我和龙冬吓了一跳,赶紧过去蹲在身边。汪先生半躺在地上,几缕灰白的头发滑到额上,一只膀子斜撑在地面。我说,赶紧起来吧!我扶你起来。

于是我单膝跪地,一手扶住他的腰,一手托住他的脖子,一用力(他还挺沉），给托起来一些，汪先生忽然大叫："啊哟啊哟……"

我们吓了一大跳，一看，不知是脖子还是腰那儿扭了。这事可大了。

我不敢动，龙冬也蹲在一边。

就这样扶着腰托着头，与汪先生那么近。汪先生身体很柔软，手绵软温热。身体没有一点老人味。我心中仿佛觉得十分欢喜，这个老人很爱清洁。

就这样斜托着，不敢动，也不知道腰受伤到什么程度。

过了好一会儿，汪先生说，再慢慢起来看看。

这一次我们更加小心，慢慢用力，终于汪先生坐了起来；再一会儿，站起来了。

他左右甩甩胳膊（那个大癞葡萄刚才跌跤时被甩了老远），又动动脖子。咦！没啥情况。他又撂撂腿，扭扭腰。一切正常。他又轻轻地蹦了两下。很轻松的，没事。

我们都挺高兴。

清晨梦见汪先生，恍恍惚惚的，但那么清晰。窗外正下着雪，昨晚就开始下了，起来拉开窗帘，远处屋顶上一片洁白。好大的一场雪。

先生去世已二十三年了，他仿佛还活着。

## 简洁其实是一种美

因编《妄言与私语》这个集子，把多年的散文进行一番整理，这是一项繁重的工作，因为几十年没有清理过，总是写了发了就完事了，所以多数的文章是散在多个文件夹中，有些可能也不知下落了。将收存的罗列起来，数了数竟有三百篇之多。说少不少，说多也不多，毕竟写了近40年了。从第一篇《雨中游琅琊山记》，写于1983年，是我上地区银行学校时的课堂作业，发在了当年的《安徽电大》上，这么算来可不是40年了。时光真是一个贼，偷走了我的岁月，偷走了我的青春。可我并不后悔，不是努力了吗？不是奋斗了吗？虽说青春不一定是非要用来奋斗的，但每个人情况不同，多数人还是要靠它来奋斗的。

写了这么几十年的散文，没有自己的理论。想想是真没有，心中只有一个囫囵的感觉。有见解的，有感觉的，哪怕只有一点点，都是好的。语言好也可以。但当代绝大部分的散文，也只是看看还可以，给人心里一颤的，很少。我自己写散文,倒是追求个性。但个性也不好,不一定给人赏识。一个人的风格,形成了,也是不好改变的。你赏识不赏识我管不了,我只能按照我自己的方式去写,别人无法改变我。

我认为我的散文还真诚。真诚应该是散文的第一要义。我认为我的散文还疏淡明朗,话说得明白。我还是有一点幽默感的。写得俏皮幽默,也是不容易的。幽默不是胳肢人,而是轻轻地说,说得轻松有趣。我写的都是平常的事平常的人。我认为文学是小老百姓的事,记录小百姓的生活、命运、心理,就是记录时代。平凡的人大约是一个时代最真实的人。

我们这一代人,写作有一个共同的弱点,就是书读少了。因为在最好的年龄,不怎么读书。可是这怪不了谁,因为你赶上了那么个时代。我们这一代写作者,古文基础普遍较差,古文基础差的直接后果,是语言罗嗦,不能简洁。简洁是文学的一个重大问题。汉语固有的特点很神奇,就是简洁是一种美。你看看《寒花葬志》,你看看《湖心亭看雪》,你看看《记承天寺夜游》,你看看《小石潭记》,便知道简洁是那么美的一件事。《寒花葬志》只有几十个字,但它以少胜多,寒花的几个小动作,就写活了一个少女,如果长篇大论,那是什么滋味?《记承天寺夜游》也是,因为那么短,所以"庭中如积水空明,水中藻荇交横,盖竹柏影也"才显得那么突出,那么灵动。

近几年我写毛笔字,就是所谓的练书法吧。我写字是想将毛笔字写得稍好一点,但我更重要的私心,是用毛笔抄古文。抄书十遍其意自现,是这么个道理。写书法不写古诗古文写什么呢?你总不能把白话文抄一遍吧。你别说,这样抄个两三年,古文基础是有了一点提高。我是多么后悔,我若在三十岁,懂得这个道理,我现在的写作该是怎么样的一个景象?好在我总是乐观的,好饭不怕晚。只要活着,就是学习,就是读书。几年下来,我抄的古文有几十篇吧。《山中与裴秀才书》《陈情表》《前赤壁赋》《黄冈竹楼记》《醉翁亭记》《洛神赋》……这些文章我反反复复抄,其中美妙的字句我都能记得。虽说廉颇已老,可是还能饭也。这不,这碗"饭"趁"热"即及时"享用"了一番。前不久在安徽大学给中文系的同学们讲散文写作,讲着讲着就"诵"起了我记熟了的段落,同学们也齐声同诵。那一刹,真是人生的美妙时刻。在安大讲了几年,这一堂课是我自己最满意的,因为同学们那么专注,使我得到了一种不可言说的享受。

这个集子里的60多篇散文,多数为近年所写,有关于汪曾祺的,有读《红楼梦》的,有写青春的,有写美食和交游的,品类繁多,但面目并不可憎。希望遇到此书的读者,读了其中的一些文字,能给您带来片刻的快乐,如果能在你的心里留驻一片天地,那将是我终生的幸福。谢谢您的阅读。

是为记。

## 跨越的核心在于细节

奥运精神是一种拼搏向上的精神。人类社会的每一次进步都离不开人的好奇与探索,离不开人类的冒险、勇敢和向极限挑战的精神。登山是如此,跳伞是如此,滑雪是如此。谷爱凌的自由式滑雪大跳台也是如此。人类社会的第一次登月,阿姆斯特朗个人的"一小步"却是"人类迈出的一大步",也是如此。多年前即有人预言,人类社会将进入信息时代,提出"信息"二字时对信息时代的概念还没有深入的、刻骨的认识。今天我们再回头看看,十年前我们对"信息"二字的理解是多么肤浅,科技一次次向我们走来,我们都有点猝不及防,有点无所适从。今天的你还能离开手机吗?疫情这几年,没有手机你能否出门?你的身上还带纸质的货币没有?连战争的形态都得以改变,现在没有信息源,你还打什么仗?这些还都是表面的。深层的意义是科技改变了人类的生存方式和思维方式,改变了人类的情感、爱情和婚姻方式。我身边的几对亲人的婚姻都是他们自己在网上认识而交往的。过去你能设想这样的婚姻吗?

这些跨越都是人类无穷的探索精神的结果。其实人类是天生具有好奇心的。每一个儿童从呱呱落地的第一刻起,他就对这个世界充满了好奇。由此我想起了教育,青少年的教育多年来成为人们讨论的话题,如何使一代人更有创造性,除了天性的好奇和探索精神,我想培养一个人(一代人)的兴趣是至关重要的。上进心只是一个人的外在动力,人类的一切内在动力是对一切未知的探索的冲动。

一切都要从小的做起。记得一本经济学的著作就叫"小的是美丽的"。跨越的核心在于细节。自由式滑雪也是由包括空中技巧和雪上技巧等诸多动作组成的,每一个动作都要精确到零误差。我们说大国工匠,工匠精神其实也是精细精神。大到航天工程、大飞机技术、芯片技术,小到茅台的配方、普洱的发酵……每一项技术，都是有小的精细的工程和部件组成，希望我们的社会倡导培养更多的踏踏实实、默默奉献的各类人才，形成一种尊重每一项劳动、使每一个劳动者能有尊严和体面的社会氛围。

希望我们的国家能更加进步文明，为世界做出我们应有的贡献。

原载于《湖南文学》2022年第9期

# 读画随笔二则

钱红莉

## 苹果绿的夏加尔

一直辗转着,为难着,踌躇着,不敢下笔。

不知道怎么写他,像无法叙述身边最黏熟的人。他的色彩、思想都嵌在了我的脑海,镌刻在心上——文字,这时候突然失去了精准的表达功能。

或许对他的画太过熟悉,当我在键盘上敲下"夏加尔"三个字时,眼前便有红马绿兽,白胡子的山羊拉着小提琴,男人把女人高高举过头顶,山村小道上,劳作的人们高兴地飞起来,飞起来,越飞越高……

每一年,都会重温一遍他的自传,散淡的调子,如炉火微温,一个人就着余焰耳语,甚至小时候,去一趟舅妈家也记得清楚:家里穷,买不起颜料,他一个人跑遥远的学校学习绘画,父亲不以为然,就像我们的写作,父辈当初同样抱以冷落之情,不参与,不鼓励,但眼神里还是不小心把疑惑泄露了——你怎么可以有这种天才?甚至,有惋惜的拒绝,那简直如白痴做梦吧。

作为画家的夏加尔,其文笔丝毫不逊色于任何一位作家,形容词、副词,在他的自传里无隙可乘。后来,我简直拿他的自传当写作教材看,冷静的白描,不事张扬,不见雕琢打磨,原生态的,像记录一项家庭收支,不流露任何杂质的主观情绪,甚至做到了冰冷——这种写作与武侠颇有渊源,真正的高手都是极冷的,似乎天生缺失一种"小我"情绪,来去无影,风一样呼啸,冰一样坚硬。纵然有爱,也是深藏着的,非你我轻易捕捉到。

即便生活是困苦的,但一经夏加尔魔幻的笔,苦难也仿佛哼着小曲儿似的。于表达方式上,中国的女作家萧红与他非常相似——一样是以明亮简淡的笔融,触及艰深的苦难,那么轻的力道,却也举起了千钧的难处。最近,我把他俩的作品对照着看,仿佛是呼应,真是应了胡适评价张爱玲后期小说的那句话——平淡而近自然。

看夏加尔的自传,随意翻开任何一页,都能读下去,层出不穷的短句子,密集的分行、分段,敞开式的接纳,偶尔也收得紧,像春天瓦缝间突然生出一棵扁豆来,自顾自生长,竟也花开满藤,秋天的时候,硕果修成,是天然的风雨给了它滋养。不比另一类人的写作,天生就是一株绿萼,迎寒怒绽,叫人不便靠近,老远便起了敬佩心,到头来失之交臂——它一直在那里群芳起舞,却枉有靠近而懂得的人。

写作就是这么的从这一级到了那一级。

绿萼似的写作当然是好的,它的寡有欣赏者,源于它的高难度。而夏加尔这样的"平淡而近自然"的写作方式,实在是深得人心,所谓高级的抒情,就是不抒情。

写作上,夏加尔是那么平实淡然。绘画上,他可没有延续这条路,而是蹦到了另一级,任性的,无法无天的,童心未泯的,在梦里都会笑出声来的。他一生的绘画都遵循着这个基调,没有阴霾,让人看着自会产生积极乐观的情绪,深感活着的美好有福,轻盈得飞起来,到达天庭,红色的大马对着绿色的飞鸟,桌上是红艳艳的樱桃,刚从树上摘下的,闪着露水,女人穿着苹果绿的裙子,跳舞旋转……那些鲜艳明亮的颜色在夏加尔的调遣下,又重新构建出另一个世界——白胡须的老头斜挎着一只棕黄色布袋行走在屋顶上,他的拐棍戳在无边的空气里,请不要替他担心,老人家走得且也稳得很咧。老人同样可以飞翔——夏加尔的世界有别于俗世,总归是飞翔的,每个人都可以飞起来。

夏加尔一直在延续童年的梦,山羊也有一把小提琴,是小高音,拉得把万物都陶醉,青草就着琴声合唱,把满山遍野都唱绿了。对,绿,也是夏加尔绘画的主旋律。童年与绿,是他的两大主题。不管未来多么崎岖,他把毕生的爱都给了童年,他用苹果绿寻到了抵达童年的最佳路径。

夏加尔的一生,童心未泯,这对于一个人而言,是多么有难度啊。一个行于俗世的人,始终保持着以儿童的眼光看世界,简直只有天才的心性才能承担起来。天才在俗世的人们看来,就是个孩子,他们一直没有长大。他们活着,就是一种仪式感,好比夏加尔回忆母亲:"她流着眼泪,带着哭腔,拖着长音,高声地唱赞歌,一直把它唱完。"

正是这种宗教的仪式感,促使着母亲们,即便内心如何痛苦,即便拖着哭腔,也要把赞歌唱完。

夏加尔又说:"在这样的晚上……还有谁不会心碎?"

一个常常在生活里心碎的人,每每看见夏加尔这些温暖的画,也会独自快活起来。于某种层面上,他的画就是一种快乐的宗教,让灵魂有了归依。

早年,我也曾写过夏加尔。如今,当再次回到夏加尔这里,尚觉唐突——我苦恼于,内心感受不能完好精确地表达出来。无须翻他的画册"照本宣科",凭借的只有记忆。

一个人不可能忘却曾经深深震撼过他的东西,那些温润的暖色系,是燃于隆冬的火焰,在记忆快要熄灭的间隙,被夏加尔重新点燃,一场火的合唱把心田唤醒——我看见了天上的小孩子拎着灯笼行走,看见了苹果绿上衣的男人带着浅紫上衣的女人在俄罗斯的小镇上飞翔,还看见了一身黑衣的女人举着鲜花飞起来与他的男人拥吻……

此刻,正值隆冬,我在键盘上敲打的双手,竟也忘却了寒冷。我的炉上煨着的一罐羊肉,它的气味一直追至电脑桌边,芬芳扑鼻。这就是我生活的原乡,一边做着家务,一边写作,温暖,丰厚,色彩斑斓,好比夏加尔的画,他在人们枯涸的心田始终起着温暖的效果,一如我的宗教。

夏加尔是不朽的,他通过绘画给予人们更多的苹果绿,生机勃发,鲜艳夺目——生活在他的画里变得妥贴宁和,这是所有人的梦境,被夏加尔实现着,表达了出来,以致你我,在梦里笑出声来。

辛苦,灰暗,是生活的常态,我们得像夏加尔的母亲一样,即便是拖着哭腔,也要把赞歌唱完了。赞歌,是隐藏在心里的爱,是温暖的宗教,是永恒的归依。纵然心里有爱,身处苦难,我们也有能力把它哼出小曲儿来。

## 东山魁夷的梦幻和虚无

晌午,小眠过后,云雀的叫声翩然而至,这响亮的一声,似一支利箭穿透阳光,刺得人顿然醒过来。我想象着云雀于无边的空气中翻滚腾挪,忽而俯冲,忽而直上,随后骄傲地吹声忽哨,又不见了身影,仿佛不曾光顾过窗前。我还想象着,所有的树根在云雀的叫声中纷纷萌动了一下,伸了一个懒腰,春天的盛装已默默备好,该要蓄势待发了。

无论我们,还是树们,均被寒冬冰雪困得不厌其烦,在云雀的带领下,终于长舒一口气,身子分外轻盈了一些。一如我终于摆脱掉随身一冬的毛线裤、羽绒裤。整个身体松驰下来,像浮在大气中,所有的筋骨舒展自如。

风吹在脸上,尽管寒,但不再彻骨。穿行于路上,感受着所有的树都在情不自禁地伸着懒腰,终于抛却了漫长寒冬的僵硬与冰冷。我们,它们……艰难地从零下的气温里浮上来。阳光明亮,富于穿透力,自南窗照进,落在棉被上,有了和煦的意思,拿手拍一拍,棉屑纷飞,是好日子。

好日子无非如此,自然的时序节候,让众生醒来,渐渐恢复生机……

整个晌午,并未深睡,只闭着眼在构思。要怎样才能很好地进入东山魁夷的绘画世界?梦一样的世界,绿树、森林、河流……那些不同层次的绿,铺满整个画面,绿天绿地,简直要溢出来,像小时候用大灶煮粥,火太旺盛,那些米汤就不听话地往外溢,顺着锅沿流到灶台,流到地上,多滋养人的白米汤啊。慌慌地,拿抹布,一点点地把那养人的白米汤沾起,挤到泔水桶里……

——东山魁夷可真舍得那白米汤一般珍贵的绿啊。

无论中国文人画,抑或中国古诗,一直讲究处处留白,讲究以少少胜多多。甚至到了中国禅,倡导不着一言,讲究顿悟。而日本的禅境呢——至少,东山魁夷笔下的禅境迥然相异,它偏偏处处补白,是满的,满得溢出来,那种对于绿的挥霍,是雍容,简直到了铺张奢靡的地步。

每次看东山魁夷的画,都有一点担心,太满了。天上的月亮,满则亏,一向如此。这大约跟小时候的家教有关,凡事不能过了度,譬如女孩子不能贪吃贪玩,要勤俭、忍耐、坚强,不能太由着天性……当面对东山魁夷的画时,我的担心多少带有家传的遗风——觉着他太由着性子了,把那份绿过于泼洒了,简直没有了惜物之意。

后来,我大着胆子接触它,慢慢地,也便习惯了,像一个人径直沿着一条道往前走,走着走着,竟也是别有洞天的开阔,梦幻一样的绿全面铺开,让身心愉悦,像月下莲花,趁着夜色,一瓣一瓣把自己打开,没有什么不妥当的,非常奇异舒缓。白莲花开到后来,竟也把自身忘却,整个身心融入到开放中,与神成为一体——由起先的担心,到后来的不自觉地加入,犹如历经一场小小的折磨。

东山魁夷画里的禅意,是教人忘我的。

曾经,在小城芜湖的那些年,我曾花大量时间沉迷于日本文学,但凡国内有的译本,几乎都有涉猎。现在回想,受益匪浅,不虚往日……

一直在运用着有限的文学知识看待日本,全仗曾经打下的读书底子。文字的滋养向来潜移默化,它一直在托举着我,以一种润物细无声的力道,让一个人持续稳步地上升,然后慢慢见到更为宽广纵深的世界。

前阵,看了几本有关印度绘画史的书。直觉上以为,这个国家的艺术,总是脱不了与宗教的亲密关系,一如说起中国的唐宋时期,便脱不了与诗词的关系一样。而日本这个国家,更加让人一言难尽,愈是广泛阅读,愈是发现自己根基薄。比如东山魁夷,若他是一个西方人,对于他的绘画,毕竟好理解,但为什么一个阴郁的国度里能出东山魁夷这样的一个梦幻般的画家?在他的绘画里,你看不见阴霾冷郁,甚至捕捉不到丝毫绝望的情绪,一色儿的迷蒙景致,局部的森林、河流,仙境一般的人间、树、湖、马……全部被笼罩在梦幻的绿天绿地之中。

看东山魁夷的画,能及时发现自己的短处,那就是词汇量的寒酸逼窄,有一种深刻的窘迫感,仿佛目遇神仙,自觉尘根未净,而不自觉地退缩。人一退缩,于精神层面便处于下风了,即,将再好的词搬来,都表达不了内心的感触。那么,唯有选择无言。无言,在中国禅境里俯拾即是,原本稀松平常。而这里用在东山魁夷的画前,显然过于局促了,是无言以对的"无言",而非中国禅境里表达的"不着一字"的无言。

梦幻有着一份摄人心魄的力量,它并非来源于灵魂的虚无,更多的则是不安。人在美面前,都会有隐隐的不安。东山魁夷笔下的自然就是要让人不安的。人在自然面前,都有谦卑敬畏之心。到东山魁夷这里,我们终于明白,自然何以让人产生畏惧心——它实在太美了,犹如好日子,总叫人担心它的短命,它的转瞬即逝——归根到底,是人的局限性,以及面对美的挽留之心。

《森林·白马》,像一首抒情诗被谱上了梦幻的曲调,唱出了大自然的奇异神秘——从中你也会窥视这个叫东山魁夷的日本人的秘密,并与他一起获得了深远的慰藉——看这幅画,宛如置身教堂,被赞美诗的纯洁和单纯所照拂,耳旁钢琴徽然,而那匹白马,分明就是一架钢琴,周身雪白。这匹白马,它引领着唱诗班一句一字走到了献祭的高潮……此刻,所有人都微闭着双眼,把灵魂托付给了不可知的虚无里。窗外,银河灿烂,星光璀璨,一百年如此,一千年如此,一万年依然如此,亘古的,不变的。这大约就是胡兰成所言的"岁月静好"。也不确定,毕竟有抽身而退的人。

那个抽身而去的人,或许是我。我是要等到春天来临,才会看东山魁夷画的人。一直把写他的日期往后挪,一推再推,凭借多年的生命体验,深知自己对于春天的感受何等激越——一直盼望着气温回升冰雪消融。暖脚宝、无指手套纷纷退场——我坐在南窗前,将所有的窗帘打开,最大限度地接纳春天的阳光。我就是这样坐在满室明亮里开始了春天的写作。听觉、触觉次递苏醒,灵敏异常——我不放过春天里任何一点风吹草动。

一直盼望着东山魁夷画中的绿和蓝重临大地,并且幻想着油菜花的香味,河水的清寒缓疾,犁铧刺破黑泥的芬芳……人在春天面前,都有活过一次的沧桑,东山魁夷亦如是。不然,谁会像他那样舍得大面积地抛洒绿呢?豆绿,青绿,墨绿,松绿,碧绿……浓浅有致,参差有序,这象征希望和生命的颜色,在活过一次的沧桑里分外让人爱惜,像母亲面对失去了一个冬天的孩子,一把抱在怀里,亲了又亲。

这么看来,东山魁夷的绿,便是血缘的绿。

还有那些静止的树,它们过分地安静着,站在画中久了,也安逸了,与大面积的绿分庭抗礼,绿是流动的,但任凭它怎样流淌,树是不受影响的,它坚定不移地站成了佛,仿佛一个没有过去也没有将来的人。到这里,我似乎理解了东山魁夷画笔下的禅意——他正是一直在试图表达着"无言",通过树的站立方式,达到了中国禅的"不着一言"境界。正如他自己所言:"生长在内心的森林,谁也无法窥知。"内心的森林,或许也是内心的禅吧。

树根、草地、野花,被东山魁夷的笔分别杂以浅灰、深绿以及雪白的颜色调和着,放眼望去,心随之远,如坠梦境,有过分沉迷的微醺,在一筹莫展之际,一条小河恰好地前来搭救了,它是流淌着的,河面上浮有野花,相信只要沿着河流的方向,一定可以寻到回家的路。

我一直把这条河看作东山魁夷的深情厚意——他并非一味引导我们走向梦境和虚无,他到底留了心眼,让人们沿着河流的方向重归俗世,从而做到禅在心中。

所有的艺术都是人的艺术,它的宗旨总是离不开将来的极乐和昔日重现,文学如是,绘画如是,它们就像云雀的吟唱,唤醒沉睡的心灵,万物得遂所愿,纷纷披上绿的生机,这就是平凡日子,与禅境里的"不着一言"类似。

原载于《上海文学》2022年第6期

# 长　河

江少宾

　　天阴着,西北风冷飕飕的,洪水一样灌进门。他从门缝里探出头来,望天。他望天,是担心雨雪。雨雪天,路上泥泞,他拄拐杖,走路,进山,都不方便。

　　这是一间逼仄的堂屋。中堂上挂着一幅钟馗,钟馗下面蹲着一张单薄的方桌,桌面上的油漆已经剥落了。方桌上搁着一只暖水瓶,瓶胆外围包着一圈篾片。暖水瓶周围,摆着几只喝水的玻璃杯子,有的豁了口,有的很久没有动过了,里里外外都是灰。最显眼的是一只手掌大小的紫砂壶,壶身圆滚滚,上面横着一枝修长的兰花。堂屋右侧连着一座冷锅台,锅洞旁边摆着一大三小四只箩筐。大箩筐里装着山芋,另外三只小箩筐里,分别装着鸡蛋、挂面和十几只粗粝的蓝边碗。堂屋左侧是他的卧室,进门是一张平头床,床上乱糟糟、黑漆漆的,被褥和衣服裹成一团。衣柜是这个家最豪华的家具了,漆色幽暗,柜门上浮着两小面木雕。木雕是喜鹊登梅,一面梅枝向左,一面梅枝向右,枝上隐约可见两三片积雪。喜鹊肥肥的,拖着长长的尾羽,昂着头,似乎在说,前面就是春天。

　　他抄冷水洗脸,呼呼呼,响亮地擤鼻涕。一块掉色的干毛巾挂在门后的绳子上,他伸过脸,潦草地擦了一把。

　　他穿上黑色的圆头布鞋,扣好草绿色的军大衣,系好毛茸茸的耳帽,背起旧褡裢,将拐杖夹在腋下,在渐渐亮起来的天光里出门了。拐杖是一根圆木棍,手腕一样粗,安着一个龙头形状的把手。龙头已经磨得圆圆滑滑,像一块温润的老玉,裹着岁月的包浆。这是什么木头呢?许多人打眼瞅过,瞅不出来,能打眼瞅出来的,是这根拐杖已经走过不少年头。他倚重这根拐杖,也宝贝这根拐杖,到哪都不离身。孩子想拿过来玩,他死活不松手,说,一根打狗棍,有什么好看的?狗还以为你要打它呢……

　　他寄居的这座老街还不到一里长,百货商店、早点铺、邮电局、家电修理铺、理发店、裁缝店、录像厅、照相馆……挤挤挨挨地排成两列。腊月皇天,小街清寂,空荡荡的,黄叶漫卷。他拄着拐杖,微微倾着上半身,步幅很小,步履坚定。

出门时天方破晓,归来时薄暮冥冥,橘红色的夕阳慢慢滑向长河,河水汤汤,红绸子一样荡漾。长河,不长,也不宽,从小街身后缓缓流过,不紧不慢地汇入长江。"回来啦?"擦肩而过的邻居照例询问,他空茫地微笑着,点点头,算是回应。漫长的枯寂岁月里,他成了一个不善言辞的人,嘴唇薄薄,抿着,脸紧绷绷的,像两片瓦。

几十年了,长河岸边的垂柳老态龙钟,枝干大面积裂开,中间腐出一个个空洞。灰椋鸟在其间筑巢,孵蛋,育雏,不亦乐乎。都以为树已经死了,其实,树比人耐活。几百年的古树,在偏僻的乡下,尤其是在那些山坳里,我见过很多。当春风捎来雨水,老柳又爆出嫩芽,枝丫一夜泛青。没有黄鹂。细雨中,一群白鹭拎着瘦长的小脚,优雅地低飞,像一团团积雪扑进长河。

几十年了,拐杖成了他的第三条腿,他带着这条"腿"走路,也带着这条"腿"讨生活,风里来,雨里去。择屋基,相坟山,泥墓,立碑,这是乡下顶重要的几件事。这几件事都需要堪舆。这不是封建迷信,是祖祖辈辈传下来的规矩。

他是方圆数里最受欢迎的堪舆师。堪舆师,牌楼人称之为"相公",就是看风水的师傅。

他怎么就成了"相公"呢?不止一个东家问他,师出何门?师从何人?他总是微微一笑,讳莫如深。

说来话长。一转眼,几十年过去了。知道原委的人,走的走,老的老,几乎没人再提了。

他叫二祥,那些年,牌楼人管他叫"二少爷"。他父亲是个老石匠,五短身材,一年四季,至少有三季打赤脚。长年累月地锻打,使老石匠的右胳膊明显比左胳膊粗,硬邦邦的,像一块浑圆的木头。老话说,"世间三样苦,打铁撑船磨豆腐",这三样我都见过,确实苦,但这三样都比石匠苦吗?我不觉得。石匠是传承时间最久的职业,在没有机械设备的旧时代,开采石头全靠手工,累,还不安全。流传千古的碑文、精美绝伦的佛像,无不出自石匠之手,鬼斧神工的背后,是繁复的工艺,其苦自不待言。石匠风餐露宿,哑巴吃黄连——有苦没处说。知道石匠苦的,或许,只有山间的松风和山巅的明月吧。

老石匠一生只带了六个徒弟,有的是同宗,有的是同族,有的是直系亲戚。来拜师的后生很多,绝大多数是为了混一口饭吃。手艺人做工,哪怕是学徒,肚子总是能填饱的。但口腹之欲还是抵抗不了做工之苦,有些人还没摸到边呢,便从老石匠的眼皮子底下消失了。老石匠风风雨雨里辛苦了半生,心如明镜,对那些半路离开甚至不告而别的,既不生气,也不计较。"水生昨天没来,今天没来,你猜猜,水生明天来不来啊?"他一只手抱着二少爷,一只手拎着大铁锤,自问自答似的说,"学手艺啊,除了慧根,也要缘分。缘分到了,自然会来;缘分没到,来了也会走……"二祥懵懵懂懂地听着,津津有味地吃着蛇莓。巢山上蛇莓很多,但敢吃蛇莓的人不多,直接摘下来吃的人更少。蛇吃的果子,人怎么能吃呢?有毒的。

蛇莓真的有毒吗?我不止一次问过父亲。父亲总是模棱两可地说:"我们都没吃过,那么些蛇莓,差不多被二少爷一个人吃光了。"

老石匠四代单传,对于二少爷这个膝下唯一的男丁,自然是百般疼爱。老石匠抱着他吃饭,搂着他睡觉,出门干活更要带在身边,须臾不离。石匠做的似乎都是粗活,但粗中有细,设计、打石、雕刻,每一道工序都来不得半点马虎。老石匠武师授徒一般,细细拆解,一招一式慢慢说给二少爷。他的心思明摆着,百年之后,二少爷得像他年少时一样,接过老太爷传下来的衣钵。木匠的斧子,石匠的锤子。老太爷用过的锤子,像图腾一样挂在墙上,每一次抬头,他心里都直敲小鼓。老话说:"三岁看大,六岁看老。"六岁的二少爷根本坐不住,一进山就成了脱缰的马,抓野鸡,追野兔,直到汗流浃背,才气喘吁吁地坐回老石匠身边,有一搭没一搭地、心不在焉地听着。

老石匠变着法子哄他,说尽了各种好话。

又过了几年。二少爷十岁,个头已经赶上老石匠,依旧好动,三心二意,天一冷便赖在床上,磨蹭着,不愿意进山。独自进山的老石匠垂着白苍苍的脑袋,经常一路走,一路唉声叹气。阴雨天,不能进山,他便一个人窝在家里喝闷酒,喝完了,哀哀地哭。

老石匠和我父亲同龄,又是世亲,逢年过节,我们两家总要互相串门,哪家有了大事,对方都是坐首席的人。有一次,父亲请老石匠喝酒,说:"表爷啊,凡事都要想开些,儿孙自有儿孙福。我们做长辈的,尽到责任就是了。你别把自己愁坏了。你看你,这两年头发都掉完了。"

老石匠端起酒杯,一饮而尽,然后便抱着头,长吁短叹。

"二少爷脑子灵光,不管找点什么事做做,随他自己,只要肯吃苦,还愁没有饭吃吗?"我父亲给老石匠满上一杯酒,又说。

"老太爷的锤子还在墙上挂着,要是在我手上丢掉了,我就是死,也不能闭眼啊!"老石匠忽然端起杯子,又是一饮而尽,接着说,"你要是我,你怎么搞?他不学,就让他不学吗?那还不翻天了!"

父亲有些尴尬,好半天之后才咳嗽了一声,说:"吃菜,吃菜。"

又过了几年,二少爷十四岁,还是浑浑噩噩,驴唇不对马嘴,连最基础的打石也干不下来。有一次,老石匠一面喝酒一面骂:"老子前世作了什么孽哦?养了你这么一个不争气的东西!老子十四岁不到,就自己出来单干了……"

当时,二少爷正蹲在门口的泡桐树下喝稀饭,老石匠话音未落,便听得门外哐当一声,二少爷怒目圆睁,手里的碗已经被他摔得稀巴烂。

战争一触即发。

日落时分才归家的二少爷,以为事情已经过去了,他像往常一样径直走进厨房,揭开锅饭,正准备盛饭,忽见老石匠蹲出耳房,手里拿着荆条,阴着脸,眼里几乎喷出火来。他准备拔腿,已经迟了,老石匠拦在他面前,双腿利索地向身后一钩,大门吱呀一声,合上了。

二少爷无路可逃,他知道自己躲不过去了,索性站在老石匠面前,梗着脖子说:"你打啊,有本事就把我打死!"

拇指粗的荆条,冲着二少爷,雨点一样砸下来。二祥妈心痛儿子,张开双臂拦在儿子面前,母鸡一样护着。老石匠气不打一处来,他更加疯狂地挥舞着荆条,一面挥舞一面恶狠狠地说:"看老子打不死你!看老子打不死你!"荆条不认人。二祥妈知道自己护不住了,儿子难逃一顿打,只好跺跺脚,狠狠心,挎着篮子,进了田畈。

"你打吧,你打吧。你自己养的,你自己打死。"

门开了,孤立无援的二少爷不仅没有夺门而逃,反倒一声不吭,驴拉磨一样在室内转圈。

荆条打断了。老石匠气喘吁吁,一屁股跌坐在凳子上。

恨铁不成钢。这一次,老石匠虽然下了狠手,但他还是手下留情,二少爷的脸好好的,没有一点伤。

又过了几年,东风吹来满眼春,我父亲承包了村里的轮窑厂,成了第一个吃螃蟹的人。那是个朝气蓬勃的年代,小伙子穿上了喇叭裤,媳妇们踩上了缝纫机。那时老百姓的口袋渐渐鼓了起来,大家争先恐后地,比赛似的盖房子。砖瓦供不应求。开窑那几天,厂里挤满了抢购的老百姓,白天人声鼎沸,夜晚灯火通明。生意最红火的时候,厂里除了烧窑的师傅,还有十七个小工。父亲吃住都在厂里,既当厂长,又做厨师,事必躬亲。厨房就是一间很简易的铁皮棚子,中间垒着一座高高的土灶台,灶台上坐着两口大铁锅。父亲往锅洞里塞干柴,幽蓝色的火焰绸缎一样抽上来,呼呼呼。锅盖上热气蒸腾,热气里米香翻滚。那么浓郁的米香,除了父亲的窑厂,我在其他地方没有闻到过。时候到了,揭开锅盖,洁白的大米在高温下一粒粒胀开。那是我吃过的最美味的大锅饭。我可以寡口吃,不要菜。

二祥妈经常到厂里给我父亲打下手,只干活,不要钱。她做的萝卜丝烧肉很好吃,色香味俱全,用钢精锅盛上桌,十几双筷子便要在锅里打架,一时间兵荒马乱。一到饭点,二少爷就来了,蹲在锅洞旁边,头插在碗里,猪拱食一样呼啦呼啦,吃完抹抹嘴,碗一丢,掉头就走。他有点怕我父亲。每次照面,我父亲总是一言不发,沉着脸。

"表爷啊,二少爷不学手艺,总要学着做一点事,难不成你们还能喂他一辈子啊?"有一次,父亲对老石匠这样说。

老石匠红了脸,说:"我在一天,保他一天,没其他法子想。总不能看他活活饿死啊!"

"你们还是惯他。我说句话你别介意的,二少爷硬是给你们惯坏了。"

老石匠叹了一口气,说:"我晓得,要讲坏,他已经坏掉了。打也打了,骂也骂了,怎么搞呢?我不晓得怎么搞。"

"他日子还长呢,总要娶亲。这样游手好闲,东打油西打浪,哪个女的愿意跟他?"

老石匠怔怔的,好半天之后才缓过神来,慢腾腾地说:"有福是他享,有祸是他担。我现在巴不得早点死,眼不见为净。一天熬到晚,一年熬到头,你不晓得,熬得苦焦苦焦的。"

"表爷,你哪能这样想呢?就算不学手艺,这年头,也饿不死人啊。"父亲沉吟了片刻,接着说,"他可愿意到厂里来呢?只要他愿意来,随便他做么事,我总不会亏了他。"

"他一个是好吃懒做,另一个,他怕你。"老石匠望着我父亲,说,"我估计,十有八九,他不肯来。"

我父亲不说话了。

知子莫如父。二少爷果然不肯进厂,连二祥妈也没有再来帮忙了。二祥妈路上碰到我父亲,她总是闪到路边,红着脸,讪讪的。父亲后悔自己说了重话,打人不打脸,二少爷就是再不堪,总归是老石匠夫妇俩拉扯大的亲生儿子啊。

父亲虽然后悔,但也没有往深处想,抬头不见低头见,又是多年的老亲,还能有什么解不开的疙瘩吗?

造化弄人。父亲万万没有想到,老石匠突遇飞来横祸,撒手人寰。

那一天,老石匠埋下的炸药迟迟没有爆炸,这也不是什么稀罕事,作为一个久经风霜的爆破手,他已经见怪不怪了。他像过去一样往上爬,想看看炸药为什么没有爆炸,谁料他刚走近炮眼,炸药就响了,他和乱石一起被炸上天,而后又摔下山。

父亲从窑厂急匆匆赶来,老石匠已经奄奄一息了。"表爷,你睁一下眼!我是江友正!表爷,你睁一下眼!"父亲跪在地上,把老石匠血糊啦啦的头搂在怀里,贴着他的耳朵喊。

他的眼睛已经睁不开了。嘴里一直在漫血,噗、噗,像沸腾的气泡,越来越多,越来越多,快把他的脸淹没了。

二少爷傻傻地站在他面前,久久地盯着,像盯着一个陌生人,一言不发。

卫生所的唐医生赶来了。他翻开老石匠的眼睑,对二少爷说:"别愣着了,赶紧给你大换身衣服,准备后事吧!"

"表爷,你有什么话,就对我说吧!"父亲握着老石匠的手,哽咽着说。

老石匠的呼吸越来越重,胸腔突然急剧起伏。父亲知道他有话要说,赶忙低下头。

"二祥,我只能托你了,你无论如何,要想想法子,帮他讨一门亲⋯⋯"

"好,你放心。"

"小仓里,有根拐杖,老太爷的,不要扔⋯⋯"

话未说完,他的脑袋便耷拉了下来。

归啊!归啊!杜宇声声,老石匠再也听不见了。山墙边,杏子已经熟了,绿叶间,黄灿灿。这是他种的杏子树啊,还有一大蓬燃烧的栀子花。远处的田畴里,小麦已经开镰了,乡亲们顶着草帽,埋着头,飞快地舞动着镰刀。田畴尽头便是父亲的窑厂,又要开窑了,稻草垛一样圆滚滚的窑顶上,白烟袅袅。这是三夏时节的牌楼,一碧如洗,梅雨就要来了。

父亲丢下窑厂,坐镇指挥老石匠的葬礼,他从头到尾地操持,不厌其烦,事无巨细。直到七七四十九天,烧了灵屋,挂了遗像,父亲才喊住二少爷,说:"小仓里有根拐杖,是老太爷的,你大留了话,不能扔。"

二少爷去了小仓,从仓门后面掏出一根拐杖,神情漠然。父亲端详了片刻,那就是一根平常的拐杖,手腕一样粗,龙头形状的把手,光滑水亮。

"你大走了,你妈身体也不好,这个家,往后要靠你撑了。"父亲沉吟片刻,接着对二少爷说,"你要是愿意,就到厂里去做点事。随便你想做么事,都照,我总不会亏了你。"

二少爷一直没来。父亲眼巴巴地候着,最终等来的,是又一个突如其来的噩耗。

老石匠留下三间瓦房、几亩薄田。在田畈里抢收抢种,起早贪黑,风里来雨里去的,是满头白发的二祥妈。转眼就是初秋,田畈里的二祥妈忽然一个趔趄,大家都看着呢,谁料她再也没能站起来,张着嘴,睁着眼,一脸惊恐。

不幸突如其来,大伙惊呆了。半年时间不到,前脚撑后脚,老石匠夫妇俩的命也太苦了!扼腕叹息之余,大家一致将矛头指向二少爷。

"根子还在那个败家子,好吃懒做。他稍微争点气,娘老子也不至于这样烦神,不烦神,也不会走得这么早。夫妻两个,五十岁都不到。"

"他夫妻两个,可怜是真可怜,舍不得吃,舍不得穿,全喂了那个败家子。我讲句不怕雷打的话,还不如喂条狗!"

……

葬完母亲的二少爷,沦为一个人见人骂的巨婴。他虽然已经成年,但四体不勤,五谷不分,手无缚鸡之力,几乎是个废人。他有三个姐姐,在他衣来伸手饭来张口的少爷岁月里,三个姐姐先后远嫁,她们商量好了似的,跪在门外,朝父母磕了三个响头,然后一路走一路哭,再没有回过牌楼。

骂归骂,恨归恨,人心都是肉长的,老石匠尸骨未寒,就一根独苗,谁也不忍心看着二少爷在家里饿死。胡家吃早饭了,想起二少爷,送去一大碗菜泡饭。曾家吃中饭了,想起二少爷,拿出一只蓝边碗,米饭压得实实的,又盛了一大碗红烧冬瓜。朱家大姊手巧,端午了,想起二少爷,做了十几个蒿子粑粑……每次去,二少爷都可怜兮兮地靠在门框上,泪汪汪,手里握着拐杖。

"你可知道姐姐家在哪?"

他摇了摇头。

"三个姐姐,你一个都不知道啊?"

他还是摇了摇头。

"二少爷,到底怎么搞呢?他这样漂着,浮萍一样,不算个事啊。"老人顾念老石匠,经常在我父亲面前唠叨。

"我晓得不算个事啊,没法子想。怎搞呢?逼逼他也好。"

——这句话,成了父亲晚年最大的心结。他万万没有想到,二少爷居然不辞而别。

发现端倪的,是满升大爷。"四爷,我跟你讲个事,你分析分析。"这天正午,满升大爷忽然跑到厂里,对我父亲说,"二少爷门上落了锁。我观察了两天,二少爷肯定不在家里。"

父亲慌了神。他丢下满升大爷,直接冲出窑洞,穿过田畈,往二少爷家里跑。

前门后门都落了锁。父亲凑近窗户,卧室里,被褥叠得整整齐齐。父亲急得团团转,像热锅上的蚂蚁。唐庄、杏庄、桃园、破罡、万桥……父亲访遍了附近十几个村镇,逢人就问,但谁也没有见到二少爷。

父亲第二次丢下窑厂,外出寻人。他从镇里找到县里,又从县里找到省里,甚至去了邻近的江苏、江西、河南、山东。

一个月过去了,半年过去了,一年过去了,二少爷杳无音讯。

父亲寝食难安。那段时间,他几乎不能合眼,只要合眼,老石匠便一脸愁容,一言不发地站在他面前。

又过了两年,二少爷依旧踪迹全无。多年东奔西走,父亲的窑厂经营不善,不得不宣告破产。巨额的债务和解不开的心结,沉甸甸地压迫着父亲的晚年。

父亲飞快地老了下去,母亲过世后,他不得不进城和我们生活在一起。虽然寄居在城里,但每年清明、冬至,父亲都要带着我们回牌楼,到老石匠坟前,祭拜、烧纸。每一次,父亲都要说:"表爷啊,我对不起你,我没帮你看好二少爷。你要知道他在哪,你就托个梦给我,我跑不动了,我让儿子找去……"

老石匠给父亲托过梦吗?我不知道。或许也托过,只是他没有说。

父亲是带着遗憾走的,直到过世,他也没有再见到二少爷。弥留前夜,父亲拍打着床沿,呜咽着:"我怎么去见你老表爷?我怎么去见你老表爷?……"

二少爷的消息,我是听春生说的。春生是从牌楼考走的第五个大学生。大学毕业的春生,不顾亲友的强烈反对,又回到牌楼,流转两百亩土地,主打生态农业。他赶上了好时候,家庭农场发展迅猛,养殖、垂钓、原生态蔬菜、无公害瓜果,一时间风生水起。春生祖父过世过早,他想给老坟立块碑,听说扫帚沟老街来了个"相公",道行深,便眼巴巴地跑去请,一看,居然是二少爷。

扫帚沟,也不算太远,他家房子还在,怎么一次都不回来呢?我有些不解。

"他什么都不记得了。"春生说,"我翻来覆去地盘他,盘到最后,高低不睬我。我请了两次,他高低不来,也不知道怎么想的。"

真的假的啊?我有些惶惑,总觉得哪里不对劲,这是电视里常演的事情啊。

春生说:"他给人做'相公',不把钱都照,只要有酒就行。手艺人,出门又不带锅,本来就要管酒管饭啊。你讲,谁不喜欢请他呢?排着队去请。"

他喜欢喝酒,出门总要揣一个小酒壶,酒壶里总是满满的。闲下了,别人聚在一起抽烟,他一个人不声不响地坐在旁边,拧开酒壶盖子,有滋有味地抿一口,慢慢咽下去,再咬一口红彤彤的干辣椒。酒是他的"还魂汤",几口酒下肚,灰塌塌的脸立即泛起酒红色。"酒,真是好东西。"他说:"饭啊,只能吃进胃里,但酒不一样,酒啊,直接喝到心里。"他酒量大,胆子也大,在棺材上面走来走去,没事人一样,脚下阴森森的,能望得到白骨。老坟,有煞气的,这是顶忌讳的事。

他不忌讳。"哪里有什么鬼哟?鬼都在你们心里。更何况,我做的是积德事。"

没有人敢和他争辩。信的,始终信着;不信的,依旧不信。

我越听越诧异,问春生:"你认错人了吧?"

"门对门住着,好几年。他就算化成灰,我也不会认错啊!"春生说。

扫帚沟老街离牌楼不足一百里,我迫不及待地动身,去见二少爷。我是想知道,当年他何以不告而别,这些年他又经历了什么,以至于让他忘记了过去,或者说,不愿意回到从前。

"找'相公'啊?往里走,直接走到头,门上没有锁的矮房子。"一位在长河边拉二胡的老人,指引我说。

门虚掩着,果然没有锁。斑驳的土墙,粼粼地荡漾着长河的波光。我推开门,室内漆黑一团,好半天之后,一个老人从阴影里慢慢浮出来,我兀自一惊,几十年光阴,呼啸而过。

春生说得没错,他是二少爷,但他已经不是过去那个二少爷了。他老了很多,和老石匠一样提前脱了发,肤色幽暗,脸上布满了密密麻麻的深深的褶皱,石刻一般,眼窝深陷。我叫了一声"二少爷",他拄着拐杖,想站起来,又坐了下去,好半天之后,才迟迟疑疑地说:"你找谁啊?我是'相公',张了然。"

"你不认识我了?我是牌楼的。"我走到他面前,一字一句地说,"我大叫江友正,我是他小儿子。过去,你经常架着我翻墙,偷小顺家的桃子。"

他一脸茫然地望了望我,摇了摇头,在地上划拉着拐杖。

"这根拐杖,是老太爷的遗物,你也不记得了吗?"

他的脸受惊似的抽搐了起来,好半天之后,他才自言自语似的说:"我想不起来了。想不起来的,必定都是可有可无的,不必去想。"

乱云飞渡。我盯着他饱经风霜的脸,密密麻麻的、深深的褶皱——每一道褶皱里,都填埋着一段沧桑的岁月。究竟是什么,刻出了这样一张令人悲伤的脸?

"你来找他,有什么事吗?"他并不想立即把我拒之门外,这让我有些意外,以至于我竟无法确定,他究竟是刻意逃避,还是选择性失忆。

"我来找他,是想了我大一个心愿。他不告而别,前前后后,我大总共找了他五年。"

"生,赤条条地来;死,赤条条地走。有什么可告别的呢?"

"人,不单是为自己活,还有父母、兄弟姐妹、亲戚朋友,总是有挂碍的吧!"

"有挂碍,便不快乐。"他提起拐杖,指了指门外,说,"知道我为什么要住在这里吗?因为这条河。一年四季,奔流不息,日日夜夜都在唱歌。人一生,不也是一条河吗?为什么要有那么多挂碍呢?无非就是一碗饭、一张床,最后变成一堆土而已！谁都一样。不管你多有钱,也不管你当多大的官。"

"照你这样说,人活着,还有什么意义呢?"

"你还是没活明白。什么叫有意义?"他再次提起拐杖,指了指门外,说,"这条河,一直流,一直流,有意义吗?你要说有意义,它就有意义。你要说没意义,它就没意义。"

"明白了,活着本身就是意义,对吧?"

他微笑着点了点头:"对,也不对。归根到底,一切皆身外之物。"

……

那一次,我们聊得很投机,他陪我在长河岸边走了小半天。我几次喊他"二少爷",他立即用拐杖敲打地面,和颜悦色地说:"我叫张了然,不是什么二少爷。"长河奔涌,逝水无声。我们在余晖中,微笑着道别。

今天想来,他究竟是不是二少爷,已经不重要了。我见到的,是一个冲破欲望的枷锁,在烈焰中渡过苦厄的老人;是一个看破无常的人世,和另一个自己秉烛夜谈的"相公";是一个在长河边坐而论道,和天地对话的哲人。

像一滴水,二少爷在茫茫人海里蒸发了。我再也没有见过二少爷。

原载于《广州文艺》2022年第11期

# 一棵树该活成什么样子

许俊文

若是放在几年或几个月前,这个问题不会引起我的兴趣,就如同当初皖东豆村的那个懵懂少年,不会无端自问:"我该活成什么样子呢?"

写作此文的触媒是一个有趣的生活细节。

也就是前天吧,为了建一个早已消失的村庄古旧小群,几个从同一个小山村出走而星散于山南水北的家乡人,隔空云聚。我发现,大家的年龄、职业、爱好和文化层次虽然不同,但彼此所使用的微信头像却惊人地一致:一棵歪脖子黄连树。

撇开所谓的乡愁,我讶然于一棵百年老树活成现在这个样子。

在我的老家皖东豆村,所有的树我都能叫出名字,怀柳椿枣、松桐梓桑、沙朴、杜梨、鹅掌楸、琅琊榆、麻栎、小叶青檀、苦楝。品种稀少的杜仲、木莲、辛夷,我也能把它们从众多树中准确无误地认出来,一点也不比从稻田里分辨出一棵稗子困难。

故乡的那些树,在我离开半个世纪后,都活成了什么样子?去了哪里?我的记忆是空白的。

然而,其中有两棵树一直盘踞在我的记忆里。对,盘踞。它们的根,在我的心中扎得实在太深。这里套用鲁迅先生的说法——一棵是黄连,另一棵也是黄连。

前一棵黄连就生长在我家门左的土坡上,我记事时它已"修成正果"。就是说,作为一棵树,它在芸芸众树中,已经活成了鹤立鸡群的样子,两人合抱粗的树干,投在地面上的树荫足有亩把地,方圆数十里绝无仅有。它裸露的侧根,筋骨虬曲,足够拴一个生产队的耕牛。论树龄,甚至我的祖父也不知其详。外乡人问起这棵树的树龄,他多半会以"大概""估计""差不多"来回答。

一棵树活得太久,它真实的生命却越来越模糊了。

不过,我倒是见证了这棵黄连树的死亡,在它轰然倒下的那一刻,我的豆村一阵痉挛,继而剧烈地抽搐和颤抖,失重的大地似一只进水海水的船,向一侧倾斜。栖息在树上的鸟雀,箭矢般自密密匝匝的枝柯和叶片间射出,惊悚的叫声更推高了恐怖的程度,紧接而来的,是一个巨人仆倒在地的轰响。

这棵黄连的訇然倒下,使豆村的天突然空出一大块,给人一种茫然无依之感,仿佛一直庇护着我们的某种东西骤然消失于无形,大家一时半会适应不过来。

许多年后我想,一棵树能够活到如此境界,也算不枉生一世了。

另一棵黄连就没有这么幸运了。它算是那棵老黄连的晚辈,生长在村前窄溜溜的地埂上,一面是水,一面悬空,显然没有得到风水的襄助。老黄连寿终正寝后,它成为我们豆村仅存的黄连树种。

我还是一个不谙世事的少年时,这棵黄连已经步入中年,可惜还没有"而立"起来。它的树干只有胳膊粗细,生长速度极其缓慢,一年是那个样子,三年五载还是那个样子,在它的身上,看不见任何时间带来的变化。和它同时代的树兄树弟,风吹着往上蹿,都活成了自己的模样,或独当一面做了房椽子,或被做成各种家具,它们都以另一种生命形态参与了人们的生活,唯独这棵黄连,依然不伦不类。

没有人看好它的前途。

一株注定不会成材的树,它既没有出人头地的野心,也没有看破红尘的决绝,只是遵循命运的安排,一成不变地活着。其实,豆村的人不知道,他们自己在泥土里扒拉一生,也并没有活出超过一棵树、一株麦子或水稻的高度。他们的坟头就瑟缩在庄稼轮番登场的田地里,微微隆起,可是要不了多少年,就会被无形的时间之手抚平,重新成为庄稼的温床。然而,那些人想过吗?

但是,他们却不能接受一棵树生长得太慢。

一天,生产队长打塘埂上走过,突然停住脚步,打量起黄连树来。次日,他和我的祖父合力将一盘废弃的石磨,吊在那棵黄连树的"脖子"上。队长有他的想法,生产队五百多亩耕地需要木犁,而木制的犁弓又非常紧缺,他要用石磨强行将黄连树逼弯,按照犁弓的曲度生长,成为一件实用的农具。

这似乎没有什么不妥。

那棵黄连树不得不屈从于人的意志,将挺直的腰杆弯曲下来,一副不堪重负的佝偻样子,每天临水自照,俯瞰水中自己屈辱的影子,想必它也是郁闷和痛苦的。

那个悬在黄连树上的石磨,作为一个加害者,心情也好不到哪里去,像钟摆一样在风雨中荡来荡去,似乎每一寸光阴都显得十分缓慢和沉重。月光黯淡的夜晚,远远看去,那盘悠悠荡荡的石磨,就像一个吊死鬼。

时间不紧不慢地走着。一年之后,绳朽磨坠。没过多久,得了不治之症的生产队长撒手人寰。而那棵得以解脱的黄连树,从此被蒙上一层神秘的阴影,它仿佛成了一个讳莫如深的谶语。乡土文化里本来就包含着太多的巫气,鬼祟出没,行迹飘忽,知敬畏的庄稼人从此就不再轻易地谈论它了。

做犁弓的愿望落了空。那棵黄连树在漫长的时光里,一点点复原自然的样貌,然而,它的努力也落空了,最终活成了一颗歪脖子树。

不知从什么时候起,水牛和木犁已从乡村隐遁,村庄里的后生纷纷告别土地,他们像一只只候鸟飞东飞西,我的豆村遂成一座空村。山上的泥土被一拨又一拨的雨水裹挟,冲进村前的那口水塘,塘水由深变浅,渐渐地成为桑田。

那棵黄连树就此迎来了自己的黄金时代,盘曲已久的根系得以舒展。我每次回到豆村,它都与前一次迥异,枝繁叶茂,洋溢着勃勃生机。若是能照此生长下去,它出落成祖先的模样,只是时间问题了。

2013年,因母亲去世,我再次回到豆村,村庄已然空无一人。那天,在一阵阵哀乐声中,前来吊唁的近亲远戚为一座废弃的村庄喟叹不已。他们曾经熟悉的那些物事,除了我家那几间摇摇欲坠的老屋,就剩下那棵歪脖子黄连树了。此时的它,已经出落成一处与众不同的风景:卑谦地弓着腰,伸出长长的手臂,仿佛在对所有朝它投去目光的人表达真诚的迎迓之意,当然也包含着向我母亲的亡灵告别。

这是一棵代表几百年的豆村的符号之树。

那天,用手机拍下那棵黄连树的人不在少数。我也拍了一张,做了我的微信头像。

在后来的日子里,那棵歪脖子黄连树定格成一种乡愁,被带到了四面八方。我揣测,那些用歪脖子黄连树做微信头像的豆村人,肯定像我一样,时常思念自己曾经的家园。

  2014年,当我载着父亲从江南回到已成废墟的豆村时,视野里一片空白,那棵维系着一念乡愁的黄连已不知去向。父亲拄杖伫立于草丛中,目光涣散,他用拐杖一下一下戳着土地,嗫嚅着说:"村庄已经没有了,这棵树再丢掉,以后你们回来连个标记都没了。"

  经过一番折腾,我们终于找到了那个盗树的人,他说,不就是一棵树吗?长在豆村和长在其他地方有什么两样?原来,歪脖子黄连被他转手卖给了滁州城里一个树贩子。

  事情到这里本该结束了。可是父亲向我提出一个小小的要求,让我多跑点路,到滁州城里转一转。我知道,他还是放不下那棵黄连树。

  我开着车,慢慢悠悠地在滁州城里跑了几条马路,父亲则趴在车窗上,眼睛一眨不眨地瞅着马路边的每一棵树。

  结果自然是不用说了。

  在返回江南的路上,我与父亲都沉默不语。车子驶过长江大桥,父亲从假寐中睁开眼睛,咕哝了一句:"那棵树也不知道现在活得怎样。"

  我怎么回答他呢?

  时光,不会辜负也不会放过任何一个生命,包括我和父亲在内。

原载于《散文》2022年第2期

# 城西闲笔

文 河

### 新春

隔年相见,春风如晤;昨夜微雨,柳色初新。

这是十天前随手写下的句子,如今,柳树的芽已经好大了,柳色简直比花色还短暂。最初的柳色就像草色,近看似有若无,远看则呈现出明净的绿意。再过几天,柳芽变成柳叶,柳色也就变成柳荫了。

春晨,曙色初动,天地如新。好像有什么事情要发生,而又没有什么事情发生。

春天的蔬食,头刀韭,菜花梗,刚冒尖的春笋;俄罗斯人吃醋渍樱桃,日本人则吃樱花。立春日,古人摆春桌,坐春椅,饮春酒,食春饼。秋阴漠漠,使人沉闷,春阴漠漠,则使人沉思。春阴即便很浓,也给人一种清透之感。秋雨凄冷,世界一片萧瑟,春雨呢,日本俳句女诗人千代尼说,春雨里所有的东西都美起来。

日本作家德富芦花说,春天会让人产生一种"近乎撒娇的悲哀"。我们的古典诗词里,也有一个频繁出现的词——"春愁",它经常还会被"惆怅"这个词代替。《诗经》里也说,"女心伤悲"。春日迟迟,那女子心里莫名其妙就有某种说不出的幸福,又伴随着一丝说不出的心酸和委屈。春风如醉,花草如梦,这一切这么美,明明都是真的,却偏偏又像是假的。那一刻,她更真实地意识到了她自己。阳光中的远山远水,有那么一丝微茫和迷离,她想在心底喊一声谁,又不知道喊谁,她只感到在这个世上,应该有那么一个和自己很亲很亲的人。春天是女性化的、感性的,像一匹绣满花纹的丝绸,铺展在一江碧水里,华丽得让人有一丝隐隐的不安。

春心也不单指男女之思,它更是一种一触即发的诗心。李商隐有个哀感顽艳的句子,"望帝春心托杜鹃"。又有哪个诗人没有一颗善感的春心呢?伟大的诗人都是永恒的,他大于他的时代,他甚至不属于任何一个时代,因为他活在所有的时代。在不同的时代,也许他只不过换了一个名字而已。他在一个时代叫屈原,在另一个时代也许就叫李白或杜甫,他甚至可以成倍数地增长。他就像一条蜿蜒流淌的河流,迢迢不断,当这条河流继续流下去,又变成了苏东坡。说到苏东坡,我就一下子想到他写的词句"休对故人思故国,且将新火试新茶"。新火试新茶,多么隽永清新的自然之味啊!这种闲情雅致只能来自一颗从容淡定又丰富善感的春心。

前天去一个村子里看望一位农家老人,老人八十多岁了,除了有点耳背,身体很好。她在一个小小的院落里住着,独自生活,我注意到,在她家厨房窗户上,挂着一盏过去常用的旧马灯。我立即想到一个词——春灯。大门旁有两棵小桃树,枝条上缀满花蕾。老人说,去年只有一棵结了桃子,今年这么多花骨朵,看来两棵都会结了。

村子里时时传来斑鸠的叫声。古人把这种春天鸣叫的鸟儿叫春鸠。真雅。春天的早晨,春鸠最喜欢鸣叫。还有很多鸟儿也喜欢在春天的早晨鸣叫。

## 关于河流

虽是平原地带,但我生活过的村庄曾经也有很多小河的。儿时我家住在村子后面,房子东边和北边被一条小河绕着。房子北边的河水较深,东边的则很浅,有时干涸着,我从来没有被阻隔的感觉,经常从河这边跑到河那边。夏天,雨水多,河里才会积水,水位差不多能漫到岸边。记得有一次,母亲给对岸的邻居送一个花皮大西瓜,她把大西瓜放在木盆里,用竹竿一推,木盆晃悠晃悠,就漂到对岸去了。邻居大婶笑呵呵地抱起西瓜,也用竹竿一推,木盆又漂了回来。这个时候,我就不能随意跑到河那边了。要想过去,就必须通过正儿八经的大路。

十多岁时,我家搬到村子南边,门前也有一条小河。印象深的是河边有几棵大桐树,桐荫郁郁。邻居小颂姐常和我母亲坐在树下做针线活,脸颊红红的,带着羞涩的微笑,低声和我母亲谈起她的婚事。她出嫁的那天,我还有点失落,心想:这么好看的人,怎么就嫁走了呢?前年,她大嫂被车撞死,我开车带父母回老家吊唁,见到了她。我们好多年没见面,彼此都认不出来了。她现在跟着儿子在外地生活,帮着照看小孙子。村子里还有一些人,他们就像村里的小河,注定不能流到大江大海的。这是命。他们一辈子就在村子里活着,波澜不惊,然后,死去。

后来父亲在一个叫双庙的小乡镇工作,我随他在那儿生活过两年,那个乡镇旁边有条河,叫黑茨河。冬天,河面灰蒙蒙的,有天下午,我从一座桥上走过,看到水边泊着几条空荡荡的小船,远远望去,给人一种空寂的感觉。这种感觉,我至今还能想起。我的记忆力不好,过去的很多事情,往往记不清具体的细节,只能记住这些事情当时给我带来的感觉。比如,我读一本小说,很快就会忘记它的故事情节,但很多年后,却能记起当时阅读它的一些内心感受。

之后我到县城生活,家住城西,不远处就是沙颍河。每天晚饭后,我喜欢到河堤散步。青少年时代,我以为这一生我能走很远很远,能走过很多很多条道路,只要一直走下去,在某条道路的尽头,我一定会遇见我想遇见的人,或遇见我想遇见的风景,甚至遇见永恒。后来才慢慢发现,人生中看似最遥远的抵达,实际上往往也不过就是那么短短几步之处。道路的尽头也许一无所有。我们所能拥有的,只是过程。但就像太阳每天都是新的,我可以把一条路,反复地走,走成无数条路。在一个周而复始的宇宙整体轮回里,一切孤立的个体存在,都不过是一次寂静的闪烁。然而,我们都在这个整体之中,是整个循环不息的璀璨光带的一个组成部分。从这个意义上讲,我们的生命又是无限丰富的。在河边散步,夜色里,河水有一种异样的宁静,人的心里也很安静。就算夏天汛期到来,河水上涨,滔滔涌流,只要我想静,也照样可以静。河水流啊流,但它流它的。水流我不流。不知不觉,我已经在颍水之滨生活了二十多年,岁月悠悠,书剑俱老。我的笔名叫文河,这个直白的名字就像一个括号,这里面括住的东西,就是我的生活。

我喜欢河流,但不喜欢大海。诗人茨维塔耶娃在给帕斯捷尔纳克的信中,也说自己不喜欢大海,她说海那么大,一眼看不到边,又不能在上面行走。耶稣曾在海上行走过,但那是神力。在我的生活中,没有神力,也不需要神力。我不喜欢太大的东西,太大的东西往往显得神秘。真水无香,至味必淡,我喜欢普通和平凡。容易看清楚的事物,其实更耐人寻味。

在河边,你有很多办法可以到对岸去,也能够轻易从对岸回来。

## 池塘

江河湖海,都有名字的。池塘太小了,往往不足以命名。西边的池塘就叫西塘;南边的池塘就叫南塘;有芦苇的池塘就叫苇塘;池塘里种有荷花呢,那就叫荷塘,种有菱角,当然就叫菱塘。崔颢诗,"君家在何处?妾住在横塘",这样一来,横塘这个名字便变得格外美好了。

木心有俳句,"一阵小雨过后,池塘分外澄碧"。

托尔斯泰的池塘,屠格涅夫的池塘,契诃夫的池塘,蒲宁的池塘,俄罗斯文学中的池塘很大。男人和孩子在里面洗澡,女人也在里面洗澡,不过不是混浴,塘边搭有浴棚或布幔。月亮升起来了,夜莺在树梢不停地婉转鸣叫,月亮随着清澈的塘水一起荡漾。契诃夫的小说《醋栗》里,那个税务局职员的最高人生理想是拥有一个小小的庄园,在庄园里种上醋栗,自己在露台上坐着喝茶,看小鸭子在池塘里泅水。契诃夫的原意是批评这种与整个世界脱节的封闭狭隘的一己之幸福。

而幸福到底又是什么呢,是一个努力的结果吗?也许更是一种过程。也许幸福只不过是一个念想,一个顽固的幻影。也许幸福是一只鹤,如果人生是一个池塘,幸福就是寒塘度鹤影,你以为你的人生里拥有了幸福,其实那不过是幸福飘忽而过的影子,幸福本身却又早已飞远了。但可以肯定的是,谁的人生里都会有一些不堪之处和无奈之处。看《世说新语》,处处是名士风流,但再看晋人书法手帖,则又看到了风流名士个人生活中的无奈和伤痛。《世说》里的名士,是旁观者眼中的形象;手帖里的名士,是名士们内心真实的自我流露。

中国古典的池塘,在水面戏水的常常是鸳鸯。在我的中观印象中,小小的池塘,晚唐比初唐多,词里比诗里多。春阳如洗,縠纹如梦,那远行的人经年未归,池塘里新荷的叶子刚刚出水,一切都是新的,都刚刚开始,花朵正从四面八方走来,而那水边的人却感到自己如花的年华已经慢慢老了。

晚唐五代诗人韩偓有首《惜花》诗,学者顾随激赏其中好句,"临轩一盏悲春酒,明日池塘是绿阴"。晚唐五代,那是一个乱世啊。大家都眼睁睁看着自己置身其中的世界衰乱了,没有人能超然物外,却又都无能为力。在大时代的衰乱里,人对那个世界是没有恨意的,因为说到底,恨也是一种激情。到最后人连恨也恨不起来了,只是感到一种空茫的无奈和悲哀。你知道你是对的,实际上也确实是对的,但在这个世界上,你又觉得处处总不相宜,这一生仿佛哪儿又错了。明日池塘是绿阴——春天结束了,花朵没有了,毕竟还会有绿阴。在人生无奈的失去中,毕竟还是有些东西存在着的。到了后来的李煜,"流水落花春去也,天上人间",那是什么也没有了。

什么也没有了,这恰恰说明以前曾经拥有得太多。有得有失,是人间。不增不减,是佛境。人生需要执着,也需要超脱。长沙招贤禅师说,"始随芳草去,又逐落花回"。芳草和落花都是你的,又都不是你的。这个世界是你的,又不是你的。这人间我们不过是来了,然后又走了。我们所有的轰轰烈烈,不过是风乍起,吹皱一池春水。风过去了,池塘又恢复了平静。

柳线已老,塘边草盛。我去沙颍河湿地公园散步,在塘边小立,清风徐徐,天淡云闲,忽然就听到树上响起一声新蝉,这才惊觉夏天原来已经很深了。

## 声音

我不懂音乐,对我来说,音乐就是很多好听的声音。

喜欢大自然的声音,风声,雨声,鸟啼,虫鸣。风有情绪和性格,温柔起来,梦一样轻轻拂过,悄无声息,只是类似于一种微茫的感受。有的声音我们是听不到的,但它又是声音,比如,"自在飞花轻似梦",它还是有声音的,一种声音的感觉。风声再大一些,是吹拂,有了声响。更大一些,是呼啸,触处皆响。风吹大叶杨,哗——哗——繁密却又空洞,空洞导致寂寥;风吹深秋的丝瓜架,枯藤和老叶摇动,沙——沙——是金属与金属相摩擦的声音,又是生锈的金属;儿时的深夜,风吹茅草屋顶,呼——呼——仿佛不是吹,而是波浪一样向着一个未知的地方翻滚。风声带有玄思色彩,雨声则感性多了。雨滴打在芭蕉叶上、梧桐叶上,啪嗒、啪嗒、啪嗒。节奏再慢一些,啪、啪、啪。记得某部电影里的一个镜头,深碧的湖心,落了一大滴雨,咚,孤零零的一个声响,清脆、圆润、简洁。湖水荡了荡,又荡了荡,天地都受到了惊扰,但湖水旋即又恢复了平静。是永远的平静。

风声雨声,说到底,也都是听者自己的心声。那么,鸟啼和虫鸣呢?家乡鸣声最婉转的鸟儿算是黄莺和画眉了,黄莺春来秋去,初夏绿荫清嘉,雏莺初试啼声,带着几分娇憨,诗词里说到这种声音,会用一个"嫩"字来形容——莺声嫩。画眉是留鸟,在暮春的黎明和傍晚叫得最欢。麻雀和燕子,声音细碎,不成腔,更不成调,啾啾、啾啾、唧唧、唧唧。乌鸦只是感慨,啊、啊,真是心有千千结,一辈子都积郁难舒啊。两年前,在一个叫宫营的小村庄,残雪未尽,夕阳一片明黄,天地肃穆、清远,到处都静悄悄的,古老的静,历史和岁月深处残留的锈迹斑斑的静。枣树、桑树、楝树的枝条,小枝静得尖细,粗枝静得遒劲,原来静与静也是不同的,但仿佛都不可以碰触,摸一摸就能刺破手指。就在这种无边的寂静中,从村子边缘的树林里,却传来了几声花斑鸠的鸣叫声。这几声鸠鸣,听了让人心里一软,几乎要流下泪来。

不说鸟鸣了,说说虫鸣吧。春天的虫鸣清新,"虫声新透绿窗纱",是自然的声息进入了生活的内部。盛夏的田野,黄昏雨后,夕阳乍现,虫鸣如织,如沸。到了秋天,虫鸣仍然繁密,嘈嘈切切。天气慢慢凉了,虫声也越来越稀了。大月亮下,顺着河坝散步,坝边的草开始变黄了,草丛里会零零星星响起虫鸣,一粒一粒的,像银子,又像玻璃珠子打碎了,随意抛撒在人心里的某个地方,亮闪闪的,有着尖尖的棱角,不过就算划一下,也不疼,就是有点凉。

真羡慕那些能吹拉弹唱的人,我什么乐器都不会演奏。我父亲做过乡村小学教师,儿时,记得我家堂屋墙壁上挂有一支竹笛,却没见父亲吹过它。我有时拿在手里,横吹竖吹,只能吹出一个短促的声音,"呜"。有一次,父亲的一个同事来我家,取下吹了一支什么曲子。我听着很好听,印象深刻,也因此记住了那个老师的名字,他叫丁友珍。我吹过柳笛,春天的杨柳,折一枝,做支柳笛,柳笛无腔,信口而吹,呜哩呜噜,有种释放和表达的快乐。寂寞的童年,还是有很多快乐的时光的,不知道为什么快乐,只是快乐,所以也是真正的快乐。

20世纪90年代初,听古筝曲《寒鸦戏水》,听的是卡带,小录音机的音质并不好。乡村少年,孤陋寡闻,听古筝而并不了解古筝,只是听,单纯地听,听那种跳脱典雅的声音。寒鸦数点,飞飞落落,夕阳映在水波中,潋滟波光明丽闪烁。然而,天终究很冷,夕阳快要落了,终究是一个充满凉意的世界……听着听着,天也真的黑了。压水井池子旁边的那棵月季,还在深秋里开着花朵。

我是一个对于时间的流逝特别敏感的人,三十岁出头,就强烈感觉到自己的青春已经结束了,生命中有些东西在一点点失去,从手指头缝里水一样不断渗漏,想要抓住,又怎么也抓不住。有个初春的下午,阴天,独自坐在书房,在电脑上听阿炳的《二泉映月》。那十回百转的调子,像一根线,牵扯不断的线,看不到线头,也看不到线尾,好像长过千山万水,长过世上所有的道路。这根声音的线在心尖上绕来绕去,绕来绕去,让人淹然欲化。想听又不敢多听,不敢多听又想再听一听,春阴漠漠,欲雨而未雨,最后我还是未敢多听,走出了书房。

唢呐、锣鼓,有着民间世俗的热闹。古琴寂涩,石磬则超然物外。

冬至前后,住在一个小村里。夜长,天亮得晚,早晨起来,在院子里站站,清霜满地,看月亮挂在一棵大杨树稀疏的枝杈上。天空中也带着浓浓的霜意,冷肃、幽深,光景清绝,又让人感到一丝凄清。这个时候,忽然就听到墙头上响起一声高亢的鸡啼。东方红霞隐隐,天地一下子就亮堂了。

## 时代和雪

今年冬天,没怎么下雪,立春之后,下了一场春雪,也是下得敷衍了事,地面还没变白,便草草收场。我出去想用手机拍几张雪景,结果拍出来的效果,看上去倒更像是一场浓霜。

川端康成《雪国》里的雪是美学背景;《水浒》中火烧草料场的那场雪是故事氛围;谢灵运的诗句,"明月照积雪,朔风劲且哀",是一种难以排遣的心绪;宋元绘画中的"雪山寒林"是一种冲虚宁静的心境;禅宗里的好语,"好雪片片,不落别处",说的是如来清净无染的自在法身。

英雄落魄,青山白头;一襟晚照,对雪无言。

第一次读帕斯捷尔纳克的长篇小说《日瓦戈医生》,是十六年前。那时感兴趣的是日瓦戈医生在妻子冬妮娅和情人拉拉之间的情感挣扎。现在又读了一遍,关注的是日瓦戈医生和他的时代。俄罗斯文学中,仿佛到处都是冬天,到处都是积雪,一场又一场铺天盖地的暴风雪,壮丽中又隐隐有种莫名的非人间的荒蛮。狂风呼啸,无边的田野和树林,三驾马车在飞腾旋转的大雪中疾驰而去。《日瓦戈医生》中的冬天漫长而严酷,它里面的雪是精神性的,有着深入骨髓的寒意。

在一个大变动、大混乱的时代,个体是无力的,尤其渺小。就算你想脱离自己的时代,你就能脱离得了吗?就算你不会被这种时代裹挟而去,你也会被这种时代紧紧"缠"住。开始,日瓦戈医生积极介入自己的那个时代,他试图给自己的时代疗伤。但他自己却被那个脱轨的时代撞得伤痕累累,难以痊愈。他逃避、摆脱、挣扎、抗拒,直到最后,他放弃了自己的医生身份,悲哀地死去。

顺应自己的时代容易,不被自己的时代改变则很难。

在历史的宏大叙事中,尽管你不是一个主题,不是一个段落,不是一个句子,不是一个词语,尽管你只是一个无关紧要的字,一个可有可无的字。但一个字,当你被更多的意义充满,你也可以变得像一块沉甸甸的石头。你独立地存在着,时代的潮流,也未必就能冲得走你。

木心终生恪守尼采的这句话,"在自己的身上,克服这个时代"。但我觉得苏轼自儋州遇赦归来,途中所咏的这两句诗,更为明达彻悟:浮云时事改,孤月此心明。苏轼反对新法,遭到贬谪,但司马光不加选择地尽废新法时,他又有所保留,并不全部认同。他就是一个坚持己见,独立不改的人。对这个世界爱得深切投入、毫无保留,更多时候,则意味着受难。但这也是一种生命的自我升华。《维摩诘经》中天女散花,满天花雨只落佛弟子之身,不落菩萨之身。时代的大雪纷纷扬扬,宛如天女散花,但苏轼是菩萨之身,可以做到清净无染。

克服这个时代,就是内在的自我不被改变。比如,晚年的陈寅恪。

原载于《安徽文学》2022年第6期,《散文选刊》2022年第8期转载

# 在 河 之 上

杨四海

### 河流岸线及船舶的左右

  在航行者的词典中,"左岸"和"右岸"这两个词,不分昼夜,天天被河流上的那些眼睛看见,每一个航次任务完成后,都会被船长或当班大副写进那本《航行日志》中。在亚洲那条最长的河流——长江上,这些吨位、功率、航速各个不同的泊港船舶,接到航次指令,自左岸或右岸某个码头起锚解缆出发,无论航行多少里程、多长时间,只要不出长江口,驶向大海,它们所要抵达的那个港口或锚泊地,不在河流的左岸,就在河流的右岸。

  今天,在智能技术渐次介入的船舶上,无须走到艉楼甲板上登高瞭望,也能将河流岸线的走向尽收眼前。走进驾驶台,只要盯住在线长江电子航道图终端显示屏幕,我就可以清晰地瞧见:这河流的岸线,除了人工开凿的运河,顺直的段落并不多见,大多是曲折的,它在江河的两侧阻挡着汛水的横向漫延、描摹着河流的边沿,常常七拐八弯地裹挟着流水忽南忽北,又忽东忽西地离去。但这样的"忽东忽西"又"忽南忽北"的河岸线,在航行者的视野中,其区分从来只有"左""右",没有"南""北",也没有"东""西"。

  辨别一条河流的"左岸"与"右岸",对于航行者虽然重要,却也并非是难事,因为这两个词首先和我们的那双手有关。对,与我们水手的那双手有关。仍然记得二十二岁那年冬天的某个早晨,当我从南京三汊河的航道船舶修造厂实习返回安庆,以见习水手(航标员)身份第一次登上我们那个单位的"航捷"号测量船,驻足在前甲板上,望着长江客班轮"东方红12号"驶过后,那来自船尾吃水线下螺旋桨掀起的巨大涌浪,吐着白色泡沫,一浪紧跟着一浪扑向岸边,我困惑地问当过水兵的水手长:"这长江两边的大堤,哪边是左岸,哪边是右岸?"他没有立刻回答我的这个问题,而是微笑着将一只手搭在我的肩膀上,用力按了按,还小声喊了下口令,要我和他同时立定,一起向后转,然后指着一江远去的流水尽头说:"喏,我们的船是在向上游航行,现在我俩转过身来了,面对的是下游方向,你的左手边是左岸,右手边是右岸。"

没想到就这么简单:面对下游方向,我的左手边是左岸,右手边是右岸。但二十二岁那年面朝下游方向的"向后转",却是我至今忘不了的一个动作。那个动作我做得并不协调,也不得动作要领,以致当年充满青春活力的我,在向后作180度转身的过程中,左脚与右脚没有迅速靠拢,身体失去重心,在剧烈颠簸的甲板上踉跄了好几步,才尴尬地站稳了脚跟,羞愧地找到自己身体与甲板之间的平衡点。

自那个清晨之后,每每有人问我同样问题,我都会将老水手长对我说过的那句话复述一遍:"喏,面对下游方向,你的左手边是左岸,右手边是右岸。"

"左岸"与"右岸",永远隔水而望,在年复一年的季节里,在日复一日的航行中,总是以浓郁的色彩与清新气息,吸引着甲板上的目光,诱惑着水手们的味觉。在江上,我深深地吸上一口气,再去寻找两岸的景色:那沁人心脾的馥郁香气,一定是来自春天里——金黄色的油菜花田;那摇荡的岸边浅水中星星点点紫红色的倒影,一定是来自秋天里——河滩边野蛮生长的红蓼花朵。即使是枯水期的冬天,一场大雪覆盖了河流两侧岸线之上所有的颜色,站在甲板上的我,仍然能从凛冽的北风中,嗅到那白雪之下泥土的气味。即便如此,"左岸"和"右岸"这两个词,只是船上的事情,只在河流之上发生,与沿岸城乡居民没有什么关系。在我数十年随船往来并靠泊于两岸城乡的印象中,从没听见一江之隔的老百姓说过这两个词。我们的"右岸",在他们嘴里,叫"江南";我们的"左岸",在他们那儿叫"江北"。我在想,用"江北"与"江南"来指认自己的家乡——是在江的这边还是在江的那边,理应是他们千百年来就存在的习惯。

如果此时船舶到港抛下铁锚,我走下船,返回自己的家,我也会和他们一样,"左岸"与"右岸"这两个词,则被我用充满烟火气的"江北"与"江南"来替代。这词与词的暂时替换,表明了下船之后的我,也是岸上居民的一员。

其实,航行者所强调的那个"左"和"右",并不止于指向河流的岸线,比如,船首的左锚机与右锚机、甲板两边的左舷与右舷、机舱中的左主机与右主机、船尾水下的左车(左旋式螺旋桨)与右车(右旋式螺旋桨)等等。确定它们在船体的哪个位置,不同于"面向下游方向"后,才去确定哪边是左岸,哪边是右岸,而是以船首为前方,它们在我的左手边,即是左锚、左舷、左主机、左车;它们在我的右手边,就是右锚、右舷、右主机、右车。

即便那水下的两片舵叶,也有左舵叶和右舵叶之分。那两片舵叶,藏匿在船尾处吃水线下,虽然左右着船舶的航向,但它们向左向右的转动,却是来自船舶高处驾驶台前舵轮给予的液压力量。年轻时,我不止一次暗自想过:当船长真好。那些年,航行中,船上如果没有什么事情要我去做,我常常找理由走上驾驶台,其实是喜欢听那短促、清晰、强硬的舵令,从船长嘴唇中抑扬顿挫地迸出来。比如,当船长说出"右舵15"口令时,舵轮的舵角指针,会在舵工手中迅速指向"右舵15"的位置。那艘船,在舵工"15度右"的回令中,已朝"15度右"的方向驶去。

在江上,这船舶的"左""右"与岸线的"左""右",原本只是两个方位词,却有了动词的属性,它们虽是抽象、单调、甚至机械、枯燥,却与我们的生命紧密联系着。船舶自启航到靠泊,起讫之间的"左""右",常常左右着我们心在何处、身往何处。航行在风急浪高的江面上,如果听见某船拉响汽笛三长两短声(———‥)①,那是有人左舷落水;如果拉响的是三长一短声(———·),那是有人右舷落水。听见施救警报声号后,我们的船会迅速地赶往那片水域,抛下带有缆绳的救生圈,或放下救生艇,将正在挣扎着的溺水者救起。当然,没有人愿意听见自己的船拉响这样的声号。在那蜿蜒曲折的长江航道上,我最愿意听到的是一长声(—),那是落水者已获救、救生警报已解除的声号。

船舶声响信号虽然有点复杂,但它只是种类繁多的船舶信号大类的一种,它们曾经考验着我的记忆力,记录着我额头上汗水的重量,左右着我多少个早起晚睡死记硬背的一天,让我经历过海事考证是否合格的焦虑与痛苦,但也给过我和我的船员伙伴们一次次施救成功后的欣喜,还有我们想得到的——那来自上级的通报表彰(奖状)与物质奖励(奖金)。先后做过船艇水手、轮机员、单位安全员的那个我,从不敢忽视这船舶通信语言。

黑夜,或能见度低的白天,相对驶来的航船在一公里之外,会及时地鸣放会船声号,那闪耀在船舶最高甲板两侧的红色灯光是左舷、绿色灯光是右舷。这船

---

① 船舶声号通常以摩尔斯码记录:长音标为"—",短音标为"·"。

舷左右的红色与绿色两种灯光,及船舶中线桅杆与船尾的白色灯光,在夜晚的航行中,光明磊落地向对方显现了自己船体的尺度与吨位,避免了两船碰撞、海损或海难事故的发生……

船舶上的左右,在我的认知中,实际上与岸线的左右一样,虽然以人类身体上肢为坐标,去确定目及之处器物所在的方位,但它们都不具有尘世间意识形态所阐述的那个"左"与"右"的含义。在我几十年的水上与水边的生活中,河岸的左右及船舶的左右,之所以被我念念不忘,仅仅是与船舶安全航行有关,仅仅是与人的性命生死相系。

## 飘向舷窗玻璃上的雪

揉了揉眼睛,隔着船舱舷窗玻璃,我看见外面在下雪。此刻正是夜半时分,我从梦中的那条乡镇街道回到了船舱,也从梦中的那个白天回到了夜里。江面上的风不大,靠泊于码头的"绞锚9号"船,在轻轻地摇晃着,我看见有好些更大、更轻的雪片,不甘心就这么落到江水中,瞬间悄无声息地成为流水的一部分,它们飘向灯光幽暗的船舱舷窗,将开在夜空中这白色却又明亮的花,一朵又一朵地贴在了玻璃上,好像就是为了将这水汽结晶之后的美丽图案,给半夜醒来的那个人看见。

盯着玻璃看,我有些迷茫,这飘向舷窗并凝结在玻璃上雪的图案,即使再美丽、再晶莹,在我眼中也是冰凉的,但它们在飘向玻璃的那一刻,为什么给了我温暖的感觉?

船舱内的同事,自然不会有我这样的感觉,昨天上午是船上例行救生演习,下午是消防演习,紧张又劳累了一天的他们,这会儿正在酣睡中,那些起彼伏或轻或重的呼吸声,表明了同船同舱睡着的人,是在各自的梦乡中。水手长黑皮忽地停住打鼾,嘴巴响亮地叭唧了好几下,含糊不清地不知说了句什么;(我在想,他这是在和谁说话,在亲谁的脸蛋?)三管轮江晓华在磨牙,睡梦中还惦记着厨房灶台上的那条大鲇鱼,我听见他说:这条大鲇鱼有五斤半重,最好不要剁成鱼块红烧,那太浪费了,你还是做成鱼圆给我们吃吧;(我在想,那条五斤半的大鲇鱼,昨天中午就被老吴做成了鱼圆,给全船的人吃了个锅见底,这个吃货怎么梦中还在念叨着昨天的那顿饭?)老吴的鼾声轻微,每每当我倒头睡下时,他的鼻息之声犹如催眠之音,这是我愿意自己床铺与他的床铺相邻的原因。他是这艘船上的炊事员,平日里对谁都是笑脸相迎,却不见他掺和船上的任何事情,我理解老吴的处境,他今年五十五岁了,是劳务派遣工,不在这个单位的船员编制内,做好早中晚餐,是他能够继续干上五年的保证,要是有人哪天说他的菜做得好吃,那天他脸上的笑容才是发自内心的……

　　黑暗中,我睁大了眼睛,努力回忆着夜半时分中断的那个梦。其时,已是凌晨三点三十分,但醒来之后的我,无法再回到梦中、再走到那条街道上,甚至连那条街道,是地处于江南还是地处江北,也想不起来了。想想也是,作为单位专职安全员,为了将走锚①漂向下游——被有些人截留它用的那些航标,一只一只地追缴回来,这十多年来,我又能记得住自己多少次随船去往沿江两岸,在当地派出所民警的协同下,走乡进村,口燥唇干地宣传《航道法》和《内河航标管理办法》,往来于那样的街道上? 寒来暑往,在我追缴流失的航标行程中,一江之隔的两岸乡镇,虽然隶属于不同行政区域,但它们的街道在我眼里是相似的。坐落在道路两侧高高低低的建筑物,除了那些门类齐全的个体零售与批发商店,引人瞩目的是那些机关或单位,它们是:镇政府、国土所、财政所、税务所、民政所、司法所、派出所、城管所、供电所、卫生院、林业站、水利站等等。我注意到,江北江南这些最基层的机关、机构或单位,即便有着只属于自身行业的办公用房特征(最显眼的标识是门头上方的徽标,望一眼便知归属哪个行业、哪个系统),其建筑形体、规格,大都是一个模样跳进我的视野。比如,乡镇驻地派出所的建筑外观,江南江北更是惊人得相像,它们的门头、檐口、墙裙及墙面的色调是蓝与白,门口上方警徽的左边白色汉字是:公安;右边的白色英文是:POLICE。一天之中,如果从早到晚,我去过江北又到过江南好几个乡镇,疲惫不堪的我,常常恍惚地不知道自己这是走在江南,还是走在江北。

　　除此之外,那游荡在夏天烈日之下的风,似乎也加重了两岸乡镇相似性。尤其是在江水迅猛上涨的汛期,走在那样的街道上,我的一呼一吸里,全是经过太阳暴晒过后江水的泥腥气。在那火燎燎的南风中,这江水的泥腥气和我身上的

---

①　指航道干流航标因强风、急流、航船碰撞等原因而导致的航标拖锚位移或航标漂失。

汗馊味搅和在一起,愈发浓烈,时不时地混淆了我对江北、江南的界限辨别。

但相似或相像并不等于相同。我之所以最终能确定自己身在江北还是江南,凭借的是当地人的方言与口音。

在这个冬夜,我不知道自己为什么要想起夏天的事情。雪越下越大,即使隔着舷窗看过去,长江堤岸的坡面、路面的积雪之光也能够穿过玻璃,白亮得让人觉得刺眼,那原本黎明前最是黑暗的夜色,因此黑不下去了,在江水凛凛的反光中诡奇地变成了灰黑色。我在想,这或许是落在大地上的雪、融化在江水中的雪,共同改变了黑夜的黑色。这雪天灰黑的夜色我并不诧异,让我诧异的是,昨天早晨收听到的天气预报,我是记在了《航行日志》上的,刮在今夜航区的明明是只有3—4级的西北风,天将黎明时,怎么竟倏然间变成了东北风?窗外的那些雪花有些凌乱、有些急切,它们顺着风向,擦舷而过,不再飘向"绞锚9号"船舱的那三个舷窗。

哦,这急遽地飘过去的雪花是在告诉我,刮在江面上的风不仅改变了方向,而且要比先前大了许多,我听见两船之间护舷碰垫(橡胶轮胎)相互挤压的声音。这声音比黑皮熟睡后打呼噜的声音还要刺耳、还要难听,那是"绞锚9号"与它所靠泊的趸船在起伏的涌浪上交错颠簸、相互碰撞时发出来的。我找不到合适的拟声词去形容那种声音。即使你不曾有过船员生活经历,我也知道,你不会喜欢轮胎与轮胎相互挤压或刮擦的声音。那两船护舷碰垫相互挤压的受力,落在船帮上、船壳上,整条船就像是一个钢铁做成的巨大音箱,在寂静的雪夜里,这钢铁的声响不仅沉闷、尖锐、空洞,而且让人心里阵阵发紧。可是我们这些人又有谁能拒绝这声音?在这种声音里,我判断出此时风力已经不小于6级,需要我们立即起床,去检查系泊与锚泊设备是否牢靠。

这不,两船护舷碰垫相互挤压的声音,越来越大,已经喊醒了船舱里所有的人,他们穿好衣裳和救生衣后,和我走出船舱,走到了积雪的甲板上。

老吴也不例外,他小心翼翼地走到甲板上,只不过他的去处是厨舱,天还黑着,他要比往日提前煮上一大锅小米稀饭,蒸上三屉老面馒头,等待着那些早起的船员,干完他们要干的事情之后,能够吃上一顿热气腾腾的早餐。

## 江堤上空的七朵云

航驰401艇刚刚靠泊于码头,我还没走下跳板上岸,在甲板上,我看见有几朵云从对岸飘了过来。我数了数,它们有七朵。天上的那七朵云,相互之间虽有缝隙,却挨得很紧,就像地上那些相互认识的人,去往哪个地方游览,非得有人搭伴儿,才觉得不寂寞,才觉得有滋味。这七朵形状各异、动态万千的云,飘过宽阔的江面,抵达江北大堤上空后,好像知道我在看它们,竟不再分彼此,不慌不忙靠拢、聚集。因此我看到的那七朵云,最终是一大片云。

让我疑惑的是,那七朵云,飘过水汽氤氲的江面,成为一大片云后,此时不再继续向北边飘去,它一动也不动地悬浮在长江大堤上空。

这应该是我的一个错觉。天空中那虚无缥缈的云,并非是地上的有这样或那样想法的人,它们不可能因为有人在看它们,就换成另一个样子给你看。

在安广(安庆——广济圩)金家闸东边那段江堤上,我的这个错觉,迅速地被河漫滩上的那些植物纠正:那几棵乌桕树下或红或黄的落叶,耀人眼睛,它们寂静地躺在天空下,不再被东北风或西南风吹来吹去;已是枯黄的禾本植物芦苇,褴褛的叶片披挂在茎秆上,那洁白的芦花没有了漫天飞舞的愿望;河漫滩边坡地上的枯草也是如此,此时安静得就如它们身下的泥土。

风,应该是停下了。但我再次抬头看天时,那一大片云却越来越白,并且还在变幻着自己的形状,这又怎么去解释?

只有一种可能,那就是风还在吹着,在抵近江北大堤上空时,已是微弱到微乎其微的风了。这样的风,虽是微乎其微,人们感觉不到,却仍然存在着。其实天空中的风有多大,又有谁能看见?你能看见的,仅仅是风中飒飒作响的草木。这些草木在风中摇晃的程度,才是我判断风大风小或有没有风的依据。眼下的我所见到情景正是如此:这依然存在——却是微乎其微的风,已吹不动乌桕树下的落叶、水边雪白的芦花,甚至滩头坡地上的枯草了。

午后的江堤,行人寥寥无几。但我想告诉你的是,也还有一个人和我一样在看天上的云。在我觉得脖颈有了僵硬、酸胀感,低下头来回扭动着脖子的时候,倏忽间觉得有个人正朝我这边看。那个朝这边看的人站在大堤西边,距离我大概二十米远,当我的视线落在穿着酒红色旗袍的那个女子身上时,她随即回身避开了我的目光,抬起头来在看天空中的那片云,因此进入我视野中的,只是她的一个侧面身影。

午后的日头稍许西斜,西斜的阳光又被那片白云过滤过,因而那个背着光的女子身影,在我眼中有些诡谲。阳光经过白云过滤之后,充满凉意,将她身体的侧面线条勾勒得柔美撩人,还有逆光中她的那张脸,由于是侧面,其脸庞轮廓有棱有角,煞是好看。

我在想:也许正是这天空中变幻无穷的云,让这位女子停下脚步,有了驻足在江堤上,去看天上白云的举动。而她看我的那一眼,抑或仅仅是她觉得站在甲板上的那个人,怎么也和她一样,用那么长的时间去看那天上的云?这当然是我的猜测。而这样的揣测,往往建立在以自己的思维来理解别人上,她为什么要看七朵云,或那一大片云,我又怎么会知道?我的目光有些飘忽。这会儿,我从上衣口袋掏出了手机,准备将那个女子侧面身影拍摄下来。但镜头对准她的时候,那个女子已转身走去,留在镜框中的只是她的一个背影,还有那个背影之上云已散去的天空。

原载于《安徽文学》2022年第10期

# 江 北 书 简

宋烈毅

## 江北气质

现在正是江水上涨的时候,要知道若干年前,在这样不安的日子里(担心江水不断上涨、汹涌导致溃堤),我总是要随着老城的居民们在傍晚到江边去看一看江水,看一看它已经淹没了哪些地方。而现在,江水上涨的日子似乎已经被人们淡忘,毕竟,在这条大江的上游,一座巨大的发电水坝的建立和阻拦纾解了一个又一个不断到达的洪峰,人们似乎已不再如以往那样担心江水漫过江堤、淹没城市了。我怀念江水上涨的日子,因为那些日子总是带着一种浓浓的水腥味,当这水腥味飘忽在城市的上空时,我们自然而然地就知道:江水上涨的日子已经到来了。在我看来,江水上涨所带来的紧张气氛有团结和凝聚人心的作用。我们这座古城的居民一旦进入这些日子,就仿佛有了一个共同的话题、一个共同的心愿,大家需要通过这种由江水持续上涨带来的紧张气氛在庸常且单调的生活里获得一次提神,家园的意识自然浓厚了起来。人们每天急切地通过广播、电视了解关注水位的变化,水线的刻度清晰地印刻在老城居民们的记忆里。而现在,曾经在这样的日子里弥漫古城上空的水腥味慢慢消失了。或许,我是一个嗅觉异常敏感的人,一切似乎都要通过嗅觉来辨识和记忆。

我居住在江北,这意味着我的生活不可避免地要和一条大江联系在一起,发生一些纠葛。从地理位置上讲,我所居住的这座小城位于皖西南地区,在长江北岸。"江北"不仅是一个地理方位名词,也是一个人精神上的坐标,它究竟给我的精神带来了哪些深刻的影响,我至今还无法说出,甚至包括对于这条大江的认识,我认为也还在深入和继续中。在我人生的某个阶段,我需要这条大江的安慰,但在更多的时候我把它淡忘,而在淡忘时它往往又忽然显出,打乱我的生活节奏,让我重新审视自己的生存背景。从某种角度看,我们都是从江边回来的人,我们都曾经在江边安静地伫立或蹲下来沉思过,然后带着对江边事物的印象和记忆返回日常生活中。经历过无数次的江边眺望之后,我变得不一样了,但究竟有哪些不一样,我同样说不清楚。

对于滨江小城的居民来说,江边是一个边界,也是一个情感的庇护所。(不是吗?恋人们总是喜欢结伴来到江边。)如果说,在我看似柔弱的性格中隐藏着一丝粗犷,那也是"江边"给予我、浸染我的。年轻的时候,我经常到江边的防洪墙上(防洪墙是修建了台阶的),在上面走走。(防洪墙是我迄今为止见到的最坚实宽阔的墙。)这条路说是孤绝,却也经常给我带来希望和慰藉,我在这条路上遇见的人,无论是少年还是老者,也无论是衣着光鲜的人士还是不修边幅的城市流浪汉,他们都是安静的,都沉浸在自己的状态里。这是有一条大江在旁陪伴的缘故吗?辽阔的江面,独此一条离开地面的防洪墙上的道路在和它平行,在其上高高地走着,究竟是和地面道路上的行走不同的。我怀念年轻时一个人在江边防洪墙上度过的静谧时光。

我从没有像现在这样强烈地意识到自己居住在江北,这也让我认真关心起这里的植物气息、民风民俗和地貌特征来。在某些日常生活的瞬间,我因为"江北"的氛围感觉到身边司空见惯的事物变得不可思议起来,也因俯视自己的生存境况而重新振作。有时,我"俯视"着行走在江北起伏的丘陵或蜿蜒街巷里的那个"我",他——那个熟悉的"我",倏然变得遥远和陌生起来。

我在"江北"的氛围里,也在"江北"的命运里。(我认为每个地理位置都有它的命运,没有谁能抹去故乡的精神底色。)我终究是一个已经形成了"江北气质"的人,无法更改自己的精神气质。

## "双重生活"的必要性

写诗本来就是一件"突然"的事:突然被某种模糊不清的感觉击中,想要说、想要写,通过诗歌将莫名的情绪表达出来。但这种情形发生在我身上还是太少了,有时即便灵感到来,也必须在生活中按捺住写作的冲动,我不可能站在街上突然掏出纸和笔(当然,现在条件好多了,可以使用智能手机),也不可能在和同事聊天时兀自停顿下来,埋头写作。这种即兴写作的方式,我从未想过去尝试,我知道,我根本就不是一个随时随地可以写出诗歌的人。而在日常生活中,我有时的的确确进入了一种诗意的时刻,但写作的冲动,都被我抑制住了。

一直以来,写作同我的工作以及日常生活是分开的。我不太容易进入写作状态,当然也和我的担忧有关,这种担忧是:一旦成为一个被写作紧紧包裹住全部生活的人,我必然会疯掉,就像凡·高或者阿伦茨那样。艺术创造和生活之间的界线过于清晰,似乎能够保证我成为一个理智的人,一个可以在写作和生活之间游刃有余的人,但实际情形恰恰相反,我日益陷入不能将生命的全部投入写作的痛苦。我过着如卡夫卡所说的那种"双重生活",人是分裂的。当我全身心地沉浸在夜晚,经历了一次痛快的写作之旅后,第二天早晨就必须以一种直截了当的方式彻底改变自己,命令自己成为一个单位人,毫不犹豫地走出门上班去。这种从写作状态到上班状态的转换必须要瞬间完成,直接将自己压缩,对自己毫不留情。

我没有底气像卡夫卡那样斩钉截铁地说自己生命的全部价值和意义都在于写作,我也许只是一个打散工的写作者,断断续续、零零碎碎地写着一些少得可怜的东西(它们目前看来都是一些短诗和札记体散文)。可是,我是多么希望自己有朝一日能够像卡夫卡那样在一种预感中自豪地说:我已经达到了人类写作的极限! 相对于卡夫卡、凡·高和海子那种急剧"燃烧"的艺术生命,我的写作似乎微不足道,就像一个在风中执意点燃一只打火机的人,只是偶尔能在冷飕飕的灌满风声的街口幸运地将火苗燃起那么一两次,绝大多数时候,我口袋里揣着这只吸收了我的体温的打火机,悄悄地在众人面前用手将它握了又握,捏了又捏,谁也不知道我的手在口袋里的动作,我的那只痛苦痉挛的手!

我相信,长久的写作一定会以一种不易察觉的方式缓慢地改变一个人,甚至包括他的相貌(气质自不必说了)。我极为欣赏策兰的相貌,我认为他是美的,我喜欢他明净而敞阔的额头,仿佛这是一个汇聚了所有诗意沉思的所在,茂盛的毛发在这里显然是多余的。我对比过高尔泰青年和晚年时期的相貌,我不太能接受他的青年相貌,而他的老年相貌呢,真是棒极了,稀疏且长的银色头发恣肆地披散开来,如果在风中,长发拂动不也是一种书写和灵魂的飘扬吗?

作为一个不得不属于居家过日子或者上班一族的人,同样因为经历了漫长的写作,我注定和周围的人有所不同。前几日,我跟随同事到皖河执行公务,一路上,我坐在车里紧盯着外面大片的稻田,我到这个面积足足有十一万亩的农场已是第二次。上次去时是在两年前的一个秋日,万亩的稻田正在收割,稻草的清香令人沉醉,我记得我似乎对同行者说过这样一句无人回应的话:这个地方足可以诞生凡·高这样的艺术家。呵,我是天真的,我总是在替"我们的同类"考虑。

我不是一个和生活格格不入的人,为了和生活和平相处,我的性格从外表来看变得迟钝和木讷了,这也许是在保护自己。生活中能够影响我写作的因素太多太多了,我尽量做一个好人,老好人,只是为了能够每天拥有一个平静的夜晚深入写作的最深层去。我赞同里尔克在一封致友人的书信中所做的判断:即便像凡·高,即便他因为精神的崩溃住进疗养院里,当他拿起画笔、面对画布的时候,他是镇定的。高度的镇定,在创作时是必需的。在窘迫的生活和生存境遇里,一个写作者在夜晚通过他的写作将他白天里积存下来的凌乱心绪彻底清零。

我就是这样的一个人。

## 办公室里的"骑桶者"

谈谈我的新办公室吧。除去节假日,我在白天里的大部分时光都要在这个长方体的空间里独自度过,坐在电脑屏幕前处理各种公务,偶尔也会走到窗前向远处眺望。我没有在这个办公室里打上我个人的印记,四面的墙壁是空的,没有一幅字画,连一幅挂历都没有,两个高大的铁皮文件柜里摆放的无非是与职业相关的书籍和文件资料。它是一个和"文学"无关的地方,任谁也无法找到我作为一个写作者在此可能留下的痕迹——它们当然是精神层面上的。未来任何一个接替我的职位到此办公的人,都可以直接成为这个空间的主人,他将嗅不出我的任何气息。严格的自我约束或者写作的习惯,使我在办公室里未曾写下一首诗、一个文学性的句子或片段。这和我精神上的某种洁癖有关吗?然而没有任何写作的法则宣判:诗不应该产生于办公室。

从它周围的环境来看,这个临街的五楼办公室似乎是被一些客观的"诗意"包围着的。在街对面的围墙里面,就是这个滨江城市古老的公园——菱湖公园。它里面林木茂密,是一种阻挡和遮蔽——伫立在窗前,我看不见一个游人,仅有一个小型的摩天轮每日缓慢地旋转。摩天轮的生意实在太清淡,如果有一两个人被它带到高处,就可以和我远远地隔空相望,但绝大多数时候,它是在空转,非常盲目地空转,对应着我的茫然。对此情景,我早已看得有些麻木了。在天气好的时候,如果愿意向更远的东南方向眺望,我便能清晰地看见大约距此五公里远的安庆长江大桥,桥面上一辆又一辆车子在无声地行驶。可是,所有这些景象至今未能在我心中激起诗意的畅想。我的写作灵感在办公室里似乎处于萎缩的状态。

在这间办公室里,我找不到和我心灵相对应的东西,能够激发我对生命思考的事物在此多么贫瘠!每日陪伴我的植物,是一盆由单位租赁来的高大凤尾竹,被固定摆放在墙角的一个位置,单调而刻板,它仅仅是办公室里的一个点缀和装饰。我无须对它过多照料和关心,只隔三岔五地浇点杯子里喝剩的茶水而已,当然,它也对我无甚热情。我只要保证它不死,它每日就会站立在墙角里,和室内的其他物品构成一种严肃的办公氛围。办公室里的植物无形中也被职责化,是植物里面活得最无生趣的一种。

我搬到这个办公室已有三年了,三年来,给我留下印象最深的竟然是一只会飞的小虫子,它是一只被夹在两扇玻璃推拉窗之间的虎头蜂。我不知道它是怎样误入这种绝境的,就像一个活着的标本一样拼命挣扎在两层玻璃之间。我近距离地凝视了它很久,这天造的美物(当然它也是非常强壮的),头一回在这里给我带来了某种兴奋。我热衷于观察虫子的处境,由此思考我自己,这是我的一种习惯,抑或一种怪癖?我无法救出它,除非我敲碎窗玻璃。它早已干瘪的身躯至今还被夹在窗玻璃里。每个人都有和一只虫子相互对视的微妙瞬间,在无数的虫子中间发现了"这一只",并和它一道成为一种难以熄灭的情景。

我也有我的未竟之旅,它不是一场"说走就走"的旅行,仅仅是深藏在我内心的一种渴望和向往。对于这个也许我这一辈子也不会到达的地方,我让自己始终处在对它的憧憬中,让它慢慢地向我渗出一种蜜意。说是旅行,其实我是想去看一看一个人的房子,卡夫卡在布拉格炼金术士街上曾经短暂租住的一座僻静的小房子,在1917年的冬天里,它孤独的青年房客在这里写下了他著名的短篇小说《骑桶者》。关于这座简陋的小房子,马克斯·布罗德在他的《卡夫卡传》中介绍过:"这座房子除了一个小小的厨房和阁楼外,只有一个房间。"虽仅有简短几句,却足够引起我的联想。但说到底,如果没有人的居住,没有逝者留下的气息,再奇特的建筑也不会引发人们的追忆和缅怀。

当我在劳累的工作间歇里,走到办公室的窗前眺望雾蒙蒙的远方时,谁能想到此刻出现在我脑海里的一切遐想之物呢?

其实不仅是我,在每个枯燥乏味的办公室里,都有可能坐着一个等待时机飞腾而起的"骑桶者",他们各自孤独地骑桶飞行,相互不会遇见。

原载于《散文》2022年第4期

# 及物的天堂

储劲松

## 城东纪

所思在城东。

20世纪70年代末,天堂乡东隅余安村农民王武青还是一个健壮的中年人,还未沦落到下肢瘫痪百事要人服侍的悲惨境地。他和天堂乡西隅木瓜冲村的储子明脾性相投,关系很要好。好到什么程度呢?我也不一定说得清楚。但我知道两件事:一件,王武青的侄女王接男嫁给储子明的长子储诚富当媳妇,是王武青拍板做的主;另一件,他们两个人连上街挑粪都约着一道。

婚姻之事,先之以媒妁,继之以礼物。这是古礼。经由媒人两头来回牵线反复说合,到了订婚交换庚帖之日,储子明领着长子一行数人,挑着一担礼篮去余安下聘,不料那天王家忽然反悔。说王家悔婚也不确切,主要是女方的十来个叔伯兄弟当中,有两个人坚决反对这门亲事。一个说,储家穷得一屁股带两胯,嫁过去无异于跳泥水坑;另一个说,储家穷得只差舌头舔屁丫沟,不想好了才跟他们家结亲。储子明他们先是觍着脸,好言好语地相告相求,直到有人把挑来的糖糕烟酒扔出门外,并把礼篮子踩得稀巴烂,终于也大动肝火。双方恶语相攻,袖子捋到了肩头上,手指头指到了对方的眉心,订婚纳采仪式即将演变成一场武斗。就在这当头,一直端坐在靠背椅上默默吞吐黄烟的王武青,用烟筒钵子轻轻磕了磕椅子靠,咳嗽两声发话了:"都莫吵了。"音量不大却充满威严,众人即刻噤声。

王武青接着慢条斯理地说:"古话讲,一家养女百家求。又讲,结亲如结义。还讲,伸手不打上门客。人家依礼上我王家门来求亲,我们应当以礼相待,哪能如此没有教养?"诸人纷纷点头称是。

"子明老弟家里,眼下是穷了些,做屋也确实欠了些债,但家在平畈上,离城关近,搞副业的机会多。诚富这伢人实诚,又吃得苦,接男嫁过去不愁吃饭穿衣。

我们王家人多、田多、地多、山场多,条件是要好一点,但是住在大山头上,进个县城都要大半天工夫,祖祖辈辈吃尽了山高路远的苦头,伢儿们到县城上学更是跑断腿累断腰,接男能嫁到畈上去,是她的福分。两家要是结了亲,我们进城也有个歇脚、喝茶、打尖的地方。再说了,诚富早早就没了娘,接男也早早就死了老子,两个苦命的伢结合到一起,肯定会相亲相爱勤劳发狠,把小日子过得旺旺相相的。你们说是不是?"王武青一番条分缕析,说得头头是道,众人唯唯。

"我看这亲结得!"最后他一锤定音,烟筒钵子里青烟袅袅而散。

随即,干戈化为玉帛,敌手成为亲家郎舅。王家在堂轩拉开两张四方大八仙桌,泡上香茶,摆上糕果点心,杀鸡打蛋下面条,依礼隆重待客。双方在媒人的见证下交换了八字帖,择定当年冬天的一个黄道吉日接亲。

这个故事是我幼年时听祖父与他人闲谈时,拾人牙慧拾来的。王武青是我二外公,储子明是我祖父,我父名储诚富,我母名王接男。后来的一切,大致如二外公所料,我父我母生儿养女,勤俭持家,兴田种地之余双双到县城搞副业,不几年家境大为好转,与村中其他人家不相上下,并有超越的迹象。我二外公和我祖父则因下聘之事成为亲家,更成为相敬相惜的知己。直到二外公谢世之后好多年,提起他,祖父仍然唏嘘不舍。他经常对人说:"我武青二亲家,大老忠,明事理,是个大好人。"末了总要戚戚地补一句,"奈何好人不在世。"

有几年,二外公经常和祖父约着一起上街挑粪,给田地菜园上肥。

一个细雨迷蒙的秋天,他们又相约着,到位于城东的党校去挑粪。那时候我已经五岁多了,祖父到哪里都带着我作伴,挑粪也不例外。二外公从十五里外的余安大山上挑一担空粪桶下来,祖父也从三里外的木瓜冲挑一担空粪桶进城,中午时分,他们在党校会合了。知己相见,亲热得很,一个放下粪桶和粪勺,搓着手说:"啊——哈,亲家——你到了啊!"另一个也放下粪桶粪勺,搓着手说:"到了到了,亲家——家里都还好吧?"他们操着纯正的本土方言互致问候,每一个字都带着调性、情感和激动。然后他们就坐在党校大礼堂外边的水泥台阶上,开始耐心等待。那个时候,人畜粪便金贵得很,周边农村进城挑粪的农民很多,任何一个公家单位的旱厕旁边,都有挑着粪桶扛着粪勺的人在排队。

在漫长的等待中,二外公和祖父各自从怀里掏出一杆竹烟筒和一只铁皮烟盒,撮起烟丝相互礼让一番,吧嗒吧嗒吃起黄烟来,一边吞云吐雾一边谈闲,内容无非是儿儿女女、三亲六眷和稻麦桑麻。他们谈得津津有味,别人听了却不免要打瞌睡。吃完二外公带给我的茯苓糕,我蹲在地上看蚂蚁搬家,又在党校校园里追猫撵鸟,快活得很。

黄昏时分,终于轮到他们装粪。装满之后,在粪水上放几片梧桐树叶,道过别,他们挑起担子各回各家。两个精壮的汉子,虽然饿着肚皮,仍然一个劲闪闪地往东,另一个劲闪闪地朝西。他们的个头差不多,一米六七左右;打扮差不多,浅色的衬褂,深灰色的裤子,脚上套着草鞋,肩头搭一条汗巾;神色也差不多,瘦削的黑脸上,刻着泥土一样的谦卑,写着水牛一样的忠厚。

我记得那一天,主要不是因为他们的友情,是因为两只巨大的饭桶。

后来认真回想,那天应当是县里的一个重要会议在党校大礼堂里召开。我曾趴在窗台上,踮着脚尖朝里面张望过,望见台下坐着乌泱泱一大群人,他们在认真听会做笔记,台上也坐着几个人,其中一个戴黑色鸭舌帽的人在大声大炸地发表讲话,扩音器隔一会儿就发出几声叫人头痛的尖厉啸叫。

中午时分休会,一百多个干部模样的人鱼贯走出大礼堂,排队上厕所。他们大多穿着四个兜的中山装,上衣左边口袋上别着一支钢笔,也有人别两支,镀金笔帽和笔夹闪闪发亮。上完厕所,他们开始吃饭,各自捧一只印着纯蓝色缠枝纹的老海碗,走到礼堂后方的木桶边打饭。那两只木饭桶,是工友刚刚抬进来的。打完饭,有人坐在会议室里吃,有人坐到台阶上吃,有人靠在树上吃。吃得一片子哗哗响,像家里的老母猪欢乐进食。他们吃的是肉炒饭,那猪肉肥瘦相间,瘦者红肥者白,切成丁,饭油乎乎的,粒粒可数,散发着耀眼的白光。猪肉炒饭的奇香顿时溢满校园,勾人魂索人魄,我的口水随之挂到两边嘴角,各各牵丝如瓜蔓。

整个童年,我最恋念两物,其一是肉,其二是糖。因其太难得,所以经常形之于梦中。上一次吃到猪肉,还是过年走亲戚的时候。肉的香味有无穷的魅力,简直不可抗拒。

二外公和祖父的胃里,定然也有百千馋虫在拼命勾搅。表面上他们却漫不经心,依旧慢条斯理地吃着黄烟,对身旁埋头努力吃饭的干部瞧都不瞧一眼,但上上下下不停翻滚的喉结,赤裸裸地出卖了他们。

这个时候,我看见三个破衣烂衫的小青年,突然从大礼堂后面的檐沟里钻出来,手里各捏着一只白色塑料袋。他们鬼头鬼脑地贴着壁脚,摸到大礼堂后门口,走在最前面的那个眼睛朝里面骨碌碌地张望。然后,他做了个手势,几个人迅速地冲进去,围着一只饭桶,把肉饭快速往袋子里扒拉。恰在此时,他们的抢饭行为被发现了。"搞么事!"一声断喝像炸雷一样响起,声震屋瓦,连站在门外的我也吓得腿发抖。接着有人奋臂撵上前去,几个小青年狼奔豕突夺门而出。他们也不逃远,就停在大礼堂拐角处,斜靠在青砖墙壁上,一手拎着塑料袋,一手把肉饭抓起来往嘴里猛塞,一个个眼睛笑眯成一条缝,腮帮子鼓得像蟾蜍。那个追出来的人,手上提着一把锅铲,腰间系着帆布围裙,应当是食堂里的工友。他追出门几步就不撵了,又着腰用眼睛凶巴巴地瞪他们。然后,他竟然一手扶着门框,一手捏着锅铲指着他们,哈哈呵呵地笑了。想来,那些小青年不是第一次干这种事情,饥和馋让他们既聪明又大胆,常常伺机来抢饭吃。想来,那个时候的人,大多心善如庙里的观世音菩萨,就像那个工友。

见我一副可怜巴巴的馋相,二外公和祖父朝饭桶所在的方向一再努嘴,示意我也去抢饭吃,祖父还递给我一只皱巴巴的塑料袋。但我的脚像被钉子钉住了,寸步不敢上前,一任汹涌的口水把我淹没。我自幼过分腼腆,出格的事是做不出来的。后来我读《尚书·尧典》,读到"汤汤洪水方割,荡荡怀山襄陵,浩浩滔天"这几句,想起往事,觉得我当时的口水正是汤汤方割,正是怀山襄陵,正是浩浩滔天。

那一天,暮色如烟起,二外公挑着满满摇摇一担粪水,消失在城东的柏油马路上。那条路上,两行古树高大茂密,树荚串串低垂如门帘。不久,他的下肢突然瘫痪,吃喝拉撒都要依靠家人,辗转县医院、中医院和江湖游医之间,还是无医可治。那年过年,我去外婆家拜年,看见一个江湖医生正在给二外公做电疗。他左右腿的腿肚子上各扎着一根银针,针连着电线,电线连着一台收音机模样的机器,游医时不时地拨动机器上的按钮,观察着上面的仪表,调整电流的大小。但无论如何,二外公冰凉的腿都毫无反应。经历了无尽的痛苦、孤独和猫嫌狗弃,数年之后,那个能轻松扛起一只大石磙的精壮汉子,那个在余安王家一言九鼎的人,那个大老忠,瘦成一张皮一包骨,终于解脱而去。我记得他说过一句话:"生这个灾,害这个病,把我的老脸丢尽了。我前世肯定是造多了孽。"

此后许多年,每次路过城东,我心中总是感到恍惚。站在街头高大茂密的行道树下,举目四望,人群中仿佛又看见二外公精瘦瘦劲闪闪的背影:挑着一担粪,头略略朝左偏,右手搭在扁担头上,左手一前一后有节奏地摆动,甩开两条腿负重奔跑。

城东那条中间高两头低、弧形拐弯的柏油路,后来被铲平、拉直、拓宽、浇筑混凝土,并被正式命名为建设东路。当年道路两旁古木的森蔚浓荫延展数里长,一直通往东边一个名叫毛尖山的乡镇。沿途依次是县医院、党校、竹器社、卫生院、中药铺、肉铺、铁匠铺、自行车修理铺、纸扎店、食品站、三线厂庆源分厂、加油站、木材加工厂,中间夹杂着十几家杂货店,大多残橡断瓦破破烂烂。上面的天空,无辜如蓝印花布。

从党校出门,往日出的方向走,上一面大坡,再下一面大坡,在坡底往左拐,有一条四米多宽的巷道。那条夹在三线厂庆源分厂高大苍黑的石头院墙和矮小民居之间的巷道,与一支溪水毗邻,通往余安我的外婆家。在我心中,那是一条充满奇幻色彩的道路,走在上面,就像艾丽丝梦游仙境,就像唐·吉诃德的骑士之旅。

当我老了,沿着那条巷道和那支河流一直走,一直走,我就能返回蒙稚之年,甚至能重返母亲的子宫。

我对此深信不疑。

## 城北纪

初三那年,我在班上一夜成名。

此前,我成绩尚可,是班上几个有希望考上中专或者高中的读书种子之一,老师宠学生捧,也不算无名之辈。但我之所以在同窗中享有声誉,以至混迹江湖虽然毫无建树,在毕业二十年的同学会上,仍然被大家推举为致辞者之一,是因为几个巴掌。

20世纪80年代,城乡如同泾渭。我们这个山中小城,枫叶形状的城区坐落在天堂乡(九十年代中期改为镇)境内,被农村紧紧包围。其时,城里人看乡下人是俯视的,哪怕这个乡下人是与他一田之隔的邻居。假若发生纠纷,城里人不免昂着头,鼻孔朝天哼哼两声,嘴皮子上下一搭,"乡巴佬"三个字就像鲢鱼吐泡泡,轻轻吐出然后重重砸在乡巴佬的头上。

乡下人看城里人,自然是仰望如看星辰。城里人有铁饭碗,有钱有闲,吃香的喝辣的穿好的,住公家房子,房子里有电有水有三大件(电视机、缝纫机、自行车),临退休,工作还可以让子女顶替,这些是让土里刨食的乡下人,羡慕得眼睛滴血的。于是对城里人的傲慢和优越感也就没有异议,并且以此激励自己的子弟发奋读书,将来也做个在城里搞工作的公家人。读书考学,是实现梦想的唯一路径,除此别无他途。

这座独木桥上,城乡少年挤作一团,竞争残酷,乡下孩子明显处于劣势。经济条件、家庭熏陶、对教育的重视程度不同自不必说,农村中小学的师资力量、办学条件与城区学校相比,也差了一大截。这种差距至今未见明显缩小,但今天的择学和择业机会毕竟多了许多。

我记得,小升初考试,我的成绩是全天堂乡第一名,但我仍然只能到离家十五里外的农村中学读初中,县城里离家只有三里地的城关初中只招收非农户口的学生。城关初中的校门上虽无歧视标识,但我能看见上面写着五个醒目的大字:乡巴佬免进。

乡下人对此无可奈何,同时也认为天经地义。

山坳里的天堂初级中学,即使有电,那九幢歪七歪八比牛棚猪栏强不了多少的泥墙瓦屋的老房子,里面的灯火远远望去也像鬼火。电一停,上自习的师生一散,更像鬼域。

那个时候农村经常停电,初三上晚自习的学子们面临决定命运和前程的中考,恨不得把书和复习资料连皮带骨吃进肚子里。但总有那么一些成绩很差显然考不上中专或高中的学生,巴不得停电,以便安心戏耍。

电不是夜夜都停,有电的日子,他们只好趴在桌子上看武侠小说、假寐、交头接耳,或者趁老师在走廊上抽烟时跑到教室后面跳太空舞,甚至成双成对躲到校园后边的桑树林里亲嘴,等待毫无悬念的预考,然后背起书包回乡务农。

有一晚课间休息时,几个顽劣的家伙,无意中发现了安装在高高屋檐下的电源总闸,于是起哄捡起石头把保险丝砸断了。校园里顿时一片漆黑,继而乱作一锅粥,有人吹口哨,有人"哦嚯哦嚯"地大喊大叫,有人合唱《啤酒雪茄顶呱呱》,像一大群鸭子在叫唤。老师于是只好宣布放学。爱打牌的老师则趁机凑成一桌,点蜡烛通宵打麻将。

那夜之后,保险丝就经常断,停电的频率陡然增加,引起校长和两个毕业班班主任的注意,他们轮流蹲守。终于在又一个停电时分,我们班的班主任发现了蛛丝马迹,他强烈怀疑停电是人为事件。于是勒令全班学生立刻回到教室,坐在座位上不准动,并把班干部轮流叫到教室隔壁他的房间,连审带诈。前面两个都未能问出个所以然,第三个轮到我。

"你晓得停电是么回事吧?"班主任的大脸上乌云弥漫,黑得滴墨子。

"晓得。"我云淡风轻地作答。

"是哪个在捣鬼?"他的脸上绽开弥勒佛式的笑容,大脑袋向前倾,作和蔼可亲洗耳恭听状。

"有人砸了保险丝。"我不看他,低头看脚尖。

"是哪个?"他的声音至少提高了八度。

"我不会说的。"我仍然看脚尖,仍然风轻云淡。

"什么?"他不敢相信自己的耳朵,厉声道,"你再说一遍!"

我重复了一遍。然后,飙风瞬间袭来,左脸上啪地一声脆响,立刻像烧着了,有电流声在耳朵里来回穿梭,嗡嗡复嗡嗡。我强作镇定,眼角看见班主任浑身在发抖,像发烧打摆子似的。

他咆哮如雷,吼道:"储劲松,有种你还说一遍!"

"我晓得是哪个,但是打死我也不会说!"这次我回答的语气斩钉截铁。

啪啪,啪啪,他跳了起来,在我脸上左右开弓。我的脸顿时像发面一样肿起来,失聪半分钟有余。我努力睁开已经肿成一线的眼睛,看见班主任生满粗硬短黑的胡茬的大嘴巴在飞速蠕动,腮帮子一跳一跳地痉挛。

这个时候,有人在门外大声喊报告,不等允许就有人推门而入,毕恭毕敬地站在班主任面前,说:"是我砸的。"来者正是当晚的肇事者。我上厕所时,亲眼看见他捡石头蹦起来砸保险丝,砸了五次才砸中。

啪啪,啪啪,啪啪,啪啪,又是八声脆响。这次的耳刮子不是打在我脸上,但阴风扬起了我的头发,像鬼吹灯。

查明真相之后,班主任喝令我们两个都滚回去。随即,他找来电工更换了保险丝,然后怒发冲冠地来到班上,宣布处理决定,当场撤了我的班干部职务,命令肇事者在班上作公开检讨,并接受学校的处分。

事情过后那些天,班主任经常笑哈哈地摸着我的头,骂我是犟种。他对我的关爱和期许并未减少分毫,毕竟,我是他的爱生之一。我不再是班干部,但那天晚上,全班同学在黑暗中都竖起耳朵,全程"耳睹"了我的英勇行为。在他们心目中,我俨然有了诸如宁折不弯、威武不能屈、义薄云天之类的高尚气节,在班上的威望从此不可逾越。那个砸保险丝的同学本是个混世小魔王,平时我对他都是退避三舍,那天晚自习结束,他在回家的途中追上我,对我打躬作揖,仿佛我是个英雄。他说,听到我替他挨训挨打,心里像被蜈蚣咬了一样。

这件事我本来早就忘记了,不料十几年后,当年的几个同窗相约去看望班主任,酒桌上,班主任突然再次提及,并端起一杯酒向我致歉,说当初错打了我。往事一下子历历在目。其实他哪里有错,我完全该赏耳刮子。那是我平生吃过的最响亮的耳刮子,吃得一点儿也不冤枉。

又过了几年,旧日同窗办同学会,还有同学提及当年的停电事件,对我竖大拇指,说如果是战争年代,我永远不会当叛徒。我嘿嘿一笑。

其实与气节、英勇、义气这些大词何干?懵懂之年所做的数不清的懵懂事之一而已。

有一件事倒是一直记得清晰。

那个时候,我们这个穷乡僻壤之地的小县城,有数万外来人口,他们都是三线厂的干部职工及其家属。三线厂在当时担负着事关国家安危的重大而秘密的使命,在我们这里有一个总厂五个分厂。其分厂,除了上面提到的庆源厂,还有建西厂、长宁厂、清机厂、安昌厂,生产的都是神秘的军工产品。人员来自五湖四海,口音五花八门,乡人一律谓之"讲呔话"。呔,意思是外地方言。他们当然不归本地管辖,并且厂房、办公区、生活区、附属设施均被高大宽厚的石头墙严密保护起来,门口守卫森严,外人轻易不得进入。所以我们这个小地方,事实上有三种人,依等级分别是:三线人、城里人、乡下人。

在我的印象中,三线人有一套完备的自我运转体系,除了日常菜蔬、食品和生活用品需要在本地购买,其他的都由十分拉风的东风牌或解放牌汽车从山外运进来。譬如苹果,他们吃的苹果又大又红,老远就能闻到令人垂涎的香味。而我们这些农村孩子,大多不知苹果是何种滋味。他们的婚姻问题也是内部解决,很少听说有三线人与本地人通婚。教育方面更不用说,他们的子弟学校比城关初中要高级很多。但是上初三那年,不知道什么原因,竟然有两名三线厂职工子女转到我们班就读。一男一女,男的高大俊秀,女的甜美可人,穿着打扮鲜丽时尚,在天堂初中数百个灰头土脸、屁股上长两只大眼睛(两个补丁)的学子当中,他们如鹤立鸡群,走到哪里都吸引着众多关切的目光。尽管他们的学习成绩很一般,三线身份加上天生丽质,却让他们在班上享有众星捧月式的待遇,几乎所有同窗都以与他们交友为荣。快毕业时我才知道,不仅是学生,一些老师也争着与之亲近,只不过表现形式含蓄一些而已。

这对金童玉女进出校园都是成双成对的,于是不久,班上就传言他们是一对儿,因为谈恋爱被他们自己的学校开除了。我生理发育很迟,心理发育更迟,再说心思都用在学习上,对此不曾认真留意过。又过了一段时间,班上又风传,有一位老师暗恋那名女生。经过同学提醒我才注意到,那位老师对这名女生的确十分关心,上课时经常点名让她回答问题,时常走到她身边手把手地指点。也注意到,那些停电的夜晚,金童玉女合骑一辆自行车离开了校园,那位老师堵在必经的巷道中,碰到我们班的学生,就问某某某(那名女生的名字)哪里去了,得知已经出了校门,星月之下,他一脸的失落。表现种种皆如此类,也难怪有关于他的流言。

暗恋的事或许有,或许无,至今不知真假。即使有也不奇怪。在十四五岁的懵懂之年,我打心眼里希望这事是真的,无端觉得十分美好。那两名同学,在即将举行预考时,跟随他们的父母迁往了外地。与之同时,三线厂的数万人在短短几个月内全部迁走,三线厂成为历史,整个县城为之一空。现在想想,如果老师的暗恋是真的,当时他的心肯定比县城还空。

关于城北,我记忆最深的自然是母校。关于初中生涯,记得最清晰的却不是挑灯攻读,而是一些枝节。

## 城西纪

我的故园在县城西面,当年属于城郊,后来县城向四周扩张,划归城区。城郊是郊,不是城,是地地道道的农村。

城与郊之别,不知几千里也。举个例子:童年时代,每逢酷热的夏天,我就和村里的发小一人拎一只大大的箢篼子,结伴到城里去捡西瓜皮喂猪。城里人家跟我们差不多大的孩子,穿着白色带条纹的背带裤或者花裙子,绅士淑女一般坐在阳台上,头上罩着一把遮阳伞,伞下放一张桌子,桌子上排一列切好的绿皮红瓤的西瓜。他们啃完一片,就把西瓜皮随手往楼下一扔。我们这些农家孩子慌忙去抢。有些促侠鬼还把西瓜皮扔到我们头上,望见乡巴佬被西瓜皮砸中,淋了一头一身的汁水,仍然不管不顾地争抢西瓜皮,他们在楼上又是拍手又是欢笑。这一场景在记忆中简直不可磨灭,也是促使我发狠读书的强劲动力之一。

城西过去就很繁华,三线厂的两个分厂安昌厂和清机厂坐落在这里,本地最大的工厂、国家二级企业缸套厂以及其他小工厂也大多在城西。当年缸套厂生产的山鹰牌缸套是名牌产品,是抢手货,记得还是部优产品。三线厂里也有少数本地职工,20世纪80年代末三线厂迁走之后,那些不愿意随迁的本地人,包括技术工人和管理人才大多被缸套厂吸纳。缸套厂又大量招收名牌大学毕业生,鼎盛时全厂有干部职工两千人,其中本科毕业生就有一百多个,听说还有博士。厂子虽在深山,但在业界很有名,效益也非常好,普通工人的月工资三四百,是行政事业单位职工的三倍以上,激光淬火车间月工资甚至有一千多元。所以那些年,缸套厂青工是城里人婚配的首选,比行政事业单位里的未婚青年要吃香多了。厂里下班的时候,穿着沾有大块小块机油污渍的工作服,骑着永久牌或凤凰牌自行车的男女青工,在城西街道上汇为青工大军,清脆的车铃声响成一片,蔚为县城一景。一些家有适婚儿女的中年女子,结伴站在马路牙子上,眼巴巴望着这支青春焕发的队伍,暗暗为子女挑选对象。只可惜这样的盛景维系了不过一二十年,就像刚刚出炉烧得通红的缸套被扔进水里,灿灿火焰哧地一下就熄灭了。缸套厂破产重组,从此风光不再。

城西企业多、商店多、饭店多、住户多、人口多、自行车多、大东风大解放多,来视察的领导也多,当年不宽的街道上经常拥堵。街道北侧有一条两三米宽的下水明沟,漆黑黏稠的脏水四季哗哗流淌,散发着腥臭的气味。这臭水沟也是繁华的证据之一。

繁华是城里人的繁华,与城西周边务农的乡下人关系不大。但我们村里当年也有少数人,通过各种关系,在三线厂或缸套厂里上班,属于住在村里的城里人。离我家不远的程家花屋里就有一对夫妻,在清机厂当工人,男的叫道初,是长我一辈的人,父母喊他老表,我喊他表爷。

上初中那三年,我每天大清早去天堂初中上学,六点半左右晨雾仍浓时,在通往县城的机耕路上,几乎都能兜头遇见道初表爷。每次他的胳膊上都挽着一只小巧的篾篮子,行色匆匆地往家赶。那篮子用一条碎花毛巾覆盖着,四角和边沿捂得严严实实,看不见里面的内容。我和他打招呼,他通常是一边漫不经心地应答,一边下意识地用空着的那只手把毛巾压一压,脸色神秘得像地下党的交通员。后来听村里人说,他每天清早五点多就进城买猪肉、鱼虾、豆腐、时鲜蔬菜,同时买一家四口的早点,烧饼、油条、锅贴饺、馒头、包子之类,风雨无阻雷打不动。在当时的村里,这算是一等一的富贵了。其他人家除非来了特别重要的尊客,才会进城砍一刀猪肉称两块豆腐,早饭不是蒸山芋就是煮南瓜,七分钱一只的烧饼、一毛钱一根的油条是奢侈品,从来不敢问津。道初表爷家里竟然餐餐吃肉天天吃早点,这明显超过了村里人对富贵的想象力。

因为记忆过于深刻,所以后来我一见到锦衣玉食这个成语,就会不自觉地想到道初表爷谨慎挽着的那只小篮子。然后下意识地摸摸自己的鼻梁,那上面有一个疤。这个疤与吃肉有关。

四岁多那年年底,有邻里人家杀年猪,给我家送来一截猪小肠。这可把我高兴坏了,我差不多有一年没有吃过猪肉了。那天中午,梳着两根长辫子还很年轻的母亲,站在锅台边炒猪肠子,两条辫子左摇右晃,好看得很。我闻着久违的肉香,在门槛上兴奋地蹦出蹦进蹦进蹦出。那门槛很厚也很高,一不小心摔倒,鼻子磕到了门槛上,顿时血肉模糊,昏死过去。母亲吓坏了,哭喊着救命,恰好我大伯父经过,他让母亲找来云南白药,把药粉倒在伤口上,用一块干净手帕按住,之后一把抱起我就往县城跑。到了医院,缝了十几针,在鼻梁上方与眼睛平齐处,留下一个十字形的永久伤疤。在路上,我醒了一会儿,望见我伯父一脸的汗,黄豆似地往下滚。

我记得城西一位很特别的姑娘。

七八岁时,为了挣零花钱用来买水果糖、书和文具,我偶尔跟随村里人到县城卖菜,卖的无非是鸡蛋、园蔬和咸菜。当时农贸市场还没有兴建,当然也没有城管,小城南北西东四方的某条街边,都有约定俗成的菜市。因为毗连城西,我们就近在城西街道边卖菜。守候主顾时,时常会看见一个十六七岁的姑娘提篮来买菜。她一来,就吸引很多卖菜人买菜人的眼光,并且总要引发一阵嘀咕。她是一个很漂亮的姑娘,喜欢穿白色的或者红色的连衣裙,身材高挑窈窕,皮肤白皙如油脂,长发飘飘披散在腰上,眼睛很大也很和善,买菜时从不像那些"讲经"的老太太那样挑三拣四、拼命压价还经常顺走几棵葱。但她引起人们的注意,是因为她有一张阴阳脸,左边脸秀美如月色皎皎,右边脸布满紫红色的胎记。上天给了她一半仙女的脸,又给了她一半妖魔的脸。她曾经买过我的鸡蛋和蔬菜,弯着腰柔声细气地说话,听口音是北方人,应当是三线厂安昌分厂的子弟,身上有好闻的雪花膏味道。

当时城西有一个关于她的流言,说像她这样生着一张阴阳脸的人,是巫婆死后的鬼,重新投胎来到世上。有些人家吓唬哭闹的小孩子,就说:"阴阳脸来了喔,阴阳脸来捉小伢喔。"小孩子立马安分下来,惊恐地往大人怀里钻,透过臂弯东张西望。但我一点儿也不怕她,甚至还有些喜欢这个小姐姐。爱美之心,三尺童子亦有之。有一天清晨,忽然就听人说她上吊自杀了,当时我坐在街边的马路牙子上卖小葱白菜,伤心的眼泪顿时汹涌而出。那些年,我时常为一些不相干的人和不相干的事,伤心或者欢喜。

我还记得一个关于一分钱的事,不是歌里唱的"我在马路边捡到一分钱,把它交到警察叔叔手里边"那种。

我有个小学同学,他家离我家不远,关系一度很密切,经常在一起滚铁环、打弹子、把门板弄下来当桌子打乒乓球。他的父亲是县城一个行政单位的二把手,家庭条件比我家要好很多,小学同学口袋里总有钱,少则几分,多则有几毛甚至一块的巨款。他到学校旁边的代销店里买水果糖、泡泡糖,一次就买十粒二十粒,分一粒给我,还送给老师几粒。有一回下午散学后,他约我一起到城西逛大街,并许诺买糖吃。

在城西的天堂供销社,他一眼看中柜台里摆着的新农村牌钢笔。这钢笔当年本是领导干部的标配,像在党校开会的那些干部一样,插在中山装左边的口袋里,露出镀金的笔帽和笔夹,阳光一照光芒四射,是尊贵身份的象征。一般人买不起,似乎也不配使用。供销社高大的玻璃柜台里,只有两支"新农村",一支黑色,一支果绿色。听说这个小屁孩要买那支果绿色的钢笔,女售货员睁大杏眼不敢相信,直到他从书包里掏出一把分了和纸钞,她才把钢笔小心翼翼地拿出来。我清楚地记得,那支钢笔的价格是七毛九分钱。售货员把钱数了数,又数了数,发现还是少了一分钱,问我同学还有没有一分,如果没有就不卖。同学把书包、口袋像开边鱼一样翻过来给她看,赌咒发誓再也没有钱,然后阿姨长阿姨短地央求。但售货员无论如何也不愿意自己贴这一分钱,还把钢笔放回了原处。就在这个时候,一个三十来岁戴眼镜的女子进来买东西,弄清楚情况后,她表示替我同学付这一分钱,并当场从钱包里掏出来叭地一声扣在柜台上。我同学千恩万谢,那个知识分子模样的女子笑盈盈地说:"小伢喂,好好学习哦,语文数学都考一根油条两只烧饼哦。"

　　出了供销社,拐过一个街角往家走,他拉我去路边店里买糖吃。我说我哪里有钱,他快速地挤着小眼睛,说他有。然后他不知道从哪里变出一毛钱,买了十颗水果糖,整个过程看得我目瞪口呆。我吮吸着糖果,心虚如同作贼。而他镇定自若,甚至还得意洋洋。于我,这是很特别的一课,在课堂上学不到的。

　　　　　　　　　　　原载于《天津文学》2022年第11期

# 幻 绿 书

黄亚明

## 竹瀑流

山中新雨,日起如窑火被层绿按捺而不可易见。新绿、紫绿、红绿、碧绿、颓绿、狷绿、诡绿、薄绿、野绿、老绿、暗绿。一山长绿,层层叠叠,犬牙参互。在天柱山峡谷中的诸多兽、人、鸟行迹若青青苍苔——闪动着水渍的时间不谙世事,因而兽影、人影、鸟影清凉如同披拂了一层苍苔,几千年的时间集结在万类动植物身上……瀑声沸沸,在骨骼里涌动,飞流而下或者而上。

人总误以为飞瀑是飞流而下,包括李白。在此山时间却是飞流而上的,挣脱了时间的空间,每一种方向都可能且不意外。峡谷上下落差二百余米,岩崖及植被或如新肉清白,或如花雨晴红,或如油画旧驳,表皮和茎干成色乌褐翠冷,瀑之海里集聚了乌泱泱的人群,在怒放,在饕餮,在回溯——允许重新来过,恍惚原始的生命上游之地。这是吴楚女性气质的上游之地。我喜欢女性的潺湲之美。

有瀑如"之"字形,油润的水流在岩崖上反复书写撇捺,内蕴古漠的丝竹之音,九曲回环。"之"的金文大篆体、汉仪小篆体,别有韵格,如杯中生芽叶,或茶园托柔枝。甲骨文"之"字拙奇宛若游鱼出新水,在怀素《自叙帖》中,赵孟頫《行书二赞二诗卷》中,"之"字均得神奥大意,出神入化无心挂碍,其翩翩起伏曲线有莫可名状之异美。

"之"字瀑所呈现的各式姿容乃峡谷造化所得,绿意蜿蜒流泻令人酡醉……岩崖挤出的苍深水潭,却被一瀑数十年数百年拓开疆域,人在潭边亦是在时间之内神游,噫吁兮,如蜉蝣逍遥。周遭悬崖如斧劈,亮痕犹在。泉水似在云端,起步即是凝白氤氲一片,从百米高处鼓起飒飒声浪,瀑分四五大柱,势若北海奔龙贪婪怒放,旁有马鬃般细长银瀑扯下,落瀑处旋起无数银针或曰苍雪,在无垠的吴楚山地激动成响水槽。

有人写过响水,农家夜宿,听了一夜的泉声泠泠,待产女主人痛苦而微蜜的呻唤,水声吟声(呻吟与歌吟)旺盛、青涩、浓动、沛美,如同汪汪的金质油菜铺满乡夜,又如深凉滴答滑过的午夜梦境。

瀑布虽白耀恢弘,却印证了古中国诗源的夸饰和炫才,李白称我眼前天柱山中的瀑布为"巉绝",在我看来,或是微醺后在茫茫河流中突见一山兀立,视野从平阔之水转换到野生的山色,在心理学上构成即兴的惊叹。李白《江上望皖公山》,古今诗选里亦有将"秀木"写作"秀水"。

李白在皖河、长河或长江的"江上远望",可见天柱山雄巍峙立争气负高,但若干水瀑只如莹然白线嵌山,其声亦不可闻,视野所及处满山披绿的树木将飞瀑遮蔽匿藏,繁绿轰鸣才是第一印象,故"秀木"为宜。

竹之海亦倾泻轰鸣,像从虚静地底突兀暴动而锐起——单独的一竿状似小镇少年青葱挺拔,而几万竿几十万竿包裹纠缠叠压交织,林间光线晦暗不明拖拽散落,独坐幽篁中,在微风的带动下自有各式各样枯朽的落叶清鸣,数丈高野的阴凉似要将世界隔绝……又隔而未隔。

泉水寂静轻盈跃动,黑鹊拖得长长的鸣叫哀婉,画眉发出的"娃,娃"是对同伴的警示,"啾,啾啾"是对人入侵领地的屈服,"谷,嘟谷,谷",尾巴上下摆动,它的少年心事在对美女抒情,"呜呜呜""呜呜呜",张开双翅,在和教授江飞、和县佬魏振强约架?苍竹超挺葳郁,弥漫的新鲜笋味与枝叶互荡而崩流出的清韵,广阔褐壤中去年因山火焚烧而遗下的黑痕,在强化一种既悲凉又甜蜜的情感。

竹海,毛竹之海。毛竹,又称孟宗竹。孟宗是三国人,《二十四孝》里有他"哭竹生笋"的故事。《楚国先贤传》载:"宗母嗜笋,冬节将至。时笋尚未生,宗入竹林哀叹,而笋为之出,得以供母,皆以为至孝之所致感。"正值暮春初夏之交,山间新笋亭亭,老竹疏冷,竹叶偃仰,陡生旧事不再的迷离之思。

遍山是竹,遍山是竹。竹子,竹子,竹子。文同的竹子,倪云林的竹子,柯九思的竹子,徐渭的竹子,郑板桥的竹子,罗聘的竹子,李方膺的竹子,生意十足、劲辣多姿的墨竹。王维的竹子,柳宗元的竹子,杜甫的竹子,王安石的竹子,黄庭坚的竹子,朱熹的竹子,涓涓于线装册页间突起一枝,逸气横生。入夜,在谷顶的桃源湖,星汁甘甜。餐足酒饱,绕湖行行止止,大夜如肥硕浓繁的糯米陈酒颜色,铺排在陋旧黑香的蓬竹上,湖中倒影恍惚似山精狐媚在等待书生手谈。

通计一山,有深涧数十,青龙涧、飞来涧、幽涧、东关涧……深寂不可与人语。

有飞瀑数十,丫字瀑、黑虎瀑、雪崖瀑、激水瀑、飘云瀑……恣肆堆垒,风露浩然。有奇竹不可胜数,在一个特殊的时间和空间,扎进饥渴、苏醒的竹简式的古迈血管……如同王安石题刻诗"穷幽深而不尽,坐石上以忘归"。忘归即是归心,心灵的自我流放。吴音和楚调之间,青麦芒一样杂异喷涌,竹、瀑流放——

2020-5-13 夜

## 米红

　　米白,米粒盈白。皖西南的糯米糍软、晶亮、间杂小尺幅的放荡,在五月茶庄村的内部吞吐金红之光。我看见墙上所绘黑白线条如木刻的五道工序:选粮、冲淋、蒸饭、发酵、储存,简简单单,一粒米却由此向死而生……据传古南岳天柱山有二龙十三泉,其中之如午夜月流的琼阳川泉,尤为清冽,以之浸当地老品种糯米(未经基因改造的纯种,红壳圆粒,富含淀粉,产量甚低),泡发后上甑桶敞盖旺火层层蒸,待凉后(20℃左右)沥干放进大缸,一层糯米撒一层酒曲,压实并掏洞,洞中亦撒酒曲,置于暖地一日一夜,酒液即自洞中溢出……"味轻花上露,色似洞中泉",唐人姚合《寄卫拾遗乞酒》的清寂诗句,被一山脆响矮壮的绿茶枝传送四方。茶庄位于天柱山之南,泉水所携的激荡清气,是涂姓家族所制糯米封缸酒的乳源,在古皖的吴楚缓冲地域发烫般隐喻着古典的想象和忧伤——而对于甑桶,它是复杂和粗糙的传统乡愁的异常呈现。一粒米,莹莹米白而至酒色怆怆金红,芳香扑鼻,醇稠如蜜,其间所经历的冰之火和火之冰炙炼,类似"酒入诗肠风火发,月入诗肠冰雪泼"(杨万里)。是的,火发雪泼。它与周遭的天寺、林庄、风景、白水、合甲村构成一个海拔三五百米的高地帝国:大蒜、葱、栗子、山莓(我乡称为四月苞或大麦苞,耀红到肥亮铮铮,充满童年酸甜异趣)以及镁盐、花岗岩、含钾岩石暗藏隐秘的脐带关系和精神桥梁,这些自然、晨霜、烟灶、乌瓦屋顶、枝杈和乡村隐秘生活酿造的落日美酒,集体灌入饮酒人的体内,浓凝、颜热……

2020-5-12 晚

## 云深

皖西南松杉尤多,有一种街头修补自行车摊的旧时风味。松杉如修车匠伸出如许众多的翠绿把手,年年在山中自行修补野性,一座座山被修补到静谧、令人涕零。董其昌说:"画家之妙,全在烟云变灭中。"烟霞伴,心中闲。松杉之魅既是云烟,亦是古老的闲情。车行石关乡,沿河公路勃勃高大的两行松杉,黑黝黝的松杉蔽日,阴翳蔽日,红黄的松针铺满十几里路。两山夹岸,山上未名的春花脆响响地竞放,如洪荒之地的寂美。松杉是春山艺术的"耕烟人"。所谓烟霞痼疾在于偏执到如黛玉小口咳血。松杉映证了古代中国的绘画术:

松下问童子。

云深不知处。

等等之类,艺术就是偏门,自问自答,未经驯服。艺术就是别裁,黛玉葬花是一条路,松杉掩映是另一条路。

2020-5-4

## 古井园记

五月的山里山连山,山山连绵。这是大别山的初夏,初夏的山似乎能拧出汁水来,湿漉漉的大片大片绿,像玛瑙像青玉像苦瓜,层次感丰富,润滑感极强。一层层的绿在眼帘中如涟漪轻荡,好像鸟音回环,似乎抓得住的,倏忽又抓不住,流向远处,将一座座山峰山坡裁剪,入得新鲜的油画。

绿里有情意,情里有缠绵,夏山就是如此莫名其妙,人心里却一下子通透起来。

我要去的是古井园,一个国家级自然保护区。

许多年前,古井园叫枯井园。山中有无泉水泠泠的老井,不可考。老井再历世事千古兴废,是否泉干井枯,亦不可考。"枯井"二字冷硬,比不得枯荷,枝横疏影的枯荷映入水中,却有水墨淋漓的奇崛。枯竹也好,一片苍茫气;苦竹更好,如菩萨枯坐。改名古井园也没什么微言大义,虽然中庸了,却并不带古气。

但古井园的好恰在于古。不见古寺,不见古道,砍樵古人或许在山上,是一幅时间的画。绿是鲜的,泉溪是鲜的,云雾是鲜的,迟开的山花是鲜的,行人沾了一身云彩。在山路上走,瞬间陷入了峰峦、山石、树木的包围,行迹依稀如禽兽,如飞鸟,这是回到了蒙昧时代。大自然初始的迷宫未被篡改,按照既定和原始的法则运行,那些五针松、金钱松、香榧、银缕梅,各在其位,互不干扰。时间慢得几乎不在流逝,似乎就仅仅是时间而已。

入夜,临河而居,水声悠悠荡荡,一时有点饿意,正好读南宋林洪《山家清供》,录有"傍林鲜"一菜:

> 夏初林笋盛时,扫叶就竹边煨熟,其味甚鲜,名曰傍林鲜。……大凡笋贵甘鲜,不当与肉为友。今俗庖多杂以肉,不才有小人,便坏君子?

扫叶煨笋,果然甘鲜。古井园里几乎不见竹,倒是园边人家竹林青翠,春笋已亭亭长成。春笋之味略涩,冬笋鲜中微甜。一冬大雪后,尖尖小笋埋在土里,数量极少,挖寻不易,需得行家里手拿锄脑细叩,听出微茫之音,大致便有冬笋了。

我乡岳西有道时鲜小菜腊肉炒冬笋,也有厨子做腊肉冬笋干锅,均味极鲜美。

炒笋用猪油为好。炒笋用猪肉能脱去笋的青气、涩气。宋人有诗《山蔬》:

> 山蔬有真味,肉食者不知。
> 老我于空林,自爱园中葵。

肉食者鄙,肉食者糜,这是偏见,偏见就是偏僻之见,视野未及食肉之美。又看到元代倪瓒《云林堂饮食制度集》写"川猪头":

> 用猪头不劈开者,以草柴火薰去延,刮洗极净。用白汤煮。几换汤,煮五次。不入盐。取出后,冷,切作柳叶片。入长段葱丝、韭、笋丝或茭白丝,

用花椒、杏仁、芝麻、盐拌匀,酒少许洒之。荡锣内蒸。手饼卷食。

草柴火,葱丝,韭,笋丝,绿中生白,生空明。猪头肉,以手捉食,大有"上马击狂胡"的疏狂,山大王的爽朗。极喜。

倪瓒的画好。远山泼着墨,林岸泊烟渚;水滨萧瑟,茅亭空空。不是一幅,几乎幅幅如此,辨识度极高,仿佛能透过画卷,看到画家恬恬淡淡、执笔挥洒的样子。古井园的秋色也大抵如此。又有秋叶燃红,给山里之秋染色。

清晨被鸟声吵醒,沿着鸟鸣的痕迹慢行,但见两山夹一河,河似从昨夜的梦境中突兀涌出,一坨坨卵石,一块块山石,一棵棵山树,横七竖八。一潭幽碧,山风粒粒,百鸟乱啼,如水流汨汨,越潜山、舒城,悠悠流入巢湖,流入菜子湖。

归去时,漫山野雾,几不见路。侧目而视,崖壁上几朵野花,在云雾中探出笑脸。

古井园莽莽苍苍十几万亩,地近皖西,在岳西之北。

## 小景

空山细雨,绵绵沾衣。石榴萼红初成,挨近看,瓣色有一分川端康成的半零落的枯美。田下未知名的野花青青白白,白白黄黄,如蝶衣,如小伞,轻风过处,且如一片微海上的绸衣层层晃晃。左边是鸟声,粒粒,右边是鸟声,颗颗,仿佛山鸟腹腔里自带百类乐器。鸟声是有重量的,造型各异,长宽不一,脆亮,浑和,孤细,伤感,清寒,放荡,不休不止。我倾听到有一些白亮的鸟声落到了枝叶上,姿势圆润,另一些茶棵上的鸟声之珠则更为细小,凝滞不动。六月底的清晨,小村大歇,凉意沁入肌脉……

## 牛草山记

山风拂我足,疑掀仙人衣。

晨风清凉,已近四月春意仍寒。山间小物候至少迟一个月,枝桠青峻,不一而足的麻灰、凉褐、伤绿、苦橙、枯红,唯鸟声盈盈扑耳,起伏荡曳,稍给人安顿。山顶数百平方米的坪地,蹲身的低矮山楂枝密横斜,有黄公望笔下苍峰意味,枝头挑了星星点点的嫩意。松杉、毛栗、杜鹃,伴清瘦杂花,盘盘交错,一些檀木苞蕊清寒,诸多杂树叶色红中带褐,深褐浅红,去年的余温犹存。

去年的岭上多白云,今年的岭上依然白云如海,缠在山腰,排兵布阵,不肯撤退。白云之上,红日跃起,浮光耀金。云山依偎,一茬茬黛碧,一团团粉白,活色生香欲飞,也是活色生金。

山意高处,自带阗然乐器,精气阗溢。一滴露珠落下来,神奇的音色和音效仿如白露横琴。枝头的小琴箱暂时未打开,琴声被花苞发酵已久,似乎是,明日陡然会大珠小珠落玉盘,倾泻绽放。

四处未见牛,有一群羊,八九只的样子,自在吃草撒欢,低头懒与人言。

一些骑摩托车的山里汉子,下岭爬坡,风驰电掣。容颜像被熊熊灶火暖过,黑中发亮。山路上牛粪羊粪粒粒坨坨,温热野野,草香隐约,引诱人想赤足踩几脚。

据说牛草山日出极美,美到许多外地人凌晨三四点上山,只为在云海霞光里洗个大澡。初阳曈起,如真如幻,登临山巅一大笑,野花也不管。朝日暖照山河万朵,一日有一日的进境。返神自照,心有朝阳,都是好花好天好人生。

六点多,从夜居的民宿云上阁上路散步,遇见了好几部合肥牌照的小车,从山顶下来。

山名牛草,极厚朴敦憨,极农人本性。牛要吃草,如人要吃饭,如饭是医人药。此山苍古,大约活了几万年。几万年下来,依旧牛吃草,活得坦然开阔。

2021-3-30 岳西

## 多叫了三五声

香椿两棵,棕树三棵,四季青两棵。石榴一棵,大红(籽)朵朵。数错了,香椿是三棵。另有枇杷一棵,五月结籽初黄。初黄是好颜色。亦喜欢"结籽"二字,情爱贯底,枇杷在天地间也是芥子。芥子须弥,因为心情骀荡,芥子成了须弥,枇杷在密叶间砰地爆出,一院晴和。

忽然来了一只鸟。鸟不知名,多叫了三五声:"唧呦""唧呦""唧呦""唧——呦——"。

单位院落内很小,有枇杷已足,何须石榴、香椿、棕树、四季青。或许需要石榴。

石榴花好,好到天地艳阔,令人心境朗然。香椿我素来不爱吃,爱物不一定爱吃,据说初芽的香椿氽烫后,青碧不改,香气浓郁,是为春天第一鲜,最得食客心爱。

说说枇杷。民谣曰:枇杷枇杷,隔年开花,囡儿要吃,明年蚕罢。

方寸间,乡野之气兜头一扑。

又有《盘解歌》,云:

随在一,唱在一,唱在腊,解在腊,什么开花在水里?枇杷开花齐刷刷。

儿歌多无意义,但记得枇杷开花有白有黄,其上偎以绣眼鸟,裁画下来可做玲珑扇面,素朴而忘魂。

亦可以老杜的《田舍》做注:杨柳枝枝弱,枇杷对对香。鸬鹚西日照,晒翅满鱼梁。

老杜生性嶙峋,五蕴多刺,笔下的枇杷却有荒僻幽闲之味。原来老杜之味,也有田舍的荒僻味。

荒僻是我的院子,很小。除了枇杷、石榴,多栽了三五棵,想来亦无妨。

多叫了三五声,是鸟儿额外的馈赠。欣欣然,叫声和夏气都让人心里一动。

2020-6-8 岳西

## 登高

冬阳晴响,暖照四野,衙前河长流向东。山头松树高长挺拔,松针一如旧时,青碧有神。无风,阳光便直直打在了万物身上,焦枯的芭茅草仿佛活泼泼过来。山高日丽,正堪登高。

三人登高——我、刘贵、余季发。女儿仍在家懒睡,年轻人好瞌睡,贪睡也别有风味。

三人步步登高。

坡下水厂晴绿盎然,花坛里蔷薇的红浆果,声色啧啧妖娆。

山腰有老汉,卧地盘坐,用剪刀清除枯黄的菜叶,神情专注,剩下一畦畦鲜绿的小青菜,惹人心动。昨夜大冷,萝卜菜不禁风寒,七零八落,伴在小青菜的鲜绿之间,如蓬头妇人。

远望天堂湖不可见,隐于绵绵群山之间。沿河绸带似的公路上,小如豆粒的车在撒欢,小如蚂蚁的人在撒欢。河中游鱼亦不可见,卵石亦不可见。但自有游鱼在游,卵石历历。一条河收藏的日月星辰,何曾得见万一。

拾级而上,步步登高,步步神气在焉,步步元气洋溢。

古人登高必赋必诗,举手可近月,前行若无山。古人登高是篇大文章,我今登高是看小我。古人看我,小小一个;高山看我,小小一个;我看山下人,小小一个。

看来看去,笑来笑去,喜气在焉。

是为2021年元旦,雍雍鸣雁,旭日始旦。披一身阳光,有小吉祥。心无贪嗔,小吉祥足矣。

2021-1-1 岳西

## 春意思

车过桐城、舒城,皖中平原一片青黄怒放……黄的是油菜,青的是池塘。靛绿、棕绿、灰绿、细绿、嫩绿,乃松杉、长柳之属。或有其他。各类不知名的红黄橙紫的树木,高低错落,疏朗密实,姿容不可描摹。路边常有翠柏,亭亭如盖,厚绿经冬依然逼人眼目。人家的白墙,闪烁如流水而逝。清癯白杨挺拔似青峻少年,激情绵绵数里,难以收止。三五雀窝搭在杨树枝杈间,垒得格外欢实。漠漠平畴新绿初起老绿肥腴……"引江济淮改建工程",招牌,招牌……转眼已是肥西。"济人学校","××酒店",招牌,招牌,招牌林立。滨湖。包河大道。无边的绿苦,绿褪,绿飞。桃花嫣然,嫣然一笑。似从山中入城市,渐入城市——

沿途的李公麟,以立意为先,肉骨神兼。沿途的三国周瑜,淮军刘铭传,白马当先。文文武武,随杭埠河、丰乐河,汇入巢湖。记得巢湖银鱼白亮,像雪朵掬在人间。春意思,好几分了。李公麟的白描画意,是春意思的一分,余下的几分,或……在下一站了。

2021-3-10 合肥<br>原载于《雨花》2022年5期

# 蒌蒿与河豚

许冬林

## 蒌蒿是蒌蒿，河豚是河豚

苏轼的《惠崇春江晚景》(其一)，我从前一直是把它当作一首美食诗来读的。作为一个自小生长在长江边的土人，我不大认那什么题画诗的账，只是觉得自己是会意东坡老人家的。

一杯桃花茶，一钵老鸭汤，最重要是还有江村的野蔌：一盘炒蒌蒿，一盘肉烧芦荻笋。当然了，还有现在因为长江禁捕而无法食到的江鲜河豚。若是不作他想，有美味，便是日月生香。

当然了，它首先是一首题画诗。惠崇和尚的画，有墨色淋漓的翠竹，有团团、点点的几朵桃花，留白处理的远方横阔江面上，几只墨色的鸭子正在浮游戏水。

"竹外桃花三两枝，春江水暖鸭先知。蒌蒿满地芦芽短，正是河豚欲上时。"

历来，人们都说"正是河豚欲上时"是苏轼想象之笔，是一处虚写，可是，我以为，虚写的笔墨还不止这一句。我一直疑心，那句"蒌蒿满地芦芽短"也是苏轼根据自己的生活经验，尤其是美食经验，来推测或联想的。试想，在这幅春江晚景图的画面下方，那些一粒粒细小的墨点子，天知道是草还是苗，江边的植物可多了去。可是，苏轼说，是蒌蒿，是芦芽。因为有经验，因为在江边生活过，甚至因为，他还吃过，且喜欢吃。

这个美食家，于大宋元丰三年被贬谪到黄州，操一份闲职：黄州团练副使。官很小，收入很少，养家自然艰难。于是，理想抱负且放置一边，放下书卷，撸起袖子，开荒种地。他开的那片地，叫东坡，所以有了后来的苏东坡这个名字。黄州就是今天的湖北黄冈，也在长江边。自古以来，草民活着，都是靠山吃山，靠水吃水。住在山边的人，吃的野蔌多半是竹笋、菌菇之类。再勇敢些，背副弓箭进山，打些长毛的四条腿或两条腿的活物，那饭菜就更得些滋味了。住在水边的人，自有水里的鱼虾和岸边的菜蔬。比如我，一到春天便会去江边采摘野菜，有芦笋,就是苏轼诗里的芦芽,还有蒌蒿、水芹、马兰头……这些野菜,遍生于长江两岸的江滩上。所以,每年春上,穿过开着桃花的乡下人家门前,下到江滩上采摘这些野菜时,我就会想起苏轼的《惠崇春江晚景》(其一)。就会觉得,有一个自己喜爱了许多年的有才有识有情有调的东坡,和我隔着时空,共饮一江水,共食一道菜,这春光也变得分外有了纵深感。

前不久,读一位女作家的文章,也提到了这首《惠崇春江晚景》(其一),女作家说这最后两句里,苏轼由蒌蒿和芦芽,于是想到画里没有的河豚,她说因为河豚食用蒌蒿芦芽则肥。我一个江边的土人,读到此处,忍不住莞尔。说河豚吃芦笋尚可,不过要等春水涨上一大截,河豚才能吃上。但是,早春的河豚要想吃上蒌蒿,那脖子真不是一般的长。芦苇是水生植物,可以生长于浅水、沼泽和滩涂之处,但是蒌蒿一般生长在相对湿润的江边沙地上,生长的位置一直比芦苇要高。河豚要想尝一口蒌蒿的青,还得要等到夏汛时,只是那时,蒌蒿已老,想必色味都已不好。

也不怪女作家,她的说法也是有出处的。《渔阳诗话》里有:"坡诗'蒌蒿满地芦芽短,正是河豚欲上时',非但风韵之妙,盖河豚食蒿芦则肥……"看来,这杠只能找古人抬了。

其实,生物学中的河豚是爱吃荤的,主要以贝类、幼鱼等为食。只有在文学家这里,河豚才成了素食爱好者,食蒌蒿、芦笋就胖了。

河豚与蒌蒿,除了文学家那里的吃与被吃的关系,还有没有其他联系了呢?是有的。

春日里,蒌蒿、芦笋和河豚,都是时鲜食物,同时上市。烹制河豚时,要略微多放些水。我们这里,是放江水的,江水煮江鱼,不用酱油上色。烹好的河豚汤,汤色奶白醇厚,香极鲜极。苏轼的学生张耒在《明道杂志》中写,长江一带土人食河豚,"但用蒌蒿、荻笋(即芦芽)、菘菜三物"烹煮。他大约不知为何这样烹煮。我也不知这种煮法在宋时是否属实。反正现在,我们不这样大杂烩地烹煮。现在,这最后两句诗,我们是要至少做成三道菜的:蒌蒿炒臭干子,春韭炒芦笋或咸肉烧芦笋,白煮河豚。我以前吃过几回河豚,里面都没有放杂物,以求其味醇正。长江不禁捕时,我买江鱼烹煮,除了放点姜用来去腥,只有油、盐少许,其他皆不用。好的食材,仪态万方,一物撑起一个舞台,是根本不需要配角来起哄的。

但是,河豚是有毒的,得有资深烹制河豚的厨师清除干净它的肝脏、眼睛、血液等有毒物质。且河豚上桌时,必得要等厨师当着食客的面先吃上一口,然后众食客才下箸。

如此,吃河豚,其实是担着一份风险的。但是,上天安排万物生长,常常会有完美的构思。据说,蒌蒿有解河豚毒的功效。所以,水里有河豚,岸上便有了蒌蒿。又因蒌蒿也是春季时令野菜,河豚上市前后,正是食蒌蒿新发嫩茎之时。如此,美食家苏轼的诗里,一写到蒌蒿,自然就写到了同时令的河豚。

关于蒌蒿,除了食其嫩茎,还可食其根。在深冬,草木萧瑟,风雪将至,去江边的沙地上挖蒌蒿根,似乎是抄了近道去打探春的消息。春天,是从地底下一寸一寸长出来的。沙土松软,翻上一锹,那些雪白的蒌蒿根,白如梨花,玉簪一般,散发着泥土和植物经脉的浓厚芳香。我想,苏东坡那样的美食家,一定也吃过吧。

### 有苏轼看我吃饭

情绪低落时,每读《惠崇春江晚景》(其一),就仿佛听见苏轼在教诲:先经营好今天的餐桌,好好吃饭。理想从来都是在路上,我们要做的是,先狠狠热爱这烟熏火燎、菜肴飘香的世俗日常吧。

吃,才是最接地气的第一大事。

苏轼写此诗时,正是元丰八年(1085),刚离了贬谪之地黄州,正北归京城途中。那时,王安石变法已失败,一帮昔日朝廷重臣再度被重用,包括苏轼的返京。据说,他在返京途中经过江阴时,逗留中看到了惠崇和尚的两幅《春江晚景》:一幅是鸭戏图,一幅是飞雁图。他给鸭戏图题的诗便是这首《惠崇春江晚景》(其一)。

人的情绪表现有时真是一个悖论。

当一个人被不公或灾难打压到谷底的时候,迸发出来的反弹力往往使自己变得超乎寻常地有硬度、有广度、有不可思议的抗打击力。就像苏轼在黄州,身为大宋第一才子,沉落至此,在荒冷之地,开垦田地自度日月。可是,也正是在黄州,他写了《赤壁赋》和《后赤壁赋》,写了《念奴娇·赤壁怀古》。他低到泥土稼禾之间,可是忽然心地广大了。他与天地对话,问日月古今。江水有多无穷,他就有多无穷。月光有多辽阔,他就有多辽阔。他的一叶小舟,漂在月色与江水之间,长过一个朝代,大过一个国度。

可是,有一天,忽然一只大手从高空伸来,来捞你,来将匍匐在地的你往上一拎,这时,往往万千委屈齐上心头。这时,才发现自己是碎过的。刘禹锡写"沉舟侧畔千帆过,病树前头万木春",我读了,只觉得人世恍惚。无论是刘禹锡,还是苏轼,那些身为沉舟病树的光阴,只有自己知道其中的幽暗潮湿。当阳光乍现,一定会刺眼,一定会流泪。

我想,苏轼此番回京的路上,内心的感受一定不是只有喜悦一种。包括在江阴,包括在欣赏惠崇的两幅《春江晚景》之时。

此去,庙堂森然,宫阙深深,理想在那里,风波也在那里。回头看来时路,在黄州,在长江之畔,在荒野之地,只有竹木苍苍,只有桃花瘦瘦三两枝,只有只为饱腹不为观赏的放养的鹅鸭,只有这些野景。但是,这里有闲适、有不争。因为不忙,可以时时亲自下厨,花一整天的时间,慢火熬制东坡肉,烹制河豚汤。

在返京的路上,苏轼一定把他出世与入世的矛盾在内心再次演绎了一遍。生命的意义到底是什么?是进是退?是青史与庙堂、远方与光芒,还是竹木桃花与蒌蒿河豚?

前几天,读到李少君的两行诗:我们总是迷恋着现代的晕眩感,又深深依恋着故乡的宁静。

我想,这大约是我们这个时代大多数人的写照与困惑。

我们的身前身后,一头是远方,一头是故乡。我们既渴望书写这蜉蝣生命的宏大与炫丽,又渴望日夜分明的小庭小院的小格局状态,生活恬静如一只蚕蛹安睡在茧子里。

我们是漂泊于城市的异乡人,是逐灯火而居的迁徙者。我们的日子里,没有夜晚,没有小小的星星,没有细细的虫声。只是晕眩之光接着眩晕之光。

我们把身体塞进拥挤的楼丛与拥挤的车流之间,把梦还放在故乡。

……

每个周末,我从合肥返回我的这个江边小镇后,常常在黄昏和家人来到江边,看船,看水,看乡野人家那种默片一样安静从容的生活。这时,我常常在心底问自己:我要的,到底是什么?

我日夜凿着自己,想要凿去对寻常烟火的享受,凿去固守乡土的安逸,我把自己捻成一根箭了,嗖的一声放出去。我带着火热的扩张生命版图的雄心,奔赴城市,奔赴远方,追逐理想。我追逐理想,又时时觉得自己为理想所伤。我每回小镇,像一条毛色里杂着污泥与血渍的狗,低头趴回自己的草窝里,慢慢舔舐伤口,不出一语。我以为,只要自己足够努力,就可以抵达我的站台。可是,慢慢发现,我多么天真。我天真得像一个笑话。

好在,还有苏轼。

还有这位与我隔着时空共饮一江水、共食一盘蒌蒿的苏轼。

我有苏轼,就像中了河豚之毒的人,有了蒌蒿的搭救。搭救是老戏曲里常设的桥段,可是因了这一段,苦情戏才有了抑后的悠扬,泪水才变成欢畅。这世上,有一物伤一物,也有一物救一物。蒌蒿就是来搭救那些因为追求美味而受伤的肠胃和脏腑的。而苏轼的"蒌蒿满地芦芽短,正是河豚欲上时"这两句,也在循循教我:当失意之时,当沉沦下游之时,你一定还要保持着认真做美食的节操。

是的,一想到苏轼,我就惭愧了。

我问自己:你的才华有苏轼那么大吗?

我没有。

你的人生,有苏轼那么颠簸吗?

还不到。

然后我就仿佛听见苏轼的讥笑:那你还委屈什么呢?

是的,我还不够格去委屈。

虽然,我曾花费一两年的时间,倾尽心力去做一件事,可是终因外力而不得结果。虽然,我一路泥泞一肩风霜地赶路,想要抵达我风烟中长久遥望的站台,可是临到跟前,才惊觉站台早已被人捷足先登。而我,傻傻被挤在清冷的人群之外。

但是,我也不够格去委屈,去抱怨。

也许他们用尽心机抄近道,是因为更需要理想来照耀。他们没有苏轼。而我不一样,我和苏轼,隔着时空,面对一桌蒌蒿和河豚,会意一笑。

前几日,一位昔年的学长加我微信,和我聊起他辗转的经历。他和我一样,都是20世纪90年代的师范生,只是,他毕业后未再教书,为理想上下求索。他感慨说:"人生有太多阴错阳差,不知道是思维太靠前还是跟不上时代节拍。当时想学医,父亲去世,家里穷得一无所有,直到教书了,还不死心,参加高考又担心交不起学费。某日碰到一位接兵干部,说可以到部队考军校,于是千里万里耗了三年,才考了军校。本来可以上军医大,可是部队统一填志愿时未征求意见,统一填了指挥院校,这下又不好意思走回头路,只好随遇而安了。毕业后分到部队,干的是带兵打仗的事。好在自己不管做什么,尽管不情愿,但还认真,不能误人子弟,不能尸位素餐。好在岁月是最好的老师,教会了自己认识一切,遗憾即圆满啊!"

遗憾即圆满!我心上一振。

……

不论是苏轼曾经的黄州、途经的江阴,还是我的故乡,多的是寻常的竹木桃花,寻常的乡野人家。

在春天,江水荡漾,长风和畅,我总会去江边采摘野菜。自采自下厨,炒一盘蒌蒿,咕嘟咕嘟煮一钵野生鱼汤……仿佛看见苏轼兄长一般坐在桌子对面,看我热气腾腾地吃饭。想到暖老温贫,想到低低地安顿好肉身也是一种慈悲,便觉得眼泪就要下来。

竹子、桃花……蒌蒿、芦芽……我在江边,看野景。

## 河豚欲上的喜气

《惠崇春江晚景》(其一),中年之后再读,真是感慨良多,为其中的"向上"之气。

从前只以为它是题画诗,是美食诗,现在,暗自认定那是一首关乎生命、自然升迁起落的哲理诗。

少年时,难免喜欢前两句,因为那是一幅色彩明丽的图画,竹子的青翠、桃花的艳红、江水的蓝、鸭子的赭黑……春之繁华生动,首先在其色。

可是,如今,我被后两句里那种蓬蓬弥漫的"向上"之气给感动了。是的,这首诗,在我看来,是描绘和礼赞生命在漫长沉潜之后迎来"向上"的一程。

"正是河豚欲上时",我再读这一句时,常想,可否把这一句里的"上"换了?

如果仅仅是表达河豚作为时令的食物,或者表达河豚从大海洄游到江河产卵,正是河豚将捕时,正是河豚洄游时,意思都还能到吧?可是,还是觉得这"上"实在是好,实在是无词可替。因为这"上"里透着活力,透着期待,透着跃跃欲试的欢喜,还透着一股即将出场时的沉着自信勇毅前往的志气。

长江中的河豚是洄游性鱼类,每年春季,它从深冷的大海出发,一路沿江而上,去寻找适宜的水域来产卵,来繁衍生命。江水滔滔东流,小小的鱼类,它要用自己单薄的身体克服江水巨大的阻力,才不至于随波逐流,才能逆流而上,抵达它的目的地。

向上的旅程,从来都是艰险的,是辛苦的。

可是,生之意义,似乎就在这"向上"之中。

在水里的河豚艰难上行的同时,几尺之遥的江边沼泽和沙滩上,蒌蒿和芦芽,也从地底探出青嫩多汁的身子,它们也在向上生长。它们会长高,长壮,极尽所有的力气,来完成一棵植物所能抵达的最大高度。在植物的世界里,它们是纤弱的,连灌木都算不上,它们只是有着宿根的多年生草本植物。它们在秋冬凋零,生的一口气全沉潜在泥土里。它们匍匐在泥土深处,熬过深冬,等冰雪消融,等风日和暖,然后启程,向上,向着天空,枝叶相扶地去攀登。

苏轼写此诗时,也正是在北上的途中。从黄州出发,沿江而下,到江阴,然后应该是沿着京杭大运河,北上到京城开封。这是一段地理上的向上的水路换陆路,更是他仕途上的一段谪后升迁之途。昔日被贬黄州,在冷寂水边,身份低微,从元丰三年(1080)到元丰八年,一待便是五年。五年,黄州的东坡上,那庄稼都收过好几茬了吧。

那段流落于黄州的五年,恰似一尾鱼沉潜于幽暗水底,恰似蒌蒿和芦苇落了翠叶,朽了茎秆,埋在土里。

万物,原是这样的有潜有升、有朽有生。

生命的本质,原来是这样的一场两极之间的往返:在起和落之间,在上和下之间,来回折转。

河豚逆江而上,完成了一年的使命,然后便是顺流而下,回到低处的大海。当秋风肃杀、大雪垂降之时,茂密的蒌蒿和亭亭的芦苇,便开启了生命向下的旅程,叶子回到根边,茎秆摧折,慢慢和腐叶一起化为泥土。一棵多年生的草本植物,地面之上的部分,矮了,没有了,一切回到零,回到起点,回到沉默不语。

和那些幸运的人相比,苏轼便是蒌蒿、芦苇这样的多年生草本,他要在他的生命里,把"上—下—上—下"这样的节奏不断地演绎。演绎得频繁了,那"上"的喜悦,便是来也来得朦胧徘徊,来也来得滋味万千。这喜是中年人的喜,总是有些沉甸甸,姿态低低的。不似李白,李白,是做了一辈子的少年。李白谪后被皇帝一纸诏书召回京都,他可以意气飞扬地写"千里江陵一日还",写"轻舟已过万重山"。李白的喜,像三峡的水,实在是清澈透底。

少年,我们真的比不起。苏轼也比不起。少年没看见过荒芜。

万物上下往返,我也在其中。

既如此,人生中最好的阶段,便是芦芽已出而尚短之时,便是江流宛转河豚欲上之时。新一轮的节奏里,向上的气象已出,而最危险的时候还未到。同样,当巨大的幽暗和沉寂像风雪一样压过大地,我知道,这向下的旅程,我也要有耐心,一截一截,笔直地走下去。走下去了,便又赚得一季。

我实在喜欢"正是河豚欲上时"里那遥遥传来的喜气。

原载于《四川文学》2022年第3期

# 住在鸟的旁边

项丽敏

## 谷雨听鸟

近午突然落起雨来。

雨也不大。落雨的时候我在阳台读一本书的后记,刚读完雨就停了。阳台外的香樟树经雨一润,绿得发亮。

片刻,雨又断断续续地落下。雨声之外,斑鸠"水咕咕"的鸣叫此起彼伏。

这雨落的很是时候。今日谷雨,"清明要明,谷雨要雨",小时候就听村里老人这么说。

香樟树开花了。香樟树换叶子是清明前后的事,半个月过去,新叶成荫,碎花如米。

香樟花的香是沉静的,眷眷无穷,加重了暮春的气息。

昨夜醒来时听到鹰鹃的叫声。去年听到鹰鹃叫声也是谷雨前夜。鸟雀就是自然的时钟,每种鸟的鸣叫都有它的时序,既不早到,也不延迟。草木的花期也是如此,每种花的开放也有它的时序,应时而开应时而落,让人感到安稳。

之所以对这个世界深怀眷恋,就是因为在年复一年平淡无奇的日子里,总有这些自然界细小又美好的事物适时出现,让惦念从不落空。每次与它们重逢都像是打开生命的序章,而每次的告别又让我期待着来年的重逢。

夜里鸣叫的鸟很少,鹰鹃算是一种。鹰鹃是杜鹃科,噪鹃也是杜鹃科,噪鹃夜里也会鸣叫。有阵子我分不清它们谁是谁,就把它们统称为子规——古时候的文人就是这么称呼的。也有地方把鹰鹃叫作贵贵阳,这是拟音的叫法。以鸟的鸣叫声来给鸟命名,是人类通常的手段,比如我们村就把斑鸠叫作咕咕鸟。

分不清鹰鹃和噪鹃,是因为它们的叫声里都有孤寂与不甘,尤其夜里听,那种孤寂被夜晚的宁静放大,使人在梦里也不由得裹紧被子,唯恐被这声音攫去了魂魄。

到了谷雨,春天的鸟儿差不多到齐了,双双对对忙着营巢育雏的事。

中午落雨的那刻,听着远处斑鸠的鸣叫,心里一动:我卧室窗台上的"斑鸠之家"现在是什么状况?幼鸟出壳了没有?心念一起,就按捺不住好奇心,搬出椅子,站上去,踮脚,隔着阳台窗户窥探情况(阳台与卧室的窗户相邻)。啊哈,斑鸠窝里卧着两只幼鸟,抬头望着我,毫无惧色。看那情形,估摸着幼鸟已有八九天的鸟龄了。

昨天发现阳台外的红叶李树上也有鸟在筑巢,嘴里衔着长长的芭茅,飞进去,很快又钻出来。红叶李的叶子已很茂密,颜色转成朱红,一只鸟巢藏在里面,以我的视角看过去,是毫无破绽的。

去年就有鸟在这棵红叶李树上筑巢,等我发现鸟巢已是晚秋,树叶落得差不多了。那只碗状的鸟巢卡在枝桠中间,整个冬天都在,稳稳当当,下雪的时候,雪堆进鸟巢,高出鸟巢一大截,太阳出来,照得鸟巢闪闪发光,使我生出幻觉,觉得从巢里会飞出银白色的雪鸟来。

是什么鸟在这树上筑的巢?并且是在旧巢的位置上,应该还是去年的旧主,或者是去年在这巢里出生的鸟。我是近视眼,就算戴了眼镜,也不能凭肉眼看出那是什么鸟。那鸟的体型太小了,飞来飞去也是静悄悄的,不发出声音,无法从鸣叫声里辨认。于是拿出相机,等鸟衔着它的巢材飞过来时拍下,看个清楚。

是白腰文鸟。当它再次回到自己的新家(也许是老家),安放好巢材,站在树枝上小憩的片刻,我拍下了它。想起来了,去年初夏,红叶李果子成熟时,曾看见一溜文鸟站在果树最低的枝桠上,有五六只,你挤我,我挤你,站立不稳,嘴里发出稚嫩的鸣叫,一看就是才出巢的雏鸟。

记得梭罗曾说过这样的话(原话记不清了),意思是:我不把鸟装进笼子,我只把自己的居所放在野外,住在鸟的旁边。我的居所不在野外,不过由于这些树的缘故,由于居所附近有着河流与田野,我也是住在鸟的旁边。

每天被鸟鸣唤醒,坐在阳台上就能听见从近郊传来的野鸟之歌,沉浸其间,我知道这并不是每个人都能享受的悠闲。而我能够在春去春又来的辰光里与鸟为邻,这就是命运的眷顾,是大自然赠予的最好生活。

## 在乌鸫晨唱里醒来

夜里下雨,凌晨雨声渐歇。在乌鸫的晨唱里醒来,天还没亮。

都说早起的鸟儿有虫吃,乌鸫就是那只早起的鸟。乌鸫早起不止为吃虫,还为唱歌,从三月到五月,醒来听到的第一声鸟鸣要么是斑鸠的,要么是乌鸫的,叫声之近,之清晰,仿佛它们就守在窗外,用多变的曲调履行着叫醒服务。

随着昼日变长,天亮时间的提前,乌鸫晨唱的时间也跟着提前,起初是六点半,然后是六点、五点半,再然后,也就是现在,五点不到它就开嗓了。这可是下雨天啊,乌鸫先生,下雨天就是让人睡懒觉的,你不能消停一会儿吗?

乌鸫晨唱是从书房那边传来。书房窗子拐角有只乌鸫巢穴,去年这个时候垒在那里。为了不影响乌鸫在窗台养育后代,去年的春末夏初,有半个多月我没有打开那扇窗,也没有进到书房里去。乌鸫太敏感了,别看它平日在草地悠然踱步,用眼角漫不经心地瞅你,即使你走得很近也不飞走,到了育雏季,一点点动静都会惊吓到它,使它尖叫着从巢里飞开。

乌鸫感到不安全时会弃巢,离家出走,哪怕巢里已有快出壳的幼雏。不止乌鸫这样,很多鸟都如此,感觉到巢里有陌生气味就会警惕起来。这样的警惕是必要的,在大自然中生存,危险无处不在,唯有加倍小心才能保全性命。

也有心大的鸟,斑鸠就是。住在我卧室窗台上的珠颈斑鸠,只在刚开始筑巢时对室内主人持着戒心,过了几天,感觉到我并无驱逐它们的意思,就很自在地进出窗台了,对我开窗通风的举动也不在意。当然它们也懂得规矩,不做越界的事,不从敞开的窗子飞进屋里。如果它们真飞进来我也是欢迎的,偶尔互相拜访一下也无妨。

去年直到入夏,我才敢推开窗,抬头看那只保温桶型的乌鸫巢,静悄悄,没动静,心想"乌鸫幼雏已经出巢了吧"。爬上窗子,看巢内情形,天啦,居然有两只雏鸟的遗骸在里面。

戴上手套,将雏鸟遗骸清理出去。想将巢也移除掉,犹豫片刻,还是保留下它。巢是枯草、苔藓和黄泥三种材料垒起来的,厚实牢固,卡在窗栏之间,很稳当。

这巢里究竟发生了什么变故,不得而知。那只空空的乌鸫巢后来就留在窗子上,每次开窗,会抬头看一眼,仿佛那是一处时间的遗址。为什么要留着这只空鸟巢?是希望来年春天仍有乌鸫来巢里吧,乌鸫会嫌弃它们的旧巢吗?尤其这旧巢还发生过育雏失败的事。

十天前,从窗下经过,也不知是哪根神经被触动,抬头望向那只旧巢,就见一对乌鸫从里面飞出。乌鸫是来探测情况的,但愿它们不嫌弃,就算巢有点破旧,修修补补也是好的,总比重新选址筑巢来得便利。

这段日子我没有开过书房窗子,偶尔进书房也是踮着脚,怕惊扰了那对乌鸫。乌鸫进入育雏期就会安静下来,不再轻易发出声音——那会暴露巢穴的位置,成为掠食者的目标,一旦亲鸟出巢觅食,隐藏在侧的掠食者就会伺机将巢里的幼雏虏走,变成一顿美餐。

如果哪天早上,叫醒我的不再是乌鸫,有可能它已经进入父亲的角色,安安静静,又时刻保持警惕,在近处守护着巢,偶尔飞离片刻,回来时嘴里会含着食物,喂进孵蛋的雌鸟嘴里。

## 雏鸟出巢

卧室窗台的斑鸠雏鸟已经出巢。

是今早发现的。心里想着"不知小斑鸠长得怎样了"就搬过椅子,站上去,隔窗看斑鸠巢里的情况——巢里空空,只留下一堆粪便。

翻看去年的观鸟记录,斑鸠夫妇在窗台筑巢是四月底的事,第一窝雏鸟出巢在六月上旬。今天是四月二十五号,斑鸠夫妇就已经完成了春季的育雏工作,比去年提前了四十天。

今年的物候比往年早。春节后几天,气温突然飙升,留鸟从角落里呼啦啦拥出,一时春意盎然。毫无征兆的春暖,仿佛一只手在自然之钟上划拉一下,把时间拨快了。斑鸠夫妇提前进入繁衍期大约就缘于此。

皖南的春天很任性,像情绪不稳的人,一会儿冷冰冰,一会儿又热情四溢,让人摸不准。人都摸不准,鸟儿就更是摸不准了。当斑鸠夫妇在春寒未尽时开始抱窝,作为近邻的我看在眼里,是有几分担心的——真是糊涂胆大的一对,万一天气突然冷下来,雏鸟的命运堪忧啊。

看来是我多虑,现在,斑鸠巢已经空了,雏鸟顺利出巢,也不知是哪天出巢的。上次观察斑鸠巢还是几天前,那时雏鸟的羽毛已经长齐。

找出剪刀,进卧室,爬上窗。这只我亲手用硬纸板为斑鸠搭建的"宅基地",得亲手拆除了。不然天气热起来,鸟粪就会发臭,引来苍蝇蚊虫,对住在旁边的我来说可不是件美事。

如果鸟类也可以相互学习、传授知识,斑鸠真该向它的邻居乌鸦虚心求教,让乌鸦教教它怎么保持巢穴环境的干净,怎么清理雏鸟拉出来的小粪球,而不是让雏鸟在整个生长期躺在自己的粪便里。

乌鸦算得上卫生典范,居室清洁小能手。当亲鸟衔来虫子,站在巢穴边缘,喂进大张黄口嗷嗷待哺的幼雏嘴里,并不马上飞开,幼雏也很灵泛(聪明),尾部一抬,转向亲鸟,亲鸟就会意了,伸过脑袋,用喙尖将幼雏的小粪球扯出,扔出巢。

这时节走在人行道的香樟树下,若是看见地上斑斑点点的鸟粪,不用说,头顶上方的树冠上准有一只乌鸦巢。

不止乌鸦,多数鸟类都善于保持巢穴的干净卫生,这样就不会滋生细菌,影响雏鸟的健康生长。唯有斑鸠,对此毫不在意,一代一代,延续着"让粪便成为巢穴温床"的粗放作风,也许斑鸠幼雏天然对细菌有抗体吧。

当我将窗台的斑鸠巢拆去,准备端水清洗窗栏时,飞过来一只斑鸠,钻进窗子,停在巢穴的位置上,左看右看,有点想不明白的样子。

又飞过来一只,站在它旁边,也是"怎么回事,发生了什么?"的表情。

两只斑鸠的脖子上都有珍珠斑纹,胸腹的羽毛棕红色,是成年的大斑鸠。它们就是在这里育雏的斑鸠夫妇,飞过来喂雏鸟鸽乳,却发现这里有了变化——巢不见了,雏鸟也不见了。这么说来,斑鸠雏鸟也是刚出巢的,连家长都不知道这回事。

雏鸟应该就在窗子对面的香樟树上。刚出巢的鸟飞不远,它们还需要亲鸟投喂,直到学会捕食后,才会离开亲鸟,独自去广大的天地里生活。

好吧,今天就不洗窗子了,说不定雏鸟等会要飞回来。正当我这么想时,一只雏鸟果然飞了回来,落在斑鸠夫妇中间,片刻,另一只雏鸟也飞了过来。在我卧室的窗台上,一家四口聚齐了。

## 虚空之美的召唤

四月将尽,在人间我又度过一个春天。

这个春天我只做了一件事——去认识身边的鸟邻,看它们的模样,记住它们的名字,聆听它们相似又不同的鸣叫声。当我的注意力集中在这件事上,我离人的世界远了,离鸟的世界近了。

人是不能离群索居的,生活在人群里会有安全感。而如果一天里太多的时间与人共处,又很容易疲惫。我就是这样,在人群中待上半天就头昏脑涨,说话超过半小时会缺氧导致耳鸣。

我对"独自"的需要甚于对"人群",对"安静"的需要甚于对"热闹"。如果把生活比作房间,我希望这房间有很多落地窗户,每扇窗都面向大自然。假如房间里人来人往,即使有窗户,也被人的身影遮挡,除了一声高过一声的话语、争论,再也听不到别的声音。

认识鸟邻的过程,是我与大自然相处与交流的过程。认识的鸟越多,越发觉得人类的欲望和盲目自大是一个囚笼。鸟类在繁殖期为自己建筑巢穴,当雏鸟出巢后,它们就不再占据这只巢,它们将巢还给了空,将领地还给大自然。而人呢,人类的忙忙碌碌,更像是把自己变成笼中之鸟的过程。

我要向鸟邻学习,在需要时创造,在不需要时就放弃和告别。与其让自己成为拥有物的背负者,不如成为从远方到来两手空空的旅人。唯有自然是永恒的家园,在这个家园里,每一根树枝都可以成为脚下的支撑和立足点。

这个春天究竟认识了多少种鸟,我没有统计。我也不会去统计,让认识的鸟变成一个呆板的数字。再说我的认识还是粗浅的,不应拿来炫耀。对鸟邻的认识,还需要下一个春天来验证和加深——当明年春天到来,仍然能够在遇见时叫出名字,在听见时辨认出它们,那么就是真的认识了,就可以像介绍好友那样向人介绍它们,让更多的人关注它们的存在,"原来我们身边有这么多鸟,原来每只鸟都有自己声音和名字"。当一个人开始关注身边别的生命时,视野就打开了,一成不变的生活也会变得有意思起来。

两天前又认识了一种鸟,是此前没有见过的。也许以前见过,只是角度不同,留下的印象也就不同。

是在黄山北大门售票处看见这种鸟的。售票处建在海拔八百多米的半山腰。松谷庵就在北大门,我来过多次,写过一些与之相关的诗文。走进售票处还是头一回,陪外地来的朋友买好门票,目送他们穿过廊道,挥手告别,准备离开,目光突然就被窗外的鸟群抓住。

朝北的墙是一整面长廊型落地玻璃窗。窗外是峡谷绝壁,升起来的云雾将峡谷隐藏起来,深不可测,一阵风吹过,云雾的裂隙间遥遥透露山下人间的模样,又一阵风,云雾合壁,人间模样消失了。

鸟群就在这样的峡谷里冲浪,翅膀滑行在云雾之间,一次次将自己从高空抛出,俯冲向云雾深处,又从云雾里盘旋着飞上来。从我的视角看,更像是一群鱼在深水里自在又快速地追逐,时而浮出水面,时而消失在水底,纵横穿梭好不逍遥。

往常看鸟的飞翔都是仰视的角度,看见的是鸟的腹部,这一次,我看见的是鸟的背部,看见它们剪形的尾翼和腰背上的环形白羽——是白腰雨燕。黄山的每条峡谷里都有水流、瀑布与深塘,正是因为水流常年的冲刷,才有了峡谷险峻的风貌。而白腰雨燕的栖息地就在悬岩与靠近水流的地方,在繁殖期,亲鸟会将巢穴营于河流石壁和悬崖裂缝间。

白腰雨燕是夏候鸟,在春末夏初时迁回,喜群居。和普通夜鹰一样,它们也是在飞行中捕食昆虫,同时发出单音节的鸣叫声。隔着玻璃窗的缘故,我听到的鸣叫有些遥远,不过当它们从云雾深处飞回来时,还是能够听到"叽、叽、叽"的鸣声划过,在空中留下尖细的弧线。

不知道自己在窗前站了多久。如果不是接我下山的出租车按喇叭,我还会这样一动不动站下去,看下去。云雾峡谷像一个巨大的谜,充满未知的诱惑与危险,而那些雨燕一次次的俯冲,就是虚空之美的召唤。

## 遇见乌鸫雏鸟

这两日刮起大风,马路边,悬铃木、香樟和红叶李在风里使劲摇摆,树枝与树枝相碰,叶子翻过去又翻过来,"唏——哗——唏——"。风吹树叶的声音是一首骊歌,为即将告别的春天送行。

今早出门,香樟树下落了许多细树枝,铅笔样长。"这可是斑鸠的巢材啊。"

看见细树枝就想到斑鸠巢。斑鸠在我窗台筑巢的那几天,嘴里就衔着这样的细枝,一趟趟地搬运,垒在我用硬纸板给它们搭建的"宅基地"上。

细树枝也是松鸦喜欢的巢材,选好一棵大树作为巢址后,就开始寻找细树枝,一根一根衔回,在巢址上——通常是在主干分叉处交错搭建,垒成半个篮球的形状,再衔来柔软的青苔和草茎垫进去。

四月初我在枫杨树上见到过完工的松鸦巢,后来树叶茂密起来,就看不清了。但我还是惦记着那只松鸦巢,经过枫杨树时会放慢脚步,抬头看。

昨天上午经过那棵枫杨树,照常放慢脚步,忽而听到几声干哑又怯生生的鸣叫。还没等我朝着鸣叫的方向走去,就听到乌鸫发出的警报声:"叽呀——叽呀——"看来这里有乌鸫的雏鸟,那干哑又怯生生的鸣叫就是雏鸟发出的。

亲鸟的警报声并没有让雏鸟闭嘴,雏鸟仍然不明就里地鸣叫着。顺着声音,很快就在乌桕树的枝桠上看到两只乌鸫雏鸟,并排站立。这是两只刚出巢的雏鸟,还没掌握飞翔的要领,也没有学会捕食,仍旧依赖亲鸟喂养。

发出警报声的亲鸟就在旁边,见我发现了它的孩子们,着急起来,急促尖叫,在两棵树之间来回飞着。尖叫声唤来另一只亲鸟,明白了情形,落到我身边,蹦跳,扑腾,企图转移我的注意力。而当我走近它,它就向另一边飞开一点,继续扑腾——它是想用这种方式把我从雏鸟身边引开。

两只雏鸟似乎接受到了危险信号,安静下来,它们仍旧站在乌桕树上,你看看我,我看看你,天真又无辜的样子。

雏鸟出巢后就不再回到巢里,它们会跟在亲鸟后面,在亲鸟的带领下学习飞翔、觅食和躲避危险的生存技能。往年五月初,走在路上,常看见乌鸫一家子在草地散步,一只亲鸟在前,一只亲鸟在后,将雏鸟守护在中间,走在前面的亲鸟会用爪子拍拍地面,跳起来,嘴喙啄向地面,拖出还在扭动的蚯蚓,雏鸟见状赶上去,嘴里发出迫不急待的乞食声。

亲鸟并不会马上把蚯蚓喂给雏鸟,它向低处的灌木飞去,雏鸟跟着飞过去,姿态有些笨拙。亲鸟又往另一棵树飞去——这棵树看起来有点高,雏鸟迟疑片刻,还是飞过去了,落在亲鸟身边,把头伸向亲鸟,拍着稚嫩的翅膀,嘴喙大张,这回亲鸟总算没有再飞走,把蚯蚓喂给雏鸟。

当亲鸟觉得雏鸟可以独立生存的时候,就不再守在身边,会故意躲开,让雏鸟看不见。起初雏鸟会惊慌失措,鸣叫不息,向亲鸟发出呼唤,若是发现了亲鸟的身影,就赶紧飞过去,而亲鸟这时会显得异常冷漠,继续向前飞,看样子是下定决心要摆脱雏鸟了。

刚出巢的雏鸟很容易成为猛禽的猎物,这一带的猛禽可不少,黑鸢、红隼、领鸺鹠,还有看起来俊美的棕背伯劳,毫无抵抗能力的雏鸟若是遇到了它们,十有八九难逃脱。这是没办法的事,自然法则就是这么安排的,每一种鸟都有它们的食物和生存下去的机会,每一种鸟也都有它们的天敌。

为了让亲鸟安心,我离开了乌鸦雏鸟站立的乌桕树,继续向前走。那对亲鸟见我离开,也就停止了尖叫和扑腾,世界在这一刻安静下来。而在我看不见的地方,在那些被大风弯来折去的树梢上,在河流和田野的深处,又有多少雏鸟此刻正经历出巢即成为猎物的遭遇。

## 天空之战

刚走到河边就看见天空的一场战争。

起先听到声音,尖锐,急促,是灰头麦鸡拉响的警报。灰头麦鸡惯于虚张声势,从春初到春末,只要出门走在田边河畔,就能听到它神经质的呼号回荡在头顶,像是一个人不停喊着:狼来了、狼来了。听得太多也就不以为然。

不过这次似乎有点不同,不止是警报,更像是战号,是冲锋陷阵的呐喊。

抬头看了一眼,哟嚯,还真是"狼来了"——在河流上空,那发出呐喊的灰头麦鸡正冲向一只黑鸢。不得了,灰头麦鸡居然敢向猛禽挑战。

从体型上看,黑鸢显然是占着优势的,再加上天生具有的战斗实力和阴鸷气质,仿佛没有对手——根本不用把灰头麦鸡放在眼里。但这只黑鸢此时似乎没有应战的意思,反倒向后退让着。

灰头麦鸡不肯罢休,依旧气势汹汹,连声嘶叫,再次冲向黑鸢。

黑鸢抵抗了一下,还是没有反击。如果它反击会有怎样的结果?黑鸢有锋利的爪子和可以轻易撕破猎物的钩状嘴喙,这使一切小型鸟类避之唯恐不及。

灰头麦鸡有什么呢?作为麦鸡属,它拥有的就是翅膀弯曲处的尖锐突出部,那是它用于格斗的武器。而在黑鸢面前,这武器的威力实在不算什么。

对了,灰头麦鸡还拥有一副不好惹的暴脾气和"尖叫功",一切靠近它领域的外来者,包括人类,都会成为它以尖叫暴击的对象。以攻为守,先声夺人,不管打得过打不过,先在气势上镇住对方——这就是灰头麦鸡一贯的战术。

黑鸢在遭到灰头麦鸡的冲撞后,没有回击,也没有马上离开,仍旧徐徐盘旋。这只黑鸢是盯上了灰头麦鸡的蛋(或者幼雏),瞅着空子要俯冲下去捕获。

灰头麦鸡之所以这么神经质,时刻处于紧张的防御状,不是没有原因——它要保护它的孩子,而它的孩子就在露天底下,毫无遮挡。也是灰头麦鸡在筑巢这件事上的本领太弱,它的巢不过是田间一小堆草,甚至直接把蛋下在河滩凹地里,对于飞在空中有着锐利眼神的黑鸢来说,简直就是摆在餐桌上的菜。

灰头麦鸡的孵化期有一个月,这一个月里,雌鸟和雄鸟轮换着孵蛋,当有外侵者靠近时,孵蛋的灰头麦鸡不得不飞起来驱赶,或者以尖叫声唤来它的伴侣,共同赶走外侵者。

灰头麦鸡的幼雏是早成鸟,出壳后就能走路,跌跌撞撞地奔跑,只是这露天底下,奔跑的雏鸟更容易成为猛禽的目标,灰头麦鸡的护雏之心也就更为焦虑了。灰头麦鸡看似强悍的作风,不过是对弱点的遮掩。或许一切看似强悍的东西,都有其不堪一击的软肋。

黑鸢的目标不是灰头麦鸡,而是裸露在河滩里的蛋或幼雏,也就不想多费力气与之交战。而灰头麦鸡尽管不是黑鸢的对手,还是一次次地冲上去,纠缠住黑鸢,以拼死状阻拦黑鸢的掠食。

灰头麦鸡的战号召来了它的伴侣。另一只灰头麦鸡闻声赶飞过来,呼号着,冲向黑鸢。当两只灰头麦鸡并肩作战时,黑鸢就显出它的慌乱来,左右躲避,随后离开了灰头麦鸡的领域,向着远处的山间飞去。在这个回合里,灰头麦鸡算是赢了,尖锐的战号暂时停息,不过危险并未消除,因为远处又飞过来两只黑鸢的影子。

我没有继续待在原地观看接下来的情形。立夏将至,头顶的太阳已然灼热,在露天地里站个片刻就眼冒火花。当两只黑鸢的影子掠过我头顶时,灰头麦鸡的警报声又在身后拉响,看样子又一场天空之战不可避免。

## 窗台乐队

下午三点半,领雀嘴鹎又来串门了。

前两次来也是这个时辰,一伙儿八九只,差不多算得上小型旅游团,叽里呱啦聊着天飞过来,两三只落在红叶李树上,两三只落在阳台雨篷顶,卧室防盗窗上也落了两三只。

不知它们可有看见我。我盘腿坐在阳台沙发里,手里捧着书,身边放着一盘哈密瓜。

有客人来串门,总得拿出点东西招待一下,要么把哈密瓜端出去,对它们说,你们过来玩我太高兴了,这瓜刚切开的,请随意享用,别客气。但我不敢动,怕我一动它们就飞走了。

落在红叶李树上的领雀嘴鹎开始在树上找吃的。阳台外的这几棵红叶李树今年少有果子。去年初夏,红叶李树被小区物业砍去一半枝桠,大约是伤了元气,今年开春,只有留下来的几根老枝开了花,新抽出来的枝条默哑哑的,一朵花也没有,直到红如花蕾的叶子长出来才算恢复了生气。

领雀嘴鹎在树上翻寻了一会,东啄啄西啄啄,没有什么收获,也飞到窗台上去了,五六只领雀嘴鹎,各把一根窗栏,也不知是什么触动了它们,放开歌喉,开始了小型歌会的即兴表演。

喂,这可是人的居所啊,你们就这么钻进窗子大唱特唱,也不怕吵着人家,不怕人家来轰你们。心里这么想着,身体还是一动不动,假装屋里没有人。我当然不怕吵,无论什么鸟都吵不着我,更不会轰走它们。我其实是有些受宠若惊,这个小区那么多人家,那么多窗子,领雀嘴鹎偏就选中了我家来串门,拉开场子开起演唱会,这是多么大的信任与荣光。

认识领雀嘴鹎是去年的事,夏初时节,在小区里,经过一户人家院子门口,看见两只橄榄绿色翅膀的鸟追逐着从眼前飞过。什么鸟?羽毛这么鲜亮,以前好像从没见过。慢慢走过去,靠近了看,两只鸟正立在院墙篱笆上,其中一只伸长脖颈,将捕到的虫子递过去,喂给另一只,而另一只也伸过头来,乖顺地接过虫子。两只鸟嘴喙相触的瞬间,我按下了手中相机的快门。

无论鸟兽还是人类,有爱的场景总是动人,哪怕一个喂食的小动作。

也是在那个瞬间里,我看清了它们的头部与脖子的羽毛,是黑色的,前颈有一圈白色颈环,嘴粗而短,上嘴略向下弯曲——这样的嘴喙显示出它们的食性,除了昆虫,也偏爱野果。

知道它们的名字叫领雀嘴鹎后,就经常能看见它们,小区里能见到,散步的路上能见到,村边菜园里更是常见,把头扎进菜园里寻食,人走过来也不管,一副小泼皮无赖的样子,倒也有趣。

窗台上的领雀嘴鹎唱得好不热闹,真把这当成它们的领地了,有一只像是给同伴打拍子,不停用嘴啄着窗栏,哒哒哒,哒哒哒。这配合还真是挺默契的,可以组一个乐队出道了。

组乐队得有名字,叫什么好呢,对了,就叫窗台乐队吧。

唱了七八分钟,雨棚上的领雀嘴鹎呼啦啦飞起,窗台上的领雀嘴鹎也跟着飞起来,又一伙儿叽里呱啦聊着天离开:"走啦走啦,这里真不错,明天再来。"

经过阳台的时候,有两只领雀嘴鹎分明朝我看了一眼。嘿,莫非你们知道我就在阳台,特意上门唱歌给我听吗?

原载于《天涯》2022年第2期

# 枯荣随想

金国泉

## 1

我一直对身边那些四季碧绿的植物颇有微辞——这当然与环保无关。松树、香樟、黄杨、女贞,还有月季、竹子,甚至家家户户一盆又一盆搬进又搬出的盆景,让人读不懂,读不透,似乎也不让人读懂,不让人读透。一年四季,焚膏继晷式的不依不饶,该落叶时不落叶,该枯萎时不枯萎。它们是想对时间进行囚禁还是想对空间进行霸占呢?

我家院中的那棵桂花树也是,占据着院子东南一隅。院子本来就很小,特别在冬天,它甚至让那一隅产生出压抑之感、阴郁之气。太阳光从南方疏朗而来,它那阴郁之气跟随太阳光几乎铺展到了门把手上,以至每次开门,门把手上都有些许逼人的寒气,那一隅及其延伸部分因此从未在阳光下通透过,以至于每到冬天,妻子就会产生出杜甫那种"斫去月中桂,清风应更多"的想法:"不把它砍了,晒衣服都不顺畅!"我想它真就是一个异物,常年蓬勃而不伦不类地蹲守,像是患上了强迫症,它想表达什么呢?虽然绿着,那也是自言自语,且已然生气不足了,给人的感觉是永远耷拉着,我想植物绿成这种样子的确不好做注解,像是走上了岔路,有种理不直气不壮的神态,既不合时宜,也不合常理。我不记得也不理解,当初我为什么就在院中栽种了这棵桂花树,是我或者说我们心中那个四季如春的绿色情节在作祟吗?看来,我不是一个极简主义者,至少那会没有板桥先生那种"删繁就简三秋树"的心态。但是,它现在有些硕大了,硕大得不是你想砍就能随便把它砍倒了,这也是妻子的想法每每束之高阁的主要原因。妻子每至冬日必要求我斫去几枝,但于事无补,桂树之荫并不因为斫去几枝而同步减少,它始终霸占着院中的小小空间,不肯退让一步。

我也因而常常对着它或者它们叹息,并叹息地对着它们发问:一棵从未落光叶子的植物还是植物吗?

## 2

我对巧夺天工、鬼斧神工之类的惊叹也是常常很不以为然的。天工难道都是巧的吗？神工难道都是奇、特、不走寻常路的吗？真正就是鬼使神差了。

应该说，一切都归于自然，自然而然。

而且一切自然都是美好的，不得也不会有所偏废。当然，一切美好的东西又总存在着弱点，因而这个弱点也同样是美好的，有时甚至是因为有了这个弱点才产生出美好来，当然你也可以认为它并非弱点，而是二律悖谬中的一环。有了这一环，并将它暴露出来才能称其为美好，它让世界意味深长地一目了然，让人对它产生出透明的言在意外的感觉，产生出惊世骇俗的玉性的赞叹。那些田野里的草，那些房前屋后的树，每到春天便枝繁叶茂；每至夏秋便壮硕挂果；每挨冬日，便敞开心扉似的露出它纯真的本来面目，孤零零地接受一场又一场雨雪的敲打与拷问。

我感觉，每一个季节都是平等的，每一次季节的转换、交替都是一次弱点的呈现，是上一个季节的底部向下一个季节交出的答卷，向世界进行的一次心心相印的表达，它将每一个季节都拉下圣坛，又推向圣坛，具有严肃的批判性。特别是秋冬时节，旷野之上，一切被收割或凋零后呈现出来的都是朴素与亲和，像时间的册页，每一片叶子的滴落，每一株小草的遁隐，都是删繁就简后一马平川的诗意、神清气爽的广阔，梅尧臣发出的"零落黄金蕊，虽枯不改香"的赞叹一定是因此而得来。

一切都会水到渠成，一切也都会水落石出。岁月让人类繁衍至今，并受用至今，岁月因此隆重，人类因此能诗意地栖居，无以为改。

黄帝、炎帝、尧帝和其他先民找到了春夏秋冬，发现了日升日落，判别了月盈月亏，并因此锁定了农事，农事乃立国之本。农事的锁定实际是对一切生活秩序的锁定。即便是孔子著书立说，其名也谓之《春秋》。据传，上古时代，先有春秋，后有冬夏。春秋者，枯荣是也！阴阳大制有六度：春为规，秋为矩，春秋乃规矩，孔子著的是规矩，时代、历史演进的是枯荣。

有了枯荣便有了世界，有了枯荣便有了一切。谁说这不是相呴以湿呢！

从枯到荣是一种攀登，一种淋漓尽致的绽放；从荣到枯是一种豁达，是一种收敛,是一次岁月的留白、生活的留白。长年枝繁叶茂,给生活带来的必是过于负累与拥挤,一种锱铢必较、不知敬畏的为所欲为。我在想,如此的负累与拥挤是否会出现生命里下意识的痉挛?地球一旦发生痉挛必会出现地震、海啸等灭顶之灾,人类自身呢?我想其痉挛必然会让生活,让生活中的自己喘不过气来,喘不过气来离死亡也就一步之遥了。

谁能在花团锦簇之中读出世界的凛冽?有了凛冽人类才可能纵横捭阖,驰骋千里。

3

每一个季节都有在场者与缺席者,甚至不能叫缺席,而是离席。春天离席了,我们便走向秋天,或者秋天便走了过来,人类只有行走上秋天的大道才会产生出饥饿感,脚步才忠实有力,因为果实就在秋天的枝头招展,在村庄的上空升腾。"我行其野,芃芃其麦。"这就是我们终生的需要。

每一枚果实,只要我们摘下它,甚至不是由我们摘下的,而是瓜熟蒂落的,其后面必有一处伤疤,根深蒂固的伤疤虽然能慢慢愈合,但它会跨越时空,横陈于世,横陈于猎猎风中。

就像那一座一座的村庄。村庄一直走在我们的后面,但村庄难道不在我们的前面?它一直在前面等待着我们,对我们进行核实,核实我们身份,核实我们是哪里长出来的伤疤。

人类是带着伤疤品尝一切的。不,不是品尝,而是充饥。填饱肚子的我们会对"芃芃其麦"发出由衷的赞叹:好甜呀!好香呀!当然也有可能好酸好苦。人生七味,酸苦其实也是人体必须的,人生的必须,正如细菌、病毒等。科学家早就研究证明,大约8%的人类DNA(脱氧核糖核酸)是在远古时代感染人类的逆转录病毒的残余。这些内源性逆转录病毒序列不产生感染性病毒,其中有一些还具有重要的功能,例如形成胎盘所必不可少的一种名为合胞素的蛋白质,最初就是通过逆转录病毒感染而进入我们祖先及其他哺乳动物的基因的。

多么让人恐惧又多么让人兴奋的结果。只有这样的结果才是让人云开雾散的,才会有"留连戏蝶"与"自在娇莺",才会天蓝云白,即便是狂风暴雨,也仍然能看到雨疏风清,叶绿土香。

叶绿是一个衬托,春华也一定是一个衬托,当然每一个季节都是一个衬托,都是世界及我们为之奋斗并仰望的殿堂。秋天过后,一切浮躁都会沉淀下来,所谓水波不兴,静影沉璧,一场一场的冰雪会覆盖其上。我看见,那些叶片在一片一片飘下,似在放弃,也似在追寻,我感到它们是勇敢的、坚定的,一片一片保持的都是飞翔的姿态,好像在读悠远的古典哲学。世界因此才有了豁然开朗之感。我看见那些光秃秃的树枝,在风雪中摇晃似有人在弹奏,远远望去,心便静下来了,世界便产生出很强的音韵之美。这音韵之美当然有几分寥寂,但正是因了这几分寥寂才有了远处村庄里那氤氲的呼唤,那氤氲中的烟火气是那样执着与从容,那样沁人心脾。

4

想起小时候我们每个孩子都引以为傲的自制的皮弹弓,是专门用来打麻雀的,虽然那时叫打麻雀,其实不是打,而是驱赶,不让它们与我们争抢食物,比如:水稻、小麦、刚刚播下去的种子等,麻雀急需,我们亦急需。我记得,那时即便真的打到了麻雀也不吃,记忆中,村庄从未见到哪户人家吃麻雀。当然,有些人不仅仅吃麻雀,他们甚至除掉那些吃了当场可能毙命的东西之外几乎什么都敢吃。

打不到麻雀,我们便拿着弹弓到湖边或者池塘边去比谁的弹弓最好,功力最强,射程最远。

谁的弹弓射程最远我真就不记得了,反正不是我的。但我清楚地记得那些石子被射出后留在空中的那条无形的弧线。嗖的一声,又嗖的一声,石子一颗接一颗地飞速飞向湖、池塘的上空,速度飞快,但它们顷刻之间便到达极限了,就有了枯萎的意境——没有了速度的石子当然就是枯萎了的石子。

那时我还不知牛顿,也就不知地球的引力及一系列的力与能。但我看见那些枯萎后的石子前前后后纷纷落入湖中,没有哪一粒想来个狼回头之类的奇妙之思,没有哪一颗产生出停留在空中的梦想,溅起的水花小小的,充满着快乐,那么自然,那么从容,那么无拘无束。

近来网上遛弯儿,突然就看到"鄗城"二字。鄗城乃东汉刘秀称帝之地,在今河北省柏乡县以北。刘秀虽只在此数月便迁都洛阳,但鄗城从此迎来了繁荣时期。怎样的一派繁荣,自是不必细说,但如今此地只有残墙寥寥,考古学家说,夯土层仍比较清晰,但也仅此而已,其上已是碧绿的庄稼地与杂树杂花,既浓重也沉重地覆盖着。

我感到,那清晰可辨的夯土层也很快会消逝的,正如我们小时候用皮弹弓打出去的石子,没入池塘后什么也看不见。

平静是它的本来面目。

5

鲥鱼多骨,金橘带酸,莼菜性冷,海棠无香,曾子固不能诗,这是古人说的五种遗憾。人生本应有憾,岂止这五种!

我又常常想,无憾的人生还是人生吗?正如没有了刺的鲥鱼还是鲥鱼吗?(当然,鲥鱼早已被列入《中国濒危动物红皮书》,属一级野生保护动物,不管刺多刺少,食则违法。)从这方面来讲,人生之憾,恰恰就是人生之妙,人生之境界。比如古人说"落花依草",我坚决地认为,那花一定是依在已然枯萎的一丛草上,否则落在四季碧绿的杂草上,那还叫"落花依草"吗?只有落在枯萎的草上才能让人品尝出去掉了铅华的妙境,也只有在这时,世界才会辽阔起来、根根须须起来、丰富多彩起来。

我突然就理解了历代很多文人、画家为什么喜欢画残荷、残菊了,他们画的是枯萎,是凋零处的缕缕生机,肃杀处的种种意犹未尽。在我的人生经验中,我没见过那些文人、画家所韵所画之荷之菊哪一棵最终成为废弃物,我仍然并非说"化作春泥更护花"的那种,而是指那种洒脱,那种本真,那种静静地伏在大地上的神圣般的状态。那些文人墨客,寥寥数笔,了了秋风,尽显出天地的寂寞与惆怅,尽露出存在者的格物及其寒冽,就如那个丢了江山的瘦金体。说实话,我没见过宋徽宗的摹本真迹,但顾名思义,每笔每画运转提顿必是至瘦而无双,至瘦而不失血肉生机。宋徽宗是否也画过残荷残菊,亦不得而知。如有涉猎,必他的魂魄附体。宋徽宗是不是因瘦金体丢了江山?也许不全是,但那个时代的文化江山应该非他莫属了,蓬勃饱满而具神韵。

6

寒冽自是一种心灵之痛。此话出自何处,记不得了,记不得出处的还有一句,那就是,人在疼痛的时候容易变成孩子。孩子的思想总是奇特的,奇特得充满万千生机。当然,这"记不得"本身也是一种奇特的生机,世间一切因此折返,折返在下一个季节、下一个驿站等候或守候。

7

"青山遮不住,毕竟东流去。"辛弃疾的词是对世间一切最好的回答。但我感到青山多么有灵气,青山既能让我们闻鹧鸪,也能让我们听杜鹃,无论什么样的题材——这个题材当然指的是春夏秋冬四季——它都能用充满着神性的泼墨,或一草一木地勾勒、一石一砾地叮咛、一枝一叶地运用它的语法起承转合,除其匠气,剔其俗气,止其火气,抑其草气,甚至去其闺阁气,让每一棵草都潇潇洒洒,没有任何束缚,带着野性,带着一往情深。

日落日升面对的是大江东去、潮起潮落。一帘秋雨,一树红叶,一窗春风,一地翠茵,这便是自然世界送给人类的顶配。

顶配居然是一种千年万年的流逝。让我百思不得其解的是,它同时是完整的,千年万年的完整,所谓天衣无缝。正如我家院中的那棵桂花树。实际上这些四季碧绿的植物并非不掉叶子,我感觉它一年四季都在掉。但它掉得不为人知,"不是时候",静悄悄地,一片一片地。部分地老去脱落,部分地长出新叶。有研究表明,这类四季碧绿的植物,其叶片寿命长达两三年或更久一些,由于它们陆续更新,所以终年常绿。从这方面来讲,我家院中的桂花树,再次强迫症一般隐瞒了这一事实真相。我在想,它是否还隐瞒了其他真相?妻子常常在打扫院子时忍不住来一句,"常年碧绿的结果就是让我常年打扫"。也不知她是对我说还是对着桂花树讲。

但我感觉这是我们人类的必须。既然属顶配,那必然张力四射。我看见旷野之上,哪一蓬草不是栉风沐雨,哪一棵桃杏不是气宇轩昂,哪一栋屋宇弥漫出来的不是烟熏的酒香与蒸腾的四季!

原载于《散文》2022年第2期

# 十 年

张道德

2021年,于我而言是个颇具纪念意义的年份。这一年的七月,万物正昂扬蓬勃,我却因工作需要,挪了一个窝,中止了近十年的旧职生涯,转入并不意外的新岗位。像是一棵扎根已久的行道树,因为修路的需要,而被移栽别处,既有对故土温热的深深眷恋,也有对未来新生的无限期待。

## 1

十年前,我带着一身泥土气,却也意气风发地从鸡鸣犬吠的乡镇走上了期待已久的县直岗位,从事此前从未经历过的综合协调服务工作。这是一个以综合文字主导的以服务上下、协调左右、督办推动为主要工作内容的单位,名称看起来很普通:办公室。但前面冠了"XW"二字,分量就完全不同了。

初到办公室,全体工作人员含公勤在内也只有二十来位,开起会来,围坐一圈也就结束,远不像在乡镇那样,开个镇干部会就有一百多人参加。办公室这个单位不仅人少,而且岗位设置也与乡镇"七站八所"完全不同,除了文秘外,还有政研党建、机要保密、督查后勤等岗位,后来又扩容了法规、改革、财经、国安等职能,这些职责的背后,都有面向全县的决策辅助指导作用,我几乎是在干中学、学中干。

办公室严格意义上说是一支秘书团队,以文辅政是主要工作内容,但这里的"文"并不特指公文一项,而是几乎所有的工作都应以文字的方式规范化、标准化,并力求做到细节化、示范化,杜绝粗制滥造是基本的质量底线。因而作风上的严谨细致、精益求精是对团队每个成员的基本要求,"强责提效重细节,勤学善思优服务"是共同的价值遵循。写出好文是文秘人的不懈追求,但写好文章并不容易,没有三冬四夏的持续累积,很难说就是一个成熟的文秘人了。有人说"板凳要坐十年冷,文章不写半句空"。我坐了十年文秘的凳子,似乎至今也未能做到"句句是实",空话套话偶尔还是会不自觉地从口中或笔下钻出来。这点坏毛病若要杜绝,我差不多需要一辈子的努力。

　　大量的文字工作背后,都是如山的时间重负。我对公文写作并不擅长,但能亲身感受到公文写作的艰辛付出,与"5+2""白+黑"相伴是常态。不知何故,办公室内先后几名主笔者,虽然均比我小了许多,但头顶早早就成了"不毛之地"。可怜入门时还满头青丝的小帅哥,几年下来,似乎进入了岁月的快车道,很快成为"压缩版"小老头。过早的谢顶是否与长期熬夜写作有关?我们常常为此而"争论"不休。最后大家只好自我安慰:聪明的脑袋不长毛。

　　文秘人才除了善写,还得善做。当年的A君、B君对上级相关政策几乎都能做到"一口清"。每当我为某个政策规定而在脑海中翻箱倒柜之时,他们已经把文件的标题、年份准确地报了出来。我惊叹于他们的超强记忆力,居然能把某些文件条款一字不漏背下来!实际上,这种效果,并非证明他们真的有什么"超强"之力,而是用背后不为人知的超常付出换来的。C君常年从事机要工作,最擅长电脑软件的运用,但凡电脑操作中遇到的问题,几乎没有他不会的。我对电脑实操知识了解非常有限,常常面对电脑的不配合而一筹莫展,他却总是用那双似乎拥有魔力的手指,三下两下就实现"起死回生",让你不服不行!据我所知,全办所有电脑若"闹意见"了,几乎都请他"把脉问诊",而他也从不拒绝,总是不厌其烦地伸出援手,因此大家都称呼他为"暖男",也的确实至名归。D君沉静的外表下,隐藏着一颗缜密的心。会务安排、调研接待等事项,最考验的是幕后安排的精准严密及预见性。往往台上几分钟,台下十倍功。某次上级领导来参加一个项目奠基仪式,人马已齐,就等一声哨响,老天忽然下起雨来,众人顿时愁眉紧锁,无可奈何看着天。忽见D君提着喇叭从容招呼大家转到室内。原来,昨晚他看天气预报,判断存在短暂降雨的可能,当即要求企业临时准备了一个室内会议室,以备万一。没想到这个"万一"还真派上用场了。正是他的缜密思考和准确预案,挽救了一次重要活动,也给项目的推介赢得了意外的喝彩声。

　　办公室还是个接待来人来访的窗口,经常是"上官如云,过客如雨"。这些客人多是来向领导汇报或联系工作的。访者一多,就需要序时安排,期间,我经常得放下自己手头事务专注于"陪聊",利用这个机会给来访者解疑释惑,交流相关政策。若为工作而接待当属正常业务,但也有少数无所事事者,往往不知他人时间之贵,喜欢漫无边际、没完没了的海侃神吹,这个时候有点考验我的耐心,但往往总是被无聊者击穿。时间一久,我也琢磨出一些应付无聊者的办法:比如找个借口如厕,躲他一时,踅摸一阵回来后,若那人还未走,此时只能暗地求助好友"打个电话"吧,一阵"哦哦"之后,抽身逃离也!

人生海海,能在千万人群中相识本就不易,能成为同事更是小概率事件,所以珍惜同事缘分是我的一贯信条。办公室是以年轻人为主的团队,让他们都能有合适的锻炼成长机会,是我的愿望之一。实践证明,年轻人肯学、肯干,成长起来都很快。然而,多种原因之下,成长的烦恼总是如影随形,进步的通道总是那么逼仄狭隘。还好,人才选拔的通道是敞开的,省市部门的遴选为年轻人打开了一扇通往外面世界的窗。于是,十年来,出入办公室的年轻面孔总在不断变化着。不管是考走的,还是交流或升职离开的,那份同事之缘或深或浅都在我的内心深处留下了记忆,让我多了些可供回味的温暖。

某一日,在省城参加一个会。刚坐下不久,忽有一年轻人走到我面前热情地和我打招呼。因为戴着防疫口罩,遮去了半边脸,我一时未能认出,直到他解开口罩,我才从那双黑黑的眸子中认出,原来是当年办公室的同事,年轻的E君!大概是九年前,我从乡镇把他招至办公室从事文秘工作。二十来岁的他,肯学习、善钻研,公文意识很强,进步很快。三年后,他又以优异成绩考到厅机关任职。因为综合素质优秀,现在已是一位直接服务于决策层的"大笔杆"了。在省城的会议上,与当年的年轻下属不期而遇,实属意外,却不无惊喜!

我知道,自己并非老师,也不好为人师,但回顾自己这十年之路,那些曾经的领导、同事,何尝不也是我的人生之师呢?

## 2

办公室工作的核心任务是服务保障,内容涉及方方面面,事关对象千千万万,时间永远服从任务,即便是半夜听到"机叫",也会毫不犹豫披挂而起,奔向茫茫黑夜。

某个傍晚时分,突接紧急任务,说第二天某市领导将来县里调研。此时此刻要拿接待方案,已没办法到现场跑线路了,只能和同事与乡镇的同志频繁网上沟通,凭经验推演,并反复修改,一直忙到凌晨,才勉强拿了个方案,第二天昏昏沉沉中带到现场,以为按既定线路走完程序即可。谁知这位领导根本没按方案进行,而是信马由缰跑了几个村,过程中一再安慰县里:此行不衡量你们的成绩,就是实地走走,看看当下农村空置的现状,以便研究下一部如何建设新农村。我在心里嘀咕:昨夜等于白忙了。却又打心眼里佩服这样的领导风格:轻车简从,求真务实!这在无形中也给我们树立了一个很好的学习榜样。

有人说:服务工作做对了十次,哪怕只错了一次,也等于十次成绩全归零,所以我们总是走在追求"零差错、零缺陷、零失误"的路上。一次重要会议的前一天晚上,就在会议材料已经准备装袋之时,一位细心的同事忽然发现某份材料里有一个不显眼的错字,如果不认真比对是发现不了的。此时已是零点时分,人困马乏,但较真的态度告诉小伙伴们,不能抱任何侥幸心理,再苦再累都要把错误的材料换掉,尽管这涉及重新打印、重新装订等程序返工。几百份的材料因为一个字的差错,又耗时一个多小时才重新装袋,全部完工之时已是晨光熹微。每一次辛苦的努力都不会白费,过程中增加的不只是经验和教训,更有对工作的自信。

江淮分水岭地区,每年夏季都会有一段梅雨季节,雨季长短不一,降水量有多有少,每年的抗洪防汛也是这阶段工作重点。某年的梅雨期较长,汛情逐渐加重,直至洪灾形成。暴怒的洪水在滁河上游八百平方公里的土地上横冲直闯,漫过渠道,覆盖田野,一路浩荡而下,乌乌泱泱汇聚到某大坝前,大有兵临城下、欲攻城略地之势。该坝闸年久失修,且又被层层聚集的革命草死死缠住,导致洪水下泄不畅,上游来水很快越过警界水位,堤坝随时有被冲塌之险。我们一行陪同领导来回走在坝闸上,能明显感觉到堤坝在洪水冲击下的轻微晃动。

滚滚而来的水流此时已在大坝前形成一片白茫茫的湖区。领导判断洪水若不能及时分流,堤坝危在旦夕,而难点在于聚集在坝闸前面积越来越大的革命草。显然,清理水草成了当务之急。我们试着使尽全部力气用钢叉扒拉水草,效果几乎杯水车薪。为安全计,专业民工也不能在水下作业。于是又想到了用大型长臂挖掘机进行清障,这种机械虽不能潜入水下作业,但抓草的力量很大,而且不会有安全隐患。挖掘机赶到现场后,很快发挥了清障的主力军作用。但机械臂再长也覆盖不了数十米宽的水草面,加之作业面受限,只能在坝堤边缘伸长臂努力地清理,与越涌越多的水草面积相比,仍然无法从根本上改变被动局面。

那夜的天空像是漏了一个大窟窿,雨持续不断地下着。水位一分一分地上涨，我们的心一丝一丝地收紧。茫茫雨幕中环顾四周，我们所处的位置几成孤岛。领导审时度势，又果断决策从渠道一侧开挖溢洪道，利用地势落差提高泄洪能力。那个令人窒息的雨夜里，数辆挖掘机吭哧吭哧与刚建成不久的水泥路面硬扛。那一夜，雨声、水声、机声，声声贯耳；焦心、困心、忧心，心心如焚。直到凌晨时分，雨慢慢停了下来，溢洪道也终于打通，岌岌可危的堤坝总算保住了。我们悬了一夜的心终于有了安放之地，疲惫的身体很快又充满力量，充满信心地奔向下一个战场。

如果问当下的基层工作什么是难度最大的，当推房屋征迁。对一个发展中的城市来说，有序推行征迁，是改变城市面貌和加快发展的必由之路。那两年里，每年征迁我县都超额实现了预期目标，连我曾就读的母校，也在我的亲眼目睹之下灰飞烟灭。

征迁工作总会遇到一些无奈的人和事，始终考量着那把尺子的准确性、严谨性，尤其是面对城郊接合部的大量"隔夜楼""种房子"现象时。这些房子本质上是违建，而违建者希望与合法建筑"一视同仁"，本身就在破坏公平。深入其中不难看出，"隔夜楼"现象背后往往有多个利益共同体，不仅有当地祖居户随意扩建，也有远在他乡的外来户无孔不入的买建，还有背后看不见的手的允建。由于城市治理机制的滞后等综合原因，如何拿捏尺度既能让"居者有其屋"，又能使不当得利的邪气不再被效仿或蔓延，还要坚决打击各种掮客行为，既要勇气和决心，更要智慧和担当。尤其是违章建筑体量较大的房子，实际上是边拆迁、边拆违。

我曾经深入某违建集中的区域看过现场，那些房子简直是"接天莲叶无穷碧"，彼此之间几乎是墙挤墙、门挨门，因为都是违建、抢建，肯定谈不上规划，道路如羊肠，电线如蛛网，管网无处安放，污水四处流淌。与梁晓声的茅奖大著《人世间》里"光字片"居民区有的一比，那真是为一尺宽都得挤破头的地方。几平方公里的土地面积上居然盖了数千座独立的房子，其中八成都是违建，面积达数十万平方米。显然，违建者笃定此地即将拆迁，"赌"一把的心理很明显。

依法行政是政府行使权力的基本准则，由此才能维护社会的公平正义。在后面长达一年多的时间里，我与乡镇的同志顶住各方压力，与群众坚持面对面沟通，晓之以法理，关心在细节处，做到无情拆违，有情关爱，让"赌"者无利可图，观者不再攀比。最终化整为零,积小胜为大胜,实现了和谐拆迁。

征迁遇到的问题千奇百怪,既考量被征迁群体亲情的厚薄,也检验基层干部群众工作能力的强弱。我们需要在看似密不透风的利益壁垒间寻找共同点,帮助他们搭建共识的桥梁,即便面临山穷水尽的境地,也不放弃追求一片柳暗花明的努力,因为群众的利益从来不是小事。

3

入职三十二年,这是我走过的第八个工作单位。究竟什么岗位才是适合我的呢?

记得我工作的第一个岗位是财务会计。那时会计的计算工具是算盘,而不是今天无处不在的电子计算器。会计报表是手写,也不是现在的电子化自动生成。总之一切的核算方式都靠手工完成。不仅效率低,准确率也不高,往往错了一个数字,就得扎进账簿册、凭证堆里,反复查找。像个土拨鼠似的,一头垒进去,半天不出来。做一份高质量的年终报表,不熬几个通宵,很难把数据搞一致了。我和算盘、报表苦斗了约七年时间,由于长年和数字纠缠,逐渐练成了心算、珠算同步的好习惯。比如一堆发票,我既可以用珠算打一遍,也可用心算复核一遍,二者结果相差无几。也许当年收支的数字都不大,比较易记,现在动辄都是大数字,再靠心算显然既不可靠也不可取了。但曾经的岗位经历,非用心而不得也!

一个岗位总会有一个岗位的乐趣。人们常说会计岗位刻板枯燥,可我没这么想。会计核算中,我对阿拉伯数字的书写非常感兴趣。看似很平淡的十个数字,作为财务人员来说,如何写得精准而又好看,就是一种追求。

数字不同于汉字,其书写无法上升到书法的高度,用文字去表述也很难找到恰当的语言。但当你书写的数字出现在报表上,显得清晰精准、大小适宜、水平一线之时,无疑是会爽心悦目的。至今记得当年一位老所长,拿着我的报表对另一位同行说:"你看看,你看看人家的报表,多清楚、多秀气!再看看你的报表,涂得像花狗屁股一样,哪个看得懂啊!"就在那一年,我意外获得系统内先进个人荣誉,不知是不是报表的质量起了作用,不过我很清楚,这是我走上工作岗位获得的第一个表彰奖励。那个小红本本至今犹在,已有三十个年头了。

没有人知道,那个在今天看起来无足轻重的小奖励,在当年的我的精神世界里埋下了一颗什么样的种子,以至于在后来多年的东奔西走中,不论遇到何种境遇,皆有一种阳光的力量挥洒在我心头。

岁月自有其恩典。那些年,那些看似枯燥的数字,我常与之对视良久,不知不觉中,脑海里刻下的密码也会诗意成行。

4

说到读书,内心总是有点愧疚感。十年来,读了一些书,但依然还有很多经典至今尚未打开,眼看那些书躺在角落里寂寞地打发着时光,甚至已是灰尘满面,我却依旧在忙忙碌碌中寻找着牵强的理由。时光真的如电,我已到了被电得不轻的年纪了,却在书海面前惭愧地低下了本就平庸的脑袋。

我算不上读书人,充其量只是个人兴趣而已,但这种兴趣已经让我非常受益,而且一定会伴我终身。

简单盘点一下,我读的书虽然有点杂,涵盖政治、经济、历史、哲学和文学等,但就深度而言都很肤浅,大略属于浅层次阅读之类。若允许给个解释,我认为,工作是我的主业,读书只能服务于这个主业。我的这个主业是基层行政工作岗位,虽是个近似于芝麻粒的小角色,但就性质而言是个"勤务员",必须用一身的正气和诚实来对待。正气和诚实从何而来?即便有少数先天的正直无瑕者,若在物欲社会里,不注重自身修行的提高,也早晚会淹没在世俗的红尘里而不能自拔。这种早年根正苗红,后来禁不起诱惑而折戟沉沙的例子太多,就不必在此费我笔墨一一列举了。

两千多年前,子夏的一句"仕而优则学,学而优则仕",已将做官和读书连成一体。历览前贤,几多宦海沉浮,却也不改读书之志者众。今天的我们不一定鼓励"学而优则仕",因为人才需要是多元化、多层次的。但身在"仕途",不论优劣,都应把读书当作安身立命之本。

随着工作阅历的不断加深,某些实践的认知总是在内心激发我用笔把它们写出来,于是读书之余,又尝试着写了些感悟类文章。久而久之,便有了些文字的积累。也许在专业写作者面前,那些文字可以列为"忽略不计"之类,但于我这样一个基层公职角色而言,读些闲书,偶尔练笔,时间一久,便构建了属于自己的精神故乡,而且可以无限扩容。

某一日,整理书柜之时,看到自己写的那三本书,夹在郁达夫与蒋子龙中间,心中居然有种莫名冲动。随手把两位巨匠的书抽了出来,哗啦哗啦又翻了翻。我读书有个习惯,看到好的段落或语句,就将页面的拐角折起来,以便下次查找。今看那些折痕依旧,不由得重温了一下当时用笔画出的横线上的文字。只轻轻地那么一瞄,一阵惭愧之感从心底忽地迸了出来,连带着骨子里藏着的某个"小"来。稍稍站直身体,我用手掌横着来回抚了抚前额,又轻敲了几下后脑勺。把书放回书架以后,似乎想长出一口气,但却低得近似于一声叹息,面对书柜又发了好长一阵时间呆。

5

现在,我的新岗是主抓宣传思想工作的,其中最费心力的是创建全国文明城市。这是一项需要全域推动、全民参与的民生工程,目的是打造众人眼里的倾城之美。

近一年来,我把主要精力都投入城市的主次干道、市场商场,以及大街小巷、社区小区的角角落落。目力所及之处,问题虽如起伏的山峦,绵绵不绝,但追求的信心和决心一直未曾动摇。

城市的美,既有外在的颜值,更有内在的素质,是一种内外兼修的美。颜值的美是指城市各种配套基础建设,如道路、公园、停车场等;而素质的美,主要表现在人们行为习惯的改变,是精神层面的。显然,精神层面的提高,绝非一朝一夕、敲锣打鼓就能实现的,需要长期的文明实践和培育来共同推动,而推动这项浩大工程则要靠党领导下的基层干群持续不断地用心服务。

转岗以来的日子里,我几乎是从"治乱"开始的,把乱穿行、乱停车、乱堆杂物、乱扔垃圾作为重点整治对象。一年不到的时间里,已基本做到了"有序",而这背后,凝聚了一大批诸如公安、城管、县直及镇村干部的心血和汗水。他们以不分白天黑夜的奔走、不论节假日的辛苦,集体绘成了文明城市创建的群像图,而这个群像还会源源不断地壮大,直到广大群众积极参与进来,形成全民创建全国文明城市的一致步调。

过去十年,是我这个基层公务员岗位接力赛的一段难忘历程,而今新的赛道在前,我与我的同事们向着幸福之城、共享之城的目标奋力奔去!

  落下此笔的时候,又是一年的春天盛装到来,万物葱茏,满目皆绿。转眼又是十年,恍若昨天。新岗自有新责,永不过期。

原载于《清明》2022 年第 4 期

# 金陵鼙鼓酒旗风

## 章宪法

圣代文章有价,骚人笔墨流香。百花深处咏怀堂,画个竹林小样。

——阮大铖《春灯谜》

## 库司坊

咏怀堂在石巢园,石巢园在库司坊,库司坊在金陵城南(今南京秦淮区中华门城堡西北侧)。

"金陵为帝王之州",明太祖定都于此,库司坊是首都的一处官署。明成祖迁都北京,金陵城转为"留都"。时光堆积为历史的沉重,官署倾圮百草丛生,库司坊最终重回民间。

明季的北京是双眉紧锁的:民变蜂起西北,后金起兵东北,大明王朝困厄于空前的内忧外患之中。远离京城的金陵城,明季依旧别开生面:参差的灯光穿透夜幕流动的街巷,阵阵笙歌挑动酒旗,每一阵晚风都掀起一处亮堂的旋涡。鼙鼓疏击,管弦涌起,一派祥和与无尽神秘,空气一般地翻动在库司坊。

半个世纪之后,孔尚任"借离合之情,写兴亡之感",将明季的金陵写入《桃花扇》。但是,兴亡归于朝廷,民间但见离合,刚刚在库司坊破土而出的石巢园,努力证实其在金陵城的存在,且以甑瓴明暗与一唱一念,不时舞动金陵。

金陵石巢园与常州东第园、仪征寤园、扬州影园,均出自明代著名造园家计成之手。石巢园的主人阮大铖,与计成为挚友。计成问:文有"文眼",石巢园何处点睛?阮大铖不假思索:自然是"咏怀堂"!

"咏怀堂"渊源于"咏怀诗",竹林七贤之一的阮籍遗下的经典。库司坊不远处,正是阮籍墓所在。建安七子与竹林七贤中的阮氏精英,是谱载的阮大铖先祖。阮大铖卜地造园于库司坊,是精心而又从容的;但阮大铖离开安庆定居金陵,是窘迫而又无奈的。时间的雨水早已漫过了库司坊,水落石出,库司坊从此箫笛缓吹,琵琶铮铮。

阮大铖(1586—1646),南直隶安庆府人。有着"明一代唯一之诗人"美誉的阮大铖,十七岁中举,万历四十四年(1616)高中进士,意气风发地步入官场。

金陵,戏剧芬芳一座城:元杂剧于此形成"金陵曲派",昆曲始终于此盛行;汤显祖于此生活了七年,李渔于此生活了二十年,洪昇于此创作了《长生殿》,孔尚任创作《桃花扇》。无论是剧作家、作曲家、理论家,还是各种昆曲家班,无不云集金陵。名标中国戏剧史的阮大铖,来到库司坊前,首先将自己的人生情节书写得曲折离奇。

天启四年(1624),同乡好友左光斗告诉阮大铖:吏科都给事中非你莫属。阮大铖听后大为开心。这是个"位卑权重"的职位,阮大铖对此心仪已久,也极为看重。改日再见左光斗,阮大铖忍不住追问:如何?左光斗为难了。东林党领袖、吏部尚书赵南星等,将吏科都给事中的帽子给了魏大中,阮大铖胸中那个恨啊!左光斗劝道:给你安排了工科都给事中……阮大铖喜笑颜开:一样的,一样嘛!

这话只是说说而已。身为东林党人的阮大铖,立即戏剧般地找到东林党的死敌魏忠贤这里。一包银子下去,魏忠贤说:没问题,吏科都给事中归你。阮大铖如愿以偿,东林党领袖们的那个恨啊!

但是,大明官场上的下一幕,阮大铖并未亮相:他辞职了。这个下一幕,是场"武打戏":赵南星折戟,左光斗、魏大中等被杀,观众席上都是血腥。

接下来的一幕,剧情反转:天启帝朱由校病逝,崇祯帝朱由检上台,观众们看到的血,又从魏忠贤及其同党的脖子上流了出来。阮大铖高调亮相了:穿着从三品光禄寺卿官服,在崇祯帝面前侃侃而谈。崇祯帝忌讳党争,痛恨阉党,也不信任东林。阮大铖满志踌躇,构思出剧情的发展逻辑,朝着东林党补了一刀——在《合计七年通内神奸疏》中,阮大铖历数泰昌元年(1620)到天启七年(1627)间的党争事实,将什么时候东林党与宦官勾结弄权,什么时候魏忠贤权倾朝野,抖得一清二楚,至少是将东林与阉党各打五十大板。

在天启朝惨败的东林党,将所有的希望都寄托在崇祯帝身上。阮大铖这一刀,扎在东林党人的命根子上。东林党人被彻底激怒,群起而攻之,以"阴行赞导"的罪名将阮大铖列入"逆案"第三等,永不叙用。

意料之外，情理之中，这才叫别开生面的一部大戏。时事亦如戏，情节更诡异，闲住家乡的阮大铖仍是无法安宁。崇祯八年（1635），农民军进入安庆。"大乱避乡，小乱避城"，留都应该是安全的，阮大铖举家避居金陵。崇祯九年（1636），石巢园落成，阮大铖"于桃花扇影之下，顾曲辩挝"。

咏怀堂是石巢园中最大的华堂，也是金陵城中的豪华戏厅。檀板鼛鼓，阮大铖导演着家伎上演自编的《春灯谜》《燕子笺》等。传统的文学理念中，诗歌为大宗，戏曲、小说归于末流。阮大铖追逐末流，或叫作曲折，或归于无奈，《春灯谜》等十一种传奇，多数出自居于金陵城期间。

仕途发展到这一步，完全出乎阮大铖的预料。但是，阮大铖并不想真的解剖自身，而是执着于如何呈现自己的冤屈，以戏鸣冤便成为门径。传统的剧本一直以唐宋传奇小说为题材进行敷演，阮大铖认为没有一个旧故事足以展现自己的深"冤"。天性恃才傲物，自负填词之才、集句高手，不甘第二，阮大铖一空依傍，另铸新篇，以原创的作品独抒胸臆。

演给自己看的戏都是"悲剧"，阮大铖需要更广泛的观众。阮家班的演出冠绝当时，金陵第一，库司坊时时门庭若市。阮大铖深谙戏曲是集音乐、舞蹈、美术于一体的综合性极强的艺术，以观众为重心，建立起作家、作品和观众间的有机互动，谋求作品的演出效果；突出戏曲的娱乐功能，将人物情感和命运浓缩于舞台，最终以剧情蕴含的情感打动观众。《燕子笺》《春灯谜》的民间演出，均呈现出岁无虚夕的盛况。

阮大铖戏曲作品的出色演出效果，还出于其重金打造出的阮家班，其曲师、伶人等，皆在金陵这样的戏曲之都出类拔萃。阮家班曲师朱音仙，是中国文化史上有影响的人物，曾经供事军中，精通军中礼乐，尤擅南北曲、昆曲，长期在阮家班专事作曲。阮大铖弘光朝复出后，朱音仙被荐入朝廷钟鼓司。弘光朝覆灭，朱音仙转入曹寅家班。朱音仙离开曹寅家班后，最终留在了冒氏家班，培养了徐紫云、金菊等三代演员。"一曲琵琶弹贺老，三更弦索响柔奴，此事艳东吴"，朱音仙还弹得一手好琵琶。另有陈裕所、李伶等一流歌姬，阮家班一时甲冠金陵菊坛。

"满盘错事如天样，今来兼古往。功名傀儡场，影弄婴儿像。饶他算清来，到底是糊涂账。"借编演新戏为自己辩冤的阮大铖，果然招来满座高朋。大红氍氍上角色登场,阮大铖台下把盏高谈阔论,极力展示自己是知兵的"边才",这也是朝廷可能破格起用戴罪之臣的一条门径。台上的盗匪挥刀砍向无辜的公子,一股热血喷涌而出,似雾似霞的红色液体飞溅落到台下客人的颜面上。目不转睛的客人大吃一惊,阮大铖也从自我表演中走了出来,一甩长袖迈步上台,敞开嗓门对演员道:这血,不仅要喷,还要淋,一滴一滴,让观众看清这一刀砍出的悲惨与冤情!

为了彰显剧情的"悲"与"冤",阮大铖精心设计了这种现代影视中才有的"特技"。金陵舞台上不曾有的特技,折服了咏怀堂里所有的官员与文士,没有人记得阮大铖不光彩的经历,全都沉浸在戏剧的精彩中。

"写作本身就是抵抗",以戏交友、声歌自娱的阮大铖,离自己的梦想越来越近。金陵菊坛异彩纷呈,东林人士将看出什么?阮大铖的前程真能花红似锦吗?

## 媚香楼

一心谋求复出官场的阮大铖,苦心孤诣构思剧中的每一个配角,唯恐这些观众忽视的角色弄砸自己的一部好戏。

阮大铖天性敏锐,光顾咏怀堂的各色看客中,始终少了复社文人。东林式微后复社兴起,这些继承东林衣钵的人,甚至是东林后裔的年轻人,大多尚不足左右朝政,或许算配角都很勉强,但注定是大舞台上的一个角色。他们什么时候出场,安排他们什么样的"科介"烘托自己的大戏,阮大铖盘算已久。年轻的配角们目前出入秦淮河畔,主题散乱地汇聚媚香楼。阮大铖对配角们的这种出场充满自信,这里是他红颜知己李澹生的地盘。

每次见到李澹生,阮大铖都有着莫名的怦然心动。似醉意中的清醒,似清醒中的醉意,仿佛又有隐隐的痛。

李澹生是媚香楼中的"妈妈",掌管着秦淮河畔最流光溢彩的一处风月场所。佳风佳月,佳事佳人,对面江南贡院的几分阴森,在媚香楼的灯光下斑驳无影。每次与李澹生把盏抚琴,阮大铖都感到自己的心思淡了,又心思浓了。欲放不下,欲罢不能。

李澹生,即孔尚任《桃花扇》中李贞丽的原型。《桃花扇》中的李贞丽仗义豪爽,明显是侯方域、李香君爱情的保护者,似乎又是昏君奸臣的批判者。她与复社文人多有来往,尤其与陈贞慧格外亲密。但是,李澹生最初最亲密的人,正是一脸大胡子的中年男人阮大铖。

李澹生工诗善画,声乐出众,小阮大铖十来岁,正是那个时代红颜知己最合适的年龄。案前灯下,阮大铖眼前总浮现这个如中空夜月,又亮丽飘逸的临水照花之人。弄阮珠声出,萧横夺命音,李澹生令阮大铖不能自持:

> 月亦如期会,清辉逗此宵。香声啼玉凤,花颊印红潮。既擘阮咸阮,还吹箫史箫。怜君魂是水,云雨不堪招。

在这首写给李澹生的诗中,阮大铖袒露了自己与李澹生的情感上"零距离"。

阮大铖的复杂性就在这里:一方面有着玲珑剔透的男女情感,一方面又将美好情感置于深不见底的功利之中。媚香楼是各色人等的交际之处,有世故的官宦,有多情的才子,于风月场所谋私利,兼收并蓄为我所用,阮大铖是这么想的,李澹生也看出来了。冰雪聪明的李澹生,知道自己与阮大铖修不成正果。

放歌秦淮河的复社公子,有青春的强项,也有着情感的纯粹。"复社四公子"之一的陈贞慧,与李澹生情感急速升温。陈贞慧乃泰昌时吏部左侍郎陈于廷之子,在东林党与阉党的争斗中,陈于廷被魏忠贤削职。崇祯初年(1625),陈于廷重新起官,与首辅周延儒不睦,被削籍归里。魏忠贤、周延儒与阮大铖是一个圈子里的人。恩恩怨怨,在媚香楼里与陈贞慧发生关联,阮大铖事实上已走上了一根钢丝。

但是,企图复出的阮大铖,不得不小心地处理与复社文人的关系。冤仇宜解不宜结,与东林、复社和解,也就扫除了重入官场的第一块拦路石。多一块垫脚石,肯定比拦路石强。

切磋诗文,斩获功名,排遣青春期的激切涌动,复社文人不断聚集金陵。在媚香楼,阮大铖又捕捉到了一个比陈贞慧更合适的年轻人——侯方域。笼络侯公子,阮大铖是有把握的。侯方域之父侯恂,与阮大铖既是"同学"(同年)也是同僚。阮大铖任光禄寺卿,侯恂任太仆少卿。侯恂也受过魏忠贤的打击,但并不严重。更重要的是,侯恂与阮大铖在周延儒重出官场的背后,还是共同的"合伙人"。阮大铖罢官后,侯恂则一路升迁,官至户部尚书。

前来金陵应乡试的侯方域,看上了媚香楼的姑娘李香君。阮大铖冷眼旁观,寂寞难耐欲放飞自我的侯方域与李香君姑娘杯盏诉请,弹琴吹箫,阮大铖不仅乐意成全红袖添香、才子佳人的佳话,且暗自窃喜。

侯家的公子哥在风月场高调登场,又一时囊中羞涩,阮大铖痛快地出手相帮。媚香楼里阮大铖合掌击拍,李澹生行云流水地吐出一段昆腔,而后四目相对,会心一笑。

热恋中的侯方域更是开心不已,他庆幸自己结识了仗义、豪爽的王将军。王将军待侯公子甚恭,"每一至,必邀仆为诗歌,既得之,必喜。而为仆贳酒奏伎,招游舫,携山屐,殷殷积旬不倦"。侯方域对此只有些奇怪,不明白"桃花扇"与"桃花运"的异同。但王将军说:我与你父亲是朋友。

媚香楼里的各色客人,李香君比侯公子要清楚。李香君对侯方域说,王将军不是个有钱人,怎么可能一掷千金呢?李香君虽是情窦初开的少女,长期生活在特殊环境,反而比世家公子世故、老道。

李香君算是提醒了侯方域,侯公子这回执意要从王将军这里问出究竟。王将军轻轻拍拍侯公子肩膀:阮光禄(阮大铖)是你父亲的旧友,你们这些年轻人,成天对阉党嫉恶如仇,他想化干戈为玉帛,通过你与陈贞慧、吴应箕这些才子修好,其他的事你就无须多问了。侯方域原本是单纯的,王将军一说,侯方域忧虑起来。

王将军即王贞吉,明末一个普通的武官。"金陵三月江花红,遥遥仗策鸣春风",与寻常的一介武夫不同,王贞吉也是个爱好风雅的人。此时的阮大铖与王贞吉这样的武将交往,既与他谈兵的兴趣,也与他了解明廷与清军、流寇战事,企图以边才得召用的仕途目标相关。

但是,王贞吉并没有将阮大铖托付的事情办好,大约就是《桃花扇·却奁》中描述的情形。阮大铖企图收买侯方域的消息不胫而走,复社中的公子哥们群情激愤。陈贞慧等一百四十余人签名,张贴《留都防乱檄》于金陵大街小巷,压得阮大铖抬不起头来。在媚香楼,阮大铖也不敢抛头露面了。

崇祯十四年(1641),宰相(群辅)何如宠去世。何如宠是阮大铖的老乡,两人平时交往甚多。何如宠公祭仪式,阮大铖怎么也得出席。复社公子见到阮大铖,气不打一处来,光天化日之下,上前就是一顿猛揍,阮胡子的胡子也被扯下一把,阮大铖威风扫地了。

冒襄的出现,让阮大铖与复社公子的矛盾似有转机。冒氏是如皋大族,冒襄置酒待客是寻常之事。冒襄说:阮胡子的《燕子笺》最近挺火,招来听听如何?诸公子说好啊,于是派人相邀。阮大铖闻讯大喜,立即遣阮家班前往演出,还不忘吩咐仆人:演出情况,要随时回来告之。

一曲方起,果然四座叹赏。复社的才子说,这阮胡子还真不是凡人,才气还真不在我辈之下。好戏开头了,仆人赶紧奔回相告,阮大铖禁不住理起长须,尽力遮住外溢的欣喜,指了指仆人:再回去,再看看。

这一次,仆人看到了另一番景象:台上伶人唱一句,台下诸公子骂一句。骂詈不绝,一声高过一声,仿佛阮大铖就在台上,众人恨不得上前将其掀翻。阮大铖失望了,咬牙切齿,又不知如何是好。

修好不可能,金陵也没法待下去。三十六计,躲开这群惹不起的年轻人。阮大铖坐上轿子,他要出城躲上一阵子,究竟什么时候回来也说不准。风从轿底钻进来,轿帘不时阵阵飘动,阮大铖拿手指紧紧压住,如同按住一只要爬进脊髓的跳蚤,仿佛还有碎裂的声音。

朱唇启合,洞箫呜咽,是媚香楼,是李澹生?都不是。阮大铖再也没有回过媚香楼,也没有再见过李澹生。李澹生与陈贞慧也没有修成正果。在漕抚田仰逼嫁李香君时,情急之下的李澹生毅然代嫁,最终又被田仰卖给了一个退伍老兵。乱世之中,谁都活在风尘中,堕在尘埃里,被轰上舞台演绎戏剧人生。

## 牛首山

牛首山位于金陵城南30里,方圆近50里。"修竹一方开梵宇,寒松半陇插浮屠",牛首山既是佛教圣地,也是一座文化名山。逃出金陵城避祸山中的阮大铖,即隐居于花岩寺。阮大铖家财丰足,后来于牛首山下另置别业,但仍旧是花岩寺的常客。

牛首山的四季归于植物,春日甘菊生满岩谷,夏日松风凉意习习,秋日黄花叠彩流金,冬日雪片漫过修竹。冬日里的阮大铖心是热的,夏日里的阮大铖心是凉的,好在风起林摆,阮大铖不住地与僧人采菊、摇雪。僧人道:怪不得阮大人的戏本本出色,角角出色,出出出色,句句出色,字字出色,感情是少年情怀啊!阮大铖掀髯大笑:清净之地,你们才是红尘中的神仙!

一阵风按倒山凹处的浓荫,阮大铖的笑声戛然而止。密林深处,山岚尽头,阮大铖奋力举目远方,果然有马蹄声笃笃地传来。翻身下马的是马士英。落寞经年,官场同人多刻意疏远,仍与阮大铖交厚的始终有这位马大人。

马士英曾与阮大铖同科会试,没有卷入天启间的党争旋涡,因而仕途顺畅。崇祯五年(1632),马士英出任宣府巡抚,但意外发生了:马士英因失职遭到罢官。一同流寓南京,马士英与阮大铖的交往更加密切,二人从此"深相结",成为唱和、赏曲与谋划重出江湖的知音。马士英如愿重入官场,阮大铖有着汗马功劳。

曾同为内阁辅臣的周延儒与温体仁两人一直明争暗斗。论阴损、狠毒,周延儒尚比温体仁差上几分,故而最终败下阵来。周延儒是宜兴人,"东南党狱日闻,非阳羡(周延儒)复出,不足弭祸",在朝的复社官员极力支持、怂恿周延儒复出。在特殊的明季官场,这种可能性是有的,无非是需要背后运作的大笔银子。冯铨、侯恂、阮大铖等看中了这一"投资"机遇,合伙筹集了周延儒重出的成本。阮大铖不差钱,一次送给周延儒买通路子的银子两万两。

崇祯十四年(1641)九月,周延儒如愿以偿,出任内阁首辅。上任前,阮大铖找到周延儒,轻轻叫了一声"周大人"。周大人当然是个明白人,不必多言便明白过来。但是,但是……周延儒极不厚道,知道阮大铖的请托无法兑现,又不想把银子原路返还,不轻不重地反问了一句:我此行谬为东林所推,你名在"逆案",可乎?

当然"不可乎"。"逆案"是崇祯帝钦定,皇帝怎么会打自己的脸?阮大铖一听心就凉了,一辈子能言善辩,此时竟张口结舌。阮大铖飞速旋转的大脑几近发热:要回钱?硬要官?阮大铖分明看到了底牌与答案,继续不言不语。面对首鼠两端的阮大铖,静待的周延儒竟先走一步棋。

周延儒毕竟是块当宰相的料,主动递了一句话,给了阮大铖一个台阶,也给了自己一个台阶:你琢磨一下,找一个关系最铁的朋友告诉我,我拉拉他,他拉拉你,谁也找不出破绽。

高手的伏笔必定让戏剧出彩,直接改为间接,直线变成曲线,这无疑成为最后的办法。阮大铖想都没想,说出了三个字:马瑶草(马士英)。后来的事实证明,周延儒还是有信用的:马士英被重新起官,位至凤阳总督。

马士英造访,阮大铖急切希望看到"剧情"的走向。掩上僧房的木门,阮大铖郑重地往马士英的茶盏里倒满茶水。马士英道:阮光禄埋名深山,满金陵可都是你的传奇声啊!阮大铖苦笑起来:闲作传奇,别人不明,怎么可能瞒过您的慧眼?马士英拿起杯盖刮了刮茶盏,放声吟道:寒山何可陟,落叶满空林。更听岩间雨,难为灯下心……

阮大铖听罢,大为开心。这首诗,是几年前自己与马士英等雅集时的即兴之作。那一天,雨很大,风很轻,整个牛首山只有他们面前的一盏灯晃个不停。阮大铖一边挥毫,一边担心有一股风过来,使牛首山连同自己归于寂静。

马士英是个讲义气的人,阮大铖走上前去,手心不轻不重地按在马士英的肩胛。透过僧房的窗口,满山翠绿,熠熠生辉,一道鲜明的阳光钻过如线的门隙,笔直地爬上阮大铖的鞋帮。

流云飘过山峰又跌落谷底时,马士英已策马消失在牛首山深处,阮大铖忽然感到从头到脚一派空空。置酒,请公公!阮大铖大声召唤仆人,屁股下的椅子,分明在地面上又压出了一道新痕。

"公公"是留都南京的几位太监。在与马士英的深谈中,阮大铖又意识到自己复出仍旧困难。崇祯帝钦定的"逆案",马士英即便有心,也不太可能改变皇上,不能拿马瑶草做最后一根救命稻草。谁能改变皇上?希望或许在留都的某位太监身上。阮大铖要把这些宦官,弄得精神比皮子都舒服,经常请他们观赏自编自演的戏曲,还在戏中借角色之口,拍出他们满口的"爽"字。

宦官这个群体,在历史上的影响十分微妙,有时权倾朝野,有时仅为皇家贱奴,但无论是风光一时还是落寞终身,都会受到社会的鄙视。阮大铖的不凡,使其找到精神贿赂这条捷径——要为宦官群体量身打造一部大戏。投入自然有回报,至少理论上是这样。

这部戏的创作相当不顺,阮大铖原本以程咬金、秦叔宝二人庆尉迟敬德生辰来结构故事。戏写得很精彩,但阮大铖并未感到满意。有一天酒后,几位太监宴罢离去,阮大铖达旦不寐,猛然间顿悟,将程咬金、秦叔宝、尉迟敬德改为牛、邢、裴三位宦官,是谓新传奇《牟尼合》。

阮大铖将《牟尼合》刊刻了两种曲本：写程咬金、秦叔宝、尉迟敬德的版本，宴请清流人士时使用；写牛、邢、裴三宦的版本，以白皮纸精印，宴请宦官时使用。处心积虑，大戏演至关节处，阮大铖忍不住亲临文武场指挥，一举手一投足，让锣鼓敲在公公们的兴奋点上，吹乐风一般地抹在他们的敏感处。"南中一时歌茵舞席，卜夜达曙，非是不欢"，《牟尼合》同时风靡金陵城。

热闹的背后是沉闷，阮大铖需要一口缓过气来的风。北倚长江，东近大海，季节来风总会灌满牛首山。牛首山的风说来，总会来，只是不知道在哪天来，白昼还是夜晚。

## 洪武门

当锣鼓仍敲不散胸腔的郁闷时，阮大铖总要到洪武门走一走。金陵的这座老城门，已与阮大铖一样沉闷而斑驳。即便如此，当洪武门以微笑的表情露出门牙时，阮大铖仍旧怦然心动。

兴建于洪武八年（1375）的洪武门，曾是大明王朝最森严的皇城南门。五十多年间，每一个自洪武门而入的人，都是这个王朝跃过龙门的精英，体面而又踌躇满志。过了洪武门，御道两侧便是明朝中央官署区。迁都北京之后，这里的官署仍在，只是生出了几分落寞。在野十六年，一次又一次的挫折，阮大铖的欲望也不断跌落：重入北京，希望渺渺，倘若有一天洪武门为自己而开，阮大铖也能一了心愿。阮大铖甚至不敢想，自己会有一天穿过洪武门，还能一路向前，进入权力的中枢，那是怎样的戏剧性情节啊！

1644年的春夏之交，一声惊雷在牛首山炸裂又滚落，倾盆大雨随之而来，沟沟壑壑都被洗刷得一干二净。空气一样清新的阳光穿云而出，阮大铖深吸一口气，几分壮硕的身躯压上轿子，振奋而又胆怯地直奔洪武门。

离得志与出人头地应该尚远，阮大铖这一回只是去看看，看看而已。

1644年，是中国大地上开创新纪元最多的一年：这一年，叫永昌元年，李自成攻进京；叫顺治元年，清兵入关；其实也可叫弘光元年，崇祯帝自尽于北京煤山，一个比阮大铖更肥硕的弘光帝即将进入洪武门。阮大铖编了十一部传奇，没有一部有这么离奇，也不敢将情节编排得如此令人眼花缭乱。

挨过骂，挨过揍，阮大铖不敢太过张扬。轻衣小帽，阮大铖只想远远看看这位新君。可惜的是,阮大铖只看到了笼统的故事梗概,没有看到任何细节的精彩。

但是,运气来了牛首山也无法阻挡——阮大铖投入的两支"股票",瞬间涨停:马士英与几名太监,联手拥立朱由崧为帝,立下了"定策之功",毫无悬念将进入新朝的权力中心。下一幕呢,阮大铖重新钻进轿子,抹了一下胡子,抹了一下胸,然后大咳一声。

登上皇帝宝座的朱由崧,驾轻就熟的是酒文化与赏戏,这也是要几十年工夫才能练成的。在马士英的荐举下,进入朝廷的阮大铖很快与朱由崧成为知音。阮大铖不时领着阮家班,浩浩荡荡地越过洪武门,进入内宫通宵歌演。朱由崧赏戏是专业的,但仍没料到金陵能有这样的优伶。朱由崧尤其欣赏阮大铖的剧本,吩咐吏部尚书王铎:你把《燕子笺》抄写一份,朕闲暇时好好赏读。王铎不仅是朝廷高官,更是一位书法大家。

娱乐是轻松的,时事是沉重的。清兵不断向南推进,在外将帅拥兵自重,在朝大臣内斗不休。南明小朝廷本就风雨飘摇,打翻了这条小船大家能有什么好?这道理,不是没人懂,而是大家太懂。

内斗必将亡国,亡国也要内斗,朱由崧每走一步棋,东林党人都感到是将自己逼上死路。中都守备太监卢九德,弘光帝朱由崧将其提拔为司礼监秉笔太监;留都太监李永芳,也在弘光朝获得重用,这都是福王一系的"自家人"。尤其让东林党怨气冲天的,是马士英、阮大铖的崛起。两害相权,东林党选择了力攻后者。刘宗周在《纠逆案邪臣疏》中说得直截了当:"大铖进退,关江左兴衰。"根本利益冲突,双方都需要以墨汁涂抹对方的颜面,所有的争斗都有着戏曲的精彩。

但东林党人的阻击,并不妨碍阮大铖的入朝步伐。在马士英的力荐下,弘光帝任命阮大铖为兵部尚书。从谈兵论剑,到传奇中的奋力表达,阮大铖终于梦想成真。迈入洪武门,阮大铖舒展衣袖,又刻意摆出定格造型,将华丽官服的精致细节送入同僚的眼帘。果然有一句浑厚低沉的男中音:阮司马,您这是戏服吧?阮大铖一回头,大笑,拱手:哟,柳将军!

柳将军,即曾经风靡金陵城的说书人柳敬亭。当年,二人共同流寓金陵城,柳敬亭与阮大铖结为好友。如今,柳敬亭是最有军事实力的宁南侯左良玉麾下的军师。同时春风得意,柳敬亭与阮大铖又反目了,根子便在左良玉这里。朱由崧在金陵称帝,左良玉远在武昌,失去了立下"拥戴之功"的机会。对新朝的官场格局,左良玉耿耿于怀。局势瞬息万变,李自成部在清军阿济格部追击下,正经陕西、河南进入湖北襄阳地区。在柳将军的启发下,左良玉脑袋开窍了:避开李自成的南下主力,趁机占领东南富庶地区。

弘光元年(1644)三月二十三日,左良玉引兵东下,直趋金陵,檄文中的"清君侧"三字,更是直指马士英、阮大铖。作为形象思维突出的戏剧家,阮大铖顿时联想到侯方域。

左良玉本是父母双亡的孤儿,从军后显出足智多谋,侯恂将其由卒伍提拔为裨将。左良玉兴兵,侯恂之子侯方域自是内应。阮大铖"不独见怒,而且恨之,欲置之族灭而后快也"。但是,阮大铖没有捕获到侯方域——深更半夜,杨文骢上门通风报信,让侯方域立刻逃走。而这位杨文骢,又是马士英妹妹的女婿,常理上他应该是马士英、阮大铖圈子里的人。

迎击清兵南下的主题,随着剧情急转直下,马士英"尽撤江北劲兵,堵据上江",阮大铖亲自率兵阻击左军。久经沙场的将军与纸上谈兵的文人之间,将上演怎样的一场武戏?什么都没有。左良玉意外地病死九江,其子左梦庚率兵继续东下。板子矶一战,左梦庚部被一举击溃。收拾残兵,左梦庚投奔了清军。

雨点般的鼙鼓声深夜响起,洪武门上依稀可闻。声响不是来自内宫,也不是来自库司坊——清兵主力围困金陵城。守城无将,外无救兵,凌晨时分,弘光帝打开洪武门,逃得无影无踪。弘光元年(1645)五月十五日,钱谦益等打开了洪武门,南明官员齐刷刷地跪成一片,恭迎豫亲王多铎。

明季金陵城的大戏熄灯落幕:无枝可依的阮大铖,降清后病死仙霞岭;带兵在外的马士英,遭遇清军被俘被杀;逃出金陵城的弘光帝,落在总兵田雄兵营,田将军背起朱由崧往清营献俘,绝望的朱由崧在叛徒的肩膀上狠咬一口;仓皇出逃的侯方域,根本就没想到李香君,二人的重逢在半个世纪后《桃花扇》中。舆图换稿,泪眼相对,一个叫作"李香君"的旦角吟道:回头皆幻景,对面是何人……

原载于《青春》2022 年 11 月

# 行　窝

## 张　扬

### 一

那年,我在浮山脚下读书。住处邻近食堂,一根烟囱日日飞烟走灰。清晨起床,一脸尘埃,鼻孔、喉咙里都积有黑物。夜里,老鼠拖着长尾巴,从被褥上窜过。有时它用尖嘴探及人脸,倏然惊醒,即刻抽出手,狠狠拍过去,老鼠"吱吱"叫着,鬼魅般逃去。逢周末得空,行于山中,大喊"喂——喂——",吐一吐胸中烦闷。浮山摩崖石刻多,痴看大大小小、深深浅浅的刻字,它们竟动起来,像枣红色的马在古道疾驰,又像巫师在旷野手舞足蹈。

往山里走,一个自称能掐会算的白衣人坐在一块石头上,粗声粗气地问要不要卜一卦,我没有理会他;挎着篮子的农妇站在路边,兜售据说可以浮在水面的火山石,未辨真假,也无钱买它,仍自顾自往前走。从会圣岩前那株有三百余年树龄的银杏树旁经过,拍一拍粗壮的树干,它纹丝不动,折行向下,便到了野同岩。沿途藤蔓有荣有枯,石刻或隐或现,似有叮当、叮当的凿壁声在回响,击起的石屑在飞溅。题诗的人早已消失,却都隐身于摩崖石刻中。野同岩这处石壁上,刻有楷书"行窝"两个字及边款"方潜夫氏命子智书"。年少懵懂,仅知"潜夫"是方孔炤的字。及至后来研读他们的事略,才知方以智在落款中以"潜夫"称呼其父,不仅仅合乎旧时礼制,"潜夫"以及方以智的字"密之"均是他们做人处世的体现,也有方家沉浮遭遇的隐喻。方以智的肉身墓位于浮山北麓,读书时曾拜谒过。时值方以智诞辰四百周年,随一众文友回到浮山,向他的墓地敬献花圈,又齐齐鞠躬。转眼十年,纪念方以智的展览于2021年秋日举行。这一时节,我独自拖着箱包,登上驶往京城的火车。

有时想,假如方以智并非颇有建树的文化人,他的故事、他的墓,恐怕只有其家族后人才会记挂、祭拜。绵绵瓜瓞的方氏一族,书香盈门,从方以智的曾祖父方学渐、祖父方大镇、叔祖父方大铉、父亲方孔炤到他自己,个个精通理学。连他的外祖父吴应宾以及业师白瑜、王宣等，同样如此。方家女眷们也能书善画。其时制度虽然严苛，他们却始终守护着一盏理想之火。东林学派遭打压后，方以智的祖父方大镇从旋涡中抽身归乡，过起隐居生活。他将《易经》中"同人于野"的卦辞大意，用在自己新号"野同翁"中，并选了浮山一个岩壁，题刻为"野同岩"。倾城风雨中，方大镇之子方孔炤也被迫去职还乡。此后，方孔炤下狱，方以智怀抱血书为父申冤。明廷覆灭，方以智的父亲方孔炤心灰意冷，就此遁迹于山林。

浮山周围，除了白荡湖及圩区，有成片的农田、散落的村舍。行走其间，就会想到曾经隐居在此的方氏一门。每到春季，鸟儿成群落在新翻的泥土上，争相啄食虫子与草种。入秋后，山风吹过，松树果一颗颗滚落。这样的山野生活也许可以抚慰身心疲惫的人。遵照父亲嘱咐，方以智恭恭敬敬书写了"行窝"二字。题字时，一股怆然之感在他的心胸激荡。方以智记下父亲所做的一个梦，梦中方孔炤不仅亲遇邵康节其人，还见到邵康节在野同岩一带栽种象征精神高洁、不屈不挠的松树。邵康节被司马光视作兄长，名在"北宋五子"之列，几次授官都未赴任。他将自己的斗室称为"安乐窝"，不求过美，唯求在冬暖夏凉中著书编诗，这种安乐显然迥异于时下所讥的耽于享乐、醉生梦死。仰慕其品行学问的人家，争相邀约、挽留他，甚至仿建他的卧室，冠以"行窝"之名。邵康节死后，多处行窝客舍如空空鸟巢、残破蛛网。

我读到方以智的记述，未免生出疑惑。一个人日有所思，或许夜有所梦，于方孔炤而言，未必真的就梦到古代贤士。方以智记录方孔炤梦境，似借此表明其父有一颗礼贤之心、一腔高蹈之志。行窝名为栖身处，实是寄寓着人的心灵与志趣。换言之，它隐含了一个人或一个家族的心灵史。方以智慨然发出"尽大地皆行窝"之叹，有随遇而安的豁达，也见出他的心境与胸襟。作为"明末四公子"之一，方以智有过显荣，也有过抗争的凛然与无力，在明清易代的罅隙中东奔西走，行迹奇诡而不为世人尽知。这样的人谜一般存在过，却也不仅仅是唯一。

山下，朝夕可闻琅琅书声。在我离乡多年后，方以智书写的"行窝"字迹，仍时有闪现脑海。行窝的安放，不只前人为之纠结，同样也为今人所要直面。一个人的行窝，可能在生养的故里，在长居或终老之地，也可能是一处处歇脚的驿站，或是浪迹的异国他乡。人在年轻时，往往意气风发，一心想着走出山村僻地，去往急管繁弦的都会，未料一次次从千堆雪中被抛向岸边。待到伤痕挂身，寡欢归来,才以为故园总是好的。潜藏舔伤后,仍旧要撑篙远行,人生的帆再悬于茫茫大海……我居于浮山时,一颗青涩之心备受炙烤,望着默然的山,听着白荡湖的涛声,想着何时能如那白色大鸟一样,飞过山崖湖区,飞越江面乃至更广的天空。晴朗之夜,月光照着几排桌椅,也笼着近旁的山体水域。秉烛看书的同窗,埋首书间一动不动。我也无眠,却为窗外细密虫声所吸引,暗处似有不可知的东西诱惑着人出神。窗户残破,风裹着微尘闯入,迟迟睡去,深夜的梦与激烈的现实境遇纠缠在一起。催人的铃声响起,新的一日如弓弦拉紧。依稀记得假日里,与同窗从学校绕到山后,从山麓走到圩区,走过长而弯曲的圩埂,耳畔大风呼啸有声,来到一片浅水区,水中的渔网或露或藏,岸边泊着一只窄窄木舟,舟旁蹲守着一个抽烟的老人,每人拿一块钱给他,老人推舟摇橹,小小木舟载着我们往彼岸而行。这样的情景,多年后仍让人回味再三。

一湖碧水向长江而泻,江水自西往东奔涌。临江亭中,返回故里的老人神情沉静,面江而坐。与我交谈后,他将自己所填的一阕词送我,词里浓缩有他数十年的萍踪与感怀。天气由暖转热,明艳艳的山花忽然间烟灭一般,山中林木倒愈发葱茏。山道上,赶路人偶尔缓下脚步,擦拭耳鬓渗出的汗。那年七月,我从浮山走出,迎来的是一段求医煮药的煎熬日子———向壮实的父亲突然病倒。未有心理准备的我及家人抱怨他不爱惜身体,又嗜烟好酒,以为这折损了他的生命。后来才知他的病情被耽误,错过最佳诊治时机,我又未免生出恨意,恨自己无能为力。

## 二

继续求学还是放弃,一度在我心里撕扯着。终究是背起行李,由南向北去学校报到。次年暑期,与同窗乘上一辆大巴,向东而行,到了琅琊山。当山体出现在眼前时,欣欣然中夹杂几丝神伤。曾经奔波不已的父亲,在他短暂生命历程中,未有观山的闲情。

交通便捷的时代,入山已非难事。当年欧阳修听说法远禅师非同一般,为见一面,骑马坐船,水陆兼程,从滁州风尘仆仆赶到浮山。在清幽的会圣岩下,欧阳修与法远屏声静气展开对弈。对于欧阳修远道而来的心意,法远洞察于胸,下完棋,便"因棋说法",步步引出禅机。俩人的对话,用现代汉语表述,不免失却机锋。在"因棋说法"摩崖石刻前,我曾数次留影,青葱模样尤难忘却。至于琅琊山,也是屡有往返,每次都到醉翁亭坐一会。秋日,与友人进山,登上居高的南天门,目力所及处山影重重,寰宇间幽幽渺渺,再次慨叹欧阳修所写的那句"环滁皆山也"的精妙。出于新冠肺炎疫情管控之故,景区未全面开放。空气清冷,几无游人。复古而建的琅琊阁上,铃铛声响不绝,越往上攀登,风力愈大,吹得人身体摇摇,衣裳飘飘。深山峡谷中却是另一番自在,几声鸟鸣传来,树叶悠然飘下。秋时观看这里的碑刻奇石,苍古之气浓烈可感。人随着年岁渐增,如古树古碑添些肃然之气。那微妙的气息在体内累积着、发酵着,成为岁月留痕的包浆。

欧阳修到滁州时,正是冬日。城中的房屋都比较低矮,到处是杂草枯木,一股荒凉之气扑向了他。这时的欧阳修遭受着诽谤,又有丧女之痛。为排遣心中块垒,公务之余,他就到山里走动。有时他只身一人入山,与乡野村夫闲谈漫步,或盘桓于山僧惠觉居室。在惠觉的引路下,欧阳修于布满苍苔的崖壁上,见到苦寻许久的唐代李阳冰篆书《庶子泉铭》,不仅将石刻拓本分寄给好友苏舜钦、梅尧臣,还请他们写诗,然后刻在石头上。他虽然表示自己文辞不及,但终究忍不住,写了一首表明心迹的《石篆诗》:

寒岩飞流落青苔,旁斫石篆何奇哉。
其人已死骨已朽,此字不灭留山隈。
山中老僧忧石泐,印之以纸磨松煤。
欲令留传在人世,持以赠客比琼瑰。
我疑此字非律画,又疑人力非能为。
始从天地胚浑判,元气结此高崖嵬。
当时野鸟踏山石,万古遗迹于苍崖。
山只不欲人屡见,每吐云雾深藏埋。
群仙发空欲下读,常借海月清光来。
嗟我岂能识字法,见之但觉心眼开。
辞悭语鄙不足记,封题远寄苏与梅。

古遗迹存世也难,后人偶有遇见,多半心喜,要发思古之情。记起父亲遗我一片薄薄古铜,铜片上刻有篆体字与汉瓦图,多年摩挲而不忍丢弃。我对古物生有好奇心,陆续集得几件古器,或许正是父亲的喜好投射在我的身上。但他的喜好、他的脾性,于我是焉非焉?化为血脉里的东西已难清洗或更改。退一步想,假如自己接过的传家旧物,哪怕是破衣残剑,也要从中寻些会意与寄托吧。

如欧阳修生前所愿,他的得古奇遇借由文字而为后人所知。在读《石篆诗》时,我对千余年前这位一时落魄而不失壮怀的中年人,无来由地生出几分怜悯。那段时间,欧阳修多混迹在与人同乐中,如他自己所言"醉能同其乐,醒能述以文"。在写给友人梅尧臣的信中,他就流露出自得自若的心境。政宽民安,日子较为悠游,欧阳修迎来自己的创作高峰。居滁州将近三年,欧阳修留下灼灼诗文,身心之痛似乎都随风而散。别过滁州,欧阳修迁任扬州,相继任职于颍州、亳州、青州、蔡州等地,嗜古、藏书、下棋、弹琴、乐饮,不改其风其好,但又不废政务。在滁州时他自号醉翁,到了晚年,易号为六一居士。对于"六一"的由来,欧阳修解释,自己集得金石遗文一千卷,藏书一万卷,"有琴一张,有棋一局,而常置酒一壶",乐于其间,连同他自己,便是六个"一"。这般喜好的内在,看似欧阳修借物自娱,实则是他借以安放孤独游荡的灵魂。

《醉翁亭记》如一气呵成。快意文字中,流淌的实非浓浓酒味,而是一脉清泉活水。那一脉泉水连通的是山林,是无限澄明的天地。从求学到工作的三十余年中,我常重读《醉翁亭记》,在诵读中,那些字字句句犹如一只只鸟落在山巅水涯,又扑棱棱地飞向山水之外。随着他的游思走笔,可以感受到婉转如流水的节奏感,一派杂花生树的山野气,以及他在理与情、忧与乐、进与退等方面的勘破、咏叹与抉择。《醉翁亭记》不仅受读书人追捧,连当时的商人也争相一睹为快。今天读来,依然让人感佩——欧阳修身处逆境,却能豁达自如,他的这种精神状态与苏东坡何其相似。昔日醉翁之意在时间流逝中淡薄了,袅袅余绪尚可从文字里感知,或在书籍之外的山山水水中打捞。那高迈情怀与诗意精神怎样承接与拓展,依然是萦绕在读书人心头的困惑。这困惑,非一时一人所有。

## 三

我由少年至中年,从浮山到天柱山,喜读石上刻字。山中岩石再峻峭,若无古人题诗,予人的不过是冷冰冰的自然顽石。层峦叠嶂中,摩崖石刻处处。拂拭悬崖辨古字,如同掀开一帘清梦,梦里古气郁郁,青衫长袍者在纸上,也在石上龙飞凤舞。古人有写碑之好,托字同山体,一面面石刻如一块块古碑,就此固化了前人踪迹与手泽。千百年前,煮字弄墨的人写下一篇篇诗文,又请能工巧匠摹刻到岩石上,今天的人们再用上好的纸与墨,小心翼翼地将古人的刻字拓印下来。在这奇妙回环中,生命能量在转移,诗文风流与书法气韵得以勾连。

抵达天柱山的那天下午,雪花飞舞,像淘气的孩子胡乱画着横竖撇捺。山麓小城被蒙上一层玉色。雪后灿然,经明晃晃的日光照射,地上、树上的积雪速融而无所见。屋顶、山的背阴处,或有残雪。临出门时我换上大衣,又裹了条浅灰色围巾,怕山风扑打——以往这时节领受过它的凌厉,如今人至中年,不敢轻易与四方八面的嗖嗖冷风抗衡。在山谷中走走停停,清冽的空气吸入肺腑,人顿时精神些。一棵朴树高过亭角,零星的黄叶从枝头飘下,被风卷至脚旁,翻了几翻,又滚远了。树根旁、山道上都落有枯叶,脚踩过,它就碎了,发出清脆声响。山谷流泉中,有一面岩石铭文,为唐宋两代所遗题刻,记的是李氏祖孙同游一地之事,二人间隔八代、二百四十五年,祖上的雪泥鸿爪后裔幸遇,自是喜得无可名状。苏轼与弟弟题诗于同一寺庙,数年后东坡先生只身重访旧地,见过的人已不在世,题诗的墙壁也崩坏不堪。周遭枯寒如刀,他下笔新写的诗句就有了如水薄凉。人生漂泊如孤鸿,偶然间落脚留印,苏轼以其丰富的阅历与深邃的洞察,消解着自己胸中块垒,也劝慰着世人顺其自然。笔在纸上游走,如人孤行,行至水穷云尽处,青峰隐隐可见。吐纳山水的胸臆,了然于墨迹中。这般笔墨意境与体贴用心,苏轼料想自己的弟弟必然知晓,也深信后来人可以感知。

时间如无底黑洞,吞噬着有形无形的生命与万物。一族一群在繁衍生息中,可能消失得干干净净,湮没无闻,也可能枝繁叶茂,绵延几世。念天地之悠悠,飘飘何所似,陈子昂泪目,杜甫如是,世间有血有肉有情有感之人概莫能外。纵然如此,山阴道上,为诗为文者哪怕力如飞蛾,也要做逆旅过客,把栏杆拍遍。

犹记二十余年前,我与友人老龚等乘火车初到天柱山,大雾锁山,湿气又重,投宿山中,山蚂蟥出没,同行中几位女生发出的惊叫,刺破沉静的夜空。历历旧影,如水中之月。这一回驱车重访旧踪,收到一则微信消息,仅几个字:老龚走了。瞬间,手指颤抖,连手机都滑落在地。老龚向来开朗热情,脸上常有笑容,英年之际遽然离世于他乡,抛下一家老小。庚子年里,新冠肺炎疫情暴发,伤痛不可数。他人和我均有亲友罹病或零落。那些日子我正调换供职单位,又不得不戴着口罩往来医院。几位亲人在仪器扫视和探测下,接受着科目繁多的查验,而后吃药、换药,各人都担着惊吓,日夜相互安慰,病愈者躲过一劫,亡者如叶碎雪飘。古人以柳自比,攀枝执条,慨叹树犹如此,人何以堪。李叔同弥留之际悲欣交集,留给友人夏丏尊的信中,写有"华枝春满,天心月圆"字句。这字句有古井般的澄净,更有枝头闹春的欢愉。我置身皖地山中,面前古道蜿蜒,夕阳余晖涂抹于潜水河面上,河岸的灯火次第亮起来,映着冬夜紧闭的一扇扇窗。一切有如天线传导,接通了前人的文心与诗句。

我常反刍逝去的日子,以为斑驳旧影中潜着草蛇灰线。有一年,沿着皖河寻访徽班遗迹,行至高处俯看皖水,浩荡的水流以及闪动的光泽像无比强大的原始能量,冲开种种阻隔与桎梏,呈现出阔大、高远的生命气象,心神一时为之摄住。此番到潜山前,才去京城,参加纪念徽班进京二百三十周年座谈会,座中人屡有提及程长庚。从潜山走出的程长庚,有一回演伍子胥,冠剑雄豪,音节慷慨,像一尊大神,把看客都惊住了,待缓过神来,众人才纷纷起立鼓掌。程长庚在京城站稳脚跟,赢得梨园口碑,深知一切来之不易,对待求学后生惟严惟勤,每天待他们练功完毕,他那独特的高亢声调随即响起:"放——学——"毗邻程长庚纪念馆的,是张恨水纪念馆。这样的布局,恰巧应和了张恨水嗜戏之好以及对"程大老板"的敬重。我与张恨水的后人有过叙谈,早些年供职报社时编过《潜山恨水》专题。张恨水集报人、作家于一身,左手新闻,右手文章,所用笔名、闲章甚多,"程大老板同乡"这一名号含有他对京剧的痴迷,也见出几分乡土荣耀。张恨水甚至说:"我有了大老板,较之临邑桐城人士之夸耀张家父子宰相,以及姚方古文正宗,却不相上下。"假如生当同代,张恨水与程长庚应是交谊不浅的乡友。张恨水自号天柱山樵,又用"天柱山人"笔名,作品中也频见大柱山。这做法里透露着作家对故里的深情。由张恨水,再回望李白、王安石、苏东坡、黄庭坚等历史深处的那些文人,他们行往天柱山,挥笔留字。研墨飞石中,有笛声,有琴声,有刀剑出鞘声;有落叶飞花,有独钓寒江雪,有高山遇流水;有凄苦,有欢欣,有庄严;有老子,有庄子,有孔子……。不知程长庚、张恨水可有想过,这山、这题诗、这些人,连同他们自己都成了"尽大地皆行窝"的一帧帧侧影与一条条注解。

读宋诗,如见能言善辩的人。宋人据理谈天,见骨见石见枯。王安石从舒州(今安徽潜山)辞职回家时,途经褒禅山,写下以事明理的《游褒禅山记》。王安石所说的险远之处,自然不止洞窟,亦不限荒漠、雪山、深海、森林。日月繁星乃至世道人心均是堂奥险境,人终其一生,几乎是在历险探秘途中。十余年前,我在褒禅山,水滴从岩壁上嗒嗒落下,蝙蝠乱飞乱窜,寒凉气息让人收缩着身体。眼见现代设施布于洞中,耳闻同行者说笑,未觉有王安石探洞时的那般神秘,待我从洞的另一端出来,回望,身后仅一丛绿树,洞口却已不见,心里陡然一惊,似从古地穿越而来,冷不丁现身于今世。

王安石来赏山谷流泉,眼前的水无心而山有色,景致幽深难以穷尽,坐石上以忘归。何为坐忘?颜回脱口而出:"堕肢体,黜聪明,离形去知,同于大通,此谓坐忘。"此话一出,连孔子都感到惊叹。王安石去世十多年后,苏东坡来到天柱山,他把这段历程视为"归来"。见到岩石上所刻的王安石诗句,苏轼黯然神伤,沉浸在往日的一幕幕里。苏轼与王安石政见不同,却能惺惺相惜。这般气度高古而壮阔,如鲸鱼翻身于大海,星子相望于苍穹。我到天柱山,未有忘归,仅在石上暂坐一会。石头坚硬而性寒,坐其上便会生凉意。快节奏的现代生活中,气定神闲者少,坐久忘归者少。在茶楼饭馆暂坐,在大小会议室暂坐,在车上或飞机里暂坐,在街头行道树下暂坐,暂坐片刻是今人常有情状。

那日,我穿城而过,来到藏在山坳中的痘姆陶古窑。扑面而来的,有一股浓烈如酒的古气。一些红砖红瓦的房子低矮而破旧,屋前空地上垒了一溜的酱色陶缸,房中堆有劈开的木柴,长约百米的龙窑沿着山坡做匍匐状,暖阳照着梧桐树掩映的古窑地。上是高天,下有厚土,光明普照万物。刹那间,人的五官通灵一般,似见千树开花,万鸟出巢,无数原始生命在复活、集结;心底如冰裂,所有情愫化为无声的流水。多年前与友人到过古镇孔城,镇上有座痘神庵,庵里供奉传说中掌管治疗天花的痘神娘娘。痘姆陶与民间拜求庇佑的痘神娘娘有关,还是仅用于纪念采药治病的古代女性,尚不得知。人有病,问天问地问所谓的神明,是旧时常有的做法。老家方言中,称呼母亲为"姆妈","姆"为鼻音,那发音里大约有古韵。与河姆渡遗址出土的古陶类似,最初的痘姆陶融入的,当有母系族群的威严与温情。思绪飞回,仿若看到一位老妪领着乡民,在清寂的乡野中和泥、抟坯。第一炉火生起来,第一窑陶热乎乎成型,却是不尽如人意。老妪沉思、疑惑,而后再舀水和泥,再抟坯做陶,如是反复,中意与超出预想的痘姆陶出窑了。经由水火交融,泥土化凡为奇,这让乡民奉老妪如神明。或者老妪被当作一地造物主。痘姆陶的窑火幸被继续点燃,坑冷烟灭的不在少数。我曾有一念,欲抱万物于一怀。那一念又使我感到荒唐。如沧海之水,取一瓢饮就好。占有欲过度,为物所役,极可能趋向深渊。品物之道,在于破解、还原隐藏其中的造物秘密、彼时场景。无法计量的生命个体消逝于长河落日中,一丝丝光亮隐于旧物古器。那些洞穿时空而追附于物上的光亮,仍要现世一颗颗人心去熨帖、接纳,乃至激发出更大光束照耀人间。去过国内外一些博物馆,展柜中不乏残破古物。从前旧物难以保全无瑕,平常人家用具或珍贵物品更是如此。世间万物,在生产、消耗、再生产、再消耗的循环中组合、变异、升级,甚至复归初始。唯一不同的是,物因了人,多少附注人的情感。具象的它们化作无形的情感通道,人希望可以由这种通道回到过往,却又明知旧的不去新的不来。这真是令人伤感而无可奈何的悖论。老家旧屋在一个风雨之夜倒塌,原有物件都已散去。那段时间,我整个人犹如硬生生地被掏空。父亲生前将一只清代康熙青花瓶摆在条几上,有人出高价他亦不肯售出。某一日清晨,搁在条几上的青花瓶,啪地一声掉落地面。看着一地的碎片,用鸡毛掸清扫灰尘而失手的妹妹,吓得几乎哭起来。父亲闻声进到堂屋,见状,气得眉毛上扬,问了几句后,却一声不吭地弯下身,轻手轻脚拾起一堆碎片。我每有见到青花瓷瓶,都不由想起那天早上砰然碎裂的物件。

## 四

火车在疾驰。错觉中,人随车一会在云中飞,一会如快舟逆行水上。轰隆声与突然出现的颠簸,又把身体的错觉拉回来。但真真切切,人与车仍在陆上飞奔。大地上的雾气在深夜里弥漫开来,偶尔闪现的路灯反衬出夜色与雾气的浓重。它们神灵般变身,又迅疾隐匿在迷雾中。多次来京的经历交织于回想中。十八年前,我刚下车,就遇到一场大雪,随身所带的衣服少,身体又不适,面试之后,犹豫再三,终究没有去办理入职手续。又有一年,盛夏的下午,与同事在京拍照,突然一阵狂风突袭,天上竟落下冰雹,其间为了获准进入一个有着百余年历史的会馆探访,费了九牛二虎之力。那一次,有天晚饭后散步,遇到一个梳着大背头、穿着拖鞋的中年人,被其蛊惑,从他手上买了一个做旧的茶盏……往来之间的遭遇,让自己时有反思当初的选择,所谓对与错、有与无、得与失都纠缠在一起,其时难以厘清,今日也难判定明白。

这一回,到京不久,见到同窗老龚遗孀,与她叙话中,想到迄今仍躺在床上如同植物人的一位发小,假如当初他未举家迁往外地,也未在练习拳击中受伤,其人生状态或许不同,而老龚若未选择北上,今日境况同样可能迥异。宛如转动轮盘,人生因选择不一而五花八门,但彼种选择并不见得较此种选择更为通畅,顺逆难测,人生无常,唯有直面才是不二之法。老龚遗孀忆起料理亡夫身后事,仍觉得如梦如幻。人生忽如寄,肉身凡胎跳脱不出这铁律。只是,她在往后生活中要把自己塑造成无所不能的强人。她说,为了女儿,准备换一套住房,减少睹物思人的伤痛。饭后告别,我发了一行字劝慰:念着人间小温,把诸般冷暖体验,不枉此生。回到住处,翻看韩少功的《人生忽然》,书中写道:"一次性的生命其实都至尊无价,都是不可重复的奇缘所在。且让我们相互记住,哪怕记不了太久,哪怕一切往事都在鸿飞雪化,尽在忽然瞬间。"读他这段文字,即刻想起去机场接他的场景。当时他的头发极短,花白中有少许黑的发丝,肩上挎着一个背包,从出口健步走来,像邻家老人般朝我和友人挥手回应。待坐定,他甫一开口说话,中气十足,一副硬朗的样子,让人感到沉稳有力,而非"衰年不堪玩"。

因为新冠肺炎疫情防控,在京的几个月我基本足不出户,日日以听课或阅读为主。在京的日子,午睡屡屡有做梦,梦见几位逝去的亲人,他们一律默不作声。惊醒后,眼前白光一片,墙壁是白的,屋外的阳光亮而白。念及上辈的心愿以及他们对晚辈的嘱托,有的似已实现,有的仍未完成。如陶潜所言"亲戚或余悲,他人亦已歌",一个人、一个家庭乃至一族的痛与乐,于他人而言,有时并非同频共振。这是常识,也是难以超越的人之常情。贝多芬写的曲子里有他自己的化身,起始一味沉静在个人的痛苦与灰暗遭遇中,之后他与疾病抗争,与苦难搏斗,终由沉郁的私语转向欢快的舞蹈,从浪漫的幻想走向更为清醒、深奥与博大的人生境界。从一己之身升腾为返照天地间的精神力量,这是大彻大悟后打开的生命空间,也像音乐家所发出的某种警示。庄子早有惊世之语,认为你身我身非你有我有,均是天地暂时托付。这种突破个体概念,也突破时空局限的认知与体悟,可以让人变得更清醒一些,在顺应自然中倍加珍惜当下。人的生命的痛感与可贵,可能在于一个个瞬间的感知,在于做着温馨的或不温馨的梦,在于精神世界的超拔。人至中年,边走边反刍。过往所涉人与事,时有与我离别与重逢。旧有记忆渗入新的生活现场,并随之过滤、沉淀,如是反复。父亲身上所透露出的严肃、威压气息与拼命求得乐活的情绪,时时如在我的左右。有一晚,听一曲老歌,眼角竟濡湿,父亲的声音和气息再次裹向我,使我陷入亦真亦幻的奇境,也使我深信这不仅是父与子的纠缠,也是虚与实的纠缠,人间与非人间的纠缠。这一时刻,我由中年回返到童年、少年、青年,连记忆中的草木虫鸟与星空河流都被搅动起来。被动或主动,我的身体里都关联着真实和不真实的父亲乃至祖辈,潜藏着童年的我、少年的我和青年的我。幼小的我随父亲走进堆有土坟的松树林,大雨忽如箭镞射下,他用臂弯夹起我,避入草亭中,过了许久,天空才由昏黄转为白亮,雨才歇住。有一年腊月底,发着高烧的我闷在屋子里,突然掀开被子,疯了一样冲出去,在乡野中狂奔,从邻村赶回的父亲迎头截住我,大喝一声,我似清醒过来,到家后喝了一碗汤药,捂在被窝里出一身汗。在我读初中时,二舅、外婆、祖母接连离世,又有一天夜里,父亲回到家,说我的一个表姐喝了农药,丢下年幼的孩子走了。那是暑季,天有星光,父亲陪在身边,我却通身发冷,不停地哆嗦,仿若一颗心抵近死亡的边缘。读高中的假期里,与父亲一起下到河中逮鱼,猛然瞧见树洞口盘着一条银白的大蛇,对视之际人如木鸡呆立在水中,父亲发觉后,将我拖到岸上。这从未见过的大白蛇,被人说成是所谓的兆示,属蛇的父亲第二年病倒,而后再未下得病床。父亲曾到长江之畔的一个厂里做会计,辞职后带回的一摞写有工整字迹的本子和几捆压平的烟盒,后来被我塞进做饭的灶膛。父亲年轻时在学校代过课,但凡见到纸质书,便狂看,然后绘声绘色讲一通。有一年,眼见他备了搪瓷盆和一双筷子,作势说要当说书人,一顿饭的工夫他却兴致全无,之后再未当众说书……沉睡在大脑皮层里的琐碎往事与离奇细节,稍有时机就会从身体里长出来,如藤蔓缠住躯体,叫人挣脱不得。记得冬日里一袭灰色棉袄罩身的老人,常在村口漫步、张望。我与他少有说话。他早已离世,像个幽灵从我的生活中遁去,但我时时记起他。有一年清明回乡,油菜花开得明晃晃的,恍惚有孩童在追逐,四下空荡荡而寂静,仅有蜂蝶飞舞。此消彼长,新生代纷纷去往附近或更远的城市,热闹属于新的生活场景。一方水土承载的乡风民俗、群体记忆和个人悲喜,若有人记着,它们就存在着,若无记无传,一切便影影绰绰。连续数年,我试图寻找家族源头,但祖宗牌位已毁,家谱未有,也无其他资料可考,连祖上几处墓地都存疑。找来找去,那些杂乱而不甚明晰的线索,似连在山中祠堂的一棵大树上,又指向长江之畔的某个码头。从父辈上溯的几代人,其踪迹幽眇难寻,就连过世的亲人面目都渐已模糊,寻根的现实意义于我变得有些疏离。试图以某种方式接近当初的生命现场抑或寻回曾经的行窝,要突破的障碍与迷雾可谓重重。不如从现在开始,让口耳相传的故事与模糊印记伴随自己走至下一程,无论经受多少,依然要鼓胀起生命热情,一步步开掘属于自己的新的生命地带。

暂居京城的生活接近尾声,有人生出恍然一梦感,也有用功勤勉如常。我寻了一个周末,请假去往阜成门内大街的鲁迅旧居。少时背诵鲁迅文章,不知其深意。重读其文,两鬓已然飞白。记得前些年去绍兴,雨中从三味书屋走出,已是入暮时分,苍黄的灯光打在湿漉漉的路上,青石板泛起幽光。人潮退却,老屋坠入梦境一般。鲁迅用一支笔指陈国民痛点,在暗夜里写下诸多华章檄文。他的弃医从文,有着医治国人思想、改造国民性的大义。也有一种穿凿附会,以为他的选择最终暗合了周氏一族文脉勃发的轨迹,并洗刷了其祖、其父两代的屈辱与不甘。人去屋在,这次所看的鲁迅旧居院内,两株白丁香树一律老干寒枝,为这庭院生生添了些清奇。一只流浪猫蹑着步子走来走去,它并不惧人,甚至靠近人讨要食物。当日,我还去了位于珠市口西大街的纪昀故居,一株旧海棠伸出屋顶,枝头缀满红彤彤的海棠果,洋洋喜气冲淡笼罩天地间的寒意。这些老屋的主人均已远离,具象化的行窝成了供人游赏的景点,幸有树影旧迹可寻,生命的律动可感。

大自然是过往众生,也是当下我们最大的行窝或者说生命背景,朝云暮雨,春花冬雪,来鸿去燕,都是自由的精灵、匆匆的过客,仍然深切地影响着我们的物质生活与精神空间。时令向来不大欺人,地气、光影、风物中都见出季节的轮转。那一日,黄昏之际,天色阴沉,同在一楼的友人大喊:"下雪了,下雪了!"雪花如玉蝴蝶乱飞,撞落在窗玻璃上,窗台映出洁白的光,与室内的光晕叠印着,衍生成温暖的意象。自南国来的人,于夜间走到院中,将雪上一串脚印拍下,发到微信朋友圈。人与北方的雪相遇,生发出一种接近本真的欢快。这欢快里,凝结着默然流动的元气、古气与新气。那一瞬间,雪舞的山河就在眼前,万古如新就在眼前,往者生者就在眼前。

原载于《天涯》2022年第6期

# 湄洲岛上的林姑娘

## 胡大平

### 一

2012年6月,台风"泰利"登陆,台湾海峡卷过来的台风卷走了我的鼓浪屿之行,我只好退而求其次,去登湄洲岛。友人带我乘船过夹海时,风吹折了伞,衣淋湿了,登岸时看那太阳,是一张灾后失血的苍白的脸儿。出码头,被车夫纠缠,友人付了来回车资,就被电动观光车拉到了一个去处。麻条石铺地的广场,庙宇背倚山势,面朝海峡。

刚拿出相机,一女子凑上来道:"你们不好拍,我来办你们。"说着就"办"了两张。说老实话,第一次见到她,我觉得讨厌极了。她的大萝卜腔,跟电视小品里"福州""湖州"一路。总是厮跟着,执着地缠人。端起吊在胸前的单反,咔咔着,自此就成了我们的跟屁虫。引领买香、净手、九根分三处,插于香灰燃成"四季平安"图案的香炉里,亲手教我点燃。不停地在耳边聒噪:妈祖保佑,你许个愿。

"妈祖",读音前重后轻,前长后短,大半天我已被她训练得顺口了。在天后宫前,又被她"办"了很多张。她又撺掇我和友人三人站一块,咔咔一通"连发"。

"她这账到时候怎么算呢?"我担心地问友人。

"都说那海水又苦又咸,这湄洲岛上啊种出的花生,不加盐吃也是咸的。"友人告诉我。湄洲岛14平方公里,3万多人口,海岸线30来公里长。岛上除了庙宇,也无非是些住宅。农家乐待客,我看到很多房子都打着对外出租的招牌。进一庙,女子又怂恿上香,点着了插到香灰里,灰白色的香灰温软而滚烫,她说像女人的肚子吧。我不禁偷笑。那时,回看圣坛之上,妈祖的脸儿黝黑黝黑的,似俯视着人间,香烟时而飘进帘子去,珠帘晃动。女子告诉我,妈祖姓林,和她一个姓,她也姓林。走出来,一阵大太阳,她戴起了卷边仿麦草帽儿,胖脸黝黑,胸薄而唇厚,我想她的长相很一般。那午后时分,庙宇里开了小收音机,播放小说

《山楂树》,一段红尘之恋于缭绕香烟里响在耳际,她倚柱呆呆地收听,闭目养神,神情恍惚不知是出尘入尘。

我刚把相机递给友人,准备拍照。突然,她惊醒了,一抓抓在了手里,喊"我来吧啦!"。未及站稳的我,又听一通快门声,是用她的单反,老实说我头皮有点发麻了。

该吃午饭了,她吩咐快点打尖,去下一个景点望台湾。我们围坐吃东西时,她消失了,再出现时她的嘴上带一点红的,细端详像是粘着花生皮。岛边近海处,一圈石头围砌成的地块,围海造田模样,那田里一派盈盈的嫩绿,开出几星嘹亮的小黄花了,走进地里徜徉,友人说就是这花生。小岛特有的长年农作物,那花生呀哪怕剥一粒生吃,嚼来也是淡淡的真海味——咸的。

"吃过咸花生,"我跟友人打趣说,"可真没吃过生来的咸花生。"友人也笑起来。

她走过花生地时,神情似又呆了呆,引领着往海边走。一块大石上题着红漆字"相思林",题字人是彭冲。林子里种满了相思树,友人说,相思树又叫台湾相思,常绿乔木,它们都还长得不高不大呢。我和友人抚树,再瞻仰题石,彭冲题词在这曲径通幽的海角里,似有一种曲线救国的用心良苦。1958年8月23日开始炮击金门、马祖,金、马近在咫尺,完全处于我军炮火覆盖之下,金门岛三个副司令都在炮击中身亡,连胡琏也被炸了个骨折,可见攻势威力之大。

当年完全可以打下来的,那为什么不乘势收复金门、马祖呢?

我曾采访过一位当年参战的直升机老兵。他告诉我说,伟人毛主席打个比方:"箍在墙上,干吗拿下来套颈子上呢? 我们不收复金、马,并不影响我们建设社会主义。反之,如果我们收复金、马,或者让美国迫使蒋从金、马撤退,我们就少了一个对付美国的凭借,在事实上形成两个中国。而且呀,让'箍'留在老蒋家的墙上或颈上,不但有可能促进今后两岸关系的改善,同时能抵制'台独'活动,还能扩大美蒋矛盾,最大程度争取台湾军民心向大陆。"

那时刻当我和友人谈古论今时,海峡台风似乎暂歇,灾后的白日在空,眼前漆字如血。看那海上的鸥鸟翩翩,我想如果我像海鸥一样有翅膀,纵翅一飞,背负青天往下看,海峡像是一柄什么呢? 它似刀刃,是祖国母亲的心头之割! 相思林,林相思,相思林里相思梦,相思梦里相思痛。遥望那海,遥望那岛,我不由得感慨万千。

"站在白沙滩,翘首遥望,情思绵绵,何日你才能回还。"

哪儿来的歌声呢?是女子腰间的小手机悄然唱响了《彩云追月》:

波涛滚滚延绵无边,我的相思泪已干。
亲人啊亲人,你可听见我轻声的呼唤?
林中小树已成绿荫,何日相聚在堂前……

那时她和我们一样,也在呆呆地眺望海峡,嘴里还跟着哼唱起,我注意到,她似把歌词"门前"改为"林中",眼里是泪光闪闪。

## 二

"你真的是作家吗?住我家吧,长住我给你便宜。"

我随着她上一道小坡,走过一段宽水泥路,再走上一段窄水泥路,直觉不能上她当了,住足再不想往前走了。她便飞跑了起来,跑到前面约百米处一幢楼前,向我招手:"你看就是它,我不骗你吧。"

我走近已气喘吁吁,看是一幢极洋又极土的所谓"土豪楼",三四层高,外墙贴白瓷砖,楼顶弄个不锈钢塔。岛上这种土豪楼极多,几乎统一模式:塔顶一串从大到小的不锈钢球,丑陋如鳖生的蛋。她说是电视天线,运气好时能收到对面的台。

这是她家的院子。不锈钢管焊的大铁门上着锁,她正要开门,却嘬圆嘴对里面吹口哨,我听到一种奇怪的动静,类似鳖爬沙滩的声音。她就伸头冲里喊:"猪猪,猪猪仔。"我诧异极了,她像是呼唤什么猪猪侠。喵呜,咪咪,一种类似病猫的声音传来了,先是看到头,慢慢升起,一个干黄褐色的三四岁的小男伢,从门下抓着门栅栏探头爬起来了,孩子刚才大概钻在门底下。我好奇这孩子衣服上像涂了蜜似的,很快,一股带点海咸味的酸臭气味吹进鼻来,是新鲜的大便气味,我细瞧,他是滚了半身的黄屎,孩子抓着钢管蠕动的小手里也是屎屎,也许还挖过鼻孔吧,啊,这孩子塌而嫩的鼻梁上也有一两滴。一阵恶心感,我忙掩口鼻,但还是压不住,要吐。我想她要大叫起来了,她一定会大叫,但是却没有,她只是颤抖着飞快掏一串钥匙,噼啪响,她黝黑的胖脸,涨红得已变形成紫酱色了,泪滴无声地爬满了脸庞。

我离去时,似瞥见她家院里有个水泥砌的池子里,栽种着什么植物。听到她冲进去柔声地唤那孩子:"阿姨呢?保姆妈呢?"她家也许请了保姆带孩子,但是一时不知去了哪里,也许是吧。但是孩子怎会弄成如此的模样呢?

那时,去往那座海边小山顶,她穿着一条白色的英语脏话裤,小短腿绕得飞快,喊着"顶峰啦啊"!

她报告并讲解,此山海拔98米,妈祖的巨石塑像,用323块石头垒成。妈祖合掌,慈母威仪,面朝台海方向眺望。海天相映,那是望呀望不到头的海水,青蓝两混的海水,翔集的海鸟,和点点白帆。妈祖庙前的庙屿潮音,不时传来,海岸岩石与潮汐吞吐产生共振,发出奇妙音响,涛如歌,风如泣,一阵阵地吹来,吹不动林姑娘那石砌的秀发。

妈祖原名林默,也叫林默娘。相传北宋年间她出生于湄洲岛,是望族"九牧林"家女儿,生三月廿三,逝九月初九,因出生至满月不曾啼哭,父亲给取名"默"。林默兰心慧质,8岁诵经,10岁能文,13岁学道,16岁踩浪渡海,懂医识气象,在她短暂一生中,经常在海上救险,为邻里和过往商贾渔民做了许多好事。女子向我们讲述,林默一生未嫁,在28岁时,辞别家人,在此湄屿峰归化升天。"升天古迹",妈祖又尊号"天妃""天后"等,海峡两岸同根同祖,都来祭祀。哦,她告诉我,我们谈论的金、马,那马祖岛名也是源于妈祖。

## 三

再次上岛已是五六年后了,我想租房住下来改稿。这天,友人带我打探了几家总觉不够满意,我的脚就自动地上坡走过宽窄两条水泥路,来到那幢"故楼"前,出所料又意料中,人去楼空,敲那钢管铁门更无人应。我手握拳敲着,也留心哪里有没有还残留那孩子的屐屐。在那门前立久了,又去问人,几位邻居向我讲述她的故事,也盛邀看房。

她确实姓林,那年刚二十出头,考大学落榜,上了厦门什么技校就回来要当导游。她父母不同意。莆田这地方很多人出去办医院,她父亲也是干这行的。大概在2007年前后,她在北京,认识了一位台湾人,是位摄影发烧友,专程来北京参观长城和故宫等名胜,并拍摄奥运场馆。她跟他相识了,就带他来福建旅游,就回家来上了岛,邻居们不无揶揄地说,正好她家有这么一幢"土豪楼"供他们使用嘛。

以下故事,人们讲的也不一定确真,但我还是把它记录下来。说那台湾人是一位老兵之子,其父祖籍苏北,1949年凭"最后一张船票"去了台湾就再不能回头了。我听着这故事,有点像电影《滚滚红尘》里的,便说那部电影三毛编剧,内容来自张爱玲小说素材,他那老兵父亲也像电影里秦汉那样吗?在最后一刻跳上了去台湾的船吗?人们讲述,这位摄影发烧友来岛,旅住两三个月,"下"在了林姑娘家,他最好和最坏的习惯是爱嚼着几粒花生米喝酒,他告诉她,这是父亲留下的习惯,也像一个情结,他父亲当年在船上饿得只剩最后一口气了,身无分文,靠上海上船时无意中带上的一包花生活了命。是的,他和她好上了,她次年生个孩子智障,他们经常带孩子上医院。吵嘴,打架,她骂他"台湾酒鬼,坑人!",有时恼得举起巴掌,要揍那高低只会爬的孩子,挨着头了却收起,拿手去挠男人的脸。他出血了,却嘻嘻地笑:"你爸不是开医院的嘛,正好医外孙。"她成天鼓动他,学她爸,男人还曾动念了,准备开一家那种"莆田系"医院。她听出他话里有鄙夷和挖苦之意,便反唇相讥:"你爸倒好,做个大陆的逃兵,逃到台湾去了,哦哦,要不是几粒花生米,怎么就没饿死啦?"

"花生米怎么了?"男人举起拳头,向她试着。

"你那逃兵老爸呀,怎么就没尝一粒解放军的'花生米'?那样就没有你来坑害我们了。"

男人终于出了拳头,打在了她的肩头。她捂住哭了起来,男人也哭了。那孩子爬过来了,她把仔"砸"给他怀里去,仔哼叫着"妈妈",她却又去抱起了孩子,到一旁流泪,那泪滴滴在仔的脸上,仔拿小手背去揩,不懂事,还往嘴里扒拉。她赶紧制止,并把孩子抱起来。如此家无宁日了将近年把,他终于下决心要"撤退"了,她死拉活拽不让他走。他在一个黑夜里逃离,留下了相机,和字条:"将来接你和仔,去台湾看病。"

她背着孩子,人们看见她,一次次地走过花生地,在那相思林边望啊,望不到尽头,那海峡的水。

一海相隔难相见,盼望亲人乘归帆。

邻居们告诉我,她家砌的池子种的就是花生,是她为他砌的。好久无人管理,深秋近冬了,小岛特有的淡淡海腥气味里,残荷般枯萎凋谢了,我恍惚看见,枯禾中心一带似还有一星星倔强的嫩绿。

## 四

渡口边,那天因台风离岛船少,我们被她"堵"在了码头之上。她背上背着娃娃,手里拎只袋子,拿出来的照片……合影的一洗多张,讲好过塑5元,不过塑3.5元,但递来的全是过塑的。我感到被狠宰了。如数付钱,友人却宽容地说:"一点小钱,就当帮帮她吧。"那时,她微躬着腰身,背着孩子,拎着袋子……看来是惯伎了。

林默28岁未许人家,林黛玉恋爱未婚。苍白的夕阳下,逼人的台风里,我目送那渐远的母子背影想:前两位如不幸未婚而生子,是否也就是这林姑娘模样。她背上的孩子收拾过了,孩子的眼神,像小手里捏着的两颗青龙眼或花生,孬孬地冲人们笑。

后来,我未能在小岛久住,是因那未逢的母子吗?茫茫海峡,你们漂泊在哪一头?

原载于《散文》2022年第7期

# 碧水盈盈珠梦远

时国金

一

水乡的水,虽不浩渺,却清澈明亮,慷慨养人。农人劳作,行人赶路,口渴,不管何时何处,都可走近沟边,俯下身子掬水而饮。我从记事起,没看到过那一条条纵横交错的大沟见过底。

靠山吃山,靠水吃水。水多,自然要做关于水的文章。二十世纪八十年代曾轰轰烈烈地掀起了一股珍珠养殖热,差一点蔓延成了圩乡一个新的产业。当时几乎全圩参与,这迎合了不少人迫切致富的心理,也造就了一些万元户。

珠由蚌生,养珠当然先要有蚌。蚌都是野生的,沟塘河湖都有。育珠最好的是三角帆蚌,又叫铁蚌,大多生长在河、湖等流动的水域。还有水蚌,一般生长在山塘和不流动的水体中。圩乡的沟中也有蚌,肚圆壳薄,不宜做蚌育珠,我们管它叫菜蚌,俗名瓦块子。

那个夏天,我们几个十来岁的毛头小伙子,也赶着潮头认认真真做起了美丽的珍珠梦。我们四处奔走,到处摸蚌。中坚力量有来根、华海、水根和我,有时另外几个自然村的财旺、林福等也参加。来根的舅舅在海南,他去过一次海南,算是见过大世面的。

我们的村子在圩心,连接村庄与外面的世界的就是一条沿着沟边的土路,赤脚走在路面上,炙热而踏实,有的老路被烈日烤得蒙上了一层尘土,人走过,便留下一串串清晰的脚印。村上有的老年人就从没把这脚印印到其他路上去,一辈子在这圩乡徐缓地行走。小路连接着他们的田头、床头直至坟头。他们对每一个路上的坑洼、缺口、拐角都了如指掌,生活简朴、单纯、从容。他们说,人死后要把自己生前的脚印重新捡拾起来,走多了,到了那边很累;走远了,会迷路。

那时我们大多没有走出过圩乡,看起来都是一些听话懂事的孩子,可心底对自身价值的认可,对这个未知世界的好奇,已如春天的田埂长出了一片细如绿针的芭茅草,无边、扎实、毫无惧意,根本不认可老人们的说法。

土路的两边,不是郁郁葱葱的棉花,就是长势喜人的早稻。正值暑热,赤日炎炎,稻田里已鲜有人迹,棉田中却时不时见一二大人在棉垄上用锹施肥,这施的正是所谓的"当家肥",花开结蕾、坐桃实果,全靠这一季肥料的营养。棉枝上伸展着碗大的棉叶,映着初绽的红的白的花,格外鲜艳。稻田里的早稻正在灌浆,一穗穗昂着头,扬着细细的稻花,白嫩、静气,稍不留意,就会只见稻穗飘扬,不见稻花绽放。

这样,一片旱地接着一片水田,一高一矮,轮换铺展着,宛如一架巨大的钢琴的键盘,一片片地向路两旁延伸开去,直至视野的尽处。这是八十年代圩乡人弹奏的水旱轮作丰收曲。

向西走,曲子的尽头,便是杨泗了。一条河把圩乡与山区生生地分开。夏季的河水浊浪湍急,从东门渡顺金宝圩而下,过裘公、丁湾,一路激荡到这里,再至当涂的乌溪拐入黄池河和青弋江相汇,流入长江。

河上有一道渡口,就叫杨泗渡。过了此渡就到了芜湖境内。此时,来根提议不坐渡船过河,众人立即响应,齐声说"划水过去"。面对汹涌的河水,没有一个人稍露一丝怯意。

据传,杨泗是南宋一个治水有功的神人。神通广大,法力无边,能上天入水、隐身循迹,在江河、湖泊斩孽龙、捉水怪、治水患、平巨浪、镇恶水,保佑江河行船安全和沿岸百姓平安,被尊为九水天灵大元帅、紫云统法真君、水国镇龙安渊王、灵源通济天尊。又称杨泗将军。为什么这里有一个以他名字命名的渡口,想必他和这条河也有一段神奇的传说,值得去考究。

千年之后,几位圩乡的小青年为了心中那可人的珍珠,居然也在这条河上踏浪而去。在离渡口上游不远处,大家自恃水性不错,脱下衣服,像鸭子般扑通扑通跳进河中,手举各自保管的行李,踩水过河。哪知湍急的河水与圩内的沟水根本不是一回事。如果说圩内的沟水静如处子,河水就是一条生机勃勃的蛟龙。我把装着炊具的蛇皮袋高高举过头顶,走下河岸,脚刚离地,一股激流就把我推了出去,喝了两口水后,才调整好姿势镇静下来,让蛇皮袋漂在水面向对岸游去,最后还是被河水斜冲到离目的地几十米的地方,爬上了岸。

四个人像落汤鸡一样聚到一起,一个没少。大家自小在水中长大,很快能适应水性,顺水斜漂到了对岸。大家虽很狼狈,却不后悔,都说只是喝了几口水,最起码省了五分钱的过渡钱。所带行李除了来根负责保管的被子,都弄得湿淋淋的。水根保管的米也弄潮了,但他很不服气:米重了一点,快到岸了才在水里泡了一下。来根嘲笑他:"划水不中,理由不少!"几个人哈哈大笑。

## 二

到了芜湖花桥的滩岸,脚下的泥土颜色和圩乡的完全不一样了,红沙土壤,赤脚踩上去,有一种踏上异域之感,陌生而新奇。路边种的尽是红薯,一丛丛薯藤碧绿地蔓延着,沿着山垄肆无忌惮地疯狂生长,叶下想必已坐果。每一种植物都有适宜生长的土地,就像人有自己难舍的故土。圩乡舍不得用平沃的良田来种它,很少见到这么遍野的山芋。大家又精神起来,水根扯着嗓子唱起了当年春晚上费翔唱的"你就像那一把火,熊熊火焰温暖了我",几个公鸭嗓子立即齐声跟进,把路唱得歪歪扭扭,心中仿佛真有一团熊熊的火焰,引得行人纷纷注目。

在这片土地上,我们像幽灵一样游荡着,逢河就下水,见塘就摸蚌,半天下来,收获却甚微。

大家都有疲惫之感。一行人有点像乞丐,但又比乞丐富有,袋中有米。

残阳斜扫荒冈。此时,已分不清东南西北,天幕笼在山野,好在所说的山也非山,只是一个个秃土墩子而已,并无丛林茂植,也没有高大的树木,自然不担心有攻击性的野兽出没,满山冈是知名或不知名的小草蓬勃生长。一丛丛野花任性地开遍山野,但都不会张牙舞爪,偶尔有一丛未开尽的野杜鹃,鲜艳如血。

一条行人超近道踏出的小路向坡上延伸,风一吹,尘土飞扬。我们四个衣衫褴褛的摸蚌人,赤着脚,悠悠地赶着路。每人手中有一个蛇皮袋,袋中是今天在山塘中摸到的水蚌,不多,也就是几个。此时离家已很远,要赶回去已不可能。在离大路不远的一块山芋田边,来根说:"就在这吃饭吧。"于是,淘米的淘米,捡树枝的捡树枝。来根打灶膛的经验很丰富,辨别好风向,选好方位,找了几块石头支起携带的钢精锅,风鼓火势,炊烟在荒冈上袅袅升起。不一会儿饭就煮熟了。大家拿来碗,盛上饭,却怎么也找不到筷子。

原来小水根保管的是米,我背的蛇皮袋里装的是碗筷。仔细一看蛇皮袋通了一个洞,几双筷子不知什么时候弄丢了。大家面面相觑,怎么办?在这荒冈野外,前不着村后不着店,借又没处借,买又没店买。金色的夕阳洒在空旷的山野,微风轻拂,白白的米饭,散发着诱人的香气,此时,人人饥肠辘辘,也实在没法子了,大家就不约而同地用手抓了起来。没有筷,没有菜,一锅饭,被我们不一会儿风卷残云,抓了个精光,真正是赤手空拳吃了一餐白饭。吃完,大家踏上大路继续往前走。

弦月悬西,迟迟疑疑。路上已不见行人,从芜湖到湾址的21路公共汽车从身边驶过。我们在道路拐弯处停下了脚步,准备安营扎寨歇息下来。在附近找了几捆稻草垫在垄埂上,从蛇皮袋中掏出被单铺上,就算是搭好了今晚睡觉的床。仰面躺下和衣而睡,几颗星星悬挂天际,仿佛离我们很近,一眨一眨地窥视着我们这一行非丐非盗的行人。远处有一灯星火,有人说是看鱼的,有人说是放鸭。暑热渐退,虽是野外,蚊子并不多。旷野静寂,只是偶尔有一二辆大篷车突突突地路过。夜半渐凉,我们便裹着被子蒙头呼呼大睡,一夜无梦。

晨曦初露,我正睡得朦朦胧胧,听到水根尖着嗓子催大家快起来。露水把草木乃至空气都清洁了一遍,东方刚发白,太阳还没露脸,大家伸伸腿,弯弯腰,便分头捡柴的捡柴,寻水的寻水。人勤春早,功到秋实,乡下孩子也不兴贪睡。

这时大家才发现水根变声喊起床的秘密:原来我们昨天夜里睡觉的垄埂是一片坟地,头十个大大小小的土包杂乱地卧在山岗上,有几块腐朽的木板,疑是棺材板残片。来根笑着说:"要发财了,棺材棺材,见官发财。"大家放大声音笑起来,臭骂水根是个胆小鬼,个个群情昂扬,好像没有一点儿后怕。但从夸张的笑声中还是可以听出心中有一丝余悸。华海说找个地方烧早饭去。众人一溜烟离开了那个地方。

## 三

这天早上最大的收获是在附近发现了一个不大不小的水库。

一条百米左右的大坝横置在两个山脊之间,田周是低矮的荒山岗,来水面积也就两平方公里左右,积水不漫,从水沿尺许以上,寸草不生,想必最近下游农田放水较多,在丰水线以下。水面清澈如镜,晨风吹过,一缕细波荡漾,几只片鹛子浮于水面,见有人来,倏地向塘对岸钻去,很长时间才又浮出水面。塘的下游有一土坝,坝左侧是一石砌的闸门,右侧是溢洪道,离水面有一米多高。走下坡岸,见沿水的岸坡并无脚印,想必是因为常年积水不干。除了塘坡的芭茅草,水中不见水草。来根说:"这个塘没有人摸过,试试看看。"话音未落,小水根已一个健步跃入了水中,溅起一片清凉的水花,在晨辉中闪烁着耀眼的光芒。他一边用脚在水底像扫雷一样往前探,一边用手拂着水拍打着胸膛,像吃了一碗大辣椒,嘴里发出哗哗的声音。突然他一个猛子钻下去,不一会儿,一只手攥着一只水蚌露出了水面。那蚌,形如船帆,滚圆肥硕,色泽青绿,足有三四两。我们喜出望外,毫不介意清晨的塘水还带有寒意,二话不说,一个个跳进了塘中。

库中的水不深,最深处也就齐胸不没头,也没有水草和淤泥。几个人并排沿着岸边向前探去。脚在水底如探雷,触到一个尖硬之物,就一个猛子扎下去,用手抠出,自然是一个水蚌,大家信心十足了,不一会儿,人人都有收获。

没想到这平时用来灌溉的水,还为我们养了这一塘的水蚌。水库中不时发出欢笑声,太阳渐渐升起来,空气灼热起来,塘面的水也有了暖意了。这时候水库中的人也渐渐多了,和我们一样的摸蚌人都聚过来了。几乎每一寸塘底都被人探了两遍以上,摸到蚌的概率愈来愈小,人声愈来愈杂,笑声越来越少。我们一行却已收获满满,每个人的蛇皮袋都装了半袋,就爬上岸赤膊晒太阳。

烈日下肚子咕咕叫起来,这时候才想起来还没有吃饭。

来根说:"我姨娘在南洋圩,走过去大概不远,到她家吃饭去。""好,我们到姨娘家去。"说去就去,我们把半蛇皮袋的蚌用绳一扎,找一根树棍两个人一担,挑着向南洋圩走去。一张张黝黑的脸上,两只眼睛都炯然有神,又神采飞扬起来。

沿着窄窄的圩埂一路询问,一路向前走。圩埂下是一排排防浪杨柳,斜斜地朝河间刺去,从堤坡的宽度可以看出这是一个千亩小圩。姨娘家就在圩埂的边上。三间土基瓦房,堂前摆着一张黑漆漆的八仙桌,四个流浪汉一进来,室内就显得局促了。姨娘见了几位少年,十分高兴,忙淘米煮饭烧菜。很快,灶膛中旺盛的火焰催得大铁锅中的米饭咕咚咕咚作响,诱得饥肠辘辘的肚子也哼起了小曲。我们干瞪着眼看着姨娘在灶台前忙上忙下。终于,一大碗冬瓜汤和一碗清炒的咸豇豆端上了桌。咸豇豆青翠悦目,冬瓜汤上漂着几片红辣椒,令人馋涎欲滴。

僻野的乡村,就着这咸豇豆、冬瓜汤,我们狼吞虎咽,每人吃下三碗白米饭,硬是把锅中饭、盘中菜吃了个精光,直吃得来根的姨娘傻傻地对着我们笑,直说"慢点慢点"。多少年后,我仍然坚持认为,小菜米饭最是养身体,早中晚三餐无米饭不食,什么面条、粗粮一概不理。当然后来好像再也没有吃到那么香的冬瓜汤、咸豇豆。前几天打电话问来根,他姨娘过得还好,现在享受低保,只是身体已大不如前。想来她再也不能以那么快的速度烧出一顿饭了。

吃过饭,我们一路往回走。大家海阔天空,胡侃一通,仿佛有说不完的话,大致是计算着,这些蚌回去以后养一个月就能培育珍珠,三只蚌做两个吊头,过了一个梅天,第二年就能出售,一个吊头值10元,我们每个人就能卖到四五百元……一路喋喋不休,渡过杨泗河,过了惠民沟,天擦黑时才到家。

## 四

铁蚌养的珍珠比水蚌贵一倍还多。回来后,我们在面前沟里把水蚌吊好。大家又想到河湖区去摸铁蚌。附近最大的湖是南漪湖,虽然我们都一次也没去过,但还是说去就去。一人一只蛇皮袋,装着钢精锅、碗筷、米和一床单被等最简单的行李就出发了,从双庙到总管庙,过管家渡绕过稻堆山,游过浑水河穿越朱桥圩心,到了湖边。四个人硬是把一百多里路走成了一条直线,省了小一半的路程。

南漪湖浩渺无边,听说环湖二百多里,30万亩,水天一色。身处其间,几个小伙,除了看到天上几朵白云悠悠地掠过,就是身边的水。对岸是连绵的青山。有人说那里有一座硫铁矿,叫马山埠,两岸无桥相连,仿佛很遥远。极目远眺,湖水荡漾,白茫茫一片,无一张风帆,一行南归还是北往的大雁从远处斜掠上空,"喳喳"的鸣声仿佛在传递着外面世界的红尘烟火,在它们眼里,我们几个也许就是几只渺小的水鸟。远处有几叶小船在水面飘荡,大概是到湖中采菱角菜的。此时,感觉人是那么渺小,"君看一叶舟,出没风波里"就是这种情景了。假如说那天立于山塘,还有舍我其谁的气概,今天到了湖边,大家只是沿着湖岸摸找,一个猛子下去,立即又往回游,谁也没有胆量向那湖中间深入。夕阳西下,湖面一片金黄,更加显出大湖的无边和神秘。

收工了,每人收获都很少,几只小小的三角帆蚌。于是就埋锅造饭,在南漪湖岸边升起了我们的一缕炊烟,烟气沿堤环绕,并不袅袅上升,如幽魂般缭着夕照,宁静、轻盈而缥缈。

这情景不由得让人吟起《天净沙·秋》:"孤村落日残霞,轻烟老树寒鸦,一点飞鸿影下,青山绿水,白草红叶黄花。"我想白朴可能在同样的时刻也曾来过这里,否则,怎么能描摹得如此真切?

一轮硕大的圆月从湖中露出苍白的脸,很远,又像很近,渐渐地孤悬空中。仰看着湛蓝的天空,湖风扑面,一俯身即可用手拨动水中的星月,碎得满湖洒金,摇落一湖碎花。

此时才想起,今天是农历七月十五,大家并不在意什么"鬼节",只是好久没见过这么圆的月亮了,喃喃地说:"再过一个月就是中秋了。"中秋节对于圩乡人是一个快乐的节日,又是一个重要的时间节点。俗话说,年怕中秋月怕半,中秋一过,走了一半。它勾起了我们对圩乡童年月圆的记忆,美好的情景虽去不久,但仿佛已很遥远,一缕儿歌轻飘耳际:

月亮粑粑,照见家家,

家家出来买菜,里面有个老太,

老太出来烧香,里面出来个小鬼,

小鬼出来爬墙头,磕嗒磕嗒几榔头……

湖堤旁有一放水的斗门,距水面约2米,四个人缘柱而上,围绕着中间的闸柱一人一边,把这狭小的斗顶当作今晚睡觉的床。

月亮分外圆,映着湖面,白苍苍的,萤火虫穿梭在我们左右,微风从湖面吹来阵阵的凉意,白天的燥热也随风而去,只是蚊子比在山里多了许多。我们四人用被单蒙住头脚,以抵挡蚊虫的叮咬,但嗡嗡的叫声不断,刚要睡着,又被埂上嘈杂的路人吵醒,他们高声谈论着霍元甲和陈真的武功,方知这些人是从邻村看电视剧回来的。这么一大拨人,路过斗门,居然没有发现斗顶上有四个人凌波而眠,传出去,我们的功夫也算武林一绝了。

三十多年后,我到这里防汛,找到了这个曾睡了一夜的斗门。但周围的环境已发生了巨大的变化,一桥横跨两岸,高速联通南北。梅雨季节的南漪湖又是一番景致,宛如一幅山水画,远山含黛,极清且浅,稍顷,换了大师般的层层晕染,笔墨渐重,当一轮残阳从云雾中泼洒下来时,整个湖浓墨重彩,艳丽神奇,实在是一幅了不起的艺术品。烟柳繁荫,湖面澄碧,一叶小艇点于苍穹之下,拍岸而来,艇后的红旗渐亮渐艳,迎风招展,推开白浪……自然的造化已神奇至极,时间对于人生也有让人不可思议的刻画。

那天半夜,迷迷糊糊地感觉,满湖的鱼虾在私语,仿佛告诉在湖中每一个角落待着的铁蚌们,如何躲过这帮"敌人"。第二天我们在附近折腾了一上午,就原路返回了。

## 五

养珍珠的人多了,育珠就成了一门很好的手艺。华海从大官圩请来了两位师傅,办起了育珠培训班,用高音喇叭广而告之。第一期,村上堂哥的三间新瓦房就迅速被学做珍珠的姑娘挤满了。

平时静寂的村庄一下子来了几十位学育珠的小姑娘小嫂子们,便平添了一股生机勃勃的气息,村上的狗也兴奋地满村转起来。二月里的乡村是最闲的季节。"正月里过年,二月里赌钱,三月里种田",来来往往、热热闹闹的春节已落下帷幕,耕地又没有苏醒,距春耕生产还有一段时间。除了麦苗、油菜需施上一遍追肥,等待它们拼命地拔节扬花结穗外,正是静心静气学习的大好时机。

姑娘来培训,自然就有许多小伙子来了,他们当然不是来学做蚌的。育珠是细活,两人一组,一只木架,斜放着河蚌,一只不锈钢的开口器,两个铁夹子,在蚌的两头撑住,把蚌口启开,左手一根银钩,右手一柄银勺,两肘悬空,左手银钩在蚌体上勾出一个小切口,右手把已切好的蚌片轻轻送入,做完了一面,把蚌体翻过来;再做另一面。一个蚌整齐排序地送入约70个切片。轻手轻脚,如此反复。将来一个切口就是一粒珍珠。密,则长不大;稀,则影响产量;重了,可能成为贴壳珠,不值钱;过轻,则没有进入薄膜,不成珠。尤其是蚌唇处的珠子,过水多,养料丰富,容易长大,要格外注意。送片的镊叉,要叉在小片的中间,偏了长成的珠子不规整,成椭圆形或歪瓜裂枣状,不值钱。珠子收成好不好,关键全在姑娘们手上。这完全是一个耐心加细心的活儿,小伙子一般弄不来。

可姑娘们却很适合,这活儿并不比平时绣花难。师傅也不讲什么理论,手把手地教,一个个地巡回指点,聪明的姑娘很快就学会了。当然现在养蚌就不再注重切片了,全是用塑料的圆珠送到蚌肉中,长出的珠子滴圆滴圆的,这也是一种材料替代后的技术进步。

练习当然不能用三角蚌和水蚌,做坏了,或做死了,成本就太大了。最好的样本是菜蚌。一个姑娘一天要几十个练习标本。因学习关键是在实际操作。圩乡的菜蚌,每条沟每口塘都有,只是春寒料峭,摸蚌实在是一件较难的事,如花似玉的姑娘们是绝然不会干的,于是小伙子们来了就要为姑娘们到沟里去摸菜蚌,作为练习的标本。一般是未婚夫帮未婚妻,哥哥帮妹妹,父亲帮女儿。

摸蚌倒不是什么体力活,但春寒伤骨,柳芽还没有成烟,风浑身长满了刺,一吹就拐着弯地往衣服里钻。春天的冷有时让人猝不及防。寒气毫不客气,直往你的袖子、脖子、裤脚里钻,直至骨头缝中。非等午后阳光和煦,稍微晒热了地气,弄一小船,把厚实的棉衣脱出半边膀子,侧着船舷,沿沟岸一边在水底探寻,一边把船划着向前,浅水处有的是螺蛳,蚬蚌菜蚌一般在深水处,胳膊不尽入水中,就难觅其踪影。沟水清澈,却也像钢针般扎人。虽然圩乡的菜蚌不是珍贵物,满沟都有,在水中摸长了也实在受不了。有经验的,一般在午后太阳火辣时摸半个时辰,也够一位小丫头练个一两天了。

更多的时候是用耙子扒菜蚌。这就要到铁匠店去特制。平时捞塘泥的耙子是四块铁皮拼凑,中间稍留缝隙,以利渗水。扒蚌的耙子,是以铁齿为主,齿与齿之间约隔二指宽。往上扒时,泥渗蚌留。

扒蚌是一个有一定技术含量的苦活累活。沟水寒瘦,近岸水清见底,沟心碧波微漾,船行水面,水中呈现一片蓝天白云,便觉水深莫测了。划一条小船,把双桨叉架在船艄。脚踏小船,抛耙入水,沿着沟岸,边扒边推船而行。耙在泥上,触到菜蚌,便切入泥中,起出菜蚌,全凭手握耙柄的分寸感。

虽说春寒如冬,几耙子下来,棉袄是穿不住了。干了一会儿,又脱去毛衣,最后只剩一件单衫,仍是满头大汗。收获当然不会差,菜蚌在圩乡的每一条沟岸都是不缺的,一篮子很快就满了。

还有一种是直接站在沟沿,双腿呈马步,双臂用力地把耙子平平地甩出去,手牵柄梢,沉入沟底触到菜蚌,手握的竹篙上会感觉"嚓嚓"地响,此时暂停一下,让齿切入淤泥,钩出生长在泥中的菜蚌,慢慢地拖上岸,不可心急,太快,蚌就会随水漂掉。

有时在村庄后面的长池那条大沟里也能扒到一种癞蚌。厚厚的一坨,没有活的,且已完全钙化。人们把它敲碎后碾成粉状,收藏起来,夏天给婴儿当爽身粉,奇爽干净,比商店里卖的盒装爽身粉好得多。只是在其他的沟塘好像没见过,也是稀奇珍贵之物。

后来听一位老先生说,它的学名叫石决明,可入药,有清热、镇静、降血压、抗感染的功效,可用于治疗平肝潜阳上亢,头晕目眩和翳障,视物昏花等病症。它生长在沙土的河水中,在淤泥里难生存,生长期长,长成慢。这也说明了我们村子后面的这条长池在圈圩之前,应该是一条河道。1700多年前的那场环境剧变,不仅让它们失去了繁衍后代的能力,也让它们陈尸河底,全部钙化了。当年,激流岸滩上它们也曾与碧草、清水、游鱼有过欢乐的交流,也曾迎晨辉普撒水间,仰望群雁南渡北归。今天,能被人用耙子捞上来重见天日,结束了待在昏暗的底层沟水中的生活,真是沧海桑田,也算是一种缘分。

那年小年刚结婚,老婆金玉也在学做蚌,为新婚妻子准备练习的标本,自然成了他义不容辞的责任。打耙子,要到铁匠店排队。为老婆做事,他心急,就索性脱掉衣衫去摸蚌。

恰遇那日乍暖还寒,俗话说:好牛好马难过二月八。顶着料峭春寒,半天的蚌摸下来,寒气袭心,加上原来有病未痊愈,从此一病不起,跑了附近的几个医院医治,终是没有好起来,几个月后就离开了人世。在这个春夏之交,为了爱人的学习,他牺牲了自己的体弱身躯,停息了澎湃热情的青春。

新婚妻子金玉哭干了眼泪,心如瓷碎,从此不再做蚌育珠,远远地离开了故土。

偶尔陪妻子回老家,经过堂兄已翻建了的三间新瓦房,曾和金玉一起学做蚌的妻子,总是会说起这段往事,言谈间依然唏嘘不已。

## 六

因技术不成熟和蚌源不足,圩乡的养蚌潮在二十世纪八十年代中期昙花一现后,终究没有形成一个支柱产业。但养蚌热却造就了一批圩乡姑娘,她们凭借灵巧的双手成了育珠能手。可谓失之东隅收之桑榆。

恰逢此时,苏南地区人工养蚌技术实现了关键性的突破,蚌源不成问题,珍珠养殖便成了一个轰轰烈烈的养殖产业。娴熟掌握育珠术的圩乡姑娘赶上了这一波养殖潮,在异乡找到了一条谋生之路。

几个小伙子经过这一轮折腾,沧桑逐渐刻录进稚嫩的青春,他们不满现状,对外面的向往更强烈了。那些沉在水底的愿望像渔网一样被抄了起来。心底已渐渐疯长出一个忽明忽暗的欲望,每个人都血脉偾张地萌生出走出这片土地的念头。

乡村低矮的土坯房、泥泞的土路已拴不住年轻人的心,这班人注定不会像父辈那样,守着那碧水沃野,把自己活成村头那斑驳摇曳的老桥,渡过了形形色色的行人,渡过了自己,度过了不老的时光。

那是每一个小伙子都对未来充满了憧憬的时期,他们满怀理想,像春天的风筝,总是拼命地向上飞去。

来根第二年即到海南去了,小水根带着女友奔赴无锡融入了打工潮,华海与时俱进养起了螃蟹,没劲的我又回到了书桌旁。

后来父亲告诉我,那些蚌割了珍珠后,卖了1000多元,是一个工人两年的工资。其实,那时金宝圩也有不少农户因养珍珠成了万元户,和现在比起来,并不算多,但那是农民幸福感强烈的一个时代,只要付出就会有收获。

原载于《钟山》2022年长篇小说A卷

# 历历万乡

吴其华

一

吴村的路是一条高坝,坝的边缘有芭茅草,芭茅草里有刺苔,运气好能寻到麦葩,像还没有紫熟的桑葚,都是清甜的味道。成排的木荆条,是每户的地界,然而在我们眼里,地界的作用完全略去,另一个功能是提醒我们,不能再玩下去了,否则父母亲会有"黄膳下面条"等着你,便是用这木荆条抽你一顿。可这时候,我们还不想回家,太阳远在天边,像长河那样远。长河又有多远?"黄膳下面条"的恐惧只是那么一闪。沿着坝我们下坡,穿过沙地,跳到渡口老旧的木船上,船家把我们送到长河对面的山上。山上都是坟包,一丘一丘隆起,里面躺着谁的奶奶还是公公,也有早夭掉的幼儿,或者药死的妇人。怕我们是不太怕的。

然而也有时候,我在月黑的夜里,忽然额上烫了,迷糊中周身无力。母亲只得拿出三支筷子,合拢成一把,将水从筷子的头端淋下,在装了半碗清水的蓝边碗底,一下一下试探着将它们立起来。一边立一边轻声问,上坝的跛爹爹吓着了?他吓我是有可能的,因为我常常学他走路。可筷子的水淋下来,很快散开,没有立稳。母亲只得又淋一遍水,是水生叔吗?这应该不会,水生叔每次去街上卖鱼回来,都会带个糖包子给我。筷子还是散了。母亲越发虔诚地问,胖奶奶吓着了?筷子终于稳稳立住。母亲埋怨在村里当家塘淹死的胖奶奶不该吓我,然后急急地唤二哥,去镇上钱郎中的百货店买了几刀黄表纸和一小把香,来到长河岸边。母亲对着胖奶奶的坟头,一边磕头烧纸,一边轻声许诺,只要胖奶奶保佑我,七月半还给她烧钱,来年清明还会烧一箩元宝。

烧掉香纸,母亲沿着长河岸边,为我叫魂。母亲唤着我的小名,让我不要害怕山上的爹爹奶奶,也不要害怕河边的沟沟坎坎。母亲叫一声,二哥就应一声。一路叫着应着,一路到窗脚边,又到我睡的床前。蓝边碗里立着的筷子散了,一支掉落到地上。母亲慌忙拾起,连连朝窗外作揖,胖奶奶,门也开了窗也开了,一路好生上山去。紧接着俯身到我的面前,一只手摸摸我的额,另一只手将筷子放到我唇边。我张开嘴,娇弱地哈了一口气。魂儿来着。母亲喃喃自语,安下心来,掖掖我的被角,转过身去低声呵斥二哥,小声滴,莫吵了妹的魂儿。我沉沉睡去。第二天醒来,全然忘记了昨夜的一切,不顾母亲的忧心又偷跑着去坝坡。

## 二

常与我一起去坝坡上摘刺苔寻麦苞的是荷花。村里人喊她作"好人荷花"。好人,在我们吴村是指有智力障碍的人。荷花的家境在村里算好的。然而她的父亲正值壮年就死了。那是"双抢"的季节,荷花的父亲本来说好第二天要给人耕田,可太阳都出山了,荷花的父亲还没有打开他的机房。都以为他还在睡觉,以为他钱赚得多了懒得起早,结果他死在床上,已经冷硬了。荷花的两个姐姐都哭得死去活来,可荷花却不晓得哭。我记得她跟在我身后,坐在我家灶门口的小凳上,木然地看着我,她对我说她没有吃早饭。我拿出盛在篾篮子里的剩饭,炒了一碗。她坐在灶下帮我添火,我炒好了饭,她吃下去了。很大的一碗饭,她居然都吃完了。

荷花的日子还是和往常一样,早上拎一篮子衣衫,到长河里去慢慢洗。洗完衣服荷花看看水缸,要是没浅,就拎着篮子去打猪草,她打猪草的时候,我是在学校里上课的。不过我一放学,她便会拿着一只腰形的竹篮子,又陪我一起,再去打一篮猪草。

村里差不多大的女孩都要打猪草。她们常常抢,谁家的田里花草生得旺盛,她们便提着篮子飞奔过去,双手不停抓扯,很快就是满满一篮子,驮在肩上飞跑。乡村路的坝上,冲下来叫的主人,然而来不及了,她们早就没有了影子。于是,主人只得在田边气急败坏地骂,短命鬼,猪吃了要发瘟。我和荷花却从来不敢下田去偷扯,她呆得很,怕是跑不快。而我害怕。我亲眼见那主人骂得恶毒,很怕我家猪会发瘟。我和荷花只能在田坝边上扯一些野芹菜,水芽边,还有马齿苋之类。我教她将菜叶子弄得蓬蓬松松,假装也有很大一篮子,回家哄我们的母亲少骂几句。然而,多年过去了,当年村里的女孩子早就嫁了人,没有听说哪个因为偷扯花草而短命。猪发瘟的事倒是常有,被偷主人家的猪也在劫难逃。而那些野芹菜和马齿苋,却堂而皇之上了餐桌。

荷花不大说话,好人嘛,不知道怎么与人正常交流,几乎是我走到哪里,她就跟到哪里。我们都喜欢在热天弄鱼虾。去长河或沟渠,拿一柄虾笼,长的一头用网做成簸箕状。往河道或沟渠里那么一推,小鱼小虾都进了网,然后再捡出来,装进一个深的窄口竹篓里。虾笼里也进螺蛳、蚌壳,那些也要,鸡鸭喜欢吃。小河蟹我们也弄到过,胖米最多。最好的是一种叫扑沙鲫的鱼,才一拃长,通体麻灰色,肉厚实。有时虾笼里小的乌龟、鳖也会跑进来,我们最不喜欢这些家伙,要是遇到,马上不留情地丢进河里,还要骂,发瘟的,跑进来做什么?又不能吃。这时荷花便会开心大笑,像一个孩子。荷花的哥青松喜欢吃扑沙鲫。她妈拿当季小辣椒一起煮成杂汤杂水,青松吃得满头大汗,没有了平时的斯文相。荷花也是有份的,一蓝边饭碗,碗头上架着几条胖米,胖米刺多肉少,但味道好得不像话,饭里淘了鱼汤。她和她哥一样,也吃得一头一脸的汗。

荷花常年都在干活,越长越像男人的身板,俨然一个壮劳力。她不晓得累,能稳稳担满桶的水,在水田里和大人一样,一次可以插五六棵秧苗。而我只能插一两棵,还得挨着标绳。割稻的时候,她带着她家那把磨得最快的镰刀,蹲下她壮实的屁股,一把拽住稻禾,用右手的利刀飞快地割断稻根,一行也是五六棵,很少直起身。而我弯着腰,割两下歇三下,手还割破了,流出来的血糊得满手满脸都是。于是,母亲叹息,你看看,连荷花都不如。

荷花的两个姐都出嫁后,我去小镇上念初中了。放学回家,煮猪食的活儿仍是我的。荷花还是陪着我打猪草,我教她在田坝上用小木棍写字,写"男"和"女",写我们的名字……荷花学了很久,并没有学会。

十五岁那年,我中考落榜。与荷花一样,我终日无言,常常坐在长河岸边发呆,不知道自己何去何从。在长河两岸,女孩子长到十七八岁都要准备着嫁人。而我不会干农活,细致的针线活儿也没学过。我的母亲日日叹息,可能她的女儿连个婆家都找不到了。荷花几乎是寸步不离地跟着我,连晚上都要陪我睡觉。有一回,她摸到了我脸上的泪,开口问我,细姑,你要寻死?或许是村里人议论我的话让荷花听到了。月夜里,我透过模糊的眼,看到荷花的眼中也汪着一大泡泪。她紧紧抱着我说,细姑,你莫死。

荷花的哥青松果然考取了大学。荷花除了农忙,还在工地上干苦力。她有的是力气,在工地上和男人一样,装泥、搬砖,不说话,只埋头做事。师傅们都心疼她这个好人,给她大工的工钱。荷花的工钱都给了青松。青松穿着牛仔裤运动鞋,白面皮戴着眼镜,和城里的年轻人没有区别,大学毕业分配到了家乡的县城。青松不光是有了铁饭碗,还有县城的姑娘愿意与他谈恋爱。

荷花十八岁那年,他的哥青松与城里的女孩子订下了婚事,说要带女方一家来上门,让他妈妈给屋里收拾干净,让两个姐回来做饭。还有,青松跟他的妈交待,让荷花出去避一天,还没有跟女方家说有个好人妹妹。

新亲戚上门的那天,荷花的妈一早就把荷花喊起来,说是青松要吃扑沙鲫了。好多年没去河里推鱼,荷花的脸上竟活泛了起来。荷花妈妈塞了几个荷叶粑让她带上,叫她推到日头下山再回。

荷花拿着虾笼,在长河里一路推将下去。扑沙鲫呢?一条也没有见到,荷花不甘心,一直推,越推越远,越推越起气,扑沙鲫都躲到哪里去了?可虾笼里总推不到,这些发瘟的,都死到哪里去了?荷花急了,她一路将虾笼猛推,推到沙坑里,探不到底……

我从遥远的南方赶回到吴村的时候,荷花已经下葬了,天热,又是非命死的,不能放长了时间。那是一个夏日的午后,我独自坐在长河对岸的山上,荷花崭新而灰白的碑前,我一下一下揉捏开黄色的表芯纸,展成一把把扇子的样子,一叠又一叠堆起,堆得都倒塌了下来,才慢慢点燃,烟灰迷漫中,我看到到处都是深深浅浅的绿色。

三

长河对岸是一重又一重的山,有一重专门用做墓地。在我们吴村,一个人不论在生时是怎么样的处境,死时都有立一块碑的待遇。每年父亲都会带着我们去墓地三回,分别是清明节、七月半和过大年的时候。早先长河对岸的山上还只埋着曾祖父母,后来是祖父母,再到后来母亲也睡到山上去了。从前都是土葬,父亲为母亲选择了一块生前她很向往的山地,安放下她一把瘦骨,顺便把自己的墓穴也预备好了。父亲百年之后,将只会剩下一钵灰与母亲相伴。现在不让烧香纸放炮竹,我都是买一株花,栽在母亲的墓前。茶梅、康乃馨、菊花,都栽过,有些活下来了,但很快又被野生的灌木逼得无处容身,反正我每年还是会栽上一株。

山上的人家与父亲都相熟,他们一边喊我们进屋里喝茶,一边说些烧香磕头要真磕,要不然祖宗听不到响,不会保佑之类的玩笑话。一年又一年,山上的墓碑我们也认识了,老的是谁,新的又添了谁。清明节对于尘世间的我们,也是好的节日。不像七月半,太热了,又没有法定的假期,上腊坟的时候更要忙着过年,大家总是匆匆过河,匆匆磕头,匆匆下山赶到各自的生活里去,来不及与地下的亲人多说什么。唯有清明节,春寒退去,穿着也轻薄自在,不慌张忙碌,带上家人孩子,在山上看红的绿的,蝴蝶在飞,丛林里有鸟的鸣叫……我们在坟前立着,砍掉墓碑前那些横生的杂木,擦掉碑面的泥土,慢慢鞠躬,叩首,庄重地磕头,一下一下又一下。怕是地下的亲人,若是能看见听见,也是满心欣慰的。

长河水总是悠悠慢慢,对两岸人们的悲欢怨喜无知无觉。记忆中只有一年发生过大的水患。一个潦倒不堪的雨季,长河的水满得盛不下,任由洪水溢过两岸的坝坡,漫过那些或开花或结荚的植物,淹过它们倒伏的身体,再刷松它们的根须,最后,混入浊流中。小小的我惶恐地看着那些浑黄的水,看着它们一寸寸爬上来,爬过沙地,爬过菜园子,爬到后院来了。那些花生、黄豆绿豆,那些芝麻、玉米,全由母亲的手,一粒一粒点进沙地的坑窝里。可是现在,长河水爬过的地方,一株绿苗都剩不下。

水还在一点点涨,眼看着快要爬到后门的路槛上,母亲急了,带着哭腔,召唤野泥猴一样的哥哥们,快,都去山上避水。

是的,我们都在这时候去对面的山上亲戚家避水。船家一直在长河上摆渡,他们骂着天,脸上挂满了对坏天气的愤怒。这时候船家是兄弟两人,奋力地撑着长篙。长河水满满当当,一下一下晃动着这老旧却坚固的小船。他们披着蓑衣,竹斗笠下的黑脸庞满是雨水,延着怒意湿答答地淋到下巴,淋过颈脖,淋湿了蓑衣里的衬褂。雨还是一颗一颗砸进长河里。船家看着河面,把长长的竹篙插进河底的时候,明显付出了比往常更加倍的气力。而船尾,经验也很足的那一个,及时地送力出去,将竹篙稳稳地别住船身,配合着船头的兄弟。船沿上坐满了村里的孩子,我们身上披着塑料薄膜,透明的,原本是罩在早稻秧苗身上的。现在我们披上了这种怪异的薄膜。我们一点都不恐慌,大家甚至还在船上嬉闹。

我们在长河对岸下船,各自去找各自的亲戚。哥哥们带我翻过山岗,去岭上的舅爹爹家。一下子好几个孩子拥进了院门。裹着一路的雨水,湿淋淋的头发贴在头上,全身衣服湿透,可我们都喘着热气,大声喊着:"舅奶奶舅爹爹,表爷表姑,我们避水来啦。"舅奶奶把我们一个个拢进门,掀开我们身上的薄膜,嘴里呵着笑:"我的儿,湿成这样,快些——"舅奶奶扭过头,让表爷表姑快些去找衣裳让我们换。表爷表姑年岁比我们大不了多少。我们过得满心欢喜。

安顿好了孩子,女人们的心也安落下来。接着女人和男人们安顿粮食,安顿牲畜,还有柴草。鸡鸭们扑棱棱地飞,雨水淋湿了它们的翅膀,它们也不喜欢这样的天气。一个个想往高飞,可哪儿都是雨水,连草架上都是湿的,根本不好落脚。鸡鸭们妥协了,哆嗦着,缩着头,勾着身子,窝在灶口。猪也受到了惊吓,一下一下拱着圈里的墙脚。也有的女人不当心,让猪在雷声中跑出了栏门,在雨水里辨不明方向的笨猪,居然往长河里跑,很快就被长河的水卷下去。猪身子那么重,在河里费力地滚了几滚,呛了几大口水,居然安心地任由洪水带着往下游去了。下游,专门有人候在那儿,操着长柄的叉,几个人合力捞起新淹死的猪。这样的猪尽管死了,可杀下去的时候,心肝肚肺都是热的。

那些岸边的投机者,捞到呛死的猪,掏出热的肚脏,像发了大财一样兴奋。可这边,上游,丢掉猪的女人,心全凉了。男人在骂她,恶恶的言语,养了一年多,吃掉多少糠食,猪秧子花掉一担稻种……男人边骂,边舞动着拳头,快要砸到妇人面庞的时候,又缩回了手,用更加凛冽的口气骂。女人哭,流着泪,心比男人更痛。一餐餐的饲养投喂,这么大一头猪,女人一天天耐心等待,等待着腊月的来临,一天天拿眼睛切着猪身上一刀一刀的肉,红一层白一层,哪一刀要切多少,送给新儿媳娘家;哪一刀要留着,孝敬曾在灾年挑了一大担谷子上门来的亲戚;肥瘦最相宜的猪腿,分出来做腊肉,腌咸些,腊月大晴天过几个日头,再挂在风口吹,到第二年的农忙,而又油水寡淡的日子里,切得厚薄适中,蒸也可炒也好,日子就有了细水长流荤腥不断的照应。

女人不敢大声哭,任由男人骂着,忍住泪,喉咙里发疼,恨不得也让长河的水裹走自己。

## 四

村子的房舍后来都慢慢建到高高的坝坡上去了。翻过坝坡,就是大片大片的水稻田。两季水稻,从育秧到收割,空气中都飘浮着泥土、牛粪和水稻秧苗混合在一起的味道,一直到弥漫的稻花香,中间历经几个节气,我不能确切说出来,但最终收获一粒粒稻谷,大致的过程略微记得:浸种、育秧、耕田,将秧苗从秧田里小心拔起,一棵一棵弯腰插进平整好的水稻田。秧田与水稻田是有一定的距离的,这期间需要一个挑运的过程。施肥,除草,再灌溉,观察长势,喷打农药,再施肥,再除草,到最后一棵一棵收割,再将稻穗一把一把放在脱谷机上脱粒,装进稻箩,由父兄们担回来,倒在门前的晒谷场上暴晒。这一个收获的过程,我叙述得一定不完整,而且还没有考虑天气的因素,洪涝之灾、大旱无雨的年份都是有过的。

我害怕这个收获的过程。我知道自己在吴村毫无出路。离开村子的那天,正是插早稻田的时节。隔壁的柏枝姐姐骑着她家那辆二八大杠自行车,送我到车站。我看着她赤着脚骑自行车的背影,来不及也不懂得要说什么告别的话,就随着远行的人们一起,被裹挟着坐上了车。

机敏能干的柏枝姐姐十九岁时,受了一场无人知晓的惊吓。小镇上的医生,周边村子里的灵菩萨,都为柏枝姐姐诊过病。我们的母亲更是夜夜为她叫魂烧香。柏枝姐姐的病却总是时好时歹。她家里人迅速为她订下了亲事,并准备了一份丰厚的嫁妆。小伙子家在长河对岸的山上,是一户贫寒的人家。然而柏枝姐姐是满意的。小伙子削瘦但挺拔,端着平直的肩膀,穿着洗得荒薄的衣衫,赤着脚从长河岸边走上来,走到我们的吴村,向隔壁左右的叔伯婶娘们微笑,点头打招呼,全无苦困人家的寒缩神情。

柏枝姐姐出嫁那天,是一个有着暖阳的冬日,农历的年关也将近。我从遥远的南方回到故乡过年,也为她送嫁。她穿着红袄,黑色的裤子,暗红的鞋。头发梳得光光滑滑,脸上不过多搽了一层面油,并没有隆重的新娘装束。我看着柏枝姐姐随着新郎,一路走在接亲的队伍前头。她盖着大红的盖头,所以我不晓得她是哭的还是笑的。紧接着长长的鞭炮声响起,接亲的队伍下了坝坡,穿过了沙地,一艘木船等在渡口。我看着那身红坐在船上,慢慢越荡越远,直到荡到长河的对岸。

此一别后,我和柏枝姐姐就再也没有相聚过。她在长河那岸的山上,靠山吃山,饲养牲畜,生育儿女。乡村的女子就是这样,就像一粒粒被风吹散的种子,落在各路乡野,人情物事都交给了命运,于娘家成了客人,再无田舍屋宅。

## 五

　　我依然回到南方,大量的外乡女孩子聚集在高楼林立的沿海城市,我和她们一样,在他乡谋生计。我先后从事过餐厅服务员、画工、打字员、地摊刊物写手、皮包公司职员、传呼台话务员、企业票务员……我曾经在鼓浪屿这个海岛上生活过很长一段时间。岛上的凤凰花开得热烈,像火在树头上燃烧,红红一大片。三角梅随处可见,石缝中,树丛下,墙头上,都蓬蓬勃勃。来自武夷山的打工妹阿艾与我合租一间小阁楼。彼时我在鼓浪屿美术学校的校办工厂做画工。当我学会了很熟练地描坯时,就想要再谋一份兼职。我在阿艾做事的店门口来回晃了好多趟。她总是在忙。最终我还是在一个下班的时间节点,走进了阿艾的店。她正在给一个顾客拆卸烫头发的小棍子,秀挺的鼻子上布满了细碎的汗粒。她很瘦,花布的长裙在风扇下轻轻扬着,直立的后背,白净的脖颈向上伸展。我站到她身边,伸手帮她拿下一支支刚拆下的小棍。她抬眼看向我,愣了一下,没有作声。我和我的工友们都来这家店里理过头发,都喜欢她柔美而温热的模样。店里只有老板和她两个人做事,而生意太好了。从我下班到她的店打烊,中间好几个钟点,我想留在这里做帮手。

　　最终我是留下了。但不是做帮手,而是每天傍晚来陪老板九岁的儿子写作业。每月给我五十块钱,跟阿艾学徒时的工资一样。我下班后和阿艾一起吃饭,闽南人拜菩萨,那些拜完的水果老板娘都会留给我们。阿艾总是说她在店里吃多了,一定要全部让我吃掉。她有一条李维斯牛仔裤,是她的渔民男友送给她的订亲礼物。但她说裤子太紧了,我去岛外应聘时,阿艾硬要把这条最贵的裤子给我穿上。她的渔民男友每次船靠岸,都会带来新鲜的虾和螃蟹。不用说,阿艾照例是吃得太多,不想吃,一定要看我一只只剥光那些虾和螃蟹。在鼓浪屿看的每一场电影,都是阿艾的男友买票。我和她坐在一排,她的男友坐在后排。

　　我白天在车间里,面对含有大量天那水和环己酮的劣质颜料,画那些没有生气的小公仔,给它们画上鼻子眼睛和嘴巴。阿艾说这样下去我的身体会不好。她总是在顾客多的时候拍老板的马屁,老板高兴了,往往都会买来很不错的食材煲汤。阿艾一定要我多喝汤。

　　那时候的岛上,游客远没有后来那么多。岛上很多画家,做着各种与字画有关的生意,我是最底层的画工。我和阿艾常常穿着人字拖鞋,踢踢踏踏走过龙头路上的卤料店,走到笔山洞,又走回安海角。我们喜欢昏黄的暮色,在内厝澳支着摊子炸的海蛎煎面前,停住,买上两只,趁着烫呵着气,咬下一大口,真是香啊。我忘记了故乡、亲人,有那么点淡淡的忧愁,我还太小,不会过分放大这份忧愁,更不知如何排解。

我们常常漫无目地散步,穿行在一些行人不至的小巷里,在某一棵热带树下坐下来。古老的宅院,不知晓是哪一国风格,只看到尖的屋顶、红的砖,透过栏杆,看得到院子里落叶层层,无人居住也无人清理。我们坐着唱歌,大声唱。阿艾的乐感特别好,嗓音很有特色,最喜欢唱"在没有理想的土地上,住着一群陌生的人,不知道什么是笑,什么是眼泪,在内心的世界里,他们从来不关心别人"那几句。我会跟着她轻轻唱和。

有时我们起得很早,从龙头路往郑成功雕塑方向,沿着海边跑步。偶尔我们跑回来时,会碰到写诗的舒婷。她全身遍布烟火气息。我们会跟在她身后慢慢小跑,看着她去龙头路的菜市场。我看着她在菜摊前,拿起一把空心菜看了看,又放下,后来买了一堆茼蒿菜。我也跟着把空心菜拿起又放下。我又看着她来到海产品的档口,从装花蛤的大盆子里,自己拿起漏勺,舀了一大勺花蛤,沥了沥水,剔掉几粒没有张嘴的死蛤,再让摊主过称。我听到她问摊主:"几棍诡银?"我失神地看着,她那一堆让我读得烂熟的诗句,猛然间像潮水一样向我涌来,在我的心头横冲直撞,我动弹不得,直到阿艾把我拉走。

工厂没有订单的时候,我常常去鼓浪屿的轮渡边上摆地摊,带着咸味的海风扬起了我的裙摆,我热情地向各地游客兜售人字拖鞋或小工艺品。我也做过导游,举着小旗子,我大声喊,各位团友,跟着我把鼓浪屿最赞的风景看透。我学会了很多闽南话。我能带台湾的家庭团,我帮他们订票,去购买实惠的本地特产,带他们去吃正宗的沙茶面和面线糊。他们留通讯地址和电话给我,我还收到过台湾游客寄来的书,却并没有看完。阿艾常常鼓励我去岛外找工作。她怕我和她一样,困在岛上再也出不去。

## 六

我的整个青春都与故乡无关。一年又一年,我只在一些特定的日子回到吴村,做蜻蜓点水般的停留。为了谋求更好的生计,我在一个又一个城市中奔走,留存下厚厚的票根,从南方到北方,我像一只不知疲倦的飞鸟,只要在飞,我都是快乐的。那曾是我生命里的春天,杂草丛生,又繁花似锦。

我晓得春天终会逝去。我开始慢慢怀念,稻穗扬花的时节,长河的水面上那白鹭掠过的光影。曾经载着两岸乡亲往来的旧船,早已经不知去向,新修建的长河大桥,连起三县交通。曾经的沙地都被政府征收,镇上的初中搬到了这里。我坐在娘家的后院里,能听到孩子们晨读的声音。当年教我的老师还没退休,我们相见,热烈地寒暄。我们说起吴村那个叫长生的学生,他当我们班长,我从没见过像他那样热爱读书的同学。下课就坐在位子上,拿着笔在书本上画画勾勾。上课时,长生脖颈子微微仰着,眼睛光追随着老师。有时老师丢出问题,全班都没有人举手,老师只得说:"吴长生,你起来说说。"长生这时便站起来,说首先怎样,然后怎样,或者因为怎样,所以怎样。

晨读是长生每天必做的功课。长河岸边家家户户的后院里,各种鸟的叫声都欢快得很,喜鹊喳喳地讨着人们的好,黄莺啾啾地脆叫着卖乖,偶尔也会有乌鸦呀哇一声,不怀好意地飞过……鸟儿们不知我们乡间人家的愁苦。田地里的收获交掉公粮、农业税、特产税,还有村里的统筹提留,再去掉农药化肥的开支,所剩太少。还得全靠女人们会当家,糟践掉一丁点,怕是都难熬过那五荒六月。而像长生与我的家这样,有好几个哥哥,有嫂嫂进了门,又添了侄儿辈,家中有我们这些做不了农活的,读书简直就是一种罪。

母亲们天不亮就要去菜园,摘拣好全家人一天三餐需吃的菜蔬,翻过坝坡去长河里洗。一只手提着满篮子菜,另一只手提着更大一篮子脏衣衫。在长河里洗好,太阳还没有出来。母亲们托起沉酸的腰又急急赶回,准备一大家人早上的饭菜。吴村田与地都富足,富足的田地是需要劳力的。父兄与嫂子们都得在田地里忙着庄稼,而侄儿侄女们通常在清晨就开始啼哭。于是我们的母亲匆忙安顿好饭菜,又得来哄抱啼哭不安的幼儿,给他洗穿,喂他吃喝。这还不算,还有一大群牲畜也要饲喂……可我们却在清晨去了学校早读。村里读书的孩子越来越少,在农忙时节,我会请假,帮着母亲去河边洗菜洗衣,或者哄抱哭闹的侄儿侄女。

长生和那些鸟儿一样,从来不管这些,他星期天也在鸟的叫声里到长河岸边背书:"衔远山,吞长江,浩浩汤汤,横无际涯……"边背边在长河边走着,最后站在河边那最大的一块石跳上,对着长河水,将书卷握在手中,手靠在身后。昂着头用更顿挫的声调背着,"至若春和景明,波澜不惊,上下天光,一碧万顷……"而这时,有女人们来长河边洗衣。她们看着长生,以漠然的神态说一句:"个书庸子。"长生只不理,声调越发高昂了:"而或长烟一空,皓月千里,浮光跃金,静影沉璧,渔歌互答……"

  长生后来考上了县上的重点高中,然而长生的妈却为他的学费忧心。长生的大嫂头一个说分家。长生的二哥正谈着一个女孩,吵着要他的父亲把红砖瓦屋盖三间,女方家说还要打一房新式的家具。长生的三哥说,给多少学费让长生念书,也出一样多的钱给他出门跑江湖去。长生的父亲把水烟筒抽得呼噜呼噜响,吐出一长口浊气。

  长生后来是念了高中的,可到底没有考上大学,长生求他的父亲,想法子让他复读一年。长生父亲拿水烟筒在鞋帮边敲了敲,叹了声:"算了,门角处那根新扁担就是你的了。"他的大嫂骂:"我就说了嘛,吴家的坟山冒不出青烟,懒着身子死念书,养着公子哥十几年,还不是要拿起锄头挑粪桶。"长生终究是没有用上那根新扁担,无论刮风下雨,他都要在清晨起来去长河岸边背书。长生就这样慢慢愚了,他赤着脚在稻田里疯跑,刚插下的秧苗,他拼着力去拔扯,成片的秧苗被他扯掉。长生的妈妈含着泪喂他吃药,把他锁进小脚屋,又抹干泪,去给乡亲的稻田里补插上秧苗。

  长生后来死在长河里,就是他少年时背书的那块最大的石跳边上。不知他怎么弄开了小脚屋的门,药丸也吃得太多,整瓶都吃下去了。听乡亲们说,那天听到长生在河边背了一会子书,大家还笑说,书孬子若这样孬法,也不妨事的,怎料下了水呢。或是石跳经年后,青苔多了,滑脚,不当心跌下去的?乡亲们心下也愧疚,早知这样,守一会,长生下水时拉一把,孬子也不得死啊。

  这人世间的诸多无常,乡亲们除了彼此间谈论,也实在是无能为力。长河水仍是一如从前,轻轻慢慢。历历万乡,辗转南方北方,我晓得最终只有故乡的魂灵才会时时予我护佑。清明时节,我喜欢去长河对岸的山上,看那些墓碑上熟悉的名字。荷花的碑前是一定要停留的,我要和她说说我们十五岁之前的事。长河两岸的植物们在春天开花,秋天会长出果实。冬天一定是会下雪的。下雪的时候,长河便会结冰。冰面并没有多厚。我记得幼年时曾在冬天掉落进长河里。跌破冰层的那一刻我觉得温暖极了,可被乡亲们拉起来的时候,我浑身冻得发麻发疼。我在长河岸边出生。我出生的时候,长河两岸鸟语花香。我很想能在长河岸边死去。我希望我的骨肉化为烟灰后,埋在长河对岸的山上,让我和亲人日夜相守,也与两岸的河田树木、花鸟虫鱼相伴相生,还复更迭……

原载于《滇池》2022年第9期,《散文海外版》2022年第11期转载,《散文选刊·选刊版》2023年第1期转载

# 卡尔维诺读札
## 王光龙

### 虚无:《看不见的城市》

端儿嚷着要看《看不见的城市》,我犹豫。卡尔维诺不是常人,文字虚无,思想虚无,人也趋于虚无,这本书亦然。

两个人的谈话录,马可·波罗和忽必烈。一洋一中,一说一听,一下一上,平衡如木匠的墨绳。马可·波罗呈上的贝壳、椰子等境外之物,像是来自大荒之地。指物说行藏,如同小儿看图说话,篾匠编箩筐,顺着纹理就不会太过于偏离正轨。不过,马可·波罗更高明些,云山雾海,篇篇不重样,他若是生在中原,在勾栏瓦肆里做个说书人,定能赚个满屋的喝彩。他口中那些充满欲望、记忆的城市,也大多是一个个符号、名字而已,同样有着熙熙攘攘的贸易和生老病死的轮回。他眼睛看到的近处之城和指向天空的远处之域,或轻盈若羽,或隐蔽似影,或连绵如山……浩浩乎如冯虚御风,野马也,尘埃矣,桃花源里的人家。马可·波罗说的玄之又玄,空空如也,虚无如方丈瀛洲,月迷津渡。忽必烈翻开地图册,将信将疑。

虚无,是个好词。真真假假,假假真真,亦真亦假,太虚幻境走一遭,碧落黄泉求见太真仙子。凡事不能太实,如木沉水,只听得"咕咚"一声,微波荡漾。虚无,雾里看花,秤杆挑起红盖头,朦胧中自有别样美。

在元大都的后花园里,忽必烈和马可·波罗正在下一盘棋,而卡尔维诺是笑而不语的观棋者。这个老头,贼得很。

### 悬空:《树上的男爵》

《树上的男爵》,名字好,故事好,主人公的个性不太好。柯希莫并不是个乖孩子,怕是没有受过庭训。他赌气逃窜到树上,如猿,巢居似先民。在树上,摇摇坠坠、跳跳跃跃、攀缘躲藏,如履平地,为地上的人类奔走相告,在树上拓宽他的领域。终于,版图延伸到无树之地,他或许打算成为树上的寡人。

站在树下,可看天,看云,看禽鸟啁啾,看果实摇坠、花儿吐蕊,看众神在奥林匹克山上博弈或决斗,看一个孩子如何爬上树并就此走远。柯希莫选择藏身于树上,拥有上帝视角,识遍奇花珍木,和鸟兽为邻,与风雨为伴,在林间尝试爱的禁果,在树上成了一位先知或野人。他一身草木香,却不识泥土味。他悬空着,两脚空空,两手空空,两眼空空,脑袋也空空。他成了一颗悬空的果实。

谁又不是悬空着呢？梧桐深院锁清秋是空；一江春水向东流是空；鸟鸣山更幽是空；大雪满弓刀是空；城春草木深亦是空。悬空似入定,如卵生于天地间,蜷缩状,混沌一如太初。问君何能尔,色即是空。世间何曾有净土？皮囊而已,空空如也。

柯希莫在树上走得太远太久了,他的双脚退化,柔软似蹼,目光如夜枭,最后像蝴蝶一样飞走了。他离开了树上,却依旧悬空着去了未知的远方。

幼年时爬树,母亲在树下喊:"再不下来,我们就要吃饭了。"这是一种命令,也是一种妥协。

## 裂变:《分成两半的子爵》

半个人如何还乡？你爬上城堡的葡萄架,远远看见海边来了一艘帆船。打南边来了半个骑士,像是半个影子,那是你从战场上生还的舅舅梅达尔多子爵的,整个山谷沸腾了。

半个人,或好或坏,或阴或阳,或左或右,孪生兄弟,镜子两面,磁铁两极,如蚕蜕茧、鱼离水。苹果被虫蛀了,切掉还是扔掉？扔掉可惜,切掉是否能根除？坏子爵畸形的爱情观、冷漠的亲情观和报复性的支配欲在他的周遭蔓延。人们期待另一半子爵的出现,如期待神灵的降临。好子爵悄悄回来了,殷勤似剑,善良如刀,水至清,人至察,没有恶意的好人往往让人避而远之。好与坏,终于决斗了。胜负早就已经不重要,上帝和撒旦的真面目谁曾见过呢？半个子爵两败俱伤后融合成一个矛盾体,你看到"双头雅努斯"的哪一面？

分久必合,合久必分,分分合合中我们成了乞求衣食的黔首,猢狲终究坐不了凌霄宝殿。去了刺的玫瑰少了诱惑,半个子爵像个顽童,或善或恶,孟子和荀子的后裔们争论了千年。单调总是会迎来不适,追求完整的人类困于强迫症的莫比乌斯环中,中庸才是生存之道。半个子爵是驱散不了的影子,阿Q活得比谁都自在。

你准备乘船逃离此地,把你前半生的故事交给海平面。但是,你身体里另一半是否愿意?弗洛伊德挠下一桌子的头皮屑,终于释然了。

无论你信与不信,成佛之前我是一个屠夫。

### 皮囊:《不存在的骑士》

我曾经以为爱情就是技术性的肉搏或者柏拉图式的臆想,直到我输给了一副雪白铮亮的盔甲,我才明白,爱情和皮囊无关。

我该如何证明自己是真实的存在?爱情、战争、封号、姓名,抑或仅仅是一副受人敬仰的皮囊?软绵绵的,毫无人性的,空荡荡的,冷冰冰的,一副根本就不存在的皮囊带领着库瓦尔迪亚的百姓和圣杯骑士战斗。这是一场关于信仰的胜利还是一场精神层面的意淫?

穿上骑士的皮囊,没有人去追寻你究竟是马夫古尔杜鲁还是武士朗巴尔多,我们不需要、不愿意也不敢看清你真正的面目。我们在崇拜着一副皮囊,庙里的泥胎高高在上,只需要下跪,低眉磕头,苡豆簋簋,祭拜着人类模样的神灵。求神?求人?求己?心想事成了我们就会顶礼膜拜高高在上的皮囊,愿望落空了我们就会举起戈矛捣毁泥塑的神像。

王侯将相,氓隶驷卒。取下玉藻,穿上皂衣,孰高孰低,孰贵孰贱?我们只需要一副皮囊。列子御风而行,戴宗拴神行甲马于双腿而日行八百里,谁能无所待。你是谁?灰尘还是蝴蝶抑或是庄周?

我们有多少人痴迷于一副皮囊,阿季卢尔福仅仅是一个符号,盔甲也只是一堆快要生锈的废铁。你是布拉达曼泰也好,修女也罢。你是风,是云,是衣裳,是草木,是人类或者是牲畜……这些和我又有什么关系?

我爱着你的肉体,却恋着另一个人的灵魂。你说,这到底算不算爱情?

### 讲述:《命运交叉的城堡》

如果我们集体失声,在城堡、旅馆或者其他地方,我该如何讲述我的故事?用结绳、甲骨、贝壳抑还是塔罗牌?

桌子四周聚集了不明所以的人类,他们对着一叠纸牌不停地拆解,又不断地赋予其新的含义。纸牌代替了我们的咽喉和文字,我们只能在排列组合中去揣摩这一段故事的合理性。

大家跃跃欲试,试图让别人倾听自己的诉说。是啊,风想要叶子倾听它一路走过的飒飒声,瓦罐想要泥土倾听它锻造成器的裂纹声。一人讲述,总是希望有许多人在倾听。我们做不成一位合格的倾听者,但是,我们可以是一位完美的讲述者。有谁会怀疑自己故事的真实性呢?只是,只有遵守游戏规则的人才能继续玩游戏,你是一位讲述者,也同时是一位倾听者,不能逾矩。

卡尔维诺把七十八张塔罗纸牌洗了又洗,可是,纸牌毕竟有限,每个人的故事总是藏在纸牌画面的背后。大家根据图像符号,在脑海中描绘每一个人的故事和人生。在封闭的迷宫中,讲述让我们暂时逃避了苦难和现实。我们在别人的故事里唏嘘和惊叹,又在自己的故事中动情和伤感。在火炉旁听着长辈讲年久的往事,在课堂上听老师讲王侯将相的逸事,在西窗下听友人讲才子佳人的韵事……我们终究会活成别人的故事。

每个人的故事终将会结束,就像我们的故事也将画上句号。在一张冷冰冰的纸牌上,你从正面看到了天使,我却从背面看到了恶魔,不知道卡尔维诺看到了哪一面?

## 连环:《如果在冬夜,一个旅人》

我不是一个读者,更不是这本书的作者。不翻开这本书,谁在打扰谁的梦?

我打开扉页,顺着卡尔维诺的叙事往下走,这里风景独好。如果在冬夜,我拎着箱子出现在火车站,你觉得我要去哪里?是准备翻开一本名为《如果在冬夜,一个旅人》的书,还是先找个酒吧喝一杯?在反复交替的场景中,我在寻找卡尔维诺开的书单,他在教你如何阅读。刚开始,我相信卡尔维诺是一位耐心的引导者,直到我在他的介绍中把一个完整的句子读成了一本书,我才知道自己已经成了他故事中的一个配角。这样的衍生叙事,让我忽视了我是在阅读一个个虚构的故事,更像是在看一部重叠连环的电影。

我究竟看到了什么?站在悬崖边,是去重复解释一些苦难和堕落,还是要散布一些大地上最原始的启示录,抑或是在毫无头绪的文字中走进一座迷雾森林?

我停了下来,我知道,穿过这一章节,在另一章节里我的记忆可能会被重置。在连环中,我在围绕一个没有边际的圆在行走。与其纠结卡尔维诺的文字游戏,不如抽根烟,看看流云晴岚。看着他在远处向着我颔首而笑,静下心来听他闲扯到另一个故事。他似乎从来不愿意去解释,我从书店买来他的十几本著作,也带回来十几个卡尔维诺。他在看似唠唠叨叨的谈话中,不自觉地把你诱骗进他的叙事领域。

每个故事的结尾,是另一个故事的开头,庙里和尚在讲庙里和尚的故事。"你究竟在说什么?"我问卡尔维诺。他摇摇头,又笑而不语。

原载于《散文》2022年第2期

# 后　山

## 张　恒

不远处,村子坐落的地方,就是山麓。

夜静的时候,能听见山上的动物叫。后山有许多的动物,兔子、狐狸、野猪、狗獾、黄鼠狼以及鸟类、蛇类。就数狐狸的叫声最大,听得最清楚。狐狸的叫声很难听,带着瘆人的长调:"呜——呜——"应该是扬着头叫的,声嘶力竭。狐狸喜欢夜间觅食、交配,怕人上山惊扰,鸣叫可能表示某种意思。白天基本上听不到山上的声音,被噪音掩盖了。但放爆竹的声音能听到。山上有墓地,一年四季时有爆竹声,尤其到了清明、冬至以及一些人家的悲伤日子。而比放爆竹还响的声音,自然更能听到,比如开山放炮。

田地实行承包责任制后,男人们有了大把的闲余时间。那时还没有人想到出去打工,没有这个概念,但搞钱的心思有了。村子里几个闲不住的人在一起嘀咕,想点子,看怎么能搞到钱,让日子红火起来。劳动人凭力气挣钱,扯着扯着,就想到了开山炸石头。

后山除了长草、长树,还长石头。石灰岩,硬得很。石头没草多,却比树多,几乎漫山都是。有些地方石头密密麻麻缠在一块、叠在一起,都看不到泥土,有些地方即使看不到石头,但扒开泥土,下面就是。石头的形状各种各样,有些因为像人、像动物、像生活中的物件,还有了名字。比如母子石、老虎石、老鹰石、磨子石……很多,数不过来。这些名字什么时候起的,什么人起的,不晓得。我们从小就喊,父亲说他从小就喊,爷爷说他小的时候也就喊,说明喊了好多代。村里许多上辈人的名字渐渐都被忘记了,而这些石头的名字却一代一代传下来,忘不了。石头比人长寿,一直活在世上,成了村子永恒的邻居。

可村里人却在打着"邻居"的主意。他们考虑来考虑去,觉得开山炸石头能搞钱。田地承包后,粮食不愁吃,有余钱盖房子的人家多了起来,石头是最好的砌墙材料,肯定能卖掉。大家越想越觉得这事做起来有赚头,而且钱来得快,就推举我三叔领头干。三叔当过工程兵,以前在部队开过山,和炸药打过交道,熟悉这个事。于是，置办了钢钎、铁锤，申请了雷管、炸药，一伙人就上了山，也不问山上的石头乐意不乐意。他们忘了远亲不如近邻这句古话，就想着钱。

我大爹倒是提醒过三叔他们，说炸不得的。石头长在山上，就是山的骨肉，炸了石头，就伤了山，对村子不利。当初老祖宗选这个地方住家，就是依靠山的护佑呢！可大爹的话他们不听，还说靠山吃山这也是古话。钱的诱惑自然比大爹的话起作用，哪顾得了许多。我估计，这个时候大爹就是说山上有神仙，不能得罪，他们怕也是听不进去的，照样会上。

开山炸石头不是什么难事，主要是在石头上打眼，有力气就行。三叔做示范，怎么掌钎、怎么扶钎、怎么砸锤，怎么装炸药、安雷管，时间不长大家都会了。从此，后山多了叮叮当当打炮眼的声音，多了开山放炮轰隆隆的声音。炮炸起来比放爆竹响多了，响起来窗户纸都颤抖，耳朵门都震动，小鸡、小猪吓得到处乱窜。人也怕，唯恐石头落到村子里，炮响的时候常常被空中飞来的麻雀吓得一惊。

能搞到钱，三叔他们炸石头是一身劲儿。采石的塘口越开越大，越开越深，几年下来成了一个大窟窿。站在山顶往下看，像个峡谷，看久了头发晕；站在山脚向上望，壁陡成崖，生怕挂在上面的危石倒下来。老鹰在空中盘旋都不敢靠近塘口的方向，想必它一定看到了下面可怕的情景。老鹰可能不理解，好端端的一座山，怎么就凹下去一个深深的豁口？树没了，石头没了，不像山了。

是的，不像山了。人脸上有块疤都难看，山豁了一处大口子自然也难看。原先后山很漂亮的，无论从哪个方向看都是圆鼓鼓的，丰满得像个发福的小媳妇。春夏的时候几乎一山的青翠碧绿，深秋的时候浅绿中跳着一簇、一片的红颜，大雪的时候树白，石头更白，四季都耐看。可是采石塘口这一开，山破了相，不上看了。有次我回家，远看，村子还是那个村子，山却不像原来的山，感觉很不舒服。

特别是大马石和小马石被炸了我心疼不已，像失去什么心爱东西永远寻不回来的感受。那可是带给我们多少快乐的一群石头，如同我们很要好的玩伴。小时候，我们上山就喜欢到那群石头里玩，其中两块石头特像马，一大一小，大的在前，小的在后，中间是许多说不出像什么却又觉得像什么的石头。我们常常骑在大马石和小马石以及这些被各人喊着像什么的石头上，高声叫着"嘚儿——驾！"，做着和马一起驰骋奔跑的姿势，很是兴奋。大马石和小马石没了，就等于我们的美好记忆没了具象,没了落处。大爹他们老辈人的记忆也没了具象,没了落处。而下一辈的人,以后连拥有这种记忆的机会都没有了。

那片桃树林和那棵银杏树也没了。就在大马石和小马石的上边,为了开塘口炸土层下面的石头,三叔他们把桃树林和银杏树都砍了。

桃树结的是扁桃,我总觉得开的花也是扁的。其实,是扁桃花比一般的桃树花要大些,重瓣,显的。桃花开的时候,那片山坡像是落了云彩,从老远看,村子叠在桃林前面,像画一般。走近桃林,一簇一簇的粉红把视线都染成彩色的。桃林里有许多冒出土层一点点的石头,正好做了垫脚的东西,站在上面就能够得着树枝上的花,闻着喷香。喜欢,却舍不得摘。不是怕山场的人骂,是等着花结桃子偷着吃。桃子熟的时候,我们就去骑大马石、小马石。玩石头是假,偷桃子是真。瞭山场的人不注意,就钻进桃林摘桃子,然后躲在石头缝里啃,开心得很。桃林没了,想想就觉得可惜。

更可惜的是那棵银杏树被砍了。当时人没那个意识,要是现在肯定砍不掉,有人管的。很粗的一棵银杏树,长在桃林中像一杆大旗,山风一吹发出猎猎的声响。大爹说,他小的时候好像就是这么粗,这么高。也就是说,这棵银杏树比大爹的年龄大得多。究竟有多大,没人说得清楚。前几年村子张姓族人修家谱的时候,在老谱上无意中翻到记载这棵银杏树的文字,说是清朝开始的时候栽的。几百年前那地方有座寺庙,这棵银杏属于庙树。

这样一棵树,在后山长了那么多年都没倒下,却被三叔他们为炸石头掏塘口给砍了,这比开山放炮好不到哪里去。这棵银杏树和山上的石头一样,也是看着村里好多代人长大的,也是村子的邻居,也可以说是村子人的祖先。生命就是从森林里起源的,人类从树上走下来才创造了文明,才建立了繁荣的物质社会。面对这样的古树,人的血液里应该会涌动一股炽热的情感,有回到久远的故乡,回到母亲怀抱的感觉。三叔他们就没有吗?

砍这棵树的时候,我不在现场,不晓得银杏树淌血了没有,流泪了没有,树也是有血有泪的,轻易不流,伤感至极才流。倘若我在现场,也许会流血流泪的。脸上不流,心里都会流。银杏树没了,以后村子宗族修谱都没得记了。

放炮声每天依旧,成了后山持续的疼痛。夜晚,村子几乎听不到山上其他动物叫了。许多动物可能被放炮声吓得跑到其他山上去了,或是钻进洞里躲着不敢出来。只有狐狸还在隔三岔五地叫,狐狸胆大。"呜——呜——"的叫声里多了几分抗拒和愤懑、幽怨和凄惨。人没惊扰它们的好事,炮声惊扰了。听到这样的嚎叫,是没人愿意上山的,连吵夜的小孩都不敢哭了。白天时常还能听到爆竹声,尽管没有炸石头的声音响,但总让人联想到开山放炮炸石头,每个人心里都隐隐有些说不出的担心。

塘口底下那条路越伸越远,一辆辆板车从这条路把石头运下山,再运向各个建筑工地。那些年,不仅周边新盖的房子全是后山石头垒的脚、砌的墙,就连几十里外的地方盖房子都来后山拉石头。还有许多的围墙、坝埂、路基,也选用这儿的石头做材料。石头很吃香,几年下来,三叔他们一批开山人赚了不少钱。

但也付出了惨痛的代价。开山是赌命的活儿,塘口上的人时刻都有掉下山崖的危险。尽管都系了安全绳,可总有不小心的时候,总有想不到的事情发生。祥海叔就掉下去了,牛秃哥也掉下去了,两个人都死了,死得好惨。喊声,哭声,村里都听得到。听得人心一揪一揪的,跟着风流泪。

听说牛秃哥死了我很伤感。牛秃哥比我大不了几岁,小时候我常跟在他后面玩,他待我很好。我书念下去了,后来上高中、考大学。他书没念下去,就跟着三叔炸石头。书没念下去是因为他没考上高中,没办法。上山炸石头是完全可以不去的,找其他事情做也能搞到钱。跟着三叔把山炸坏了,把自己也炸没了。真不值得。我在心里有些怨怪三叔,牛秃哥的命可以说就丢在他手里。

三叔也差点死了。那天出现了哑炮,他去排除。炸石头就怕出现哑炮,半天不响不晓得是怎么回事,必须及时排除,否则始终为隐患。三叔排除过很多次哑炮,都没出事,但那天出事了。任何事情都不怕一万就怕万一,情况发生了,一次就受不了。三叔刚用耳钎去掏炮眼,导火线就冒烟。三叔晓得不好,转身就跑,但来不及了。幸亏炮眼炸药装得不深,石头没怎么炸开。但也把三叔一条腿炸断了,三叔立马晕过去,在昏迷中捡回一条命。

大爹跺跺脚,又说山不能开,石头不能炸。可就这样,伤人丢命的事接二连三地发生,还是没人听。三叔不干了,其他人继续干,像赌钱赌红了眼。要不是砸死一个人,或许后山的石头还会继续开下去。砸死人了,政府追究下来,不得不歇。

那次放炮,一块比鸡蛋小不了多少的石头竟然飞出半里路外,落到山北的小学里把一个学生砸死了。这算出了大事,家长闹,社会反响也很大,政府这才出面取缔了采石的塘口。正好,这时打工潮热起来,这伙人就势出去打工挣钱,于是,后山这才没了放炮声。

歇得算是及时。要是再开,说不准还会出什么事,山上的许多树还会被砍掉。至少山腰那片茶树保不住,塘口往上移动,离茶园不远了。

后山的茶树不多,做出来的茶叶却好喝。当时在山场接受"再教育"的杨教授是茶叶专家,他说后山的茶叶比起西湖龙井来是一点不差。西湖龙井当时我们没喝过,不晓得什么味道,但后山的茶叶村子人都喝过的,确实好。泡出来的茶水碧清的,还带着淡淡的绿色,好看。喝起来有小兰花的清香,吃过鱼后喝口茶,嘴里的腥气都没了。可惜后来杨教授落实政策回省城了,和田地承包差不多的时间走的,要不然他可能会把后山的茶叶精制成名茶,像西湖龙井一样好卖。当时他这样说过。

其实,后来杨教授回来过,九十年代后期。回来不是为茶,是为其他事情。但我们当地人还记得杨教授说过的话,就请他回到山场看看他当年生活了两年的地方,就着机会让他为后山的茶叶指点一二。当年那片茶园已经扩大了很多,半边山都是。杨教授看了看,又喝了山场泡的茶,皱起了眉头,说后山的茶叶品质变了,没有了以前那种嫩香、鲜醇的独特味道。杨教授还记得当年他喝过后山茶叶的口感。于是就观察,几圈转下来最后说,是开山采石的塘口破坏了山的环境。茶树是一种很娇贵的植物,对环境要求特别高。山口敞开了,风进来了,雾气没了,茶叶变质了。杨教授是茶叶专家,他的话大家自然信。于是就怪当年开山采石的,说把好端端的山炸坏了,糟蹋了环境,茶叶都变味了,害了后辈人。

这是后话。其实,当时村子就感受到了塘口留下的害处。

打工的人走了,村里清静了许多。没人开山放炮,后山也清静了许多。于是,动物又多了起来,夜间又能听到它们各种声音的鸣叫。不过,到了寒风凛冽的时候,叫声里似乎多了一丝冷飕飕的感觉。因为那座塘口,山变得寒冷了。没有了草皮遮盖,没有了树木遮挡,等于敞开着山门,风直灌到山上。动物对气候的变化很敏感,山对环境的变化也很敏感。

寒风呼啸的日子多了起来。村里忽然听到了一种比动物寒叫更可怕的声音,带着呜咽,带着尖啸,有人啼哭的声线夹杂其中。这种声音比狐狸的嚎叫更瘆人,听着让人头皮发麻,心跳加快,恐惧得很。

特别是阴天起北风,风越大叫声越大,一阵阵的。白天还好,夜里小孩的头都不敢伸出被窝,大人也睡不着,都在议论这是什么声音,从未听过。大爹活了八十多岁,也说没听过。莫不是山上来了什么动物?或者是什么鬼怪?却都不敢上山看,风一阵紧似一阵,即使不怕动物和鬼怪,也怕风把人刮倒。

有人听出来方向,那瘆人的叫声是从采石塘口发出的。有人就想到了祥海叔,想到了牛秃哥,说定是那两个死鬼在叫冤。这一说,许多人就信了,心里更怕。不敢去看,上山都绕着塘口走。祥海叔和牛秃哥的家人就去塘口烧纸,放爆竹。

大爹又说话了,山不能开的,石头不能炸的,非不听。这下好了,村子不得安宁。说着就叹气,原先不开山炸石头的时候,村子安安静静的,哪有这许多的麻烦事!

那时我正在镇上的中学教书,听到这个消息很好奇。念书人自然不相信鬼怪之类的东西,于是就去采石塘口看。我学数理的,一看就晓得,是风在作祟。由于塘口很深,像一个大山洞,风吹进去,与塘口的崖壁产生了物理作用,声音是来自物体振动产生的声波。声音再经过塘口特殊环境的摩擦和旋流,所以显得尖啸,而且不断变着声调。当时炸石头为了村子安全,塘口是斜着向北的。所以刮北风的时候,塘口正好对着风的方向,于是,特定的气流遇到特定的环境产生了特定的声波现象。

村里人听不懂我的解释,也不大相信我的解释,还是相信是死鬼在叫冤。

原载于《黄河文学》2022年第1期

# 随 笔 二 则

李丹崖

## 精舍

精舍,在现如今的网络解释中,被释为:出家人修炼的场所,或是儒学讲学的地方。实则以偏概全。

建安十五年(公元210年),曹操五十六岁,从涡水岸边出走半生的曹操,一直未能摆脱世俗之人强加于他的"挟天子以令诸侯"的霸名,又临皇帝加封三个县于他,他拟了一篇本志,婉言谢绝了皇帝加封,这篇本志就是《让县自明本志令》,也叫《述志令》。文中,曹操力陈志向和操守,间接回应了朝中人对他的谤议。他还深情回忆了自己在涡水岸边读书的日子——"故以四时归乡里,于谯东五十里筑精舍,欲秋夏读书,冬春射猎,求底下之地,欲以泥水自蔽,绝宾客往来之望"。

这里的"精舍",理应理解为读书的地方,而非出家人修炼场所,更不是儒家讲学的地方。

曹操的此番话很有意思:他在故乡谯郡之东的涡水岸边建了一座茅草屋,打算秋夏读书,冬春射猎,这是世代文人所向往的世外桃源般的日子,目的是找一处偏远少人烟的地方,凭借着交通的不便、精舍四周泥水汪汪的糟糕境地,让一些前来寻他的人望而却步。老实说,这是具有隐士情怀的。

隐士嘛,自然闲云野鹤,闭门饵朝霞。曹操这一建安文学的代表人物,有很多关于养生的诗作,比如《气出唱》《精列》等,都有极其高深的养生思想;也有许多游宴诗,比如《短歌行》等,把酒言欢,举杯邀月,陶陶然。不知道是不是在精舍中悟得,若是,那蓬荜自然生辉,光风霁月,悠哉乐哉。

然而,时事哪能如他所愿,他在这所精舍中也只是读书数月,就不得不重回历史视野。《述志令》中,紧随我所援引的那段话之后,还有一句——"然不能得如意"。岂能事事如意?尤其是身兼大任的豪杰,更不能明哲保身。天下烽烟四起,群雄逐鹿,必须有个力挽狂澜的人出来,方能暂时止息战事。让那个"白骨露于野,千里无鸡鸣"的惨状不再出现。

其实,曹操在这所精舍之中并不是全然没有收获,曹丕就诞生在这里,且其童年的相当一段时期也在这里度过,乡人常言,谯令谷附近多植葡萄,这与曹丕当年爱啖葡萄相关。

于此观之,精舍也成了曹操在一定时期的居所,非读书专有。

此精舍曰:谯令谷。有空谷幽地的意思,即为"谷",应该是一处相对低洼之地,四遭繁花幽草之盛,有躲进小楼成一统的妙趣。如今,谯令谷遗址犹在,从涡河登岸,行走不多时,就能远远望见一处高地,如孤岛一般,足见其并非洼地。这座"孤岛",乡人多称其为"谯陵寺",也就是谯令谷的另一个身份,后来应该是有一所寺庙在兹,说不定还香火旺盛呢。只不过现如今已经成为一所小学,未进校园,已闻琅琅书声。

如此说来,谯令谷这所精舍,倒是在冥冥之中暗合了今时对"精舍"一词的诠释。

## 妖卉

举世之花,凡称奇葩者多,称妖卉者甚少。

妖卉,妖娆之卉。妖,本"风骚",娆,本"扰",花之姿达到迷人心志的地步,可不就是妖娆?

涡水边盛产两花,一曰牡丹,一曰芍药,可称"妖卉"。

说其妖,实因其花开时太过妖媚,此处之妖,当属褒义,并非狐妖、蛇妖、树妖、水妖⋯⋯忘了哪一位风流才子说的了:夸一位女子,最好的词不是明眸皓齿、纤纤玉手,亦不是风华绝代、倾国倾城、沉鱼落雁、羞花闭月,更不是什么绝世美貌、冰清玉洁,而是说她是妖精。

牡丹之妖,妖在花团锦簇,花色不一,国色天香,是可以撼动朝野的落落大方之花。团团如锦云,瓣瓣似霓虹,提及牡丹花,人们总想起杨贵妃,羞花之姿是也。

史载,旧时,涡水岸边多牡丹。

牡丹产地很多,因牡丹而著名的却只有两三处,洛阳、亳州、曹县可位列三甲。

欧阳修曾任职洛阳,也曾任亳州知州,他本人又是民间公认的牡丹花神,和牡丹的渊源可见一斑。因为牡丹,还曾闹出了一桩公案。

凡中国,关于牡丹的文献上,有三种最令人称道:一是宋朝欧阳修的《洛阳牡丹记》,二是明代薛凤翔的《亳州牡丹史》,三是清代钮琇《亳州牡丹述》。

首先,请允许我援引薛凤翔《亳州牡丹史》中的一段——

> 欧阳永叔《牡丹记》亦谓洛阳天下第一。今亳州牡丹更甲洛阳,其他不足言也。独怪永叔尝知亳州,记中无一言及之,岂当时亳无牡丹耶?

按理说,欧阳修曾执掌亳州,为何对亳州牡丹只字不提?这的确是一件让人匪夷所思的事情。

我找到了欧阳修所撰的《洛阳牡丹记》,果真对亳州牡丹只字未提。这就有些不地道了!后来,仔细一看欧阳修的履历表,恍然大悟,原来欧阳修来亳任职之前,《洛阳牡丹记》已经出版了,那时候的书籍,都是雕版印刷,牵一字动全身,绝非易事,这样看,薛凤翔的确错怪了欧阳修。

若说,对于涡水岸边的牡丹记述最公道的,当属清带钮琇《亳州牡丹述》——

> 鄢陵、通许及山左曹县,间有异种,唯亳州所产(牡丹)最称烂漫。亳之地为扬、豫水陆之冲,豪商富贾比屋而居,高舸大艑连樯而集。花时则锦幄如云……

钮琇不仅写了牡丹,还顺带着把涡水的航运盛况一并作了介绍,算是为雍容华贵的亳州牡丹增添了一面别有格调的底纹吧。

仲春,涡水脉脉含情,牡丹这时候在枝头绽开,行走在涡河岸边,发现今时亳州牡丹多以白为主。白牡丹药用价值极高,花开如丽日之云,洋洋洒洒,写就了花田里的一朵朵"大文章",确有大气之姿。

和牡丹相比,涡水边的芍药就俏丽温婉多了。

芍药有不下三十余种,新疆芍药、川赤芍、草芍药、美丽芍药、多花芍药、白花芍药、拟草芍药、球花芍药、彩瓣芍药等;芍药花的雅称也很多:将离、离草、婪尾春、余容、犁食、没骨花、黑牵夷、红药等,不胜枚举。

愚以为兼有观赏价值和药用价值的是白芍,白芍又名"亳芍",是从西周时期就开始在涡河岸边种植的花卉,到了东汉末年,华佗在这里开辟第一块药圃,亳芍开始崭露头角,继而甲冠天下。

涡水边,有古风,凡人凡物,喜在后缀加一个"子"字,以示敬重。老、庄之后的"子"很好理解,器物花鸟之后也缀以"子"字,并不多见。

比如,亳人称芍药为"花子",此花子,非"叫花子"之"花子",而是奇花异卉之"花"。

每逢春末夏初,下了几场透雨,芍药拱出土壤,顶着蜜意见天儿地生长。

何谓蜜意?

芍花含苞之时,蜜蜂老早就开始光顾了,芍药花苞中的花蕊似露非露,花苞的尖尖上多是凝结着一滴滴蜂蜜。旧时,如我一样的乡间少年喜欢俯身去吮吸花蜜,那感觉,如王子之吻,落在公主额上。

芍药开五月,就着落霞看芍药,天地一彩,彩云飞彻,九天之上无处安放,索性下到凡间,入地为花,灼灼若垂天之云,也似民间所传的花仙子下凡。

芍药花神是谁?

竟然是苏东坡。传说,苏东坡在任扬州太守时,看到许多官员联合举办"万花会",为此折断了不少芍药,很多芍药在这些官员们的"悦赏"下香消玉殒。苏东坡也是怜香惜玉之人,赶忙命人废止了"万花会",后来,人们尊称苏东坡为"五月芍花神"。

自古一等的文人,多半怜惜苍生,恩德广及草木昆虫。从苏东坡身上来看,更是有力明证。苏东坡在做官任上,是赢得百姓一致认可的,在他的举荐之下,也有很多能人入朝为官。他为人、为文、为书,都高出众人太多,此花开后更无花,难怪有人称他为"苏仙"。

原载于《散文》2022年第12期

# 诗歌

# 推敲新说（外二首）
## 梁小斌

将每一天咀嚼成岁月
再将岁月无条件交给时光
再将时光铆定为
永恒
即是诗魂

何谓推敲
一位凡心者永远只知推门
终于迎来了门轴破损
回归者轰然有声

另有一位敲门老僧回寺
敲击声引出幼童开门
但睡意尚存

幼童出迎的迟缓时刻
敲门声渐急
门轴动弹一下旨在提示
僧人回家
只需轻轻推门

推敲新意
源于推敲者
能否将推或敲的举动

坚持到底
守住本心

## 扫帚逸事

在我一小块客厅的中央
忽然斜躺着
一尊扫帚

我知道那是扫帚
来回踱步的日子
终成岁月
我的脚步曾经踩到过它
我知道那是扫帚

终于有一天
那尊斜躺着的扫帚几乎将我绊倒
绊倒推动思维
应将扫帚扶起来才对

扫帚靠到墙角的瞬间
我回头看时
扫帚仍旧倒下
我应该拎着扫帚来回踱步

一个拎着扫帚踱步的人听到了喝令
还不赶快把地扫扫

勤劳诞生了
我从自家室内扫到门口
听到邻居老者在说
楼道终于有人管了

这意思在说
楼道上花盘上的霜
也要精心抖掉

一尊扫帚的深意
令我一直扫到单元的门口

已经下雪了
我在雪地上涮涮扫帚
准备回首

北风拂送着另一个单元里一位老者的
叹息：
各人自扫门前雪

我没有自扫门前雪
我该如何说服他

## 又见群山如黛

又见
群山如黛

确有一道
散发松脂气息的木质栅栏
从山脚
我的脚下
向山顶延绵

扶持着那道木质栅栏
临近峰巅
我将青花围巾拴在围栏上
青花围巾里有诗
是有别针别住那张纸

猜测跳崖的前景
曾经我和青花围巾往下飘
只恐半山腰的那棵树
只接住了围巾
却漏掉了我
确有一道散发松脂气息的
木质栅栏
临近峰巅
终被置换成一堵
雕栏玉砌
它已环绕着群山如黛

观群峰如黛深意
谨防群峰一个回闪
倒映于我
心底黑色沉潭

我偎依

我扶持

我也是一根能够站住的围栏


原载于《诗刊》2022 年 4 月上半月刊

# 绷带诗(外二首)

## 陈先发

七月多雨
两场雷雨的间隙最是珍贵。水上风来
窗台有蜻蜓的断肢和透明的羽翼

诗中最艰难的东西,就在
你把一杯水轻轻
放在我面前这个动作里

诗有曲折多窝的身体
"让一首诗定形的,有时并非
词的精密运动　而是
偶然砸到你鼻梁的鸟粪或
意外闯入的一束光线"——

世世代代为我们解开绷带的,是
同一双手;让我们在一无所有中新生膏腴的
在语言之外为我们达成神秘平衡的
是这,同一种东西……

铁索横江,而鸟儿自轻

——选自《白头鹎鸟九章》

原载于《中国作家》2022 年第 1 期

## 我的肖像

在全然的黑暗中从
颅骨深处浮出的脸
才是我们最真实的肖像
我更愿我的脸,是
薇依的脸
裹在病房的脏床单里
附着于她的光线
要越少越好
黑暗将赋予我们通灵的视力

"知我者"是个幻觉
"我还活着"是二次幻觉
我等着一双手
从我的脸中
剥离出一副衰老的狮子的脸
肖像填补着世代的淡漠
这双手,或许来过或许
早已放弃了我
我写作,是这一悲剧的延续

*原载于《收获》2022年第3期*

## 为弘一法师纪念馆前的枯树而作

弘一堂前,此身枯去
为拯救而搭建的脚手架正在拆除
这枯萎,和我同一步赶到这里
这枯萎朗然在目
仿佛在告诫:生者纵是葳蕤绵延也需要
来自死者的一次提醒

枯萎发生在谁的
体内更抚慰人心?
弘一和李叔同,依然需要争辩
用手摸上去,秃枝的静谧比新叶的
温软更令人心动
仿佛活着永是小心翼翼的试探
而濒死才是一种宣言

来者簇拥去者荒疏
你远行时,还是个
骨节粗大的少年
和身边须垂如柱的榕树群相比
顶多只算个死婴
这枯萎是来,还是去?
时间逼迫弘一在密室写下"悲欣交集"四个错字

原载于《诗潮》2022年7月号

## 南官河(外一首)
### 陈巨飞

少女用美颜相机拍照,一个老者
参与构图。吃泡虾的,
身上有烟火味。贩烟花的摇着木船
从远方赶来,在小吃摊前排队。
这个场景,有,还是没有?
石桥说有,桥边的枫杨说没有。

宋朝过去多久了?河水晃动历史。
桨,拨动邮亭的幻影,
东岳庙门口,抱桨的人还在看戏。
以上出现在直播的画面里——
镜头前,记忆可以重新获得。
缺席的船只,展示了穿越的手艺。

秋风似邮差,将白云的信笺
寄到河底。油纸伞倒悬,
过去与未来,沿屋檐实现了对称。
包括白云在内,
一切都可以驻足。
除了秋风,一切都可以折叠。

原载于《十月》2022年第1期

## 果园迷宫

谁给我们的交谈做同声传译?
——风。
它最先走出迷宫。
谁替一块块阳光预留了
合影的位置?
——枇杷叶子疏朗。

蝴蝶抢镜,算是摄影师的
无心之作。
向日葵首先发言,
她的观点,
在手工坊里开花结籽。
此言不虚:图书馆,像极了果园的模样。

远处,引水灌溉的人,
是诗人还是果农?
从栈道望去,小径分叉,苗圃
整齐如诗行。
那是他的作品,
发表在平原的版面上。

原载于《十月》2022年第2期

## 化　　蝶

### 陈　俊

一只蝴蝶围着我飞。

蝴蝶向我复述一个故事的结尾，显示翩翩起舞的翅膀和无限的可能，而你让我忘掉一部戏的开始——你的主人翁总是那么不长记性，辜负了流水一样音符的暗示。

而此刻，夏已至，春花谢。

我为一缕乍晴的阳光走出课堂的缝隙，在校园的院子里，做花朵状沉默。

音乐响起，仿佛我可以站成一个故事的全部，抑或站成一栋空中楼阁虚无的背景。

你说：爱的味道是甜的，跟真理一个样。

而我觉得要比翼双飞，则是另一回事，想起来不免伤心，不免有点苦。

此校园非彼校园，此蝴蝶非彼蝴蝶。

中午有一声闷雷，大地没有裂开口子。

梁兄，请不要玩穿越。

每一道盯着你的目光比闪电快，都是剥开画皮的刀子，信不信由你。

一只蝴蝶围着我飞，赶不走。

我知难而退，你却用肢体语言演绎生死靠近。

原载于《星星·散文诗》2022年第5期

# 这　里
## 成　颖

夏天,从麦穗的灌浆开始。

我无所事事

就坐在屋顶上,看槐花飘落,

看晚归的乡亲,

穿过树林的风,走进无人的老宅。

一种空旷的回声,

来自南坡那片优雅的麦浪

和雨水的表达。

我的心也随之展开,如展开田垄

分岔流水时

找出灌浆的那一滴水,

以及一池蛙鸣

掏空的,村子里所有的寂静。

而这一切,都是我

留在这里的唯一理由。

原载于《草堂》2022年第3卷

# 一株幸福的栀子花

## 程大宝

一株幸福的栀子花
她的幸福在于她在无风时的愣神
她傻傻地想着自己的心事,无察
绕着她嘤嘤嗡嗡的蜂蝶
一位少年走过来,她的香气像泼下的
一盆水,不偏不倚浇在他的身上
少年一脸惊诧的快乐,消融在栀子花园的
深处。起风了,栀子花睁开眼
她复瓣的睫毛之间有了共鸣
在林中,在空中,在心中,眨动她
满树洁净的眼睛。没错
这是她一年间最委婉的表达
有重音,有轻音,有轻重音的交替
像极了盛开的欣喜和凋零的哀叹
风摇花枝,花瓣落成段落,香气成为
隐喻;风,成为隐喻
少年已经穿过花园,走在更远的路上

原载于《绿洲》2022年第5期

## 草原的游牧学

崔国发

游牧,在一马平川的大草原上,独自徜徉。

羊群的流放:咩咩的声音,以及牧羊人的长调,传遍一个又一个水草丰茂的牧场。我想得最多的词是宽广,正如海边的人看到烟波浩渺的大海一样,一切的狭隘都已走远。

我该有一千个热爱的理由,善待自然,远离尘嚣。我选择人迹罕至的草原,蓝天上的白云飘荡,雄鹰在头顶翱翔,而名气很大的格桑花,也能自由尽情地开放。

格局够大,一万顷的美景:草的海,草的浪,草的星,溢彩流芳。

心胸不够开阔时,便可以在这里,找到你自己想要的答案。

真想搭建一座毡房。生存的栖所,其实就是这么简单——

哪里有草,哪里有羊,哪里就是游牧人灵魂的故乡。

在绿风吹过的草原上落地生根,春光绚丽,炊烟袅袅,让热腾腾的奶茶,一次又一次在风中飘香。

马背上的民族,拥有最朴素的情感,也最珍惜生活中寻常的时光。

无论是暂居,还是带着羊群转场,他们都很容易想到温暖的阳光,想到身边事物的真实,可以不追梦,可以不致远,但不能不把日子一天天地过成属于一个人的平静、美好与安详。

游牧,把家安在自己的脚上。与草原融为一体——

把牛马羊当作自己亲密的伙伴,然后在心灵深处,坚守与歌唱。

原载于《诗刊》2022年7月下半月刊

## 宁静的夏日
### 陈荣来

那是多年前在武汉的一个院子里
一只鸟儿像一片飘忽的羽毛,落入
桂花树的茂盛

那天是第一个双休日,有阳光
但空气中
充满了潮湿的气息

从午后到天黑。我确定
整个院子,除了一只鸟儿和我
没有其他任何动静

是的。那个下午就我一个人坐在院子里
就一只鸟儿
在桂花树的缝隙里,轻轻扑腾

原载于《星星》2022 年第 6 期

# 异　乡

## 方文竹

雨打窗子。

一夜间,时猛,时弱。

雨打窗子,时猛时弱。

雨打窗子,由垂直到倾斜,啪啪啦啦,似人语喧哗一片,

又像废话连篇,我遭到了谁的围攻:这样的方言,我一句也听不懂。

不像皖东南的雨,润物细无声,待人和而静,

一旦遇上阳光,明明白白像一束束明白的蚕丝……

雨打窗子,雨打窗子,雨打窗子。

像离谱的音乐,

像外星人的絮叨,

像一个习以为常的亲人,骤然间变成了敌人:悔恨着,反驳着,刁难着,攻击着。

雨对雨的复述中,还剩下多少雨的本质?

我推开窗户,啊,满天星斗!

原载于《诗刊》2022年7月下半月刊

## 见字如面
**樊 子**

会爱的人都在月亮上荡秋千了,
会哭泣的人也会在月亮上荡秋千。
大地上只留下我和一头骆驼,
骆驼哭瞎了眼,它不会在月亮上荡秋千,
它跟随着我,
我不介意,月光明亮的那刻,
我在读一封情书:"见字如面。说一下
我在月亮上的糟糕境遇:
眼前总晃动着一条狭隘又狭长的影子。"

原载于《星星》2022 年第 3 期

## 吹　　彻

高　峰

大雪杳无音信
只有寒风是可靠的

没有逆流的鱼跃之躯
曲涧又容不下舟楫
只有寒风鞭策
大年三十从入淮口
回到东淝河源头的家

寒风吹彻小麦油菜，炮仗店废墟
任何故乡都绝无寂静可言
寒风吹彻池塘，莲藕的意义用完
我有把握赞美一下淤泥

寒风吹彻一个孩子的开裆裤
父亲按下今年新装的抽水马桶
寒风吹彻遍地枯黄的茅草
她们的别名叫"吹又生"

原载于《中国作家》2022 年第 11 期

## 画 春 光
### 何冰凌

春天溢出烧杯
无刻度可计量
六畜和人,小鸟及铃铛
清晨被光线赐过福的黄杨枝子
以及空地上胡乱生长的构树
飞身投入
乡村光伏电的无边领地

掠过草丛的,不仅仅是风
那斑驳海底
也有52赫兹频率鲸鱼的
悲伤无人认领
曾经你额头光洁
眼神明亮
而今已到了知天命之年

梅花,别有一种古调重弹
她们
依旧在树底下笑着
感受枝头花朵轻颤
像情人初次互赠身体
当你伸出手触碰
蜜蜂也完成了一次完美的

春日献祭

原载于《特区文学》2022年第9期

## 雪即将到来

**海饼干**

篝火晚会前一天
有雪要来,我们只得
把晚会搬回屋子
可舞台上没有火
火光就不能照亮溪流
树林和我们的脸
现在,这些失去光泽的脸
只能聚在一楼大厅,趴在
窗户上等雪,可雪
来得很敷衍,零星
在地上打旋
我们看着它们演出
恍惚间
它们似乎也在看
光阴怎么把我们如蜡烛般的身体
烧了大半

原载于《中国校园文学·青年号》2022 年第 7 期

# 行走苹果园

## 江文波

我总是相信
天际云霞沸腾的时候
会落下一座苹果园

浪迹天涯的日子是幸福的
我一次次在苹果园行走
徘徊的脚步、趔趄的足印
与果农一起收获

我知道,那一阵季节之风
已经来过,果叶已不止一次
改变颜色
我的思想,也不止一次
走上枝头,绽开芬芳

那颗最甜的果实
藏进了果园的深处
我儿子爱吃的苹果,已在路上
我喜欢的苹果,侧过脸去
苹果园,有短暂的慌乱

云霞沸腾,天意难测
百年一瞬,时间总是急促
溃烂的苹果,不一定落到地上

落到地上的,不一定冤屈
冤屈,是果园的细雨

我过早地结束了浪迹天涯的岁月
那只最大的苹果,还没有长出
或是我没有看见
天意难测
所有的苹果园,都有遗憾
那首最好的诗,一直没有写出

天意难测
所有的人生,都是一场憾事
最后,都没有发现
那只最大的苹果,现身人间……

原载于《延河》2022年第1期

# 二月小诗

## 江耀进

正是二月。风吹在脸上
不冷了。你抬起头
一片云,松开橙色的发丝
这意味着什么?

用沉重的铁镐刨开冻土
昆虫们一片惊叫
它们蜷曲着,探出半个身子
让混乱的石子和泥土出现缝隙
外面,世界
拱出来了!
春天用手指和线条勾勒出
一个柔软的轮廓

二月,在城市和郊外之间的
二月,高速公路和柏油路交接处
树干们整齐排列
它们都想动一下
并发出声响

原载于《诗刊》2022年7月上半月刊

## 樱　花
### 孔晓岩

京都的樱花开了
京都的樱花落了
你反复对我说着
时间太久了
我都忘了一朵樱花败落的速度

也忘了你说的寿司与鱼子酱
我望着古木桌上的一盘米饭
仪态大方像一位故人
通体莹白晶莹
若覆满一片片樱花

原载于《特区文学·诗》2022年第10期

# 鲁朗牧场（外一首）
## 蓝角

阳光照着坡上的青草
也照着牦牛心底漫长的黑夜

照着三只秃鹫盘旋的山顶
和寺庙屋檐下晃动的风铃

也照着没有姓名的格桑花
开在阿妈冰凉的膝盖边

照着昨夜雪后的毡房
羊羔的呼吸油茶般平静

也照着向南吹来的风
有点涩　也有点甜

照着卓玛的嘴巴和额头
年轻的眼角　已无去年的泪滴

也照着此刻的鲁朗河
一块块经幡　一条条青鱼

## 去京城

通往京城的路只有一条
古人骑马　我乘高铁
这条路通往亚运村的一个街口
有人在那高声叫我的名字
二十多年过去了
声音一直飘在京城的路上
连同举杯邀月的老日子
而那人突然就不见了
而那人怎么突然就不见了
去京城的路没有第二条
如今只通往人声鼎沸的什刹海
抑或空旷寂寥的植物园
秋天站在路边来不及转身
杏叶金黄　片片落在
千年不变的天空下

原载于《雨花》2022 年第 3 期

# 一只麻雀
## 罗利民

在麻雀的世界里
有光亮的地方就能飞过去

而玻璃横在飞过去和飞不过去之间
玻璃让光走进来
把风和灰尘挡在外面

人用眼睛
也能摸得到玻璃虚空的存在
麻雀不能

麻雀一般是被东边的玻璃撞晕了
才又一次晃晃脑袋
拼尽全力
朝西边透着光亮的地方飞去

它来不及感知
一扇在暗处虚掩着的门
以及从虚掩的门里传过来的风和
灰尘

以上都是我想象的

在办公室一个三面透光的房间里

我发现了它的眩晕

*原载于《诗歌月刊》2022年第10期*

## 弥　补

### 罗　亮

在广袤的星空
我们能找到我们的弥补之物
石斛？还是一只猩红的火龙果？
"古来圣贤皆寂寞,惟有饮者留其名"
"五花马,千金裘"
这些历史
换成心灵的白发和刀伤
星空之上,终有垂怜之物
让我胡乱记录,又埋葬
让我自哀,又叩首不起
那神秘力量啊
不知是强硬镰刀还是绵软柿子
不知是广大虚空还是竭力修缮

原载于《诗歌月刊》2022年第4期

## 劳动之美

老 井

轮轴滚滚、机器怒吼
钻杆和钢钎狠狠地刺入一大片富油煤中
在四十多度的地热里干活
汗水如毛毯铺开,巷道里飞扬的粉尘
镀在了每个男人半裸的肌肤上
当一块人形大炭去撞击一块壁形大炭
地心里当然是雄性荷尔蒙如雨飞溅
假如谁能搬运来一座雪山
在瞬间也会化为绕着
煤壁和支架的白云

肌肤上的辽阔原野亦可
作为力量美学的疆场
矿工们在劳动时摆出各种造型
汗水从浑身紧绷的肌肉群里穿过
地心的大卫,做到脚踩大地的同时
也能够与天同齐。在灯光的映照下
遍体的万水千山熠熠生辉
远近高低各不同
干起活来快如风
静止下来是雕塑。每一个行为都在诠释
关于劳动和美的定义

原载于《人民文学》2022年第9期

# 伤 别 离

## 刘雪风

我幻想在榆树缝隙中练习时间穿墙术
试图寻回少年失落的鱼篓
渡口烟云映照落日的腿骨,花香不再
这流水,无端消耗了我们生命中
本该长存的一部分。这一切须归究于
三餐中的儒释道,还是乡野的宿命论呢

梦中,生者和死者不断下沉,脚下的
鸿沟仍在,青草、麦子筑起的桥梁仍在
这些年,我饱受浊水浸透的外衣与
无名棺椁的双重包围;仍被课堂墙壁上
斑驳的标语牢牢锁住。信纸折叠的
旧天堂被安徽北部的幼兽含在嘴里

悄悄融化。我跟随它咽下柴扉,咽下炊烟
泪眼蒙眬中,咽下满含拒绝的河流
我曾有一册小说,写满理想的技法
我曾有一宗通灵术,熟知草木的悲欢
而今,喉咙作废,双目失明。但我仍可听
听柳絮紧抱清风骨头飘游,漫无目的地飘游

那种痛楚与和谐,在即将焚烧殆尽的
碑文中,在万家灯火若隐若现之间

原载于《诗歌月刊》2022年第2期

## 我们再不会遇见如此洁净的湖面
### 李 解

我们乐意每晚清醒
在拌着奶茶的咖啡里
赶上清晨和火车
离开听不懂的铃声
词者写的远方和归宿

我们学不会珍惜
遗忘与铭记是一生
像在泥土里生长
把青丝抽成带雪的松针
只是青春的资本
和奇迹

我们再不会遇见如此洁净的湖面
在那里人生就像清泉流过

原载于《星星》2022年第9期

# 尚有争胜之心，这让我羞愧（外一首）
## 木 叶

> 艺术的肇始无须等待人类。
> ——德勒兹、加塔利:《千高原》,第三二〇页

终于坐到近前,
新鲜鹅肝,红橘子,青天的蓝花翎。

从"无"逐渐变出"有",指的是挂在客厅墙壁上的数字电视里层出不穷的画面。

尚有争胜之心……这块手机敲击另一块手机。最终"胜"出的,是哪一块同样出自"触摸"的显示屏？

……当充塞进胃,落日蓬松在"鑫拓大厦"顶层。

大厦内外,令人窒息的,缓慢、近乎"永动"的
"上班"和"下班",让戴着口罩、身材臃肿的保安,明了,他也不过是

它被迫而必需的食物。

原载于《诗歌月刊》2022 年第 4 期

## 翻滚

无尽深里,飞出鸟儿。相继拽出菠菜叶、午夜剧场、蹄铁,和正在打嗝的月亮。

(万物互联,一物可毫不复杂地证明为另一物的食物)

刚开走的搅拌机,忽然转回,
水泥倾倒出

月光下的工地。广场正中央,鸟与风筝一起高调地飞。

路边翻滚的笑,像气球,又像液体
涂在扁平的广告牌上。

原载于《山花》2022年第12期

## 星空与酒

**那 勺**

星空与酒在推衍中

断裂成江河激越

手拈落花,能觉察到

时间的窄门在流水中敞开

微妙的力,如婴儿熟睡:柔软而安静

从柠檬出发,虚构的秘密

取决于进入丛林的深浅

探究,终让极少数人

发现并成为光和旷古

而迫使更多人,走得更加迟疑

对每片树叶保持警觉与感知

进而获得鸟鸣,一种古老的修辞——

就像月亮与火星

虽属奥秘,但总能恰当地

映现一个写作者沉默时的心灵回声

原载于《扬子江诗刊》2022年第5期

## 晚　宴
### 彭　杰

节节衰弱的夜,树荫
从中召唤茂盛的海潮。
迟疑的脚,转梯身姿躲闪
终止于积水的滑落处。
还没有一种注视已经完成。

太快了。心思见针成缝
隔夜勾勒我的孔雀胆。看
你如何将松针的呼吸,刺入
听觉的晚宴,如何从
水鸟照过的房间,握住瓷瓶
如握紧你轻柔的舞剧。

夜空虚擎着的,烛焰险照
狡黠如新月,失神涨退。
花的执行者:美在重叠
扇面展开,身体昏迷
全都指向是或不是。

*原载于《诗刊》2022年3月下半月刊*

# 回乡之夜(外一首)
## 沈天鸿

灯光在月光的里面,影子
在我的外面
古老的黑暗在砖墙下
在乌鸦突然的叫声中——
树影晃了几下,地上
多了几片落叶

我能听见更多的黑暗
在田野上无穷无尽地奔跑
野树、庄稼都形同虚设
在被混沌掩盖的混乱中
遵循着
夜和梦的逻辑

这是我出生又离开的地方
是每个地点虚幻又虚幻的中心
只有我回来,它才变得真实:
极其平常,针尖大的
一个地方,正如
我们生活在针尖上

但这里的荆棘也懂得忧伤
欢笑在忧伤里面
泪水也在忧伤里面

今天夜里，黑暗在它自己的
黑暗中迷路了，而我
就站这黑暗里面

## 八月的田野

农夫在观看他枯死的稻禾
微风吹动那叶子
仿佛它们还活着

肯定有一种哀伤
但蒸腾的是灼热的光
听不见的钟声，在敲十二下

这是奇特的夏天
雨和雷霆仿佛遗忘的话语
万物，包括天空
不知道怎样才能接近它

干旱席卷亚洲
但有的地方仍然洪水呼啸
那瘦骨伶仃的
是在任何地方都绝望的白鹭

仍有庄稼在顽强地生长
太阳整天追逐着它们，就像
在刀锋上闪耀

远处,一个孩子在安静地
玩耍。大地太辽阔了
任何声响,一发出就变成了寂静……

原载于《草堂》2022年第4卷

## 秋　　云
### 石玉坤

秋高是天高,气爽是云爽
爽爽来去,自由游移

色,以白者为佳
纯白,棉白,瓷白,最炫目
灰便带有情绪
乌黑就揣有雨的心事
彩云要等到日落时候
别过太阳再追月

形,是心的幻象
山川,草木,虫鱼,鸟兽之形
在观者,似与不似
变的是人心
凝则滞,流动才鲜活
云深云浅,在入与出的分寸

不同的形和色,匆匆在天上
其实在地面
都是一块移动的暗影

原载于《诗选刊》2022年第12期

## 语　言
### 沙　马

语言进入事物时不是那么
稳妥,风格,就不会
那么有力量,这是我所焦虑的

为此,我敞开了灵魂接近
每一个词,再
带着新的语言重新进入事物

直到事物内部发出了动静
仿佛一阵呼唤
惊醒了宝石内部的亮度

原载于《诗刊》2022年11月下半月刊

## 网师园的燕子
**思不群**

灯火造影,燕子飞来,
将飞檐向上拉起,从水袖中

掏出泼墨的夜晚。
跋山涉水而来的燕子,

黑色的大雨滴,
迅疾升上去,把人世抬高。

将我们衔在嘴里,迎风祷誓,
又抛下去,击中某个钝响的音符。

流着泪唱歌的嘴,如今已经闭上
我们曾用它吞咽过几只燕子?

当它落在我们的生活中,
低头啄食红绿相间的糖果,

它是杜丽娘喉咙里的那一只,
还是我深夜里埋在梦境中的那一只?

当它以一声轻唳告别,偌大的园子已经
凝为一滴,含在我们口中,上不来也下不去。

原载于《诗刊》2022年1月下半月刊

# 废止篇(外一首)
## 孙启放

冷漠滋养黑暗;需要养护的
落日是死亡之美。

其繁复,约等于"π"的无尽尾数。
空白具有的弹性;空白中
第三只眼睁开
时间犹如中轴线上一堆乱石。

"除夕"成为物。正点停靠
高背椅止住摇摆;
在一个古名"居巢"的小城边
反向的列车呼啸而过——

日复一日
这毫无新意的迭加不可尽废!

## 默温

漆黑的夜晚,原野背着天的黑锅。
"老来的疼痛是黑色的",

但是,亲爱的,并没有糟透;
请捉住我的手,四周

"环绕我的未知重重",
但是,亲爱的,那些被你唤起的感觉——

暗含了今天拥有的全部诗意。
我听到森林深处一棵树倒下的声音。

原载于《江南诗》2022 年第 4 期

## 旋涡(外一首)
### 汪 抒

五栋楼是一个完整的整体
天已渐黑
楼内的灯都已亮起
楼下有一些走动的身影
但没有一点声响

西边紧邻的新裕溪路上不断有重车经过
新裕溪路的西边东华路上,车辆稍少
东华路的西边就是高铁轨道

北边接近东西向的老裕溪路
天渐黑,桥上的汽车和桥下的电动车
都在追逐着路灯杆子上的灯火

因为是阴天,黄昏是灰黑色的
在天空中旋转
形成一个巨大的旋涡
并且不断迫向大地
这个时候,谁是静物,谁就会
被它套中

## 轨迹

长长的河堤上，视野非常开阔
河堤下的稻田坦荡如砥
隔河能眺望到河的另一边，那边大块大块的
稻田，跟这边完全相同

四个人抬着棺木
其余的人一长串安安静静跟在后面
已提前去人在河堤的内坡上
挖好了坑，此刻他们正坐在锹把上歇息

棺木抬起那一瞬，要将架在它下面
的板凳，踢倒
抬棺木的四个人，在村子中基本上形成
固定的组合

河堤狭窄，人多，即使没有秩序
自然也会走成一长串
春风也是这样，先起于河堤的远方
然后向这端慢慢吹送
而河堤上空秋雨来得更慢
能清楚地眺望到它沿着河堤一路过来
的轨迹

原载于《星星》2022 年第 3 期

## 春风优渥（外一首）
### 吴少东

现在可以看到较为完整的河流
大雪压断的枝干，年前清出了
两岸提供新的空白处

波浪比顺流疾走的人更快
比赶赴午宴的人更快
但春风比这些都快

在所有的自然现象中
我独认为中年似一阵春风
匆匆一过，万物催发
但那不是你的

但这又能如何呢
锃亮的皮鞋走在厚厚的地毯上
优渥而踏实
春风吹遍大地

## 太息

午后,风啸枝头,云影移动
我是密林中打坐的人

枯叶缤纷如飞雪
人群堆积空洞的欢呼声

叶子在树上,或者不在树上
有什么关系呢？我一动不动

我并不打算抖动双肩让其弹回
枝头

我在欢呼声之外
我是你们欢呼之外的太息者

原载于《上海文学》2022 年第 6 期

## 秩　序
### 王太贵

不打手电,不点油灯或蜡烛
漆黑的地窖中,我们将晒过的红薯
一个个垒起来,按照个头大小
大的放在下面,小的堆在上面
先堆地窖两边的,再堆中间的
窖外有人喊话,我们听不清楚
我们在窖里说话,外面人也听不清
红薯由畚箕装着,从窖口的斜坡滑进来
刚入窖时,天已经阴沉
垒到大半时,天上飘起了雪花
我和父亲摸索着,即使在阴冷黑暗的地方
也要让这些红薯,形成自己的秩序

原载于《星星》2022年第1期

## 阳光来看你了（外一首）
### 王 妃

阳光来看你了
抬起低垂的头来接受这抚摸吧
脸热了，身子热了，心呢
暖是口粮，是罂粟，是一口如兰
之气在时空里折叠
是突围者看见了拱起的群山
炸裂后窄窄的出路

阳光来看你了，她摸摸你的白发
摸摸你瘦削的耳朵、鼻子和憔悴的眼
她在你紧闭的口唇停留三秒
她想撬开却又放弃的是自己的黑洞

阳光来看你了，然后就是离开
再给你一秒的停顿好吧，你眯一会儿眼
阳光难过了你不要道别
她已把视线投向颤抖的湖面

## 起雾了

清晨的新安江像婴儿初生
睫毛覆盖的眼神蒙蒙眬眬

"好美啊！像天堂一样！"
女孩与男孩手挽手站在文峰桥上
他们迷恋雾气腾腾的江面
还意识不到自身的美

天堂真的如此美好吗？
我盯着江面，久久的……
恍惚中父亲正在对我微笑
女孩和男孩不见了

我也成了雾气的一部分

*原载于《延河》2022年第9期*

# 七　月
## 武　稚

绿，一匹推着一匹，
一棵树的黑，也可以忽略不计。

如果撇开烈日、蒸腾、劳作，
这个季节是有诗意的。

我喜欢这样的场景，
蝉鸣，气味，或者气息，
我对青春的理解就是这个样子。

光落在他的脸上，
他的脸上长满叶子；
光落在他的臂上，
他的臂上长满叶子。
我对流年的理解就是这个样子。

七月，一直在做同样一件事，
一直都在向着同一个方向。
七月，我也想瓦解掉狭小空间，
忘掉遮蔽，用内心去行走。

原载于《绿洲》2022年第5期

# 秘　密

## 徐春芳

那一刻是多么美好
墙上的钟摆摇晃得也很低调
黑夜的节奏,摩擦着
树影交缠的空虚
月色有些温暖和醉意
你的脸,在沉默里
如池塘的水纹渐渐消散
我想起来的,仅仅是
美人蕉打开的红花
被微风带走了香气
和一些寂静的失落

原载于《上海诗人》2022 年第 4 期

## 蜀道:与一株古柏对饮(外一首)
### 许 敏

柏树森森,翠绿的浪,重重

叠叠,一路拍打到古蜀道尽头

在瓦口关箭楼之下,与一株古柏对饮

不为战事,不为功名

只为襟怀和肝胆

只为痛痛快快地做一回自己

戍卒也好,商旅也罢,即便是个樵夫

我也要与你对饮,笑谈世事

云泊江渚。潼江水,颤抖着

挂在倒卷的柏树上;大风,猛烈地

摇动树梢。古柏

老态龙钟,稀疏的枝丫间

露出一片残破的天空

想当年,你曾与猛将饮,与诗仙饮

与金戈铁马饮,与高文健笔饮

与报国饮,与忠义饮

常青的天空如腕,你泼墨,挥洒自如

层层渲染,青葱的指尖

高擎杯盏,与秦关汉月饮,与唐风宋韵饮

与灞桥饮,与鹧鸪饮

以春秋下酒,养浩然正气

与西风残雪饮,与白发江湖饮

与霓裳饮,与丝竹饮

抽刀断水,你也曾

与日暮苍山饮，与一叶扁舟饮

与散仙饮，与逍遥饮

与天空一起畅怀

与古蜀道一起癫狂

然后缄口，把世事沧桑都结成身上的疤痕

# 大江东去：一樽还酹江月

江水，一场如此盛大的告别
一场刚开始的酒宴，无论在采石矶
还在赤壁，江水都以它的漩覆和流变
策反你的征战与会盟。逝者如斯夫
你必须收复这无数跌宕与万古愁
收复它的浊浪与扁舟，像饮一杯酒那样
咽下它百万铁骑的轰鸣，咽下
它的撕裂和疼痛；
"江流天地外　山色有无中"
一个人抽刀断水
断的是比他骨肉还娇嫩的月色
酒浮江月入樽中。苏子与客愀然
今日乱我心者——
一是悬崖上的瞭望塔；二是江边隐名
埋姓的纪念碑；三是脱胎换骨的落日
那个自省的人解除了枷锁，划着漏水的
小船，行至中游，江水很平，看上去
像一场不醉不归的宴席；江水赶着
羊群，有高贵的，有卑微的
有麻木的，江水赶着，丝毫没有放慢
它的脚步；江水拍打着冰冷的骨灰
沿着午夜的台阶返回，这是江水入殓前
所能保持的最自在的道德与伦理
任凭你开阔的眼眸蓄满热泪的群星

原载于《绿洲》2022 年第 5 期

# 再　访

## 许无咎

当我在书店读到更多的语句
周围,就安静了下来
只有语句是活的,它在读我或者与我交谈
所处的地点不重要。符号,函数,解析式
标点已肢解了太多的生命
我的反常,正如头颅里分出母亲和孩子
他们互相观望,互相为之动容

原载于《人民文学》2022 年第 5 期

## 记录一种心爱的鸟儿(外一首)
### 星 芽

如今一提笔写诗我就想不到其他的词语
除了用来描述你的那部分　家园真的失陷了
屈服于匮乏的想象
而我们话语中的木房子永远新鲜茁壮
它们知道青年人的秘密就像把喜鹊的腿脚拴在高楼
被称为不可多得的思想
我所心爱的鸟儿
飞离象征
成为一团空气
它也知道家园只是一些词语的构建
用来装载亲近鲜花与蜂蜜的头脑
你在我诗歌中的部分膨胀在这个即将发酵的地球
想起每一座我们携手走过的山
被喜鹊于暮时吞咽
它们飞起来的时候
就像你翻身躺入我的每一个夜晚

## 蜗牛传

蜗牛最不能防御伦理之昏沉
粉红色的胎记昭示末日　它奔走呼号
以为餐厅里的吊钟是斯芬克斯
它的一只翅膀雪白得像刚刚洗过的盘子
谜底藏在某一道凉菜的背面
什么东西早上用四条腿走路
中午用两条腿走路
晚上用三条腿走路

蜗牛说是它自己
它可以做到
甚至能够把身体的前半部分发射到外太空
命令叉子去吸食鲜汤
什么样的怪物此时正在头顶发出恐怖的啼哭
被蜗牛抛掷的石子砸进命运的黑渊

原载于《诗歌月刊》2022年第3期

# 黄河(外二首)
## 杨　键

无论在哪里,我都可以见到相貌奇古之人,
我知道,这是黄河。
无论在哪里,我都可以见到相貌畸变之人,
我知道,这是废黄河。

下滨州,驱车经过一生中最漫长的芦苇地,
第一次见到了黄河,
黄河没变！是你在变。

## 中心之物

家里最好看的,
是一盆枯草,
几年前我把它从山上采回来,
可不是这样。
现在它枯了,
却比活着的时候,
更好看。
这是在说,
没有生命了,
这才成为家的中心。

## 有一只青蛙

窗外的青蛙叫成一片，
东一声西一声，
如同人云亦云一般，
没有什么意义。
但在这万千的蛙鸣声中，
有一只青蛙的叫声，
非常独特，
充耳不闻它同伴的声音，
我在这细致的叫声中
进入最美的睡眠。

原载于《诗歌月刊》2022年第6期

## 四周记（外二首）

### 余 怒

意识到被四周融化掉是一件快乐的事,是在
生病期间。如同灾祸临头后建立起某种特别
的信仰,不相信庙宇的功能、默祷的魔力,却相信
疾病的作用。一个不错的模型。你可以时不时
去病一次。在病床上,顺便考察一下你的孤独,
嘲笑它,或逗弄它。就像逗弄直立于路边的一条
眼镜王蛇。吊完一瓶水,接上另一瓶,想着跟谁
去谈谈厌倦(护士们太年轻,护工们又忙得
顾不上你)。打开窗户,视野开阔起来,这时
你才有了"四周"这个概念。阳光下的广玉兰树
和芭蕉树,夹竹桃树和柳树,还有一些草本植物及
其他阳光普照之物。你来到外面的回廊上,穿过
坐在那儿的病友们,在各种口音中辨别本地口音。
走近那个陌生的话痨小老乡,不搭话,只是听他说。
你来到俯瞰医院的小山上,看见泉眼,看见流水
流动,继而看见它们朝山下乃至远方流去。这是
什么样的一种"四周"啊。它整个儿也在朝远方移动。

原载于《草堂》2022年第3卷

## 蟒蛇和先验存在

回忆缠身。视它为蟒蛇。跟着它转动。
即便你认为自己被吸附在一个扁平的平面上，
也要多角度地去听、去看。我和小伙伴们
曾玩过一个"讲故事"的游戏，第一个人讲个
开头，其他的人接着往下讲，看这个故事滑向
哪里，如何结尾。而每一种结局都能满足我们。
多角度地去体验、去比较。比如，每天去
哪儿睡觉，我就有两种选择：一是去阁楼上
的斜坡屋顶小房间，一是去楼下方方正正的大房间。
情绪与空间的关系并不是一定的。伤感、焦躁；
愉悦、平静。对应于狭小与宽敞，不规则与规则。
有时却正好相反，且在阴雨时、晴朗时有所不同。
情绪指数会失效，空间的层次感会一下子变多或
变少。可以总结我与周围事物的关系——我与我们，
首先；我们与它们，其次。没有人愚蠢到去构想
一个没有他人、没有诸物的单一世界。而你的
先验存在只有两种：一种是父亲，一种是旧日恋人。

原载于《青春》2022年10月号

## 提醒

午后,一只红眼黄喙鸟来到我们的窗台上。接着是一只白头绿翅鸟、一只蓝背黑腹鸟。就像带着神秘目的的一次色彩展览,或者是,一个小群体对另一个小群体的善意提醒。我们的同居生活,陷于更大人群中的孤苦落寞和哀怨敌视。那是来自什么东西背后的本源力量,包括鸟儿们的社会性和我们的?情侣们偏爱的藏身处,因为嫌太吵闹,一个房间被分割成一个个小隔间。那儿,我们通常对欲望采取一问一答的方式(有时只提问,不回答)。某个纪念日,丈夫送给妻子一个小礼物,却不知道她真正想要的是什么。(一句话说了半句,你的下半句是……)一株三色海棠,在我们的注视下开了,而此时窗外,一颗流星,突然加速。种种孤立事件影响到我们的心绪。我们徒有记者或传记作者的感伤,却不能完整地记录,将看到的付诸文字。偶尔也有三两个玩累了的孩童,因为好奇来敲门,穿着宽大笨重的大人衣服。

原载于《诗江南》2022年第6期

# 旧木（外一首）
## 宇 轩

你要相信四季之外别有洞天
就如同这块旧木板的另一面是一棵大树——

它的故乡曾在高山，在幽谷，在内陆平原
某户普普通通的汉语人家

现在它呈现了美的一面
哪怕它残缺，破旧，无用

钉子也拿它没有办法。刀斧，火焰与闪电
应验了你的预言：
一种普通的朴素的生活

## 写给友人的信

多久了，大雪没膝，递给眼睛里的灯火只需一盏
叫你看见人间的房屋又矮又小
叫你看见一首诗蜕掉语言的外壳之后
只留下一个"爱"字、一个"忍"字、一个"愧"字
还有一个"恕"字
仿佛你，在布衣布鞋中，走过山一重，水一重
活成一个"人"字
多久了，石头在流水的歌谣里长出青苔
舟橹在千里的岸边烂成不朽
他们说此后冬天很长
秋天很短
省与省之间，是一封来不及写给你的信

原载于《星星》2022年第4期

## 凭栏远望
### 天 天

已然长大的孩子依偎在退了潮的海边,
紫荆花开了,
一封信耽搁在路上,三年、五载,
或者更久。夜深时,
疲倦的温床朝黑暗解脱了自己。

望一望,打铁的兄弟,
他们还未燃尽的牵扯就搁在身旁。

我遗忘了什么?
四月荒蛮,而八月坐在行驶的火车上,
越来越远了。凭栏远望,
自由的人们各自找寻自己的身子,
他们收拾行装,
要奔赴世间,那不可知的盛况里。

原载于《红豆》2022 年第 6 期

## 淮河风物研究(外一首)
### 叶 丹

那次奔丧的途中,我第一次目睹淮河。
沿岸,杨絮如暴雪飘落,仿佛哀悼。
"仿佛这里才是雪的故乡,它们在初夏
候鸟般飞抵。"一如死者坚持死在
黄泥覆顶的茅屋。两岸的景物并没有
差别,仿佛它们抛弃了习俗,像庙宇
甘愿沉降,坍塌为黄泥而无须自怜。

渡河往北,煤渣是通向矿区的索引,
枝枝蔓蔓,多像肺癌病人的肺叶。
"肺叶的黑比宿命的戳印更具状,难以
洗白。""他曾拒绝成为一名矿工,
而无法拒绝黑暗的宿命。"五月的大地
富足,谷浆从土壤中溢出,舍给我
贫穷的亲戚。我好奇的是,谁在指挥
这场合奏的管风琴音乐会,纤细的
麦秆竟有如此挺拔的茎管供水流穿行。
麦芒像火苗摇曳,仿佛大地的激情
找到了出口。"这摇摆啊,是门哑语。"
大意是:相似的平原下,相似的火焰。
再往远处,悲伤的姑妈指着西边:
"河坝是个完美的支点,支撑着天边

晚霞,那是天空过剩的欲望。"我却

看见一片镀锌的水域,显然它融入了
太多残忍的细节,它将以回忆为食。
我不能滞留此地,我不能妨碍树冠
茂盛如盖。天色愈发黑了,汽车像甲虫
掉进无底的幕布,虫蛾在蛙鸣的煽动下
冲向车灯,一如天边群星无畏地涌现。

## 黎明的戏剧

我有黎明即起的习惯。用冷水
洗脸,在似有的光线中探索
静谧的极值和物什褪去声袍后
露出的轮廓。"这轮廓是黑夜
与白昼的中介。"然后在纸上模拟
发声,学习如何与黑暗共处,
与它对坐,眼看它一点点败坏。
我会在厨房里遇到四点钟
便起床的沃尔科特,他修补海浪
之前每每向咖啡求援;书桌一侧,
年轻的实习记者略萨早已经将
两页稿纸涂改得满满当当,
我和他会在八点前外出,各自
谋生,忍受外物相似地磨损。

有那么几次,在那能量即将
从匣子溢出的时刻,"它总有
无法压制的动力。"我遇到了
上个世纪末的自己。他几乎

是摸着黑,为冷却的灶台生火,
雪菜炒饭里没有一丝辛酸
味道。吞咽之后,他骑着那辆
时常掉链子的单车赶往镇上
晨读,顶着一团从未缺席的浓雾。
在那被绿丛挟持的山区泥路上,
他见证了黑暗像创世的球体
那般,因为膨胀而变淡。
四十分钟,雾由灰色渐变成棕色,
十几里宽的幕布,足以安插黑夜
褪尽、光明展开的全部情节。

原载于《四川文学》2022年第10期

## 窗　外
### 应文浩

清晨,贴近窗户
听见麻雀一直在叫
像凌晨三点平原上
远处几盏灯火冷冷地闪烁

不知道麻雀何时来的
也不知道明天它们会不会
还息紫薇花枝上

唯一确定的是
声音是从透明的窗子传来的
像过去的每一天
靠蓝色的梦境递回来

原载于《诗歌月刊》2022年第1期

## 随 园 往 事

### 叶可食

蓝盘光碟与睡眠共享梦境,碎瓷,瓦片
自行车,永恒的坡道复写一首不可示人之诗
那时我正穿越栅栏,踏过山麓的掌纹如踩在他
镂空的心,随园到处都是翻新的泥土的气息
日子不堪挖掘,可谁都想为过时的布匹
绣出点新花样。成为一名少女,日常工作是
在云端垂钓人们豆粒般的烦恼,乌鸦喜食
由衷的赞美次于善意的批评。豢养云朵
就是豢养家禽,就是浇灌一株无花之树
上扬的目光——如今,懂得仰望之人日渐稀少
但我看得到他,于是决定来到这里,此刻
来到他的身边,置换性别与身份,我成为一株树
而他成为少女。疼痛像枝叶伸进湖水似的黑夜
身体被距离抽离成没有身体,寄托于猫叫
匍匐在夜波微澜的肌理,有时候她会俯下身来
摸摸它,摸它盐柱般的目光,摸树叶摇晃
残破的声音。我就在那声音之中,将利爪
缩进指腹,温驯的时候,仿佛自己真的成了一只猫
此间乐,不思云端垂钓的生活,但我必须要走
唯有回返,才算完成了一次无人知晓的出行

原载于《诗刊》2022 年 3 月下半月刊

## 钻头与气泡膜

闫 今

全包围结构。气泡膜上轻微泄劲的圆形塑料泡
仍有被手指点压的痕迹,有万花筒中镜像般的褶皱
褶纹并无规律。不要低估以百计的柔软塑料膜的
吸附力,当钻头突破转速的下限以极轻缓的位移
在你身体中抛锚,当它自行矫正冲击点的偏差
我看见自己被猛地抛起,宛如光斑中浮动的尘粒

原载于《特区文学·诗》2022年第10期

## 春 山 误

**詹成林**

没有脚印,亦没有挖掘
春天,将不再是春天
春山误于一把剪刀,一柄短锄
一只竹篮

花叶交叠,岸边绿意蓬勃
春风过处,汁液濡染拱桥、山影——
春风里的事物是短暂的:自然、草叶、
树木,在日影中变幻——绽放的花儿落了
刚认识的植物老了,桥栏上的苔影
时时新,日日深……

我用沧桑白发磕碰鲜嫩易逝的春天
用荒废虚度短暂漫漶的时光——
春山误于旷野上采挖人手里,那只
竹篮,那把剪刀,那柄短锄,误于
新鲜易老的荠菜、马兰、竹笋、山蕨——
转眼间,我错过了一个崭新、繁复、
易变的春天……

原载于《雨花》2022 年第 2 期

## 金　色
### 张抱岩

晒暖的斑鸠暖融融的
像它赐给我鸣叫的礼物一样

太阳下的事物金光一片
像安静找到了归宿
仿佛一个人的梦上下浮动
在静止中飞翔

我想起多年前的老母亲
一个人坐在砖瓦房围成的院内
一方天空笼罩开花的桃树
母亲坐在树下
捧着簸箕，埋头挑拣麦粒里的砂石
母亲也是暖融融的

阳光照着另一面
我喊娘的声音，金光闪闪

原载于《诗刊》2022年9月下半月刊

## 雪没有落下（外一首）
### 张建新

天晴了,意味着雪绕着小城
转了一圈终于没有落下
想踏雪寻梅的人陷入失望
其实即使有大雪造访,也大多
是找到梅花就会忘了雪
雪和梅花的关联性若有若无
但永远不会崩塌
像天空、人群、寺庙和我之间
那微妙的关联,想起那天
在高速服务区看到一只画眉
从竹林深处飞临我的脚前
想喊你们来看,又怕惊动它
等你们来时它已经飞走
我没法准确地向你们描述这情景
如果我说了,不过是
在世界的偶然性中又增添了一次
踏雪者寻梅不见的失落
而梅花仍然被留在了雪里
它的偶然性与画眉和我并无不同

## 秋日登高

须深秋,方可
登上那重新隆起的高处
俯视沟壑,才会怜悯
那些从谷底爬上来的秋草
明白了自己也是其中一株

白鸟飞过看见雪影
在半枯的植物之中我们
曾爱过它们的另一半
现在已没有力气喊出来

登上山顶,看暮云席卷
青丝换来白发,山风微寒
敌意中的友情是微汗的躯体
我们都没有说话,低着头
等你来把手中的果实取走

原载于《星星》2022 年第 4 期

## 陪母亲聊天
### 张道发

我常常想起,早年陪母亲聊天的那些多星的夜晚。屋子里残留着烧菜的香味,月光铺在花格子被单上,各种家什的轮廓绘满白泥墙。虫子在叫唤,叫得那么轻。

屋角的母牛,偶尔停下来听我们说话,眼睛里的夜色幽幽闪烁。那时母亲还年轻。我走的路少,心里也没有多少波折,整个人像初春泛青的树叶一样明亮。

有时候,夜猫窜过窗台碰出几声狗叫,我们会突然停下来。树影摇晃在窗玻璃上,一阵小风路过门前小路。

夜不觉深了,母亲以为我睡着了,她轻声唤我乳名。其实,我在想一些别的事情,内心平静,脸上挂着平静的笑意。

窗外是多星的夜晚,树篱下的丝瓜花顶露而开,有一些已悄然结成瓜纽。母亲的声音慢慢融化在虫鸣里了。

原载于《散文诗》2022 年第 1 期

# 文学理论
## 评论

# 《追风》中杜光辉形象的成功塑造

## 唐先田

在《追风》这部科技创新长篇小说中,杜光辉的形象是较为丰满的,他虽然有过在南州只不过"挂职两年"、何必苦打苦熬的一闪念,虽然有过离开南州回经济所当副所长、回北京陪女儿的打退堂鼓的想法,但这些都被他建设南州的执着崇高理想打消了,他在南州扎下了根。杜光辉这个形象有些什么特点呢? 作家是从以下几个方面来塑造这个人物的:

一是坚持亲历亲为的苦干精神、实践精神。杜光辉到南州的第一件事,是主动接待南州洗衣机厂四五十名技术人员的集体上访。他只知洗衣机厂曾是南州的明星企业,并不知道这个厂的现状,更不知道这些技术人员为什么要上访。但他信赖这些人,愿意和这些人接触,想知道他们的诉求。他主动接待上访的行为,打破了恐惧上访、对上访避之不及的怪圈,是他真挚地和人民群众站在一起、热情拥抱现实的内心表达。果然,融入现实后,他立即有了收获,不仅知道了洗衣机厂由明星企业滑落到产品积压卖不出去、车间不能开工、工人已半年多拿不到工资的严峻现实,还结识了年轻技术员齐航行,又由齐航行带领去拜访了须发皆白的老总工。老总工说:"我是搞技术的,搞了一辈子技术,我就认技术。当初,建设洗衣机厂,也是因为我们掌握了国内最先进的技术,产品一下子就打开了销路,占领了市场。后来,外边的技术加强了,而我们对技术开发重视不够,加上企业搞得不像企业,像个机关,那哪行呢?"老总工的肺腑之言,深深地打动了杜光辉。离开洗衣机厂时,他又特意和齐航行互留了电话号码。尽管回到市机关后,市委秘书长李杰委婉地批评他下厂时没有先行说明备案,有违机关规矩;跟他一起去洗衣机厂的办事员小王,更是埋怨他不该留电话号码给齐航行,原因是担心"这些人,说不定会天天缠着您",但杜光辉还是很高兴,因为他从老总工那里得到了"技术"二字真经,这是极为宝贵的,小小的善意的批评和埋怨,和"技术"二字真经比较起来,真算不得一回事。也就是这"技术"真经二字,使他和洗衣机厂的员工们下定了让国内排前三的永力洗衣机厂兼并的决心,人家的技术就是先进嘛。而事后才知道,永力之所以先进,是因为他们曾悄悄地采用了南州洗衣机厂创新的某些技术,南州洗衣机厂因为缺乏知识产权观念,他们的技术、发明技术革新项目,没有及时申请专利,结果永力拿去就用,减少了许多开发投资费用,也无须负什么法律责任。南州洗衣机厂虽然起死回生了,但"技术"二字和知识产权观念,还是给洗衣机厂以深刻教训,也给杜光辉上了一堂深刻的课。杜光辉在办这件大事的过程中,有两处非常精彩:一是他在会见东方电子厂董事长高大为时,知道对方是农民出身,早期只是在镇里办电子元件厂,但高大为尊重科技,果断地引进了清华大学的5位博士,并采纳了博士们的创新建议,元件厂一下子发展成为亚洲第一的东方电子厂。这使他切实地感到,只要坚持尊重人才,只要坚持科技创新,就没有办不成的事。二是他知道东方电子厂所在地滨海市的市委书记,曾是他老岳父的部下,老岳父是个在副部级岗位工作了20多年的老干部,很有威望,他如能向部下说一声,工作进程中的难度就会小许多,而且并不存在违规之类的事。杜光辉也知道,老岳父原则性很强,从不向部下"打招呼",但他喜欢杜光辉,又不是私事,若请老泰山出个面,是不会有问题的。但思虑再三,杜光辉还是尊重老人家的原则,终于只字未提。有了引进东方电子厂的大手笔和成功经验,后来的引进存储芯片也就得心应手了。

二是彻底地放下了知识分子的架子,和周围的同事建立了十分亲和的人际关系,很有人格魅力。很多知识分子有自我痼疾,那就是喜欢翘尾巴、端架子,因为自己具有某一方面的专业知识而唯我独尊、瞧不起别人,结果是专业知识得不到认可和发挥应用,自己反而被冷落抛弃。杜光辉算得上是个优秀的知识分子了,但他抛掉了某些知识分子的痼疾,到南州后,真正地和各色人等打成了一片:他到城隍庙吃小吃喝鸡汤,和老板谈笑风生;他出门散步,向玩沙雕的小朋友问这问那,更不用说他去科技大学和蒯老校长等科学家座谈,去科学岛和李敬等老同学聚会时的谦逊、诚恳了。他来机关虽时间不长,但与同事都亲如一家,小说里有这样一个细节:"杜光辉从抽屉里拿出一条自己从北京带过来的中南海烟,撕开来,给另外两个小伙子一人一包,其余的都给了简主任。"这个细节很生活化,也很人性化,杜光辉的举动,可视为有意为之,也可视为随意为之,极好地表达了他性格中富有亲和力的一面,而这一面恰恰是知识分子特别是那些大知识分子所缺少的。别小看了杜光辉性格中的这一面,也别小看了那条中南海香烟中所包含的人性化内容,在和同事的日常交往中,杜光辉或许还会有许多类似的表现,只不过小说没有一一写出,也正是这一切使他在南州有凝聚力,为他在南州的有所作为,打下了有力的基础。杜光辉为什么能这样做呢?小说里特意写了他曾有三年任职县委书记的经历,可能就是那三年的历练,教他这么做吧,现实生活中,靠单打独斗而成功的例子是极少的。

三是感情生活的大方磊落优雅。小说并不因为要将杜光辉塑造成为一位成功的人物,就避免写他的感情生活,而是将他的感情生活写得跌宕起伏、别具一格。早在南州科技大学上学时,他就和他的同学田忆爱得真挚纯洁,他俩虽不在一个班,但田忆的天真优雅深深地让他迷恋,田忆每天上自习时在图书馆为他占座位更是深深地打动了他,大学图书馆座位有限,又是阅读、复课的最佳所在,能占一席,是颇费工夫的呀!他们还一起徜徉于校园,一起畅谈对未来的向往和憧憬,在一起听交响乐《梁祝》时,一个呼"梁兄",一个呼"英台",那种甜蜜美好浪漫,令杜光辉刻骨难忘。不幸的是,田忆因车祸过早地离世,她的学业尚未完成,他们更没有结婚,这也是杜光辉和茹亚结婚后,还在梦中呼唤田忆名字的原因。茹亚非但不能理解杜光辉心灵深处的创伤,十几年来,还常以此来刺激嘲讽杜光辉。杜光辉虽然从不作任何解释,两人内心的隔膜,却渐渐地加深了,加上他全身心投入南州的事业,这也引起茹亚的误解和非议,这样,他们的婚姻只能渐趋淡化,以致双方没有任何留恋地走向了离婚。婚姻的破裂,当然是不幸的,杜光辉和茹亚还有一个可爱的女儿可心,家庭的解体,对尚未成年的可心肯定有伤害,但在作家笔下,虽然也提到茹亚可能有新的男友,但用的是极隐晦的笔法,将婚姻的破裂写得很平静,绝无什么难堪的场面,正是在这平静中,表达了当事人对他们自我婚姻状况的了解,也符合杜光辉的人格品性和始业的家庭出身教养。对杜光辉和孟春的感情生活,小说写得极为高雅纯美,杜光辉在南州一见孟春,就觉得她长相和田忆非常相像,在孟春的丈夫蒋峰去世后,才知道孟春就是田忆的妹妹,只不过一个跟父亲姓。一个跟母亲姓,由于人品性格相投,人生理想和生活志趣也有许多共同之处,两人很快就走近了,相爱已是公开的事实。但小说并不因为他们是单身男女,也不因为市委书记唐铭支持他们的爱情,就放开笔墨,任意想象、信马由缰地挥洒开来,而是双方自觉自尊地以男女朋友的身份相交相处。作家如此节制他的思维,当然是为了将杜光辉和孟春之间的美好爱情呈现在读者面前,但它的另一作用则是对某些小说中性泛滥描写的有力遏制。作者的这一苦心,是会得到读者认同、尊重的。

  杜光辉的形象塑造,为学者如何转变为政府官员树立了一个好的榜样,随着党政官员的高学历化,杜光辉这个文学形象的出现,具有可贵的现实意义。

原载于《文艺报》2022年5月20日

# 朱光潜:提升文学的趣味和境界

钱念孙

今年是一代美学大师朱光潜先生诞辰125周年。以往的朱光潜研究,多将目光集中在他营构的美学峰峦及其审美胜景上,其实,作为学贯中西、融通古今的著名学人,他对中外文学不仅喜爱之至,而且钻研至深。他20世纪30年代中期在地安门慈慧殿3号连续数年每月举办一次的"读诗会",是京派文人谈诗论艺的活动中心,也是孕育《大公报·文艺副刊》"诗特刊"的摇篮。他当年主编的《文学杂志》,不论在创作实绩或理论研究上,均堪称"京派"文学的门面和标识。他撰写的《诗论》《谈文学》《我与文学及其他》等一系列论著,以说理透彻和亲切有味著称,至今仍受到许多文学爱好者的青睐。这里对朱先生有关文学趣味和境界的见解略作评述,以纪念他潜入文学理论深海探骊得珠的劳绩,为当下文学发展提供有益的借鉴和启示。

## 一、文学标准是修养出来的纯正趣味

朱光潜深爱文学,极为重视文学趣味。他曾撰写《文学的趣味》《谈趣味》《谈读诗与趣味的培养》《文学上的低级趣味》等一系列文章,反复申论文学趣味的意义和价值。他说:"辨别一种作品的趣味就是评判,玩索一种作品的趣味就是欣赏,把自己在人生自然或艺术中所领略的趣味表现出来就是创造。趣味对于文学的重要于此可知。文学的修养可以说就是趣味的修养。"[①]

不过,朱光潜又指出:"趣味是一个比喻,由口舌感觉引申出来的。它是一件极寻常的事,却也是一件极难的事。"其难就难在文学上的趣味既有一定的客观性,又有明显的个性差异。孟子所言"口之于味也,有同嗜焉;耳之于声也,有同听焉;目之于色也,有同美焉",是对艺术评价"共性"即客观标准的强调。拉

---

① 《谈文学·文学的趣味》,《朱光潜全集》第4卷,安徽教育出版社1988年版,第171页。

丁文的谚语"谈到趣味无争辩",莎士比亚的名句"一千个读者就有一千个哈姆雷特",是对艺术评价"个性"即仁者见仁、智者见智的重视。就文学创作和欣赏的实践说,尽管在同一地域、同一文化传统和同一时代风尚等因素的制约下,不同创作和欣赏主体会有许多一致性,但也存在不少个性差别,正如有人喜辣、有人嗜甜,有人喜淡、有人嗜咸。具有一定文学修养的人都有体会,文学趣味的分别常常细小微妙,极深厚的修养和极艰苦的磨炼,往往在一词一句是否恰当的毫厘之别上见出。功夫到家的"圈内人",一看便知是否"入道";而未下苦功或旁门左道者,无异于外行凑"热闹"。

北宋词人秦观的《踏莎行》,结尾两句"郴江幸自绕郴山,为谁流下潇湘去",自诩秦观知音的苏东坡最为赞赏。对此,王国维颇不以为然。他在《人间词话》里点评说:"少游词境最为凄婉,至'可堪孤馆闭春寒,杜鹃声里斜阳暮',则变为凄厉矣。东坡赏其后两句,犹为皮相。"在这里,赏识"郴江绕郴山"是一种感受和趣味,称道"孤馆闭春寒"是另一种感受和趣味,前者侧重远望怀乡之思,后者偏向羁旅孤独之悲。结合秦少游此词主要写被贬谪居之幽恨,"郴江"两句确实不如"孤馆"两句更能传达作者心境。朱光潜在《文学的趣味》一文里指出:"几句中间的差别微妙到不易分辨的程度,所以容易被人忽略过去,可是它所关却极深广。"对于一章一句的欣赏大可见出一个人的一般文学趣味,好比善饮酒者能敏感鉴别一杯酒,就能敏感鉴别一切的酒。"趣味其实就是这样敏感。离开这一点敏感,文艺就无由欣赏,好丑妍媸就变成平等无别。"①

在朱光潜看来,文学创作和欣赏需要具备极敏锐的美丑鉴别力,没有这种鉴别力就会有低级趣味。"所谓'低级趣味',就是当爱好的东西不会爱好,不当爱好的东西偏特别爱好。"②他撰写《文学上的低级趣味》上下篇,从作品内容和作者态度两个方面,对流行文学的十大弊病逐一痛加针砭。关于作品内容的五病有:侦探故事、色情描写、黑幕表现、风花雪月的滥调、口号教条;关于作者态度的五病有:无病呻吟、油腔滑调、党同伐异、道学冬烘、涂脂抹粉。这里所谈文学上

---

① 《谈文学·文学的趣味》,《朱光潜全集》第4卷,安徽教育出版社1988年版,第172页。

② 《谈文学·文学上的低级趣味(上)》,《朱光潜全集》第4卷,安徽教育出版社1988年版,第178页。

的低级趣味,绝大多数易于理解,无须赘述,此处仅就侦探故事一点稍加阐释,以斑窥豹。

人生来就有好奇心,因此爱好侦探故事既符合人的天性,也给人带来乐趣。不过,离奇的故事、紧张的情节多半只是文学作品中的粗浅部分。文学之所以成为文学,关键在能写出真切的境界、生动的人物和深挚的情致。如能真正欣赏文学,我们一定要超越原始的好奇心,超过对于《福尔摩斯探案集》或《春明外史》的爱好,去探寻文学家对于人生世相的洞悉和观照,以及他们表达这种洞悉观照的艺术技巧。贾岛的《寻隐者不遇》:"松下问童子,言师采药去。只在此山中,云深不知处。"这无疑是在叙述一个曲折而有顿挫的故事,但更是在描述一种简朴而隽永的情致,以及这情致所蕴藏的山居之幽和隐者高致的品位与格调。不论是诗歌、散文或小说、戏曲,一流的作品里的故事多半像树枝竹条搭成的花架,用处只在撑起一园生气蓬勃锦绣灿烂的藤葛花卉。创作和欣赏文学作品,如果只求故事而不见其他,就像看到花架而忘记架上鲜艳而芬芳的花,①实有郑人买椟还珠之憾。

文学有不同风格和流派,而不同风格和流派又有不同趣味与境界。外国文学不说,即以中国文学而言,明人崇唐,清人尊宋,好高古者祖汉魏,喜妍丽者推重六朝和西昆。朱光潜认为,不论是一个作家或一个时代的文学,都前有所承,后有所发,即都有其"源流",都有一个绵延贯通的生命史。后一代继承前一代风气,自是一脉相传不用说,就是后一代反抗前一代风气,反抗的根脉也伏源于前一代。唐人尽管反六朝绮丽文风,白话诗尽管以旧体诗为革命,但实际上,唐人仍于六朝取法,白话诗也须认旧体诗为祖宗。这样由古而今,看出承前启后的道理;再由今而古,见出推陈出新的原由,我们就能喜好某一派别而又欣赏与其对立的风格。热衷浪漫派者而能见出现实主义的妙处,笃爱"苏辛"豪放词者而能领略"温李"婉约派的情韵,我们的文学趣味就从偏执走向不偏,从而"能凭空俯视一切门户派别"②。这表明,趣味虽难以争辩,具有不可抹杀的主观性,但可

---

① 《我与文学及其他·谈读诗与趣味的培养》,《朱光潜全集》第3卷,安徽教育出版社1987年版,第350页。

② 《我与文学及其他·谈趣味》,《朱光潜全集》第3卷,安徽教育出版社1987年版,第348页。

以通过修养,从狭窄走向宽阔,提升其衡量优秀作品的客观性。这个意义上,文学标准是修养出来的纯正的趣味。

## 二、推敲文字实际上是推敲思想和情感

文学是语言的艺术。朱光潜认为:"文学的条件本很简单,第一是有话值得说,其次是把话说得恰到好处。有话值得说,内容才充实;说得恰到好处,形式才完美。"[①]作家对人生世象有了深广的体悟和观察后,能否用恰如其分的文字把自己独到的体验表现出来,乃创作成败的关键所在。对此,朱光潜在《咬文嚼字》中认为:文学借文字表现思想情感,我们必须有一字一句不肯放松的严谨,才能写出经得起推敲的好作品。咬文嚼字,表面上像只是斟酌文字的分量,实际上就是在调整思想认识和情感表达。对此,他以下面例子加以说明。

郭沫若抗战时期写的剧本《屈原》里,婵娟骂宋玉说"你是没有骨气的文人!"上演时他自己在台下听,嫌这话不够味,想在"没有骨气的"的后面加"无耻的"三个字。一位演员提醒说:把"是"改为"这","你这没有骨气的文人"就够味了。他觉得这个字改得好,并研究这两句语法的强弱不同,认为"你是什么"只是单纯叙述语,没有更多的意义;而"你这什么"则是坚决的判断,带有强烈的情感意味。朱光潜指出,这一炼字的好例,其实在《水浒传》里早有先例。石秀骂梁中书说"你这与奴才做奴才的奴才",杨雄醉骂潘巧云"你这贱人,你这淫妇!你这你这大虫口里的流涎",等等,都是带有极端憎恶的惊叹语。

朱光潜说:一般人不了解文字与思想情感的密切关系,以为更改和调整字句,不过是求语句顺畅和文字漂亮些,其实改动了文字,就同时变动了思想情感,内容和形式也随之而变。这其中既可见出作家的文学功底,也显示作者的趣味高低。韩愈帮贾岛改"鸟宿池边树,僧敲月下门"的故事,王安石反复斟酌"春风又绿江南岸,明月何时照我还"的佳话,都是大家熟悉的通过推敲字义增强作品趣味和境界的美谈。

文学创作和欣赏,不仅要掌握字义表情达意的精准度和生动性,还要讲究声音节奏的美感和情调。朱光潜说:范仲淹作《严先生祠堂记》,收尾四句为"云山

---

① 《流行文学三弊》,《朱光潜全集》第9卷,安徽教育出版社1993年版,第21页。

苍苍,江水泱泱,先生之德,山高水长。"他的朋友李太伯读后说:"公此文一出名世,只一字未妥。"他问何字,李太伯说:"'先生之德'不如改'先生之风'。"他听了深以为然,高兴采纳。①"德"字与"风"字在意义上固然也有差异,"风"字可含"德"的意韵而包蕴更广,但更突出的优点还在声音上,"德"为仄声字音哑,没有"风"字那么厚重响亮,可将"山高水长"的意蕴表现得更加悠远昂扬。

　　文学语言还有一个奥妙,就是含蓄。不论是创作还是欣赏,作品中的文字常常在直指的意义之外,还有联想的意义,乃至不着一字,尽得风流。朱光潜的名文《无言之美》,对此有深切透彻的探讨。陶渊明的《时运》诗句:"有风自南,翼彼新苗",本来没有写诗人的情绪,但玩味起来,自觉有一种闲情逸致,让人心旷神怡。钱起的《省试湘灵鼓瑟》末两句:"曲终人不见,江上数青峰",也没有说出诗人的心绪,却自有一种凄凉惜别的神情流溢于语言之外。陈子昂的《登幽州台歌》:"前不见古人,后不见来者,念天地之悠悠,独怆然而涕下",虽然表露了诗人的情感,但说出来的多么简约,而所蕴涵的又多么深远!恰如朱光潜所说:"文学之所以美,不仅在有尽之言,而犹在无穷之意。"②

　　海明威谈创作,说要诀是"寻找属于自己的句子"。陈忠实认为:"作家倾其一生的创作探索,其实说白了,就是海明威这句话所作的准确而又形象化的概括。"③写作遣词造句很容易按习惯走熟路,因为熟路人人走,走起来平坦而省力。你想描写一个事物,脑中自然会浮出一些常用的陈词套语,用起来也很顺手轻松。但真正的作家恰恰要视这种陈腔滥调为仇敌,要在谋篇布局和命词遣意上开辟自己的蹊径,做到韩愈所说的"惟陈言之务去"。你不肯用俗滥的语言,自然不肯重复庸常的思想和情感,你的创作就会朝着深度和广度进一步开掘。正如朱光潜所说:"文学是艰苦的事,只有刻苦自励,推陈翻新,时时求思想情感和语言的精练与吻合,才会逐渐达到艺术的完美。"④

---

① 《谈文学·散文的声音节奏》,《朱光潜全集》第4卷,安徽教育出版社1988年版,第220页。
② 《无言之美》,《朱光潜全集》第1卷,安徽教育出版社1987年版,第69页。
③ 陈忠实:《寻找属于自己的句子》,上海文艺出版社2009年版,第177页。
④ 《谈文学·咬文嚼字》,《朱光潜全集》第4卷,安徽教育出版社1988年版,第218页。

### 三、文学家必须有真挚的性情和高远的胸襟

纯正的文学趣味、淳厚的思想情感,以及对语言文字精益求精的精神从何而来?依朱光潜看,这些固然要有"性之所近"的资禀或曰天赋做基础,但更重要的却是对人生阅历和人格境界的修养与提升。

朱光潜认为:一个人纵然生来就有文学的禀赋,那也只是潜能,如果不下功夫对其爱好加以培育,他必定是苗而不秀,华而不实,潜能难以变成现实,更难以出类拔萃。天赋卓越,加上勤奋钻研,才能取得伟大成就。譬如诗仙李白和诗圣杜甫,对于文学可说有天纵之才,但读过他们诗集的人都能明显感到,这两位大诗人后天均下过很大功夫。李白熟读老庄而在人生哲学上具有浓厚的道家色彩,在文学上从《诗经》《楚辞》直到齐梁体诗,他没有不费苦心摸索过乃至多有模拟,这翻开他的诗集便可见蛛丝马迹。杜甫曾自述创作经验:"读书破万卷,下笔如有神",其诗作深刻凝重的思想和字烹句炼的功力,无不显示他的深厚阅历和学养,以及驾驭语言的高超本领。中国现代文学的大作家鲁迅、郭沫若等,其渊博学识更是有目共睹。放眼中外文学史,"完全是'天生'的而不经'造作'的诗人,在历史上却无先例"[1]。在朱光潜看来,文学家需要修炼的方面包罗极广,举其要者,约有三端。

首先是人品境界。尽管文学史上也有人品与文品不一致者,那在心理学上可用"双重人格"去解释。总体而言,言为心声和文如其人,是文学史昭示的千古不易的大规律。屈原的忠贞耿介、陶潜的淡泊高远、李白的豪迈恣肆、杜甫的沉郁顿挫,都十分清晰地体现在他们的作品里。他们彪炳史册,就在于他们的一篇一什不仅是一时兴会偶然感发的成就,更是他们整个人格的表现。正如王国维谈论屈原、陶渊明、李白、苏轼时所说:"此四子者,苟无文学之天才,其人格亦自足千古。故无高尚伟大之人格,而有高尚伟大之文学者,殆未之有也。"[2]文学家的人格境界,影响写作动机、艺术构思、语言表达等创作全过程。他必须不断

---

[1] 《谈文学·资禀与修养》,《朱光潜全集》第4卷,安徽教育出版社1988年版,第167页。

[2] 王国维:《文学小言》。

提升自己的品格境界,以真挚的性情和广阔的胸襟洞悉世间万象,才能修辞立其诚,并高扬真善美,贬斥假丑恶,这样才能创作出立得住、传得开、留得下的精品力作。

其次是学识境界。文学不单是作者人格的表现,也是人生世相的反映。培养人格是一套功夫,对人生世相的了解是另一套功夫。这主要靠"读万卷书,行万里路"解决,用当下的话来说,就是要多读各方面经典,多深入体察生活。朱光潜说:学文艺"有如堆金字塔,要铺下一个很宽广很笨重的基础,才可以逐渐砌成一个尖顶来"[1]。通过多读书和多体验生活,储知蓄理,扩大眼界,拓展胸襟,改变气质,对世道人心的审视和把握才能愈加精当深刻,写出的作品才能更加具有震撼人心的力量。

再次是审美境界。"工欲善其事,必先利其器。"文学作为一种语言艺术,它除了要在结构布局、形象塑造和语言应用等方面匠心独运外,很重要一点是作者本身要有较高的艺术审美眼光。只有先"眼高",然后才能"手高"。眼高说起来容易,实际上颇难做到。朱光潜指出,洪迈的《容斋随笔》里载录一首诗:"久旱逢甘雨,他乡遇故知;洞房花烛夜,金榜题名时。"如果认为这是好诗,就是审美的误判。此诗固然点出了期盼之事如愿以偿的喜悦之情,但四句各言一境,随意拼盘,既不能形成完整形象,也缺少具体情境描写,见不出诗人真情实感,不过是以韵语的形式叙述某种看法而已。杜甫的《闻官军收河南河北》:"剑外忽传收蓟北,初闻涕泪满衣裳。却看妻子愁何在,漫卷诗书喜欲狂。白日放歌须纵酒,青春作伴好还乡。即从巴峡穿巫峡,便下襄阳向洛阳。"写诗人在离乱中忽闻战乱结束准备返乡,不仅整个具体情境活跃如在目前,而且喜悦心情溢于言表,激荡人心。[2] 同样是表现欣喜情感的诗篇,前者最多算打油诗,后者才是千古绝唱的佳作。

文学的趣味和境界,既包含作品的趣味和境界,也包括作家的趣味和境界,两者相辅相成,相得益彰。由于作品为作家所创造,提升作家创作主体的趣味和

---

[1] 《我与文学及其他·我与文学》,《朱光潜全集》第3卷,安徽教育出版社1987年版,第339页。

[2] 《诗的意象与情趣》,《朱光潜全集》第9卷,安徽教育出版社1993年版,第372页。

境界,自应作为重中之重的要务。恰如清代评论家沈德潜所言:"有第一等襟抱,第一等学识,斯有第一等真诗。"①

原载于《光明日报》2022年9月14日

---

① 沈德潜:《说诗晬语》。

# 鲁迅——中国现代忏悔文学的开创者

王达敏

1918年5月,《新青年》第4卷第5号发表了鲁迅小说《狂人日记》。这是中国现代小说的"第一篇小说""开篇之作"[1],并且是第一篇用"现代体式创作的白话短篇小说"[2],它以"表现的深切和格式的特别"[3],成为中国现代小说的伟大开端,开创了中国文学发展的新时代。不仅如此,之一:《狂人日记》还是中国现代忏悔文学的开山之作,而且是"一部伟大的忏悔录"[4],一部真正意义上的以忏悔作为主题或主要内容的忏悔小说,它与《伤逝》双峰并峙,开中国现代忏悔文学之先河。之二:鲁迅还把自我纳入忏悔之列,"自悟其罪,自悔其罪",使其成为一个伟大的忏悔者。

## 一、思想启蒙"狂人"的忏悔录

我在《忏悔意识演变与中国当代忏悔文学的兴起》一文中说:"中国现代文学忏悔意识及其忏悔文学的产生,始于西方忏悔意识的直接影响,同时将本土伦理资源纳入其中,在相互交融中生成具有中国特色的忏悔意识及其表现形态:'西学中用'的宗教伦理在观念层面为它提供了自审性意识,中国近现代以来备受列强侵略欺压的现实则是它产生的内在动力,现代人性及中华民族的伦理道德作为思想资源主动进入忏悔意识之中。尤其是近代以来中华民族惨遭列强侵略蹂躏的现实,使近现代先进的知识分子产生了'自悟其罪,自悔其罪'(梁启

---

[1] 王瑶:《鲁迅作品论集》,人民文学出版社1984年版,第261页;杨义:《中国现代小说史》第1卷,人民文学出版社1986年版,第157页。

[2] 钱理群、温儒敏、吴福辉:《中国现代文学三十年》,北京大学出版社1988年版,第38页;王润华:《鲁迅小说新论》,学林出版社1993年版,第61页。

[3] 鲁迅:《〈中国新文学大系〉小说二集序》,《鲁迅全集》第6卷,人民文学出版社2005年版,第246页。

[4] 陈思和:《中国新文学发展中的忏悔意识》,《上海文学》1986年第2期,第80页。

超)的忏悔意识,他们立志'从头忏悔,改过自新'(陈独秀),并呼唤中国人'顿悟''忏悔'。他们认识到中国的失败,乃是中华民族积贫积弱的结果,不仅是'列强之罪',也是'自身之罪'。新文化运动的启蒙主题之一,就是要揭露与批判中国传统文化的'历史之罪',陈独秀、鲁迅、周作人等新文化运动的代表性人物对'历史之罪'的批判,意在唤醒民众对'自身之罪'的觉醒。近现代之际,'自悟其罪,自悔其罪'的忏悔意识,首先在鲁迅的《狂人日记》中得到了形象而深刻的表现。"①

《狂人日记》是"余"昔日中学校时良友"某君"患"迫害狂"后变成"狂人"而写的日记。根据"狂人日记"提供的一些信息来分析,狂人以前可能是一位蔑视传统、不满现实,有些新思想且行为有点过激、心理趋于偏执妄想的人,他自言二十年前曾经"把古久先生的陈年流水簿子,踹了一脚"。他的言行为社会所不容,乃至受到人们的指责、歧视和攻击。他又缺乏坚韧的抗争精神,只会在偏执妄想中被动地感受或接受外界的刺激,时时处处感觉周围的人都要害他,久而久之,他就变成了患"迫害狂"的狂人。他思维混乱,精神恍惚,在幻想中感受迫害:看到眼色怪异的赵贵翁、交头接耳的路人、脸色铁青的小孩子,怀疑他们想害他;想到昨天街上那个打儿子的女人说"咬你几口"的话,前天狼子村佃户告荒时讲的吃人心肝的怪事,担心他们也要吃他;怀疑大哥请来的医生为他治病是为了"揣一揣肥瘠",嘱咐他静养吃药是为了吃他。从赵贵翁到路人和小孩子,从大哥到医生,甚至是赵家的狗,都是他提防的对象。他怀疑"他们大家连络,布满了罗网,逼我自戕"。

这是病理狂人的意识,写病理狂人是为了引出"启蒙狂人",这样才能看透历史吃人的本质。当疑心重重、精神恍惚的狂人在顿悟中觉醒后,一变而成为传统文化的评判者、"历史之罪"的审判者、"我之罪"的忏悔者、"罪之人"的救赎者。

作为传统文化的评判者和历史之罪的审判者,狂人猛然发现这个社会的历史是一部吃人的历史:"我翻开历史一查,这历史没有年代,歪歪斜斜的每页上

---

① 王达敏:《忏悔意识演变与中国当代忏悔文学的兴起》,《扬子江评论》2016年第6期,第76页。

都写着'仁义道德'几个字。我横竖睡不着,仔细看了半夜,才从字缝里看出字来,满本都写着两个字是'吃人'!"这吃人的历史传承有序,一直延续至今,"易牙蒸了他儿子,给桀纣吃,还是一直从前的事。谁晓得从盘古开辟天地以后,一直吃到易牙的儿子;从易牙的儿子,一直吃到徐锡林;从徐锡林,又一直吃到狼子村捉住的人。去年城里杀了犯人,还有一个生痨病的人,用馒头蘸血舐。"

这一隐瞒了数千年的惊天秘密一旦被揭穿,人人都难免不寒而栗,深感焦虑和恐惧。历史之罪对于个人而言属于"他之罪",由于个人存在于历史之中,每个人都面临着被吃的危险。这一巨大的思想意象的逻辑命题是:历史之罪是人性之恶之使然;人性之恶乃人之宿命,遂演变成"历史原罪"亦"人之原罪"。源自文化演变的历史一旦被吃人的人性之恶所掌控,历史就被高度抽象化和格式化了。

作为"我之罪"的忏悔者,狂人自我归罪、自我审判。揭穿并审判由人性之恶凝定的历史之罪,虽然达到了思想启蒙的高度,但这还不是真正的忏悔。真正的忏悔源自罪者的自我觉醒与自我归罪,即自我对"我之罪"的主动承担。而"他之罪"不仅难以涉及"我之罪",甚至还可以成为"我之罪"隐遁逃逸的避风港。《狂人日记》真正的忏悔从狂人自悟其罪的"我亦吃人"开始:

> 四千年来时时吃人的地方,今天才明白,我也在其中混了多年;大哥正管着家务,妹子恰恰死了,他未必不和在饭菜里,暗暗给我们吃。
> 我未必无意之中,不吃了我妹子的几片肉,现在也轮到我自己,……
> 有了四千年吃人履历的我,当初虽然不知道,现在明白,难见真的人!

吃人的历史已有四千年,狂人至今才明白觉悟自己也混入其中吃过人,于是又明白吃人的历史是无数个"我"代代因袭"吃人"的传统而形成的。这就是说,历史吃人之罪,不仅是"他之罪",也是"我之罪",准确地说,历史之罪是由"他之罪"和"我之罪"共谋构设的结果。我有了四千年吃人履历,是说我的血脉里有着四千年吃人的基因,我在历史中存在,我即历史,历史在我中呈现,历史即我。此中呈现出来的是吃人基因的遗传性和危害性,这种遗传基因即鲁迅先生着力揭露和批判的国民劣根性。我们都与吃人的历史息息相关,我们都是吃人的基因的携带者,因此,这种遗传性基因具有代际复制的功能,在复制历史中复制一个个同质化的人。在遗传中复制,在复制中遗传,这才是吃人历史绵延不绝的根本大法。

意识到自己吃过人,我之存在乃"我之罪"与"历史之罪"之共生,就要在罪感意识的引导下归罪、负罪、赎罪,否则就"难见真的人"——曾经吃过人,现在"一味变好,便变了人,变了真的人",即吃人之人变成了不吃人的人。不能如此,难以成为"真的人"。

作为罪之人(吃人者)的救赎者,狂人忏悔的最后一站,是将赎罪赋予行动,呼唤深陷历史吃人圈套并与之同谋的"罪之人"觉醒而获得救赎。狂人赌咒吃人的人,他义正词严地质问吃人者:"从来如此,便对么?"他奉劝他们真心改过,变成"真的人"。"你们可以改了,从真心改起!要晓得将来容不得吃人的人,活在世上。你们要是不改,自己也会吃尽。即使生得多,也会给真的人除灭了,同猎人打完狼子一样!——同虫子一样!"他在万分沉重的梦魇中感受着吃人之罪的重压,迫不及待地催促吃人者:"你们立刻改了,从真心改起!你们要晓得将来是容不得吃人的人,……"而没有吃过人的人,只有孩子了。孩子代表未来,于是向全社会呐喊:"没有吃过人的孩子,或者还有?救救孩子……"

这一世纪性的呐喊振聋发聩,狂人极力奉劝吃过人的人改过自新,变成"真的人",意在阻截吃人历史的延续,彻底改变既存的人吃人的社会现状;他呼吁"救救孩子",更是意在救救这个有着四千年吃人历史的社会。

关于狂人形象,我认同王彬彬先生的看法,他说:狂人充满正气,大义凛然,敢于蔑视包括大哥在内的吃人者,毫不畏惧地反抗着他们对自己的迫害。"狂人不仅仅是一个受害者,也不仅仅是一个反抗者,而更是一个觉醒者,一个忏悔者,一个启蒙者。"[①]《狂人日记》是一部伟大的忏悔录,而这部伟大的忏悔录是由忏悔者狂人支撑起来的。从这个意义上来说,狂人无疑是一个伟大的忏悔者。

二、思想启蒙者和人生导师涓生的忏悔录

巧合的是,《伤逝》和《狂人日记》叙写的忏悔录均出自忏悔主人公的自

---

① 王彬彬:《残雪、余华:"真的恶声"?——残雪、余华与鲁迅的一种比较》,《当代作家评论》1992年第1期,第40—41页。

叙——狂人的日记和涓生的手记。所不同者,狂人的觉醒和忏悔势大力沉,其罪的意识简直通透,直达忏悔之要义;而涓生的罪的意识则在确定性与不确定性之间游移,是人性复杂性之使然,导致忏悔的真伪常常被追问。

《伤逝》是爱情故事,写一对在五四新文化浪潮中自由恋爱的青年男女的爱情悲剧,其主调是悲剧男主人公涓生的忏悔录。涓生自悔其罪,"我要写下我的悔恨和悲哀,为子君,为自己"。其忏悔之声在爱情悲剧中反复响起,既在开头,又在结尾,还被说明是活下来的涓生"向着新的生路跨出去的第一步"。

《伤逝》的爱情故事,从涓生和子君的真诚相爱到同居、从同居后爱情热力的下降到爱情的毁灭、从爱情的毁灭到涓生的忏悔,其演变过程经历了三个阶段。

第一阶段:涓生和子君从真诚相爱到同居。涓生是某局的小职员,整天坐在办公桌前忙于抄写公文和信件,收入少,经济拮据,勉强维持低水平的生活。与子君初恋时,他只能租住会馆里被遗忘在偏僻角落的破屋,与子君同居后,他租住吉兆胡同的两间小屋就用去了筹来的款子的大半,子君还卖掉了她唯一的金戒指和耳环。这种窘境坐实了他的贫穷,可能正是这种贫穷,促使他加入了意图改变旧世界而创造新世界、改变旧我而创造新我的新人行列,与那个时代很多知识分子一样,他是一个被新思想、新观念、新知识、新道德包裹起来的新人。在纯真稚气时尚的女学生子君眼里,他的形象高大光鲜,她崇拜他、仰慕他,他成了她的梦中情人。子君热情、单纯、真诚、勇敢,从她的穿着和气质来判断,她的家庭比较优越。由于他们有着共同的憧憬、理想和追求,便热烈而真诚地相爱了。表现在彼此关系上,涓生将他的"纯真热烈的爱"给了子君,他常常含着期待,在久待的焦躁中期待子君的到来,"子君不在我这破屋里时,我什么也看不见。在百无聊赖中,随手抓过一本书来,科学也好,文学也好,横竖什么都一样;看下去,看下去,忽而自己觉得,已经翻了十多页了,但是毫不记得书上所说的事。只是耳朵却分外地灵,仿佛听到大门外一切往来的履声,从中便有子君的,而且橐橐地逐渐临近",一听到皮鞋的高底尖触着砖路的清响,我骤然生动起来。子君爱我,也是"这样地热烈,这样地纯真"。

不难察觉,在涓生和子君的相处中,涓生始终都扮演着启蒙者的角色,是思想启蒙者、人生导师,他同她"谈家庭专制,谈打破旧习惯,谈男女平等,谈伊孛生(易卜生),谈泰戈尔,谈雪莱……"这些新思想、新观念、新知识、新道德从涓生口中传到子君的耳中,又从子君弥漫着稚气的眼光里投射到涓生的心里。有学者指出:涓生和子君的交谈固定在"说—听"的模式之中,"涓生始终处于主动的给予者的地位,而子君完全笼罩在他的话语流之中,只是被动地接受,乃至一定意义上的'附和'"。这是一种"一边倒"的交谈,因此可以说:"涓生与子君始终处于不平等的地位,这也是与爱情相背离的,因为爱情是建立在平等基础上的。而涓生后来为自己向子君求爱的场景感到'愧恧'、不愿提及,其实就是因为在潜意识中意识到自己之前所扮演的导师角色的高高在上的姿态和求爱者'含泪握着她的手,一条腿跪下去……'的卑微姿态之间的戏剧性反差、龃龉。"[1]他为自己轻率的行为而懊恼,极力想把它从记忆中删去。涓生后来情感的不断变化,其实早在他们开始交往初恋时就暴露出来了。

好在他们在这种憧憬、理想和追求的交往中,不仅培植了爱情之花,而且还增强了他们背叛封建家庭、蔑视社会舆论的勇气。尤其是子君,勇敢地反抗"这里的胞叔"和"在家的父亲"对自己的拦阻和禁锢,她分明地、坚决地、沉静地抗争,并发出惊世骇俗的伟大宣言:"我是我自己的,他们谁也没有干涉我的权利!"这一世纪性的"伟大宣言"宣告了子君与家庭乃至整个封建道德、传统文化的彻底决裂。故此,面对"鲇鱼须的老东西"和抹了加厚的雪花膏的"小东西"猥琐嘴脸,"她目不邪视地骄傲地走了",在她眼里,他们能算什么东西呢?什么也不是。在寻住所的路上他们时时遇到"探索,讥笑,猥亵和轻蔑的眼光",涓生便全身有些"瑟缩","只得即刻提起我的骄傲和反抗来支持",而子君却是大无畏的,对于这些全不关心,只是镇静地缓缓前行,坦然如入无人之境。她毅然决然地同封建家庭、不道德的社会彻底决裂,勇敢地和涓生同居了。

第二阶段:涓生和子君从同居后爱情热力的下降到爱情的毁灭。子君冲出封建家庭与涓生同居,是一个伟大的事件,可视为她对她那伟大的"爱情宣言"的践行,是他们追求爱情自由的伟大胜利。遗憾的是,他们的爱情悲剧正是从这种胜利开始的。同居后的子君像变戏法一样,迅速地进入了新角色,即告别反封

---

[1] 范阳阳:《〈伤逝〉中涓生忏悔心理动因分析》,《鲁迅研究月刊》2012年第6期,第86页。

建反传统的新女性角色,换装变成平庸的旧式家庭妇女。她乐于经营小家庭,养油鸡,养叭儿狗,充满激情地忙于怎么也做不完的烦琐的家务事,还时常为几只小油鸡与房东太太暗斗被气得闷闷不乐。

子君的这种角色的变化,映现出巨大的时代阴影。子君是新时代的新女性,她是凭借着新的文明力量冲出家庭,然而又落在传统的美德之中,满足于居家过日子,心甘情愿地做一个贤妻良母。她不由自主地、心甘情愿地放弃新女性角色,急于向传统降服,说明子君的个性解放的思想是肤浅的、不坚定的,似无根浮萍,其中还渗透着"旧思想的束缚"。正如沈敏特先生所说:"这个曾经为了爱情自由的理想而大胆反抗的女战士,又回到了旧社会为妇女安排的那条平庸的老路上去了。""当她获得了'胜利',按个人意愿建立了小家庭,她的反封建的积极性到此为止,爱情的内容已成虚空,这是一方面的'真实'。而这种'虚空'竟是她精神世界的一切,若失去这'虚空',她就失去了一切。"[①]在思想启蒙者和人生导师涓生看来,子君的这种角色转换简直是自甘"堕落",他对之心生不满,无法接受,心里隐着不快活,抱怨子君"管了家务便连谈天的工夫也没有,何况读书和散步"。

一个自甘"堕落",一个不能接受另一个的"堕落",由此导致他们爱情热力不断地下降直至消失。不过才三个星期,涓生在渐渐清醒地"读遍了她的身体,她的灵魂"后,意识到他们之间产生了隔膜,"揭去许多先前以为了解而现在看来却是隔膜,即所谓真的隔膜了"。说是隔膜,其实是涓生在情感上已经对子君产生了厌倦。同居一两个月后,他曾经表示给予子君"纯真热烈的爱",也由模糊的"断片"回想而化为"无可追踪的梦影"。等到他的工作被解聘,生计发生困难时,他们的弱点顿时暴露无遗。涓生失业先是击垮了曾经"那么一个无畏的子君",她变得"怯弱""凄然""颓唐",觉得生活"凄苦和无聊"。而作为思想启蒙者和人生导师的涓生,此时不仅没有作出与子君携手共度难关的打算,反而心生自私的怪念头:失业正好振作了我们的新精神,为我们提供了开辟新的希望、新的生路的契机,而新的生路的开辟,子君是个累赘,为了自己,他必须摆脱子君

---

① 沈敏特:《爱情题材的历史性突破——论〈伤逝〉中的爱情悲剧》,《中国社会科学》1983年第2期,第169页和175—176页。

的羁绊,"其实,我一个人,是容易生活的……然而只要能远走高飞,生路还宽广得很。现在忍受着这生活压迫的苦痛,大半倒是为她"。话说得冠冕堂皇,好像处处为子君着想,实则是为了维护他思想启蒙者和人生导师的正人君子形象。既想抛弃子君,又不愿背负不道德的谴责,于是沿着上述的思路出损招:新的路的开辟,新的生活的再造必须以"我们的分离"为前提,理由是"免得一同灭亡"。好像还是为了子君,但他的自私虚伪已经难以隐瞒,面对子君沉默后又质问,他终于摊牌:"……况且你已经可以无须顾虑,勇往直前了。你要我老实说:是的,人是不应该虚伪的。我老实说罢:因为,因为我已经不爱你了!但对于你倒好得多,因为你更可以毫无挂念地做事……"这就无耻卑鄙了,明知爱是子君生命的全部,抽去爱就等于要了她的命;抛弃子君,叫子君"毫无挂念地做事",只会把软弱的无路可走的子君推回家庭,也就等于把她推向绝路。子君最终的死,说得严重点,是涓生和吞噬并化骨于无形的旧的社会力量共谋的结果。

  同情子君,必然谴责涓生,而将子君之死完全归罪于涓生,似乎又有指罪过度之嫌。平心而论,涓生毕竟是一个思想大于能力、知识大于见识、既勇敢又怯弱、既善良又自私的矛盾体,如同子君,他也是被各种新思想催生出来的小知识分子。他身无谋生之长技,又缺乏经营爱情的明确理想和坚韧信念,只知"爱情必须时时更新,生长,创造",可如何时时更新爱情、创造爱情,他还停留在不切实际的空想之中。待现实的残酷迫害近身时,他才明白"人必须生活着,爱才有所附丽"。原来,被爱情排挤到一旁的俗不可耐的平庸的生活,竟然是爱有所附丽的经济基础,如同出走的娜拉,子君要维系她和涓生的爱情,"她还须更富有,提包里有准备,直白地说,就是要有钱"。钱这个字很难听,却是最要紧的,"自由固不是钱所能买到的,但能够为钱而卖掉。人类有一个大缺点,就是常常要饥饿。为补救这缺点起见,为准备不做傀儡起见,在目下的社会里,经济权就见得最要紧了"[①]。等到他们开始重视爱之基础的生活时,才发现自己是多么的无能,在现实面前简直不堪一击。激情易逝,生存艰难,理想之塔,顷刻坍塌,什么爱情、理想和追求,全消失得无影无踪。他所谓的"开一条新路",也只是找职

---

① 鲁迅:《娜拉走后怎样》,《鲁迅全集》第1卷,人民文学出版社2005年版,第167—168页。

业、写文章、搞翻译,其手段无非是个人谋生,与理想的"新的路的开辟,新的生活的再造"的目标还相差很远。

至于造成他们爱情悲剧的原因,也非爱情热力的下降这一个因素,而是多种力量交互作用的结果。"从自身、主观的原因去寻找,除了人生理想的狭小,还有他们对维持起码生存的经济权获得的忽视,从外部、客观的原因去寻找,则有社会对他们的直接的经济压迫等。这些内外部因素又是相互交织、制约的,如正是由于人生理想狭小,同时又忽略了经济权的获得,子君、涓生才抵挡不住社会的压迫,特别是经济压迫,他们的爱情热力才很快消散了。"①最终,他们一"伤"一"逝",无论是死是活,都是让人深深同情的悲剧人物。

第三阶段:从爱情的毁灭到涓生的忏悔。涓生以为将"真话"说给子君,她便可以毫无顾忌地毅然前行,一如他们将要同居时那样坚决。当他得知子君被父亲接回家时,他才意识到事情的严重性。子君活着的精神力量一旦被抽去,她就彻底崩溃了,她已经走不出去了,摆在她面前的路只有两条:不是堕落,就是回家。而回归家庭,于她又是多么糟糕、多么可怕!她以后要承受的,是她父亲"烈日一般的严威"和旁人"赛过冰霜的冷眼",此外便是"虚空"。一个弱女子"负着虚空的重担,在严威的冷眼中走着所谓人生的路,这是怎么可怕的事呵!"他想到她的死,"而况这路的尽头,又不过是——连墓碑也没有的坟墓"。他真的自责并自悔其罪了。自责其错:我为什么要这样急切地告诉她真话呢?"我不应该将真实说给子君,我们相爱过,我应该永久奉献她我的说谎。"自悔其罪:"我没有负着虚伪的重担的勇气,却将真实的重担卸给她了。"因此,他感觉自己是一个"卑怯者"。当子君真的死去,残酷的现实把他从子君走后的"寂静的空虚"抛入悔恨和赎罪的忏悔之中:

> 我愿意真有所谓鬼魂,真有所谓地狱,那么,即使在孽风怒吼之中,我也将寻觅子君,当面说出我的悔恨和悲哀,祈求她的饶恕;否则,地狱的毒焰将围绕我,猛烈地烧尽我的悔恨和悲哀。

---

① 朱晓进、林基成:《也谈〈伤逝〉的爱情题材与悲剧》,《中国社会科学》1984年第2期,第212页。

> 我将在孽风和毒焰中拥抱子君,乞她宽容,或者使她快意……

我完全相信这是涓生发自灵魂的忏悔,我仍然认为这之前的涓生是一个思想的、人性的、道德的矛盾体,甚至矛盾到悖论的程度。关于涓生的忏悔,历来不乏质疑非议,择其几种代表性的看法以见一斑。不少学者指出:涓生是一个奇特的忏悔者,奇特在于他有着双向乃至矛盾的自我评估,他一方面痛苦地忏悔他"说出了真实"这个无过之过,另一方面又对自己之前更为实在的"过"浑然不知。"可以说,他的忏悔既是成功的又是失败的……忏悔的终极目的是自我拯救,然而涓生所谓'迈向新生'并非灵魂的超生。"在这篇"手记"中,"高尚、善良、勇于自我批评、承担责任的涓生与另一个似乎更为醒目的自私的、个人主义的涓生扭做一团——他在'超我'的忏悔行为中暴露了'本我'的抗辩,一个既矛盾分裂又统一谐和的涓生形象就这样得到呈现"。[①] 涓生对他说出"真话"之前的"真实之罪"是浑然不知,还是自私之使然,都可存疑。而涓生以"真话"掩盖"真实之罪",则成为质疑非议的焦点,范阳阳说涓生的忏悔总是围绕着自己说出真相直接造成子君死亡这一后果,他始终没有反省自己在造成子君死亡悲剧中所应承担的真正罪过,因此,"涓生的反省和忏悔是极为有限的"[②]。

更有甚者,直指涓生的忏悔本质上是虚伪的。涓生在看似真诚的忏悔中,一边为自己开脱,一边把过错全推给子君,他忏悔的目的就是遗忘,他忏悔的内容就是说谎。正是这种言不由衷、表里不一的说法暴露了他的虚伪,"他的这种忏悔与《雷雨》中周朴园的忏悔很相似,都是生者变相害死死者后为了心灵的救赎而做的虚伪忏悔"[③]。

若认定涓生是一个思想的、人性的、道德的矛盾体,我倾向于刘俊的看法,他说:《伤逝》中的涓生,集"启蒙者""空想家""怯懦的自私者""冷漠的无情者"和

---

① 冯金红:《忏悔的"迷宫"——对〈伤逝〉中涓生形象的分析》,《鲁迅研究月刊》1994年第5期,第24—25页。
② 范阳阳:《〈伤逝〉中涓生忏悔心理动因分析》,《鲁迅研究月刊》2012年第6期,第90页。
③ 杨勇:《论〈伤逝〉中涓生忏悔的虚伪性》,《青春岁月》2021年第13期,第41—42页。

"真诚的忏悔者"于一身,多重身份的缠绕使得涓生的思想十分复杂甚至自相矛盾。"鲁迅通过对涓生的这一'启蒙者'的形象塑造,对'启蒙者'自身的缺陷进行了深刻的反省,对笼罩在'启蒙者'身上的正义和正确光环进行了除魅。"①

涓生是一个思想和人性都非常复杂矛盾的忏悔者,他的忏悔是真诚的,他说出的"真话"也是真实的,他在不能说出真话的情况下说出真话,有着不可推卸的自私和转罪的嫌疑,但他终于承认了自己的虚伪,"我没有负着虚伪的重担的勇气,却将真实的重担卸给她了",也就间接地自悔"真实之罪"。至于这些"真实"之间的矛盾相悖,原本就是这个复杂的矛盾体的真实存在,我们怎能将它们一一剥离开来呢?

### 三、自悟其罪、自审其罪的忏悔者鲁迅

以忏悔作为作品的主题或主要内容的《狂人日记》和《伤逝》,是真正意义上的忏悔小说,它们遵循经典忏悔文学的忏悔逻辑和叙事指向,与思想启蒙相互阐释、相互定义;除此之外,鲁迅还有《一件小事》《风筝》等其中含有一些忏悔意识或忏悔情节的作品,不同程度地体现出具有伦理色彩、以反省为基调的中国式忏悔的特点。这些作品的忏悔意识均统一在鲁迅文学创作的主旨之中,其主旨是进行思想启蒙,"意在暴露家族制度和礼教的弊害"②,批判国民劣根性,审视历史之罪和现实之罪及人之罪,"意思是在揭示病苦,引起疗救的注意",进而"改良这人生"③。

这是一项艰难而伟大的思想启蒙工程,作为思想启蒙的伟大先驱,鲁迅在审视历史之罪、现实之罪及人之罪之中,做出了两个重要的发现。其一,通过《狂人日记》等作品发现历史之罪,揭示传统文化吃人的本质,这是鲁迅的思想启蒙主题的主要内容。沿着《狂人日记》的思路,鲁迅在散文和杂文中继续揭示历史

---

① 刘俊:《对"启蒙者"的反思和除魅——鲁迅〈伤逝〉新论》,《文艺争鸣》2007年第3期,第112—113页。
② 鲁迅:《〈中国新文学大系〉小说二集序》,《鲁迅全集》第6卷,人民文学出版社2005年版,第247页。
③ 鲁迅:《我怎么做起小说来》,《鲁迅全集》第4卷,人民文学出版社2005年版,第526页。

吃人之罪，"所谓中国者，其实不过是安排这人肉的筵宴的厨房。不知道而赞颂者是可恕的，否则，此辈当得永远的诅咒！……于是大小无数的人肉筵宴，即从有文明以来一直排到现在，人们就会在会场中吃人，被吃，以凶人的愚妄的欢呼，将悲惨的弱者的呼号遮掩，更不消说女人和小儿。这人肉的筵宴现在还排着，有许多人还想一直排下去。扫荡这些食人者，掀掉这筵席，毁坏这厨房，则是现在的青年的使命！"①中国是人肉筵宴的厨房，从有文明以来一直排到现在，足有四千年的历史，这是公开的吃人，早已成为传统的一部分，其基因的复制功能使"吃人"代代传承，生生不息，及至现在，"有许多人还想一直排下去"便是。鲁迅说：中国是文明最古的地方，也是素来重视人道的国度，对于人，向来是非常重视的。吃人毕竟不人道，于是吃人者便"转罪"，给吃人者吃人以合法性，"至于偶有凌辱诛戮，那是因为这些东西并不是人的缘故。皇帝所诛者，'逆'也，官军所剿者，'匪'也，刽子手所杀者，'犯'也。满洲人'入主中夏'，不久也就染上了这样的淳风，雍正皇帝要除掉他的弟兄，就先行御赐改称为'阿其那'与'塞思黑'，我不懂满洲话，译不出来，大约是'猪'和'狗'罢。黄巢造反，以人为粮，但若说他吃人，是不对的，他所吃的物事，叫做'两脚羊'"②。吃人者首先将被吃的人判为"逆""匪""犯"，视为非人的"猪""狗""两脚羊"，然后就可以堂而皇之地吃人。

其二，通过《伤逝》等作品发现启蒙者人性的复杂、性格的怯弱、思想的困惑和生存的窘境，涓生和子君的爱情悲剧启示：不仅被启蒙者要启蒙，启蒙者也要继续自我启蒙，即在启蒙过程中不断地吐故纳新，才能成就启蒙大业，否则，等待他们的只能是涓生和子君的悲剧命运。

作为忏悔者，鲁迅如同启蒙狂人，其忏悔既指向"历史之罪""人之罪"，又指向"我之罪"，他一再坦白自己也进入了吃人之列，是吃人者的帮凶和同谋：

> 我自己总觉得我的灵魂里有毒气和鬼气，我极憎恶他，想除去他，而不

---

① 鲁迅：《灯下漫笔》，《鲁迅全集》第1卷，人民文学出版社2005年版，第228—229页。

② 鲁迅：《"抄靶子"》，《鲁迅全集》第5卷，人民文学出版社2005年版，第215页。

能。我虽然竭力遮蔽着,总还恐怕传给别人……①

但自己却正苦于背了这些古老的鬼魂,摆脱不开,时常感到一种使人气闷的沉重。就是思想上,也何尝不中些庄周韩非的毒,时而很随便,时而很峻急。②

我曾经说过:中国历来是排着吃人的筵宴,有吃的,有被吃的。被吃的也曾吃人,正吃的也会被吃。但我现在发现了,我自己也帮助着排筵宴。……中国的筵席上有一种"醉虾",虾越鲜活,吃的人便越高兴,越畅快。我就是做这醉虾的帮手……③

承认自己的灵魂里有传统思想的"毒气"和"鬼气",坦白自己是吃人者的帮手和同谋,体现出鲁迅甚深的灵魂忏悔,"凡是人的灵魂的伟大的审问者,同时也一定是伟大的犯人"。④ 正是在"伟大的审问者"与"伟大的犯人"的双重身份中,鲁迅把"我之罪"高高举起,将自己既纳入否定和谴责之中,又纳入觉醒和赎罪之中,呼吁世人觉醒新生:

但中国的老年,中了旧习惯旧思想的毒太深了,决定悟不过来。……虽然很可怜,然而也无法可救。没有法,便只能先从觉醒的人开手,各自解放了自己的孩子。自己背着因袭的重担,肩住了黑暗的闸门,放他们到宽阔光明的地方去;此后幸福的度日,合理的做人。⑤

鲁迅认为这是一件极伟大的要紧的事,也是一件极困苦艰难的事,之所以此

---

① 鲁迅:《致李秉中》,《鲁迅全集》第11卷,人民文学出版社2005年版,第453页。
② 鲁迅:《写在〈坟〉后面》,《鲁迅全集》第1卷,人民文学出版社2005年版,第301页。
③ 鲁迅:《答有恒先生》,《鲁迅全集》第3卷,人民文学出版社2005年版,第474页。
④ 鲁迅:《〈穷人〉小引》,《鲁迅全集》第7卷,人民文学出版社2005年版,第106页。
⑤ 鲁迅:《我们现在怎样做父亲》,《鲁迅全集》第1卷,人民文学出版社2005年版,第135页。

事"要紧"和"艰难",一是因为觉醒者自己还背着因袭的重负,"便须一面清洁旧账,一面开辟新路"。旧账积厚积深,但"旧账"与"新路"不能并存,"旧账"只会堵塞阻截新路的开辟而不会自行让开,觉醒者的新路的开辟是件紧迫的事,不能遥遥无期地等待。二是觉醒者要以牺牲的精神"肩住黑暗的闸门",解救还没有吃过人的孩子。

启蒙者鲁迅和忏悔者鲁迅呼应着《狂人日记》和《伤逝》等忏悔之作,开创了一个时代的忏悔文学,并从中挺立起一个伟大的忏悔者形象。

原载于《小说评论》2022年第6期

# 为大自然文学理论建设开疆拓土

## ——谈《呼唤生态道德》的理论意义

### 韩 进

近期阅读何向阳主编的《呼唤生态道德——刘先平大自然文学作品评论选集》，惊喜地发现这部收录40年来评价刘先平大自然文学作品的近30篇评论，与附录中所收入的"历届刘先平大自然文学作品研讨会资料""刘先平大自然文学创作年表""刘先平论大自然文学"等内容互补互动，具有资料性、理论性、工具性等特色，可称为"刘先平大自然文学创作鉴赏辞典"。

何向阳是国内较为关注自然文学或生态文学现象的学者之一。早在2001年，何向阳就在《东方文化》第1期发表《从此人心坚硬》的万字宏论，人大报刊复印资料《生态环境与保护》2001年第6期转载。该文介绍了美国自然文学三大奠基作品，即梭罗的《瓦尔登湖》、利奥波德的《沙乡年鉴》和海恩斯的《星·雪·火》，同时谈到生态危机视野中的中国文学创作，认为史铁生的《我的遥远的清平湾》《我与地坛》、张炜的《九月寓言》《怀念黑潭中的黑鱼》"都有些绝唱的意思，祭奠人与自然的精神关系的某种终结"，强调自然文学中的"这个自然"不只是风景，而是蕴含了"人与自然的精神关系，那种灵魂的相谐性"。这种"灵魂的相谐性""不是要求作家都跑到森林里去伐木造屋"，"而是在自己的一片心田先期种树，等到那绿荫养成了，会庇护一群人、一代人乃至几代人"。在我们的文学里，要"能够诗意地看待万物生命"，写下"风持续地吹着，小径蒙上了一层积雪"这样物我两忘的自然文字。

出于对生态问题的敏锐关注，何向阳对刘先平的文学创作和理论倡导投以极大的热情和坚定的支持，对刘先平大自然文学作品评论中体现出的理论话语极为关注，并编选了《呼唤生态道德——刘先平大自然文学作品评论选集》。这部书从创作评论视角表明了两个基本事实：一是刘先平坚持创作大自然文学40年，其实只是在做一件事——呼唤生态道德；二是与刘先平大自然文学创作同步的作品评论，已经发展出一种理论自觉——创建中国特色的大自然文学理论。

《呼唤生态道德》不仅为中国大自然文学评论历程留下珍贵足印,更为大自然文学理论建设提供了重要启示。

《呼唤生态道德》记录了40年来刘先平大自然文学创作评论的"两大阶段"和"四个时期"。最早有影响的刘先平大自然文学评论,当推1983年徐民和发表在《人民日报》的《开拓出一个新天地》,称赞刘先平最早两部大自然探险长篇小说《云海探奇》(1980)和《呦呦鹿鸣》(1981),"把文学和科学结合起来","展现了一个新奇的动物世界","成为一个新品种"。1987年,儿童文学大家陈伯吹先生首次从"人与自然关系"视角,评价刘先平大自然探险文学是"人与自然的颂歌","在少年儿童文学领域里开拓出一块极有价值的新天地"。1996年,中国青年出版社推出"刘先平大自然探险长篇系列"(5种),北师大教授浦漫汀第一次将刘先平以"人与自然关系"为主题的创作,称作"中国的大自然文学",由此催生了2000年安徽儿童文艺家协会在黄山举办的"大自然文学研讨会"。这是第一次明确打出"大自然文学"的旗号。2001年,束沛德在《新景观 大趋势——世纪之交中国儿童文学扫描》中,将安徽倡导的"大自然文学"称作新时期中国儿童文学的一面"美学旗帜"。评论界一般以"大自然文学"概念的确立为标准,以2000年"大自然文学研讨会"为界,将刘先平的创作分作"大自然探险文学"与"大自然文学"两大阶段,又考察读者与主题的变化,细分为儿童环保文学(1980—1996)、大自然探险文学(1996—2000)、原旨大自然文学(2000—2014)和生态大自然文学(2014年以后)四个时期。四个时期作品评论的不断深化,真实反映了大自然文学概念的产生、演变和发展过程,为大自然文学理论体系建设提供了丰富的评论经验和理论观点。

《呼唤生态道德》以回答"什么是大自然文学"为构建中国特色大自然文学理论体系提供思想引领。"什么是大自然文学"是创建中国特色大自然文学理论的核心问题。浦漫汀以美国自然文学类比,首提"中国的大自然文学"的概念,此后评论界又从儿童文学、自然文学、生态文学等多维视角对刘先平的创作予以解释和阐发。翟泰丰认为,大自然文学不仅是新的文学形态,还是独特的文学文体。高洪波认为,人与自然的关系是大自然文学关注的核心。刘先平认为,歌颂人与自然和谐、呼唤生态道德的文学,即是当代大自然文学。多重视野下的大自然文学评论,在充分展现评论个性和丰富性的同时,逐渐聚焦到大自然文学的兴起、概念、特征、原理、定位、主题、文体、欣赏、评论等十大理论话题。在书中,刘先平、赵凯等人也提出了创建中国特色大自然文学话语体系的构想,在《我和中国大自然文学》《大自然文学论纲》《大自然文学的概念界定及其中国特质》等众多成果中,为中国特色大自然文学理论建设开疆拓土。《呼唤生态道德》通过评论家和作家的联袂出演,再现了中国大自然文学理论与创作如影随形、与时俱进的密切关系,犹如一部独特的中国大自然文学评论史,为刘先平创作研究以及推进中国大自然文学学科建设提供重要参考。

《呼唤生态道德》从刘先平的创作出发,试图为构建中国特色大自然文学理论体系提供启示。从一定意义上来说,谈中国大自然文学,首先会想到刘先平的创作,他是"中国大自然文学的开拓者",在他身上浓缩了中国大自然文学40年的发展史。与创作同步,刘先平及时总结创作实践中的思索,写下了《对大自然探险小说美学的蠡测》《呼唤生态道德》和《我和中国当代大自然文学》等文章,记录了他从"儿童环保文学""大自然探险文学"到"生态大自然文学"不断演进的认识过程,得出大自然文学的几个基本特征:一是大自然文学是描写人与自然关系的文学,是人类发展到生态时代的文学,是以生态自然观为指导的呼唤生态道德的文学;二是大自然文学根植于中华传统文化"道法自然""天人合一"的生态智慧,是践行中国特色社会主义生态文明建设的文学实践,是讲好美丽中国故事和美好生活故事的生动载体;三是大自然文学是与儿童文学、生态文学、科学文艺等文体交融发展的新文体,是跨文化的对话、跨代际的沟通、跨文体的写作。刘先平集创作与评论于一身,他关于大自然文学理论建设的思考特别值得重视和借鉴。

原载于《文艺报》2022年1月26日

# 时间的意志如此强大
## ——评许春樵长篇小说《下一站不下》

彭正生

1991年5月,许春樵完成《季节的景象》。小说写农村少女荷子,在对城市的幻想里,不甘于生活在寂静、单调的农村,告别父辈、出走农村,象征性地写出了乡村社会、伦理在时代变迁过程中不可避免的离散趋势。这篇颇具影响的短篇小说,具有预示性功能和标志性意义,它表明许春樵在创作起步阶段就确立了个人的文学个性——描述当代人的物质与精神生活,揭示时代是如何塑造了人的精神、改变着人的观念。这也是许春樵新作《下一站不下》所要追求与实现的目标。不过,许春樵这次显然有着更高的文学期待和更大的文学抱负,他意图通过一个人的"创业史和奋斗史",写出一个"时代的物质生活史",还原一个"时代的精神史和心灵史"。其实,2018年的《遍地槐花》似乎已是一次文学预演。许春樵用赵槐树对李槐花跨越四十年的爱情守望所谱写的当代传奇,折射出1978年到2018年的人世变化。不同的仅在于,《遍地槐花》是短篇,只能勾勒历史轮廓;而《下一站不下》则有三十万字的足够体量来达到血肉饱满。

怀琳公司的兴衰与起落是《下一站不下》的外在情节线,写的是宋怀良的个人"创业史和奋斗史"。许春樵让小说从1992年起笔。1992年这个为中国经济发展模式厘清观念的重要年份,是具有时代转折意义的象征性时间符号。是年,宋怀良所在的国营企业倒闭,在经历失业、失恋和失去父亲的多重打击之后,他却收获了与吴佩琳的爱情和婚姻;私营经济潮流涌动,宋怀良成立怀琳公司,开始了二十年跌宕起伏的命运。这个令人意外的故事开头奠定了小说戏剧性的叙事基调。虽然吴佩琳痛骂怀琳公司是"卖淫的,嫖娼的,跳脱衣舞的"聚集地,它却在时代的跑道上如野马般狂奔——成立建材商场,创办网吧,由装修施工队化身集团公司,获利如探囊取物,就连吴佩琳都慨叹,"这钱怎么像树叶一样"。这种不合逻辑、不讲情理的现象,似乎恰恰包含着时代的内在逻辑和内在情理。这是一个让宋怀良无法理解、无法预知,更无法控制的时代。时移世易,网吧屡发事故,装修产业萎缩,项目投资失误,债务人逃跑,资金链断裂……这最终又让怀琳公司以大厦倾倒般的速度衰败。何以如此？吴佩琳归咎于公司的"家长制运营、水泊梁山队伍、草台班子作风",宋怀良则自责"能力不足"。若果真如此,又何以解释怀琳公司曾有的"成功与辉煌"呢？真正的答案可能是小说中反复出现的关键词:时间。不论是怀琳公司,还是宋怀良,其实都是时代的产儿。"时间修改着日期",因时而变的行业竞争生态,随时而变的产业经济结构,才是改变怀琳公司和宋怀良命运的根本因素。如此,许春樵以小说的形象方式表达出无法战胜的时间意志、不可逆转的时代趋势和无法抗拒的历史理性。《下一站不下》既是怀琳公司的盛衰记,也是近二十年中国经济的备忘录;既是宋怀良个人的奋斗史,也是这个时代的文学证词。也正是在这个意义上,宋怀良的个人命运具有了典型意义,怀琳公司的起伏、荣衰提供了私营经济生存的某种侧影。

　　《下一站不下》的内在情节线是宋怀良的"情感史和心灵史",写的是宋怀良与四位女性之间忽隐忽显、纠结矛盾的情感关系。其实,所谓的"情感史和心灵史",其文本形态是宋怀良与吴佩琳婚姻状态由稳定到松动的变化,以及他们之间情感关系由亲密到疏远的变化。这条线索与外在情节线彼此交织,许春樵以托尔斯泰心灵辩证法的方式描写出宋怀良的心灵变迁史。这个过程可以分为三个阶段:第一阶段,身处困境中的宋怀良对意外收获的婚姻感到满足,对吴佩琳心存感念;第二阶段,事业顺境里的宋怀良开始"小人得志",对吴佩琳态度漠然;第三阶段,宋怀良视婚姻为"囚笼",对吴佩琳心生倦意。但是,许春樵显然不是要写一个男人的变心史与堕落史,更不是将宋怀良刻画成一个"情感骗子"或"情场浪子"。相反,正如宋怀良所说的:"尽管我做错了,可我绝没有背叛佩琳。"宋怀良与张月秀自始至终保持着纯粹的友情关系,他也经受住了石榴红赤裸裸的挑逗与诱惑,即便最后他下定决心选择艾叶,也没有逾越最后的红线。那么,又是什么导致了宋怀良的心理蜕变和婚姻困境呢？显然不是艾叶与吴镇海所认为的命运。其实,叙述者以议论的方式再次给出了"时间"的答案:"时间是一个挑拨离间的罪人,没有谁对下一分钟有足够的把握。"这里,时间暴露了宋怀良、吴佩琳和艾叶之间错位与分歧的情爱观和价值观。究其实质,吴佩琳在婚姻生活中"杯弓蛇影"式的不安、怀疑和焦虑源自对父母亲失败婚姻的记忆,她的情爱观延续的是母亲的教条:男人有钱就变坏。她幻想与期待的是一种理想的、"身心合一"的婚姻观。而宋怀良奉行的则是"身心分裂""性爱二元"的情爱观,因此他认可自己"有错"(精神背叛),却不承认自己"背叛"(身体背叛)。年轻一代的艾叶,她的情爱观与宋怀良恰恰相反,在她的观念里,心灵忠诚才是首位的,身体背叛倒是其次的。因此,许春樵所要揭示与还原的"情感史和心灵史"的真实图景是代际价值观和情爱观的冲撞和冲突。正是宋怀良、吴佩琳和艾叶之间彼此矛盾的价值观和情爱观让"婚姻暖巢"变成"情感围城",造成了婚姻悲剧。

现实热情、民间正义和道德理想主义,是许春樵的文学情结。《下一站不下》既承续了许春樵既往文学创作的这些标识性特质,又显示出某些新异变化。如果说从"季节系列"到"男人四部曲",许春樵为我们提供了20世纪70年代末到21世纪初的历史图景与时代印记,那么《下一站不下》让时间链又往前走了十年,可不变的是许春樵对现时代物质生活和精神生活持久痴迷的描叙。同时,许春樵有些夸张地写宋怀良的坐怀不乱,让他穷途末路仍然见义勇为,可以说,宋怀良的死以"一石二鸟"的方式既解决了婚姻解体的叙事困境,也维持了宋怀良摇摇欲坠的伦理金身形象,这就是许春樵的道德理想主义。甚至,《下一站不下》采用余华《活着》一样的民间故事转叙写法,也是许春樵一以贯之的叙述特色。然而,从《麦子熟了》起,许春樵似乎转向他曾经主张的"文学意图的不可靠性"观念,放弃在《男人立正》《屋顶上空的爱情》等小说里鲜明的价值取向和意图指向。于是,我们便看到,《下一站不下》里没有"对与错的简单裁决"——许春樵仅仅呈现价值观、情爱观的矛盾与冲突,揭开人性暧昧、模糊的状态,他不对宋怀良的选择进行道德的褒贬、是非的判定。

原载于《文艺报》2022年2月16日

# 论潘军近期小说中的戏剧原型意象及其审美功能

——以《断桥》《知白者说》《十一点零八分的火车》为例

方维保

## 一、戏剧原型意象的叙事功能

文学理论认为,任何文学意象,当它出现在文学叙述之中的时候,哪怕是在诗歌之中,都会具有叙述作用。而在叙事文学中,其叙述作用主要在于对于不同情节段落的连接、叙述走向的推动,以及人物性格的塑造等方面。

短篇小说《十一点零八分的火车》(《江南》2019 年第 4 期)讲述了导演闻先生和舞蹈演员出身的柳小姐之间的一场若有若无的情感邂逅。闻先生与柳小姐之所以能够产生情感的交集,与他们乘坐同一趟火车,在同一间软卧包厢有关,但空间上的遇见只是给予他们机会,却并不能保证一定能产生交流和发生爱情。真正在情感交集中产生穿针引线作用的,是柳小姐那斜搭在卧铺上的那一双舞蹈家的修长的腿。"倒踢紫金冠"这一舞蹈造型,是缔结闻先生和柳小姐关系的关键点。人际交往理论认为,共同的趣味才能触发交往的冲动。闻先生是一位导演,有着职业的敏感和欣赏女性美的独特眼光,而柳小姐也是一位资深的舞蹈演员。他与她的艺术趣味在"倒踢紫金冠"上达成了共识,达成了一种彼此欣赏和瞬间的懂得,从而为闻先生和柳小姐这两个素不相识的男女的搭话创造了条件,才使得后面的故事(一个女性向她面前的陌生男性倾诉自己的过去)得以持续下去。

"倒踢紫金冠"这一舞蹈造型,或者说身体造型,不仅在故事发生时起到了至关重要的作用,在后文故事的展开中也是起着推动作用。这部小说虽然采用了维多利亚式的对话叙述方式,但其实就是一部柳小姐的自叙。与《霸王自叙》中的叙述者直接代替霸王叙述不同,柳小姐的自叙有着更多的第三人称叙述的特征,也就是柳小姐似乎在讲述其他人的故事一般。而闻先生的观察和对柳小姐的隐约情愫,都不过是在为柳小姐的可爱"补妆"。小说通过柳小姐的自叙,讲述了她跳芭蕾舞的过往和曲折的爱情故事。而在柳小姐演出芭蕾舞剧《红色娘子军》的过程中,为了能够将小说叙述紧扣"倒踢紫金冠"这一核心意象,作者特别设计了一个"事故",就是"男演员的手插到女演员的袖子中拿不出来";又由此将故事展开——因"演出事故"而恋爱以及后来的恋爱悲剧。在柳小姐的舞蹈生涯回忆和爱情故事中,"倒踢紫金冠"依然是叙述引导者。

在整个故事的叙述中,"倒踢紫金冠"这一意象犹如钩花时的钩针,它穿插在小说的每一个细节中、每一段情节中,过去的、现在的、闻先生的、柳小姐的,将火车上的艳遇故事穿插勾连了起来,成为一个整体;而且看似毫无关联的人物和历史时空,也因为"倒踢紫金冠"而成为故事得以展开的一条线索。在整个叙述过程中,"倒踢紫金冠"所引发的四个层面的故事都一一得到了展示:1.《红色娘子军》的故事,即洪常青和吴清华的故事;2.演出《红色娘子军》过程中的演出事故;3.由演出"倒踢紫金冠"而导致的爱情和爱情悲剧;4.闻先生和柳小姐因"倒踢紫金冠"而发生的交往和后来的追忆。整个小说的讲述是倒叙进行的,即由果到因,《红色娘子军》中的洪常青和吴清华的故事及其隐喻意义被埋藏在最里面,而正是这样的倒叙式的追溯,让叙述具有了历史的纵深度,也使得整个故事不再仅仅是一场轻佻的艳遇,而成为一出历史悲剧。

这种利用特定戏剧场景或动作造型引发和驱动叙述的方式,为中篇小说《知白者说》(《北京文学(中篇小说月报)》2019年第4期)所延续。不过,《十一点零八分的火车》中是一个戏剧动作造型,而这里则是一个艺术形象——鲁迅小说《孔乙己》中"孔乙己"的形象。

小说《知白者说》的故事大致有三个:1."我的故事":叙述者"我"创作话剧《孔乙己》以及后来在宣传部做官并辞职当导演的故事;2."沈知白的故事":沈知白演出话剧《孔乙己》获得名声和经济利益,以及后来当官和被人告发判刑的故事;3."孔乙己的故事":这个故事由三部分构成,鲁迅小说《孔乙己》中的孔乙己故事,话剧脚本《孔乙己》中的孔乙己故事,以及沈知白演出《孔乙己》中的孔乙己故事。作者采用了电影艺术中常见的平行交叉蒙太奇的叙事手法,以话剧《孔乙己》的创作和演出事件作为将三个故事链接到一起的核心叙述元素。但在叙述的潜结构中,真正能够将三组故事链接到一起的,对小说的主人公沈知白的形象具有补益的,实际上却是鲁迅小说《孔乙己》中的"孔乙己"这一形象。

在电影叙事中,平行蒙太奇或平行交叉蒙太奇,不同的线索之间往往构成了互文和隐喻的作用。在《知白者说》中,无论拥有多少条线索,还是生成怎样的隐喻意义,都是始终围绕着"孔乙己"这一中心意象进行的。为了将"我"以及作者的趣味编织进小说中去,潘军设计了大学生"我"创作了话剧《孔乙己》的故事。这种叙述主人公创作话剧的经验很显然来自潘军上大学期间创作话剧《前哨》的经历。如同《十一点零八分的火车》的"倒踢紫金冠"一样,虽然《知白者说》中有着很多的有关创作和演出话剧《孔乙己》的纠葛,但是,在这部小说中,自始至终运行的具有结构性作用的是意象化的人物"孔乙己"。孔乙己作为飘动的受侮辱和损害的符号,始而附着于"我"的身上,终而附着于利益熏心的艺术家沈知白的身上。当沈知白出狱后在超市偷东西而被店主打倒在地的时候,那个出现于小说和话剧《孔乙己》中的落魄的孔乙己形象,最终从舞台上飘进了现实生活,并附着于沈知白的身上。为了营构一个完整的"戏中戏",潘军还将鲁迅的另一部小说《祝福》中的祥林嫂形象,纳入话剧《孔乙己》的周边。"我"在创作话剧《孔乙己》时,在小说《孔乙己》的故事之外,添加了一个女性角色,一个小寡妇的形象,而出演这个角色的正是沈知白的下属兼情妇演员刘倩。通过后来的叙述可知,她在被沈知白欺骗利用之后又遭到抛弃,于是,如同祥林嫂一样逢人便诉说她的悲惨。

潘军还在演出话剧《孔乙己》这一事件中,设计了"我"与沈知白的有关具体动作场景的"剧情之争"。"我"比较欣赏沈知白有关孔乙己偷书的设计,而对他所添加的"酒店老板抽掉板凳孔乙己坐空落地"的场景不以为然,并暗示沈知白对孔乙己"狠得过度了",和他作为一个当权者的为人不善。小说如此叙述,实际已经模糊了舞台时空和现实时空的界限,或者说将舞台场景跨时空移植到现实场景之中,将一个令人同情的舞台人物的遭遇,变换价值指向,如贴狗皮膏药一般紧紧地粘贴在主人公沈知白的身上。

《知白者说》是一部叙事文学作品,由于其讲述的是话剧演出的故事,因此,其中的"我"与沈知白最初所讨论的都是剧中人物动作和舞台造型的问题。无论是有关孔乙己的形象,还是沈知白的形象,都是从造型艺术的角度来构造的。比如,"我"第一次见到沈知白时,他的抛大衣给刘倩的动作,最后沈知白在偷超市东西的时候被殴打的场面,都充满了戏剧性和动作性。只不过短篇小说《十一点零八分的火车》中的"倒踢紫金冠"是优美的造型,而在《知白者说》中"抽凳""殴打"等是丑陋的造型。但,它们都是定格在"我"的记忆中永远挥之不去的画面。

总之,小说《知白者说》塑造了两个"孔乙己","我"在开端,沈知白在结局。"我"的命运是反孔乙己的,而沈知白才是真正的"孔乙己"。作者之所以要塑造两个命运相反的"孔乙己",就是要通过沈知白的最终受辱而炫耀"我"的成功。小说中面对沈知白最后受罚的悲惨情状的叙述,有着类似善有善报恶有恶报的诅咒式的安排。这样的情节安排显然弱化了小说的更广泛的社会批判力量,也充分显露了创作主体在这一时期创作中的人道同情的缺失和境界的狭窄。

假如说《知白者说》是利用隐喻的方式,来达到人生如戏和戏如人生的隐喻,小说《断桥》则利用当代穿越叙述的手段,完全打破了时空的界限,把有关《白蛇传》的多重阐释幻化为多重穿越和多重恋爱的复杂故事。

潘军在若干年前就曾有过这样的创作冲动。他在一次访谈中说:

> 我出身于梨园世家,对舞台,对戏曲,都有独特的感情和体验。我会选择几部经典的戏曲,挑几个剧种,如京剧的《白蛇传》,昆曲的《牡丹亭》,越剧的《梁祝》以及黄梅戏的《女驸马》作为蓝本,根据我的理解,先对剧本进行合理的改编,让其更符合今天的审美趣味,然后再拍成舞台艺术片。比如说黄梅戏的《女驸马》,我会删除冯素珍娘家的那场戏,一上来就是这个漂亮的女子满怀欢喜地进京寻夫,可是等到了京城,才知她的夫君因为某件事已经身陷囹圄,马上就要被砍头。冯素珍走投无路,这才铤而走险去揭了皇榜……这么写下来,尤其要强化她和公主之间的不断纠缠、试探、设局、坦白,好看的应该是在这里吧。①

小说《断桥》(《山花》2018 年第 10 期)正是上述创作理念的更为复杂的艺术实践。在《断桥》中,潘军以越剧《白蛇传》中的许仙、白娘子(白蛇)、小青(青蛇)和法海之间的戏剧故事为"本事",将冯梦龙版小说《白蛇传》、京剧中的《白

---

① 何素平:《潘军:我喜欢做充满悬念的事》,《合肥晚报》2011-3-15。

蛇传》、现实科学世界中的雷峰塔的倒塌、网络世界中男女主人公的冒名游戏，跨时空穿插在一起，进行情节、情感的串场，并通过层层转叙、相互对比、相互映照，也相互拆解，造成了一种现实如梦、梦如现实的感觉。在这样的讲述中，跳跃式地构建了至少三重爱情故事：白娘子与许仙的爱情故事，白娘子与法海的爱情故事，小青与许仙的爱情故事。在这些爱情故事中，三角恋爱，人兽恋爱，和尚的情感出轨，小姨子与姐夫的私情，现代网络中的男女网友恋爱等，都纳入现实中的转世许仙"我"的口中来叙述。小说几乎将中国文化中的种种非常规的两性情感一网打尽，既古典又时髦，既很煽情又很文艺。这种后现代式的拼贴技法非常类似于赖声川的话剧《暗恋·桃花源》的做派：虚实并行，相互穿插，完全不考虑时空的界限。但无论时空是怎样错乱，人物的行为是怎样接不上茬，人物的行为情感和故事自始至终围绕着"白娘子故事"而展开。不同的白娘子故事的"对话"，才造成了"断桥"叙述的完整性。白蛇的故事虽然有千万种讲述，但终究还是白蛇的故事。传说中的白蛇故事，不再外在于故事，而成为整个故事的本体、肉身。

这是一个热奈特称之为"具有诡辩性质的叙事"[1]。小说通过现实中的两个既似冒名又似转世的许仙和白娘子的恋爱故事，将原故事在中国文化语境中可能产生的各种歧见、阐释，将源故事中可能生发出来的情感纠葛，也就是主干故事中可能生发出来的枝杈，都纳入到网络虚拟世界中的许仙和白娘子的故事之中来叙述。虽然在叙述过程中，有多重时空内容和阐释枝蔓的介入干扰，但叙述线依然能够保持定力，虽在闪烁中若隐若现，但一直坚强地保持到终了。

由上可知，在潘军的近期小说中，戏曲戏剧的情节、场面和动作造型等，作为一种原型，在小说的叙述中，起到了穿针引线的作用。正是这些原型意象，将不同时空中的故事和人物链接为一个富有弹性的艺术整体。

## 二、戏剧原型意象的幻美呈现

潘军近期小说中，有着很明显地将戏剧人物、场景、情节、行动造型意象化的

---

[1] [法]热拉尔·热奈特：《转喻：从修辞格到虚构》，吴康诺译，桂林：漓江出版社，2013年版，第138页。

特点。意象,是主体的思想情感在特定物象上投射的产物,或者说是思想情感与客观物象的叠加和融合。意象是具体的、可感知的携带着情感和文化信息的。庞德认为"意象,是一刹那间思想和感情的复合体"①,意象是诗性的,创造意象的能力永远是诗人的标志。潘军近期小说中的意象,都属于独创性意象,从类属上看,都属于戏剧类意象。它们都来自创作主体"从童年开始的整个感性生活"以及"阅读经验"。②

潘军近期的三篇小说分别涉及三个来源于戏剧的意象——"倒踢紫金冠""孔乙己"和"白蛇传"。

"倒踢紫金冠"在《十一点零八分的火车》的故事叙述中并不起到实际的作用,但它是故事的灵魂,是一个比较虚幻的存在。就如同记忆中闪烁的磷光,它"飘荡"在柳小姐和闻先生之间,它"浮现"在叙述者闻先生的记忆中,也"浮现"在整个的叙述过程中,从"开头"到"结尾"。就如同当年戏剧家曹禺在创作话剧剧本《日出》时,起初只想到两句"太阳要出来了,我要走了",而后虚构出整个剧本的人物和情节一样,潘军极可能最初只在大脑中闪现"倒踢紫金冠"的影像,而后才构思了这部小说的整个情节。

意象虽然绽放于瞬间,但它同样具有历史深度。中国革命现代舞剧《红色娘子军》中的"倒踢紫金冠",并不是纯粹的西方芭蕾舞,而是融合了中国古典舞和传统戏曲肢体动作的一种舞蹈造型。该动作造型极富动感,特别能够展现女性身体(尤其是腿部)的修长,身体的柔韧,快如闪电的力度,无论是"夕"字造型还是斜线的"/"字造型,都给人以闪电般的鹰击长空的视觉效果。这种芭蕾舞造型由于"文革"时期高强度的传播,已经定格在一代人的记忆中,并成为能够标识出一代人的文化符号。由这样的符号,创作主体自然会联想起跳过这样的动作和展现过这样的造型的吴清华,以及与她演对手戏的洪常青。潘军熟悉中国戏剧并喜欢绘画,所以特别痴迷于造型,比如《独白与手势》这部长篇小说,其篇名很显然来自罗丹的雕塑——《思想者》。所以,他选择"倒踢紫金冠"作为整

---

① 转引自蒋洪新、李春长编选《庞德研究文集》,南京:译林出版社,2014年版,第208页。

② [美]艾略特:《观点》,《诗探索》1981年第2期,第104页。

篇小说的中心意象,就不足为怪了。潘军通过"倒踢紫金冠"这一看似飘逸的造型意象,将记忆的触角探入了历史的深处,并展露了其深沉的个人体验和理性思考。

同样,小说《知白者说》中所出现的来自鲁迅小说《孔乙己》的"孔乙己"形象,也不是小说中实有的人物。作者有意将剧本中非常实在的人物形象——孔乙己,虚化为一个带有隐喻意义的意象。在互文隐喻的逻辑之下,携带了小说《孔乙己》信息的话剧《孔乙己》中的孔乙己形象,显然一开始就落在了主人公"我"的身上,指称着"我"的类似于孔乙己的境遇。当然,它虽然被压抑或遮盖,但还是隐约地暗示着沈知白最后的结局。"孔乙己"在小说中的出现,作为一个虚幻的意象,飘动在故事中的"我"和沈知白之间,既指称着他们的现实遭遇,也暗示着他们的未来命运。虽然它具有如前文所说的叙述作用,但它本身并不在于叙事,而在于营构一种文化氛围,它的叙述能力是以潜隐的方式存在的。就如"倒踢紫金冠"一样,"孔乙己"也是一个有历史深度的意象。这样的历史深度是由创作主体对鲁迅小说《孔乙己》的文化背景的疏解和对现实人物处境的叙述共同完成的。从某种程度说,《知白者说》在意象营构上,与《十一点零八分的火车》如出一辙,它们都是由戏剧中的人物动作造型而引发的想象。只不过,《十一点零八分的火车》中的"倒踢紫金冠"是主人公柳小姐的舞蹈才能,而《知白者说》中的"孔乙己"只是附着在沈知白身上的一个魅影,只有经过隐喻这一中间环节,也只能通过隐喻,才能发挥作用。

同样,《断桥》中的白蛇故事,作为一个过去时间里的虚幻影像,时常从幕后飘到现实生活中,就如同一个鬼魂,许仙、白娘子、小青和法海之间的感情纠葛,也就如同鬼戏,飘荡在现实中的冒名许仙和白娘子之间。这是一种前业冤孽在现世的复现,并且介入现世的人际情感的纠葛。从科学的角度来说,它实际上是现世人际纠葛和心理感受在陈旧意象上的反射。而正是小说的科学语境,比如网络游戏环境,让我们反观出白娘子、许仙纠葛的虚幻性和鬼魅性。也正如此,我们只能将其作为一个文学意象,而不是真实的故事。就如同前文的"倒踢紫金冠"和"孔乙己"一样,它同样具有历史深度。由于这样的故事来自古老的神话和戏曲《白蛇传》,从它最初的成形,再到由越剧而演变成黄梅戏、京剧;由一个民间自娱自乐的小戏而演变成众多学者研究的对象;由单一的人妖恋故事,而演变成三角恋爱、姐妹同嫁,以及人兽恋、神魔恋等,白蛇和许仙的故事于是具有了文化史的深度。而这一切的历史深度和文化的累积,都只是掩盖在白蛇许仙故事的物象之下,都掩盖在"断桥"这一物象之下。当男女主人公自我代入的时候,文化记忆就被唤醒,许仙白蛇的故事就成为一个似乎看得见摸得着而又看不见摸不着的意象,控制着人物之间的关系及其命运走向。

潘军在近期小说中所创造的戏剧意象,并不是单独出现的偶然现象,他在每一篇小说中,都将某一戏剧意象设置为完整的虚线,通过多次浮现的方式,时断时续地实现着它的连接。孔乙己意象在不同叙述时段的出现,就如同"倒踢紫金冠"一样,构成了小说的一条虚线。《十一点零八分的火车》中"倒踢紫金冠"就如同一曲回环的旋律,从开头回荡到结尾,而且还余音缭绕三日不绝。《知白者说》中的"孔乙己"更是成为叙述者"我"耿耿于怀的"癌症",直到最后沈知白被殴打都无法释怀。《断桥》中的许仙白娘子的故事,就如同阴魂一般,渗透在叙述主人公话语的所有的毛细血管之中,就是到了小说的结尾还被绑在"断桥"上,而没有逃出梦魇。

潘军近期小说喜欢使用戏剧情节、场景和人物动作造型来设置虚幻意象和构建叙述虚线的手法,与贾平凹的小说利用动物来构成意象和虚线在审美趣味和审美效果上都不同。贾平凹的动物意象来自原始神话,而潘军的意象则来自人文历史。潘军和贾平凹都在现实生活之外创造了另外一条线索,并让两条线索——虚线和实线,形成了对话关系。但是,他们都没有造成巴赫金意义上的"复调"①,原因就在于,陀思妥耶夫斯基《罪与罚》中的两个声音是一个自我分裂成两个而造成的对抗关系,而潘军小说《知白者说》《断桥》和贾平凹小说(如《废都》)中的虚线和实线,则是互补关系。贾平凹小说中的意象虚线,依赖于一种神话语境,而潘军的意象显然根植于"上帝死了以后"的对"绝对理念"(黑格尔语)的信奉。

潘军近期小说中的戏剧意象,一如既往地都具有非常浓厚的"我性"。前述的这些雾态的意象,浮现于"我"的记忆中,被"我"所叙述,所观察,所体验,就如

---

① [苏联]巴赫金:《陀思妥耶夫斯基诗学问题:复调小说理论》,白春仁、顾亚玲译,北京:生活·读书·新知三联书店,1988年版。

同戴望舒的诗作《雨巷》中的丁香花的存在一样,都表达了带有明显创作主体偏好和感受的"我"对人生经验的咀嚼、对于过往人生的恋恋不忘以及自我抚慰。我曾经将潘军比作一位"行吟诗人"[1],现在这位行吟诗人依然在以旁观者的姿态观照世俗人生,但是,他的旁观其实并不是结构性的,而是以世俗人生内容反向建构起的一个高洁的,愿意思考历史的,愿意在旅行的途中、在虚拟的网络中获得艳遇的诗人形象。所有的浪漫在潘军的叙述中,都有一个界限,就是,他总是设计一个愿意在浪漫过后自动离开的女主人公,柳小姐是如此,白娘子也是如此,不知所终虽然是一场悲剧,却是叙述者"我"更愿意的结局;而那些不知进退的人物,比如《知白者说》中的沈知白,他的气质风度以及表演艺术,都是"我"很欣赏的,甚至是嫉妒的,但他的不知进退却是"我"最为不爽的。小说对"我"和沈知白的所作所为进行了对比,表层语义在于批判这种官场人物,实际上是在建构一个自我形象。也就是说,所有的这些艳遇或官场经验又都不能羁縻诗人漂泊的脚步,反之,就不可爱了。其实,这一切都源自创作主体对世俗人生道德伦理责任的危险感受和随时逃逸的姿态。当年的"红门""蓝堡"只是一个模糊的象征体,而在《知白者说》中,潘军将那个模糊的象征意象具体化为一个人物——一个在官场钻营的艺术家沈知白。那个处于叙述中心位置的"我"转而成为一个既身处其中又置身事外的旁观者,而将红门中人物沈知白置于叙述中心。但这种中心叙述人物的转变,一点儿也没有耽误潘军对于自我形象的建构,甚至因为象征物象的具体化,更加反衬出自我的出淤泥而不染的形象。"讲述自己的故事……(把)自己外化,从而达到自我表现的目的。"[2]

由于上述的这些戏剧意象并不是真实的事迹,而是飘浮和萦绕于小说叙述事迹中的若有若无的存在,或者"我"的心像,因此,它便具有了一种神秘的暗示,对于小说情节的走向,对于人物的命运,都有着莫名其妙的控制。由于这些戏剧元素、故事、情节、形象等,都是意象化的,其作为一种意象,都具有象征性,将意义从小说中的个体人物的命运抽象到整体之中去,并由此而生成知性的机

---

[1] 方维保:《浪子·硬汉与生存恐惧——潘军小说论之三》,《淮北煤炭师范学院学报(人社版)》2003年第1期。

[2] [英]马里·柯里:《后现代叙事理论》,宁一中译,北京:北京大学出版社,2003年版,第21页。

锋。而且,由于这些飘动的戏曲意象既与小说中所叙述人物和事迹有一定的关联而又超越于其上,因此,无论是在小说叙述之中还是在情感表达和意义象征上,都形成了它的诗性特征。不过,在《知白者说》中,潘军的戏剧意象的运用是有意识的,因而带有更多的知性的自觉;而在《十一点零八分的火车》中的"倒踢紫金冠"的意象,则有更多本能的因素,因而更具有直觉意义上的瞬间触发的美感。无论如何,这种诗性不是现实主义的而是浪漫主义的。《十一点零八分的火车》中的闻先生和柳小姐的浪漫邂逅或旅行绯闻,其实淡到了近乎于无,以至于就只剩下了那凝聚了历史信息和身体冲动的"倒踢紫金冠"造型在记忆中晃动。而《断桥》中,白娘子、许仙、小青和法海的纠葛,不管有多少种纠葛的组合,那自始至终也只是引动欲望的记忆团雾,在西湖的边上,在时间的隧道中,以模糊的形态晃动。这些神出鬼没地穿插于叙事中的以戏剧人物或某个造型或整个故事为原型的意象,造成了评论家唐先田所说的"跳荡而不飘忽,表面看似散漫而有着内在隽永的韵律"[①]。

## 结语

以上这一切都说明,潘军童年时代和青年时代所植下的戏曲戏剧情结,在近期的小说创作中再次苏醒了,并在他的小说创作中发挥叙述作用和得到审美呈现。但是,潘军近期小说中的戏剧意象的运用,与现代时期小说中的戏剧资源的使用有着很大的不同。首先,通过以上我们可以看到,戏曲戏剧在潘军小说中的运用,只是以意象点发的形式出现,他并不着意依照戏剧的构型或戏剧的冲突演化方式来构建小说文本,也就是说他自始至终只是将其作为原型意象来使用的。其次,其小说中的戏剧意象,缺乏地方性或本土色彩。他的戏剧意象是经过脱敏的,他在选择戏剧意象的时候,并不着意彰显其地方色彩,而更多地是将其作为自己创作的兴奋点和激发器。也因此,虽然潘军常用的戏剧意象的源文本具有很强的地方性,但是,他的表达却更具先锋文学的超地方性或世界性的特征。最后,相较于潘军早期的小说创作,潘军近期小说中戏剧意象的运用,有频率越来越高的趋势,这说明了他对戏剧意象越来越重视。但从艺术效果上来说,相对于

---

① 唐先田:《长篇创作的新尝试:评潘军的〈日晕〉》,《清明》1988年第3期。

《重瞳——霸王歌行》中的绵密细致以及飘逸的舞台化的叙述,更多了一些类似影视导演耍弄技术或者凸显技术的痕迹,尤其是《断桥》中过于频繁和复杂的叙述场景的切换,有过火之嫌。

原载于《安庆师范大学学报》(社会科学版)2022年第2期,有删节

# 季宇《群山呼啸》:红色历史题材的家国叙事

## 江 飞

"记忆可以忘却,但发生过的永远不会消失,这就是历史。"在长篇小说《群山呼啸》的结尾,季宇深情写道。历史不会消失,但是会被时间掩蔽,被后来者忘却,只剩下漫漶不清、似是而非的面影,这也正为小说创作提供了必要与可能。历史终究是人的历史,与其说《群山呼啸》是为了重建那段波谲云诡、可歌可泣的革命历史,不如说是为了复活那些在历史深处矢志不渝、熠熠生辉的革命者的灵魂。如果灵魂是有颜色的,那么,他们的灵魂一定是红色的。

与近些年风起云涌的红色历史题材小说不同,《群山呼啸》直面的是大别山的红色历史。作品以近代革命史、家族史为现实依托,为读者呈现了大别山地区(小说中以"霍川"命名)革命历史进程中的多个重要节点,尤其是通过贺氏家族几代人大浪淘沙的命运沉浮,全景式展现了大别山地区辛亥革命、军阀割据、日寇入侵、红色革命的历史变迁,题材宏大,气势磅礴,可谓是一部纵贯清末到新中国成立半个多世纪的大别山革命史。

大别山位于鄂豫皖三省交界处,战略位置非常重要,自古便是兵家必争之地。近代以来,这里更是成为"中国革命的重要策源地、人民军队的重要发源地",大批先进知识分子从这里起步走上革命道路。为了准确还原这段革命史的时空地理,季宇多次前往六安、金寨、霍山、岳西、霍邱等大别山地区进行实地采访,做了大量的资料搜集和阅读整理工作,加上此前已写过《淮军四十年》《燃烧的铁血旗》《段祺瑞传》等多部长篇纪实文学,深谙中国近现代史的来龙去脉。这些充分准备使得《群山呼啸》扎根于大别山独特坚实的历史文化土壤中,在虚构与非虚构、历史真实与艺术真实之间,体现出深厚的历史积淀和浓郁的地域气质,彰显出"坚贞忠诚、牺牲奉献、一心为民、永跟党走"的大别山精神。

小说的动人之处不仅仅在于再现了革命的曲折反复或战争的激烈残酷,更在于生动表现了革命者为理想信念而不畏牺牲、顽强奋斗的家国情怀。一方面,小说谱系式地勾画了贺氏家族四代人的奋斗历程,从"太爷爷"到"我爷爷"到

"我大伯""小姑爷爷"到"我",个人的信仰选择不仅关系着自己的人生命运,也关系着家族的兴衰荣辱,更关系着国家的生死存亡。在舍小家为大家、不为己为国家的家国情怀的映照下,投机革命甚至甘作汉奸的彭兆栋、汪小小之流必将被国家和人民所唾弃,而贺文贤、贺廷勇、龚雨峰、郑先滔、史传洲、费伊蓉等初心不改的革命者如群山耸峙,必将被国家和人民所铭记。而作者在刻画主人公"我爷爷"和"我大伯"时又别具匠心:"我爷爷"贺文贤是从旧民主主义革命向新民主主义革命转变的代表,经历了辛亥革命失败后的种种迷惘、彷徨、挫折和弯路,最终找到正确的救国之路,投身抗战洪流。而"我大伯"则是新民主主义革命的代表,报考武汉军校,参加我党领导的广州起义、大别山暴动,组建红军,经受敌人残酷的"围剿"。在红军长征后,他和战友们坚守大别山,承受爱人牺牲、女儿失踪的巨大苦痛,始终坚定革命信念,使红旗屹立不倒。在小说最后的霍川抗日保卫战中,当看到"我爷爷"身负重伤仍坚持坐在担架上指挥战斗的时候,"我大伯心疼得眼泪都流了下来。'爹,'他说,'你放心,有俺哩。'我爷爷听了这话,才闭上眼睛,昏迷了过去"。父子接力,殊途同归,前仆后继,家国与共,这一幕感人至深。

另一方面,小说有意设置了贺、卫两家的家族恩怨、爱恨情仇,正如《白鹿原》以白、鹿两家的明争暗斗贯穿始终。贺家由于一宗轰动朝野的灭门案,与卫家反目成仇,当大革命的巨浪涌来时,两个家族的较量实际上已上升为国仇家恨,变成了两大阵营的较量,人性的复杂性和历史的复杂性由此紧密交织在一起,有效地扩容了小说的思想张力和阅读空间。以小切口展现大时代,以家族史书写民族史,以个体命运关联国家命运,使得这部小说没有流于历史事件的复述,或宏大叙事的空洞,而是充满着人情味和代入感,让人身临其境,心潮澎湃,又让人追昔抚今,唏嘘嗟叹。

为了使家国叙事生动可感、直抵人心,作者在叙事视角和结构安排上也颇费匠心。作者不避"影响的焦虑",用"我爷爷""我奶奶"这样的第一人称娓娓道来,亲切感和在场感穿越历史迷雾扑面而来。与此同时,小说打破线性时空结构,采用以人物为主的块面结构,每章以某个人物为中心,轮番登场,交错推进;时间顺序也被打破,从1926年到1910年到1903年再到1926年直至1940年,以一种主观的叙述时间打破现实的叙述时间。由此,整部小说呈现出一种多视角、多声部、立体多维的 DNA 式结构,众声喧哗,又合流归一,即归于第四代作家"我"的追述写作,谱写了一曲和谐整一、荡气回肠的红色主题交响乐。

"重要的不是故事讲述的年代,而是讲述故事的年代。"曾创作《新安家族》《当铺》等多部家族小说的季宇,有着较为成熟的大历史观、大时代观,他以一种强烈的历史主动精神,将红色历史与家族历史有机融合,又将家族历史具化为个体奋斗历史,在流动的时空和特定的地理空间中重建历史、讴歌英雄。这为当下红色历史题材小说创作提供了某种家国叙事范式,也为立身于新时代的我们回望来路、思考去路提供了有力文本。

*原载于《人民日报》2022 年 8 月 12 日,发表时题为《讴歌英雄人物 激扬家国情怀》,有删节*

# 构筑一座现代诗学的无梁殿

## ——陈先发《黑池坝笔记》第二卷管窥

### 西 边

《黑池坝笔记》是陈先发数十年来在专注诗歌创作之余,深入生活,并对古典文学、哲学、社会学、语言学、美学、东西方诗歌理论等诸多领域潜心研究与反刍,围绕诗与存在的最基本问题展开追问的随笔辑录。其文思深邃凝重,运笔飘逸空灵,无常形无定法,集中呈现出陈先发独有的思想和语言风貌。笔者试就陈先发《黑池坝笔记》第二卷中出现频率较高的部分词语作简要梳理,以窥其诗学思想之局部。

## 01

"凝视"是《黑池坝笔记》第二卷开篇就凸显的关键词。"凝视",是当代文艺批评词语,源于古希腊。在柏拉图和亚里士多德时代,词义等同"观看"。古老的哲学家们早已意识到,要认知世界,"观看"是最主要的途径(追溯起来,应是现代视觉中心主义理论的源头)。中国在汉代就由儒家今文经学创立了"格物致知"说,这"格"字内蕴丰富,囊括"分解""观看"等多重意味。自汉以降,宋明理学更是将格物论推演到极致。格物派儒生试图通过客体观察,由外而内获取认知,以达明悟之境。而中国道家的"妙徼"说中同样也有"观",如《道德经》开篇就有"故常无欲,以观其妙,常有欲,以观其徼",暗藏无尽玄思。

19世纪以来,该词经历快速演化,增加了更多附着义,如个体、自性等内涵,逐渐形成全新的"凝视"。西格蒙德·弗洛伊德为"凝视"附加情结说;米歇尔·福柯从医学与社会学双重视角对"瞥见"进行推演("瞥见"狭义化同"凝视"),附着"权力""欲望"的场域符号;雅克·拉康在镜像理论中,阐述虚设复合体与复制现实之间的关联,"我只能从某一点去看,但在我的存在中,我被来自四面八方的目光所打量""不是被看的凝视,而是我在他者的领域所想象出来的凝视"。拉康之说与萨特的看法有关,萨特曾提出"凝视"与眼睛分离(不借助生理视觉),是"从我推向我本身的中介"。

现当代文学场域中,"凝视"有其特殊性。当我们审视现当代文学作品时,能看到确有不少可用弗洛伊德情结理论来拆解。更多时候,一些好作品无法轻率地交予此类分析法。细加辨析,用萨特"凝视"中介说以及残缺的"格物论"或可勉强适用。但困惑不能消除,那就是,这些作品短期内无法找到明确有力的美学理论支点。

陈先发在其《黑池坝笔记》第二卷言明,创作是"将自己交出、又从对象物的掘取中完成了这种相遇""那些声称读不懂当代诗的人或许应该明白:至少有过一次凝视体验的人,才有可能是诗的读者"。两句话开宗明义,可视为现代创作阅读,包括批评在内,在方法工具和理论体系基点上的突破。其中主要包括两个象限的思考:一是从现象上与"观看"作比较,"凝视"是长久的、困难的、神秘的、诗性的;二是从不同维度上展开,即"将自身交出"(以"忘我"为起点)、"从对象物攫取"(路径与实现方法)、"与世界本质意义的相遇"(直接目的)。

陈先发的"将自身交出",与西方玄学派的诗歌主张及 T. S. 艾略特的看法有不少相通处。后二者强调诗应消弭个性主义,文本要有超越个体的理性存在,倡导看清本质,整合人类的共同经验。从陈先发的诗作及随笔倾向性来看,他正是在不断努力突破时空局限,搭建物与思最广泛联系的桥梁。这里需注意的是,陈先发的文本理性,绝非纯粹哲学意义上的抽象理性,而是诗人在深刻思辨基础上,对世界作出的整体直觉感知,这也是我们读他的东西感到混沌杂糅、模棱两可的主要原因。另外,陈先发和艾略特不同,他仍然高度关注有温度的个体存在,不至于将眼前鲜活的动态历史在语言里彻底抽空。

诗人可借用的物象同为水禽,在沃尔科特那里,白鹭是历史文化缝隙中遁去的自由之身;在叶芝那里,野天鹅是对自性的唤醒与张扬……而在陈先发的《黑池坝笔记》第二卷中,白鹭则属于"凝视"的对象物,是联想经高度压缩的产物,或者可以说,是无限对象物作随机呈现的代表。譬如此刻,它被引到陈先发的文本上就成了一只白鹭,用于摹写诗中的"凝视"状态。具体来说,是对诗思蓄势一环和现象解构发生的"去蔽":基于"凝视",一首诗含英未发,如白鹭凌空静待醒来。"凝视"带来的透明,将本源之力先行作用于未成之诗的每寸肌理。未来的某一刹那,此种力量爆发会刺破下方看似稳固的一切物象,达成令它们彻底瓦解的目的,即现象层面的"荷花""湖水"被虚化。

**如何做到"凝视"?**

**或者说怎样通过"凝视"介入现代诗文本呢?**

陈先发主张创作要把握"开合之道"。如上文的白鹭案例,简而言之,就是神思放之于四海,又收之于一物。在此,他给出了重要限定,避免"流沙"式的泛化和"顽石"状的固化,务必有"极致的专注力始终在场"。这"极致的专注力"是"凝视"。为做到极致专注,他借用释家成熟的"禅定"法,即"将分散甚至是涣散状态的身心功能聚拢于一点"。

陈先发深知,世间纷扰,人心最易浮动。对大部分人来说,碎片化写作、快餐式阅读与生活节奏更合拍,加之网络和自媒体推波助澜,想要克服惯性,沉潜下去,进入真正的"定",无疑是极其艰难的。所以,陈先发干脆言之为"能力",或坦言为天赋。这一能力,是建构陈先发诗学理念的一个重要内核。陈先发认为,在现代诗创作和阅读中,"凝视"具备需同等对待的重要性。也就是说,不经"凝视",不仅没有有效(有深度有难度)的写作,甚至也不存在有效的现代阅读。

陈先发喜欢散步,并习惯在散步中作短暂驻足,去凝视高处的细枝。他说这是凝聚视力的法门。而对诗之"凝视",必高于目力可穷的枝头,"须在最细微处形成最刺穿的观看和最充足的弹性。只有在最细最摇曳的枝头,诗才能稳住她的脚尖"。诗人通过"凝视",捕捉"最细最摇曳"的现象,诗意由此生出,又在"最刺穿的观看"中脱相入质,并自然漾出无数能指的涟漪("最充足的弹性"),从而成就一首诗。此间,有语言层面现象的涌出,即指能形成语义孪生共现的叠加态,"像一根柏枝被风吹离原本的位置。诗必须认识到,并不存在一个原本的位置,它于同一瞬间在不同的位置上曳动不息"。词语因错位如风中枝条曳动不止,因错位爆发动人的力量。观诗于微,也非经"凝视"不可得。这是一组摹写创作与阅读中意象与内核之间联系的精妙譬喻,值得当代汉诗写作者潜心领悟。在这里,陈先发的文本还多棱镜般折射出语言"幻识",即"诗之律动"这缕奥义。这里的"幻"应是物象纷繁和必然消亡的描述,"识"则是探索世界与生命本质的诗心。比较我以往相对认同的"缘情""意境""性灵""境界"说,我觉得"幻识"更贴近现代诗的本体特征,可以认为这是陈先发为新诗本体论注入的新内涵。我们也能看出,在陈先发的写作中,"凝视"并非主客体岿然不动的单调聚焦,绝非疲惫的"格竹",而是破"格"之后收放随心的"活禅"。

**"凝视"说的价值何在?**

首先,陈先发的"凝视"说道出现代汉诗的读写关窍。一百多年来,新诗(现代汉诗)常为大众诟病,这与对传统诗歌语言的审美依赖有关,与新诗和传统过度割裂有关,与读者阅读惯性有关,与不同思潮带来的认识分化有关,也与思想泛化和晦涩有关……由专注和收放构成的"凝视"法,能帮助我们推开沉重的一扇门,露出现代诗写的玄关。

其次,"凝视"既是方法论,也构成当代汉诗读写标准的新范式。陈先发对"凝视"于写作的意义作出重要判断——写作上不能"凝视"的写手,不可能成为好的写作者。不止于此,"凝视"说其实拆除了过去狭隘的视觉艺术藩篱,试图建立一个统一场,让我们能将目光聚焦于现代艺术创作和审美的共生奇点。这里有个必备的前提,那就是我们要认同存在主义哲学家马丁·海德格尔对诗与艺术联系性的主要观点——"一切艺术的本质都是诗"。"凝视",作为我思与反省的起点,是一双将"我"从虚无中打捞出来的手。以"凝视"为基,我们可以构筑全新的理论框架。"凝视",也是一根暗藏无限禅机的手指,它指向何处?当然是存在,也就是要"与世界本质意义的相遇"。

## 02

1835年前后,存在主义哲学创始人,年轻的克尔凯郭尔在他的《日记》中写下:"我真正缺少的东西,就是要在我内心里弄清楚:我到底要做什么事情?问题在于,要找到一个对于我来说'确实的'真理,找到一个我能够为此而生为此而死的信念。"

叔本华在他的《作为意志和表象的世界》一书中,构建了表象世界和意志世界,并清晰地指出意志世界的"盲目"性。他所言的"盲目",可狭义地理解为生命(思想行动)在本质上的无目的,且不可消解。研究学者归结为悲观主义或虚无主义,然而,叔本华的论断无疑有难以回避的事实逻辑自洽:绝对真理无从获知,上帝存在无实证依据。我们所有人都艰难地存在(或曾经存在)于这陌生的世界,都在寻找或维护认为重要的存在。当我们天真地认为,自己具备的所谓能力足以适应甚至驾驭生活时,忽而时过境迁,一切重返陌生。

只要我们认真凝视镜面深处的"我",就必然产生惊恐与不安:我为何存在?我将去往何处?我有何意义?追问的结果是——我们只是"活在一种可能而深刻的盲从之中",我们每天直面的是一切物象心相稳定性的严重匮乏,是"生命本身的盲目不可撼动"这一事实。克尔凯郭尔最终用无条件的爱与基督信仰去稀释"盲目",但"盲目"依旧客观存在。这"盲目"同样让思考的我们极度痛苦,让我们倍感世界的荒诞。生命本质上的无意义既然不可改变,一切试图颠覆"盲目"的努力就注定会是西西弗斯的徒劳。那我们又能何为?

**生命本身是盲目的,**

**那思考和写作是否也是盲目的?**

陈先发提供了一个思辨的裂隙,即"写作,企图颠覆的正是这种盲目,但最后的收成必是两手空空。只有对终无一获的侧目与吟咏,才是诗歌真正的通幽之路"。这段话看似悖谬,实则严谨。当代人的价值观不断从早期强调精神伦理的价值理性中剥落,受制于实用和功利主义并附加了大量的物性元素,而经验告诉我们,物性是无比脆弱的。"诗之无力"正是诗人试图突破此类局限性立于终极深渊之畔追问而获取的"深知"。一方面,可显证生命本身的"盲目";另一方面,则可以成为日常昏睡状态中的棒喝。这颠覆"盲目"的徒劳和"侧目与吟咏"的无奈,构成诗写存在的意义。闪现的语言觉醒是"凝视"后的生慧,是探索者向生命本质的间断跃进。所以,诗人说:"生命的盲目绝不同构于语言的盲目,生命的盲目,而是语言的明灯。""不安",让诗人从大梦中醒来:"乌鸦似雪,孤雁成群""雪因凝神而白,风因不安而动"。醒来说出的,是偈语,是陈先发要阐明的诗,"因呼应着'个体生命在本质的盲目中偶尔闪现的觉醒'而长存"。古往今来,多少深邃的思想都萌生于这深刻的"不安"中,无数长存于世的著述都包含"宁静和寂寞的滋养"之土。"凝视"之"不安",是诗艺诞生的奇点,也是诗艺成长的沃土。"不安"之"凝视"带来的闪光碎片,诗人要借此去线描世界难明的隐秘秩序。

**好诗的到来,没有绝对必然性,**

**"凝视"只是它们到来的契机。**

由此,风幡因心而动的公案及陈先发之"雪因凝视而白、风因不安而动"的话头,一样都成为"凝视"和"不安"纠缠不止,玄微奥妙的禅意显化。陈先发看到,个体在井水般存在中的焦虑溢出,是无从消解的,只能平衡抑制。通过诗,可将其转为"雪落风吹"般"自然、率性、动人"的语言力量。

陈先发在此设置了一个假设,"诗成熟于对个体生命不安的自我抑制"。可以理解为,成熟的诗呈现湖面般的双重特性。

一是,诗人不断抑制"不安"的涟漪;二是,凝神对涟漪的短暂平复。换而言之,人之"不安",偶成于诗。优秀的诗人不断平衡抑制内心的"不安","不安"短暂地"到语言而止",诗歌写作就是这一状态的不断推进。也可从这一假设推演,"不安"的强度在一定程度影响着诗的丰富程度。在第〇一六则中,陈先发写道:"柳枝在疾风中之线条、之狂蹈、之醒悟、之语言,非它在微风中所能写下。寄身于生之不安,自有体悟于郭璞所谓的'旷然深貌也'。"这就是说,当"不安"的涟漪形成巨大波澜时,需要我们具备更强的语言抑制力。

诗借助语言完成塑体,而语言作为社会交流工具又带有明显的公共属性。由此,陈先发提出一个重要的语言学命题,即"在公共空间里不断被驯化、模型化而渐失活力的'语言危机',如何在个体之上得到深刻的矫正,甚至是被再次激活"。语言危机是它在传播(词义沿革)中承受了过多的附加,让它变得沉重和面目模糊,逐渐失去最初的鲜活,所以必须清洗、剥离部分附着意义。这个话题很复杂,涉及公共语言结构要素、解构法、重构策略等一系列具体问题。当然,细心的读者可以在《黑池坝笔记》中寻找到一些答案。

让我们再回到原话题,陈先发作出判定,对任何艺术而言,没有深刻的语言危机,不足以构建未曾显身的存在。从此点出发,我们可推知,眼下相当一部分诗人只是在冗余复写,这正是缺乏危机感的体现;与此相对,部分诗人做极端的语言实验更具备存在合理性。是否具备语言上强烈的"不安",是当代诗人优秀与否的判定依据。

**诗有体用,体作二解,一则本质,二则躯壳。**

诗之躯壳变化万千,无所不在,无时不显。正如老聃所谓"惚兮恍兮其中有象,恍兮惚兮其中有物"。由"不安"而投射至丰富的外物包罗万象均可入织,一身淋漓大汗和贺铸芭蕉页上留下的漫长空白,都是诗可用之体。既然物象皆可为身体,那湖水涟漪,自然可视为缄默之物借诗语言大声发出"不"的求助,诗人的"不安"也随之在纸上漂浮,发出隐秘而绝望的呐喊。

仅仅围绕自身作出凝视,难以成就优秀的作品。不可脱离的关键是"不安",伟大的诗人在巨大的"不安"和深知无力中书写。这里要提及克尔凯郭尔,他一直"凝视"并剖析自身的"不安"。1843年,他写下《恐惧与颤栗》,翌年作《不安的概念》。"不安"之阴影弥漫其文本每个缝隙角落,也成就了他思想世界的丰富浩瀚。相隔近二百年,诗人陈先发在纠缠身心的"不安"中不断作出的探索,也推动其在诗学新领域不断地拓荒。无数次重返枝头的花,目睹无数次更换了身体的"我"。

"我"是现在的也是过去的,是个体的也是整体的,这一奇妙的感受都源自对生命本质的"凝视"。这种认知或理念还原的显身,给观者带来惊讶与喜悦。眼前的客体,也曾是阳明先生心底生出的岩中花树。

陈先发喜欢若即若离地咏柳,寄自然、历史、人文、语言的繁纷幻象于柔柳一身。柳,可以是秦淮河畔那位风姿绰约的佳人,也可看作历经忧患而拔节的诗人,可视为万物在易逝的短暂存在中发出的呼救……内里的实质是:从未消失的"不安",总在借和风柔柳的语言向诗人们显身。

## 03

陈先发曾在多个场合用到"困境"一词,"困境"同样是《黑池坝笔记》第二卷中引人瞩目的词语。

现代人谈"困境",无法回避对现代性的追问。马克斯·韦伯研究西方社会进程,有"世界的祛魅"一说,即世界正在以理性化为特征的科学话语取代以信仰为特征的宗教话语,通过摈弃"迷信和罪恶"的"用于拯救的巫术手段",彻底祛除主观精神世界的神秘性,以此引出全新的叙事方式——用求真的科技理性呈现世界的客观结构和存在样态。

韦伯的观点形成的冲击是巨大的。当代社会,宗教世界观基本上土崩瓦解,只剩下残破的基督圣像与浮屠的塔基。这带来世俗文化的繁盛,但问题相应地接踵而至:价值理性开始缺位,人为物役成为最普遍的生存现状。人的异化成为不可改变的事实,我们都失去了伊甸园。二战以来,人类陷入有史以来最复杂的泥淖:全球气候变暖、人口激增与能源环境矛盾尖锐、地缘政治的乱象、恐怖主义、军事威胁、民族主义与种族主义带来和即将带来的深重灾难、集体资本崇拜、财富分化的加剧、金融的泡沫化、技术的异化、人际社交的脆弱化、伦理道德崩坏、心理疾病、宗教分歧、不同文明冲突加剧……这是人类共同的际遇,也是倡导构建人类命运共同体的客观现实依据。

现实中,还有很多人茫然活在这无尽的困境里。鲁迅在《娜拉走后怎样》演讲中,曾戏谑民众麻木不仁,又说"倘没有看出可走的路,最要紧的是不要去惊醒他"。这当然是反话。倘不能惊醒,如何规避人类灭顶灾难的发生?当年,进化人文主义就误导出纳粹的人种论,带来灭绝人性的种族屠杀。当奥斯维辛集中营的精确数据出现在陈先发的文本中,相信会给所有的受众都带去无法抹除的战栗。

诗有时就要借助残酷的困境去撼动日常的麻木,"让醒着的人再次苏醒"。陈先发想告知我们,一旦缺少对存在的崭新感受力(对困境的醒觉),人就会处于真正的昏睡。这如同温水里的青蛙,觉察不到危机的迫近。必须以诗"浸入""冲撞",使人苏醒乃至战栗。而艺术家(诗人)和语言必先一步醒来,甚至独处于彻骨寒意中。这显身于语言中的忧患皆可为诗,忧患也始终存于好诗之中,二者"剧烈地交换身体"。

与当代人的处境相对应,现代诗域也有自身的言说困境,有前文陈先发所述的诗歌语言被驯化、模型化失掉活力的危机,甚至有存在合法性的危机。譬如,当我们张口闭口"万物皆有诗性",却无以诠释诗的本体是什么。如何确证写出来的是诗,而不是其他?陈先发觉得答案就隐藏在这"困境"本身,就是能否最大程度上反映"困境",并最终做到"铁索横江,而鸟儿自轻"。

陈先发又增设一个判定,即当代未历言说"困境"的文本,难以言之为诗。他作了进一步阐明,"当代新诗最珍贵的成就,是写作者开始猛烈地向人自身的困境索取资源——此困境如此深沉、神秘而布满内在冲突,是它造就了当代诗的丰富性和强劲的内生力,从而颠覆了古汉诗经典主要从大自然和人的感官秩序中捕获某种适应性来填补内心缺口、以达成自足的范式。是人对困境的追索与自觉,带来了本质的新生"。阳春暮晚,疏影横斜,白鹭旋翅,浊水孤舟,这是贴近现实记忆的黑池坝。陈先发努力将之形而上地重构,成为蕴含无限丰富可能的语言无梁殿。

他笔下的黑池坝是无穷叠加的,包括仰赖感官获取的碎片,凭理性记忆重构的物象,历史与当下、生与死交织的众生烟火……随机衍变出无穷结构的诗,也演绎出一个个镜像的"困境",涟漪般向无限处伸展。

或许,远离黑池坝,只在记忆与思辨中陈先发才开始真正进入黑池坝。那是纯粹在个体精神世界里成形的黑池坝,借助"凝视"术,他让湮没于泥层深处的黑池坝白骨生肌。他笔下的黑池坝万物(逝者、听箫者、不眠者、宿鸟、黄花……),也都是黑池坝的等价铸件,同样是"我"的困境中不可割舍的部分。当橙色火球(神秘性)从如墨般的湖水间迸发,本身就像忽然成形的一首诗。言说的"困境"也如冬末初雪浮冰,那欲张口的是谁?欲说出的又是什么?破冰之声同样也是努力沉入水底的声音"轻而凛冽"。

陈先发博闻强识,平日与友人闲谈,最擅长钩沉历史或虚构话本。在他笔下重构的20世纪初的黑池坝里,重重叠叠的影像记录中,有许多神奇而妙趣横生的细节。比如刽子手传说和疯人院纪事,都能为平凡的黑池坝抹上一层奇异的釉彩。诗人或以刽子手为喻,言说诗之隐晦和语言禁忌。如"我"避忌红缎带的存在,或与控制论有关,或与因果有关,这无疑是难解的。疯人院里的艺术家们,更是着墨生动而隐含寓意,让人抚卷深思。语言上的避忌隐晦,往往闪射出内心深刻而无从言说的"困境"。

对《黑池坝笔记》卷二中的部分笔记,我们可视为虚构文本,不必着相于真实性,否则会坍缩为形式主义、唯心主义,陷入死循环争辩。关键是,要领会诗人只是想借此表达言说的无限可能性,以及日常困境中深蓄神秘诗性的意图。"困境"与认知差异和社会高度分化有关。科学家研究表明,人类依赖的生理感官就具有天然差异性和欺骗性。认知世界,从最初的表象开始,分歧就已产生,无法统一于共同"凝视"。正如"湖畔的光线,在穿过树梢时裂开",脑瘫孩子的视线无法和诗人一样聚焦正前方;芭堤雅街头忙于揽客的性工作者和埋首纽约公共图书馆的学者目光也少有交集。

语言天然带有神秘的属性,同时也是各类分歧诞生的渊薮。《圣经·旧约》上说,在古巴比伦,全人类曾合力建造一座直达天庭的巴别塔。上帝为阻止这疯狂计划,让人类说不同语言(原本只有一种),人类最早的登天大计就此终结。巴别塔是语言分化造成歧见带来困境鸿沟的一个喻体。因此,"我在我永远都会缺席的那地方"的遗憾,也是因为无法克服差异性达到统一,明示理解之难和曲解的真相:普遍存在的经验认知"困境"。

柳之舞动"迅疾""猛烈",是自然发生而又难以抑制的选择,它们的行为既是起点也是终点,它们既是对象也是媒介,既是它者也是自身。在陈先发笔下,最终通过开放的文本结构形成无限意指链,成为借助无穷能指摹画出的"踪迹",孕育出真幻交错的黑池坝。那黑池坝边的柳树始终在困境里生长,它们是参照物,是喻体,是陈先发对世界进行观察、解读和验证的工具。它们历"凝视"而成为黑池坝的突出象征,也因厕身于陈先发思辨里的黑池坝而得以长存。

## 04

"枯"是陈先发在《黑池坝笔记》第二卷中提出的又一诗学概念。如果读者视为"困境"说衍生体,那就是"穷理以致其知,反躬以践其实"的外显。

"枯",源出中国传统书画艺术,在该领域,它有一个飘逸且极富想象力的名字——"飞白书"。传为东汉书家蔡邕所创,后脱离书法的拘囿,画家也竞相效法。所谓"飞白书",指用墨少,笔锋极速擦过纸面形成书痕,因墨痕浅淡疏离,故称"飞白",又名"枯笔"。

到后来,"枯笔"由形入意,从单一的用笔法升华为风格取向。宋元时期,文人书画兴盛,"枯"法最被推崇。究其原因,应与彼时文人崇尚"逸品""士气"有关。北宋画家、诗人文同曾沉浸"飞白",画中多"枯",如枯木枯枝横斜。苏轼自己也擅画枯木,和文与可的怪诞不同,他追求粗犷写意,不求形似但求神合。赵孟頫画中枯木则脱俗飘逸,但其木多立于嶙峋大石之畔……这与文人个性有关,甚至隐隐勾勒出人生的轨向。八大山人朱耷对"枯"法深有领悟,陈先发很喜欢他的画,评价其"笔法至简,在偌大的纸上只画一条枯鱼,连波浪都无须画上""他的抑制令他自简中出神,他的鱼是自由的"。

我们细心观察朱耷之鱼,就会发现,这鱼大多白眼向天,悠游寥阔天地间,其实也就是赤条摆脱世俗水草浪波捆缚的"余"。可见艺术领域中的"枯"蕴含丰富至极的意味。

在诗学领域,陈先发率先提出"枯"之美学,无疑是在现代汉诗诗学的荆棘丛中劈开一条新路。他在一则随笔中写下:

>无数根枯茎伴着无边的湖水,一个我
>捂住苇管中另一个我的嘴巴,只留下薄霜的声音
>纯白的压迫的宁静。
>一根枯苇在翠鸟振翅起飞时
>双腿猛然后蹬的力中,颤动不已
>这枯中的振动,这永不能止息,正是我的美学
>　　　　　　　——(《黑池坝笔记》卷二,第〇九九则)

这不同于某些人习惯作儿戏式的命名,陈先发对"枯"作了非常深入的探究。他曾经年累月环绕着"枯"字疾走"凝视",不断去发掘蕴藏其中的美学价值。第二卷第五七四、五八三、五八五则笔记后,缀以连串的注解条目,都是对"枯"展开的思辨。读者如能用心读完这很长的三组批注,应该能比较系统地把握他的"枯"之美学要义。

"枯"作为我们最常见的一种生命经验,每逢金秋,衰草连天,我们就无法视而不见,所以也才有"无边落木萧萧下"和"枯藤老树昏鸦"这样的句子存在。自然或人生际遇的肃杀秋风、横空冬雪的"尽头感",都会对一个人的视野、情志、想象造成全面压制,引发"不安",带来"必须说"却又"不可说"的困境,这就是语言本身的临"枯"。然而,万物若不枯萎凋零,哪来新生?不"枯",则不足以挣脱旧躯壳,换取新肉身。

对语言来说,同样可以适用。不历格律之"枯"便没有新诗之"荣"。陈先发以达摩为喻,阐明"枯"中蕴藏着巨大的力量,且此种力量少有人知,更少有人能自如驾驭。他所理解的"枯"即"不是单向的议题,它更宜成为结构性议题:最好的体验,当然是建立在语言经验和生命体验之上的双向击穿,甚至是多向击穿,类似一种'语言的旋涡'"。正是"尽头感"的压制,随后带来草尖与闪电的锐利刺破,带来绿意和春雷的惊人喷发,这是置之死地而后生的智慧和阴阳消长的自然辩证。"枯"是"尽头",同样也是起点。经历"枯"的意志,就是陈先发所言,目击伴随毁灭的"道存"而涅槃出的"新我"。世间的枯藤、枯茎、枯枝、枯草、枯叫、枯苇、枯鱼、枯坐、枯体、枯竭……无不包含那隐去身形十年面壁"日日临枯"的达摩。唯有"枯",才有寓旧于新的诸多可能,才有"海日生残夜,江春入旧年"的

刺破境像,才有陈先发"借助新芽"来"展示自身的神韵"的春天。

**"枯"更是现实的、当下的。**

陈先发说:"枯,貌似一个没有'现代性'特征的蒙面人;作为一种审美对象它由来已久,但它毫无疑问地又是以过度生产与过度消费、以'速度追逐'为核心的当代社会最为本质的特性之一。"枯被语言之力撕裂或洞穿后,它立即体现为不可预知的"彼岸"景象,而非"石榴枯后再生石榴之芽"这样线性的"归位"。它解除的是既有的宿命,爆破的是已知的稳定性,将有"另一种现实"和"另一种构成",前来迎接我们。既有返照、重临之唤,更有"新位置"的动荡与迷人,所以它是摄人心魄的。

这两段话对理解"枯"的现代性很有帮助。历史上(整体的或个体的)经历"困境",在突破"枯"这层障壁后,都呈现出"另一种现实""另一种构成",那是"错位"与"归位"、"旧位置"与"新位置"的叠加。所以说,绝非简单的线性演进。如在表象层面上,这雪再次落下,但已不再是去年的那场白雪。春草在田野萌发,也已不完全同于去年的那些柔草。陈先发的这两段话还涵盖"新"的机缘以及忒修斯之船的悖论。我们所面对的现代性就是这样,立足之处,其实总是新旧交融,而"枯"始终存在。"审美趋向的过度一致、精神构造的高度同构,是一种枯。消除了个体隐私的大数据时代之过度透明,是一种枯。到达顶点状态的繁茂与紧致,是一种枯。作伪,是一种枯。沉湎于回忆而不见'眼前物',是一种枯。对生活中一切令人绝望的、让人觉得难以为继的事件、情感、现象或是写作这种语言行动,都可以归类到'枯'的名下进行思考。"(《黑池坝笔记》卷二,第五七四则)

"枯"是衰变的临界态,介乎生死之间,存在于与虚无的交汇处,是思想者探索更深刻的"无"必经的门槛,仿佛亘古之"道"为我们投射下的一缕虚影。但在陈先发之前,没有人深入过这神秘的"枯"。陈先发将"枯"置于辽阔的语言学领域展开追问,探索其本体性,具有先行的意义。

**"枯"是现象的,还是本质的?**

"是镜,还是灯?"陈先发说,需要"众多的我围攻这个黑暗的硬核(枯)"。也就是说必须从认知入手,对"枯"长久参悟,让这时时刻刻处处存在却被视而不见的"枯"成为理解上的"困境",让"枯"涌出语言的新芽,呈现"语言与个人生命状态的奇异互动",把"枯"变成对生命对存在不断深刻介入的"语言旋涡"。陈先发的苦思冥想最终让"枯"的现象特征一日日清晰活泼起来:不可逆转,不可复制,自带星空般的秩序,且"不是思的困境和诗的困境",是一切存在的共有困境。它的标志是无相、无别的"中心之枯",即决定其本体属性的衰变萎缩。它可以是渴念、期许,可以是"绝境的美德",也可以是某种物极必反的登临。

**如何在艺术创作中实践这"枯"?**

陈先发认为,必须对这无相、无别的"中心之枯"始终保持敬畏之心,作持久而严肃的语言触碰。面对某种枯象,我们在内心很自然地唤起对原有思之维度、原有的方法、原本的情绪的一种抵抗,我们告诉自己:这条路走到头了,看看这死胡同、这尽头的风景吧,然后我需要一个新的起点。所有面貌已经焕然一新的人,或许都曾"在枯中比别人多坐了会儿"。写作不能回避"枯",若不能如此,"我们便无法听见和无法理解那种弥漫于万事万物之内核上的、更为本质的物哀"。这"物哀",我们可以借用一个常见词语来表达——"无常",让存在物无力保持表象稳定性的客观规律。

这是陈先发基于"枯"的参悟,玄妙中包含深刻而严谨的逻辑。陈先发的文本,也实践了他的"枯"之美学思想。如八大山人的鱼或"枯山水"派的园林一样,陈先发的作品中同样存在大量的留白——"让空白与缄默显形",计白当黑,多觉参与,使"见枯"从现象层面转入无穷变化的语义场域。他解释说,"……布置大片的空白,是容纳别人在此处的新生。或者说我在此处的枯,是他者永不可知的肥沃土壤。诗人的身份,令我乐于做这样的'旁观者'"。我们可以视为诗人的知行合一。

自2021年初春开始,笔者就已展开对《黑池坝笔记》第二卷的阅读。随着时间的延续、重读次数的增加,越发心生敬畏。《黑池坝笔记》不仅是才子书,更是智者书。陈先发投下一粒词语的种子,用绵密无间的思辨让它生根发芽,最终长成生命力旺盛的大树,并且如他的诗集《九章》一样,每根枝条还在向着无限深远处蔓生。笔记的内容驳杂丰富,囊括万象:有与前贤隔空的对话,有自我争辩的闪烁机锋,有"对个体心理困境、对欲望本身的纠缠等掘进"。思之深邃厚重又强度惊人,环环相扣如卯榫密合。同时还呈现出一种轻,即行文的举重恍如无物,行云流水般因势赋形。

海德格尔在《诗歌中的语言——对特拉克尔的诗的一个探讨》一文中说，"每个伟大的诗人都只于一首独一的诗来作诗"，我们也可借陈先发的随笔验证出这个看法的正确性。据陈先发说，多年来，他从未停止阅读，《黑池坝笔记》的写作从未停滞过。虽然诗人已从黑池坝居所搬迁至别处多年，但持久"凝视"下足以聚沙成塔，目前《黑池坝笔记》已有数百万字之巨。今后，将会有更多随笔卷本付梓。我们研究现代诗学，《黑池坝笔记》这样深井海眼般的重要作品肯定绕不过去，对之深挖非常重要且必要。

如开篇言明，这只是笔者就第二卷涉及的几个诗学词语作局部管窥。虽然也曾尝试使用现代统计法来辅助分析，譬如研究词频、常用字熵值等，但最终发现只是徒劳。确如哈耶克所言，思想是无法简单地用二维线形图表来描述的。

原载于《星星·诗歌理论》2022年第8期

# 命若时代底层粒粒"轻尘"却不乏幽幽人性之光
## ——陈斌先中短篇小说欣赏

孙仁歌

近读皖籍小说家陈斌先的一组中短篇小说,开卷掩卷之间不断被挣扎在社会最底层的一个个小人物的悲欢离合所动容,同时也给我一些启发:生存之难并不是卡夫卡小说主题的专有名词,陈斌先笔下的一个个小人物,活得也很辛酸,人性的东西似乎也在变形,生存之难不单单是精神上、物质上的,有时就是人与人之间的关系之难、"小我"之难,真乃难有百种,每个人都有每个人的难处。

### 一、"底层生态"折射出人性的悲凉与微光

"底层小说"的说法,一度很热闹。

陈斌先的中篇小说《轻尘》(原载于《飞天》2016年第4期小说头条)或许就有一种隐喻。小说通过一群活跃在社会最底层的穷娃儿的来来往往,折射出人性的苦难多是与生俱来的,谁也不可拒绝。那些孩童及其家庭、老师,无论愚智贵贱,谁又能活出人模人样?显然都不容易。

小说中"我"(郝明)和彭学辉从小学生时代的恩恩怨怨厮磨到成人后的阴阳两隔,折射出那个时代的存在之难。就出身和家庭条件而言,郝明似乎要优越于彭学辉,彭学辉的爹是右派,那时候可算是罪大一等;而郝明家仅仅因为娘成分略高而受歧视,如单以政治背景论,彭学辉比郝明的处境要更糟一些。或许就因为彼此拥有更多同病相怜的命数,所以郝明与彭学辉就成了恰同学少年、分享共度饥饿时代的"轻尘",活得就像一把尘土、一把灰,被那个疯狂的世界扫来扫去,似乎也只有做一粒"轻尘"的权利了,别无幸福可言。

一个个孩子都活得没人样,或许就是成人世界的一个缩影。郝明与彭学辉是同学,也是"饿作剧"的狐朋狗友。构成小说中几个小人物特定年代异常性格特征的故事情节也并不复杂,诸如为一支断铅笔挥武弄拳、当不了红小兵就专打红小兵、为了多吃一个鸟蛋满地打滚、听古书挨举报、喊叫右派挨猛揍、不慎落水

被救起、知恩图报的半袋米、五分钱的烧饼,被践踏的红头绳、找不回来的彭学辉等,固然波澜不惊,荒诞无奇,却也不乏一道微弱人性的底色幽幽生辉。贫困和饥饿会扭曲一个人的性格,为了一支断了的铅笔就大打出手,这恐怕就是穷极生变的不安定之源头。贫困和饥饿异化了郝明的童真与幼善,是因为贫困和饥饿就如同魔鬼膨胀在空空荡荡的皮囊里,饥饿让郝明的拳头变得没有任何理智,小小年纪就充满了斗争火种,不该出手也出手,纸里包不住火,成长的代价变大了。

郝明与彭学辉之间无论如何恩来怨去,关系又如何起起伏伏,郝明始终离不开彭学辉,彭学辉似乎已经成为他生命中不可分割的一部分。彭学辉身上到底是什么力量在勾引着郝明的魂?固然彭学辉身上的"引力"很多,恐怕没有任何元素能比善更富有人性的力量。毫无疑问,正是因为彭学辉善的本质勾引着郝明善的本质,善善相惜,这才是打铁成钢的源泉。诸如彭学辉多分给郝明一个鸟蛋,让郝明的饥饿心理平衡了;彭学辉忍辱负重仅获得一块烧饼钱,饥肠辘辘中还分给郝明半块烧饼,让郝明的饿欲有填。这些看起来微不足道的事,就是善的食粮被郝明吃进了心底,能充饥,也发酵,更在积累着一种义。郝明不慎落水,被彭学辉的大哥彭学农救起并施以温暖,让郝家感恩戴德,郝明的娘硬是背着一袋大米来酬谢,大人之间的友善往来,不仅是对匮乏时代的补充,也是对人性匮乏的补充,更是对孩子们异常成长形态的自觉或不自觉的呵护。

彭学辉是右派子弟,他固然不知道右派是什么,可在他幼小的心灵里,也有一杆秤,爹是个好人,右派也不坏呀?为什么人人都拿右派不当人?一种莫名的不服、傲慢和尊严在他心里就像一条倔强不屈的"蛔虫"在生长,他默默地维护着他爹的尊严、维护着他家庭的荣誉,这是不容侵犯的底线。郝明正是因为侵犯了他这一底线,才挨了他一记铁拳。让他情窦初开的王大庆也因为败坏他大哥的名誉,铁拳差点失控落在这位女同学的头上,他打不下去,后来就一个人跑出去哭了一场,从此也就和王大庆渐行渐远了。

时过境迁,彭学辉失联了,经过几番寻找,彭学辉最终的结局出乎所有人意料,彭学辉20年前就死于见义勇为。这个结果让每个人的情感失控,众人无不痛心,郝明心碎有加,王大庆失声痛哭,后悔当年千不该万不该践踏红头绳,哪承想彭学辉连个道歉的机会也没有给她,就如此永别了!生命的确如尘如灰,不堪人世间善与恶的你来我往,只要人性的光环一天没有泯灭,随时就有可能倒在善的边缘。彭学辉的死是那么平淡无奇,又那么让人难以释怀。

与其说郝明们找到了彭学辉的墓,还不如说他们找到了时代遗留下的一粒灰尘,这一粒灰尘也在暗示他们,活着的他们不过就是一粒粒飘扬不定的灰尘罢了,殊不知哪一天说尘埃落定就尘埃落定了。

小说结尾的寓意呼应了小说的基调,时代底层的普通人无不是从一粒灰尘状活起,又从一粒灰尘状结束。底层的人性是悲凉的,虽然也不乏一些零零散散的光辉,却又显得那么惨淡而又缺少尊严,即使温饱无忧了,涌动在时代底层的一粒粒"轻尘"也终究打不起什么斤两。尽管如此,人性的闪光尽管很微弱,也不乏生动的一面,还是让"轻尘"不轻,否则,彭学辉也就不会成为彭学辉了。不过,任凭彭学辉如何苦斗与挣扎,命运是不可抗拒的。就如同余华对他《活着》中一群小人物的认知:"他们活着时一起走在尘土飞扬的道路上,死后又一起化作雨水和泥土。"①而彭学辉们恰恰就处在一个尘土飞扬的时代之中。尘埃虽然落定了,但墓中的魂可能还在流泪。谁又该为彭学辉们买单呢?

## 二、戏子人生笼罩着人际关系的"狼"来"豺"往

如果说《轻尘》中的彭学辉们命若轻尘,来也轻轻,去也轻轻,那么《寒腔》(原载《江南》2018 年第 6 期)里的长生和水月就不单单命若轻尘,她们母女还承受着被亵渎被玩弄的厄运,尤其戏子水月步娘后尘,因戏引狼入室,母女命途坎坷,娘最终以死洗涮自己的清白,水月的"寒腔"戏子人生路,又能好到哪里去?

在时代的底层做一名戏子,无权无势,穷途潦倒,自然人微言轻,人生的尊严乃至安全都没有保障。洪霞和水月母女虽然分别遭遇了痞子戏迷句天蓬和句一厅死乞白赖地穷追猛缠,这固然不属于阶级压迫,应该属于人际压迫,但句天蓬对于洪霞的痴迷显然已经超越了戏曲本身。一种不断膨胀赤裸的欲望打破了一个普通戏子的宁静与生存空间的秩序,人言可畏,各种流言蜚语从四面杀来,"轻尘"一般的戏子洪霞一时间失去了方寸,孤独无援之际,居然选择以死明志。结果命运又跟她开了个玩笑,死没死了,又成了救命恩人秦易飞的"新娘"。秦

---

① 余华:《活着·韩文版自序》,作家出版社,2008 年 5 月第 1 版,第 5 页。

易飞貌似有情有义,可是冲动大于理智的爱情也是"豆腐渣工程",面对句天蓬的"痴迷"和满城风雨,秦易飞也无端怀疑红霞的贞操,也随大流认为洪霞与句天蓬不干不净。诽谤污蔑与奇耻大辱让洪霞无法接受和面对,再一次选择以死明志。洪霞这一死,正合了白居易的那句"上穷碧落下黄泉,两处茫茫皆不见"。句天蓬躲起来了,秦易飞后悔莫及,以致成疾,闹得鸡飞蛋打。年幼的女儿水月转眼之间成了苦命孩子,好端端的娘说没就没了,爹无风三尺浪说烂就烂了。幸亏被武二妹收养,她才能上学、读书、学戏,一路唱戏长大,又出落成一个大美人。不想命中又冒出来一个句一厅,居然与句天蓬是父子,就像当年句天蓬痴迷她娘一样痴迷上了她,谁知道这是不是命中注定?被这条大蝗虫死死地黏在身上,水月哪里能活得自在、唱得自在?

表面上看,句一厅只是个戏迷,是水月的粉丝,但句一厅毕竟是句天蓬的种子,种瓜得瓜,种豆得豆。这句一厅黏上水月虽然无可厚非,戏迷迷上戏子,名正言顺,但这对于水月无疑具有一种与生俱来的抗拒,娘就死在句一厅的父亲句天蓬的手里,如今狼二代卷土重来,等待她的还能好吗?"狼行千里要吃人",句一厅一旦摘掉面具原形毕露,就是一头行千里路也改变不了吃人本性的狼。水月恨死了句天蓬,他的劣种儿子句一厅也是结有世仇之人,怎么能交好?提他就辛酸,见他就恶心。句一厅是一家公司老总,财大气粗,不可一世,他的势力范围几乎左右着水月生存的每一个人际空间,剧团上下包括水月的亲朋好友,似乎都不敢得罪句一厅。包括和她青梅竹马也与剧团结缘的长生,为了生存都能委曲求全,为了剧团上下能活命不惜去抱句一厅的大腿。

对于长生,水月的感情很复杂,两个人本来有缘,但长生后来爱的人、娶的人并不是她水月,这也是水月人际关系网上落下的又一死结,她似乎永远也不会弄明白长生为何爱的不是她而是另一个人。虽然小说也没有交代这一点,但读者作为旁观者,也能悟出一二。现代社会,每个人的生存都不可能孤身长吟,人际关系领域的气象好坏似乎是决定你生存境遇质量的重要因素之一。人际关系领域风调雨顺,多是晴天日子就好过;否则,像水月,娘洪霞身死结怨一片,爹秦易飞疯疯傻傻结怨一片,她自己的爱与恨也结怨一片。就连和她爹还一度不共戴天,人际关系相对比较安稳的长生如果选择水月,剧团可能生存不下去,而选择与一个机关打字员终成眷属,或许这就是生存的一大机智,如此选择,无疑对婚姻更合适,对剧团发展更有利,让人际关系圈也拥有更多的风和日丽。这虽然对于水月有所挑战也有所刺伤,但对于长生或许幸福指数更高。人都会变的,长生也的确变得更实际了,也更功利了,有奶便是娘,对他来说似乎活着就是硬道理,为此,一切都可以委曲求全,有饭吃才是活着的前提。

而水月注定是不幸的,娘死了没人买单,爹也不是爹了,长生又爱上了别人,还有个死乞白赖的句一厅就像个幽灵一样缠绕在自己的生活中。唯一能支撑她活下去的就是庐剧,就是寒腔,庐剧是她的魂,寒腔就是她的泄导情绪的武器。正如她自己说的,"我天生为寒腔生就的,寒腔便是我的魂魄";又如她自己所唱的,"端的是,生死不能忘;道的是,霹雳斩断相思情;原道是,小别春秋酿深情;不料想,辞别难觅缠绵音",还有,"坐下来,雪泥鸿爪,栅栏漆黑,灰烬冰凉;如浮萍,时空飘摇;一腔孤老,思念何时了",等等。这些唱词虽然委婉凄缠,却也不乏寒光枪影、隐含射天狼的寓意。这也是水月能够宣泄释怀的最好活法。她在特立独行方面超越了她娘,任凭日子多么糟糕,任凭寒腔路上遇到多少困难,她都会选择活下去、唱下去,不会轻易向生活说再见,也不会轻易向寒腔说再见。

当然,水月母女遭遇的句天蓬和句一厅戏迷父子,完全不同于旧时代的恶霸,他们既不是南霸天,也不是黄世仁、穆仁智。说戏子人生笼罩着人际关系的"狼"来"豺"往,或许言重了。句天蓬父子实际上也只是底层之中的"准贵族",他们只是提前进入温饱的现代社会的"有闲阶级"。与其说是"有闲阶级",还不如说是混混帮,句天蓬也好,句一厅也罢,都算不上是什么正儿八经的戏迷。他们空空荡荡的灵魂里其实并没有构成什么艺术品位的资本,只是借助戏迷这一冠冕堂皇的通道去满足自己的一种虚荣心,也不排除是一种欲望的膨胀或迂回猎物。

不过,水月未必就会成为句一厅的瓮中之鳖。但至少句一厅就是水月戏剧生活中的一段泥石流易发路段,好在水月的生命中既有倔强的一面,也有隐忍进取的一面,人生处境惨淡而又闪光,对寒腔的继承与发展并借以表达自己的喜怒哀乐乃至还有一种隐含的批判性,是水月这个小人物身上凝聚着的最接地气的一粒闪光的"轻尘"。

作为小说,《寒腔》需要作一些保留,给文本留下一些玩味与猜想的空间,该模糊之处一定要模糊,该含蓄之处要含蓄,让小说文本的深层次结构拥有更多的超出字面的东西,否则,只是单纯地讲故事,把小说完全讲成了故事,小说也就不成为小说了。作者想必也悟出了这一小说之理,《寒腔》也基本保留了某些需要保留的东西。可见,作者的小说视域也并不狭隘,应该也从古今中外的一些优秀的小说家那里受益多多。米兰·昆德拉就有一段精彩的小说论断:"小说家是一个发现者,他一边探寻,一边努力揭开存在的不为人知的一面,他并不为自己的声音所迷惑,而是为自己追逐的形式迷惑,只要符合他梦幻要求的形式才属于他的作品。"[1]想必陈斌先在自己的小说中既有自己追逐的内容,也有自己追逐的形式,内容是显而易见的,至于对形式的追逐,他一定也想把故事讲得更符合小说的形式吧?

### 三、天桥镜像演绎着人性的荒诞与人文失落

陈斌先写小说,不但善于钻探生活底层小人物的朝朝暮暮、喜怒哀乐,在写法上也善变,甚至是对自己传统写法挑战。短篇小说《天桥》(原载《北京文学》2021年第7期)取材也是社会底层的小人物小事件,但在写法上翻云覆雨之间就由写实趋于荒诞意象,《天桥》中的"天桥"就有一种象征意味,作者可能就站在桥上看风景,桥上桥下的人生百态,一粒粒"轻尘"的平常故事无疑都被作者尽收眼底。

"我"是作者设置的一个不乏某种人文理想主义的作者替身,以"我"的眼光看到桥上耐人寻味的一幕,一个烂在桥上拉二胡的"他",看上去处境比彭学辉们,水月们似乎还要糟糕。可在"我"的眼里,"他"完全是一个八竿子也打不着的陌生人,"他"从哪里来,又将到哪里去,一切都是个谜。"他"烂在桥上拉二胡的处境虽然糟糕至极,可"他"也并非为了生存如此,他是个健全人,"他"的假象早已被人们识破。正因为如此,"他"赢来的不再是同情与施舍,而是鄙夷与冷漠。然而,"他"就在充满鄙夷与冷漠的人间天桥上"炼狱"了一天又一天,一年又一年,朝朝暮暮,风风雨雨,天桥就成了"他"阅尽人间炎凉冷暖的一面镜子,"他"的隐情何在?这是小说文本留给读者的悬念。

---

[1] 米兰·昆德拉:《小说的艺术》,生活·读书·新知三联书店,1992年6月第一次印刷,144-145页。

"我"虽然在公司工作,也算是个弱女子,处境也不尽如人意。前夫因债务逃逸无踪,"我"于磕磕碰碰中遇到了真爱者大卫,可爱了没有几个回合,大卫就莫名其妙地失踪了,任凭"我"如何踏破铁鞋找来找去,都一无所获。公司的姐妹们看在眼里,疑在心上、嘴上,一致认为大卫是个骗子,"我"的行为滑稽可笑,甚至是妄想,几乎没有人认可"我"和大卫之间的梦幻般交往是什么爱情行为,闲话多多。但这种冷漠的人情世故并没有消弭"我"的痴情,"我"还是不死心到处寻找"我"心中的大卫,找过来找过去什么都没有找到却找到了天桥,找到与"我"毫不相干的"他"。几经不合常理的交涉接触之后,"我"才知道"我们"原来同病相怜,都因为在生活中把不该丢的人弄丢了,无意中在城市的天桥上"会师"了,"他"在寻找、等待失踪的儿子魏向阳,"我"却在寻找如梦似幻的情人大卫。"我"还意外地从"他"身上发现了与大卫惊人的相似点,难道他们寻找的是同一个人吗?

小说并没有给出答案,但答案似乎就在天桥上。城市虽然拥有了形形色色的天桥、立交桥,桥上桥下四通八达,可城市乃至世界每一个角落却失去了形形色色的人心。天桥越来越多了,人的诚信却越来越少了;天桥越来越高了,人的品质却越来越差了;天桥越来越复杂多变了,人心也变得越来越花花肠子不好捉摸了。这让笔者想起了法国荒诞剧《等待戈多》,该剧所要揭示的题旨是"什么也没有发生,谁也没有来,谁也没有去"[1]的悲剧,等待乃至寻找本身就是一种很无聊毫无意义的事,注定什么也等不到、什么也找不到,戈多到底是谁、到底在哪里?似乎也没有人知道,荒诞的隐喻性似乎就在暗示读者,这个世界病了。换一句话说,戈多就是真的来了又能怎么样呢?说不定戈多本身就是一个病人,也未可知。正如西方评论家所言:"该剧'弹出了一个时代的失望之音',表达了'一代人的内心焦虑'。"[2]

《天桥》虽然也彰显了一定的荒诞性,但动机未必都是消极的,其人物大卫也好,魏向阳也好,都是富有人性温度的,他们想寻找的人可能都找不到了,他们

---

[1] 孙维新、吴文智:《影响中国的100部中外名著》,苏州大学出版社,2010.04,53-55页。

[2] 徐艳华:《世界文学地图》,天津人民出版社,2008.3,280页。

情感世界失落的重量不分上下,生活中徒有一座四通八达的天桥,那些南来北往的车辆,每时每刻带走的、随之流逝的恐怕就是"我"和"他"并没有放弃要寻找的东西。

在小说中营造了一种荒诞的情节与结局,这在陈斌先以往的小说中并不多见,但以笔者的审美习惯,似乎更欣赏这种带有实验性的尝试,小说太写实了未必就好看,小说有了点荒诞的意味,结局抑或结论就变得扑朔迷离了,如此,小说的张力就出来了。加缪就提出了一个值得小说家们思考的问题:"在解释的诱惑最为强烈的那种创造中,人们能克服这种诱惑吗?在对真实的意识最为强烈的那个虚假的世界里,我能够忠于荒诞而不迎合做结论的欲望吗?"[1]

《天桥》的结局处理似乎就没有迎合做结论的欲望,给读者留下了永远的悬念。陈斌先写小说的态度严肃而又认真,在小说的写法上也十分较真,从不马虎任何一篇小说的取材、构思与写作,视域向下,孜孜不倦地沉潜在生活的底层去淘文学的金子。

如果一定要给陈斌先的小说挑挑毛病,陈斌先的小说叙事结构很立体,故事情节的氛围也挺好,人物也都有一定的鲜活性,如果小说语言能够更诗意一些,有温度又有弹性,减少那种过于粗粝、躁俗的表达方式,小说的可读性可能会更好一些。杜拉斯曾说:"小说要么是诗,要么什么都不是。"[2]据说,杜拉斯写小说就特别注重语言的诗性与节奏,注重语言对感官的作用,在她的笔下总是流动着那种富于音乐感的、节奏感很强的、铿锵有致的语言。此外,陈斌先小说叙事的逻辑性可能时常被作者忽略,笔墨有些分散,一座山头往往八面生烟,最主要的聚焦点常常被某些过分堆砌的情节所淹没。另外,叙事结构也还有努力的空间,力争让小说文本中超出字面的深层次结构空间拥有更多的可能性。

说千道万,陈斌先的小说瑕不掩瑜,可取之处也不胜枚举,以他现在还工于

---

[1] 阿尔贝·加缪著,郭宏安译《荒诞的创造》,转引自吕同六主编《20世纪世界小说理论经典》(上卷),阿尔贝·加缪《荒诞的创造》,华夏出版社,1995年4月第1版,342页。

[2] 转引自杨令飞著《法国新小说发生说》,北京,人民文学出版社,2012年4月第1版,第141页。

精读、苦思又善变的孜孜不倦的创作势头,他的小说创作巅峰期还没有到来,我们期待在生活本身惊奇比小说越来越好看的未来,陈斌先能写出让生活本身的惊奇变得暗淡无光的惊世小说来,让我们共同期待吧。

原载于《名作欣赏》2022年第9期

# 乡村知识青年进城的生存境遇和心灵图谱
## ——论俞胜长篇小说《蓝鸟》

### 陈振华

"乡下人进城"一直是改革开放以来中国现代性/现代化进程中文学叙事的重要题材。乡下人进城大致分成三个阶段：第一阶段，20世纪70年代末至90年代初，城市和乡村二元分割，城市是乡村的终极仰望。这个时期有一部分乡村知识青年并不是因为生计所迫到城市去谋生，而是为了摆脱面朝黄土背朝天的农民命运，去城里寻求生命理想。《人生》中的高加林，《平凡的世界》中的孙少平都属此类；第二阶段，20世纪90年代邓小平南方谈话之后到新世纪初的市场经济时期，城乡板结的关系有所松动，这是乡下人进城的集中爆发期，改变贫穷的生存处境是最大的动力。这个时期也因大规模的乡下人进城出现了一系列社会问题和精神症候；第三阶段，21世纪以来的时期，伴随着乡村的城镇化，城乡关系从之前的壁垒森严、渐次松动开始转向城乡交融甚至城乡一体化，乡下人进城的互动性大为增强，既有离乡也有返乡。不同的阶段，乡下人进城的主体类型各有不同，其中有一类备受文学的关注和青睐：第一阶段的乡村高中生或有类似经历的乡村知识青年。俞胜的长篇小说《蓝鸟》聚焦的就是这个群体，他们是70后，中国改革开放第一代进城的乡村知识青年，小说以乡村高中生毕壮志个体的人生经历、心理、情感、命运为线索，描写了特定时代这类人普遍的生存境遇和心灵图谱。

## 一、"为人生而艺术"的写作伦理

"为人生而艺术"是五四时期文学研究会的主要理论，它排斥古典文学的"文以载道"以及文学的消遣游戏娱乐休闲功能，主张文学反映人生状况、民生疾苦，揭示"被损害者和被侮辱者"的生存真相。"为人生而艺术"是中国现代文学形成的新传统，也进一步夯实了"文学是人学"的基本命题。作家继承了这个传统，俞胜坦言："我是'为人生'一派的作家。盛世出雄文，生逢我们这个伟大的时代,作为作家,是一件幸运的事。面对取之不尽的生活源泉,我想我们应该成为这个时代的记录者,让我们的文字留下这个时代的印记。这种记录自然不是新闻式的记录,新闻记录由新闻记者去完成。作为作家,要用文学的方式,形象地描写时代背景下人们的生存状态和精神面貌,敏锐地捕捉各种社会思潮的动向,给读者提供思考生活、认知世界的精神容量。"[1]此言不谬,作家先前发表的《城里的月亮》《老乡》《水乳交融》都是视线下移,聚焦底层小人物的生存悲欢和精神境遇,尤其关注进城的乡下人在城里的生存感受和心灵状态。

到了《蓝鸟》,俞胜小说"为人生而艺术"的个性与风采更加彰显,这也是他小说创作一贯的叙事伦理:关注人生,尤其是同情、悲悯社会弱势群体、边缘群体、底层群体的生存、情感与灵魂。《蓝鸟》是俞胜长篇小说处女作,主人公人生图景的展开与既往中短篇小说一样,文本为其设置了城乡双重的背景,毕壮志的人生经历具有重要的社会、时代、历史意义和相当程度的典型性。毕壮志和《人生》中的高加林、《平凡的世界》中的孙少平一样,高中没有能够考上大学,或因别的原因中途辍学,但他们具有高中的知识水平,在20世纪七八十年代,在乡村世界,他们已经是准知识分子水平。之所以路遥、俞胜选取这类乡村高中生作为小说审美对象,根本的原因在于那个年代,高考的录取率非常低,高中生落榜回乡几乎是绝大多数人的命运。这些人已经初步具备现代性的理念和思想以及初步现代化的知识体系,他们不安于祖辈父辈锚定在土地上世代相继的历史命运。他们试图逃离和反抗,于是逃离土地、逃离乡村、逃离传统就是他们无奈又必然的选择。他们的逃离是被动的,因为他们的行为举止和乡村风俗伦理人情对他们的规训和期待格格不入甚至悖反。他们的逃离又是主动的,他们像毕壮志一样,心怀壮志和梦想,亟待改变身份和命运。从这个意义上而言,他们的出走又是他们建构自身主体性的开始,尽管那个时候他们自身还没有明确的主体意识,但他们作为改革开放第一代进城的乡下知识青年,不经意间参与了打破城乡壁垒,迈向现代性的宏大历史进程。

《人生》里高中生高加林的城市梦最终破灭了,他回到了爱恨交织的黄土地,充满了悔恨和忏悔,小说写出了高加林主体性的建构与坍塌,写出了传统道

---

[1] 俞胜:《我是"为人生"一派的作家》,《贵州民族报》,2016年1月22日。

德、生活模式与现代性人生梦想的分裂,导致了无法避免的人生悲剧。《平凡的世界》里的孙少平,也是特定年代的高中生,他追求不平凡的人生梦想,开始在村里办的初中班教书,后到黄原城揽工,不想重复父辈孙玉厚和哥哥孙少安禁锢在黄土地上的人生。他一路艰难曲折,支撑他人生梦想的是人生自我价值的期许。田晓霞的意外死亡给了他重大打击,因矿难而毁容,但他最后还是拒绝了留在县城的机会,回到了惠英身边,留在了异乡的煤矿,完成了自身主体性的构建。与高加林、孙少平有所不同,《蓝鸟》中的高中生毕壮志,虽名为壮志,但他起初并没有高加林明确追求城市现代生活的人生理想,也缺乏孙少平清醒的自我意识和人生追求。他的人生愿望更多是生存欲望,从木泥河中学到县城再到哈尔滨,他想的只是在城里过上体面的生活,能出人头地,衣锦还乡。三个人物,高加林出现最早,遗憾的是,50—70年代城乡的二元壁垒、户籍制度以及因这些所导致的农村封闭、狭隘、束缚短时间是无法改变的。因此高加林的身份转变愿望及其现实突围注定是一场虚妄。他无论怎样想把自己的"身体"从农民"身份"中抽离出来,通过阅读把自己的精神生活和农民粗鄙的心灵世界区别开来,最终只能是妥协的结局,解放何其艰难。① 孙少平在高加林之后,改革开放已经有了初步的经验和积累,在更广阔的世界,乡村青年孙少平高中毕业似乎有了比高加林更多的人生选择,历经磨难,自强不息。岳雯对《平凡的世界》进行了再解读,她从"进城""劳动""个人化"三个方面重新阐释了这部小说,认为较之《人生》,路遥把孙少平的"进城"冲动从具体的时代环境中抽离出来了,将"进城"等同于"闯荡世界",赋予其浪漫化的光环。② 毕壮志则比他们更晚一些,他的"进城"一方面连接着时代的环境,另一方面也有"闯荡世界"的意味。因为爱情的挫折、班主任的羞辱和养兔子的失败,他高中未及毕业就被迫背井离乡。当然这是外在的因素,根本的原因还在于当时乡镇的高中生想通过高考改变命运极为困难。这就导致了大量高中生毕业回乡务农或者另寻出路。升学无望,当兵没有门路,又不安于土地的营生,于是,进城是当时他们或无奈或主动的选择。因此,

---

① 杨庆祥:《妥协的结局和解放的难度——重读〈人生〉》,载杨庆祥:《分裂的想象》,北京大学出版社,2013年版,第184页。

② 岳雯:《〈平凡的世界〉的多重辩证法》,载《中国现代文学研究丛刊》2020年第11期。

类似毕壮志的乡村高中青年在当时的历史情境下,他们的人生选择及其后续的人生经历具有相当的普遍性。高加林、孙少平、毕壮志在时间上有先后,然而,他们都基本属于同一个时代,也就是"乡下人进城"的第一个阶段。不同的是,高加林是身份政治的理想,孙少平是自我价值实现的理想,毕壮志是世俗的生存理想。他们代表了改革开放初始年代乡村知识青年在现代性的历史进程中改变自身命运的三个不同维度。《蓝鸟》延续了《人生》《平凡的世界》对改革时代乡村知识青年命运的思考,也充分演绎和实践了作家"为人生而艺术"的写作伦理与叙事诉求。

## 二、70后进城者的生存体验与心灵遭际

毕壮志面临着人生的多重打击,还未及成年(17岁)在家乡已经待不下去了,只好逃离土地和乡村。出走的时候他不无悲壮,内心忐忑、无奈,对未来既充满期望又茫然无绪,改革初期第一批乡下人进城的命运充满挑战和不确定性,但他们的命运对后继者具有镜像、认知和启示的意义,无不昭示着之后更大规模乡下人进城的历史命运。

由于城乡壁垒的存在,城市和乡村在社会结构中一直存在着严重的不平等。城市长期占据着物质、思想、文化和权力结构上的支配、优势地位,乡村则是封闭、落后、愚昧的代名词。具有城市户口,能吃上商品粮,成为公家人一直是乡村有志青年或乡村知识分子的人生梦想。可见城市是文明/民主/现代/希望/自由的地方,是乡村仰望的目标,这自然导致了对乡村的歧视。毕壮志开始的时候来到的是县城,在走投无路的时候投奔他的堂哥毕文章,在毕文章的住处,遭到了毕文章城里女友的不待见,毕壮志不仅没有吃上一顿饭,在堂哥这住一晚上都被无情地拒绝了。饿极了的毕壮志只能在城边庄稼地里啃两个玉米果腹。歧视无处不在,当小说中的"我"在哈尔滨举步维艰,不得不到搬家公司出苦力的时候,一次搬运家具的劳务过程中遇到了自己的初恋高中女同学宋燕秋和她的同居男友韩亚杰,"我"受到了韩亚杰的百般刁难和羞辱。"我"到申楠楠介绍的女友姜虹家拜见未来的岳父母,因为"我"的户口还在农村,结果被姜虹的父母给无情地舍弃。即便后来"我"和初恋女友宋燕秋结婚了,岳父宋应昌也因为"我"没有考上大学,不是城市户口而对我冷眼有加,内心充满了鄙视……之所以会如此受

到歧视,就是农村户口带来的身份原罪。

　　这里需要阐明的是,尽管《蓝鸟》浓墨重彩地描绘了进城乡村青年毕壮志在城市的挣扎、屈辱、边缘、苦难等生存体验,尽管他在城市处于社会的底层,得不到城市主流群体的认同,找不到心灵的根基,但小说写作的出发点并不在于体现"人民性""阶级性""底层性"等底层写作、底层叙事的价值导向。小说也没有对毕壮志的人生磨砺进行绝对苦难化的叙事,小说只是客观地描摹他在城市的真实处境和心灵状态。叙事的这般处理,有效地避免了底层写作苦难绝对化的叙事倾向。梁鸿曾批评过于倾向化的底层写作:"当你面对真正的底层个体时,由于各自的历史遭遇、性格成因及在群体之中的生存位置的不同,他们会形成错综复杂的问题与状态。仅仅把'底层'作为被侮辱、被损害的阶层,会忽略掉他们作为个体与历史之间的互动关系,忽略掉他们作为一个有主体行为的人与历史之间的同谋关系或反合力关系。"[1]由此看来,《蓝鸟》并不符合一般意义上的底层叙事,就是因为小说并没带有特定的阶级意识、叙事苦难化倾向和新左翼文学的基本诉求。《蓝鸟》里的主人公毕壮志生活在城市的底层,他作为乡下人进城的人生体验和心灵遭遇,作为生命个体却能够深刻地反映时代的变迁。由于主人公身份的代表性,他的个体经历也能够普遍反映20世纪80年代末90年代初乡村知识青年在进城的历史潮流中参与并见证了城乡二元对立社会结构的部分松动:"改革以来,我国社会经济、社会结构的一个重要变化就是原来封闭的城乡二元社会结构已转化为具有一定开放性的新城乡二元结构。"[2]

　　小说中的毕壮志1990年是17岁,也就是出生于1973年。70后在此有特别重要的意义,他们是"文革"后成长起来的一代人。"文革"期间他们刚刚出生或尚在年幼,"文革"的极"左"政治对他们几乎没有构成影响。他们成长的主要阶段是在改革开放的初期,革故鼎新,社会充满了思想解放的激情。国家以现代化和经济建设为中心的国策取代了过去"继续革命""以阶级斗争为纲"的指导方针。所以70后是理想主义的一代人,他们即便贫穷,但他们并不沮丧,对未来充

---

[1] 梁鸿:《通往"底层之路"——对"底层写作"概念及批评倾向的反思》,载李云雷:《"底层文学"研究读本》,上海书店出版社,2018年版,第190页。

[2] 郑杭生、李强、李璐璐等:《当代中国社会结构和社会关系研究》,首都师范大学出版社,1997年版,第132页。

满了希望、憧憬和想象。与"文革"时期"上山下乡"的城市知识青年到广阔的农村去不同,他们逆向从乡村来到了城市,这是改革开放以及现代化的历史趋势使然。于是70后的毕壮志们才有历史机遇去付诸人生行动。"在传统小说里,叙事的基础是人物的行动,其个性支配着人的活动。叙事主体正是根据人物的行动而展开叙事的。一个时代的故事,是叙事主体对这个时代人们总体行动特征的讲述。而'行动缺失'却是我们时代生活的一个特点。"[1]小说中,毕壮志就是凭借着自己不屈不挠的个性,在自己的命途中展开了一个又一个行动。主动放弃高考是行动,在木泥河畔亲吻初恋情人是行动,养兔想成为万元户是行动,背井离乡到外面打拼是行动……正是人物的行动展示了生命的广度和深度,也是以毕壮志为代表的一代乡村知识青年进城的行动,揭示了"生命个体时间"和改革开放进程的"历史时间"的深度耦合。个体的生命境遇和心灵图谱汇入社会、时代和历史的沧桑巨变中,个体的生命价值才能够在时代、历史的流变中被肯定,被赋予价值。从这个意义上而言,毕壮志的个体生命经验才获得了历史感和普遍意义。《蓝鸟》的叙事让主人公的个人存在与时代/历史存在产生了内在的关联。"人的成长与历史的形成不可分割地联系在一起。人的成长是在真实的历史时间中实现的,与历史时间的必然性、圆满性、它的未来,它的深刻的时空体性质紧紧结合在一起。"[2]遗憾的是,我们现今的生活存在着太多的"行动缺失",或缺乏有意义的行动:没有故事的生活、没有记忆与内疚的人生、世界的碎片化、行动的非价值化、经验的同质化等等。文学叙事长期的"去行动化""去故事化"已经构成当代文学叙事的危机,当下需要重新建构"故事",认识"行动"之于叙事的重要意义,认识行动、故事、经历对当代生活乃至文学叙事的纠偏作用。

小说中毕壮志的人生经历有作家俞胜的影子和个人的感受与经历。当然,作家和人物并不雷同,作家通过高考,成功改变了身份来到了城市,毕壮志则是到城市打工、做生意活命。身份不同,然而毕竟是同时代的人,作家在成长经历中耳闻目睹就能够深切感受这些鲜活的生命图景,《蓝鸟》开篇明示:"小说,是

---

[1] 耿占春、曲景春:《叙事与价值》,学林出版社,2005年版,第34页。
[2] 巴赫金:《教育小说及其在现实主义历史中的意义》,白春仁、晓河译:《巴赫金全集》第3卷,河北教育出版社,2009年版,第213页。

记忆的嫁接与生长。"正是有了那么多鲜活的记忆,在记忆基础上嫁接和再生长,小说才前所未有地活色生香。试想,如果不是同一时代的人,作家的这本关于青春记忆与成长的小说不可能这么真切地抵达历史现场。

### 三、精微的心理呈现和素朴的现实主义

这部20万字的小说在当今长篇动辄数十万甚至几百万字的时代,竟然断断续续写作了长达十年之久。五易其稿,作家不轻易出手的原因除了要在思想上和艺术上一遍又一遍地打磨,使其臻于完善,我想,还有随着时代的变化,作家对世界和人生的认知也在不断深入。由于沉淀日久,这部小说的艺术质地上乘,整体表现为自然、圆融、素朴,几乎看不到技巧的痕迹,小说对主人公心理的描摹尤为真切和精微。

小说对主人公心理的刻画令人印象深刻。文本采用第一人称"我"的回忆性叙述,回顾了"我"自木泥河上学、退学、养兔失败及后来到县城、哈尔滨的打拼,这是"我"个人的奋斗史、生存史,也是"我"个人的心灵史。第一人称限制视角虽视野受限,却极大地增强了文本叙述的真实感和体验性。"我"上学、进城的拼搏、挣扎、奋斗的生存经历和"我"心理、情感的体验互为因果,因此,小说对主人公心理原汁原味的书写,对形塑主人公的性格形象至关重要。在木泥河读高中的时候,"我"和众人心目中的女神宋燕秋是同学。当时的"我"成绩不及宋燕秋的独占鳌头,却也名列前茅,加上"我"的形象高大俊朗,结果宋燕秋成了"我"高中时的初恋。在木泥河畔,两人的第一次约会,小说对"我"的心理有精微的描述:"我突然变傻了,宋燕秋说河边的景色好美,我跟着说景色好美;宋燕秋说天空好蓝啊,我也跟着说天空好蓝;我感觉自己舌头发硬,笨嘴笨舌,除了学舌,不会说其他的话了。"这是初恋时分极为典型的心理征候在行为举止方面的体现。再比如,小说中写"我"在钱彤家梦遗的心理场景,写"我"和姜小美、申楠楠的暧昧心理,写我在搬家公司干体力活遇见熟人的心理尴尬,写我印设计公司经理名片、衣锦还乡的虚荣心理,写"我"生活中、情感中多种多样的心理和情绪。尤其是对"我"与多个女性交往的性心理的描摹,不仅不损毁主人公的品格,不妨碍其形象建构,反而让读者觉得越发自然和真实。

《蓝鸟》没有采用多么先锋的叙事手法,也没有朝向"无边的现实主义",而

是回到极为传统、素朴的现实主义。线性的时间,循规蹈矩的叙事逻辑,个体经历串起的情节故事,在特定的历史阶段、时空环境中塑造了进城的乡村知识青年毕壮志的形象。由此观之,《蓝鸟》是比较传统的叙事小说。小说不仅有着极富历史感的人物心理、行动、故事和经历,在素朴现实主义的叙事诉求中,还有更多的收获。小说的叙述语言纯粹、质朴、地道且不乏诗意。俞胜既是小说家又是散文家,他不追求语言的华丽、喧哗、庞杂、歧义、晦涩,而是倾心于质朴有感染力的语言,追求语言的及物性和"切身性"。当代叙事话语愈来愈繁复、喧嚣和芜杂,产生了话语过剩,超出了叙事的阈值甚至读者的知解力和想象力,还有一些叙事话语的随意拼贴与无效繁殖让我们的叙事语言臃肿不堪。读《蓝鸟》,那种久违的、亲和的、朴素的、切身的、及物的叙事话语回来了。这种叙事语言来自生活现场或生活感受,这种话语没有阉割言说赖于存身的生活经验。小说还有一个非常重要的意象:一只蓝色的鸟,麻雀大小,腹部以上的羽毛闪着蓝幽幽的光,一双黑豆似的眼睛。蓝鸟在小说中总共只出现过两次。第一次是在木泥河畔,蓝鸟见证了毕壮志和宋燕秋的初恋,它的倏然飞走,或许是对这对恋人的警醒与告诫。第二次是毕壮志在搬家公司出卖苦力的时候,生存与情感都遭受前所未有的重创。这个时候,在宿舍窗户外云杉的枝头上,蓝鸟像木泥河畔的时候一样用一双黑豆似的眼睛注视着毕壮志。蓝鸟的再次出现似乎暗示着主人公不要被暂时的苦难所吓倒,不要自轻自贱,不要气馁,相信本来属于自己的终究会属于自己。小说以文本中出现两次的"蓝鸟"为小说命名,冥冥中具有暗示或神谕的意味。这也让素朴、传统的现实主义叙事充满了空灵的色彩。由此,小说的思想题旨就不仅仅停留在现实层面、历史层面,而是有了形而上的提升,抵达生命哲学层面。毕壮志进城的一系列经历、苦难、屈辱不单单是以个体的生命实践参与改革开放的现代性进程,也不仅仅是反映了70后乡村知识青年一代人的进城命运以及他们与时代、历史的意义关联,还在于他们对曾经迷失了的人与事的"寻找",或者说是对失落的人生理想的寻找。最终,木泥河中学的初恋情人宋燕秋历经波折回到了毕壮志的怀抱,有情人终成眷属。小说中除了毕壮志的寻找之外,还有"我爹""我老叔"他们几十年如一日到偏僻、遥远、荒寒的夹皮沟淘金,对金子的寻找,经历了数十年的失望,他们靠信念维持自己的动力,"我老叔"终于找到了金子。他们的寻找和毕壮志的寻找尽管对象不同,但对于他们而言,寻找就是他们人生的意义所在,哪怕一无所获,寻找的过程就是生命存在过、行动过的证明,寻找就是生命意义敞亮的过程。

综上,作家俞胜延续了个人奋斗与时代关系的思考,继路遥的《人生》《平凡的世界》塑造的高加林、孙少平之后,塑造了另一个第一代乡村知识青年毕壮志进城的形象。小说既是历史个体的青春叙事、情爱叙事、成长叙事、进城叙事,也是人生命运在时代大潮中的叙事,文本将多维叙事集于一身。《蓝鸟》的历史赋值在于它提供的人物毕壮志是70后的乡村知识青年,文本最后的一句话暗含着丰富的时代信息和思想意味:"顺便告诉你,我十七岁的时候是一九九〇年。"这可不是随便告诉你的,更非不经意的,而是叙述者刻意的提示,可以说小说结尾的收束简直是点睛之笔。1990年是一个承前启后的关键历史节点,既是80年代理想主义的式微,也是下一个市场主义、消费主义、欲望化时代的开启。同时,70后又是成长于理想主义时代,他们认知世界、人生的观念和方式还带有理想主义的色泽和光影,当他们投身于欲望喧嚣的90年代,他们的理想主义、民主、自由、公正等现代性思想必然面临着市场化、消费主义和欲望化都市的"淘洗"。这也势必会导致毕壮志们到城市会经历一番精神震荡和心灵痛苦、困惑,必然会有一个和生存语境的龃龉、冲突的过程。《蓝鸟》给予了主人公进城所面临的价值困惑很多笔墨,这种困惑来自传统乡村的传统性价值观、80年代的理想主义价值观、现代性的价值观和都市性的消费主义意识形态之间的多重抵牾与内在悖谬。所有这一切都赋予了70后小说主人公独特的审美内涵和思想意蕴,这也是这一人物具有相当典型性的所在。小说为我们塑造了一个真实的历史个体,真切的生存境遇、精微的灵魂图谱和真实的时代语境,其真实性"就是历史感、现实感和价值感在个体生存经验中的高度结晶。具有启示性和感召力的作品都是这样一种晶体"。[1]

原载于《南方文坛》2022年第5期

---

[1] 耿占春、曲景春:《叙事与价值》,学林出版社,2005年版,第9页。

# 寅虎年文学皖军的推进掠影

## ——《文学皖军年选2022》综述

### 江 飞

"皖"是安徽的简称,源自"皖国古都"安庆潜山。安徽面积不大,14.01万平方公里,仅占全国总面积的1.46%,但自古处于南北交汇、吴头楚尾的独特地域和文化之中。华夏中原文化与吴楚文化在这里冲撞交融,淮河和长江两大水系又将皖地分割成淮北、江淮、皖南三大板块,形成了各自独立又相对封闭的淮河文化、皖江文化和徽文化。由此,安徽文化具有了兼容性、多样性、批判性和创新性等特征,这也成为"安徽文学"或"文学皖军"的文化属性。

众所周知,在20世纪中国文学史(包括思想史、文化史)上,有两次类似于西方文艺复兴的时代,一次是新文化运动时期,一次是新时期,两次都是思想激变、社会转型、中西文化大碰撞的年代,两次都是"皖人"率先发出了最响亮的声音——这或许是历史的巧合,然而别有意味。诚如皖派批评家刘大先在近作《江淮风流 贞下起元》中所言,"南来之风席卷老大帝国,新文化运动的两位领袖人物陈独秀、胡适俱由中江北上,同皖南的汪静之,皖西的蒋光慈、台静农,形成了广义革命文学传统。古典与现代的两大传统融汇到现实主义之中,构成了新中国安徽文学与时代同行的主潮。小说有鲁彦周、张弦、戴厚英、潘军,诗歌有田间、公刘、严阵、梁小斌,他们的作品如同最初从小岗村兴起的经济制度改革一样,总是呼应着社会的变革、折射了人心的变迁、体现出美学的创新。从'新中国'到'新时期',从'新世纪'到'新时代',安徽文学在经历起承转合之后,焕发出时代的风华"。

抚今追昔,我们既在历史中分享着古皖的荣耀,更在辉煌中感受着先辈的激励和未来的召唤。如果说现代文学史上的"文学皖军"始终走在文学革命的前列,对整个中国现代文学的发展起到了至关重要的作用,那么,新世纪,尤其是新时代以来的"文学皖军"又将在新时代文学新征程上担负起怎样的历史使命?要回答好这个问题,我们不仅要检视当下文学皖军的队伍构成和实际战斗力,更要直面和解决存在的某些问题,不仅要总结和展示文学皖军年度创作成果、促进文学精品创作,更要为进一步推动安徽文学事业高质量发展谋篇布局、开拓创新。由此,《文学皖军年选2022》(以下简称《年选》)便应运而生了。

经过近一年的筹划、征稿、审核和编校,经过编辑同仁的共同努力,上下两卷90余万字的《年选》终于面世了!《年选》按文体分为小说、散文、诗歌、文学理论评论四大板块,共收录113位作者的原创作品。正如"征稿启事"中所言明的,作品收录的对象是身份信息显示为安徽省户籍或有明确依据显示(最近一年内)在安徽省内生活的作家,收录的标准主要是在公开发行的省级以上纯文学期刊上发表、被具有一定权威性的年度选本选载、获得省级以上文学奖项等。整体来看,这部厚重的《年选》是老、中、青三代最具代表性的安徽作家、诗人、评论家的作品的首次集结,是对文学皖军创作成绩和特色的一次集中展示,从中不难窥见安徽文学日趋合理的生态结构,不难感受到百花齐放、欣欣向荣的蓬勃生气——这正是安徽文学高质量发展的坚实基础和切实保障。以下分述之:

小说(尤其是长篇小说)作为当下主导性的文学样式,在某种意义上决定了地域文学在总体性文学中的影响力和能见度。需要说明的是,在《年选》收录的中短篇小说之外,2022年度安徽长篇小说创作成果也相当丰硕,主要有李凤群《月下》、季宇《盲马》、孙志保《第一特支》、严歌平《沉舟侧畔》、刘鹏艳《青山依旧在》、孙明华《绿水青山》、宫桦《挂职》、伯乐《爷爷的小田庄》等。其中,《月下》(首发《收获》2022年第5期)入选首批中国作协"新时代文学攀登计划",多部作品入选省中长篇小说精品创作工程项目,整体上呈现出较好的上升态势。

小说的编选可谓别具匠心,体现出权威性、青年性和多样性的特点:其一,选取了季宇、许春樵、潘军、赵宏兴、李凤群、李云、孙志保、李国彬、洪放、曹多勇、杨小凡、陈斌先、王建平、黄复彩、余同友、刘鹏艳等主力军的作品,这些作品分别发表在《收获》《当代》《花城》《长江文艺》《清明》等权威刊物上,并被《小说选刊》《小说月报》《长江文艺·好小说》等权威选本转载,集中展示了我省2022年度中短篇小说创作的实力和水平。其二,青年是文学的未来,更是文学高质量发展的生力军。因此,在版面紧张、优秀作品较多的情况下,我们对赵丰超、羊父、夏群、程迎兵、姚大正等青年作家的作品进行了适度倾斜。他们都扎根基层,扎根生活,近年来创作比较活跃,在我省小说创作梯队中具有一定的代表性和承接性,体现出比较生猛的活力和锐气。其三,兼顾小小说,择优收录了张建春、丁迎新、韦如辉的小小说,体现出小说创作的丰富性和多样性。整体来看,小说皖军整体实力较强,队伍构成较为均衡,老作家依然笔耕不辍,率先垂范,中青年作家日益成熟,成为安徽小说创作的中坚力量和未来力量。

就小说内容来看,先锋与写实交相辉映,主题创作和自由创作比翼双飞。比如,潘军的《白沙门》先锋意味依然浓郁,三个人的命运交织在一起,不过是一个迷局,短篇小说的张力和精巧恰到好处,犹如振风塔,层层叠叠,又彼此勾连,内藏机关;许春樵的《紫色口罩》看起来像是个疫情时代的都市爱情故事,实则刺破现代情感虚弱的表象,抵达本质,揭示人与人之间陷入不可挽回的信任危机与普遍孤独;李云的《去老塘》书写矿工的生死与情义,细节的真切,语言的地道,朴实真挚又充满悬念;李凤群的《天鹅》则将笔触伸向其擅长的海外华人的情感世界,撕开中年人婚姻和身心的隐秘角落;季宇的《逝者如斯夫》写活了一个精于算计、坑蒙拐骗的"文学青年"老海的一生,刘鹏艳的《小事件》聚焦一起保安杀人的意外事件;程迎兵的《后会无期》描摹一对城市男女相互拯救、短暂交错的爱情。如此等等,不一而足。总体来看,当下安徽小说是与时代同频共振的,坚持"以人民为中心"的现实主义的创作立场,长于再现日常生活的人间世相,底层人物的悲欢离合,使得"时代""人民"等宏大抽象的概念得到具象化、生活化、人性化的表达。

诗歌和散文自古至今都是安徽文学的一大特色和亮点。无论是曹氏父子开创的慷慨悲凉的建安诗风,还是冠盖天下的桐城古文,都曾在中国文学史上熠熠生辉。新时期以来,安徽诗歌和散文一直保持在中国文坛的第一方阵。1981年,在获得首届全国中青年诗人优秀新诗奖(1979--1980年)的35人中,就有公刘、刘祖慈、梁小斌等6位安徽诗人;2018年,陈先发凭借诗集《九章》荣获第七届鲁迅文学奖,为安徽诗歌带来新的荣耀。就此次诗歌的编选来看,人数众多,结构合理,创作风格多样,作品样貌丰富,样式齐全。因为人数和作品较多,而篇幅有限,故最终只能从123位诗人的615篇(首)诗歌(包括散文诗)中选出51位诗人的72首诗作。其中,既有荣誉满身的名家,比如梁小斌、余怒,也有初露头角的新人,比如"00后"诗人赤铁、苏朵等,亦有扎实稳固的中坚力量,比如宇轩、叶丹等,还有一大批勤勤恳恳的诗歌创作者。尤其要提到的是在安徽工作、生活多年的非皖籍诗歌作者,他们把对安徽的热爱化为创作诗歌的激情,是文学皖军队伍不可或缺的组成部分。2022年度,这些申报作者有的在全国多家省级以上及省级刊物上发表诗歌作品,紧接着作品被选载、获奖,有的以参与诗歌专辑的形式融入文学皖军的行列中来。本着不唯名家、不薄新人的态度,综合作者自身创作情况和诗歌作品质量,我们尽可能让各个年龄段的优秀作者都能在此得以展示。

就作品内容来看,皖军诗歌创作集众家之长,融自我特色,既有精神上的传承,又有文本上的创新,传统与现代、古典与先锋,互为补充,互相映衬,使得整体作品有着更加丰富的层次。尤其值得关注的是,入选的诗人诗作,诗歌的"新"与诗人的"新"并无直接联系,可以看到有"60后""70后"诗人不断更新自我,突破固有形式,也有"90后""00后"诗人回归新诗萌芽时期,坚持不疾不徐的抒情,更有不满足于一种诗歌风格的作者时而低沉内敛、富有哲思,时而高亢真诚、毫不炫技。诗人们截然不同的个性交织碰撞,诗歌的无限可能在他们身上体现得淋漓尽致。对他们的创作,我们理应关注而不干涉、扶持而不阻碍。

与诗歌同步,新时期以来,王英琦、白榕、刘湘如、潘小平、徐迅等散文皖军也始终保持着旺盛的创作势头,在全国都有着良好的口碑和影响。尽管有一些名家因为有别的大作要完成,没有在散文和非虚构文学上用更多心思,但就此次编选的散文来看,规模齐整,质量较高。在编选过程中,我们坚持以文取人,不重名家,不薄新人,兼顾基层文学写作者。

从入选的文章不难看出:散文皖军的特点在于代际结构比较合理,从"50后"到"80后",代代相继,一脉相承;皖军散文的特点在于讲究义理、考据、辞章的兼容并包,及物及人,有情有思,韵味醇厚。就题材论,大抵有自然生活与文史典籍之分,前者如许辉《中国人的四季》、胡竹峰《听音记》、江少宾《长河》、许俊文《一棵树该活成什么样子》、杨四海《在河之上》、储劲松《及物的天堂》、黄亚明《幻绿书》、许冬林《菱蒿与河豚》、项丽敏《住在鸟的旁边》、张道德《十年》、张扬《行窝》、胡大平《湄洲岛上的林姑娘》、时国金《碧水盈盈珠梦远》、吴其华《历历万乡》、张恒《后山》等,后者如赵焰《我读王维》、苏北《慕汪斋随笔》、钱红莉《读画随笔二则》、文河《城西闲笔》、宋烈毅《江北书简》、金国泉《枯荣随想》、章宪法《金陵鼙鼓酒旗风》、王光龙《卡尔维诺读札》、李丹崖《随笔二则》等,既体现了现代散文所惯常书写的世俗风貌和人情冷暖,又呈现出徽风皖韵所特有的厚重的书卷气和思想性,二者常常有机融合,理、事、情三位一体,情趣、意象与语言交融互渗。这些散文精品频频亮相于《人民文学》《光明日报》《散文》《天涯》《上海文学》等国内大报刊,充分显示出安徽散文创作的强劲实力与勃勃生机。

我们常说文学创作与文学评论的关系是"鸟之两翼,车之两轮",离开文学评论,文学创作是飞不高也行不远的,文学事业的发展也会不健全。从这个意义上说,文学皖军必然包含着作家和批评家两支队伍,二者只有相互配合、互动共进,才能在日益激烈的文学战场上赢得尊严和胜利。正因如此,《年选》专辟文学理论评论,尽管篇幅很有限,但至少让皖派作家和皖派批评家欢聚一堂。

文学理论评论部分的编选原则主要有三点:一是皖籍批评家评论皖籍作家的优秀作品;二是兼顾老、中、青三代批评家;三是所选文章都已在省级以上及省级正规报刊上发表。由此,我们仔细斟酌,最终编选了10位批评家的10篇精品力作。其中:唐先田、钱念孙、王达敏三位批评家老当益壮,解读洪放长篇小说《追风》的人物塑造,评述皖籍美学家朱光潜有关文学趣味和境界的见解,重塑中国现代忏悔文学开创者、一个伟大的忏悔者形象——鲁迅,文章举重若轻,深刻老辣;韩进、方维保、西边、孙仁歌四位批评家中流击水,阐发何向阳主编《呼唤生态道德》的理论意义,论析潘军近期小说中的戏剧原型意象及其审美功能,导览陈先发随笔集《黑池坝笔记(第二卷)》构筑的诗学殿堂,揭示陈斌先中短篇小说的人性之光,文章鞭辟入里,回味犹甘;彭正生、江飞、陈振华三位批评家风华正茂,评析许春樵长篇小说《下一站不下》的内在肌理和意蕴,揭示季宇长篇小说《群山呼啸》对英雄人物和家国情怀的讴歌与激扬,评说俞胜长篇小说《蓝鸟》所描绘的乡村知识青年进城的生存境遇与心灵图谱,文章棱角分明,充满锐气。这10篇文章大都在《人民日报》《光明日报》《文艺报》《小说评论》《南方文坛》等国家级权威报刊上发表,既展示了皖派作家的创作成果和特色,又展示了皖派批评家的理论水平和特点,彼此联手,相得益彰,很好地展现了文学皖军的创造力和凝聚力。

综上,2022年度文学皖军的创作,无论是数量上还是质量上都可圈可点,呈现出百家争鸣、百花齐放、你追我赶、携手并进的良好生态。当然,如果对标中国文学和长三角其他省市文学,安徽文学或文学皖军存在的问题也毋庸讳言,比如:海外传播和影响力还十分有限,在国内外享有盛誉的精品力作还比较稀缺,领军人才、优秀青年人才以及"两新"人才等还比较缺乏,各地市文学发展不均衡,等等。因此,我们迫切需要进一步强化安徽文化认同感和归属感,保持兼容性、多样性、创新性的优势,继承"敢为天下先"的批判精神和独立人格,接续"但开风气不为先"的皖人传统,进一步解放思想,开拓创新,不拘一格地培育和推介优秀人才和精品力作,扎扎实实地推进文学创作和文学评论互动共进,全方位立体化地打造文学皖军。

最后需要说明的是,因为编选标准和字数限制,我们忍痛割舍了许多优秀之作,在此谨向未能入选者表示歉意。期待下一年度能够编选单本的《小说皖军年选》《散文皖军年选》《诗歌皖军年选》《评论皖军年选》,更加全面地展现文学皖军的风采,更加有力地踏响新时代安徽文学事业高质量发展的攀登步伐!

(江飞,安庆师范大学人文学院教授、硕士生导师)